新黄冈数学题库
开放题
（上）

主　　编／南秀全
本册主编／汪　彬

青岛出版社
QINGDAO PUBLISHING HOUSE

新黄冈数学题库

编　委　会

编者的话

一年一度的中考，每年都要牵动数以千万计的学子们、家长们、数学老师们的心。在初中，作为具有重要的选拔性功能的数学学科，其学习成绩的好坏，是每一名初中学生能否升入重点高中、名牌高中的关键。因此，对数学知识的学习和数学能力的提高，更是受到他们的关注。

为了使每年升入初中一年级（或七年级）的每一位学生，一进入初中学习，就有一套针对性、实用性强，有助于提高学习效率的数学参考资料；为每年将要参加中考的考生提供一套内容齐备、复习效果好的复习用书；也为广大的数学教师们提供一套资料齐全的教学参考用书；为全国各地的中考试题研究者、命题者提供一套资料齐全的工具性用书，我们从收集的全国各地的百余套中考数学试题中精选出了最新的、优秀的、典型的考题，编写了这套丛书。

丛书自出版以来深受广大读者的欢迎，现应读者的要求，这次作了较大的修订。考虑到使用统编教材和课程标准的教材的学生都能使用本丛书，这次修订的原则是：第一，我们根据新课程标准的要求，调整了代数、几何分册部分章节的顺序，增加了与新课程标准相关的内容；第二，增加了 2005 年、2006 年全国各地中考中最新的优秀试题，特别是精选了国家基础教育课程改革实验区的中考试卷中的一些经典问题，供师生们及时了解课程改革命题的新动向；第三，删除了少数繁难和重复的试题，改正了原书中的错误。

由于编者水平有限，加上时间仓促，书中难免有不少错误，诚恳读者指正。同时，我们也尽自己的最大努力，减少失误。并根据每年全国各地中考的最新信息及时删除一些陈旧的内容，增加最新的知识，力争把针对性、实用性强，具有前瞻性的题目奉献给广大读者。

在这里，我们要感谢全国各地为我们提供试题的朋友们，也感谢为这次修订付出辛勤劳动的黄冈名师汪彬、肖九河等老师。最后，再次欢迎全国各地的朋友们，把好的想法和建议提供给我们，以便改进不足。

湖北省黄冈市教育科学研究院　南秀全

2007.12.30 **于湖北黄州**

（注：作者为全国著名特级教师）

目　　录

第一章　代数中的分类讨论问题

【经典考题精析】

分类思考是根据数学对象本质属性的相同点和不同点，将数学对象区分为不同种类的数学思考方法。学习并掌握分类的思考方法，不仅仅是学习数学的需要，也是学习其他学科和今后工作的需要.

分类必须有一定的标准，标准不同分类的结果也就不同，但要做到不遗漏不重复. 在分类中，对各个类进行研究，使问题在各个不同情况下，分别得到各种结论，以便讨论进而得出最终结论. 本节将通过具体例子介绍分类思考在解代数题中的应用.

（一）代数式中的分类讨论问题

例 1 （贺州市，2006）若$|x|=2$，$|y|=3$，且$\frac{2x}{y}<0$，则$x+y=$________.

分析 由绝对值的定义知$x=\pm2$，$y=\pm3$，又$\frac{2x}{y}<0$得x，y异号，故当$x=2$时，$y=-3$；当$x=-2$时，$y=3$.

解 $\because |x|=2$，$|y|=3$，$\therefore x=\pm2$，$y=\pm3$.

$\because \frac{2x}{y}<0$，$\therefore x$、y异号.

$\therefore$ 当$x=2$时，$y=-3$；当$x=-2$时，$y=3$. $\therefore x+y=\pm1$.

说明 若$xy>0$，则x，y同号，即$x>0$，$y>0$或$x<0$，$y<0$. 若$xy<0$，则x，y异号，即$x<0$，$y>0$或$x>0$，$y<0$. 同理，两数商亦然.

例 2 （杭州市，2006）已知a与$\frac{1}{a^2-2}$互为倒数，则满足条件的实数a的个数是（　　）.

A. 0　　B. 1　　C. 2　　D. 3

分析 由倒数的定义可知$a\cdot\frac{1}{a^2-2}=1$，则$a^2-2=a$，解方程$a^2-a-2=0$得$a_1=2$，$a_2=-1$，再分类讨论确定a的值.

解 $\because a$与$\frac{1}{a^2-2}$互为倒数，$\therefore a\cdot\frac{1}{a^2-2}=1$.

$\therefore a=a^2-2$，即$a^2-a-2=0$. 解，得$a_1=2$，$a_2=-1$.

当$a=2$时，符合题意；当$a=-1$时，$\frac{1}{a^2-2}=-1$，则$a=-1$不符合题意，舍去. 故本题选 C.

说明 在求出待定字母的值后，一般应检验字母的值是否符合题意，故检验这一步不应忽略.

例 3 （江阴市，2006）已知a，b，c为非零实数，且满足$\frac{b+c}{a}=\frac{a+b}{c}=\frac{a+c}{b}=k$，则一次函数$y=kx+(1+k)$的图象一定经过（　　）.

A. 第一、二、三象限　　B. 第二、四象限　　C. 第一象限　　D. 第二象限

分析　先由已知条件得出 $b+c=ak$，$a+b=ck$，$a+c=bk$，再得 $b+c+a+b+a+c=(a+b+c)k$，求出 k 的值后，再确定函数通过的象限.

解　$\because \dfrac{b+c}{a}=\dfrac{a+b}{c}=\dfrac{a+c}{b}=k$，$\therefore b+c=ak$　①，$a+b=ck$　②，$a+c=bk$　③.

①+②+③，得 $2(a+b+c)=(a+b+c)k$.

当 $a+b+c=0$ 时，$k=\dfrac{b+c}{a}=\dfrac{-a}{a}=-1$. 一次函数 $y=kx+(1+k)=-x$ 的图象过第二、四象限.

当 $a+b+c\neq0$ 时，$k=\dfrac{2(a+b+c)}{a+b+c}=2$，一次函数 $y=kx+(1+k)=2x+3$ 的图象过第一、二、三象限.

$\therefore$ 函数 $y=kx+(1+k)$ 的图象一定通过第二象限，故本题选 D.

说明　本题条件中隐含了 $a\neq0$，$b\neq0$，$c\neq0$，但 $a+b+c$ 的值不确定，在得出 $2(a+b+c)=(a+b+c)k$ 后，应从 $a+b+c=0$ 和 $\neq0$ 两个方面分类讨论. 同学们应注意理解此题分类讨论的合理性和必要性.

(二) 方程中的分类讨论问题

例 4　解下列关于 x 的方程

(1) $(a-1)(a-4)x=a-2(x+1)$；(2) $(a-1)x^2-2ax+a=0$.

分析　(1) 将方程化成 $ax=b$ 的形式后讨论方程根的情况；(2) 将方程分一元一次方程和一元二次方程求解.

解　(1) 原方程可化为 $(a^2-5a+4)x=a-2x-2$.

即 $(a^2-5a+6)x=a-2$，$\therefore (a-2)(a-3)x=a-2$.

若 $a\neq2$，且 $a\neq3$ 时，$x=\dfrac{1}{a-3}$.

若 $a=2$，则 $0\cdot x=0$，方程有无数多个解；若 $a=3$，则 $0\cdot x=1$，方程无解.

(2) 当 $a=1$ 时，得 $-2x+1=0$，$\therefore x=\dfrac{1}{2}$.

当 $a\neq1$ 时，$\Delta=4a^2-4(a-1)a=4a$. 若 $a<0$，则 $\Delta<0$，方程无实数根；若 $a=0$，则 $x_1=x_2=0$；

若 $a>0$，则 $\Delta>0$，则方程有两个不相等的实数根 $x_1=\dfrac{a+\sqrt{a}}{a-1}$，$x_2=\dfrac{a-\sqrt{a}}{a-1}$.

综上所得：当 $a=1$ 时，$x=\dfrac{1}{2}$；当 $a<0$ 时，方程无实数根；

当 $a=0$ 时，方程有两个相等的实数根 $x_1=x_2=0$.

当 $a>0$ 且 $a\neq1$ 时，方程有两个不相等的实数根 $x_1=\dfrac{a+\sqrt{a}}{a-1}$，$x_2=\dfrac{a-\sqrt{a}}{a-1}$.

例 5　(北京市东城区，2004) 如果关于 x 的方程 $mx^2-2(m+2)x+m+5=0$ 没有实数根，试判断关于 x 的方程 $(m-5)x^2-2(m-1)x+m=0$ 的根的情况.

解　$\because$ 方程 $mx^2-2(m+2)x+m+5=0$ 没有实数根，

$\therefore \Delta=[-2(m+2)]^2-4m(m+5)=4(m^2+4m+4-m^2-5m)=4(4-m)<0$.

$\therefore m>4$.

对于方程 $(m-5)x^2-2(m-1)x+m=0$.

当 $m=5$ 时，方程有一个实数根；

当 $m\neq5$ 时，$\Delta_1=[-2(m-1)]^2-4m(m-5)-4(3m+1)$.

$\therefore m>4$. $\therefore 3m+1>13$. $\therefore \Delta_1=4(3m+1)>0$，方程有两个不相等的实数根.

综上，当 $m=5$ 时，方程 $(m-5)x^2-2(m-1)x+m=0$ 有一个实数根；当 $m>4$ 且 $m\neq5$ 时，此方程有两个不

相等的实数根.

说明　当 $m>4$ 时,关于 x 的方程 $(m-5)x^2-2(m-1)x+m=0$ 可能是一元一次方程,也可能是一元二次方程.故应分 $m=5$ 和 $m>4$ 且 $m\neq5$ 两种情况进行讨论.

例 6　(龙岩市,2005)已知关于 x 的方程 $(m-1)x^2-2mx+m=0$ 有两个不相等的实数根 x_1,x_2.

(1) 求 m 的取值范围;

(2) 若 $(x_1-x_2)^2=8$,求 m 的值.

分析　(1) 由已知得 $\begin{cases}m-1\neq0,\\ \Delta>0,\end{cases}$ 再可确定 m 的取值范围;(2) 由 $(x_1-x_2)^2=8$ 可得 $(x_1+x_2)^2-4x_1x_2=8$,由一元二次方程根与系数的关系可得出关于 m 的方程.

解　(1) $\Delta=(-2m)^2-4(m-1)\cdot m=4m^2-4m^2+4m=4m>0$,

$\therefore m>0$,又$\because m-1\neq0$,$\therefore m>0$ 且 $m\neq1$.

(2) 由 $(x_1-x_2)^2=8$,得 $(x_1+x_2)^2-4x_1x_2=8$.

$\because x_1+x_2=\dfrac{2m}{m-1},x_1\cdot x_2=\dfrac{m}{m-1}$,$\therefore \left(\dfrac{2m}{m-1}\right)^2-4\left(\dfrac{m}{m-1}\right)=8$.　①

令 $y=\dfrac{m}{m-1}$,则方程①化为:$4y^2-4y=8$,解得 $y_1=2;y_2=-1$.

当 $y=2$ 时,$\dfrac{m}{m-1}=2$,得 $m=2$;当 $y=-1$ 时,$\dfrac{m}{m-1}=-1$,得 $m=\dfrac{1}{2}$.

经检验:$m=2,m=\dfrac{1}{2}$ 均为方程①的解,且满足(1).

$\therefore m$ 的值为 2 或 $\dfrac{1}{2}$.

说明　在一元二次方程的字母系数的求值类型的问题中,所求出的字母的值一般应代入到二次项系数、根的判别式等方面予以检验是否符合题意.

例 7　(淮安市,1997)已知实数 a,b 满足条件 $a^2-7a+2=0,b^2-7b+2=0$,则 $\dfrac{b}{a}+\dfrac{a}{b}=$______.

分析　先分别求出 a,b 的值,再分 $a=b$ 和 $a\neq b$ 讨论 $\dfrac{b}{a}+\dfrac{a}{b}$ 的值.

解　$\because a^2-7a+2=0,b^2-7b+2=0$,

$\therefore a=\dfrac{7\pm\sqrt{41}}{2},b=\dfrac{7\pm\sqrt{41}}{2}$.

当 $a=b$ 时,$\dfrac{b}{a}+\dfrac{a}{b}=2$

当 $a\neq b$ 时,$\dfrac{b}{a}+\dfrac{a}{b}=\dfrac{\frac{7+\sqrt{41}}{2}}{\frac{7-\sqrt{41}}{2}}+\dfrac{\frac{7-\sqrt{41}}{2}}{\frac{7+\sqrt{41}}{2}}=\dfrac{7+\sqrt{41}}{7-\sqrt{41}}+\dfrac{7-\sqrt{41}}{7+\sqrt{41}}=22\dfrac{1}{2}$.

$\therefore \dfrac{a}{b}+\dfrac{b}{a}$ 的值为 2 或 $22\dfrac{1}{2}$.

说明　本例亦可由 $a=b$ 可得 $\dfrac{a}{b}+\dfrac{b}{a}=2$,由 $a\neq b$ 知,a、b 是 $x^2-7x+2=0$ 的两根,则 $a+b=7,a\cdot b=2$,$\dfrac{a}{b}+\dfrac{b}{a}=\dfrac{(a+b)^2}{ab}-2=22\dfrac{1}{2}$.

例 8　(黄石市,1997)当 k 为何值时,方程 $x^2+kx-3=0$ 和方程 $x^2+x-3k=0$ 有公共根?并求出公共根.

分析　设出两方程的公共根,再分别代入两方程求 k.

解 设方程的公共根为α,则有$\begin{cases}\alpha^2+k\alpha-3=0, & ①\\ \alpha^2+\alpha-3k=0. & ②\end{cases}$

①－②,得$(k-1)\alpha=-3(k-1)$.

当$k\neq1$时,$\alpha=-3$,此时$k=2$.

当$k=1$时,两个方程均为$x^2+x-3=0$,这时,$x_{1,2}=\dfrac{-1\pm\sqrt{13}}{2}$.

∴ 当$k=2$时,有公共根-3;当$k=1$时,有公共根$\dfrac{-1\pm\sqrt{13}}{2}$.

说明 一元二次方程公共根的问题一般是先设出公共根,将其分别代入方程当中,再利用消元的方法求公共根或字母的值.

例9 (北京市海淀区,2000)已知:关于x的方程$x^2+3x+a=0$ ① 的两个实数根的倒数和等于3,关于x的方程$(k-1)x^2+3x-2a=0$ ② 有实数根且k为正整数.求代数式$\dfrac{k-1}{k-2}$的值.

解法一 设方程①的两个实数根为x_1,x_2.

根据题意,得$\begin{cases}x_1+x_2=-3,\\ x_1\cdot x_2=a,\\ \dfrac{1}{x_1}+\dfrac{1}{x_2}=3.\end{cases}$ ∴ $\dfrac{x_1+x_2}{x_1\cdot x_2}=3$,即$\dfrac{-3}{a}=3$. ③

解得$a=-1$.

经检验,$a=-1$是方程③的解,且使方程$x^2+3x-1=0$有实数根.

将$a=-1$代入方程②,得$(k-1)x^2+3x+2=0$.

当$k=1$时,一元一次方程$3x+2=0$有实数根.∴ $\dfrac{k-1}{k-2}=\dfrac{1-1}{1-2}=0$.

当$k=1$时,方程②为一元二次方程,且$\Delta=9-8(k-1)\geqslant0$.解得$k\leqslant\dfrac{17}{8}$.

又k为正整数,且$k\neq1$,∴ $k=2$ 而$k=2$时,代数式$\dfrac{k-1}{k-2}$无意义.

综上所述,代数式$\dfrac{k-1}{k-2}$的值为0.

解法二 设方程①的两个实数根为x_1,x_2.

根据题意,得$\begin{cases}\Delta_1=9-4a\geqslant0,\\ x_1+x_2=-3,\\ x_1\cdot x_2=a,\dfrac{1}{x_2}+\dfrac{1}{x_2}=3.\end{cases}$

∴ $\dfrac{x_1+x_2}{x_1\cdot x_2}=\dfrac{-3}{a}=3$且$a\leqslant\dfrac{9}{4}$.解得$a=-1$.

以下同解法一.

说明 确定出$a=-1$的值后,方程②可化为$(k-1)x^2+3x+2=0$,再由②有实根分类讨论得$k=1$或$k=2$.值得注意的是$k=2$时,代数式$\dfrac{k-1}{k-2}$无意义.

例10 (北京市,1992)当m为何整数值时,关于x的方程$mx^2-4x+4=0$与$x^2-4mx+4m^2-4m-5=0$的根都是整数.

分析 因为题目只要求当m是什么整数时,这两个方程的根都是整数,对根的符号没有提出要求,所以应

着重考虑 $\Delta\geqslant 0$，在 m 的取值范围内，按题意对 m 进行讨论.

解　∵ 二次方程 $mx^2-4x+4=0$ 有整数根，

∴ $\Delta=16-16m\geqslant 0$，∴ $m\leqslant 1$.

∵ 方程 $x^2-4mx+4m^2-4m-5=0$ 有整数根，

∴ $\Delta=16m^2-4(4m^2-4m-5)\geqslant 0$. 解得 $m\geqslant -\frac{5}{4}$，∴ $-\frac{5}{4}\leqslant m\leqslant 1$.

∴ m 的整数解为 $-1,0,1$.

当 $m=0$ 时，方程 $mx^2-4x+4=0$ 的二次系数为 0，不符合题意，故舍去.

$m=-1$ 时，方程 $mx^2-4x+4=0$ 的根不是整数，不符合题意，也舍去.

当 $m=1$ 时，$mx^2-4x+4=0$ 的根为 $x_1=x_2=2$，方程 $x^2-4mx+4m^2-4m-5=0$ 的两根为 $x_1=5, x_2=-1$.

∴ 当 $m=1$ 时，方程 $mx^2-4x+4=0$ 与 $x^2-4mx+4m^2-4m-5=0$ 的根都是整数.

说明　本例是通过二次方程有实根时 $\Delta\geqslant 0$ 确定 m 的取值范围，再由 m 为整数确定 m 的值，最后由利用求根公式求解来检验 m 的值是否符合题意. 这种解法比较特殊，也比较独到，虽然这类解法不常见，但亦能给同学们带来启迪.

例 11　（安徽省理科实验班，2005）已知关于 x 的一元二次方程 $(6-k)(9-k)x^2-(117-15k)x+54=0$ 的两根均为整数，求所有满足条件的实数 k 的值.

解　原方程可变形为 $[(6-k)x-9][(9-k)x-6]=0$，因为方程是关于 x 的一元二次方程，所以 $k\neq 6, k\neq 9$. 于是 $x_1=\frac{9}{6-k}, x_2=\frac{6}{9-k}$.

从上面两式中消去 k，得 $x_1x_2-2x_1+3x_2=0$.

于是 $(x_1+3)(x_2-2)=-6$.

因为 x_1, x_2 均为整数，所以

$$\begin{cases}x_1+3=-6,-3,-2,-1,1,2,3,6,\\ x_2-2=1,2,3,6,-6,-3,-2,-1.\end{cases}$$

故 $x_1=-9,-6,-5,-4,-2,-1,0,3$. 显然 $x_1\neq 0$，又

$k=\frac{6x_1-9}{x_1}=6-\frac{9}{x_1}$，

将 $x_1=-9,-6,-5,-4,-2,-1,3$ 分别代入上式得

$k=7,\frac{15}{2},\frac{39}{5},\frac{33}{4},\frac{21}{2},15,3$.

说明　本例先利用分解因式法求出方程的解，再由 k 为实数，根为整数确定消元（消去 k），利用 x_1, x_2 都是整数可求出 x_1 和 x_2 的值，最后再去求 k 的值，这种解题方法也可称为“反客为主”法.

（三）不等式的分类讨论

例 12　解不等式 $|x+7|-|3x-4|+1>0$.

解　取“零点”：令 $x+7=0$，得 $x=-7$；令 $3x-4=0$，得 $x=\frac{4}{3}$.

当 $x\leqslant -7$ 时，原不等式可化为 $-(x+7)-(4-3x)+1>0$，

∴ $x>5$.

∵ $x>5$ 与 $x\leqslant -7$ 矛盾. ∴ 此时原不等式无解.

当 $-7<x<\frac{4}{3}$ 时，原不等式可化为 $x+7-(4-3x)+1>0$，

∴ $x>-1$. 此时,原不等式的解为 $-1<x<\frac{4}{3}$.

当 $x\geqslant\frac{4}{3}$ 时,原不等式为 $x+7-(3x-4)+1>0$,∴ $x<6$. 这时原不等式的解是 $\frac{4}{3}\leqslant x<6$.

综上所述,原不等式的解集是 $-1<x<6$.

说明　在解含两个(含两个)以上的绝对值符号的不等式或方程时,一般先分别另每一项绝对值为零,求出未知数的值,再利用分段法的思想逐一讨论不等式或方程的解,这种方法通常叫做"零点分段法".

例 13　解关于 x 的不等式 $x-b<ax+2$.

解　由原式得到 $(a-1)x>-(b+2)$.　①

(1) 当 $a>1$ 时,$a-1>0$,故 $x>-\frac{b+2}{a-1}$.

(2) 当 $a=1$ 时,①式变成 $0x>-(b+2)$. 无论 x 为什么实数值,该式左边总是等于 0. 则

ⅰ. 若 $-(b+2)<0$,则左边 $=0$,右边 <0,①式永远成立.

ⅱ. 若 $-(b+2)\geqslant0$,则左边 $=0$,右边 $\geqslant0$,①式不成立.

(3) $a<1$ 时,$a-1<0$,故 $x<-\frac{b+2}{a-1}$.

∴ 当 $a>1$ 时,$x>-\frac{b+2}{a-1}$;当 $a<1$ 时,$x<-\frac{b+2}{a-1}$;$a=1$,$b>-2$ 时,不等式的解为所有实数,当 $a=1$,$b\leqslant-2$ 时,不等式无解.

说明　在解含有字母系数的不等式 $px>q$ 或 $px<q$ 时,要注意对 p 分成 $p>0$,$p=0$,$p<0$ 三种情况来讨论.

(四) 应用问题中的分类讨论问题

例 14　(山西省临汾市,2006)学友书店推出售书优惠方案:① 一次性购书不超过 100 元,不享受优惠;② 一次性购书超过 100 元但不超过 200 元一律打九折;③ 一次性购书 200 元以上一律打八折. 如果王明同学一次性购书付款 162 元,那么王明所购书的原价一定为(　　).

A. 180 元　　B. 202.5 元　　C. 180 元或 202.5 元　　D. 180 元或 200 元

分析　设王明所购书的原价为 x 元,依题意可得出三种情况的实际付款数,再由实际付款 162 元分类讨论.

解　设王明所购书的原价为 x 元,实际付款为 y 元,则有 $y=\begin{cases}x & (0<x\leqslant100),\\ 0.9x & (100<x\leqslant200),\\ 0.8x & (x>200).\end{cases}$

当 $0.9x=162$ 时,$x=180$;当 $0.8x=162$ 时,$x=202.5$. 故本题选 C.

例 15　(陕西省课改区,2006)某单位需以"挂号信"或"特快专递"方式向五所学校各寄一封信,这五封信的重量分别是 72g;90g;215g;340g;400g. 根据这五所学校的地址及信件的重量范围,在邮局查得相关邮费标准如下:

业务种类	计费单位	资费标准(元)	挂号费(元/封)	特制信封(元/个)
挂号信	首重 100g 内;每重 20g	0.8	3	0.5
	续重 101~2000g,每重 100g	2.00		
特快专递	首重 1000g 内	5.00	3	1.0

信函资费常识

- 挂号信:
首重、续重计费方法:
如:信的重量为 260g,则其中 100g 为"首重",每 20g 按 0.8 元计费(不足 20g 按 20g 计费);其余 160g 为"续重",每 100g 按 2 元计费. 160g 超过 100g,但不足 200g,按 200g 计费.
邮寄费(每封)=首重资费+续重资费+挂号费+特制信封费
- 特快专递:
如:首重不超过 1000g,则
邮寄费(每封)=首重交费(5 元)+挂号费(3 元)+特制信封费(1 元)

(1) 重量为 90g 的信若以"挂号信"方式寄出,邮寄费为多少元? 若以"特快专递"方式寄出呢?

(2) 这五封信分别以怎样的方式寄出最合算？请说明理由.

(3) 通过解答上述问题，你有何启示？（请你用一、两句话说明）

解　(1) 重量为 90g 的信以“挂号信”方式寄出，则邮寄费为 $5\times0.8+3+0.5=7.5$(元)；

以“特快专递”方式寄出，邮寄费为 $5+3+1=9$(元).

(2) ∵ 这五封信的重量均小于 1000g，

∴ 若以“特快专递”方式寄出，邮寄费为 $5+3+1=9$(元).

由(1)得知，重量为 90g 的信以“挂号信”方式寄出，费用为 7.5 元小于 9 元；

∵ $72g<90g$，∴ 重量为 72g 的信以“挂号信”方式寄出小于 9 元；

若重量为 215g 的信以“挂号信”方式寄出，则邮寄费为

$5\times0.8+2\times2+3+0.5=11.5$(元)$>9$(元).

∵ $400g>340g>215g$，

∴ 重量为 400g，340g 的信以“挂号信”方式寄出，费用均超过 9 元. 因此，将这五封信的前两封以“挂号信”方式寄出. 后三封以“特快专递”方式寄出最合算.

(3) 言之有理即可.

说明　数式类的分类讨论型的应用题是近几年中考命题的热点. 它贴近生活并培养了学生运用数学知识解决实际问题的能力.

例 16　(盐城市，1999)在一直的长河中有甲、乙两船，现同时由 A 地顺流而下，乙船到 B 地时接到通知需立即返回到 C 地执行任务，甲船继续顺流航行. 已知甲、乙两船在静水中的速度都是每小时 7.5 千米，水流速度为每小时 2.5 千米，A，C 两地间的距离为 10 千米. 如果乙船由 A 地经 B 地再到达 C 地共用了 4 小时，问乙船从 B 地到达 C 地时甲船驶离 B 地有多远？

分析　由题意知 A，C，B 地的位置不确定，故应分 C 在 A，B 之间和 C 不在 A，B 之间进行分类讨论.

解法一　设乙船由 B 地航行到 C 地用了 x 小时.

若 C 地在 A 地与 B 地之间，则由题意得 $(4-x)(7.5+2.5)-x(7.5-2.5)=10$. 解得 $x=2$.

若 C 地不在 A 地与 B 地之间，则由题意得 $x(7.5-2.5)-(4-x)(7.5+2.5)=10$. 解得 $x=\frac{10}{3}$.

所以，此时甲船驶离 B 地 $(7.5+2.5)\times2=20$(千米)或 $(7.5+2.5)\times\frac{10}{3}=\frac{100}{3}$(千米).

答　乙船由 B 地到 C 地时，甲船驶离 B 地 20 千米或 $\frac{100}{3}$ 千米.

解法二　设乙船由 B 地到 C 地时，甲船距离 B 地 x 千米，

若 C 地在 A 地与 B 地之间，则由题意得，

$\left(4-\frac{x}{7.5+2.5}\right)(7.5+2.5)-\frac{x}{7.5+2.5}\cdot(7.5-2.5)=10$. 解得 $x=20$.

若 C 地不在 A 地与 B 地之间，则由题意得，

$\frac{x}{7.5+2.5}\cdot(7.5-2.5)-\left(4-\frac{x}{7.5+2.5}\right)(7.5+2.5)=10$.

解得 $x=\frac{100}{3}$.

答　乙船由 B 地到 C 地时，甲船驶离 B 地 20 千米或 $\frac{100}{3}$ 千米.

说明　顺流航行时船的实际航速＝静水速度＋水速；逆流航行时船的实际航速＝静水速度－水速. 顺风行驶和逆风行驶的飞机(或其他物体)的速度计算方法与之相同.

例 17　(天门市课改区，2006)某地为促进特种水产养殖业的发展，决定对甲鱼和黄鳝的养殖提供政府补贴. 该地某农户在改建的 10 个 1 亩大小的水池里分别养殖甲鱼和黄鳝，因资金有限，投入不能超过 14 万元，并

希望获得不低于 10.8 万元的收益，相关信息如下表所示：(收益=毛利润-成本+政府补贴)

养殖种类	成本(万元/亩)	毛利润(万元/亩)	政府补贴(万元/亩)
甲鱼	1.5	2.5	0.2
黄鳝	1	1.8	0.1

(1) 根据以上信息，该农户可以怎样安排养殖？

(2) 应怎样安排养殖，可获得最大收益？

(3) 据市场调查，在养殖成本不变的情况下，黄鳝的毛利润相对稳定，而每亩甲鱼的毛利润将减少 m 万元. 问该农户又该如何安排养殖，才能获得最大收益？

分析　由成本投入≤14 万元和收益≥10.8 万元两个角度确定养殖方案.

解　(1) 设安排 x 亩养甲鱼，得

$$\begin{cases}1.5x+(10-x)\leqslant 14,\\(2.5-1.5+0.2)x+(1.8-1+0.1)(10-x)\geqslant 10.8.\end{cases}$$

解得：$6\leqslant x\leqslant 8$.

∴ $x=6,7,8$.

即安排① 6 亩水池养甲鱼、4 亩水池养黄鳝；② 7 亩养甲鱼，3 亩养黄鳝；③ 8 亩养甲鱼，2 亩养黄鳝.

(2) 设收益为 W_1 则

$W_1=(2.5-1.5+0.2)x+(1.8-1+0.1)(10-x)=0.3x+9$

由(1)当 $x=8$ 时 W 最大.

即 8 亩水池养甲鱼，2 亩水池养黄鳝

(3) 设收益为 W_2，则

$W_2=(2.5-1.5+0.2-m)x+(1.8-1+0.1)(10-x)=(0.3-m)x+9$

① 当 $m=0.3$ 时，按(1)中的安排均可获得最大收益，② 当 $m<0.3$ 时，安排 8 亩养甲鱼，2 亩养黄鳝，③ 当 $m>0.3$ 时，安排 6 亩养甲鱼，4 亩养黄鳝.

说明　善于抓住题目中的关键条件并熟练的运用建模思想建立解决问题的数学模型是关键.

例 18　(荆州市，1996)东西和南北两条街道交于点 O，甲沿着东西道由西向东走，速度是每秒 4 米，乙沿着南北道由南向北走，速度是每秒 3 米，当乙通过 O 点后又继续前进 50 米时，甲刚好通过 O 点. 当两人相距 85 千米时，求每个人的位置.

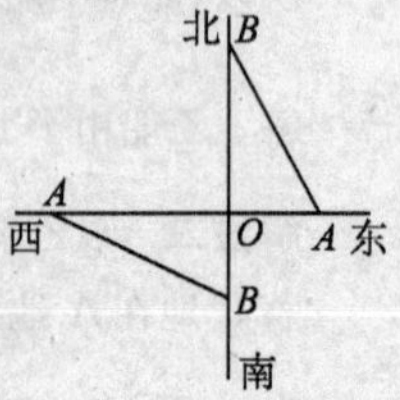

北 B
A
西
O
A 东
B
南

图 1—1

分析　由于甲、乙两人通过 O 点前相距 85 千米时的具体位置不确定，故可设甲通过 O 点后 t 秒后，两人相距 85 千米来分析问题.

解　设甲通过 O 点以后 t 秒时，甲、乙的位置分别是 A，B. 则 $OA=4t$，$OB=50+3t$，依题意，有 $(4t)^2+(50+3t)^2=85^2$.

即 $t^2+12t-21\times 9=0$. 解得 $t=9$ 或 $t=-21$.

当 $t=9$ 时，$OA=36$，$OB=77$；当 $t=-21$ 时，$OA=-84$，$OB=-13$.

答　甲、乙分别在通过 O 后又前进了 36 米、77 米；或者尚未通过 O 点，分别在距离 O 点 84 米、13 米的位置.

说明　本例 $t=-21$ 也是具有实际意义的，从时光倒流的角度看，以到达 O 点为计时 0 秒，则在 -21 秒的位置时，两人也相距 85 千米.

例 19　(淄博市，2002)2002 年世界杯足球赛韩国组委会公布的四分之一决赛门票价格是：一等席 300 美元，二等席 200 美元，三等席 125 美元. 某服装公司在促销活动中，组织获得特等奖、一等奖的 36 名顾客到韩国观看 2002 年世界杯足球赛四分之一决赛. 除去其他费用后，计划买二种门票，用完 5025 美元. 你能设计出几种

购票方案，供该有服装公司选择？并说明理由.

分析　从36名顾客和总支出金额5025美元两个量分别建立方程. 购买两种门票的可能性有：购一等席和二等席；一等席和三等席；二等席和三等席三种情况.

解　购票要分三种情况：购一等席、三等席两种门票；购二等席、三等席两种门票，购一等席、二等席两种门票：

(1) 若购买一等席门票 x 张，三等席门票 y 张，则 $\begin{cases}x+y=36,\\300x+125y=5025.\end{cases}$ 解得：$\begin{cases}x=3,\\y=33.\end{cases}$ 所以，可购买一等席门票3张，三等席门票33张.

(2) 若购买二等席门票 x 张，三等席门票 y 张，则 $\begin{cases}x+y=36,\\200x+125y=5025.\end{cases}$ 解得：$\begin{cases}x=7,\\y=29.\end{cases}$ 所以，可购买二等席门票7张，三等席门票29张.

(3) 若购买一等席门票 x 张，二等席门票 y 张，则 $\begin{cases}x+y=36,\\300x+200y=5025.\end{cases}$ 解得：$\begin{cases}x=-21.75,\\y=57.75.\end{cases}$ 所以，此方案不可行.

综上所述，共有两种购票方案：分别购一、三等席门票3张、33张；分别购二、三等席门票7张、29张.

说明　列举购票所有可能，建立方程组求解，再由方程组的解必须是整数确定购买方案.

例20　(岳阳市课改区，2005)某体育彩票经销商计划用45000元从省体彩中心购进彩票20扎，每扎1000张. 已知体彩中心有 A、B、C 三种不同价格的彩票，进价分别是 A 彩票每张1.5元，B 彩票每张2元，C 彩票每张2.5元.

(1) 若经销商同时购进两种不同型号的彩票20扎，用去45000元，请你设计进票方案.

(2) 若销售 A 型彩票一张获手续费0.2元，B 型彩票一张获手续费0.3元，C 型彩票一张获手续费0.5元. 在购进两种彩票的方案中，为使销售完时获得手续费最多，你选择哪种进票方案？

(3) 若经销商准备用45000元同时购进 A、B、C 三种彩票20扎，请你设计进票方案.

分析　(1) 的分析方法同例19；(2) 由(1)所得的两种方案分别计算手续费；(3) 建立三元一次不定方程组求解：

解　(1) ① 设分别购进 A，B 两种彩票 x 扎、y 扎，

由 $\begin{cases}x+y=20,\\1000\times1.5x+1000\times2y=45000,\end{cases}$

解得：$\begin{cases}x=-10,\\y=30.\end{cases}$ (不合题意)

② 设分别购进 B，C 两种彩票 x 扎、y 扎，

由 $\begin{cases}x+y=20,\\1000\times2x+1000\times2.5y=45000,\end{cases}$ 解得：$\begin{cases}x=10,\\y=10.\end{cases}$ (合题意)

③ 设分别购进 A，C 两种彩票 x 扎，y 扎，

由 $\begin{cases}x+y=20,\\1000\times1.5x+1000\times2.5y=45000,\end{cases}$ 解得：$\begin{cases}x=5,\\y=15.\end{cases}$ (合题意)

因此有两种方案一是分别购进 B，C 两种彩票各10扎，二是分别购进 A，C 两种彩票5扎、15扎.

(2) 第一种方案手续费为 $10\times1000\times0.3+10\times1000\times0.5=8000$ 元.

第二种方案手续费为 $5\times1000\times0.2+15\times1000\times0.5=8500$ 元.

选择第二种方案.

(3) 设分别购进 A，B，C 三种彩票 x 扎，y 扎，z 扎，

由$\begin{cases}x+y+z=20,\\1000\times1.5x+1000\times2y+1000\times2.5z=45000,\end{cases}$得 $y=10-2x$.

$\because y>0$，x、y、z 为正整数，$\therefore 0<x<5$，x 可以取 1,2,3,4.

方案 1，当 $x=1$ 时，$y=8$，$z=11$，即分别购进 A,B,C 三种彩票 1 扎，8 扎，11 扎.

方案 2，当 $x=2$ 时，$y=6$，$z=12$，即分别购进 A,B,C 三种彩票 2 扎，6 扎，12 扎.

方案 3，当 $x=3$ 时，$y=4$，$z=13$，即分别购进 A,B,C 三种彩票 3 扎，4 扎，13 扎.

方案 4，当 $x=4$ 时，$y=2$，$z=14$，即分别购进 A,B,C 三种彩票 4 扎，2 扎，14 扎.

说明　确定三元一次方程组的整数解一般的方法是先消元，得到一个二元一次方程，再利用整数解的特征确定方程组的解.

例 21　(宿迁市,2002)项王故里的门票价格规定如下表：

购票人数	1~50 人	51~100 人	100 人以上
每人门票价	5 元	4.5 元	4 元

某校初一甲、乙两班共 103 人(其中甲班人数多于乙班人数)去游项王故里，如果两班都以班为单位分别购票，则一共需付 486 元.

(1) 如果两班联合起来，作为一个团体购票，则可以节约多少元钱?

(2) 两班各有多少名学生?

解　(1) $486-103\times4=74$.

答　可以节约 74 元钱.

(2) 设甲班有 x 名学生，乙班有 y 名学生.

若 $51\leqslant x\leqslant100$，$1\leqslant y\leqslant50$，由题意得$\begin{cases}x+y=103,\\4.5x+5y=486.\end{cases}$解得$\begin{cases}x=58,\\y=45.\end{cases}$

若 $51\leqslant x\leqslant100$，$51\leqslant y\leqslant50$，由题意得$\begin{cases}x+y=103,\\4.5x+4.5y=486.\end{cases}$无解

若 $x>100$，$1\leqslant y\leqslant50$，由题意得$\begin{cases}x+y=103,\\4x+5y=486.\end{cases}$

解得$\begin{cases}x=29,\\y=74.\end{cases}$与 $x>100$ 及 $1\leqslant y\leqslant50$ 矛盾.

综上可知：甲班人数为 58 名，乙班人数为 45 名.

说明　由甲班人数多于乙班人数知 $51\leqslant x\leqslant100$ 或 $x>100$，故 $1\leqslant x\leqslant50$ 可不必讨论.

例 22　(常州市,2004)仔细阅读下列材料，然后解答问题.

某商场在促销期间规定：商场内所有商品按标价的 80%出售. 同时当顾客在该商场消费满一定金额后，按如下方案获得相应金额的奖券：

消费金额 a(元)的范围	$200\leqslant a<400$	$400\leqslant a<500$	$500\leqslant a<700$	$700\leqslant a<900$	…
获得奖券的金额(元)	30	60	100	130	…

根据上述促销方法，顾客在商场内购物可以获得双重优惠. 例如，购买标价为 450 元的商品，则消费金额为 $450\times80\%=360$ 元，获得的优惠额为 $450\times(1-80\%)+30=120$ 元. 设购买该商品得到的优惠率=购买商品获得的优惠额÷商品的标价.

(1) 购买一件标价为 1000 元的商品，顾客得到的优惠率是多少?

(2) 对于标价在 500 元与 800 元之间(含 500 元和 800 元)的商品，顾客购买标价为多少元的商品，可以得到$\frac{1}{3}$的优惠率?

解　(1) 消费金额为：$1000\times80\%=800$ 元，

优惠额为：$1000\times(1-80\%)+130=330$ 元，优惠率为：$330\div1000=33\%$.

(2) 该购买标价为 x 元的商品，可以得到 $\frac{1}{3}$ 的优惠率.

ⅰ. 当 $500\leqslant x<625$ 时，$400\leqslant a<500$，∴ $\frac{0.2x+60}{x}=\frac{1}{3}$，∴ $x=450<500$（不合题意，舍去）

ⅱ. 当 $625\leqslant x\leqslant800$ 时，$500\leqslant a\leqslant640$，∴ $\frac{0.2x+100}{x}=\frac{1}{3}$，∴ $x=750$.

答　购买标价为 750 元的商品，可以得到的优惠率.

说明　标价 500 元、800 元的商品的实际消费金额为 400 元、640 元，又实际消费 500 元的标价为 625 元，故本例第(2)问应从 $500\leqslant x<625$ 和 $625\leqslant x\leqslant800$ 两方面分类讨论.

(五) 函数中的分类讨论问题

例 23　（广州市，2005）如图，已知点 $A(-1,0)$ 和点 $B(1,2)$，在坐标轴上确定点 P，使得△ABP 为直角三角形，则满足这样条件的点 P 共有(　　).

A. 2 个　　B. 4 个

C. 6 个　　D. 7 个

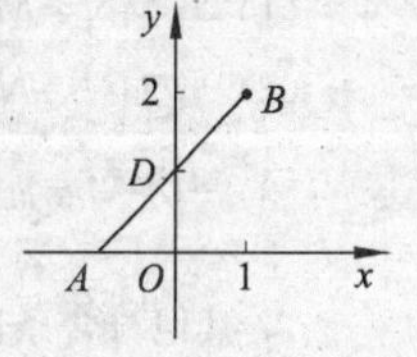

图 1－2

分析　由 AB 的位置固定，可分 AB 为直角边和斜边分类讨论 P 点的位置.

解　∵ $A(-1,0)$，$B(1,2)$，∴ 直线 AB 的解析式是 $y=x+1$. 则 D 点坐标为 $(0,1)$.

∴ $\angle BAO=45°$，$AD=\sqrt{2}$.

(1) 当 AB 为斜边时，P 点坐标为 $(1,0)$，$(0,\sqrt{2}+1)$，或 $(0,1-\sqrt{2})$.

(2) 当 AB 为直角边时，

若 $\angle ABP=90°$，则 P 点坐标是 $(3,0)$ 或 $(0,3)$. 若 $\angle BAP=90°$，则 P 点坐标是 $(0,-1)$.

∴ 满足条件的 P 点共有 6 个，故本题选 C.

说明　以 AB 为斜边时 P 点在 y 轴上有两个点，确定的方法是"一边上的中线等于这一边的一半的三角形是直角三角形."

例 24　（嘉兴市，2005）从 2，3，4，5 这四个数中，任取两个数 p 和 q $(p\neq q)$，构成函数 $y_1=px-2$ 和 $y_2=x+q$，使两个函数图象的交点在直线 $x=2$ 的左侧，则这样的有序数组 (p,q) 共有(　　).

A. 12 组　　B. 6 组　　C. 5 组　　D. 3 组

分析　由两函数解析式构建方程组，消去 y，得 $(p-1)x=q+2$. 再由 $x<2$ 分类讨论 p,q 的值.

解　∵ $\begin{cases}y=px-2,\\y=x+q,\end{cases}$ ∴ $px-2=x+q$，即 $(p-1)x=q+2$.

易知 $p-1\neq0$，∴ $x=\frac{q+2}{p-1}$.

∵ 函数图象的交点在直线 $x=2$ 的左侧，∴ $\frac{q+2}{p-1}<2$. ∴ $q+4<2p$.

当 $p=5$ 时，$q=2,3,4$. 当 $p=4$ 时，$q=2,3$.

当 $p=3$ 时，q 不存在. 当 $p=2$ 时，q 不存在.

∴ 有序数组 (p,q) 共有 5 组. 故本题选 C.

说明　两函数的图象的交点坐标通常联立方程组求解.

例 25　（上海市闵行区，1999）已知 m 为实数，如果函数 $y=(m-4)x^2-2mx-m-6$ 的图象与 x 轴只有一个交点，那么 m 的值为________.

解　ⅰ. 当 $m-4=0$，即 $m=4$ 时，函数解析式为 $y=-8x-10$，是一次函数，它与 x 轴只有一个交点.

ⅱ. 当 $m-4\neq0$，即 $m\neq4$ 时，函数是二次函数. 要使它与 x 轴只有一个交点，必须有

$\Delta=(-2m)^2-4(m-4)(-m-6)=0$. 即 $m^2+m-12=0$. 解得 $m_1=-4$,$m_2=3$.

综上所述,m 的值为 4 或 -4 或 3.

说明 本例二次项系数为$(m-4)$,且未说明一定是二次函数,故应分一次函数和二次函数两种情况讨论.

例 26 (金华市课改区,2006)如图 1−3,点 M 是直线 $y=2x+3$ 上的动点,过点 M 作 MN 垂直于 x 轴于点 N,y 轴上是否存在点 P,使$\triangle MNP$ 为等腰直角三角形. 小明发现:当动点 M 运动到$(-1,1)$时,y 轴上存在点 $P(0,1)$,此时有 $MN=MP$,能使$\triangle NMP$ 为等腰直角三角形. 那么,在 y 轴和直线上是否还存在符合条件的点 P 和点 M 呢? 请你写出其他符合条件的点 P 的坐标________.

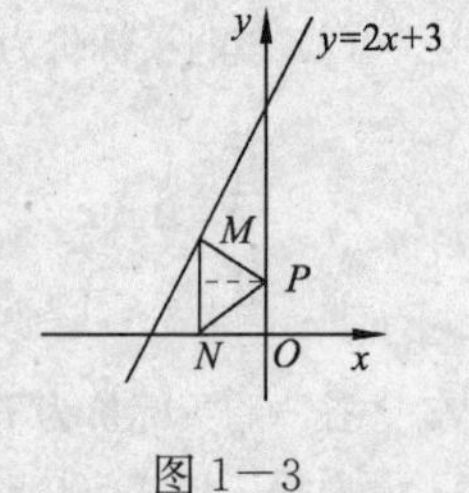

图 1−3

分析 设点 M 的坐标是$(x,2x+3)$,将线段 MN 分直角边和斜边进行分类讨论.

解 设点 M 的坐标是$(x,2x+3)$.

(1) 当 $MN=MP$ 时,有$|2x+3|=-x$,解得 $x=-3$ 或-1. ∴ P 点坐标为$(-1,1)$或$(0,-3)$.

(2) 当 $MN=NP$ 时,有 $2x+3=-x$,则 $x=-1$. 此时 P 点坐标是$(0,0)$.

(3) 当 $PM=PN$ 时,∵ $\triangle PMN$ 是直角三角形,∴ $-2x=2x+3$. ∴ $x=-\frac{3}{4}$. ∴ P 点坐标是$\left(0,-\frac{3}{4}\right)$.

∴ 其他符合条件的点 P 的坐标是$(0,-3)$,$(0,0)$,$\left(0,-\frac{3}{4}\right)$.

说明 当 $PM=PN$ 时得出$-2x=2x+3$ 的依据是“直角三角形斜边上的中线等于斜边的一半”.

例 27 如果一次函数 $y=kx+b$ 的自变量 x 的取值范围是$-2\leqslant x\leqslant 6$,相应函数值的范围是$-11\leqslant y\leqslant 9$. 求此函数的解析式.

解 对 k 的符号分两种情况讨论:

(1) 当 $k>0$ 时,由$-2\leqslant x\leqslant 6$,得$-2k+b\leqslant kx+b\leqslant 6k+b$. 即$-2k+b\leqslant y\leqslant 6k+b$. 而$-11\leqslant y\leqslant 9$,

比较可得$\begin{cases}-2k+b=-11,\\6k+b=9.\end{cases}$ 解得$\begin{cases}k=\frac{5}{2},\\b=6.\end{cases}$

(2) 当 $k<0$ 时,由$-2\leqslant x\leqslant 6$,得 $6k+b\leqslant kx+b\leqslant -2k+b$.

即 $6k+b\leqslant y\leqslant -2k+b$,又∴ $-11\leqslant y\leqslant 9$,∴ $\begin{cases}6k+b=-11,\\-2k+b=9.\end{cases}$ 解得$\begin{cases}k=-\frac{5}{2},\\b=4.\end{cases}$

故所求的函数解析式为 $y=\frac{5}{2}x-6$ 或 $y=-\frac{5}{2}x+4$.

说明 本题主要是用不等式的性质,然后比较得出关于 k,b 的方程组,求出 k,b,也可以考虑一次函数的图象是直线,当$-2\leqslant x\leqslant 6$ 时,相应图象是一条线段,且相应 y 值范围是$-11\leqslant y\leqslant 9$,这样可以判定线段两端点的横坐标为$-2$,6,两端点的纵坐标为$-11$,9,如果 $k>0$,则 y 随 x 的增大而增大,两端点坐标为$(-2,-11)$,$(6,9)$;如果 $k<0$,则 y 随 x 的增大而减小,这时两端点坐标为$(-2,9)$,$(6,-11)$. 分别将两端点的坐标代入解析式中可求 k,b 的值.

例 28 (常州市,2005)有一个 Rt$\triangle ABC$,$\angle A=90°$,$\angle B=60°$,$AB=1$,将它放在直角坐标系中,使斜边 BC 在 x 轴上,直角顶点 A 在反比例函数 $y=\frac{\sqrt{3}}{x}$的图象上,求点 C 的坐标.

图 1−4

分析 分$\triangle ABC$ 的直角顶点 A 在第一、三象限讨论.

解 本题共有 4 种情况. 如图①,过点 A 做 $AD\perp BC$ 于 D.

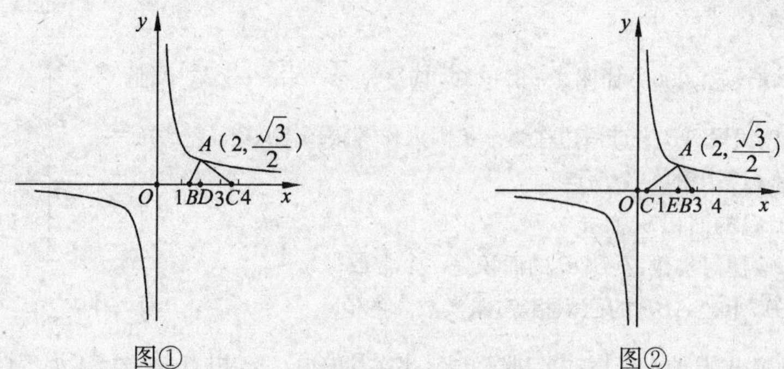

图①　　图②

则 $AD=AB\sin60°=\frac{\sqrt{3}}{2}$，∴ 点 A 的纵坐标为 $\frac{\sqrt{3}}{2}$. 将其代入 $y=\frac{\sqrt{3}}{x}$，得 $x=2$，即 $OD=2$.

在 Rt△ADC 中，$DC=\frac{3}{2}$，所以 $OC=\frac{7}{2}$，即点 C_1 的坐标为 $\left(\frac{7}{2},0\right)$.

(2) 如图②，过点 A 作 $AE\perp BC$ 于 E.

则 $AE=\frac{\sqrt{3}}{2}$，$OE=2$，$CE=\frac{3}{2}$，所以 $OC=\frac{1}{2}$. 即点 C_2 的坐标为 $\left(\frac{1}{2},0\right)$.

根据双曲线的对称性，得点 C_3 的坐标为 $\left(-\frac{7}{2},0\right)$，点 C_4 的坐标为 $\left(-\frac{1}{2},0\right)$.

所以点 C 的坐标分别为：$\left(\frac{7}{2},0\right)$、$\left(\frac{1}{2},0\right)$、$\left(-\frac{7}{2},0\right)$、$\left(-\frac{1}{2},0\right)$.

说明　△ABC 在同一象限内摆放的位置不同，A 点坐标不变，但 C 点坐标发生了改变.

例 29　（广东省实验区，2006）如图 1－5 所示，在平面直角坐标中，四边形 $OABC$ 是等腰梯形，$BC\parallel OA$，$OA=7$，$AB=4$，$\angle COA=60°$，点 P 为 x 轴上的一个动点，点 P 不与点 O、点 A 重合. 连结 CP，过点 P 作 PD 交 AB 于点 D.

(1) 求点 B 的坐标；

(2) 当点 P 运动什么位置时，△OCP 为等腰三角形，求这时点 P 的坐标；

(3) 当点 P 运动什么位置时，使得 $\angle CPD=\angle OAB$，且 $\frac{BD}{AB}=\frac{5}{8}$，求这时点 P 的坐标.

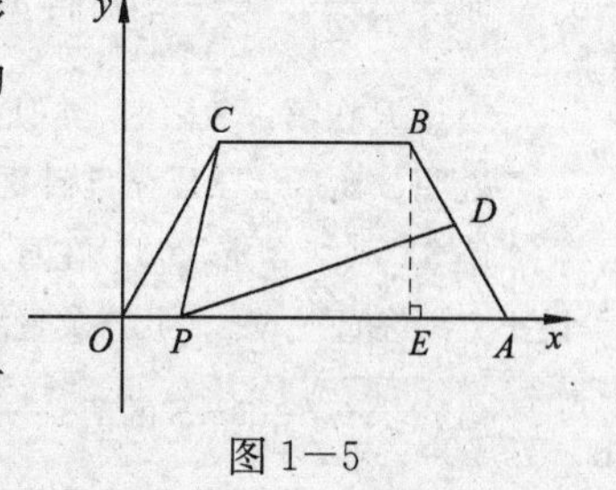

图 1－5

分析　(1) 欲求 B 点坐标，可过 B 作 $BE\perp OA$ 于 E，由 $AB=4$，$\angle COA=60°$ 可求 BE，AE 的值；(2) 易知 $\angle COA=60°$，当△OCP 为等腰三角形时，△OCP 为等边三角形，由 $OP=OC=4$ 可得 P 点坐标；(3) 由 $\angle CPD=\angle OAB$ 可证 $\angle OPC=\angle ADP$，则有△COP∽△PAD，由 $\frac{OP}{AD}=\frac{OC}{AP}$ 可求 OP 的长.

解　(1) 过 B 作 $BE\perp OA$ 于 E. ∵ $\angle OAB=60°$，$AB=4$，∴ $AE=2$，$BE=2\sqrt{3}$.

∵ $OA=7$，∴ $OE=5$. ∴ B 点坐标为 $(5,2\sqrt{3})$.

(2) ∵ $\angle COA=60°$，△OCP 为等腰三角形.

∴ △OCP 是等边三角形. ∴ $OP=OC=4$. ∴ $P(4,0)$.

即 P 运动到 $(4,0)$ 时，△OCP 为等腰三角形.

(3) ∵ $\angle CPD=\angle OAB=\angle COP=60°$，∴ $\angle OPC+\angle DPA=120°$.

又∵ $\angle PDA+\angle DPA=120°$，∴ $\angle OPC=\angle PDA$.

∵ $\angle OCP=\angle A=60°$，∴ △COP∽△PAD. ∴ $\frac{OP}{AD}=\frac{OC}{AP}$.

∵ $\frac{BD}{AB}=\frac{5}{8}$，$AB=4$，∴ $BD=\frac{5}{2}$. ∴ $AD=\frac{3}{2}$. 即 $\frac{OP}{\frac{3}{2}}=\frac{4}{7-OP}$. ∴ $7OP-OP^2=6$. 得 $OP=1$ 或 6.

∴ P 点坐标为(1,0)或(6,0).

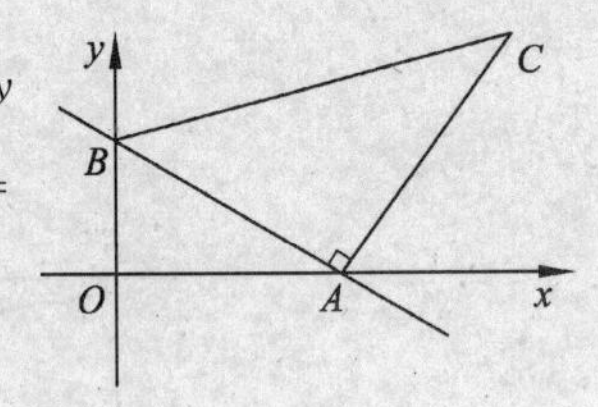

图 1－6

例 30 (杭州市课改区,2006)如图 1－6,已知,直线 $y=-\frac{\sqrt{3}}{3}x+1$ 与 x 轴,y 轴分别交于点 A、B,以线段 AB 为直角边在第一象限内作等腰 Rt△ABC,∠BAC=90°.且点 $P(1,a)$为坐标系中的一个动点.

(1) 求三角形 ABC 的面积 $S_{\triangle ABC}$;

(2) 证明不论 a 取任何实数,△BOP 的面积是一个常数;

(3) 要使得△ABC 和△ABP 的面积相等,求实数 a 的值.

分析 (1) 先确定 A,B 两点坐标,由勾股定理求出 AB 的值;(2) 由 $S_{\triangle BOP}=\frac{1}{2}OB\cdot 1$ 可知 $S_{\triangle BOP}$ 是一个常数;(3) 按 P 点在第一、四象限分类讨论.

解 (1) 令 $y=-\frac{\sqrt{3}}{3}x+1$ 中 $x=0$,得点 B 坐标为(0,1);令 $y=0$,得点 A 坐标为$(\sqrt{3},0)$. 由勾股定理可得 $|AB|=2$,所以 $S_{\triangle ABC}=2$;

(2) 不论 a 取任何实数,△BOP 都可以以 $BO=1$ 为底,点 P 到 y 轴的距离 1 为高,所以 $S_{\triangle BOP}=\frac{1}{2}$ 为常数;

(3) 当点 P 在第四象限时,

因为 $S_{\triangle ABO}=\frac{\sqrt{3}}{2}$,$S_{\triangle APO}=-\frac{\sqrt{3}}{2}a$. 所以,$S_{\triangle ABP}=S_{ABO}+S_{\triangle APO}-S_{\triangle BOP}=S_{\triangle ABC}=2$,

即$\frac{\sqrt{3}}{2}-\frac{\sqrt{3}}{2}a-\frac{1}{2}=2$,解得 $a=1-\frac{5}{\sqrt{3}}\left(\text{或}\frac{3-5\sqrt{3}}{3}\right)$.

当点 P 在第一象限时,类似上面方法可得 $a=1+\sqrt{3}$.

说明 数形结合地分析问题是解决函数类问题的常用方法.

例 31 (烟台市,2003)在直角坐标系中,有以 $A(-1,-1)$,$B(1,-1)$,$C(1,1)$,$D(-1,1)$为顶点的正方形. 设正方形在直线 $y=x$ 上方及直线 $y=-x+2a$ 上方部分的面积为 S.

(1) 求 $a=\frac{1}{2}$ 时,S 的值;

(2) 当 a 在实数范围内变化时,求 S 关于 a 的函数关系式.

解 (1) 当 $a=\frac{1}{2}$ 时,如图 1－7①,

直线 $y=x$ 与 $y=-x+1$ 的交点是 $E\left(\frac{1}{2},\frac{1}{2}\right)$,

∴ $S=\frac{1}{2}\times1\times\frac{1}{2}=\frac{1}{4}$.

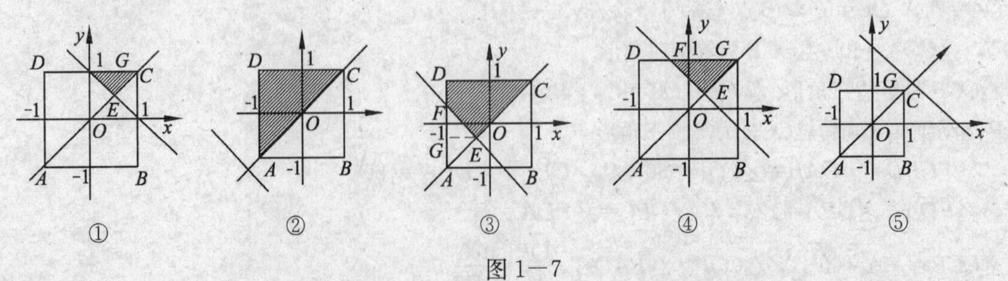

图 1－7

(2) ① 当 $a<-1$ 时,如图②,△ADC 的面积就是 S.

∴ $S=\frac{1}{2}\times2\times2=2$.

② 当$-1\leqslant a<0$时，如图③，直线$y=x$与$y=-x+2a$的交点是$E(a,a)$.

$\therefore EG=(1-|a|)=1+a, AF=2(1+a)$.

$\therefore S=S_{\triangle ADC}-S_{\triangle AEF}=2-\frac{1}{2}(1+a)\times 2(1+a)=2-(1+a)^2$.

③ 当$0\leqslant a<1$时，如图④，直线$y=x$与$y=-x+2a$的交点是$E(a,a)$.

$\therefore EG=1-a, CF=2(1-a)$. $\therefore S=S_{\triangle CEF}=\frac{1}{2}(1-a)\times 2(1-a)=(1-a)^2$.

④ 当$a\geqslant 1$时，如图⑤，$S=0$.

$\therefore S$关于a的函数关系式为$S=\begin{cases}2 & (a<-1),\\ 2-(1+a)^2 & (-1\leqslant a<0),\\ (1-a)^2 & (0\leqslant a<1),\\ 0 & (a\geqslant 1).\end{cases}$

说明 函数型的动线问题最关键的是画出典型图形，利用图形分析问题."以静制动"，即把动态问题看成静态问题是常用方法.

例 32 （江苏省常州市，1997）已知：在直角坐标系xOy中，一次函数$y=-\frac{\sqrt{3}}{3}x+2$的图象分别与x轴，y轴相交于点A，B. (1) 求$\angle BAO$的正切值；(2) 若以AB为一边的等腰$\triangle ABC$的底角为$30°$，试求出点C的坐标.

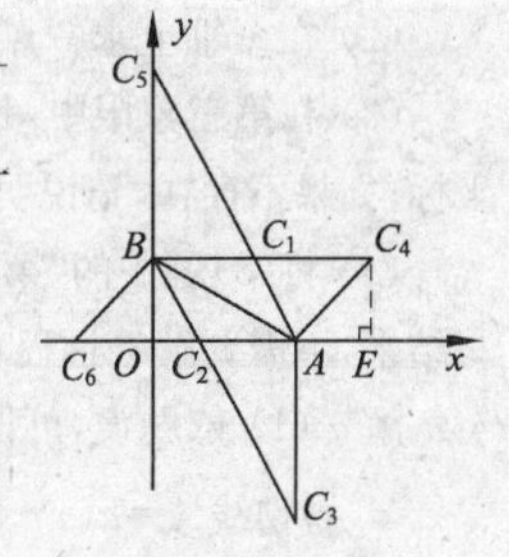

图 1－8

分析 以AB为底和AB为腰分类讨论.

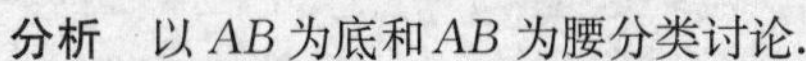

解 (1) $y=-\frac{\sqrt{3}}{3}x+2$，当$x=0$时，$y=2$.

$\therefore$ 直线$y=-\frac{\sqrt{3}}{3}x+2$与y轴交点为$B(0,2)$.

当$y=0$时，$x=2\sqrt{3}$. $\therefore$ 与x轴交点为$A(2\sqrt{3},0)$.

$\therefore \tan\angle BAO=\frac{2}{2\sqrt{3}}=\frac{\sqrt{3}}{3}$.

(2) ① 在等腰$\triangle ABC$中，设$C_1(x_1,y_1)$，

$\because \angle C_1BA=30°, \angle BAO=30°$，$\therefore BC_1 /\!/ OA$. $\therefore y_1=2$.

在$Rt\triangle BOA$中，$BA=\sqrt{2^2+(2\sqrt{3})^2}=4$.

过点C_1作$C_1D\perp AB$，在$Rt\triangle C_1DB$中，$DB=2$，$\angle C_1BA=30°$，

$\therefore C_1B=\frac{BD}{\cos 30°}=\frac{4\sqrt{3}}{3}$. $\therefore C_1$的坐标为$C_1\left(\frac{4}{3}\sqrt{3},2\right)$.

② 在等腰$\triangle BAC_2$中，设$C_2(x_2,y_2)$.

$\because \angle BAC_2=30°, \angle BAO=30°$，$\therefore C_2$在$x$轴上，即$y_2=0$.

在$Rt\triangle BOC$中，$\because BC=\frac{4\sqrt{3}}{3}$，$\angle BC_2O=60°$，$\therefore OC_2=\frac{2\sqrt{3}}{3}$. $\therefore C_2\left(\frac{2\sqrt{3}}{3},0\right)$.

③ 在等腰$\triangle BAC_3$中，设$C_3(x_3,y_3)$.

$\because \angle AC_3B=30°$，且$\angle C_3BO=\angle ABO-\angle ABC_2=30°$，$\therefore AC_3 /\!/ BO$. $\therefore x_3=2\sqrt{3}$.

在$Rt\triangle C_2AC_3$中，$\because AC_2=AO-OC_2=\frac{4}{3}\sqrt{3}$，$\angle AC_3C_2=30°$，

$\therefore y=-|AC_3|=-\frac{AC_2}{\tan 30°}=-\frac{4}{3}\sqrt{3}/\frac{\sqrt{3}}{3}=-4$. $\therefore C_3(2\sqrt{3},-4)$.

④ 在等腰$\triangle BAC_4$中，设$C_4(x_4,y_4)$.

∵ $\angle C_4BA=30°$,且$\angle BAO=30°$,∴ $BC_4 /\!/ OA$,∴ $y_4=2$.

过点 C_4 作 $C_4E\perp Ox$,在 $\mathrm{Rt}\triangle C_4EA$ 中,

∵ $\angle C_4AE=30°$,$AC_4=4$,∴ $AE=4\cos30°=2\sqrt{3}$,$x_4=OA+AE=4\sqrt{3}$. ∴ $C_4(4\sqrt{3},2)$.

⑤ 在等腰$\triangle BAC_5$,设 $C_5(x_5,y_5)$.

∵ $\angle ABC_5=120°$,又$\angle OBA=60°$,∴ C_5 点在 y 轴上,即 $x_5=0$.

∴ $BC_5=BA=4$,∴ $y_5=6$,∴ $C_5(0,6)$.

⑥ 在等腰$\triangle ABC_6$ 中,设 $C_6(x_6,y_6)$. ∵ $AB=C_6B$,$BO\perp AC_6$,

∴ $C_6O=AO=2\sqrt{3}$. 显然点 C_6 是点 A 关于 y 轴的对称点. ∴ $C_6(-2\sqrt{3},0)$.

说明　解决此题亦可将图形分解,逐一解决. 如 AB 为底时,有 C_1 和 C_2 点;AB 为腰时,若$\angle BAC=30°$,有 C_5 和 C_6 点;AB 为腰时,若$\angle ABC=30°$,有 C_3 和 C_4 点. 按特征分类讨论是解题之关键.

例 33　(黄冈市,2000)在直角坐标系 xOy 中,已知点 A,B,C 的坐标分别为 $A(-2,0)$,$B(1,0)$,$C(0,-2\sqrt{3})$.

(1) 在经过 A,B,C 三点的二次函数的解析式,并指出顶点 D 的坐标;

(2) 在 y 轴上求一点 P,使 $PA+PD$ 最小,求出点 P 的坐标;

(3) 在第三象限中,是否存在点 M,使 AC 为等腰$\triangle ACM$ 的一边,且底角为 30°. 如果存在,请求出点 M 的坐标;如果不存在,请说明理由;

(4) 将(3)题中的"第三象限"改为"坐标平面 xOy",其余条件不变,请直接写出符合条件的点 M 的坐标(只写结果,不需要解答过程).

解　(1) 依题设,可设二次函数的解析式为 $y=a(x+2)(x-1)$.

∵ 抛物线 $y=a(x+2)(x-1)$ 过点 $C(0,-2\sqrt{3})$,

∴ $-2\sqrt{3}=a(0+2)(0-1)$. ∴ $a=\sqrt{3}$.

∴ 二次函数的解析式为 $y=\sqrt{3}(x+2)(x-1)$. 即 $y=\sqrt{3}x^2+\sqrt{3}x-2\sqrt{3}$.

又 $y=\sqrt{3}(x^2+x-2)=\sqrt{3}\left(x+\frac{1}{2}\right)^2-\frac{9}{4}\sqrt{3}$,

∴ 抛物线的顶点坐标为$\left(-\frac{1}{2},-\frac{9}{4}\sqrt{3}\right)$.

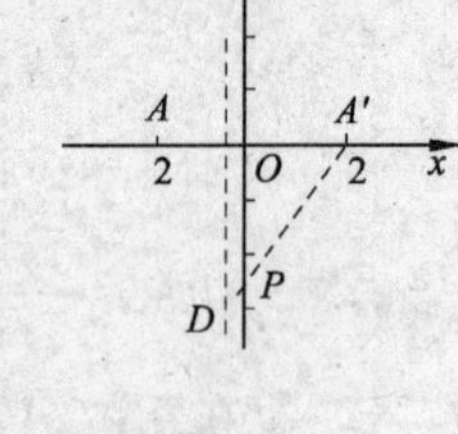

图 1-9

(2) 易知 A 点关于 y 轴的对称点 A' 的坐标为 $A'(2,0)$. 连结 $A'D$,交 y 轴于点 P,则点 P 即为所求的点.

设经过点 $A'(2,0)$,$D\left(-\frac{1}{2},-\frac{9}{4}\sqrt{3}\right)$的直线为 $y=kx+b$,

则$\begin{cases}0=2k+b,\\ -\frac{9}{4}\sqrt{3}=-\frac{1}{2}k+b.\end{cases}$ 解得$\begin{cases}k=\frac{9}{10}\sqrt{3},\\ b=-\frac{9}{5}\sqrt{3}.\end{cases}$

∴ 直线 AD 为 $y=\frac{9}{10}\sqrt{3}x-\frac{9}{5}\sqrt{3}$.

令 $x=0$,则 $y=-\frac{9}{5}\sqrt{3}$. ∴ P 点的坐标为$\left(0,-\frac{9}{5}\sqrt{3}\right)$.

(3) 在第三象限内存在符合条件的点 M.

$AC=\sqrt{OA^2+OC^2}=\sqrt{2^2+(-2\sqrt{3})^2}=4$.

在$\triangle AM_1C$ 中,设 M_1 的坐标为 $M_1(x_1,y_1)$,

∵ $\angle M_1AC=30°$,$\angle CAO=60°$,∴ $\angle OAM_1=90°$.

∴ $AM_1 /\!/ OC$. ∴ $x_1=-2$.

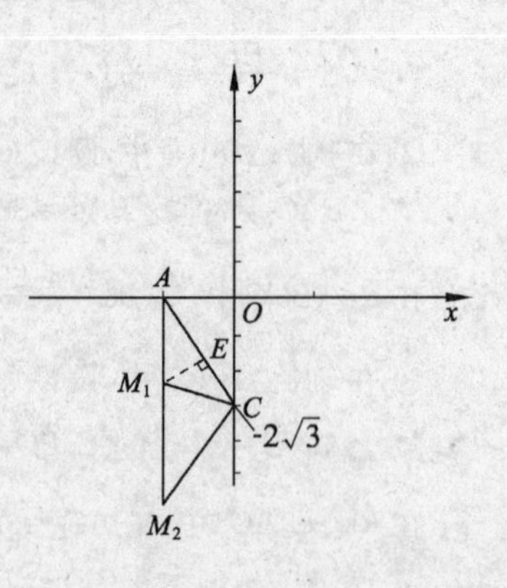

图 1-10

过点 M_1 作 $M_1E\perp AC$ 于 E，则 $AE=2$.

在 Rt$\triangle AEM_1$ 中，$\cos30°=\dfrac{AE}{AM_1}$. $\therefore AM_1=\dfrac{2}{\frac{\sqrt{3}}{2}}=\dfrac{4}{3}\sqrt{3}$.

$\therefore M_1$ 的坐标为 $\left(-2,-\dfrac{4}{3}\sqrt{3}\right)$. 类似地，可以求得点 M_2 的坐标为 $(-2,-4\sqrt{3})$.

(4) 在坐标平面 xOy 中，符合条件的点 M 有六个，它们的坐标分别为

$M_1\left(-2,-\dfrac{4}{3}\sqrt{3}\right)$，$M_2(-2,-4\sqrt{3})$，$M_3(-6,0)$，$M_4(0,2\sqrt{3})$，$M_5(4,-2\sqrt{3})$，$M_6\left(0,-\dfrac{2}{3}\sqrt{3}\right)$.

例 34　(张家界市，2006)在平面直角坐标系内有两点 $A(-2,0)$，$B\left(\dfrac{1}{2},0\right)$，$CB$ 所在直线为 $y=2x+b$，

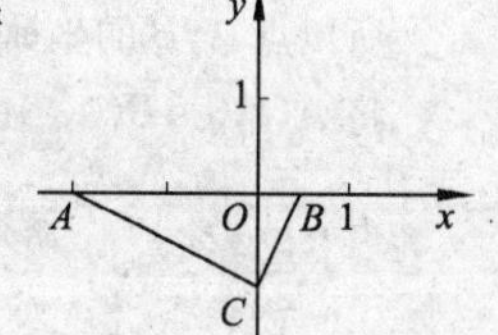

图 1-11

(1) 求 b 与 C 的坐标；

(2) 连结 AC，求证：$\triangle AOC\backsim\triangle COB$；

(3) 求过 A,B,C 三点且对称轴平行于 y 轴的抛物线解析式；

(4) 在抛物线上是否存在一点 P(不与 C 重合)，使得 $S_{\triangle ABP}=S_{\triangle ABC}$，若存在，请求出 P 点坐标，若不存在，请说明理由.

分析　(1) 略；(2) 由 $\dfrac{OB}{OC}=\dfrac{OC}{OA}=\dfrac{1}{2}$，$CO\perp AB$ 可证 $\triangle AOC\backsim\triangle COB$；(3) 略；(4) 易知 P 点纵坐标为 ±1，再由 P 在抛物线上，可求 P 点坐标.

解　(1) 将 $B\left(\dfrac{1}{2},0\right)$ 代入 $y=2x+b$ 中，得 $b=-1$. 则 $C(0,-1)$.

(2) $\because A(-2,0)$，$B\left(\dfrac{1}{2},0\right)$，$C(0,-1)$，$\therefore OA=2$，$BO=\dfrac{1}{2}$，$CO=1$. $\therefore \dfrac{OB}{OC}=\dfrac{OC}{OA}=\dfrac{1}{2}$.

$\because OC\perp AB$，$\therefore \triangle AOC\backsim\triangle COD$.

(3) 设过 A,B,C 三点的抛物线为 $y=ax^2+bx+c$. 则有 $\begin{cases}\left(-\dfrac{1}{2}\right)^2a+\dfrac{1}{2}b+c=0,\\(-2)^2a+(-2)b+c=0,\\c=-1.\end{cases}$ 解得 $\begin{cases}a=1,\\b=\dfrac{3}{2},\\c=-1.\end{cases}$

$\therefore y=x^2+\dfrac{3}{2}x-1$.

(4) 设存在点 $P(x,y)$，则有 $\dfrac{S_{\triangle ABP}}{S_{\triangle ABC}}=\dfrac{\frac{1}{2}AB\cdot|y|}{\frac{1}{2}AB\cdot OC}=1$.

$\therefore |y|=1$，$\therefore y=\pm1$.

当 $y=1$ 时，有 $x^2+\dfrac{3}{2}x-1=1$，解得 $x_{1,2}=\dfrac{-3\pm\sqrt{41}}{4}$.

当 $y=-1$ 时，有 $x^2+\dfrac{3}{2}x-1=-1$，即有 $x^2+\dfrac{3}{2}x=0$. 解得 $x_1=0$(舍)，$x_2=-\dfrac{3}{2}$.

$\therefore$ 存在满足条件的点 P 的坐标为 $\left(-\dfrac{3}{2},-1\right)$，$\left(\dfrac{-3+\sqrt{41}}{4},1\right)$，$\left(\dfrac{-3-\sqrt{41}}{4},1\right)$.

例 35　(重庆市课改区，2006)已知：m,n 是方程 $x^2-6x+5=0$ 的两个实数根，且 $m<n$，抛物线 $y=-x^2+bx+c$ 的图象经过点 $A(m,0)$，$B(0,n)$.

(1) 求这个抛物线的解析式；

(2) 设(1)中抛物线与 x 轴的另一交点为 C，抛物线的顶点为 D，试求出点 C、D 的坐标和 $\triangle BCD$ 的面积；

[注：抛物线 $y=ax^2+bx+c(a\neq0)$ 的顶点坐标为 $\left(-\frac{b}{2a},\frac{4ac-b^2}{4a}\right)$]

(3) P 是线段 OC 上的一点，过点 P 作 $PH\perp x$ 轴，与抛物线交于 H 点，若直线 BC 把△PCH 分成面积之比为 2∶3 的两部分，请求出 P 点的坐标.

分析　(1)(2)略；设 PH 与 BC 的交点为 E，则有 $EH=\frac{3}{2}EP$ 或 $EH=\frac{2}{3}EP$，另设 $P(a,0)$，则有 $E(a,a+5)$，$H(a,-a^2-4a+5)$，用含 a 的式子分别表示 EH、EP，利用方程求解即可.

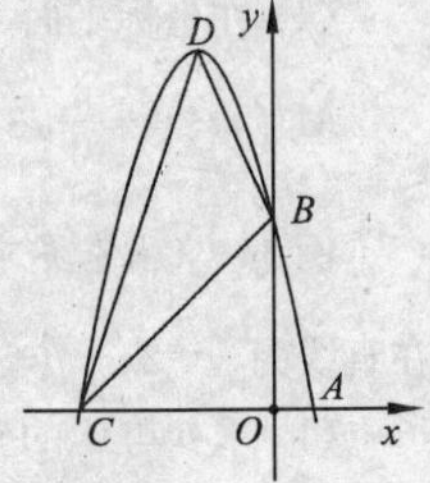

图 1－12

解　(1) 解方程 $x^2-6x+5=0$，得 $x_1=5,x_2=1$.

由 $m<n$，有 $m=1,n=5$.

所以点 A,B 的坐标分别为 $A(1,0),B(0,5)$.

将 $A(1,0),B(0,5)$ 的坐标分别代入 $y=-x^2+bx+c$.

得 $\begin{cases}-1+b+c=0\\c=5\end{cases}$ 解这个方程组，得 $\begin{cases}b=-4,\\c=5.\end{cases}$ 所以，抛物线的解析式为 $y=-x^2-4x+5$.

(2) 由 $y=-x^2-4x+5$，令 $y=0$，得 $-x^2-4x+5=0$. 解这个方程，得 $x_1=-5,x_2=1$.

所以 C 点的坐标为 $(-5,0)$. 由顶点坐标公式计算，得点 $D(-2,9)$. 过 D 作 x 轴的垂线交 x 轴于 M.

则 $S_{\triangle DMC}=\frac{1}{2}\times9\times(5-2)=\frac{27}{2}$.

$S_{梯形MDBO}=\frac{1}{2}\times2\times(9+5)=14$，$S_{\triangle BOC}=\frac{1}{2}\times5\times5=\frac{25}{2}$，

所以，$S_{\triangle BCD}=S_{梯形MDBO}+S_{\triangle DMC}-S_{\triangle BOC}=14+\frac{27}{2}-\frac{25}{2}=15$.

(3) 设 P 点的坐标为 $(a,0)$，

因为线段 BC 过 B,C 两点，所以 BC 所在的直线方程为 $y=x+5$.

那么，PH 与直线 BC 的交点坐标为 $E(a,a+5)$，PH 与抛物线 $y=-x^2-4x+5$ 的交点坐标为 $H(a,-a^2-4a+5)$.

由题意，得① $EH=\frac{3}{2}EP$，即 $(-a^2-4a+5)-(a+5)=\frac{3}{2}(a+5)$.

解这个方程，得 $a=-\frac{3}{2}$ 或 $a=-5$(舍去).

② $EH=\frac{2}{3}EP$，即 $(-a^2-4a+5)-(a+5)=\frac{2}{3}(a+5)$

解这个方程，得 $a=-\frac{2}{3}$ 或 $a=-5$(舍去). P 点的坐标为 $\left(-\frac{3}{2},0\right)$ 或 $\left(-\frac{2}{3},0\right)$.

说明　本例的难点在于正确审题“直线 BC 把△PCH 分成面积之比为 2∶3 的两部分”，应认真分析分割的所有可能性，避免漏解.

例 36　(太原市课改区，2006) 如图 1－13，已知直线 $y=kx+1$ 经过点 $A(-3,-2)$，点 $B(a,2)$，交 y 轴于点 M.

(1) 求 a 的值及 AM 的长；

(2) 在 x 轴的正半轴上确定点 P，使得△AMP 成为等腰三角形，在图中标明点 P 的位置并直接写出坐标；

(3) 将直线 AB 绕点 A 顺时针旋转 45°得到直线 AC，点 $D(3,b)$ 在 AC 上，连接 BD，设 BE 是△ABD 的高，过点 E 的射线 EF 将△ABD 的面积分成 2∶3 两部分，交△ABD 的另一边于点 F，求点 F 的坐标.

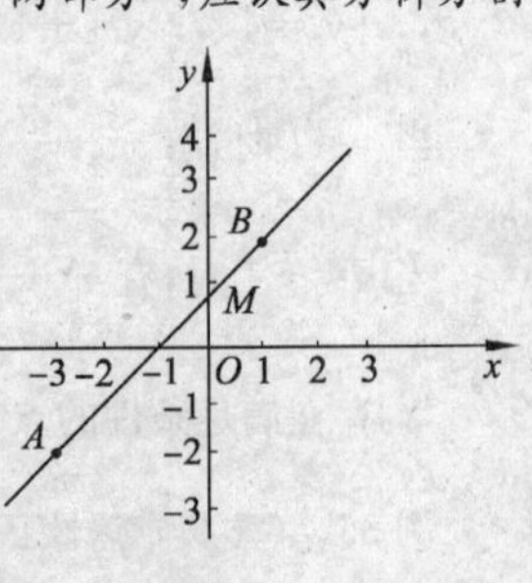

图 1－13

解　(1) 把 $A(-3,-2)$ 代入 $y=kx+1$，得 $k=1$，∴ $y=x+1$，

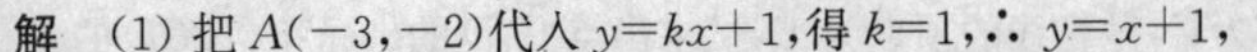

∵ 点 $B(a,2)$ 在直线 $y=x+1$ 上，∴ $a=1$. 当 $x=0$ 时，$y=1$. ∴ $M(0,1)$，$OM=1$. 如图，过点 A 作 $AN\perp y$ 轴于点 N，则 $ON=2$，$AN=3$，

∴ $MN=3$，

∴ $AM=\sqrt{AN^2+MN^2}=3\sqrt{2}$.

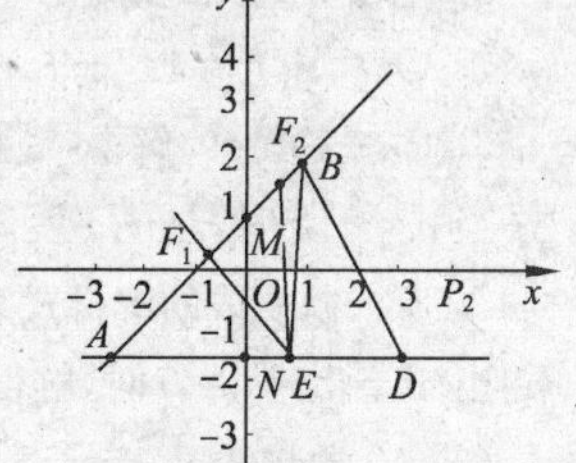

图 1－14

(2) 如图，符合条件的点 P 有两个，$P_1(\sqrt{14}-3,0)$，$P_2(\sqrt{17},0)$

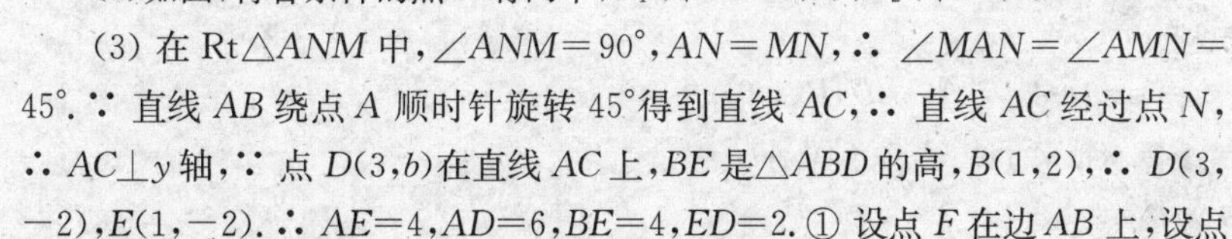

(3) 在 Rt△ANM 中，$\angle ANM=90°$，$AN=MN$，∴ $\angle MAN=\angle AMN=45°$. ∵ 直线 AB 绕点 A 顺时针旋转 45°得到直线 AC，∴ 直线 AC 经过点 N，∴ $AC\perp y$ 轴，∵ 点 $D(3,b)$ 在直线 AC 上，BE 是△ABD 的高，$B(1,2)$，∴ $D(3,-2)$，$E(1,-2)$. ∴ $AE=4$，$AD=6$，$BE=4$，$ED=2$. ① 设点 F 在边 AB 上，设点 F 的坐标为 (m,n)，它到 AD 的距离为 h. 由条件得 $S_{\triangle AEF}=\frac{2}{5}S_{\triangle ABD}$，或 $S_{\triangle AED}=\frac{3}{5}S_{\triangle ABD}$. 当 $S_{\triangle AFE}=\frac{2}{5}S_{\triangle ABD}$ 时，由 $\frac{1}{2}AE\times h=\frac{2}{5}\times\frac{1}{2}AD\times BE$，得 $h=\frac{12}{5}$. ∴ $n=\frac{12}{5}-2=\frac{2}{5}$，把 $n=\frac{2}{5}$ 代入 $y=x+1$，得 $m=-\frac{3}{5}$，

∴ $F_1\left(-\frac{3}{5},\frac{2}{5}\right)$，当 $S_{\triangle AEF}=\frac{3}{5}S_{\triangle ABD}$ 时，同理可得 $h=\frac{18}{5}$，$n=\frac{8}{5}$，$m=\frac{3}{5}$.

∴ $F_1\left(\frac{3}{5},\frac{8}{5}\right)$. ② 设点 F 在边 BD 上.

(方法一) 当 $S_{\triangle ABD}=\frac{2}{5}S_{\triangle AED}$ 时，由 $\frac{1}{2}ED\times h=\frac{2}{5}\times\frac{1}{2}AD\times BE$，得 $h=\frac{24}{5}$，$h>BE$. 当 $S_{\triangle EFD}=\frac{3}{5}S_{\triangle ABD}$ 时，同理可得 $h=\frac{36}{5}$，$h>BE$.

∴ 边 BD 上不存在符合条件的点 F.

(方法二) ∵ $S_{\triangle EFD}=\frac{1}{2}ED\times BE=\frac{1}{2}\times2\times4=4$，$S_{ABD}=\frac{1}{2}AD\times BE=\frac{1}{2}\times6\times4=12$，

∴ $S_{\triangle BED}=\frac{1}{3}S_{\triangle ABD}<\frac{2}{5}S_{\triangle ABD}$. ∵ $S_{\triangle EDF}\leqslant S_{\triangle AED}$，∴ $S_{\triangle FED}<\frac{2}{5}$，$S_{\triangle ABD}<\frac{3}{5}S_{ABD}$.

∴ 边 BD 上不存在符合条件的点 F，由①，②得点 F 的坐标分别为 $F_1\left(-\frac{3}{5},\frac{2}{5}\right)$，$F_2\left(\frac{3}{5},\frac{8}{5}\right)$.

※**例 37**　(宜宾市，2003) 如图 1－15，已知抛物线 $y=x^2-(m+1)x+m$.

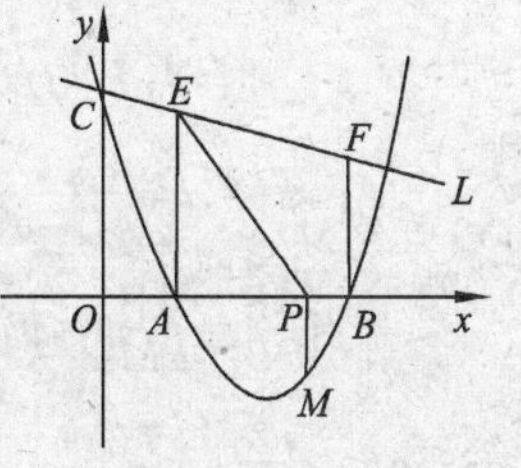

图 1－15

(1) 求证：无论 m 取什么实数，这条抛物线与 x 轴一定有交点；

(2) 设这条抛物线与 x 轴的正轴交于 $A(x_1,0)$，$B(x_2,0)$ 两点(设 A 点在 B 点的左侧)，当线段 AB 长为 3 时，求抛物线的解析式，以及 A、B 两点的坐标；

(3) 设(2)中的抛物线与 y 轴交于点 C，过 A、B 两点分别作两条直线与 x 轴垂直，又过点 C 作直线 L，L 与这两条直线依次交于 x 轴上，与 E、F 两点，如果梯形 $ABFE$ 的面积等于 9，求直线 L 的解析式；

(4) 设线段 AB 上有一个动点 P，P 从 A 点出发向 B 点移动(但不与 B 点重合)，过 P 点作 PM 垂直 x 轴，交(2)中的抛物线于点 M. 设 $AP=t(t>0)$，问：是否存在这样的 t，它使 Rt△EAP 与 Rt△MPB 相似？如果存在，求出 t 的值；如果不存在，请说明理由.

分析　(1) 证 $\Delta\geqslant0$；(2) 由 $AB=x_2-x_1=3$ 求 m；(3) 易知直线 EF 为 $y=kx+4$，$E(1,k+4)$，$F(4,4k+4)$，由 $S_{梯形ABFE}=9$ 可求 k 值；(4) 分△EAP∽△MPB 和△EAP∽△BPM 讨论.

解　(1) 证明　∵ $y=0$ 时，一元二次方程 $x^2-(m+1)x+m=0$ 根的判别式 $\Delta=[-(m+1)]^2-4m=(m-1)^2$.

∵ 无论 m 取什么实数，都有 $(m-1)^2\geqslant0$ 成立，即 $\Delta\geqslant0$ 成立.

∴ 方程 $x^2-(m+1)x+m=0$ 必定有实根，即抛物线与 x 轴一定有交点.

(2) 由题意,可设 $x_2>x_1>0$,则 $x_2-x_1>0$,$AB=x_2-x_1=3$.

由一元二次方程根与系数关系,有 $x_1+x_2=m+1$,$x_2x_2=m$.

∴ $(x_2-x_1)^2=(x_1+x_2)^2-4x_1x_2=(m+1)^2-4m=(m-1)^2$.

∴ $(m-1)^2=9$,解得 $m_1=4$,$m_2=-2$.

当 $m=-2$ 时,与 $x_1x_2=m>0$ 不符合,∴ 只取 $m=4$.

∴ 所求抛物线的解析式为 $y=x^2-5x+4$.

当 $x^2-5x+4=0$ 时,解得 $x_1=1$,$x_2=4$,∴ $A(1,0)$,$B(4,0)$.

(3) ∵ 抛物线 $y=x^2-5x+4$ 与 y 轴交于点 C. ∴ $C(0,4)$,

∴ 可设直线 L 的解析式为 $y=kx+4$.

∵ AE、BF 分别与 x 轴垂直,∴ 可设 $E(1,y)$,$F(4,y_2)$.

∵ E、F 都在 x 轴上方,∴ $y_1>0$,$y_2>0$.

而 $AE=y_1=k+4$,$BF=y_2=4k+4$.

∵ $S_{梯形ABFE}=9$,∴ $\frac{1}{2}(AE+BF)\cdot AB=9$.

即 $\frac{1}{2}(y_1+y_2)\cdot 3=9$,∴ $\frac{1}{2}[(k+4)+(4k+4)]=3$,

解得 $k=-\frac{2}{5}$,∴ 直线 L 的解析式为 $y=-\frac{2}{5}x+4$.

(4) 若存在 t,使 Rt△EAP 与 Rt△MPB 相似.

∵ $AP=t$,∴ $P(1+t,0)$,$BP=3-t$,$AE=y_1=3\frac{3}{5}$.

而 $PM=|(1+t)^2-5(1+t)+4|=-[(1+t)^2-5(1+t)+4]=3t-t^2$.

∵ 要使 Rt△EAP 与 Rt△MPB 相似,应有两种可能情形:

① 当 $\frac{AE}{PM}=\frac{AP}{PB}$ 时,有 Rt△EAP∽Rt△MPB.

即有 $\frac{3\frac{3}{5}}{3t-t^2}=\frac{t}{3-t}$,整理,得 $(3-t)\left(t^2-\frac{18}{5}\right)=0$.

∵ $t=3$ 时,点 P 与点 B 重合,不合题意,∴ $t\neq 3$.

∴ $t^2=\frac{18}{5}$,$t=\pm\frac{3\sqrt{10}}{5}$,∵ $t>0$,∴ 取 $t=\frac{3\sqrt{10}}{5}$ 时,符合条件.

② 当 $\frac{AE}{PB}=\frac{AP}{PM}$ 时,仍有 Rt△EAP∽Rt△BPM.

即有 $\frac{3\frac{3}{5}}{3-t}=\frac{t}{3t-t^2}$,整理,得 $t(3-t)=0$. 解得 $t_1=0$,$t_2=3$.

当 $t=0$ 或 $t=3$ 时均不符合题设条件,即这种情形不可能.

综合①②得结论:存在 t,当它的值 $t=\frac{3\sqrt{10}}{5}$ 时,可使 Rt△EAP 与 Rt△MPB 相似.

说明　两直角三角形相似,一般有两种对应的可能.

例 38　(北京市海淀区,2005)已知抛物线 $x^2-mx+m-2$.

(1) 求证此抛物线与 x 轴有两个不同的交点;

(2) 若 m 是整数,抛物线 $y=x^2-mx+m-2$ 与 x 轴交于整数点,求 m 的值;

(3) 在(2)的条件下,设抛物线的顶点为 A,抛物线与 x 轴的两个交点中右侧交点为 B. 若 m 为坐标轴上一点,且 $MA=MB$,求点 M 的坐标.

解　(1) 证明：令 $y=0$，则 $x^2-mx+m-2=0$.

因为 $\Delta=m^2-4m+8=(m-2)^2+4>0$，

所以此抛物线与 x 轴有两个不同的交点.

(2) 因为关于 x 的方程 $x^2-mx+m-2=0$ 的根为 $x=\dfrac{m\pm\sqrt{(m-2)^2+4}}{2}$，

由 m 为整数，当 $(m-2)^2+4$ 为完全平方数时，此抛物线与 x 轴才有可能交于整数点.

设 $(m-2)^2+4=n^2$（其中 n 为整数），则 $[n+(m-2)][n-(m-2)]=4$

因为 $n+(m-2)$ 与 $n-(m-2)$ 的奇偶性相同，所以 $\begin{cases}n+m-2=2,\\ n-m+2=2;\end{cases}$ 或 $\begin{cases}n+m-2=-2,\\ n-m+2=-2.\end{cases}$

解得 $m=2$.

经过检验，当 $m=2$ 时，方程 $x^2-mx+m-2=0$ 有整数根. 所以 $m=2$.

(3) 当 $m=2$ 时，此二次函数解析式为

$y=x^2-2x=(x-1)^2-1$，则顶点坐标为 $(1,-1)$.

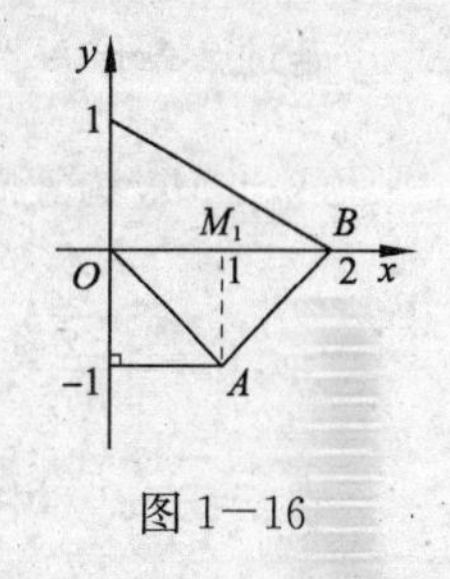

图 1－16

抛物线与 x 轴的交点为 $O(0,0)$、$B(2,0)$.

设抛物线的对称轴与 x 轴交于点 M_1，则 $M_1(1,0)$.

在直角三角形 AM_1O 中，由勾股定理，得 $AO=\sqrt{2}$.

由抛物线的对称性可得，$AB=AO=\sqrt{2}$.

又 $(\sqrt{2})^2+(\sqrt{2})^2=2^2$，即 $OA^2+AB^2=OB^2$.

所以 $\triangle ABO$ 为等腰直角三角形.

则 $M_1A=M_1B$.

所以 $M_1(1,0)$ 为所求的点.

若满足条件的点 M_2 在 y 轴上时，设 M_2 坐标为 $(0,y)$，

过 A 作 $AN\perp y$ 轴于 N，连结 AM_2、BM_2，则 $M_2A=M_2B$.

由勾股定理，有 $M_2A^2=M_2N^2+AN^2$；$M_2B^2=M_2O^2+OB^2$，

即 $(y+1)^2+1^2=y^2+2^2$.

解得 $y=1$.

所以 $M_2(0,1)$ 为所求的点.

综上所述，满足条件的 M 点的坐标为 $(1,0)$ 或 $(0,1)$.

例 39　（随州市，2002）已知开口向上的抛物线 $y=ax^2+bx+c$ 与 x 轴的一个交点是点 $A(4,0)$，另一个交点是点 B，与 y 轴交于点 C，且该抛物线顶点的横坐标为 1，$\triangle AOC$ 的面积为 6.

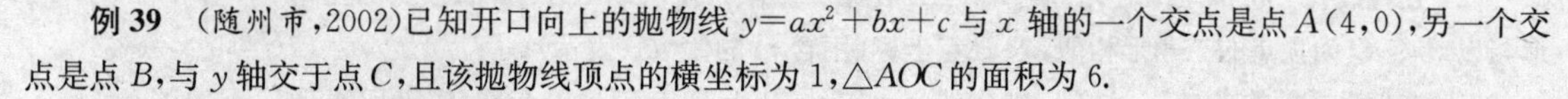

(1) 求出点 B 和点 C 的坐标；

(2) 求出该抛物线的解析式；

(3) 在以 A,B,C 三点为顶点的 $\triangle ABC$ 中，设点 M 是 AC 边上的一个动点，过点 M 作 $MN\parallel AB$，交 BC 于点 N. 试问：在 x 轴上是否存在点 P，使得 $\triangle PMN$ 为等腰直角三角形？若存在，求出点 P 的坐标；若不存在，请说明理由.

解　(1) ∵ 抛物线 $y=ax^2+bx+c$ 与 x 轴的一个交点为 $A(4,0)$，且它的对称轴为直线 $x=1$，∴ 由其对称性知 $B(-2,0)$.

由题意，点 C 的坐标为 $(0,c)$，$S_{\triangle AOC}=\dfrac{1}{2}\cdot OA\cdot OC=\dfrac{1}{2}\times4\times|c|=6$.

∴ $c=3$ 或 -3. 又抛物线的开口向上，∴ 取 $c=-3$，即 $C(0,-3)$.

(2) 由题意，设所求抛物线的解析式为 $y=a(x-4)(x+2)$，把 $C(0,-3)$ 代入，得 $a=\dfrac{3}{8}$.

∴ 所求抛物线的解析式为 $y=\frac{3}{8}(x-4)(x+2)$，即 $y=\frac{3}{8}x^2-\frac{3}{4}x-3$.

(3) 设满足条件的点 P 存在，MN 交 y 轴于点 E.

① 当 MN 为等腰直角三角形 PMN 的一腰时，过点 M 作 $MP\perp x$ 轴于点 P.

设 $MN=a$，则 $MP=EO=a$，

∵ $MN/\!/AB$，∴ $\frac{MN}{AB}=\frac{CE}{CO}$. 即 $\frac{a}{6}=\frac{3-a}{3}$. $a=2$.

∴ 过点 E 且平行于 x 轴的直线 MN 可记为 $y=-2$.

又过点 $A(4,0)$，$C(0,-3)$ 的直线为 $y=\frac{3}{4}x-3$，

∴ $M\left(\frac{4}{3},-2\right)$，$P$ 点坐标为 $\left(\frac{4}{3},0\right)$.

若过点 N 作 $NP_1\perp x$ 轴于 P_1，易求出点 P_1 的坐标为 $\left(-\frac{2}{3},0\right)$.

② 当 MN 为等腰直角三角形 PMN 的底边时，设 $MN=b$，则 $EO=\frac{1}{2}b$.

∴ $\frac{b}{6}=\frac{3-\frac{1}{2}b}{3}$. $b=3$. ∴ $MN=3$，$EO=\frac{3}{2}$.

在 $y=\frac{3}{4}x-3$ 中，当 $y=-\frac{3}{2}$ 时，$x=2$　即 $M\left(2,-\frac{3}{2}\right)$.

由 $MN=3$，$M\left(2,-\frac{3}{2}\right)$ 知 MN 中点的坐标为 $F\left(\frac{1}{2},-\frac{3}{2}\right)$.

过点 F 作 $FP_2\perp x$ 轴于 P_2，则 $P_2\left(\frac{1}{2},0\right)$.

∴ 满足条件的点 P 的坐标为 $\left(\frac{4}{3},0\right)$，$\left(-\frac{2}{3},0\right)$ 或 $\left(\frac{1}{2},0\right)$.

说明　等腰直角三角形在函数类的题型中应用时，一般常利用腰相等或底边上的高等于底边的一半转化结论.

例 40　已知：如图 1－17，二次函数 $y=2x^2-2$ 的图象与 x 轴交于 A、B 两点(点 A 在点 B 的左边)，与 y 轴交于点 C. 直线 $x=m(m>1)$ 与 x 轴交于点 D.

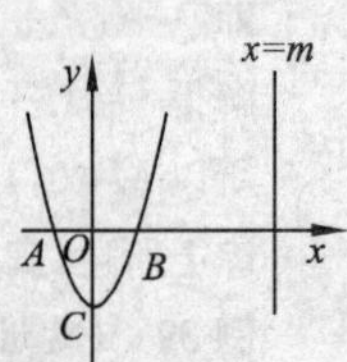

图 1－17

(1) 求 A、B、C 三点的坐标；

(2) 在直线 $x=m(m>1)$ 上有一点 P(点 P 在第一象限)，使得以 P、D、B 为顶点的三角形与以 B、C、O 为顶点的三角形相似，求 P 点坐标(用含 m 的代数式表示)；

(3) 在(2)成立的条件下，试问：抛物线 $y=2x^2-2$ 上是否存在一点 Q，使得四边形 $ABPQ$ 为平行四边形？如果存在这样的点 Q，请求出 m 的值；如果不存在，请简要说明理由.

分析　(1) 略；(2) 分 $\triangle PDB\backsim\triangle COB$ 和 $\triangle PDB\backsim\triangle BOC$ 两种情况讨论；(3) 由四边形 $ABPQ$ 为平行四边形得 $PQ=AB=2$，再由(2)分别表示 Q 点坐标(用含 m 的式子表示)，并由 Q 在抛物线 $y=2x^2-2$ 求 m 的值.

解　(1) 令 $y=0$，得 $2x^2-2=0$，解得 $x=\pm1$.

∴ 点 A 为 $(-1,0)$，点 B 为 $(1,0)$. 令 $x=0$，得 $y=-2$，所以点 C 为 $(0,-2)$.

(2) ① 当 $\triangle PDB\backsim\triangle BOC$ 时，$\frac{PD}{OB}=\frac{BD}{OC}$，∵ $OB=1$，$BD=m-1$，$OC=2$，∴ $PD=\frac{m-1}{2}$. ∴ $P\left(m,\frac{m-1}{2}\right)$.

② 当 $\triangle PDB\backsim\triangle COB$ 时，$\frac{PD}{OC}=\frac{BD}{OB}$. ∵ $BD=m-1$，$OC=2$，$OB=1$. ∴ $PD=2(m-1)$.

∴ $P(m,2m-2)$.

(3) 假设抛物线 $y=2x^2-2$ 上存在一点 Q，使得四边形 $ABPQ$ 为平行四边形. ∴ $PQ=AB=2$.

当 P 为 $(m,2m-2)$ 时，Q 为 $(m-2,2m-2)$. ∵ Q 在抛物线 $y=2x^2-2$ 图象上，∴ $2m-2=2(m-2)^2-2$，∴ $m^2-5m+4=0$. ∴ $m_1=1$（舍去），$m_2=4$.

当 P 为 $\left(m,\frac{m-1}{2}\right)$ 时，Q 为 $\left(m-2,\frac{m-1}{2}\right)$. ∵ Q 在抛物线 $y=2x^2-2$ 图象上，∴ $\frac{m-1}{2}=2(m-2)^2-2$.

∴ $4m^2-17m+13=0$. ∴ $m_1=1$（舍去），$m_2=\frac{13}{4}$. ∴ m 的值为 $4,\frac{13}{4}$.

说明 平行四边形在函数类题型中应用的技巧通常是利用对边平行且相等转化结论.

【热点考题精选】

1. 填空题.

(1)（北京市，2006）如果 $|a|=2,|b|=3$，那么 a^2b 的值等于________.

(2)（宁波市，2006）已知关于 x 的方程 $mx=2(m-x)$ 的解满足 $\left|x-\frac{1}{2}\right|-1=0$，则 m 的值是________.

(3)（荆州市，2005）在数轴上，与表示 -1 的点距离为 3 的点所表示的数是________.

(4)（潍坊市，2005）在潍坊市“朝阳读书”系列活动中，某学校为活动优秀班级发放购书券到书店购买工具书. 已知购买 1 本甲种书恰好用 1 张购书券，购买 1 本乙种或丙种书恰好都用 2 张购书券. 某班用 4 张购书券购书，如果用完这 4 张购书券共有________种不同购法（不考虑购书顺序）.

(5)（南宁市，2006）如图是小李发明的填图游戏，游戏规则是：把 5，6，7，8 四个数分别填入图中的空格内，使得网格中每行、每列的数字从左至右和从上到下都按从小到大的顺序排列. 那么一共有________种不同的填法.

1	2	
3	4	
		9

第 1(5) 题

(6)（黑龙江省课改实验区，2005）一次函数 $y=kx+3$ 的图象与坐标轴的两个交点之间的距离为 5，则 k 的值为________.

(7)（黑龙江，2001）已知一次函数 $y=kx+b$ 的图象经过点 $A(4,0)$，且与 x 轴，y 轴围成的三角形的面积为 6，则此一次函数的解析式为________.

(8)（孝感市，1997）A,B 两点关于 y 轴对称，A 在双曲线 $y=\frac{1}{x}$ 上，点 B 在直线 $y=-x$ 上，则 A 点的坐标为________.

(9)（孝感市，2001）已知 $abc\neq 0$，并且 $\frac{a}{b+c}=\frac{b}{a+c}=\frac{c}{a+b}=k$，则 $k=$________.

(10)（黄冈市，1998）若方程 $\frac{1}{4-x^2}+2+\frac{k}{x-2}=0$ 有增根，则 $k=$________.

(11)（恩施，2002）当 $m=$________时，函数 $y=(m+3)x^{2m+1}+4x-5$ 是一个一次函数.

(12)（山西省，2003）多项式 $x^2+px+12$ 可分解为两个一次因式的积，整数 p 的值可以是________（只写一个即可）.

(13) 等腰三角形的两边长分别为 2cm 和 5cm，则它的周长是________.

(14)（芜湖市，2004）关于 x 的方程 $m^2x^2+(2m+3)x+1=0$ 有两个乘积为 1 的实数根，方程 $x^2+(2a+m)x+2a+1-m^2=0$ 有一个大于 0 且小于 4 的实数根，则 a 的整数值是________.

(15)（宜昌市课改实验区，2005）如图，时钟的钟面上标有 1，2，3，……，12 共 12 个数，一条直线把钟面分成了两部分. 请你再用一条直线分割钟面，使钟面被分成三个不同的部分且各部分所包含的几个数的和都相等，则其中的两个部分所包含的几个数分别是________和________.

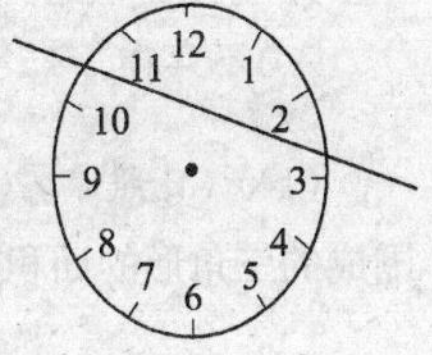

第 1(15) 题

2. 选择题.

(1)（茂名市，2006）已知 $|a|-\sqrt{2}=0$，则 a 的值是（　　）.

A. $\pm\sqrt{2}$　　B. $-\sqrt{2}$　　C. $\sqrt{2}$　　D. 1.4

(2)(哈尔滨市,2006)若 x 的相反数是 3,$|y|=5$,则 $x+y$ 的值为(　　).

A. -8　　B. 2　　C. 8 或 -2　　D. -8 或 2

(3)(广州市,2005)当 $k>0$ 时,双曲线 $y=\frac{k}{x}$ 与直线 $y=-kx$ 的公共点有(　　).

A. 0 个　　B. 1 个　　C. 2 个　　D. 3 个

(4)(黑龙江省课改实验区,2005)甲、乙、丙、丁四名运动员参加 4×100 米接力赛,甲必须为第一接力棒或第四接力棒的运动员,那么这四名运动员在比赛过程中的接棒顺序有(　　).

A. 3 种　　B. 4 种　　C. 6 种　　D. 12 种

(5)(辽宁省十一市,2006)一个三角形的两边长为 3 和 6,第三边的边长是方程 $(x-2)(x-4)=0$ 的根,则这个三角形的周长是(　　).

A. 11　　B. 11 或 13　　C. 13　　D. 11 和 13

(6)(无锡市,1999)代数式 $\frac{a}{|a|}+\frac{b}{|b|}+\frac{c}{|c|}$ 的所有可能的值有(　　).

A. 2 个　　B. 3 个　　C. 4 个　　D. 无数个

(7)(山东省,2000)在直角坐标系中,已知点 $A(-2,0)$,$B(0,4)$,$C(0,3)$,过点 C 作直线交 x 轴于点 D,使得以 D,O,C 为顶点的三角形与 $\triangle AOB$ 相似,这样的直线最多可以作(　　).

A. 2 条　　B. 3 条　　C. 4 条　　D. 6 条

(8)(盐城市,1996)在直线 $y=\frac{1}{2}x+\frac{1}{2}$ 上,到 x 轴或 y 轴的距离为 1 的点有(　　).

A. 1 个　　B. 2 个　　C. 3 个　　D. 4 个

(9)(淮安市,2002)在平面直角坐标系 xOy 中,已知 $A(2,-2)$,在 y 轴上确定点 P,使 $\triangle AOP$ 为等腰三角形,则符合条件的点 P 共有(　　).

A. 2 个　　B. 3 个　　C. 4 个　　D. 5 个

(10)(绵阳市,2002)在反比例函数 $y=\frac{6}{x}$ 的图象上,到坐标原点 O 的距离等于 $\sqrt{11}$ 的点有(　　).

A. 0 个　　B. 2 个

C. 3 个　　D. 4 个

(11)(南昌市,2002)如图,$P(x,y)$ 是以坐标原点为圆心,5 为半径的圆周上的点,若 x,y 都是整数,则这样的点共有(　　).

A. 4 个　　B. 8 个

C. 12 个　　D. 16 个

第 2(11) 题

(12)(杭州市,2004)要使二次三项式 x^2-5x+p 在整数范围内能进行因式分解,那么整数 p 的取值可以(　　).

A. 2 个　　B. 4 个　　C. 6 个　　D. 无数个

(13)(济宁市,2004)已知关于 x 的方程 $k^2x^2-(2k-1)x+1=0$ 有两个不相等的实数根,那么使该方程的两个实数根互为相反数的 k 的值是(　　).

A. 不存在　　B. 1　　C. -1.　　D. $\frac{1}{2}$

(14)(日照市,2006)已知直线 $y=mx-1$ 上有一点 $B(1,n)$,它到原点的距离是 $\sqrt{10}$,则此直线与两坐标轴围成的三角形的面积为(　　).

A. $\frac{1}{2}$　　B. $\frac{1}{4}$ 或 $\frac{1}{2}$　　C. $\frac{1}{4}$ 或 $\frac{1}{8}$　　D. $\frac{1}{8}$ 或 $\frac{1}{2}$

(15)(日照市,2006)已知在正方形网格中,每个小方格都是边长为 1 的正方形,A、B 两点在小方格的顶点上，位置如图所示，点 C 也在小方格的顶点上，且以 A、B、C 为顶点的三角形面积为 1，则点 C 的个数为(　　).

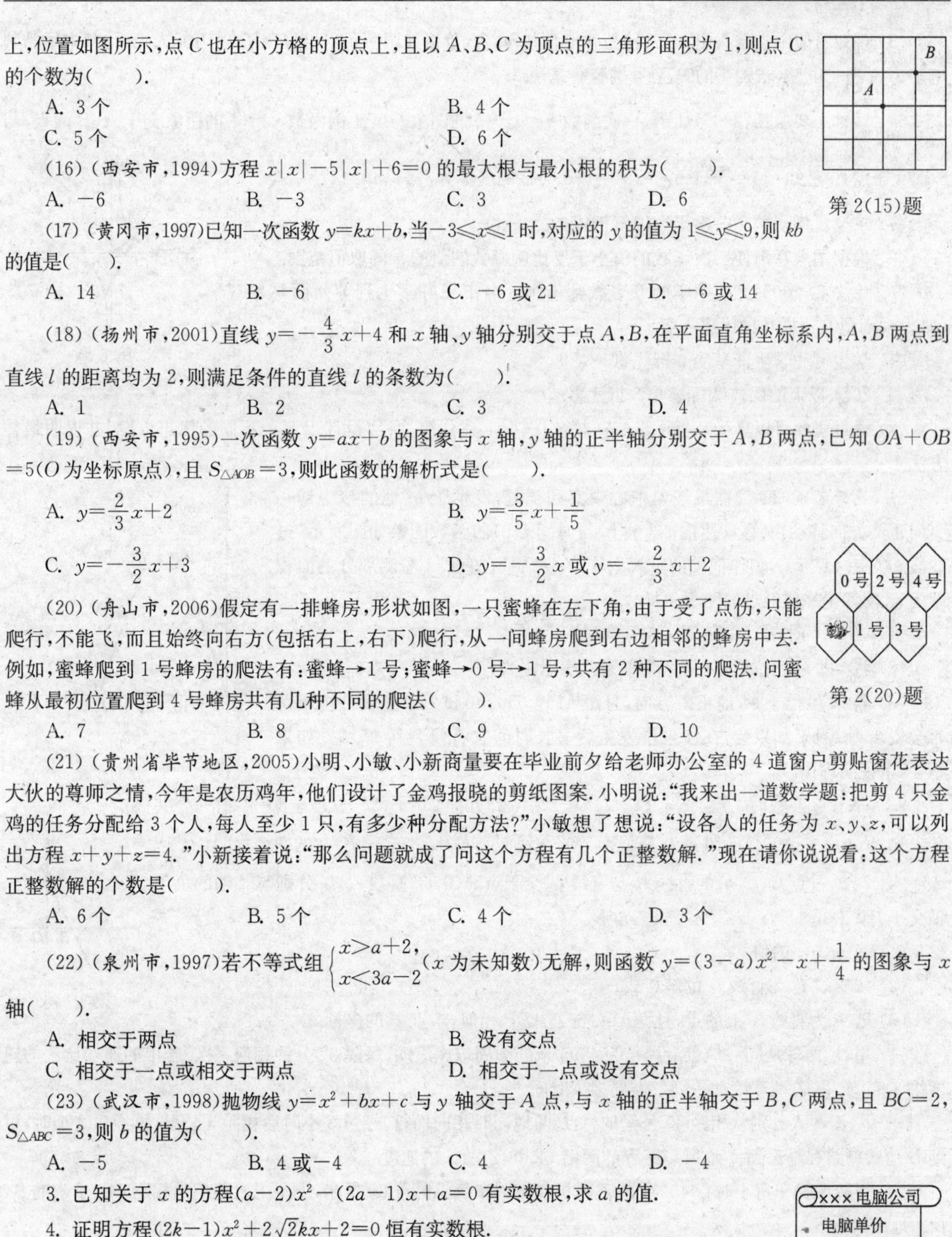

第 2(15)题

A. 3 个　　B. 4 个

C. 5 个　　D. 6 个

(16) (西安市，1994)方程 $x|x|-5|x|+6=0$ 的最大根与最小根的积为(　　).

A. -6　　B. -3　　C. 3　　D. 6

(17) (黄冈市，1997)已知一次函数 $y=kx+b$，当 $-3\leqslant x\leqslant 1$ 时，对应的 y 的值为 $1\leqslant y\leqslant 9$，则 kb 的值是(　　).

A. 14　　B. -6　　C. -6 或 21　　D. -6 或 14

(18) (扬州市，2001)直线 $y=-\frac{4}{3}x+4$ 和 x 轴、y 轴分别交于点 A，B，在平面直角坐标系内，A，B 两点到直线 l 的距离均为 2，则满足条件的直线 l 的条数为(　　).

A. 1　　B. 2　　C. 3　　D. 4

(19) (西安市，1995)一次函数 $y=ax+b$ 的图象与 x 轴，y 轴的正半轴分别交于 A，B 两点，已知 $OA+OB=5$(O 为坐标原点)，且 $S_{\triangle AOB}=3$，则此函数的解析式是(　　).

A. $y=\frac{2}{3}x+2$　　B. $y=\frac{3}{5}x+\frac{1}{5}$

C. $y=-\frac{3}{2}x+3$　　D. $y=-\frac{3}{2}x$ 或 $y=-\frac{2}{3}x+2$

(20) (舟山市，2006)假定有一排蜂房，形状如图，一只蜜蜂在左下角，由于受了点伤，只能爬行，不能飞，而且始终向右方(包括右上，右下)爬行，从一间蜂房爬到右边相邻的蜂房中去. 例如，蜜蜂爬到 1 号蜂房的爬法有：蜜蜂→1 号；蜜蜂→0 号→1 号，共有 2 种不同的爬法. 问蜜蜂从最初位置爬到 4 号蜂房共有几种不同的爬法(　　).

第 2(20)题

A. 7　　B. 8　　C. 9　　D. 10

(21) (贵州省毕节地区，2005)小明、小敏、小新商量要在毕业前夕给老师办公室的 4 道窗户剪贴窗花表达大伙的尊师之情，今年是农历鸡年，他们设计了金鸡报晓的剪纸图案. 小明说：“我来出一道数学题：把剪 4 只金鸡的任务分配给 3 个人，每人至少 1 只，有多少种分配方法?”小敏想了想说：“设各人的任务为 x、y、z，可以列出方程 $x+y+z=4$.”小新接着说：“那么问题就成了问这个方程有几个正整数解.”现在请你说说看：这个方程正整数解的个数是(　　).

A. 6 个　　B. 5 个　　C. 4 个　　D. 3 个

(22) (泉州市，1997)若不等式组 $\begin{cases}x>a+2,\\x<3a-2\end{cases}$ (x 为未知数)无解，则函数 $y=(3-a)x^2-x+\frac{1}{4}$ 的图象与 x 轴(　　).

A. 相交于两点　　B. 没有交点

C. 相交于一点或相交于两点　　D. 相交于一点或没有交点

(23) (武汉市，1998)抛物线 $y=x^2+bx+c$ 与 y 轴交于 A 点，与 x 轴的正半轴交于 B，C 两点，且 $BC=2$，$S_{\triangle ABC}=3$，则 b 的值为(　　).

A. -5　　B. 4 或 -4　　C. 4　　D. -4

3. 已知关于 x 的方程 $(a-2)x^2-(2a-1)x+a=0$ 有实数根，求 a 的值.

4. 证明方程 $(2k-1)x^2+2\sqrt{2}kx+2=0$ 恒有实数根.

5. (浙江省三县、区(市)课改实验区，2005)某电脑公司现有 A，B，C 三种型号的甲品牌电脑和 D，E 两种型号的乙品牌电脑. 希望中学要从甲、乙两种品牌电脑中各选购一种型号的电脑.

×××电脑公司
电脑单价
(单位：元)
A 型：6000
B 型：4000
C 型：2500
D 型：5000
E 型：2000

(1) 写出所有选购方案(利用树状图或列表方法表示)；

(2) 如果(1)中各种选购方案被选中的可能性相同，那么 A 型号电脑被选中的概率是多少?

(3) 现知希望中学购买甲、乙两种品牌电脑共36台(价格如图所示)，恰好用了10万元人民币，其中甲品牌电脑为A型号电脑，求购买的A型号电脑有几台.

6. (四川省实验区，2005)如图，一次函数$y=ax+b$的图象与反比例函数$y=\frac{k}{x}$的图象交于A、B两点，与x轴交于点C，已知$OA=\sqrt{5}$，$\tan\angle AOC=\frac{1}{2}$，点$B$的坐标为$\left(\frac{1}{2},m\right)$.

(1) 求反比例函数和一次函数的解析式；

(2) 根据图象写出使一次函数的值小于反比例函数的值的x的取值范围.

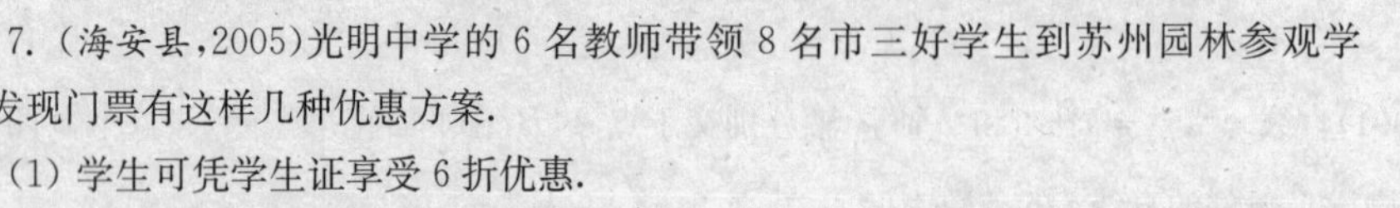

第6题

7. (海安县，2005)光明中学的6名教师带领8名市三好学生到苏州园林参观学习，发现门票有这样几种优惠方案.

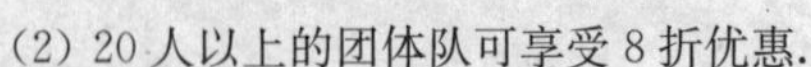

(1) 学生可凭学生证享受6折优惠.

(2) 20人以上的团体队可享受8折优惠.

(3) 通过协商可以享受9折优惠. 请同学们根据上述优惠途径，设计出五种不同的优惠方案，并说明最佳方法.

8. (连云港市，2005)据某气象中心观察和预测：发生于M地的沙尘暴一直向正南方向移动，其移动速度v(km/h)与时间t(h)的函数图象如图所示. 过线段OC上一点$T(t,0)$作横轴的垂线l，梯形$OABC$在直线l左侧部分的面积即为th内沙尘暴所经过的路程s(km).

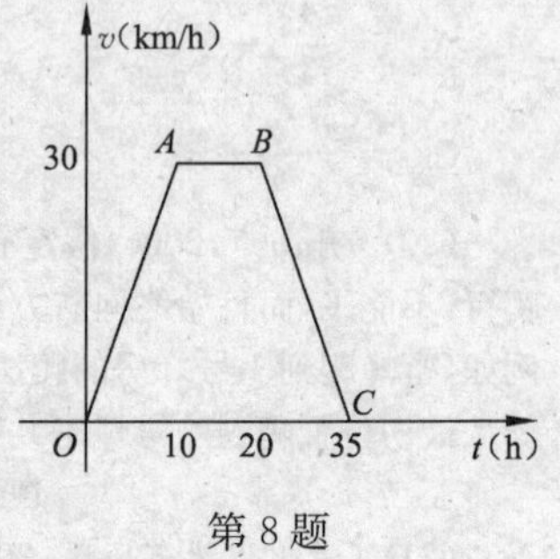

第8题

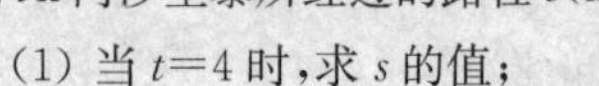

(1) 当$t=4$时，求s的值；

(2) 将s随t变化的规律用数学关系式表示出来；

(3) 若N城位于M地正南方向，且距M地650km，试判断这场沙尘暴是否会侵袭到N城. 如果会，在沙尘暴发生后多长时间它将侵袭到N城？如果不会，请说明理由.

9. k取什么实数时，方程$x^2-(k+2)x+12=0$和方程$2x^2-(3k+1)x+30=0$有一公共根？

10. (南通市，2001)已知m,n是关于x的方程$x^2+(2+\sqrt{3})x+2t=0$的两个根，且$m^2+mn=4+2\sqrt{3}$，过点$Q(m,n)$的直线l_1与直线l_2交于点$A(0,t)$，直线l_1，l_2分别与x轴的负半轴交于B，C(如图)，$\triangle ABC$为等腰三角形.

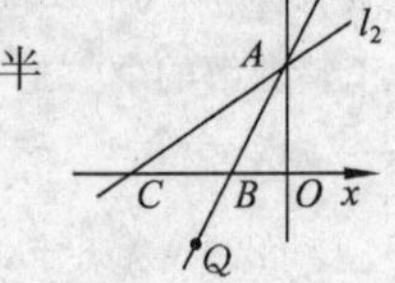

第10题

(1) 求m,n,t的值；

(2) 求直线l_1与直线l_2的解析式；

(3) 若P为直线l_2上的点，且$\triangle ABO$与$\triangle ABP$相似，求点P的坐标.

11. 甲、乙两球从同一地点沿周长为4995米的圆周匀速滚动，每隔37分钟相遇一次. 若甲的速度比乙的速度快3倍，求甲、乙两球滚动一周各需要多少时间.

12. 甲、乙两人分别从相距30公里的A，B两地同时相向而行，经过3小时后相距3公里，再经过2小时，甲到B地所剩路程是乙到A地所剩路程的两倍. 求甲、乙两人的速度.

13. 甲骑摩托车每小时行40千米，乙骑机动脚踏车每小时行20千米，上午七时他们从相距140千米的A，B两地同时出发.

(1) 相向而行，在什么时刻相距20千米？

(2) 同向而行，在什么时刻他们相距20千米？

14. (烟台市，2005)为庆祝"六一"儿童节，某市中小学统一组织文艺会演. 甲、乙两所学校共92人(其中甲校人数多于乙校人数，且甲校人数不够90人)准备统一购买服装参加演出，下面是某服装厂给出的演出服装的价格表：

购买服装的套数	1套至45套	46套至90套	91套及以上
每套服装的价格	60元	50元	40元

如果两所学校分别单独购买服装，一共应付5000元.

(1) 如果甲、乙两校联合起来购买服装，那么比各自购买服装共可以节省多少钱？

(2) 甲、乙两所学校各有多少学生准备参加演出？

(3) 如果甲校有10名同学抽调去参加书法绘画比赛不能参加演出，请你为两所学校设计一种最省钱的购买服装方案.

15. (桂林市课改实验区，2005)已知一元二次方程 $x^2-4x+k=0$ 有两个不相等的实数根.

(1) 求 k 的取值范围；

(2) 如果 k 是符合条件的最大整数，且一元二次方程 $x^2-4x+k=0$ 与 $x^2+mx-1=0$ 有一个相同的根，求此时 m 的值.

16. (北京市，2005)已知：关于 x 的方程 $(a+2)x^2-2ax+a=0$ 有两个不相等的实数根 x_1 和 x_2，并且抛物线 $y=x^2-(2a+1)x+2a-5$ 与 x 轴的两个交点分别位于点(2,0)的两旁.

(1) 求实数 a 的取值范围；

(2) 当 $|x_1|+|x_2|=2\sqrt{2}$ 时，求 a 的值.

17. (资阳市课改区，2006)某乒乓球训练馆准备购买 n 副某种品牌的乒乓球拍，每副球拍配 $k(k\geqslant3)$ 个乒乓球. 已知 A、B 两家超市都有这个品牌的乒乓球拍和乒乓球出售，且每副球拍的标价都为20元，每个乒乓球的标价都为1元. 现两家超市正在促销，A 超市所有商品均打九折(按原价的90%付费)销售，而 B 超市买1副乒乓球拍送3个乒乓球. 若仅考虑购买球拍和乒乓球的费用，请解答下列问题：

(1) 如果只在某一家超市购买所需球拍和乒乓球，那么去 A 超市还是 B 超市买更合算？

(2) 当 $k=12$ 时，请设计最省钱的购买方案.

18. (遂宁市课改实验区，2006)有一种笔记本原售价为每本8元. 甲商场用如下办法促销：每次购买1～8本打九折，9～16本打八五折，17～25本打八折，超过25本打七五折.

乙商场用如下办法促销：

购买本数(本)	1～5	6～10	11～20	超过20
每本价格(元)	7.60	7.20	6.40	6.00

(1) 请仿照乙商场的促销表，列出甲商场促销笔记本的购买本数与每本价格对照表；

(2) 某学校有 A、B 两个班都需要购买这种笔记本. A 班要8本，B 班要15本. 问他们到哪家商场购买花钱较少？

(3) 设某班需购买这种笔记本的本数为 x，且 $9\leqslant x\leqslant40$，总花钱为 y 元，从最省钱的角度出发，写出 y 与 x 的函数关系式.

19. (济南市，1996)已知：抛物线 $y=ax^2+bx+c$ 与 x 轴交于 $A(1,0)$，$B(3,0)$ 两点，且过点 $(-1,16)$ 抛物线的顶点为 C 点，原点为 O 点，对称轴与 x 轴交点为 D 点，若 y 轴正半轴上有一动点 N，使以 A,O,N 三点为顶点的三角形与 C,A,D 三点为顶点的三角形相似.

(1) 求这条抛物线的解析式；

(2) 求 N 点的坐标.

第20题

20. (盐城市，1995)已知：如图：一条抛物线 C_1：$y=-\frac{3}{16}x^2+3$，交 x 轴于点 A,B，与 y 轴交于点 P，另一条抛物线 C_2 过点 B，顶点为 $Q(m,n)$，对称轴与 x 轴相交于点 D，且以 Q,D,B 为顶点的三角形与 P,O,B 为顶点的三角形全等，求 m,n 的值.

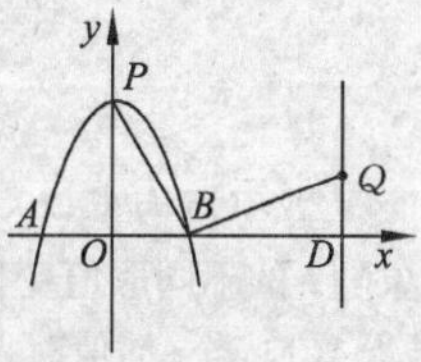

21. (南昌市，1999)抛物线 $y=ax^2+bx+c(a>0)$ 的顶点为 $B(-1,m)(m\neq0)$，并且经过点 $A(-3,0)$. (1) 求此抛物线的解析式(系数和常数项用含 m 的代数式表示)；(2) 若由点 A，原点 O 与抛物线上的一点 P 所构成的三角形是等腰直角三角形，求 m 的值.

22.（大连市，2000）已知直线 $x-2y=-k+b$ 和 $x+3y=4k+1$，若它们的交点在第四象限内.(1) 求 k 的取值范围；(2) 若 k 为非负整数，点 A 的坐标为(2,0)，点 P 在直线 $x-2y=-k+6$ 上.求使△PAO 为等腰三角形的点 P 的坐标.

23. 已知：如图，在直角坐标系中，点 $A(4,0)$，点 $B(0,3)$. 若有一个直角三角形与 Rt△ABO全等，且它们有一条公共边. 请写出这个直角三角形未知顶点的坐标(不必写出计算过程).

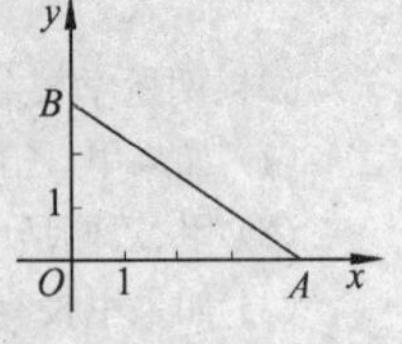

第 23 题

24.（北京市崇文区，2000）已知在直角坐标系中，直线 $y=-\sqrt{3}x+2\sqrt{3}$ 与 x 轴，y 轴分别交于点A，点B，以 AB 为一边的等腰△ABC 的底角为 30°. 请在坐标系中画出△ABC，并求出点 C 的坐标.

25.（厦门市，2000）已知抛物线 $y=\frac{1}{3}x^2+bx+c$ 与 x 轴交于点 $A(-3,0)$，与 y 轴交于点 $E(0,-1)$. (1) 求此二次函数的解析式. (2) 若点 $Q(m,n)$ 在此抛物线上，且 $-3\leqslant m\leqslant 3$. 求 n 的取值范围. 答：________.（注本小题不必写解答过程，只需将答案直接填写在横线上）(3) 设点 B 是此抛物线与 x 轴的另一个交点，P 是抛物线上异于点 B 的一个动点. 连结 BP 交 y 轴于点 N(点 N 在点 E 的上方)，若△AOE∽△BON，求点 P 的坐标.

26.（襄樊市，2000）如图，已知在⊙M 中，弦 AB 所对的劣弧为圆的$\frac{1}{3}$，圆的半径为 2cm，建立如图所示的直角坐标系.

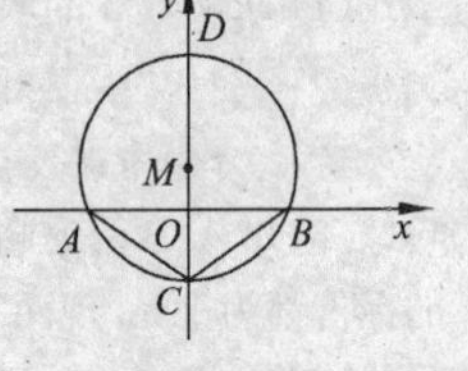

第 26 题

(1) 求圆心 M 的坐标；

(2) 求经过 A,B,C 三点的二次函数解析式；

(3) 点 D 是弦 AB 所对的优弧上一动点，求四边形 $ACBD$ 的最大面积；

(4) 在经过 A,B,C 三点的抛物线上是否存在一点 P，使△PAB 与△ABC 相似？若存在，求出点 P 的坐标；若不存在，请说明理由.

27.（黄冈市，2002）已知：如图，抛物线 C_1 经过 A,B,C 三点，顶点为 D，且与 x 轴的另一个交点为E.

(1) 求抛物线 C_1 的解析式；

(2) 求四边形 $ABDE$ 的面积；

(3) △AOB 与△BDE 是否相似，如果相似，请予以证明；如果不相似，请说明理由；

(4) 设抛物线 C_1 的对称轴与 x 轴交于点 F，另一条抛物线 C_2 经过点 E(抛物线 C_2 与抛物线 C_1 不重合)，且顶点为 $M(a,b)$，对称轴与 x 轴相交于点 G，且以 M、G、E 为顶点的三角形与以 D、E、F 为顶点的三角形全等，求 a、b 的值(只需写出结果，不必写出解答过程).

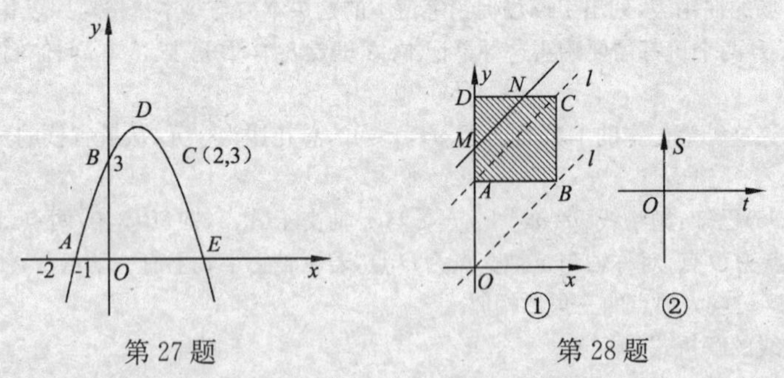

第 27 题　　　第 28 题

28.（河南省，2004）如图①，边长为 2 的正方形 $ABCD$ 中，顶点 A 的坐标是(0,2)，一次函数 $y=x+t$ 的图象随 t 的不同取值变化时，位于 t 的右下方由和正方形的边围成的图形面积为 S(阴影部分).

(1) 当 t 何值时，$S=3$?

(2) 在平面直角坐标系下(图②)，画出 S 与 t 的函数图象.

29.（茂名市，2004）甲、乙两班同学同时从学校沿一路线走向离学校 s 千米的军训地参加训练. 甲班有一半路程以 v_1 千米/小时的速度行走，另一半路程以 v_2 千米/小时的速度行走；乙班有一半时间以 v_1 千米/小时的速度行走，另一半时间以 v_2 千米/小时的速度行走. 设甲、乙两班同学走到军训基地的时间分别为 t_1 小时、t_2 小时. 试用含 s,v_1,v_2 的代数式表示 t_1 和 t_2;请你判断甲、乙两班哪一个的同学先到达军训基地? 并说明理由.

30.（资阳市,2004）如图,在平行四边形 $ABCD$ 中,$AD=4$cm,$\angle A=60°$,$BD\perp AD$. 一动点 P 从 A 出发,以每秒 1cm 的速度沿 $A\to B\to C$ 的路线匀速运动,过点 P 作直线 PM,使 $PM\perp AD$.

(1) 当点 P 运动 2 秒时,设直线 PM 与 AD 相交于点 E,求$\triangle APE$ 的面积;

(2) 当点 P 运动 2 秒时,另一动点 Q 也从 A 出发沿 $A\to B\to C$ 的路线运动,且在 AB 上以每秒 1cm 的速度匀速运动,在 BC 上以每秒 2cm 的速度匀速运动. 过 Q 作直线 QN,使 $QN\parallel PM$. 设点 Q 运动的时间为 t 秒($0\leqslant t\leqslant 10$),直线 PM 与 QN 截平行四边形 $ABCD$ 所得图形的面积为 $S\text{cm}^2$.

① 求 S 关于 t 的函数关系式;

② 求 S 的最大值.

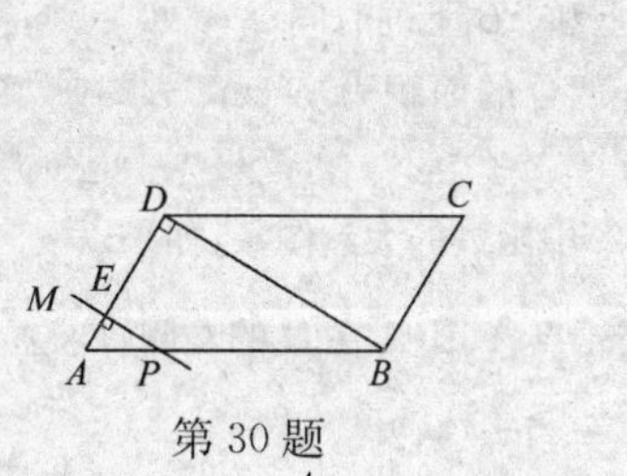

第 30 题

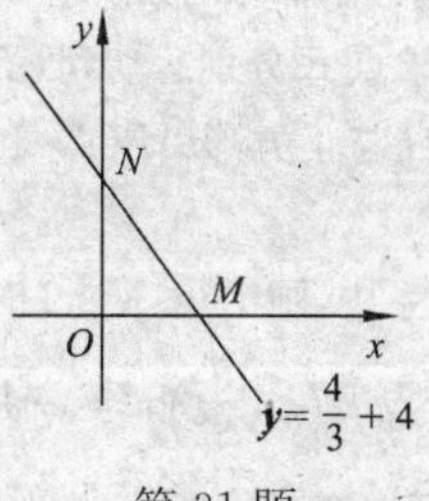

第 31 题

31.（南京市,2003）如图,直线 $y=-\frac{4}{3}x+4$ 与 x 轴、y 轴分别交于点 M,N.

(1) 求 M,N 两点的坐标;

(2) 如果点 P 在坐标轴上,以点 P 为圆心,$\frac{12}{5}$ 为半径的圆与直线 $y=-\frac{4}{3}x+4$ 相切,求点 P 的坐标.

32.（北京市昌平区,2003）已知:抛物线 $y=-x^2+2(m-1)+m+1$ 分别交 x 轴负、正半轴于两点 A,B(A 在 B 左侧),与 y 轴交于点 C,顶点为 D,且 $OA:OB=1:3$.

(1) 求此抛物线的解析式;

(2) 在$\triangle AOC$,$\triangle BOC$,$\triangle CDB$ 三个三角形中,是否有相似三角形? 若有,指出并证明,若没有,说明理由.

(3) 抛物线上是否存在点 P,使 $S_{\triangle PAM}=8S_{\triangle ACD}$,若存在,求出点 P 的坐标,若不存在,请说明理由.

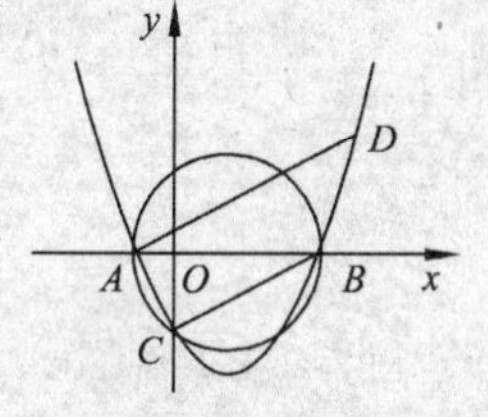

第 32 题

33.（宿迁市课改区,2006）如图,抛物线 $y=-\frac{1}{2}x^2+\frac{5}{2}x-2$ 与 x 轴相交于点 A、B,与 y 轴相交于点 C.

(1) 求证:$\triangle AOC\backsim\triangle COB$;

(2) 过点 C 作 $CD\parallel x$ 轴交抛物线于点 D. 若点 P 在线段 AB 上以每秒 1 个单位的速度由 A 向 B 运动,同时点 Q 在线段 CD 上也以每秒 1 个单位的速度由 D 向 C 运动,则经过几秒后,$PQ=AC$.

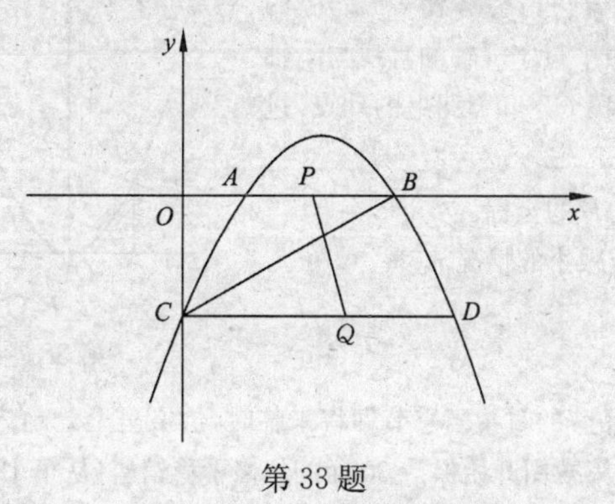

第 33 题

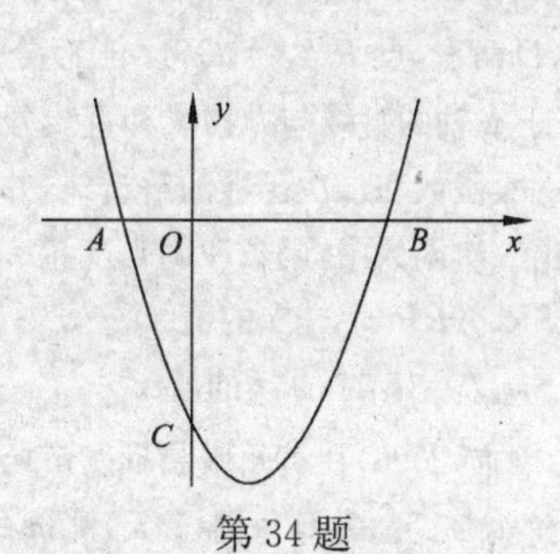

第 34 题

34. (海南省海口市课改实验区,2005)如图,抛物线 $y=x^2+bx+c$ 与 x 轴交于 $A(-1,0)$、$B(3,0)$两点.

(1) 求该抛物线的解析式;

(2) 设(1)中的抛物线上有一个动点 P,当点 P 在该抛物线上滑动到什么位置时,满足 $S_{\triangle PAB}=8$? 并求出此时 P 点的坐标;

(3) 设(1)中的抛物线交 y 轴于 C 点,在该抛物线的对称轴上是否存在点 Q,使得$\triangle QAC$ 的周长最小? 若存在,求出 Q 点的坐标;若不存在,请说明理由.

35. (四川省实验区,2005)如图,正方形 $ABCD$ 的边长为 5cm,Rt$\triangle EFG$中,$\angle G=90°$,$FG=4$cm,$EG=3$cm,且点 B、F、C、G 在直线 l 上,$\triangle EFG$ 由 F、C 重合的位置开始,以 1cm/秒的速度沿直线 l 按箭头所表示的方向做匀速直线运动.

(1) 当$\triangle EFG$运动时,求点 E 分别运动到 CD 上和 AB 上的时间;

(2) 设 x(秒)后,$\triangle EFG$ 与正方形 $ABCD$ 重合部分的面积为 y(cm^2),求 y 与 x 的函数关系式;

(3) 在下面的直角坐标系中,画出 $0\leqslant x\leqslant 2$ 时(2)中函数的大致图象;如果以 O 为圆心的圆与该图象交于点 $P\left(x,\dfrac{8}{9}\right)$,与 x 轴交于点 A、B(A 在 B 的左侧),求$\angle PAB$ 的度数.

第 35 题

36. (江阴市,2006)已知抛物线 $y=ax^2+bx+c$ 经过点(1,2).

(1) 若 $a=1$,抛物线顶点为 A,它与 x 轴交于两点 B、C,且$\triangle ABC$ 为等边三角形,求 b 的值.

(2) 若 $abc=4$,且 $a\geqslant b\geqslant c$,求$|a|+|b|+|c|$的最小值.

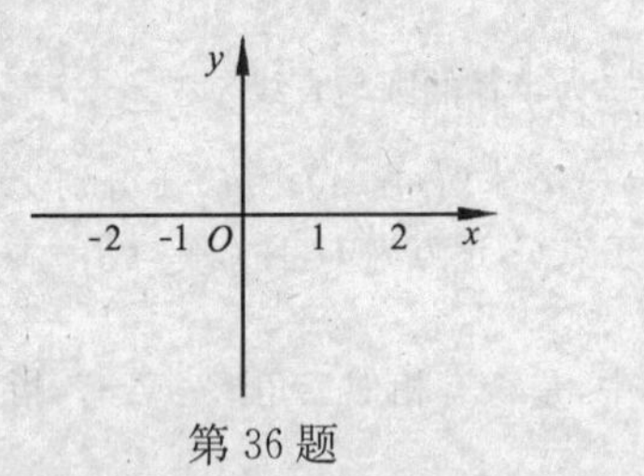

第 36 题

第 37 题

37. (上海市,2006)如图,在直角坐标系中,O 为原点. 点 A 在 x 轴的正半轴上,点 B 在 y 轴的正半轴上,tg$\angle OAB=2$. 二次函数 $y=x^2+mx+2$ 的图象经过点 A,B,顶点为 D.

(1) 求这个二次函数的解析式;

(2) 将$\triangle OAB$绕点A 顺时针旋转 90°后,点 B 落到点C 的位置. 将上述二次函数图象沿 y 轴向上或向下平移后经过点 C. 请直接写出点 C 的坐标和平移后所得图象的函数解析式;

(3) 设(2)中平移后所得二次函数图象与 y 轴的交点为 B_1,顶点为 D_1. 点 P 在平移后的二次函数图象上,且满足$\triangle PBB_1$ 的面积是$\triangle PDD_1$ 面积的 2 倍,求点 P 的坐标.

38. (菏泽市,2006)如图,二次函数 $y=ax^2$ 的图象与一次函数 $y=x+b$ 的图象相交于$A(-2,2)$,B 两点,从点 A 和点B 分别引平行于 y 轴的直线与x 轴分别交于 C,D 两点,点 $P(t,0)$,$Q(4,t+3)$分别为线段 CD 和 BD 上的动点,过点 P 且平行于 y 轴的直线与抛物线和直线分别交于R,S.

(1) 求一次函数和二次函数的解析式,并求出点 B 的坐标.

(2) 指出二次函数中,函数 y 随自变量 x 增大或减小的情况.

(3) 当 $SR=2RP$ 时,求 t 的值.

(4) 当 $S_{\triangle BRQ}=15$ 时,求 t 的值.

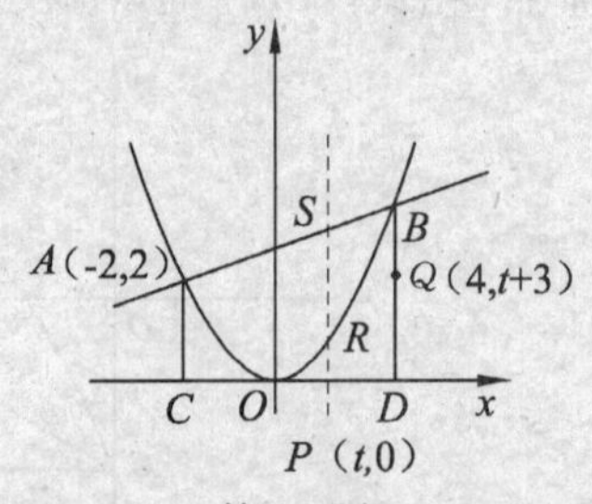

第 38 题

39. (黄冈市,2006)在黄州服装批发市场,某种品牌的时装当季节即将来临时,价格呈上升趋势. 设这种时装开始时定价为 20 元,并且每周(7 天)涨价 2 元,从第 6 周开始保持 30 元的价格平稳销售;从第 12 周开始,当季节即将过去时,平均每周减价 2 元,直到第 16 周周末,该服装不再销售.

(1) 试建立销售价 y 与周次 x 之间的函数关系式；

(2) 若这种时装每件进价 z 与周次 x 之间的关系为 $z=-0.125(x-8)^2+12$，$1\leqslant x\leqslant 16$，且 x 为整数，试问该服装第几周出售时，每件销售利润最大？最大利润是多少？

40. (北京市海淀区，2005)已知抛物线 $y=x^2-mx+m-2$.

(1) 求证此抛物线与 x 轴有两个不同的交点；

(2) 若 m 是整数，抛物线 $y=x^2-mx+m-2$ 与 x 轴交于整数点，求 m 的值；

(3) 在(2)的条件下，设抛物线顶点为 A，抛物线与 x 轴的两个交点中右侧交点为 B. 若 M 为坐标轴上一点，且 $MA=MB$，求点 M 的坐标.

41. (常州市，2006)在平面直角坐标系中，已知二次函数 $y=a(x-1)^2+k$ 的图象与 x 轴相交于点 A、B，顶点为 C，点 D 在这个二次函数图象的对称轴上，若四边形 $ABCD$ 时一个边长为 2 且有一个内角为 60°的菱形，求此二次函数的表达式.

42. (十堰市实验区，2006)综合运用：已知抛物线 C_1：$y=-x^2+2mx+n$(m，n 为常数，且 $m\neq 0$，$n>0$)的顶点为 A，与 y 轴交于点 C；抛物线 C_2 与抛物线 C_1 关于 y 轴对称，其顶点为 B，连接 AC，BC，AB.

注：抛物线 $y=ax^2+bx+c(a\neq 0)$ 的顶点坐标为 $\left(-\dfrac{b}{2a},\dfrac{4ac-b^2}{4a}\right)$.

(1) 请在横线上直接写出抛物线 C_2 的解析式：____________________________；

(2) 当 $m=1$ 时，判定△ABC 的形状，并说明理由；

(3) 抛物线 C_1 上是否存在点 P，使得四边形 $ABCP$ 为菱形？如果存在，请求出 m 的值；如果不存在，请说明理由.

第二章　几何中的分类讨论问题

2.1　直线图形中的分类讨论问题

【经典考题精析】

有些几何问题，尤其是未给出图形的几何题，根据所给的条件，满足条件的图形形状或位置有多种可能的情况，因此，对这类问题必须分类讨论进行解答，否则，解答就不全面，而导致错误．下面举例予以说明．

（一）几何基本知识中的分类讨论问题

例 1　（鄂州市，2002）在同一个平面内，四条直线的交点个数不能是（　　）．

A. 2 个　　B. 3 个　　C. 4 个　　D. 5 个

分析　按不同的位置关系画出四条直线的图形．

解　如图 2－1 所示，四条直线分别有 3 个、4 个、5 个交点的情况（图形不唯一），故四条直线的交点个数不可能是 2 个．故本题选 A．

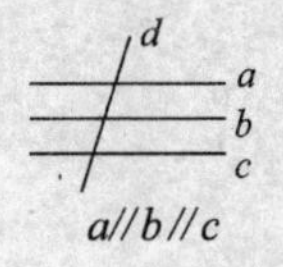

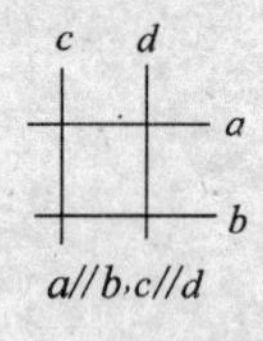

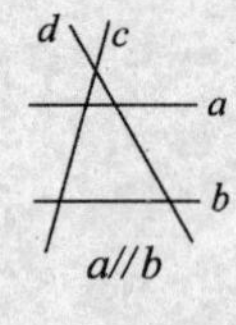

图 2－1

说明　平面内两条直线的位置关系只有两种，即平行或相交．

例 2　（梧州市，2006）$\triangle ABC$ 的边长均是整数，且最大边的边长为 7，那么这样的三角形共有（　　）个．

A. 12　　B. 14　　C. 16　　D. 20

分析　由三角形的三边关系可知，三角形的两边和大于第三边，设另两边为 x，y，由 $x+y>7$ 分类讨论．

解　设三角形的另两边为 x，y，令 $x\leqslant y\leqslant 7$，依题意有 $x+y>7$．

∴ ① 当 $x=1$ 时，$y=7$；② 当 $x=2$ 时，$y=7,6$；

③ 当 $x=3$ 时，$y=7,6,5$；④ 当 $x=4$ 时，$y=7,6,5,4$；

⑤ 当 $x=5$ 时，$y=7,6,5$；⑥ 当 $x=6$ 时，$y=7,6$；

⑦ 当 $x=7$ 时，$y=7$．

故这样的三角形一共有 16 个．所以本题选 C．

说明　本题令“$x\leqslant y\leqslant 7$”起到了十分重要的作用，它令分类讨论十分简便、思路清晰，掌握分类讨论的方法十分关键．

例 3　（内江市，2005）用 12 根火柴棒（等长）拼成一个三角形，火柴棒不允许剩余、重叠和折断，则能摆出的三角形的个数是（　　）．

A. 1　　B. 2　　C. 3　　D. 4

分析　由三角形的周长为 12 和三角形的三边关系分类讨论．

解　设摆出的三角形的三边长为 a,b,c，令 $a\leqslant b\leqslant c$，则有 $a+b+c=12$，且 $a+b>c$. $\therefore$ $12-c>c$，$\therefore$ $c<6$. 又 $a+b+c\geqslant 3a$，$\therefore$ $12\geqslant 3a$. $a\leqslant 4$.

当 $a=1$ 时，$\because$ $c<6$，故 $b>6$，这与 $b\leqslant c$ 相矛盾；当 $a=2$ 时，易知 $b=c=5$ 符合题意；

当 $a=3$ 时，易知 $b=4,c=5$ 符合题意；当 $a=4$ 时，易知 $b=c=4$ 符合题意.

$\therefore$ 能摆出的三角形的个数是 3 个，故本题选 C.

说明　运用不等式的基本性质和分类讨论的方法，从代数的角度解答十分方便. 另本题也可采用摆出的三角形的形状进行分类讨论.

例 4　(济宁市，2005)在同一平面内的三条直线能把该平面分成几部分？并画出相应的图形.

分析　从三条直线的位置关系入手分类讨论.

解　如图 2－2，分四种情况：

1. 当三条直线互相平行时，如下图①把平面分成 4 部分.
2. 当两条直线互相平行，第三条直线与它们相交时，如下图②把平面分成 6 部分.
3. 当三条直线相交于一点时，如下图③把平面分成 6 部分.
4. 当三条直线两两相交，且不交于一点时，如下图④把平面分成 7 部分.

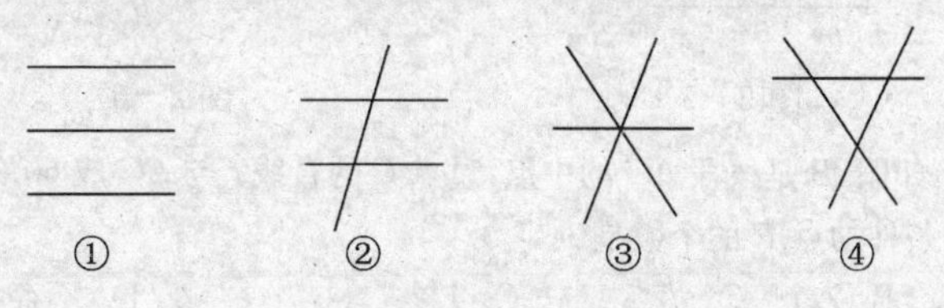

图 2－2

例 5　(聊城市，2002)如图 2－3，矩形 $ABCD$ 被分割成了 6 个边长为 2 的小正方形，共得到 12 个顶点，选取其中三个顶点连成三角形，请回答下列问题：

(1) 面积为 12 的锐角三角形的个数是多少？

(2) 写出所有面积为 10 的三角形.

解　(1) 面积为 12 的锐角三角形的个数是 6 个.

(2) 面积为 10 的三角形有：$\triangle BGF$，$\triangle CPE$，$\triangle AHF$，$\triangle DQE$.

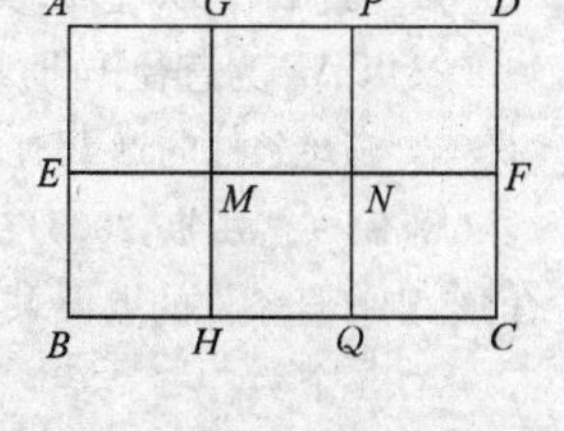

图 2－3

(二) 等腰三角形中的分类讨论问题

例 6　(徐州市，2002)已知等腰三角形一腰上的中线将三角形的周长分成 9cm 和 15cm 两部分，求这个三角形腰长和底边长.

解　设等腰三角形的腰长为 $x$cm，底边长为 $y$cm，由题意得

$$\begin{cases}x+\dfrac{x}{2}=9\\ y+\dfrac{x}{2}=15\end{cases}\text{或}\begin{cases}x+\dfrac{x}{2}=15\\ y+\dfrac{x}{2}=9\end{cases}，\text{解得}\begin{cases}x=6,\\ y=12.\end{cases}\text{或}\begin{cases}x=10,\\ y=4.\end{cases}$$

第一组解不满足三角形两边之和大于第三边，应舍去，故所求等腰三角形腰长为 10cm，底边长为 4cm.

说明　将三角形的周长分成 9cm 和 15cm 的两部分中不含中线长本身.

例 7　(黑龙江省，2003)为美化环境，计划在某小区内用 30 平方米的草皮铺设一块边长为 10 米的等腰三角形绿地，请你求出这个等腰三角形绿地的另两边长.

解　分三种情况计算. 不妨设 $AB=10$ 米，过点 C 作 $CD\perp AB$，垂足为 D. $S_{\triangle ABC}=\dfrac{1}{2}AB\cdot CD$，$CD=6$(米).

(1) AB 为底边时，$AD=DB=5$(米)(如图①)，$AC=BC=\sqrt{6^2+5^2}=\sqrt{61}$(米).

(2) 当 AB 为腰且三角形为锐角三角形时(如图②)，$AB=AC=10$(米).

$AD=\sqrt{AC^2-CD^2}=8$(米)，$BD=2$(米). $BC=\sqrt{6^2+2^2}=2\sqrt{10}$(米).

(3) 当 AB 为腰且三角形为钝角三角形时(如图③)，$AB=BC=10$(米).

$AC=\sqrt{6^2+18^2}=6\sqrt{10}$(米).

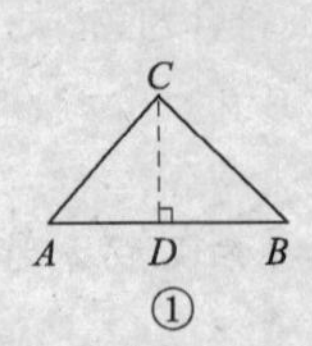

①

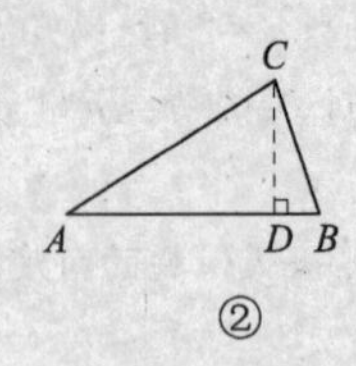

②

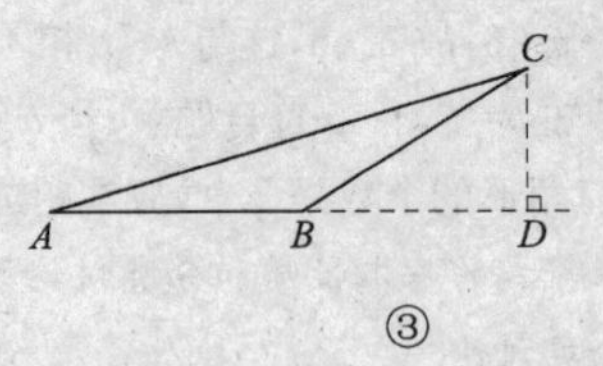

③

图 2—4

说明　等腰三角形分顶角为锐角、直角和钝角三种类型的等腰三角形.在等腰三角形的图形未画出时应注意有多解的可能.

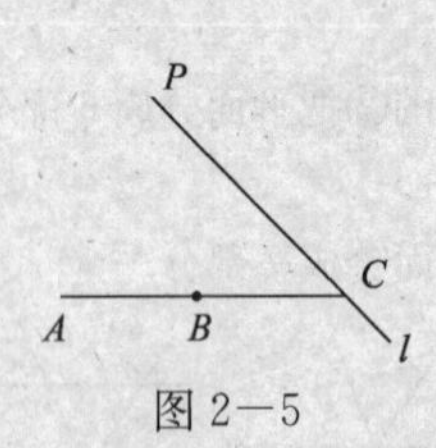

图 2—5

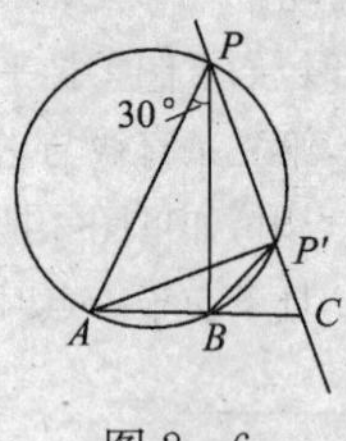

图 2—6

例 8　(德州市，2006)如图，B 是线段 AC 的中点，过点 C 的直线 l 与 AC 成 $60°$ 的角，在直线 l 上取一点 P，使得 $\angle APB=30°$，则满足条件的点 P 的个数是(　　).

A. 3 个　　B. 2 个　　C. 1 个　　D. 不存在

分析　由 P 在 l 上的不同位置分类讨论.

解　过 B 作 $BP\perp AC$ 交 l 于点 P，由 $\angle ACP=60°$ 知 $\angle BPC=30°$. 又 $AB=BC$，则 $\angle APB=\angle BPC=30°$.

又以 AP 为直径作圆，易知圆与 l 相交，设交点为 P'，则 $\angle AP'B=\angle APB=30°$. 如图 2—6 所示.

∴ 满足条件的点 P 有两个，故本题选 B.

例 9　(枣庄市，2005)在直角坐标系中，O 为坐标原点，$A(1,1)$，在 x 轴上确定一点 P，使 $\triangle AOP$ 为等腰三角形，则符合条件的点 P 共有(　　).

A. 1 个　　B. 2 个　　C. 3 个　　D. 4 个

分析　以 OA 为底边和腰进行分类讨论.

解　如图 2—7 所示.

若 OA 为底，则 $P_1(1,0)$；

若 $OA=OP$，则 $P_2(-\sqrt{2},0)$，$P_3(\sqrt{2},0)$；

若 $OA=AP$，则 $P_4(2,0)$.

故符合条件的点 P 共有 4 个，所以本题选 D.

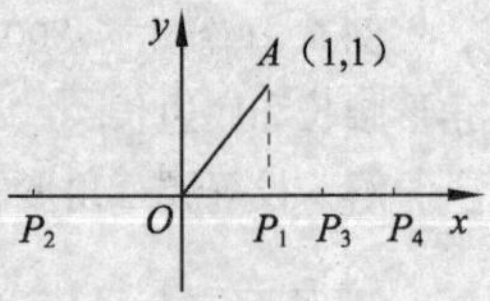

图 2—7

说明　OA 为腰时有两种情况，即 A 为顶角顶点和 O 为顶角顶点.

例 10　(岳阳市，2005)等腰三角形一腰上的高与腰长之比为 1∶2，则等腰三角形顶角的度数为(　　).

A. $30°$　　B. $150°$　　C. $60°$ 或 $120°$　　D. $30°$ 或 $150°$

分析　分腰上的高在三角形的内部和外部两种情况讨论.

解　如图 2—8 所示，$\triangle ABC$ 中，$AB=AC$.

如图①，当 $BD=\frac{1}{2}AB$ 时，$\angle A=30°$.

如图②，当 $BD=\frac{1}{2}AB$ 时，$\angle BAD=30°$. ∴ $\angle BAC=150°$.

∴ 该等腰三角形的顶角为 $30°$ 或 $150°$.

故本题选 D.

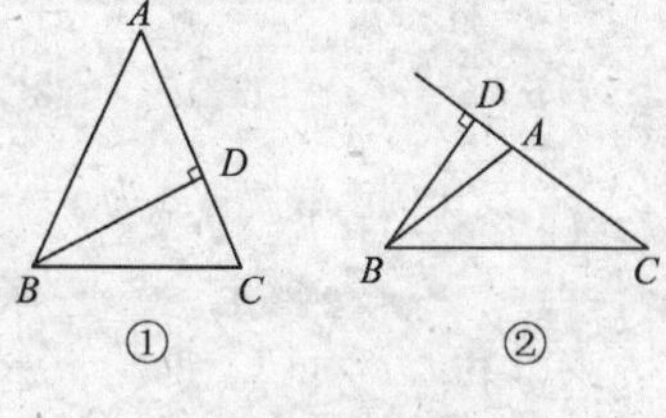

图 2－8

说明　三角形的高可以在三角形的内部或外部，还可以在三角形的边上，在三角形的图形未确定时，应防范有多解可能.

例 11　（哈尔滨市，2000）已知：$\triangle ABC$ 的两边 AB，AC 的长是关于 x 的一元二次方程 $x^2-(2k+3)x+k^2+3k+2=0$ 的两个实数根，第三边 BC 的长为 5.

(1) k 为何值，$\triangle ABC$ 是以 BC 为斜边的直角三角形.

(2) k 为何值时，$\triangle ABC$ 是等腰三角形，并求$\triangle ABC$ 的周长.

分析　(1) 由一元二次方程根与系数的关系和勾股定理求 k；(2) 以 $BC=5$ 为底和腰分类讨论.

解　(1) ∵ AB，AC 是方程 $x^2-(2k+3)+k^2+3k+2=0$ 的两个根，

∴ $AB+AC=2k+3$，$AB\cdot AC=k^2+3k+2$.

又∵ $\triangle ABC$ 是以 BC 为斜边的直角三角形，且 $BC=5$，

∴ $AB^2+AC^2=BC^2$. ∴ $(AB+AC)^2-2AB\cdot AC=25$.

即$(2k+3)^2-2(k^2+3k+2)=25$. ∴ $k^2+3k-10=0$. ∴ $k=-5$ 或 $k=2$.

当 $k=2$ 时，方程为 $x^2-7x+12=0$. 解得 $x_1=3$，$x_2=4$；

当 $k=-5$ 时，方程为 $x^2+7x+12=0$. 解得 $x_1=-3$，$x_2=-4$.（不合题意，舍去）

∴ 当 $k=2$ 时，$\triangle ABC$ 是以 BC 为斜边的直角三角形.

(2) 若$\triangle ABC$ 是等腰三角形，则有① $AB=AC$，② $AB=BC$，③ $AC=BC$ 三种情形.

∵ $\Delta=(2k+3)^2-4(k^2+3k+2)=1>0$，∴ $AB\neq AC$. 故第①种情况不成立.

∴ 当②$AB=BC$ 或③$AC=BC$ 时，5 是方程 $x^2-(2k+3)x+k^2+3k+2=0$ 的根.

∴ $25-5(2k+3)+k^2+3k+2=0$，$k^2-7k+12=0$. ∴ $k=3$ 或 $k=4$.

当 $k=3$ 时，$x^2-9x+20=0$，∴ $x_1=4$，$x_2=5$.

∴ 等腰$\triangle ABC$ 的三边长分别为 5，5，4，周长为 14；

当 $k=4$ 时，$x^2-11x+30=0$，∴ $x_1=5$，$x_2=6$.

∴ 等腰$\triangle ABC$ 的三边长分别为 5，5，6，周长为 16.

∴ 当 $k=3$ 或 $k=4$ 时，$\triangle ABC$ 为等腰三角形，周长分别为 14 和 16.

说明　由已知条件确定的 k 值应检验是否符合条件，在一元二次方程中，一般代入到二次项系数和$\triangle$中检验. 本例第(1)问中还应保证方程有正根.

例 12　（吉林省，2001）已知反比例函数 $y=\dfrac{k}{2x}$ 和一次函数 $y=2x-1$，其中一次函数的图象经过 (a,b)，$(a+1,b+k)$ 两点.

(1) 求反比例函数的解析式；

(2) 如图，已知点 A 在第一象限，且同时在上述两个函数的图象上，求 A 点坐标；

(3) 利用(2)的结果，请问：在 x 轴上是否存在点 P，使$\triangle AOP$ 为等腰三角形？若存在，把符合条件的 P 点坐标都求出来；若不存在，请说明理由.

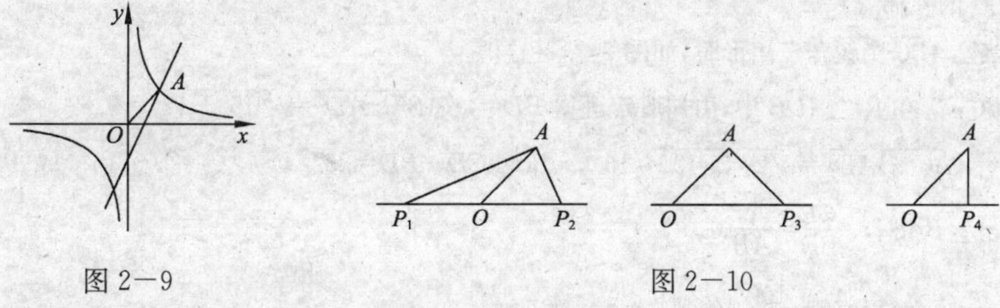

图 2－9　　图 2－10

解　(1) 依题可得

$\begin{cases} b=2a-1, & ① \\ b+k=2(a+1)-1. & ② \end{cases}$ ②－①得 $k=2$.

∴ 反比例函数解析式为 $y=\frac{1}{x}$.

(2) 由$\begin{cases} y=2x-1, \\ y=\frac{1}{x}, \end{cases}$ 得$\begin{cases} x_1=1, \\ y_1=1; \end{cases}\begin{cases} x_2=-\frac{1}{2}, \\ y_2=2. \end{cases}$

经检验$\begin{cases} y=2x-1, \\ y=\frac{1}{x}, \end{cases}$ 得$\begin{cases} x_1=1, \\ y_1=1; \end{cases}\begin{cases} x_2=-\frac{1}{2}, \\ y_2=2. \end{cases}$都是原方程组的解.

∵ A 点在第一象限,∴ A 点坐标为$(1,1)$.

(3) $OA=\sqrt{1^2+1^2}=\sqrt{2}$,$OA$ 与 x 轴所夹锐角为 $45°$.

① 当 OA 为腰时,由 $OA=OP$,得 $P_1(\sqrt{2},0)$,$P_2(-\sqrt{2},0)$;由 $OA=OP$,得 $P_3(2,0)$.

② 当 OA 为底时,得 $P_4(1,0)$. ∴ 这样的点有 4 个,分别是$(\sqrt{2},0)$,$(-\sqrt{2},0)$,$(2,0)$,$(1,0)$.

(三) 直角三角形中的分类讨论问题

例 13 (黑龙江省,2002)"曙光中学"有一块三角形形状的花圃 ABC,现可直接测量到$\angle A=30°$,$AC=40$ 米,$BC=25$ 米,请你求出这块花圃的面积.

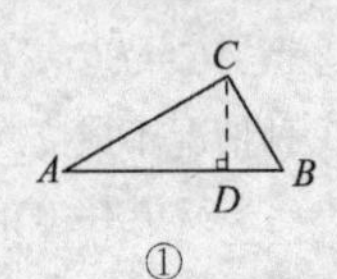

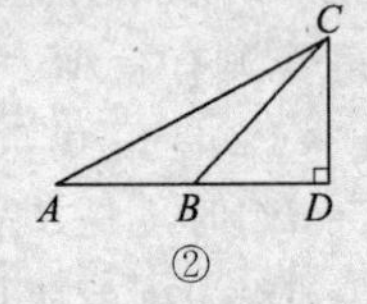

图 2－11

解 分两种情况计算. (1) 如图 2－11①,过点 C 作 $CD\perp AB$ 于 D.

在 Rt$\triangle ADC$ 中,$\angle A=30°$,$AC=40$,所以 $CD=20$,$AD=AC\cdot\cos30°=20\sqrt{3}$.

在 Rt$\triangle CDB$ 中,$CD=20$,$CB=25$,所以 $DB=\sqrt{CB^2-CD^2}=15$.

$S_{\triangle ABC}=\frac{1}{2}AB\cdot CD=\frac{1}{2}(AD+DB)\cdot CD=(200\sqrt{3}+150)$(米^2).

(2) 如图②,过点 C 作 $CD\perp AB$ 交 AB 的延长线于 D,

由(1)可知 $CD=20$,$AD=20\sqrt{3}$,$DB=15$,

所以 $S_{\triangle ABC}=\frac{1}{2}AB\cdot CD=\frac{1}{2}(AD-DB)\cdot CD=(200\sqrt{3}-150)$(米^2).

说明 在已知$\angle A=30°$,$AC=40$,$BC=25$ 的条件下,$\triangle ABC$ 的形状不确定,故应分类讨论.

例 14 (湖北荆州地区,1992)已知:$\triangle ABC$ 中,$AB=15$,$AC=20$,高 $AD=12$,AE 平分$\angle BAC$. 求 AE 的长.

分析 本题中,符合条件三角形,有锐角三角形,也可能是钝角三角形,高 AD 可以落在$\triangle ABC$ 的内部,也可以落在$\triangle ABC$ 的外部.

解 (1) 当$\triangle ABC$ 为锐角三角形时,如图 2－12(1),

∵ $AD\perp BC$,∴ 在 Rt$\triangle ADB$ 中,由勾股定理得 $BD=\sqrt{AB^2-AD^2}=\sqrt{15^2-12^2}=9$.

同理 $CD=\sqrt{AC^2-AD^2}=\sqrt{20^2-12^2}=16$. ∴ $BC=CD+BD=25$.

∵ AE 平分$\angle BAC$,∴ $\frac{CE}{BE}=\frac{AC}{AB}$.

即$\frac{CE}{25-CE}=\frac{20}{15}$. 解得 $CE=\frac{100}{7}$.

$\therefore DE=CD-CE=16-\frac{100}{7}=\frac{12}{7}$. $\therefore AE=\sqrt{AD^2+ED^2}=\sqrt{12^2+(\frac{12}{7})^2}=\frac{60}{7}\sqrt{2}$.

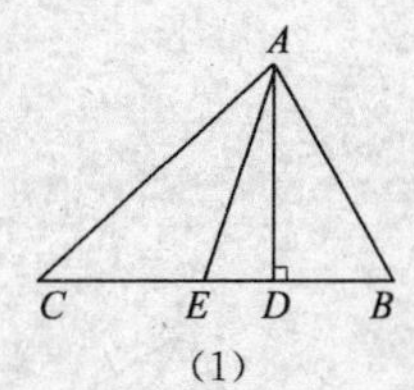

(1)

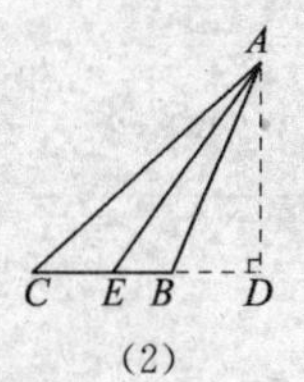

(2)

图 2—12

(2) 当△ABC为钝角三角形时，如图 2—12(2)，高 AD 在△ABC 的外部，由勾股定理，

得 $BD=\sqrt{AB^2-AD^2}=\sqrt{15^2-12^2}=9$.

$CD=\sqrt{AC^2-AD^2}=\sqrt{20^2-12^2}=16$，$\therefore BC=CD-BD=7$.

$\because AE$ 平分$\angle BAC$，$\therefore \frac{CE}{EB}=\frac{AC}{AB}$. 即$\frac{CE}{7-CE}=\frac{20}{15}$. 解得 $CE=4$.

$\therefore ED=CD-CE=16-4=12$. $\therefore AE=\sqrt{AD^2+ED^2}=\sqrt{12^2+12^2}=12\sqrt{2}$.

综上，AE 的长为$\frac{60}{7}\sqrt{2}$或 $12\sqrt{2}$.

说明　从高 AD 在△ABC 内部和外部入手分类分析问题最为便捷.

例 15　(孝感市，1995)平面上 A，B 两点到直线 l 的距离分别是 $2-\sqrt{3}$与 $2+\sqrt{3}$，则线段 AB 的中点 C 到直线 l 的距离是(　　).

A. 2　　　　B. $\sqrt{3}$

C. 2 或$\sqrt{3}$　　　　D. 条件不足，不能求出此距离

分析　本题中，A，B 两点与直线 l 的位置关系有两种，一种在直线 l 的同侧，还有一种在直线 l 的两侧.

解　(1) 当 A，B 两点在直线 l 的同侧时，如图 2—13(1)，设 $AM\perp l$，$BN\perp l$，垂足分别为 M，N，且 $AM=2-\sqrt{3}$，$BN=2+\sqrt{3}$，C 是 AB 的中点，$CP\perp l$，垂足为 P. 则 CP 是梯形 $AMNB$ 的中位线.

$\therefore CP=\frac{AM+BN}{2}=\frac{(2-\sqrt{3})+(2+\sqrt{3})}{2}=2$.

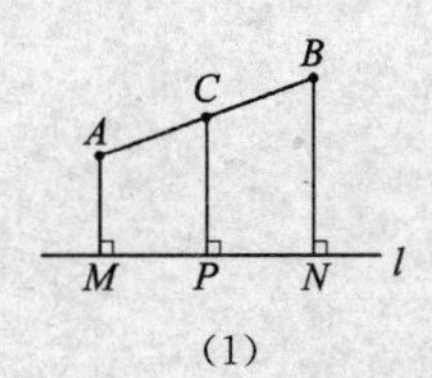

(1)

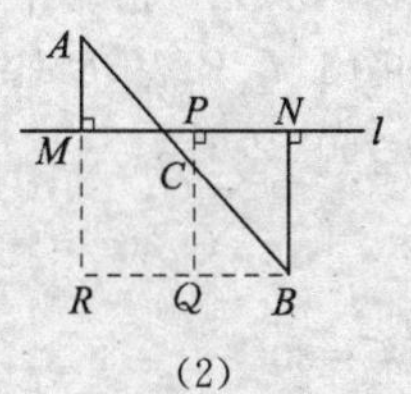

(2)

图 2—13

(2) 当 A，B 两点在直线 l 的异侧时，如图 2—13(2)，过 B 作 $BR\perp AM$，与 AM 的延长线交于 R，延长 PC 交 BR 于 Q，则 $AM/\!/CQ/\!/BN$.

$\because AC=BC$，$\therefore RQ=QB$. $\therefore CQ$ 是△ABR 的中位线，$\therefore PQ=BN=2+\sqrt{3}$，$CQ=\frac{1}{2}AR=\frac{1}{2}(AM+BN)=\frac{1}{2}[2-\sqrt{3}+(1+\sqrt{3})]=2$，$CP=PQ-CQ=(2+\sqrt{3})-2=\sqrt{3}$. $\therefore$ 应选 C.

例 16　(上海市闵行区，1999)已知△ABC 是边长为 2 的等边三角形，△ACD 是一个含有 30°角的直角三角形，现将△ABC 和△ACD 拼成一个凸四边形 $ABCD$.

(1) 画出四边形 $ABCD$(草图)；

(2) 求四边形 $ABCD$ 的对角线 BD 的长.

解　$\triangle ACD$是一个含有30°角的直角三角形，∵ AC可作为斜边，AC也可作为直角边.

(1) 若AC为$Rt\triangle ACD$的斜边，∵ $\triangle ABC$是等边三角形，∴ $\angle BAC=60^\circ$.

又$\angle CAD=30^\circ$，∴ $\angle BAD=90^\circ$.

在$Rt\triangle ACD$中，$\angle CAD=30^\circ$，$AC=2$，∴ $CD=1$，$AD=\sqrt{3}$.

在$Rt\triangle ABD$中，$BD=\sqrt{AB^2+AD^2}=\sqrt{7}$.（如图①）

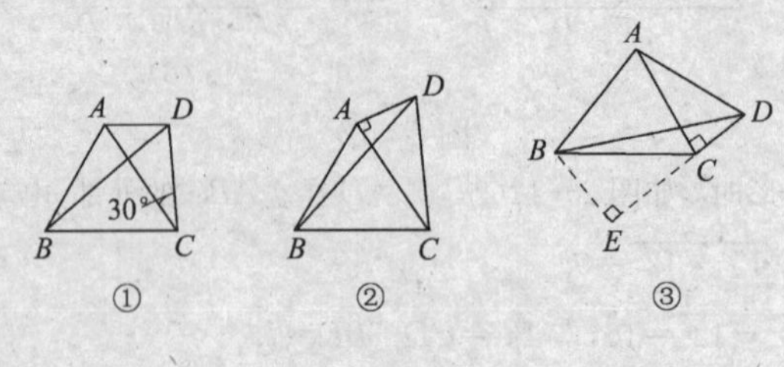

图 2—14

(2) 若AC为直角边，(ⅰ) 若AC为$Rt\triangle ACD$中较长的直角边：

同理可得$AD=\frac{4\sqrt{3}}{3}$，$AB=2$，在$Rt\triangle ABD$中，$BD=\frac{2\sqrt{21}}{3}$.（如图②）

(ⅱ) 若AC为$Rt\triangle ACD$中较短的直角边：过B作$BE\perp DC$，交DC延长线于E.

在$Rt\triangle BCE$中，$\angle BCE=30^\circ$，$BC=2$，$BE=1$，$EC=\sqrt{3}$.

在$Rt\triangle ACD$中，$\angle ADC=30^\circ$，$AC=2$，$CD=2\sqrt{3}$.

在$Rt\triangle BED$中，$ED=3\sqrt{3}$，$BD=\sqrt{BE^2+ED^2}=\sqrt{3(\sqrt{3})^2+1^2}=2\sqrt{7}$.（如图③）

综上，BD的长为$\sqrt{7}$，$\frac{2\sqrt{21}}{3}$或$2\sqrt{7}$.

说明　以AC为斜边和直角边分类讨论，正确画出图形是关键.

例 17　(黑龙江，2006)一条东西走向的高速公路上有两个加油站A、B，在A的北偏东45°方向还有一个加油站C，C到高速公路的最短距离是30千米，B、C间的距离是60千米. 想要经过C修一条笔直的公路与高速公路相交，使两路交叉口P到B、C的距离相等，请求出交叉口P与加油站A的距离(结果可保留根号).

分析　分B在A的右侧和左侧两种情况分类讨论.

解　分两种情况：(1) 如图1，在$Rt\triangle BDC$中，$\angle B=30^\circ$

在$Rt\triangle CDP$中，$\angle CPD=60^\circ$.

$DP=\frac{CD}{\tan\angle CPD}=10\sqrt{3}$

在$Rt\triangle ADC$中，$AD=DC=30$

$AP=AD+DP=(30+10\sqrt{3})$千米.

(2) 如图2，同(1)可求得$DP=10\sqrt{3}$，$AD=30$

$AP=AD-DP=(30-10\sqrt{3})$千米.

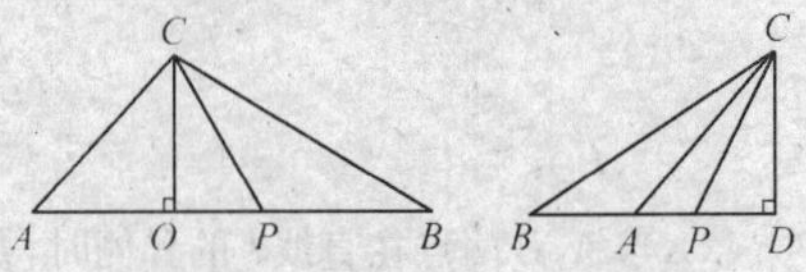

故交叉口P与加油站A的距离为$(30\pm 10\sqrt{3})$千米.

图1　　图2

图 2—15

说明　本例考查了分类讨论的数学思想，结合三角函数的知识，培养了学生解决实际问题的能力.

例 18　(山东省，2000)已知$\triangle ABC$中，$\angle ACB=90^\circ$，$AC=BC$，P，Q分别是边AB，BC上的动点，且点P不与点A，B重合，点Q不与点B，C重合. (1) 在以下五个结论中：① $\angle CQP=45^\circ$；② $PQ=AC$；③ 以A，P，C为顶点的三角形全等于$\triangle PQB$；④ 以A，P，C为顶点的三角形全等于$\triangle CPQ$；⑤ 以A，P，C为顶点的三角形相似于$\triangle CPQ$. 一定不成立的是________.（只需将结论的代号填入题中的横线上）. (2) 设$AC=BC=1$，当CQ的长取不同的值时，$\triangle CPQ$是否可能为直角三角形？若可能，请说明所有的情况；若不可能，请说明理由.

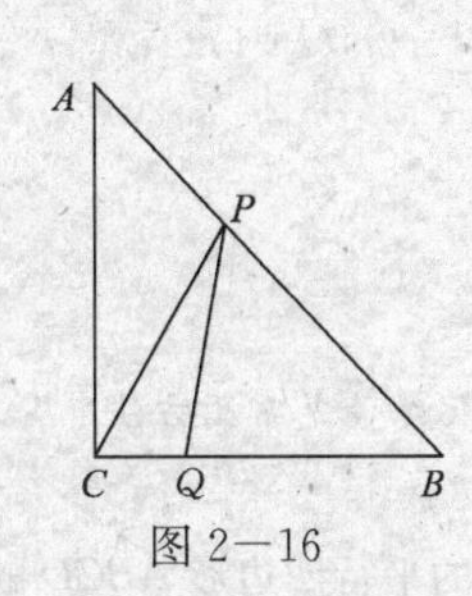

图 2—16

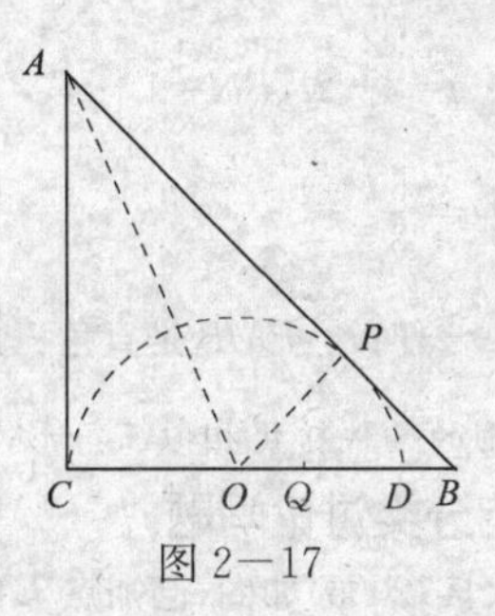

图 2—17

解　(1) ①,④.

(2) 可能,例如,过 Q 作 $QP\perp BC$,交 AB 于点 P,连结 CP,则$\triangle CPQ$ 为直角三角形.

作$\angle CAB$ 的平分线 AO,交 BC 于点 O. 作 $O_1P\perp AB$ 于点 P_1.

以 O 为圆心,OC 为半径作$\odot O$,$\odot O$ 与 AB 相切,切点为 P_1,与 CB 的交点为 D. 设 $CO=t$,则 $OP_1=5$,$CD=2t$,$OB=1-t$.

由$\triangle ABC\backsim\triangle OBP_1$,得$\dfrac{OP_1}{AC}=\dfrac{OB}{AB}$.　$\therefore\ \dfrac{t}{1}=\dfrac{1-t}{\sqrt{2}}$.

$\therefore\ t=\sqrt{2}-1$. $\therefore\ CD=2\sqrt{2}-2$.

$\therefore$ 当 Q 点与点 D 重合时,以 CQ 为直径的圆与 AB 相切,切点为 P_1,连结 CP_1,P_1Q,$\triangle CP_1Q$ 为直角三角形,此时共有两个直角三角形.

当点 Q 在线段 CD 上时(不与 C,D 重合),$0<CQ<2\sqrt{2}-2$,以 CQ 为直径的圆与 AB 相离,此时只有一个直角三角形 CQP.

当点 Q 在 DB 上时(不与 D,B 重合),$2\sqrt{2}-2<CQ<1$,以 CQ 为直径的圆与 AB 有两个交点 P_2、P_3. 分别连结点 P_2,P_3 与点 C 和 Q,得直角三角形 CQP_2 和 CQP_3,此时有三个直角三角形.

例 19　(黄冈市,2006 课改区调研考试)如图,直角坐标系内的梯形 $AOBC$(O 为原点),$AC/\!/OB$,$AO\perp OB$,$AC=1$,$AO=2$,$BO=5$.

(1) 求经过 O,C,B 三点的抛物线的解析式;

(2) 延长 AC 交抛物线于点 D,求线段 CD 的长;

(3) 在第(2)小题的条件下,动点 P,Q 分别从 Q,D 同时出发,都以每秒 1 个单位的速度运动,其中点 P 沿 OB 由 $O\to B$ 运动,点 Q 沿 DC 由 $D\to C$ 运动,过点 Q 作 $QM\perp CD$ 交 BC 于点 M,连结 PM. 设动点运动时间为 t 秒. 请你探索:当 t 为何值时,$\triangle PMB$ 是直角三角形.

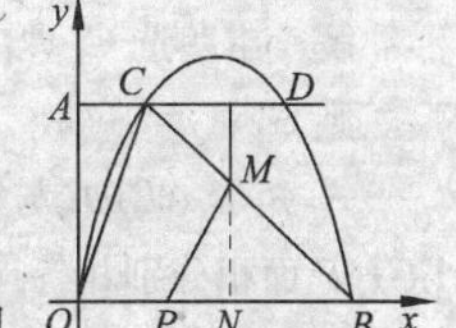

图 2—18

分析　(1) 略;(2) 由 $OA=2$ 得 $y=2$,由(1)所求的抛物线确定 C,D 两点横坐标. (3) 由$\angle MPB=90°$和$\angle PMB=90°$分类讨论.

解　(1) 由题意可知,$O(0,0)$,$C(1,2)$,$B(5,0)$.

设经过 O,C,B 三点的抛物线的解析式为 $y=ax^2+bx+c$.

则可得,$a=-\dfrac{1}{2}$,$b=\dfrac{5}{2}$,$c=0$,$\therefore\ y=-\dfrac{1}{2}x^2+\dfrac{5}{2}x$.

(2) 当 $y=2$ 时,则$-\dfrac{1}{2}x^2+\dfrac{5}{2}x=2$,解得 $x_1=1$,$x_2=4$,$\therefore\ CD=4-1=3$.

(3) 延长 QM 交轴于点 N.

① 若 $MP\perp OB$,则四边形 $AOPQ$ 是矩形. $\therefore\ AQ=OP$. $\therefore\ 4-t=t$,$\therefore\ t=2$.

② $PM\perp BM$,则$\triangle PNM\backsim\triangle MNB$,$\therefore\ MN^2=PN\cdot BN$.

$\because\ CQ/\!/NB$,$\therefore\ \triangle CQM\backsim\triangle BNM$. 则有$\dfrac{MN}{2-MN}=\dfrac{1+t}{3-t}$,$\dfrac{MN}{2}=\dfrac{1+t}{4}$,$MN=\dfrac{t+1}{2}$.

$\because PN=5-(1+t)-t=4-2t, BN=1+t, \therefore \left(\frac{t+1}{2}\right)^2=(4-2t)(t+1)$.

解得，$t_1=-1$(舍)，$t_2=\frac{5}{3}$.

综上所述，$t=2$ 或 $t=\frac{5}{3}$ 时，$\triangle PMB$ 是直角三角形.

说明　由直角三角形的条件转化相似三角形，由比例式转化结论是常用方法.

(四) 四边形中的分类讨论问题

例 20　(资阳市课改区，2006)如图，已知点 E 在面积为 4 的平行四边形 $ABCD$ 的边上运动，使$\triangle ABE$ 的面积为 1 的点 E 共有________个.

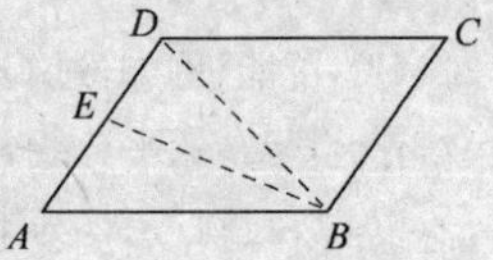

分析　由 $S_{\triangle ABE}=\frac{1}{4}S_{\square ABCD}$ 可知 E 在 AD 和 BC 边上的中点处.

解　使$\triangle ABE$ 的面积为 1 的点有 2 个.

如图 2－19，连结 BD，E 为 AD 中点，连结 BE.

图 2－19

$\therefore S_{\triangle ABE}=S_{\triangle BED}=\frac{1}{2}S_{\triangle ABD}=\frac{1}{4}S_{\square ABCD}=\frac{1}{4}\times 4=1$.

同理，BC 的中点也符合要求.

说明　平行四边形的一条对角线把其分成两个全等的三角形.

例 21　(黑龙江，2006)如图，在矩形 $ABCD$ 中，$EF /\!/ AB$，$GH /\!/ BC$，EF、GH 的交点 P 在 BD 上，图中面积相等的四边形有(　　).

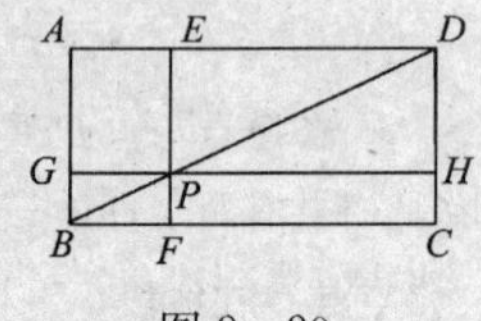

图 2－20

A. 3 对　　　　B. 4 对

C. 5 对　　　　D. 6 对

分析　由 $S_{\triangle ABD}=S_{\triangle BDC}$，$S_{\triangle BGD}=S_{\triangle BFP}$，$S_{\triangle DPE}=S_{\triangle DPH}$ 可知 $S_{矩形AGPE}=S_{矩形PFCH}$，再由其与三角形进行组合得到其他面积相等的四边形.

解　本题选 C. 理由如下：在矩形 $ABCD$ 中，$EF /\!/ AB$，$GH /\!/ BC$，

则 $S_{\triangle ABD}=S_{\triangle BDC}$，$S_{\triangle BGP}=S_{\triangle BFP}$，$S_{\triangle DPE}=S_{\triangle DPH}$. $\therefore S_{矩形AGPE}=S_{矩形PFCH}$.

$\therefore$ 矩形 $ABFE$ 与矩形 $BCHG$，矩形 $ADHG$ 与矩形 $CDEF$，梯形 $ADPG$ 与梯形 $CDPF$，梯形 $ABPE$ 与梯形 $BCHP$ 面积分别相等.

说明　本例最关键是探索矩形 $AEPG$ 和矩形 $CFPH$ 的面积相等，该结论是衍生其他结论的基础.

例 22　(黑龙江，2005)已知菱形 $ABCD$ 的边长为 6，$\angle A=60°$，如果 P 是菱形内一点，且 $PB=PD=2\sqrt{3}$，那么 AP 的长为________.

分析　由 $PB=PD$ 可先确定 P 在对角线 AD 上，再由勾股定理(或三角函数)计算 AP 的长.

解　如图 2－21 所示.

$\because PB=PD$，$\therefore P$ 在 BD 的中垂线上，

在菱形 $ABCD$ 中，$AC\perp BD$，

$AO=OC$，$DO=BO$，

$\therefore P$ 在 AC 上.

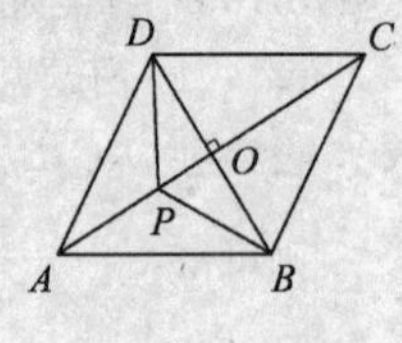

图 2－21

当 P 在 AO 之间时，$\because AD=6$，$\angle DAO=\frac{1}{2}\times 60°=30°$，

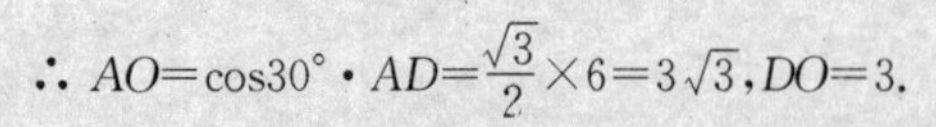

$\therefore AO=\cos 30°\cdot AD=\frac{\sqrt{3}}{2}\times 6=3\sqrt{3}$，$DO=3$.

$\because PD=2\sqrt{3}$，$\therefore PO=\sqrt{2(\sqrt{3})^2-3^2}=\sqrt{3}$. $\therefore AP=AO-PO=3\sqrt{3}-\sqrt{3}=2\sqrt{3}$.

同理，当 P 在 OC 之间时，$AP=AO+PO=3\sqrt{3}+\sqrt{3}=4\sqrt{3}$.

$\therefore AP$ 的长为 $2\sqrt{3}$ 或 $4\sqrt{3}$.

说明　菱形的对角线互相垂直平分，且每条对角线平分一组对角.

例 23　(昆明市，2003) 操作：如图 2－22(1)，在正方形 $ABCD$ 中，P 是 CD 上一动点(与 C,D 不重合)，使三角尺直角顶点与点 P 重合，并且一条直角边始终经过点 B，另一直角边与正方形的某一边所在直线交于点 E，探究：

(1) 观察操作结果，哪一个三角形与△BPC 相似？并证明你的结论.

(2) 当点 P 位于 CD 的中点时，你找到的三角形与△BPC 的周长比是多少？

分析　另一直角边可能与 AD 相交，也有可能与直线 BC 相交，分两种情况讨论.

解　(1) 如图，另一条直角边与 AD 交于点 E，则△PDE∽△BCP.

证明：在△PDE 和△BCP 中，$\because \angle 1+\angle 3=90°$，$\angle 2+\angle 3=90°$，$\therefore \angle 1=\angle 2$.

又 $\angle PDE=\angle BCP=90°$，$\therefore$ △PDE∽△BCP.

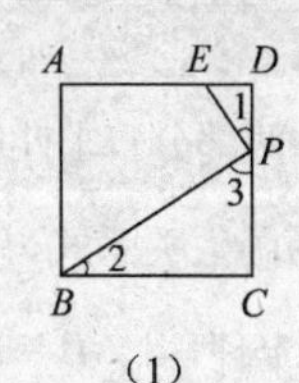

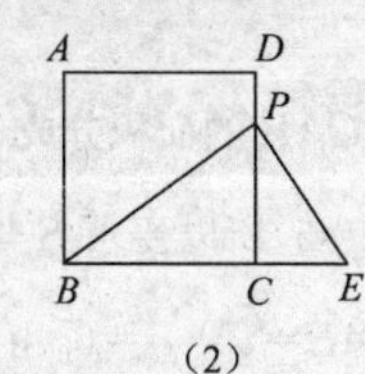

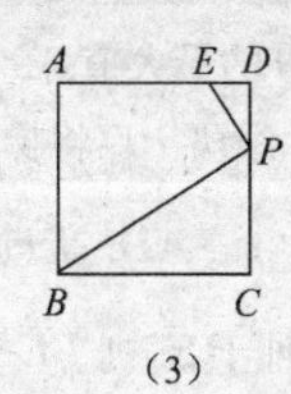

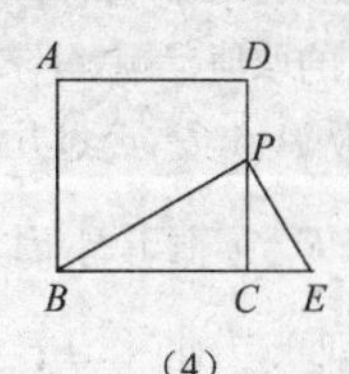

图 2－22

或：如图，若另一条直角边与 BC 的延长线交于点 E，同理可证△PCE∽△BCP，

或：如图，若另一条直角边与 BC 的延长线交于点 E，同理可证△BPE∽△BCP，

(2) 如图，当点 P 位于 CD 的中点时，

若另一条直角边与 AD 交于点 E，则 $\dfrac{PD}{BC}=\dfrac{1}{2}$.

又 $\because$ △PDE∽△BCP，$\therefore$ △PDE 与△BCP 的周长比是 $1:2$.

或：如图，若另一条直角边与 BC 的延长线交于点 E，同理可证△PCE 与△BCP 的周长比是 $1:2$.

或：若一条直角边与 BC 的延长线交于点 E，

$\because \dfrac{BE}{BP}=\dfrac{5}{2}$，又△$BPE$∽△$BCP$，$\therefore$ △BPE 与△BCP 的周长比是 $\sqrt{5}:2$.

说明　本例考查了读者的动手探索能力和观察、分析能力，本例亦是近几年中考命题的热点.

例 24　(湖北荆州市，1995) 锐角 ABC 中，$BC=6$，面积为 12，点 P 在 AB 上，点 Q 在 AC 上(如图 2－23) 正方形 $PQRS$(RS 与 A 在 PQ 的异侧) 的边长为 x，正方形 $PQRS$ 与△ABC 公共部分面积为 y. (1) 当 RS 落在 BC 上时，求 x；(2) 当 SR 不落在 BC 上时，求 y 与 x 间的函数关系式；(3) 求 y 的最大值.

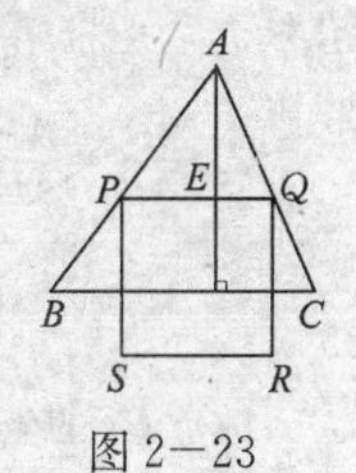

图 2－23

解　(1) 由已知求得△ABC 的高 $AD=4$. 由△APQ∽△ABC，得 $(4-x):4=x:6$，解得 $x=\dfrac{12}{5}$.

(2) 当 SR 落在△ABC 外部时，设 AD 与 PQ 交于 E 点，不难求得 $AE=\dfrac{2}{3}x$，

则 $y=x\left(4-\dfrac{2}{3}x\right)=-\dfrac{2}{3}x^2+4x\left(\dfrac{12}{5}<x<6\right)$.

当 SR 落在△ABC 内部时，$y=x^2\left(0<x<\dfrac{12}{5}\right)$.

(3) 当 SR 落在△ABC 外部时，$y=-\dfrac{2}{3}x^2+4x=-\dfrac{2}{3}(x-3)^2+6\left(\dfrac{12}{5}<x<6\right)$.

∴ 当 $x=3$ 时，$y_{最大值}=6$.

当 SR 落在 BC 边上时，由 $x=\frac{12}{5}$ 可知，$y=\frac{144}{25}$.

当 SR 落在 $\triangle ABC$ 内时，$y=x^2\left(0<x<\frac{12}{5}\right)$.

比较以上三种情况可知，公共部分面积最大值为 6.

说明　*SR 不落在 BC 边上时，y 的形状是以 PQ 为边的正方形或以 x，PQ 为边的矩形.*

例 25　(荆州市，2003)已知：如图 2－24 在直角梯形 $COAB$ 中，$CB\parallel OA$，以 O 为原点建立平面直角坐标系，A，B，C 的坐标分别为 $A(10,0)$，$B(4,8)$，$C(0,8)$，D 为 OA 的中点，动点 P 自 A 点出发沿 $A\to B\to C\to O$ 的路线移动，速度为每秒 1 个单位，移动时间记为 t 秒.

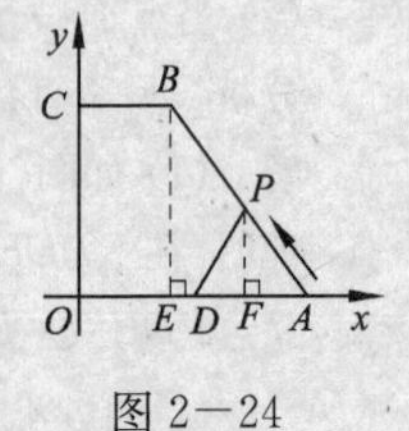

图 2－24

(1) 动点 P 在从 A 到 B 的移动过程中，设 $\triangle APD$ 的面积为 S，试写出 S 与 t 的函数关系式，指出自变量的取值范围，并求出 S 的最大值.

(2) 动点 P 从 A 出发，经过几秒钟线段 PD 将梯形 $COAB$ 的面积分成 1∶3 两部分？求此时 P 点的坐标.

解　(1) 作 $PF\perp x$ 轴于 F. 因为 $S=\frac{1}{2}AD\times PF$，$AD=5$，所以要求 S 与 t 的函数关系式，只要求出用 t 表示 PF 的代数式即可. 为此，作 $BE\perp x$ 轴于 E，则 $BE=8$，$AE=10-4=6$. 由勾股定理，得 $AB=10$.

∵ $PF\parallel BE$，∴ $\frac{PF}{BE}=\frac{AP}{AB}$，即 $\frac{PF}{8}=\frac{t}{10}$. ∴ $PF=\frac{4}{5}t$.

∴ $S=\frac{1}{2}AD\times PF=\frac{1}{2}\times 5\times\frac{4}{5}t=2t$.

∴ $S=2t(0<t\leqslant 10)$.

由正比例函数的性质可知，S 随 t 的增大而增大，所以当 $t=10$ 时，$S_{最大值}=2\times 10=20$.

(2) $S_{梯形COAB}=\frac{1}{2}(OA+CB)\times OC=\frac{1}{2}(10+4)\times 8=56$，$\frac{1}{4}S_{梯形COAB}=\frac{1}{4}\times 56=14$. 因为当 P 点移动到与 B 或 C 重合时，$S_{\triangle APD}=S_{\triangle POD}=\frac{1}{2}\times 5\times 8=20>\frac{1}{4}S_{梯形COAB}=14$，所以满足条件的点 P 不在线段 CB 上，只可能在 AB 或 OC 上，故分两种情况研究问题：

① 当点 P 在 AB 上时，由 $S_{\triangle APD}=\frac{1}{4}S_{梯形COAB}=14$，得 $2t=14$. ∴ $t=7$(秒). $AP_1=7$.

设此时满足条件的点为 P_1，要求点 P_1 的坐标，只要求出 OF 和 P_1F 的长即可. 为此，作 $BE\perp x$ 轴于 E，$P_1F\perp x$ 轴于 F(如图 2－25)，则 $P_1F\parallel BE$.

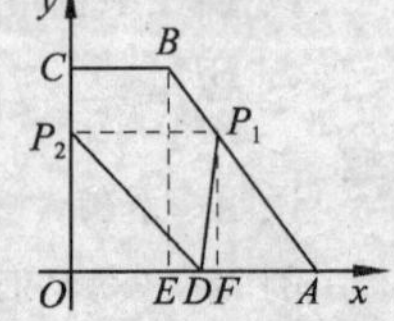

图 2－25

∴ $\frac{AP_1}{AB}=\frac{AF}{AE}=\frac{P_1F}{BE}$，即 $\frac{7}{10}=\frac{AF}{6}=\frac{P_1F}{8}$.

∴ $AF=\frac{21}{5}$，$P_1F=\frac{28}{5}$. ∴ $OF=10-\frac{21}{5}=\frac{29}{5}$.

故点 P_1 的坐标为 $\left(\frac{29}{5},\frac{28}{5}\right)$.

② 当 P 点在 OC 上时，过 P_1 作 $P_1P_2\parallel x$ 轴交 OC 于 P_2(如图 2－25)，则 $S_{\triangle P_2OD}=\frac{1}{4}S_{梯形COAB}$. 故点 P_2 的坐标为 $\left(0,\frac{28}{5}\right)$.

∵ $AB+BC+CP_2=10+4+8-\frac{28}{5}=\frac{82}{5}$，∴ 点 P 的移动时间 $t=\frac{82}{5}$(秒).

因此，经过 7 秒或 $\frac{82}{5}$ 秒，线段 PD 将梯形 $COAB$ 的面积分成 1∶3 两部分，此时满足条件的点的坐标是

$\left(\frac{29}{5},\frac{28}{5}\right)$或$\left(0,\frac{28}{5}\right)$.

说明　此例是利用三角形的面积公式确定 S 与 t 之间的相等关系式.

例 26　(安徽省,1994)已知△ABC的边$AB=2\sqrt{3}$,$AC=2$,BC边上的高$AD=\sqrt{3}$.

(1) 求 BC 的长;

(2) 如果有一个正方形的一边在 AB 上,另外两个顶点分别在 AC,AB 上,求这个正方形的面积.

解　因 AB,AC 均比 AD 长,于是 D 可能在 BC 上或 BC 的延长线上.

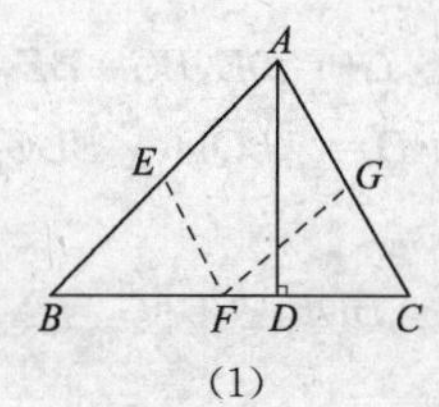

(1)

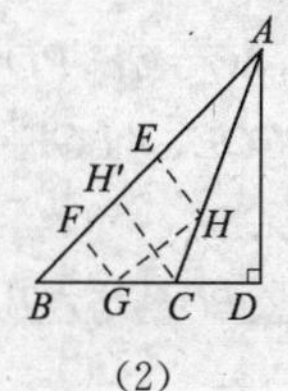

(2)

图 2—26

(1) ① 如图 2—26(1),当 D 在 BC 上时,根据勾股定理.

有 $BD=\sqrt{AB^2-AD^2}=\sqrt{(2\sqrt{3})^2-(\sqrt{3})^2+2}=3$.

$CD=\sqrt{AC^2-AD^2}=\sqrt{2^2-(\sqrt{3})^2}=1$. ∴ $BC=BD+CD=3+1=4$.

② 如图(2),D 在 BC 延长线上时. $BC=BD-CD=3-1=2$.

(2) 当 $BC=4$ 时,∵ $BC^2=AB^2+AC^2$,

∴ △ABC 为 Rt△,这时内接正方形 $AEFG$,设其边长为 x,

∵ $FG/\!/AB$,∴ $\frac{FG}{AB}=\frac{CG}{AC}$. ∴ $\frac{x}{2\sqrt{3}}=\frac{2-x}{2}$,解得 $x=3-\sqrt{3}$.

∴ $S_{正方形AEFG}=x^2=(3-\sqrt{3})^2=12-6\sqrt{3}$.

当 $BC=2$ 时,$AC=2$,△ABC 为等腰三角形,作 $CH'\perp AB$ 于 H',

∵ $AH'=\frac{1}{2}AB=\sqrt{3}$,在 Rt△$ACH'$中,由勾股定理,得 $CH'=\sqrt{2^2-(\sqrt{3})^2}=1$.

设正方形的边长为 x,∴ $GH/\!/AB$,∴ △CGH∽△CBA.

∴ $\frac{x}{2\sqrt{3}}=\frac{1-x}{1}$,∴ $x=\frac{2\sqrt{3}}{1+2\sqrt{3}}$,∴ $S_{正方形EFGH}=\left(\frac{2\sqrt{3}}{1+2\sqrt{3}}\right)^2=\frac{156-48\sqrt{3}}{|2|}$.

∴ 正方形的面积为 $12-6\sqrt{3}$或$\frac{156-48\sqrt{3}}{121}$.

说明　本例 BC 边上的高可能在△ABC 内部,也可能在△ABC 外部,故分两种情况讨论.

例 27　(郴州市,2003)如图①,D 为线段 AE 上任一点,分别以 AD,DE 为边作正方形 $ABCD$ 和正方形 $DEFG$,连结 BF,AG,CE,BG,BE. BG,BE 分别交 AD,DC 于 P,Q 两点.

(1) ① 找出图中三对相等的线段(正方形边长相等除外);

② 找出图中三对相等的钝角;

③ 找出图中一对面积相等的钝角三角形,这两个三角形全等吗?

(2) 如图②,当正方形 $ABCD$ 和正方形 $DEFG$ 都变为菱形,且∠GDE=∠ADC 时,(1)中的结论哪些成立,哪些不成立?请对不成立的情况说明理由.

(3) 如图③,当正方形 $ABCD$ 和正方形 $DEFG$ 都变为矩形,且 $DA>DC$,$DE>DG$,△ABD∽△EFD 时,(1)中的结论哪些不成立,哪些成立?如果成立,请证明.

解　找出符合要求的三对线段,钝角及一对面积相等的钝角三角形(并正确判断是否全等)

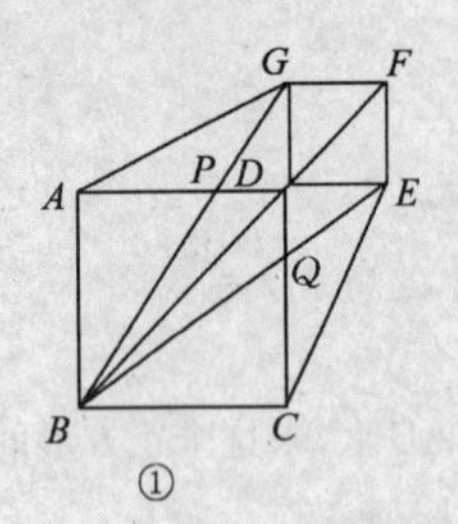

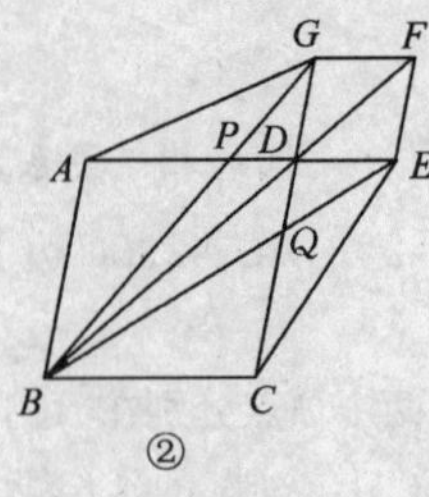

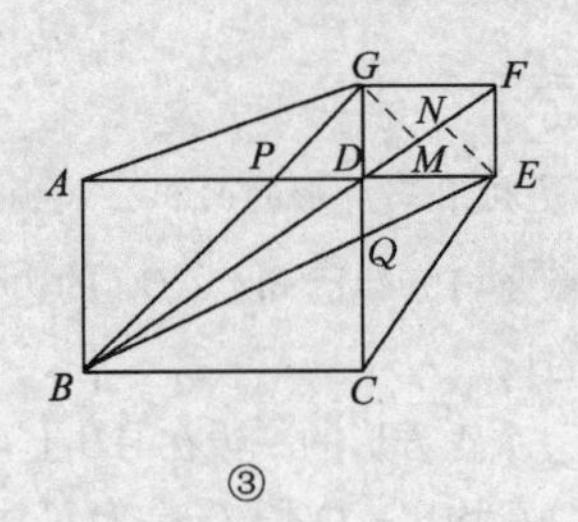

图 2－27

如相等的线段有 $AE=CG$, $AG=CE$, $PD=DQ$, $AP=CQ$, $GP=QE$, $BG=BE$, $BP=BQ$;

相等的钝角有 $\angle APG=\angle CQE$, $\angle BGF=\angle BEF$, $\angle BPD=\angle BQD$, $\angle BDG=\angle BDE$, $\angle APG=\angle BQD$, $\angle BPD=\angle CQE$, $\angle BAG=\angle BCE$;

面积相等的钝角三角形有 $\triangle BGF$ 与 $\triangle BEF$, $\triangle BDG$ 与 $\triangle BDE$, $\triangle BAG$ 与 $\triangle BCE$, $\triangle BPD$ 与 $\triangle BQD$. 它们都全等.

(2) (1)中的结论全部成立.

(3) 线段相等不成立,钝角相等不成立.

面积相等的钝角三角形有:$\triangle BGF$ 与 $\triangle BEF$, $\triangle BDG$ 与 $\triangle BDE$. 但不全等.

现以 $S_{\triangle BGF}=S_{\triangle BEF}$ 为例进行证明.

过 G 点作 $GM\perp DF$, M 为垂足,过 E 点作 $EN\perp DF$,垂足为 N,

因为 GM, EN 是两个全等三角形($\text{Rt}\triangle GDF\cong\text{Rt}\triangle EFD$)的对应高,

所以 $GM=EN$. 而 $S_{\triangle BGF}=\frac{1}{2}BF\times GM$, $S_{\triangle BEF}=\frac{1}{2}BF\times EN$.

所以 $S_{\triangle BGF}=S_{\triangle BEF}$. 同理可证 $S_{\triangle BDG}=S_{\triangle BDE}$.

(五) 相似形中的分类讨论问题

例 28 (黄冈市,1997)在 $\triangle ABC$ 中, $AB=9$, $AC=12$, $BC=18$, D 为 AC 上一点, $DC=\frac{2}{3}AC$,在 AB 上取一点 E,得到 $\triangle ADE$. 若图中的两个三角形相似,则 DE 的长是______.

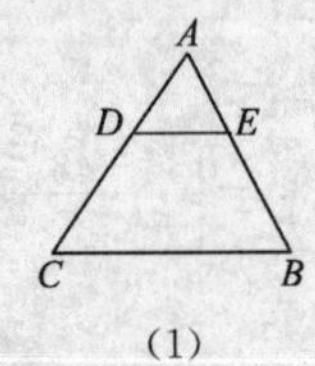

(1)

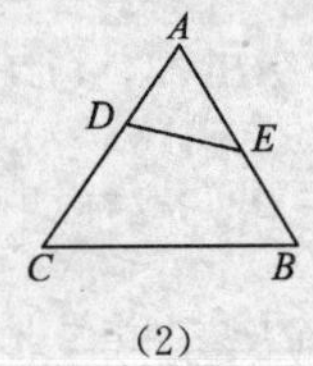

(2)

图 2－28

分析 分 $DE/\!/BC$ 和 $DE\not\parallel BC$ 时产生的相似分类讨论问题.

解 依题意,本题有两种可能情形:

(1) 如图 2－28(1),过 D 作 $DE/\!/CB$ 交 AB 于 E,则 $\frac{AD}{AC}=\frac{AE}{AB}=\frac{DE}{CB}$.

而 $AB=9$, $AC=12$, $DC=\frac{2}{3}AC=\frac{2}{3}\times12=8$,

$\therefore AD=AC-DC=12-8=4$. $\therefore DE=\frac{AD\cdot CB}{AC}=\frac{4\times18}{12}=6$.

(2) 如图 2－28(2),作 $\angle ADE=\angle B$,交 AB 于 E,则 $\triangle ADE\backsim\triangle ABC$.

$\therefore \frac{AD}{AB}=\frac{AE}{AC}=\frac{DE}{BC}$. $\therefore DE=\frac{AD\cdot BC}{AB}=\frac{4\times18}{9}=8$.

$\therefore DE$ 的长为 6 或 8.

说明　产生比例的途径一般由平行得相似或由相似三角形的性质产生比例.

例 29　（镇江市，1999）已知：如图 2－29，在梯形 $ABCD$ 中，$AD /\!/ BC$，$\angle A=90°$，$AB=7$，$AD=2$，$BC=3$. 试在边 AB 上确定点 P 的位置，使得以 P，A，D 为顶点的三角形与以 P，B，C 为顶点的三角形相似.

解　依题意，本题有两种可能的情况：

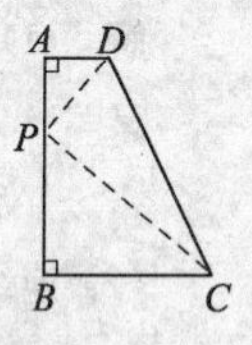

图 2－29

(1) 当$\triangle DAP \backsim \triangle PBC$ 时，令 $PA=x$，则 $PB=7-x$.

$\therefore \dfrac{DA}{PB}=\dfrac{PA}{CB}$. 即$\dfrac{2}{7-x}=\dfrac{x}{3}$. 即 $x^2-7x+6=0$. 解之，得 $x=1$ 或 $x=6$.

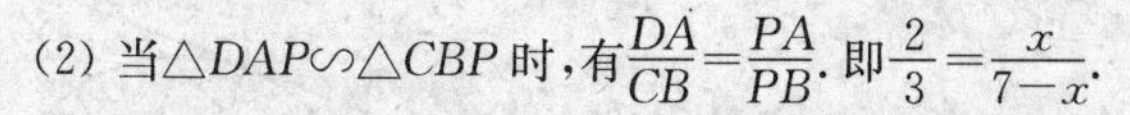
(2) 当$\triangle DAP \backsim \triangle CBP$ 时，有$\dfrac{DA}{CB}=\dfrac{PA}{PB}$. 即$\dfrac{2}{3}=\dfrac{x}{7-x}$.

$\therefore 2(7-x)=3x$. $\therefore x=\dfrac{14}{5}$.

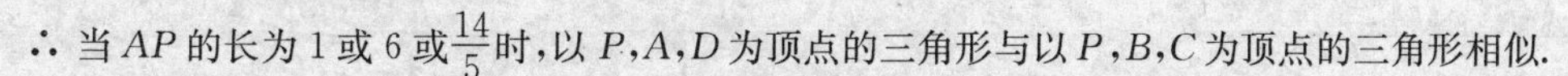
$\therefore$ 当 AP 的长为 1 或 6 或$\dfrac{14}{5}$时，以 P，A，D 为顶点的三角形与以 P，B，C 为顶点的三角形相似.

说明　本例是两种相似的可能，三个不同的位置，学生易错解为两个不同的 P 的位置.

例 30　（黑龙江省课改实验区，2005）王叔叔家有一块等腰三角形的菜地，腰长为 40 米，一条笔直的水渠从菜地穿过，这条水渠恰好垂直平分等腰三角形的一腰，水渠穿过菜地部分的长为 15 米（水渠的宽不计），请你计算这块等腰三角形菜地的面积.

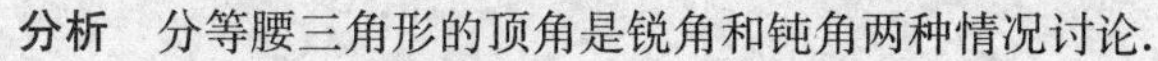
分析　分等腰三角形的顶角是锐角和钝角两种情况讨论.

解　根据题意，有两种情况：

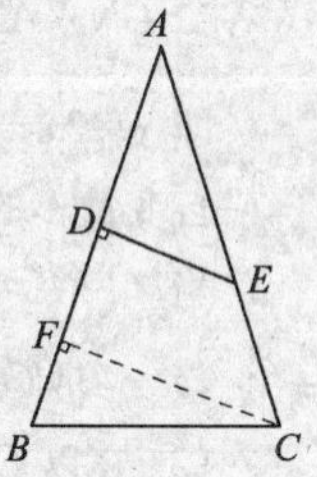

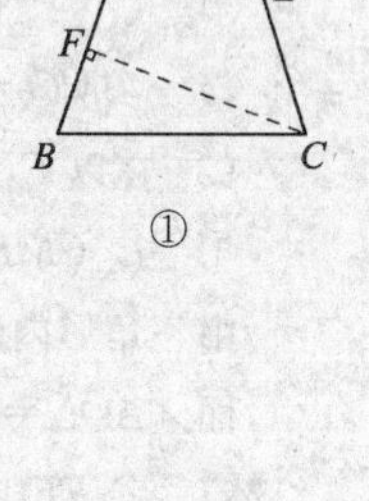

①

(1) 当等腰三角形为锐角三角形时（如图①），

$\because AD=BD=20$，$DE=15$，

$\therefore AE=\sqrt{20^2+15^2}=25$

过 C 点作 $CF \perp AB$ 于 F，

$\therefore DE /\!/ CF$. $\therefore \dfrac{DE}{CF}=\dfrac{AE}{AC}$. $\therefore CF=\dfrac{15\times 40}{25}=24$

$\therefore S_{\triangle ABC}=\dfrac{1}{2}AB\cdot CF=\dfrac{1}{2}\times 40\times 24=480(\mathrm{m}^2)$

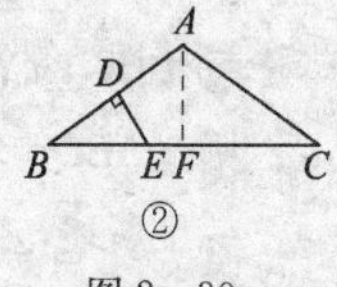

②

图 2－30

(2) 当等腰三角形为钝角三角形时（如图②），

过 A 点作 $AF \perp BC$ 于 F，

$\because AD=BD=20$，$DE=15$，$\therefore BE=25$.

$\because \triangle BDE \backsim \triangle BFA$，

$\therefore \dfrac{BD}{BF}=\dfrac{BE}{AB}=\dfrac{DE}{AF}$. $\therefore BF=\dfrac{20\times 40}{25}=32$.

$\therefore BC=2\times 32=64$.　$AF=24$.

$\therefore S_{\triangle ABC}=\dfrac{1}{2}\times 64\times 24=768(\mathrm{m}^2)$.

说明　运用相似三角形的有关知识可以解决生活中的许多实际问题，体现了"学数学、用数学"的价值.

例 31　（嘉兴市，2000）如图 2－31，等腰直角三角形 ABC 的腰长是 2，$\angle ABC=\mathrm{Rt}\angle$，以 AB 为直径作半圆 O，M 是 BC 上一动点（不运动至点 B，C），过点 M 引半圆 O 的切线，切点是 P. 过点 A 作 AB 的垂线 AN，交切线 MP 于点 N，AC 与 ON，MN 分别交于点 E，F，设 $BM=x$，$y=\dfrac{\triangle CMF\text{的周长}}{\triangle ANF\text{的周长}}$，

(1) 证明$\angle MON$ 是直角；

(2) 求 y 与 x 的函数关系式及自变量 x 的取值范围；当$\angle CMF=120°$时，求 y 的值；

(3) 当以 F,M,C 为顶点的三角形与$\triangle AEO$相似时,求$\angle CMF$的度数.

分析 (1)(2) 略;(3) 分$\angle CMF=\angle AEO$,$\angle CMF=\angle AOE$,$\angle CMF=\angle EAO$这三种情况讨论$\triangle FMC$与$\triangle AEO$相似.

解 (1) $\because AN\perp AB, BM\perp AB, \therefore AN/\!/BM, \therefore \angle ANM+\angle BMN=180°$.

又$\because AN,MN,BM$都是半圆O的切线,$\therefore \angle BMO=\angle NMO, \angle ANO=\angle MNO$.

$\therefore \angle NMO+\angle MNO=90°, \therefore \angle MON$是直角.

(2) 连结OP,$\because MN$是切线,$\therefore OP\perp MN$.

$\because BM=x, \therefore CM=2-x, PM=x$.

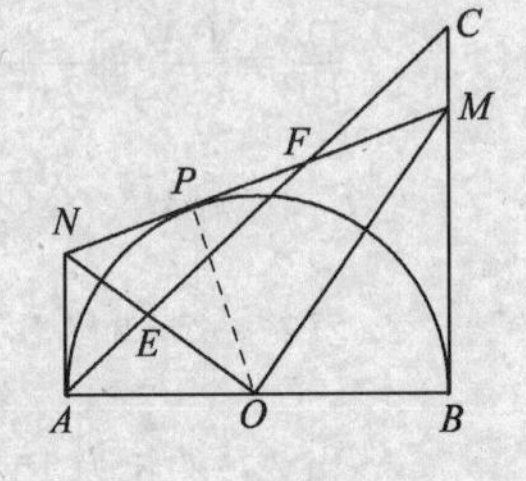

图 2－31

在 Rt$\triangle MON$中,$PN\cdot PM=PO^2$,即$PN\cdot x=1, PN=\dfrac{1}{x}$.

故有$AN=PN=\dfrac{1}{x}$.

$\because CN/\!/AN, \therefore \triangle CMF\backsim\triangle ANF, \therefore \dfrac{\triangle CMF\text{的周长}}{\triangle ANF\text{的周长}}=\dfrac{CM}{AN}=2x-x^2$.

即$y=2x-x^2$.

自变量x的取值范围是$0<x<2$.

当$\angle FMC=120°$时,$\angle BMF=60°$,由(1)知$\angle BMO=\angle NMO$.

$\therefore \angle BMO=30°, \therefore x=\sqrt{3}. \therefore y=2\sqrt{3}-3$.

(3) 在以F,M,C为顶点的三角形与$\triangle AEO$相似时,$\angle CMF$与$\triangle AEO$中的某角相等:

① 当$\angle CMF=\angle AEO$时,$\because \angle EAO=\angle MCF=45°$,

由三角形内角和定理知$\angle AON=\angle CFM=\angle NFE$.

而$\angle AON=\angle ANO=90°, \angle ANO=\angle FNE$,

$\therefore \angle NFE+\angle FNE=90°$,即$\angle CMF=\angle AEO=\angle NEF=90°$.

② 当$\angle CMF=\angle AOE$时,$\because \angle AOE+\angle BOM=90°$,而$\angle BMO+\angle BOM=90°$,$\therefore \angle AOE=\angle BMO$. 由(2)知$\angle BMO=\angle NMO$,$\therefore \angle CMF=\angle FMO=\angle BMO=60°$.

③ 如果$\angle CMF=\angle EAO$,$\because \angle C=45°, \angle CMF=\angle EAO=45°, \therefore \angle CFM=90°$.

则$\angle AEO=90°$或$\angle AOE=90°$,这是不可能的.

综上所述,$\angle CMF=\angle 90°$或$\angle CMF=60°$.

例 32 (北京市石景山区,2001)已知:如图 2－32 在平面直角坐标系xOy中,点A在第一象限,点A的纵坐标为 3,$\angle AOx=60°$,若有点C,使$\angle AOC=30°$,且线段$OA+OC=2\sqrt{3}+4$.

(1) 求点C的坐标;

(2) 若点B在OX轴上,点C在第一象限,使$\triangle COB\backsim\triangle AOC$,问是否存在一个二次函数,其图象经过$A$,$B$,$C$三点? 若不存在,请说明理由;若存在,求出这个二次函数的解析式.

分析 (1) C点位置存在两种可能:C在y轴上或C在$\angle AOD$的平分线上. (2) 由C的两种不同位置讨论$\triangle COB\backsim\triangle AOC$,得$B$点坐标.

解 (1) 过点A作$AD\perp OX$轴于D.

$\because$ 点A的纵坐标为 3,$\therefore AD=3$.

在 Rt$\triangle AOD$中,$\angle ADO=90°, \angle AOD=60°, AD=3$,

$\therefore OD=\sqrt{3}, OA=2\sqrt{3}$.

又$\because OA+OC=2\sqrt{3}+4, \therefore OC=4$.

$\because \angle AOC=30°, \therefore$ 点C的位置有两种可能:

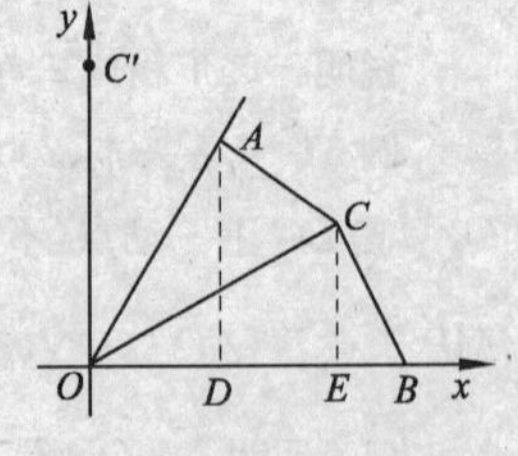

图 2－32

(ⅰ) 若$\angle AOC'=30°$,则点C'在y轴上,此时点C'的坐标为$(0,4)$;

(ⅱ) 若$\angle AOC=30°$,则点在$\angle AOD$的平分线上.

过点C作$CE\perp OX$轴于E.

在$\mathrm{Rt}\triangle COE$中,$\angle CEO=90°$,$\angle COE=30°$,$OD=4$,$\therefore CE=2$,$OE=2\sqrt{3}$.

即点C的坐标为$(2\sqrt{3},2)$. $\therefore$ 点C的坐标为$(0,4)$或$(2\sqrt{3},2)$.

(2) 设点B的坐标为$(x,0)$.

$\because$ 点C在第一象限,$\therefore$ 点C的坐标为$(2\sqrt{3},2)$.

由$\triangle COB\backsim\triangle AOC$,得$\dfrac{OA}{OB}=\dfrac{OC}{OC}$或$\dfrac{OA}{OC}=\dfrac{OC}{OB}$.

(ⅰ) 若$\dfrac{OA}{OB}=\dfrac{OC}{OC}$,则$OB=OA=2\sqrt{3}$. $\therefore$ 点B的坐标为$(2\sqrt{3},0)$.

根据二次函数图象的对称性,抛物线不可能同时经过B,C两点,故不存在这样的二次函数,其图象经过A,B,C三点.

(ⅱ) 若$\dfrac{OA}{OC}=\dfrac{OC}{OB}$,则$OC^2=OA\cdot OB$. $\therefore 4^2=2\sqrt{3}\cdot x$,$\therefore x=\dfrac{8\sqrt{3}}{3}$. $\therefore$ 点B的坐标为$\left(\dfrac{8\sqrt{3}}{3},0\right)$.

设过A,B,C三点的二次函数图象的解析式为$y=ax^2+bx+c(a\neq 0)$.

$$\therefore\begin{cases}3=a\cdot(\sqrt{3})^2+b\cdot\sqrt{3}+c,\\0=a\cdot\left(\dfrac{8\sqrt{3}}{3}\right)^2+b\cdot\dfrac{8\sqrt{3}}{3}+c,\\2=a\cdot(2\sqrt{3})^2+b\cdot 2\sqrt{3}+c.\end{cases}\text{解这个方程组,得}\begin{cases}a=-\dfrac{2}{5},\\b=\dfrac{13\sqrt{3}}{15},\\c=\dfrac{8}{5}.\end{cases}$$

$\therefore$ 过A,B,C三点的二次函数图象的解析式为$y=-\dfrac{2}{5}x^2+\dfrac{13\sqrt{3}}{15}x+\dfrac{8}{5}$.

例33 (河南省,2005)如图1,$\mathrm{Rt}\triangle ABC$中,$\angle C=90°$,$AC=12$,$BC=5$,点M在边AB上,且$AM=6$.

(1) 动点D在边AC上运动,且与点A、C均不重合,设$CD=x$.

① 设$\triangle ABC$与$\triangle ADM$的面积之比为y,求y与x之间的函数关系式(写出自变量x的取值范围);

② 当x取何值时,$\triangle ADM$是等腰三角形?写出你的理由.

(2) 如图2,以图1中的BC、CA为一组邻边的矩形$ACBE$中,动点D在矩形边上运动一周,能使$\triangle ADM$是以$\angle AMD$为顶角的等腰三角形共有多少个(直接写出结果,不要求说明理由)?

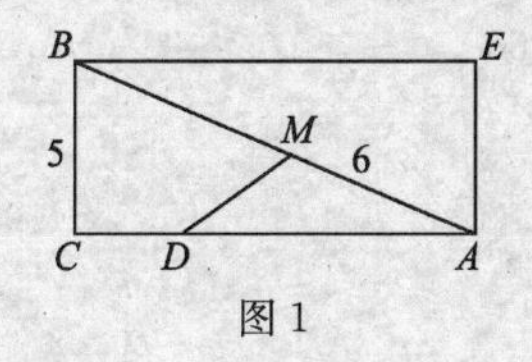

图1

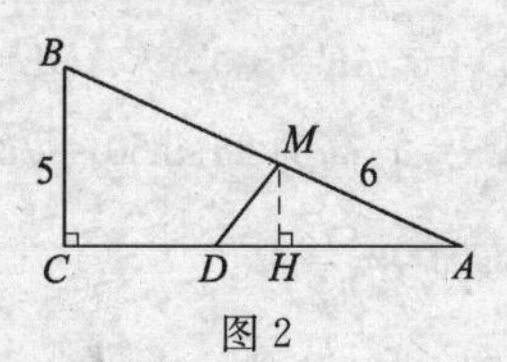

图2

图2—33

分析 (1) 求$S_{\triangle ABC}$和$S_{\triangle ADM}$的值得y,分$AD=AM$,$AM=MD$,$AD=MD$三种情况讨论$\triangle ADM$为等腰三角形;(2) 以M为圆心,6为半径作圆与AC,AE,BE三边交点即为所求.

解 (1) ① $S_{\triangle ABC}=\dfrac{1}{2}AC\cdot BC=30$.

易得$AB=13$.

过M作$MH\perp AC$于H,则$MH/\!/BC$.

$\therefore\dfrac{MH}{AM}=\dfrac{BC}{AB}=\dfrac{5}{13}$. $\therefore MH=\dfrac{30}{13}$.

∴ 从而 $S_{\triangle ADM}=\frac{1}{2}AD\cdot MH=\frac{1}{2}(12-x)\cdot\frac{30}{13}=\frac{15}{13}(12-x)$.

∴ $y=\frac{S_{\triangle ABC}}{S_{\triangle ADM}}=\frac{30}{\frac{15}{13}(12-x)}=\frac{26}{12-x}(0<x<12)$.

②（ⅰ）当 $AD=AM=6$，即 $x=6$ 时，$\triangle ADM$ 为等腰三角形；

（ⅱ）当 $AM=MD$ 时，$AD=2AH$.

∵ $MH/\!/BC$，∴ $\frac{AH}{AC}=\frac{AM}{AB}$. ∴ $AH=\frac{72}{13}$. ∴ $AD=\frac{144}{13}$.

即 $x=12-\frac{144}{13}=\frac{12}{13}$时，$\triangle ADM$ 为等腰三角形；

（ⅲ）当 $AD=MD$ 时，过 D 作 $DE\perp AM$ 于 E，则有$\frac{AE}{AC}=\frac{AD}{AB}$，

即$\frac{3}{12}=\frac{12-x}{13}$，$x=\frac{35}{4}$时，$\triangle ADM$ 为等腰三角形.

(2) 4 个

（根据题意，以 M 为圆心，$MA=6$ 为半径作圆，与 AC、AE、BE 三边共有包括 A 点在内的 5 个交点，所以符合条件的等腰三角形共有 4 个）

（六）综合型问题中的分类讨论问题

例 34　（威海市，2006）在梯形 $ABCD$ 中，$AB/\!/CD$，$AB=8$cm，$CD=2$cm，$AD=BC=6$cm. M，N 为同时从 A 点出发的两个动点，点 M 沿 $A\to D\to C\to B$ 的方向运动，速度为 2cm/秒；点 N 沿 $A\to B$ 的方向运动，速度为 1cm/秒. 当 M，N 其中一点到达 B 点时，点 M、N 运动停止，设点 M，N 的运动时间为 x 秒，以点 A，M，N 为顶点的三角形的面积为 $y\text{cm}^2$.

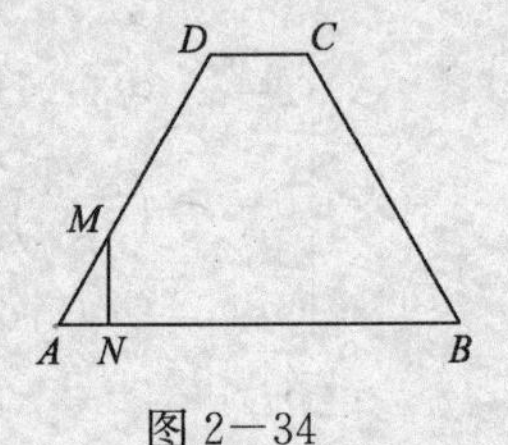

图 2－34

(1) 试求出当 $0<x<3$ 时，y 与 x 之间的函数关系式；

(2) 试求出当 $4<x<7$ 时，y 与 x 之间的函数关系式；

(3) 当 $3<x<4$ 时，以 A，M，N 为顶点的三角形与以 B，M，N 为顶点的三角形是否有可能相似？若相似，试求出 x 的值. 若不相似，试说明理由.

分析　易由 $0<x<3$，$4<x<7$ 确定 M，N 的大致位置，再分别求出 y 与 x 的函数关系式.

解　(1) 如图①，过 D 作 $DE\perp AB$，垂足为 E；过 C 作 $CF\perp AB$，垂足为 F.

∴ $CD=EF=2$.

∵ $AD=BC$，$DE=CF$，∴ $\text{Rt}\triangle ADE\cong\text{Rt}\triangle BCF$. ∴ $AE=BF=3$.

在 $\text{Rt}\triangle ADE$ 中，$AD=6$，$AE=3$，∴ $\angle ADE=30^\circ$，$\angle A=60^\circ$，

∴ 在$\triangle AMN$ 中，$AN=x$，高为 $2x\sin60^\circ=\sqrt{3}x$.

∴ $y=\frac{1}{2}\cdot x\cdot\sqrt{3}x$. 即 $y=\frac{\sqrt{3}}{2}x^2$.

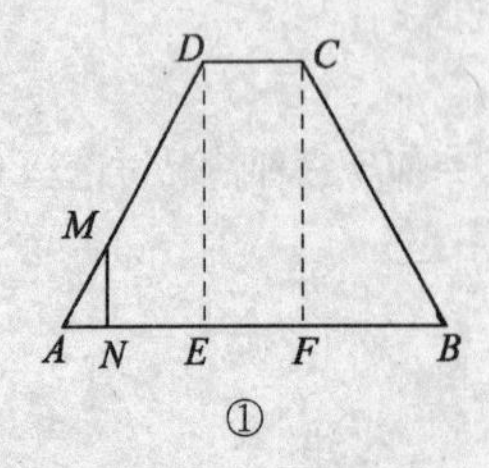

①

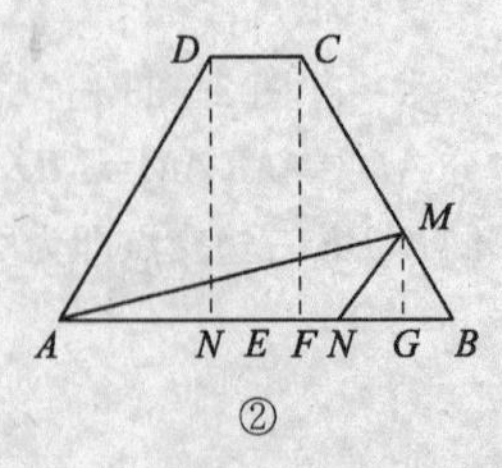

②

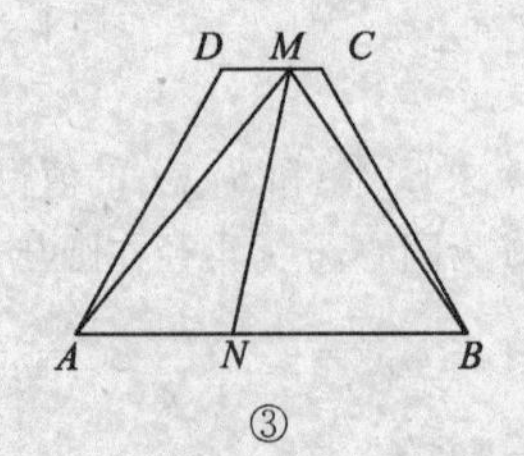

③

图 2－35

(2) 如图②，过点 M 作 $MG\perp AB$，垂足为 G.

∵ $MG/\!/CF$，∴ $\triangle MGB\backsim\triangle CFB$. ∴ $GM:CF=BM:BC$.

$\because CF=DE=\sqrt{AD^2-AE^2}=3\sqrt{3}$，$\therefore GM:3\sqrt{3}=(6+2+6-2x):6$.

$\therefore GM=\sqrt{3}(7-x)$. $\therefore y=\frac{1}{2}x\sqrt{3}(7-x)$. 即 $y=\frac{7\sqrt{3}}{2}x-\frac{\sqrt{3}}{2}x^2$.

(3) 当 $3<x<4$ 时，以 A,M,N 为顶点的三角形与以 B,M,N 为顶点的三角形不可能相似.

当 $x=3$ 时，动点 M 与点 D 重合时，动点 N 恰好与点 E 重合，此时 $\angle MNA=90°$.

当 $3<x<4$ 时，$\angle MNA$ 必为钝角. 则 $\angle MNA\neq\angle MNB$，而 $\angle MNA=\angle NMB+\angle MBN$，因此，$\triangle AMN$ 与 $\triangle BMN$ 不可能相似.

例 35　(吉林省，2006) 如图，在边长为 8 厘米的正方形 $ABCD$ 内，贴上一个边长为 4 厘米的正方形 $AEFG$，正方形 $ABCD$ 未被盖住的部分为多边形 $EBCDGF$. 动点 P 从点 B 出发，沿 $B\to C\to D$ 方向以 1 厘米/秒速度运动，到点 D 停止，连结 PA，PE. 设点 P 运动 x 秒后，$\triangle APE$ 与多边形 $EBCDGF$ 重叠部分的面积为 y 厘米^2.

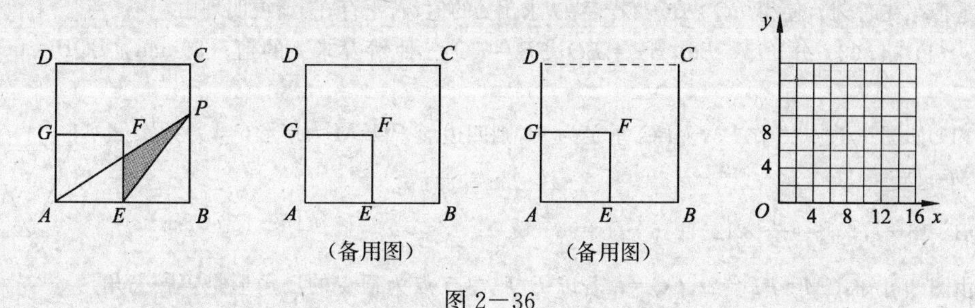

图 2－36

(1) 当 $x=5$ 时，求 y 的值；(2) 当 $x=10$ 时，求 y 的值；

(3) 求 y 与 x 之间的函数关系式；(4) 在给出的直角坐标系中画出 y 与 x 之间的函数图象.

分析　分别画出 $x=5,10$ 时重叠部分的图形；再分 $0\leqslant x\leqslant 8$，$8\leqslant x\leqslant 12$，$12\leqslant x\leqslant 16$ 讨论 y 与 x 的函数关系式和图象.

解　设 AP 与 EF(或 GF) 交于点 Q.

(1) 在正方形 $ABCD$ 和正方形 $AEFG$ 中，E 为 AB 中点，

$\therefore EQ/\!/BP$，即 EQ 为 $\triangle ABP$ 的中位线.

当 $x=5$ 时，$PB=5$，$\therefore QE=\frac{1}{2}PB=\frac{5}{2}$，$\because BE=4$，$\therefore y=\frac{1}{2}EQ\cdot EB=\frac{1}{2}\times\frac{5}{2}\times 4=5$.

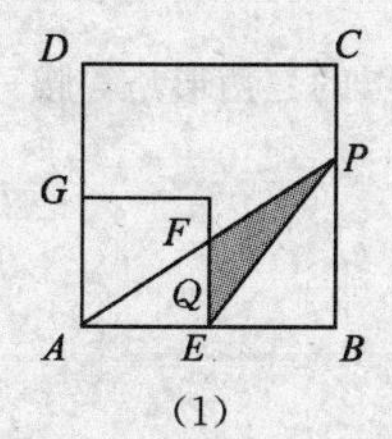

(1)

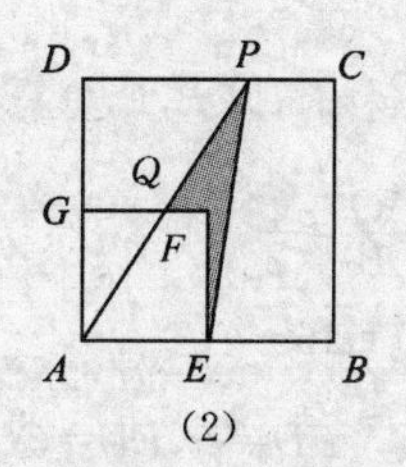

(2)

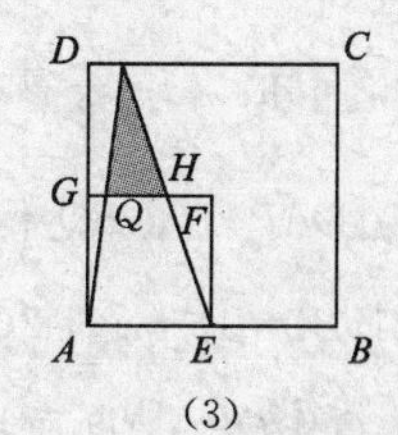

(3)

图 2－37

(2) 当 $x=10$ 时，如图 2，$PD=6$，$GQ=3$，

$QF=FG-GQ=1$，$AE=4$.

$\therefore S_{梯形AQFE}=\frac{FQ+AE}{2}\cdot EF=\frac{1+4}{2}\times 4=10$.

$S_{\triangle PAE}=\frac{1}{2}AE\cdot BC=\frac{1}{2}\times 4\times 8=16$，

$\therefore y=S_{\triangle PAE}-S_{梯形AQFE}=16-10=6$.

(3) 当 $0\leqslant x\leqslant 8$ 时，$y=x$；

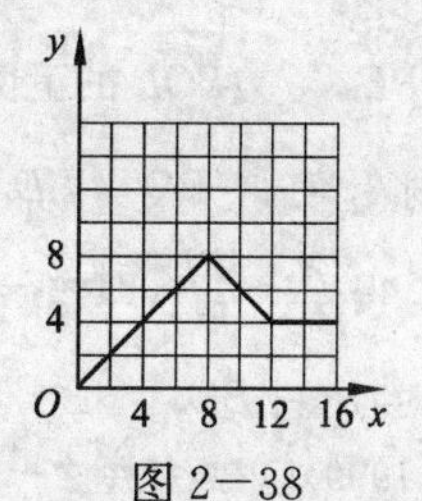

图 2－38

当 $8\leqslant x\leqslant 12$ 时，$y=-x+16$；

当 $12\leqslant x\leqslant 16$ 时，$y=4$.

(4) 图象如右：

说明　抓住动点在运行过程中几个典型位置来分析问题是解决此类问题的常用方法.

例 36　(河北省，2005)如图 2—39，在直角梯形 $ABCD$ 中，$AD/\!/BC$，$\angle C=90°$，$BC=16$，$DC=12$，$AD=21$. 动点 P 从点 D 出发，沿射线 DA 的方向以每秒 2 个单位长的速度运动，动点 Q 从点 C 出发，在线段 CB 上以每秒 1 个单位长的速度向点 B 运动，点 P，Q 分别从点 D，C 同时出发，当点 Q 运动到点 B 时，点 P 随之停止运动. 设运动时间为 t(秒).

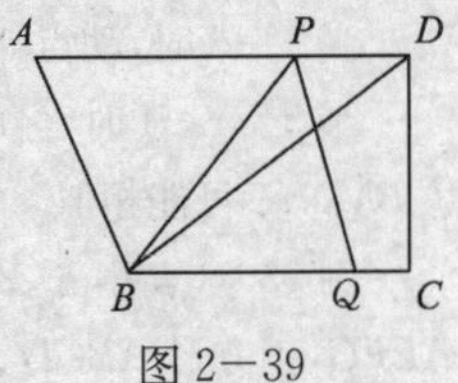

图 2—39

(1) 设 $\triangle BPQ$ 的面积为 S，求 S 与 t 之间的函数关系式；

(2) 当 t 为何值时，以 B，P，Q 三点为顶点的三角形是等腰三角形？

(3) 当线段 PQ 与线段 AB 相交于点 O，且 $2AO=OB$ 时，求 $\angle BQP$ 的正切值；

(4) 是否存在时刻 t，使得 $PQ\perp BQ$? 若存在，求出 t 的值；若不存在，请说明理由.

分析　(1) 略；(2) 分 $PQ=BQ$，$BP=BQ$，$PB=PQ$ 三种情况求 t 的值；(3) $\tan\angle BQP=\tan\angle QOE$；(4) 略.

解　(1) 如图 1，过点 P 作 $PM\perp BC$，垂足为 M，则四边形 $PDCM$ 为矩形，

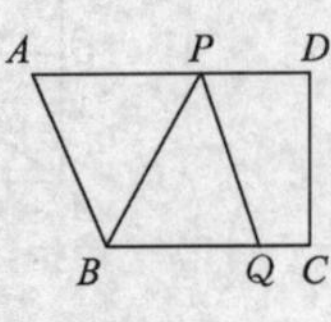

图 1

$\therefore PM=DC=12$.

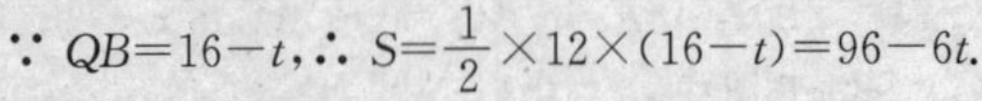

$\because QB=16-t$，$\therefore S=\dfrac{1}{2}\times 12\times(16-t)=96-6t$.

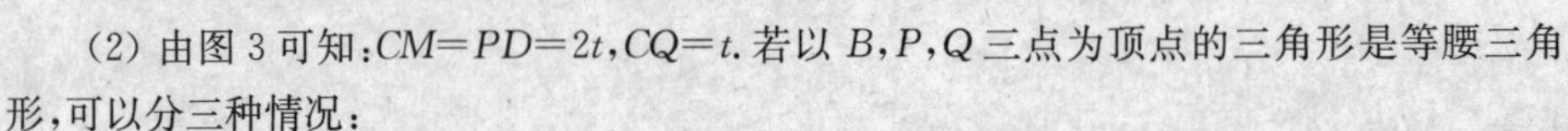

(2) 由图 3 可知：$CM=PD=2t$，$CQ=t$. 若以 B，P，Q 三点为顶点的三角形是等腰三角形，可以分三种情况：

① 若 $PQ=BQ$. 在 $Rt\triangle PMQ$ 中，$PQ^2=t^2+12^2$. 由 $PQ^2=BQ^2$，

得 $t^2+12^2=(16-t)^2$，解得 $t=\dfrac{7}{2}$.

② 若 $BP=BQ$. 在 $Rt\triangle PMB$ 中，$BP^2=(16-2t)^2+12^2$. 由 $BP^2=BQ^2$，

得 $(16-2t)^2+12^2=(16-t)^2$，即 $3t^2-32t+144=0$.

$\because \Delta=-704<0$，$\therefore 3t^2-32t+144=0$ 无解. $\therefore PB\neq BQ$.

③ 若 $PB=PQ$. 由 $PB^2=PQ^2$，得 $t^2+12^2=(16-2t)^2+12^2$.

整理，得 $3t^2-64t+256=0$. 解得 $t_1=\dfrac{16}{3}$，$t_2=16$(不合题意，舍去).

综合上面的讨论可知：当 $t=\dfrac{7}{2}$ 秒或 $t=\dfrac{16}{3}$ 秒时，以 B，P，Q 三点为顶点的三角形是等腰三角形.

(3) 如图 2，由 $\triangle OAP\backsim\triangle OBQ$，得 $\dfrac{AP}{BQ}=\dfrac{AQ}{OB}=\dfrac{1}{2}$.

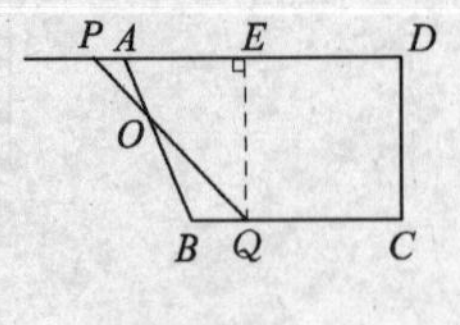

图 2

$\because AP=2t-21$. $BQ=16-t$. $\therefore 2(2t-21)=16-t$.

$\therefore t=\dfrac{58}{5}$. 过点 Q 作 $QE\perp AD$，垂足为 E. $\because PD=2t$，$ED=QC=t$，

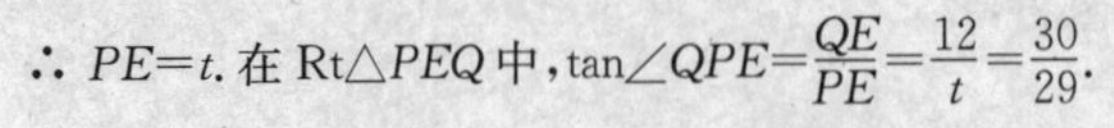

$\therefore PE=t$. 在 $Rt\triangle PEQ$ 中，$\tan\angle QPE=\dfrac{QE}{PE}=\dfrac{12}{t}=\dfrac{30}{29}$.

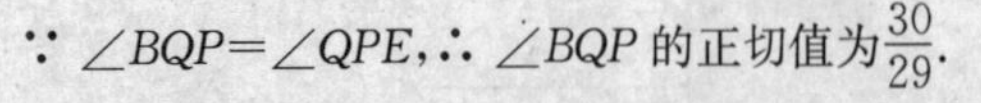

$\because \angle BQP=\angle QPE$，$\therefore \angle BQP$ 的正切值为 $\dfrac{30}{29}$.

(4) 设存在时刻 t，使得 $PQ\perp BD$. 如图 3，过点 Q 作 $QE\perp AD$，垂足为 E. 由 $Rt\triangle BDC\backsim Rt\triangle QPE$，得 $\dfrac{DC}{BC}=\dfrac{PE}{EQ}$，即 $\dfrac{12}{16}=\dfrac{t}{12}$. 解得 $t=9$.

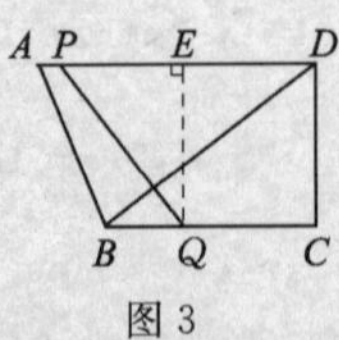

图 3

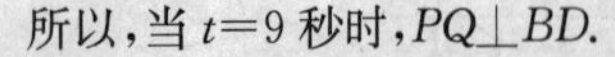

所以，当 $t=9$ 秒时，$PQ\perp BD$.

例 37　(常州市，1999)已知：如图 2—40 在 $Rt\triangle ABC$ 中，$\angle C=90°$，$AC=3$，$BC=4$，点

E 在直角边 AC 上(点 E 与点 A,C 两点均不重合).(1) 若点 F 在斜边 AB 上,且 EF 平分 $\mathrm{Rt}\triangle ABC$ 的周长,设 $AE=x$,试用 x 的代数式表示 $S_{\triangle AEF}$;(2) 若点 F 在折线 ABC 上移动,试问:是否存在直线 EF 将 $\mathrm{Rt}\triangle ABC$ 的周长和面积同时平分?若存在直线 EF,则求出 AE 的长;若不存在直线 EF,请说明理由.

分析　(1) 略;(2) 设 $AE=x$,由 EF 平分 $\triangle ABC$ 周长表示有关线段长度,再由平分 $\triangle ABC$ 面积得关于 x 的方程求解.

解　(1) 在 $\mathrm{Rt}\triangle ABC$ 中,$\angle C=90^\circ$,$BC=4$,$AC=3$,则 $AB=5$.

如图①,由题意,知 $EA+AF=\dfrac{1}{2}(AC+BC+AB)=6$. 又 $AE=x$,则 $AF=6-x$.

过点 F 作 $FD\perp AC$,垂足为 D,则 $\mathrm{Rt}\triangle ADF\backsim\mathrm{Rt}\triangle ACB$.

$\therefore \dfrac{FD}{BC}=\dfrac{AF}{AB}$. $\therefore FD=\dfrac{BC\cdot AF}{AB}=\dfrac{4}{5}(6-x)$.

$\therefore S_{\triangle AEF}=\dfrac{1}{2}AE\cdot FD=\dfrac{2}{5}x(6-x)$.

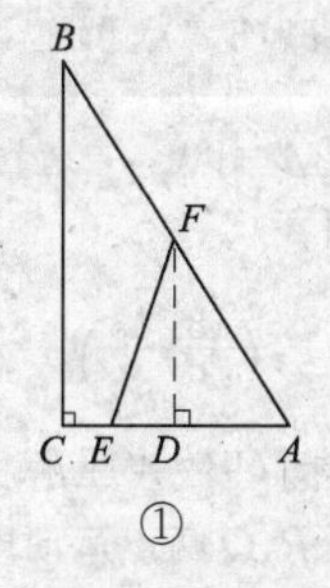

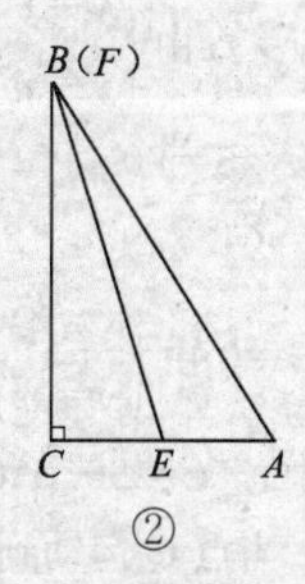

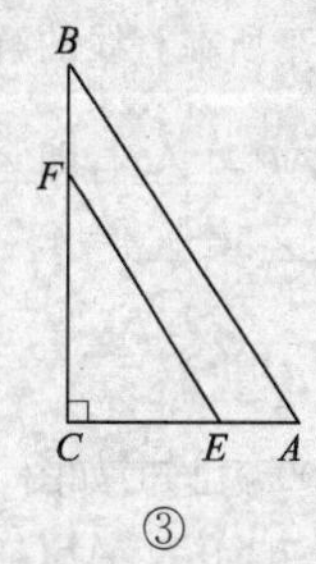

图 2－40

(2) 假设存在直线 EF 将 $\triangle ABC$ 的周长和面积同时平分,又 $AE=x$.

① 若点 F 在斜边 AB 上,则由(1),可知 $S_{\triangle AEF}=\dfrac{2}{5}x(6-x)$.

又 $S_{\triangle ABC}=\dfrac{1}{2}AC\cdot BC=6$,$\therefore \dfrac{2}{5}x(6-x)=6\div 2$.

$\therefore 2x^2-12x+15=0$. 解之,得 $x_1=3-\dfrac{\sqrt{6}}{2}$,$x_2=3+\dfrac{\sqrt{6}}{2}$(舍去). 此时,$AF=6-\left(3-\dfrac{\sqrt{6}}{2}\right)=3+\dfrac{\sqrt{6}}{2}<5$.

$\therefore$ 存在直线 EF 将 $\triangle ABC$ 的周长和面积同时平分,且 $AE=3-\dfrac{\sqrt{6}}{2}$.

② 若点 F 与 B 重合(如图②),则由 $S_{\triangle AEB}=\dfrac{1}{2}S_{\triangle ABC}$,$E$ 为 AC 的中点,由于 $BC<AB$,故 $BC+CE<AE+AB$. $\therefore$ 不存在满足题设要求的直线 EF.

③ 若点 F 在 BC 上(如图③),由 $AE=x$,得 $CE=3-x$.

又 $CE+CF=6$,$\therefore CF=6-(3-x)=3+x$.

$\therefore S_{\triangle CEF}=\dfrac{1}{2}CE\cdot CF=\dfrac{1}{2}(3-x)(3+x)=\dfrac{1}{2}(9-x^2)$.

$\therefore \dfrac{1}{2}(9-x^2)=6\div 2$. $\therefore x^2=3$. $\therefore x_1=\sqrt{3}$,$x_2=-\sqrt{3}$(舍去).

由于 $3+x=3+\sqrt{3}>4$. $\therefore$ 不存在直线 EF 满足题设要求.

说明　分类讨论 F 在 $\triangle ABC$ 各边上的不同位置,利用平分周长和面积转化结论,这种数形结合地分析问题的方法十分重要.

例 38　(玉溪市,2003)如图 2－41,关于 x 的二次函数 $y=x^2+(3m-1)x+m^2-1$ 的图象经过 A,B 两点,且 $A(0,0)$,$m<0$.

(1) 求此二次函数的解析式；

(2) 若点 C 在 x 轴下方的抛物线图象上，且△ABC 的面积是 6，求点 C 的坐标；

(3) 若点 P 在此二次函数图象上，且 $AP\perp AC$，求点 P 的坐标.

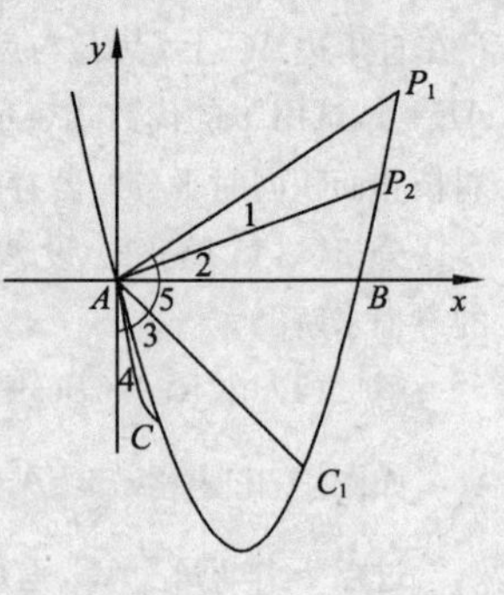

图 2－41

解 (1) ∵ 二次函数的图象经过点 $A(0,0)$，∴ $0=m^2-1$.

∴ $m_1=-1$，$m_2=1$(舍去).

∴ 二次函数的解析式为 $y=x^2-4x$.

(2) ∵ 二次函数图象经过点 B，∴ $AB=4$.

∴ 设 $C(a,h)$，由 $S_{\triangle ABC}=6$，得 $\frac{1}{2}\cdot 4|h|=6$，∴ $|h|=3$.

∵ C 点在 x 轴下方，∴ 取 $h=-3$. ∴ $a^2-4a=-3$，$a_1=3$，$a_2=1$. ∴ $C_1(3,-3)$ 或 $C_2(1,-3)$.

(3) ① ∵ $C_1(3,-3)$，∴ $\angle C_1AB=45°$，∵ $AP_1\perp AC_1$，∴ $\angle P_1AB=45°$.

设 $P_1(x,y)$，∴ AP_1 所在直线的解析式为 $y=x$. 由 $\begin{cases}y=x,\\y=x^2-4x.\end{cases}$ 得 $P_1(5,5)$.

② ∵ $AP_1\perp AC_1$，$AP_2\perp AC_2$，即 $\angle 1+\angle 2+\angle 5=90°$，$\angle 3+\angle 5+\angle 2=90°$，∴ $\angle 1=\angle 3$.

∵ $\angle 1+\angle 2=45°$，$\angle 3+\angle 4=45°$，∴ $\angle 2=\angle 4$. ∴ $\tan\angle 2=\tan\angle 4$，

∵ $C_2(1,-3)$，设 $P_2(x,y)$，$\frac{y}{x}=\frac{1}{3}\Rightarrow x-3y=0$ 由 $\begin{cases}x-3y=0,\\y=x^2-4x.\end{cases}$ 得 $P_2\left(\frac{13}{3},\frac{13}{9}\right)$.

例 39 (宿迁市，2005)已知：如图，△ABC 中，$\angle C=90°$，$AC=3$ 厘米，$CB=4$ 厘米. 两个动点 P，Q 分别从 A，C 两点同时按顺时针方向沿△ABC 的边运动. 当点 Q 运动到点 A 时，P，Q 两点运动即停止. 点 P，Q 的运动速度分别为 1 厘米/秒，2 厘米/秒，设点 P 运动时间为 t(秒).

(1) 当时间 t 为何值时，以 P，C，Q 三点为顶点的三角形的面积(图中的阴影部分)等于 2 厘米²；

(2) 当点 P，Q 运动时，阴影部分的形状随之变化. 设 PQ 与△ABC 围成阴影部分面积为 S(厘米²)，求出 S 与时间 t 的函数关系式，并指出自变量 t 的取值范围；

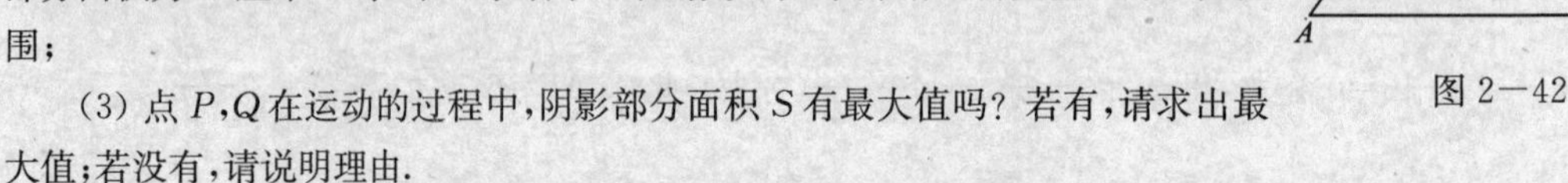

图 2－42

(3) 点 P，Q 在运动的过程中，阴影部分面积 S 有最大值吗？若有，请求出最大值；若没有，请说明理由.

分析 (1) 略；(2) 分 $0<t\leqslant 2$，$2<t\leqslant 3$，$3<t\leqslant 4.5$ 三种情况讨论 S 与 t 的函数关系式.

解 (1) $S_{\triangle PCQ}=\frac{1}{2}PC\cdot CQ=\frac{1}{2}(3-t)\cdot 2t=(3-t)t=2$，解得 $t_1=1$，$t_2=2$.

∴ 当时间 t 为 1 秒或 2 秒时，$S_{\triangle PCQ}=2$ 厘米²；

(2) ① 当 $0<t\leqslant 2$ 时，$S=-t^2+3t=-\left(t-\frac{3}{2}\right)^2+\frac{9}{4}$；

② 当 $2<t\leqslant 3$ 时，$S=\frac{4}{5}t^2-\frac{18}{5}t+6=\frac{4}{5}\left(t-\frac{9}{4}\right)^2+\frac{39}{20}$；

③ 当 $3<t\leqslant 4.5$ 时，$S=-\frac{3}{5}t^2+\frac{27}{5}t-\frac{42}{5}=-\frac{3}{5}\left(t-\frac{9}{2}\right)^2+\frac{15}{4}$.

(3) 有；

① 在 $0<t\leqslant 2$ 时，当 $t=\frac{3}{2}$，S 有最大值，$S_1=\frac{9}{4}$；(如图①)

② 在 $2<t\leqslant 3$ 时，当 $t=3$，S 有最大值，$S_2=\frac{12}{5}$；(如图②)

③ 在 $3<t\leqslant 4.5$ 时，当 $t=\frac{9}{2}$，S 有最大值，$S_3=\frac{15}{4}$；(如图③)

$\because S_1<S_2<S_3$　$\therefore t=\frac{9}{2}$时，S有最大值，$S_{最大值}=\frac{15}{4}$.

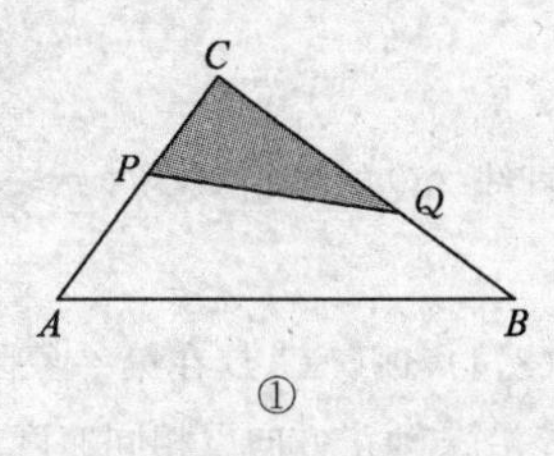

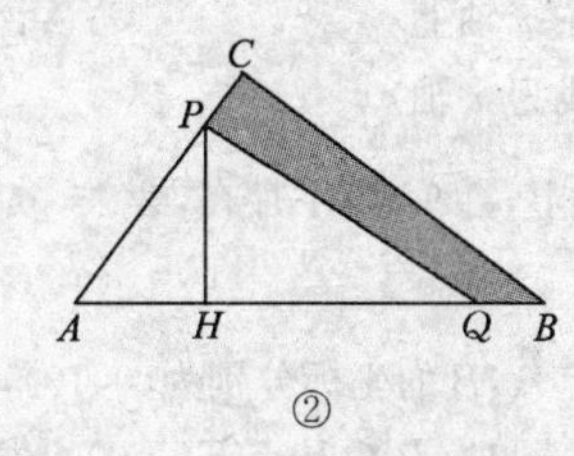

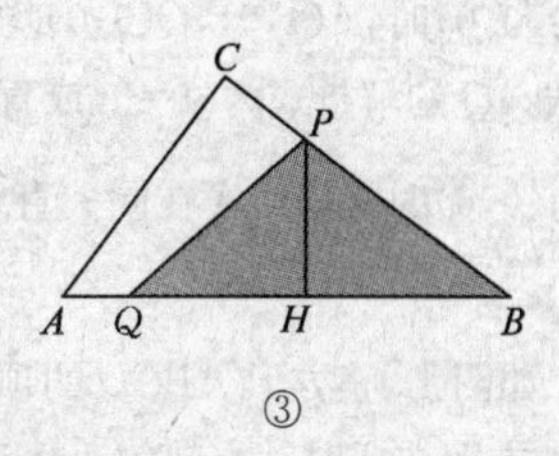

图 2—43

例 40　(黄冈市课改区，2006)如图，在平面直角坐标系中，四边形$OABC$为矩形，点A，B的坐标分别为(4，0)，(4，3)，动点M，N分别从点O，B同时出发，以每秒1个单位的速度运动，其中点M沿OA向终点A运动，点N沿BC向终点C运动，过点N作$NP\perp BC$，交AC于点P，连结MP，当两动点运动了t秒时.

(1) P点的坐标为(________，________)(用含t的代数式表示)；

(2) 记$\triangle MPA$的面积为S，求S与t的函数关系式$(0<t<4)$；

(3) 当$t=$________秒时，S有最大值，最大值是________；

(4) 若点Q在y轴上，当S有最大值且$\triangle QAN$为等腰三角形时，求直线AQ的解析式.

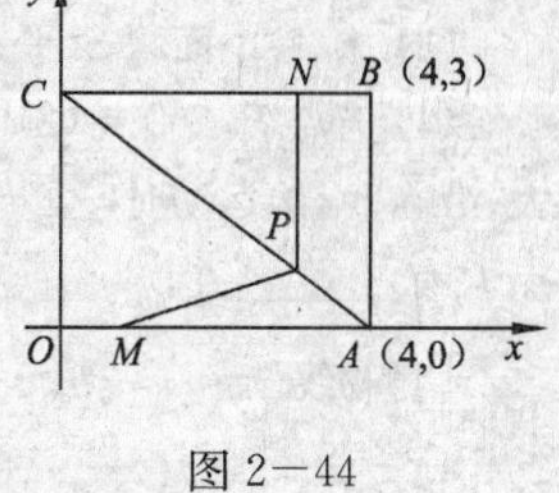

图 2—44

解　(1) $4-t$，$\frac{3}{4}t$

(2) 在$\triangle MPA$中，$MA=4-t$，MA边上的高为$\frac{3}{4}t$.

$\therefore S=S_{\triangle MPA}=\frac{1}{2}(4-t)\cdot\frac{3}{4}t$　即$S=-\frac{3}{8}t^2+\frac{3}{2}t(0<t<4)$.

(3) 2，$\frac{3}{2}$

(4) 由(3)知，当S有最大值时，$t=2$，此时N在BC的中点处，如下图，设$Q(0,y)$，则$AQ^2=OA^2+OQ^2=4^2+y^2$

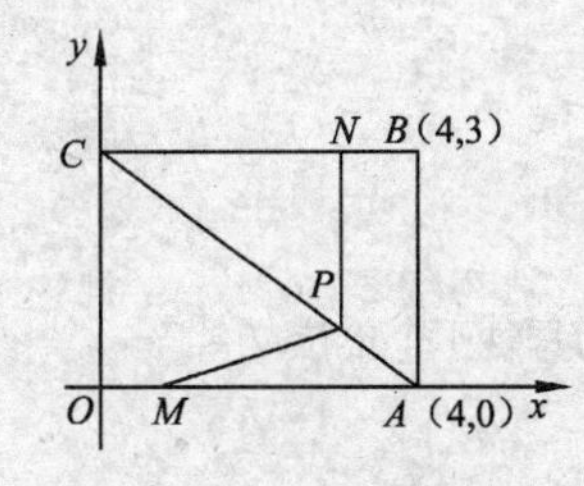

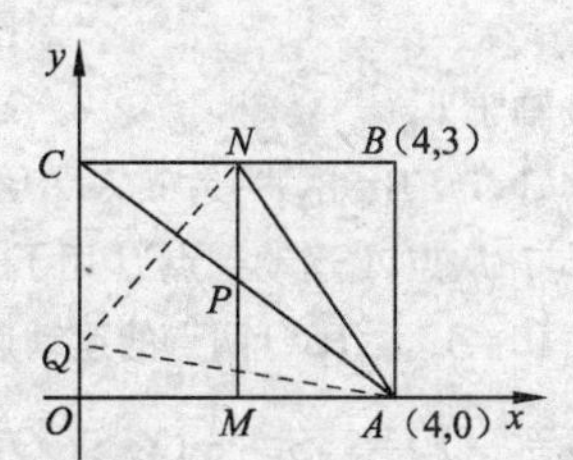

图 2—45

$QN^2=CN^2+CQ^2=2^2+(3-y)^2$

$AN^2=AB^2+BN^2=3^2+2^2$

$\because\triangle QAN$为等腰三角形，①若$AQ=AN$，即$4^2+y^2=3^2+2^2$，此时方程无解.

② 若$AQ=QN$，即$4^2+y^3=2^2+(3-y)^2$，解得$y=\frac{1}{2}$.

③ 若$QN=AN$，即$2^2+(3-y)^2=3^2+2^2$，解得$y_1=0$，$y_2=6$，

$\therefore Q_1(0,-\frac{1}{2})$，$Q_2(0,0)$，$Q_3(0,6)$

当Q为$(0,-\frac{1}{2})$时，设直线AQ的解析式为$y=kx-\frac{1}{2}$，将$A(4,0)$代入得，$4k-\frac{1}{2}=0$，$\therefore k=\frac{1}{8}$.

∴ 直线 AQ 的解析式为 $y=\frac{1}{8}x-\frac{1}{2}$.

当 Q 为(0,0)时,$A(4,0)$,$Q(0,0)$均在 x 轴上.

∴ 直线 AQ 的解析式为 $y=0$(或直线为 x 轴)

当 Q 为(0,6)时,Q,N,A 在同一直线上,$\triangle ANQ$ 不存在,舍去,故直线 AQ 的解析式为 $y=\frac{1}{8}x-\frac{1}{2}$,或 $y=0$.

例 41　如图①,正方形 $ABCD$ 的顶点 A,B 的坐标分别为(0,10),(8,4),顶点 C,D 在第一象限. 点 P 从点 A 出发,沿正方形按逆时针方向匀速运动,同时,点 Q 从点 $E(4,0)$ 出发,沿 x 轴正方向以相同速度运动. 当点 P 到达点 C 时,P,Q 两点同时停止运动,设运动的时间为 t 秒.

(1) 求正方形 $ABCD$ 的边长.

(2) 当点 P 在 AB 边上运动时,$\triangle OPQ$ 的面积 S(平方单位)与时间 t(秒)之间的函数图象为抛物线的一部分(如图②所示),求 P、Q 两点的运动速度.

(3) 求(2)中面积 S(平方单位)与时间 t(秒)的函数关系式及面积 S 取最大值时点 P 的坐标.

(4) 若点 P,Q 保持(2)中的速度不变,则点 P 沿着 AB 边运动时,$\angle OPQ$ 的大小随着时间 t 的增大而增大;沿着 BC 边运动时,$\angle OPQ$ 的大小随着时间 t 的增大而减小. 当点 P 沿着这两边运动时,使 $\angle OPQ=90°$ 的点 P 有______个.

[抛物线 $y=ax^2+bx+c(a\neq0)$ 的顶点坐标是 $\left(-\frac{b}{2a},\frac{4ac-b^2}{4a}\right)$.]

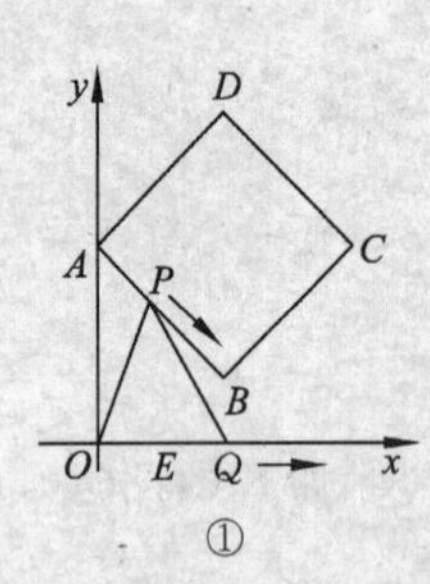

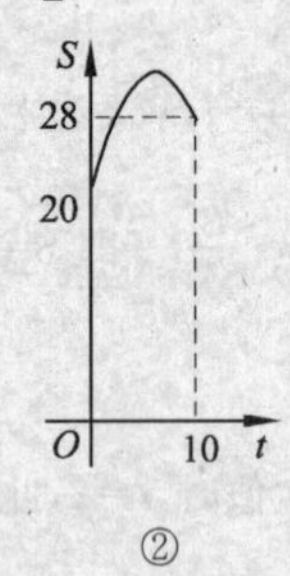

图 2－46

解　(1) 作 $BF\perp y$ 轴于 F.

∵ $A(0,10)$,$B(8,4)$,∴ $FB=8$,$FA=6$. ∴ $AB=10$.

(2) 由图②可知,点 P 从点 A 运动到点 B 用了 10 秒.

又∵ $AB=10$,$10\div10=1$. ∴ P,Q 两点的运动速度均为每秒 1 个单位.

(3) 当 $t=5$ 时,$OG=7$,$OQ=9$,$S=\frac{1}{2}OG\cdot OQ=\frac{63}{2}$.

设所求函数关系式为 $S=at^2+bt+20$.

∵ 抛物线过点(10,28),$\left(5,\frac{63}{2}\right)$,∴ $\begin{cases}100a+10b+20=28,\\25a+5b+20=\frac{63}{2}.\end{cases}$

∴ $\begin{cases}a=-\frac{3}{10},\\b=\frac{19}{5}.\end{cases}$ ∴ $S=-\frac{3}{10}t^2+\frac{19}{5}t+20$.

∵ $-\frac{b}{2a}=-\frac{\frac{19}{5}}{2\times\left(-\frac{3}{10}\right)}=\frac{19}{3}$,且 $0\leqslant\frac{19}{3}\leqslant10$,∴ 当 $t=\frac{19}{3}$ 时,S 有最大值. 此时 $GP=\frac{76}{15}$,$OG=\frac{31}{5}$,

∴ 点 P 的坐标为$\left(\frac{76}{15},\frac{31}{5}\right)$.

(4) 2.

【热点考题精练】

1. 填空题.

(1) (沈阳市,2006)已知等腰△ABC中,$AB=AC$,D为BC边上一点,连结AD,若△ACD和△ABD都是等腰三角形,则∠C的度数是________.

(2) (河南省,2002)等腰三角形一腰上的高与另一腰的夹角为30°,腰长为a,则其底边上的高为________.

(3) (河南省,2002)已知数1和数2,请再写出一个数,使这三个数恰好是一个直角三角形三边的长,则这个数可以是________(只填写一个即可).

(4) (厦门市,2002)菱形有一个内角为120°,有一条对角线为6cm,则此菱形的边长是________.

(5) (烟台市,2002)若等腰三角形一腰上的高等于腰长的一半,则这个等腰三角形底角的度数为________.

(6) (广安市,2002)已知:如图,∠ABC=∠CDB=90°,$AC=a$,$BC=b$,当$BD=$________时,两直角三角形相似(用含a,b的代数式表示).

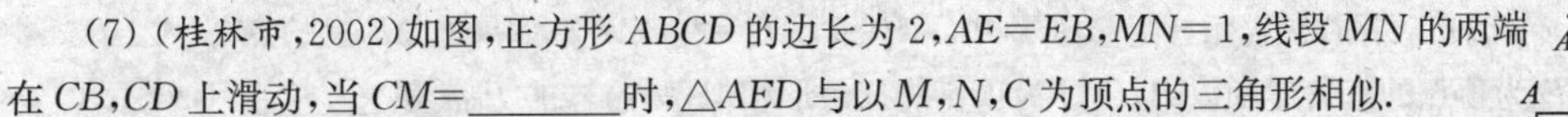

(7) (桂林市,2002)如图,正方形$ABCD$的边长为2,$AE=EB$,$MN=1$,线段MN的两端在CB,CD上滑动,当$CM=$________时,△AED与以M,N,C为顶点的三角形相似.

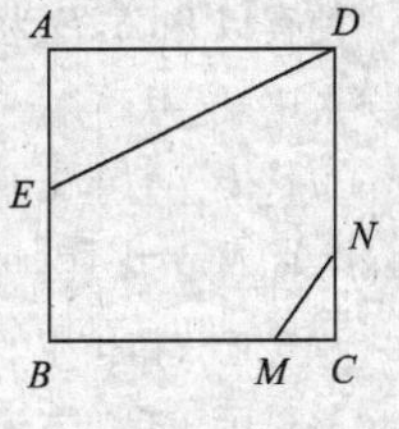

第1(7)题

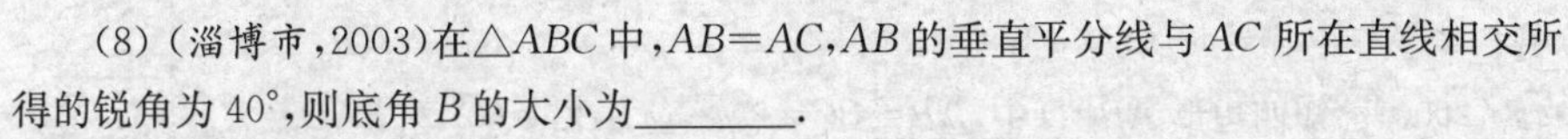

(8) (淄博市,2003)在△ABC中,$AB=AC$,AB的垂直平分线与AC所在直线相交所得的锐角为40°,则底角B的大小为________.

(9) (鄂州市,2003)有三条线段,其中两条线段的长分别为3和5,第三条线段的长为x,若这三条线段不能构成三角形,则x的取值范围是________.

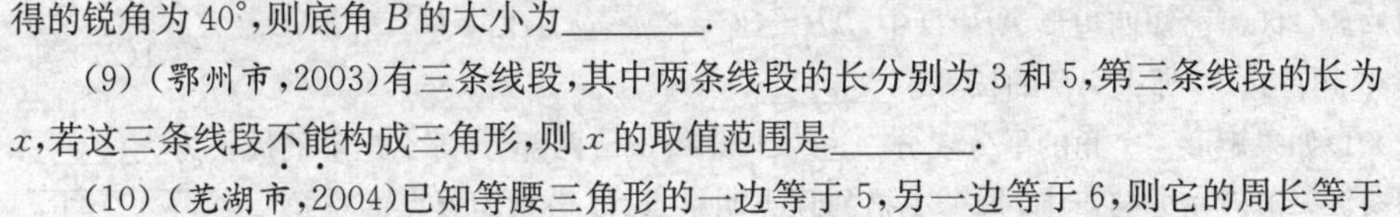

(10) (芜湖市,2004)已知等腰三角形的一边等于5,另一边等于6,则它的周长等于________.

(11) △ABC中,$AB=15$,$AC=13$,高$AD=2$,则△ABC的面积为________.

(12) (黄石市,1995)若∠A和∠B的两边分别平行,∠A是∠B的2倍少30°,则∠B=________.

(13) (常州市,1997)若直角三角形的两条边长分别为3和4,则第三边的长为________.

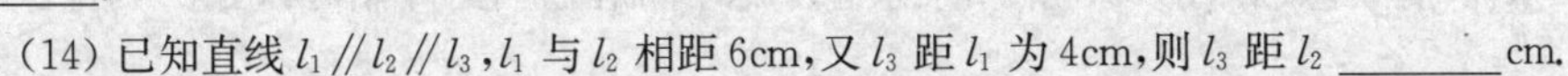

(14) 已知直线$l_1 /\!/ l_2 /\!/ l_3$,l_1与l_2相距6cm,又l_3距l_1为4cm,则l_3距l_2 ________cm.

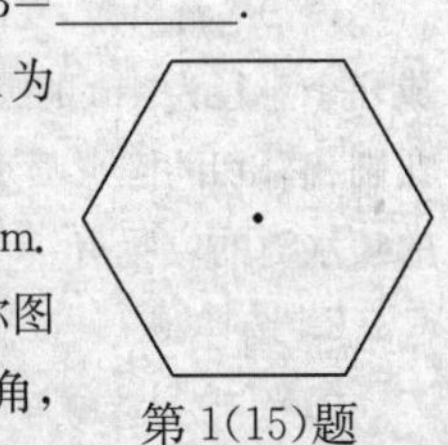
第1(15)题

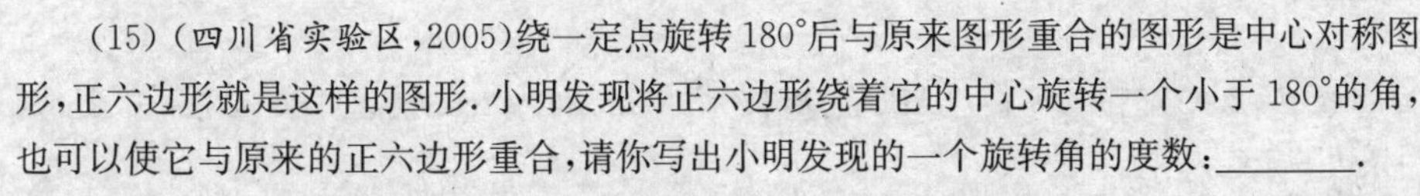

(15) (四川省实验区,2005)绕一定点旋转180°后与原来图形重合的图形是中心对称图形,正六边形就是这样的图形.小明发现将正六边形绕着它的中心旋转一个小于180°的角,也可以使它与原来的正六边形重合,请你写出小明发现的一个旋转角的度数:________.

(16) (浙江衢州市实验区,2005)用一副三角板可以直接得到30°、45°、60°、90°四种角,利用一副三角板可以拼出另外一些特殊角,如75°、120°等,请你拼一拼,使用一副三角板还能拼出哪些小于平角的角?这些角的度数是:________.

(17) (茂名市实验区,2005)用一个平面去截一个正方体其截面形状不可能的是________(请你在三角形、四边形、五边形、六边形、七边形这五种图形中选择符合题意的图形填上即可);

(18) (南京市,2005)如图,将一张等腰直角三角形纸片沿中位线剪开,可以拼出不同形状的四边形,请写出其中两个不同的四边形的名称:________.

第1(18)题

(19) (黑龙江,2006)在△ABC中,$AB>BC>AC$,D是AC的中点,过点D作直线l,使截得的三角形与原三角形相似,这样的直线l有________条.

(20) (荆门市,2006)在方格纸中,每个小格的顶点称为格点,以格点连线为边的三角形叫格点三角形.在

如图 5×5 的方格中，若格点△ABC 和△OAB 相似（相似比不为 1），则点 C 的坐标是________.

第 1(20)题

(21)（金华市、丽水地区，1999）如图，梯形 $ABCD$ 中，$AB/\!/DC$，$AD\perp AB$，已知 $DC=4$，$AD=3DC$，$S_{梯形ABCD}=78$. E 是 AD 上的一个动点，如果以 E,C,B 为顶点构成的三角形是直角三角形，那么 DE 的长是________.

第 1(21)题

(22)（常州市，2000）已知等腰三角形一腰上的中线将它的周长分为 9 和 12 两部分，则腰长为________，底边长为________.

(23)（连云港市，1997）已知：AD 和 BE 是△ABC 中的高，H 是 AD 与 BE 或是 AD 的延长线与 EB 的延长线的交点. 若 $BH=AC$，则∠ABC=________.

(24)（黄冈市，1997）在△ABC 中，$AB=12$，$AC=15$，D 为 AB 上一点，$DB=\frac{1}{3}AB$，在 AC 上取一点 E，得△ADE，若这两个三角形相似，则 AE 长为________.

(25)（玉溪市，2000）要做两个形状相同的三角形框架，其中一个三角形框架的三边长分别为 4，5，6，另一个三角形框架的一边长为 2，欲使这两个三角形相似，三角形框架的另两边长可以是________.

(26)（杭州市，2000）在四边形 $ABCD$ 中，$AD/\!/BC$，$AB=DC$，AC 与 BD 相交于点 O，∠$BOC=120°$，$AD=7$，$BD=10$. 则四边形 $ABCD$ 的面积为________.

(27)（扬州市，1995）如图，在直角梯形 $ABCD$ 中，$AB=7$，$AD=2$，$BC=3$，如果边 AB 上的点 P 使得以 P,A,D 为顶点的三角形和以 P,B,C 为顶点的三角形相似，则这样的 P 点有________个.

第 1(27)题

(28)（上海市闸北区，2000）已知四边形 $ABCD$ 中，$AB=BC=2\sqrt{3}$，∠$ABC=60°$，∠$BAD=90°$，且△ACD 是一个直角三角形，那么 AD 的长等于________.

(29)（仙桃市，2001）如果矩形一个角的平分线分一边为 4cm 和 3cm 两部分，那么矩形的周长为________.

(30)（天门市课改区，2006）在方格纸上，每个小格的顶点叫格点，以格点为顶点的三角形叫格点三角形，如图，在 4×4 的方格纸上，以 AB 为边的格点三角形 ABC 的面积为 2 个平方单位，则符合条件的 C 点共有________个.

第 1(30)题

(31)（扬州市，2005）国卫公司办公大楼前有一个 15m×30m 的矩形广场，广场中央已建成一个半径为 4m 的圆形花圃（其圆心与矩形对角线的交点重合）. 现欲建一个半径为 2 米与花圃相外切的圆形喷水池，使得建成后的广场、花圃和喷水池构成的平面图形是一个轴对称图形. 则符合条件的喷水池的位置有________个.

2. 选择题.

(1)（呼和浩特市课改区，2005）已知：等腰△ABC 的周长为 18cm，$BC=8$cm，若△ABC≌△$A'B'C'$，则△$A'B'C'$中一定有一条边等于（　　）.

A. 7cm　　B. 2cm 或 7cm　　C. 5cm　　D. 2cm 或 5cm

(2)（南通市海门课改区，2005）用 3 根火柴棒最多能拼出（　　）.

A. 4 个直角　　B. 8 个直角　　C. 12 个直角　　D. 16 个直角

(3)（淮安市，2005）如果三角形的两边长为 2 和 9，且周长为奇数，那么满足条件的三角形共有（　　）.

A. 1 个　　B. 2 个　　C. 3 个　　D. 4 个

(4)（绍兴市课改区 2006）若有一条公共边的两个三角形称为一对“共边三角形”，则图中以 BC 为公共边的“共边三角形”有（　　）.

A. 2 对　　B. 3 对

C. 4 对　　D. 6 对

第 2(4)题

(5)（常德市新课标版，2005）有四条线段，它们的长分别为 1cm，2cm，3cm，4cm，从中选三条构成三角形，其中正确的选法有(　　).

A. 1种　　B. 2种　　C. 3种　　D. 4种

(6)(武汉市，2005)利用边长相等的正三角形和正六边形的地砖镶嵌地面时，在每个顶点周围有 a 块正三角形和 b 块正六边形的地砖($ab\neq0$)，则 $a+b$ 的值为

A. 3或4　　B. 4或5　　C. 5或6　　D. 4

(7)(长春市课改区调考，2006)如图，等腰梯形 $ABCD$ 中，$AD/\!/BC$，若将腰 AB 沿 $A\to D$ 的方向平移到 DE 的位置，则图中与$\angle C$相等的角(不包括$\angle C$)有(　　).

A. 1个　　B. 2个

C. 3个　　D. 4个

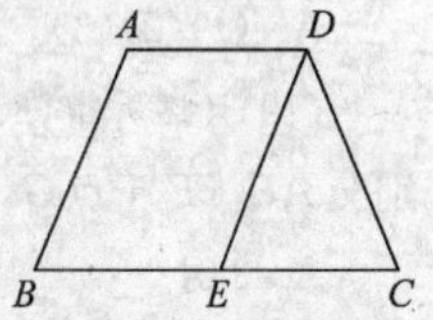

第2(7)题

(8)(江西省，1995)同一坐标平面内有四个点，过每两点画一条直线，则直线的条数(　　).

A. 1条　　B. 4条　　C. 6条　　D. 1条、4条或6条

(9)(安徽省，1999)已知线段 AB 的长为10cm，点 A,B 到直线 l 的距离分别为6cm和4cm，符合条件的直线 l 的条数为(　　).

A. 1　　B. 2　　C. 3　　D. 4

(10)(黑龙江省，1997)平面上 A,B 两点到直线 l 的距离分别是 $5-\sqrt{3}$ 与 $5+\sqrt{3}$，则线段 AB 的中点 C 到直线 l 的距离是(　　).

A. 5　　B. $\sqrt{3}$　　C. 5或$\sqrt{3}$　　D. 非上述答案

(11)(山东省，2001)已知三条线段的长分别为10cm，14cm，8cm，如果以其中的两条为对角线，另一条为边，那么可以画出所有不同形状的平行四边形的个数为(　　).

A. 1　　B. 2　　C. 3　　D. 4

(12)(广州市，2001)已知点 A 和点 B，以点 A 和点 B 为其中两个顶点作位置不同的等腰直角三角形，一共可作出(　　).

A. 2个　　B. 4个　　C. 6个　　D. 8个

(13)(陕西省，2002)如图，$\triangle ABC$ 是不等边三角形，$DE=BC$，以 D,E 为两个顶点作位置不同的三角形，使所作三角形与$\triangle ABC$全等，这样的三角形最多可以画出(　　).

A. 2个　　B. 4个

C. 6个　　D. 8个

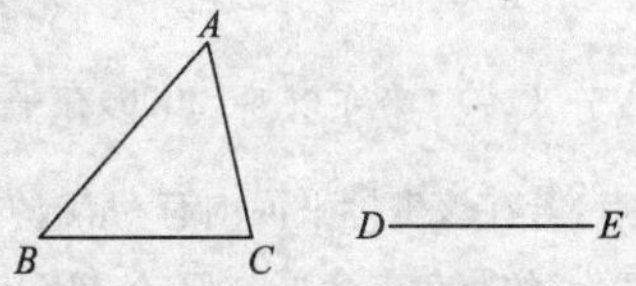

第2(13)题

(14)(连云港市，2003)用长分别为1,4,4,5的四条线段为边作梯形，可作出形状不同的梯形的个数是(　　).

A. 1　　B. 2　　C. 3　　D. 4

(15)(贵阳市，2003)将一张平行四边形的纸片折一次，使得折痕平分这个平行四边形的面积.则这样的折纸方法共有(　　).

A. 1种　　B. 2种　　C. 4种　　D. 无数种

(16)(威海市，2003)若 $A(-1,1)$,$B(2,1)$,$C(c,0)$为一个直角三角形的三个顶点，则 c 的值有(　　).

A. 1个　　B. 2个　　C. 3个　　D. 4个

(17)(哈尔滨市2004)直线 $y=x-1$ 与坐标轴交于 A、B 两点，点 C 在坐标轴上，$\triangle ABC$ 为等腰三角形，则满足条件的点 C 最多有(　　)个.

A. 4　　B. 5　　C. 7　　D. 8

(18)(宿迁市，2004)如图，在下列三角形中，若 $AB=AC$，则能被一条直线分成两个小等腰三角形的是(　　).

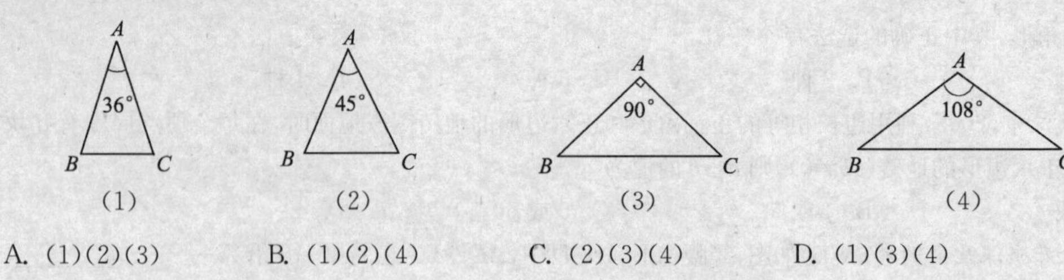

A. (1)(2)(3)　　B. (1)(2)(4)　　C. (2)(3)(4)　　D. (1)(3)(4)

(19) (临沂市,2006)如图,在□$ABCD$中,$AB\neq BC$,AE,CF分别为$\angle BAD$,$\angle BCD$的平分线,连结BD.分别交AE,CF于点G,H,则图中的全等三角形共有(　　).

A. 3对　　B. 4对　　C. 5对　　D. 6对

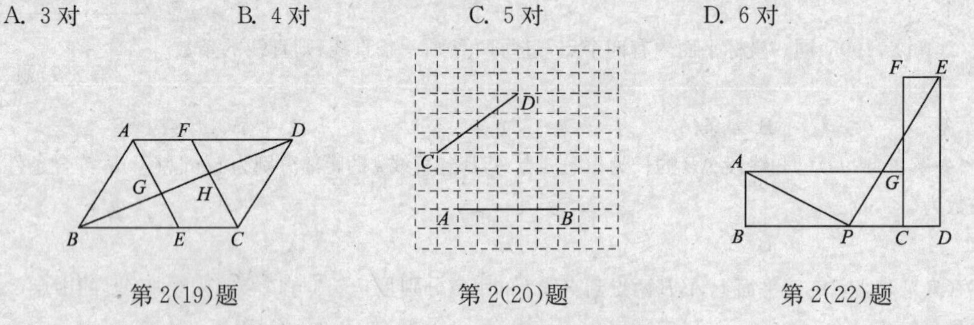

第2(19)题　　第2(20)题　　第2(22)题

(20) (泰州市课改区,2006)如图,在10×10的正方形网格纸中,线段AB,CD的长均等于5.则图中到AB和CD所在直线的距离相等的网格点的个数有(　　).

A. 2个　　B. 3个　　C. 4个　　D. 5个

(21) (黄冈市课改区,2006)一个无盖的正方体纸盒,将它展开成平面图形,可能的情形共有(　　).

A. 11种　　B. 9种　　C. 8种　　D. 7种

(22) (陕西省课改区,2006)如图,矩形$ABCG(AB<BC)$与矩形$CDEF$全等,点B,C,D在同一条直线上,$\angle APE$的顶点P在线段BD上移动,使$\angle APE$为直角的点P的个数是(　　).

A. 0　　B. 1　　C. 2　　D. 3

(23) (哈尔滨市,2006)在平面直角坐标系内,直线$y=\frac{3}{4}x+3$与两坐标轴交于A、B两点,点O为坐标原点,若在该坐标平面内有一点P(不与点A,B,O重合)为顶点的直角三角形与$Rt\triangle ABO$全等,且这个以点P为顶点的直角三角形与$Rt\triangle ABO$有一条公共边,则所有符合条件的P点个数为(　　).

A. 9个　　B. 7个　　C. 5个　　D. 3个

3. (广东省,2002)在$\triangle ABC$中,$AB=AC$,若过其中一个顶点的一条直线,将$\triangle ABC$分成两个等腰三角形,求$\triangle ABC$各内角的度数(只要求出三个不同的解).

4. (北京市崇文区,1995)在$Rt\triangle ABC$中,$\angle C=90°$,$AB=5cm$,$AC=4cm$,以C为顶点,作一个内接等边三角形,且使它的一边在$Rt\triangle ABC$的一边上.(1) 符合上述条件的第边三角形能作几个?请分别作出图形;(2) 在这些等边三角形中,哪一个面积最大?最大面积是多少?(精确到$0.01cm^2$)

5. (泉州市,2003)已知抛物线$y=2x^2+bx-2$经过点$A(1,0)$.

(1) 求b的值;

(2) 设P为此抛物线的顶点,$B(a,0)(a\neq 1)$为抛物线上的一点,Q是坐标平面内的点.如果以A,B,P,Q为顶点的四边形为平行四边形,试求线段PQ的长.

6. (荆门市,2003)(1)如图1,在$\triangle ABC$中,$\angle B$,$\angle C$均为锐角,其对边分别为b,c,求证:$\frac{b}{\sin B}=\frac{c}{\sin C}$;

(2) 在$\triangle ABC$中,$AB=\sqrt{3}$,$AC=\sqrt{2}$,$\angle B=45°$.问满足这样条件的$\triangle ABC$有几个?在图2中作出来(不写

作法，不述理由)，并利用(1)的结论求出$\angle ACB$的大小.

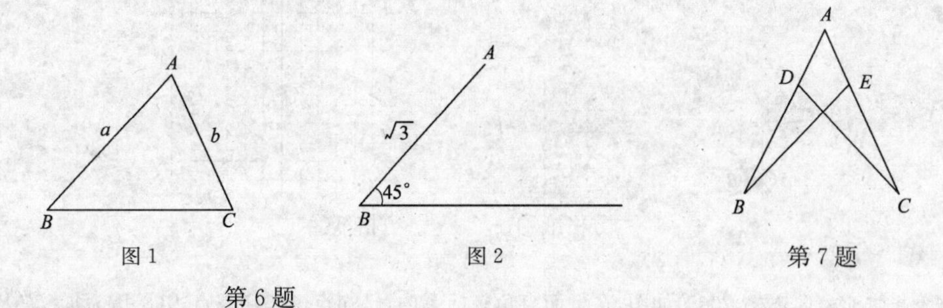

图 1　　图 2　　第 7 题

第 6 题

7. (肇庆市，2006)如图，已知$AD=AE$，$AB=AC$.

(1) 求证：$\angle B=\angle C$；(2) 若$\angle A=50^\circ$，问$\triangle ADC$经过怎样的变换能与$\triangle AEB$重合？

8. (吉林省，2006)如图，正方形$ABCD$的边长为2cm，在对称中心O处有一钉子. 动点P，Q同时从点A出发，点P沿$A\to B\to C$方向以每秒2cm的速度运动，到点C停止，点Q沿$A\to D$方向以每秒1cm的速度运动，到点D停止. P，Q两点用一条可伸缩的细橡皮筋联结，设x秒后橡皮筋扫过的面积为$y\text{cm}^2$.

(1) 当$0\leqslant x\leqslant 1$时，求y与x之间的函数关系式；

(2) 当橡皮筋刚好触及钉子时，求x值；

(3) 当$1\leqslant x\leqslant 2$时，求y与x之间的函数关系式，并写出橡皮筋从触及钉子到运动停止时$\angle POQ$的变化范围；

(4) 当$0\leqslant x\leqslant 2$时，请在给出的直角坐标系中画出y与x之间的函数图象.

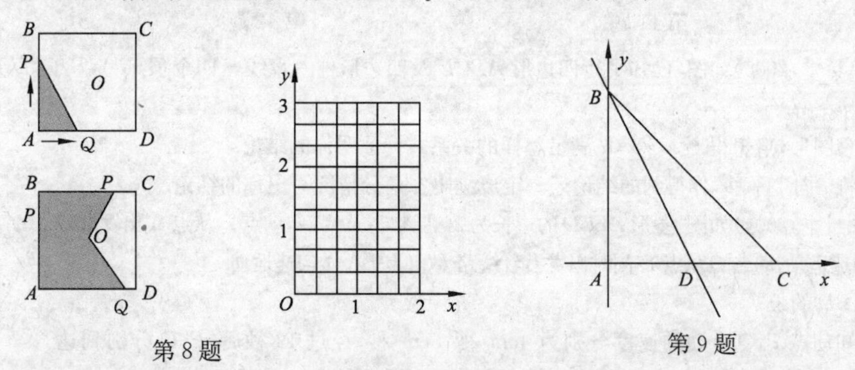

第 8 题　　第 9 题

9. (漳州市，2006)已知$\triangle ABC$，$\angle BAC=90^\circ$，$AB=AC=4$，BD是AC边上的中线，分别以AC，AB所在直线为x轴，y轴建立直角坐标系(如图).

(1) 在BD所在直线上找出一点P，使四边形$ABCP$为平行四边形，画出这个平行四边形，并简要叙述其过程；

(2) 求直线BD的函数关系式；

(3) 直线BD上是否存在点M，使$\triangle AMC$为等腰三角形？若存在，求点M的坐标；若不存在，说明理由.

10. (常州市，2005)如图，在$\triangle ABC$中，$BC=1$，$AC=2$，$\angle C=90^\circ$.

(1) 在方格纸①中，画$\triangle A'B'C'$，使$\triangle A'B'C'\backsim\triangle ABC$，且相似比为$2:1$；

(2) 若将(1)中$\triangle A'B'C'$称为“基本图形”，请你利用“基本图形”，借助旋转、平移或轴对称变换，在方格纸②中设计一个以点O为对称中心，并且以直线l为对称轴的图案.

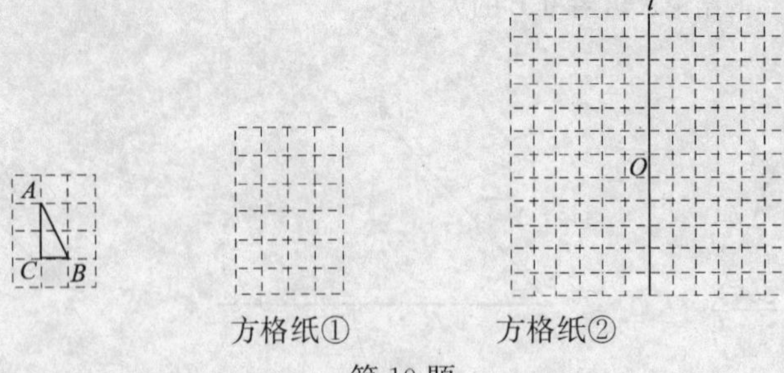

方格纸①　　方格纸②

第 10 题

11. (重庆市北碚区课改,2005)如图,在平面直角坐标系内,已知点 $A(0,6)$,点 $B(8,0)$,动点 P 从点 A 开始在线段 AO 上以每秒 1 个单位长度的速度向点 O 移动,同时动点 Q 从点 B 开始在线段 BA 上以每秒 2 个单位长度的速度向点 A 移动,设点 P,Q 移动的时间为 t 秒.

(1) 求直线 AB 的解析式;(2) 当 t 为何值时,$\triangle APQ$ 与 $\triangle AOB$ 相似?

(3) 当 t 为何值时,$\triangle APQ$ 的面积为 $\frac{24}{5}$ 个平方单位?

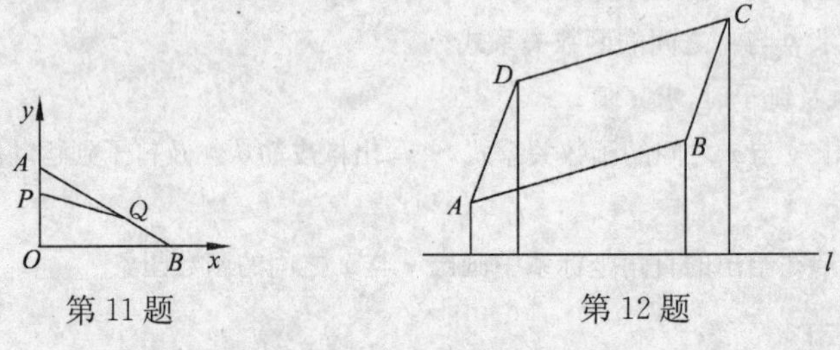

第 11 题　　第 12 题

12. (潍坊市,2005)如图,已知平行四边形 $ABCD$ 及四边形外一直线 l,四个顶点 A,B,C,D 到直线 l 的距离分别为 a,b,c,d.

(1) 观察图形,猜想得出 a,b,c,d 满足怎样的关系式?证明你的结论.

(2) 现将 l 向上平移,你得到的结论还一定成立吗?请分情况写出你的结论.

13. (泉州市,2004)如图,菱形 $ABCD$ 的边长为 24 厘米,$\angle A=60°$,动点 P 从点 A 出发沿着 AB-BD 做匀速运动,动点 Q 从点 D 同时出发沿着线路 DC-CB-BA 做匀速运动.

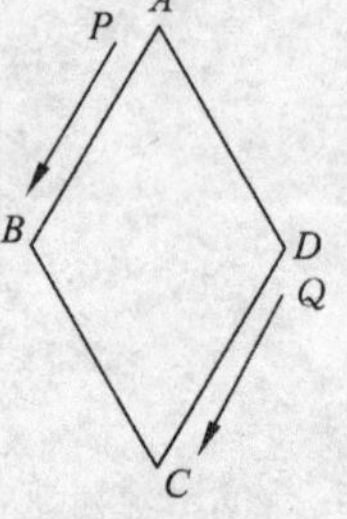

第 13 题

(1) 求 BD 的长;

(2) 已知动点 P,Q 运动的速度分别为 4cm/秒,5cm/秒,经过 12 秒后,P,Q 分别到达 M,N 两点,若按角的大小进行分类,请问$\triangle AMN$ 是哪一类三角形,并说明理由;

(3) 设问题(2)中的动点 P,Q 分别从 M、N 同时沿原路返回,质点 P 的速度不变,动点 Q 的速度改变为 a/秒,经过 3 秒后,P,Q 分别到达 E,F 两点,若$\triangle BEF$ 与题(2)中的$\triangle AMN$ 相似,试求 a 的值.

14. (襄樊市、孝感市,2003)已知抛物线 $y=a(x-t-1)^2+t^2$(a,t 是不为 0 的常数)的顶点是 A,另一条抛物线 $y=x^2-2x+1$ 的顶点是 B.

(1) 写出 A,B 两点的坐标;

(2) 试证 A 点在抛物线 $y=x^2-2x+1$ 上;

(3) 如果抛物线 $y=a(x-t-1)^2+t^2$ 经过 B 点. 问:这条抛物线与 x 轴的两个交点 B,C 和这条抛物线的顶点 A 能否构成直角三角形?若能,试求出 t 的值;若不能,请说明理由.

15. (肇庆市,2006)如图,已知矩形 $ABCD$ 的边长 $AB=3$cm,$BC=6$cm. 某一时刻,动点 M 从 A 点出发沿 AB 方向以 1cm/s 的速度向 B 点匀速运动;同时,动点 N 从 D 点出发沿 DA 方向以 2cm/s 的速度向 A 点匀速运动,问:

第 15 题

(1) 经过多少时间,$\triangle AMN$的面积等于矩形$ABCD$面积的$\frac{1}{9}$?

(2) 是否存在时刻t,使以A,M,N为顶点的三角形与$\triangle ACD$相似?若存在,求t的值;若不存在,请说明理由.

16.(苏州市课改区,2006)如图,直角坐标系中,已知点$A(2,4)$,$B(5,0)$,动点P从B点出发沿BO向终点O运动,动点O从A点出发沿AB向终点B运动.两点同时出发,速度均为每秒1个单位,设从出发起运动了xs.

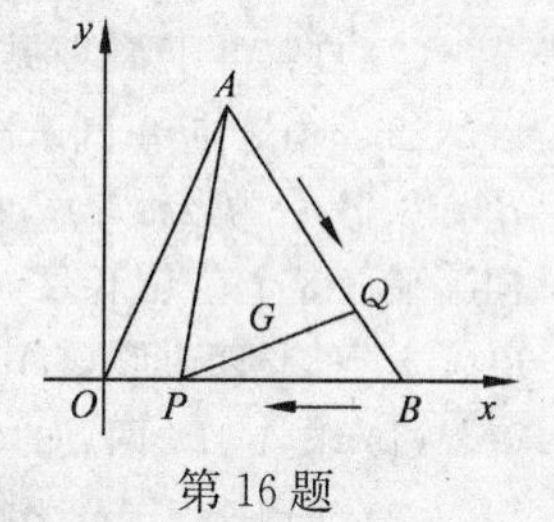

第16题

(1) Q点的坐标为(________,________)(用含x的代数式表示)

(2) 当x为何值时,$\triangle APQ$是一个以AP为腰的等腰三角形?

(3) 记PQ的中点为G.请你探求点G随点P,Q运动所形成的图形,并说明理由.

17.(荆门市,2006)在平面直角坐标系中,已知$A(0,2)$,$B(4,0)$,设P,Q分别是线段AB,OB上的动点,它们同时出发,点P以每秒3个单位的速度从点A向点B运动,点Q以每秒1个单位的速度从点B向点O运动.设运动时间为t(秒).

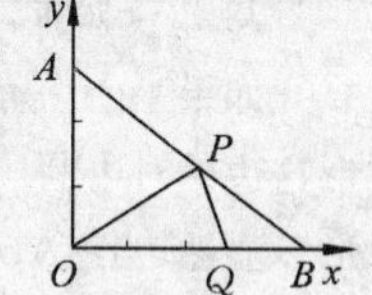

第17题

(1) 用含t的代数式表示点P的坐标;

(2) 当t为何值时,$\triangle OPQ$为直角三角形?

(3) 在什么条件下,以$Rt\triangle OPQ$的三个顶点能确定一条对称轴平行于y轴的抛物线?选择一种情况,求出所确定的抛物线的解析式.

18.(哈尔滨市课改区,2006)如图,在$Rt\triangle ABC$中,$AB=AC=2$,$\angle BAC=90°$,将直角三角板EPF的直角顶点P放在线段BC的中点上,以点P为旋转中心,转动三角板并保证三角板的两直角边PE,PF分别与线段AC,AB相交,交点分别为N,M线段MN,AP相交于点D.

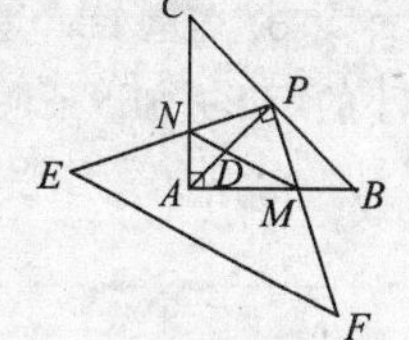

第18题

(1) 请你猜出线段PN与PM的大小关系,并说明理由;

(2) 设线段AM的长为x,$\triangle PMN$的面积为y,请求出y与x的函数关系式(不要求写出自变量的取值范围);

(3) 当三角板运动到使$\frac{DM}{AM}=\frac{4}{5}$时,求线段$AM$的长.

19.(南通市,2005)在平面直角坐标系中,直线$y=\frac{2\sqrt{3}}{3}kx+m\left(-\frac{1}{2}\leqslant k\leqslant\frac{1}{2}\right)$经过点$A(2\sqrt{3},4)$,且与$y$轴相交于点$C$.点$B$在$y$轴上,$O$为坐标原点,且$OB=OA+7-2\sqrt{7}$.记$\triangle ABC$的面积为$S$.

(1) 求m的取值范围;

(2) 求S关于m的函数关系式;

(3) 设点B在y轴的正半轴上,当S取得最大值时,将$\triangle ABC$沿AC折叠得到$\triangle AB'C$,求出B'的坐标.

20.(泉州市,2005)如图,直线$y=kx+8$分别与x轴、y轴相交于A,B两点,O为坐标原点,A点的坐标为$(4,0)$.

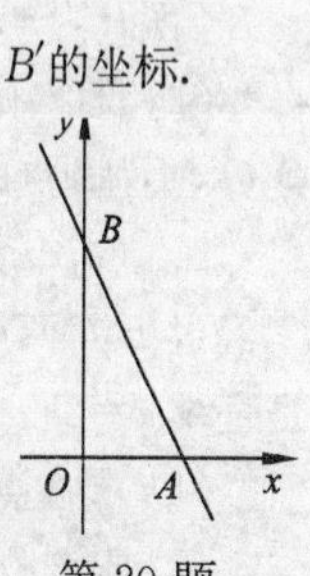

第20题

(1) 求k的值;

(2) 若P为y轴(B点除外)上的一点,过P作$PC\perp y$轴交直线AB于C,设线段PC的长为l,点P的坐标为$(0,m)$.

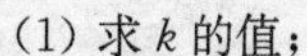

① 如果点P在线段OB(B点除外)上移动,求l与m的函数关系式,并写出自变量m的取值范围;

② 如果点P在射线BO(B、O两点除外)上移动,连结PA,则$\triangle APC$的面积S也随之发生变化.请你在面积S的整个变化过程中,求当m为何值时,$S=4$.

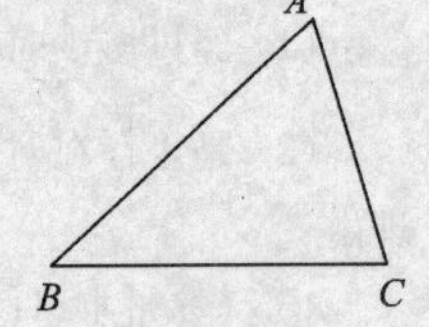

第21题

21. (杭州市课改区,2005)在三角形 ABC 中,$\angle B=60^\circ$,$BA=24$cm,$BC=16$cm. 现有动点 P 从点 A 出发,沿射线 AB 向点 B 方向运动;动点 Q 从点 C 出发,沿射线 CB 也向点 B 方向运动. 如果点 P 的速度是 4cm/秒,点 Q 的速度是 2cm/秒,它们同时出发,求:

(1) 几秒钟后,$\triangle PBQ$ 的面积是 $\triangle ABC$ 的面积的一半?

(2) 在第(1)问的前提下,P,Q 两点之间的距离是多少?

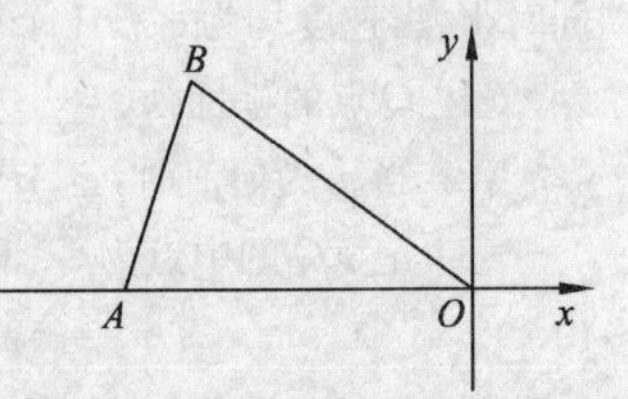

第22题

22. (南通市海门课改区,2005)如图,在平面直角坐标系中,已知 $A(-10,0)$,$B(-8,6)$,O 为坐标原点,$\triangle OAB$ 沿 AB 翻折得到 $\triangle PAB$. 将四边形 $OAPB$ 先向下平移 3 个单位长度,再向右平移 $m(m>0)$ 个单位长度,得到四边形 $O_1A_1P_1B_1$. 设四边形 $O_1A_1P_1B_1$ 与四边形 $OAPB$ 重叠部分图形的周长为 l.

(1) 求 A_1、P_1 两点的坐标(用含 m 的式子表示);

(2) 求周长 l 与 m 之间的函数关系式,并写出 m 的取值范围.

23. (资阳市,2005)阅读以下短文,然后解决下列问题:

如果一个三角形和一个矩形满足条件:三角形的一边与矩形的一边重合,且三角形的这边所对的顶点在矩形这边的对边上,则称这样的矩形为三角形的"友好矩形". 如图①所示,矩形 $ABEF$ 即为 $\triangle ABC$ 的"友好矩形". 显然,当 $\triangle ABC$ 是钝角三角形时,其"友好矩形"只有一个.

(1) 仿照以上叙述,说明什么是一个三角形的"友好平行四边形";

(2) 如图②,若 $\triangle ABC$ 为直角三角形,且 $\angle C=90^\circ$,在图②中画出 $\triangle ABC$ 的所有"友好矩形",并比较这些矩形面积的大小;

(3) 若 $\triangle ABC$ 是锐角三角形,且 $BC>AC>AB$,在图③中画出 $\triangle ABC$ 的所有"友好矩形",指出其中周长最小的矩形并加以证明.

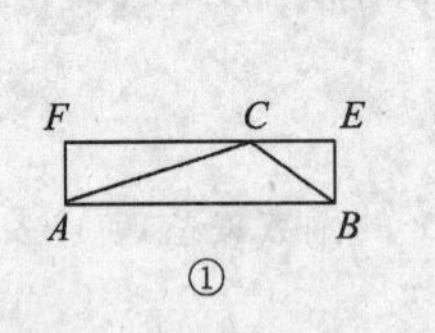

①

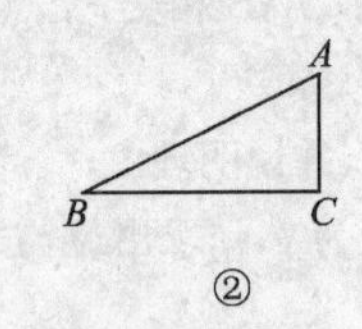

②

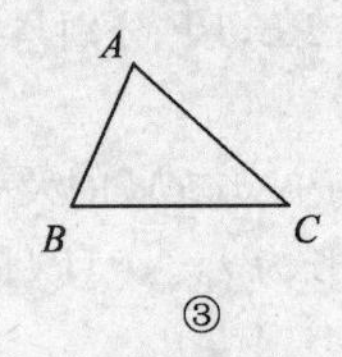

③

第23题

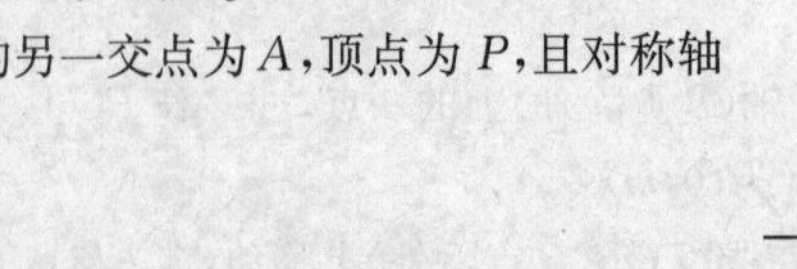

第24题

24. (山西省课改区,2005)矩形 $OABC$ 在直角坐标系中的位置如图所示,A,C 两点的坐标分别为 $A(6,0)$,$C(0,3)$,直线 $y=\frac{3}{4}x$ 与 BC 边相交于点 D.

(1) 求点 D 的坐标;

(2) 若抛物线 $y=ax^2+bx$ 经过 D、A 两点,试确定此抛物线的表达式;

(3) P 为 x 轴上方(2)中抛物线上一点,求 $\triangle POA$ 面积的最大值;

(4) 设(2)中抛物线的对称轴与直线 OD 交于点 M,点 Q 为对称轴上一动点,以 Q、O、M 为顶点的三角形与 $\triangle OCD$ 相似,求符合条件的 Q 点的坐标.

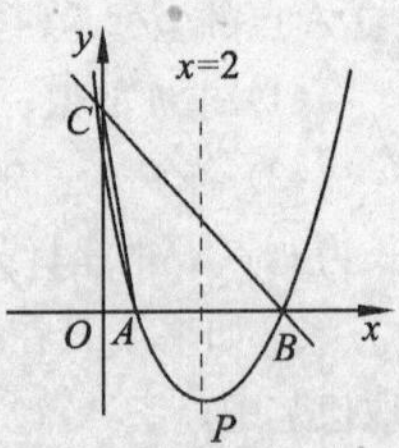

第25题

25. (山西省临汾市,2006)如图,直线 $y=-x+3$ 与 x 轴,y 轴分别相交于点 B,点 C,经过 B,C 两点的抛物线 $y=ax^2+bx+c$ 与 x 轴的另一交点为 A,顶点为 P,且对称轴是直线 $x=2$.

(1) 求 A 点的坐标;

(2) 求该抛物线的函数表达式;

(3) 连结 AC. 请问在 x 轴上是否存在点 Q,使得以点 P,B,Q 为顶点的三角形与 $\triangle ABC$ 相似,若存在,请求出点 Q 的坐标;若不存在,请说明理由.

26.（广安市，2006）如图所示，在平面直角坐标系 xOy 中，正方形 $OABC$ 的边长为 2cm，点 A、C 分别在 y 轴的负半轴和 x 轴的正半轴上，抛物线 $y=ax^2+bx+c$ 经过点 A、B，且 $12a+5c=0$.

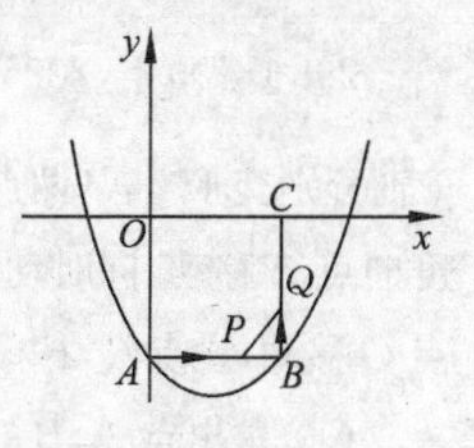

第 26 题

（1）求抛物线的解析式.

（2）如果点 P 由点 A 开始沿 AB 边以 2cm/s 的速度向点 B 移动，同时点 Q 由点 B 开始沿 BC 边以 1cm/s 的速度向点 C 移动.

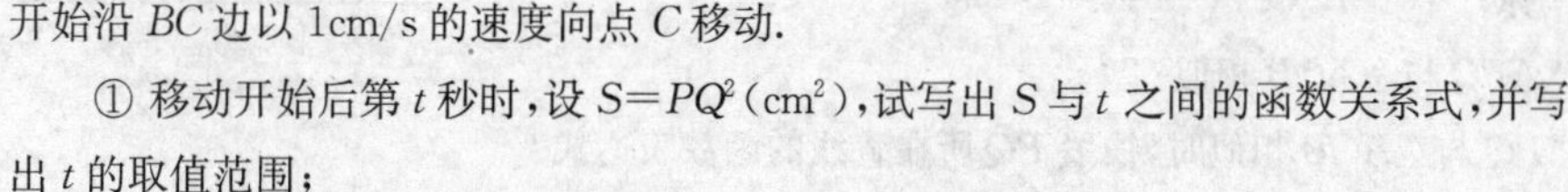

① 移动开始后第 t 秒时，设 $S=PQ^2(\text{cm}^2)$，试写出 S 与 t 之间的函数关系式，并写出 t 的取值范围；

② 当 S 取得最小值时，在抛物线上是否存在点 R，使得以 P,B,Q,R 为顶点的四边形是平行四边形？如果存在，求出 R 点的坐标，如果不存在，请说明理由.

27.（仙桃市、潜江市、江汉油田，2006）在 Rt△ABC 中，$\angle C=90°$，$\angle A=60°$，$BC=6$，等边三角形 DEF 从初始位置（点 E 与点 B 重合，EF 落在 BC 上，如图 1 所示）在线段 BC 上沿 BC 方向以每秒 1 个单位的速度平移，DE，DF 分别与 AB 相交于点 M，N. 当点 F 运动到点 C 时，△DEF 终止运动，此时点 D 恰好落在 AB 上，设△DEF 平移的时间为 x.

（1）求△DEF 的边长；

（2）求 M 点、N 点在 BA 上的移动速度；

（3）在△DEF 开始运动的同时，如果点 P 以每秒 2 个单位的速度从 D 点出发沿 $DE\rightarrow EF$ 运动，最终运动到 F 点. 若设△PMN 的面积为 y，求 y 与 x 的函数关系式，写出它的定义域；并说明当 P 点在何处时，△PMN 的面积最大？

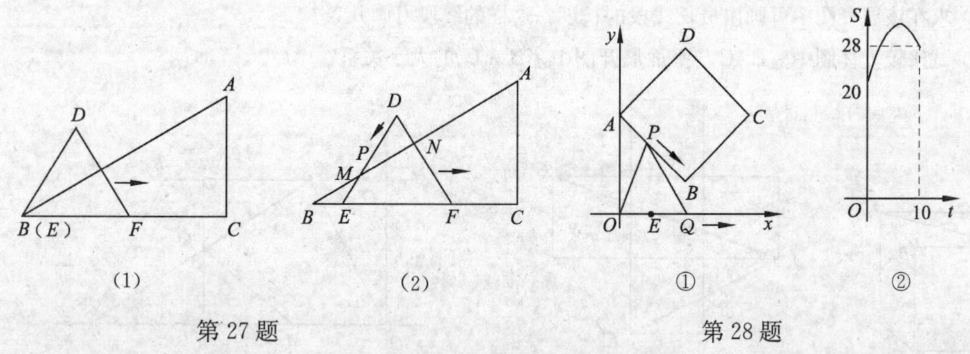

第 27 题　　　　第 28 题

28.（长春市，2006）如图①，正方形 $ABCD$ 的顶点 A，B 的坐标分别为 $(0,10)$，$(8,4)$，顶点 C，D 在第一象限. 点 P 从点 A 出发，沿正方形按逆时针方向匀速运动，同时，点 Q 从点 $E(4,0)$ 出发，沿 x 轴正方向以相同速度运动. 当点 P 到达点 C 时，P，Q 两点同时停止运动，设运动的时间为 t 秒.

（1）求正方形 $ABCD$ 的边长；

（2）当点 P 在 AB 边上运动时，△OPQ 的面积 S（平方单位）与时间 t（秒）之间的函数图象为抛物线的一部分（如图②所示），求 P，Q 两点的运动速度；

（3）求（2）中面积 S（平方单位）与时间 t（秒）的函数关系式及面积 S 取最大值时点 P 的坐标；

（4）若点 P，Q 保持（2）中的速度不变，则点 P 沿着 AB 边运动时，$\angle OPQ$ 的大小随着时间 t 的增大而增大；沿着 BC 边运动时，$\angle OPQ$ 的大小随着时间 t 的增大而减小. 当点 P 沿着这两边运动时，使 $\angle OPQ=90°$ 的点 P 有________个.

抛物线 $y=ax^2+bx+c(a\neq 0)$ 的顶点坐标是 $\left(-\frac{b}{2a},\frac{4ac-b^2}{4a}\right)$.

29.（贵阳市,2006）如图,已知直线 l 的函数表达式为 $y=-\frac{4}{3}x+8$,且 l 与 x 轴,y 轴分别交于 A,B 两点,动点 Q 从 B 点开始在线段 BA 上以每秒 2 个单位长度的速度向点 A 移动,同时动点 P 从 A 点开始在线段 AO 上以每秒 1 个单位长度的速度向点 O 移动,设点 Q,P 移动的时间为 t 秒.

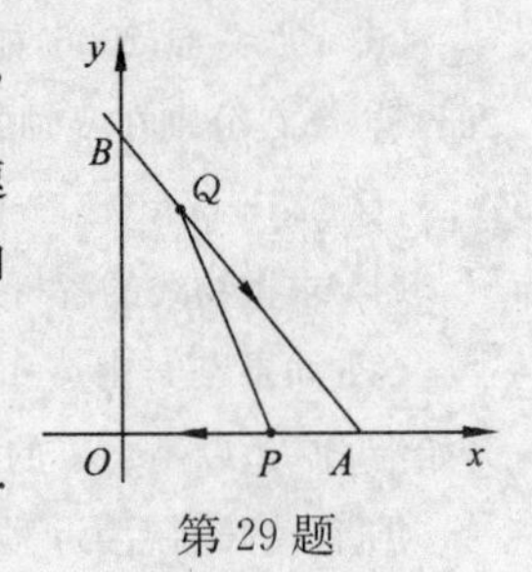

第 29 题

(1) 求出点 A,B 的坐标;

(2) 当 t 为何值时,$\triangle APQ$ 与 $\triangle AOB$ 相似?

(3) 求出(2)中当 $\triangle APQ$ 与 $\triangle AOB$ 相似时,线段 PQ 所在直线的函数表达式.

30.（淮安市课改区,2006）已知一次函数 $y=\sqrt{3}+m(0<m\leqslant 1)$ 的图象为直线 l,直线 l 绕原点 O 旋转 180° 后得直线 l',$\triangle ABC$ 三个顶点的坐标分别为 $A(-\sqrt{3},-1)$、$B(\sqrt{3},-1)$、$C(0,2)$.

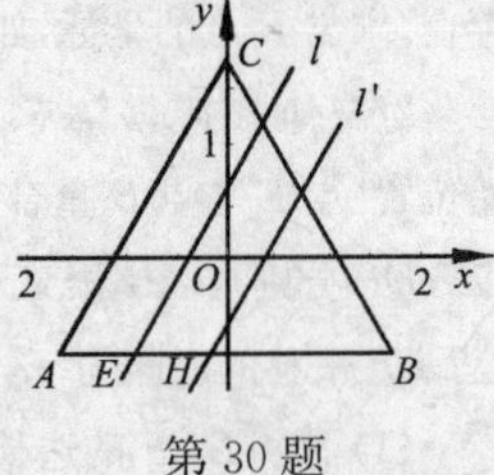

第 30 题

(1) 直线 AC 的解析式为________,直线 l' 的解析式为________(可以含 m);

(2) 如图,l、l' 分别与 $\triangle ABC$ 的两边交于 E、F、G、H,当 m 在其范围内变化时,判断四边形 $EFGH$ 中有哪些量不随 m 的变化而变化?并简要说明理由;

(3) 将(2)中四边形 $EFGH$ 的面积记为 S,试求 m 与 S 的关系式,并求 S 的变化范围;

(4) 若 $m=1$,当 $\triangle ABC$ 分别沿直线 $y=x$ 与 $y=\sqrt{3}x$ 平移时,判断 $\triangle ABC$ 介于直线 l,l' 之间部分的面积是否改变?若不变请指出来.若改变请写出面积变化的范围.(不必说明理由)

31.（芜湖市实验区,2005）如图(1)所示为一上面无盖的正方体纸盒,现将其剪开展成平面图,如图(2)所示.已知展开图中每个正方形的边长为 1.

(1) 求在该展开图中可画出最长线段的长度?这样的线段可画几条?

(2) 试比较立体图中 $\angle BAC$ 与平面展开图中 $\angle B'A'C'$ 的大小关系?

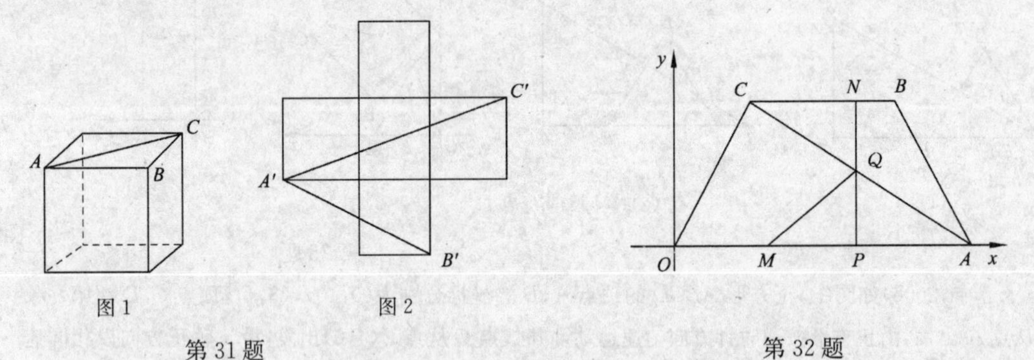

第 31 题　　第 32 题

32.（新疆乌鲁木齐市,2005）四边形 $OABC$ 为等腰梯形,$OA\parallel BC$.在建立如图所示的平面直角坐标系中,$A(4,0)$,$B(3,2)$,点 M 从 O 出发以每秒 2 个单位的速度向终点 A 运动;同时点 N 从 B 出发以每秒 1 个单位的速度向终点 C 运动,过点 N 作 NP 垂直 x 轴于 P,连结 AC 交 NP 于 Q,连结 MQ.

(1) 写出 C 点坐标;

(2) 若动点 N 运动 t 秒,求 Q 点的坐标(用含 t 的式子表示);

(3) 求 $\triangle AMQ$ 的面积 S 与时间 t 的函数关系式,并写出自变量 t 的取值范围;

(4) 当 t 取何值时,$\triangle AMQ$ 的面积最大;

(5) 当 t 为何值时,$\triangle AMQ$ 为等腰三角形.

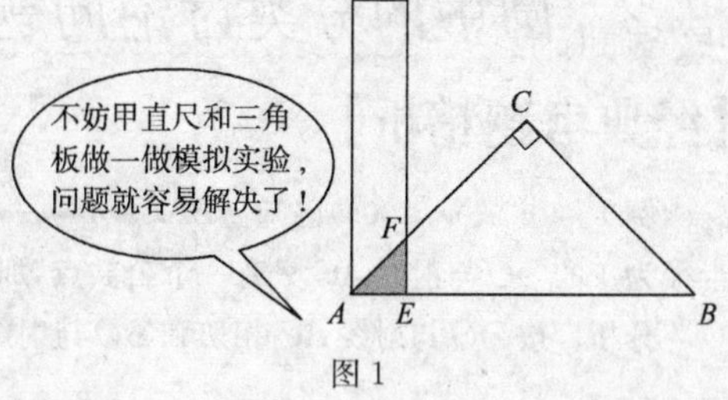

图1

33.（徐州市，2005）有一根直尺的短边长 2cm，长边长 10cm，还有一块锐角为 45°的直角三角形纸板，它的斜边长 12cm. 如图1，将直尺的短边 DE 放置与直角三角形纸板的斜边 AB 重合，且点 D 与点 A 重合. 将直尺沿 AB 方向平移（如图2），设平移的长度为 $x$cm（$0\leqslant x\leqslant 10$），直尺和三角形纸板的重叠部分（图中阴影部分）的面积为 $S\text{cm}^2$.

(1) 当 $x=0$ 时（如图1），$S=$________；当 $x=10$ 时，$S=$________.

(2) 当 $0<x\leqslant 4$ 时（如图2），求 S 关于 x 的函数关系式；

(3) 当 $4<x<10$ 时，求 S 关于 x 的函数关系式，并求出 S 的最大值（可在图3，图4中画草图）.

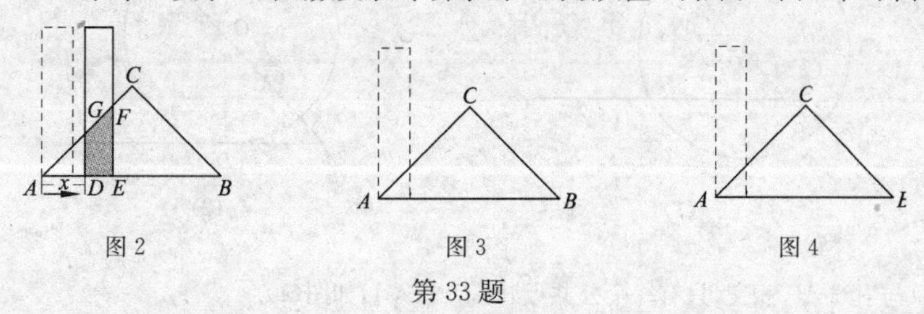

第33题

34.（长春市实验区，2005）如图①，矩形 $ABCD$ 的两条边在坐标轴上，点 D 与原点重合，对角线 BD 所在直线的函数关系式为 $y=\frac{3}{4}x$，$AD=8$. 矩形 $ABCD$ 沿 DB 方向以每秒 1 个单位长度运动，同时点 P 从点 A 出发做匀速运动，沿矩形 $ABCD$ 的边经过点 B 到达点 C，用了 14 秒.

(1) 求矩形 $ABCD$ 的周长.

(2) 如图②，图形运动到第 5 秒时，求点 P 的坐标.

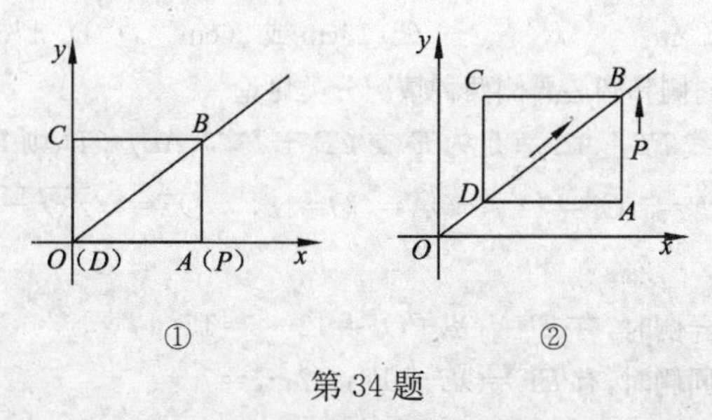

第34题

(3) 设矩形运动的时间为 t，当 $0\leqslant t\leqslant 6$ 时，点 P 所经过的路线是一条线段，请求出线段所在直线的函数关系式.

(4) 当点 P 在线段 AB 或 BC 上运动时，过点 P 作 x 轴，y 轴的垂线，垂足分别为 E，F，则矩形 $PEOF$ 是否能与矩形 $ABCD$ 相似（或位似）？若能，求出 t 的值；若不能，说明理由.

35.（茂名市实验区，2005）如图，已知二次函数 $y=ax^2+2x+3$ 的图象与 x 轴交于点 A、点 B（点 B 在 x 轴的正半轴上），与 y 轴交于点 C，其顶点为 D，直线 DC 的函数关系式为 $y=kx+3$，又 $\tan\angle OBC=1$，

(1) 求 a，k 的值；

(2) 探究：在该二次函数的图象上是否存在点 P（点 P 与点 B，C 不重合），使得 $\triangle PBC$ 是以 BC 为一条直角边的直角三角形？若存在，求出点 P 的坐标，若不存在，请你说明理由.

2.2 圆中的分类讨论问题

【经典考题精析】

例1 (宁波市,2006)已知$\angle BAC=45°$,一动点O在射线AB上运动,点O与点A不重合,设$OA=x$,如果半径为1的$\odot O$与射线AC只有一个公共点,那么x的取值范围是________.

分析 按$\odot O$与射线AC相切和$\odot O$与射线AC相交但只有一个交点分类讨论.

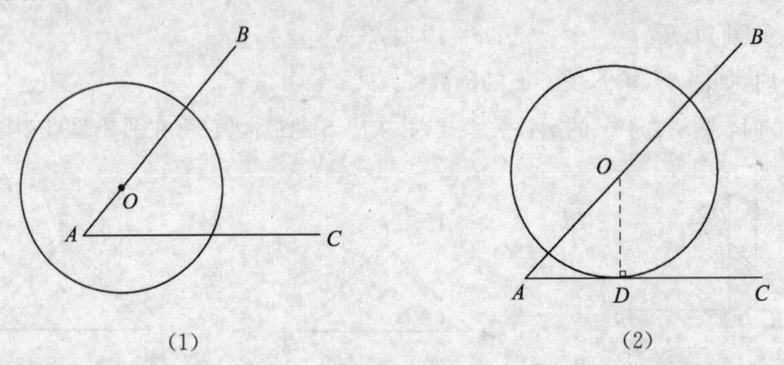

图2-47

解 当$\odot O$与射线AC相交(只有一个公共点)时,$0<x<1$,如图(1).

当$\odot O$与射线AC相切于点D时,如图(2).连结OD,则$\angle ODA=90°$,$OD=1$,$\because$ $\angle BAC=45°$,

$\therefore$ $OA=\sqrt{2}$,$\therefore$ $x=\sqrt{2}$.$\therefore$ $0<x<1$或$x=\sqrt{2}$.

说明 本例是$\odot O$与射线AC而不是与直线AC的位置关系,故不应只考虑$\odot O$与射线AC相切这一种情况.

例2 (益阳市,2005)已知$\odot O$的半径为13cm,该圆的弦$AB/\!/CD$,且$AB=10$cm,$CD=24$cm,则AB和CD之间的距离为(　　).

A. 17cm　　B. 7cm　　C. 13cm或26cm　　D. 17cm或7cm

分析 分AB、CD在圆心同侧和圆心异侧两种情况分类讨论.

解 如图2-48,过O作直线$EF\perp AB$,垂足为E,交CD于F,$\because$ $AB/\!/CD$,则$EF\perp CD$.连结AO,CO.

$\because$ $AB=10$,$CD=24$,$\therefore$ $AE=5$,$CF=12$.$\because$ $OA=CO=13$,$\therefore$ $OE=\sqrt{AO^2-AE^2}=\sqrt{13^2-5^2}=12$,$OF=\sqrt{CO^2-CF^2}=\sqrt{13^2-12^2}=5$.

当AB,CD位于圆心O的异侧时,有$EF=OE+OF=12+5=17$;

当AB,CD位于圆心O的同侧时,有$EF=OE-OF=12-5=7$.

$\therefore$ 本题选D.

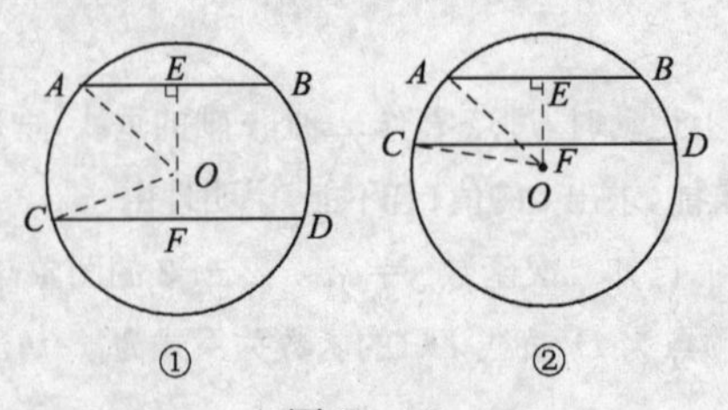

图2-48

说明 圆的两平行弦之间的距离是圆的有关计算中常见的两解情况,分两平行弦在圆心的同侧和异侧两种情况讨论.

例3 $\odot O$的半径为15,弦$PQ/\!/MN$且$PQ=18$cm,$MN=24$cm.求以两平行弦为底的梯形的面积.

错解 过O作梯形的高EF,分别交PQ于E,交MN于F(图2-49①),则$PE=\frac{1}{2}PQ=9$,$MF=\frac{1}{2}MN=12$.

连结 OM,OP，由勾股定理得 $OE=\sqrt{15^2-9^2}=12$，$OF=\sqrt{15^2-12^2}=9$.

$\therefore EF=12-9=3$，$S_{梯形}=\frac{1}{2}(18+24)\times 3=63$.

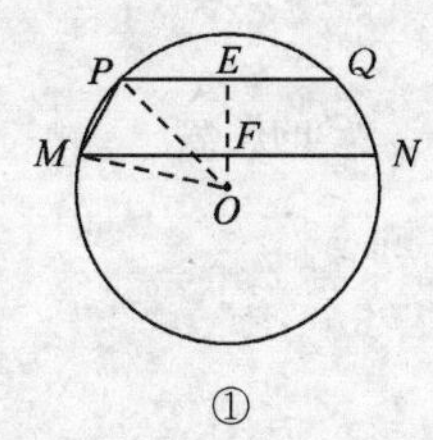

①

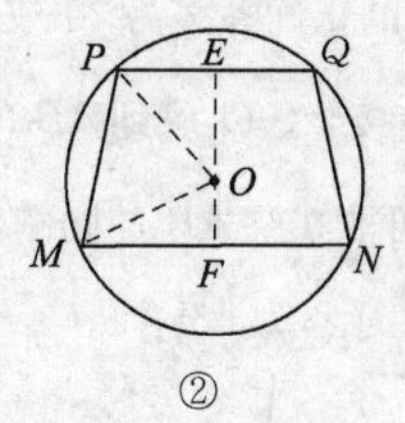

②

图 2－49

剖析　弦 PQ 和 MN 可在圆心的同侧，也可在圆心的两侧(图 2－49②)上面的解法中只是考虑了两弦在圆心同侧的情况，若在圆心的两侧，则 $EF=12+9=21$. $\therefore S_{梯形PQNM}=\frac{1}{2}(18+24)\times 21=441$.

说明　在解圆内两平行弦的有关问题时，应注意考虑两条平行弦在圆内的同侧或异侧两种情形.

例 4　(黑龙江省，2001)在半径为 1 的⊙O 中，弦 AB,AC 的长分别是$\sqrt{3}$和$\sqrt{2}$，则$\angle BAC$ 的度数为________.

解　如图 2－50(1)，当圆心 O 在$\angle BAC$ 内部时，过 O 作 $OD\perp AC$，垂足为 D，

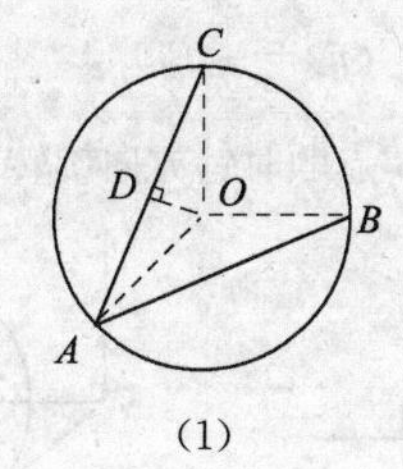

(1)

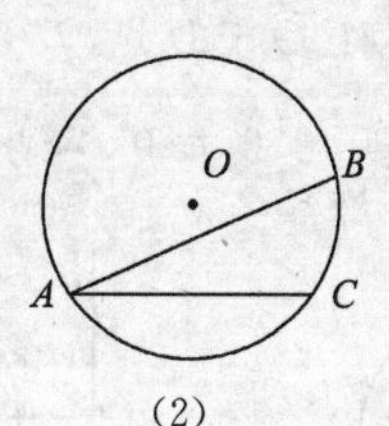

(2)

图 2－50

$\because OA=1,OC=1,AC=\sqrt{2}$，且 $OA^2+OC^2=AC^2$，$\therefore \angle AOC=90°$.

$\because AD=\frac{\sqrt{2}}{2}$，$\therefore OD=\sqrt{OA^2-AD^2}=\sqrt{1^2-\left(\frac{\sqrt{2}}{2}\right)^2}=\frac{\sqrt{2}}{2}$.

$\therefore \angle OAC=45°$.

类似地，可求得$\angle OAB=30°$，$\therefore \angle CAB=45°+30°=75°$.

$\therefore$ 当圆心 O 在$\angle BAC$ 的外部时，如图 2－50(2).

$\therefore \angle ABC=\angle OAC-\angle BAC=45°-30°=15°$. $\therefore \angle BAC=78°$或 $15°$.

说明　圆中有公共端点的两条弦的夹角也是常见的两解情况，亦要分圆的两条弦在圆心同侧和异侧两种情况.

例 5　在直径为 20cm 的圆中，有一弦长为 16cm，求所对的弓形高.

解　如图，HG 为直径，$AB=16$cm，$HG=20$cm，$\therefore OH=10$cm.

由勾股定理，得 $OC=\sqrt{OB^2-BC^2}=\sqrt{10^2-8^2}=6$cm.

$\therefore CH=OH-OC=10-6=4$cm. $CG=OC+OG=6+10=16$cm.

故所求的弓形的高为 4cm 或 16cm.

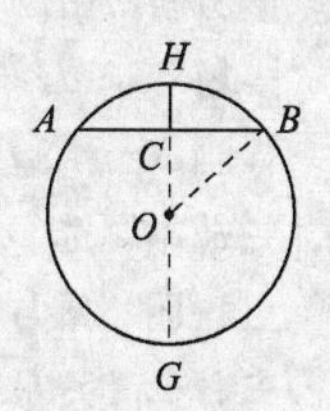

图 2－51

说明　此题学生容易求出答案 4cm，而忽略了优弧$\overset{\frown}{AGB}$上的高 CG，这一点一定要引起同学们的重视.

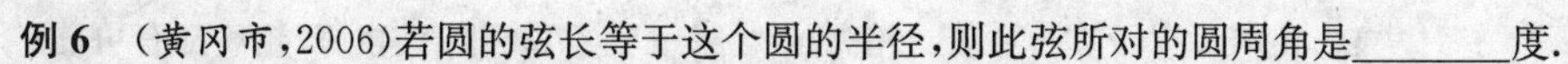

例 6　(黄冈市，2006)若圆的弦长等于这个圆的半径，则此弦所对的圆周角是________度.

错解　如图 2－52，$AB=OA=OB$，由$\triangle OAB$ 为等边三角形有$\angle AOB=60°$，

$\therefore \angle C=\frac{1}{2}\angle AOB=30°$. 此弦所对的圆周角为 30°.

剖析　本题错误的原因在于忽略了一条弦对着两个不同的圆周角的事实，当点 C 在优弧$\overset{\frown}{AB}$上时，可求得 $\angle ACB=150°$. 所以，本题的正确答案为 30°或 150°.

例 7　已知$\triangle ABC$内接于$\odot O$，O 到 AB 的距离等于$\frac{1}{2}AB$，求$\angle C$的度数.

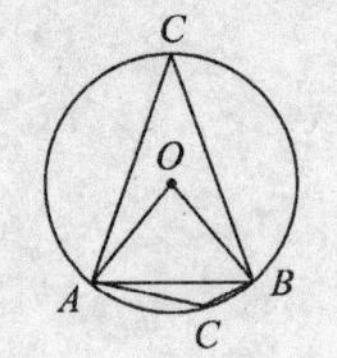

图 2－52

解　点 C 与圆心 O 可能在弦 AB 的同侧，也可能在 AB 的异侧.

$\because OD\perp AB$，$\therefore AD=BD=\frac{1}{2}AB$.

又 $OD=\frac{1}{2}AB$，$\therefore OD=AD=BD$. $\therefore \angle AOD=\angle BOD=45°$.

故当 C 与 O 在 AB 同侧时，$\angle C=45°$，当 C 与 O 在 AB 异侧时，$\angle C=135°$.

说明　在解圆内一条弦所对的圆周角的有关问题时，要注意圆周角的顶点可以在这条弦所对的优弧上，也可以在这条弦所对的劣弧上(如图 2－53).

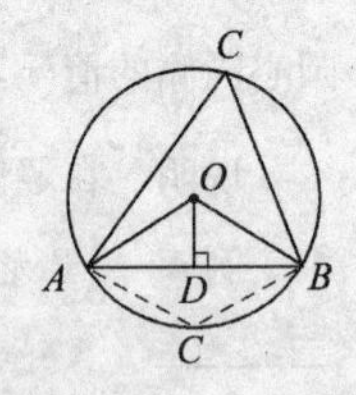

图 2－53

例 8　(海南省海口市课改实验区，2005)如图，$\angle ABC=90°$，O 为射线 BC 上一点，以点 O 为圆心，$\frac{1}{2}BO$ 长为半径作$\odot O$，当射线 BA 绕点 B 按顺时针方向旋转________度时与$\odot O$相切.

分析　分射线 BA 与$\odot O$相切于$\odot O$的上部和下部两种情况.

解　如图 2－55(1)，AB 切$\odot O$于 D 点，$\therefore OD\perp BA$. $\because OD=\frac{1}{2}BO$，$\therefore \angle OBD=30°$，$\because \angle ABC=90°$，$\therefore \angle ABD=90°-30°=60°$. $\therefore$ 射线 BA 绕 B 点顺时针方向旋转 60°时与$\odot O$相切.

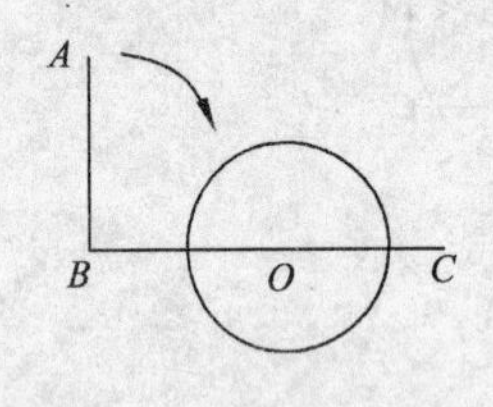

图 2－54

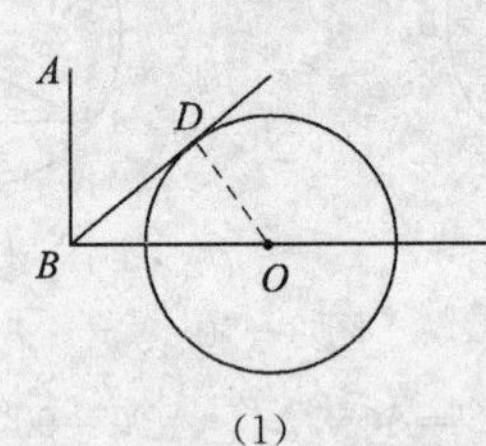

(1)

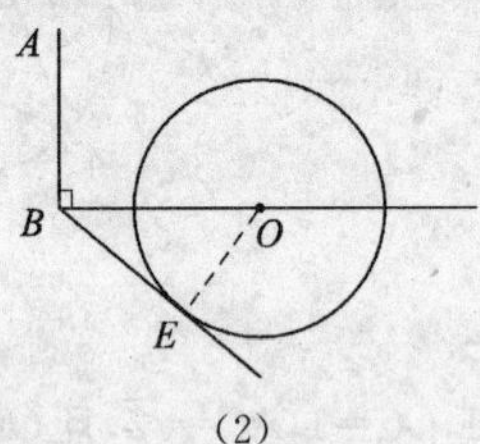

(2)

图 2－55

如图 2－55(2)，同理$\angle OBE=30°$，$\therefore \angle ABE=90°+30°=120°$. $\therefore$ 射线 BA 绕 B 点顺时针方向旋转 120°与$\odot O$相切.

说明　从射线 BA 与$\odot O$相切时的不同位置分类讨论是关键.

例 9　(山西省临汾市，2006)半径分别为 5 和 8 的两个圆的圆心距为 d，若 $3<d\leqslant 13$，则这两个圆的位置关系一定是(　　).

A. 相交　　B. 相切　　C. 内切或相交　　D. 外切或相交

分析　由圆与圆的位置关系如 d,R,r 之间对应的数量关系分类讨论.

解　$\because d>3$，$\therefore d>R-r$. $\because d\leqslant 13$，$\therefore d\leqslant R+r$.

当 $R-r<d<R+r$ 时，两圆相交. 当 $d=R+r$ 时，两圆外切.

故本题选 D.

说明　圆与圆有外离($d>R+r$)，外切($d=R+r$)，相交($R-r<d<R+r$)，内切($d=R-r$)，内含($d<R-r$)五种位置关系.

例 10　(邵阳市，2006)已知$\odot O$的半径为 3cm，点 P 是直线 l 上一点，OP 长为 5cm，则直线 l 与$\odot O$的位置关系为(　　).

A. 相交　　B. 相切　　C. 相离　　D. 相交、相切、相离都有可能

分析　分 OP 与直线 l 垂直与不垂直讨论.

解　如图2－56(1)，当$OP\perp l$时，$\because OP=5$，$r=3cm$，$\therefore l$与$\odot O$相离.

当OP与l不垂直时，如图(2)(3)，l与$\odot O$相切或相交.

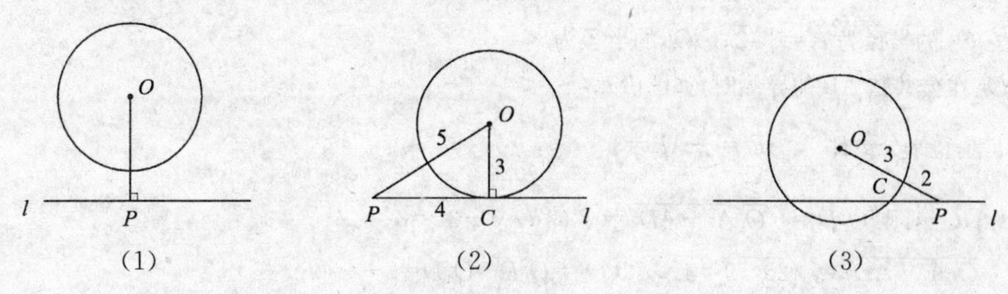

图2－56

例11　(浙江省，1996)已知AB是$\odot O$的直径，点C在$\odot O$上，过点C引直径AB的垂线，垂足为D，点D分这条直径成2∶3的两部分，如果$\odot O$的半径等于5，那么BC=(　　).

A. $2\sqrt{10}$　　B. $\sqrt{10}$　　C. $2\sqrt{10}$或$2\sqrt{15}$　　D. $\sqrt{10}$或$\sqrt{15}$

解　如图2－57(1)，当点D落在AO上时，$AD:DB=2:3$，因为$\odot O$的半径为5，所以$AD=4$，$DB=6$.

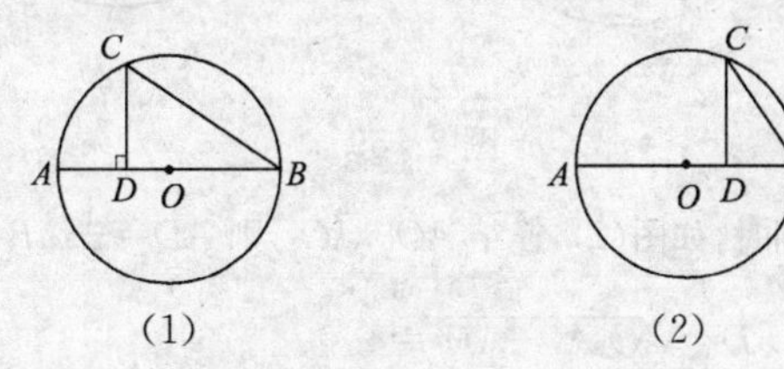

图2－57

$\because BC^2=BD\cdot BA$，即$BC^2=6\times10=60$. $\therefore BC=2\sqrt{15}$(负值已舍去).

当点D落在BO上时，如图(2)，则$BD:DA=2:3$.

又$\odot O$的半径为5，$\therefore BD=4$，$AD=6$. $\therefore BC^2=BD\cdot BA=4\times10=40$.

$\therefore BC=2\sqrt{10}$，或$BC=-2\sqrt{10}$(不合题意，舍去). $\therefore BC=2\sqrt{10}$或$2\sqrt{15}$. 故选C.

说明　本例得到$BC^2=BD\cdot BA$由射影定理可得到，若连结AC，由$\triangle CDB\backsim\triangle ACB$也可得$BC^2=BD\cdot BA$.

例12　(哈尔滨市，2006)在$\triangle ABC$中，$AB=AC=5$，且$\triangle ABC$的面积为12，则$\triangle ABC$外接圆的半径为________.

分析　先由$AB=AC=5$，$S_{\triangle ABC}=12$确定底边和底边上的高，再由勾股定理求半径.

解　如图2－58，$\odot O$为$\triangle ABC$的外接圆，$\because AB=AC$，则$AO\perp BC$于D. $\therefore BD=DC$.

$\because S_{\triangle ABC}=\frac{1}{2}BC\cdot AD=12$，$\therefore BD\cdot AD=12$.

$\because AB=5$，$\therefore BD^2+AD^2=25$.

$\therefore \begin{cases}BD=3\\AD=4\end{cases}$或$\begin{cases}BD=4\\AD=3\end{cases}$

连结BO. 设$BO=r$.

当$BD=3$，$AD=4$时，则$OD=4-r$.

$\because BO^2=OD^2+BD^2$，$\therefore r^2=(4-r)^2+3^2$. $\therefore r=\frac{25}{8}$.

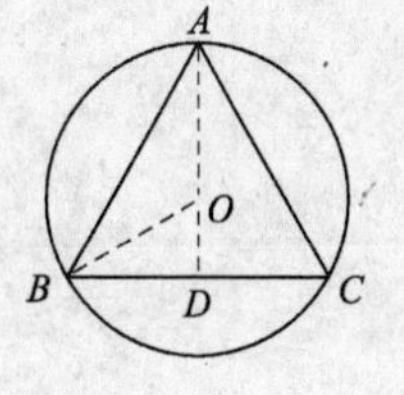

图2－58

当$BD=4$，$AD=3$时，则$OD=3-r$. $\because BO^2=OD^2+BD^2$，$\therefore r^2=(3-r)^2+4^2$. $\therefore r=\frac{25}{6}$.

$\therefore \triangle ABC$外接圆的半径为$\frac{25}{6}$或$\frac{25}{8}$.

说明　垂径定理和勾股定理的综合应用是圆的有关性质的常见题型.

例 13 (南京市,1997)相交两圆的公共弦长为 6,两圆的半径分别为 $3\sqrt{2}$,5,则这两圆的圆心距等于(　　).

A. 1　　B. 2 或 6　　C. 7　　D. 1 或 7

解　设$\odot O_1$ 的半径为 $r_1=3\sqrt{2}$,$\odot O_2$ 的半径为 $r_2=5$.

当 O_1,O_2 在公共弦 AB 的异侧时,如图(1).

$\because$ O_1O_2 垂直平分 AB,$\therefore$ $AD=\frac{1}{2}AB=3$.

连结 O_1A,O_2A,则 $O_1D=\sqrt{O_1A^2-AD^2}=\sqrt{(3\sqrt{2})^2-3^2}=3$

$O_2D=\sqrt{O_2A^2-AD^2}=\sqrt{25-9}=4$. $\therefore$ $O_1O_2=O_1D+O_2D=3+4=7$.

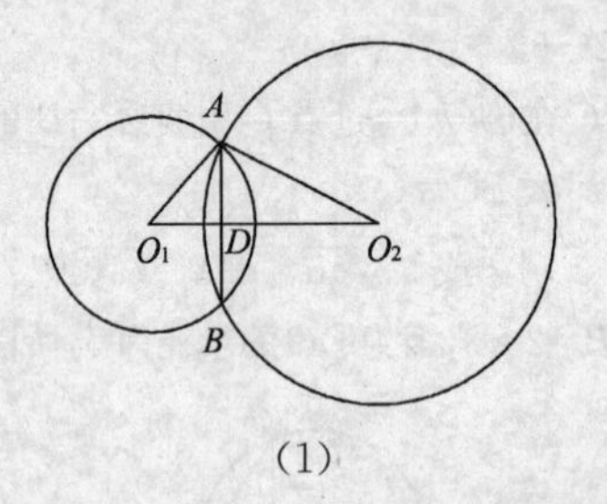

(1)

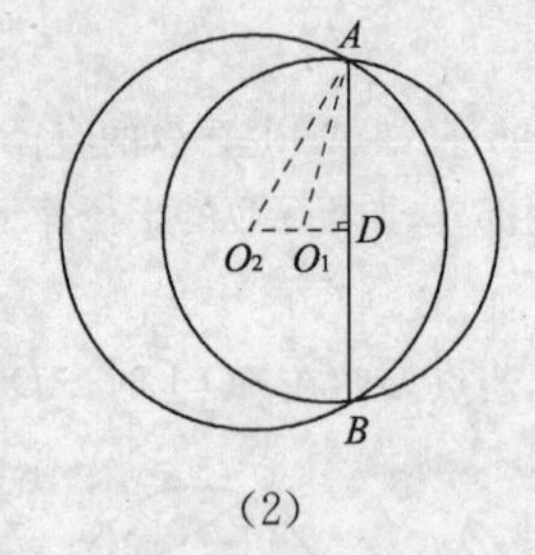

(2)

图 2—59

当 O_1,O_2 在公共弦 AB 的同侧时,如图(2),连结 AO_1,AO_2,则 $AD=\frac{1}{2}AB=3$.

$\therefore$ $O_1D=\sqrt{O_1A^2-AD^2}=3$,$O_2D=\sqrt{O_2A^2-AD^2}=4$.

$\therefore$ $O_1O_2=O_2D-O_1D=4-3=1$. $\therefore$ $O_1O_2=7$ 或 1. 故应选 D.

说明　两圆相交时,分两圆圆心在公共弦的同侧和异侧两种情况讨论. 相交两圆的连心线(过两圆圆心的直线)垂直平分公共弦.

例 14 (浙江省,1995)从不在$\odot O$ 上的一点 A,作$\odot O$ 的割线,交$\odot O$ 于 B,C,且 $AB\cdot AC=64$,$OA=10$,则$\odot O$ 的半径等于______.

解　如图 2—60(1),作直线 OA 交$\odot O$ 于 E,F,设$\odot O$ 的半径为 r,则 $AE=r-10$,$AE=r+10$,由相交弦定理得$(r-10)(r+10)=64$.

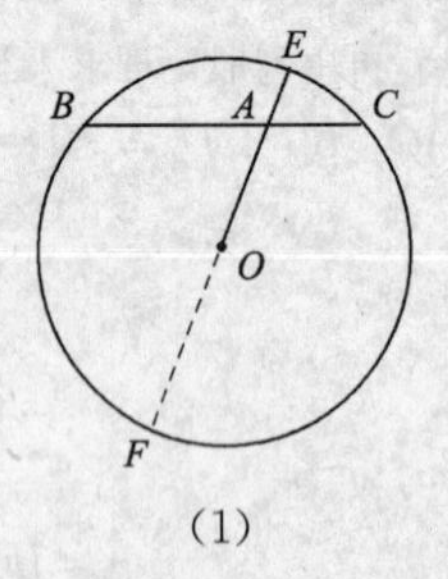

(1)

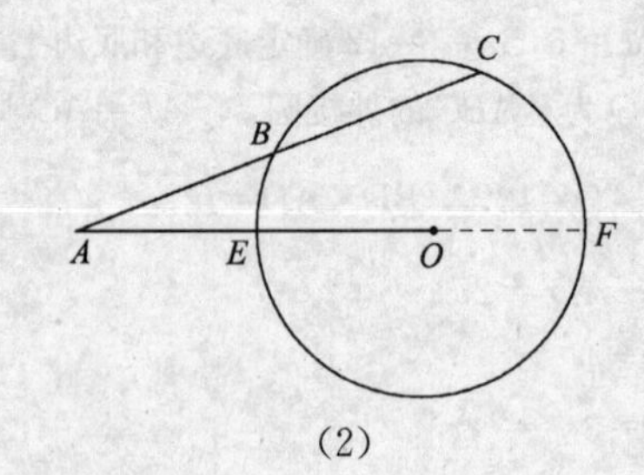

(2)

图 2—60

解之,得 $r_1=2\sqrt{41}$,$r_2=-2\sqrt{41}$(不合题意,舍去).

剖析　上面的解法中,只考虑了点 A 在$\odot O$ 的内部. 事实上,点 A 也可能在$\odot O$ 的外部,此时,由割线定理得(如图(2)).

$AB\cdot AC=AE\cdot AF$. 即 $64=(AO-r)(AO+r)$,$64=(10-r)(10+r)$.

化简得 $r^2=36$. $\therefore$ $r=\pm 6$(负值应舍去).

$\therefore$ $\odot O$ 的半径为 6 或 $2\sqrt{41}$.

说明　凡涉及点与圆的位置关系的问题,在题设中没有指明它们之间的关系时,应考虑点在圆内,圆上和圆外三种可能的位置.

例 15　(广东省,2000)如图 2—61,$\odot O$ 与直线 MN 相切于 A,连结 OA,在 OA 上任取一点 O_1,以 O_1 为圆心作圆与 $\odot O$ 相切于 B,交直线 MN 于 C,D. 设 $\odot O$ 的半径为 1,OO_1 的长为 $x(0<x\leqslant 1)$,以 CD 为边向上作正方形,其面积为 y.

(1) 求 y 与 x 的函数关系式;

(2) 在这正方形中,设 CD 的对边所在的直线为 l,问当 x 为何值时,l 与 $\odot O$ 相切、相离、相交?

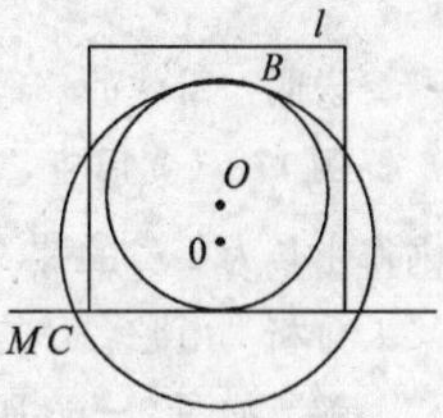

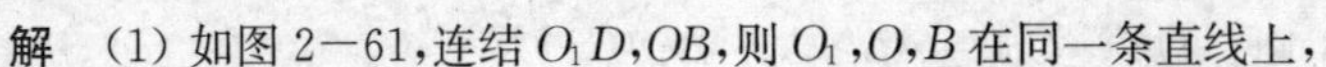

图 2—61

解　(1) 如图 2—61,连结 O_1D,OB,则 O_1,O,B 在同一条直线上,

故 $O_1D=O_1B=1+x$.

$\because$ $\odot O$ 与直线 MN 相切于 A,$\therefore$ $OA\perp CD$. $\therefore$ $CA=AD$,$\triangle O_1AD$ 是直角三角形.

$\therefore$ $AD^2+O_1A^2=O_1D^2$.

$\because$ $CD^2=y$,$\therefore$ $AD^2=\frac{y}{4}$. $\because$ $O_1A=1-x$,$\therefore$ $\frac{y}{4}+(1-x)^2=(1+x)^2$. $\therefore$ $y=16x$.

(2) 设 l 与 $\odot O$ 相切,则直线 l 与直线 MN 的距离等于 $\odot O$ 的直径,

故 $CD=BA=2$,$y=CD^2=4$. $\therefore$ $4=16x$. 解这个方程,得 $x=\frac{1}{4}$.

① 当 $x=\frac{1}{4}$ 时,$y=4$,$CD=2$,l 与 MN 的距离等于 $\odot O$ 的直径,故 l 与 $\odot O$ 相切.

② 当 $\frac{1}{4}<x\leqslant 1$ 时,$y>4$,$CD>2$,l 与 MN 的距离大于 $\odot O$ 的直径,故 l 与 $\odot O$ 相离.

③ 当 $0<x<\frac{1}{4}$ 时,$y<4$,$CD<2$,l 与 MN 的距离小于 $\odot O$ 的直径,故 l 与 $\odot O$ 相交.

说明　直线与圆有三种位置关系,即直线与圆相交($d<r$),直线与圆相切($d=r$),直线与圆相离($d>r$).

例 16　(黄石市,2005)矩形 $ABCD$ 中,$AB=8$,$BC=15$,如果分别以 A、C 为圆心的两圆相切,点 D 在 $\odot C$ 内,点 B 在 $\odot C$ 外,那么 $\odot A$ 的半径 r 的取值范围是________.

分析　先确定圆 C 的半径的取值范围,再分相内切和相外切两种情况讨论.

解　$2<r<9$ 或 $25<r<32$.

理由如下:$\because$ $AB=8$,$BC=15$,$\therefore$ $AC=\sqrt{AB^2+BC^2}=\sqrt{8^2+15^2}=17$.

设 $\odot C$ 的半径为 R. $\because$ D 在 $\odot C$ 内,B 在 $\odot C$ 外,$\therefore$ $15>R>8$.

当 $\odot A$ 与 $\odot C$ 相外切时,则 $R+r=d=17$. $\therefore$ $r=17-R$. $\therefore$ $2<r<9$.

当 $\odot A$ 与 $\odot C$ 相内切时,则 $r-R=17$. $\therefore$ $r=17+R$. $\therefore$ $25<r<32$.

说明　两圆相切包含了两圆相内切和相外切两种情况.

例 17　(广州市课改区,2006)一个圆柱的侧面展开图是相邻边长分别为 10 和 16 的矩形,则该圆柱的底面圆半径是(　　).

A. $\frac{5}{\pi}$　　B. $\frac{8}{\pi}$　　C. $\frac{5}{\pi}$ 或 $\frac{8}{\pi}$　　D. $\frac{10}{\pi}$ 或 $\frac{16}{\pi}$

分析　一个圆柱的侧面展开图是一个矩形,由相邻边 10 和 16 的不同位置分类讨论.

解　本题选 C,理由如下:

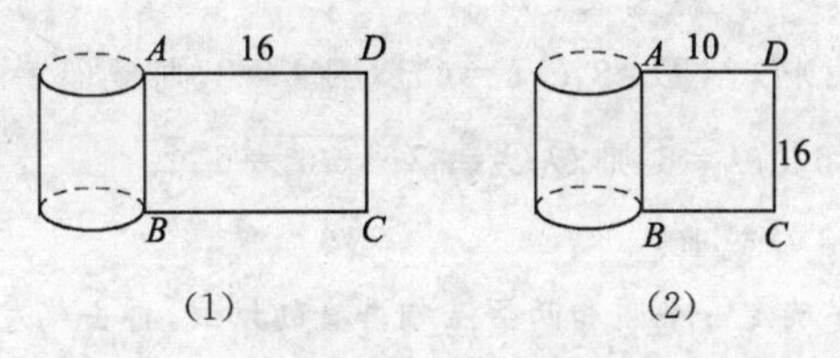

图 2—62

如图 2－62(1)，当 $AD=16$ 时，$2\pi r=16$，$r=\frac{8}{\pi}$. 如图 2－62(2)，当 $AD=10$ 时，$2\pi r=10$，$r=\frac{5}{\pi}$.

说明　圆柱的侧面展开图是矩形，圆锥的侧面展开图是扇形.

例 17　(黄冈市，2005)已知点 P 是半径为 2 的⊙O 外一点，PA 是⊙O 切线，切点为 A，且 $PA=2$，在⊙O 内作出长为 $2\sqrt{2}$ 的弦 AB，连结 PB，则 PB 的长为________.

分析　由弦 AB 的两个不同位置分类计算 PB 的长.

解　如图 2－63 所示.

当 $AB=2\sqrt{2}$，$r=2$ 时，连结 OA，OB，则有 $OA^2+OB^2=AB^2$，∴ $\angle AOB=90°$.

如图(1)，∵ PA 切⊙O 于 A，∴ $\angle OAP=90°$.

∴ $OB\parallel PA$. ∵ $PA=2$，∴ $OB \underline{\parallel} PA$. 易知四边形 $OAPB$ 为正方形. ∴ $PB=2$.

如图(2)，由图(1)知 $AOPB'$ 为正方形. 则 $PB=\sqrt{BB'^2+PB'^2}=\sqrt{2^2+4^2}=2\sqrt{5}$.

∴ PB 的长为 2 或 $2\sqrt{5}$.

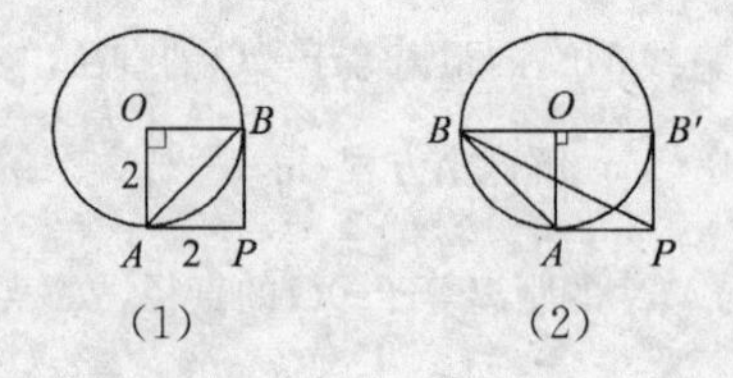

图 2－63

说明　正确根据题目已有条件画出图形是关键.

例 18　(荆门市，2006)两圆半径分别为 1 和 7，若它们的两条公切线互相垂直，则它们的圆心距为________.

分析　按两公切线为都是外公切线和一条外公切线和一条内公切线分类讨论.

解　作半径为 7 的⊙O_1，及它的两条互相垂直的切线 l_1，l_2，则 l_1 和 l_2 把平面分成四个部分，设半径为 1 的圆为⊙O_2，则与 l_1，l_2 相切的⊙O_2 只能在上述四个部分中，于是可知圆心距有如下三种情况.

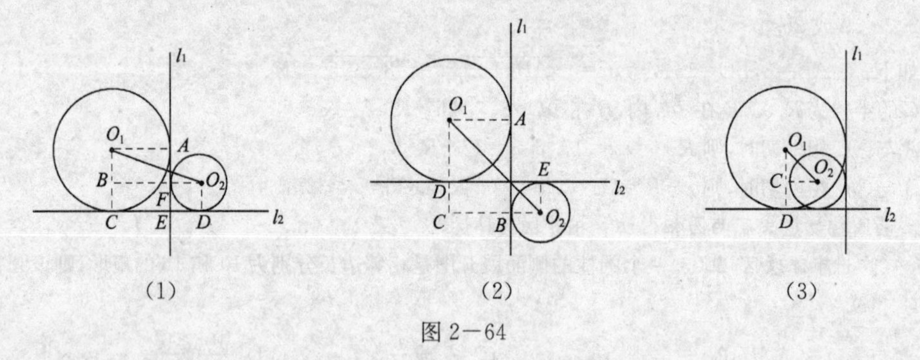

图 2－64

如图 2－64(1)，$O_1O_2=\sqrt{O_1B^2+O_2B^2}$.

易知 $CE=O_1A=7$，$ED=O_2F=1$，则 $O_2B=CD=CE+ED=7+1=8$，$O_1B=O_1C-BC=7-1=6$，

∴ $O_1O_2=\sqrt{8^2+6^2}=10$.

如图 2－64(2)，易知 $O_1C=O_1D+CD=8$，$O_2C=CB+BO_2=8$，则 $O_1O_2=\sqrt{8^2+8^2}=8\sqrt{2}$.

如图 2－64(3)，易知 $O_1C=6$，$CO_2=6$，则 $O_1O_2=\sqrt{6^2+6^2}=6\sqrt{2}$.

∴ 两圆的圆心距为 $6\sqrt{2}$ 或 $8\sqrt{2}$ 或 10.

说明　本例解题的关键是先确定一个圆和两条互相垂直的切线，再去确定另一个圆的位置，这样解题大大减少了题目的难度，望同学们予以借鉴.

例 19　(北京市崇文区,1994)圆 O 的直径 $AB=2\text{cm}$,过 A 点有两条弦 $AC=\sqrt{2}\text{cm}$,$AD=\sqrt{3}\text{cm}$. 求$\angle CAD$所夹的圆内部分的面积.

解　符合题设条件的图形有两种情况:

(1) 圆心 O 在$\angle CAD$的内部,如图 2－65(1),连结 OC,OD,过 O 作 $OE\perp AD$ 于 E.

$\because OA=OC=1,AC=\sqrt{2},\therefore OC\perp AB.$

$\therefore S_1=S_{\triangle AOC}+S_{扇形BOC}=\dfrac{1}{2}\cdot 1\cdot 1+\dfrac{90\cdot 1^2\cdot \pi}{360}=\dfrac{1}{2}+\dfrac{\pi}{4}.$

$\because OA=1,AE=\dfrac{1}{2}AD=\dfrac{\sqrt{3}}{2},\therefore OE=\sqrt{1^2-\left(\dfrac{\sqrt{3}}{2}\right)^2}=\dfrac{1}{2}$. 即 $OE=\dfrac{1}{2}OA$.

$\therefore S_2=S_{\triangle AOD}+S_{扇形BOD}=\dfrac{1}{2}\cdot\dfrac{1}{2}\cdot\sqrt{3}+\dfrac{60\cdot 1\cdot \pi}{360}=\dfrac{\sqrt{3}}{4}+\dfrac{\pi}{6}$

$\therefore S=S_1+S_2=\dfrac{1}{2}+\dfrac{\pi}{4}+\dfrac{\sqrt{3}}{4}+\dfrac{\pi}{6}=\left(\dfrac{2+\sqrt{3}}{4}+\dfrac{5\pi}{12}\right)(\text{cm}^2).$

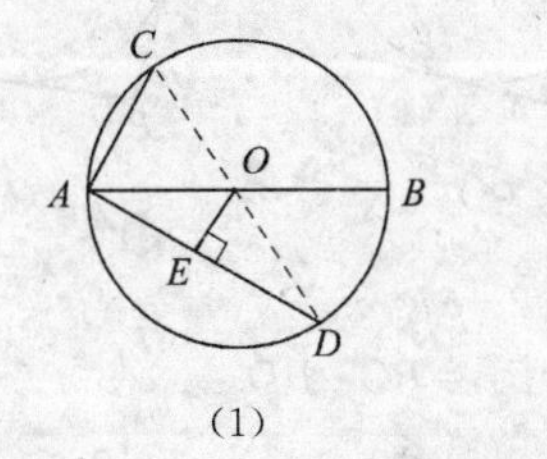

(1)

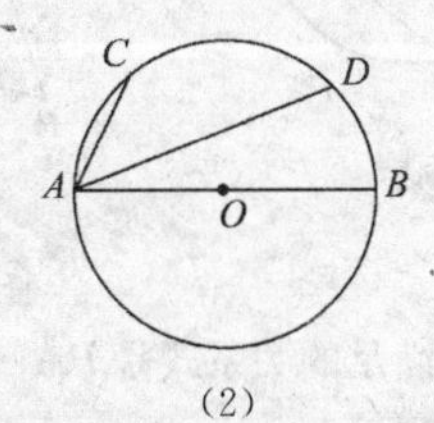

(2)

图 2－65

(2) 当圆心 O 在$\angle DAC$的外部时,如图(2),有

$S=S_1-S_2=\dfrac{1}{2}+\dfrac{\pi}{4}-\dfrac{\sqrt{3}}{4}-\dfrac{\pi}{6}=\left(\dfrac{2-\sqrt{3}}{4}+\dfrac{\pi}{12}\right)(\text{cm}^2).$

$\therefore \angle CAD$所夹圆的内部的面积为$\left(\dfrac{2+\sqrt{3}}{4}+\dfrac{\pi}{12}\right)(\text{cm}^2)$或$\left(\dfrac{2-\sqrt{3}}{4}+\dfrac{5\pi}{12}\right)(\text{cm}^2)$.

说明　此题学生容易忽视圆心在$\angle DAC$的外部时的情形.

例 20　(广州市,2001)已知:如图 2－66,过 B,C 两点的圆与$\triangle ABC$的边 AB,AC 分别相交于点 D 和点 E,且 $DE=\dfrac{1}{2}BC$.

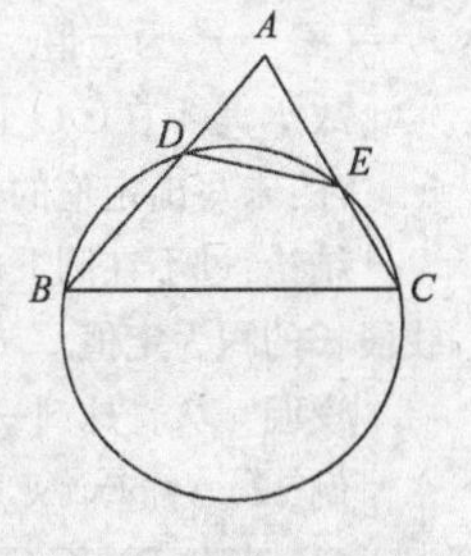

图 2－66

(1) 求证:$S_{\triangle ADC}:S_{四边形DBCE}=\dfrac{1}{3}$.

(2) 在$\triangle ABC$的外部取一点 P(直线 BC 上的点除外),分别连结 PB,PC,$\angle BPC$与$\angle BAC$的大小关系怎样?(不要求证明)

解　(1) $\because \angle ADE,\angle AED$ 是圆内接四边形 $DBCE$ 的外角,

$\therefore \angle ADE=\angle C,\angle AED=\angle B.\therefore \triangle ADE\backsim\triangle ACB.$

$\therefore \dfrac{S_{\triangle ADE}}{S_{\triangle ACB}}=\dfrac{DE^2}{BC^2}=\left(\dfrac{1}{2}\right)^2=\dfrac{1}{4}.\therefore S_{\triangle ADE}:S_{四边形DBEC}=\dfrac{1}{3}.$

(2) 作$\triangle ABC$的外接圆,取点 A 关于 BC 的对称点 F,作$\triangle FBC$的外接圆.

① 当点 P 取在弓形 BAC 内($\triangle ABC$ 外)或弓形 BFC 内时,$\angle BPC>BAC$;

② 当点 P 取在$\overset{\frown}{BAC}$或$\overset{\frown}{BFC}$(点 A,B,C 除外)上时,$\angle BPC=\angle BAC$;

③ 当点 P 取在弓形 BAC 与弓形 BFC 所围成的图形外(除直线 BC 上的点)时,$\angle BPC<\angle BAC$.

例 21　(济南市,2000)(1) 经过$\odot O$内或$\odot O$外一点 P 作两条直线交$\odot O$于 A,B 和 C,D 四点. 在图(5),(6)中,有重合的点,得到了如图(1)－(6)所表示的六种不同情况. 在六种不同情况下,PA,PB,PC,PD 四条线段之间在数量上满足的关系式可以用同一个式子表示出来,请你首先写出这个式子,然后只就如图(2)所示的

圆内两条弦相交的一般情况，给出它的证明；

(2) 已知$\odot O$的半径为一定值r，若点P是不在$\odot O$上的一个定点，请你过点P任作一直线交$\odot O$于不重合的两点E,F，$PE\cdot PF$的值是否为定值？为什么？由此你发现了什么结论？请你把这一结论用文字叙述出来.

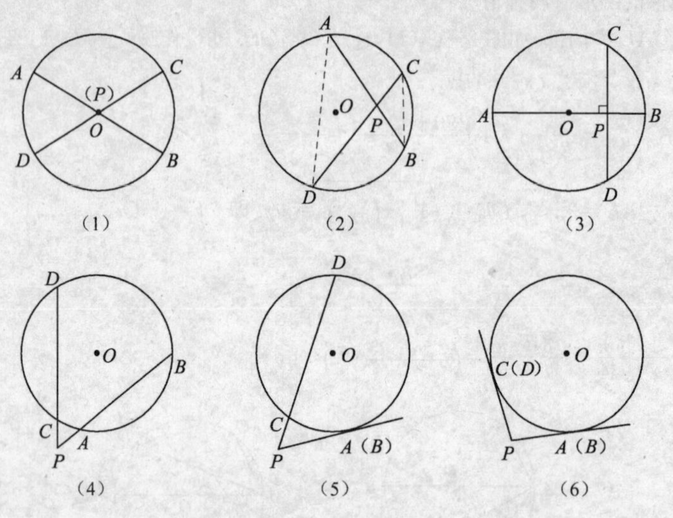

图 2－67

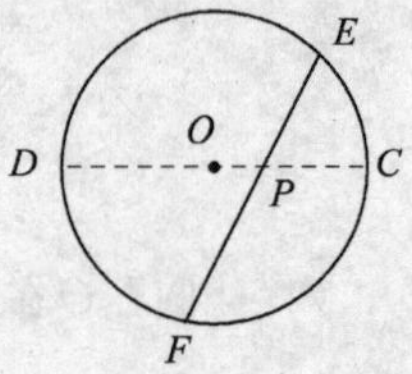

解 (1) PA,PB,PC,PD满足的关系式是$PA\cdot PB=PC\cdot PD$.

就图(2)所示的情况证明如下：

连结AD,BC，则$\angle A=\angle C,\angle D=\angle B$，$\therefore\ \triangle PAD\sim\triangle PCB$，

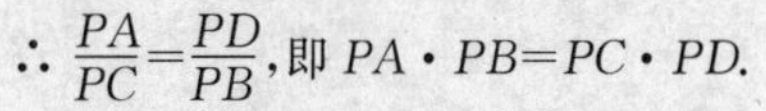

$\therefore\ \dfrac{PA}{PC}=\dfrac{PD}{PB}$，即$PA\cdot PB=PC\cdot PD$.

图 2－68

(2) $PE\cdot PF$的值是定值，证明如下：

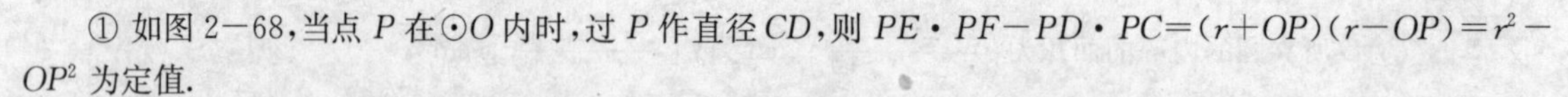

① 如图2－68，当点P在$\odot O$内时，过P作直径CD，则$PE\cdot PF-PD\cdot PC=(r+OP)(r-OP)=r^2-OP^2$为定值.

② 如图2－69，当点P在$\odot O$外时，设直线OP交$\odot O$于点C,D，则$PE\cdot PF=PD=PC=(OP+r)(OP-r)=OP^2-r^2$为定值.

故P是不在$\odot O$上的一个定点时，$PE\cdot PF$为定值$|OP^2-r^2|$

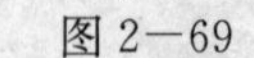

注：未写出定值的表示式$|OP^2-r^2|$的不扣分.

结论：过不在圆上的一个定点任作一条直线与圆相交，则这点到直线与圆的交点的两条线段长的积为定值.

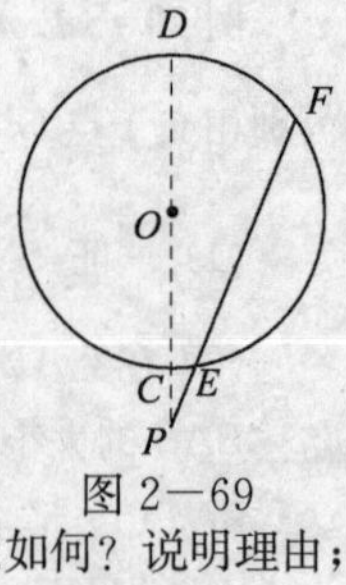

图 2－69

说明 从特殊到一般寻求结论，是开放型问题常用的技巧.

例 22 (广西河池市，2004)如图2－70，AB是$\odot O$的直径，弦(非直径)$CD\perp AB$于E.

(1) 当点P在$\odot O$上运动时(不考虑点P与A,C,D重合的情形)，$\angle APC$与$\angle APD$的关系如何？说明理由；

(2) 当$PC\perp AD$时，证明：四边形$DBCF$是菱形.

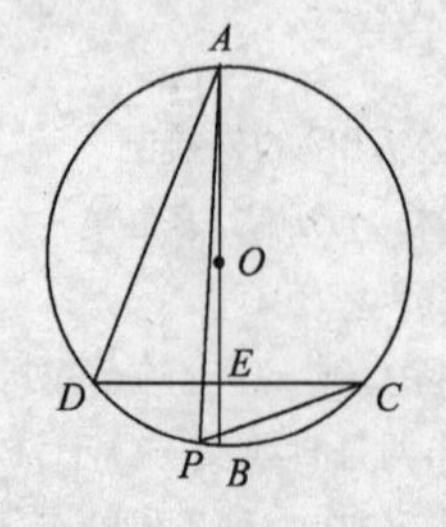

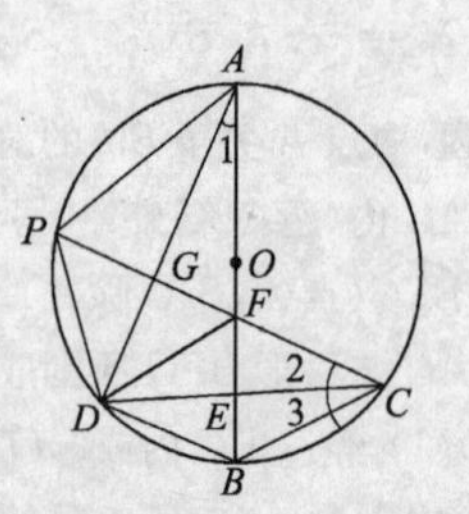

图 2－70

解　(1) 当点 P 在劣弧 $\overset{\frown}{CD}$ 上运动时，$\angle APC=\angle APD$（$\because AB$ 为直径，$AB\perp CD$，$\therefore \overset{\frown}{AD}=\overset{\frown}{AC}$.
$\therefore \angle APC=\angle APD$）. 当点 P 在优弧 $\overset{\frown}{CD}$ 上运动时，$\angle APC+\angle APD=180°$，连 BD.
$\because AB$ 为直径，$AB\perp CD$，$\therefore \overset{\frown}{AD}=\overset{\frown}{AC}$.
$\therefore \angle APC=\angle ABD$ 在圆内接四边形 $APDB$ 中，$\angle APD+\angle ABD=180°$.
$\therefore \angle APC+APD=180°$ 或 $\angle APC$ 所对的弧是 $\overset{\frown}{AC}$，$\angle APD$ 所对的弧是 $\overset{\frown}{ACD}$.
$\because \overset{\frown}{AD}=\overset{\frown}{AC}$　$\therefore \angle APC+\angle APD$ 所对的弧是一周角.
$\therefore \angle APC+\angle APD=180°$.
(2) $\because PC\perp AD$，易知 $\triangle AGF\backsim\triangle CEF$，$\therefore \angle 1=\angle 2$. 而 $\angle 3=\angle 1$，$\therefore \angle 2=\angle 3$.
又 $CE=CE$，$\therefore \triangle CEB\cong\triangle CEF$. $\therefore EF=FB$. 即四边形 $CBDF$ 中，对角线 CD 与 BF 互相垂直平分.
$\therefore$ 四边形 $CBDF$ 是菱形.

说明　由等弧所对的圆周角相等和垂径定理转化弧、弦、圆周角之间的关系十分重要的转化技巧.

例 23　(黄冈市，2002) 在一服装厂里有大量形状为等腰直角三角形的边角布料（如图 2−71）. 现代出其中的一种，测得 $\angle C=90°$，$AC=BC=4$，今要从这种三角形中剪出一种扇形，做成不同形状的玩具，使扇形的边缘半恰好都在 $\triangle ABC$ 的边长，且扇形的弧与 $\triangle ABC$ 的其他边相切. 请设计出所有可能符合题意的方案示意图，并求出扇形的半径（只要求画出图形，并直接写出扇形半径）.

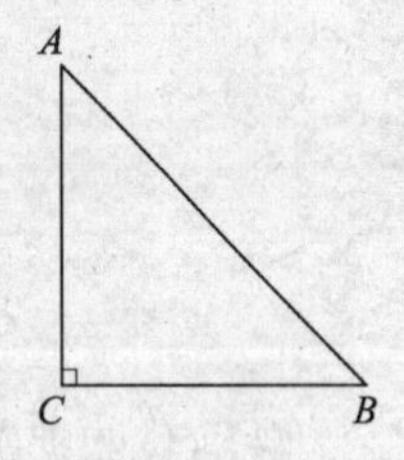

图 2−71

解　可以设计如下四种方案：

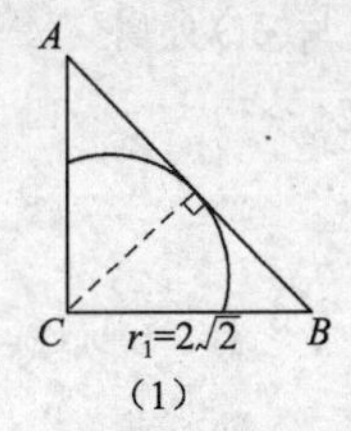

(1)

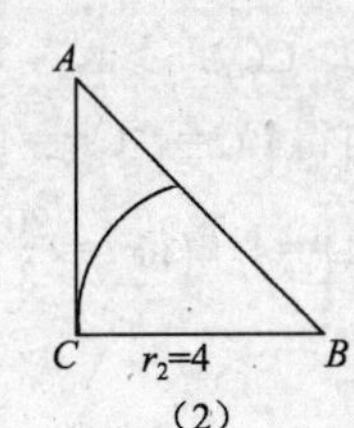

(2)

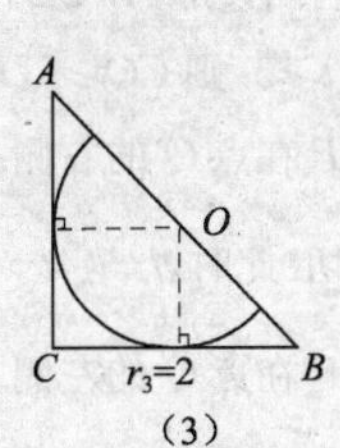

(3)

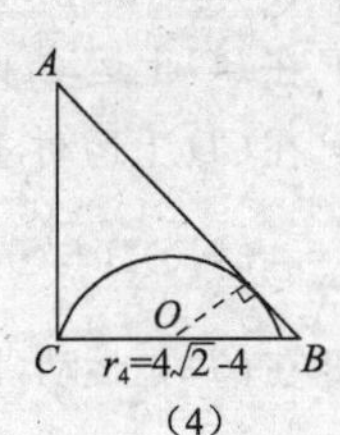

(4)

说明　设计问题是圆的分类讨论问题中的重要题型，其具有探索性，便于发散学生思维.

例 24　(南昌市，2002) 如图 2−72，已知 $\triangle ABC$ 内接于 $\odot O$，AE 切 $\odot O$ 于点 A，$BC/\!/AE$，
(1) 求证：$\triangle ABC$ 是等腰三角形；
(2) 设 $AB=10\text{cm}$，$BC=8\text{cm}$，点 P 是射线 AE 上的点，若以 A,P,C 为顶点的三角形与 $\triangle ABC$ 相似，问这样的点有几个？

分析　(1) 略；(2) 以 AC 为 $\triangle APC$ 的腰和底边这两种情况分类讨论.

证明　(1) $\because BC/\!/AE$，$\therefore \angle BCA=\angle CAE$.
又 $\because AE$ 切 $\odot O$ 于点 A，$\therefore \angle CAE=\angle ABC$.
$\therefore \angle BCA=\angle ABC$. $\therefore AB=AC$. $\therefore \triangle ABC$ 是等腰三角形
(2) 射线 AE 上满足条件的点有两个.
① 过点 C 作 AB 的平行线交 AE 于点 P_1，如图 2−72，$\therefore \angle ACP_1=\angle BAC$.
又 $\because \angle P_1AC=\angle ABC$，$\therefore \triangle AP_1C\backsim\triangle BCA$.
又 $AC=AB$，$\therefore \triangle AP_1C\backsim\triangle BCA$. 这时，$AP_1=BC=8\text{cm}$.
② 过点 C 作 $\odot O$ 的切线交 AE 于点 P_2，$\therefore \angle P_2CA=\angle ABC$.
又 $\angle P_2CA=\angle ACB$，$\therefore \triangle AP_2C\backsim\triangle CAB$.
$\therefore \dfrac{AP_2}{AC}=\dfrac{AC}{BC}$.

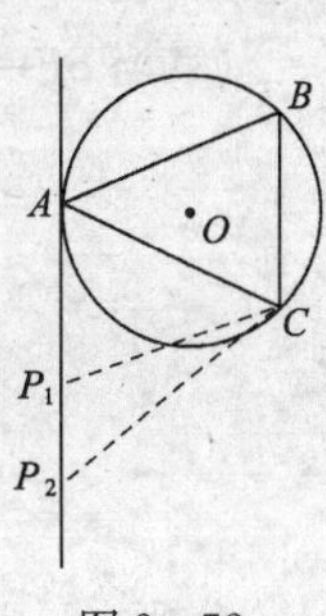

图 2−72

$\therefore AP_2=\frac{AC^2}{BC}=\frac{10^2}{8}=\frac{25}{2}$.

说明　本例通过过 C 点作 $CP\parallel AB$(AC 为 $\triangle APC$ 的腰)和过 C 作 $\odot O$ 的切线(以 AC 为 $\triangle APC$ 的底边),间接的以 AC 为底和腰分类讨论,其本质是一样的,结果也是相同的.

例 25　(南京市,2004)如图 2－73①,在矩形 $ABCD$ 中,$AB=20\text{cm}$,$BC=4\text{cm}$,点 P 从 A 开始沿折线 $A-B-C-D$ 以 4cm/s 的速度移动,点 Q 从 C 开始沿 CD 边以 1cm/s 的速度移动,如果点 P,Q 分别从 A,C 同时出发,当其中一点到达 D 时,另一点也随之停止运动.设运动的时间为 t(s).

(1) t 为何值时,四边形 $APQD$ 为矩形?

(2) 如图②,如果 $\odot P$ 和 $\odot Q$ 的半径都是 2cm,那么 t 为何值时,$\odot P$ 和 $\odot Q$ 外切?

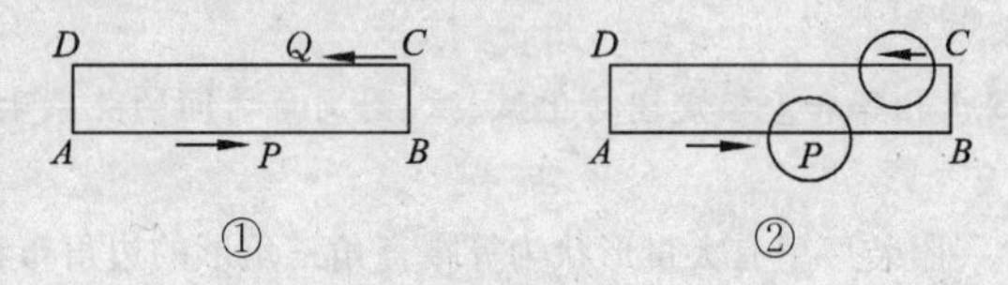

图 2－73

解　(1) 根据题意,当 $AP=DQ$ 时,由 $AP\parallel DQ$,$\angle A=90°$,得四边形 $APQD$ 为矩形.

此时,$4t=20-t$.解得 $t=4$(s).$\therefore$ t 为 4s 时,四边形 $APQD$ 为矩形.

(2) 当 $PQ=4$ 时,$\odot Q$ 外切.

① 如果点 P 在 AB 上运动.只有当四边形 $APQD$ 为矩形时,$PQ=4$.由(1),得 $t=4$(s)

② 如果点 P 在 BC 上运动.此时,$t\geqslant 5$.则 $CQ\geqslant 5$,$PQ\geqslant CQ\geqslant 5>4$,$\therefore$ $\odot P$ 与 $\odot Q$ 外离.

③ 如果点 P 在 CD 上运动,且点 P 在点 Q 的右侧.可得 $CQ=t$,$CP=4t-24$.

当 $CQ-CP=4$ 时,$\odot P$ 与 $\odot Q$ 外切.此时,$t-(4t-24)=4$.解得 $t=\frac{20}{3}$(s).

④ 如果点 P 在 CD 上运动,且点 P 在点 Q 的左侧.

当 $CP-CQ=4$ 时,$\odot P$ 与 $\odot Q$ 外切.此时,$4t-24-t=4$.解得 $t=\frac{28}{3}$(s).

$\because$ 点 P 从 A 开始沿折线 $A-B-C-D$ 移动到 D 需要 11s,点 Q 从 C 开始沿 CD 边移动到 D 需要 20s,而 $\frac{28}{3}<11$.$\therefore$ 当 t 为 4s,$\frac{20}{3}$s,$\frac{28}{3}$s 时,$\odot P$ 与 $\odot Q$ 外切.

说明　用含 t 的代数式表示圆心距,借助方程模型解题也是几何圆中计算的常用技巧.

例 26　(上海市,2005)在 $\triangle ABC$ 中,$\angle ABC=90°$,$AB=4$,$BC=3$,O 是边 AC 上的一个动点,以点 O 为圆心作半圆,与边 AB 相切于点 D,交线段 OC 于点 E,作 $EP\perp ED$,交射线 AB 于点 P,交射线 CB 于点 F.

(1) 如图 2－74,求证:$\triangle ADE\backsim\triangle AEP$;

(2) 设 $OA=x$,$AP=y$,求 y 关于 x 的函数解析式,并写出它的定义域;

(3) 当 $BF=1$ 时,求线段 AP 的长.

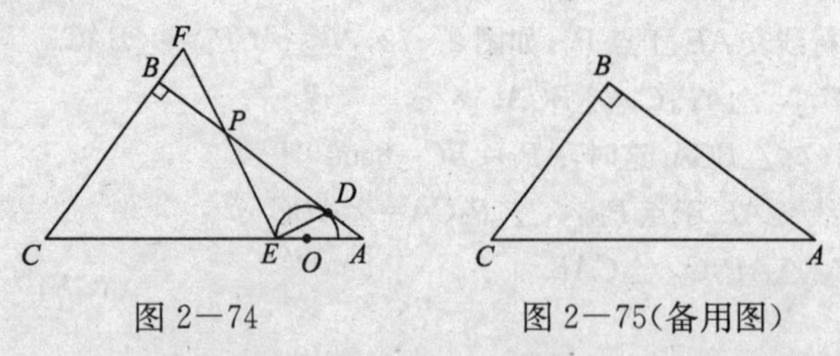

图 2－74　　图 2－75(备用图)

分析　(1) 连结 OD,由 AD 为 $\odot O$ 切线得 $\angle ODA=90°$,又由 $OD=OE$,可证 $\angle OED=\angle ODE$,由 $\angle DEF=90°$ 可证 $\angle ADE=\angle AEF$,故 $\triangle ADE\backsim\triangle AEP$;

(2) 先由$\frac{OD}{BC}=\frac{AO}{AC}$,得$OD=\frac{3}{5}x$,$AD=\frac{4}{5}x$,$AE=\frac{8}{5}x$,再由$\triangle ADE\backsim\triangle AEP$得$y$与$x$的函数关系式;

(3) 分EP交线段CB的延长线于点F和EP交线段CB于点F讨论.

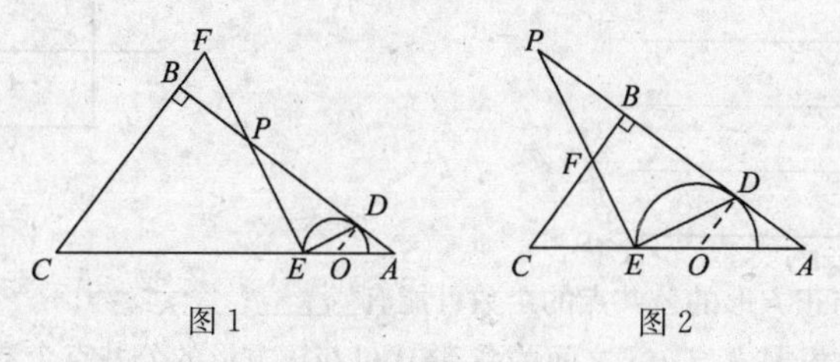

图 2—76

解　(1) 证明:如图 1,连结OD.根据题意,得$OD\perp AB$,即$\angle ODA=90°$

$\because OE=OD$,$\therefore \angle ODE=\angle OED$.

$\because \angle DEP=90°$,$\therefore \angle ADE=\angle AEP$.

又$\because \angle A=\angle A$,$\therefore \triangle ADE\backsim\triangle AEP$.

(2) 解:$\because \angle ABC=90°$,$AB=4$,$BC=3$,$\therefore AC=5$.

$\because OA=x$,$\therefore OE=OD=\frac{3}{5}x$,$AD=\frac{4}{5}x$.$\therefore AE=x+\frac{3}{5}x=\frac{8}{5}x$.

当点O在边AC上移动时,总有$\triangle ADE\backsim\triangle AEP$,$\therefore \frac{AP}{AE}=\frac{AE}{AD}$.$\therefore y=\frac{16}{5}x\left(0<x\leqslant\frac{25}{8}\right)$.

(3) 解法一:$\because \triangle ADE\backsim\triangle AEP$,$\therefore \frac{AE}{AD}=\frac{PE}{ED}$.$\because AE=\frac{8}{5}x$,$AD=\frac{4}{5}x$,$\therefore \frac{PE}{ED}=\frac{AE}{AD}=2$.

易证$\triangle BPF\backsim\triangle EPD$,$\therefore \frac{BP}{BF}=\frac{PE}{ED}=2$.$\therefore$当$BF=1$时,$BP=2$.

① 若EP交线段CB的延长线于点F(如图 1),则$AP=4-BP=2$.

② 若EP交线段CB于点F(如图 2),则$AP=4+BP=6$.

解法二:当$BF=1$时,

① 若EP交线段CB的延长线于点F(如图 1),则$CF=4$.

$\because \angle ADE=\angle AEP$,$\therefore \angle PDE=\angle PEC$.

$\because \angle FBP=\angle DEP=90°$,$\angle FPB=\angle DPE$,$\therefore \angle F=\angle PDE$.

$\therefore \angle CFE=\angle FEC$.$\therefore CF=CE$.

$\because CE=5-AE=5-\frac{8}{5}x$,$\therefore 5-\frac{8}{5}x=4$,得$x=\frac{5}{8}$.

$\therefore y=2$,即$AP=2$.

② 若EP交线段CB于点F(如图 2),则$CF=2$.类似①,易得$CF=CE$.

$\because CE=5-AE=5-\frac{8}{5}x$,$\therefore 5-\frac{8}{5}x=2$,得$x=\frac{15}{8}$.

$\therefore y=6$,即$AP=6$.

说明　注意F点是EP与射线CB的交点,故应防范漏解,本例易只考虑EP与CB的延长线相交这种情况.

例 27　(宿迁市课改区,2006)设边长为$2a$的正方形的中心A在直线l上,它的一组对边垂直于直线l,半径为r的$\odot O$的圆心O在直线l上运动,点A,O间距离为d.

(1) 如图①,当$r<a$时,根据d与a,r之间关系,将$\odot O$与正方形的公共点个数填入下表:

d、a、r之间关系	公共点的个数
$d>a+r$	
$d=a+r$	
$a-r<d<a+r$	
$d=a-r$	
$d<a-r$	

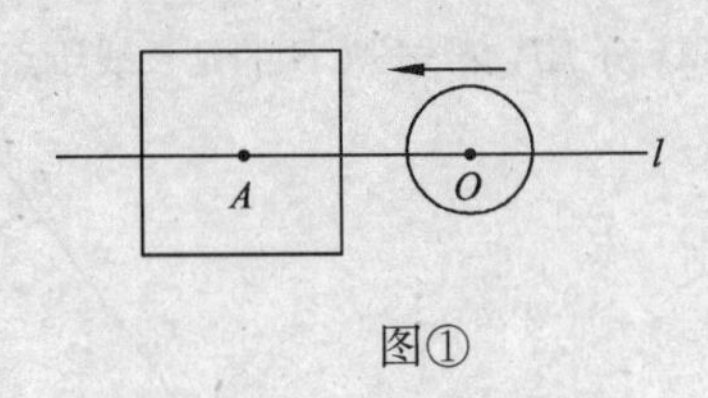

图①

所以，当 $r<a$ 时，$\odot O$ 与正方形的公共点的个数可能有________个；

(2) 如图②，当 $r=a$ 时，根据 d 与 a，r 之间关系，将$\odot O$ 与正方形的公共点个数填入下表：

d、a、r之间关系	公共点的个数
$d>a+r$	
$d=a+r$	
$a\leqslant d<a+r$	
$d<a$	

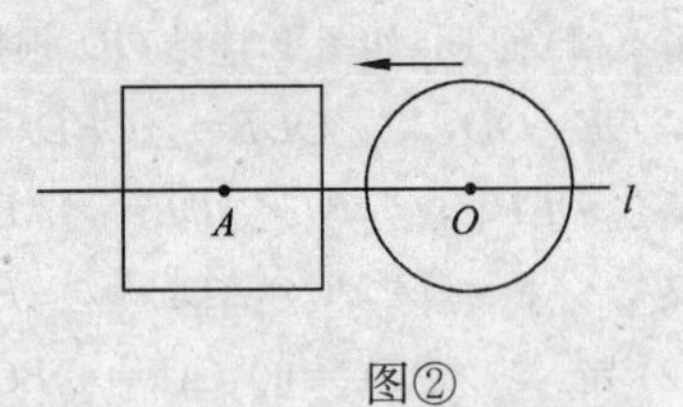

图②

所以，当 $r=a$ 时，$\odot O$ 与正方形的公共点个数可能有________个；

(3) 如图③，当$\odot O$ 与正方形有 5 个公共点时，试说明 $r=\frac{5}{4}a$；

(4) 就 $r>a$ 的情形，请你仿照"当……时，$\odot O$ 与正方形的公共点个数可能有________个"的形式，至少给出一个关于"$\odot O$ 与正方形的公共点个数"的正确结论.

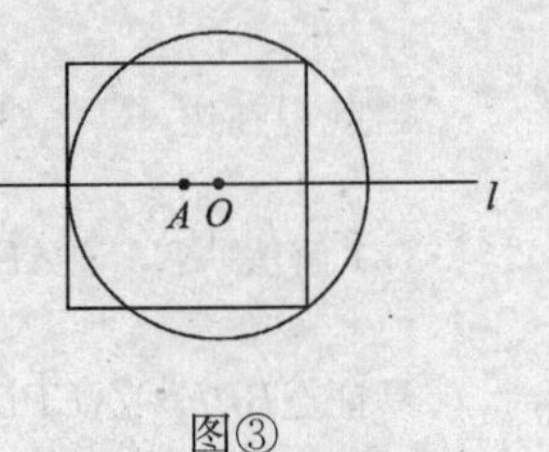

图③

分析　类似于圆与圆的位置关系讨论$\odot O$ 与正方形公共点的个数.

解　(1)

d、a、r之间关系	公共点的个数
$d>a+r$	0
$d=a+r$	1
$a-r<d<a+r$	2
$d=a-r$	1
$d<a-r$	0

所以，当 $r<a$ 时，$\odot O$ 与正方形的公共点的个数可能有 <u>0，1，2</u> 个；

(2)

d、a、r之间关系	公共点的个数
$d>a+r$	0
$d=a+r$	1
$a\leqslant d<a+r$	2
$d<a$	4

所以，当 $r=a$ 时，$\odot O$ 与正方形的公共点个数可能有 <u>0，1，2，4</u> 个；

(3) 方法一：如图所示，连结 OC.

则 $OE=OC=r$，$OF=EF-OE=2a-r$.

在 Rt$\triangle OCF$ 中，由勾股定理得：

$OF^2+FC^2=OC^2$. 即$(2a-r)^2+a^2=r^2$.

$\therefore 4a^2-4ar+r^2+a^2=r^2$. $5a^2=4ar$.

$\therefore 5a=4r$. $\therefore r=\frac{5}{4}a$.

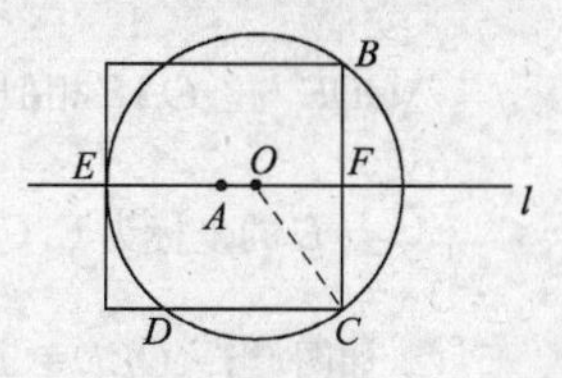

图 2－77①

方法二：如图，连结 BD、OE、BE、DE.

$\because$ 四边形 $BCMN$ 为正方形，$\therefore \angle C=\angle M=\angle N=90°$.

$\therefore BD$ 为⊙O 的直径，$\angle BED=90°$. $\therefore \angle BEN+\angle DEM=90°$.

$\because \angle BEN+\angle EBN=90°$. $\therefore \angle DEM=\angle EBN$.

$\therefore \triangle BNE\backsim\triangle EMD$. $\therefore \frac{BN}{NE}=\frac{EM}{MD}$. $\therefore DM=\frac{1}{2}a$.

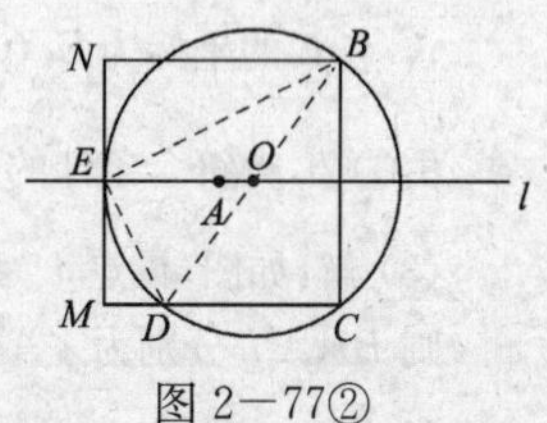

图 2－77②

由 OE 是梯形 $BDMN$ 的中位线，得 $OE=\frac{1}{2}(BN+MD)=\frac{5}{4}a$.

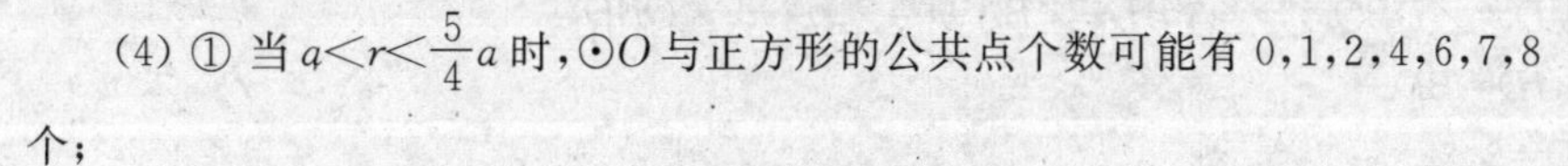
(4) ① 当 $a<r<\frac{5}{4}a$ 时，⊙O 与正方形的公共点个数可能有 0,1,2,4,6,7,8 个；

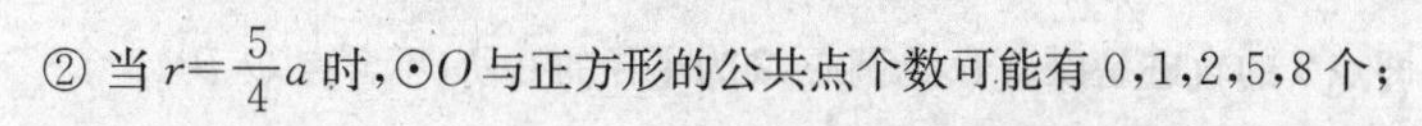
② 当 $r=\frac{5}{4}a$ 时，⊙O 与正方形的公共点个数可能有 0,1,2,5,8 个；

③ 当$\frac{5}{4}a<r<\sqrt{2}a$ 时，⊙O 与正方形的公共点个数可能有 0,1,2,3,4,6,8 个；

④ 当 $r=\sqrt{2}a$ 时，⊙O 与正方形的公共点个数可能有 0,1,2,3,4 个；

⑤ 当 $r>\sqrt{2}a$ 时，⊙O 与正方形的公共点个数可能有 0,1,2,3,4 个.

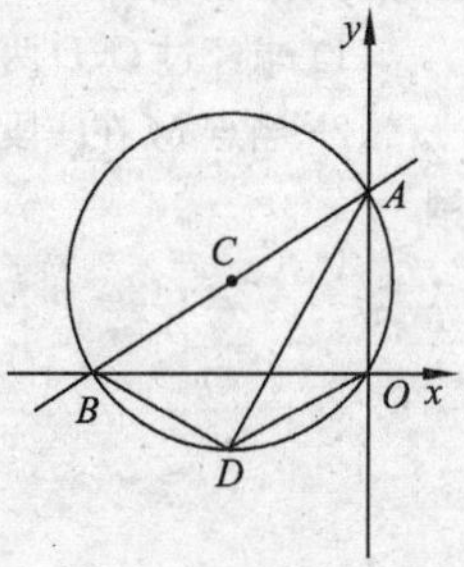

例 28　(太原市，2005)如图，直线 $y=\frac{\sqrt{3}}{3}x+2$ 与 y 轴交于点 A，与 x 轴交于点 B，⊙C 是$\triangle ABO$ 的外接圆(O 为坐标原点)，$\angle BAO$ 的平分线交⊙C 于点 D，连接 BD，OD.

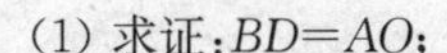
(1) 求证：$BD=AO$；

(2) 在坐标轴上求点 E，使得$\triangle ODE$ 与$\triangle OAB$ 相似；

(3) 设点 A' 在 $\overset{\frown}{OAB}$ 上由 O 向 B 移动，但不与点 O, B 重合，记$\triangle OA'B$ 的内心为 I，点 I 随点 A' 的移动所经过的路程为 l，求 l 的取值范围.

图 2－78

分析　(1) 证$\angle BAD=\angle OAD=30°$；(2) 分 E 在 x 轴和 y 轴两种情况讨论；(3) 点I 的轨迹是以 D 为圆心，2 为半径的 $\overset{\frown}{OIB}$.

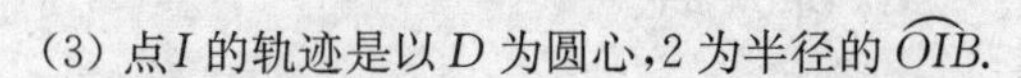
解(1) 证明：当 $x=0$ 时，$y=2$；当 $y=0$ 时，$x=-2\sqrt{3}$. $\therefore A(0,2)$，$B(-2\sqrt{3},0)$，$OA=2$，$OB=2\sqrt{3}$.

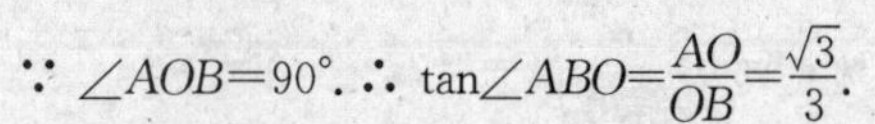
$\because \angle AOB=90°$. $\therefore \tan\angle ABO=\frac{AO}{OB}=\frac{\sqrt{3}}{3}$.

$\therefore \angle ABO=30°$，$\angle BAO=60°$.

$\because AD$ 平分$\angle BAO$.

$\therefore \angle BAD=\angle DAO=30°$. $\therefore \angle ABO=\angle BAD=30°$，

$\therefore \overset{\frown}{BD}=\overset{\frown}{AO}$，$BD=AO$.

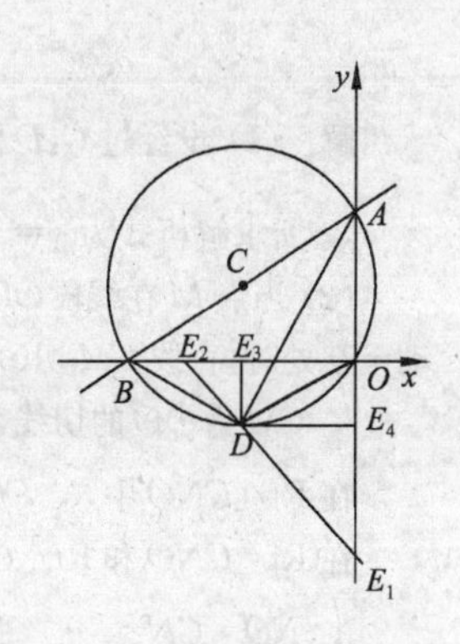

图 2－79

(2) 解：由(1)，得$\angle BAD=\angle DAO$，$\therefore \overset{\frown}{BD}=\overset{\frown}{OD}$，$BD=OD$.

$\because BD=AO=2$，$\therefore OD=2$.

由(1)，得$\angle ABO=30°$，$\therefore AB=2AO=4$.

① 如图，当$\angle ODE=90°$，$\frac{OD}{OA}=\frac{OE}{AB}$或$\frac{OD}{OB}=\frac{OE}{AB}$时，

$\triangle ODE$ 与 $\triangle OAB$ 相似，解得 $OE=4$ 或 $OE=\frac{4\sqrt{3}}{3}$.

$\therefore$ 点 E 的坐标为 $E_1(0,-4)$，$E_2(-\frac{4\sqrt{3}}{3},0)$.

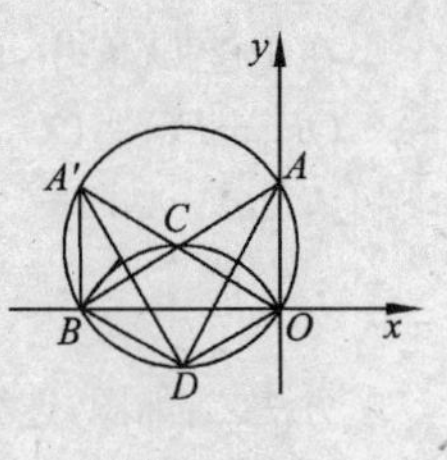

图 2—80

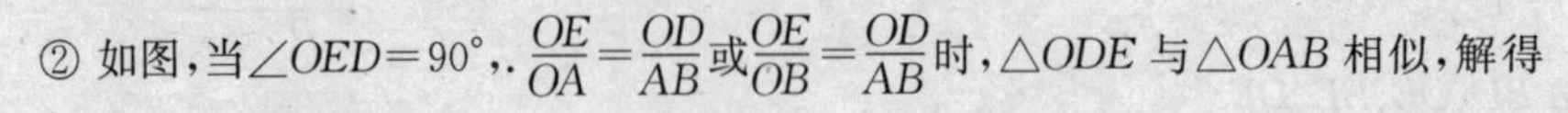

② 如图，当 $\angle OED=90°$，$\because \frac{OE}{OA}=\frac{OD}{AB}$ 或 $\frac{OE}{OB}=\frac{OD}{AB}$ 时，$\triangle ODE$ 与 $\triangle OAB$ 相似，解得 $OE=1$ 或 $OE=\sqrt{3}$.

$\therefore$ 点 E 的坐标为 $E_3(0,-1)$，$E_4(-\sqrt{3},0)$.

由①②，得符合条件的点 E 的坐标分别为 $E_1(0,-4)$，$E_2(-\frac{4\sqrt{3}}{3},0)$，$E_3(0,-1)$，$E_4(-\sqrt{3},0)$.

(3) 解：如图，设点 I 为 $\triangle OA'B$ 的内心，连接 BI，

则 BI、$A'I$ 分别为 $\angle A'BO$、$\angle BA'O$ 的平分线，$\therefore \angle A'BI=\angle IBO$.

$\because \overset{\frown}{BD}=\overset{\frown}{OD}$. $\therefore \angle BA'D=\angle DBO$. $\therefore \angle A'BI+\angle BA'D=\angle IBO+\angle OBD$，

即 $\angle BID=\angle IBD$，$\therefore ID=BD$.

$\because BD=OA=2$，$\therefore ID=2$.

$\therefore$ 动点 I 到定点 D 的距离为 2，即点 I 的轨迹是以点 D 为圆心，2 为半径的 $\overset{\frown}{OIB}$(不含点 O，B).

$\because$ 四边形 $ABDO$ 内接于⊙C，$\angle BAO=60°$，$\therefore \angle BDO=120°$.

$\therefore \overset{\frown}{OIB}$ 的长为 $\frac{120\times\pi\times 2}{180}=\frac{4}{3}\pi$，$\therefore l$ 的取值范围是 $0<l<\frac{4\pi}{3}$.

例 29 (湛江市，2003)如图 2—81，在直角坐标系中，⊙O 与 x 轴交于 A，B 两点，⊙O 的半径为 2，C，D，M 三点的坐标分别为 $(3,0)$，$(0,6)$，$(0,m)$，且 $0<m<6$.

(1) 求经过 C，D 两点的直线的解析式；

(2) 当点 M 在线段 OD 上移动时，直线 CM 与⊙O 有哪几种位置关系？求出每种位置关系时 m 的取值范围.

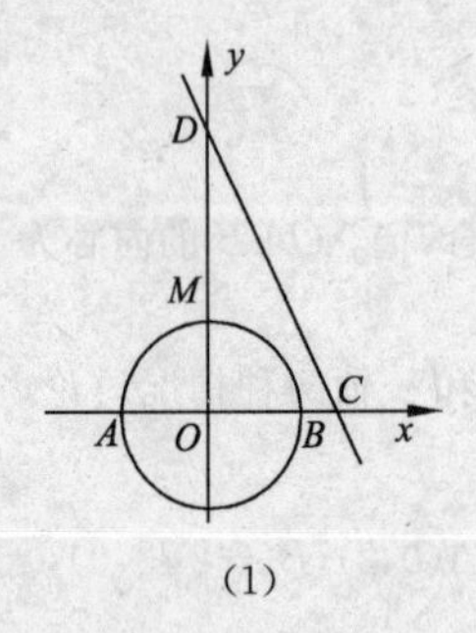

(1)

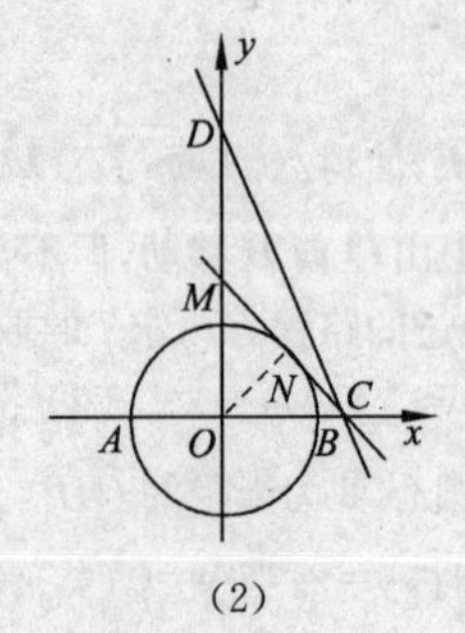

(2)

图 2—81

解 (1) 设经过 C，D 两点的直线解析式为 $y=kx+b$，则 $\begin{cases}3k+b=0,\\ b=6.\end{cases}$ 解得 $\begin{cases}k=-2,\\ b=6.\end{cases}$

$\therefore$ 所求解析式为 $y=-2x+6$.

(2) 当点 M 在线段 OD 上移动时，直线 CM 与⊙O 有相切、相离、相交三种位置关系. 设当点 M 在 OD 上移动至某处时，直线 CM 切⊙O 于点 N，连结 ON.

$\because CM$ 为⊙O 的切线，$\therefore ON\perp CM$.

在 Rt$\triangle CNO$ 中，$\because OC=3$，$ON=2$，$\therefore CN=\sqrt{OC^2-ON^2}=\sqrt{9-4}=\sqrt{5}$.

在 Rt$\triangle CNO$ 和 Rt$\triangle COM$ 中，$\because \angle NCO=\angle OCM$. $\therefore$ Rt$\triangle CNO\backsim$Rt$\triangle COM$.

$\therefore \frac{NO}{OM}=\frac{CN}{CO}$，$\therefore m=OM=\frac{NO\cdot CO}{CN}=\frac{2\times 3}{\sqrt{5}}=\frac{6\sqrt{5}}{5}$.

$\therefore$ 当 $m=\dfrac{6\sqrt{5}}{5}$ 时，直线 CM 与⊙O 相切；当 $\dfrac{6\sqrt{5}}{5}<m<6$ 时，直线 CM 与⊙O 相离；

当 $0<m<\dfrac{6\sqrt{5}}{5}$ 时，直线 CM 与⊙O 相交.

说明　先确定直线 CM 与⊙O 相切时 m 的值，再从运动的角度确定相交和相离时的情况.

例 30　(玉溪市，2003)世界因为有了圆的图案，万物才显得富有生机，为了美化环境，造福人类，某生活小区有一块如图的三角形 ABC 的绿色草地，现要在这块绿色草地上建一个圆形花坛⊙O，花坛与 AB，BC 分别相切于点 F，D，圆心 O 在 AD 中，花坛与 AD 相交于点 E. 已知花坛的半径为 9m，$\tan\angle BAD=\dfrac{3}{4}$，$AC=40$m.

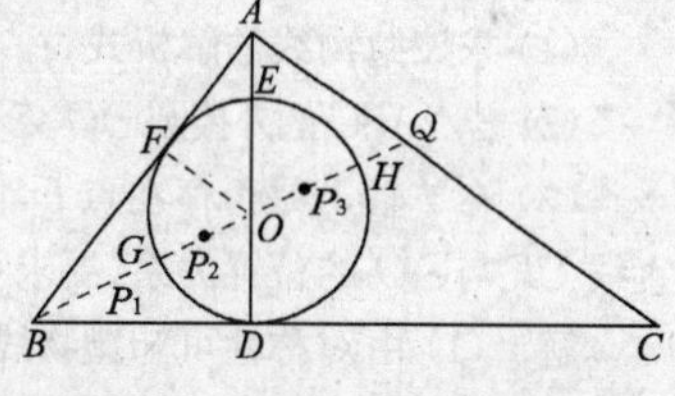

图 2－82

(1) 求点 A 到花坛边缘的距离 AE 的长；

(2) 在不添加辅助线的情况下，原图中是否存在相似三角形？若存在，写出一对并加以证明；若不存在，说明理由；

(3) 若要在这块绿色草地上再建一个雕塑，使它到 AB，BC 的距离相等，且到⊙O 的最小距离是 $2\sqrt{5}$m，则这样的雕塑是否能建？若能，应建在何处？若不能，说明理由(计算时雕塑视为点).

解　(1) 连结 OF. $\because$ AB 是⊙O 的切线，$\therefore$ $OF\perp AB$.

在 Rt△AFO 中，$\tan\angle BAD=\dfrac{OF}{AF}=\dfrac{3}{4}$，$\dfrac{9}{AF}=\dfrac{3}{4}$，$\therefore$ $AF=12$.

由勾股定理得 $AO=\sqrt{AF^2+FO^2}=\sqrt{12^2+9^2}=15$. $\therefore$ $AE=15-9=6$.

(2) 存在相似三角形，即△ADB∽△CAB.

$\because$ $AD=AO+OD=15+9=24$，

$\because$ BC 切⊙O 于点 D，点 O 在 AD 上，$\therefore$ $AD\perp BC$.

在 Rt△ADC 中，$DC=\sqrt{AC^2-AD^2}=\sqrt{40^2-24^2}=32$.

$\because$ $\tan\angle BAD=\dfrac{BD}{AD}=\dfrac{3}{4}$，$\therefore$ $BD=18$. $\therefore$ $BF=18$.

$\therefore$ $AB=12+18=30$，$BC=18+32=50$.

$\because$ $30^2+40^2=50^2$，$\therefore$ △ABC 是 Rt△，$\because$ AD 是斜边 BC 上的高，$\therefore$ △ADB∽△CAB.

(3) 连结 BO 并延长，交⊙O 于 G，H 点，交 AC 于 Q 点，则 BQ 是∠ABC 的平分线. 若能建雕塑，则雕塑应建在∠ABC 的平分线 BQ 上.

本题分三种情况解答：

第一种　雕塑可建在⊙O 的左边.

在 Rt△OBD 中，$\because$ $OB=\sqrt{OD^2+BD^2}=9\sqrt{5}$

$\therefore$ $BG=9\sqrt{5}-9$，$BH=9\sqrt{5}+9$.

$\because$ $BG>2\sqrt{5}$，BQ 上存在 P_1 点使 $P_1G=2\sqrt{5}$，$\therefore$ $BP_1=9\sqrt{5}-9-2\sqrt{5}=7\sqrt{5}-9$.

$\therefore$ 雕塑应建在⊙O 的左边 P_1 处，且离 B 点$(7\sqrt{5}-9)$米.

第二种　雕塑可建在⊙O 内. BQ 上存在点 P_2，使 $P_2G=2\sqrt{5}$，则 $BP_2=9\sqrt{5}-9+2\sqrt{5}=11\sqrt{5}-9$.

$\therefore$ 雕塑应建在 P_2 处，且离 B 点$(11\sqrt{5}-9)$米. BQ 上存在点 P_3，使 $P_3H=2\sqrt{5}$.

则 $BP_3=9\sqrt{5}+9-2\sqrt{5}=7\sqrt{5}+9$，

$\therefore$ 雕塑应建在 P_3 处，且离 B 点$(7\sqrt{5}+9)$米.

第三种　雕塑不能建在⊙O 的右边.

$\because$ $OF\parallel AQ$，$\therefore$ $\dfrac{18}{30}=\dfrac{9\sqrt{5}}{BQ}$，$\therefore$ $BQ=15\sqrt{5}$.

$\because HQ=BQ-BH=15\sqrt{5}-(9\sqrt{5}+9)=6\sqrt{5}-9$，而 $6\sqrt{5}-9<2\sqrt{5}$，

$\therefore$ 雕塑不能建在⊙O 的右边.

综上所述，雕塑建在点 P_1,P_2,P_3 处均可.

例 31 （哈尔滨市，2003）已知：抛物线 $y=ax^2+bx+c$ 经过 $A(1,0)$，$B(5,0)$ 两点，最高点的纵坐标为 4，与 y 轴交于点 C.

(1) 求该抛物线的解析式；

(2) 若△ABC 的外接圆⊙O'交 y 轴不同于点 C 的点 D，⊙O'的弦 DE 平行于 x 轴，求直线 CE 的解析式；

(3) 在 x 轴上是否存在点 F，使△OCF 与△CDE 相似？若存在，求出所有符合条件的点 F 的坐标，并判定直线 CF 与⊙O'的位置关系（要求写出判断根据）；若不存在，请说明理由.

解 (1) 由对称性可知抛物线的最高点的横坐标是 3，所以抛物线的最高点坐标为(3,4)

$\therefore \begin{cases}a+b+c=0,\\25a+5b+c=0,\\9a+3b+c=4.\end{cases}$ 解得 $\begin{cases}a=-1,\\b=6,\\c=-5.\end{cases}$ $\therefore$ 抛物线解析式为 $y=-x^2+6x-5$.

(2) 如图 2－83，$\because C(0,-5)$，$\therefore OC=5$. $\because OA\cdot OB=OD\cdot OC$，$\therefore 1\times5=OD\times5$，$\therefore OD=1$.

$\because$ 直线 $x=3$ 垂直平分 DE，$\therefore DE=6$. $\because DE/\!/x$ 轴，$\therefore E(6,-1)$.

设直线 CE 的解析式为 $y=kx+b$，$\therefore \begin{cases}-1=6k+b,\\b=-5.\end{cases}$ $\therefore \begin{cases}k=\dfrac{2}{3},\\b=-5.\end{cases}$

故直线 CE 的解析式为 $y=\dfrac{2}{3}x-5$.

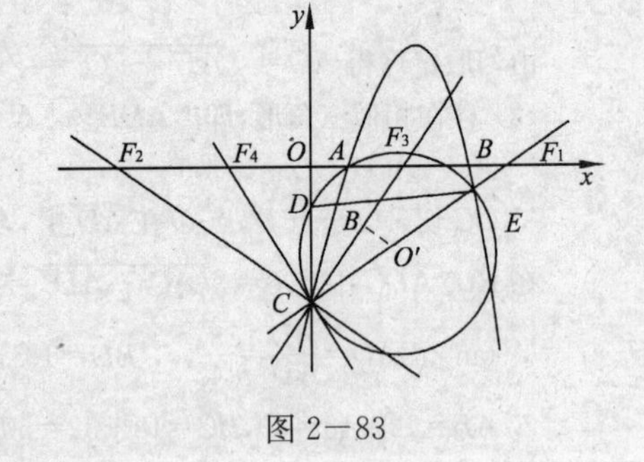

图 2－83

(3) 假设存在点 F，使△CDE 与△COF 相似.

$\because DE/\!/AB$，$\therefore \angle CDE=90°$，

$\because \angle COF=90°$，$\therefore \angle CDE=\angle COF$.

$\because$ △CDE 与△COF 相似，

$\therefore \triangle CDE\backsim\triangle COF$ 或 $\triangle CDE\backsim\triangle FOC$.

当 $\triangle CDE\backsim\triangle COF$ 时，$\dfrac{DE}{OF}=\dfrac{CD}{OC}$，$\therefore \dfrac{6}{OF}=\dfrac{4}{5}$，$\therefore OF=\dfrac{15}{2}$.

当 $\triangle CDE\backsim\triangle FOC$ 时，$\dfrac{DE}{OC}=\dfrac{CD}{OF}$，$\therefore \dfrac{6}{5}=\dfrac{4}{FO}$，$\therefore OF=\dfrac{10}{3}$.

所以存在点 F，使△CDE 与△COF 相似. 其坐标为 $F_1\left(\dfrac{15}{2},0\right)$，$F_2\left(-\dfrac{15}{2},0\right)$，$F_3\left(\dfrac{10}{3},0\right)$，$F_4\left(-\dfrac{10}{3},0\right)$.

$\because \angle OCF_4=\angle CED$，$\therefore \angle ECF_4=90°$，$\therefore$ 直线 CF_4 与⊙O'相切.

$\because \angle CDE=90°$，$\therefore$ 直线 CF_1 经过圆心 O'，$\therefore$ 直线 CF_1 与⊙O'相交.

$\because$ 点 F_3 在线段 OB 上，$\therefore \angle F_3CE$ 为锐角，作 $O'H\perp CF_3$，垂足为 H，$\therefore O'H<O'C$.

$\therefore$ 直线 CF_3 与⊙O'相交，同理直线 CF_2 与⊙O'相交.

故直线 CF_4 与⊙O'相切，直线 CF_1,CF_2,CF_3 都与⊙O'相交.

例 32 （天门市课改区，2006）直线 l 的解析式为 $y=\dfrac{3}{4}x+8$，与 x 轴、y 轴分别交于 A、B 两点，P 是 x 轴上一点，以 P 为圆心的圆与直线 l 相切于 B 点.

(1) 求点 P 的坐标及⊙P 的半径 R；

(2) 若⊙P 以每秒 $\dfrac{10}{3}$ 个单位沿 x 轴向左运动，同时⊙P 的半径以每秒 $\dfrac{3}{2}$ 个单位变小，设⊙P 的运动时间为 t 秒，且⊙P 始终与直线 l 有交点，试求 l 的取值范围；

(3) 在(2)中，设⊙P 被直线 l 截得弦长为 a，问是否存在 t 的值，使 a 最大？若存在，求出 t 的值；

(4) 在(2)中，设⊙P 与直线 l 的一个交点为 Q，使得△APQ 与△ABO 相似，请直接写出此时 t 的值.

解 (1) 解：$\therefore PB\perp AB$，$OB\perp AP$ $\therefore \triangle AOB\backsim\triangle BOP$ 即 $OB^2=OA\cdot OP$

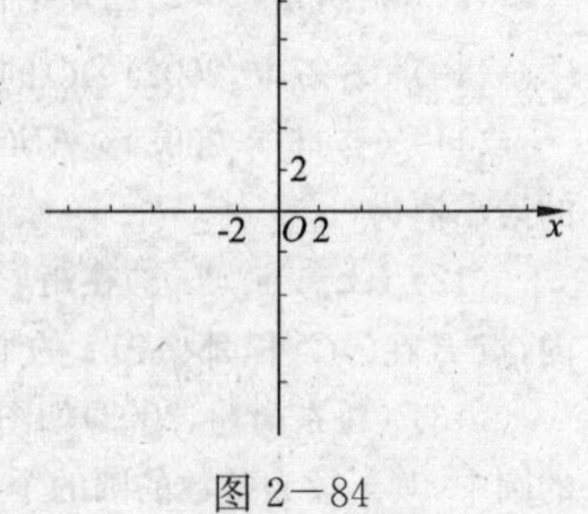

图 2－84

由 $y=\frac{3}{4}x+8$ 可得 $A\left(-\frac{32}{3},0\right)$. $B(0,8)$. ∴ $OP=6$, $PB=\sqrt{6^2+8^2}=10$.

(2) 设 t 秒后，P 点运动到 P'，$\odot P'$ 的半径为 r，若 P' 在 AP 之间，过 P' 作 $P'Q'\perp l$ 于 Q'.

则 $PP'=\frac{10}{3}t$，$r=10-\frac{3}{2}t$. 由 $\mathrm{Rt}\triangle AP'Q'\backsim\mathrm{Rt}\triangle APB$ 可得：$\frac{P'Q'}{10}=\frac{\frac{32}{2}+6-\frac{10}{3}t}{\frac{32}{3}+6}$

即 $P'Q'=10-2t<r=10-\frac{3}{2}t$

∴ 当 P' 在 AP 上时，$\odot P$ 始终与 l 有交点.

设 P 点运动到 A 点左边的 P_1 时，$\odot P_1$ 恰好与 l 相切于 Q_1，则

由 $\triangle AP_1Q_1\backsim\triangle APB$ 可得：$\frac{AP_1}{P_1Q_1}=\frac{AP}{BP}$

即 $\frac{\frac{10}{3}t-\frac{50}{3}}{10-\frac{3}{2}t}=\frac{\frac{50}{3}}{10}$ ∴ $t=\frac{40}{7}$ ∴ 当 $O\leqslant t\leqslant\frac{40}{7}$ 时，$\odot P$ 始终与 l 存在交点

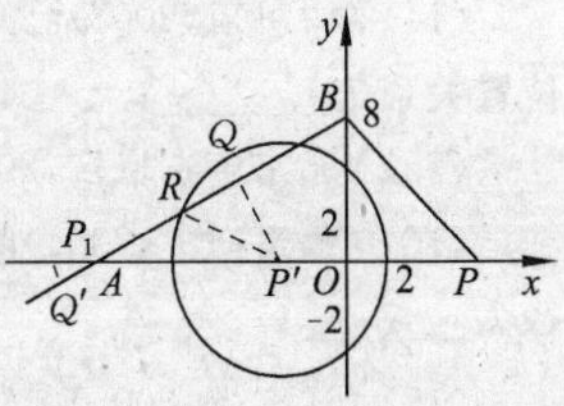

图 2－85

(3) 设 $\odot P'$ 与 l 的一个交点为 R，则 $a=2RQ'$.

在 $\mathrm{Rt}\triangle P'RQ'$ 中，$P'R=10-\frac{3}{2}t$，$P'Q'=10-2t$ 则 $\left(\frac{a}{2}\right)^2=\left(10-\frac{3}{2}t\right)^2-(10-2t)^2=-\frac{7}{4}\left(t-\frac{20}{7}\right)^2+\frac{100}{7}$ ∴ 当 $t=\frac{20}{7}$ 时 $\frac{a^2}{4}$ 有最大值，亦即 a 有最大值.

(4) $t_1=0$，$t_2=\frac{40}{7}$，$t_3=\frac{5}{2}$.

【热点考题精练】

1. 填空题.

(1)（资阳市，2005）若 $\odot O$ 所在平面内一点 P 到 $\odot O$ 上的点的最大距离为 a，最小距离为 $b(a>b)$，则此圆的半径为（　　）.

A. $\frac{a+b}{2}$　　B. $\frac{a-b}{2}$　　C. $\frac{a+b}{2}$ 或 $\frac{a-b}{2}$　　D. $a+b$ 或 $a-b$

(2) 已知点 P 到 $\odot O$ 的最近距离为 3cm，最远距离为 9cm，则 $\odot O$ 的半径为________.

(3) 已知 Q 为直径 AB 上一点，过 Q 点作 $PQ\perp AB$ 交半径为 R 的半圆于 P，且 $PQ=\frac{\sqrt{3}}{2}R$，则 $AO=$________.

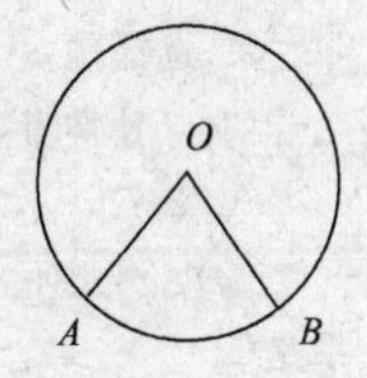

第 1(4) 题

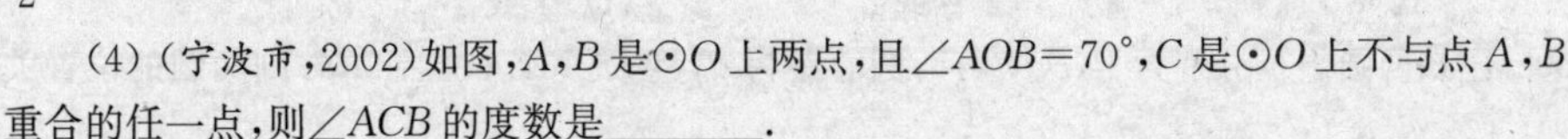
(4)（宁波市，2002）如图，A，B 是 $\odot O$ 上两点，且 $\angle AOB=70°$，C 是 $\odot O$ 上不与点 A，B 重合的任一点，则 $\angle ACB$ 的度数是________.

(5)（宜昌市，2002）已知等腰三角形有两边的长度分别是 3 和 6，那么这个等腰三角形的周长是________.

(6)（天门等地，2002）$\odot O$ 为 $\triangle ABC$ 的外接圆，若点 O 到 BC 的距离等于其外接圆半径的一半，则 $\angle A=$________.

(7)（襄樊市，2002）$\odot O_1$ 与 $\odot O_2$ 相交于点 A，B，它们的半径 $AO_1=20$，$AO_2=15$，公共弦长 $AB=24$，则 $\triangle AO_1O_2$ 的周长等于________.

(8)（海南省，2002）已知：$\odot O$ 的半径为 1，M 为 $\odot O$ 外一点，MA 切 $\odot O$ 于点 A，$MA=1$，若 AB 是 $\odot O$ 的弦，且 $AB=\sqrt{2}$，则 $MB=$________.

(9) (荆州市,2002)已知半径为4和$2\sqrt{2}$的两圆相交,公共弦长为4,则两圆的圆心距为________.

(10) (黄石市,2002)⊙O的半径为$OA=1$,弦AB,AC的长为$\sqrt{2}$,$\sqrt{3}$,则$\angle BAC$的度数为________.

(11) (鄂州市,2003)$\triangle ABC$中,$AB=15$,$AC=13$,高$AD=12$,设能完全覆盖$\triangle ABC$的圆的半径为R,则R的最小值为________.

(12) (上海市,2003)在矩形$ABCD$中,$AB=5$,$BC=12$.如果分别以A,C为圆心的两圆相切,点D在⊙C内,点B在⊙C外,那么⊙A的半径r的取值范围是________.

(13) (黔东南州,2003)如图,⊙O_1的半径是4,且$O_1O_2=6$,在以O_2为圆心且与⊙O相交的圆中,其半径为整数的圆的个数是________.

第1(13)题

(14) (四川省,2003)已知⊙O的直径为6,P为直线l上一点,$OP=3$,那么直线l与⊙O的位置关系是________.

(15) (北京市东城区,2004)如果两圆相切,那么它们的公切线有________条.

(16) (福州一中,2004)两同心圆,大圆半径为6,小圆半径为4.若有一圆与这两同心圆都相切,则这圆的半径为________.

(17) (辽宁省,2005)⊙O的半径$OA=2$,弦AB、AC的长分别为一元二次方程$x^2-(2\sqrt{2}+2\sqrt{3})x+4\sqrt{6}=0$的两个根,则$\angle BAC$的度数为________.

(18) (云南省,1999)如图,过⊙O外一点P作⊙O的两条切线PA,PB,切点分别为A、B、C为圆周上除切点以外的任意点,若$\angle APB=70°$,则$\angle ACB=$________.

第1(18)题

(19) (广西,1999)在半径为5cm的圆内有两条互相平行的弦,一条弦长8cm,另一条弦长为6cm,则这两条弦之间的距离为________.

(20) (宜昌市,2006)一条弦分圆为1∶4两部分,则这条弦所对的圆周角的度数是________.

(21) (黄冈市,2001)已知⊙O是$\triangle ABC$的外接圆,$OD\perp BC$于D,且$\angle BOD=42°$,则$\angle BAC=$________.

(22) 一弓形弦长为$4\sqrt{6}$cm,弓形所在圆的半径为7cm,则弓形的高为________.

(23) 圆的直径为2cm,长为1cm的弦所对的圆周角等于________.

(24) (安徽省,1997)在边长为a的正方形内,有四个等圆,每相邻两个互相外切,它们中的每一个至少与正方形的一边相切,那么这些等圆的半径长是________.

(25) (鄂州市,1996)两个半径分别为25cm,26cm的圆相交,其公共弦长为48cm,则以两圆的圆心和两圆的一个交点为顶点的三角形的面积为________ cm.

(26) (连云港市,1996)内切两圆的半径长是方程$x^2+px+q=0$的两根,已知两圆的圆心距为1,其中一圆的半径等于3,则$p+q=$________.

2. 选择题.

(1) (甘肃省,2005)若半径为3,5的两个圆相切,则它们的圆心距为( ).

A. 2　　B. 8　　C. 2或8　　D. 1或4

(2) (滨州市,2002)已知两圆半径分别为R,$r(R>r)$,圆心距为d,且$R^2+d^2-r^2=2Rd$.则两圆的位置关系是( ).

A. 内含　　B. 外离　　C. 内切或外切　　D. 相交

(3) (潍坊市,2002)半径为r_1和$r_2(r_1>r_2)$的两圆分别与平面直角坐标系的两坐标轴都相切,并且这两圆不在同一象限内,则两圆的位置关系为( ).

A. 相切　　B. 相离　　C. 相交　　D. 相切或相离

(4) (日照市,2002)如图,点P是半径为5的⊙O内一点,且$OP=3$,在过点P的所有弦中,长度为整数的弦一共有( ).

A. 1条　　B. 2条　　C. 3条　　D. 4条

第2(4)题

(5) (日照市,2002)已知⊙O_1和⊙O_2相外切,它们的半径分别是1cm和3cm,那么半径是 4cm，且和$\odot O_1$、$\odot O_2$都相切的圆共有(　　).

A. 2 个　　B. 4 个　　C. 5 个　　D. 6 个

(6)(黑龙江省，2002)在 Rt△ABC 中，$AB=6$，$BC=8$，则这个三角形的外接圆直径是(　　).

A. 5　　B. 10　　C. 5 或 4　　D. 10 或 8

(7)(广州市，2002)若$\odot O_1$、$\odot O_2$的半径分别为 1 和 3，且$\odot O_1$和$\odot O_2$外切，则平面上半径为 4 且与$\odot O_1$，$\odot O_2$都相切的圆有(　　).

A. 2 个　　B. 3 个　　C. 4 个　　D. 5 个

(8)(玉溪市，2003)若半径不相等的两圆有公共点，则两圆公切线的条数为(　　).

A. 1 条或 2 条　　B. 1 条或 3 条　　C. 2 条或 3 条　　D. 1 条或 2 条或 3 条

(9)(广州市，2003)如图，A 是半径为 5 的$\odot O$上的一点，且 $OA=3$，过点 A 且长小于 8 的弦有(　　).

A. 0 条　　B. 1 条　　C. 2 条　　D. 4 条

第 2(9)题　　第 2(10)题　　第 2(11)题　　第 2(12)题

(10)(黑龙江省，2003)如图，$\odot O$的直径为 10cm，弦 AB 为 8cm，P 是弦 AB 上一点，若 OP 的长为整数．则满足条件的点 P 有(　　).

A. 2 个　　B. 3 个　　C. 4 个　　D. 5 个

(11)(安徽省，2003)如图，$\odot O_1$与$\odot O_2$相交，P 是$\odot O_1$上的一点，过 P 点作圆的切线，则切线的条数可能是(　　).

A. 1,2　　B. 1,3　　C. 1,2,3　　D. 1,2,3,4

(12)(济南市，2001)如图，直线 AB 经过$\odot O$的圆心，与$\odot O$相交于 A，B 两点，点 C 在$\odot O$上，且$\angle AOC=30°$．点 E 是直线 AB 上的一个动点(与点 O 不重合)，直线 EC 交$\odot O$于 D，则使 $DE=DO$ 的点 E 共有(　　).

A. 1 个　　B. 2 个　　C. 3 个　　D. 4 个

(13)(天津市，1998)在半径为 5cm 的圆内有长为 $5\sqrt{3}$的弦，则此弦所对的圆周角为(　　).

A. 60°或 120°　　B. 30°或 120°　　C. 60°　　D. 120°

(14)(黑龙江省，2001)如图，将半径为 2 的圆形纸处，沿半径 OA，OB 将其裁成 1∶3 两部分，用所得的扇形围成圆锥的侧面，则圆锥的底面半径为(　　).

A. $\frac{1}{2}$　　B. 1　　C. 1 或 3　　D. $\frac{1}{2}$或$\frac{3}{2}$

第 2(14)题

(15)(济宁市，2004)△ABC 是直径为 10cm 的$\odot O$的内接等腰三角形，如果此等腰三角形的底边 $BC=8$cm，则该△ABC 的面积为(　　).

A. 8cm^2　　B. 12cm^2　　C. 12cm^2 或 32cm^2　　D. 8cm^2 或 32cm^2

(16)(哈尔滨市 2004)$\odot O$的半径为 2，点 P 是$\odot O$外一点，OP 的长为 3，那么若 P 为圆心，且与$\odot O$相切的圆的半径一定是(　　).

A. 1 或 5　　B. 1　　C. 5　　D. 1 或 4

(17)(潍坊市，2004)若半径为 2cm 和 3cm 的两圆相外切，那么与这两个圆都相切且半径为 5cm 的圆的个数是(　　).

A. 5 个　　B. 4 个　　C. 3 个　　D. 2 个

(18)(常德市，2004)已知一个矩形白铁皮的长为 20cm，宽为 16cm，将这块白铁皮做成一个圆柱的侧面，则该圆柱的底面圆的半径为(　　).

A. $\frac{10}{\pi}$cm　　B. $\frac{8}{\pi}$cm　　C. $\frac{20}{\pi}$cm 或$\frac{16}{\pi}$cm　　D. $\frac{8}{\pi}$cm 或$\frac{10}{\pi}$cm

(19) (济南市,1996)若⊙O_1 和⊙O_2 相交于 A,B 两点,⊙O_1 和⊙O_2 的半径分别为 2 和$\sqrt{2}$,公共弦长为 2,则$\angle O_1AO_2$ 的度数为(　　).

A. 105°　　B. 75°或 15°　　C. 105°或 15°　　D. 15°

(20) (黄石市,1996)等腰△ABC 内接于半径为 10cm 的圆内,其底边 BC 的长为 16cm,则 $S_{\triangle ABC}$为(　　).

A. 32cm^2　　B. 128cm^2　　C. 80cm^2　　D. 32cm^2 或 128cm^2

3. (北京市海淀区,2004)已知,如图,A,K 为⊙O 上的两点,直线 $FN\perp MA$,垂足为 N,FN 与⊙O 相切于点 F,$\angle AOK=2\angle MAK$.

(1) 求证:MN 是⊙O 的切线;

(2) 若点 B 为⊙O 上一动点,BO 的延长线交⊙O 于点 C,交 NF 于点 D,连结 AC 并延长交 NF 于点 E. 当 $FD=2ED$ 时,求$\angle AEN$ 的余切值.

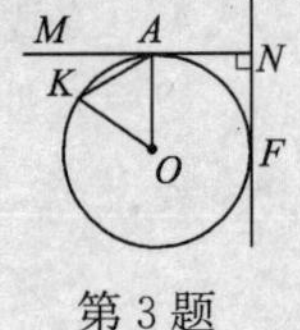

第 3 题

4. (福州市,2005)已知:如图,AB 是⊙O 的一条弦,点 C 为$\widehat{AB}$ 的中点,CD 是⊙O 的直径,过 C 点的直线交⊙O 于点 F,交弦 AB 于点 E.

(1) $\angle CEB$ 与$\angle FDC$ 是否相等?

(2) 你在下面两个备用图中分别画出 l 在不同位置时,使(1)的结论仍然成立的图形,标上相应字母,选其中一个图形给予证明.

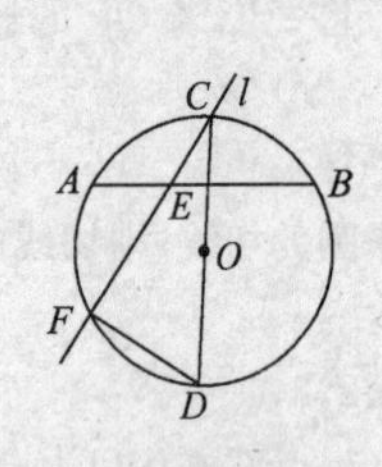

第 4 题

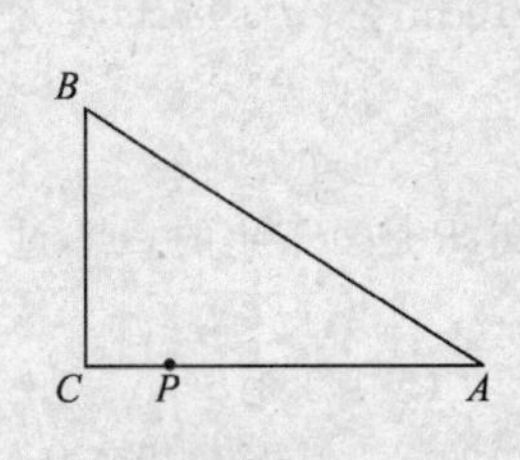

第 5 题

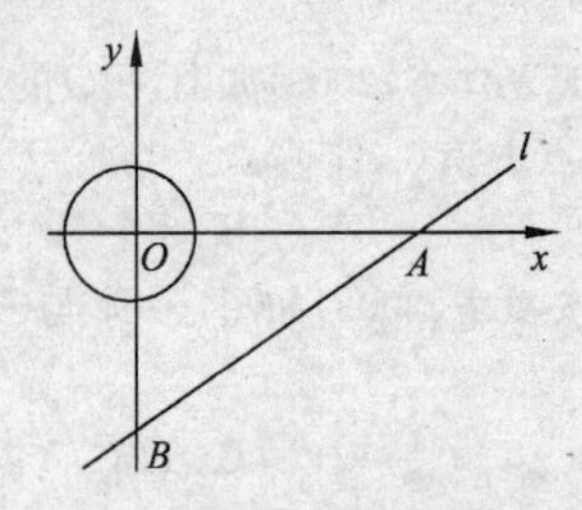

第 6 题

5. (梅州市,2005)如图,Rt△ABC 中,$\angle ACB=90°$,$AC=4$,$BA=5$. 点 P 是 AC 上的动点(P 不与 A、C 重合). 设 $PC=x$. 点 P 到 AB 的距离为 y.

(1) 求 y 与 x 的函数关系式;

(2) 试讨论以 P 为圆心,半径长为 x 的圆与 AB 所在直线的位置关系. 并指出相应的 x 的取值范围.

6. (盐城市,2005)已知:如图所示,直线 l 的解析式为 $y=\frac{3}{4}x-3$,并且与 x 轴,y 轴分别相交于点 A,B.

(1) 求 A,B 两点的坐标;

(2) 一个圆心在坐标原点、半径为 1 的圆,以 0.4 个单位/秒的速度向 x 轴正方向运动,问在什么时刻该圆与直线 l 相切;

(3) 在题(2)中,若在圆开始运动的同时,一动点 P 从 B 点出发,沿 BA 方向以 0.5 个单位/秒的速度运动,问在整个运动过程中,点 P 在动圆的圆面(圆上和圆的内部)上一共运动了多长时间?

7. (常州市,2004)已知:如图,在平面直角坐标系中,点 C 在 y 轴上,以 C 为圆心,4cm 为半径的圆与 x 轴相交于点 A,B,与 y 轴相交于 D,E,且 $\widehat{AB}=\widehat{BD}$. 点 P 是⊙C 上一动点(P 点与 A,B 点不重合),连结 BP,AP.

(1) 求$\angle BPA$ 的度数;

(2) 若过点 P 的⊙C 的切线交轴于点 G,是否存在点 P,使△APB 与以 A,G,P 为顶点的三角形相似? 若存在,求出点 P 的坐标;若不存在,说明理由.

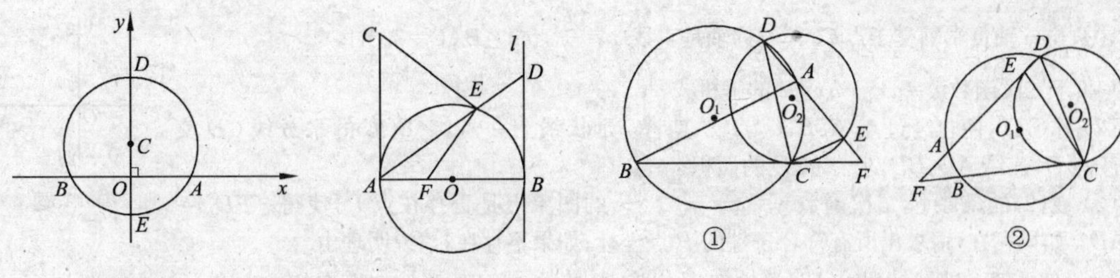

第7题　　第8题　　第9题

8.（河南省，2004）如图，$\angle BAC=90°$，直线 l 与以 AB 为直径的圆相切于点 B，点 E 是圆上异于 A，B 的任意一点，直线 AE 与 l 相交于点 D.

(1) 如果 $AD=10$，$BD=6$，求 DE 的长；

(2) 连结 CE，过 E 作 CE 的垂线交直线 AB 于 F. 当点 E 在什么位置时，相应的 F 位于线段 AB 上、位于 BA 的延长线上、位于 AB 的延长线上（写出结果，不要求证明）？无论点 E 如何变化，总有 $BD=BF$. 请你就上述三种情况任选一种说明理由.

9.（苏州市，2004）如图，$\odot O_2$ 与 $\odot O_1$ 的弦 BC 切于 C 点，两圆的另一个交点为 D，动点 A 在 $\odot O_1$，直线 AD 与 $\odot O_2$ 交于点 E，与直线 BC 交于点 F.

(1) 如图①，当 A 在弧 CD 上时，求证：

① $\triangle FDC \backsim \triangle FCE$；

② $AB /\!/ EC$；

(2) 如图②，当 A 在弧 BD 上时，是否仍有 $AB /\!/ EC$？请证明你的结论.

10.（温州市，2005）如图，在 $\mathrm{Rt}\triangle ABC$ 中，已知 $AB=BC=CA=4\mathrm{cm}$，$AD \perp BC$ 于 D，点 P、Q 分别从 B、C 两点同时出发，其中点 P 沿 BC 向终点 C 运动，速度为 $1\mathrm{cm/s}$；点 P 沿 CA、AB 向终点 B 运动，速度为 $2\mathrm{cm/s}$，设它们运动的时间为 $x(\mathrm{s})$.

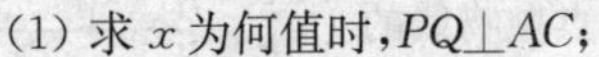

(1) 求 x 为何值时，$PQ \perp AC$；

(2) 设 $\triangle PQD$ 的面积为 $y(\mathrm{cm}^2)$，当 $0<x<2$ 时，求 y 与 x 的函数关系式；

(3) 当 $0<x<2$ 时，求证：AD 平分 $\triangle PQD$ 的面积；

(4) 探索以 PQ 为直径的圆与 AC 的位置关系. 请写出相应位置关系的 x 的取值范围（不要求写出过程）.

第10题

11.（河南省课改实验区，2005）如图，在直角梯形 $ABCE$ 中，$AD /\!/ BC$，$AB \perp BC$，$AD=1$，$AB=2$，$DC=2\sqrt{2}$. 点 P 在边 BC 上运动（与 B、C 不重合），设 $PC=x$，四边形 $ABPD$ 的面积为 y.

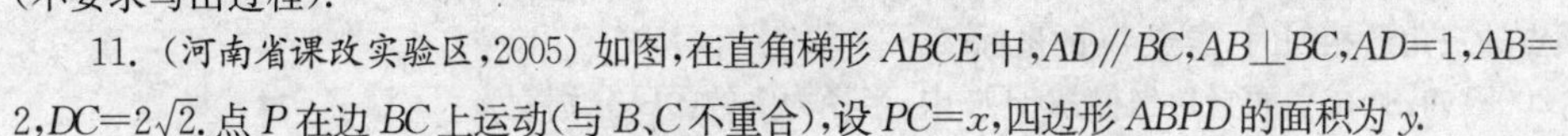

(1) 求 y 关于 x 的函数关系式，并写出自变量 x 的取值范围；

(2) 若以 D 为圆心、$\frac{1}{2}$ 为半径作 $\odot D$，以 P 为圆心，以 PC 的长为半径作 $\odot P$. 当 x 为何值时，$\odot D$ 与 $\odot P$ 相切？并求出这两圆相切时四边形 $ABPD$ 的面积.

第11题

12.（资阳市课改区，2006）在矩形 $ABCD$ 中，已知 $AB=a$，$BC=b$，P 是边 CD 上异于点 C、D 的任意一点.

(1) 若 $a=2b$，当点 P 在什么位置时，$\triangle APB$ 与 $\triangle BCP$ 相似（不必证明）？

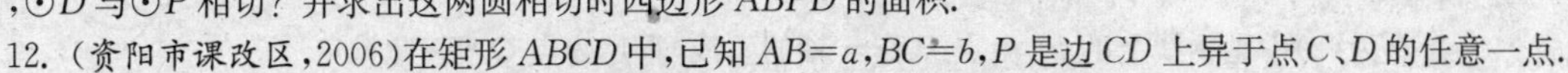

(2) 若 $a\neq 2b$，① 判断以 AB 为直径的圆与直线 CD 的位置关系，并说明理由；② 是否存在点 P，使以 A、B、P 为顶点的三角形与以 A、D、P 为顶点的三角形相似（不必证明）？

13.（上海市，2006）已知点 P 在线段 AB 上，点 O 在线段 AB 延长线上. 以点 O 为圆心，OP 为半径作圆，点 C 是圆 O 上的一点.

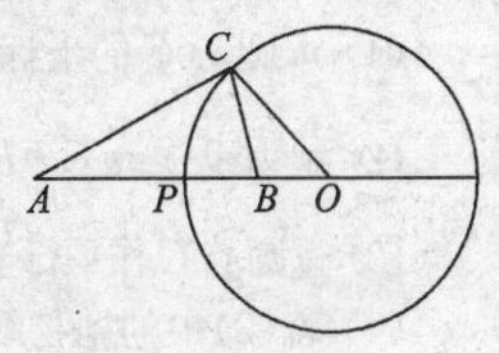

第13题

(1) 如图，如果 $AP=2PB$，$PB=BO$. 求证：$\triangle CAO \backsim \triangle BCO$；

(2) 如果 $AP=m$（m 是常数，且 $m>1$），$BP=1$，OP 是 OA，OB 的比例中项. 当点 C 在圆 O 上运动时，求 $AC:BC$ 的值（结果用含 m 的式子表示）；

(3) 在(2)的条件下，讨论以 BC 为半径的圆 B 和以 CA 为半径的圆 C 的位置关系，并写出相应 m 的取值范围.

14.（哈尔滨市，2006）已知：二次函数 $y=ax^2+bx+c$ 的图象与 x 轴交于 A、B 两点，其中点 A 的坐标是

$(-1,0)$，与 y 轴负半轴交于点 C，其对称轴是直线 $x=\frac{3}{2}$，$\tan\angle BAC=2$.

(1) 求二次函数 $y=ax^2+bx+c$ 的解析式；

(2) 作⊙O'，使它经过点 A、B、C，点 E 是 AC 延长线上一点，$\angle BCE$ 的平分线 CD 交⊙O'于点 D，连结 AD、BD，求△ACD 的面积；

(3) 在(2)的条件下，二次函数 $y=ax^2+bx+c$ 的图象上是否存在点 P，使得 $\angle PDB=\angle CAD$? 如果存在，请求出所有符合条件的 P 点坐标；如果不存在，请说明理由.

第 14 题

15. (常州市，2005)已知⊙O 的半径为 1，以 O 为原点，建立如图所示的直角坐标系，有一个正方形 $ABCD$，顶点 B 的坐标为$(-\sqrt{13},0)$，顶点 A 在 x 轴上方，顶点 D 在⊙O 上运动.

(1) 当点 D 运动到与点 A、O 在一条直线上时，CD 与⊙O 相切吗? 如果相切，请说明理由，并求出 OD 所在直线对应的函数表达式；如果不相切，也请说明理由；

(2) 设点 D 的横坐标为 x，正方形 $ABCD$ 的面积为 S，求出 S 与 x 的函数关系式，并求出 S 的最大值和最小值.

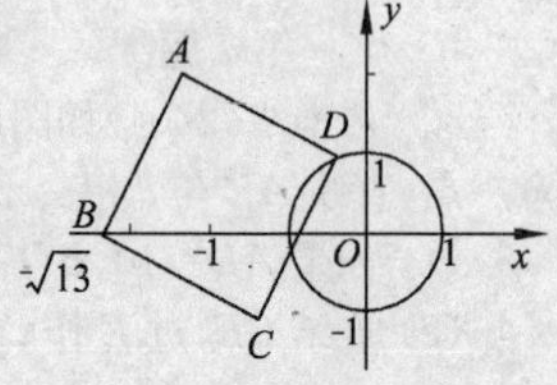

第 15 题

16. (金华市，2005)如图，在矩形 $ABCD$ 中，$AD=8$，点 E 是 AB 边上的一点，$AE=2\sqrt{2}$，过 D、E 两点作直线 PQ，与 BC 边所在的直线 MN 相交于点 F.

(1) 求 $\tan\angle ADE$ 的值；

(2) 点 G 是线段 AD 上的一个动点(不运动至点 A，D)$GH\perp DE$ 垂足为 H，设 DG 为 x，四边形 $AEHG$ 的面积为 y，请求出 y 与 x 之间的函数关系式；

(3) 如果 $AE=2EB$，点 O 是直线 MN 上的一个动点，以 O 为圆心作圆，使⊙O 与直线 PQ 相切，同时又与矩形 $ABCD$ 的某一边相切. 问满足条件的⊙O 有几个? 并求出其中一个圆的半径.

第 16 题

17. (浙江衢州市实验区，2005)如图，在矩形 $ABCD$ 中，$AB=3$，$BC=2$，点 A 的坐标为$(1,0)$，以 CD 为直径，在矩形 $ABCD$ 内作半圆，点 M 为圆心. 设过 A、B 两点抛物线的解析式为 $y=ax^2+bx+c$，顶点为点 N.

(1) 求过 A、C 两点直线的解析式；

(2) 当点 N 在半圆 M 内时，求 a 的取值范围；

(3) 过点 A 作⊙M 的切线交 BC 于点 F，E 为切点，当以点 A、F、B 为顶点的三角形与以 C、N、M 为顶点的三角形相似时，求点 N 的坐标.

第 17 题

18. (山西省，2005)如图，在平面直角坐标系 xOy 中，半径为 1 的⊙O 分别交 x 轴、y 轴于 A、B、C、D 四点，抛物线 $y=x^2+bx+c$ 经过点 C 且与直线 AC 只有一个公共点.

(1) 求直线 AC 的解析式.

(2) 求抛物线 $y=x^2+bx+c$ 的解析式.

(3) 点 P 为(2)中抛物线上的点，由点 P 作 x 轴的垂线，垂足为点 Q，问：此抛物线上是否存在这样的点 P，使△PQB∽△ADB? 若存在，求出 P 点坐标；若不存在，请说明理由.

第 18 题

19. (陕西省，2005)如图，在直角坐标系中，⊙C 过原点 O 交 x 轴于点 $A(2,0)$，交 y 轴于点 $B(0,2\sqrt{3})$.

(1) 求圆心 C 的坐标；

(2) 抛物线 $y=ax^2+bx+c$ 过 O、A 两点，且顶点在正比例函数 $y=-\frac{\sqrt{3}}{3}x$ 的图象上，求抛物线的解析式；

(3) 过圆心 C 作平行于 x 轴的直线 DE，交⊙C 于 D、E 两点，试判断 D、E 两点是否在(2)中的抛物线上；

(4) 若(2)中的抛物线上存在点 $P(x_0,y_0)$，满足 $\angle APB$ 为钝角，求 x_0 的取值范围.

20. (南京市，2005)如图，形如量角器的半圆 O 的直径 $DE=12$cm，形如三角板的△ABC 中，$\angle ACB=90°$，$\angle ABC=30°$，$BC=12$cm. 半圆 O 以 2cm/s 的速度从左向右运动，在运动过程中，点 D、E 始终在直线 BC 上. 设运动时间为 t(s)，当 $t=0$s 时，半圆 O 在△ABC 的左侧，$OC=8$cm.

(1) 当 t 为何值时，$\triangle ABC$ 的一边所在直线与半圆 O 所在的圆相切？

(2) 当 $\triangle ABC$ 的一边所在直线与半圆 O 所在的圆相切时，如果半圆 O 与直线 DE 围成的区域与 $\triangle ABC$ 三边围成的区域有重叠部分，求重叠部分的面积.

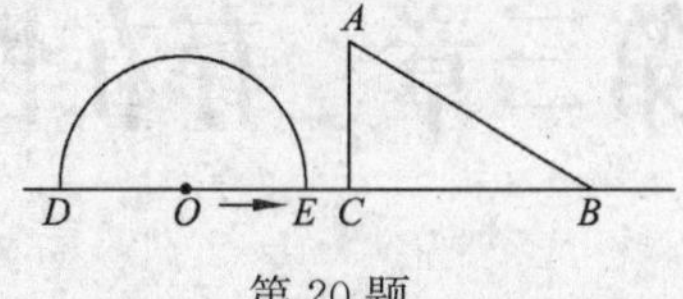

第 20 题

21. (徐州市，2005) 如图①，已知直线 $y=2x$（即直线 l_1）和直线 $y=-\frac{1}{2}x+4$（即直线 l_2），l_2 与 x 轴相交于点 A. 点 P 从原点 O 出发，向 x 轴的正方向做匀速运动，速度为每秒 1 个单位，同时点 Q 从 A 点出发，向 x 轴的负方向做匀速运动，速度为每秒 2 个单位，设运动了 t 秒.

(1) 求这时点 P、Q 的坐标（用 t 表示）；

(2) 过点 P、Q 分别作 x 轴的垂线，与 l_1、l_2 分别相交于点 O_1、O_2（如图②）；

① 以 O_1 为圆心、O_1P 为半径的圆与以 O_2 为圆心、O_2Q 为半径的圆能否相切？若能，求出 t 值；若不以，说明理由.

② 以 O_1 为圆心、P 为一个顶点的正方形与以 O_2 为中心、Q 为一个顶点的正方形能否有无数个公共点？若能，求出 t 值；若不能，说明理由.（同学可在图②中画草图）

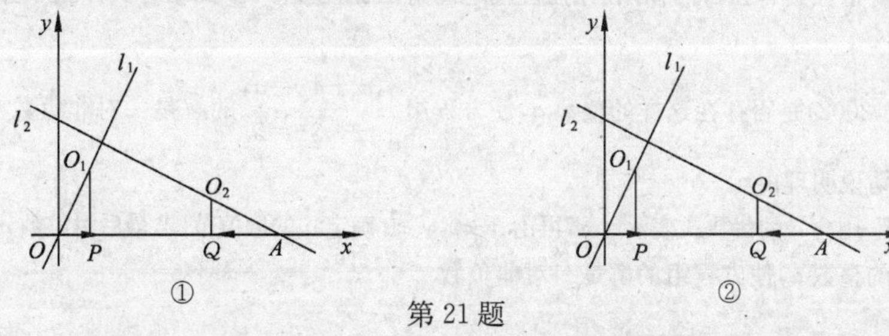

第 21 题

22. (济南市，2004) 已知等边 $\triangle ABC$ 边长为 a，D、E 分别为 AB、AC 边上的动点，且在运动时保持 $DE\parallel BC$，如图 1，$\odot O_1$ 与 $\odot O_2$ 都不在 $\triangle ABC$ 的外部，且 $\odot O_1$、$\odot O_2$ 分别与 $\angle B$ 和 $\angle C$ 的两边及 DE 都相切，其中和 DE、BC 的切点分别为 M、N、M'、N'.

(1) 求证：$\odot O_1$ 和 $\odot O_2$ 是等圆；

(2) 设 $\odot O_1$ 的半径长为 x，圆心距 O_1O_2 为 y，求 y 与 x 的函数关系式，并写出 x 的取值范围；

(3) 当 $\odot O_1$ 与 $\odot O_2$ 外切时，求 x 的值；

(4) 如图(2)，当 D、E 分别是 AB、AC 边的中点时，将 $\odot O_2$ 先向左平移至和 $\odot O_1$ 重合，然后将重合后的圆沿着 $\triangle ABC$ 内各边按图 2 中箭头的方向进行滚动，且总是与 $\triangle ABC$ 的边相切，当点 O_1 第一次回到它原来的位置时，求点 O_1 经过的路线长度.

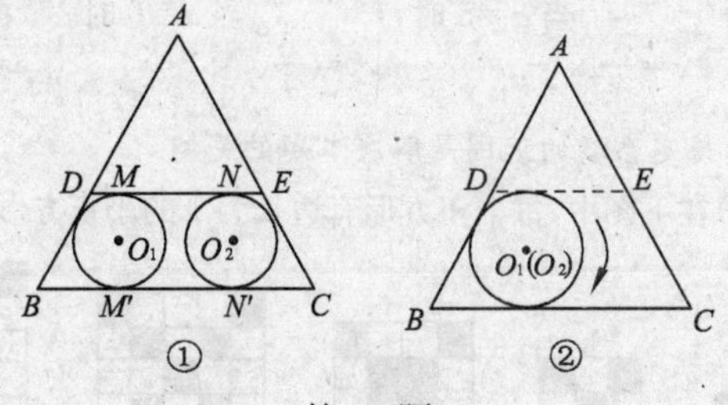

第 22 题

23. 已知：在平面直角坐标系 xOy 中，一次函数 $y=kx-4k$ 的图象与 x 轴交于点 A，抛物线 $y=ax^2+bx+c$ 经过 O、A 两点.

(1) 试用含 a 的代数式表示 b；

(2) 设抛物线的顶点为 D，以 D 为圆心，DA 为半径的圆被 x 轴分为劣弧和优弧两部分. 若将劣弧沿 x 轴翻折，翻折后的劣弧落在 $\odot D$ 内，它所在的圆恰与 OD 相切，求 $\odot D$ 半径的长及抛物线的解析式；

(3) 设点 B 是满足(2)中条件的优弧上的一个动点，抛物线在 x 轴上方的部分上是否存在这样的点 P，使得 $\angle POA=\frac{4}{3}\angle OBA$？若存在，求出点 P 的坐标；若不存在，请说明理由.

第三章　存在性问题

【经典考题精析】

所谓存在性问题是指在一定的条件下，判断某种数学对象是否存在的问题.这类问题构思巧妙，对考查学生思维的敏锐性和严密性具有独特的作用.存在性问题的解法往往较多，下面结合具体例子介绍几种常见的解法.

例 1　(临沂市，2002)是否存在这样的整数 a，使方程组 $\begin{cases}3x+4y=a,\\4x+3y=5.\end{cases}$ 的解是一对非负数？如果存在，求出它的解；若不存在，请说明理由.

分析　解方程组，用含 a 的代数式表示 x,y，再由 $x\geqslant0,y\geqslant0$ 确定 a 的取值范围，最后由整数 a 解方程组.

解　存在这样的整数 a，使方程组的解是一对非负数.

解方程组 $\begin{cases}3x+4y=a,\\4x+3y=5,\end{cases}$ 得 $\begin{cases}x=\dfrac{20-3a}{7},\\y=\dfrac{4a-15}{7}.\end{cases}$

$\because$ 要使 x,y 都是非负数，只需 $\begin{cases}\dfrac{20-3a}{7}\geqslant0,\\\dfrac{4a-15}{7}\geqslant0.\end{cases}$ 解得 $\dfrac{15}{4}\leqslant a\leqslant\dfrac{20}{3}$.

又 $\because$ a 是整数，$\therefore$ a 的取值应为 4，5，6.

当 $a=4$ 时，原方程组的解为 $\begin{cases}x=\dfrac{8}{7},\\y=\dfrac{1}{7}.\end{cases}$ 当 $a=5$ 时，$\begin{cases}x=\dfrac{5}{7},\\y=\dfrac{5}{7}.\end{cases}$ 当 $a=6$ 时，$\begin{cases}x=\dfrac{2}{7},\\y=\dfrac{9}{7}.\end{cases}$

说明　运用解的非负性确定待定系数的范围是解决本题的关键.

例 2　(南平市课改区，2006)在下图中，每个正方形有边长为 1 的小正方形组成：

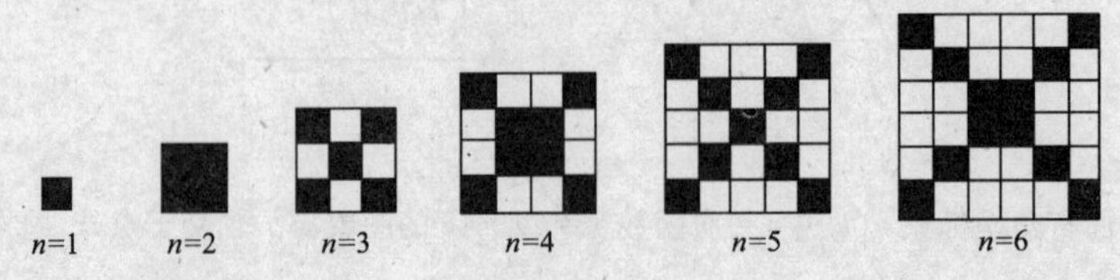

(1) 观察图形，请填写下列表格：

正方形边长	1	3	5	7	…	n(奇数)
黑色小正方形个数					…	

正方形边长	2	4	6	8	…	n(偶数)
黑色小正方形个数					…	

(2) 在边长为 $n(n\geqslant 1)$ 的正方形中，设黑色小正方形的个数为 P_1，白色小正方形的个数为 P_2，问是否存在偶数 n，使 $P_2=5P_1$？若存在，请写出 n 的值；若不存在，请说明理由.

解　(1) 1,5,9,13；　(奇数)$2n-1$.　　4,8,12,16；　(偶数)$2n$.

(2) 由(1)可知 n 位偶数时 $P_1=2n$. ∴ $P_2=n^2-2n$. 根据题意得 $n^2-2n=5\cdot 2n$. $n^2-12n=0$. $n=12$，$n=0$(不合题意舍去). ∴ 存在偶数 $n=12$，使得 $P_2=5P_1$.

说明　从特殊到一般的发现规律，并用数学的式子表示规律是此类题型的一般方法.

例 3　(广东省实验区，2006)将一条长为 20cm 的铁丝剪成两段，并以每一段铁丝的长度为周长做成一个正方形.

(1) 要使这两个正方形的面积之和等于 17cm^2，那么这段铁丝剪成两段后的长度分别是多少？

(2) 两个正方形的面积之和可能等于 12cm^2 吗？若能，求出两段铁丝的长度；若不能，请说明理由.

分析　设其中一段为 x，列方程求解.

解　(1) 设剪成两段后其中一段为 $x$cm，则另一段为 $(20-x)$cm.

由题意得：$\left(\frac{x}{4}\right)^2+\left(\frac{20-x}{4}\right)^2=17$.

解得：$x_1=16$，$x_2=4$. 当 $x_1=16$ 时，$20-x=4$. 当 $x_2=4$ 时，$20-x=16$.

答　(略).

(2) 不能. 理由是：$\left(\frac{x}{4}\right)^2+\left(\frac{20-x}{4}\right)^2=12$. 整理得：$x^2-20x+104=0$.

∵ $\Delta=b^2-4ac=-16<0$. ∴ 此方程无解. 即不能剪成两段使得面积和为 12cm^2.

说明　列方程求解是常用的数学模型，利用根的判别式是不解方程判断方程根的情况的重要手段.

例 4　(四川省，2004)已知关于 x 的方程 $x^2-2(m+1)x+m^2-2m-3=0$……①的两个不相等实数根中有一个根为 0，是否存在实数 k，使关于 x 的方程 $x^2-(k-m)x-k-m^2+5m-2=0$……②的两个实数根 x_1，x_2 之差的绝对值为 1？若存在，求出 k 的值；若不存在，请说明理由.

分析　由方程①有一根为 0，将 $x=0$ 代入方程①确定 m，再由方程①有两个不等实根求 m 的值，再由方程②的 $|x_1-x_2|=1$ 求 k 的值.

解　方程①有两个不相等的实数根，

$\Delta=[-2(m+1)]^2-4(m^2-2m-3)=16m+16>0$. 解得　$m>-1$.

又∵ 方程①有一个根为 0，∴ $m^2-2m-3=0$，即 $(m-3)(m+1)=0$.

解得　$m_1=-1$，$m_2=3$.

又∵ $m>-1$，∴ $m_1=-1$ 应舍去. ∴ $m=3$.

当 $m=3$ 时，方程②变形为 $x^2-(k-3)x-k+4=0$.

∵ x_1，x_2 是方程②的两个实数根，∴ $x_1+x_2=k-3$，$x_1x_2=-k+4$.

若 $|x_1-x_2|=1$，则有 $(x_1+x_2)^2-4x_1x_2=1$. ∴ $(k-3)^2-4(-k+4)=1$，

即 $k^2-2k-8=0$，$(k-4)(k+2)=0$. ∴ $k_1=-2$，$k_2=4$.

∵ 当 $k=-2$ 时，$\Delta=[-(k-3)]^2-4(-k+4)=k^2-2k-7=(-2)^2-2\times(-2)-7=1>0$.

此时，方程②为 $x^2+5x+6=0$，即 $x_1=-3$，$x_1=-2$. 满足条件；

当 $k=4$ 时，$\Delta=k^2-2k-7=4^2-2\times 4-7=1>0$.

此时，方程②为 $x^2-x=0$，$x_1=0$，$x_2=1$. 也满足条件.

∴ $k=-2$ 或 4.

∴ 存在实数 $k=-2$ 或 4，使得方程②的两个实数根之差的绝对值为 1.

说明 在一元二次方程中确定字母系数的值一般都要检验是否符合题意.

例 5 (山东省,2003)已知方程组$\begin{cases} y^2=4x, \\ y=2x+a \end{cases}$的两个实数解为$\begin{cases} x=x_1, \\ y=y_1 \end{cases}$和$\begin{cases} x=x_2, \\ y=y_2; \end{cases}$且$x_1 \cdot x_2 \neq 0, x_1 \neq x_2$.设$b=\frac{1}{x_1}+\frac{1}{x_2}$.

(1) 求a的取值范围;

(2) 试用关于a的代数式表示b;

(3) 是否存在使$b=3$的a的值?若存在,请求出所有这样的a的值;若不存在,请说明理由.

分析 (1) 在已知方程组中消去y,得关于x的一元二次方程$4x^2+4(a-1)x+a^2=0$.

由已知条件可知,上述方程有两个不相等的实数根.从而得关于a的不等式

$[4(a-1)]^2-4\times3\times a^2>0$.

解此不等式,即求得a的取值范围是$a<\frac{1}{2}$.

(2) 要用关于a的代数式表示b,只需确定a与x_1,x_2之间的相等关系,然后代入用x_1,x_2表示b的关系式即可.

由根与系数的关系,得$x_1+x_2=1-a, x_1 \cdot x_2=\frac{a^2}{4}$. $\therefore b=\frac{1}{x_1}+\frac{1}{x_2}=\frac{x_1+x_2}{x_1x_2}=\frac{4(1-a)}{a^2}$.

(3) 实质上是问:是否存在a的值,使$b=3$?假设存在,即当$b=3$时,去确定a的值.

$\because$ 当$b=3$时,$\frac{4(1-a)}{a^2}=3$. $\therefore$ 是否存在a的值;使$b=3$?决定于上述关于a的方程是否有实数解.

解上述关于a的方程,得$a_1=-2, a_2=\frac{2}{3}$$\left(\text{因 } a<\frac{1}{2}\text{,故舍去}\right)$.

$\therefore$ 存在使$b=3$的a的值,这个值为-2.

说明 ① 要求a的取值范围,只需根据已知条件建立关于a的不等式或不等式组,然后解所建立的不等式或不等式组,即可求得a的取值范围.这是求取值范围的一般规律.

② 求解存在性问题的基本思路是:假设存在,然后根据问题的已知条件去求出、找出或作出这个数学对象.此例的已知条件是$b=\frac{4(1-a)}{a^2}$且$b=3$,以及$a<\frac{1}{2}$.据此去求出a的值.

例 6 (青岛市课改区,2005)在青岛市开展的创城活动中,某居民小区要在一块一边靠墙(墙长15m)的空地上修建一个矩形花园$ABCD$,花园的一边靠墙,另三边用总长为40m的栅栏围成(如图所示).若设花园的BC边长为x(m),花园的面积为y(m²).

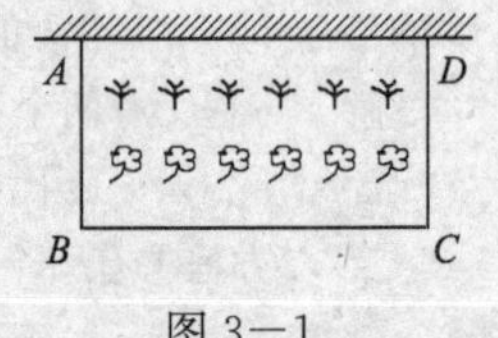

图 3—1

(1) 求y与x之间的函数关系式,并写出自变量x的取值范围;

(2) 满足条件的花园面积能达到200m²吗?若能,求出此时x的值;若不能,说明理由;

(3) 根据(1)中求得的函数关系式,描述其图象的变化趋势;并结合题意判断当x取何值时,花园的面积最大?最大面积为多少?

分析 (1) 由矩形AB的长为$\frac{40-x}{2}$,$BC=x$,可由y与x之间的关系式;(2) 当$y=200$时确定x的值;(3) 观察图象趋势确定y的最大值.

解 (1) 根据题意得:$y=x\frac{(40-x)}{2}$

$\therefore y=-\frac{1}{2}x^2+20x(0<x\leqslant15)$

(2) 当$y=200$时,即$-\frac{1}{2}x^2+20x=200$

$\therefore x^2-40x+400=0$. 解得：$x=20>15$

$\because 0<x\leqslant 15$　$\therefore$ 此花园的面积不能达到 200m^2.

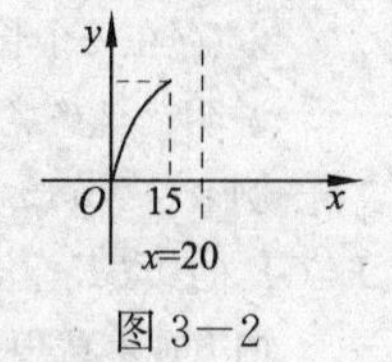

图 3－2

(3) $y=-\frac{1}{2}x^2+20x$ 的图象是开口向下的抛物线，对称轴为 $x=20$.

$\therefore$ 当 $0<x\leqslant 15$ 时，y 随 x 的增大而增大. $\therefore$ 当 $x=15$ 时，y 有最大值.

y 最大值$=-\frac{1}{2}\times 15^2+20\times 15=187.5(\text{m}^2)$

即：当 $x=15$ 时，花园面积最大，最大面积为 187.5m^2.

说明　本例不能简单地认为当 $x=20$ 时，y 有最大值，而应由 $0<x\leqslant 15$ 及函数图象确定 y 的最大值.

例 7　(鄂尔多斯市，2006)阅读理解：

给定一个矩形，如果存在另一个矩形，它的周长和面积分别是已知矩形的周长和面积的 2 倍，则这个矩形是给定矩形的“加倍”矩形. 如图，矩形 $A_1B_1C_1D_1$ 是矩形 $ABCD$ 的“加倍”矩形.

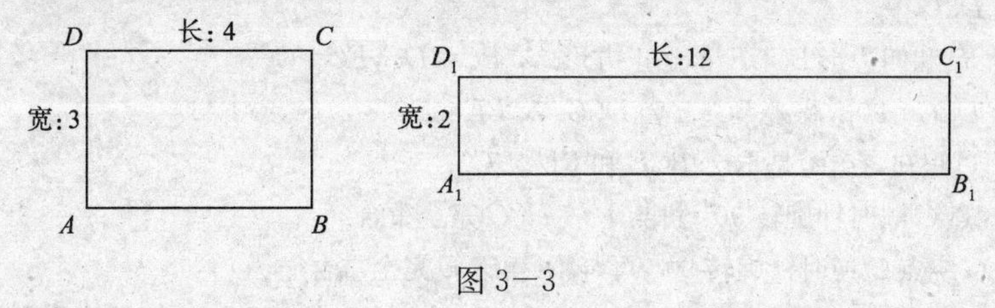

图 3－3

请你解决下列问题：

(1) 边长为 a 的正方形存在“加倍”正方形吗？如果存在，求出“加倍”正方形的边长；如果不存在，说明理由.

(2) 当矩形的长和宽分别为 m,n 时，它是否存在“加倍”矩形？请作出判断，说明理由.

分析　由“加倍”正方形的含义，利用方程求解.

解　(1) 解法一：不存在.

因为两个正方形是相似图形，当它们的周长比为 2 时，则面积比必定是 4，所以不存在.

解法二：不存在.

假设“加倍”正方形的边长为 x，则 $\begin{cases}x=2a,\\x^2=2a^2.\end{cases}$ 则 $4a^2=2a^2$，$\therefore a=0$. $\therefore$ 不存在.

(2) 解法一：存在.

设“加倍”矩形的长和宽分别为 x,y，则 $\begin{cases}x+y=2(m+n)\\xy=2mn\end{cases}$

x,y 就是关于 A 的方程 $A^2-(m+n)A+2mn=0$ 的两个正根.

$\because \Delta=[-2(m+n)]^2-8mn=m^2+n^2$，

当 m,n 不同时为零时，此题中，$m>0,n>0$，$\therefore \Delta=m^2+n^2>0$.

$\therefore$ 方程有两个不相等的正实数根 x 和 y.

即：存在一个矩形是已知矩形的“加倍”矩形.

解法二：存在.

设“加倍”矩形的长和宽分别为 x,y 则 $\begin{cases}x+y=2(m+n)\\xy=2mn\end{cases}$

解之得：$\begin{cases}x=m+n+\sqrt{m^2+n^2}\\y=m+n-\sqrt{m^2+n^2}\end{cases}$ $(x>y>0$，舍去另一个解)

当 m,n 不同时为零时，此题中，$m>0,n>0$，$\therefore \Delta=m^2+n^2>0$.

∴ x,y 是两个不相等的正实数根.

∴ 存在一个长为 $m+n+\sqrt{m^2+n^2}$，宽为 $m+n-\sqrt{m^2+n^2}$ 矩形，是给定矩形的“加倍”矩形.

说明　正确建立解题模型，正确理解题意能做到化繁为简，化难为易.

例 8　(山西省课改区，2005)如图，正方形 $ABCD$ 的边 CD 在正方形 $ECGF$ 的边 CE 上，连结 BE,DG.

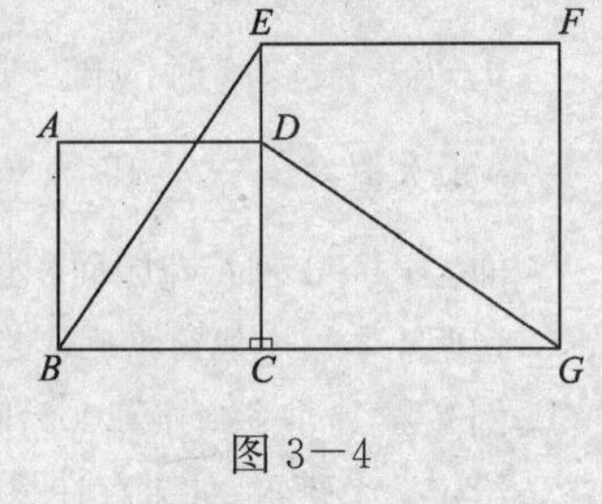

图 3—4

(1) 观察猜想 BE 与 DG 之间的大小关系，并证明你的结论；

(2) 图中是否存在通过旋转能够互相重合的两个三角形？若存在，请说出旋转过程；若不存在，请说明理由.

分析　(1) 由 $\triangle BCE\cong\triangle DCG$ 证明 $BE=DG$；(2) 由(1)可知以 C 为旋转中心，$\triangle BCE$ 和 $\triangle DCG$ 互相重合.

证明　(1) $BE=DG$.

在 $\triangle BCE$ 和 $\triangle DCG$ 中.

∵ 四边形 $ABCD$ 和四边形 $ECGF$ 都是正方形. ∴ $BC=DC,EC=GC$.

∴ $\angle BCE=\angle DCG=90°$. ∴ $\triangle BCE\cong\triangle DCG$. ∴ $BE=DG$.

(2) 由(1)证明过程知，存在，是 Rt$\triangle BCE$ 和 Rt$\triangle DCG$.

将 Rt$\triangle BCE$ 绕点 C 顺时针旋转 90°，可与 Rt$\triangle DCG$ 完全重合.

(或将 Rt$\triangle DCG$ 绕点 C 逆时针旋转 90°，可与 Rt$\triangle BCE$ 完全重合……)

例 9　(宁夏回族自治区，2005)在 Rt$\triangle ABC$ 中，$\angle C=90°$，$AC=3$，$BC=4$，点 E 在直角边 AC 上(点 E 与 A、C 两点均不重合)，点 F 在斜边 AB 上(点 F 与 A、B 两点均不重合).

(1) 若 EF 平分 Rt$\triangle ABC$ 的周长，设 AE 长为 x，试用含 x 的代数式表示 $\triangle AEF$ 的面积；

(2) 是否存在线段 EF 将 Rt$\triangle ABC$ 的周长和面积同时平分？若存在，求出此时 AE 的长；若不存在，说明理由.

分析　(1) 由 $AE=x$，求 AE 边上的高，再用含 x 的代数式表示 $S_{\triangle AEF}$；(2) 结合(1)EF 平分 Rt$\triangle ABC$ 的周长得出 $S_{\triangle AEF}$，再由 $S_{\triangle AEF}=\frac{1}{2}S_{\triangle ABC}=3$，结合方程求解.

解　(1) 在 Rt$\triangle ABC$ 中，∵ $AC=3,BC=4$ ∴ $AB=5$.

因 $AE=x$ 则 $AF=6-x(AF<5)$，过点 F 作 $FD\perp AC$ 于 D.

∵ Rt$\triangle ADF\backsim$Rt$\triangle ACB$　∴ $\frac{AF}{AB}=\frac{FD}{BC}$ 即 $\frac{6-x}{5}=\frac{FD}{4}\Rightarrow FD=\frac{4}{5}(6-x)$.

则 $S_{\triangle AEF}=\frac{1}{2}AE\cdot FD=\frac{1}{2}\cdot x\cdot\frac{4}{5}(6-x)=-\frac{2}{5}x^2+\frac{12}{5}x(0<x<3)$.

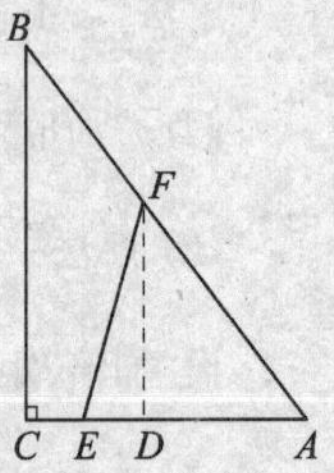

(2) 当 $S_{\triangle AEF}=\frac{1}{2}S_{\triangle ABC}=3$ 时 $\Rightarrow -\frac{2}{5}x^2+\frac{12}{5}x=3$.

图 3—5

整理得：$2x^2-12x+15=0$，解之得 $x_1=\frac{6-\sqrt{6}}{2}$，$x_2=\frac{6+\sqrt{6}}{2}$.

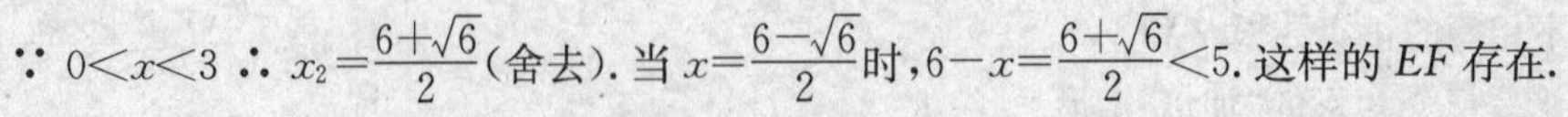
∵ $0<x<3$ ∴ $x_2=\frac{6+\sqrt{6}}{2}$(舍去). 当 $x=\frac{6-\sqrt{6}}{2}$ 时，$6-x=\frac{6+\sqrt{6}}{2}<5$. 这样的 EF 存在.

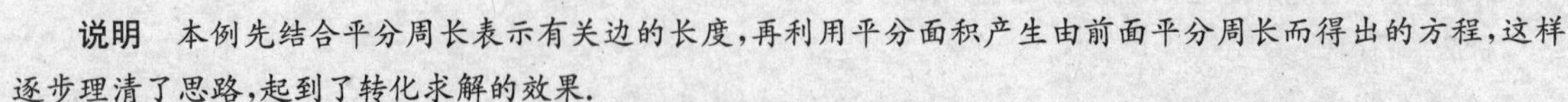
说明　本例先结合平分周长表示有关边的长度，再利用平分面积产生由前面平分周长而得出的方程，这样逐步理清了思路，起到了转化求解的效果.

例 10　(湘西自治州新课标，2005)梯形 $ABCD$ 中，$AD\parallel BC$，$AB=DC=3\text{cm}$，$\angle C=60°$. $BD\perp CD$.

(1) 求 BC,AD 的长度.

(2) 求梯形 $ABCD$ 的面积.

(3) 若点 P 从点 B 开始沿 BC 边向点 C 以 2cm/s 的速度运动，点 Q 从点 C 开始沿 CD 边向点 D 以 1cm/s

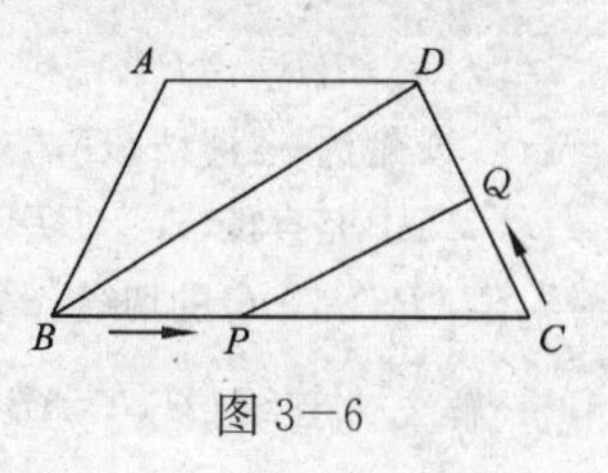

图 3－6

的速度运动，当 P，Q 分别从 B，C 同时出发时，写出五边形 $ABPQD$ 的面积 S 与运动时间 t 之间的函数关系式，并写出自变量 t 的取值范围.（不含点 P 在 B，C 两点的情况）

(4) 在(3)的情况下，是否存在某一时刻 t，使线段 PQ 把梯形 $ABCD$ 分成面积比为 $1:5$ 的两部分？若存在，求出 t 的值；若不存在，请说明理由.

分析　(1) 略；(2) 略；(3) $S_{五边形ABPQD}=S_{梯形ABCD}-S_{\triangle PCD}$ 可求；(4) 由题意知

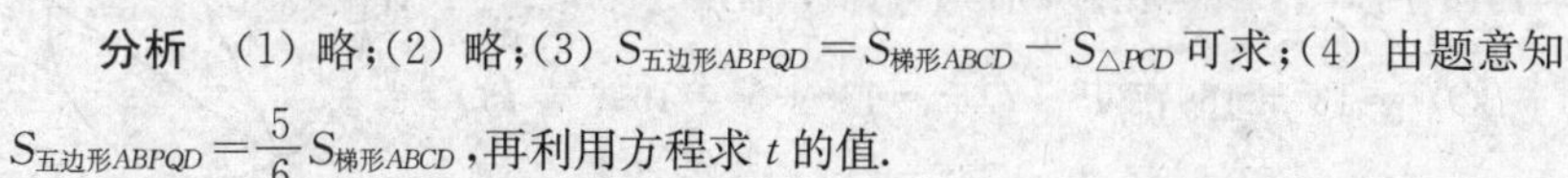

$S_{五边形ABPQD}=\frac{5}{6}S_{梯形ABCD}$，再利用方程求 t 的值.

解　(1) 在 $\mathrm{Rt}\triangle BCD$ 中，$\angle BDC=90°$，$\angle C=60°$，$\angle DBC=30°$，$CD=3\text{cm}$.

$\therefore BC=6\text{cm}$ 又 $AD\parallel BC$，$AB=DC$，$\angle ABC=60°$.

可求得 $\angle ABD=\angle ADB=30°$ $\therefore AB=AD=3\text{cm}$.

(2) 过 D 作 $DE\perp BC$ 于 E，在 $\mathrm{Rt}\triangle DEC$ 中求得 $DE=\frac{3\sqrt{3}}{2}\text{cm}$.

$\therefore S_{梯}=\frac{1}{2}(AD+BC)\times DE=\frac{1}{2}\times(3+6)\times\frac{3\sqrt{3}}{2}=\frac{27\sqrt{3}}{4}\text{cm}^2$.

(3) 依题意有，$BP=2t\text{cm}\cdot CQ=t\text{cm}$，过 Q 作 $QF\perp BC$ 于 F，$QF=\frac{\sqrt{3}}{2}t\text{cm}$.

$S_{五边形ABPQD}=S_{梯ABCD}-S_{\triangle PCQ}=\frac{27\sqrt{3}}{4}-\frac{\sqrt{3}}{4}t(6-2t)$，

$S_{五边形ABPQD}=\frac{\sqrt{3}}{4}(2t^2-6t+27)(0<t<3)$.

(4) 依题意有，$\frac{\sqrt{3}}{4}(2t^2-6t+27)=\frac{5}{6}\times\frac{27\sqrt{3}}{4}$，

整理得 $4t^2-12t+9=0$.

$\therefore t=\frac{12\pm\sqrt{12^2-4\times4\times9}}{2\times4}=\frac{3}{2}$ 或 $(2t-3)^2=0$，$t=\frac{3}{2}$.

即 $t=\frac{3}{2}$ 秒时，PQ 把梯形 $ABCD$ 平分两部分的面积之比是 $1:5$.

例 11　（厦门市，2006）如图，点 T 在⊙O 上，延长⊙O 的直径 AB 交 TP 于 P，若 $PA=18$，$PT=12$，$PB=8$.

(1) 求证：$\triangle PTB\backsim\triangle PAT$；

(2) 求证：PT 为⊙O 的切线；

(3) 在 $\overset{\frown}{AT}$ 上是否存在一点 C，使得 $BT^2=8TC$？若存在，请证明；若不存在，请说明理由.

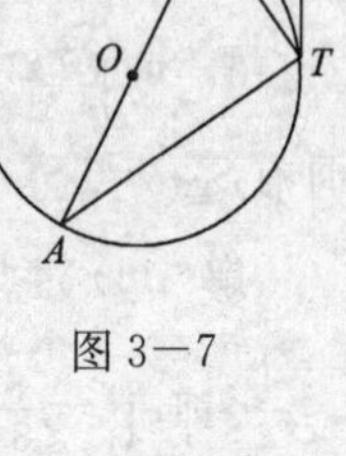

图 3－7

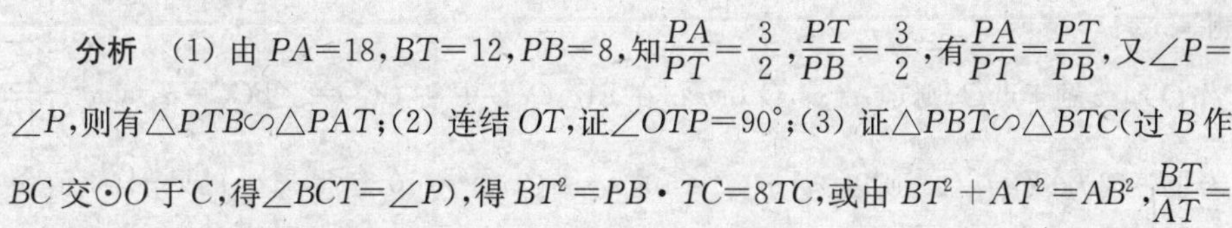

分析　(1) 由 $PA=18$，$BT=12$，$PB=8$，知 $\frac{PA}{PT}=\frac{3}{2}$，$\frac{PT}{PB}=\frac{3}{2}$，有 $\frac{PA}{PT}=\frac{PT}{PB}$，又 $\angle P=\angle P$，则有 $\triangle PTB\backsim\triangle PAT$；(2) 连结 OT，证 $\angle OTP=90°$；(3) 证 $\triangle PBT\backsim\triangle BTC$（过 B 作 BC 交⊙O 于 C，得 $\angle BCT=\angle P$），得 $BT^2=PB\cdot TC=8TC$，或由 $BT^2+AT^2=AB^2$，$\frac{BT}{AT}=$

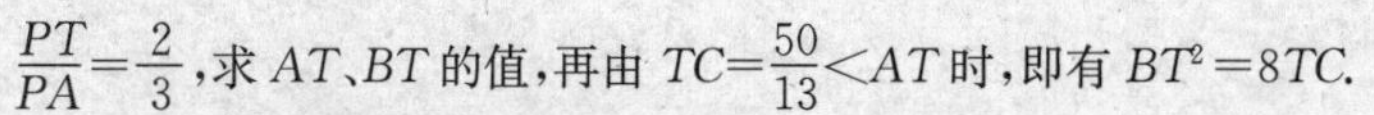

$\frac{PT}{PA}=\frac{2}{3}$，求 AT、BT 的值，再由 $TC=\frac{50}{13}<AT$ 时，即有 $BT^2=8TC$.

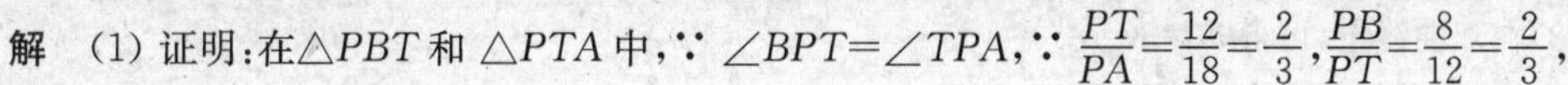

解　(1) 证明：在 $\triangle PBT$ 和 $\triangle PTA$ 中，$\because\angle BPT=\angle TPA$，$\because\frac{PT}{PA}=\frac{12}{18}=\frac{2}{3}$，$\frac{PB}{PT}=\frac{8}{12}=\frac{2}{3}$，

$\therefore\frac{PT}{PA}=\frac{PB}{PT}$.

$\therefore \triangle PBT \backsim \triangle PTA$.

(2) 解法一:连结 OT,$\because OB=OT$,$\therefore \angle OBT=\angle BTO$. 由(1)得$\angle PTB=\angle PAT$.

$\because AB$是直径,$\therefore \angle BTA=90^\circ$. $\therefore \angle A+\angle ABT=90^\circ$,$\therefore \angle OTB+\angle BTP=90^\circ$.

$\therefore PT$是$\odot O$的切线.

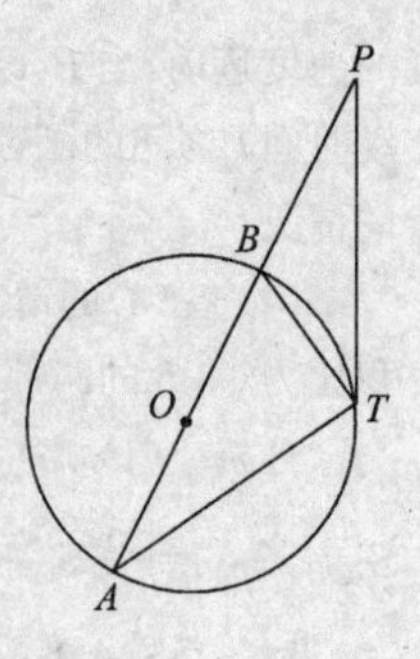

图 3－8

解法二:连结 OT,$\because AB=PA-PB=18-8=10$.$\therefore OB=OT=\frac{1}{2}AB=5$.

在$\triangle POT$中,$PO^2=(PB+BO)^2=13^2=169$,$PT^2+OT^2=12^2+5^2=169$,$\because PO^2=PT^2+OT^2$.

$\therefore \angle PTO=90^\circ$. $\therefore PT$是$\odot O$的切线.

(3) 解法一:$\because \angle ABT=\angle P+\angle PTB$,$\therefore \angle ABT>\angle P$. 过 B 作 BC 交$\odot O$于C,使$\angle BCT=\angle P$.

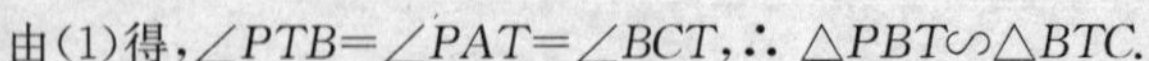
由(1)得,$\angle PTB=\angle PAT=\angle BCT$,$\therefore \triangle PBT \backsim \triangle BTC$.

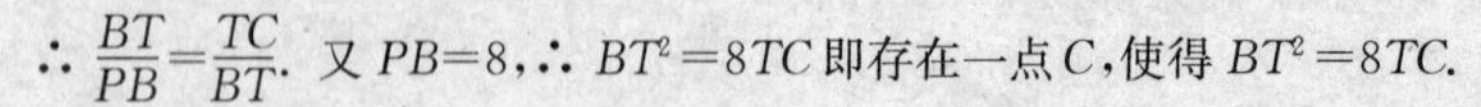
$\therefore \frac{BT}{PB}=\frac{TC}{BT}$. 又 $PB=8$,$\therefore BT^2=8TC$即存在一点C,使得$BT^2=8TC$.

解法二:由(1)得$\frac{BT}{AT}=\frac{PT}{PA}=\frac{2}{3}$,又由$BT^2+AT^2=AB^2=100$,得$AT=\frac{30\sqrt{13}}{13}$,$BT=\frac{20\sqrt{13}}{13}$.

当$TC=\frac{50}{13}$时. $BT^2=8TC$,$\because \frac{50}{13}<\frac{30\sqrt{13}}{13}$,即$TC<AT$.

$\therefore$ 在$\overset{\frown}{AT}$上存在一点C,使得$BT^2=8TC$.

说明　第(3)问方法1是从相似三角形的角度探求的,即由$BT^2=8TC$得$\frac{BT}{TC}=\frac{8}{BT}$,即$\frac{BT}{TC}=\frac{PB}{BT}$,故需有$\triangle PBT \backsim \triangle BTC$;方法2是从$TC=\frac{50}{13}<AT$来说明$BT^2=8TC$是成立的. 两种方法请同学们仔细理解.

例 12　(梅州市,2005)如图,已知 C、D 是双曲线 $y=\frac{m}{x}$ 在第一象限分支上的两点. 直线 CD 分别交 x 轴、y 轴于 A、B 两点. 设 $C(x_1,y_1)$,$D(x_2,y_2)$,连结 OC、OD(O 是坐标原点). 若$\angle BOC=\angle AOD=\alpha$. 且$\tan\alpha=\frac{1}{3}$,$OC=\sqrt{10}$.

(1) 求 C,D 的坐标和 m 的值;

(2) 双曲线上是否存在一点 P,使得$\triangle POC$与$\triangle POD$的面积相等? 若存在,给出证明;若不存在,说明理由.

分析　(1) 过 C 作 $CG\perp x$ 轴于 G,由 $\tan\angle GCO=\tan\angle BOC=\frac{1}{3}$,得$\frac{OG}{GC}=\frac{1}{3}$,再由 $OG^2+GC^2=OC^2=(\sqrt{10})^2$ 可求 OG,GC,故 C 的坐标和 m 的值可求,再由 $\tan\angle AOD=\frac{1}{3}$求 D 点坐标;(2) 当 OP 平分$\angle COD$时即有$S_{\triangle POC}$与$S_{\triangle POD}$相等.

解　(1) 过点 C 作 $CG\perp x$ 轴于点 G,则 $CG=y_1$,$OG=x_1$,在 Rt$\triangle OCG$中,$\angle GCO=\angle BOC=\alpha$,$\tan\alpha=\frac{OG}{CG}=\frac{1}{3}$,即,$\frac{x_1}{y_1}=\frac{1}{3}$,$y_1=3x_1$. 因为$OC=\sqrt{10}$,所以 $x_1{}^2+y_1{}^2=10$,$x_1{}^2+(3x_1)^2=10$,解得 $x_1=1$ 或-1(负值舍去).

所以 $x_1=1$,$y_1=3$. 即点 $C(1,3)$.

点 $C(1,3)$在双曲线上,可得 $m=3$.

过点 D 作 $DH\perp y$ 轴于点 H,则 $DH=y_2$,$OH=x_2$,

在 Rt$\triangle ODH$中,$\tan\alpha=\frac{DH}{OH}=\frac{1}{3}$. 即$\frac{y_2}{x_2}=\frac{1}{3}$,$x_2=3y_2$.

又 $x_2y_2=3$，解得 $y_2=1$ 或 -1（负值舍去），所以 $x_2=3$，$y_2=1$. 即点 $D(3,1)$.

(2) 双曲线上存在点 P，使得 $S_{\triangle POC}=S_{\triangle POD}$，这个点就是 $\angle COD$ 的平分线与双曲线 $y=\dfrac{3}{x}$ 的交点.

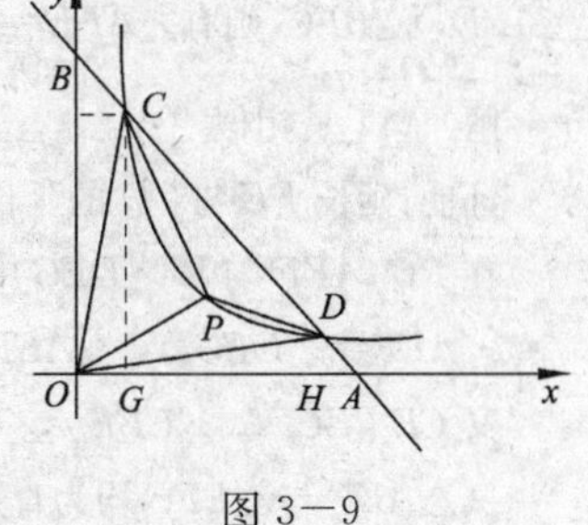

图 3－9

证明：因为点 $D(3,1)$，所以，$OD=\sqrt{10}$，所以 $OD=OC$，

点 P 在 $\angle COD$ 的平分线上，则 $\angle COP=\angle POD$，又 $OP=OP$，

所以 $\triangle POC\cong\triangle POD$. 所以 $S_{\triangle POC}=S_{\triangle POD}$.

说明　由 $\triangle POC$ 和 $\triangle POD$ 全等转化 $\triangle POC$ 与 $\triangle POD$ 的面积相等，这种转化的技巧很独特.

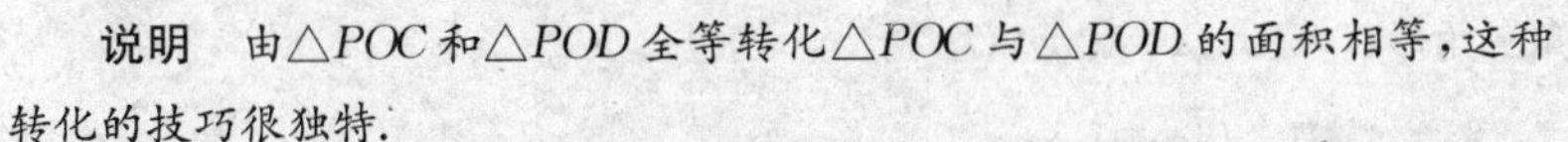

例 13　已知关于 x 的两个方程 $4x^2-8nx-3n=2$　①和 $x^2-(n+3)x-2n^2+2=0$　②.

问：是否存在这样的 n 值，使方程①的两个实数根的差的平方等于方程②的一个整数根？若存在，求出这样的 n 值；若不存在，请说明理由.

分析　解决本题的关键是构造关于 n 的一元方程，求 n 值后进行验证.

解　在方程①中，由 $\Delta_1=64n^2+48n+32=(8n+3)^2+23>0$，

可知 n 为任意实数，方程①都有实数根. 设方程①的两个根为 x_1 和 x_2.

则 $x_1+x_2=2n$，$x_1\cdot x_2=\dfrac{-3n-2}{4}$.

$\therefore (x_1-x_2)^2=(x_1+x_2)^2-4x_1\cdot x_2=(2n)^2-4\cdot\dfrac{-3n-2}{4}=4n^2+3n+2$.

由方程②，得 $[x+(n-1)][x-(2n+2)]=0$.

设方程②的两个根为 x_3 和 x_4. $\therefore x_3=2n+2$，$x_4=1-n$.

依题意，有(1) 若 x_3 为整数根，则 $4n^2+3n+2=2n+2$，解得 $n=0$ 或 $n=-\dfrac{1}{4}$.

当 $n=0$ 时，$x_3=2$ 为整数根；当 $n=-\dfrac{1}{4}$ 时，$x_3=\dfrac{3}{2}$ 不是整数根.

$\therefore n=-\dfrac{1}{4}$ 不合题意，舍去.

(2) 若 x_4 为整数根，则 $4n^2+3n+2=1-n$，解得 $n_3=n_4=-\dfrac{1}{2}$.

当 $n=-\dfrac{1}{2}$ 时，$x_4=\dfrac{3}{2}$ 不是整数根，$\therefore n=-\dfrac{1}{2}$ 不合题意，舍去.

综上所述，存在这样的 n 值，即 $n=0$ 时，方程①的两实根的差的平方等于方程②的一个整数根.

说明　本题的特征是“给出结论，逆向探求条件问题”. 这类题指的是问题中结论明确而条件不完备，需要探求未知的条件或排除多余的条件.

例 14　（重庆市，2001）已知：如图 3－10 在矩形 $ABCD$ 中，E 为 AD 的中点，$EF\perp EC$ 交 AB 于 F，连结 FC.（$AB>AE$）.

(1) $\triangle AEF$ 与 $\triangle EFC$ 是否相似，若相似，证明你的结论；若不相似，请说明理由；

(2) 设 $\dfrac{AB}{BC}=k$，是否存在这样的 k 值，使得 $\triangle AEF\backsim\triangle BFC$. 若存在，证明你的结论并求出 k 的值；若不存在，说明理由.

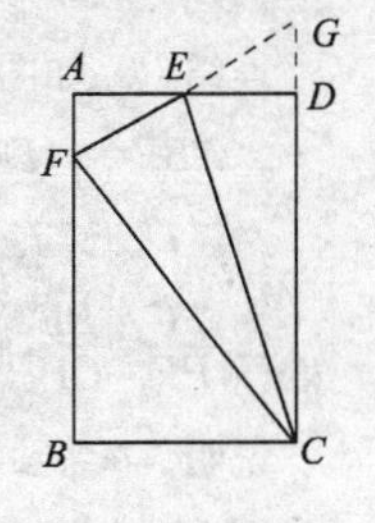

图 3－10

分析　(1) 延长 FE 交 CD 的延长线于点 G，证明 $\triangle AEF\cong\triangle DGE$，得 $\angle AFE=\angle G$，再证 $\angle F=\angle G$；(2) 由 $BC\nparallel EF$，知 $\angle BCF\neq\angle EFC=\angle AFE$，则只有 $\angle BCF=\angle AEF$，才有

$\triangle AFE\backsim\triangle BFC$,则有$\angle AFE=\angle EFC=\angle BFC=60°$,$\angle FCE=\angle DCE=30°$,则$\frac{DE}{DC}=\frac{\sqrt{3}}{3}$,所以$\frac{AB}{BC}=k=\frac{\sqrt{3}}{2}$.

解　(1) 是相似.

证明:延长FE与CD的延长线交于点G.

在$Rt\triangle AEF$与$Rt\triangle DEG$中,∵ E是AD的中点,∴ $AE=ED$.

$\angle AEF=\angle DEG$,∴ $\triangle AEF\cong\triangle DGE$. ∴ $\angle AEF=\angle DGE$. ∴ E为FG的中点.

又$CE\perp GC$. ∴ $\angle CFE=\angle G$. ∴ $\angle AFE=\angle EFC$.

又$\triangle AEF$与$\triangle EFC$均为直角三角形,∴ $\triangle AEF\backsim\triangle EFC$.

① 存在. 如果$\angle BCF=\angle AEF$,即$k=\frac{AB}{BC}=\frac{\sqrt{3}}{2}$时,$\triangle AEF\backsim\triangle BCF$.

证明　当$\frac{AB}{BC}=\frac{\sqrt{3}}{2}$时,$\frac{DC}{DE}=\sqrt{3}$.

∴ $\angle ECG=30°$. ∴ $\angle ECG=\angle ECF=\angle AEF=30°$,∴ $\angle BCF=90°-60°=30°$,

又$\triangle AEF$和$\triangle BCF$均为直角三角形,∴ $\triangle AEF\backsim\triangle BCF$.

② 因为EF不平行于BC,∴ $\angle BCF\neq\angle AFE$. ∴ 不存在第二种相似情况.

说明　遇到条件中的中点,一般将有关线段延长,构造全等三角形,达到转化等角和等边的作用.

例 15　(泰安市,2003)已知:在等腰梯形$ABCD$中,$AD/\!/BC$,直线MN是梯形的对称轴,P是MN上的一点. 直线BP交直线DC于F,交CE于E,且$CE/\!/AB$.

(1) 若点P在梯形的内部,如图,求证:$BP^2=PE\cdot PF$.

(2) 若点P在梯形的外部,如图,那么(1)的结论是否成立? 若成立,请证明;若不成立,请说明理由.

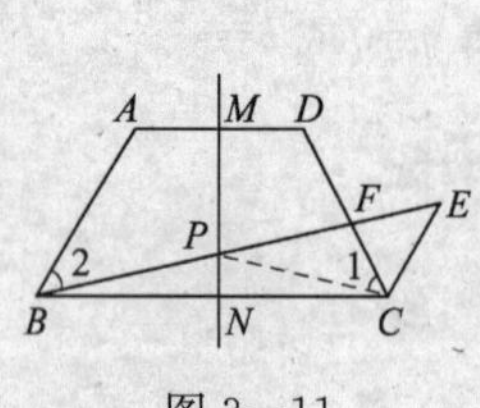

图 3—11

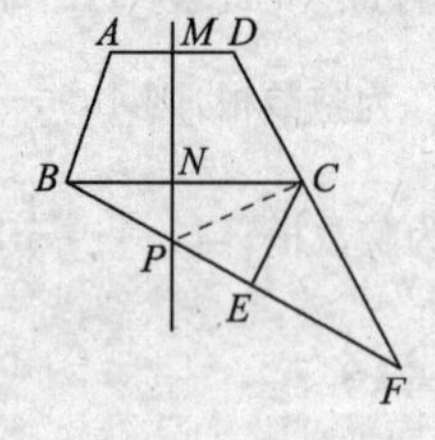

图 3—12

分析　这是一道集等腰梯形、轴对称图形、相似形于一体的综合性考题.

(1) 连结PC. 如图:

∵ MN是对称轴,∴ 四边形$ABNM$沿MN折叠后与$DCNM$重合.

∴ $\angle 1=\angle 2$,$PB=PC$. $AB/\!/CE\Rightarrow\angle E=\angle 2$. ∴ $\angle 1=\angle E$.

又$\angle CPE$是公共角. ∴ $\triangle CPF\backsim\triangle EPC$. ∴ $\frac{CP}{PE}=\frac{PF}{PC}$,即$PC^2=PF\cdot PE$,所以$PB^2=PF\cdot PE$.

(2) 成立.

连结PC. 如图,∵ MN是对称轴. ∴ 四边形$ABNM$沿MN折叠后与$DCNM$重合.

$\angle ABP=\angle DCP$,$PB=PC$. $AB/\!/CE\Rightarrow\angle ABP$与$\angle CEP$互补.

又$\angle DCP$与$\angle PCF$互补,∴ $\angle CEB=\angle PCF$. 又$\angle CPE$是公共角,∴ $\angle\triangle PCE\backsim\triangle PFC$.

∴ $\frac{PC}{PF}=\frac{PE}{CP}$,即$PC^2=PE\cdot PF$,∴ $PB^2=PE\cdot PF$.

说明　在某些问题中,改变某个点或某条直线的位置,而结论一般不发生变化,证明思路也基本相同.

例 16　(益阳市课改实验区,2005)如图 3—13:是直角坐标系中某抛物线的部分图象,下表是某个一次函数自变量x与函数值y的部分对应值.

x	…	-2	-1	1	2	…
y	…	4	$\frac{7}{2}$	$\frac{5}{2}$	2	…

(1) 根据图中所提供的信息，请写出抛物线再次与 x 轴相交时的坐标，你有办法判断点$(-3,6)$在抛物线上吗？把你的判断过程写出来；

(2) 根据表所提供的信息，请在图中的直角坐标系中画出一次函数的图象，并说明点$(20,-8)$不在一次函数的图象上；

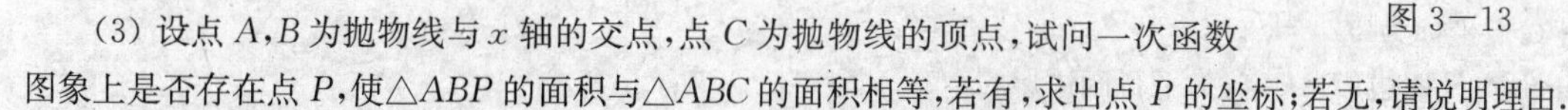

(3) 设点 A,B 为抛物线与 x 轴的交点，点 C 为抛物线的顶点，试问一次函数图象上是否存在点 P，使$\triangle ABP$ 的面积与$\triangle ABC$ 的面积相等，若有，求出点 P 的坐标；若无，请说明理由.

图 3－13

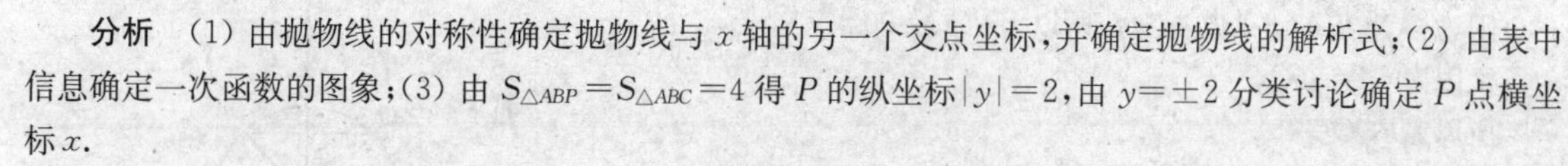

分析　(1) 由抛物线的对称性确定抛物线与 x 轴的另一个交点坐标，并确定抛物线的解析式；(2) 由表中信息确定一次函数的图象；(3) 由 $S_{\triangle ABP}=S_{\triangle ABC}=4$ 得 P 的纵坐标$|y|=2$，由 $y=\pm 2$ 分类讨论确定 P 点横坐标 x.

解　(1) 由图 3－13，知抛物线关于 $x=1$ 对称，则抛物线再次与 x 轴相交时的坐标为$(-1,0)$，点$(-3,6)$在抛物线上.

判断过程为：抛物线上有$(-1,0)$，$(3,0)$，$(1,-2)$，由此可由待定系数法求得抛物线的解析式为：$y=\frac{1}{2}(x-1)^2-2$，即 $y=\frac{1}{2}x^2-x-\frac{3}{2}$. 点$(-3,6)$的坐标满足抛物线的解析式，点$(-3,6)$在其上.

(2) 画一次函数的图象.

由待定系数法求得直线的解析式为 $y=-\frac{1}{2}x+3$. 点$(20,-8)$的坐标不满足直线的解析式，点$(20,-8)$不在其上.

(3) 已知$\triangle ABC$ 的面积$=\frac{1}{2}\times 4\times|-2|=4$，若要$\triangle ABP$ 的面积也为 4，则 P 点的纵坐标$|y|=2$，当 $y=2$ 时，代入 $y=-\frac{1}{2}x+3$，得 $x=2$；当 $y=-2$ 时，代入 $y=-\frac{1}{2}x+3$，得 $x=10$；故直线上满足条件的点有两个，$P_1(2,2)$，$P_2(10,-2)$.

说明　判断一个点是否在某函数图象上的方法是，将点的横坐标代入解析式中，计算纵坐标是否与已知纵坐标是否相同.

例 17　(常州市课改区，2006)如图 3－14，在平面直角坐标系中，以坐标原点 O 为圆心，2 为半径画$\odot O$，P 是$\odot O$ 上一动点，且 P 在第一象限内，过点 P 作$\odot O$ 的切线与 x 轴相交于点 A，与 y 轴相交于点 B.

(1) 点 P 在运动时，线段 AB 的长度也在发生变化，请写出线段 AB 长度的最小值，并说明理由；

(2) 在$\odot O$ 上是否存在一点 Q，使得以 Q,O,A,P 为顶点的四边形是平行四边形？若存在，请求出 Q 点的坐标；若不存在，请说明理由.

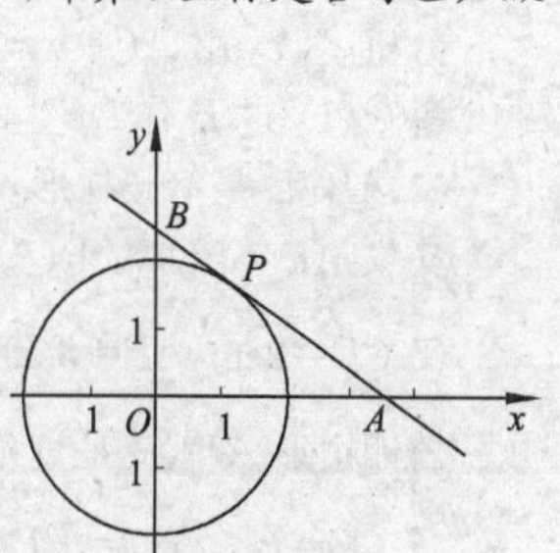

图 3－14

分析　(1) 当 Rt$\triangle AOB$ 斜边上的中线 $OC=OP$ 时，OC 最短，即 AB 最短；(2) 以 OP,AP,OA 为平行四边形的边或对角线分类讨论.

解　(1) 线段 AB 长度的最小值为 4.

理由如下：

连结 OP.

因为 AB 切$\odot O$ 于 P，所以 $OP\perp AB$.

取 AB 的中点 C，则 $AB=2OC$.

当 $OC=OP$ 时，OC 最短.

即 AB 最短，此时 $AB=4$.

(2) 设存在符合条件的点 Q.

如图①，设四边形 $APOQ$ 为平行四边形，

因为 $\angle APO=90°$，所以四边形 $APOQ$ 为矩形.

又因为 $OP=OQ$，所以四边形 $APOQ$ 为正方形.

所以 $OQ=QA$，$\angle QOA=45°$，

在 Rt$\triangle OQA$ 中，根据 $OQ=2$，$\angle AOQ=45°$，

得 Q 点坐标为 $(\sqrt{2},-\sqrt{2})$.

如图②，设四边形 $APQO$ 为平行四边形.

因为 $OQ /\!/ PA$，$\angle APO=90°$，所以 $\angle POQ=90°$，

又因为 $OP=OQ$，

所以 $\angle PQO=45°$.

因为 $PQ /\!/ OA$，

所以 $PQ\perp y$ 轴.

设 $PQ\perp y$ 轴于点 H，

在 Rt$\triangle OHQ$ 中，根据 $OQ=2$，$\angle HQO=45°$，

得 Q 点坐标为 $(-\sqrt{2},\sqrt{2})$.

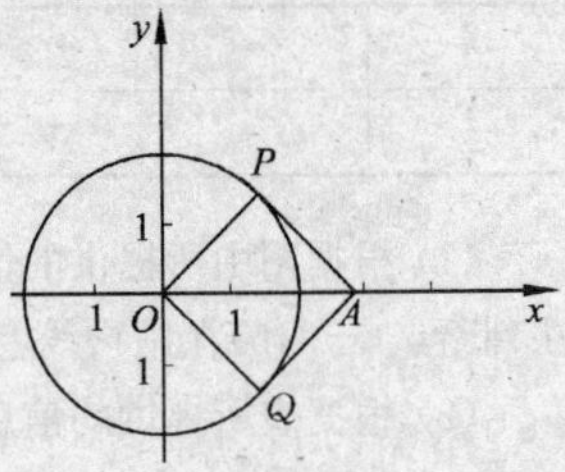

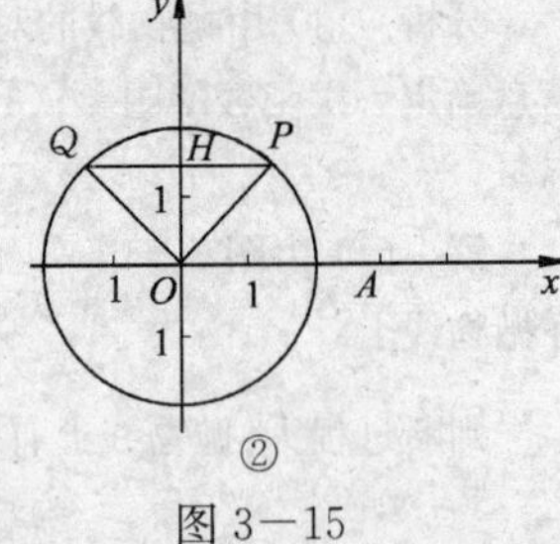

图 3—15

所以符合条件的点 Q 的坐标为 $(\sqrt{2},-\sqrt{2})$ 或 $(-\sqrt{2},\sqrt{2})$.

说明　(1)中的理论依据是"垂线段最短"；当平行四边形的三个顶点位置确定时，讨论第四个顶点的位置只需分别讨论已知三边为对角线时第四个顶点的位置即可.

例 18　(无锡市课改区，2006)如图 3—16，在等腰梯形 $ABCD$ 中，$AB /\!/ DC$，$AB=8$cm，$CD=2$cm，$AD=6$cm，点 P 从点 A 出发，以 2cm/s 的速度沿 AB 向终点 B 运动；点 Q 从点 C 出发，以 1cm/s 的速度沿 CD，DA 向终点 A 运动(P，Q 两点中，有一个点运动到终点时，所有运动即终止). 设 P，Q 同时出发并运动了 t 秒.

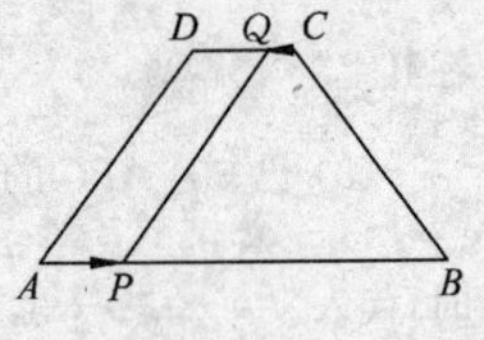

图 3—16

(1) 当 PQ 将梯形 $ABCD$ 分成两个直角梯形时，求 t 的值；

(2) 试问是否存在这样的 t，使四边形 $PBCQ$ 的面积是梯形 $ABCD$ 面积的一半？若存在，求出这样的 t 的值；若不存在，请说明理由.

分析　(1) 由 $AP=5-t=2t$ 可求 t 的值；(2) 分 Q 在 CD 和 AD 上两种情况分类讨论 t 的值.

解　(1) 过 D 作 $DE\perp AB$ 于 E，过 C 作 $CF\perp AB$ 于 F，如图 1.

$\because$ $ABCD$ 是等腰梯形，$\therefore$ 四边形 $CDEF$ 是矩形，$\therefore$ $DE=CF$.

又$\because$ $AD=BC$，$\therefore$ Rt$\triangle ADE\cong$Rt$\triangle BCF$，$AE=BF$.

又 $CD=2$cm，$AB=8$cm，$\therefore$ $EF=CD=2$cm，$AE=BF=\frac{1}{2}(8-2)=3$(cm).

若四边形 $APQD$ 是直角梯形，则四边形 $DEPQ$ 为矩形.

$\because$ $CQ=t$，$\therefore$ $DQ=EP=2-t$，$\because$ $AP=AE+EP$，$\therefore$ $2t=3+2-t$，$\therefore$ $t=\frac{5}{3}$.

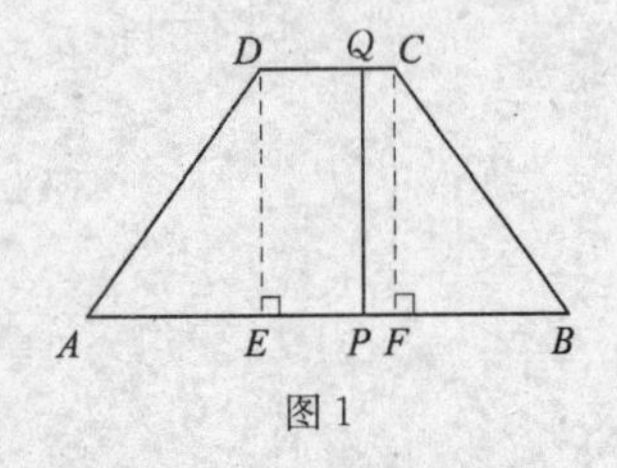

图 1

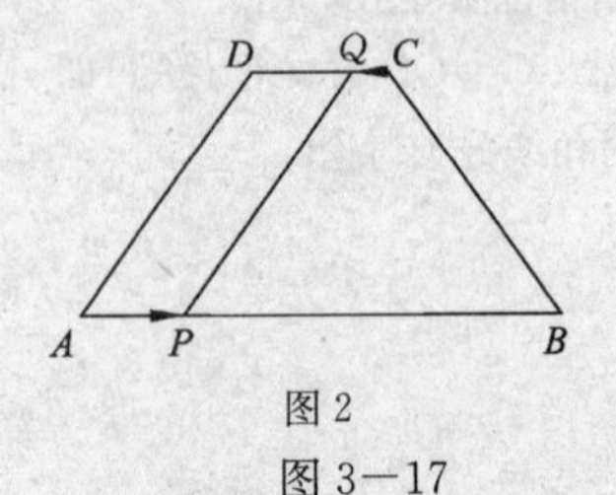

图 2

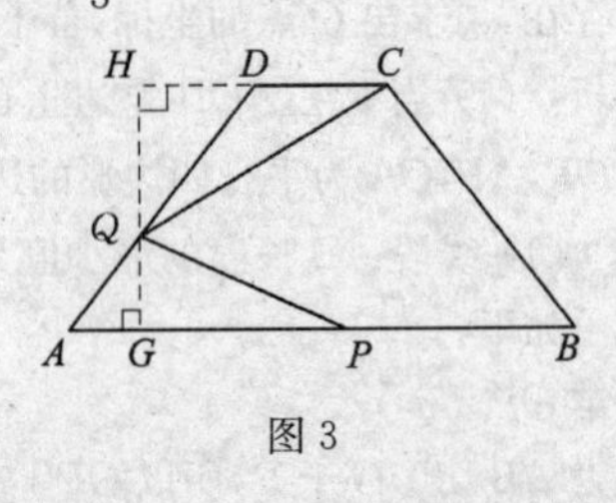

图 3

图 3—17

(2) 在 Rt$\triangle ADE$ 中，$DE=\sqrt{36-9}=3\sqrt{3}$(cm)，$S_{梯形ABCD}=\frac{1}{2}(8+2)\times 3\sqrt{3}=15\sqrt{3}$(cm^2).

当 $S_{四边形PBCQ}=\frac{1}{2}S_{梯形ABCD}$ 时，

① 如图 2，若点 Q 在 CD 上，即 $0<t\leqslant 2$. 则 $CQ=t$，$BP=8-2t$.

$S_{四边形PBCQ}=\frac{1}{2}(t+8-2t)\times 3\sqrt{3}=\frac{15\sqrt{3}}{2}$，解之得 $t=3$（舍去）.

② 如图 3，若点 Q 在 AD 上，即 $2<t\leqslant 4$.

过点 Q 作 $HG\perp AB$ 于 G，交 CD 的延长线于 H.

由图 1 知，$\sin\angle ADE=\frac{AE}{AD}=\frac{1}{2}$，$\therefore \angle ADE=30°$，则 $\angle A=60°$.

在 $Rt\triangle AQG$ 中，$AQ=8-t$，$QG=AQ\cdot\sin 60°=\frac{\sqrt{3}(8-t)}{2}$，在 $Rt\triangle QDH$ 中，$\angle QDH=60°$，$DQ=t-2$，$QH=DQ\cdot\sin 60°=\frac{\sqrt{3}(t-2)}{2}$.

由题意知，$S_{四边形PBCQ}=S_{\triangle APQ}+S_{\triangle CDQ}=\frac{1}{2}\times 2t\times\frac{\sqrt{3}(8-t)}{2}+\frac{1}{2}\times 2\times\frac{\sqrt{3}(t-2)}{2}=\frac{15\sqrt{3}}{2}$，

即 $t^2-9t+17=0$，解之得 $t_1=\frac{9+\sqrt{13}}{2}$（不合题意，舍去），$t_2=\frac{9-\sqrt{13}}{2}$，

答 存在 $t=\frac{9-\sqrt{13}}{2}$，使四边形 $PBCQ$ 的面积是梯形 $ABCD$ 面积的一半.

说明 应注意 Q 的运动路线是折线段，它的不同位置可使四边形 $PBCQ$ 的形状和面积的表达式发生改变.

例 19 （云南省课改区，2005）在平面直角坐标系中，A 点坐标为 $(0,4)$，C 点坐标为 $(10,0)$.

(1) 如图①，若直线 $AB/\!/OC$，AB 上有一动点 P，当 P 点的坐标为________时，有 $PO=PC$；

(2) 如图②，若直线 AB 与 OC 不平行，在过点 A 的直线 $y=-x+4$ 上是否存在点 P，使 $\angle OPC=90°$，若有这样的点 P，求出它的坐标. 若没有，请简要说明理由；

(3) 若点 P 在直线 $y=kx+4$ 上移动时，只存在一个点 P 使 $\angle OPC=90°$，试求出此时 $y=kx+4$ 中 k 的值是多少？

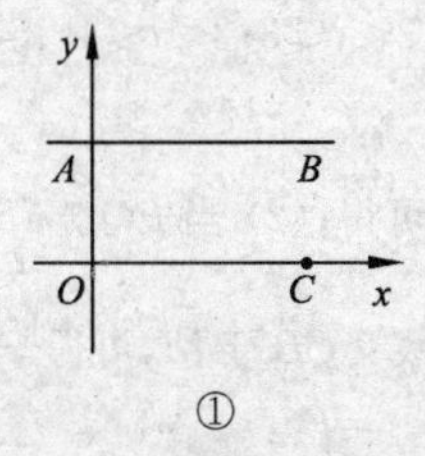

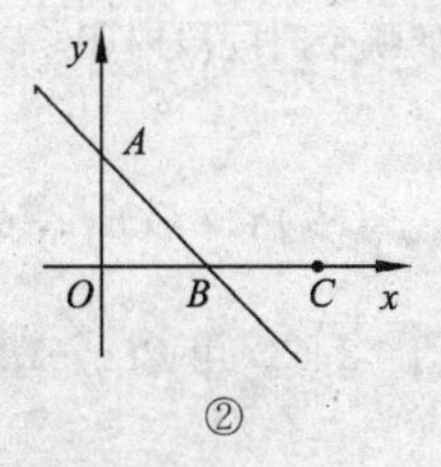

图 3－18

分析 (1) OC 的垂直平分线与 AB 的交点 P 即为所求；(2) 当 $\angle OPC=90°$ 时，有 $OP^2+PC^2=OC^2$，设 $P(x,-x+4)$，转化关于 x 的方程求解；(3) 由(2)知 $k>0$，以 OC 为直径作 $\odot F$，此时直线 $y=kx+4$ 上只有一点 P 使 $\angle OPC=90°$.

解 (1) $(5,4)$.

(2) 设 $P(x,-x+4)$，

连结 OP，PC，过 P 作 $PE\perp OC$ 于 E，过 P 点作 $PN\perp OA$ 于 N.

因为 $OP^2=x^2+(-x+4)^2$，$PC^2=(-x+4)^2+(10-x^2)$，

$OP^2+PC^2=OC^2$，

所以 $x^2+(-x+4)^2+(-x+4)^2+(10-x)^2=10^2$. $x^2-9x+8=0$，$x_1=1$，$x_2=8$.

所以 P 坐标 $(1,3)$ 或 $(8,-4)$.

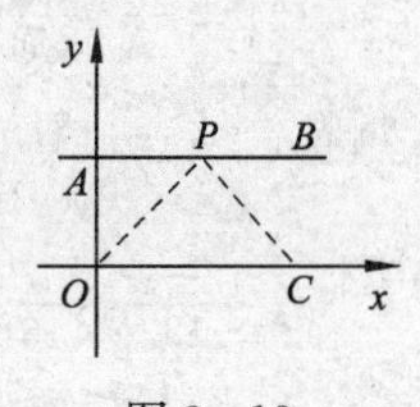

图 3－19

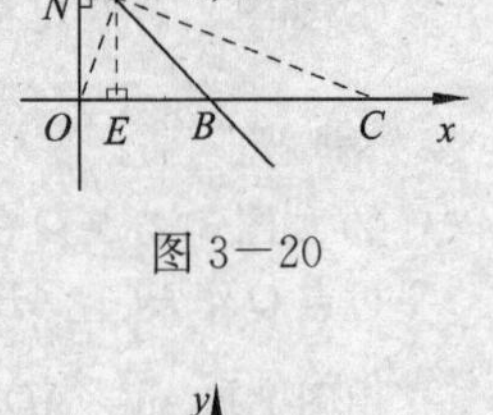

图 3－20

(3) 作以 OC 为直径的⊙F，当过 A 的直线，

$y=kx+4$ 切⊙F 于点 P 时，直线 $y=kx+4$ 与 x 轴交于点 M，此时只有一个点 P.

易知：$\triangle MAO \backsim \triangle MFP$.

由 $MO:MP=OA:FP$，设 $MO=a$，由 $PF=5$，

$OA=4$ 得 $MP=\frac{5}{4}a$.

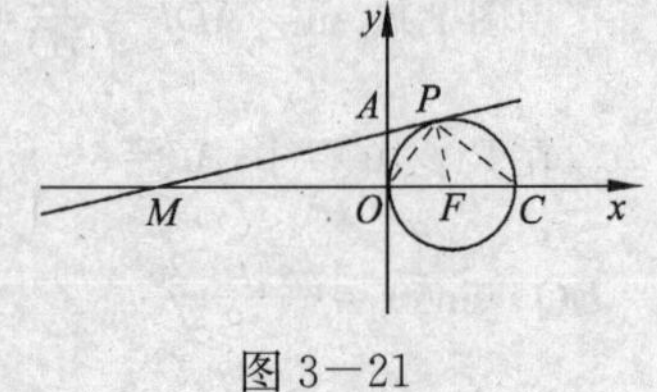

图 3－21

在 Rt$\triangle MPF$ 中，由 $MP^2+PF^2=MF^2$，

得 $\left(\frac{5}{4}a\right)^2+5^2=(a+5)^2$，

得 $a_1=0$(不合题意，舍去)，$a_2=\frac{160}{9}$.

因为 $y=kx+4$ 与 x 轴交点的横坐标为 $-\frac{4}{k}$，

所以 $-\frac{4}{k}=-\frac{160}{9}$，得 $k=\frac{9}{40}$.

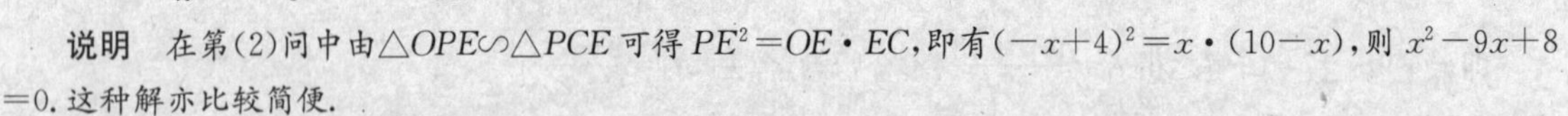

说明　在第(2)问中由$\triangle OPE \backsim \triangle PCE$ 可得 $PE^2=OE \cdot EC$，即有 $(-x+4)^2=x\cdot(10-x)$，则 $x^2-9x+8=0$. 这种解亦比较简便.

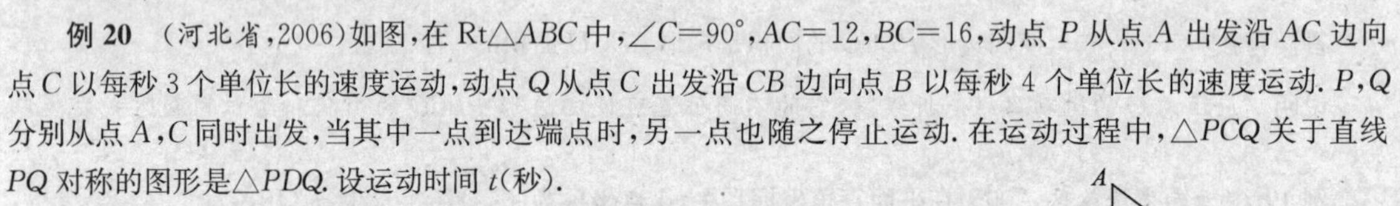

例 20　(河北省，2006)如图，在 Rt$\triangle ABC$ 中，$\angle C=90°$，$AC=12$，$BC=16$，动点 P 从点 A 出发沿 AC 边向点 C 以每秒 3 个单位长的速度运动，动点 Q 从点 C 出发沿 CB 边向点 B 以每秒 4 个单位长的速度运动. P，Q 分别从点 A，C 同时出发，当其中一点到达端点时，另一点也随之停止运动. 在运动过程中，$\triangle PCQ$ 关于直线 PQ 对称的图形是$\triangle PDQ$. 设运动时间 t(秒).

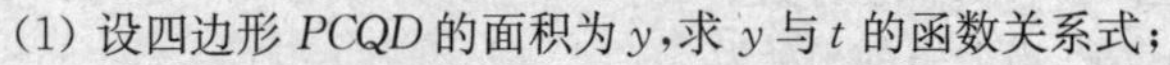

(1) 设四边形 $PCQD$ 的面积为 y，求 y 与 t 的函数关系式；

(2) t 为何值时，四边形 $PQBA$ 是梯形？

(3) 是否存在时刻 t，使得 $PD/\!/AB$？若存在，求出 t 的值；若不存在，请说明理由；

(4) 通过观察、画图或折纸等方法，猜想是否存在时刻 t，使得 $PD\perp AB$？若存在，请估计 t 的值在括号中的哪个时间段内($0\leqslant t\leqslant 1$；$1<t\leqslant 2$；$2<t\leqslant 3$；$3<t\leqslant 4$)；若不存在，请简要说明理由.

图 3－22

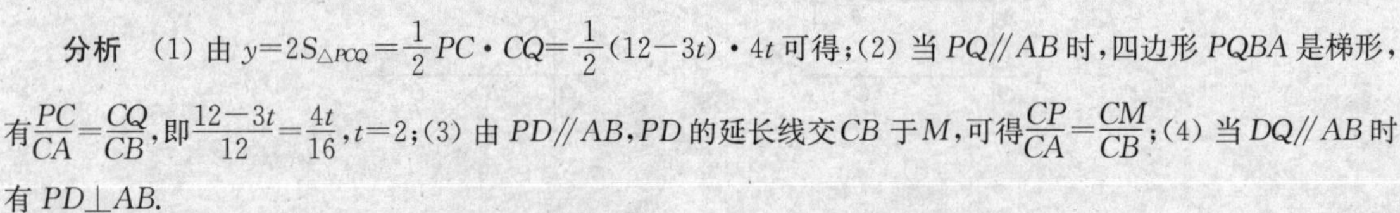

分析　(1) 由 $y=2S_{\triangle PCQ}=\frac{1}{2}PC\cdot CQ=\frac{1}{2}(12-3t)\cdot 4t$ 可得；(2) 当 $PQ/\!/AB$ 时，四边形 $PQBA$ 是梯形，有$\frac{PC}{CA}=\frac{CQ}{CB}$，即$\frac{12-3t}{12}=\frac{4t}{16}$，$t=2$；(3) 由 $PD/\!/AB$，PD 的延长线交 CB 于 M，可得$\frac{CP}{CA}=\frac{CM}{CB}$；(4) 当 $DQ/\!/AB$ 时有 $PD\perp AB$.

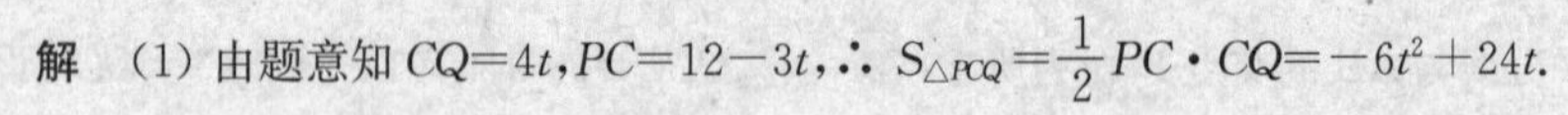

解　(1) 由题意知 $CQ=4t$，$PC=12-3t$，∴ $S_{\triangle PCQ}=\frac{1}{2}PC\cdot CQ=-6t^2+24t$.

∵ $\triangle PCQ$ 与$\triangle PDQ$ 关于直线 PQ 对称，

∴ $y=2S_{\triangle PCQ}=-12t^2+48t$.

(2) 当$\frac{CP}{CA}=\frac{CQ}{CB}$时，有 $PQ/\!/AB$，而 AP 与 BQ 不平行，这时四边形 $PQBA$ 是梯形，

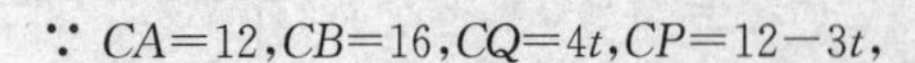

∵ $CA=12$，$CB=16$，$CQ=4t$，$CP=12-3t$，

∴ $\frac{12-3t}{12}=\frac{4t}{16}$，解得 $t=2$，

∴ 当 $t=2$ 秒时，四边形 $PQBA$ 是梯形.

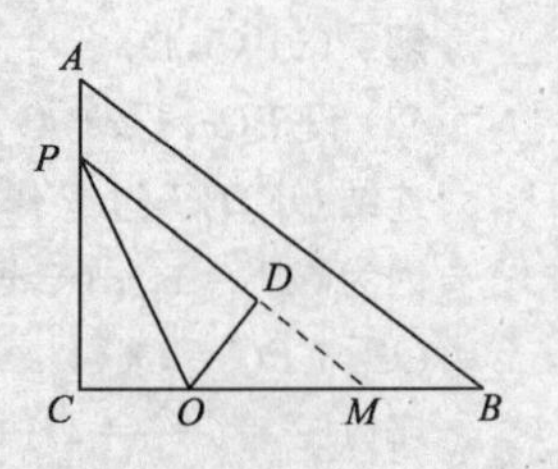

图 3－23

(3) 设存在时刻 t，使得 $PD/\!/AB$，延长 PD 交 BC 于点 M，如图 3－23，若 $PD/\!/AB$，则$\angle QMD=\angle B$，

又 ∵ $\angle QDM=\angle C=90°$ ∴ $Rt\triangle QMD \backsim Rt\triangle ABC$，从而$\frac{QM}{AB}=\frac{QD}{AC}$，

∵ $QD=CQ=4t$，$AC=12$，$AB=\sqrt{12^2+16^2}=20$，∴ $QM=\frac{20}{3}t$.

若 $PD/\!/AB$，则$\frac{CP}{CA}=\frac{CM}{CB}$，得$\frac{12-3t}{12}=\frac{4t+\frac{20}{3}t}{16}$，解得 $t=\frac{12}{11}$.

∴ 当 $t=\frac{12}{11}$秒时，$PD/\!/AB$.

(4) 存在时刻 t，使得 $PD\perp AB$. 时间段为：$2<t\leqslant 3$.

例 21　(福州市，2001)如图 3－24，已知：$\triangle ABC$ 中，$AB=5$，$BC=3$，$AC=4$，$PQ/\!/AB$，P 点在 AC 上(与点 A，C 不重合)，Q 点在 BC 上.

(1) 当$\triangle PQC$ 的面积与四边形 $PABQ$ 的面积相等时，求 CP 的长；

(2) 当$\triangle PQC$ 的周长与四边形 $PABQ$ 的周长相等时，求 CP 的长；

(3) 试问：在 AB 上是否存在点 M，使得$\triangle PQM$ 为等腰直角三角形？若不存在，请简要说明理由；若存在，请求出 PQ 的长.

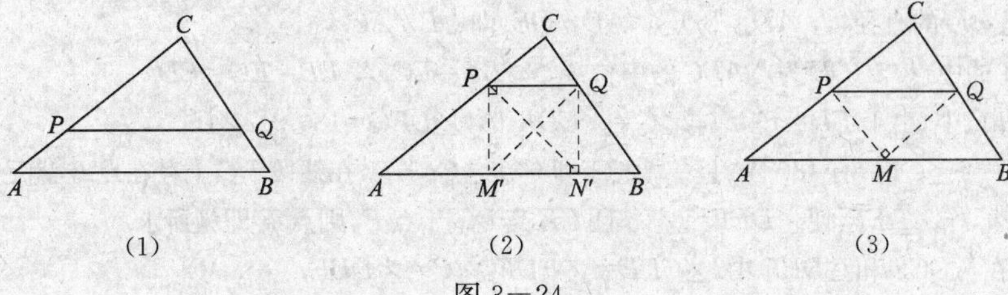

图 3－24

分析　(1) 易知 $S_{\triangle PQC}=\frac{1}{2}S_{\triangle ABC}$，又$\triangle CPQ\backsim\triangle CAB$ 得$(PC:CA)^2=1:2$，故 $PC=2\sqrt{2}$；(2) 易知 $PC+CQ=PA+AB+BQ=6$；(3) 分$\angle MPQ=90°$和$\angle PMQ=90°$两种情况分类讨论.

解　(1) ∵ $S_{\triangle PQC}=S_{四边形PABQ}$.

∴ $S_{\triangle PQC}:S_{\triangle ABC}=1:2$.

∵ $PQ/\!/AB$ ∴ $\triangle PQC\backsim\triangle ABC$，∴ $S_{\triangle PQC}:S_{\triangle ABC}=(PC:AC)^2=1:2$.

∴ $PC^2=4^2\times\frac{1}{2}$.

∴ $PC=2\sqrt{2}$.

(2) ∵ $\triangle PQC$ 的周长与四边形 $PABQ$ 的周长相等，

∴ $PC+CQ=PA+AB+QB=\frac{1}{2}$($\triangle ABC$ 的周长)$=6$.

∵ $PQ/\!/AB$，∴ $\frac{CP}{CA}=\frac{CQ}{CB}$，$\frac{CP}{4}=\frac{6-CP}{3}$. 解得，$CP=\frac{24}{7}$.

(3) ① 据题意，如图(2)，当$\angle MPQ=90°$，$PM=PQ$ 时，由勾股定理逆定理，得$\angle C=90°$，

∴ $\triangle ABC$ 的 AB 上的高为$\frac{12}{5}$. 设 $PM=PQ=x$，∵ $PQ/\!/AB$，∴ $\triangle CPQ\backsim\triangle CAB$.

∴ $\frac{x}{5}=\frac{\frac{12}{5}-x}{\frac{12}{5}}$. ∴ 解得：$x=\frac{60}{37}$，即 $PC=\frac{60}{37}$.

当$\angle M'QP=90°$，$QP=QM'$ 时，同理可得 $PC=\frac{37}{60}$.

② 据题意，如图(3)，当$\angle PMQ=90°$，$MP=MQ$ 时，由等腰三角形得，

M到PQ距离为$\frac{1}{2}PQ$. 设$PQ=x$. ∵ $PQ/\!/AB$ ∴ $\triangle CPQ\backsim\triangle CAB$.

∴ $\frac{x}{5}=\frac{\frac{12}{5}-\frac{1}{2}x}{\frac{12}{5}}$. 解得:$x=\frac{120}{49}$,即$PQ=\frac{120}{49}$.

说明 在图形中,PQ分直角边和斜边两种情况,故有多解.

例22 (天津市,2002)已知:以Rt△ABC的直边AB为直径作⊙O,与斜边AC交于点D,过点D作⊙O的切线交BC边于点E.

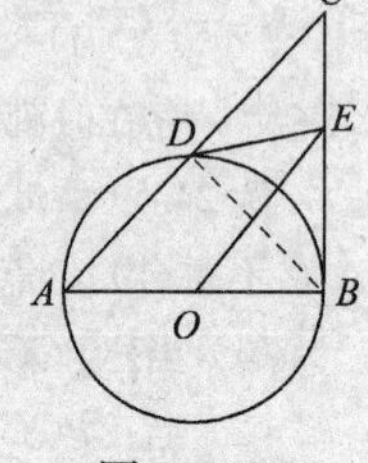

图3-25

(1) 如图3-25,求证:$EB=EC=ED$;

(2) 试问在线段DC上是否存在点F,满足$BC^2=4DF\cdot DC$.

若存在,作出点F,并予以证明;若不存在,请说明理由.

分析 (1) 由切线长定理有$DE=EB$,又由$\angle CDB=90°$证$CE=DE=BE$;(2) 分$\angle DEC>\angle C$,$\angle DEC=\angle C$,$\angle DEC<\angle C$三种情况讨论.

解 (1) 证明:连结BD.

由于ED,EB是⊙O的切线,由切线长定理,得$ED=EB$,$\angle DEO=\angle BEO$,∴ OE垂直平分BD.

又∵ AB是⊙O的直径,∴ $AD\perp BD$. ∴ $AD/\!/OE$. 即$OE/\!/AC$.

又O为AB的中点,∴ OE为△ABC的中位线,∴ $BE=EC$,∴ $EB=EC=ED$.

(2) 在△DEC中,由于$ED=EC$. ∴ $\angle C=\angle CDE$,∴ $\angle DEC=180°-2\angle C$.

① 当$\angle DEC>\angle C$时,有$180°-2\angle C>\angle C$,即$0°<\angle C<60°$,在线段DC上存在点F满足条件. 在$\angle DEC$内,以ED为一边,作$\angle DEF$,使$\angle DEF=\angle C$,且EF交DC于点F,则点F即为所求.

这是因为:在△DCE和△DEF中,$\angle CDE=\angle EDF$,$\angle C=\angle DEF$,

∴ $\triangle DEF\backsim\triangle DCE$. ∴ $DE^2=DF\cdot DC$.

即$\left(\frac{1}{2}BC\right)^2=DF\cdot DC$. ∴ $BC^2=4DF\cdot DC$.

② 当$\angle DEC=\angle C$时,△DEC为等边三角形,即$\angle DEC=\angle C=60°$,此时,C点即为满足条件的F点,于是,$DF=DC=DE$,仍有$BC^2=4DE^2=4DF\cdot DC$.

③ 当$\angle DEC<\angle C$时,即$180°-2\angle C<\angle C$,$60°<\angle C<90°$. 所作的$\angle DEF>\angle DEC$,此时点F在DC的延长线上,故线段DC上不存在满足条件的点F.

说明 应注意到△ABC中BC的长度不确定,△DEC的大小不确定,故应分类讨论.

例23 (黑龙江省,2003)已知:如图3-26,在直角坐标系内的梯形$AOBC$中,$AC/\!/OB$,AC、OB的长是关于x的方程$x^2-6mx+m^2+4=0$的两根,并且$S_{\triangle AOC}:S_{\triangle BOC}=1:5$.

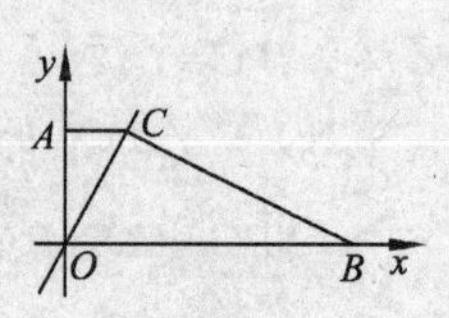

图3-26

(1) 求AC,OB的长;

(2) 当$BC\perp OC$时,求OC的长及OC所在直线的解析式;

(3) 在第(2)问的条件下,线段OC上是否存在一点M,过点M作x轴的平行线,交y轴于F,交BC于D,过点D作y轴的平行线,交x轴于E,使$S_{矩形FOED}=\frac{1}{2}S_{梯形AOBC}$?若存在,请直接写出点$M$的坐标;若不存在,请说明理由.

分析 (1) 因为AC,OB的长是给定方程的两根,所以,要求AC,OB的长,只需求出给定方程的两根即可. 而要求给定方程的两根,只要求出m的值就行了. 要求m的值,只需根据已知条件列出关于m的方程就可以了.

∵ $S_{\triangle AOC}:S_{\triangle BOC}=1:5$. ∴ $AC:OB=1:5$,

故可设$AC=k$,$OB=5k$. 由根与系数的关系,得

$\begin{cases}k+5k=6m,\\5k\cdot k=m^2+4.\end{cases}$解之,得$\begin{cases}m=1,\\k=1\end{cases}$$\begin{cases}m=-1,\\k=-1.\end{cases}$(不合题意,舍去)$\therefore AC=1,OB=5$.

(2) 设$OC=x$,于是,要求OC的长,只要根据已知图形的有关度量性质,列出关于x的方程就行了.

$\because \angle OAC=\angle BCO=90^\circ,\angle ACO=\angle BOC,\therefore \triangle OAC\backsim\triangle BCO$.

$\therefore \dfrac{OC}{OB}=\dfrac{AC}{OC}.\therefore OC^2=AC\cdot OB.\therefore x^2=5.\therefore x=\sqrt{5}$或$x=-\sqrt{5}$.

$\because OC>0,\therefore OC=\sqrt{5}$.要求直线$OC$的解析式,只需求出点$C$的坐标即可.

$\because AC=1,\therefore$ 由勾股定理$OA=2.\therefore C(1,2)$.

$\therefore$ 所求解析式为$y=\dfrac{2\sqrt{3}}{9}x^2+\dfrac{2\sqrt{3}}{3}x$.

(3) 直线AE与$\odot M$相切,要证此猜想正确,只需证$AE\perp AB$,即只需证$\angle EAB=90^\circ$.

在$\mathrm{Rt}\triangle AOB$中,$\because OA=3,OB=\sqrt{3},\therefore \tan\angle OAB=\dfrac{OB}{OA}=\dfrac{\sqrt{3}}{3},\therefore \angle OAB=30^\circ,\therefore \angle OBA=60^\circ$.

由(2)知,$\overset{\frown}{AC}=\overset{\frown}{OC},\therefore \angle OBC=30^\circ.\therefore \angle ADE=\angle BDO=60^\circ$.

在$\mathrm{Rt}\triangle BOD$中,$OD=OB\cdot\tan30^\circ=1.\therefore AD=2$.

$\because DE=2=AD,\therefore \triangle ADE$为等边三角形.$\therefore \angle EAD=60^\circ$.

$\therefore \angle EAB=\angle EAD+\angle DAB=60^\circ+30^\circ=90^\circ.\therefore AE\perp AB,\therefore$ 直线AE与$\odot M$相切.

$\therefore$ 直线OC的解析式为$y=2x$.

假设存在,点$D(a,b)$,则$M\left(\dfrac{1}{2}b,b\right)$.

于是,只要求出点D的坐标即可.为此,只要根据已知条件列出关于a,b的方程组就行了.

$\because S_{矩形FOED}=\dfrac{1}{2}S_{梯形AOBC},\therefore ab=3.$①

$\because \triangle BED\backsim\triangle OAC,\therefore \dfrac{DE}{BE}=\dfrac{AC}{OA}=\dfrac{1}{2}.\because DE=b,BE=5-a,\therefore \dfrac{b}{5-a}=\dfrac{1}{2}.$②

解由①,②组成的方程组,得$\begin{cases}a=2,\\b=\dfrac{3}{2};\end{cases}$$\begin{cases}a=3,\\b=1.\end{cases}$$\therefore M_1\left(\dfrac{1}{2},1\right),M_2\left(\dfrac{3}{4},\dfrac{3}{2}\right)$.

说明　(1) 解第(3)问的关键是设点$D(a,b)$.因为点M和点D的纵标相等且点M在直线$y=2x$上,所以,据此即可确定点$M\left(\dfrac{1}{2}b,b\right)$.若设点$M(a,b)$,则确定点$D$的坐标就比较困难了,也比较复杂了.

(2) 数学存在性问题实质上是问符合一定条件的数学对象(本例是点M)是否存在.解题的基本思路是:假定符合已知条件的数学对象存在,然后根据已知条件去求这个数学对象.对于本例而言,关键是由①、②组成的方程组是否有正实数解?若有,则存在;若没有,则不存在.

例 24　(温州市,2004)如图甲,正方形$ABCD$的边长为2,点M是BC的中点,P是线段MC上的一个动点(不运动至M,C),以AB为直径作$\odot O$,过点P的切线交AD于点F,切点为E.

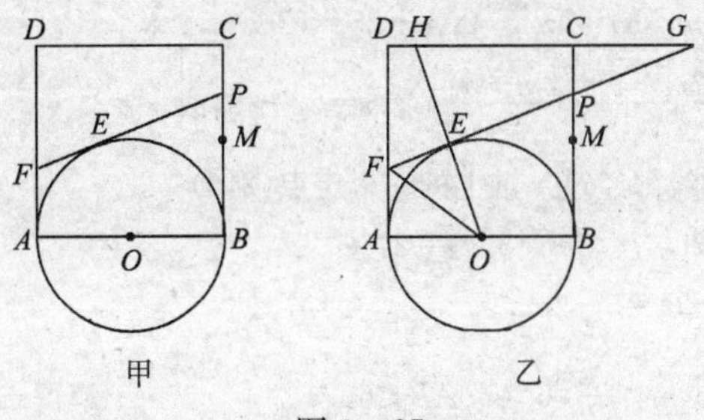

图 3－27

(1) 求四边形 $CDFP$ 的周长;

(2) 请连结 OF,OP,求证:$OF\perp OP$;

(3) 延长 DC,FP 相交于点 G,连结 OE 并延长交直线 DC 于 H(如图乙). 是否存在点 P 使$\triangle EFO\backsim\triangle EHG$(其对应关系是 $E\leftrightarrow E$,$F\leftrightarrow H$,$O\leftrightarrow G$).

如果存在,试求此时的 BP 的长;如果不存在,请说明理由.

分析 (1) 由切线长定理知 $AF=EF$,$EP=BP$,故四边形 $CDFP$ 周长$=AD+DC+CB=2\times3=6$;(2) 证$\triangle AFO\cong\triangle EFO$ 得$\angle AOF=\angle EOF$,再得$\angle EOP=\angle BOP$,则有$\angle FOP=90°$;(3) 要使$\triangle EFO\backsim\triangle EHG$,则$\angle EHG=\angle EFO$,而$\angle EHG=2\angle EOF$,则$\angle EFO=2\angle EOF=60°$,$BP=OB\cdot\tan60°=\sqrt{3}$.

解 (1) ∵ 四边形 $ABCD$ 是正方形,∴ $\angle A=\angle B=\text{Rt}\angle$. ∴ AF,BP 都是$\odot O$ 的切线.

又∵ PF 是$\odot O$ 的切线. ∴ $EF=FA$,$PE=PB$.

∴ 四边形 $CDFP$ 的周长为 $AD+DC+CB=2\times3=6$.

(2) ∴ 连结 OE,∵ PF 是$\odot O$ 的切线. ∴ $OE\perp PF$.

在 $\text{Rt}\triangle AOF$ 和 $\text{Rt}\triangle EOF$ 中,∴ $AO=EO$,$OF=OF$,∴ $\text{Rt}\triangle AOF\cong\text{Rt}\triangle EOF$,∴ $\angle AOF=\angle EOF$.

同理$\angle BOP=\angle EOP$.

∴ $\angle EOF+\angle EOP=\frac{1}{2}\times180°=90°$. ∴ $\angle EOP=90°$. 即 $OF\perp OP$.

(3) 存在.

∵ $\angle EOF=\angle AOF$,∴ $\angle EHG=\angle AOE=2\angle EOF$,

∴ 当$\angle EHG=\angle AOE=2\angle EOF$,即$\angle EOF=30°$时,

$\text{Rt}\triangle EOF\backsim\text{Rt}\triangle EHG$.

此时$\angle EOF=30°$,$\angle BOP=\angle EOP=90°-30°=60°$. ∴ $BP=OB\cdot\tan60°=\sqrt{3}$.

说明 在(3)中可从结论入手,逆向思维,得到$\triangle EOF\backsim\triangle EHG$ 必须满足的条件为$\angle EFO=2\angle EOF$,从而推出$\angle EOF=30°$,这种思考问题的方法称为分析法.

例 25 (济宁市,2004)已知抛物线 $y=x^2-(2m-1)x+4m-6$.

(1) 试说明对于每一个实数 m,抛物线都经过 x 轴上的一个定点;

(2) 设抛物线与 x 轴的两个交点 $A(x_1,0)$ 和 $B(x_2,0)$($x_1<x_2$)分别在原点的两侧,且 A,B 两点间的距离小于 6,求 m 的取值范围;

(3) 抛物线的对称轴与 x 轴交于点 $C\left(\frac{2m-1}{2},0\right)$,在(2)的条件下,试判断是否存在 m 的值,使经过点 C 及抛物线与 x 轴的一个交点的$\odot M$ 与 y 轴的正半轴相切于点 D,且被 x 轴截得的劣弧与 $\overset{\frown}{CD}$ 是等弧. 若存在,求出所有满足条件的 m 的值;若不存在,说明理由.

分析 (1) 令 $y=0$,求出方程 $x^2-(2m-1)x+4m-6=0$ 的根中一定值即可;(2) 由 $AB=x_2-x_1<6$ 确定 m 的取值范围;(3) 分 C 点在原点右侧和原点左侧讨论.

解 (1) 设 $y=0$,则 $x^2-(2m-1)x+4m-6=0$.

∵ $\Delta=[-(2m-1)]^2-4(4m-6)=4m^2-20m+25=(2m-5)^2$,

∴ $x=\frac{2m-1\pm|2m-5|}{2}=\frac{2m-1\pm(2m-5)}{2}$,∴ $x=2m-3$,或 $x=2$.

因此对每一个 m 的值,抛物线都经过 x 轴上的一个定点(2,0)

(2) 由(1)及 $x_1<0<x_2$ 可知,$x_1=2m-3$,$x_2=2$,

∴ $AB=x_2-x_1=2-(2m-3)=5-2m$.

∵ $x_1\cdot x_2<0$,∴ $4m-6<0$,$m<\frac{3}{2}$. ∵ $0<AB<6$,∴ $\begin{cases}5-2m>0,\\5-2m<6.\end{cases}$解得$-\frac{1}{2}<m<\frac{5}{2}$.

因此,所求的 m 的取值范围是 $-\frac{1}{2}<m<\frac{3}{2}$.

(3) 设存在 m 的值,使⊙M 符合要求,这时有下列两种情况.

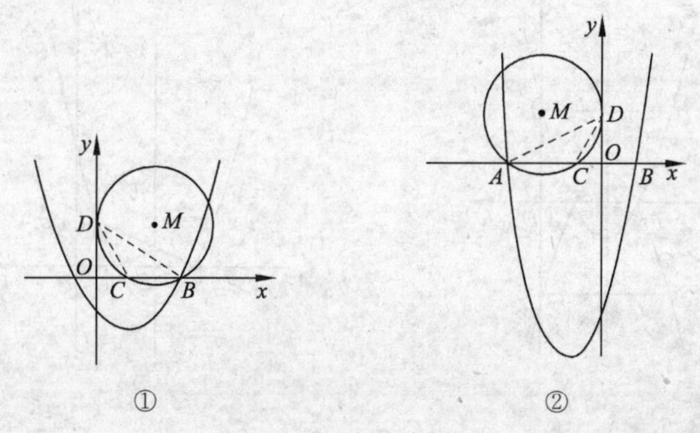

图 3—28

① 点 C 在原点的右侧,这时 $\frac{2m-1}{2}>0$,得 $m>\frac{1}{2}$,⊙M 过点 C 和点 B(如图①).

连结 BD,CD.

∵ OD 切⊙M 于点 D,∴ $\angle CBD=\angle CDO$.

∵ $\overset{\frown}{BC}=\overset{\frown}{CD}$,∴ $\angle CBD=\angle CDB$. ∵ $\angle DOC=90^\circ$,∴ $\angle CBD=\angle CDO=\angle CDB=30^\circ$.

在 Rt△OBD 和 Rt△OCD 中,

$OD=OB\cdot\tan\angle OBD=2\tan30^\circ=\frac{2\sqrt{3}}{2}$,$OD=OC\cdot\cot\angle CDO=\frac{2m-1}{2}\cdot\cot30^\circ=\frac{\sqrt{3}}{2}(2m-1)$.

∴ $\frac{\sqrt{3}}{2}(2m-1)=\frac{2\sqrt{3}}{3}$. ∴ $m=\frac{7}{6}$,符合题意.

② 点 C 在原点的左侧,这时 $\frac{2m-1}{2}<0$,得 $m<\frac{1}{2}$,⊙M 过点 C 和点 A(如图②).

连结 AD,CD,与①同理得 $\angle CAD=\angle CDO=\angle CDA=30^\circ$.

$OD=OA\cdot\tan\angle OAD=\frac{\sqrt{3}}{3}(3-2m)$,$OD=OC\cdot\cot\angle CDO=\frac{\sqrt{3}}{2}(1-2m)$,

∴ $\frac{\sqrt{3}}{3}(3-2m)=\frac{\sqrt{3}}{2}(1-2m)$. ∴ $m=-\frac{3}{2}$,不符合题意.

综合上述,满足条件的 m 的值只有一个,即 $m=\frac{7}{6}$.

说明　本例第(3)问在分析问题时可分根据已知条件画出⊙M 的大致位置,注意此时应防范漏解,再结合已知条件产生关于 m 的方程,达到解题的目的,所以正确画图的作用十分明显.

例 26　(北京市,2003)已知:抛物线 $y=ax^2+4ax+t$ 与 x 轴的一个交点 $A(-1,0)$.

(1) 求抛物线与 x 轴的另一个交点 B 的坐标;

(2) D 是抛物线与 y 轴的交点,C 是抛物线上的一点,且以 AB 为一底的梯形 $ABCD$ 的面积为 9,求此抛物线的解析式;

(3) E 是第二象限内到 x 轴、y 轴的距离的比为 5∶2 的点,如果点 E 在(2)中的抛物线上,且它与点 A 在此抛物线对称轴的同侧,问:在抛物线的对称轴上是否存在点 P,使△APE 的周长最小? 若存在,求出点 P 的坐标;若不存在,请说明理由.

分析　(1) 易知抛物线的对称轴为 $x=-2$,由 $A(-1,0)$,知 $B(-3,0)$;(2) 由 $A(-1,0)$ 知 $t=3a$,则 $y=ax^2+4ax+3a$,再由 $S_{梯形ABCD}=9$ 求 a 的值;(3) 由轴对称的思想确定 P 是直线 BE 与直线 $x=-2$ 的交点.

解　(1) 依题意,抛物线的对称轴为 $x=-2$.

∵ 抛物线与 x 轴的一个交点为 $A(-1,0)$，

∴ 由抛物线的对称性，可得抛物线与 x 轴的另一个交点 B 的坐标为 $(-3,0)$.

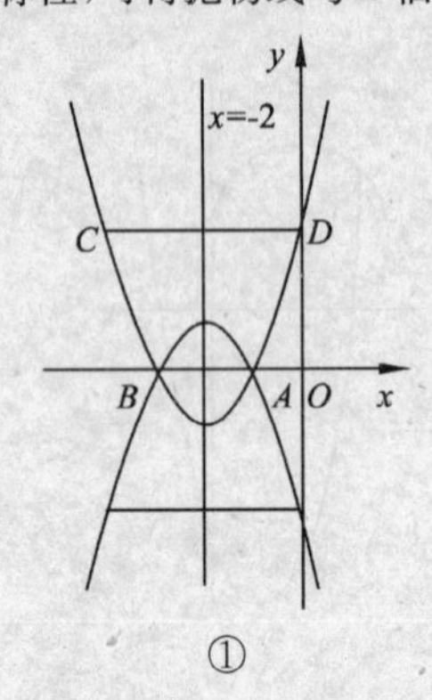

①

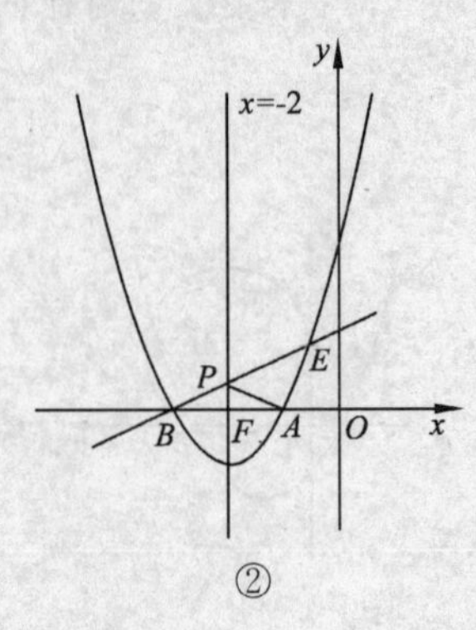

②

图 3－29

(2) ∵ 抛物线 $y=ax^2+4ax+t$ 与 x 轴的一个交点为 $A(-1,0)$，

∴ $a(-1)^2+4a(-1)+t=0$. ∴ $t=3a$. ∴ $y=ax^2+4ax+3a$. ∴ $D(0,3a)$.

∵ 梯形 $ABCD$ 中，$AB /\!/ CD$，且点 C 在抛物线 $y=ax^2+4ax+3a$ 上，

∴ $C(-4,3a)$. ∴ $AB=2, CD=4$.

∵ 梯形 $ABCD$ 的面积为 9，∴ $\frac{1}{2}(AB+CD)\cdot OD=9$. ∴ $\frac{1}{2}(2+4)|3a|=9$. ∴ $a=\pm1$.

∴ 所求抛物线的解析式为 $y=x^2+4x+3$ 或 $y=-x^2-4x-3$.

(3) 易知 P 是直线 BE 与对称轴 $x=-2$ 的交点. 如图，过点 E 作 $EQ\perp x$ 轴于点 Q.

设对称轴与 x 轴的交点为 F.

由 $PF /\!/ EQ$，可得 $\frac{BF}{BQ}=\frac{PF}{EQ}$. ∴ $\frac{1}{\frac{5}{2}}=\frac{PF}{\frac{5}{4}}$. ∴ $PF=\frac{1}{2}$. ∴ 点 P 坐标为 $\left(-2,\frac{1}{2}\right)$.

例 27　(泰州市，2002)等腰梯形 $ABCD$ 中，$AD /\!/ BC$，$AB=DC$，面积 $S=9$，建立如图所示的直角坐标系. 已知 $A(1,0)$，$B(0,3)$.

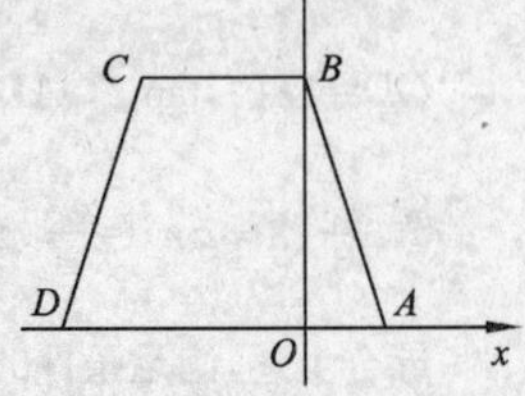

图 3－30

(1) 求 C，D 两点的坐标.

(2) 取点 $E(0,1)$，连结 DE 并延长交 AB 于 F，求证：$DF\perp AB$.

(3) 将梯形 $ABCD$ 绕 A 点旋转 180°到 $AB'C'D'$，求对称轴平行于 y 轴，且经过 A，B'，C' 三点的抛物线解析式.

(4) 是否存在这样的直线，满足以下条件：① 平行于 x 轴，② 与(3)中抛物线有两交点，且这两交点和(3)中抛物线的顶点恰是一个等边三角形的三个顶点？若存在，求出这个等边三角形的面积；若不存在，请说明理由.

解　(1) 设 $BC=m$，则 $AD=m+2$.

$S=\frac{AD+BC}{2}\cdot OB=9$，易求 $m=2$，∴ $C(-2,3)$，$D(-3,0)$.

(2) 易证 $\triangle DOE \cong \triangle BOA$，∴ $\angle EDO=\angle ABO$.

而 $\angle ABO+\angle BAO=90°$，∴ $\angle BAO+\angle EDO=90°$. ∴ $DF\perp AB$.

(3) 易求 $B'(2,-3)$，$C'(1,-3)$，$D'(5,0)$，显然 D' 在抛物线上.

设所求抛物线的解析式为 $y=a(x-1)(x-5)$.

将 $(2,-3)$ 代入得：$a=1$，∴ $y=x^2-6x+5$.

(4) 设平行于 x 轴的直线为 $y=n$. ∴ $\begin{cases} y=n, \\ y=x^2-6x+5, \end{cases}$ ∴ $x^2-6x-n=0$.

$x_1-x_2=\sqrt{(x_1-x_2)^2-4x_1x_2}=\sqrt{4(4+n)}=2\sqrt{4+n}$.

顶点坐标$(3,-4)$.

该三角形若为正三角形,必须$n+4=\frac{\sqrt{3}}{2}\cdot 2\sqrt{4+n}$.解得:$n=-4$(舍去$n_2=-1$).

故存在这样的直线$y=-1$,使之满足条件.此时该三角形面积是$\frac{1}{2}\times 2\sqrt{3}\times 3=3\sqrt{3}$.

说明　直线与抛物线的交点坐标一般联立相应的解方程组求解.(4)中由等边三角形的高等于等边三角形边长的$\frac{\sqrt{3}}{2}$求解.

例28　(贵阳市,2002)如图,在直角坐标系xOy中,二次函数图象的顶点坐标为$C(4,-\sqrt{3})$,且在x轴上截得的线段AB的长为6.

(1) 求二次函数的解析式;

(2) 设抛物线与y轴的交点为D,求四边形$DACB$的面积;

(3) 在x轴上方的抛物线上,是否存在点P,使得$\angle PAC$被x轴平分,如果存在,请求出P点的坐标;如果不存在,请说明理由.

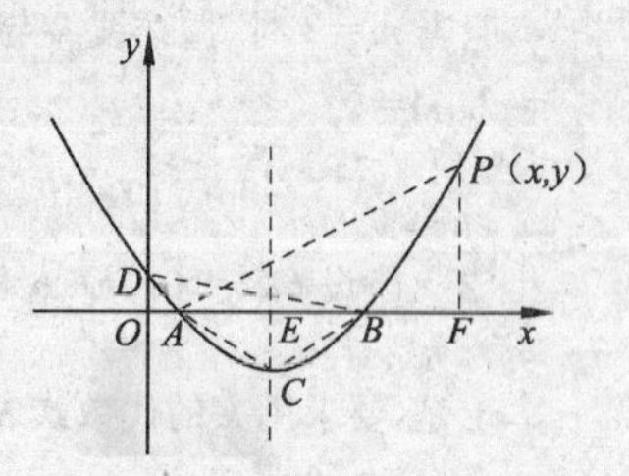

图3—31

解　(1) 根据题意,得:$OE=4,AE=BE=3,OA=1,OB=7$即$A(1,0)$,$B(7,0)$.

设$y=a(x-1)(x-7)$.$\because x=4,y=-\sqrt{3}$,$\therefore a=\frac{\sqrt{3}}{9}$.

$\therefore$所求解析式为:$y=\frac{\sqrt{3}}{9}(x-1)(x-7)\left(\text{或 } y=\frac{\sqrt{3}}{9}x^2-\frac{8\sqrt{3}}{9}x+\frac{7\sqrt{3}}{9}\right)$.

(2) 连结DA,AC,BC,DB.

当$x=0$时,$y=\frac{7\sqrt{3}}{9}$.$\therefore D\left(0,\frac{7\sqrt{3}}{9}\right)$.

$\therefore S_{\text{四边形}DACB}=S_{\triangle DAB}+S_{\triangle ACB}=\frac{1}{2}\times 6\times\frac{7\sqrt{3}}{9}+\frac{1}{2}\times 6\times\sqrt{3}=\frac{16}{3}\sqrt{3}$.

(3) 假设存在点$P(x,y)$,使x轴平分$\angle PAC$,过点P作$PF\perp x$轴,垂足为点F.

则$\triangle APF\backsim\triangle ACE$,$\therefore \frac{PF}{CE}=\frac{AF}{AE}$.即:$\frac{y}{\sqrt{3}}=\frac{x-1}{3}$.

$\therefore 3\left(\frac{\sqrt{3}}{9}x-\frac{8\sqrt{3}}{9}x+\frac{7\sqrt{3}}{9}x\right)=\sqrt{3}(x-1)$.$\therefore x^2-11x+10=0$ $x_1=10,x_2=1$.

当$x=10$时,$y=\frac{\sqrt{3}}{9}\times(10-1)\times(10-7)=3\sqrt{3}$.

当$x=1$时,$y=0$(不合题意,舍去)$\therefore P(10,3\sqrt{3})$.

说明　(3)中由$\angle PAC$被x轴平分产生等角,再由等角转化相似三角形得到此例式求解,这即是它的核心方法.

例29　(泰州市,2003)已知:如图3—23,抛物线$y=x^2-(m+2)x+3(m-1)$与x轴的两个交点M,N在原点的两侧,且点N在点M的右边,直线$y_1=-2x+m+6$经过点N,交y轴于点F.

(1) 求这条抛物线和直线的解析式;

(2) 直线$y_2=kx(k>0)$与抛物线交于两个不同的点A,B,与直线y_1交于点P,分别过点A,B,P作x轴的垂线,垂足分别是C,D,H.

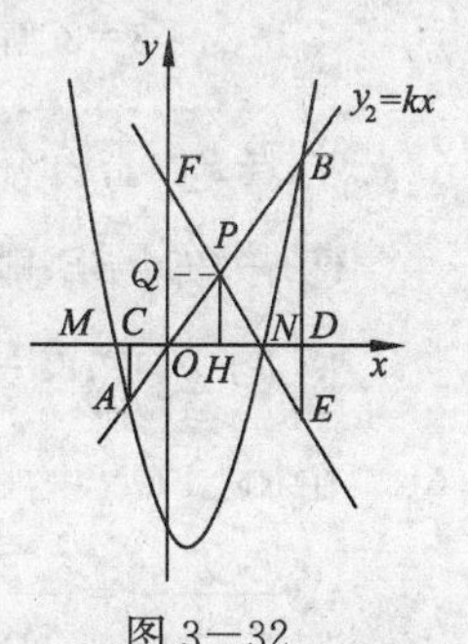

图3—32

① 试用关于 k 的代数式表示$\frac{1}{OC}-\frac{1}{OD}$；

② 求证：$\frac{1}{OC}-\frac{1}{OD}=\frac{2}{OH}$.

(3) 在(2)的条件下，延长线段 BD 交直线 y_1 于点 E，当直线 y_2 绕点 O 旋转时，问：是否存在满足条件的 k 值，使△PBE 为等腰三角形？若存在，求出直线 y_2 的解析式；若不存在，请说明理由.

分析　(1) 要求抛物线和直线的解析式，只需求出 m 的值即可. 为此，只要根据已知条件列出关于 m 的方程就行了. 设点 $N(x_0,0)$.

∵ 点 N 既在抛物线 y 上又在直线 y_1 上，

∴ $\begin{cases}x_0^2-(m+2)x_0+3(m-1)=0,\\-2x_0+m+6=0.\end{cases}$ 解此方程组，可求得 $m=0$ 或 8.

但当 $m=8$ 时，抛物线 y 与 x 轴的两个交点 $M(3,0)$，$N(7,0)$都在原点的右侧，不合题意，故舍去 $m=8$，

∴ $m=0$.

∴ $y=x^2-2x-3$，$y_1=-2x+6$.

(2) ① 设 $C(x_1,0)$、$D(x_2,0)$则$\frac{1}{OC}-\frac{1}{OD}=\frac{OD-OC}{OC\cdot OD}=\frac{x_2+x_1}{-x_1x_2}$.

于是，要求用 k 的代数式表示$\frac{1}{OC}-\frac{1}{OD}$的表达式，只要求出用 k 的代数式表示(x_1+x_2)和 $x_1\cdot x_2$ 的表达式即可.

将 $y=kx$ 代入抛物线 $y=x^2-2x-3$，得 $x^2-(k+2)x-3=0$.

由根与系数的关系，得 $x_1+x_2=k+2$，$x_1\cdot x_2=-3$. ∴ $\frac{1}{OC}-\frac{1}{OD}=\frac{k+2}{3}$.

② 要证$\frac{1}{OC}-\frac{1}{OD}=\frac{2}{OH}$，只要证$\frac{2}{OH}=\frac{k+2}{3}$，即只需证 $OH=\frac{6}{k+2}$即可. 为此，只需求出点 P 的横坐标(用 k 表示)就行了.

解方程组$\begin{cases}y=kx,\\y=-2x+6;\end{cases}$ 得$\begin{cases}x=\frac{6}{k+2},\\y=\frac{6k}{k+2}.\end{cases}$ ∴ $OH=\frac{6}{k+2}$. ∴ $\frac{1}{OC}-\frac{1}{OD}=\frac{2}{OH}$.

(3) 假设存在满足条件的 k 值，使△PBE 为等腰三角形. 于是，只要根据已知条件，求出 k 的值即可. 为此，只需求出点 P 的坐标即可.

因为点 P 在直线 $y_1=-2x+6$ 上，故可设点 P 的坐标为$(a,-2a+6)$. 从而，只要求出 a 的值就可以了. 以下分类讨论：

① 若 $PB=PE$，则 $PF=PO$. 点 F 在直线 y_1 上，故易求得点 F 的坐标为$(0,6)$.

作 $PQ\perp y$ 轴于点 Q，则 $FQ=OQ$. ∴ $PH=OQ=\frac{1}{2}OF=3$

∴ $-2a+6=3$. 解之，得 $a=\frac{3}{2}$. ∴ 点 $P\left(\frac{3}{2},3\right)$.

∵ 点 P 在直线 $y_2=kx$ 上，∴ $\frac{3}{2}k=3$，∴ $k=2$. ∴ $y_2=2x$.

② 若 $PE=BE$，则 $PF=OF=6$.

∵ $HP\parallel OF$，∴ $\frac{PH}{OF}=\frac{PN}{FN}$. 易求得点 N 的坐标为$(3,0)$.

在 Rt△FON 中，由勾股定理，得 $FN=3\sqrt{5}$.

∴ $\frac{-2a+6}{6}=\frac{3\sqrt{5}-6}{3\sqrt{5}}$. 解之，得 $a=\frac{6\sqrt{5}}{5}$. ∴ 点 $P\left(\frac{6\sqrt{5}}{5},-\frac{12\sqrt{5}}{5}+6\right)$.

∵ 点 P 在直线 $y_2=kx$ 上，∴ $-\frac{12\sqrt{5}}{5}+6=\frac{6\sqrt{5}}{5}k$. ∴ $k=\sqrt{5}-2$. ∴ $y_2=(\sqrt{5}-2)x$.

③ 若 $PB=BE$，则 $\angle BPE=\angle BEP$.

∵ $\angle PFO=\angle BEP$，$\angle OPF=\angle BPE$，∴ $\angle PFO=\angle OPF$. ∴ $OP=OF=6$.

由 $PH^2+OH^2=OP^2$ 得 $a^2+(-2a+6)^2=6^2$.

解之，得 $a_1=0$（不合题意，舍去），$a_2=\frac{24}{5}$. ∴ 点 $p\left(\frac{24}{5},-\frac{18}{5}\right)$.

∵ 点 P 在直线 $y_2=kx$ 上，∴ $-\frac{18}{5}=\frac{24}{5}k$. ∴ $k=-\frac{3}{4}$（不合题意，舍去）.

综合上述可知，存在满足条件的 k 值（$k=2$ 或 $k=\sqrt{5}-2$），使△PBE 为等腰三角形. 这时，$y_2=2x$ 或 $y_2=(\sqrt{5}-2)x$.

说明　(1) 是否存在满足条件的 k 值，使△PBE 为等腰三角形，决定于根据条件列出关于 k 的方程是否有正数解（∵ $k>0$）.

(2) 求解存在性问题的关键是：假设存在后，如何利用已知条件求 k 的值，对于此例而言，关键是如何利用已知条件（点 P 在直线 $y_1=-2x+6$ 上）求出点 P 的坐标. 因为点 P 在直线 $y_1=-2x+6$ 上，所以可设点 P 的坐标为 $(a,-2a+6)$. 于是，要求点 P 的坐标，关键是如何利用已知条件列出关于 a 的方程. 求出 a 的值，确定点 P 的坐标后，关键是如何利用已知条件（点 P 在直线 $y_2=kx$ 上）列出关于 k 的方程. 逐步分析，逐步推进，解题时，要善于应用这种综合分析的思维方法分析解题思路.

例 30　（湖北恩施自治州，2000）如图，⊙C 交 x 轴正方向 $A(x_1,0)$，$B(x_2,0)$（$x_1<x_2$）两点，与 y 轴正方向切于点 D，若抛物线 $y=ax^2-\frac{4}{3}\sqrt{3}x+c$ 的图象经过 A,B,D 三点.

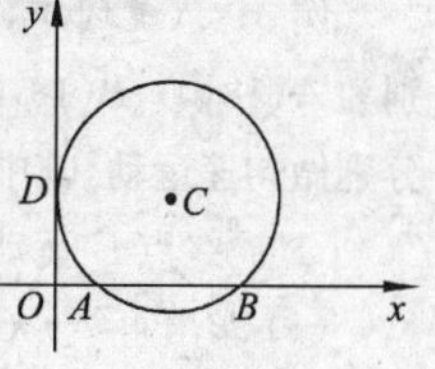

图 3－33

(1) 求证 $ac=1$；

(2) 若 $x_1^2+x_2^2=10$，求抛物线的解析式；

(3) 设抛物线的顶点为 P，判断直线 PA 与⊙C 的位置关系；

(4) 在(2)中的抛物线上是否存在点 Q，使以 Q,A,B 为顶点的三角形与△PAB 相似？若存在，求出 Q 点的坐标；若不存在，说明理由.

分析　(1) 由切割线定理得 $OD^2=OA\cdot OB$，则 $C^2=x_1\cdot x_2=\frac{c}{a}$，故 $ac=1$；(2) 由 $x_1^2+x_2^2=(x_1+x_2)^2-2x_1x_2=10$ 求 a,c 的值；(3) 证 $\tan\angle PAE=\tan\angle ACE=\frac{\sqrt{3}}{3}$，得 $\angle PAE=\angle ACE=30^\circ$，则判断 $PA\perp CA$；(4) 以 AB 为底边和腰分类讨论（易知△PAB 是顶角为 120° 的等腰三角形）.

解　(1) 证明　由已知：x_1,x_2 为方程：$ax^2-\frac{4}{3}\sqrt{3}x+c=0$ 的两根.

由根与系数的关系 $x_1x_2=\frac{c}{a}$.　　①

又 D 点在抛物线 $y=ax^2-\frac{4}{3}\sqrt{3}x+c$ 上，∴ D 点的坐标为 $(0,c)$.

由切割线定理：$OD^2=OA\cdot OB$，∴ $c^2=x_1\cdot x_2$　　②

由①②有：$c^2=\frac{c}{a}$. ∴ $ac=1$.

(2) 由 $x_1^2+x_2^2=10$，有

$x_1^2+x_2^2=(x_1+x-2)^2-2x_1x_2=\frac{16}{3a^2}-\frac{2c}{a}=\frac{16}{3a^2}-\frac{2}{a^2}=10$. ∴ $a=\pm\frac{\sqrt{3}}{3}$. ∴ $a=\frac{\sqrt{3}}{3}$.

$c=\sqrt{3}$或$a=-\frac{\sqrt{3}}{3}$,$c=-\sqrt{3}$(舍去)(∵ $c>0$). ∴ 抛物线的方程为 $y=\frac{\sqrt{3}}{3}x^2-\frac{4}{3}\sqrt{3}x+\sqrt{3}$.

(3) 连结 PC 交 x 轴于点 E,由已知 $P\left(\frac{2\sqrt{3}}{3a},-\frac{1}{3a}\right)$,$C\left(\frac{2\sqrt{3}}{3a},\frac{1}{a}\right)$,$E\left(\frac{2\sqrt{3}}{3a},0\right)$,$A\left(\frac{\sqrt{3}}{3a},0\right)$,$B\left(\frac{\sqrt{3}}{a},0\right)$.

∴ $PE=\frac{1}{3a}$,$CE=\frac{1}{a}$,$AE=\frac{\sqrt{3}}{3a}$.

在 Rt△AEC 和 Rt△PAE 中,$\tan\angle PAE=\frac{PE}{AE}=\frac{\sqrt{3}}{3}$,$\tan\angle ACE=\frac{AE}{CE}=\frac{\sqrt{3}}{3}$,

∴ $\angle PAE=\angle ACE=30°$. ∴ $PA\perp CA$,即直线 PA 与⊙C 相切.

(4) 由(2)可知 $A(1,0)$,$B(3,0)$,$D(0,\sqrt{3})$,$P\left(2,-\frac{\sqrt{3}}{3}\right)$. △$PAB$ 是顶角为 $120°$ 的等腰三角形.

假设存在点 Q,使以 Q,A,B 为顶点的三角形与△PAB 相似,分三种情况:

① 以 AB 为腰,$\angle A$ 为顶角,$\angle QAB=120°$,显然 D 点满足条件.

② 以 AB 为腰,$\angle B$ 为顶角,$\angle QBA=120°$,由抛物线的对称性知:$Q(4,\sqrt{3})$.

③ 以 AB 为底的三角形,要使$\angle AQB=120°$,Q 点必在抛物线的对称轴 PC 上不满足条件.

∴ 满足条件的点为$(0,\sqrt{3})$,$(4,\sqrt{3})$.

说明　本例第(3)问判断 PA 与⊙C 的位置关系的方法很特别,结合了三角函数知识解答使问题的解决生动形象,简便易懂.

例 31　(黄冈市,2005)如图,在直角坐标系中,O 是原点,A,B,C 三点的坐标分别为 $A(18,0)$,$B(18,6)$,$C(8,6)$,四边形 $OABC$ 是梯形. 点 P,Q 同时从原点出发,分别做匀速运动,其中点 P 沿 OA 向终点 A 运动,速度为每秒 1 个单位,点 Q 沿 OC,CB 向终点 B 运动,当这两点有一点到达自己的终点时,另一点也停止运动.

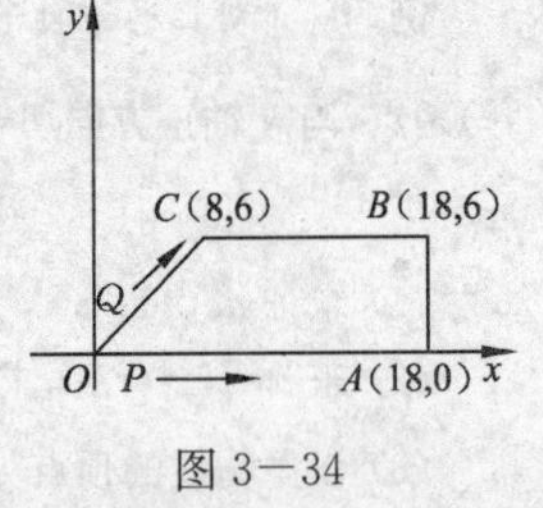

图 3－34

(1) 求出直线 OC 的解析式及经过 O,A,C 三点的抛物线的解析式.

(2) 试在(1)中的抛物线上找一点 D,使得以 O,A,D 为顶点的三角形与△AOC 全等,请直接写出点 D 的坐标.

(3) 设从出发起,运动了 t 秒. 如果点 Q 的速度为每秒 2 个单位,试写出点 Q 的坐标,并写出此时 t 的取值范围.

(4) 设从出发起,运动了 t 秒. 当 P,Q 两点运动的路程之和恰好等于梯形 $OABC$ 周长的一半,这时,直线 PQ 能否把梯形的面积也分成相等的两部分,如有可能,请求出 t 的值;如不可能,请说明理由.

解　(1) ∵ O,C 两点的坐标分别为 $O(0,0)$,$C(8,6)$,

设 OC 的解析式为 $y=kx+b$,将两点坐标代入,得:$k=\frac{3}{4}$,$b=0$. ∴ $y=\frac{3}{4}x$.

∵ 抛物线过 O,A,C 三点,这三点的坐标为 $O(0,0)$,$A(18,0)$,$C(8,6)$.

∵ A,O 是 x 轴上两点,故可设抛物线的解析式为 $y=a(x-0)(x-18)$.

再将 $C(8,6)$代入得:$a=-\frac{3}{40}$. ∴ $y=-\frac{3}{40}x^2+\frac{27}{20}x$.

(2) $D(10,6)$.

(3) 当 Q 在 OC 上运动时,可设 $Q\left(m,\frac{3}{4}m\right)$,依题意有:$m^2+\left(\frac{3}{4}m\right)^2=(2t)^2$,

∴ $m=\frac{8}{5}t$. ∴ $Q\left(\frac{8}{5}t,\frac{6}{5}t\right)$,$(0\leqslant t\leqslant 5)$.

当 Q 在 CB 上时,Q 点所走过的路程为 $2t$. ∵ $OC=10$,∴ $CQ=2t-10$.

∴ Q 点的横坐标为 $2t-10+8=2t-2$. ∴ $Q(2t-2,6)$,$(5<t\leqslant 10)$.

(4) ∵ 梯形 $OABC$ 的周长为 44,当 Q 点 OC 上时,P 运动的路程为 t,则 Q 运动的路程为$(22-t)$.

$\triangle OPQ$中，OP边上的高为：$(22-t)\times\frac{3}{5}$. ∴ $S_{\triangle OPQ}=\frac{1}{2}t(22-t)\times\frac{3}{5}$，

$S_{梯形OABC}=\frac{1}{2}(18+10)\times6=84$. 依题意有：$\frac{1}{2}t(22-t)\times\frac{3}{5}=84\times\frac{1}{2}$.

整理得：$t^2-22t+140=0$. ∵ $\Delta=22^2-4\times140<0$，∴ 这样的 t 不存在.

当 Q 在 BC 上时，Q 走过的路程为 $22-t$，∴ CQ 的长为 $22-t-10=12-t$.

∴ $S_{梯形CCQP}=\frac{1}{2}\times6(22-t-10+t)=36\neq84\times\frac{1}{2}$.

∴ 这样的 t 值也不存在.

综上所述，不存在这样的 t 值，使得 P，Q 两点同时平分梯形的周长和面积.

说明　第(4)问可先由平分周长确定有关线段的长度，再结合平分面积建立方程求解.

例 34　(南京市，1996)已知点 $A(-1,-1)$在抛物线 $y=(k^2-1)x^2-2(k-2)x+1$ 上.

(1) 求抛物线的对称轴；

(2) 若 B 点与 A 点关于抛物线的对称轴对称，问是否存在与抛物线只交于一点 B 的直线？如果存在，求符合条件的直线；如果不存在，请说明理由.

分析　(1) 欲求抛物线的对称轴，只需求出抛物线解析式中的 k 值即可. 为此将 A 点坐标代入抛物线解析式中，使之转化为关于 k 的一元方程，可求出 k 值，最后验证 k 值是否符合题意. (2) 首先应根据已知条件求 B 点的坐标. 其次设过点 B 的直线为 $y=kx+b$，利用 B 点坐标，可将它转化为 $y=kx+\frac{1}{4}k-1$. 然后假设此直线与抛物线只有一个公共点，故将它们联立组成方程组. 则此方程组必有唯一解. 消去 y 后得到的关于 x 的一元二次方程也必只有一个解. 然后利用它的判别式为零，可得出关于 k 的一元方程，求出 k 值. 最后将求出的 k 值回代入直线解析式中，验证是否符合题意.

解　(1) ∵ 点 $A(-1,-1)$在抛物线 $y=(k^2-1)\cdot x^2-2(k-2)x+1$ 上，

∴ $(k^2-1)\cdot(-1)^2-2(k-2)\cdot(-1)+1=-1$，

整理，得 $k^2+2k-3=0$，$(k+3)(k-1)=0$，∴ $k=-3$ 或 $k=1$.

当 $k=1$ 时，$k^2-1=0$，此时抛物线不存在，所以 $k=1$ 不合题意，舍去.

当 $k=-3$ 时，抛物线为 $y=8x^2+10x+1$，它的对称轴方程为：$x=-\frac{5}{8}$.

(2) 设 $A(-1,-1)$关于 $x=-\frac{5}{8}$ 对称点的坐标为 $B(x_0,-1)$，则有

$x_0-\left(-\frac{5}{8}\right)=-\frac{5}{8}-(-1)$，$x_0=-\frac{1}{4}$，∴ 点 B 的坐标为$\left(-\frac{1}{4},-1\right)$.

这里显然，直线 $x=-\frac{1}{4}$ 和抛物线 $y=8x^2+10x+1$ 有且只有一个公共点，所以符合条件的直线存在，如图 3－35 所示.

另设过点 B 的直线为 $y=kx+b$，$(k\neq0)$，则有

$-\frac{k}{4}+b=-1$，$b=\frac{1}{4}k-1$，

∴ 直线应为 $y=kx+\frac{1}{4}k-1$.

假设此直线与抛物线有且只有一个公共点，则方程组

$$\begin{cases}y=8x^2+10x+1;\\y=kx+\frac{1}{4}k-1.\end{cases}$$

应只有一个解.

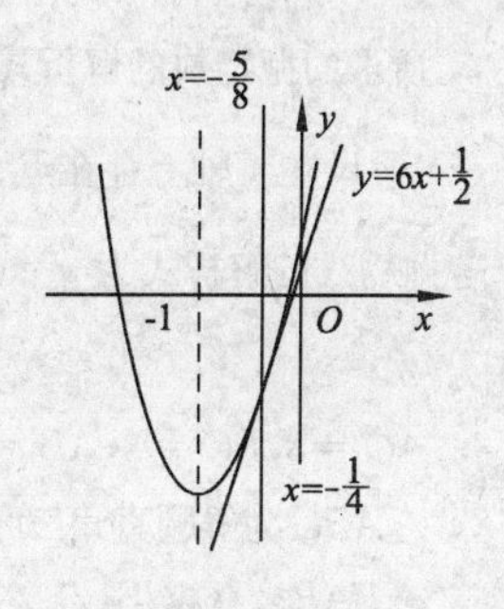

图 3－35

消去 y，得 $8x^2+(10-k)x+2-\frac{1}{4}k=0$.

此方程只有一个解时，必须且只需 $\Delta=(10-k)^2-4\times8\times\left(2-\frac{1}{4}k\right)=0$.

整理后，得 $k^2-12k+36=0$，只有唯一一解 $k=6$.

∴ 与抛物线只有一个公共点 $B\left(-\frac{1}{4},-1\right)$ 的另一直线为 $y=6x+\frac{1}{2}$.

∴ 符合条件的直线存在，它们是 $x=-\frac{1}{4}$，$y=6x+\frac{1}{2}$.

说明　本例所代表的这类开放型试题，是最具代表性且面广量大的一类开放型试题. 它们在各地中考试题中屡屡出现，其解法也最有规律可循. 解题策略一般是用反证法思想. 即第一步：假设存在. 第二步：根据假设进行推理. 若推理顺畅，所求的结论即可求出，当然就说明存在；若出现矛盾，则说明不存在.

例 35　(北京市朝阳区，1999)抛物线 $y=\frac{1}{2}x^2-2(m+3)x+m^2+m-2$ 与 x 轴交于 A，B 两点(点 A 在点 B 的左侧)，它的顶点 C 到 x 轴的距离等于 2.

(1) 求此抛物线的函数解析式；

(2) 在 y 轴上是否存在点 E，使 $\triangle BEA\backsim\triangle ABC$，若存在，求出点 E 坐标，若不存在，请说明理由.

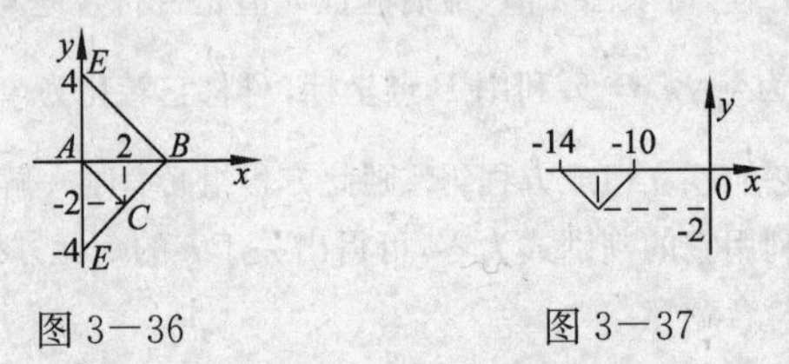

图 3−36　　　　图 3−37

分析　(1) 欲求此抛物线的函数解析式，只需求出抛物线的函数解析式中的待定系数 m 的值即可. 由已知条件可知抛物线的顶点 C 在 x 轴下方，考虑到 C 点到 x 轴的距离是 2，因此，利用顶点坐标公式即可求出 m 值. (2) 假设在 y 轴上存在点 E，使 $\triangle EAB\backsim\triangle ABC$. 利用(1)的结果可以求得 A 点，B 点，C 点的坐标，利用相似三角形的性质可进一步求得 E 点的坐标. 最后，通过确定出的 $\triangle ABC$ 与 $\triangle EAB$ 的形状，即可判断出在 y 轴上满足条件的点 E 是否存在.

解　(1) ∵ 抛物线的函数解析式中的 $a=\frac{1}{2}>0$，∴ 此抛物线的开口向上.

又∵ 此抛物线与 x 轴的交点有两个，∴ 此抛物线的顶点 C 在 x 轴的下方.

∵ C 点到 x 轴的距离是 2，∴ C 点的纵坐标为 -2.

∴ 由顶点坐标公式，得 $\frac{2(m^2+m-2)-4(m+3)^2}{2}=-2$.

解这个方程，得：$m=-2$，或 $m=-9$.

∴ 所求的抛物线的解析式为：$y=\frac{1}{2}x^2-2x$，或 $y=\frac{1}{2}x^2+12x+70$.

(2) 假设在 y 轴上存在点 E，使 $\triangle EAB\backsim\triangle ACB$.

若抛物线的解析式为 $y=\frac{1}{2}x^2-2x$，则它与 x 轴的两个交点 A，B 的坐标分别为：$(0,0)$，$(4,0)$，顶点 C 的坐标为 $(2,-2)$.

∵ $AC^2=8$，$BC^2=8$，$AB^2=16$，∴ $AC^2+BC^2=AB^2$，$AC=BC$，

∴ $\triangle ABC$ 为等腰直角三角形，$\angle BCA=90^\circ$.

∵ $\triangle EAB\backsim\triangle ACB$，∴ $\triangle EAB$ 也是等腰直角三角形，且 $\angle EAB=90^\circ$，∴ $AE=AB=4$，

∴ E 点坐标为 $(0,4)$ 或 $(0,-4)$. 如图 3−36 所示.

若抛物线的解析式为 $y=\frac{1}{2}x^2+12x+70$,则它与 x 轴的交点 A,B 坐标分别是 $(-14,0)$,$B(-10,0)$,顶点 C 的坐标为 $(-12,-2)$. 同样地,此时 $\triangle ABC$ 也是等腰直角三角形,$\angle ACB=90^\circ$. 而此时,点 E 在 y 轴上,则 $\triangle EAB$ 为斜三角形,与 $\triangle ABC$ 不相似,故在 y 轴上不存在点,使 $\triangle ABC\backsim\triangle BEA$. 如图3－37所示.

$\therefore$ 当抛物线的解析式为 $y=\frac{1}{2}x^2-2$,且它与 x 轴的交点 A,B 的坐标为 $(0,0)$,$(4,0)$,其顶点 C 坐标为 $(2,-2)$ 时,在 y 轴上存在点 E,使 $\triangle EAB\backsim\triangle ACB$.

说明 求解析式的关键是,在理解题意的基础上,根据已知条件列出关于 m 的方程,进而求出 m 值. 而判断点 E 是否存在,关键是确定出 $\triangle ABC$ 的形状.

例 36 (大连市,1998)已知抛物线 $y=-x^2-(m-4)x+3(m-1)$ 与 x 轴交于 A,B 两点,与 y 轴交于 C 点.

(1) 求 m 的取值范围;

(2) 若 $m<0$,直线 $y=kx-1$ 经过点 A,与 y 轴交于点 D,且 $AD\cdot BD=5\sqrt{2}$,求抛物线的解析式;

(3) 若 A 点在 B 点左边,在第一象限内,(2)中所得的抛物线上是否存在一点 P,使直线 PA 平分 $\triangle ACD$ 的面积? 若存在,求出 P 点的坐标;若不存在,请说明理由.

分析 (1) 此抛物线与 x 轴有两个交点,是由方程 $-x^2-(m-4)x+3(m-1)=0$ 的判别式大于零决定的,由此可决定 m 的取值范围.

(2) 设 $A(x_1,0)$,$B(x_2,0)$,这里 x_1,x_2 是方程 $x^2+(m-4)x-3(m-1)=0$ 的两实根. 又知 $D(-1,0)$,故 AD,BD 可用 x_1,x_2 表示. 依据 $AD\cdot BD=5\sqrt{2}$,以及一元二次方程的根与系数的关系列出关于 m 的方程,则 m 便可求出,最后求出抛物线的解析式.

(3) 如图 3－38,要想过 A 点的直线平分 $\triangle ADC$ 的面积,则此直线必过 CD 的中点 M. 求出 M 的坐标. 则直线 AM 的解析式便可求出. 直线 AM 与抛物线的交点,如果在第一象限,P 便存在,否则不存在 P 点.

解 (1) $\because$ 抛物线 $y=-x^2-(m-4)x+3(m-1)$ 与 x 轴有两个交点,

$\therefore$ 方程 $x^2+(m-4)x-3(m-1)=0$ 有两个不相等的实数根.

$\therefore \Delta=(m-4)^2+4\times1\times3(m-1)=m^2+4m+4=(m+2)^2$.

$\because \Delta>0$,$\therefore m\neq-2$.

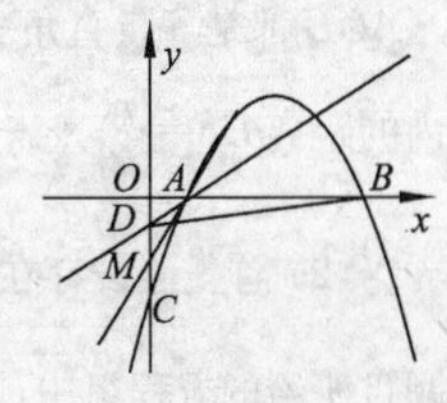

图 3－38

(2) 解法一:令 $y=0$,即 $x^2+(m-4)x-3(m-1)=0$. 解之,得 $x_1=3$,$x_2=1-m$.

不妨设 $A(1-m,0)$,$B(3,0)$. $\because D(0,-1)$,由勾股定理,

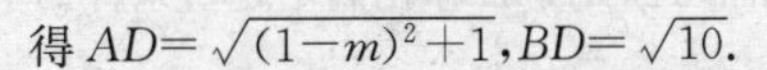
得 $AD=\sqrt{(1-m)^2+1}$,$BD=\sqrt{10}$.

$\because AD\cdot BD=5\sqrt{2}$,$\therefore \sqrt{(1-m)^2+1}\cdot\sqrt{10}=5\sqrt{2}$. $\therefore m_1=-1$,$m_2=3$.

$\because m<0$. $\therefore$ 舍去 $m_2=3$,取 $m=-1$. $\therefore$ 抛物线的解析式为 $y=-x^2+5x-6$.

解法二:设 $A(x_1,0)$,$B(x_2,0)$,则 x_1,x_2 是方程 $x^2+(m-4)x-3(m-1)=0$ 的两个实数根.

$\therefore x_1+x_2=4-m$,$x_1x_2=-3(m-1)$.

$\because D(0,-1)$,$\therefore AD=\sqrt{x_1^2+1}$,$BD=\sqrt{x_2^2+1}$.

$\because AD\cdot BD=5\sqrt{2}$,$\therefore \sqrt{x_1^2+1}\cdot\sqrt{x_2^2+1}=5\sqrt{2}$.

$\therefore (x_1^2+1)(x_2^2+1)=50$,即 $(x_1x_2)^2+(x_1+x_2)^2-2x_1x_2=49$.

$\therefore [-3(m-1)]^2+(4-m)^2+2\times3(m-1)=49$.

解得 $m_1=-1$,$m_2=3$(不合题意,舍去).

$\therefore$ 抛物线的解析式为 $y=-x^2+5x-6$.

(3) 假设在第一象限内,抛物线上存在点 P,使直线 PA 平分 $\triangle ACD$ 的面积,则直线 PA 必过中点 M.

$\because D(-,-1)$,$C(0,-6)$,$\therefore M\left(0,-\frac{7}{2}\right)$.

令 $y=0$，则 $x^2-5x+6=0$，∴ $x_1=2, x_2=3$.

∵ A 点在 B 点左边，∴ A 点坐标为(2,0). 设直线 PA 的解析式为 $y=ax+b$，则

$\begin{cases} b=-\dfrac{7}{2} \\ 2a+b=0. \end{cases}$ 解得 $\begin{cases} a=\dfrac{7}{4}, \\ b=-\dfrac{7}{2}. \end{cases}$ ∴ $y=\dfrac{7}{4}x-\dfrac{7}{2}$.

解方程组 $\begin{cases} y=\dfrac{7}{4}x-\dfrac{7}{2}, \\ y=-x^2+5x+6 \end{cases}$ 得 $\begin{cases} x_1=2, \\ y_1=0; \end{cases}$ $\begin{cases} x_2=\dfrac{5}{4}, \\ y_2=-\dfrac{21}{16}. \end{cases}$

∴ 点 P 的坐标为(2,0)(即 A 点)或 $\left(\dfrac{5}{4},-\dfrac{21}{16}\right)$. 而这两个点均不在第一象限.

∴ 在第一象限内，抛物线上不存在点 P，使 PA 平分 $\triangle ACD$ 的面积.

说明　对存在性这类探索性问题的解法思路一般是：先假设结论某一方面成立，进行演算推理，若推出矛盾，即否定先前假设；若推出合理的结果，说明假设正确，可概括为“假设——推理——否定或肯定假设——得出结论”.

例 37　(无锡市，1999)已知：如图 3－39，⊙O 中弦 $AB \parallel CD$，AC，BD 交于 G 点，$\angle C=45°$，设 $AB=m$，$CD=n$，若 $m-n=14$，AB，CD 之间距离是 17.

(1) 求 m,n 的值；(2) 问是否存在在实数 $a,b(a>b>0)$，使得关于 x,y 的方程组 $\begin{cases} x-2y=a+b, \\ x+y=a^2+b^2+2t. \end{cases}$ (其中 $-5\sqrt{3}<t<5\sqrt{3}$)的解恰好为 $\begin{cases} x=m \\ y=n \end{cases}$？如果存在，说明理由，并判断点 (a,b) 在第几象限？如果不存在，请证明.

分析　(1) 本题的关键是“构造关于 m,n 的方程组”. 通过对已知条件与图形的分析易证：$\triangle DGC$ 与 $\triangle AGB$ 都是等腰直角三角形. 于是过 G 作 $GE \perp AB$，延长 EG 交 CD 于 F 可推出 $CF \perp CD$. 进而可得 AB，CD 内的距离 $EF=\dfrac{m}{2}+\dfrac{n}{2}=17$. 将与 $m-n=14$ 联立成方程组，即可求出 m,n 的值.

(2) 首先假设存在实数 $a,b(a>b>0)$，满足题目中所规定的条件. 然后利用方程组解的概念将 $\begin{cases} x=m \\ y=n \end{cases}$ 代入题目所给的方程组中，同时利用(1)的结果将 m,n 代换成已知数. 最后，将方程组中的一个未知数 b 消去，整理成关于 a 的一元二次方程，利用根的判别式来判定此方程有无解，进而可断定是否存在满足题目条件的实数 a,b.

解　(1) ∵ $DC \parallel AB$，∴ $\angle A=\angle C=45°$.

∵ $\angle B=\angle C=45°$，∴ 在 $\triangle AGB$ 中，$\angle AGB=180°-(\angle A+\angle B)=90°$，$GA=GB$.

即 $\triangle AGB$ 为等腰直角三角形. 同理可证：$\triangle DGC$ 为等腰直角三角形.

如图过 G 作 $GE \perp AB$，延长 EG 交 CD 于 F，则 $GF \perp CD$.

∴ EF 为 AB，CD 之间的距离.

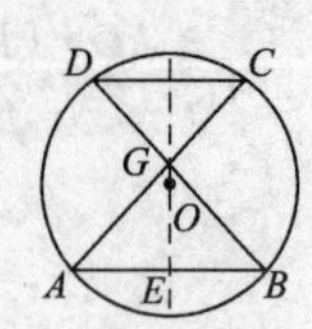

图 3－39

∴ $EF=\dfrac{1}{2}(AB+DC)=\dfrac{1}{2}(m+n)=17$.

依题意，得：$\begin{cases} m+n=34, \\ m-n=14. \end{cases}$ 解得，$\begin{cases} m=24, \\ n=10. \end{cases}$

(2) 假设存在实数，$a,b(a>b)$，使得关于 x,y 的方程组 $\begin{cases} x-2y=a+b, \\ x+y=a^2+b^2+2t \end{cases}$ 的解恰好为 $\begin{cases} x=m, \\ y=n. \end{cases}$ 由方程组的

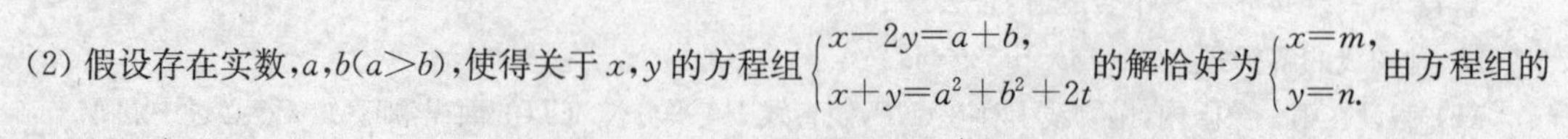
概念可得：$\begin{cases} a+b=m-2n, \\ a^2+b^2+2t=m+n. \end{cases}$ ∵ $\begin{cases} m=24, \\ n=10. \end{cases}$ ∴ 方程组可化简为 $\begin{cases} a+b=4, \\ a^2+b^2+2t=34. \end{cases}$

消去 b，整理后，得 $a^2-4a+t-9=0$. 此方程的根的判别式为 $\Delta=4(13-t)$.

$\because -5\sqrt{3}<t<5\sqrt{3}$，$\therefore 13-5\sqrt{3}<13-t<13+5\sqrt{3}$.

$\therefore \Delta=4(13-t)>0$，方程有实数解. 解方程 $a^2-4a+t-9=0$，得 $a=2\pm\sqrt{13-t}$. $\therefore b=4-a=2\pm\sqrt{13-t}$.

$\because a>b$，$\therefore a=2+\sqrt{13-t}$，$b=2-\sqrt{13-t}$.

$\therefore$ 存在实数 $a,b(a>b)$ 使方程组的解恰为 $\begin{cases}x=m,\\y=n.\end{cases}$

又 $\because 13-t>13-5\sqrt{3}>4$，$\therefore \sqrt{13-t}>2$.

$\therefore a=2-\sqrt{13-t}>0$，$b=2-\sqrt{13-t}<0$. $\therefore$ 点 (a,b) 在第四象限.

说明　确定实数 a,b 是否存在的思路是以假设实数 a,b 存在，并满足 $\begin{cases}x=m,\\y=n\end{cases}$ 是方程组 $\begin{cases}x-2y=a+b,\\x+y=a^2+b^2+2t\end{cases}$ 的解出发，进行一系列推理，最后确定 a,b 存在与否. 这其中起决定作用的是"用根的判别式来判定方程有无解，得出结论".

例 38　已知：如图 3－40，在直角梯形 $ABCD$ 中，$AB=7$，$\angle B=90°$，$BC-AD=1$，以 CD 为直径的圆与 AB 有两个不同的公共点 E,F 且 $AE=1$. 在线段 AB 上是否存在点 P，使得以 P,A,D 为顶点的三角形与以 P,B,C 为顶点的三角形相似？若不存在，说明理由；若存在，这样的 P 点有几个？并计算出 AP 的长度.

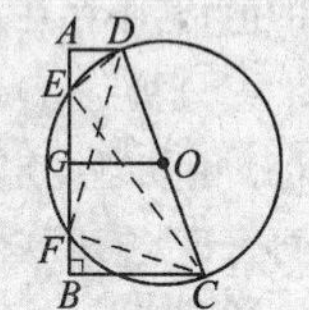

图 3－40

分析　由于 $ABCD$ 是直角梯形，所以 $\angle A=\angle B=90°$，因此 $\triangle PAD$ 和 $\triangle PBC$ 均为直角三角形. 考虑到条件 DC 是 $\odot O$ 的直径，E,F 是 $\odot O$ 与 AB 的交点，易知 E,F 点是满足条件的点 P. 利用相似三角形的有关性质及垂径定理不难求出 AP 的长.

假设在 AB 上还存在点 P，且 $\angle APD=\angle BPC$. 再利用 $Rt\triangle APD\backsim Rt\triangle BPC$，可得到 $\frac{AP}{BP}=\frac{AD}{BC}$，由于 $AP+BP=7$. 因此利用已知条件中的 $AD-BC=1$ 和 $\triangle EAD$ 与 $\triangle CBE$ 相似这两个条件可找到 AP 与 BP 的另一个数量关系式，这样 AP 可求.

解　$\because$ 四边形 $ABCD$ 是直角梯形，$\therefore \angle A=\angle B=90°$.

$\because$ 点 P 在 AB 上，$\therefore \triangle PAD$ 与 $\triangle PBC$ 均是直角三角形.

(1) 如图 3－40，连结 ED,CE. $\because DC$ 是 $\odot O$ 的直径，$\because \angle DEC=90°$.

$\therefore \angle DEA+\angle CEB=90°$.

又 $\because \angle ECB+\angle CEB=90°$，$\therefore \angle DEA=\angle ECB$.

$\therefore Rt\triangle DAE\backsim Rt\triangle EBC$. $\therefore E$ 点是满足条件的点 P，且 $AE=1$.

(2) 如图 3－41，连结 DE,CF.

同理可证 $\triangle DAF\backsim\triangle FBC$，$\therefore$ 点 F 也是满足条件的点 P.

作 $OG\perp EF$ 于 G，则 $OG/\!/BC/\!/AD$.

$\because DO=CO$，$\therefore AG=BG$.

$\because$ 在 $\odot O$ 中，$OG\perp EF$ 于 G，$\therefore EG=GF$. $\therefore AE=BF=1$.

$\therefore AF=AB-BF=7-1=6$.

(3) 如图 3－41，假设在 AB 上还存在一点 P，且 $\angle APD=\angle BPC$，

$\therefore Rt\triangle APD\backsim Rt\triangle BPC$. $\therefore \frac{AP}{BP}=\frac{AD}{BC}$.

$\because \triangle EAD\backsim\triangle CBE$，$\therefore \frac{AD}{EB}=\frac{AE}{BC}$ $\therefore AD\cdot BC=AE\cdot EB$.

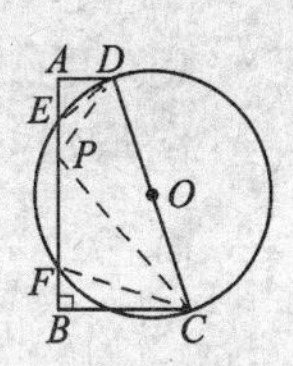

图 3－41

∵ $AE=1, EB=AB-AE=6$，∴ $AD\cdot BC=6$.　①

∵ $BC-AD=1$，　②

由①,②联立，解得 $AD=2, BC=3$. ∴ $\dfrac{AP}{BP}=\dfrac{2}{3}$.　③

又∵ $AP+BP=7$，　④

∴ 由③,④联立，解得 $AP=\dfrac{14}{5}$. 因此，存在第三个满足条件的 P 点，且 $AP=\dfrac{14}{5}$.

综上所述，满足条件的 P 点有3个，其 AP 的长依次分别是 $1, 6, \dfrac{14}{5}$.

说明　计算 AP 的长由 P 点的不同位置确定，主要由两直角三角形相似时直角边的不同对应确定 AP 的长.

例39　(深圳市,2000)已知：如图3−42，⊙O 的半径为2，半径 $OA\perp OB$，C 是半径 OB 上异于 O，B 的任意一点，AC 交⊙O 于 D，过 D 作⊙O 的切线交 OB 的延长线于 E，设 $OC=x, DE=y$.

(1) 证明：$CE=DE$；

(2) 求 y 关于 x 的函数关系式；

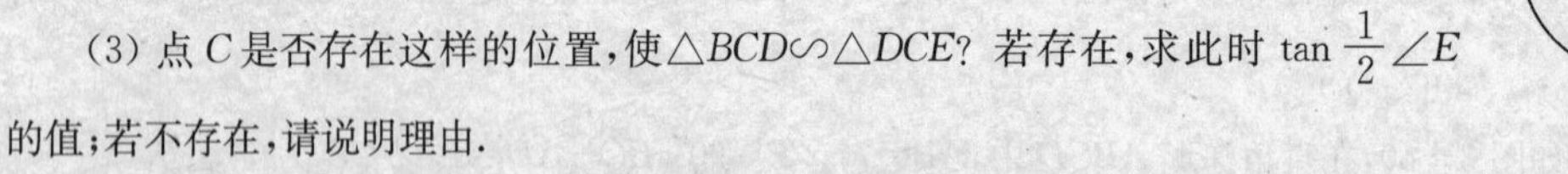

(3) 点 C 是否存在这样的位置，使△BCD∽△DCE？若存在，求此时 $\tan\dfrac{1}{2}\angle E$ 的值；若不存在，请说明理由.

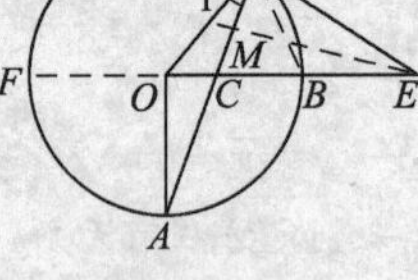

图3−42

分析　(1) 由 $\angle EDC=90^\circ-\angle ODC=90^\circ-\angle A=\angle ACO=\angle DCE$ 得 $CE=DE$；(2) 由切割线定理得 $ED^2=EB\cdot BF$ 得 y 与 x 的函数关系式即可；(3) 由△BCD∽△DCE 得 $\angle DBC=\angle CDE$，再可证△OBD≌△ECD 得 $EC=OB=2$，再由 $y=2$ 由(2)中的解析式求 x 的值，过 E 作 $EM\perp DC$ 于 M，得 $\tan\angle A=\tan\angle EDB=\tan\dfrac{1}{2}\angle E=\dfrac{OC}{OA}$，故问题得以求解.

解　(1) 连结 OD. ∵ ED 切⊙O 于 D，∴ $OD\perp DE$.

∴ $\angle EDC=90^\circ-\angle 1$.

又∵ $OD=OA$，∴ $\angle 1=\angle A$.

而 $\angle DCE=\angle OCA$，$\angle AOC=90^\circ$，∴ $\angle DCE=90^\circ-\angle A$.

∴ $\angle EDC=\angle ECD$，∴ $ED=EC$.

(2) 延长 BO 交⊙O 于点 F，由切割线定理知 $ED^2=EB\cdot EF$.

∵ $OC=x, EC=ED=y, OF=OB=2$，∴ $y^2=[y+(x+2)][y-(2-x)]$.

化简得 $y=\dfrac{4-x^2}{2x}(0<x<2)$.　①

(3) 连结 BD，假设△BCD∽△DCE，则有 $\angle DBC=\angle CDE$.

而 $ED=EC$，∴ $\angle EDC=\angle ECD$.

∴ $\angle DCB=\angle DBC$. ∴ $DB=DC$.

又∵ $OD=OB$，∴ $\angle OBD=\angle ODB$.

∴ △OBD≌△ECD. ∴ $EC=OB=2$. 即 $y=2$.

将 $y=2$ 代入①式，得 $\dfrac{4-x^2}{2x}=2$，即 $x^2+4x-4=0$.

解得 $x_1=-2+2\sqrt{2}, x_2=-2-2\sqrt{2}$. 经检验，$0<x_1<2, x_2<0$(舍去).

点 C 存在符合要求的位置，此时，$OC=2\sqrt{2}-2$.

作 $EM\perp CD$ 于点 M，∵ $EC=ED$，∴ EM 平分 $\angle CED$.

而 $\angle AOC=90^\circ$，$\angle ACO=\angle ECM$，∴ $\dfrac{1}{2}\angle E=\angle A$.

∴ $\tan\dfrac{\angle E}{2}=\tan A=\dfrac{OC}{OA}=\dfrac{2\sqrt{2}-2}{2}=\sqrt{2}-1$.

说明　(3)中分析问题的方法是先假设结论成立，再去确定应满足的条件，这种解题方法称为“分析法”.

例 40　(临沂市，2006)如图，在矩形 $ABCD$ 中，$AB=3\text{cm}$，$BC=4\text{cm}$. 设 P、Q 分别为 BD、BC 上的动点，在点 P 自点 D 沿 DB 方向做匀速移动的同时，点 Q 自点 B 沿 BC 方向向点 C 做匀速移动，移动的速度均为1cm/s，设 P、Q 移动的时间为 $t(0<t\leqslant 4)$.

(1) 写出△PBQ 的面积 $S(\text{cm}^2)$ 与时间 $t(\text{s})$ 之间的函数表达式，当 t 为何值时，S 有最大值？最大值是多少？

(2) 当 t 为何值时，△PBQ 为等腰三角形？

(3) △PBQ 能否成为等边三角形？若能，求 t 的值；若不能，说明理由.

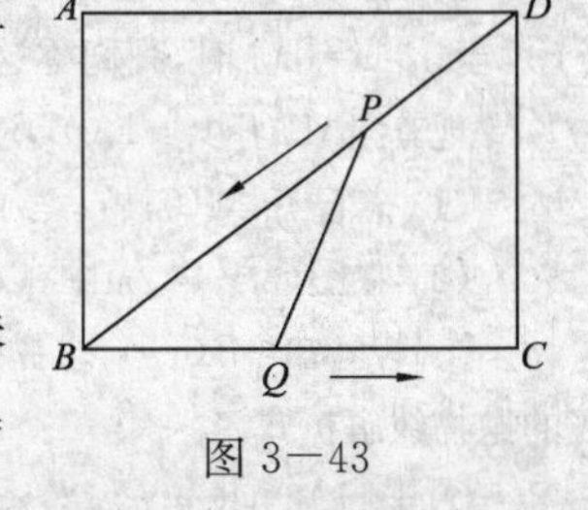

图 3－43

分析　(1) 过 P 作 $PM\perp BC$ 于 M，由 $S_{\triangle PBQ}=\frac{1}{2}BQ\cdot PM$ 得 S 与 t 的函数关系式；(2) 分 $PB=PQ$，$BQ=BP$ 和 $BQ=PQ$ 三种情况讨论；(3) 由题意易知 $BP=BQ=PQ$，由(2)中对应 t 的值确定△PBQ 是否为等边三角形.

解　(1) 如图 1，自点 P 向 BC 引垂线，垂足为 M，则 $PM/\!/DC$，

$\therefore \frac{PM}{DC}=\frac{BP}{BD}$.

$\because DC=AB=3, BC=4. \therefore BD=\sqrt{BC^2+DC^2}=\sqrt{4^2+3^2}=5$.

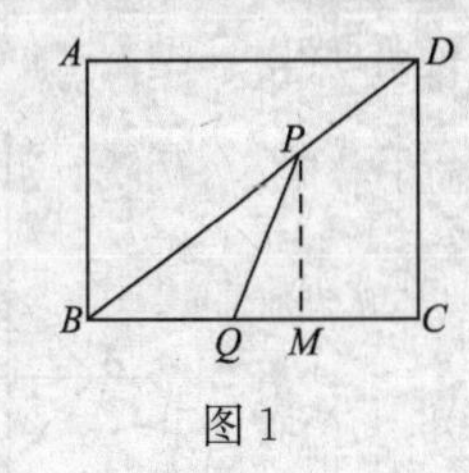

图 1

当 P,Q 运动 t 秒后.

$DP=BQ=1\cdot t=t, BP=5-t$.

$\therefore PM=\frac{BP\cdot DC}{BD}=\frac{(5-t)\cdot 3}{5}=\frac{15-3t}{5}$.

$\therefore S_{\triangle PBQ}=\frac{1}{2}\cdot BQ\cdot PM=\frac{1}{2}\cdot t\cdot\frac{15-3t}{5}=-\frac{3}{10}\left(t-\frac{5}{2}\right)^2+\frac{15}{8}$.

$\because 0<t\leqslant 4$.

$\therefore$ 当 $t=\frac{5}{2}$ 时，S 取得最大值，最大值为 $\frac{15}{8}$.

(2) 若△BPQ 是等腰三角形.

① 如图 2，当 $PB=PQ$ 时，自点 P 向 BC 引垂线，垂足为 M，则有 $BM=MQ$.

方法一：

由△BMP∽△BCD，得　$\frac{BM}{BC}=\frac{BP}{BD}$，

$\therefore BM=\frac{BP\cdot BC}{BD}=\frac{(5-t)\cdot 4}{5}=\frac{20-4t}{5}$.

$\therefore \frac{20-4t}{5}=\frac{t}{2}$. 解得：$t=\frac{40}{13}$.

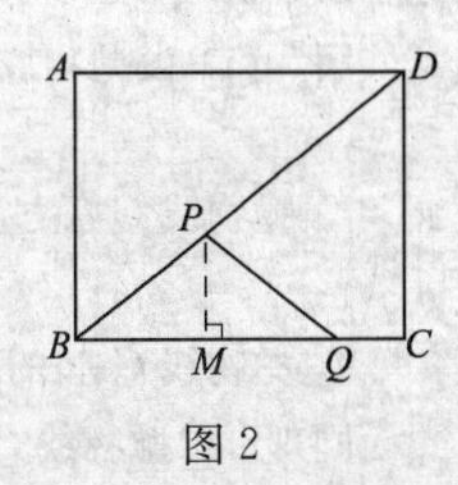

图 2

方法二：

在 Rt△BMP 中，$BP=5-t$，$BM=\frac{t}{2}$，$\cos\angle DBC=\frac{BM}{BP}=\frac{BC}{BD}=\frac{4}{5}$.

$\therefore \frac{\frac{t}{2}}{5-t}=\frac{4}{5}$，解得：$t=\frac{40}{13}$.

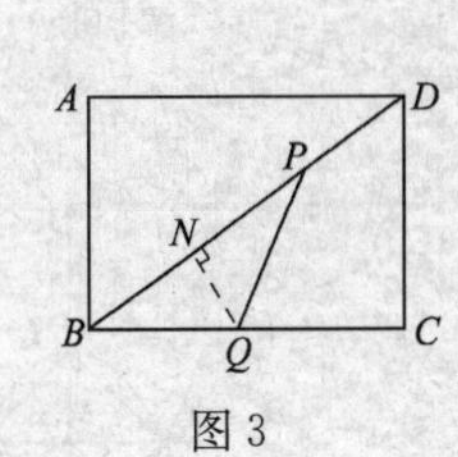

图 3

② 当 $BQ=BP$ 时，有 $t=5-t$，解得：$t=\frac{5}{2}$.

③ 如图 3，当 $BQ=PQ$ 时，自点 Q 向 BD 引垂线，垂足为 N.

由 Rt△BNQ∽Rt△BCD，得　$\frac{BN}{BC}=\frac{BQ}{BD}$. $\therefore \frac{\frac{5-t}{2}}{4}=\frac{1}{5}$，解得：$t=\frac{25}{13}$.

(3) 不能.

若△PBQ 为等边三角形，则 $BQ=BP=PQ$.

由(2)②知,当 $BQ=BP$ 时,$t=\frac{5}{2}$.由(2)①知,当 $BP=PQ$ 时,$t=\frac{40}{13}$.

∴ $BQ=BP$ 与 $BP=PQ$ 不能同时成立.∴ $\triangle PBQ$ 不可能为等边三角形.

说明　由 t 的值判断 $PB=BQ$ 与 $BP=PQ$ 不能同时成立从而判断$\triangle PBQ$ 不可能为等边三角形.

例 41　(福州市课改区,2006)对于任意两个二次函数:$y_1=a_1x^2+b_1x+c_1$,$y_2=a_2x^2+b_2x+c_2$,$(a_1a_2\neq 0)$,当$|a_1|=|a_2|$时,我们称这两个二次函数的图象为全等抛物线.

现有$\triangle ABM$,$A(-1,0)$,$B(1,0)$,记过三点的二次函数抛物线为"$C_{\square\square\square}$"("□□□"中填写相应三个点的字母)

(1) 若已知 $M(0,1)$,$\triangle ABM\cong\triangle ABN$(图 3－44①),请通过计算判断 C_{ABM} 与 C_{ABN} 是否为全等抛物线;

(2) 在图(3－44②)中,以 A、B、M 三点为顶点,画出平行四边形.

① 若已知 $M(0,n)$,求抛物线 C_{ABM} 的解析式,并直接写出所有过平行四边形中三个顶点且能与 C_{ABM} 全等的抛物线解析式.

② 若已知 $M(m,n)$,当 m、n 满足什么条件时,存在抛物线 C_{ABM}?根据以上的探究结果,判断是否存在过平行四边形中三个顶点且能与 C_{ABM} 全等的抛物线.若存在,请列出所有满足条件的抛物线"$C_{\square\square\square}$";若不存在,请说明理由.

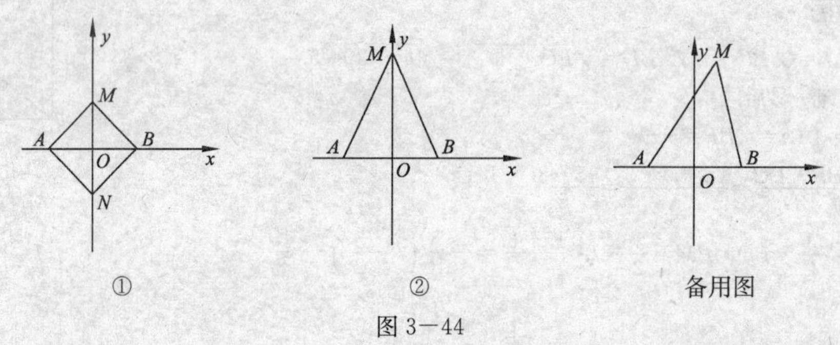

图 3－44

分析　(1) 由$\triangle ABM\cong\triangle ABN$ 确定 A、B、N 各点坐标,分别求出 C_{ABM} 与 C_{ABN} 的解析式;(2) 确定 C_{ABM} 的抛物线解析式(用 n 的式子表示),再确定与 C_{ABM} 全等的抛物线;(3) 当 $n\neq 0$ 且 $m\neq\pm 1$ 时存在抛物线 C_{ABM}.

解　(1) 设抛物线 C_{ABM} 的解析式为 $y=ax^2+bx+c$,

∵ 抛物线 C_{ABM} 过点 $A(-1,0)$,$B(1,0)$,$M(0,1)$,∴ $\begin{cases}0=a-b+c,\\0=a+b+c,\\1=c.\end{cases}$ 解得:$\begin{cases}a=-1,\\b=0,\\c=1.\end{cases}$

∴ 抛物线 C_{ABM} 的解析式为 $y=-x^2+1$.

同理可得抛物线 C_{ABN} 的解析式为 $y=x^2-1$.

∵ $|-1|=|1|$,∴ C_{ABM} 与 C_{ABN} 是全等抛物线,如图 3－45(1).

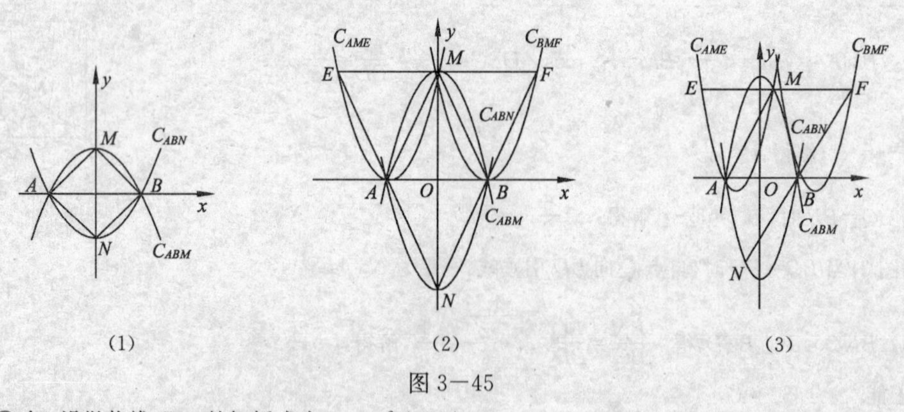

图 3－45

(2) ① 解:设抛物线 C_{ABM} 的解析式为 $y=ax^2+bx+c$.

抛物线 C_{ABM} 过点 $A(-1,0)$，$B(1,0)$，$M(0,n)$，∴ $\begin{cases}0=a-b+c,\\0=a+b+c,\\n=c.\end{cases}$ 解得：$\begin{cases}a=-n,\\b=0,\\c=n.\end{cases}$

∴ 抛物线 C_{ABM} 的解析式为 $y=-nx^2+n$.

与 C_{ABM} 全等的抛物线有：$y=nx^2-n$，$y=n(x-1)^2$，$y=n(x+1)^2$，如图 3－45(2).

② 当 $n\neq0$ 且 $m\neq\pm1$ 时，存在抛物线 C_{ABM}，

与 C_{ABM} 全等的抛物线有：C_{ABN}，C_{AME}，C_{BMF}，如图 3－45(3).

说明　正确理解“全等抛物线”的含义，注意 $|a_1|=|a_2|$ 中 $a_1=a_2$ 或 $a_1+a_2=0$ 有可能存在.

例 42　(十堰市实验区，2006)综合运用：已知抛物线 C_1：$y=-x^2+2mx+n$(m，n 为常数，且 $m\neq0$，$n>0$)的顶点为 A，与 y 轴交于点 C；抛物线 C_2 与抛物线 C_1 关于 y 轴对称，其顶点为 B，连接 AC，BC，AB.

注：抛物线 $y=ax^2+bx+c(a\neq0)$ 的顶点坐标为 $\left(-\dfrac{b}{2a},\dfrac{4ac-b^2}{4a}\right)$.

(1) 请在横线上直接写出抛物线 C_2 的解析式：________；

(2) 当 $m=1$ 时，判定△ABC 的形状，并说明理由；

(3) 抛物线 C_1 上是否存在点 P，使得四边形 $ABCP$ 为菱形？如果存在，请求出 m 的值；如果不存在，请说明理由.

分析　(1) 由两抛物线关于 y 轴对称确定其顶点亦关于 y 轴对称，故抛物线 C_2 的解析式可求；(2) 过点 A 作 $AD\perp x$ 轴，作 $CE\perp AD$ 于 E，求 $AE=CE=1$，得 $\angle BAC=\angle ACE=45°$，$\angle BCy=\angle ACy=45°$，故 $\angle ACB=90°$，则△ABC 为等腰直角三角形；(3) 由四边形 $ABCP$ 为菱形，则 $PC=AB=BC$，判断△ABC 为等边三角形，则 $AE=m^2$，$CE=|m|$，由 $\tan\angle ACE=\tan60°=\dfrac{AE}{CE}=\sqrt{3}$ 可求 $m=\pm\sqrt{3}$.

解　(1) $y=-x^2-2mx+n$.

(2) 当 $m=1$ 时，△ABC 为等腰直角三角形. 理由如下：

如图：∵ 点 A 与点 B 关于 y 轴对称，点 C 又在 y 轴上，∴ $AC=BC$.

过点 A 作抛物线 C_1 的对称轴交 x 轴于 D，过点 C 作 $CE\perp AD$ 于 E，如图 3－46.

∴ 当 $m=1$ 时，顶点 A 的坐标为 $A(1,1+n)$，

∴ $CE=1$.

又∵ 点 C 的坐标为 $(0,n)$，

∴ $AE=1+n-n=1$. ∴ $AE=CE$.

从而 $\angle ECA=45°$，∴ $\angle ACy=45°$.

由对称性知 $\angle BCy=\angle ACy=45°$，

∴ $\angle ACB=90°$.

∴ △ABC 为等腰直角三角形.

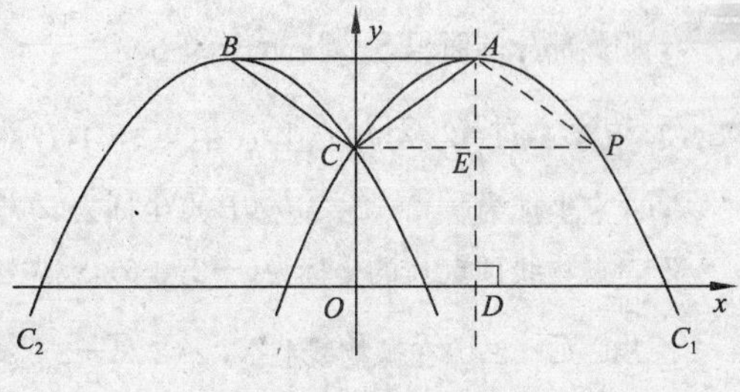

图 3－46

(3) 假设抛物线 C_1 上存在点 P，使得四边形 $ABCP$ 为菱形，则 $PC=AB=BC$.

由(2)知，$AC=BC$，∴ $AB=BC=AC$.

从而△ABC 为等边三角形.

∴ $\angle ACy=\angle BCy=30°$.

∵ 四边形 $ABCP$ 为菱形，且点 P 在 C_1 上，∴ 点 P 与点 C 关于 AD 对称.

∴ PC 与 AD 的交点也为点 E，因此 $\angle ACE=90°-30°=60°$.

∵ 点 A，C 的坐标分别为 $A(m,m^2+n)$，$C(0,n)$，

∴ $AE=m^2+n-n=m^2$，$CE=|m|$.

在 Rt△ACE 中，$\tan60°=\dfrac{AE}{CE}=\dfrac{m^2}{|m|}=\sqrt{3}$.

$\therefore |m|=\sqrt{3}\therefore m=\pm\sqrt{3}$.

故抛物线 C_1 上存在点 P,使得四边形 $ABCP$ 为菱形,此时 $m=\pm\sqrt{3}$.

说明　由菱形 $ABCP$ 转化出 $\angle ACE=60°$,再由 $\tan\angle ACE=\dfrac{AE}{EC}$ 建立关于 m 的方程,这种数形结合地分析问题的方法很常用.

例 43　(乐山市课改区,2006)已知:如图 3－47,抛物线 $y=ax^2+bx+c$ 的顶点 C 在以 $D(-2,-2)$ 为圆心,4 为半径的圆上,且经过⊙D 与 x 轴的两个交点 A,B,连结 AC,BC,OC.

(1) 求点 C 的坐标;

(2) 求图中阴影部分的面积;

(3) 在抛物线上是否存在点 P,使 DP 所在直线平分线段 OC? 若存在,求出点 P 的坐标;若不存在,请说出理由.

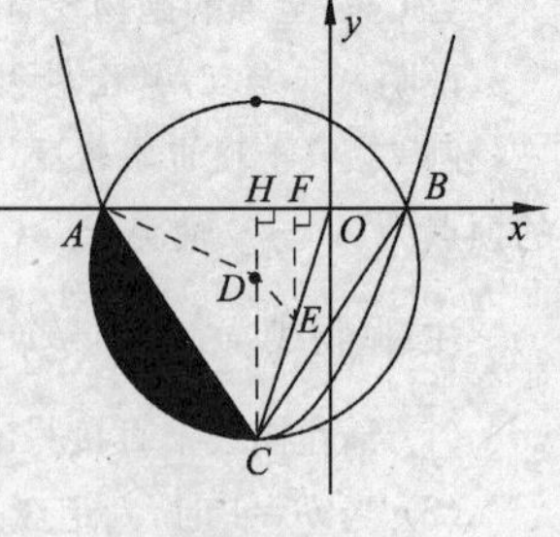

图 3－47

分析　(1) 过 C 作 $CH\perp x$ 轴于 H,由垂径定理知 CH 必过点 D,则由 $D(-2,-2)$,⊙D 的半径为 4 可求 C 点为 $(-2,-6)$;(2) 连结 AD,易知 $\angle HDA=60°$,$\angle ADC=120°$,则 $S_{阴}=S_{扇形DAC}-S_{\triangle DAC}$;(3) 设 OC 中点为 E,过 E 作 $EF\perp x$ 轴于 F,先求出 $EF=\dfrac{1}{2}CH=3$,$OF=\dfrac{1}{2}OH=1$,则 $E(-1,-3)$,则直线 DE 的解析式可求,另抛物线的解析式可求为 $y=\dfrac{1}{2}(x+2)^2-6$,由 P 在直线 DE 和抛物线上求 P 点坐标.

解　(1) 如图,作 $CH\perp x$ 轴,垂足为 H.

$\because$ 直线 CH 为抛物线对称轴,$\therefore$ H 为 AB 的中点. $\therefore$ CH 必过圆心 $D(-2,-2)$.

$\because$ $DC=4$,$\therefore$ $CH=6$. $\therefore$ C 点的坐标为 $(-2,-6)$.

(2) 连接 AD. 在 Rt$\triangle ADH$ 中,$AD=4$,$DH=2$.

$\therefore \angle HAD=30°$,$AH=\sqrt{AD^2-DH^2}=2\sqrt{3}$ $\therefore \angle ADC=120°$.

$\therefore S_{扇形DAC}=\dfrac{120°\times\pi\times4^2}{360°}=\dfrac{16}{3}\pi$,$S_{\triangle DAC}=\dfrac{1}{2}AH\cdot CD=\dfrac{1}{2}\times2\sqrt{3}\times4=4\sqrt{3}$.

$\therefore$ 阴影部分的面积 $S=S_{扇形DAC}-S_{\triangle DAC}=\dfrac{16}{3}\pi-4\sqrt{3}$.

(3) 又 $\because$ $AH=2\sqrt{3}$,H 点坐标为 $(-2,0)$,H 为 AB 的中点,

$\therefore$ A 点坐标为 $(-2-2\sqrt{3},0)$,B 点坐标为 $(2\sqrt{3}-2,0)$.

又 $\because$ 抛物线顶点 C 的坐标为 $(-2,-6)$,设抛物线解析式为 $y=a(x+2)^2-6$.

$\because$ $B(2\sqrt{3}-2,0)$ 在抛物线上,$\therefore$ $a(2\sqrt{3}-2+2)^2-6=0$. 解得 $a=\dfrac{1}{2}$.

$\therefore$ 抛物线的解析式为 $y=\dfrac{1}{2}(x+2)^2-6$.

设 OC 的中点为 E,过 E 作 $EF\perp x$ 轴,垂足为 F,连接 DE.

$\because$ $CH\perp x$ 轴,$EF\perp x$ 轴,$\therefore$ $CH/\!/EF$.

$\because$ E 为 OC 的中点,$\therefore$ $EF=\dfrac{1}{2}CH=3$,$OF=\dfrac{1}{2}OH=1$. 即点 E 的坐标为 $(-1,-3)$.

设直线 DE 的解析式为 $y=kx+b(k\neq0)$,

$\therefore \begin{cases}-2=-2k+b\\-3=-k+b\end{cases}$,解得 $k=-1$,$b=-4$. $\therefore$ 直线 DE 的解析式为 $y=-x-4$.

若存在 P 点满足已知条件,则 P 点必在直线 DE 和抛物线上.

设点 P 的坐标 (m,n),

$\therefore n=-m-4$，即点 P 坐标为$(m,-m-4)$. $\therefore -m-4=\frac{1}{2}(m+2)^2-6$.

解这个方程，得 $m_1=0$，$m_2=-6$. ∴ 点 P 的坐标为$(0,-4)$和$(-6,2)$.

故在抛物线上存在点 P，使 DP 所在直线平分线段 OC.

说明　P 点坐标也可以由直线和抛物线的解析式联立方程组可求.

例 44　(南昌市，2006)已知抛物线 $y=x^2+bx+c$，经过点 $A(0,5)$和点 $B(3,2)$

(1) 求抛物线的解析式；

(2) 现有一半径为 1，圆心 P 在抛物线上运动的动圆，问⊙P 在运动过程中，是否存在⊙P 与坐标轴相切的情况？若存在，请求出圆心 P 的坐标：若不存在，请说明理由；

(3) 若⊙Q 的半径为 r，点 Q 在抛物线上，⊙Q 与两坐标轴都相切时求半径 r 的值.

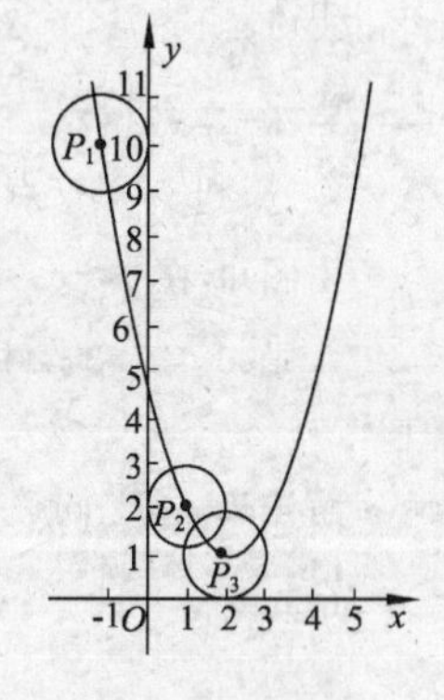

图 3—48

分析　(1)略；(2)分⊙P 与 x 轴和 y 轴相切两种情况，若⊙P 与 y 轴相切，设 $P(x_0,y_0)$，得$|x_0|=1$；若⊙P 与 x 轴相切，则$|y_0|=1$；(3) 设 $Q(x,y)$，当⊙Q 与两坐标轴都相切时，有 $y=\pm x$.

解　(1) 由题意，得$\begin{cases}c=5\\3b+c+9=2\end{cases}$ 解得$\begin{cases}b=-4\\c=5\end{cases}$.

抛物线的解析式为 $y=x^2-4x+5$.

(2) 当⊙P 在运动过程中，存在⊙P 与坐标轴相切的情况.

设点 P 坐标为(x_0,y_0)，则当⊙P 与 y 轴相切时，有$|x_0|=1$，$x_0=\pm 1$.

由 $x_0=-1$，得 $y_0=1^2+4\times 1+5=10$∴ $P_1(-1,10)$，

由 $x_0=1$，得 $y_0=1^2-4\times 1+5=2$∴ $P_2(1,2)$.

当⊙P 与 x 轴相切时有$|y_0|=1$. ∵ 抛物线开口向上，且顶点在 x 轴的上方.

∴ $y_0=1$.

由 $y_0=1$，得 $x_0^2-4x_0+5=1$，解得 $y_0=2$，$B(2,1)$.

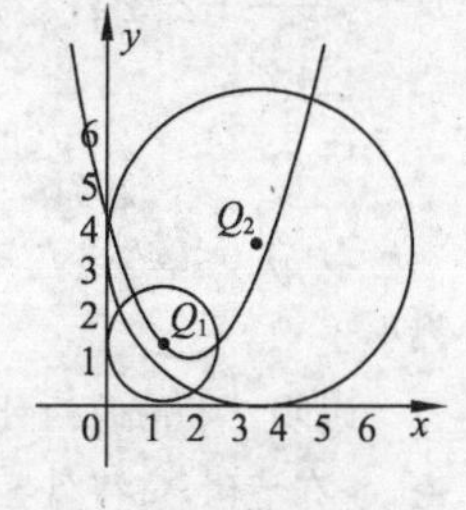

图 3—49

综上所述，符合要求的圆心 P 有三个，其坐标分别为：$P_1(-1,10)$，$P_2(1,2)$，$P_3(2,1)$.

(3) 设点 Q 坐标为(x,y)，则当⊙Q 与两条坐标轴都相切时，有 $y=\pm x$.

由 $y=x$ 得 $x^2-4x+5=-x$，即 $x^2-5x+5=0$，解得 $x=\frac{5\pm\sqrt{5}}{2}$.

由 $y=-x$，得 $x^2-4x+5=-x$. 即 $x^2-3x+5=0$，此方程无解.

∴ ⊙O 的半径为 $r=\frac{5\pm\sqrt{5}}{2}$.

说明　由图形的位置关系转化为结论的数量关系是本例的最大亮点.

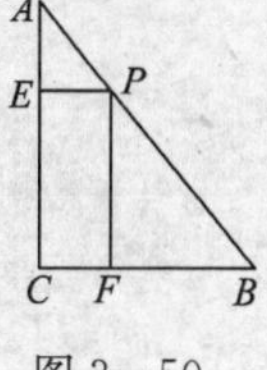

图 3—50

例 45　(天津市，2000)已知△ABC 中，$AC=BC=3\sqrt{2}$，$\angle C=90°$，AB 上有一动点 P，过 P 作 $PE\perp AC$ 于 E，$PF\perp BC$ 于 F.

(1) 设 $CF=x$，用含 x 的代数式把 Rt△AEP，Rt△PFB 及矩形 $ECFP$ 的面积表示出来；

(2) 是否存在这样的 P 点，使 Rt△AEP，Rt△PFB 及矩形 $ECFP$ 的面积都小于 4.

分析　(1) 略；(2) 画出各函数图象，通过函数图象解决问题.

解法一　(1) △AEP 的面积为$\frac{1}{2}x^2$；△PFB 的面积为$\frac{1}{2}(3\sqrt{2}-x)^2$；矩形 $ECFP$ 的面积为 $x(3\sqrt{2}-x)$.

(2) 设 $y_1=\frac{1}{2}x^2$；$y_2=x(3\sqrt{2}-x)$；$y_3=\frac{1}{2}(3\sqrt{2}-x)^2$.

这三个二次函数的图象如图 3—51 所示.

由$\frac{1}{2}x^2=x(3\sqrt{2}-x)$,解得$x_1=0,x_2=2\sqrt{2}$.

当$x_1=0$时,$y_1=y_2=0$;当$x_2=2\sqrt{2}$时,$y_1=y_2=4$.

∴ y_1和y_2的交点坐标为$O(0,0)$,$A(2\sqrt{2},4)$.

由图3-51知,在$2\sqrt{2}\leqslant x<3\sqrt{2}$中,$y_1\geqslant 4$.

由$x(3\sqrt{2}-x)=\frac{1}{2}(3\sqrt{2}-x)^2$.解得,$x_3=\sqrt{2},x_4=3\sqrt{2}$.

当$x_3=\sqrt{2}$时,$y_2=y_3=4$;当$x_4=3\sqrt{2}$时,$y_2=y_3=0$.

∴ y_2和y_3的交点坐标为$B(\sqrt{2},4)$,$C(3\sqrt{2},0)$.

图3-51

由图知,在$0<x\leqslant\sqrt{2}$时,$y_3\geqslant 4$,在$\sqrt{2}\leqslant x\leqslant 2\sqrt{2}$时,$y_2\geqslant 4$,

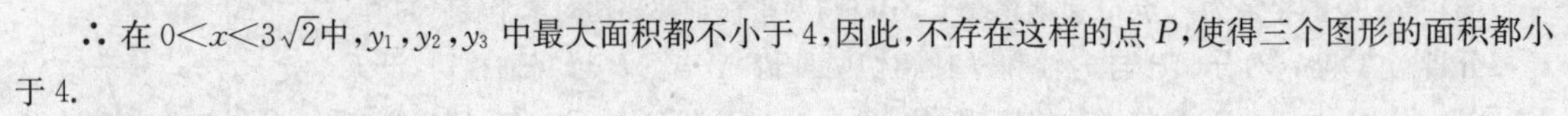

∴ 在$0<x<3\sqrt{2}$中,y_1,y_2,y_3中最大面积都不小于4,因此,不存在这样的点P,使得三个图形的面积都小于4.

解法二　(1) 同解一.

(2) 设$y_1=\frac{1}{2}x^2$;$y_2=x(3\sqrt{2}-x)$;$y_3=\frac{1}{2}(3\sqrt{2}-x)^2$.

在$0<x\leqslant\sqrt{2}$时,$y_3=\frac{1}{2}(3\sqrt{2}-x)^2\geqslant\frac{1}{2}(3\sqrt{2}-\sqrt{2})^2=4$;

在$\sqrt{2}\leqslant x\leqslant 2\sqrt{2}$时,$y_2=x(3\sqrt{2}-x)=3\sqrt{2}x-x^2=-\left(\frac{3\sqrt{2}}{2}-x\right)^2+\frac{9}{2}\geqslant-\left(\frac{3\sqrt{2}}{2}-\sqrt{2}\right)^2+\frac{9}{2}$或$-\left(\frac{3\sqrt{2}}{2}-2\sqrt{2}\right)^2+\frac{9}{2}=-\frac{1}{2}+\frac{9}{2}=4$;

在$2\sqrt{2}\leqslant x<3\sqrt{2}$时,$y_1=\frac{1}{2}x^2\geqslant(2\sqrt{2})^2=4$.

∴ 在$0<x<3\sqrt{2}$中,y_1,y_2,y_3总有一个图形的面积大于4,即在AB上不存在点P,使得三个图形的面积都小于4.

说明　本例的两种解法中,第一种方法借助函数图象分析问题、解决问题;第二种方法从式的角度分类讨论,各有特色,值得借鉴.

例46　(北京市,1999)已知:AB是⊙O中一条长为4的弦,P是⊙O上一动点,$\cos\angle APB=\frac{1}{3}$.问是否存在以$A,P,B$为顶点的面积最大的三角形,试说明理由;若存在,求出这个三角形的面积.

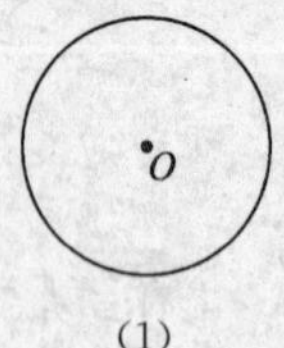

(1)

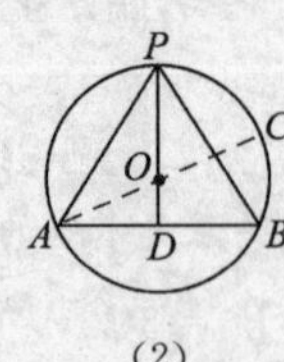

(2)

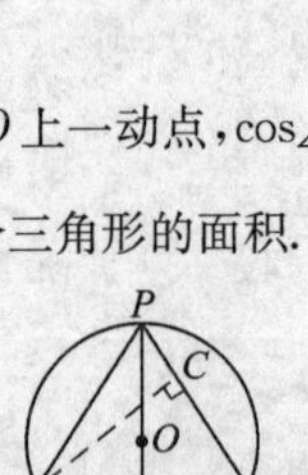

(3)

图3-52

分析　由$\cos\angle APB=\frac{1}{3}$先判断$AB$是⊙$O$的弦(不是直径),再判断当$P$在优弧$\overset{\frown}{AB}$的中点位置时$\triangle APB$的面积最大.

解法一　存在以A,P,B为顶点的面积最大的三角形.

∵ $\cos\angle APB=\frac{1}{3}$,∴ $\angle APB\neq 90°$.∴ AB不是⊙O的直径.

取$\overset{\frown}{AB}$中点P,作$PD\perp AB$于D.则PD为弓形高,且PD所在直线必过圆心O.

∵ 当点P在优弧上时,PD大于⊙O半径;当点P在劣弧上时,PD小于⊙O半径.

∴ 优弧与弦 AB 构成的弓形的弓形高大于劣弧与弦 AB 构成的弓形的弓形高. ∴ 点 P 必在优弧上.

∵ AB 的长为定值，∴ 当点 P 为优弧中点时，$\triangle APB$ 的面积最大. 连结 PA，PB(如图 3－52).

则等腰三角形 APB 为所求. 作⊙O 直径 AC，连结 BC.

∴ $\angle ABC=90°$，$\angle APB=\angle C$. ∴ $\cos\angle APB=\cos C=\dfrac{BC}{AC}=\dfrac{1}{3}$.

设 $BC=x$，则 $AC=3x$.

在 Rt$\triangle ABC$ 中，$AB=4$，由勾股定理，$AC^2=AB^2+BC^2$，∴ $(3x)^2=4^2+x^2$.

解这个方程组，得 $x=\pm\sqrt{2}$(舍去负值). ∴ $BC=\sqrt{2}$，$AC=3\sqrt{2}$. ∴ $PO=\dfrac{AC}{2}=\dfrac{3\sqrt{2}}{2}$.

∵ $AO=OC$，$AD=DB$，∴ $OD=\dfrac{1}{2}BC=\dfrac{\sqrt{2}}{2}$.

∴ $PD=PO+OD=\dfrac{3\sqrt{2}}{2}+\dfrac{\sqrt{2}}{2}=2\sqrt{2}$. ∴ $S_{\triangle APB}=\dfrac{1}{2}AB\cdot PD=\dfrac{1}{2}\times4\times2\sqrt{2}=4\sqrt{2}$.

解法二　同解法一求得等腰三角形 APB 为所求面积最大的三角形. 作 $AC\perp PB$，垂足为 C.

在 Rt$\triangle PCA$ 中，$\cos\angle APC=\dfrac{1}{3}$ ∴ $\dfrac{PC}{PA}=\dfrac{1}{3}$.

设 $PC=x$，则 $PA=PB=3x$，$AC=2\sqrt{2}x$，$BC=2x$.

在 Rt$\triangle ACB$ 中，$AB=4$，由勾股定理，得 $AC^2+BC^2=AB^2$.

∴ $(2\sqrt{2}x)^2+(2x)^2=16$. 解这个方程组，得 $x=\pm\dfrac{2}{3}\sqrt{3}$(舍去负值).

∴ $AC=2\sqrt{2}x=\dfrac{4}{3}\sqrt{6}$，$PB=3x=2\sqrt{3}$. ∴ $S_{\triangle APB}=\dfrac{1}{2}PB\cdot AC=\dfrac{1}{2}\times2\sqrt{3}\times\dfrac{4}{3}\sqrt{6}=4\sqrt{2}$.

说明　由 $\cos\angle APC=\dfrac{1}{3}$ 的值转化有关线段的长度，再由勾股定理建立方程组求解，是一种常用的转化技巧.

例 47　(扬州市，2005)如图 1，AB 是⊙O 的直径，射线 $BM\perp AB$，垂足为 B，点 C 为射线 BM 上的一个动点(C 与 B 不重合)，连结 AC 交⊙O 于 D，过点 D 作⊙O 的切线交 BC 于 E.

(1) 在 C 点运动过程中，当 $DE/\!/AB$ 时(如图 2)，求$\angle ACB$ 的度数；

(2) 在 C 点运动过程中，试比较线段 CE 与 BE 的大小，并说明理由；

(3) $\angle ACB$ 在什么范围内变化时，线段 DC 上存在点 G，满足条件 $BC^2=4DG\cdot DC$(请写出推理过程).

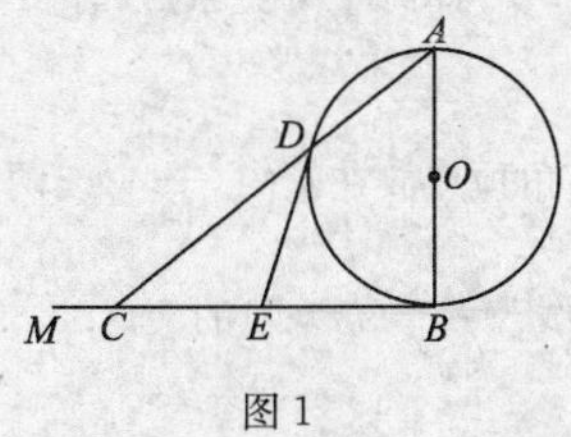

图 1

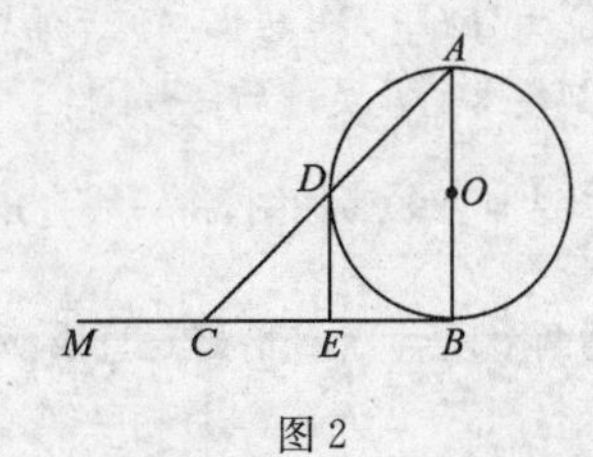

图 2

图 3－53

分析　(1) 连结 OD，证明 $OD\perp AO$，由 $AO=DO$ 得$\angle ADO=45°$，则$\angle ACB=\angle ADO=45°$；(2) 证明 BE 为⊙O 切线，得出 $DE=EB$，连结 BD，由$\angle CDB=90°$，$DE=EB$，证明 $CE=DE$，故 $CE=BE$ 可证；(3) $BC^2=4DG\cdot DC$ 可得 $DE^2=DG\cdot CD$，故$\triangle DGE\backsim\triangle DEC$，则$\angle DEG=\angle DCE=\angle CDE$. 由$\angle DGE+2\angle CDE=180°$，$\angle DGE\geqslant\angle CDE$ 可得 $0°<\angle ACB\leqslant60°$.

解　(1) 如图：当 $DE/\!/AB$ 时，连结 OD，∵ DE 是⊙O 的切线，∴ $OD\perp DE$，

∵ $DE/\!/AB$，∴ $OD\perp AB$，又∵ $OD=OA$，∴ $\angle A=45°$.

又∵ $BM\perp AB$，∴ $\angle OBE=90°$，∴ 在 Rt$\triangle ABC$ 中，$\angle ACB=45°$.

即:当$\angle ACB=\angle 45°$时,$DE/\!/AB$.

(2) 连结BD,∵ AB是⊙O的直径,∴ $\angle BDA=\angle BDC=90°$,

∴ $\angle ACB+\angle CBD=90°$,$\angle EDB+\angle CDE=90°$.

又∵ $BM\perp AB$,AB是⊙O的直径,∴ MB是⊙O的切线,

又∵ DE是⊙O的切线∴ $BE=ED$,∴ $\angle CBD=\angle EDB$,∴ $\angle ACB=\angle CDE$,

∴ $EC=ED$,∴ $BE=EC$.

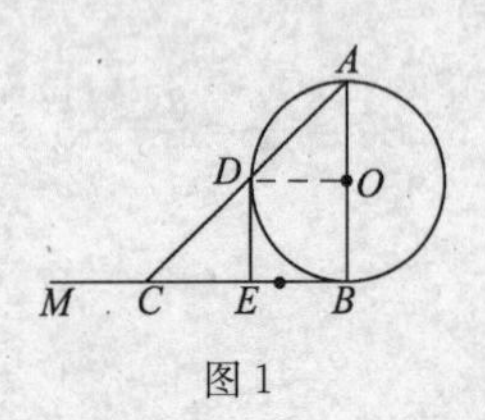

图1

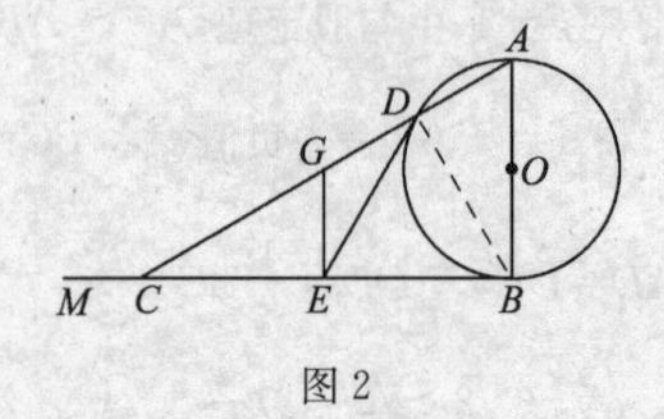

图2

图 3—54

(3) 解法一:假设在线段CD上存在点G,使$BC^2=4DG\cdot DC$,由(2) 知:$BE=CE$,

∴ $BC=2CE=2DE$,∴ $(2DE)^2=4DG\cdot DC$,从而$DE^2=DG\cdot DC$,

∴ $\dfrac{DE}{DG}=\dfrac{DC}{DE}$　由于$\angle CDE$是公共角,∴ $\triangle DEG\backsim\triangle DCE$,

∴ $\angle ACB=\angle DEG$,令$\angle ACB=x$,$\angle DGE=y$,∴ $\angle CDE=\angle ACB=x$,

∵ C和B不重合,∴ $BC>0$,∴ D和G就不能够重合,但是,G可以和C重合,

∴ 要使线段CD上的G点存在,则要满足:$\begin{cases}2x+y=180°\\ y\geqslant x\end{cases}$　因此,$x\leqslant 60°$,

∴ $0°<\angle ACB\leqslant 60°$时,满足条件的$G$点存在.

解法二:假设在线段CD上存在点G,使$BC^2=4DG\cdot DC$,

∵ CB是⊙O的切线,CDA是⊙O的割线,∴ $BC^2=CD\cdot CA$,∴ $4DG\cdot DC=CD\cdot CA$,∴ $4DG=CA$,

∵ C和B不重合,∴ $BC>0$,∴ D和G就不能够重合,G可以和C重合,即$DG\leqslant DC$,

∴ $4DG\leqslant 4DC$,$CA\leqslant 4DC$,即$DC\geqslant\dfrac{1}{4}CA$,∴ $BC^2=CD\cdot CA\geqslant\dfrac{1}{4}CA\cdot CA$,因此,$\dfrac{BC}{AC}\geqslant\dfrac{1}{2}$,

∴ Rt$\triangle ABC$中,$\cos\angle ACB\geqslant\dfrac{1}{2}$,∴ $0°<\angle ACB\leqslant 60°$,满足条件的$G$点存在.

说明　由$BC^2=4DG\cdot DC$转化相似三角形是十分关键的一步,得到等角关系后,再由不等式和方程转化角的取值范围是解决本例最关键的一步.

例 48　(连云港市,2005)如图,将一块直角三角形纸板的直角顶点放在$C\left(1,\dfrac{1}{2}\right)$处,两直角边分别与$x$,$y$轴平行,纸板的另两个顶点$A$,$B$恰好是直线$y=kx+\dfrac{9}{2}$与双曲线$y=\dfrac{m}{x}(m>0)$的交点.

(1) 求m和k的值;

(2) 设双曲线$y=\dfrac{m}{x}(m>0)$在A,B之间的部分为L,让一把三角尺的直角顶点P在L上滑动,两直角边始终与坐标轴平行,且与线段AB交于M,N两点,请探究是否存在点P使得$MN=\dfrac{1}{2}AB$,写出你的探究过程和结论.

分析　(1) 先确定$A(1,m)$,$B\left(2m,\dfrac{1}{2}\right)$,再由$A$,$B$在直线$y=kx+\dfrac{9}{2}$上,确定$k$,$m$的值;(2) 由$\triangle MPN\backsim\triangle ACB$得到$\dfrac{MP}{AC}=\dfrac{MN}{AB}=\dfrac{1}{2}$,设$P$,$M$点坐标,表示$MP$,$AC$的长,由$\dfrac{MP}{AC}=\dfrac{1}{2}$转化方程求解.

解　(1) ∵ 点 A,B 在双曲线 $y=\frac{m}{x}(m>0)$ 上，且 $AC/\!/y$ 轴，$BC/\!/x$ 轴，

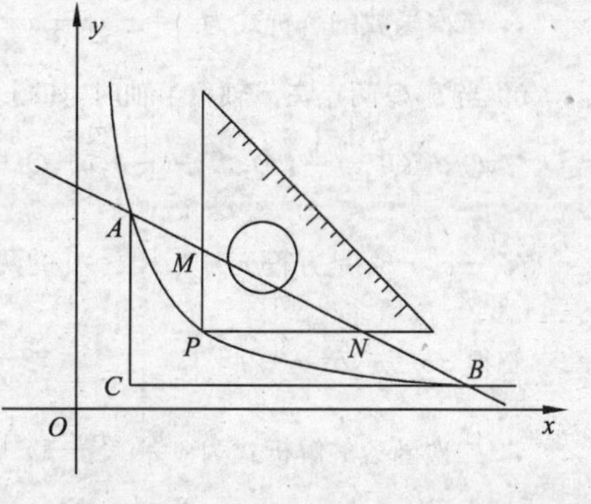

图 3—55

∴ 点 A,B 的坐标分别为 $(1,m)$，$\left(2m,\frac{1}{2}\right)$. 又点 A,B 在直线 $y=kx+\frac{9}{2}$ 上.

∴ $\begin{cases}m=k+\frac{9}{2},\\ \frac{1}{2}=2mk+\frac{9}{2}.\end{cases}$ 解得 $\begin{cases}k=-4,\\ m=\frac{1}{2}.\end{cases}$ 或 $\begin{cases}k=-\frac{1}{2},\\ m=4.\end{cases}$

当 $k=-4$ 且 $m=\frac{1}{2}$ 时，点 A,B 的坐标都是 $(1,\frac{1}{2})$，不合题意，应舍去；当 $k=-\frac{1}{2}$ 且 $m=4$ 时，点 A,B 的坐标分别为 $(1,4)$，$(8,\frac{1}{2})$，符合题意. ∴ $k=-\frac{1}{2}$，$m=4$.

(2) 假设存在点 P 使得 $MN=\frac{1}{2}AB$.

∵ $AC/\!/y$ 轴，$MP/\!/y$ 轴，∴ $AC/\!/MP$，∴ $\angle PMN=\angle CAB$，∴ $\text{Rt}\triangle MPN\backsim\text{Rt}\triangle ACB$.

∴ $\frac{MP}{AC}=\frac{MN}{AB}=\frac{1}{2}$. 设点 P 坐标为 $\left(x,\frac{4}{x}\right)(1<x<8)$，则 M 点坐标为 $\left(x,-\frac{1}{2}x+\frac{9}{2}\right)$，

∴ $MP=-\frac{1}{2}x+\frac{9}{2}-\frac{4}{x}$. 又 $AC=4-\frac{1}{2}=\frac{7}{2}$，

∴ $-\frac{1}{2}x+\frac{9}{2}-\frac{4}{x}=\frac{7}{4}$，即 $2x^2-11x+16=0$，

∴ $\Delta=(-11)^2-4\times2\times16=-7<0$，

∵ 方程(※)无实数根. 所以不存在点 P 使得 $MN=\frac{1}{2}AB$.

说明　将 $MN=\frac{1}{2}AB$ 转化为相似三角形的相似比为 $\frac{1}{2}$，再利用点的坐标转化方程求解是本例的基本的方法.

例 49　(北京市延庆县，2001)已知二次函数 $y=x^2+bx+c$ 的图象与 x 轴交于 P,Q 两点，与 y 轴正半轴交于 R 点，且 $OR=OP=\frac{1}{2}PQ$.

(1) 求这个二次函数的解析式；

(2) 问线段 RQ 上是否存在一点 M，使 $S_{四边形ROPM}=\frac{3}{2}S_{\triangle ROP}$. 若存在，求出点 M 的坐标；若不存在，说明理由.

分析　(1) 易知 P,Q 同在 x 轴的正半轴或 x 轴的负半轴上，故分两种情况确定抛物线的解析式；(2) 易求 $S_{\triangle ROP}$ 的面积，设 M 点坐标，利用 $S_{四边形ROPM}=\frac{3}{2}S_{\triangle ROP}$ 建立关于未知数的方程求解即可.

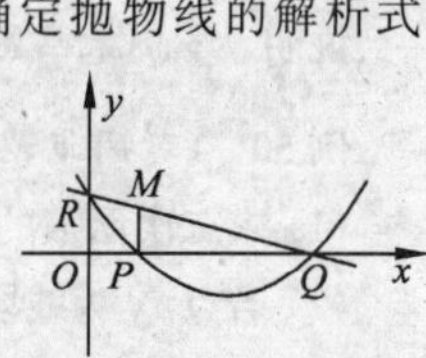

图 3—56

解　(1) 根据已知，二次函数 $y=x^2+bx+c$ 图象如图 3—56 所示.

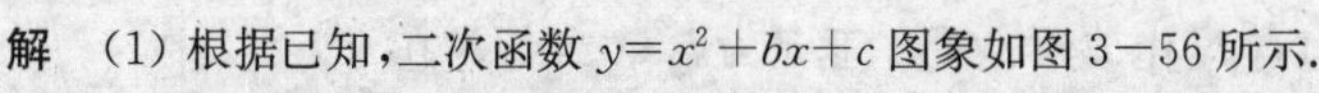
① 若 P,Q 两点在 x 轴正半轴时，如图 3—56，依题意，R 点的坐标为 $(0,c)$，$c>0$.

∵ $OR=OP=\frac{1}{2}PQ$，∴ 点 $P(c,0)$，$Q(3c,0)$.

∵ c，$3c$ 是方程 $x^2+bx+c=0$ 的两个根，∴ $\begin{cases}c+3c=-b,\\ c\cdot3c=c.\end{cases}$ 解得 $c=\frac{1}{3}$，$b=-\frac{4}{3}$.

∴ 二次函数的解析式为 $y=x^2-\frac{4}{3}x+\frac{1}{3}$.

② 当 P,Q 两点在 x 轴负半轴时,如图 3－57. 依题意,R 点的坐标为$(0,c)$,$c>0$.

∵ $OR=OP=\frac{1}{2}PQ$,∴ $P(-c,0)$,$Q(-3c,0)$.

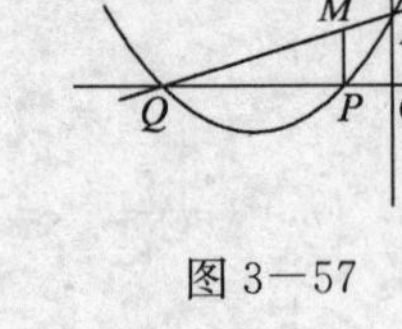

图 3－57

∵ $-c$,$-3c$ 是方程 $x^2+bx+c=0$ 的两个根,∴ $\begin{cases}-c+(-3c)=-b,\\(-c)\cdot(-3c)=c.\end{cases}$

解得 $c=\frac{1}{3}$,$b=\frac{4}{3}$.

∴ 二次函数的解析式为 $y=x^2+\frac{4}{3}x+\frac{1}{3}$.

(2) 设线段 RQ 上点 M 的坐标为(x,y).

① 当 P,Q 在 x 轴正半轴上时,如图 3－56.

由 $R(0,\frac{1}{3})$,$P(\frac{1}{3},0)$,$Q(1,0)$,∴ $S_{四边形ROPM}=S_{\triangle ROQ}-S_{\triangle PQM}=\frac{1}{6}-\frac{1}{3}y$.

∵ $S_{\triangle ROP}=\frac{1}{2}OP\cdot OR=\frac{1}{18}$.

由 $S_{四边形ROPM}=\frac{3}{2}S_{\triangle ROP}$,∴ $\frac{1}{6}-\frac{1}{3}y=\frac{3}{2}\cdot\frac{1}{18}$. 解得 $y=\frac{1}{4}$.

设经过点 $R(0,\frac{1}{3})$,$Q(1,0)$两点的直线为 $y=kx+b$.

代入 R,Q 两点坐标,得$\begin{cases}b=\frac{1}{3},\\k+b=0.\end{cases}$

解得,$b=\frac{1}{3}$,$k=-\frac{1}{3}$. 即过 R,Q 两点的直线为 $y=-\frac{1}{3}x+\frac{1}{3}$.

由点 M 在直线 RQ 上,且 $y=\frac{1}{4}$,可得 $x=\frac{1}{4}$,∴ M 点的坐标为$\left(\frac{1}{4},\frac{1}{4}\right)$.

② 当 P,Q 在 x 轴负半轴上时,如图 3－57.

由 $R(0,\frac{1}{3})$,$P(-\frac{1}{3},0)$,$Q(-1,0)$及 $M(x,y)$.

同理可以求得,$y=\frac{1}{4}$. 经过 $R(0,\frac{1}{3})$,$Q(-1,0)$两点的直线为 $y=\frac{1}{3}x+\frac{1}{3}$.

将 $y=\frac{1}{4}$代入,求得 $x=-\frac{1}{4}$. ∴ M 点坐标$\left(-\frac{1}{4},\frac{1}{4}\right)$.

∴ 存在满足条件的点 M,坐标是$\left(\frac{1}{4},\frac{1}{4}\right)$和$\left(-\frac{1}{4}\frac{1}{4}\right)$.

说明 本例未画图形,故在分析 $OR=OP=\frac{1}{2}PQ$ 时,应注意考虑 P,Q 两点的所有可能的位置.

例 50 (黄冈市,2003)已知二次函数的图象如图所示.

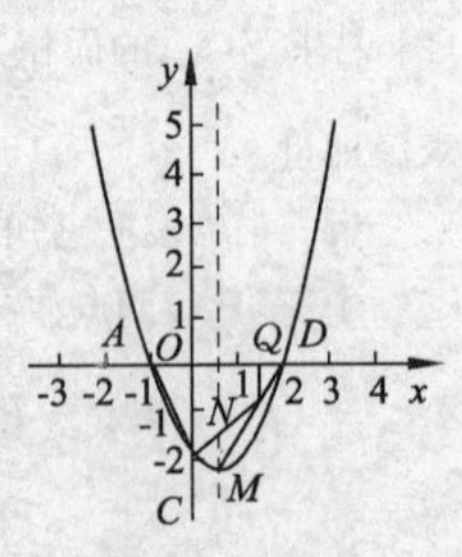

图 3－58

(1) 求二次函数的解析式及抛物线顶点 M 的坐标;

(2) 若点 N 为线段 BM 上的一点,过点 N 作 x 轴的垂线,垂足为点 Q. 当点 N 在线段 BM 上运动时(点 N 不与点 B,点 M 重合),设 NQ 的长为 t. 四边形 $ACNQ$ 的面积为 S,求 S 与 t 之间的函数关系式及自变量 t 的取值范围.

(3) 在对称轴右侧的抛物线上是否存在点 P,使△PAC 为直角三角形? 若存在,请求出所有符合条件的点 P 的坐标;若不存在,请说明理由.

(4) 将△OAC 补成矩形,使△OAC 的两个顶点成为矩形一边的两个顶点,第三个顶点落在矩形这一边的对边上，试直接写出矩形的未知的顶点坐标(不需要计算过程).

解　(1) 要求二次函数的解析式，只需求出其解析式中的待定系数的值即可.

设抛物线的解析式为 $y=a(x+1)(x-2)$.

$\because$ 点 $C(0,-2)$在抛物线上. $\therefore -2=a\times1\times(-2)$. $\therefore a=1$. $\therefore y=x^2-x-2$.

通过配方，求得顶点 M 的坐标为$\left(\frac{1}{2},-\frac{9}{4}\right)$.

(2) 因为 $S=S_{\triangle AOC}+S_{梯形QOCN}$，所以，要求 S 与 t 之间的函数关系式，只需求出$\triangle AOC$ 和梯形 $QOCN$ 的面积(用 t 和已知数表示)即可. 而要求梯形 $QOCN$ 的面积(用 t 表示)，只需求出点 N 的坐标(用 t 表示)即可. 为此，只要求出直线 BM 的解析式就行了.

设直线 BM 的解析式为 $y=kx+b$，点 N 的坐标为 $N(h,-t)$.

$\because B(2,0)$、$M\left(\frac{1}{2},-\frac{9}{4}\right)$在直线 BM 上.

$\therefore \begin{cases}0=2k+b,\\ -\frac{9}{4}=\frac{1}{2}k+b.\end{cases}$ 解之，得$\begin{cases}k=\frac{3}{2},\\ b=-3.\end{cases}$　$\therefore$ 直线 BM 的解析式为 $y=\frac{3}{2}x-3$.

$\because$ 点 N 在直线 BM 上，$\therefore -t=\frac{3}{2}h-3$. $\therefore h=2=\frac{2}{3}t$.

$\therefore S=S_{\triangle AOC}+S_{梯形QOCN}=\frac{1}{2}\times1\times2+\frac{1}{2}(2+t)\left(2-\frac{2}{3}t\right)=-\frac{1}{3}t^2+\frac{1}{3}t+3\left(0<t<\frac{9}{4}\right)$.

$\therefore S=-\frac{1}{3}t^2+\frac{1}{3}t+3\left(0<t<\frac{9}{4}\right)$.

(3) 假设在对称轴右侧的抛物线上存在点 P，使$\triangle PAC$ 为直角三角形. 于是，解题的关键是如何利用条件求出符合条件的点 P 的坐标.

设点 P 的坐标为 $P(m,n)$，则

$n=m^2-m-2$，$PA^2=(m+1)^2+n^2$，$PC^2=m^2+(n+2)^2$，$AC^2=5$.

从而，要求点 P 的坐标，只需利用条件求出 m,n 的值即可. 为此，只需利用条件列出关于 m,n 的方程组就行了.

下面分类讨论如何利用条件($\triangle PAC$ 为直角三角形，即$\angle PAC=90°$或$\angle PCA=90°$或$\angle APC=90°$)列出关于 m,n 的方程组，从而求得 m,n 的值，进而确定符合条件的点 P 的坐标：

① 若$\angle PAC=90°$，则 $PC^2=PA^2+AC^2$.

$\therefore \begin{cases}m^2+(n+2)^2=(m+1)^2+n^2+5,\\ n=m^2-m-2.\end{cases}$ 解之，得$\begin{cases}m_1=\frac{5}{2},\\ n_1=\frac{7}{4};\end{cases}\begin{cases}m_2=-1,\\ n_2=0.\end{cases}$(舍去). $\therefore$ 点 $P_1\left(\frac{5}{2},\frac{7}{4}\right)$.

② 若$\angle PCA=90°$，则 $PA^2=PC^2+AC^2$.

$\therefore \begin{cases}(m+1)^2+n^2=m^2+(n+2)^2+5,\\ n=m^2-m-2.\end{cases}$ 解之，得$\begin{cases}m_3=\frac{3}{2},\\ n_3=-\frac{5}{4};\end{cases}\begin{cases}m_4=0,\\ n_4=-2.\end{cases}$(舍去). $\therefore$ 点 $P_2\left(\frac{3}{2},-\frac{5}{4}\right)$.

③ 若$\angle APC=90°$，则 $AC>PA$，这是不可能的. 因为：观察图形可知，当点 P 在对称轴的右侧时，总有 $PA>AC$. 这与 $AC>PA$ 相矛盾. 所以，AC 的对角不可能是直角.

综合上述可知，符合条件的点 P 的坐标为$\left(\frac{5}{2},\frac{7}{4}\right)$或$\left(\frac{3}{2},-\frac{5}{4}\right)$.

(4) 以点 O，点 A(或点 O，点 C)为矩形的两个顶点，第三个顶点落在这一边 OA(或 OC)的对边上，这时未知的顶点坐标是 $D(-1,-2)$；以点 A，点 C 为矩形的两个顶点，第三个顶点落在这一边 AC 的对边上，这时未

知的顶点有两个，它们的坐标分别是 $E\left(-\frac{1}{5},\frac{2}{5}\right)$ 或 $F\left(\frac{4}{5},-\frac{8}{5}\right)$.

说明 (1) 求解数学存在性问题的基本思路是：假设存在，然后根据条件去求出或作出或找到所要确定的数学对象.

(2) 若所要研究的是数的存在性问题，则假设存在后，关键是根据条件列出关于有关未知数的方程、方程组或不等式、不等式组，然后通过解方程(或方程组)或不等式(不等式组)求得未知数的值或取值范围，从而确定数的对象的存在性. 若方程(或方程组)与不等式(不等式组)无解或所求得的解不符合条件(或题意)，则所要研究的数的对象不存在.

(3) 若所要研究的是形的存在性问题，则假设存在后，关键是根据条件去求出或作出或找出符合条件的形的对象：对于点的存在性问题，关键是根据条件去求出点的坐标，如例 3，对于线的存在性问题，关键是根据条件去求出或作出符合条件的直线，对于三角形或其他图形的存在性问题，关键是根据条件去作出或找出符合条件的三角形或其他图形.

例 51 (十堰市，2001)如图 3－59，在平面直角坐标系中，$\triangle ABC$ 为直角三角形，$\angle ACB=90°$，点 B，C 的坐标分别为$(-5,0)$，$(-1,0)$. 现有半径为 1.5、圆心在 x 轴上沿 x 轴向左运动的动圆，当圆心运动到点 O_1 的位置时，$\odot O_1$ 与 x 轴相交于 E 点，与 AC 相切于 C 点，与 AB 有公共点 D，且 $BD=2$.

(1) $\odot O_1$ 是否与 AB 相切，为什么？

(2) 已知抛物线 $y=ax^2+bx+c$ 的对称轴垂直于 x 轴，其顶点在线段 BA 上运动，是否存在同时经过 C，E 两点的抛物线？若存在，请求出此抛物线的解析式；若不存在，请说明理由；

(3) 若抛物线 $y=ax^2+bx+c$ 的顶点在线段 AC 上运动(包括 A，C 两点)，试求 a，b，c 之间的关系式.

分析 (1) 连结 O_1D，由 $BD=2$，$BO_1=2.5$，$DO_1=1.5$ 可得 $BD^2+O_1D^2=O_1B^2$，$\angle O_1BD=90°$，故 AB 与 $\odot O_1$ 相切可证；(2) 易知 EC 的中垂线与 AB 的交点即为抛物线的顶点，设 $AC=m$，由 $AB=m+2$，$BC=4$，$AC=m$ 可得$(m+2)^2=4^2+m^2$，m 的值可求，再利用 $O_1F\,/\!/\,AC$，利用相似求出 F 点坐标，即抛物线解析式可求；(3) 由对称轴直线 $x=-\frac{b}{2a}=-1$，$0\leqslant\frac{4ac-b^2}{4a}\leqslant 3$，可得 a，b，c 之间的关系式.

解 (1) 连 O_1D，则 O_1D 为$\odot O_1$ 的半径.

由题意知：$O_1E=O_1D=1.5$，$BO_1=OB-OC-O_1C=2.5$，$BD=2$.

$\because BD^2+O_1D^2=2^2+1.5^2=6.25$，$O_1B^2=2.5^2=6.25$，

$\therefore BD^2+O_1D^2=O_1B^2$.

$\therefore \angle O_1BD=90°$. $\therefore AB$ 与$\odot O_1$ 相切于 D 点.

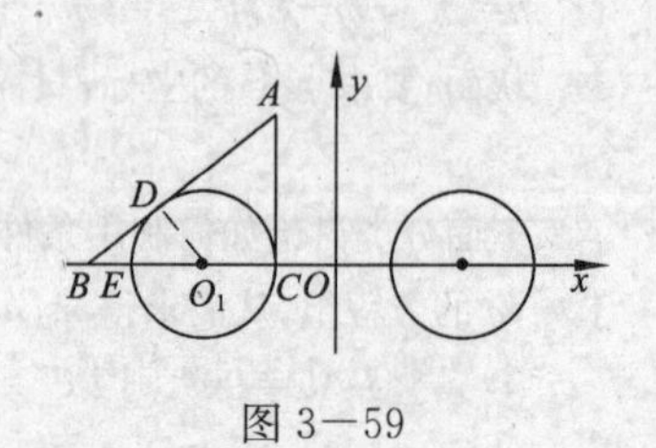

图 3－59

(2) $\because C(-1,0)$，$E(-4,0)$，由(1)知 AB 与$\odot O_1$ 相切于点 D.

AC 与$\odot O_1$ 相切于 C 点，可设 $AD=AC=m$，则

$(AD+DB)^2=(BO_1+O_1C)^2+AC^2$.

$\therefore (m+2)^2=4^2+m^2$，$m=3$，即 $AD=AC=3$. $\therefore A(-1,3)$.

当 $a<0$ 时，设抛物线 $y=ax^2+bx+c$ 在运动中同时经过 E，C 两点，

则抛物线的对称轴一定过 O_1 点，且与 AB 相交于一点 F，则 F 点为抛物线的顶点.

$\because O_1F\,/\!/\,AC$，$\therefore \frac{O_1F}{AC}=\frac{BO_1}{BC}$，$O_1F=\frac{AC\cdot BO_1}{BC}=\frac{3\times 2.5}{4}=\frac{15}{8}$.

$\therefore F\left(-\frac{5}{2},\frac{15}{8}\right)$. $\therefore$ 过 $F\left(-\frac{5}{2},\frac{15}{8}\right)$，$C(-1,0)$，$E(-4,0)$三点的抛物线满足.

$$\begin{cases}a-b+c=0,\\16a-4b+c=0,\\\frac{25}{4}a-\frac{5}{2}b+c=\frac{15}{8}.\end{cases}\text{即}\begin{cases}a-b+c=0,\\16a-4b+c=0,\\50a-20b+8c=15.\end{cases}$$

$\therefore a=-\frac{5}{6}, b=-\frac{25}{6}, c=-\frac{10}{3}$.

故满足条件的抛物线为 $y=-\frac{5}{6}x^2-\frac{25}{6}x-\frac{10}{3}$.

当 $a>0$ 时,抛物线开口向上,与 x 轴无交点,故不存在同时过 E,C 两点的抛物线.

解法二:因为抛物线的顶点为 $F\left(-\frac{5}{2},\frac{15}{8}\right)$,

设符合条件的抛物线为 $y=m\left(x+\frac{5}{2}\right)^2+\frac{15}{8}$,

因为抛物线过 $C(-1,0)$,故 $m\left(-1+\frac{5}{2}\right)^2+\frac{15}{8}=0$,$\therefore m=-\frac{5}{6}$.

$\therefore y=-\frac{5}{6}\left(x+\frac{5}{2}\right)^2+\frac{15}{8}$.

(3) 因为抛物线 $y=ax^2+bx+c$ 的顶点坐标为 $\left(-\frac{b}{2a},\frac{4ac-b^2}{4a}\right)$,

$\left[\text{另解:用配方法写 } y=a\left(x+\frac{b}{2a}\right)^2+\frac{4ac-b^2}{4a}\text{ 也可以.}\right]$

$\because C(-1,0)$,$AC=3$,$\therefore -\frac{b}{2a}=-1$,即 $b=2a$.

又因为抛物线在线段 AC 上运动且包括 A、C 两点,所以 $0\leqslant\frac{4ac-b^2}{4a}\leqslant 3$.

把 $b=2a$ 代入 $0\leqslant\frac{4ac-b^2}{4a}\leqslant 3$,得 $0\leqslant c-a\leqslant 3$.

$\therefore \begin{cases} b=2a, \\ 0\leqslant c-a\leqslant 3, \end{cases}$ $\therefore 0\leqslant c-b+a\leqslant 3$.

说明　本例由抛物线的对称性易知对称轴直线的位置,利用几何关键条件(如勾股定理、切线长定理、相似三角形的判定和性质)转化顶点坐标,数形结合的方法在解决此类存在性问题中常常用到.

例 52　(泉州市,1998)已知抛物线 $y=\frac{1}{3}x^2+\frac{4}{3}x+1$ 与 x 轴的交点从左到右依次为 A,B,与 y 轴的交点为 C.

(1) 通过配方,求抛物线的对称轴;

(2) 试求 $\triangle ABC$ 的外接圆的圆心 M 的坐标;

(3) 设(2)中的 $\odot M$ 与 y 轴的另一个交点为 N,直线 AN 与抛物线的另一个交点为 P,试问在过 P 点且平行于 x 轴的直线上是否存在一点 D,使得点 D 到 $\odot M$ 的切线长最小?若存在,求出点 D 的坐标;若不存在,请说明理由.

分析　(1) 略;(2) 易知 $BO=OC$,则 M 为 AB、BC 的垂直平分线的交点,易求 $\angle MOB=45°$,故由 A,B 两点坐标可求 M 点坐标;(3) 易知 D 为直线 PD 与抛物线.

解　(1) $y=\frac{1}{3}x^2+\frac{4}{3}x+1=\frac{1}{3}(x^2+4x+3)=\frac{1}{3}[(x+2)^2-1]=\frac{1}{3}(x+2)^2-\frac{1}{3}$.

$\therefore$ 抛物线的对称轴为 $x=-2$.

(2) 令 $y=0$,得 $\frac{1}{3}x^2+\frac{4}{3}x+1=0$. 解得 $x_1=-3$,$x_2=-1$. $\therefore A(-3,0)$,$B(-1,0)$.

令 $x=0$,得 $y=1$. $\therefore C(0,1)$.

画抛物线草图如图所示.

$\because OB=OC$　$\therefore$ 原点 O 在 BC 的垂直平分线 l 上.

$\because \angle BOC=90°$,$\therefore l$ 与 x 轴所成锐角为 $45°$.

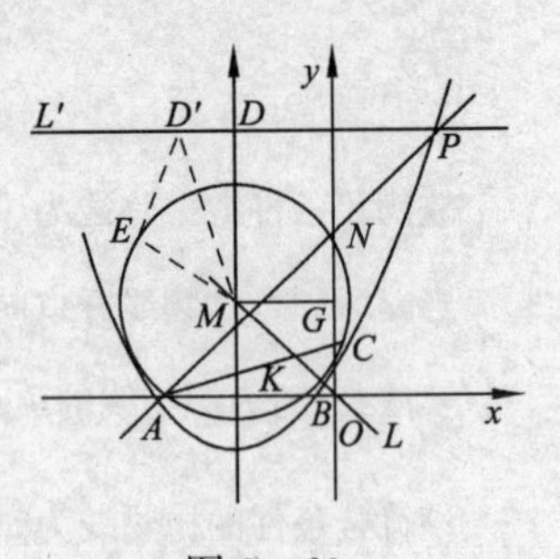

图 3－60

∵ 抛物线对称轴 $x=-2$ 垂直平分 AB.

∴ 直线 l 与 $x=-2$ 的交点 M. 即为△ABC 外接圆的圆心.

设 $x=-2$ 交 x 轴于 K，在 Rt△MKO 中，∠$MOK=45°$，∴ ∠$KMO=45°$.

即 $MK=KO=2$.

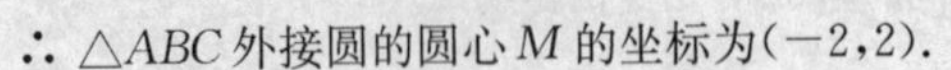

∴ △ABC 外接圆的圆心 M 的坐标为$(-2,2)$.

(3) 过 M 作 MG 垂直 y 轴于 G，则 $G(0,2)$. ∵ $C(0,1)$，∴ $GC=1$.

根据垂径定理有 $CG=GN=1$. ∴ $N(0,3)$.

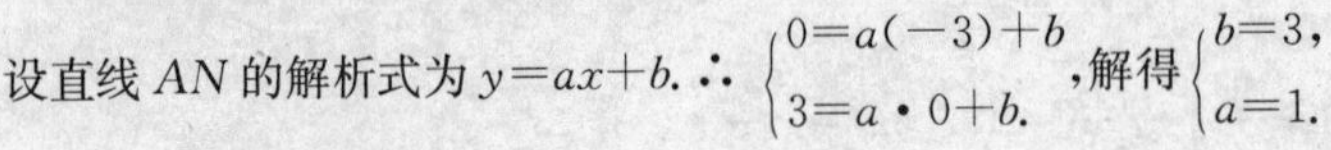

设直线 AN 的解析式为 $y=ax+b$. ∴ $\begin{cases}0=a(-3)+b\\3=a\cdot 0+b.\end{cases}$，解得 $\begin{cases}b=3,\\a=1.\end{cases}$

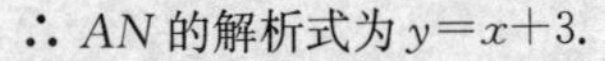

∴ AN 的解析式为 $y=x+3$.

解 $\begin{cases}y=x+3,\\y=\frac{1}{3}x^2+\frac{4}{3}x+1\end{cases}$ 得 $\begin{cases}x_1=-3\\y_1=0;\end{cases}$ $\begin{cases}x_2=2,\\y_2=5.\end{cases}$ ∴ $P(2,5)$.

设 $D'(x,5)$ 为过 P 点且平行于 x 轴的直线 l' 上任一点，过 D' 点的直线与⊙M 相切于点 E，

则切线长 $=\sqrt{D'M^2-ME^2}$.

∵ ME 为⊙M 的半径，∴ ME^2 为常量.

故当 $D'M^2$ 最小时，切线长最小. 又 M 点与直线 l' 上各点连结的所有线段中，垂线段最短.

设直线 $x=-2$ 与 l' 垂直于点 D.

∵ M 点在 $x=-2$ 上，∴ $DM\leqslant D'M$，即 $DM^2\leqslant D'M^2$.

从而 D 点到⊙M 的切线长最小，此时所求的 D 点坐标为$(-2,5)$.

说明 当 D' 是直线 PD 上异于点 D 的任意一点时，由垂线段最短说明 $DM<D'M$，故过 D 点作⊙M 的切线长最短.

例 53 (仙桃市、随州市，2000) 在直角坐标系 xOy 中，已知 A 点的坐标为$(1,0)$，B 点的坐标为$(5,0)$，C 点是 y 轴正半轴上一点，且 $\cos\angle ABC=\frac{\sqrt{15}}{4}$.

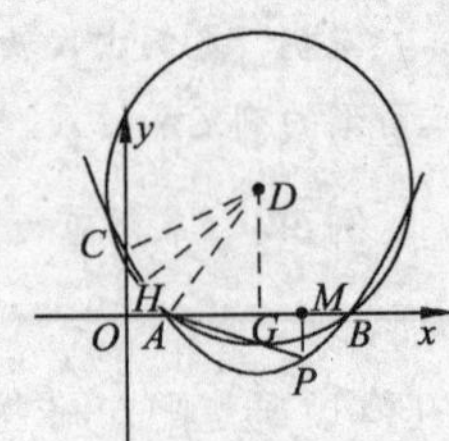

图 3－61

(1) 求 C 点的坐标及经过 A,B,C 三点的抛物线的解析式；

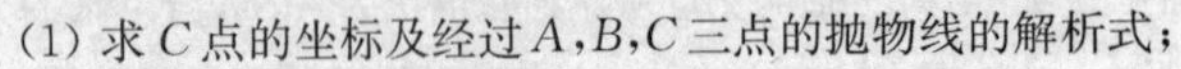

(2) 求△ABC 的外接圆的半径及圆心 D 点的坐标；

(3) 在 x 轴下方的抛物线上是否存在点 P，使得以 P,A,B 为顶点的三角形与△ABC 相似？若存在，求出 P 点的坐标；若不存在，请说明理由.

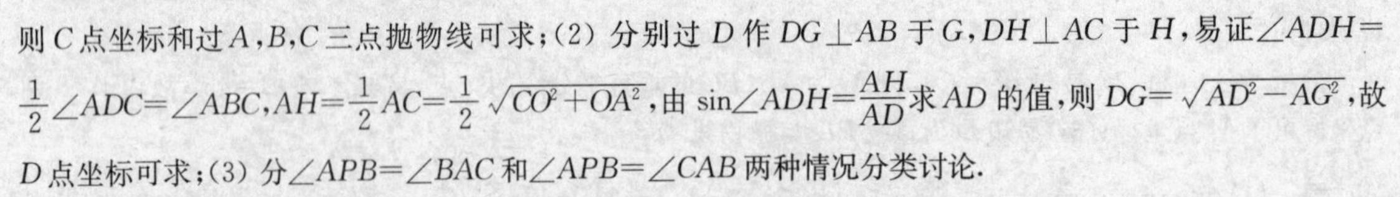

分析 (1) 由 $\cos\angle ABC=\frac{OB}{BC}=\frac{\sqrt{15}}{4}$ 可求 BC 的值，再由 $OC=\sqrt{BC^2-OB^2}$ 求值，则 C 点坐标和过 A,B,C 三点抛物线可求；(2) 分别过 D 作 $DG\perp AB$ 于 G，$DH\perp AC$ 于 H，易证∠$ADH=\frac{1}{2}$∠$ADC=$∠ABC，$AH=\frac{1}{2}AC=\frac{1}{2}\sqrt{CO^2+OA^2}$，由 $\sin\angle ADH=\frac{AH}{AD}$ 求 AD 的值，则 $DG=\sqrt{AD^2-AG^2}$，故 D 点坐标可求；(3) 分∠$APB=$∠BAC 和∠$APB=$∠CAB 两种情况分类讨论.

解 (1) 在 Rt△OBC 中，$BC=\frac{OB}{\cos\angle OBC}=\frac{5}{\frac{\sqrt{15}}{4}}=\frac{4\sqrt{15}}{3}$，

$OC=\sqrt{BC^2-OB^2}=\sqrt{\left(\frac{4\sqrt{15}}{3}\right)^2-5^2}=\frac{\sqrt{15}}{3}$. ∴ C 点的坐标为$\left(0,\frac{\sqrt{15}}{3}\right)$

设所求抛物线的解析式为 $y=a(x-1)(x-5)$.

则 $a(0-1)(0-5)=\frac{\sqrt{15}}{3}$，解得 $a=\frac{\sqrt{15}}{15}$.

故所求抛物线的解析式为 $y=\frac{\sqrt{15}}{15}(x-1)(x-5)$. 即 $y=\frac{\sqrt{15}}{15}x^2-\frac{2\sqrt{15}}{15}x+\frac{\sqrt{15}}{3}$.

(2) ⊙D 的圆心 D 点必在线段 AB 的垂直平分线上，过 D 点作 $DG\perp AB$, $DH\perp AC$，垂足分别为 G, H，连 AD, CD.

在⊙D 中，∵ $DH\perp AC$，∴ $AH=\frac{1}{2}AC=\frac{1}{2}\sqrt{1^2+\left(\frac{\sqrt{15}}{3}\right)^2}=\frac{\sqrt{6}}{3}$.

$\angle ADH=\frac{1}{2}\angle ADC=\angle ABC$，∴ $\sin\angle ADH=\sin\angle ABC=\frac{\frac{\sqrt{15}}{3}}{\frac{4\sqrt{15}}{3}}=\frac{1}{4}$.

在 Rt△AHD 中，∵ $AD=\frac{AH}{\sin\angle ADH}$　∴ $AD=\frac{AH}{\sin\angle ABC}=\frac{\frac{\sqrt{6}}{3}}{\frac{1}{4}}=\frac{4\sqrt{6}}{3}$.

即△ABC 的外接圆半径为 $\frac{4\sqrt{6}}{3}$.

∵ D 点在线段 AB 的垂直平分线上. ∴ D 点的横坐标为 3.

在 Rt△AGD 中，$DG=\sqrt{AD^2-AG^2}=\sqrt{\left(\frac{4\sqrt{6}}{3}\right)^2-2^2}=\frac{2\sqrt{15}}{3}$. 因此，$D$ 点的坐标为 $\left(3,\frac{2\sqrt{15}}{3}\right)$.

(3) 由于△ABC 是钝角三角形，欲使△APB 与△ABC 相似，则钝角只能是∠APB. 下面分两种情形来讨论：

① 当 $\angle APB=\angle BAC$, $\angle PAB=\angle ABC$ 时，$\triangle APB\backsim\triangle BAC$.

此时有 $\frac{PA}{AB}=\frac{AB}{BC}$，∴ $PA=\frac{AB^2}{BC}=\frac{4\sqrt{15}}{5}$.

过 P 点作 $PM\perp AB$，垂足为 M.

在 Rt△AMP 中，$PM=PA\sin\angle PAM=PA\sin\angle ABC=\frac{4\sqrt{15}}{5}\times\frac{1}{4}=\frac{\sqrt{15}}{5}$.

$AM=PA\cos\angle PAM=PA\cos\angle ABC=\frac{4\sqrt{15}}{5}\times\frac{\sqrt{15}}{4}=3$. ∴ P 点的坐标为 $\left(4,-\frac{\sqrt{15}}{5}\right)$.

将 P 点的坐标代入抛物线的解析式 $y=\frac{\sqrt{15}}{15}x^2-\frac{2\sqrt{15}}{5}x+\frac{\sqrt{15}}{3}$ 满足.

∴ P 点在抛物线 $y=\frac{\sqrt{15}}{15}x^2-\frac{2\sqrt{15}}{5}x+\frac{\sqrt{15}}{3}$ 上.

② 当 $\angle APB=\angle CAB$, $\angle PAB=\angle ACB$ 时，$\triangle APB\backsim\triangle CAB$，根据抛物线的对称性(或同理可求)得 P 点的坐标为 $\left(2,-\frac{\sqrt{15}}{5}\right)$.

综上所述，在 x 轴下方的抛物线上存在点 $P\left(4,-\frac{\sqrt{15}}{5}\right)$ 及 $\left(2,-\frac{\sqrt{15}}{5}\right)$，使得以 P, A, B 为顶点的三角形与△ABC 相似.

说明　本例考查了圆的有关性质、锐角三角函数、相似等知识的综合应用，是一道很有价值的题目.

例 54　(烟台市，2005)如图 3－62，在平面直角坐标系中，以点 $O'(-2,-3)$ 为圆心，5 为半径的圆交 x 轴于 A、B 两点，过点 B 作 OO' 的切线，交 y 轴于点 C，过点 O' 作 x 轴的垂线 MN，垂足为 D，一条抛物线(对称轴与 y 轴平行)经过 A, B 两点，且顶点在直线 BC 上.

(1) 求直线 BC 的解析式；

(2) 求抛物线的解析式；

(3) 设抛物线与 y 轴交于点 P,在抛物线上是否存在一点 Q,使四边形 $DBPQ$ 为平行四边形?若存在,请求出点 Q 的坐标;若不存在,请说明理由.

分析 (1) 连结 $O'B$,由 $O'(-2,-3)$,$r=5$,得 A、B 两点坐标,再由 $\triangle BOC\backsim\triangle O'DB$ 得 OC 的长,则直线 BC 可求;(2) 由对称轴 $x=-2$,可求抛物线顶点;(3) 先 $PQ\underline{\parallel}BD$ 确定 Q 点坐标,再检验 Q 是否在抛物线上.

解 (1) 连结 $O'B$,

$\because Q'(-2,-3)$,MN 过点 O' 且与 x 轴垂直,

$\therefore O'D=3,OD=2,AD=BD=\frac{1}{2}AB$.

$\because \odot O'$ 的半径为 5,$\therefore BD=AD=4$.

$\therefore OA=6,OB=2$.

$\therefore$ 点 A,B 的坐标分别为 $(-6,0)$,$(2,0)$.

$\because BC$ 切 $\odot O'$ 于 B',$\therefore O'B\perp BC$.

$\therefore \angle OBC+\angle O'BD=90°$.

$\because \angle O'BD+\angle BO'D=90°$,

$\therefore \angle OBC=\angle BO'D$.

$\because \angle BOC=\angle BDO'=90°$,

$\therefore \triangle BOC\backsim\triangle O'DB$.

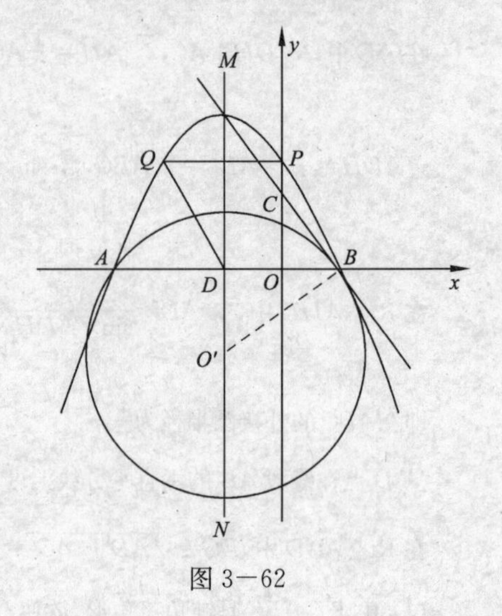

图 3−62

$\therefore \frac{OB}{O'D}=\frac{OC}{BD}$.

$\therefore OC=\frac{OB\cdot BD}{O'D}=\frac{2\times 4}{3}=\frac{8}{3}$. $\therefore C\left(0,\frac{8}{3}\right)$.

$\therefore$ 直线 BC 的解析式为 $y=-\frac{4}{3}x+\frac{8}{3}$.

(2) 由圆和抛物线的对称性可知 MN 是抛物线的对称轴.

$\therefore$ 抛物线顶点的横坐标为 -2.

$\because$ 抛物线的顶点在直线 $y=-\frac{4}{3}x+\frac{8}{3}$ 上,$\therefore y=\frac{16}{3}$. 即抛物线的顶点坐标为 $\left(-2,\frac{16}{3}\right)$.

设抛物线的解析式为 $y=a(x+6)(x-2)$,

把点 $\left(-2,\frac{16}{3}\right)$ 的坐标代入 $y=a(x+6)(x-2)$ 得:$\frac{16}{3}=a(-2+6)(-2-2)$.

解得 $a=-\frac{1}{3}$.

$\therefore$ 抛物线的解析式为 $y=-\frac{1}{3}(x+6)(x-2)=-\frac{1}{3}x^2-\frac{4}{3}x+4$.

(3) 由(2)得抛物线与 y 轴的交点 P 的坐标为 $(0,4)$.

若四边形 $DBPQ$ 是平行四边形,则有 $BD\parallel PQ,BD=PQ$.

$\therefore$ 点 Q 的纵坐标为 4. $\because BD=4$,$\therefore PQ=4$. $\therefore$ 点 Q 的横坐标为 -4. $\therefore$ 点 Q 的坐标为 $(-4,4)$.

$\therefore$ 当 $x=-4$ 时,$y=-\frac{1}{3}x^2-\frac{4}{3}x+4=-\frac{1}{3}\times 16+\frac{16}{3}+4=4$. $\therefore$ 点 Q 在抛物线上.

$\therefore$ 在抛物线上存在一点 $Q(-4,4)$,使四边形 $DBPQ$ 为平行四边形.

说明 第(3)问题中先由平行四边形的性质转化其对边平行且相等,再由推出的结论转化点的坐标,最后检验点的坐标是否在抛物线上,这种方法是解决抛物线中的平行四边形的基本方法.

例 55 (泰州市,2000)如图 3−63,在平面直角坐标系 xOy 中,正方形 $OABC$ 的边长为 2 厘米,点 A,C 分别在 y 轴的负半轴和 x 轴的正半轴上. 抛物线 $y=ax^2+bx+c$ 经过点 A 和点 B,且 $12a+5c=0$.

(1) 求抛物线的解析式;

(2) 如果点 P 由点 A 开始沿 AB 边以 2 厘米/秒的速度向点 B 移动，同时点 Q 由点 B 开始沿 BC 边以 1 厘米/秒的速度向点 C 移动.

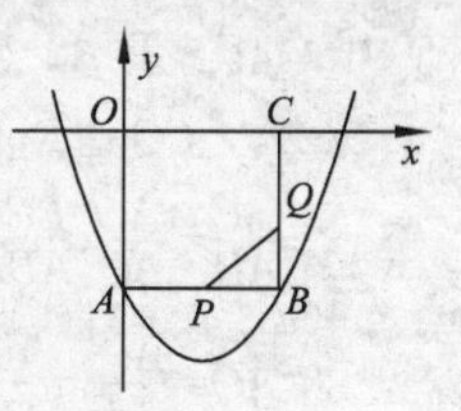

图 3－63

① 移动开始后第 t 秒时，设 $S=PQ^2$(厘米)^2，试写出 S 与 t 之间的函数关系式，并写出 t 的取值范围；

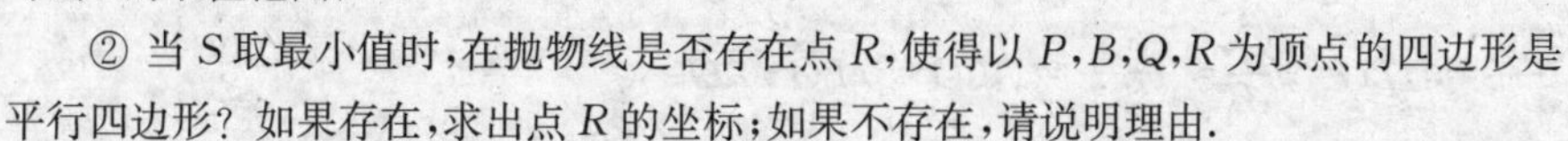

② 当 S 取最小值时，在抛物线是否存在点 R，使得以 P,B,Q,R 为顶点的四边形是平行四边形？如果存在，求出点 R 的坐标；如果不存在，请说明理由.

分析 (1) 由图象知 A,B 两点坐标分别为 $A(0,-2)$，$B(2,-2)$，又由 $12a+5c=0$，可求出 a,b,c 的值；(2) 由 $S=PQ^2=BP^2+BQ^2$ 转化 S 与 t 的关系式；分 PB 和 BQ 为平行四边形的对角线确定 R 点坐标.

解 (1) 由题意 $A(0,-2)$，$B(2,-2)$，$\begin{cases}c=-2,\\4a+2b+c=-2,\\12a+5c=0.\end{cases}$

解得 $a=\frac{5}{6}$，$b=-\frac{5}{3}$，$c=-2$，∴ $y=\frac{5}{6}x^2-\frac{5}{3}x-2$.

(2) ① $AP=2t$，$BP=2-2t$，$BQ=t$.

在 Rt$\triangle BPQ$ 中，$S=PQ^2=BP^2+BQ^2=5t^2-8t+4$，$0<t\leqslant 1$，∴ 当 $t=\frac{4}{5}$ 时 S 最小.

② 若以 BQ 为一条对角线，四边形 $PBRQ$ 为平行四边形. $t=\frac{4}{5}$ 时，$BP=\frac{2}{5}$，$BQ=\frac{4}{5}$，$R\left(\frac{12}{5},-\frac{6}{5}\right)$，当 $x=\frac{12}{5}$ 时，$y=\frac{5}{6}\times\left(\frac{12}{5}\right)^2-\frac{5}{3}\times\frac{12}{5}-2=-\frac{6}{5}$，∴ $R\left(\frac{12}{5},-\frac{6}{5}\right)$ 在抛物线上.

若以 PB 为一条对角线，四边形 $BQPR$ 为平行四边形，$t=\frac{4}{5}$ 时，$R\left(\frac{8}{5},-\frac{14}{5}\right)$，$x=\frac{8}{5}$ 时，$y=\frac{5}{6}\times\left(\frac{8}{5}\right)^2-\frac{5}{3}\times\frac{8}{5}-2=-\frac{38}{15}\neq-\frac{14}{5}$，∴ $R\left(\frac{8}{5},-\frac{14}{5}\right)$ 不在抛物线上. 若以 PQ 为一条对角线，显然不存在. 综上所述，当 S 最小时，抛物线上存在点 $R\left(\frac{12}{5},-\frac{6}{5}\right)$，使得以 P,B,Q,R 为顶点的四边形是平行四边形.

说明 本例确定平行四边形第四个顶点的坐标的方法与例 54 基本相同，请同学们仔细品味和理解.

例 56 (襄樊市，2001) 如图，以 x 轴上的一点 O' 为圆心，2.5cm 为半径的圆交 x 轴、y 轴分别于点 A,B,C,G，点 D 在 $\odot O'$ 上，且 $\overset{\frown}{CD}=\overset{\frown}{BC}$，$BD$ 交 y 轴于 E. 若 AC,BC 的长是方程 $x^2+mx+10=0$ 的两根 ($AC>BC$).

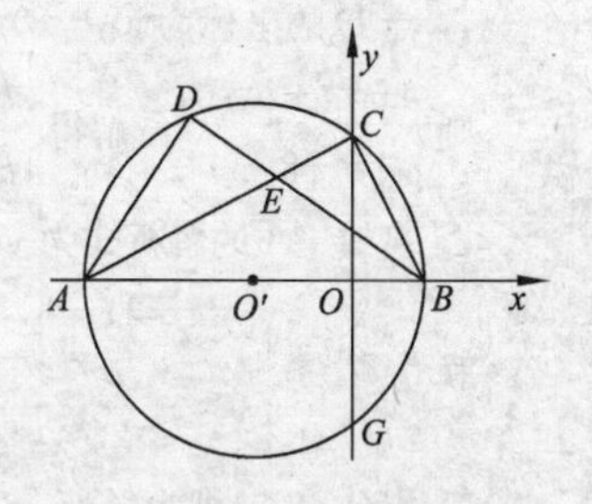

图 3－64

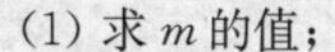

(1) 求 m 的值；

(2) 求 AD 的长；

(3) 求经过点 A,B,C 的抛物线的解析式；

(4) 抛物线上是否存在点 P，使 $\angle PAC=90°$？若存在，求出点 P 的坐标；若不存在，请说明理由.

分析 (1) 由 $AC+BC=-m$，$AC\cdot BC=10$，$AC^2+BC^2=25$ 可求 m 的值；(2) 略；(3) 略；(4) 由 $\angle PAC=90°$，知直线 PA 与 y 轴交于一点（设为 Q 点），易得 $\triangle AOQ\backsim\triangle COA$，$OQ=8$，则直线 PA 的解析式可求，再将抛物线与直线 PA 的解析式联立方程组求解，即可得出 P 点坐标.

解 (1) ∵ AC,BC 是方程的两根，∴ $AC+BC=-m$， ①

$AC\cdot BC=10$， ②

又∵ $AB=5$，$\angle ACB=90°$，∴ $AC^2+BC^2=AB^2=25$. ③

联立①，②，③解得 $m=\pm3\sqrt{5}$.

当 $m=3\sqrt{5}$ 时，有 $x^2+3\sqrt{5}x+10=0$，解得 $x_1=-2\sqrt{5}$，$x_2=-\sqrt{5}$ (不合题意，舍去).

当 $m=-3\sqrt{5}$ 时，有 $x^2-3\sqrt{5}x+10=0$，解得 $x_1=2\sqrt{5}$，$x_2=\sqrt{5}$.

$\because AC>BC$，$\therefore AC=2\sqrt{5}$，$BC=\sqrt{5}$. $\therefore$ 所求 m 的值为 $-3\sqrt{5}$.

(2) $\because CO$ 是 Rt△ABC 斜边 AB 上的高，Rt△AOC∽Rt△ACB∽Rt△COB，

$\therefore \frac{AC}{AB}=\frac{AO}{AC}$，$\frac{BC}{AB}=\frac{BO}{BC}$，$\frac{CO}{BO}=\frac{AO}{CO}$，

$\therefore AO=\frac{AC^2}{AB}=\frac{(2\sqrt{5})^2}{5}=4$，$BO=\frac{BC^2}{AB}=\frac{(\sqrt{5})^2}{5}=1$，$CO=\sqrt{BO\cdot AO}=\sqrt{1\times 4}=2$.

$\therefore$ 点 A 的坐标为 $(-4,0)$，点 B 的坐标为 $(1,0)$，点 C 的坐标为 $(0,2)$.

$\because AB$ 是⊙O 的直径，$OG\perp AB$，$\therefore \widehat{BC}=\widehat{BG}$.

又 $\because \widehat{BC}=\widehat{CD}$，$\therefore \widehat{BG}=\widehat{CD}$，$\therefore \angle BCG=\angle CBD$，$\therefore BE=CE$.

在 Rt△BOE 中，$\because BE^2=OE^2+OB^2$，而 $BE=CE=OC-OE$，

$\therefore (OC-OE)^2=OE^2+OB^2$，

即 $OC^2-2OC\cdot OE=OB^2$. 即 $2^2-2\times 2\times OE=1^2$，解得 $OE=\frac{3}{4}$.

又 $\because \angle ADB=\angle BOE=90°$，$\angle ABD=\angle EBO$，

$\therefore$ Rt△BOE∽Rt△BDA. $\therefore \frac{OE}{AD}=\frac{BE}{BA}$，$\therefore AD=\frac{OE\cdot BA}{BE}=\frac{\frac{3}{4}\times 5}{2-\frac{3}{4}}=3$.

(3) 设经过点 $A(-4,0)$，$B(1,0)$，$C(0,2)$ 的抛物线的解析式为 $y=ax^2+bx+c$，

则 $\begin{cases}(-4)^2\cdot a-4b+c=0,\\ a+b+c=0,\\ c=2.\end{cases}$　解得 $a=-\frac{1}{2}$，$b=-\frac{3}{2}$，$c=2$.

$\therefore$ 所求抛物线的解析式为 $y=-\frac{1}{2}x^2-\frac{3}{2}x+2$.　②

(4) 设抛物线上存在点 P，使 $\angle PAC=90°$，则直线 PA 必与 y 轴的负半轴交于点 Q.

则 Rt△AOQ∽Rt△COA，$\therefore \frac{OA}{OC}=\frac{OQ}{OA}$，$\therefore OQ=\frac{OA^2}{OC}=\frac{4^2}{2}=8$，

$\therefore$ 点 Q 的坐标为 $(0,-8)$. 设直线 PA 的解析式为 $y=kx+b$，

则 $\begin{cases}-4k+b=0,\\ b=-8.\end{cases}$　解得 $\begin{cases}k=-2,\\ b=-8.\end{cases}$

$\therefore$ 直线 PA 的解析式为 $y=-2x-8$.　⑤

联立④，⑤ $\begin{cases}y=-2x-8,\\ y=-\frac{1}{2}x^2-\frac{3}{2}x+2.\end{cases}$　解得 $\begin{cases}x_1=5,\\ y_1=-18;\end{cases}$ $\begin{cases}x_2=-4,\\ y_2=0.\end{cases}$

$\because$ 点 $(-4,0)$ 即为 A 点，$\therefore$ 所求点 P 的坐标为 $(5,-18)$.

说明　本列求 P 点坐标并未先设点 P 的坐标，而是利用两已知的函数图象的交点坐标求解，这种联立解析式，构建方程组求解的方法也非常实用.

例 57　(钦州市，2006)如图，在平面直角坐标系中，矩形 $OABC$ 的顶点 O 为原点，E 为 AB 上一点，把△CBE 沿 CE 折叠，使点 B 恰好落在 OA 边上的点 D 处，点 A，D 的坐标分别为 $(5,0)$ 和 $(3,0)$.

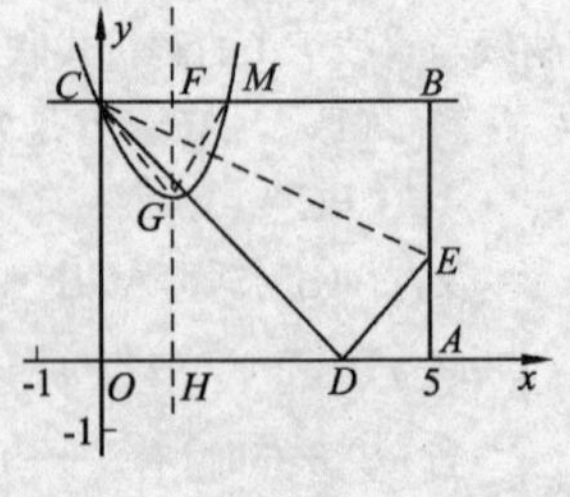

图 3－65

(1) 求点 C 的坐标；

(2) 求 DE 所在直线的解析式；

(3) 设过点 C 的抛物线 $y=2x^2+\sqrt{3}bx+c(b<0)$ 与直线 BC 的另一个交点为 M，问在该抛物线上是否存在点 G，使得△CMG 为等边三角形. 若存在，求出点 G

的坐标；若不存在，请说明理由.

分析　(1) 由 $CD=CB=5, OD=3$，易知 C 点坐标；(2) 设 $AE=x$，易得 $DE=4-x$，由 $(4-x)^2=x^2+2^2$ 求 x 的值，故直线 DE 的解析式可求；(3) 易知 G 为该抛物线的顶点，由 $CM=CG, CF^2+FG^2=CG^2=CM^2$，可转化结论求解.

解　(1) 根据题意，得 $CD=CB=OA=5, OD=3$，

$\because \angle COD=90^\circ$，$\therefore OC=\sqrt{CD^2-OD^2}=\sqrt{5^2-3^2}=4$. $\therefore$ 点 C 的坐标是 $(0,4)$.

(2) $\because AB=OC=4$，设 $AE=x$，则 $DE=BE=4-x$，

$AD=OA-OD=5-3=2$，在 $\text{Rt}\triangle DEA$ 中，$DE^2=AD^2+AE^2$. $\therefore (4-x)^2=2^2+x^2$.

解之，得 $x=\frac{3}{2}$，即点 E 的坐标是 $\left(5,\frac{3}{2}\right)$.

设 DE 所在直线的解析式为 $y=kx+b$，$\therefore \begin{cases}3k+b=0,\\ 5k+b=\frac{3}{2}\end{cases}$，解之，得 $\begin{cases}k=\frac{3}{4},\\ b=-\frac{9}{4}.\end{cases}$

$\therefore DE$ 所在直线的解析式为 $y=\frac{3}{4}x-\frac{9}{4}$.

(3) $\because$ 点 $C(0,4)$ 在抛物线 $y=2x^2+\sqrt{3}bx+c$ 上，$\therefore c=4$.

即抛物线为 $y=2x^2+\sqrt{3}bx+4$.

假设在抛物线 $y=2x^2+\sqrt{3}bx+4$ 上存在点 G，使得 $\triangle CMG$ 为等边三角形，根据抛物线的对称性及等边三角形的性质，得点 G 一定在该抛物线的顶点上. 设点 G 的坐标为 (m,n)，

$\therefore m=-\frac{\sqrt{3}b}{2\times 2}=-\frac{\sqrt{3}b}{4}, n=\frac{4\times 2\times 4-(\sqrt{3}b)^2}{4\times 2}=\frac{32-3b^2}{8}$，即点 G 的坐标为 $\left(-\frac{\sqrt{3}b}{4},\frac{32-2b^2}{8}\right)$.

设对称轴 $x=-\frac{\sqrt{3}b}{4}$ 与直线 CB 交于点 F，与 x 轴交于点 H. 则点 F 的坐标为 $\left(-\frac{\sqrt{3}b}{4},4\right)$. $\because b<0$，

$\therefore m>0$，点 G 在 y 轴的右侧，$CF=m=-\frac{\sqrt{3}b}{4}$，

$FH=4, FG=4-\frac{32-3b^2}{8}=\frac{3b^2}{8}$. $\because CM=CG=2CF=-\frac{\sqrt{3}b}{2}$，

$\therefore$ 在 $\text{Rt}\triangle CGF$ 中，$CG^2=CF^2+FG^2$，$\left(-\frac{\sqrt{3}b}{2}\right)^2=\left(-\frac{\sqrt{3}b}{4}\right)^2+\left(\frac{3b^2}{8}\right)^2$.

解之，得 $b=-2$. ($\because b<0$). $\therefore m=-\frac{\sqrt{3}b}{4}=\frac{\sqrt{3}}{2}, n=\frac{32-3b^2}{8}=\frac{5}{2}$.

$\therefore$ 点 G 的坐标为 $\left(\frac{\sqrt{3}}{2},\frac{5}{2}\right)$.

$\therefore$ 在抛物线 $y=2x^2+\sqrt{3}bx+4(b<0)$ 上存在点 $G\left(\frac{\sqrt{3}}{2},\frac{5}{2}\right)$，使得 $\triangle CMG$ 为等边三角形.

说明　在矩形纸片折叠类的问题中，由轴对称一般都有等边和等角和勾股定理的基本模型. 第(3)题中由等边三角形转化等边，再由顶点坐标构建勾股定理的模型求解，体现了数形结合的数学思想.

例 58　(湛江市，2006) 已知抛物线 $y=ax^2+bx+2$ 与 x 轴相交于点 $A(x_1,0), B(x_2,0)(x_1<x_2)$，且 x_1, x_2 是方程 $x^2-2x-3=0$ 的两个实数根，点 C 为抛物线与 y 轴的交点.

(1) 求 a,b 的值；

(2) 分别求出直线 AC 和 BC 的解析式；

(3) 若动直线 $y=m(0<m<2)$ 与线段 AC, BC 分别相交于 D, E 两点，则在 x 轴上是否存在点 P，使得 $\triangle DEP$ 为等腰直角三角形？若存在，求出点 P 的坐标；若不存在，说明理由.

分析　(1) 略;(2) 略;(3) 分 DE 为底和 DE 为腰分类讨论.

解　(1) 由 $x^2-2x-3=0$,得 $x_1=-1,x_2=3$.

$\therefore A(-1,0),B(3,0)$,把 A,B 两点的坐标分别代入 $y=ax^2+bx+2$ 联立求解,得 $a=-\frac{2}{3},b=-\frac{4}{3}$.

(2) 由(1)可得 $y=-\frac{2}{3}x^2+\frac{4}{3}x+2$,$\because$ 当 $x=0$ 时,$y=2$,

$\therefore C(0,2)$.

设 $AC:y=kx+b$,把 A,C 两点坐标分别代入 $y=kx+b$,联立求得 $k=2,b=2$. $\therefore$ 直线 AC 的解析式为 $y=2x+2$. 同理可求得直线 BC 的解析式是 $y=-\frac{2}{3}x+2$.

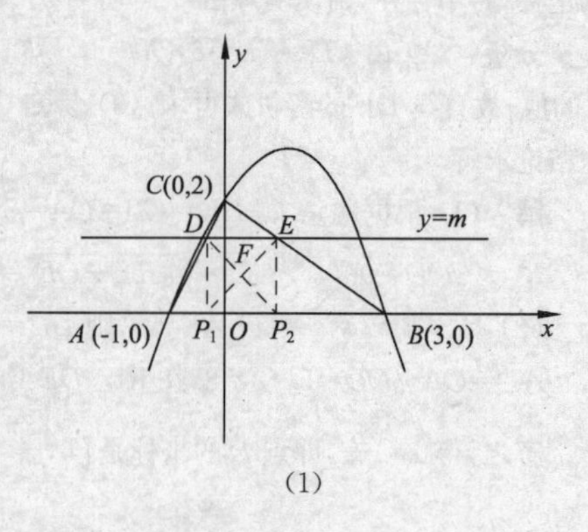

(1)

(3) 假设存在满足条件的点 P,并设直线 $y=m$ 与 y 轴的交点为 $F(0,m)$.

① 当 DE 为腰时,分别过点 D,E 作 $DP_1\perp x$ 轴于 P_1,作 $EP_2\perp x$ 轴于 P_2,如图 3－66(1),则$\triangle P_1DE$ 和 $\triangle P_2ED$ 都是等腰直角三角形,$DE=DP_1=FO=EP_2=m$,

$AB=x_2-x_1=4$. $\therefore DE/\!/AB$,$\therefore \triangle CDE\backsim\triangle CAB$,

$\therefore \frac{DE}{AB}=\frac{CF}{OC}$,即$\frac{m}{4}=\frac{2-m}{2}$. 解得 $m=\frac{4}{3}$.

$\therefore$ 点 D 的纵坐标是$\frac{4}{3}$.

$\because$ 点 D 在直线 AC 上,$\therefore 2x+2=\frac{4}{3}$,解得 $x=-\frac{1}{3}$,

$\therefore D\left(-\frac{1}{3},\frac{4}{3}\right)$. $\therefore P_1\left(-\frac{1}{3},0\right)$,同理可求 $P_2(1,0)$.

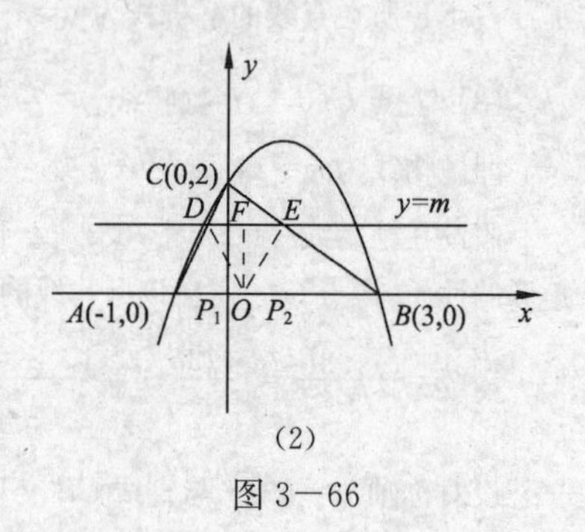

(2)

图 3－66

② 当 DE 为底边时,

过 DE 的中点 G 作 $GP_3\perp x$ 轴于点 P_3,如图 3－66(2).

则 $DG=EG=GP_3=m$,由$\triangle CDE\backsim\triangle CAB$,得$\frac{DE}{AB}=\frac{CF}{OC}$,即$\frac{2m}{4}=\frac{2-m}{2}$,

解得 $m=1$. 同 1 方法. 求得 $D\left(-\frac{1}{2},1\right),E\left(\frac{3}{2},1\right)$,$\therefore DG=EG=GP_3=1$.

$\therefore OP_3=FG=FE-EG=\frac{1}{2}$,$\therefore P_3\left(\frac{1}{2},0\right)$. 结合图形可知,$P_3D^2=P_3E^2=2,ED^2=4$,

$\therefore ED^2=P_3D^2+P_3E^2$,$\therefore \triangle DEP_3$ 是 Rt△,$\therefore P_3\left(\frac{1}{2},0\right)$也满足条件. 综上所述,满足条件的点 P 共有 3 个,即 $P_1\left(-\frac{1}{2},0\right),P_2(1,0),P_3\left(\frac{1}{2},0\right)$.

说明　利用几何条件产生方程求解是转化问题的重要方法.

例 59　(广西梧州市,2006)在平面直角坐标系中,抛物线交 x 轴于 A,B 两点,交 y 轴于点 C,已知抛物线的对称轴为 $x=1,B(3,0),C(0,-3)$,如图 3－67.

(1) 求这个抛物线的解析式;

(2) 在 x 轴上方平行于 x 轴的一条直线交抛物线于 M,N 两点,以 MN 为直径作圆与 x 轴相切,求此圆的直径;

(3) 在抛物线的对称轴上是否存在一点 P,使点 P 到 B,C 两点间的距离之差最大. 若存在,求出点 P 的坐标;若不存在,请说明理由.

分析　(1) 略;(2) 设圆的半径为 r,用含 r 的式子分别表示 M 和 N 点坐标,再由 M,N 在抛物线上构建方程求解;(3) 由轴对称知 A,B 两点关于直线 $x=1$ 对称,则 P 是直线 AC 与直线 $x=1$ 的交点.

解　(1) 设抛物线的解析式为：$y=a(x-1)^2+c$，

把 $B(3,0)$，$C(0,-3)$代入得：

$$\begin{cases}a(3-1)^2+c=0,\\a(0-1)^2+c=-3,\end{cases}$$

解得 $a=1$，$c=-4$.

∴ 抛物线的解析式为 $y=(x-1)^2-4$，即 $y=x^2-2x-3$.

(2) 证明：设圆的半径为 r，依题意有

$M(1-r,r)$，$N(1+r,r)$.

把 M 的坐标代入 $y=x^2-2x-3$. 整理，得 $r^2-r-4=0$，

解得 $r_1=\dfrac{1+\sqrt{17}}{2}$，$r_2=\dfrac{1-\sqrt{17}}{2}$(舍去). ∴ 所求圆的直径为 $1+\sqrt{17}$.

(3) 存在. ∵ 由对称性可知，A 点的坐标为$(-1,0)$，∵ C 点坐标为$(0,-3)$，

∴ 直线 AC 的解析式为 $y=-3x-3$. P 点在对称轴上，设 P 点坐标为$(1,y)$，

代入 $y=-3x-3$，求得 P 点坐标为$(1,-6)$.

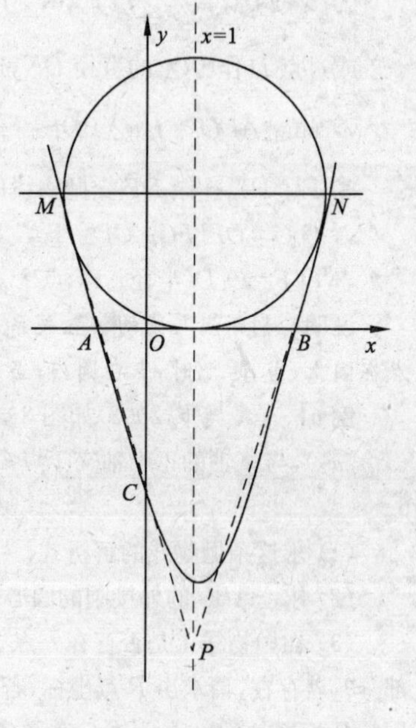

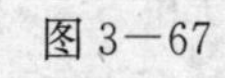
图 3－67

说明　若 P,A,C 三点未共线，则 $|PA-PC|<AC$ 三角形两边之和小于第三边，故 P,A,C 三点共线时，$|PA-PC|=AC$，此时 P 距 A,C 两点的距离之差最大.

例 60　(泰州市，2001)已知二次函数 $y=-x^2+2kx-(k^2+2k-6)$，k 为正整数，它的图象与 x 轴交于点 A,B，且点 A 在原点左边，点 B 在原点右边.

(1) 求这个二次函数的解析式.

(2) 直线 $y=mx+n$ 过点 A 且与 y 轴的正半轴交于点 C，与抛物线交于第一象限内的点 D，过点 D 作 $DE\perp x$ 轴于点 E，已知 $S_{\triangle EDB}:S_{\triangle ACO}=3:1$. ① 求直线的解析式；② 若点 O_1 是$\triangle ABD$ 的外接圆的圆心，求 $\tan\angle ADO_1$；③ 设抛物线交 y 轴于点 F，问点 F 是否在$\triangle ABD$ 的外接圆上，请证明你的结论.

解　由 $\Delta=-8k+24>0$，得 $k<3$. ∵ k 为正整数，∴ $k=1,2$. 但 $k=2$ 时，$x_1x_2>0$，不合题意，舍去，得 $k=1$. ∴ $y=-x^2+2x+3$.

(2) ① 设 $D(a,h)$，∵ 点 D 在第一象限，∴ $a>0,h>0$，$A(-1,0)$，$B(3,0)$，$C(0,n)$由 $y=mx+n$ 过 $A(-1,0)$，得 $m=n$.

∴ $y=nx+n$. $h=na+n=-a^2+2a+3$.

方法一：∵ $S_{\triangle EDB}:S_{\triangle ACO}=3:1$，$\dfrac{\frac{1}{2}(3-a)(an+n)}{\frac{1}{2}\cdot 1\cdot n}=\dfrac{1}{3}$.

∴ $a_1=0$(舍)，$a_2=2$，$h=-a^2+3a+3=3$. ∴ $D(2,3)$. ∴ $n=1$.

∴ 直线 $y=x+2$.

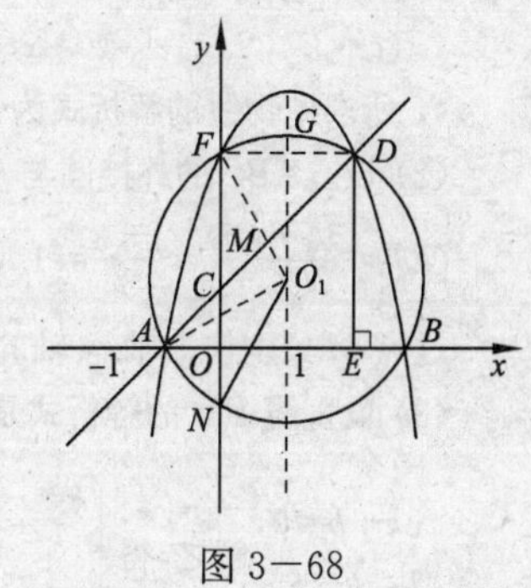

图 3－68

方法二：∵ $S_{\triangle EDB}:S_{\triangle ACO}=3:1$，∴ $\dfrac{\frac{1}{2}(3-a)\cdot h}{\frac{1}{2}\cdot 1\cdot n}=\dfrac{3}{1}$.

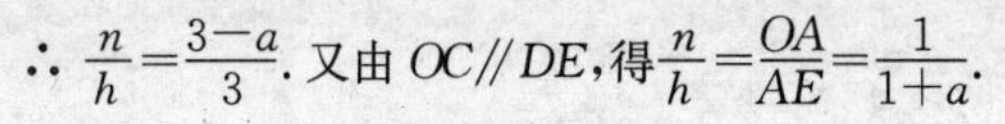
∴ $\dfrac{n}{h}=\dfrac{3-a}{3}$. 又由 $OC/\!/DE$，得$\dfrac{n}{h}=\dfrac{OA}{AE}=\dfrac{1}{1+a}$.

∴ $\dfrac{3-a}{3}=\dfrac{1}{1+a}$. ∴ $a_1=0$(舍)，$a_2=2$. $h=-a^2+2a+3=3$. ∴ $D(2,3)$. ∴ $n=1$，直线为 $y=x+1$.

② 连结 O_1D，O_1A，作 $O_1M\perp AD$.

$\therefore \angle DO_1M=\frac{1}{2}\angle DO_1A=\angle DBA$. $\therefore \tan\angle ADO_1=\tan\angle BDE=\frac{BE}{DE}=\frac{1}{3}$.

或过点 D 作$\odot O_1$ 的直径 DN,连结 AN,由$\angle N=\angle DBA$,得$\angle ADO_1=\angle BDE$.

$\therefore \tan\angle ADO_1=\tan\angle BDE=\frac{1}{3}$.

③ $F(0,3)$,连结 DF 交抛物线的对称轴于点 G. 连结 O_1F、O_1D. 易知 $DF/\!/x$ 轴,

$\therefore O_1G\perp DF$. $FG=GD=1$,$\therefore O_1G$ 垂直平分 DF.

$\therefore O_1F=O_1D$(半径),$\therefore$ 点 F 在$\triangle ABD$ 的外接圆上.

说明　判断点与圆的位置关系一般由点到圆心的距离 d 与圆的半径 r 之间的数量关系确定,当 $d=r$ 时,点在圆上;当 $d<r$ 时,点在圆内;当 $d>r$ 时,点在圆外.

例 61　(襄樊市,2002)如图 3－69,抛物线 $y=ax^2+bx+c$ 与 x 轴有两个不同的交点 $A(x_1,0)$,$B(x_2,0)$ $(x_1<x_2)$,与 y 轴的正半轴交于点 C,已知该抛物线顶点横坐标为 1,A,B 两点间的距离为 4,$\triangle ABC$ 的面积是 6.

(1) 求这条抛物线的解析式;

(2) 求$\triangle ABC$ 的外接圆的圆心 M 的坐标;

(3) 在抛物线上是否存在一点 P,使$\triangle PBD$(PD 垂直 x 轴,垂足为 D)被直线 BM 分成的面积比为 1∶2两部分?若存在,请求出 P 点坐标,若不存在,请说明理由.

分析　(1) 由 $S_{\triangle ABC}=6$ 确定 C 点坐标,再分别确定 A,B 两点坐标,所以过 A,B,C 的抛物线可求;(2) 由 $AO\cdot BO=CO\cdot OQ$ 确定 OQ 的值,可得 $AB=CQ$,故有 $ME=MF=OF=1$,则 M 点坐标可求;(3) 分$S_{\triangle PBN}$∶$S_{\triangle BND}=1$∶2 或 2∶1 分类讨论.

解　(1) 由题意知 $A(-1,0)$,$B(3,0)$.

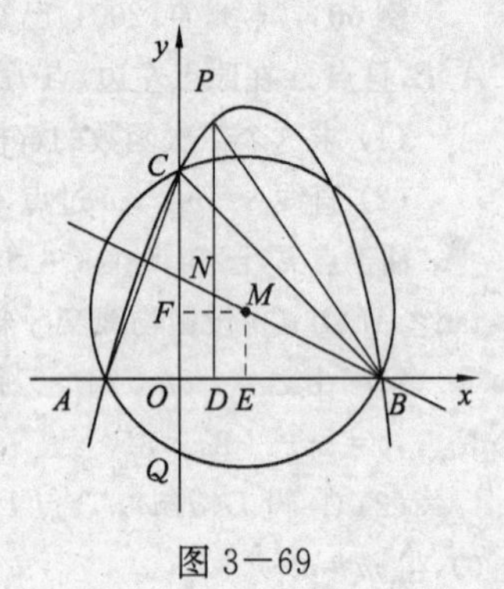

图 3－69

$S_{\triangle ABC}=\frac{1}{2}AB\cdot OC=\frac{1}{2}\cdot 4\cdot OC=6$.

$\therefore OC=3$. $\therefore C(0,3)$.

于是有:$\begin{cases}a\cdot(-1)^2+b\cdot(-1)+c=0,\\ a\cdot 3^2+b\cdot 3+c=0,\\ a\cdot 0^2+b\cdot 0+c=3.\end{cases}$

即$\begin{cases}a-b+c=0,\\ 9a+3b+c=0,\\ c=3.\end{cases}$解得$\begin{cases}a=-1,\\ b=2,\\ c=3.\end{cases}$

$\therefore$ 所求抛物线的解析式为:$y=-x^2+3x+3$.

(2) 设$\triangle ABC$ 的外接圆与 y 轴的负半轴的交点为 Q,则有

$OQ=\frac{OA\cdot OB}{OC}=\frac{1\times 3}{3}=1$. $\therefore CQ=4$.

过点 M 分别作 x 轴,y 轴的垂线,垂足为 E、F,$ME=MF=OF=1$,$\therefore M(1,1)$.

(3) 设直线 BM 的解析式是 $y=kx+b$,由 $M(1,1)$,$B(3,0)$得

$\begin{cases}3k+b=0,\\ k+b=1.\end{cases}$解之,得$\begin{cases}k=-\frac{1}{2},\\ b=\frac{3}{2}.\end{cases}$ $\therefore y=-\frac{1}{2}x+\frac{3}{2}$.

设 BM 与 PD 交于点 N,分两种情况:

① 当 $S_{\triangle PBN}$∶$S_{\triangle BND}=2$∶1 时,则有 $-x^2+2x+3=3\left(-\frac{1}{2}x+\frac{3}{2}\right)$.

解得 $x_1=\frac{1}{2}$,$x_2=3$(不合题意,舍去).

当 $x=\frac{1}{2}$ 时，$y=3\left(-\frac{1}{2}\times\frac{1}{2}+\frac{3}{2}\right)=\frac{15}{4}$. ∴ $P_1\left(\frac{1}{2},\frac{15}{4}\right)$.

② 当 $S_{\triangle PBN}:S_{\triangle BND}=1:2$ 时，则有 $-x^2+2x+3=\frac{3}{2}\left(-\frac{1}{2}x+\frac{3}{2}\right)$.

解得 $x_3=-\frac{1}{4}$，$x_4=3$(不合题意，舍去).

当 $x=-\frac{1}{4}$ 时，$y=\frac{3}{2}\left(-\frac{1}{2}\times\left(-\frac{1}{4}\right)+\frac{3}{2}\right]=\frac{3}{16}+\frac{9}{4}=\frac{39}{16}$. ∴ $P_2\left(-\frac{1}{4},\frac{39}{16}\right)$.

∴ 抛物线上存在符合题意的点 P 的坐标为 $\left(\frac{1}{2},\frac{15}{4}\right)$ 或 $\left(-\frac{1}{4},\frac{39}{16}\right)$.

说明　将△PBN 和△BND 的面积比转化为 P，N 两点纵坐标的比，并且转化为关于 x 的方程求解.

例 62　(哈尔滨市，2001)已知：如图 3－70，抛物线 $y=ax^2+bx+c$ 与 x 轴交于 A，B 两点，它们的横坐标分别为－1 和 3，与 y 轴交点 C 的纵坐标为 3，△ABC 的外接圆的圆心为点 M.

(1) 求这条抛物线的解析式；

(2) 求图象经过 M，A 两点的一次函数解析式；

(3) 在(1)中的抛物线上是否存在点 P，使过 P，M 两点的直线与△ABC 的两边 AB，BC 的交点 E，F 和点 B 所组成的△BEF 与△ABC 相似？若存在，求出点 P 的坐标；若不存在，请说明理由.

分析　(1) 略；(2) 由已知可求 AC，BC 的长，连结 CM 并延长交⊙M 于 H，易证△COA∽△CBH，则 $CH=\frac{AC\cdot BC}{OC}$，所以 M 点坐标由勾股定理可求；(3) 分△BEF∽△BAC 和△BEF∽△BCA 两种情况讨论. 分别确定 E 点坐标，确定直线 ME 的解析式，与抛物线联立方程组求交点 P 的坐标.

解　(1) 由题意，可知点 $A(-1,0)$，点 $B(3,0)$，点 $C(0,3)$.

∴ $\begin{cases}a-b+c=0,\\9a+3b+c=0,\\c=3.\end{cases}$ 解得 $\begin{cases}a=-1,\\b=2,\\c=3.\end{cases}$ ∴ 抛物线的解析式为 $y=-x^2+2x+3$.

(2) 在 Rt△AOC 和 Rt△BOC 中，由勾股定理，得 $AC=\sqrt{OA^2+OC^2}=\sqrt{10}$，$BC=\sqrt{OB^2+OC^2}=3\sqrt{2}$.

连结 CM 并延长交⊙M 于点 H，则△CHB 为 Rt△.

∵ $\angle H=\angle A$，$\angle CBH=\angle COA=90°$，∴ △$COA$∽△$CBH$.

∴ $\frac{AC}{CH}=\frac{OC}{BC}$.

∴ $CH=\frac{AC\cdot BC}{OC}=\frac{\sqrt{10}\times3\sqrt{2}}{3}=2\sqrt{5}$.

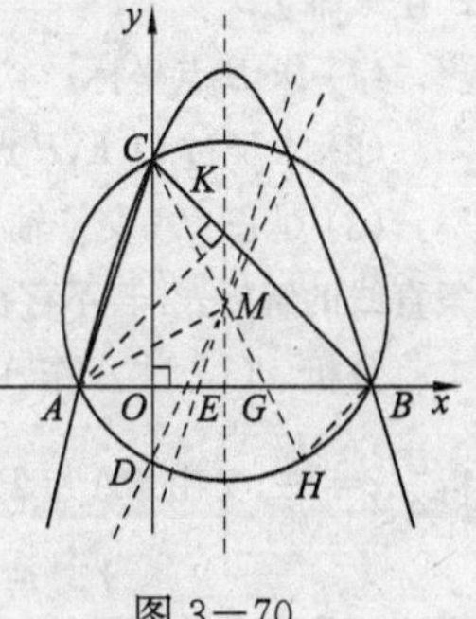

图 3－70

设⊙M 的半径为 R，则 $R=\sqrt{5}$. 连结 AM，设过点 M 的抛物线的对称轴与 x 轴交于点 G，则点 G 的坐标为(1,0)，在 Rt△AMG 中，$MG=\sqrt{AM^2-AG^2}=1$，∴ 点 $M(1,1)$.

设过 M，A 两点的一次函数解析式为 $y=kx+b$，

∴ $\begin{cases}k+b=1,\\-k+b=0.\end{cases}$ 解得 $\begin{cases}k=\frac{1}{2},\\b=\frac{1}{2}.\end{cases}$ ∴ $y=\frac{1}{2}x+\frac{1}{2}$.

(3) 存在点 P，使过 P，M 两点的直线与△ABC 的两边 AB，BC 的交点 E，F 和点 B 所组成的△BEF 与△ABC 相似.(分两种情况)

① 当 $EF\parallel AC$ 时，△BEF∽△BAC，∵ $\angle MEG=\angle CAO$，

∴ Rt△MEG∽Rt△CAO. ∴ $\frac{MG}{CO}=\frac{EG}{AO}$，∴ $EG=\frac{1}{3}$，$OE=1-\frac{1}{3}=\frac{2}{3}$. ∴ 点 $E\left(\frac{2}{3},0\right)$.

设过 M,E 两点的直线解析式为 $y_1=k_1x+b_1$，∴ $\begin{cases}1=k_1+b_1,\\0=\frac{2}{3}k_1+b_1.\end{cases}$ 解得 $\begin{cases}k_1=3,\\b_1=-2.\end{cases}$

∴ 直线解析式为 $y_1=3x-2$.

∵ 抛物线解析式为 $y=-x^2+2x+3$，联立消去 y，整理得 $x^2+x-5=0$.

解得 $x_1=\frac{-1+\sqrt{21}}{2}$，$x_2=\frac{-1-\sqrt{21}}{2}$. ∴ $y_1=\frac{-7+3\sqrt{21}}{2}$，$y_2=\frac{-7-3\sqrt{21}}{2}$.

∴ 点 $P_1\left(\frac{-1+\sqrt{21}}{2},\frac{-7+3\sqrt{21}}{2}\right)$或点 $P_2\left(\frac{-1-\sqrt{21}}{2},\frac{-7-3\sqrt{21}}{2}\right)$.

② 当 EF 与 AC 不平行时，易证△BEF∽△BCA.

过点 A 作 $AK\perp CB$ 于 K，由勾股定理，得 $AK=2\sqrt{2}$，$CK=\sqrt{2}$.

∵ Rt△MEG∽Rt△ACK，∴ $\frac{EG}{CK}=\frac{MG}{AK}$，∴ $\frac{MG}{EG}=\frac{AK}{CK}=2$，∴ $EG=\frac{1}{2}$，∴ 点 $E\left(\frac{1}{2},0\right)$.

设过 M,P 两点的直线解析式为 $y_2=k_2x+b_2$，

∴ $\begin{cases}\frac{1}{2}k_2+b_2=0,\\k_2+b_2=1.\end{cases}$ ∴ $\begin{cases}k_2=2,\\b_2=-1.\end{cases}$ ∴ 直线解析式为 $y_2=2x-1$.

∴ 抛物线解析式为 $y=-x^2+2x+3$.

联立消去 y 得，$x^2=4$，∴ $x_3=2$ 或 $x_4=-2$，∴ $y_3=3$，或 $y_4=-5$.

∴ 点 $P_3(2,3)$或点 $P_4(-2,-5)$.

∴ 存在点 $P_1\left(\frac{-1+\sqrt{21}}{2},\frac{-7+3\sqrt{21}}{2}\right)$，$P_2\left(\frac{-1-\sqrt{21}}{2},\frac{-7-3\sqrt{21}}{2}\right)$，$P_3(2,3)$，$P_4(-2,-5)$，使过 P，M 两点的直线与△ABC 的两边 AB，BC 的交点 E，F 和点 B 所组成的△BEF 与△ABC 相似.

说明　由相似三角形作结论，当成已知条件转化 P 点坐标的方法即是“假设——推理——结论”法.

例 63　(北京市房山区，2002)如图 3－71，在直角坐标系 xOy 中，B,C 分别是 x 轴，y 轴上的点，且 $OB=OC$，$A(2,1)$是 BC 上的点，过 O,A,B 三点的圆的圆心为 E，AF 是⊙E 的直径，PA 是⊙E 的切线，A 是切点，点 P 在 x 轴上.

(1) 求 B 点坐标；

(2) 求经过 O,E,P 点的抛物线的解析式；

(3) 延长 PA 交 y 轴于 M，是否存在过 C 点与 x 轴交于 N 点的直线，使 $S_{\triangle CON}=2S_{\triangle ACM}$，若存在，请求出这条直线的解析式. 若不存在，请说明理由.

分析　(1) 过 A 作 $AD\perp OB$ 于 D，由 A 点坐标及 $\angle OBC=45°$可确定 B 点的坐标；(2) 由△ABP∽△OAP 得 $\frac{BP}{AP}=\frac{\sqrt{2}}{\sqrt{5}}$，又由 $PA^2=PB\cdot PO$，设 $BP=\sqrt{2}k$，k 的值就可以确定了，故 P 点坐标可求. 欲求 E 点坐标，过 E 作 $EG\perp OB$ 于 G. 易知$\angle F=45°$，$OE=\frac{1}{2}AF=\frac{\sqrt{10}}{2}$，$OG=\frac{1}{2}AB$，由勾股定理可求 EG 的长，即 E 点坐标可求；(3) 易求直线 PA 的解析式，则 C,M 点坐标可求，计算△ACM 的面积，由 $S_{\triangle CON}=2S_{\triangle ACM}$ 确定 N 点坐标.

解　(1) 过点 A 作 $AD\perp OB$ 于 D.

∵ A 点坐标为(2,1)，∴ $AD=1$，$OD=2$.

∵ $CO\perp BO$，$OB=OC$，∴ $\angle OBC=45°$.

∴ $DB=AD=1$. ∴ $OB=3$，∴ B 点坐标为(3,0).

(2) 在 Rt△AOD 和 Rt△ABD 中由勾股定理得

$AO=\sqrt{5}$，$AB=\sqrt{2}$.

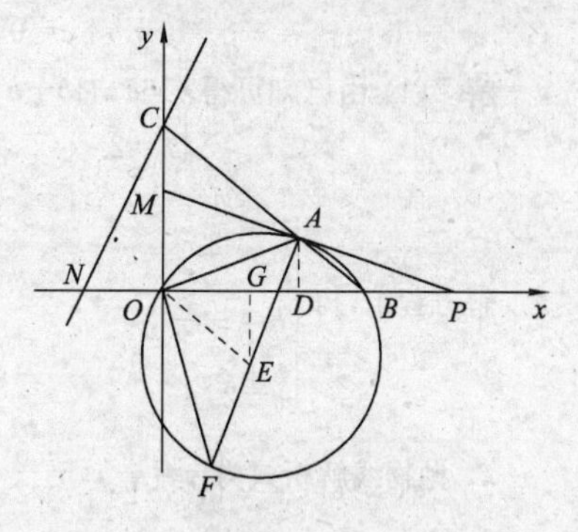

图 3－71

$\because PA$ 切$\odot E$于A，$\therefore \angle PAB=\angle POA$

又$\because \triangle ABP\backsim\triangle OAP$，$\therefore \dfrac{BP}{AP}=\dfrac{AB}{OA}=\dfrac{\sqrt{2}}{\sqrt{5}}$.

设$BP=\sqrt{2}k$，$AP=\sqrt{5}k(k>0)$.

$\because PA^2=PB\cdot PO$，$\therefore (\sqrt{5})k^2=\sqrt{2}k\cdot(\sqrt{2}k+3)$.

即$5k^2=2k^2+3\sqrt{2}k$.

$\because k>0$，$\therefore k=\sqrt{2}$. $\therefore BP=2$.

$\therefore OP=OB+BP=5$. $\therefore P$点坐标为$(5,0)$.

连结OE，作$EG\perp OB$于G. $\because AE$是$\odot E$的直径$\therefore \angle AOF=90^\circ$.

又$\because \angle F=\angle ABO=45^\circ$，$\therefore OF=OA=\sqrt{5}$.

$\therefore AF=\sqrt{10}$. $\therefore OE=\dfrac{\sqrt{10}}{2}$.

$\because EG\perp OB$，$OG=\dfrac{1}{2}OB=\dfrac{3}{2}$，$\therefore EG=\sqrt{OE^2-OG^2}=\dfrac{1}{2}$. $\therefore E$点坐标为$\left(\dfrac{3}{2},-\dfrac{1}{2}\right)$.

设过O,E,P三点的二次函数解析式为$y=ax^2+bx(a\neq0)$，

则$\begin{cases}\dfrac{9}{4}a+\dfrac{3}{2}b=-\dfrac{1}{2},\\ 25a+5b=0.\end{cases}$ $\therefore \begin{cases}a=\dfrac{2}{21},\\ b=-\dfrac{10}{21}.\end{cases}$

$\therefore$ 所求抛物线的解析式为$y=\dfrac{2}{21}x^2-\dfrac{10}{21}x$.

(3) 设直线PA的解析式为$y=kx+b(k\neq0)$.

则$\begin{cases}5k+b=0,\\ 2k+b=1.\end{cases}$解得$k=-\dfrac{1}{3}$，$b=\dfrac{5}{3}$.

$\therefore$ 直线PA的解析式为：$y=-\dfrac{1}{3}x+\dfrac{5}{3}$. $\therefore M$点坐标为$\left(0,\dfrac{5}{3}\right)$.

$\because OB=OC$，$OB=3$，$\therefore C$点的坐标为$(0,3)$. $\therefore MC=OC-OM=3-\dfrac{5}{3}=\dfrac{4}{3}$.

$\therefore S_{\triangle ACM}=\dfrac{1}{2}MC\cdot|x_A|=\dfrac{1}{2}\times\dfrac{4}{3}\times2=\dfrac{4}{3}$.

存在过点C与x轴交于N点的直线使$S_{\triangle CON}=2S_{\triangle ACM}$. 即$\dfrac{1}{2}ON\cdot OC=2\times\dfrac{4}{3}$.

$\because OC=OB=3$，$\therefore ON=\dfrac{16}{9}$. $\therefore N$点坐标为$\left(-\dfrac{16}{9},0\right)$或$\left(\dfrac{16}{9},0\right)$.

设过C,N的直线的解析式为$y=kx+3(k\neq0)$.

将$N\left(-\dfrac{16}{9},0\right)$，$N\left(\dfrac{16}{9},0\right)$分别代入得$k=\dfrac{27}{16}$或$k=-\dfrac{27}{16}$.

$\therefore$ 直线CN的解析式为$y=\dfrac{27}{16}x+3$，或$y=-\dfrac{27}{16}x+3$.

例 64　(莆田市，2002)如图 3－72，抛物线$y=ax^2+bx+c$经过点$A(1,0)$，$B(4,0)$，$C(0,2)$.

(1) 求抛物线的解析式及顶点坐标；

(2) 在对称轴右侧的抛物线上是否存在点P，使$\triangle PAC$为直角三角形？若存在，求出所有符合条件的点P的坐标，并判断$\triangle PAC$是否与$\triangle COA$相似；若不存在，请说明理由.

分析　(1) 略；(2) 分$\angle PCA=90^\circ$和$\angle CAP=90^\circ$和$\angle APC=90^\circ$讨论.

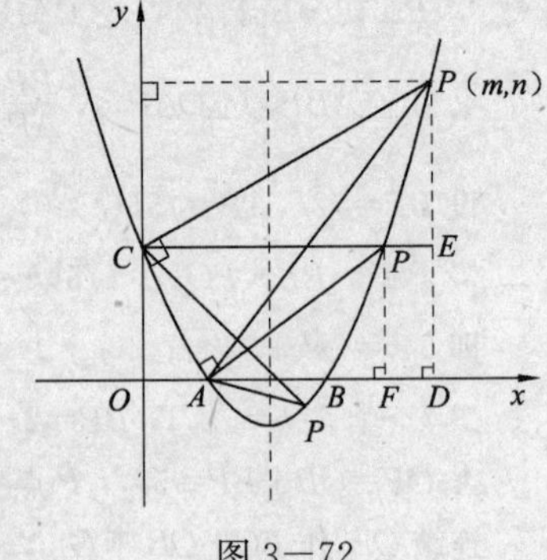

图 3-72

解　(1) 由已知可得$\begin{cases} a+b+c=0, \\ 16a+4b+c=0, \\ c=2. \end{cases}$

解方程组，得$\begin{cases} a=\frac{1}{2}, \\ b=-\frac{5}{2}, \\ c=2. \end{cases}$

∴ 抛物线解析式为 $y=\frac{1}{2}x^2-\frac{5}{2}x+2$.

经配方，得 $y=\frac{1}{2}\left(x-\frac{5}{2}\right)^2-\frac{9}{8}$.

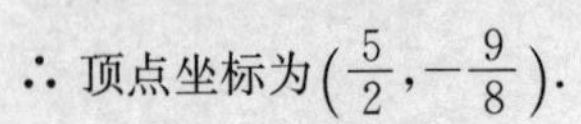
∴ 顶点坐标为$\left(\frac{5}{2},-\frac{9}{8}\right)$.

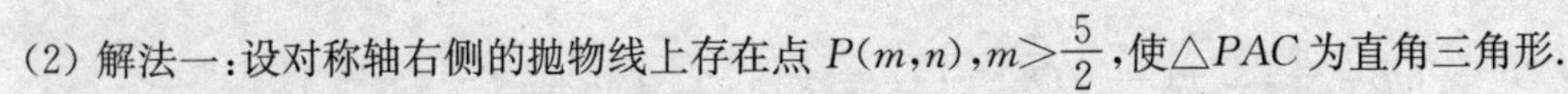
(2) 解法一：设对称轴右侧的抛物线上存在点 $P(m,n)$，$m>\frac{5}{2}$，使△PAC为直角三角形.

(Ⅰ) 若∠PCA=90°时(由图象可以看出点 P 在 x 轴上方)，

由勾股定理，得 $PC^2=m^2+(n-2)^2$，$PA^2=(m-1)^2+n^2$. $AC^2=2^2+1^2=5$.

又 $PA^2=PC^2+AC^2$，∴ $(m-1)^2+n^2=m^2+(n-2)^2+5$.

整理得 $m=2n-4$.　　　①

∵ $n=\frac{1}{2}\left(m-\frac{5}{2}\right)^2-\frac{9}{8}$，　　②

由①，②得$\begin{cases} m=0, \\ n=2 \end{cases}$(舍去)，$\begin{cases} m=6, \\ n=5. \end{cases}$

∴ 对称轴右侧的抛物线上存在点 $P(6,5)$，使△PAC为直角三角形.

易得 $PC=3\sqrt{5}$，$AC=\sqrt{5}$. 又 $OC=2$，$OA=1$，

∴ $\frac{OA}{OC}\neq\frac{AC}{PC}$. ∴ Rt△$PAC$与Rt△$OAC$不相似.

(Ⅱ) 若∠CAP=90°时，由图象可看出点 P 也在 x 轴上方.

由勾股定理得：$PC^2=m^2+(n-2)^2$，$PA^2=(m-1)^2+n^2$，$AC^2=5$.

又 $PC^2=PA^2+AC^2$，得 $m=2n+1$.　　①

又 $n=\frac{1}{2}m^2-\frac{5}{2}m+2$.　　②

由①，②可得$\begin{cases} m=1 \\ n=0 \end{cases}$(舍去)，$\begin{cases} m=5 \\ n=2 \end{cases}$.

∴ 在对称轴右侧存在点 $P(5,2)$，使△PAC为直角三角形.

易得 $PA=2\sqrt{5}$，$AC=\sqrt{5}$，$OC=2$，$OA=1$，∴ $\frac{PA}{OC}=\frac{AC}{OA}$. ∴ Rt△$PAC$∽Rt△$COA$.

(Ⅲ) 对称轴右侧的抛物线上任意一点 P，都不能使∠APC为直角.

因为：如果点 P 在对称轴右侧，x 轴下方的任一点时，∠CAP为钝角，所以∠APC不可能为直角.

如果点 P 在对称轴右侧，x 轴上方的任一点时，

∵ $PA>AB>AC$，则∠PCA>∠APC，∴ ∠APC不可能为直角.

综上所述，在对称轴右侧的抛物线上存在点 $P(6,5)$ 和 $(5,2)$，使△PAC为直角三角形，且以点 $P(5,2)$ 为直角顶点的Rt△PAC∽Rt△CAO.

解法二：(Ⅰ) 设在对称轴右侧的抛物线上，存在点 $P(m,n)$，$m>\frac{5}{2}$，使∠PCA=90°.

过点 P 作 $PD\perp OA$，$CE\perp PD$，垂足分别为 D，E.

则 $PE=n-2$，$CE=m$，$\because \angle PCA=\angle OCE=90°$，$\therefore \angle PCE=\angle ACO$.

又$\because \angle PEC=\angle AOC=90°$，$\therefore \triangle ACO\backsim\triangle PCE$. $\therefore \dfrac{OA}{OC}=\dfrac{PE}{CE}$. 即$\dfrac{1}{2}=\dfrac{n-2}{m}$.

$\therefore m=2n-4$.　　①

$\because n=\dfrac{1}{2}m^2-\dfrac{5}{2}m+2$，　　②

由①，②得$\begin{cases}m=0\\n=2\end{cases}$（舍去），$\begin{cases}m=6,\\n=5.\end{cases}$

$\therefore$ 抛物线上存在点 $P(6,5)$，使$\triangle PAC$ 为直角三角形.

易求 $PC=3\sqrt{5}$，$AC=\sqrt{5}$，$OC=2$，$OA=1$. $\therefore \dfrac{OA}{OC}\neq\dfrac{AC}{PC}$. $\therefore$ Rt$\triangle PAC$ 与 Rt$\triangle CAO$ 不相似.

（Ⅱ）设在对称轴右侧的抛物线上还存在一点 $P(m,n)$，$m>\dfrac{5}{2}$，使$\angle PAC=90°$. 过 P 点作 $PF\perp OA$，垂足为 F，则 $AF=m-1$，$PF=n$.

$\because \angle OCA+\angle OAC=\angle OAC+\angle PAF=90°$，$\therefore \angle OCA=\angle PAF$.

又$\because \angle COA=\angle AFP=90°$，$\therefore \triangle AOC\backsim\triangle PFA$. $\therefore \dfrac{OA}{OC}=\dfrac{PF}{AF}$.

即$\dfrac{1}{2}=\dfrac{n}{m-1}$，$2n=m-1$，　　①

又$\because n=\dfrac{1}{2}m^2-\dfrac{5}{2}m+2$，　　②

由①，②得$\begin{cases}m=1\\n=0\end{cases}$（舍去），$\begin{cases}m=5,\\n=2.\end{cases}$

$\therefore$ 在抛物线上存在点 $P(5,2)$，使$\triangle PAC$ 为直角三角形.

易得 $PA=2\sqrt{5}$，$AC=\sqrt{5}$，$OC=2$，$OA=1$，$\therefore \dfrac{PA}{OC}=\dfrac{AC}{OA}$，$\therefore \triangle PAC\backsim\triangle COA$.

（Ⅲ）如解法一.

说明　由$\triangle PAC$ 为直角三角形的已知条件既可以利用勾股定理转化，又可以借助其他条件如作辅助线构造相似或全等.

例 65　（天门市，2002）如图 3－73，点 A，B 分别在 y 轴与 x 轴的正半轴上，$OA/\!/BC$，$OA=18$ 厘米，$OB=8$ 厘米，$BC=16$ 厘米. 若点 P 以 2 厘米/秒的速度由 A 向 O 作直线运动，点 Q 以 1 厘米/秒的速度由 B 向 C 作直线运动，P，Q 分别从 A，B 两点同时出发（保持同时运动），设运动时间为 t 秒.

(1) t 为何值时四边形 $CBQP$ 为矩形？

(2) t 为何值时以 AC 的中点 E 为顶点的抛物线经过 P，Q 两点？求出该抛物线的解析式.

(3) 在 P，Q 运动过程中，是否存在直线 PQ 与以 OB 为直径的圆相切？若存在，求出直线 PQ 的解析式；若不存在，请说明理由.

分析　(1) 当四边形 $OBQP$ 为矩形得 $BQ=OP$，即 $t=18-2t$；(2) 由抛物线的对称性知，当四边形 $OBQP$ 为矩形时，抛物线才经过 P，Q，E 三点；(3) 假设存在直线 PQ 与以 OB 为直径的圆相切，易知 $PF=PO=18-2t$，$FQ=BQ=t$，再过 Q 作 $QH\perp OP$ 由勾股定理得$(18-t)^2=(18-3t)^2+64$. 故直线 PQ 的解析式可求.

解　(1) $\because OA/\!/BC$，$OA\perp OB$. 当四边形 $OBQP$ 为矩形时，有 $OP=BQ$.

$\because OA=18$，经 t 秒后，$OP=18-2$，$BQ=t$.

$\therefore 18-2t=t$，$\therefore t=6$(秒). $\therefore$ 当 t 为 6 秒，四边形 $OBQP$ 为矩形.

(2) 所求抛物线的对称轴为 $x=4$.

$\because$ 四边形 $OBCA$ 为直角梯形，根据抛物线的对称性，只有当满足(1)时，抛物线才经过 E，P，Q 三点，此时 t

$=6$,$OP=18-2\times6=6$(厘米),∴ $P(0,6)$.

由梯形中位线定理知:$ED=\frac{1}{2}(16+18)=17$.

∴ $E(4,17)$.

设抛物线的解析式为 $y=a(x-4)^2+17$.

将 $P(0,6)$代入得,$6=16a+17$.

∴ $a=-\frac{11}{16}$.

∴ $y=-\frac{11}{16}(x-4)^2+17$.

即:抛物线的解析式为 $y=-\frac{11}{16}x^2+\frac{11}{2}x+6$.

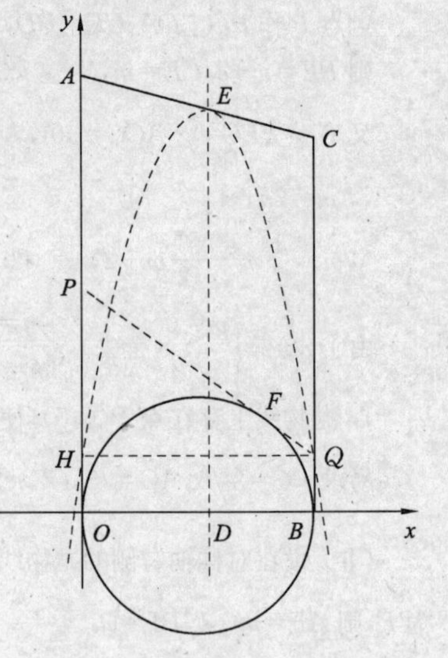

图 3－73

(3) 存在这样的直线 PQ.设 PQ 与⊙D 相切于 F,经 t 秒 PQ 与⊙D 相切.

由切线长定理有:$FQ=QB=t$,$PF=PO=18-2t$.

∴ $PQ=18-2t+t=18-t$.

过 Q 作 $QH\perp OA$ 于 H,则 $PH=18-3t$.

在 Rt△PHQ 中,$PQ^2=PH^2+HQ$.即:$(18-t)^2=(18-3t)^2+64$.

∴ $t^2-9t+8=0$.∴ $t_1=1$,$t_2=8$.

∴ 当 $t=1$ 秒或 $t=8$ 秒时,直线 FQ 与⊙D 相切.

设直线 PQ 的解析式为 $y=kx+b$.当 $t=1$ 秒时,$P(0,16)$,$Q(8,1)$.

则$\begin{cases}b=16,\\8k+b=1.\end{cases}$ ∴$\begin{cases}b=16,\\k=-\frac{15}{8}.\end{cases}$ ∴ $y=-\frac{15}{8}x+16$.

当 $t=8$ 秒时,$P(0,2)$,$Q(8,8)$.则$\begin{cases}b=2,\\8k+b=8.\end{cases}$ ∴$\begin{cases}b=2,\\k=\frac{3}{4}.\end{cases}$ ∴ $y=\frac{3}{4}x+2$.

∴ 直线 PQ 的解析式为 $y=-\frac{15}{8}x+16$ 或 $y=\frac{3}{4}x+2$.

说明　由图形的特殊位置关系得出相应的几何结论,并由几何结论转化方程求解是一种十分重要的方法.

例 66　(上海市,2002)操作:将一把三角尺放在边长为 1 的正方形 $ABCD$ 上,并使它的直角顶点 P 在对角线 AC 上滑动,直角的一边始终经过点 B,另一边与射线 DC 相交于点 Q.

探究　设 A,P 两点间的距离为 x.

(1) 当点 Q 在边 CD 上时,线段 PQ 与线段 PB 之间有怎样的大小关系?试证明你观察得到的结论;

(2) 当点 Q 在边 CD 上时,设四边形 $PBCQ$ 的面积为 y,求 y 与 x 之间的函数解析式,并写出函数的定义域;

(3) 当点 P 在线段 AC 上滑动时,△PCQ 是否可能成为等腰三角形?如果可能,指出所有能使△PCQ 成为等腰三角形的点 Q 的位置,并求出相应的 x 的值;如果不可能,试说明理由.

[图 3－74(1),(2),(3)的形状大小相同,图(1)供操作、实验用,图(2)和图(3)备用]

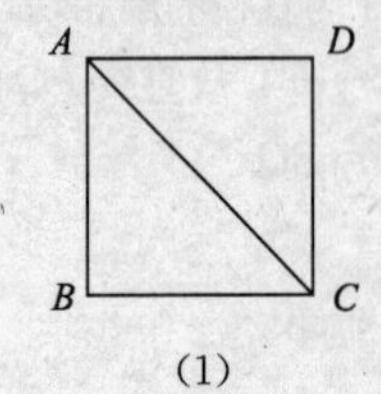

(1)

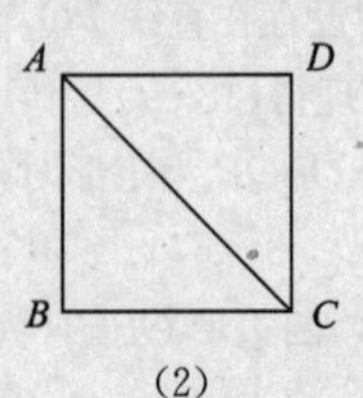

(2)

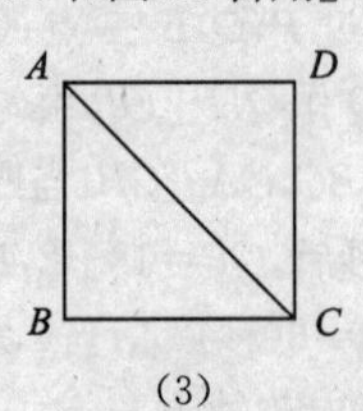

(3)

图 3－74

解　$PQ=PB$. 证明如下:

过点 P 作 $MN\parallel BC$,分别交 AB 于点 M,交 CD 于点 N,那么四边形 $AMND$ 和四边形 $BCNM$ 都是矩形,$\triangle AMP$ 和$\triangle CNP$ 都是等腰直角三角形(如图 3－75①).

$\therefore NP=NC=MB$.

$\because \angle BPQ=90^\circ$,$\therefore \angle QPN+\angle PBM=90^\circ$,$\therefore \angle QPN=\angle PBM$.

又$\because \angle QNP=\angle PMB=90^\circ$,$\therefore \triangle QNP\cong\triangle PMB$. $\therefore PQ=PB$.

(2) 解法一:由(1)$\triangle QNP\cong\triangle PMB$,得 $NQ=MP$.

$\because AP=x$,$\therefore AM=MP=NQ=DN=\frac{\sqrt{2}}{2}x$,$BM=PN=CN=1-\frac{\sqrt{2}}{2}x$.

$\therefore CQ=CD-QD=1-2\cdot\frac{\sqrt{2}}{2}x=1-\sqrt{2}x$.

$\therefore S_{\triangle PBC}=\frac{1}{2}BC\cdot BM=\frac{1}{2}\times1\times1\left(1-\frac{\sqrt{2}}{2}x\right)=\frac{1}{2}-\frac{\sqrt{2}}{4}x$.

$S_{\triangle PCQ}=\frac{1}{2}CQ\cdot PN=\frac{1}{2}\times(1-\sqrt{2}x)\left(1-\frac{\sqrt{2}}{2}x\right)=\frac{1}{2}-\frac{3\sqrt{2}}{4}x+\frac{1}{2}x^2$.

$S_{四边形PBCD}=S_{\triangle PBC}=S_{\triangle PCQ}=\frac{1}{2}x^2-\sqrt{2}x+1$. 即 $y=\frac{1}{2}x^2-\sqrt{2}x+1\left(0\leqslant x<\frac{\sqrt{2}}{2}\right)$.

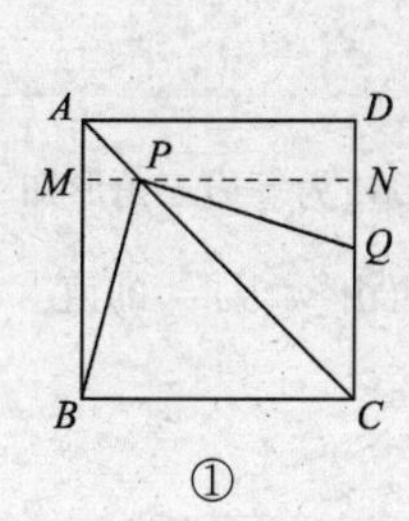

①

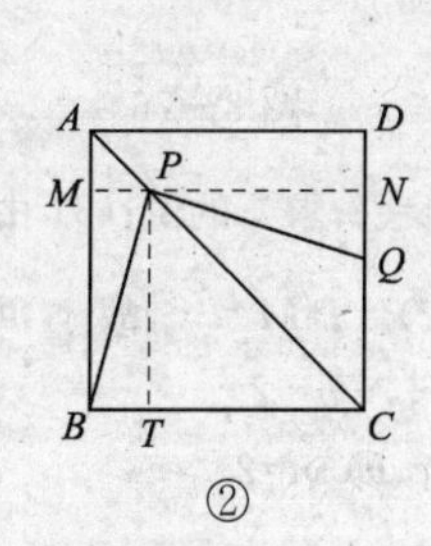

②

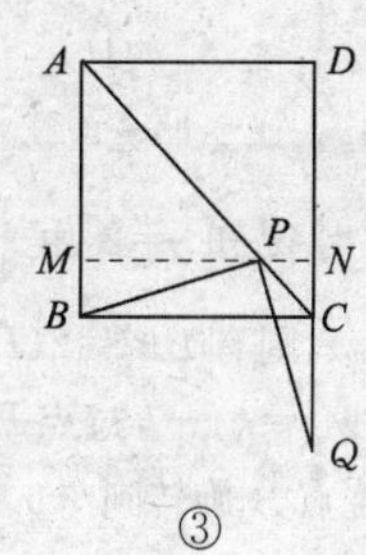

③

图 3－75

解法二:作 $PT\perp BC$,T 为垂足(如图 3－75②),那么四边形 $PTCN$ 为正方形.

$\therefore PT=CN=PN$.

又$\because \angle PNQ=\angle PTB=90^\circ$,$PB=PQ$,$\therefore \triangle PBT\cong\triangle PQN$.

$S_{四边形PBCQ}=S_{\triangle PBT}+S_{四边形PTCQ}=S_{四边形PTCQ}+S_{\triangle PNQ}=S_{正方形PTCN}$

$=CN^2\left(1-\frac{\sqrt{2}}{2}x\right)^2=\frac{1}{2}x^2-\sqrt{2}x+1$.

$\therefore y=\frac{1}{2}x^2-\sqrt{2}x+1\left(0\leqslant x<\frac{\sqrt{2}}{2}\right)$.

(3) $\triangle PCQ$ 可能成为等腰三角形.

① 当点 P 与点 A 重合,点 Q 与点 D 重合,这时 $PQ=QC$,$\triangle PCQ$ 是等腰三角形. 此时 $x=0$.

② 当点 Q 在边 DC 的延长线上,且 $CP=CQ$ 时,$\triangle PCQ$ 是等腰三角形.(如图 3－ 75③).

解法一:此时,$QN=PM=\frac{\sqrt{2}}{2}x$,$CP=\sqrt{2}-x$,$CN=\frac{\sqrt{2}}{2}CP=1-\frac{\sqrt{2}}{2}x$.

$\therefore CQ=QN-CN=\frac{\sqrt{2}}{2}x-\left(1-\frac{\sqrt{2}}{2}x\right)=\sqrt{2}x-1$.

当$\sqrt{2}-x=\sqrt{2}x-1$ 时,得 $x=1$.

解法二:此时,$\angle CPQ=\frac{1}{2}\angle PCN=22.5^\circ$,$\angle APB=90^\circ-22.5^\circ=67.5^\circ$,$\angle ABP=180^\circ-(45^\circ+67.5^\circ)=$

67.5°,得$\angle APB=\angle ABP$. ∴ $AP=AB=1$. ∴ $x=1$.

例 67 (邵阳市,2006)如图 3－76,已知抛物线 $y=\frac{1}{4}x^2+1$,直线 $y=kx+b$ 经过点 $B(0,2)$.

(1) 求 b 的值;

(2) 将直线 $y=kx+b$ 绕着点 B 旋转到与 x 轴平行的位置时(如图①),直线与抛物线 $y=\frac{1}{4}x^2+1$ 相交,其中一个交点为 P,求出点 P 的坐标;

(3) 将直线 $y=kx+b$ 继续绕着点 B 旋转,与抛物线 $y=\frac{1}{4}x^2+1$ 相交,其中一个交点为 P'(如图②),过点 P' 作 x 轴的垂线 $P'M$,点 M 为垂足. 是否存在这样的点 P',使$\triangle P'BM$ 为等边三角形?若存在,请求出点 P' 的坐标;若不存在,请说明理由.

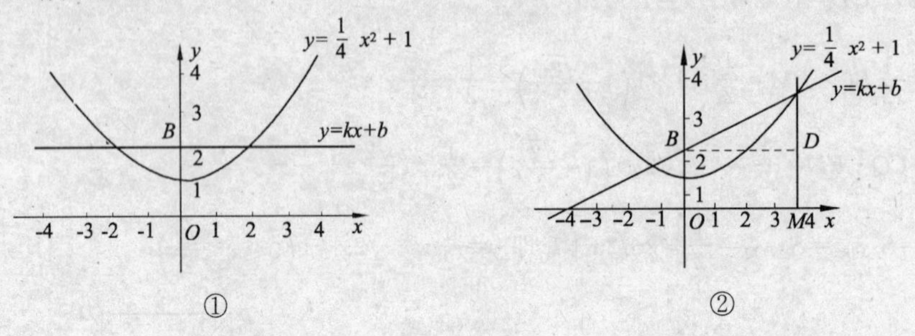

图 3－76

分析 (1) 略;(2) 易知 $y=2$,由$\frac{1}{4}x^2+1=2$,求 x 的值;(3) 由$\triangle P'BM$ 为等边三角形知 $P'M=P'B$,$\angle BP'M=60°$,设 $P'(x_0,y_0)$,则有 $BP'=2(P'M-2)=P'M=y_0$,故 y_0 可求,再由 y_0 从 x_0 的值.

解 (1) ∵ 直线 $y=kx+b$ 过点 $B(0,2)$,∴ $b=2$.

(2) $y=kx+b$ 绕点 B 旋转到与 x 轴平行,即 $y=2$.

依题意有:$\frac{1}{4}x^2+1=2$,∴ $x=\pm2$. ∴ $P(2,2)$或 $P(-2,2)$.

(3) 假设存在点 $P'(x_0,y_0)$,使$\triangle P'BM$ 为等边三角形.

如图,则$\angle BP'M=60°$.

$P'M=y_0$,过 B 作 $BD\perp P'M$ 于 D,则 $P'B=2P'D$.

∴ $P'B=2(P'M-2)=2(y_0-2)$,

且 $P'M=P'B$,即 $y_0=2(y_0-2)$,$y_0=4$.

又点 P'在抛物线$y=\frac{1}{4}x^2+1$上,∴ $\frac{1}{4}x^2+1=4$. ∴ $x=\pm2\sqrt{3}$.

∴ 当直线 $y=kx+b$ 绕点 B 旋转时与抛物线 $y=\frac{1}{4}x^2+1$ 相交,存在一个交点 $P'(2\sqrt{3},4)$或 $P'(-2\sqrt{3},4)$.

说明 点在函数的图象上时,一般设点的坐标,转化成相关线段的长度后,再利用线段的和、差、倍、分转化方程求解.

例 68 (成都市课改区,2006)如图 3－77,在平面直角坐标系中,已知点 $B(-2\sqrt{2},0)$,$A(m,0)$($-\sqrt{2}<m<0$),以 AB 为边在 x 轴下方作正方形 $ABCD$,点 E 是线段 OD 与正方形 $ABCD$ 的外接圆除点 D 以外的另一个交点,连结 BE 与 AD 相交于点 F.

(1) 求证:$BF=DO$;

(2) 设直线 l 是$\triangle BDO$ 的边 BO 的垂直平分线,且与 BE 相交于点 G,若 G 是$\triangle BDO$ 的外心,试求经过 B,F,O 三点的抛物线的解析式;

(3) 在(2)的条件下,在抛物线上是否存在点 P,使该点关于直线 BE 的对称点在 x 轴上?若存在,求出所有这样的点的坐标；若不存在，请说明理由.

分析　(1) 由$\triangle ABF\cong\triangle ADO$，证明$BF=DO$；(2) 由$G$是$\triangle BDO$的外心证明$\triangle DBO$是等腰三角形，易得$BO=BD=\sqrt{2}AB$，由(1)知$AF=AO$，设$F(m,m)$，故有$2\sqrt{2}=\sqrt{2}(2\sqrt{2}+m)$，故$m$可求；(3) 易知$P$在直线$BD$上，又$P$在抛物线上，故可先求直线$BD$的解析式，再联立方程组求$P$的坐标.

解　(1) 在$\triangle ABF$和$\triangle ADO$中，

∵ 四边形$ABCD$是正方形，∴ $AB=AD$，$\angle BAF=\angle DAO=90°$.

又∵ $\angle ABF=\angle ADO$，∴ $\triangle ABF\cong\triangle ADO$，∴ $BF=DO$.

(2) 由(1)，有$\triangle ABF\cong\triangle ADO$，∵ $AO=AF=m$，∴ 点$F(m,m)$.

∵ G是$\triangle BDO$的外心，∴ 点G在DO的垂直平分线上，

∴ 点B也在DO的垂直平分线上，∴ $\triangle DBO$为等腰三角形，$BO=BD=\sqrt{2}AB$.

而$|BO|=2\sqrt{2}$，$|AB|=|-2\sqrt{2}-m|=2\sqrt{2}+m$，

∴ $2\sqrt{2}=\sqrt{2}(2\sqrt{2}+m)$，∴ $m=2-2\sqrt{2}$. ∴ $F(2-2\sqrt{2},2-2\sqrt{2})$.

设经过B,F,O三点的抛物线的解析表达式为$y=ax^2+bx+c(a\neq 0)$.

∵ 抛物线过点$O(0,0)$，∴ $c=0$. ∴ $y=ax^2+bx$.　①

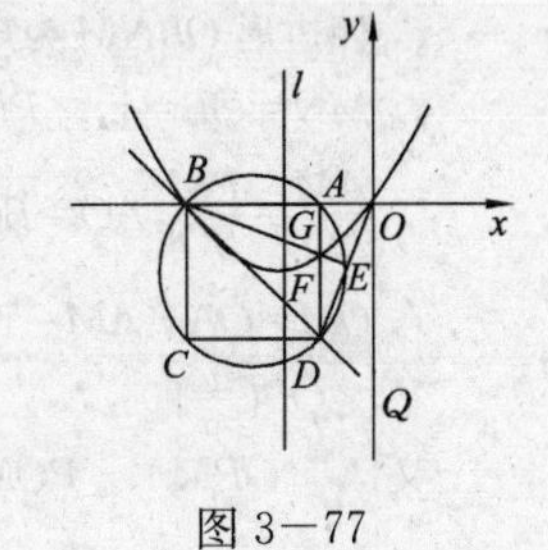

图 3－77

把点$B(-2\sqrt{2},0)$、点$F(2-2\sqrt{2},2-2\sqrt{2})$的坐标代入①中，得

$$\begin{cases}0=(-2\sqrt{2})^2a+(-2\sqrt{2})b,\\2-2\sqrt{2}=(2-2\sqrt{2})^2a+(2-2\sqrt{2})b.\end{cases}$$

即$\begin{cases}-2\sqrt{2}a+b=0,\\(2-2\sqrt{2})a+b=1.\end{cases}$　解得$\begin{cases}a=\dfrac{1}{2},\\b=\sqrt{2}.\end{cases}$

∴ 抛物线的解析表达式为$y=\dfrac{1}{2}x^2+\sqrt{2}x$.　②

(3) 假定在抛物线上存在一点P，使点P关于直线BE的对称点P'在x轴上.

∵ BE是$\angle OBD$的平分线，

∴ x轴上的点P'关于直线BE的对称点P必在直线BD上，即点P是抛物线与直线BD的交点.

设直线BD的解析表达式为$y=kx+b$，并设直线BD与y轴交于点Q，则由$\triangle BOQ$是等腰直角三角形.

∴ $|OQ|=|OB|$. ∴ $Q(0,-2\sqrt{2})$.

把点$B(-2\sqrt{2},0)$、点$Q(0,-2\sqrt{2})$代入$y=kx+b$中，得$\begin{cases}0=-2\sqrt{2}k+b,\\-2\sqrt{2}=b.\end{cases}$ ∴ $\begin{cases}k=-1,\\b=-2\sqrt{2}.\end{cases}$

∴ 直线BD的解析表达式为$y=-x-2\sqrt{2}$.

设点$P(x_0,y_0)$，则有$y_0=-x_0-2\sqrt{2}$　③

把③代入②，得$\dfrac{1}{2}x_0^2+\sqrt{2}x_0=-x_0-2\sqrt{2}$，

∴ $\dfrac{1}{2}x_0^2+(\sqrt{2}+1)x_0+2\sqrt{2}=0$，即$x_0^2+2(\sqrt{2}+1)x_0+4\sqrt{2}=0$.

∴ $(x_0+2\sqrt{2})(x_0+2)=0$　解得$x_0=-2\sqrt{2}$或$x_0=-2$.

当$x_0=-2\sqrt{2}$时，$y=-x_0-2\sqrt{2}=2\sqrt{2}-2\sqrt{2}=0$.

当$x_0=-2$时，$y_0=-x_0-2\sqrt{2}=2-2\sqrt{2}$.

∴ 在抛物线上存在点$P_1(-2\sqrt{2},0)$，$P_2(-2,2-2\sqrt{2})$，它们关于直线BE的对称点都在x轴上.

例 69　(济宁市课改区，2006)如图 3－78，以O为原点的直角坐标系中，A点的坐标为$(0,1)$，直线$x=1$交x轴于点B. P为线段AB上一动点，作直线$PC\perp PO$，交直线$x=1$于点C. 过P点作直线MN平行于x轴，交

y 轴于点 M，交直线 $x=1$ 于点 N.

(1) 当点 C 在第一象限时，求证：$\triangle OPM\cong\triangle PCN$；

(2) 当点 C 在第一象限时，设 AP 长为 m，四边形 $POBC$ 的面积为 S. 请求出 S 与 m 间的函数关系式，并写出自变量 m 的取值范围；

(3) 当点 P 在线段 AB 上移动时，点 C 也随之在直线 $x=1$ 上移动，$\triangle PBC$ 是否可能成为等腰三角形？如果可能，求出所有能使 $\triangle PBC$ 成为等腰三角形的点 P 的坐标；如果不可能，请说明理由.

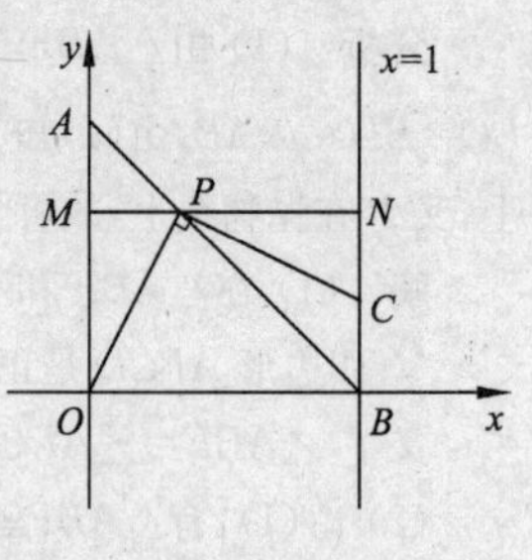

图 3－78

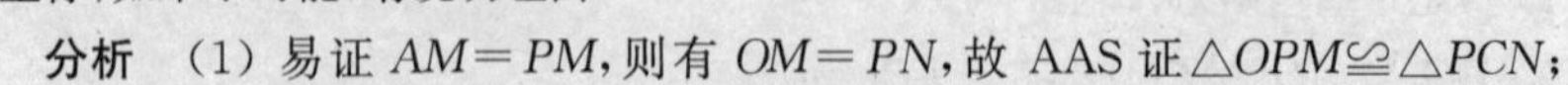
分析　(1) 易证 $AM=PM$，则有 $OM=PN$，故 AAS 证 $\triangle OPM\cong\triangle PCN$；

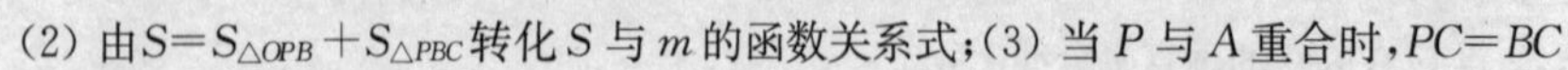
(2) 由 $S=S_{\triangle OPB}+S_{\triangle PBC}$ 转化 S 与 m 的函数关系式；(3) 当 P 与 A 重合时，$PC=BC=1$，易知 P 点坐标为 $(0,1)$；当 C 在第四象限时，由 $PB=CB$ 可得 $BC=\sqrt{2}-m$，$NC=BN+BC=1-\frac{\sqrt{2}}{2}m+\sqrt{2}-m$，由(2)知 $NC=PM=\frac{\sqrt{2}}{2}m$，故有 $1-\frac{\sqrt{2}}{2}m+\sqrt{2}-m=\frac{\sqrt{2}}{2}$，$m$ 的值可求，P 点坐标亦可求.

解　(1) $\because OM/\!/BN$，$MN/\!/OB$，$\angle AOB=90°$.

$\therefore$ 四边形 $OBNM$ 为矩形.

$\therefore MN=OB=1$，$\angle PMO=\angle CNP=90°$.

$\because \frac{AM}{AO}=\frac{PM}{BO}$，$AO=BO=1$，$\therefore AM=PM$.

$\therefore OM=OA-AM=1-AM$，$PN=MN-PM=1-PM$. $\therefore OM=PN$.

$\because \angle OPC=90°$，$\therefore \angle OPM+\angle CPN=90°$.

又 $\because \angle OPM+\angle POM=90°$，$\therefore \angle CPN=\angle POM$. $\therefore \triangle OPM\cong\triangle PCN$.

(2) $\because AM=PM=AP\sin45°=\frac{\sqrt{2}}{2}m$，

$\therefore NC=PM=\frac{\sqrt{2}}{2}m$. $\therefore BN=OM=PN=1-\frac{\sqrt{2}}{2}m$.

$\therefore BC=BN-NC=1-\frac{\sqrt{2}}{2}m-\frac{\sqrt{2}}{2}m=1-\sqrt{2}m$.

$\therefore S=S_{\triangle OPB}+S_{\triangle PBC}=\frac{1}{2}OB\cdot OM+\frac{1}{2}BC\cdot PN$

$=\frac{1}{2}\times1\times\left(1-\frac{\sqrt{2}}{2}m\right)+\frac{1}{2}\times(1-\sqrt{2}m)\times\left(1-\frac{\sqrt{2}}{2}m\right)=\frac{1}{2}m^2-\sqrt{2}m+1\left(0\leqslant m<\frac{\sqrt{2}}{2}\right)$.

(3) $\triangle PBC$ 可能为等腰三角形.

① 当点 P 与点 A 重合时，$PC=BC=1$，此时，P 点的坐标为 $(0,1)$；

② 当点 C 在第四象限，且 $PB=CB$ 时，如图 3－79.

有 $BN=PN=1-\frac{\sqrt{2}}{2}m$. $\therefore BC=PB=\sqrt{2}PN=\sqrt{2}-m$.

$\therefore NC=BN+BC=1-\frac{\sqrt{2}}{2}m+\sqrt{2}-m$.

由(2)可知：

$NC=PM=\frac{\sqrt{2}}{2}m$. $\therefore 1-\frac{\sqrt{2}}{2}m+\sqrt{2}-m=\frac{\sqrt{2}}{2}m$.

$\therefore m=1$.

$\therefore PM=\frac{\sqrt{2}}{2}m=\frac{\sqrt{2}}{2}$，$BN=1-\frac{\sqrt{2}}{2}m=1-\frac{\sqrt{2}}{2}$.

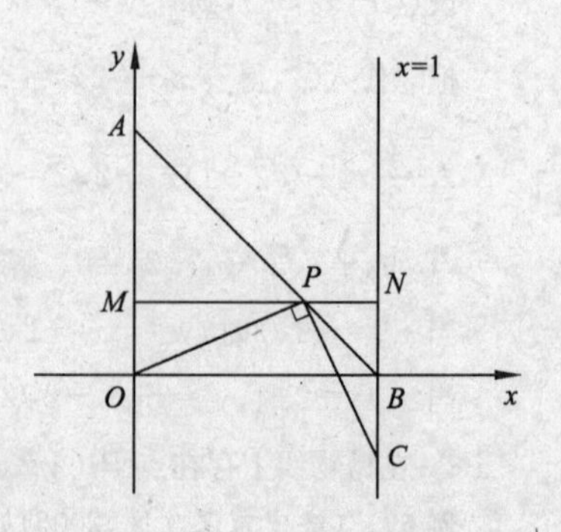

图 3－79

∴ 此时，P 点的坐标为$\left(\frac{\sqrt{2}}{2},1-\frac{\sqrt{2}}{2}\right)$.

∴ 使$\triangle PBC$成为等腰三角形的点 P 的坐标为$(0,1)$或$\left(\frac{\sqrt{2}}{2},1-\frac{\sqrt{2}}{2}\right)$.

说明　在分析(3)时，应注意已知条件中的 C 点是与直线 $x=1$ 相交，即 C 在第一象限或第四象限，所以防范漏解在此题显得很关键了.

例 70　(哈尔滨市课改区，2006)如图 3－80，在直角梯形 $OABC$ 中，$OA\parallel BC$，A，B 两点的坐标分别为 $A(13,0)$，$B(11,12)$，动点 P，Q 分别从 O，B 两点同时出发，点 P 以每秒 2 个单位的速度沿 OA 向终点 A 运动，点 Q 以每秒 1 个单位的速度沿 BC 向点 C 运动，当点 P 停止动运时，点 Q 也同时停止运动. 线段 OB，PQ 相交于点 D，过点 D 作 $DE\parallel OA$，交 AB 于点 E，射线 QE 交 x 轴于点 F. 动点 P，Q 运动的时间为 t(单位:秒).

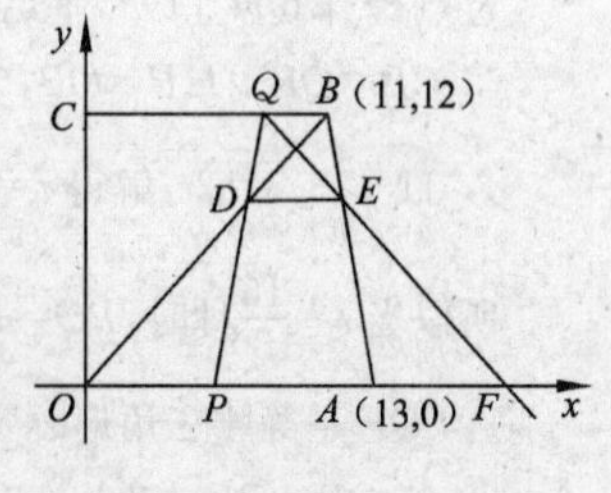

图 3－80

(1) 当 t 为何值时，四边形 $PABQ$ 是平行四边形，请写出推理过程；

(2) 当 $t=3$ 秒时，求$\triangle PQF$ 的面积；

(3) 当 t 为何值时，$\triangle PQF$ 是等腰三角形？请写出推理过程.

分析　(1) 由四边形 $PABQ$ 是平行四边形得 $PA=BQ$，则有 $13-2t=t$，t 值可求；(2) 易知$\triangle BEQ\backsim\triangle AEF$ 得 $AF=2BQ=6$，$PF=PA+AF=OA-OP+AF=13$，故 $S_{\triangle QPF}$ 的值可求；(3) 分 $FP=FQ$ 或 $PQ=PF$ 或$QP=QF$ 三种情况讨论.

解　(1) ∵ 四边形 $PABQ$ 是平行四边形. ∴ $BQ=PA$.

∵ $13-2t=t$. 解得 $t=\frac{13}{3}$.

答　当 $t=\frac{13}{3}$秒时，四边形 $PABQ$ 是平行四边形.

(2) 当 $t=3$ 秒时，$OP=6$，$QB=3$，

又∵ $QB\parallel OA$，∴ $\triangle QBD\backsim\triangle POD$. ∴ $\frac{QD}{DP}=\frac{QB}{OP}=\frac{1}{2}$.

∵ $DE\parallel OA$，∴ $\frac{QE}{EF}=\frac{QD}{DP}=\frac{1}{2}$. ∵ $\triangle QEB\backsim\triangle FEA$，∴ $\frac{QB}{AF}=\frac{QE}{EF}=\frac{1}{2}$.

∴ $AF=2QB=6$. ∴ $PF=PA+AF=OA-OP+AF=13-6+6=13$.

∴ $S_{\triangle QPF}=\frac{1}{2}\times12\times13=78$.

答　$t=3$ 秒时，$\triangle PQF$ 的面积是 78.

(3) 若$\triangle PQF$ 是等腰三角形，应有 $FP=FQ$ 或 $PQ=PF$ 或 $QP=QF$ 三种情形.

① 若 $FP=FQ$.

如图 1，过点 Q 作 $QH\perp OF$，垂足为 H，则 $QH=12$.

又由(2)得$\frac{QB}{OP}=\frac{QD}{DP}=\frac{QE}{EF}=\frac{QB}{AF}$.

∴ $OP=AF$，∴ $PF=OA=13$，∴ $QF=13$.

∴ $HF=\sqrt{QF^2-QH^2}=\sqrt{13^2-12^2}=5$，$PH=13-5=8$.

∵ $CB=QB+PH+OP$. ∴ $t+8+2t=11$，解得 $t=1$.

所以当 $t=1$ 秒时，$FP=FQ$. $\triangle PQF$ 是等腰三角形.

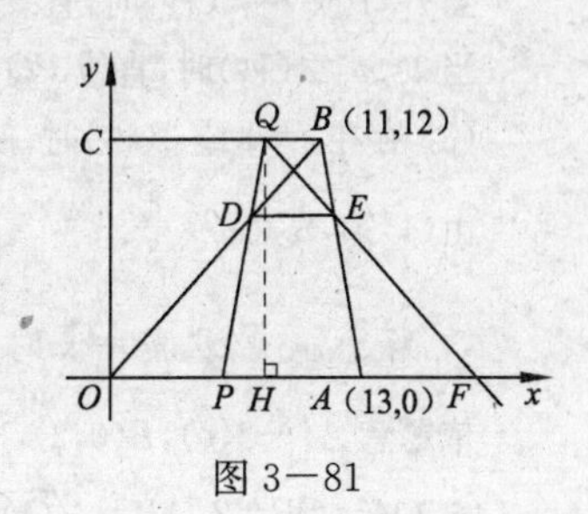

图 3－81

② 若 $PQ=PF$，则有两种情形：

a. 如图 3－81 情形所示.

∵ $PF=13$(已证)

$\therefore PH=\sqrt{13^2-12^2}=5.$

$\because QB+PH+OP=CB.$

$\therefore t+5+2t=11$，解得 $t=2$.

所以当 $t=2$ 秒时，$PQ=PF$.

b. $\triangle PQF$ 是等腰三角形. 如图 3－82 所示.

过点 Q 作 $QH\perp OF$，垂足为 H，$HP=5$，

$\because CB-QB+HP=OP$，

$\therefore 11-t+5=2t$，解得 $t=\dfrac{16}{3}$.

所以当 $t=\dfrac{16}{3}$ 秒时，$PQ=PF$.

$\triangle PQF$ 是等腰三角形.

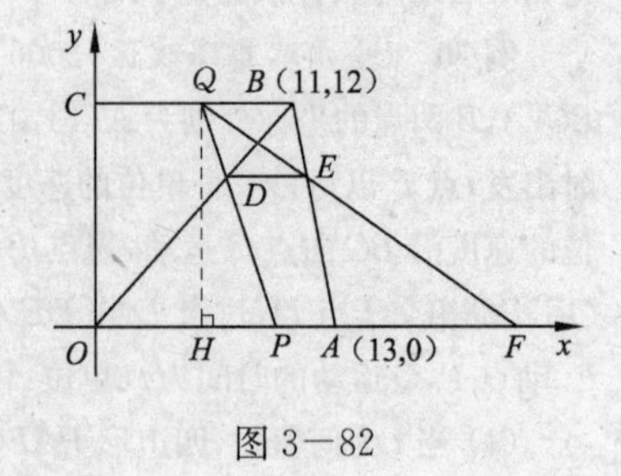

图 3－82

③ 若 $QP=QF$，如图 3－81.

过点 Q 作 $QH\perp OF$，垂足为 H，则 QH 是 PF 的中垂线，$PH=\dfrac{13}{2}$.

$\because OP+PH+QB=CB$，$\therefore 2t+\dfrac{13}{2}+t=11$，解得 $t=\dfrac{3}{2}$.

所以，当 $t=\dfrac{3}{2}$ 秒时，$QP=QF$，$\triangle PQF$ 是等腰三角形.

所以当 $t=1$ 秒或 $t=2$ 秒或 $t=\dfrac{3}{2}$ 秒或 $t=\dfrac{16}{3}$ 秒时，$\triangle PQF$ 是等腰三角形.

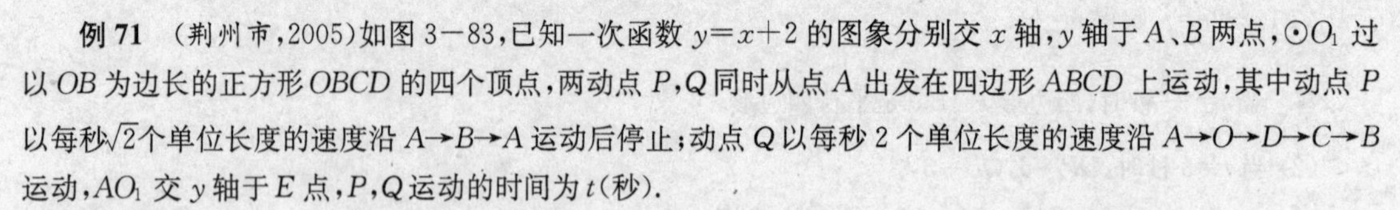

例 71　(荆州市，2005)如图 3－83，已知一次函数 $y=x+2$ 的图象分别交 x 轴，y 轴于 A、B 两点，$\odot O_1$ 过以 OB 为边长的正方形 $OBCD$ 的四个顶点，两动点 P，Q 同时从点 A 出发在四边形 $ABCD$ 上运动，其中动点 P 以每秒$\sqrt{2}$个单位长度的速度沿 $A\to B\to A$ 运动后停止；动点 Q 以每秒 2 个单位长度的速度沿 $A\to O\to D\to C\to B$ 运动，AO_1 交 y 轴于 E 点，P，Q 运动的时间为 t(秒).

(1) 直接写出 E 点的坐标和 $S_{\triangle ABE}$ 的值；

(2) 试探究点 P，Q 从开始运动到停止，直线 PQ 与 $\odot O_1$ 有哪几种位置关系，并指出对应的运动时间 t 的范围；

(3) 当 Q 点运动在折线 $AD\to DC$ 上时，是否存在某一时刻 t 使得 $S_{\triangle APQ}:S_{\triangle ABE}=3:4$? 若存在，请确定 t 的值和直线 PQ 所对应的函数解析式；若不存在，请说明理由.

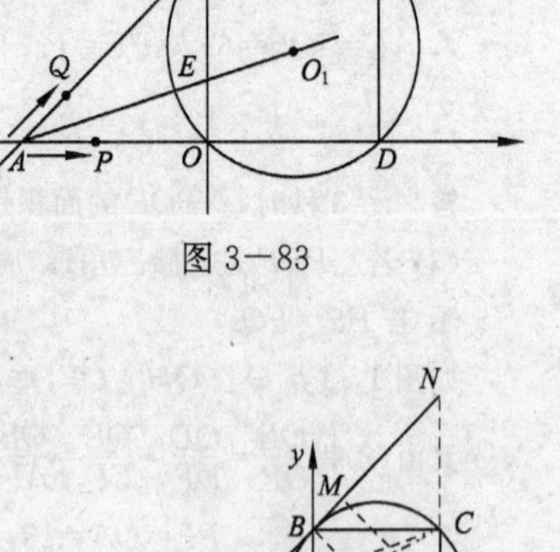

图 3－83

解　(1) $E\left(0,\dfrac{2}{3}\right)$，$S_{\triangle ABE}=\dfrac{4}{3}$.

(2) 当 $0<t<1$(秒)时，直线 PQ 与 $\odot O_1$ 相离；

当 $t=1$ 或 $t=4$(秒)时，直线 PQ 与 $\odot O_1$ 相切；

当 $1<t<4$(秒)时，直线 PQ 与 $\odot O_1$ 相交.

(3) 存在 $t=1$ 或 3(秒)时，使得 $S_{\triangle APQ}:S_{\triangle ABE}=3:4$

由(1)知，$S_{\triangle ABE}=\dfrac{4}{3}$.

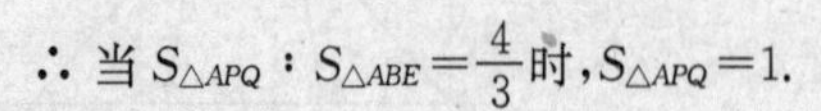

$\therefore$ 当 $S_{\triangle APQ}:S_{\triangle ABE}=\dfrac{4}{3}$ 时，$S_{\triangle APQ}=1$.

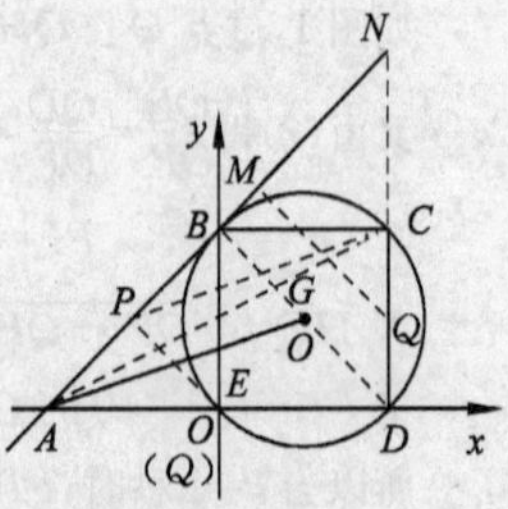

依题意 $A(-2,0)$，$B(0,2)$

$\therefore OA=OB=2$，$AB=\sqrt{OA^2+OB^2}=2\sqrt{2}$，正方形 $OBCD$ 边长为 2.

图 3－84

(ⅰ) 当 $0<t\leqslant 2$(秒)时，P 点由 A 运动到 B 点，Q 点由 A 运动到 D 点，连结 BD，PQ.

则 $AP=\sqrt{2}t,AQ=2t,AB=2\sqrt{2},AD=4$

$\therefore \frac{AP}{AB}=\frac{\sqrt{2}t}{2\sqrt{2}}=\frac{t}{2},\frac{AQ}{AD}=\frac{2t}{4}=\frac{t}{2},\therefore \frac{AP}{AB}=\frac{AQ}{AD}$. 又$\angle PAQ=\angle DAB$. $\therefore \triangle APQ\backsim\triangle ABD$，而$\triangle ABD$为等腰直角三角形，

$\therefore \triangle APQ$也为等腰直角三角形，$AP=PQ=\sqrt{2}t$.

$\therefore$ 当 $S_{\triangle APQ}=1$ 时，$\frac{1}{2}AP\cdot PQ=\frac{1}{2}\times(\sqrt{2}t)^2=1$. 解得 $t=1$（$t=-1<0$ 舍去）.

即当 $t=1$ 秒时，$S_{\triangle APQ}=1$；此时 P 在 AB 中点，Q 点在 O 点，PQ 为$\angle AOB$ 平分线，其解析式为 $y=-x$.

（ⅱ）当 $2<t\leqslant 3$ 时，Q 点在 DC 上（D 点除外），过 Q 作 $QM\perp AB$ 于 M，延长 DC 交 AB 于 N，由$\angle AND=45°$知 $Rt\triangle NMQ$ 与 $Rt\triangle NBD$ 均为等腰直角三角形，则有 $Rt\triangle NMQ\backsim Rt\triangle NBD$ 且 $BD=AB=2\sqrt{2}$，$DQ=2t-4$，$ND=4$，

$NQ=ND-DQ=4-(2t-4)=8-2t$. $\therefore \frac{MQ}{2\sqrt{2}}=\frac{8-2t}{4}$.

$\therefore MQ=\sqrt{2}(4-t)$，此时，$AP=2\sqrt{2}-BP=2\sqrt{2}-(\sqrt{2}t-2\sqrt{2})=\sqrt{2}(4-t)$，

$\therefore S_{\triangle APQ}=\frac{1}{2}AP\cdot QM=\frac{1}{2}\times[\sqrt{2}(4-t)]^2=1$.

解得 $t_1=3,t_2=5>3$（秒）舍去.

当 $t=3$（秒）时，Q 点在 C 点$(2,2)$，P 点在 BA 中点$(-1,1)$.

设直线 PQ 的解析式为 $y=kx+b(k\neq 0)$.

则$\begin{cases}2k+2=2,\\-k+b=1.\end{cases}$ 解得$\begin{cases}k=\frac{1}{3},\\b=\frac{4}{3}.\end{cases}$ $\therefore$ 此时直线 PQ 对应的解析式为 $y=\frac{1}{3}x+\frac{4}{3}$.

综合得当 $t=1$ 或 3（秒）时，使得 $S_{\triangle APQ}:S_{\triangle ABE}=3:4$，其直线 PQ 所对应的函数解析式为 $y=-x$ 或 $y=\frac{1}{3}x+\frac{4}{3}$.

【热点考题精练】

1. （黑龙江省，2004）已知方程组$\begin{cases}y^2=2x\\y=kx+1\end{cases}$有两个不相等的实数解.

(1) 求 k 的取值范围；

(2) 若方程组的两个实数解为$\begin{cases}x=x_1,\\y=y_1.\end{cases}$和$\begin{cases}x=x_2,\\y=y_2.\end{cases}$是否存在实数 k，使 $x_1+x_1x_2+x_2=1$，若存在，求出 k 的值；若不存在，请说明理由.

2. （天津市，2004）已知一次函数 $y_1=2x$，二次函数 $y_2=x^2+1$.

（Ⅰ）根据表中给出的 x 的值，计算对应的函数值 y_1、y_2，并填在表格中：

x	-3	-2	-1	0	1	2	3
$y_1=2x$							
$y_2=x^2+1$							

（Ⅱ）观察第（Ⅰ）问表中有关的数据，证明如下结论：在实数范围内，对于 x 的同一个值，这两个函数所对应的函数值 $y_1\leqslant y_2$ 均成立；

（Ⅲ）试问，是否存在二次函数 $y_3=ax^2+bx+c$，其图象经过点$(-5,2)$，且在实数范围内，对于 x 的同一个

值，这三个函数所对应的函数值 $y_1\leqslant y_3\leqslant y_2$ 均成立，若存在，求出函数 y_3 的解析式；若不存在，请说明理由.

3.（黑龙江省，2002）是否存在这样的非负整数 m，使得关于 x 的一元二次方程 $m^2x^2-(2m-1)x+1=0$ 有两个实数根，若存在，请求出 m 的值；若不存在，请说明理由.

4.（宁波市，2002）已知抛物线过 $A(-2,0)$，$B(1,0)$，$C(0,2)$ 三点.

(1) 求这条抛物线的解析式；

(2) 在这条抛物线上是否存在点 P，使 $\angle AOP=45°$？若存在，请求出点 P 的坐标；若不存在，请说明理由.

5.（滨州市，2002）已知二次函数 $y=mx^2+4x+2$.

(1) 若函数图象与 x 轴只有一个交点，求 m 的值；

(2) 是否存在整数 m，使函数图象与 x 轴有两个交点，且两个交点横坐标差的平方等于 8？若存在，求出符合条件的 m 值，若不存在，请说明理由.

6.（宿迁市，2002）已知 $A(x_1,y_1)$，$B(x_2,y_2)$ 是直线 $y=-x+2$ 与双曲线 $y=\frac{k}{x}(k\neq0)$ 的两个不同交点.

(1) 求 k 的取值范围；

(2) k 是否存在这样的值，使得 $(x_1-2)(x_2-2)=\frac{x_2}{x_1}+\frac{x_1}{x_2}$？若存在，求出这样的所有 k 值；若不存在，请说明理由.

7.（兰州市，2005）已知二次函数 $y=ax^2-4a$ 图象的顶点坐标为 $(0,4)$，矩形 $ABCD$ 在抛物线与 x 轴围成的图形内，顶点 B，C 在 x 轴上，顶点 A，D 在抛物线上，且 A 在 D 点的右侧，

(1) 求二次函数的解析式；

(2) 设点 A 的坐标为 (x,y) 试求矩形 $ABCD$ 的周长 L 与自变量 x 的函数关系；

(3) 周长为 10 的矩形 $ABCD$ 是否存在？若存在，请求出顶点 A 的坐标；若不存在，请说明理由.

8.（扬州市，2005）已知：抛物线 $y=ax^2+bx+c(a\neq0)$ 的图象经过点 $(1,0)$，一条直线 $y=ax+b$，它们的系数之间满足如下关系：$a>b>c$.

(1) 求证：抛物线与直线一定有两个不同的交点；

(2) 设抛物线与直线的两个交点为 A，B，过 A，B 分别作 x 轴的垂线，垂足分别为 A_1，B_1. 令 $k=\frac{c}{a}$，试问：是否存在实数 k，使线段 A_1B_1 的长为 $4\sqrt{2}$. 如果存在，求出 k 的值；如果不存在，请说明理由.

9.（四川省，2005）已知关于 x，y 的方程组 $\begin{cases}x^2-y+k=0, & ①\\(x-y)^2-2x+2y+1=0 & ②\end{cases}$ 有两个不相同的实数解.

(1) 求实数 k 的取值范围；

(2) 若 $\begin{cases}x=x_1,\\y=y_1\end{cases}$ 和 $\begin{cases}x=x_2,\\y=y_2\end{cases}$ 是方程组的两个不相同的实数解，是否存在实数 k，使得 $y_1y_2-\frac{x_1}{x_2}-\frac{x_2}{x_1}$ 的值等于 2？若存在，求出 k 的值；若不存在，请说明理由.

10.（青岛市课改区，2005）如图，菱形 $ABCD$ 的边长为 6cm，$\angle DAB=60°$，点 M 是边 AD 上一点，且 $DM=2$cm，点 E，F 分别从 A，C 同时出发，以 1cm/s 的速度分别沿边 AB，CB 向点 B 运动，EM，CD 的延长线相交于 G，GF 交 AD 于 O. 设运动时间为 x(s)，$\triangle CGF$ 的面积为 y(cm²).

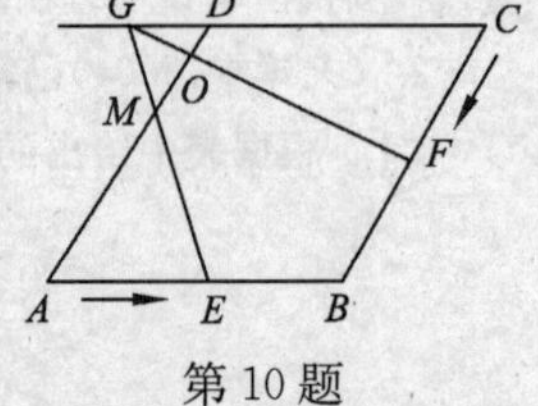

第 10 题

(1) 求 y 与 x 之间的函数关系式；

(2) 当 x 为何值时，$GF\perp AD$？

(3) 是否存在某一时刻，使得线段 GF 把菱形 $ABCD$ 分成的上、下两部分的面积之比为 3∶7？若存在，求出此时 x 的值；若不存在，说明理由.

（参考数据：$41^2=1681$，$49^2=2401$，$51^2=2601$，$59^2=3481$.）

11.（诸暨市，2006）在等腰梯形 $ABCD$ 中，$AB=DC=5$，$AD=4$，$BC=10$. 点 E 在下底边 BC 上，点 F 在腰

AB 上.

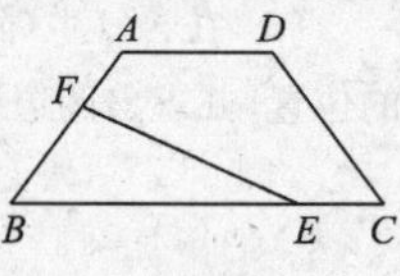

第 11 题

(1) 若 EF 平分等腰梯形 $ABCD$ 的周长，设 BE 长为 x，试用含 x 的代数式表示 $\triangle BEF$ 的面积；

(2) 是否存在线段 EF 将等腰梯形 $ABCD$ 的周长和面积同时平分？若存在，求出此时 BE 的长；若不存在，请说明理由；

(3) 是否存在线段 EF 将等腰梯形 $ABCD$ 的周长和面积同时分成 $1:2$ 的两部分？若存在，求出此时 BE 的长；若不存在，请说明理由.

12. (湘西自治州，2006)如图，直线 OQ 的函数解析式为 $y=x$.

下表是直线 a 的函数关系中自变量 x 与函数 y 的部分对应值.

x	…	-1	1	2	3	…	
y	…	8	4	2	0	…	

设直线 a 与 x 轴交点为 B，与直线 OQ 交点为 C，动点 $P(m,0)(0<m<3)$ 在 OB 上移动，过点 P 作直线 l 与 x 轴垂直.

第 12 题

(1) 根据表所提供的信息，请在直线 OQ 所在的平面直角坐标系中画出直线 a 的图象，并说明点 $(10,-10)$ 不在直线 a 的图象上；

(2) 求点 C 的坐标；

(3) 设 $\triangle OBC$ 中位于直线 l 左侧部分的面积为 S，写出 S 与 m 之间的函数关系式；

(4) 试问是否存在点 P，使过点 P 且垂直于 x 轴的直线 l 平分 $\triangle OBC$ 的面积，若有，求出点 P 坐标；若无，请说明理由.

13. (成都市，2001)已知 x_1，x_2 是关于 x 的一元二次方程 $4x^2+4(m-1)x+m^2=0$ 的两个非零实数根，问 x_1 与 x_2 能否同号？若能同号，请求出相应的 m 的取值范围；若不能同号，请说明理由.

14. (杭州市，2001)若方程 $x^2+2px-q=0$(p，q 是实数)没有实数根：

(1) 求证：$p+q<\frac{1}{4}$；(2) 试写出上述命题的逆命题；

(3) 判断(2)中的逆命题是否正确，若正确请加以证明；若不正确，请举一反例说明.

15. (株洲市，2001)已知方程 $x^2+(p-1)x+\frac{1}{4}p^2=0(p\neq 0)$，有两个不相等的实数解 x_1，x_2.

(1) 求 p 的取值范围；(2) 设 $m=\frac{1}{x_1}+\frac{1}{x_2}$，试用关于 p 的代数式表示 m.

(3) p 是否存在这样的值，使 m 的值等于 3，若存在，求出这样的值；若不存在，请说明理由.

16. (广州市，2001)如图，已知直线 MN 与以 AB 为直径的半圆相切于点 C，$\angle A=28°$.

(1) 求 $\angle ACM$ 的度数；(2) 在 MN 上是否存在一点 D，使 $AB\cdot CD=AC\cdot BC$，为什么？

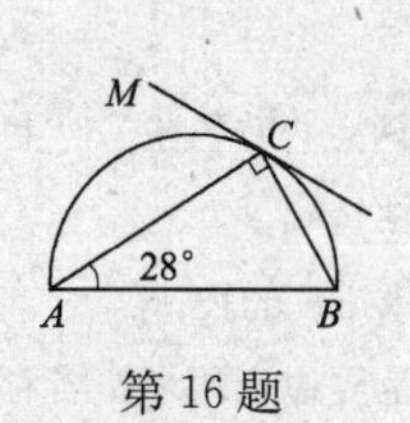

第 16 题

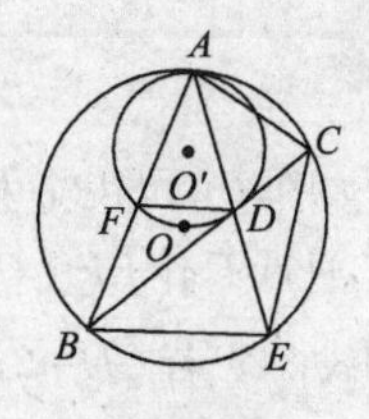

第 17 题

17. (云南市，2000)如图，A 是半径为 2 的⊙O 上一点，以 OA 为直径作⊙O' 与⊙O 内切于点 A；D 是⊙O' 上一点(D 与 A 点不重合)，过 D 作⊙O' 的切线交⊙O 于 B，C 两点，AD 的延长线交⊙O 于点 E，AB 交⊙O' 于点 F.

(1) 求证：$DF\parallel BE$；(2) 求证：$BE=CE$；

(3) 在⊙O'上(除 A 点外)是否存在这样的点 D,使△ACD 与△BED 的面积相等,如果存在,请找出点 D 的位置,并求出四边形 $ABEC$ 的面积,如果不存在,请说明理由.

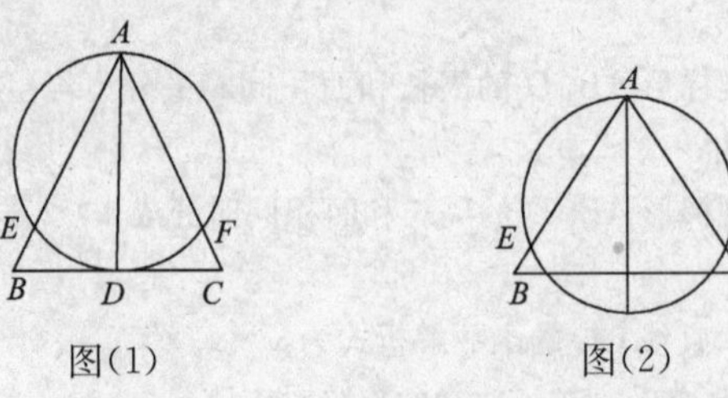

图(1)　　图(2)

第 18 题

18. (杭州市,1994)如图(1),AD 是圆的直径,BC 切圆于 D,AB,AC 与圆相交于点 E,F,那么显然有结论:$AE \cdot AB = AF \cdot AC$,在图(2)中,如果把直线 BC 向上平移,使它与圆相交于两点,而 AB,AC 与圆的交点仍分别是 E 和 F,使得图(2),在此条件下,结论 $AE \cdot AB = AF \cdot AC$ 是否成立?若成立,请给予证明;若不成立,请说明理由.

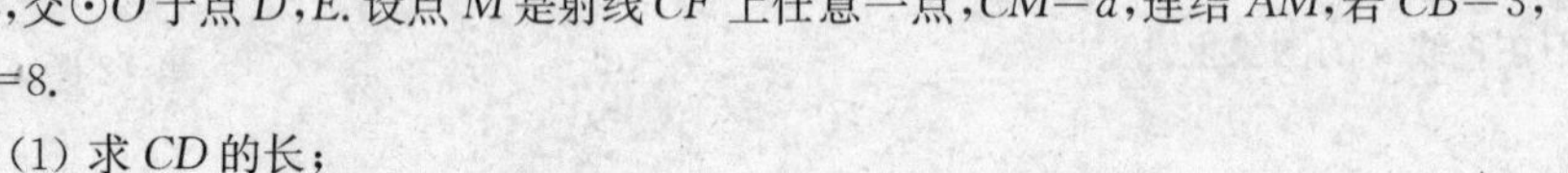

19. (江西省,1998)如图,已知 AB 切⊙O 于点 B,AB 的垂直平分线 CF 交 AB 于点 C,交⊙O 于点 D,E. 设点 M 是射线 CF 上任意一点,$CM=a$,连结 AM,若 $CB=3$,$DE=8$.

(1) 求 CD 的长;

(2) 当 M 在线段 DE(不含端点 E)上时,延长 AM 交⊙O 于点 N,连结 NE,若△ACM∽△NEM,求证:$EN=AB$;

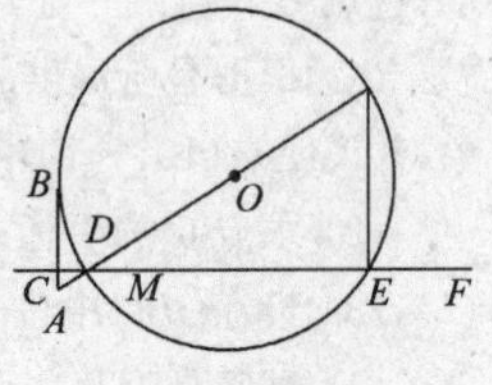

第 19 题

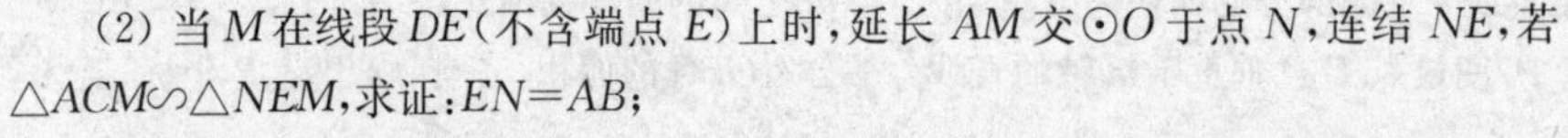

(3) 当 M 在射线 EF 上时,若 a 为小于 17 的正数,问是否存在这样的 a,使得 AM 与⊙O 相切?若存在,求出 a 的值;若不存在,试说明理由.

20. (南平市,2004)已知:如图①,A 是半径为 2 的⊙O 上的一点,P 是 OA 延长线上的动点,过 P 作⊙O 的切线,切点为 B,设 $PA=m$,$PB=n$.

(1) 当 $n=4$ 时,求 m 的值;

(2) ⊙O 上是否存在点 C,使△PBC 为等边三角形?若存在,请求出此时 m 的值;若不存在,请说明理由;

(3) 当 m 为何值时,⊙O 上存在唯一点 M 和 PB 构成以 PB 为底的等腰三角形?并直接答出:此时⊙O 上能与 PB 构成等腰三角形的点共有几个?(图②、图③供解题时选用)

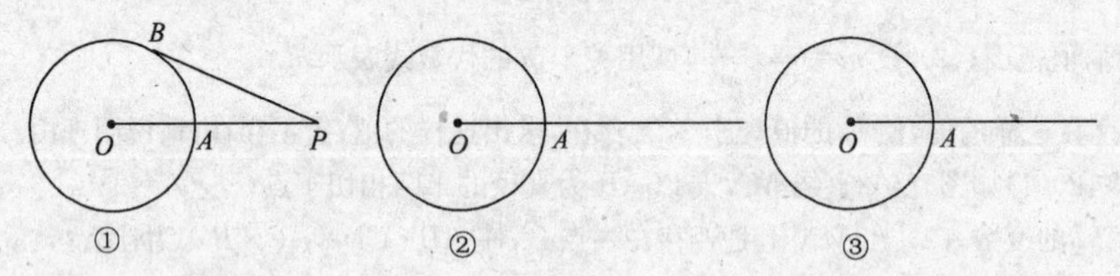

第 20 题

21. (青岛市,2003)已知:如图,⊙O 与⊙P 相交于 A、B 两点,点 P 在⊙O 上,⊙O 的弦 AC 切⊙P 于点 A,CP 及其延长线交⊙P 于 D,E,过点 E 作 $EF \perp CE$ 交 CB 的延长线于 F.

(1) 求证:BC 是⊙P 的切线;(2) 若 $CD=2$,$CB=2\sqrt{2}$,求 EF 的长;

(3) 若设 $k=PE:CE$,是否存在实数 k,使△PBD 恰好是等边三角形?若存在,求出 k 的值;若不存在,请说明理由.

22. (广东省,2001)如图,在▱$ABCD$ 中,P_1,P_2,P_3,P_4,P_5,P_6,P_7 是对角线 BD 的八等分点. 你是否可以从这七个分点中选取两个点,使得以这两点及点 A,点 C 为顶点的四边形是平行四边形?如果可以,请写出一个这样的平行四边形,并给予证明;如果不可以,请说明理由.

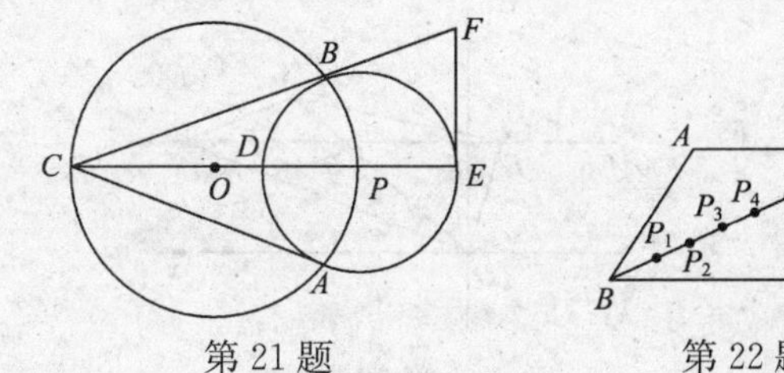

第21题

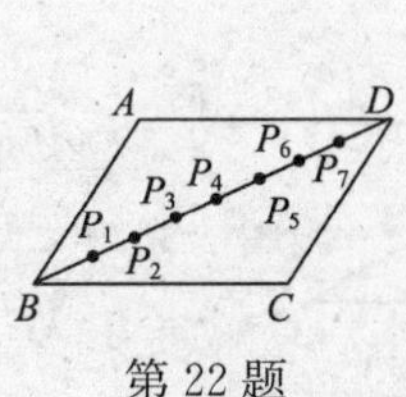

第22题

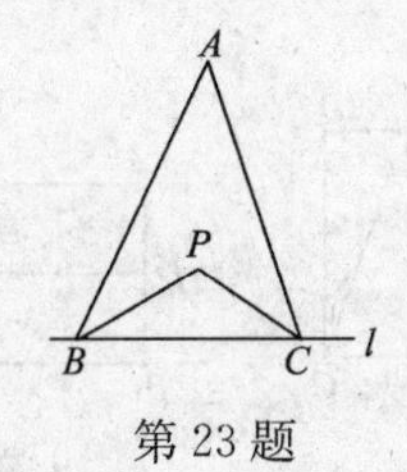

第23题

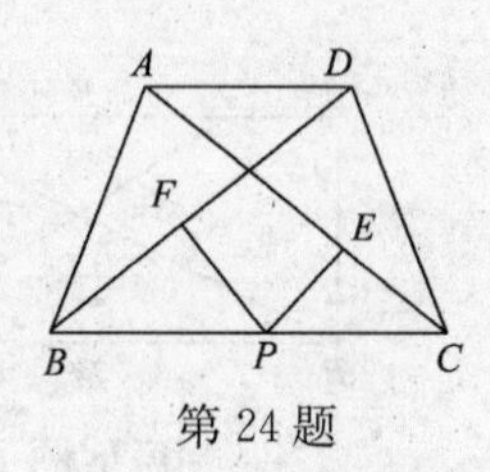

第24题

23. (广州市,1995)如图,已知点 A 在直线 l 外,点 B,C 在 l 上,

(1) 若 P 为△ABC 内的任意一点,求证:$\angle P>\angle A$;

(2) 试判断在△ABC 外,已和点 A 在直线 l 的同侧,是否存在一点 Q,使$\angle BQC>\angle A$,并证明你的结论.

24. (徐州市,1997)如图,已知在梯形 $ABCD$ 中,$AD\parallel BC$,$AB=DC=3$. P 是 BC 上一点,$PE\parallel AB$ 交 AC 于 E,$PF\parallel CD$ 交 BD 于 F. 设 PE,PF 的长分别为 m,n,$x=m+n$. 那么当 P 点在 BC 边上移动时,x 值是否变化? 若变化,求出 x 的取值范围;若不变化,求出 x 值,并说明理由.

25. (常州市,1997)已知:如图,AP 是△ABC 的高,点 D,G 分别在 AB,AC 上,点 E,F 在 BC 上,四边形 $DEFG$ 是矩形,$AP=h$,$BC=a$.

(1) 设 $DG=x$,$S_{矩形DEFG}=y$,求 y 关于 x 的函数表达式,并指出 x 的取值范围;

(2) 当 $AP=6$,$BC=8$ 时,请求出面积等于 9 的矩形 $DEFG$ 的边长 DG;

(3) 按题设要求得到的无数个矩形中,是否能够找到两个不同的矩形,使它们的面积之和等于△ABC 的面积? 如果能找到,请你求出它们的边长 DG;如果找不到,请你说明理由.

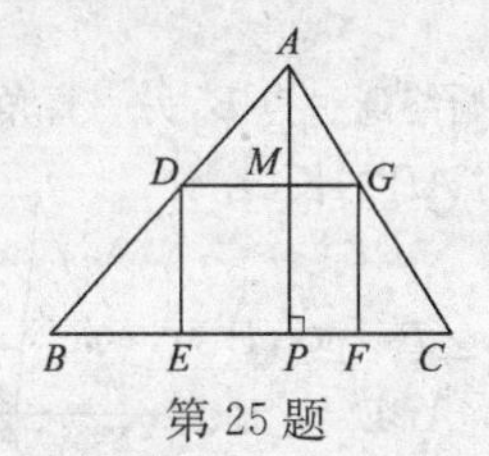

第25题

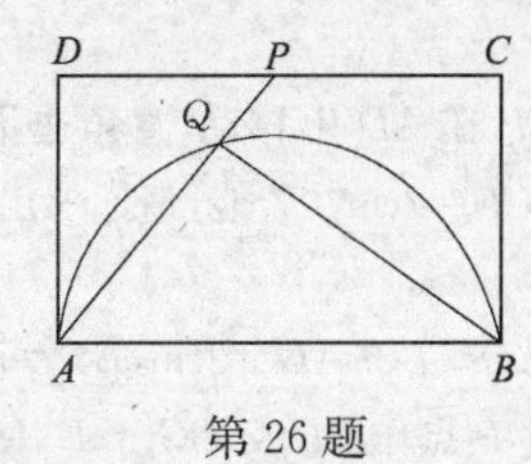

第26题

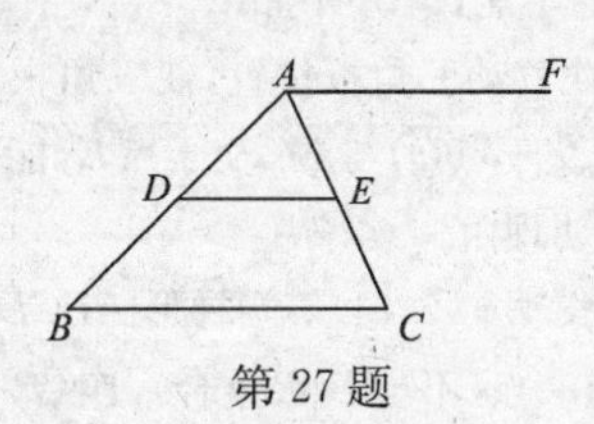

第27题

26. (福州市,1998)如图,在矩形 $ABCD$ 中,$AB:BC=4:3$,点 P 是 CD 上一点,AP 交以 AB 为直径的半圆于点 Q.

(1) 求证:△APD∽△BAQ;

(2) 当点 P 在 DC 上移动时,线段 DP 与 AQ 是否有相等的可能? 如有,说明此时点 P 在 DC 的位置;如果没有,说明理由;

(3) 当 $\tan\angle DAP=\frac{1}{3}$ 时,求四边形 $PQBC$ 与矩形 $ABCD$ 面积的比值.

27. (湛江市,2003)如图,DE 是△ABC 的中位线,$AF\parallel BC$. 在射线 AF 上是否存在点 G,使△EGA 与△ADE 全等? 若存在,请先确定点 G,再证明这两个三角形全等;若不存在,请说明理由.

28. (北京市西城区,2000)已知:如图,矩形 $ABCD$ 中,$CH\perp BD$ 于点 H,P 为 AD 上的一动点(点 P 与点 A,D 不重合),CP 与 BD 交于点 E. 若 $CH=\frac{60}{13}$,$DH:CD=5:13$,设 $AP=x$,四边形 $ABEP$ 的面积为 y.

(1) 求 BD 的长;(2) 求 y 与 x 的函数关系式,并写出自变量 x 的取值范围;

(3) 当四边形 $ABEP$ 的面积是△PED 面积的 5 倍时,连结 PB,判断△PAB 与△PDC 是否相似? 如果相似,求出相似比;如果不相似,请说明理由.

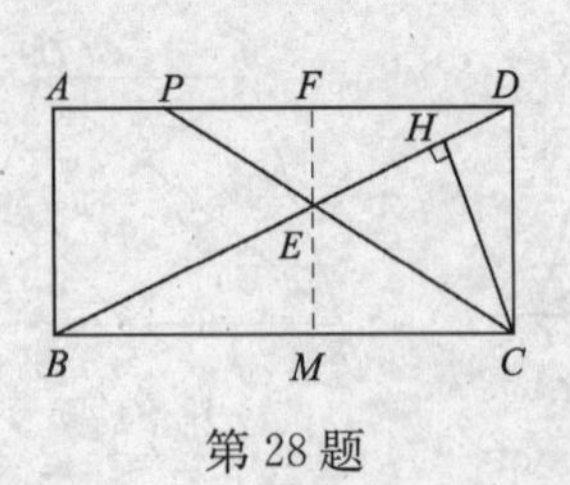

第28题

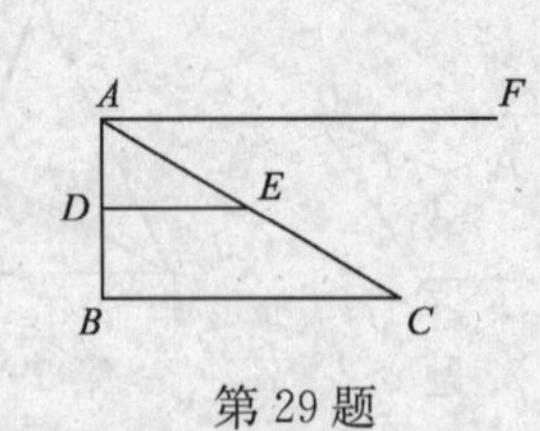

第29题

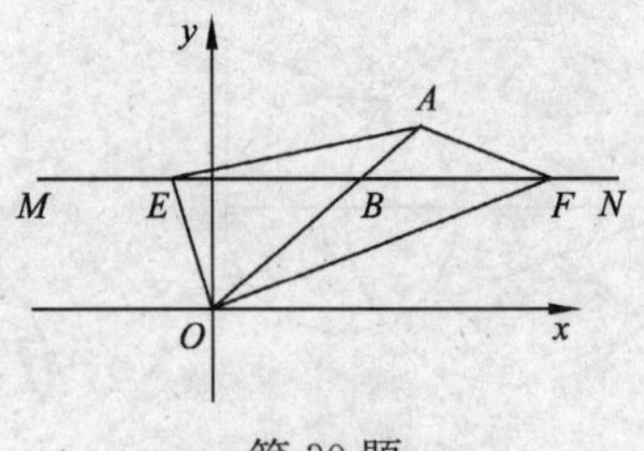

第30题

29.(烟台市,2002)如图,DE是$\triangle ABC$的中位线,$\angle B=90^\circ$,$AF /\!/ BC$.在射线AF上是否存在点M,使$\triangle MEC$与$\triangle ADE$相似?若存在,请先确定点M,再证明这两个三角形相似;若不存在,请说明理由.

30.(临沂市,2003)如图,有平面直角坐标系中,点A是动点且纵坐标为4,点B是线段OA上的一个动点,过点B作直线MN平行于x轴,设MN分别交射线OA与x轴所形成的两个角的平分线于点E,F.

(1)求证:$EB=BF$;(2)当$\frac{OB}{OA}$为何值时,四边形$AEOF$是矩形?并证明你的结论;

(3)是否存在点A,B,使四边形$AEOF$为正方形,若存在,求点A与点B的坐标,若不存在,请说明理由.

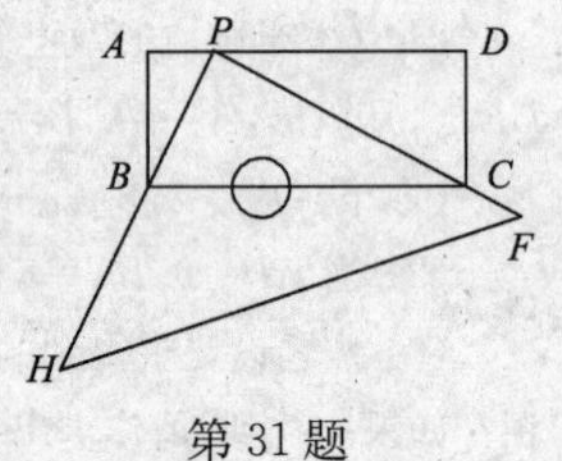

第31题

31.(重庆市北碚区,2004)如图,在一块塑料矩形模板$ABCD$,长为10cm,宽为4cm,将你手中足够大的直角三角板PHF的直角顶点P落在AD边上(不与A、D重合),在AD上适当移动三角板顶点P:

① 能否使你的三角板两直角边分别通过点B与点C?若能,请你求出这时AP的长;若不能,请说明理由.

② 再次移动三角板位置,使三角板顶点P在AD上移动,直角边PH始终通过点B,另一直角边PF与DC延长线交于点Q,与BC交于点E,能否使$CE=2$cm?若能,请你求出这时AP的长;若不能,请你说明理由.

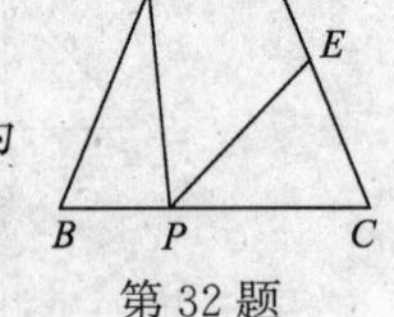

第32题

32.(长沙市,2004)等腰梯形$ABCD$中,$AD /\!/ BC$,$AD=3$cm,$BC=7$cm,$\angle B=60^\circ$,P为下底BC上一点(不与B、C重合),连结AP,过P点作PE交DC于E,使得$\angle APE=\angle B$.

(1)求证:$\triangle ABP \backsim \triangle PCE$;

(2)求等腰梯形的腰AB的长;

(3)在底边BC上是否存在一点P,使得$DE:EC=5:3$?如果存在,求BP的长;如果不存在,请说明理由.

33.(盐城市,2004)如图①,四边形$AEFG$与$ABCD$都是正方形,它们的边长分别为$a,b(b\geqslant 2a)$,且点F在AD上(以下问题的结果可用a,b表示)

(1)求$S_{\triangle DBF}$;

(2)把正方形$AEFC$绕点A逆时针方向旋转45°得图②,求图②中的$S_{\triangle DBF}$;

(3)把正方形$AEFG$绕点A旋转任意角度,在旋转过程中,$S_{\triangle DBF}$是否存在最大值,最小值?如果存在,试求出最大值、最小值;如果不存在,请说明理由.

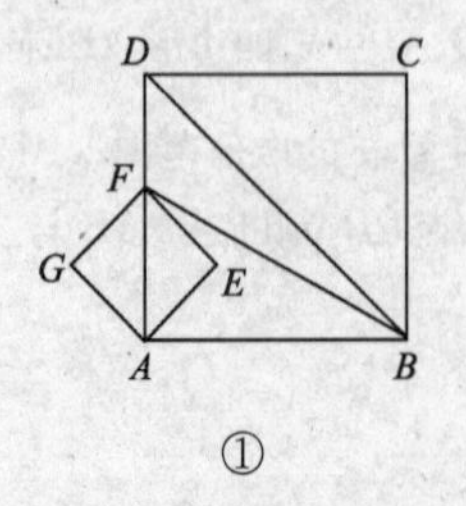

①

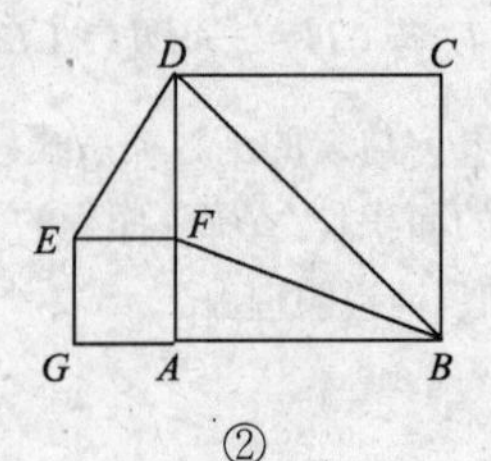

②

第33题

34.（沈阳市，2006）如图，已知直线 $y=x-2$ 与双曲线 $y=\frac{k}{x}(x>0)$ 交于点 $A(3,m)$.

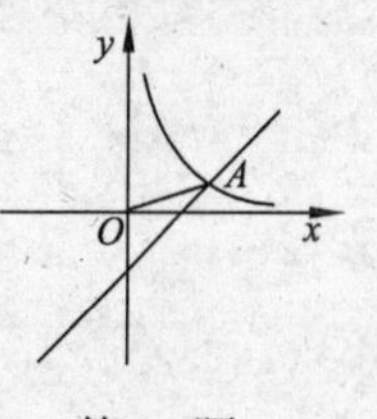

第 34 题

(1) 求 m,k 的值；

(2) 连结 OA，在 x 轴的正半轴上是否存在点 Q，使 $\triangle AOQ$ 是等腰三角形？若存在，请直接写出所有符合条件的点 Q 的坐标；若不存在，请说明理由.

35.（黑龙江省课改实验区，2005）如图，在平面直角坐标系中，Rt$\triangle ABC$ 的斜边 AB 在 x 轴上，顶点 C 在 y 轴的负半轴上，$\tan\angle ABC=\frac{3}{4}$，点 P 在线段 OC 上，且 PO,PC 的长 $(PO<PC)$ 是方程 $x^2-12x+27=0$ 的两根.

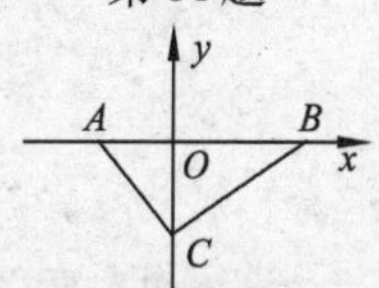

第 35 题

(1) 求 P 点坐标；

(2) 求 AP 的长；

(3) 在 x 轴上是否存在点 Q，使以点 A,C,P,Q 为顶点的四边形是梯形？若存在，请直接写出直线 PQ 的解析式；若不存在，请说明理由.

36.（深圳市课改区，2006）如图，抛物线 $y=ax^2-8ax+12a(a<0)$ 与 x 轴交于 A,B 两点（点 A 在点 B 的左侧），抛物线上另有一点 C 在第一象限，满足 $\angle ACB$ 为直角，且恰使 $\triangle OCA\backsim\triangle OBC$.

(1) 求线段 OC 的长. (2) 求该抛物线的函数关系式.

(3) 在 x 轴上是否存在点 P，使 $\triangle BCP$ 为等腰三角形？若存在，求出所有符合条件的 P 点的坐标；若不存在，请说明理由.

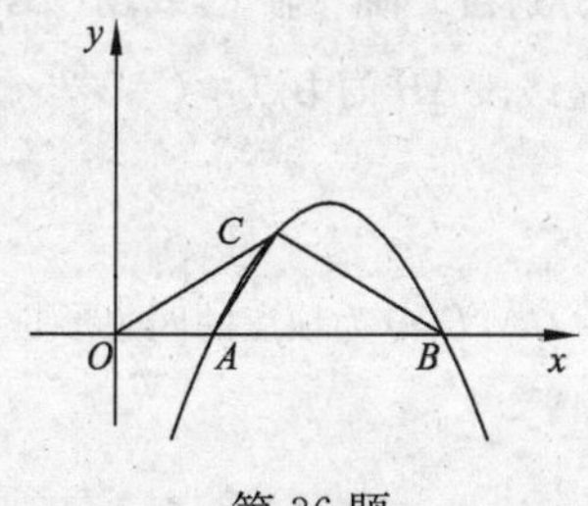

第 36 题

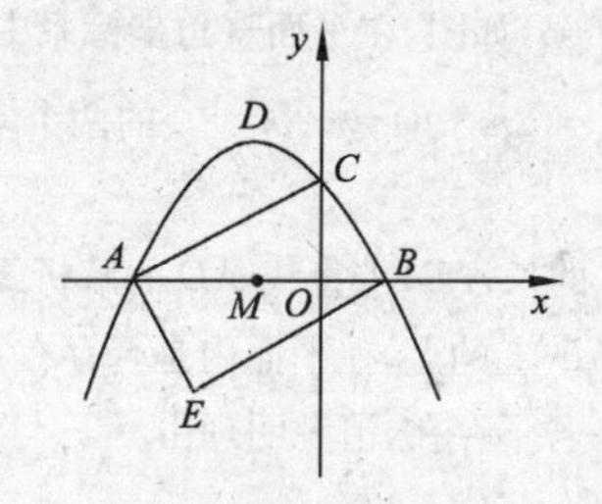

第 37 题

37.（湖南省岳阳市课改区，2006）如图，抛物线 $y=-\frac{\sqrt{3}}{3}x^2-\frac{2}{3}\sqrt{3}x+\sqrt{3}$ 交 x 轴于 A,B 两点，交 y 轴于点 C，顶点为 D.

(1) 求点 A,B,C 的坐标.

(2) 把 $\triangle ABC$ 绕 AB 的中点 M 旋转 $180°$，得到四边形 $AEBC$.

① 求 E 点的坐标. ② 试判断四边形 $AEBC$ 的形状，并说明理由.

(3) 试探求：在直线 BC 上是否存在一点 P，使得 $\triangle PAD$ 的周长最小，若存在，请求出点 P 的坐标，若不存在，请说明理由.

38.（河池市，2005）如图，正方形 $AOCD$ 的边长为 4.

(1) 写出 AD 中点 G 的坐标；(2) 求过 O,C,G 三点的抛物线解析式；

(3) 当直线 EF 从 A 开始向右平行移动时（E,F 分别在射线 AD 和 x 轴上），(2)中的抛物线上是否存在一点 P 平分线段 EF？若存在，求出点 P 的坐标；若不存在，请说明理由.

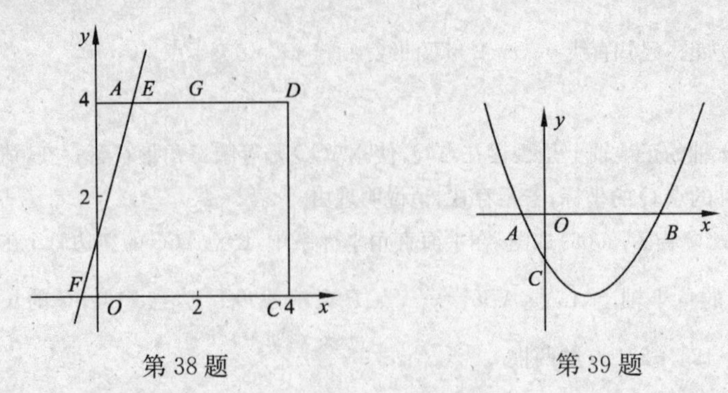

第38题　　第39题

39. (南充市,2006)如图,经过点 $M(-1,2)$,$N(1,-2)$的抛物线 $y=ax^2+bx+c$ 与 x 轴交于A,B两点,与 y 轴交于C点.

(1) 求 b 的值.(2) 若 $OC^2=OA\cdot OB$,试求抛物线的解析式.

(3) 在该抛物线的对称轴上是否存在点 P,使$\triangle PAC$的周长最小?若存在,求出点 P 的坐标;若不存在,请说明理由.

40. (内蒙古包头市课改区,2006)已知抛物线 $y=kx^2+2kx-3k$,交 x 轴于A,B两点(A在B的左边),交 y 轴于C点,且 y 有最大值4.

(1) 求抛物线的解析式;

(2) 在抛物线上是否存在点 P,使$\triangle PBC$是直角三角形?若存在,求出 P 点坐标;若不存在,说明理由.

41. (黑龙江,2006)如图,在平面直角坐标系中,点A,B分别在 x 轴,y 轴上,线段OA,OB的长($OA<OB$)是关于 x 的方程 $x^2-(2m+6)x+2m^2=0$ 的两个实数根,C是线段AB的中点,$OC=3\sqrt{5}$,点D在线段OC上,$OD=2CD$.

(1) 求OA,OB的长;(2) 求直线AD的解析式;

(3) P是直线AD上的点,在平面内是否存在点Q,使以O,A,P,Q为顶点的四边形是菱形?若存在,请直接写出点Q的坐标;若不存在,请说明理由.

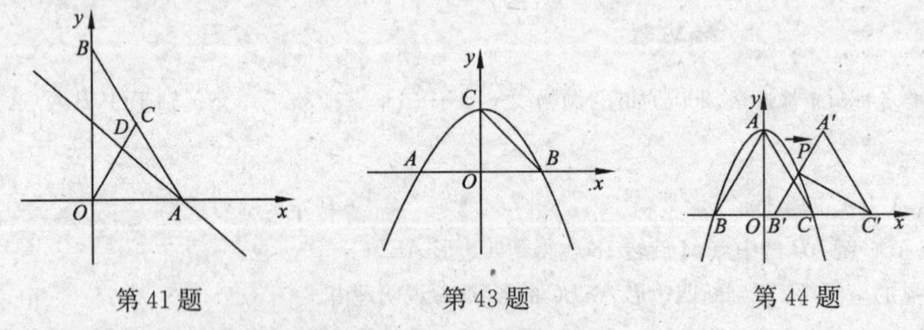

第41题　　第43题　　第44题

42. (广州市课改区,2006)已知抛物线 $y=x^2+mx-2m^2(m\neq 0)$.

(1) 求证:该抛物线与 x 轴有两个不同的交点;

(2) 过点 $P(0,n)$作 y 轴的垂线交该抛物线于点A和点B(点A在点P的左边),是否存在实数 m,n,使得 $AP=2PB$?若存在,则求出 m、n 满足的条件;若不存在,请说明理由.

43. (贵州省毕节地区,2005)如图,抛物线 $y=-\frac{1}{3}x^2+(6-\sqrt{m^2})x+m-3$ 与 x 轴交于 $A(x_1,0)$,$B(x_2,0)$两点($x_1<x_2$),交 y 轴于C点,且 $x_1+x_2=0$.

(1) 求抛物线的解析式,并写出顶点坐标及对称轴方程.

(2) 在抛物线上是否存在一点 P 使$\triangle PBC\cong\triangle OBC$,若存在,求出点 P 的坐标,若不存在,请说明理由.

44. (桂林市课改区,2006)已知:如图,在平面直角坐标系中,$\triangle ABC$是边长为2的等边三角形,且点A在

y 轴上，点 B、C 在 x 轴上.

(1) 求点 A 的坐标；(2) 求经过 A,B,C 三点的抛物线的解析式；

(3) 将 $\triangle ABC$ 沿 x 轴向右进行平移，得到 $\triangle A'B'C'$，设点 P 为抛物线与边 $A'B'$ 的交点，连结 PC'，问 $\triangle ABC$ 向右平移多少个单位后，能使 $\triangle PB'C'$ 是直角三角形？说明理由.

45. (福建省龙岩市课改区，2006) 如图，抛物线 $y=ax^2+bx$ 过点 $A(4,0)$，正方形 $OABC$ 的边 BC 与抛物线的一个交点为 D，点 D 的横坐标为 3，点 M 在 y 轴负半轴上，直线 l 过 D，M 两点且与抛物线的对称轴交于点 H，$\tan\angle OMD=\frac{1}{3}$.

(1) 写出 a,b 的值：$a=$________，$b=$________，并写出点 H 的坐标(________，________)；

第45题

(2) 如果点 Q 是抛物线对称轴上的一个动点，那么是否存在点 Q，使得以点 O,M,Q,H 为顶点的四边形是平行四边形？若存在，求出点 Q 的坐标；不存在，请说明理由.

46. (临安市课改区，2006) 如图，$\triangle OAB$ 是边长为 $2+\sqrt{3}$ 的等边三角形，其中 O 是坐标原点，顶点 B 在 y 轴正方向上，将 $\triangle OAB$ 折叠，使点 A 落在边 OB 上，记为 A'，折痕为 EF.

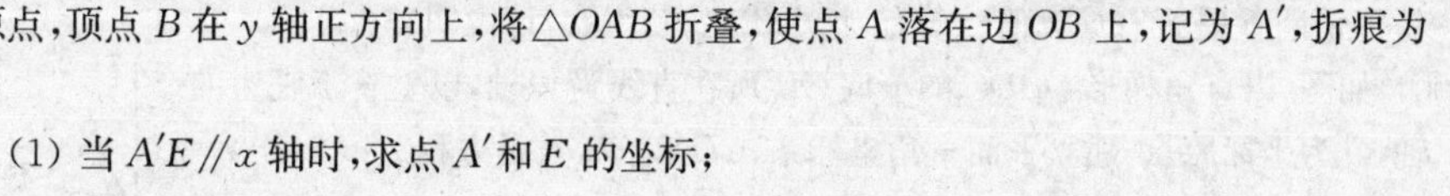

(1) 当 $A'E\parallel x$ 轴时，求点 A' 和 E 的坐标；

(2) 当 $A'E\parallel x$ 轴，且抛物线 $y=-\frac{1}{6}x^2+bx+c$ 经过点 A' 和 E 时，求抛物线与 x 轴的交点的坐标；

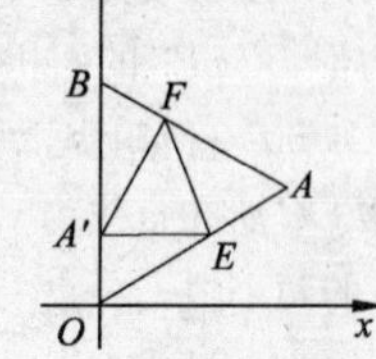

第46题

(3) 当点 A' 在 OB 上运动，但不与点 O、B 重合时，能否使 $\triangle A'EF$ 成为直角三角形？若能，请求出此时点 A' 的坐标；若不能，请你说明理由.

47. (宜宾市，2005) 如图，已知抛物线的顶点为 $M(2,-4)$，且过点 $A(-1,5)$，连结 AM 交 x 轴于点 B.

(1) 求这条抛物线的解析式；

(2) 求点 B 的坐标；

(3) 设点 $P(x,y)$ 是抛物线在 x 轴下方、顶点左方一段上的动点，连结 PO，以 P 为顶点、PO 为腰的等腰三角形的另一顶点 Q 在 x 轴的垂线交直线 AM 于点 R，连结 PR，设 $\triangle PQR$ 的面积为 S，求 S 与 x 之间的函数关系式；

(4) 在上述动点 $P(x,y)$ 中，是否存在使 $S_{\triangle PQR}=2$ 的点？若存在，求点 P 的坐标；若不存在，说明理由.

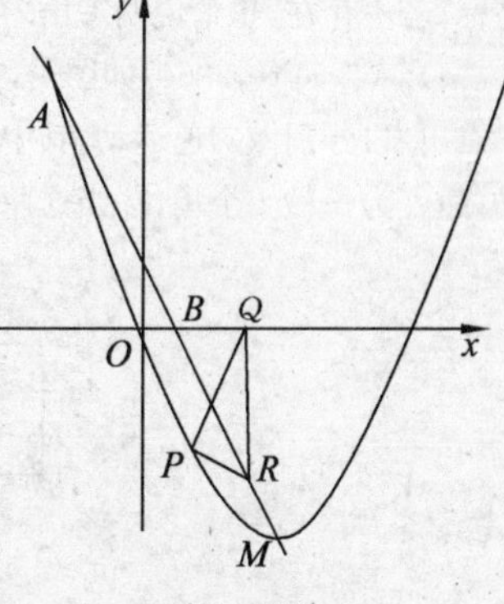

第47题

48. (青岛市课改区，2006) 如图①，有两个形状完全相同的直角三角形 ABC 和 EFG 叠放在一起(点 A 与点 E 重合)，已知 $AC=8\text{cm}$，$BC=6\text{cm}$，$\angle C=90^\circ$，$EG=4\text{cm}$，$\angle EGF=90^\circ$，O 是 $\triangle EFG$ 斜边上的中点.

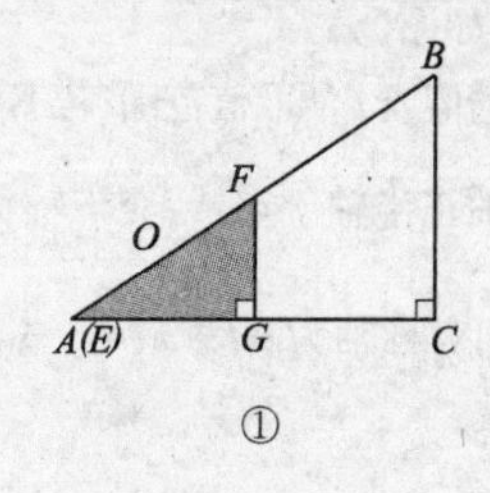

①

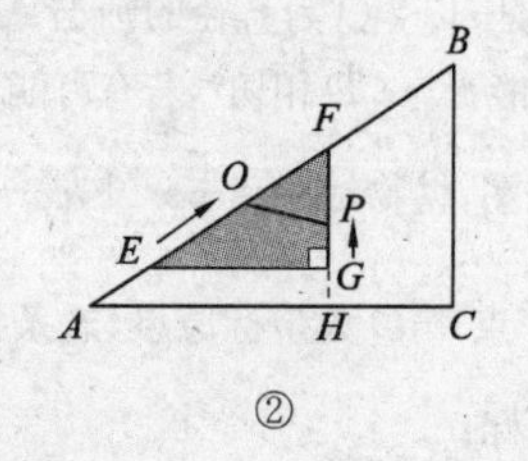

②

第48题

如图②，若整个 $\triangle EFG$ 从图①的位置出发，以 1cm/s 的速度沿射线 AB 方向平移，在 $\triangle EFG$ 平移的同时，点 P 从 $\triangle EFG$ 的顶点 G 出发，以 1cm/s 的速度在直角边 GF 上向点 F 运动，当点 P 到达点 F 时，点 P 停止运动，$\triangle EFG$ 也随之停止平移. 设运动时间为 x(s)，FG 的延长线交 AC 于 H，四边形 $OAHP$ 的面积为 y(cm²)

(不考虑点 P 与 G,F 重合的情况).

(1) 当 x 为何值时,$OP//AC$?

(2) 求 y 与 x 之间的函数关系式,并确定自变量 x 的取值范围.

(3) 是否存在某一时刻,使四边形 $OAHP$ 面积与△ABC 面积的比为 13∶24?若存在,求出 x 的值;若不存在,说明理由.

(参考数据:$114^2=12996$,$115^2=13225$,$116^2=13456$ 或 $4.4^2=19.36$,$4.5^2=20.25$,$4.6^2=21.16$)

49. (眉山市课改实验区,2006)如图:正方形 $ABCO$ 的边长为 3,过 A 点作直线 AD 交 x 轴于 D 点,且 D 点的坐标为(4,0),线段 AD 上有一动点,以每秒一个单位长度的速度移动.

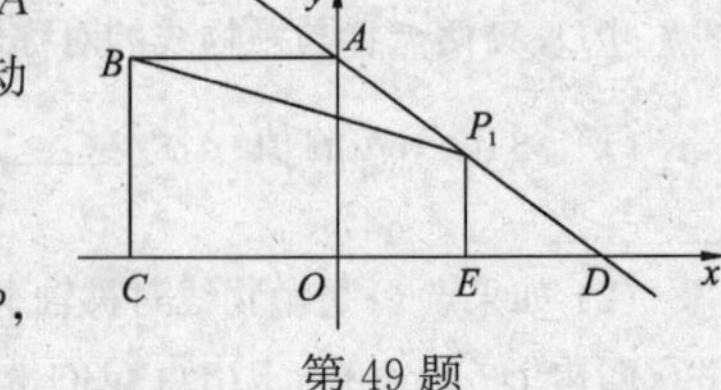

第 49 题

(1) 求直线 AD 的解析式;

(2) 若动点从 A 点开始沿 AD 方向运动 2.5 秒时到达的位置为点 P,求经过 B、O、P 三点的抛物线的解析式;

(3) 若动点从 A 点开始沿 AD 方向运动 2.5 秒时到达的位置为点 P_1,过 P_1 作 $P_1E\perp x$ 轴,垂足为 E,设四边形 $BCEP_1$ 的面积为 S,请问 S 是否有最大值?若有,请求出来;若没有,请说明理由.

50. (衡阳市,2004)如图,以直角梯形 $OBDC$ 的下底 OB 所在直线为 x 轴,以垂直于底边的腰 OC 所在直线为 y 轴,O 为坐标原点,建立平面直角坐标系,CD 和 OB 长是方程 $x^2-5x+4=0$ 的两个根.

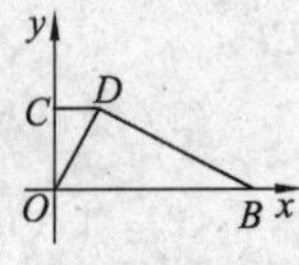

第 50 题

(1) 试求 $S_{\triangle OCD}:S_{\triangle ODB}$ 的值;

(2) 若 $OD^2=CD\cdot OB$,试求直线 DB 的解析式;

(3) 在(2)的条件下,线段 OD 上是否存在一点 P,过 P 作 $PM//x$ 轴交 y 轴于 M,交 DB 于 N,过 N 作 $NQ//y$ 轴交 x 轴于 Q,则四边形 $MNQO$ 的面积等于梯形 $OBDC$ 面积的一半,若存在,请说明理由,并求出 P 点的坐标;若不存在,也请说明理由.

51. (徐州市,2004)如图①,在直角梯形 $ABCD$ 中∠D=∠C=90°,$AB=4$,$BC=6$,$AD=8$. 点 P、Q 同时从 A 点出发,分别做匀速运动,其中点 P 沿 AB、BC 向终点 C 运动,速度为每秒 2 个单位,点 Q 沿 AD 向终点 D 运动,速度为每秒 1 个单位. 当这两点中有一个点到达自己的终点时,另一个点也停止运动,设这两点从出发运动了 t 秒.

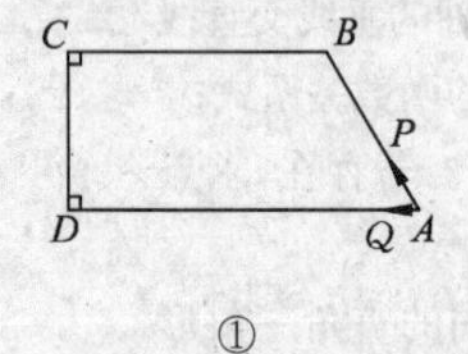

①

C B P D Q A

②

第 51 题

(1) 动点 P 与 Q 哪一点先到达自己的终点?此时 t 为何值?

(2) 当 $0<t<2$ 时,求证:以 PQ 为直径的圆与 AD 相切(如图②);

(3) 以 PQ 为直径的圆能否与 CD 相切?若有可能,求出 t 的值或 t 的取值范围;若不可能,请说明理由.

52. (扬州市,2001)如图,抛物线 $y=\frac{1}{2}x^2+bx-2$ 交 x 轴正半轴于点 A,交 x 轴负半轴于点 B,交 y 轴负半轴于点 C,O 为坐标原点,这条抛物线的对称轴为直线 $x=-\frac{3}{2}$.

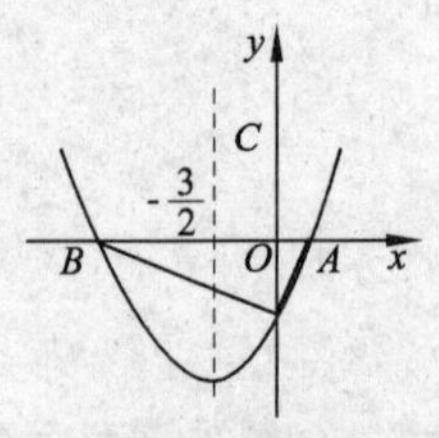

第 52 题

(1) 求 A,B 两点的坐标;

(2) 求证:△ACO∽△CBO;

(3) 在抛物线上是否存在点 P(点 C 除外),使△APB 的面积等于△ABC 的面积?若存在,求出点 P 的坐标;若不存在,说明理由.

53.（北京市大兴区，2001）已知：在平面直角坐标系 xOy 中，P 是第三象限平分线上的点，$OP=\sqrt{2}$，二次函数 $y=(k^2-1)x^2-2(k-2)x+1$ 的图象经过点 P.

（1）求这个二次函数的解析式；

（2）问是否存在与抛物线只交于一点 P 的直线，若存在，求出符合条件的直线解析式；若不存在，请说明理由.

54.（上海市，2001）如图，已知抛物线 $y=2x^2-4x+m$ 与 x 轴交于不同的两点 A，B，其顶点是 C，点 D 是抛物线的对称轴与 x 轴的交点.

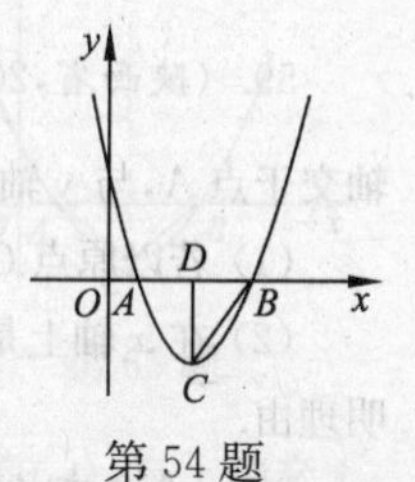

第 54 题

（1）求实数 m 的取值范围；

（2）求顶点 C 的坐标和线段 AB 的长度（用含有 m 的式子表示）；

（3）若直线 $y=\sqrt{2}x+1$ 分别交 x 轴，y 轴于点 E，F，问 $\triangle BDC$ 与 $\triangle EOF$ 是否有可能全等，如果可能，请证明；如果不可能，请说明理由.

55.（贵阳市，2001）已知二次函数的图象与 x 轴交于 $A(-1,0)$ 和点 $B(3,0)$，且与直线 $y=kx-4$ 交 y 轴于点 C.

（1）求这个二次函数的解析式；

（2）如果直线 $y=kx-4$ 经过二次函数的顶点 D，且与 x 轴交于点 E，$\triangle AEC$ 的面积与 $\triangle BCD$ 的面积是否相等？如果相等，请给出证明；如果不相等，请说明理由；

（3）求 $\sin\angle ACB$ 的值.

56.（乌鲁木齐市，2002）已知抛物线 $y=\frac{1}{2}x^2-x+2$.

（1）确定此抛物线的对称轴方程和顶点坐标；

（2）如图，若直线 l：$y=kx(k>0)$ 分别与抛物线交于两个不同的点 A，B，与直线 $y=-x+4$ 相交于点 P，试证 $\frac{OP}{OA}+\frac{OP}{OB}=2$；

（3）在（2）中，是否存在 k 值，使 A，B 两点的纵坐标之和等于 4？如果存在，求出 k 值；如果不存在，请说明理由.

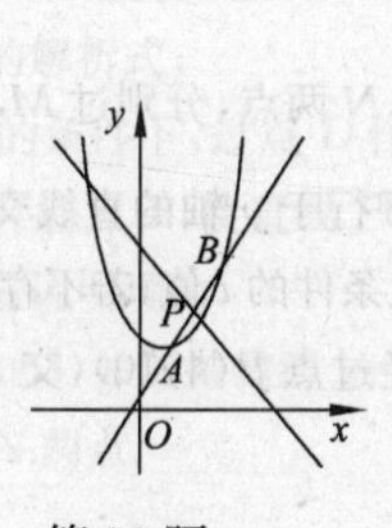

第 56 题

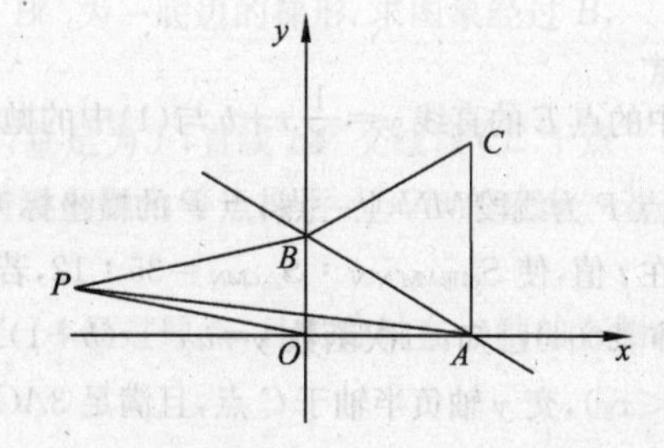

第 57 题

57.（荆州市，2002）如图，一次函数 $y=-\frac{\sqrt{3}}{3}x+1$ 的图象与 x 轴，y 轴分别交于点 A，B，以线段 AB 为边在第一象限内作等边 $\triangle ABC$.

（1）求 $\triangle ABC$ 的面积；

（2）如果在第二象限内有一点 $P\left(a,\frac{1}{2}\right)$，试用含 a 的式子表示四边形 $ABPO$ 的面积，并求出当 $\triangle ABP$ 的面积与 $\triangle ABC$ 的面积相等时 a 的值；

（3）在 x 轴上，是否存在点 M，使 $\triangle MAB$ 为等腰三角形？若存在，请直接写出点 M 的坐标；若不存在，请说明理由.

58.（淮安市，2000）如图，顶点坐标为 $(1,9)$ 的抛物线交 x 轴于 $A(-2,0)$，B 两点，交 y 轴于 C.

0),与 y 轴的正半轴交于点 C.如果 x_1,x_2 是方程 $x^2-x-6=0$ 的两个根($x_1<x_2$),且 $\triangle ABC$ 的面积为 $\frac{15}{2}$.

(1) 求此抛物线的解析式;

(2) 求直线 AC 和 BC 的方程;

(3) 如果 P 是线段 AC 上的一个动点(不与点 A、C 重合),过点 P 作直线 $y=m$(m 为常数),与直线 BC 交于点 Q,则在 x 轴上是否存在点 R,使得以 PQ 为一腰的 $\triangle PQR$ 为等腰直角三角形?若存在,求出点 R 的坐标;若不存在,请说明理由.

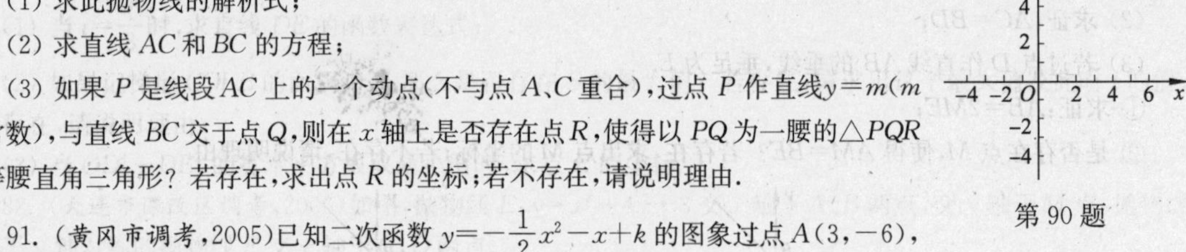

第 90 题

91.(黄冈市调考,2005)已知二次函数 $y=-\frac{1}{2}x^2-x+k$ 的图象过点 $A(3,-6)$,并与 x 轴交于 B,C 两点(点 B 在点 C 的左边),M 为抛物线的顶点.

(1) 试求 k 的值;

(2) 设点 D 为线段 OB 上的一点,且满足 $\angle DMB=\angle BAC$,求直线 AD 的解析式;

(3) 请你探究:在 x 轴上是否存在点 P,使 $\triangle PMB$ 为等腰三角形,若存在,求出所有满足条件的点 P 的坐标;若不存在,请说明理由.

92.(天门市,1998)如图,在直角坐标系中,点 A 在 x 轴负半轴上,点 B 在 x 轴正半轴上,以线段 AB 为弦的⊙C 与直线 $x=-2$ 相切于点 $E(-\sqrt{2},\sqrt{5})$,线段 AE 的长为 $\sqrt{6}$.

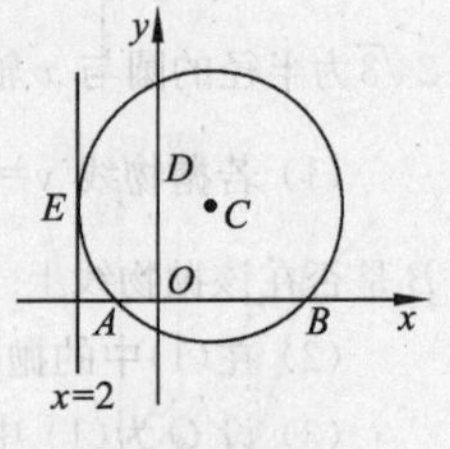

第 92 题

(1) 求 A,B 两点的坐标;

(2) 若点 D 的坐标是(0,3),求过 A,B,D 三点的抛物线的解析式,并画出它的图象;

(3) 设上述抛物线的顶点为 M,试问:在线段 OD 上是否存在点 P,使 $S_{\triangle MBP}=\frac{2}{3}S_{\triangle ABD}$?若存在,求出符合条件的点 P 的坐标;若不存在,请说明理由.

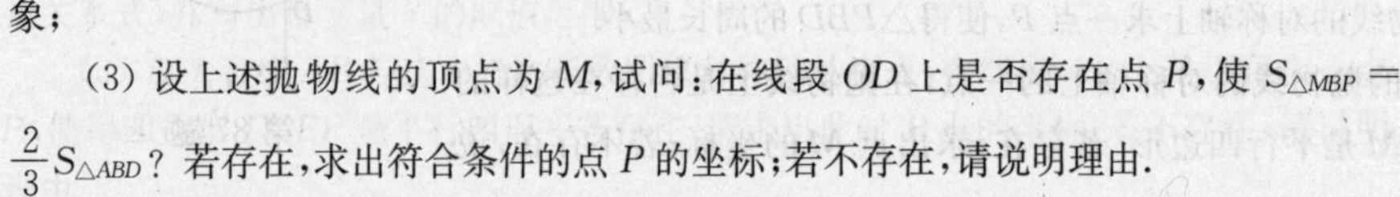

93.(辽宁省,2001)已知:如图,在直角坐标系中,以 y 轴上的点 C 为圆心,1 为半径的圆与 x 轴相切于原点 O,点 P 在 x 轴的负半轴上,PA 切⊙C 于点 A,AB 为⊙C 的直径,PC 交 OA 于点 D.

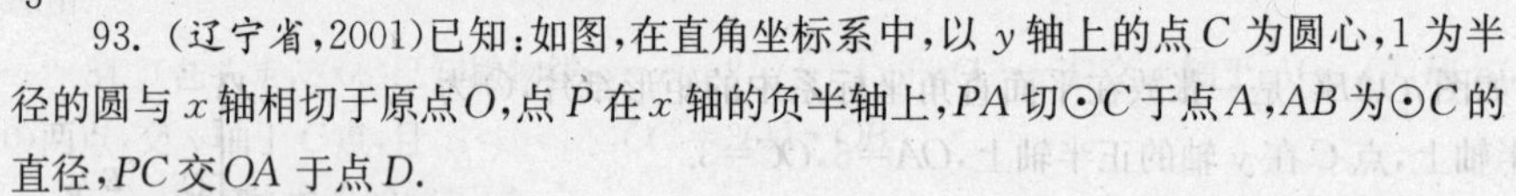

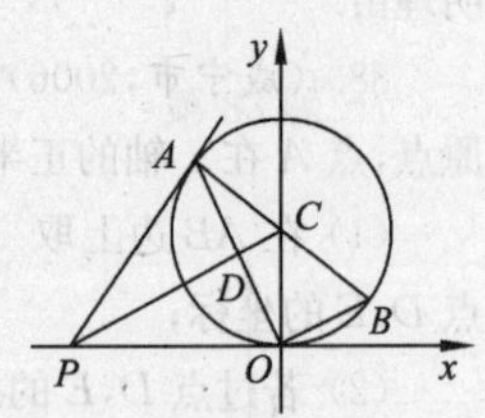

第 93 题

(1) 求证:$PC\perp OA$;

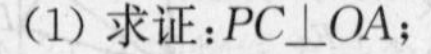

(2) 若点 P 的坐标为(−2,0),求直线 AB 的解析式;

(3) 若点 P 在 x 轴的负半轴上运动,原题的其他条件不变,设点 P 的坐标为(x,0),四边形 $POCA$ 的面积为 S,求 S 与点 P 的横坐标 x 之间的函数关系式;

(4) 在(3) 的情况下,分析并判断是否存在这样的一点 P,使 $S_{四边形POCA}=S_{\triangle AOB}$.若存在,直接写出点 P 的坐标(不写过程);若不存在,简要说明理由.

94.(扬州市,2004)如图,直角坐标系中,已知点 $A(3,0)$,$B(t,0)$ $\left(0<t<\frac{3}{2}\right)$,以 AB 为边在 x 轴上方作正方形 $ABCD$,点 E 是直线 OC 与正方形 $ABCD$ 的外接圆除点 C 以外的另一个交点,连结 AE 与 BC 相交于点 F.

(1) 求证:$\triangle OBC\cong\triangle FBA$;

(2) 一抛物线经过 O,F,A 三点,试用 t 表示该抛物线的解析式;

(3) 试题(2)中抛物线的对称轴 l 与直线 AF 相交于点 G,若 G 为 $\triangle AOC$ 的外心,试求出抛物线的解析式;

第 94 题

(4) 在题(3)的条件下,问在抛物线上是否存在点 P,使该点关于直线 AF 的对称点在 x 轴上,若存在,请求出所有这样的点;若不存在,请说明理由.

95.(资阳市,2005)如图,已知 O 为坐标原点,$\angle AOB=30°$,$\angle ABO=90°$,且点 A 的坐标为(2,0).

(1) 求点 B 的坐标；

(2) 若二次函数 $y=ax^2+bx+c$ 的图象经过 A,B,O 三点，求此二次函数的解析式；

(3) 在(2)中的二次函数图象的 OB 段(不包括点 O,B)上，是否存在一点 C，使得四边形 $ABCO$ 的面积最大？若存在，求出这个最大值及此时点 C 的坐标；若不存在，请说明理由.

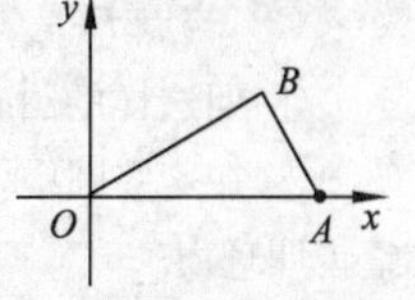

第 95 题

96. (广东省实验区，2005) 如图所示，在平面直角坐标中，抛物线的顶点 P 到 x 轴的距离是 4，抛物线与 x 轴相交于 O,M 两点，$OM=4$；矩形 $ABCD$ 的边 BC 在线段的 OM 上，点 A、D 在抛物线上.

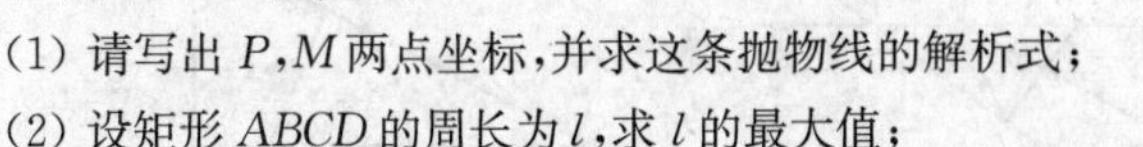

(1) 请写出 P,M 两点坐标，并求这条抛物线的解析式；

(2) 设矩形 $ABCD$ 的周长为 l，求 l 的最大值；

(3) 连结 OP,PM，则 $\triangle PMO$ 为等腰三角形，请判断在抛物线上是否还存在点 Q(除点 M 外)，使得 $\triangle OPQ$ 也是等腰三角形，简要说明你的理由.

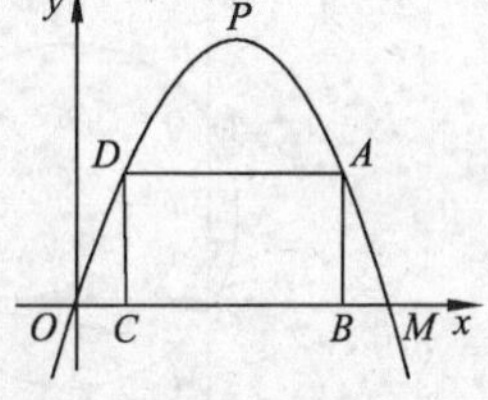

第 96 题

97. (甘肃省，2005) 如图，已知两点 $A(-1,0)$，$B(4,0)$ 在 x 轴上，以 AB 为直径的半圆 P 交 y 轴于点 C.

(1) 求经过 A,B,C 三点的抛物线的解析式；

(2) 设 AC 的垂直平分线交 OC 于 D，连结 AD 并延长 AD 交半圆 P 于点 E，$\overset{\frown}{AC}$ 与 $\overset{\frown}{CE}$ 相等吗？请证明你的结论；

(3) 设点 M 为 x 轴负半轴上一点，$OM=\dfrac{1}{2}AE$，是否存在过点 M 的直线，使该直线与(1)中所得的抛物线的两个交点到 y 轴的距离相等？若存在，求出这条直线对应函数的解析式；若不存在，请说明理由.

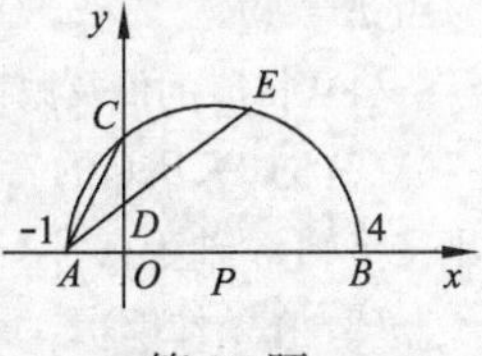

第 97 题

98. (甘肃省定西市，2006) 如图，在 $⊙M$ 中，$\overset{\frown}{AB}$ 所对的圆心角为 $120°$，已知圆的半径为 2cm，并建立如图所示的直角坐标系.

(1) 求圆心 M 的坐标；

(2) 求经过 A,B,C 三点的抛物线的解析式；

(3) 点 D 是弦 AB 所对的优弧上一动点，求四边形 $ACBD$ 的最大面积；

(4) 在(2)中的抛物线上是否存在一点 P，使 $\triangle PAB$ 和 $\triangle ABC$ 相似？若存在，求出点 P 的坐标；若不存在，请说明理由.

第 98 题

99. (云南省，2005) 已知，如图，在直角坐标系中 O 是坐标原点，四边形 $AOCB$ 是矩形，$OC=6$，$OA=2$，P 是边 AB 上的任意一点. 当点 P 在边 AB 上移动时，是否存在这样的点 P 使得 $OP\perp PC$ 成立？若存在，请求出点 P 的坐标、画出满足条件的 P 点，并求出经过 O,P,C 三点的抛物线的对称轴；若不存在这样的 P 点，请说明理由.

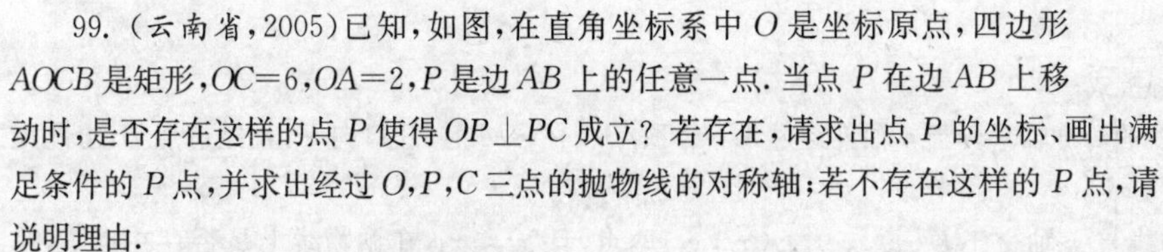

第 99 题

100. (江西省，2005) 已知抛物线 $y=-(x-m)^2+1$ 与 x 轴的交点为 A,B(B 在 A 的右边)，与 y 轴的交点为 C.

(1) 写出 $m=1$ 时与抛物线有关的三个正确结论；

(2) 当点 B 在原点的右边，点 C 在原点的下方时，是否存在 $\triangle BOC$ 为等腰三角形的情形？若存在，求出 m 的值；若不存在，请说明理由.

(3) 请你提出一个对任意的 m 值都能成立的正确命题(说明：根据提出问题的水平层次，得分有差异).

101. (辽宁省，2005) 如图，$⊙C$ 经过坐标原点 O，分别交 x 轴正半轴、y 轴正半轴于点 B、A，点 B 的坐标为 $(4\sqrt{3},0)$，点 M 在 $⊙C$ 上，并且 $\angle BMO=120°$.

(1) 求直线 AB 的解析式；

(2) 若点 P 是 $⊙C$ 上的点，过点 P 作 $⊙C$ 的切线 PN，若 $\angle NPB=30°$，求点 P 的坐标；

(3) 若点 D 是⊙C 上任意一点，以 B 为圆心，BD 为半径作⊙B，并且 BD 的长为正整数.

① 问这样的圆有几个？它们与⊙C 有怎样的位置关系？

② 在这些圆中，是否存在与⊙C 所交的弧(指⊙B 上的一条弧)为 $90°$ 的弧，若存在，请给出证明；若不存在，请说明理由.

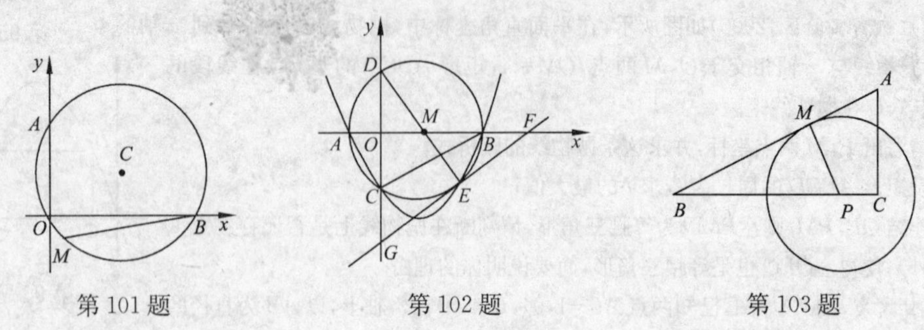

第 101 题　　第 102 题　　第 103 题

102. (荆门市，2005)已知：如图，抛物线 $y=\frac{1}{3}x^2-\frac{2\sqrt{3}}{3}x+m$ 与 x 轴交于 A、B 两点，与 y 轴交于 C 点，$\angle ACB=90°$，

(1) 求 m 的值及抛物线顶点坐标；

(2) 过 A、B、C 的三点的⊙M 交 y 轴于另一点 D，连结 DM 并延长交⊙M 于点 E，过 E 点的⊙M 的切线分别交 x 轴、y 轴于点 F、G，求直线 FG 的解析式；

(3) 在条件(2)下，设 P 为 $\overset{\frown}{CBD}$ 上的动点(P 不与 C、D 重合)，连结 PA 交 y 轴于点 H，问是否存在一个常数 k，始终满足 $AH\cdot AP=k$，如果存在，请写出求解过程；如果不存在，请说明理由.

103. (常德市新课标版，2005)如图，Rt△ABC 的两直角边 $AC=3$，$BC=4$，点 P 是边 BC 上的一动点(P 不与 B 重合)，以 P 为圆心作⊙P 与 BA 相切于点 M，设 $CP=x$，⊙P 的半径为 y.

(1) 求证：△BPM∽△BAC；

(2) 求 y 与 x 的函数关系式，并确定当 x 在什么范围内取值时，⊙P 与 AC 所在的直线相离？

(3) 当点 P 从点 C 向点 B 移动时，是否存在这样的⊙P，使得它与△ABC 的外接圆相内切，若存在，求出 x，y；若不存在，说明理由.

104. (海南省，2005)如图，在平面直角坐标系中，过坐标原点 O 的⊙M 分别交 x 轴，y 轴于点 $A(6,0)$，$B(0,-8)$.

(1) 求直线 AB 的解析式；

(2) 若有一条抛物线的对称轴平行于 y 轴且经过 M 点，顶点 C 在⊙M 上，开口向下，且经过点 B，求此抛物线的解析式；

(3) 设(2)中的抛物线与 x 轴交于 $D(x_1,y_1)$，$E(x_2,y_2)$ 两点，且 $x_1<x_2$，在抛物线上是否存在点 P，使△PDE 的面积是△ABC 面积的 $\frac{1}{5}$？若存在，求出 P 点的坐标，若不存在，请说明理由.

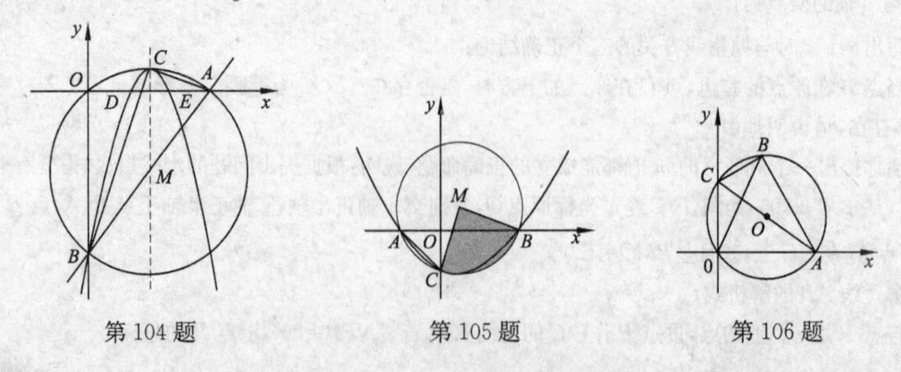

第 104 题　　第 105 题　　第 106 题

105.（长沙市，2005）已知抛物线 $y=ax^2+bx-1$ 经过点 $A(-1,0)$，$B(m,0)(m>0)$，且与 y 轴交于点 C.

(1) 求 a，b 的值(用含 m 的式子表示)；

(2) 如图所示，⊙M 过 A，B，C 三点，求阴影部分扇形的面积 S(用含 m 的式子表示)；

(3) 在 x 轴上方，若抛物线上存在点 P，使得以 A，B，P 为顶点的三角形与 $\triangle ABC$ 相似，求 m 的值.

106.（襄樊市，2006）已知：AC 是⊙O 的直径，点 A，B，C，O 在⊙O 上 $OA=2$. 建立如图所示的直角坐标系，$\angle ACO=\angle ACB=60°$.

(1) 求点 B 关于 x 轴对称的点 D 的坐标；

(2) 求经过三点 A，B，O 的二次函数的解析式；

(3) 该抛物线上是否存在点 P，使四边形 $PABO$ 为梯形？若存在，请求出 P 点的坐标；若不存在，请说明理由.

107.（浙江省课改区，2006）在平面直角坐标系 xOy 中，已知直线 l_1 经过点 $A(-2,0)$ 和点 $B\left(0,\frac{2\sqrt{3}}{3}\right)$，直线 l_2 的函数表达式为 $y=-\frac{\sqrt{3}}{3}x+\frac{4\sqrt{3}}{3}$，$l_1$ 与 l_2 相交于点 P. ⊙C 是一个动圆，圆心 C 在直线 l_1 上运动，设圆心 C 的横坐标是 a. 过点 C 作 $CM\perp x$ 轴，垂足是点 M.

(1) 填空：直线 l_1 的函数表达式是________，交点 P 的坐标是________，$\angle FPB$ 的度数是________；

(2) 当⊙C 和直线 l_2 相切时，请证明点 P 到直线的距离 CM 等于⊙C 的半径 R，并写出 $R=3\sqrt{2}-2$ 时 a 的值.

(3) 当⊙C 和直线 l_2 不相离时，已知⊙C 的半径 $R=3\sqrt{2}-2$，记四边形 $NMOB$ 的面积为 S(其中点 N 是直线 CM 与 l_2 的交点). S 是否存在最大值？若存在，求出这个最大值及此时 a 的值；若不存在，请说明理由.

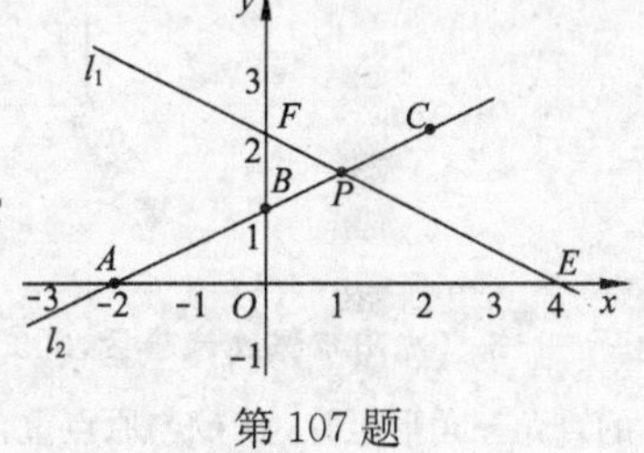

第 107 题

108.（潍坊市，2005）抛物线 $y=ax^2+bx+c$ 交 x 轴于 A，B 两点，交 y 轴于点 C，已知抛物线的对称轴为 $x=1$，$B(3,0)$，$C(0,-3)$.

(1) 求二次函数 $y=ax^2+bx+c$ 的解析式；

(2) 在抛物线对称轴上是否存在一点 P，使点 P 到 B，C 两点距离之差最大？若存在，求出 P 点坐标；若不存在，请说明理由；

(3) 平行于 x 轴的一条直线交抛物线于 M，N 两点，若以 MN 为直径的圆恰好与 x 轴相切，求此圆的半径.

109.（台州市，2005）如图，在平面直角坐标系内，⊙C 与 y 轴相切于 D 点，与 x 轴相交于 $A(2,0)$，$B(8,0)$ 两点，圆心 C 在第四象限.

(1) 求点 C 的坐标；

(2) 连结 BC 并延长交⊙C 于另一点 E，若线段 BE 上有一点 P，使得 $AB^2=BP\cdot BE$，能否推出 $AP\perp BE$？请给出你的结论，并说明理由；

(3) 在直线 BE 上是否存在点 Q，使得 $AQ^2=BQ\cdot EQ$？若存在，求出点 Q 的坐标；若不存在，也请说明理由.

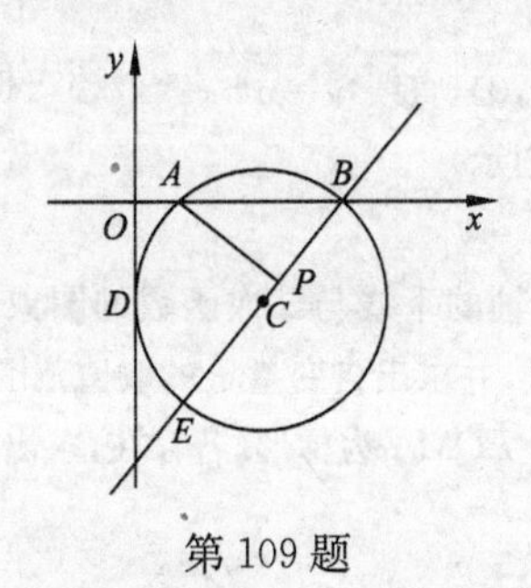

第 109 题

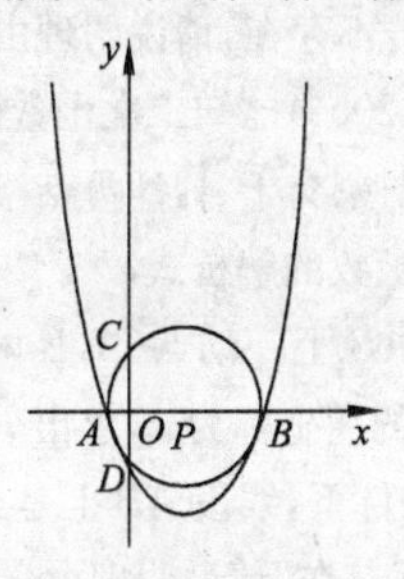

第 110 题

110. (济宁市,2005)已知⊙P的圆心坐标为(1.5,0),半径为2.5,⊙P与x轴交于A,B两点(点A在点B的左侧),与y轴的负半轴交于点D.

(1) 求D点的坐标;

(2) 求过A,B,D三点的抛物线的解析式;

(3) 设平行于x轴的直线交此抛物线于E,F两点,问:是否存在以线段EF为直径的圆O'恰好与⊙P相外切?若存在,求出其半径r及圆心O'的坐标;若不存在,请说明理由.

111. (重庆市,2005)已知四边形$ABCD$中,P是对角线BD上的一点,过P作$MN\parallel AD$,$EF\parallel CD$,分别交AB,CD,AD,BC于点M,N,E,F,设$a=PM\cdot PE$,$b=PN\cdot PF$,解答下列问题;

(1) 当四边形$ABCD$是矩形时,见图1,请判断a与b的大小关系,并说明理由;

(2) 当四边形$ABCD$是平行四边形,且$\angle A$为锐角时,见图2,(1)中的结论是否成立?并说明理由;

(3) 在(2)的条件下,设$\frac{BP}{PD}=k$,是否存在这样的实数k,使得$\frac{S_{平行四边形PEAM}}{S_{\triangle ABD}}=\frac{4}{9}$?若存在,请求出满足条件的所有$k$的值;若不存在,请说明理由.

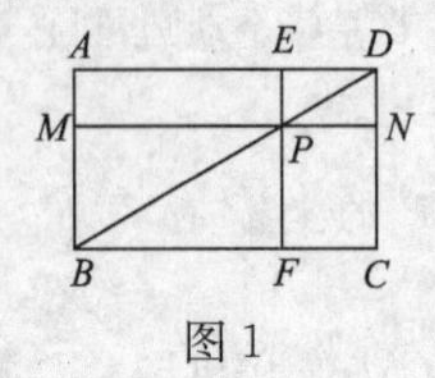

图1

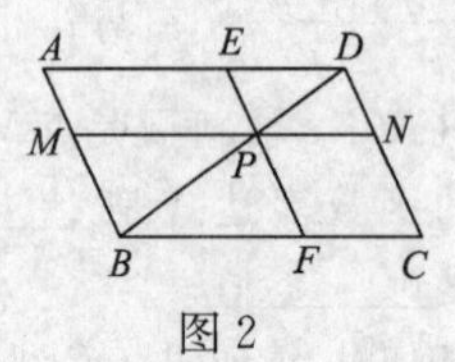

图2

第111题

112. (沈阳市课改试验区,2005)如图,Rt△OAC是一张放在平面直角坐标系中的直角三角形纸片,点O与原点重合,点A在x轴上,点C在y轴上,$OC=\sqrt{3}$,$\angle CAO=30°$.将Rt△OAC折叠,使OC边落在AC边上,点O与点D重合,折痕为CE.

(1) 求折痕CE所在直线的解析式;

(2) 求点D的坐标;

(3) 设点M为直线CE上的一点,过点M作AC的平行线,交y轴于点N,是否存在这样的点M,使得以M,N,D,C为顶点的四边形是平行四边形?若存在,请求出符合条件的点M的坐标;若不存在,请说明理由.

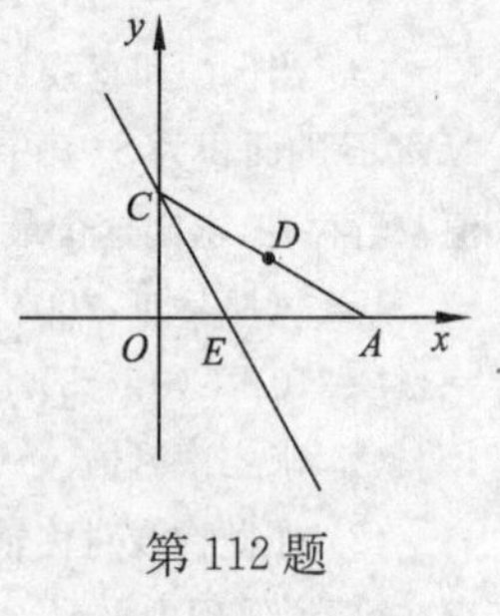

第112题

113. (漳州市,2005)如图,已知抛物线的顶点坐标为$M(1,4)$,且经过点$N(2,3)$,与x轴交于A,B两点(点A在点B左侧),与y轴交于点C.

(1) 求抛物线的解析式及点A,B,C的坐标;

(2) 若直线$y=kx+t$经过C,M两点,且与x轴交于点D,试证明四边形$CDAN$是平行四边形;

(3) 点P在抛物线的对称轴$x=1$上运动,请探索:在x轴上方是否存在这样的P点,使以P为圆心的圆经过A,B两点,并且与直线CD相切,若存在,请求出点P的坐标;若不存在,请说明理由.

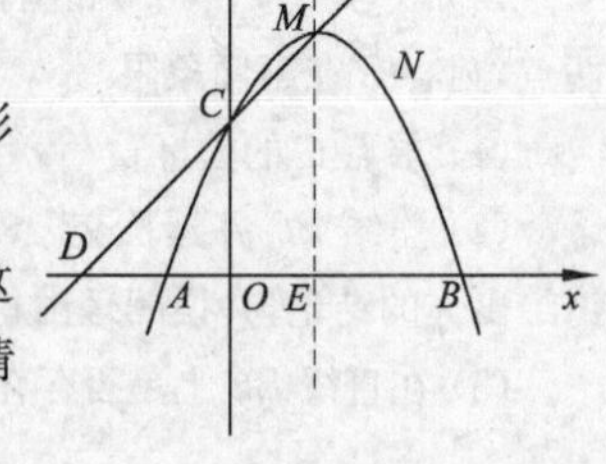

第113题

114. (龙岩市,2005)已知二次函数图象的顶点坐标为$M(2,0)$,直线$y=x+2$与该二次函数的图象交于A,B两点,其中点A在y轴上(如图示)

(1) 求该二次函数的解析式;

(2) P为线段AB上一动点(A,B两端点除外),过P作x轴的垂线与二次函数的图象交于点Q,设线段PQ的长为l,点P的横坐标为x,求出l与x之间的函数关系式,并求出自变量x的取值范围;

(3) 在(2)的条件下,线段AB上是否存在一点P,使四边形$PQMA$为梯形.若存在,求出点P的坐标,并求出梯形的面积;若不存在,请说明理由.

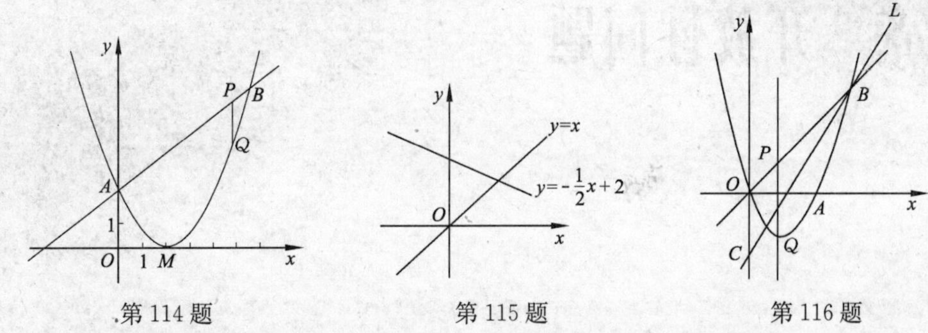

.第114题　　第115题　　第116题

115. (大连市课改区,2005)如图,P 是 y 轴上一动点,是否存在平行于 y 轴的直线 $x=t$,使它与直线 $y=x$ 和直线 $y=-\frac{1}{2}x+2$ 分别交于点 D,E(E 在 D 的上方),且△PDE 为等腰直角三角形.若存在,求 t 的值及点 P 的坐标;若不存在,请说明原因.

116. (金华市,2005)如图,抛物线 $y=ax^2+bx+c$ 经过点 $O(0,0)$,$A(4,0)$,$B(5,5)$,点 C 是 y 轴负半轴上一点,直线 l 经过 B,C 两点,且 $\tan\angle OCB=\frac{5}{9}$.

(1) 求抛物线的解析式;(2) 求直线 l 的解析式;

(3) 过 O,B 两点作直线,如果 P 是直线 OB 上的一个动点,过点 P 作直线 PQ 平行于 y 轴,交抛物线于点 Q.问:是否存在点 P,使得以 P,Q,B 为顶点的三角形与 OBC 相似?如果存在,请求出点 P 的坐标;如果不存在,请说明理由.

117. (云南省课改区,2006)如图,在直角坐标系中,O 为坐标原点,平行四边形 $OABC$ 的边 OA 在 x 轴上.$\angle B=60^\circ$,$OA=6$,$OC=4$,D 是 BC 的中点,延长 AD 交 OC 的延长线于点 E.

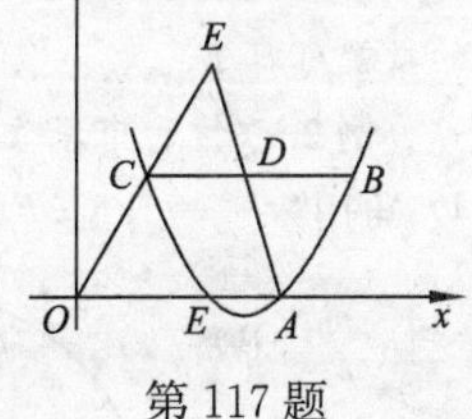

第117题

(1) 画出△ECD 关于边 CD 所在直线为对称轴的对称图形△E_1CD,并求出点 E_1 的坐标;

(2) 求经过 C,E_2,B 三点的抛物线的函数表达式;

(3) 请探求经过 C,E_1,B 三点的抛物线上是否存在点 P.使以点 P,B,C 为顶点的三角形与△ECD 相似,若存在这样的点 P,请求出点 P 的坐标;若不存在这样的点 P,请说明理由.

第四章 开放性问题

【经典考题精析】

开放性问题就是给出题设条件，而结论只给出一部分或不给出，要求猜出结论并给予证明. 由于这类试题能激起学生的求知欲，能检测学生的开放性思维和批判性思维能力，更能考查学生综合运用所学知识的能力，从而深受中考命题者的青睐.

例 1 (1)(漳州市，2006)写出一个大于 2 的无理数________；

(2)(威海市，2006)写出一个$-6\sim-5$之间的无理数________；

(3)(乌鲁木齐市，2005)请写出两个你喜欢的无理数，使它们的和等于有理数________.

分析 由无理数的定义，即无限不循环小数叫做无理数，写出一个符合条件的数即可.

解 (1) 如$\sqrt{5}$；(2) 如$-\sqrt{26}$或$-3\sqrt{3}$或$-2\sqrt{7}$，……；(3) 如$2+\sqrt{2}$，$2-\sqrt{2}$或$-\sqrt{2}$，$\sqrt{2}$(答案不唯一，符合条件即可)

说明 本例的结论不唯一，具有开放性，满足条件的结论有无限多个，根据题意写出一个或两个符合条件的数就可以了.

例 2 (杭州市课改区，2006)在下面两个集合中各有一些实数，请你分别从中选出 2 个有理数和 2 个无理数，再用"$+,-,\times,\div$"中的 3 种符号将选出的 4 个数进行 3 次运算，使得运算的结果是一个正整数.

有理数：$3,-6,\frac{2}{3},0.17,21.5,-\frac{4}{3},0$

无理数：$\sqrt{2},\pi,-\sqrt{12},-\frac{1}{\sqrt{5}},-\sqrt{8},\frac{3}{\pi},\sqrt{3}$

分析 按要求选出四个数，进行规定的运算后得出结果即可.

解 答案不唯一，如：选 $3,-6,\sqrt{2},-\sqrt{8}$，有 $3+(-6)-\sqrt{2}\times(-\sqrt{8})=1$ 或 $3-(-6)+\sqrt{2}\div(-\sqrt{8})=7$；又如：选 $3,0,\pi,\frac{3}{\pi}$，有 $3+0+\pi\cdot\frac{3}{\pi}=6$ 等.

例 3 (山西省，2005)在多项式 $4x^2+1$ 中，添加一个单项式，使其成为一个完全平方式，则添加的单项式是________(只写出一个即可).

分析 将 $4x^2$ 看成$(2x)^2$，1 看成 1^2，则添加的单项式为$\pm2\cdot2x\cdot1$ 即可；若添加的单项式消掉 $4x^2+1$ 中的某一项，则可添加-1 或$-4x^2$.

解 添加的单项式是 $4x$，$-4x$，-1 或$-4x^2$.

说明 $a^2\pm2ab+b^2$ 是一个多项式为完全平方式的一般形式，而 a^2 是一个单项式为完全平方式的一般形式.

例 4 (聊城市，2005)代数式 $3a+b$ 可表示的实际意义是________.

分析 由代数式的结构特征可知是实际意义中的求和问题，故创设一个问题情景即可.

解　答案举例：买 3 元一支的钢笔 a 支，1 元一支的圆珠笔 b 支，共用款$(3a+b)$元.

说明　创设的情景问题必须具有实际意义，不能想当然.

例 5　（娄底市，2006）先化简$\frac{3x+3}{x^2-1}-\frac{2}{x-1}$，然后选择一个合适的你最喜欢的 x 的值，代入求值.

分析　先将代数式化简，再由 $x\neq\pm1$ 取一个值代入其中求值即可.

解　原式$=\frac{3(x+1)}{(x+1)(x-1)}-\frac{2}{x-1}=\frac{3}{x-1}-\frac{2}{x-1}=\frac{1}{x-1}$.

依题意，只要 $x\neq\pm1$ 就行，如 $x=2$，原式$=1$.

说明　在代入求值时，所取的 x 的值一定要保证分母不能等于 0.

例 6　（浙江省三县、区课改实验区，2005）在日常生活中如取款、上网等都需要密码. 有一种用“因式分解”法产生的密码，方便记忆. 原理是：如对于多项式 x^4-y^4，因式分解的结果是$(x-y)(x+y)(x^2+y^2)$，若取 $x=9$，$y=9$ 时，则各个因式的值是：$(x-y)=0$，$(x+y)=18$，$(x^2+y^2)=162$，于是就可以把“018162”作为一个六位数的密码. 对于多项式 $4x^3-xy^2$，取 $x=10$，$y=10$ 时，用上述方法产生的密码是：________（写出一个即可）.

分析　将 $4x^3-xy^2$ 先分解因式，再将 $x=10$，$y=10$ 代入求值组合即可.

解　$4x^3-xy^2=x(4x^2-y^2)=x(2x+y)(2x-y)$.

当 $x=10$，$y=10$ 时，$x=10$，$2x+y=30$，$2x-y=10$.

∴ 产生的密码是 103010，101030，301010.

说明　$x(2x+y)(2x-y)$不同的排列顺序产生的密码也不相同.

例 7　(1)（南京市，2005）写出两个一元二次方程，使每个方程都有一个根为 0，并且二次项系数都为 1：________.

(2)（咸宁市，2006）请写出一个以 x，y 为未知数的二元一次方程组，且同时满足下列两个条件：

① 由两个二元一次方程组成，② 方程组的解为$\begin{cases}x=2,\\y=3.\end{cases}$　这样的方程组可以是________.

分析　(1)方程因都有一根为 0，故常数项必须为 0；(2)在构建方程组时，可利用 $x=2$，$y=3$ 列代数式求值，如 $2x-3y=-5$，这样就产生了一个二元一次方程.

解　答案不唯一，如：

(1) $x^2=0$，$x^2-2x=0$.　　(2) 如$\begin{cases}x+y=5,\\x-y=-1.\end{cases}$

说明　在类似本例这样的题型中，在构建方程组或方程中千万不能盲目和随意，而应该有针对性的构建.

例 8　(1)（苏州市，2005）已知反比例函数 $y=\frac{k-2}{x}$，其图象在第一、三象限内，则 k 的值可为________（写出满足条件的一个 k 的值即可）；

(2)（十堰市，2006）已知直线 l 经过第一、二、四象限，则其解析式可以为________（写出一个即可）.

分析　(1) 由题意知，$k>2$ 即可；(2) 易知符合 $k<0$，$b>0$ 即可.

解　答案不唯一，如：(1) $k=3$；(2) $y=-x+1$.

说明　弄清函数的基本性质，由图象确定 k，b 的取值范围，在其取值范围内任取一值即可.

例 9　(1)（扬州市，2005）请选择一组你喜欢的 a，b，c 的值，使二次函数 $y=ax^2+bx+c(a\neq0)$图象同时满足下列条件：① 开口向下，② 当 $x<2$ 时，y 随 x 的增大而增大；当 $x>2$ 时，y 随 x 的增大而减小. 这样的二次函数的解析式可以是________________________________.

(2)（内蒙古包头市课改区，2006）一个函数具有下列性质：① 它的图象不经过第四象限；② 图象经过点(1，2)；③ 当 $x>1$ 时，函数值 y 随自变量 x 的增大而增大. 满足上述三条性质的函数解析式可以是________（只要求写一个）.

分析　(1) 易知抛物线的对称轴是 $x=2, a<0$，故 c 任意取值即可；(2) 该函数既可以是一次函数；也可以是二次函数，若为一次函数，则 $y=kx+b$ 中，$k>0, b\geqslant 0$；若为二次函数，则开口向上.

解　答案不唯一，如：(1) $y=-x^2+4x-4$；(2) $y=x^2-2x+3$ 或 $y=2x$ 等.

例 10　(新疆生产建设兵团课改区，2005)

探索问题：(1) 请你任意写出 5 个正的真分数______、______、______、______、______，给每个分数的分子和分母同加一个正数得到五个新分数：______、______、______、______、______.

(2) 比较原来每个分数与对应新分数的大小，可以得出下面的结论：一个真分数是 $\frac{a}{b}$(a,b 均为正数)，给其分子分母同加一个正数 m，得 $\frac{a+m}{b+m}$，则两个分数的大小关系是：$\frac{a+m}{b+m}$______$\frac{a}{b}$.

(3) 请你用文字叙述(2)中结论的含义：

____

(4) 你能用图形的面积说明这个结论吗？

____

(5) 解决问题：如图，有一个长宽不等的长方形绿地，现给绿地四周铺一条宽相等的小路，问原来的长方形与现在的铺过小路后的长方形是否相似？为什么？

____

(6) 这个结论可以解释生活中的许多现象，解决许多生活与数学中的问题，请你再提出一个类似的数学问题，或举出一个生活中与此结论相关的例子.

绿地

图 4-1

分析　(1) 略；(2) 易得 $\frac{a+m}{b+m}>\frac{a}{b}$；(3) 略；(4) 利用图形的面积得 $ab+bm>ab+am$，即 $b(a+m)>a(b+m)$，即有 $\frac{a+m}{b+m}>\frac{a}{b}$；(5) 不相似，可由对应边的比不相等说明；(6) 略.

解　(1) 略；(2) $>$；(3) 给一个正的真分数的分子分母同加一个正数，得到的新分数大于原来的分数；(4) 如右图所示，由 $a<b$，得 $S+S_1>S+S_2$，可推出 $\frac{a+m}{b+m}>\frac{a}{b}$；(5) 不相似. 因为两个长方形长与宽的比值不相等；(6) 数学问题举例：① 若 $\frac{a}{b}$ 是假分数，会有怎样的结论(答：$\frac{a+m}{b+m}<\frac{a}{b}$)；② a,d 不是正数，或不全为正数，情况如何？

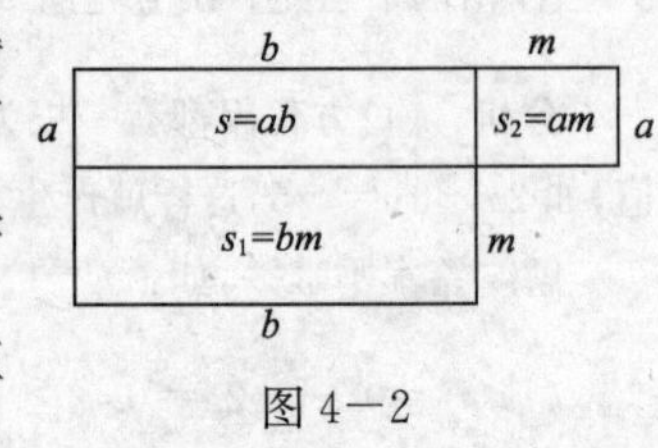

图 4-2

生活问题举例：① 一杯 b 克糖水，内含糖 a 克，糖水浓度 $=\frac{a}{b}(0<a<b)$，若再往杯中加 m 克糖，糖水的浓度是 $\frac{a+m}{b+m}$，比加糖前的浓度增大了，所以糖水更甜了. ② 建筑学规定：民用住宅的窗户必须小于地板面积. 但按采光标准，窗户的面积和地板面积的比应不小于 10%，并且这个比值越大，住宅的采光条件越好. 若同时增加相等的窗户面积和地板面积，根据(4)的结论住宅的采光条件将会变好.

例 11　(山西省，1986)已知不等式 $3x-a\leqslant 0$ 的正整数解是 1，2，3，求 a.

分析　本题须根据所给结论去逆向探求条件的多种可能性，将 $3x-a\leqslant 0$ 化为 $x\leqslant\frac{a}{3}$. 由"正整数解是 1，2，3，"入手，$x\leqslant 3$ 的正整数解是 1，2，3；$x\leqslant 3.1$ 的正整数解是 1，2，3；…；$x<4$ 的正整数解是 1，2，3；$x\leqslant 4$ 的正整数解是 1，2，3，4；于是，有 $3\leqslant\frac{a}{3}<4$，即 $9\leqslant a<12$.

解　$\because 3x-a\leqslant 0, \therefore x\leqslant\frac{a}{3}$.

$\because$ 正整数解为 1，2，3，$\therefore 3\leqslant\frac{a}{3}<4. \therefore 9\leqslant a<12$.

例 12 (徐州市,1997)有四种原料:① 50%的酒精溶液 150 克;② 90%的酒精溶液 45 克;③ 纯酒精 45 克;④ 水 45 克. 请你设计一种方案,只选取三种原料(各取若干或全量)配制成 60%的酒精溶液 200 克.

(1) 你选取哪三种原料? 各取多少?

(2) 设未知数,列方程(组)并解之,说明你配制方法的正确性.

解 (1) 50%的酒精溶液 150 克,纯酒精 45 克,水 5 克.

(2) 设纯酒精 x 克,水 y 克,取 50%的酒精溶液 150 克,则

$$\begin{cases}150\times50\%+x=60\%\times200,\\x+y=200-150\end{cases}\quad 解之得\begin{cases}x=45,\\y=5.\end{cases}$$

例 13 (淄博市,2003)如图 4—3 是某出租车单程收费 y(元)与行驶路程 x(千米)之间的函数关系的图象,请根据图象回答以下问题:

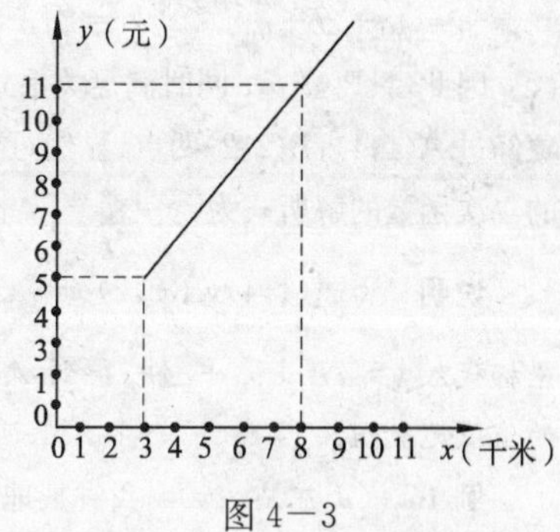

图 4—3

(1) 当行驶 8 千米时,收费应为________;

(2) 从图象上你能获得哪些正确的信息?(请写出 2 条).

① ________________________________;

② ________________________________.

(3) 求出收费 y(元)与行驶 x(千米)($x\geqslant3$)之间的函数关系式.

分析 (1) 由图易知,当行驶 8 千米时,收费 11 元;(2) 具有开放性,回答正确即可;(3) 由待定系数法即可求 y 与 x 的函数关系式.

解 (1) 11.

(2) ① 3 千米以内(含 3 千米)收费 5 元;(或起步费 5 元). ② 超过 3 千米时,收费 y(元)与行驶路程 x(千米)是一次函数关系.(或超过 3 千米的函数图象是一条射线,或答出增减性等).

(3) 设这个一次函数关系式为 $y=kx+b$.

由图象可知,该函数图象过点(3,5)和(8,11).

则有$\begin{cases}3k+b=5,\\8k+b=11.\end{cases}$ 解这个方程组,得 $k=1.2,b=1.4$.

$\therefore\ y=1.2x+1.4(x\geqslant3)$.

说明 (1) ①,②答案无先后顺序;(2) 若学生从图象上找出两个具体的行驶路程所对应的收费或其他结论,只要正确,均给相应的分数.

例 14 (锦州市,2004)某农场种植一种蔬菜,销售员张平根据往年的销售情况,对今年这种蔬菜的销售价格进行了预测,预测情况如图,图中的抛物线(部分)表示这种蔬菜销售价与月份之间的关系. 观察图象,你能得到关于这种蔬菜销售情况的哪些信息?

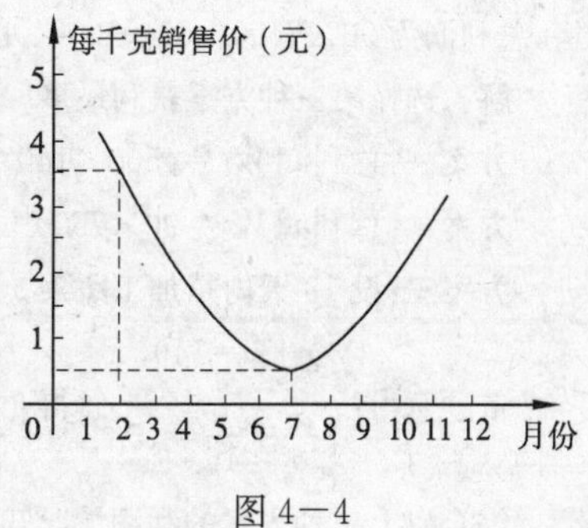

图 4—4

答题要求:(1) 请提供四条信息;(2) 不必求函数的解析式.

解 (1) 2 月份每千克销售价是 3.5 元;(2) 7 月份每千克销售价是 0.5 元;

(3) 1 月到 7 月的销售价逐月下降;(4) 7 月到 12 月的销售价逐月上升;

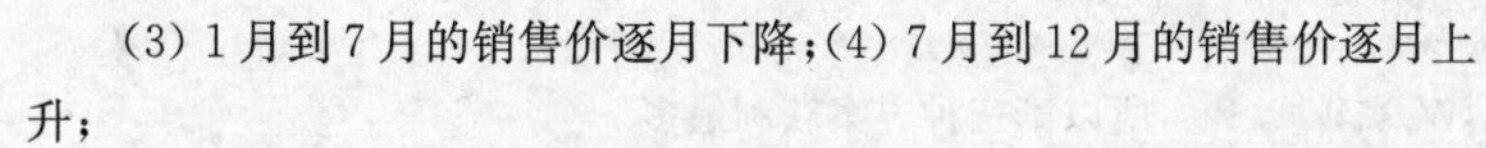

(5) 2 月与 7 月的销售差价是每千克 3 元;(6) 7 月份销售价最低,1 月份销售价最高;

(7) 6 月与 8 月,5 月与 9 月,4 月与 10 月,3 月与 11 月,2 月与 12 月的销售价相同.

说明 由函数图象读出信息从多角度观察,只要得到的信息正确即可.

例 15 (青岛市,2002)已知函数的图象经过 $A(1,4)$,$B(2,2)$ 两点,请你写出满足上述条件的两个不同的函数解析式,并简要说明解答过程.

分析 从函数的图象是直线、双曲线或抛物线等不同方面分析.

解　(1) 若经过 A,B 两点的函数的图象是直线，设其解析式为 $y=kx+b$，则有：

$\begin{cases}4=k+b,\\2=2k+b.\end{cases}$ 解得：$\begin{cases}k=-2,\\b=6.\end{cases}$　此时，函数解析式为 $y=-2x+6$.

(2) 由于 A,B 两点的横、纵坐标的积相等，都等于 4，所以，经过 A,B 两点的函数的图象还可以是双曲线，其解析式为：$y=\frac{4}{x}$；

(3) 如果经过 A,B 两点的函数的图象是抛物线，设其解析式为：$y=ax^2+bx+c(a\neq0)$，则有：

$\begin{cases}4=a+b+c,\\2=4a+2b+c.\end{cases}$ 解得：$\begin{cases}b=-3a-2,\\c=2a+6.\end{cases}$

因此，只要 a,b,c 同时满足关系式 $b=-3a-2$ 和 $c=2a+6$，即可保证二次函数 $y=ax^2+bx+c(a\neq0)$ 的图象经过 $A(1,4)$，$B(2,2)$ 两点；显然，这样的二次函数有无数个. 如取 $a=1$，则有 $b=-5$，$c=8$，相应图象所对应的二次函数的解析式为：$y=x^2-5x+8$.

说明　由 $A(1,4)$，$B(2,2)$ 知 $1\times4=2\times2=4$，故 A,B 两点一定在双曲线 $y=\frac{4}{x}$ 的图象上. 又由 A,B 两点坐标代入 $y=ax^2+bx+c$ 中，得到 a、b、c 的三元一次方程组，只能得出用一个字母表示另外两个字母，故 a,b,c 的值有无数组.

例 16　(山东省，2000)我省某地生产的一种绿色蔬菜，在市场上若直接销售，每吨利润为 1000 元，经粗加工后销售，每吨利润可达 4500 元，经精加工后销售，每吨利润涨至 7500 元.

当地一家农工商公司收获这种蔬菜 140 吨. 该公司加工厂的生产能力是：如果对蔬菜进行粗加工，每天可加工 16 吨；如果进行精加工，每天可加工 6 吨，但两种加工方式不能同时进行. 受季节等条件限制，公司必须用 15 天的时间将这批蔬菜全部销售或加工完毕. 为此，公司研制了三种可行方案：

方案一：将蔬菜全部进行粗加工.

方案二：尽可能多的对蔬菜进行精加工，没来得及进行加工的蔬菜，在市场上直接出售.

方案三：将一部分蔬菜进行精加工，其余蔬菜进行粗加工，并恰好用 15 天完成.

你认为选择哪种方案获利最多？为什么？

分析　将蔬菜全部粗加工，每天加工 16 吨，15 天时间可加工 240 吨，故 140 吨蔬菜在 15 天内可加工完毕，总利润为 $4500\times140=630000$(元)；若将蔬菜精加工，15 天可加工 $15\times6=90$ 吨，其余 50 吨在市场上直接出售，总利润为 $90\times7500+50\times1000$(元)；若一部分蔬菜进行精加工，其余进行粗加工，列方程组求解即可.

解　选择第三种方案获利最多.

方案一：总利润 $W_1=4500\times140=630000$(元).

方案二：总利润 $W_2=90\times7500+50\times1000=725000$(元).

方案三：设 15 天内精加工蔬菜 x 吨，粗加工蔬菜 y 吨.

依题意得：$\begin{cases}x+y=140,\\\frac{x}{6}+\frac{y}{16}=15.\end{cases}$ 解得 $\begin{cases}x=60,\\y=80.\end{cases}$　总利润 $W_3=60\times7500+80\times4500=810000$(元).

综合以上三种方案的利润情况知：$W_1<W_2<W_3$，所以第三种方案获利最多.

说明　选择方案应根据加工能力、加工时间、加工利润多方面考虑.

例 17　(黑龙江省，2001)某商场计划拨款 9 万元从厂家购进 50 台电视机，已知该厂家生产三种不同型号的电视机，出厂价分别为：甲种每台 1500 元，乙种每台 2100 元，丙种每台 2500 元.

(1) 若商场同时购进其中两种不同型号的电视机共 50 台，请你研究一个商场的进货方案；

(2) 若商场销售一台甲种电视机可获利 150 元，销售一台乙种电视机可获利 200 元，销售一台丙种电视机可获利 250 元. 在同时购进两种不同型号的电视机的方案中，为使销售时获利最多，你选择哪种进货方案？

(3) 若商场准备用9万元同时购进三种不同型号的电视机50台，请你设计进货方案.

分析　(1) 分购甲、乙型号，甲、丙型号或乙、丙型号三种情况分类讨论；(2) 由(1)的方案分别求利润；(3) 设购甲、乙、丙三种型号电视机分别为x台，y台，z台，得$\begin{cases}x+y+z=50,\\1500x+2100y+2500z=90000.\end{cases}$求方程组的正整数解.

解　(1) 分情况计算：(i) 设购甲种电视机x台，乙种电视机y台，则

$\begin{cases}x+y=50,\\1500x+2100y=90000.\end{cases}$解得$\begin{cases}x=25,\\y=25.\end{cases}$

(ii) 设购甲种电视机x台，丙种电视机z台，则

$\begin{cases}x+z=50,\\1500x+2500z=90000.\end{cases}$解得$\begin{cases}x=35,\\z=15.\end{cases}$

(iii) 设购乙种电视机y台，丙种电视机z台，则

$\begin{cases}y+z=50,\\2100y+2500z=90000.\end{cases}$解得$\begin{cases}y=87.5,\\z=-37.5.\end{cases}$（舍去）

故商场进货方案为购甲种25台，乙种25台，或购甲种35台，丙种15台.

(2) (i) 当购甲种25台，乙种25台，可获利$150\times25+200\times25=8750$元.

(ii) 当购甲种35台，丙种15台时，可获利$150\times25+250\times15=9000$元. 故选择购进甲种35台，丙种15台获利最多.

(3) 设购甲种电视机x台，乙种电视机y台，丙种电视机z台，则

$\begin{cases}x+y+z=50,\\1500x+2100y+2500z=90000.\end{cases}$解得$x=35-\dfrac{2}{5}y$.

方案一：当$y=5$时，$x=33$，$z=12$.　　方案二：当$y=10$时，$x=31$，$z=9$.

方案三：当$y=15$时，$x=29$，$z=6$.　　方案四：当$y=20$时，$x=27$，$z=3$.

故共有以上四种进货方案.

说明　三元一次不定方程组的正整数一般可以确定，先消元，得二元一次方程，确定其正整数解.

例18　(泉州市，2003)周末某班组织登山活动，同学们分甲、乙两组从山脚下沿着一条道路同时向山顶进发. 设甲，乙两组进行同一段路程所用的时间之比为2∶3.

(1) 直接写出甲、乙两组行进速度之比；

(2) 当甲组到达山顶时，乙组行进到山腰A处，且A处离山顶的路程尚有1.2千米. 试问山脚离山顶的路程有多远？

(3) 在题(2)所述内容(除最后的问句外)的基础上，设乙组从A处继续登山，甲组到达山顶后休息片刻，再从原路下山，并且在山腰B处与乙组相遇. 请你先根据以上情景提出一个相应的问题，再给予解答(要求：① 问题的提出不得再增添其他条件；② 问题的解决必须利用上述情景提供的所有已知条件).

分析　(1) 略；(2) 设山脚离山顶的路程为S千米，在甲到达山顶而乙距山顶1.2千米，则有$\dfrac{S}{S-1.2}=\dfrac{3}{2}$，即路程比等于速度比；(3) 此问题具有开放性，提出的问题具有实际意义即可.

解　(1) 甲、乙两组行进速度之比为3∶2.

(2) (法1) 设山脚离山顶的路程为S千米，依题意可列方程：$\dfrac{S}{S-1.2}=\dfrac{3}{2}$.

解得$S=3.6$(千米)经检验$S=3.6$是所列方程的解.

答　山脚离山顶的路程为3.6千米.

(法2) 设山脚离山顶的路程为S千米，甲、乙两组的速度分别为$3k$千米/时，$2k$千米/时($k>0$)依题意可列

方程：$\frac{S}{3k}=\frac{S-1.2}{2k}$(以下同法1)

(3) 可提问题："问B处离山顶的路程小于多少千米?"再解答：

设B处离山顶的路程为m千米($m>0$).

甲、乙两组速度分别为$3k$千米/时，$2k$千米/时($k>0$)依题意可得：$\frac{m}{3k}<\frac{1.2-m}{2k}$.

$\therefore \frac{m}{3}<\frac{1.2-m}{2}$.解得$m<0.72$(千米)

答　B处离山顶的路程小于0.72千米.

说明　(3)中由甲在山顶休息了片刻，所以甲下山所用时间$\frac{m}{3k}$小于乙的上山时间.

例19　(云南省课改区，2006)已知：如图，$AB\parallel DE$，且$AB=DE$.

(1) 请你只添加一个条件，使$\triangle ABC\cong\triangle DEF$，你添加的条件是＿＿＿＿＿＿＿＿＿＿＿.

(2) 添加条件后，证明$\triangle ABC\cong\triangle DEF$.

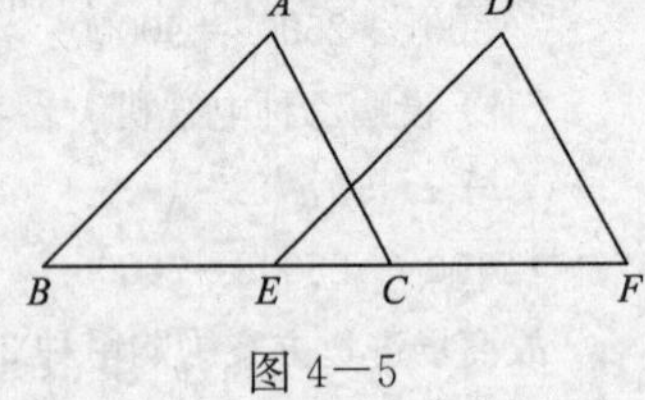

图4—5

分析　(1) 由$AB\parallel DE$得$\angle B=\angle DEF$，又$AB=DE$，所以两三角形已经具备了一角和一边对应相等，故需添加一边或一角对应相等.

解　(1) 可添加条件为$\angle A=\angle D$，或$BC=EF$，或$BE=CF$，或$\angle ACB=\angle F$

(2) $\because AB\parallel DE$，$\therefore \angle B=\angle DEF$.

在$\triangle ABC$和$\triangle DEF$中，$\begin{cases}\angle A=\angle D\\ AB=DE\\ \angle B=\angle DEF\end{cases}$　$\therefore \triangle ABC\cong\triangle DEF$

说明　在添加边的条件时，在本例中只能添加$BC=EF$(或$BE=CF$)，构成"SAS"的条件，添加$AC=DF$，两三角形不一定全等.

例20　(福建省龙岩市课改区，2006)如图，已知：① $AE=DE$，② $\angle 1=\angle 2$，③ $\angle 3=\angle 4$.将其中的两个已知作为条件，另一个作为结论，写出一个真命题并加以证明.

真命题：如图，已知：＿＿＿＿＝＿＿＿＿，＿＿＿＿＝＿＿＿＿.

求证：＿＿＿＿＝＿＿＿＿.

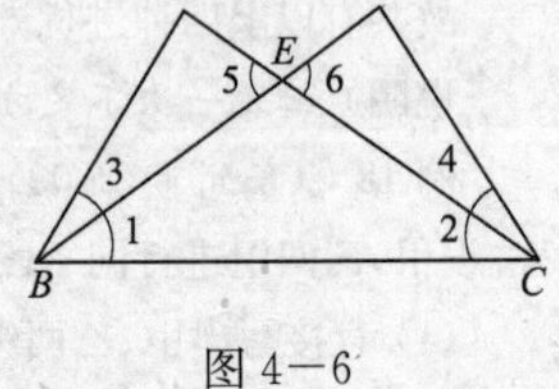

图4—6

分析　由$AE=DE$，$\angle 1=\angle 2$得$\angle 3=\angle 4$，或由$AE=DE$，$\angle 3=\angle 4$得$\angle 1=\angle 2$，或由$\angle 1=\angle 2$，$\angle 3=\angle 4$得$AE=DE$.

解法一　已知$AE=DE$，$\angle 1=\angle 2$，求证：$\angle 3=\angle 4$.

证明：$\because \angle 1=\angle 2$，$\therefore BE=EC$.又$\because \angle 5=\angle 6$，$AE=DE$，$\therefore \triangle AEB\cong\triangle DEC$. $\therefore \angle 3=\angle 4$.

解法二　已知$AE=DE$. $\angle 3=\angle 4$，求证：$\angle 1=\angle 2$.

证明：$\because \angle 3=\angle 4$，$\angle 5=\angle 6$，$AE=DE$，$\therefore \triangle AEB\cong\triangle DEC$. $\therefore BE=EC$. $\therefore \angle 1=\angle 2$.

解法三　已知$\angle 1=\angle 2$，$\angle 3=\angle 4$，求证：$AE=DE$.

证明：$\because \angle 1=\angle 2$，$\therefore BE=EC$.又$\because \angle 3=\angle 4$，$\angle 5=\angle 6$，$\therefore \triangle AEB\cong\triangle DEC$，$\therefore AE=EB$.

说明　本例中任选两个作为条件，另一个作结论，命题都成立，在这里只是一个特例.

例21　(咸宁市，2006)如图，$\triangle ABC$中，$\angle ACB=90°$，$AC=BC$，CO为中线.现将一直角三角板的直角顶点放在点O上并绕点O旋转，若三角板的两直角边分别交AC，CB的延长线于点G，H.

(1) 试写出图中除$AC=BC$，$OA=OA=OC$外其他所有相等的线段；

(2) 请任选一组你写出的相等线段给予证明.我选择证明＿＿＿＿＝＿＿＿＿.

分析　(1)易知$\angle COG=\angle BOH$,$\angle GCO=\angle OBH=135°$,$CO=BO$,易证$\triangle GCO\cong\triangle HBO$.

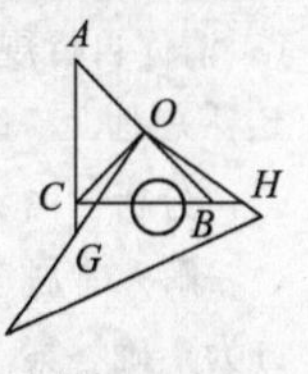

图 4－6

解　(1) $CG=BH$,$AG=CH$,$OG=OH$.

(2) $\because\ \angle ACB=90°$,$AC=BC$,$AO=BO$,$\therefore\ CO=OB$,$CO\perp AB$,$\angle ABC=45°$.

$\because\ \angle COG+\angle GOB=90°$,$\angle BOH+\angle GOB=90°$,$\therefore\ \angle COG=\angle BOH$.

又$\because\ \angle ABC=\angle OCB=45°$,$\therefore\ \angle OBH=180°-45°=135°$,$\angle GCO=90°+45°=135°$.

$\therefore\ \angle GCO=\angle OBH$.

(利用等角的补角相等证$\angle GCO=\angle OBH$也可)

$\therefore\ \triangle GCO\cong\triangle HBO$. $\therefore\ CG=BH$.

证其他两组线段相等也可.

说明　(1)中的结论的推导有一个关键的条件是$\triangle OCG\cong\triangle OBH$,有了$\triangle OCG\cong\triangle OBH$,(1)中结论都成立.

例 22　(淮安市金湖实验区,2005)已知:如图,$Rt\triangle ABC\cong Rt\triangle ADE$,$\angle ABC=\angle ADE=90°$,试以图中标有字母的点为端点,连结两条线段,如果你所连结的两条线段满足相等、垂直或平行关系中的一种,那么请你把它写出来并证明.

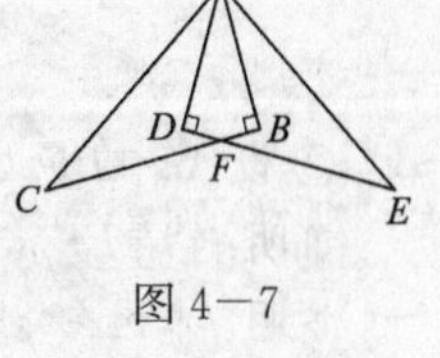

图 4－7

分析　若连结 CD,BE,可尝试证明 $CD=BE$;若连结 DB,CE,可尝试证明 $DB/\!/CE$;若连结 DB,AF,可尝试证明 $DB\perp AF$;若连结 CE,AF,可尝试证明 $AF\perp CE$.

解　如图 4－8①②③④所示.

第一种:连结 CD、BE,得:$CD=BE$.

$\because\ \triangle ABC\cong\triangle ADE$,$\therefore\ AD=AB$,$AC=AE$

$\angle CAB=\angle EAD$.

$\therefore\ \angle CAD=\angle EAB$.

$\therefore\ \triangle ABE\cong\triangle ADC$.

$\therefore\ CD=BE$.(如图①)

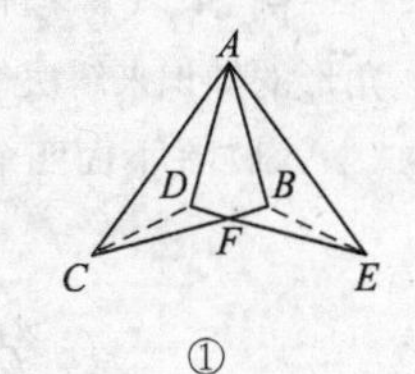

①

第二种:连结 DB、CE 得:$DB/\!/CE$.

$\because\ \triangle ABC\cong\triangle ADE$,$\therefore\ AD=AB$,$\angle ABC=\angle ADE$. $\therefore\ \angle ADB=\angle ABD$,

$\therefore\ \angle BDF=\angle FBD$.

同理:$\angle FCE=\angle FEC$.

$\therefore\ \angle FCE=\angle DBF$.

$\therefore\ DB/\!/CE$.(如图②)

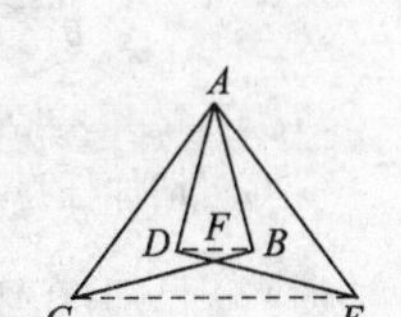

②

第三种:连结 DB、AF;得 $AF\perp BD$.

$\because\ \triangle ABC\cong\triangle ADE$,$\therefore\ AD=AB$,$\angle ABC=\angle ADE=90°$.

又 $AF=AF$,$\therefore\ \triangle ADF\cong\triangle ABF$.

$\therefore\ \angle DAF=\angle BAF$.

$\therefore\ AF\perp BD$.(如图③)

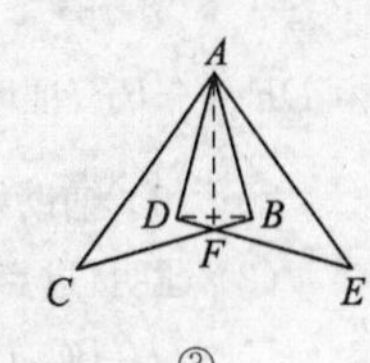

③

第四种:连结 CE、AF;得 $AF\perp CE$.

$\because\ \triangle ABC\cong\triangle ADE$,$\therefore\ AD=AB$,$AC=AE$.

$\angle ABC=\angle ADE=90°$.

又 $AF=AF$,$\therefore\ \triangle ADF\cong\triangle ABF$.

$\therefore\ \angle DAF=\angle BAF$,$\therefore\ \angle CAF=\angle EAF$. $\therefore\ AF\perp CE$(如图④).

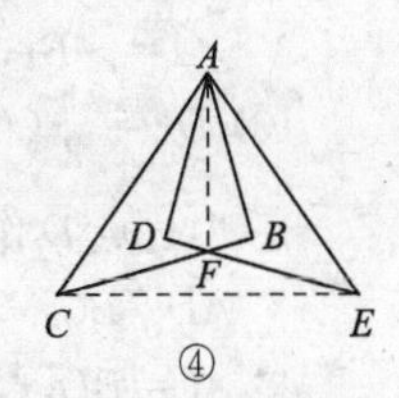

④

图 4－8

说明　在解答时,只需证明上述四种情况之一即可.

例 23　(赤峰市,2004)如图 4－9①,平行四边形 $ABCD$,E,F 分别是边 AD,BC 上的

点，请你自行规定 E,F 在边 AD,BC 上的位置，然后补充题设、提出结论并证明（要求：至少编制两个正确命题，且补充题设不能相同）.

分析　由 $AE=CF$ 或 $AE=BF$ 补充题设，提出结论.

解　本题应根据 E,F 在 AD,BC 上的不同位置① 补充题设，② 提出结论，③ 证明，上述三个步骤均合理方为正确答案.

例　① 设 $AE=CF$，如图 4－9②，已知：▱$ABCD$，$AE=CF$（补充题设），求证：▱$EBFD$（提出结论）.

证明：连结 BE,FD.

∵ ▱$ABCD$，∴ $AD/\!/BC$，$AD=BC$. 又 $AE=CF$，∴ $ED/\!/BF$，$ED=BF$. ∴ ▱$EBFD$.

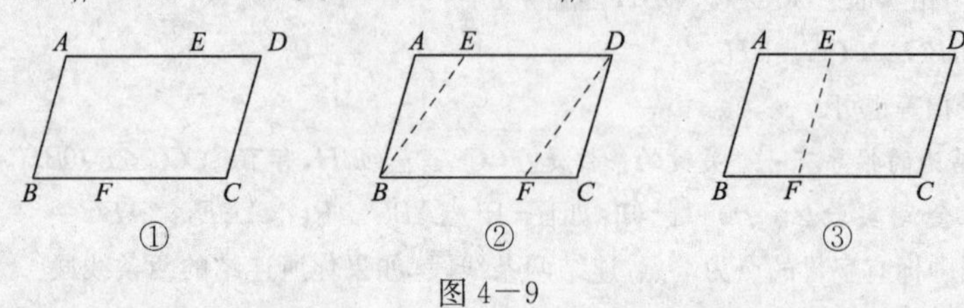

图 4－9

② 设 $AE=BF$. 如图 4－9③，已知▱$ABCD$，$AE=BF$（补充题设），求证：▱$ABFE$（提出结论）.

证明：连结 EF，∵ ▱$ABCD$，∴ $AD/\!/BC$. ∴ $AE/\!/BF$. 又 $AE=BF$. ∴ ▱$ABFE$.

说明　本例在补充题设上只有两种可能，即 $AE=CF$ 或 $AE=BF$.

例 24　（襄樊市，2002）我们在研究等腰梯形时，常常通过作辅助线，将等腰梯形转化为三角形，然后用三角形的知识来解决等腰梯形的问题.

(1) 在下面四个等腰梯形中，分别作出常用的四种辅助线（作图工具不限）.

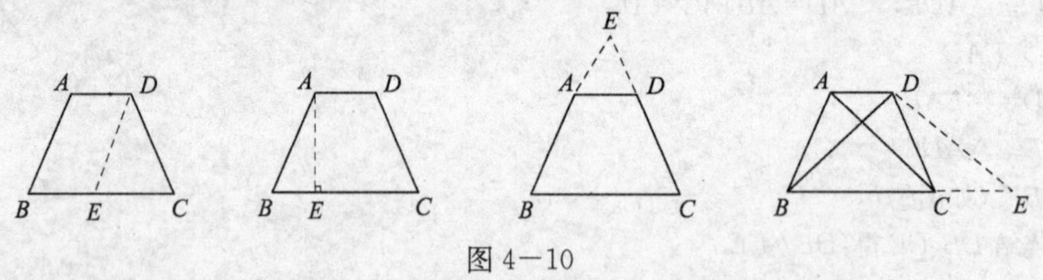

图 4－10

(2) 请你任意选择(1)中的一个图形，证明“等腰梯形在同一底上的两个角相等”.

(3) 已知：在梯形 $ABCD$ 中，$AD/\!/BC$，$AB=DC$，$DE\perp BC$ 于 E，$AC\perp BD$，求证：$DE=\frac{1}{2}(AD+BC)$.

分析　(1) 梯形常用辅助线有：① 作底边上的高；② 过顶点作腰的平行线；③ 过顶点作对角线的平行线；④ 延长两腰交于一点等. (2) 略；(3) 过 D 作 $DF/\!/AC$ 交 BC 延长线于 F，证 $CF=AD$，$\angle BDF=90^\circ$，$DF=BD$，由 $DE=\frac{1}{2}BF$，证明 $DE=\frac{1}{2}(AD+BC)$.

解　(1) 辅助线作法如图所示.

(2) 证明：过点 D 作 $DM/\!/AD$ 交 BC 于点 M，如图 4－11.

∵ $AD/\!/BC$，$DM/\!/AB$，∴ $AB=DM$.

∵ $AB=DC$，∴ $DM=DC$. ∴ $\angle 1=\angle C$.

∵ $\angle 1=\angle B$，∴ $\angle B=\angle C$.

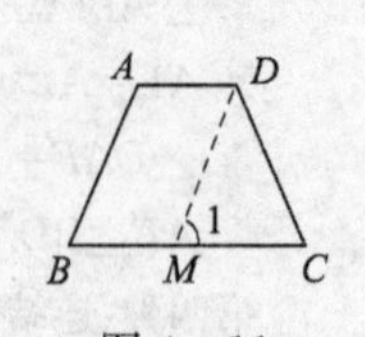

图 4－11

(3) $DE=\frac{1}{2}(AD+BC)$.

证明：过点 D 作 $DF/\!/AC$ 交 BC 延长线于点 F，如图 4－12.

∵ $AD/\!/BC$，∴ $AD=CF$，$AC=DF$.

∵ $AC=BD$，∴ $BD=DF$.

又∵ $AC\perp BD$，∴ $BD\perp DF$. 即△BDF 为等腰直角三角形.

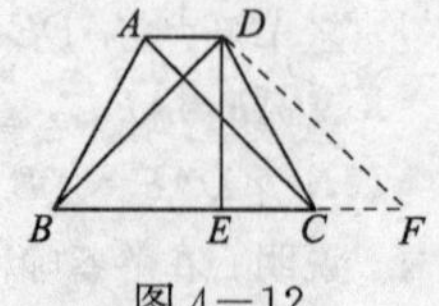

图 4－12

$\because DE\perp BF$，$\therefore BE=EF$.

$\therefore DE=\frac{1}{2}BF$. $\therefore DE=\frac{1}{2}(BC+CF)=\frac{1}{2}(BC+AD)$.

说明　梯形的常用辅助线是解决梯形有关的证明和计算的有效手段，是实现将四边形问题转化为三角形问题来解决的有力武器.

例 25　（杭州市，2000）在平面上有且只有四个点，这四个点有一个独特的性质：每两点之间的距离有且只有两种长度. 例如正方形 $ABCD$（如图 4－13），有 $AB=BC=CD=DA\neq AC=BD$. 请画出具有这种独特性质的另外四种不同的图形，并标明相等的线段.

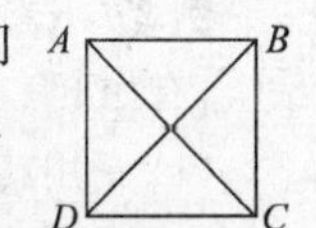

图 4－13

分析　因为三点构成一个三角形，故第四个点在该三角形内部或外部. 当第四个顶点在该三角形内部时，可考虑该三角形是等腰三角形或等边三角形；当第四个顶点在三角形外部时，可考虑该三角形是等边三角形.

解　依题意，可得

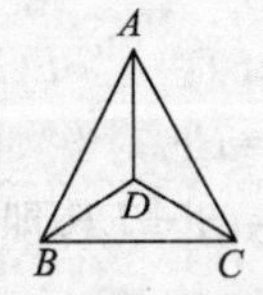

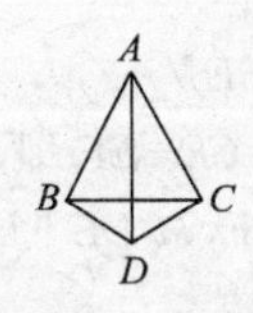

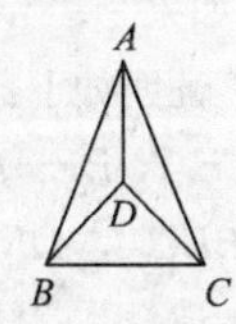

$AB=BC=CA$　$AB=AC=AD=BC$　$AB=AC$

$OA=OB=OC$　$BD=CD$　$OA=OB=OC=BC$

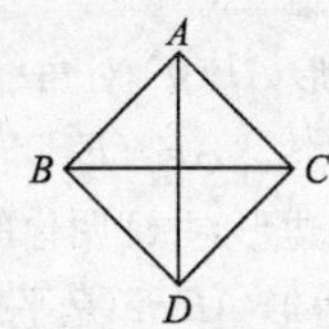

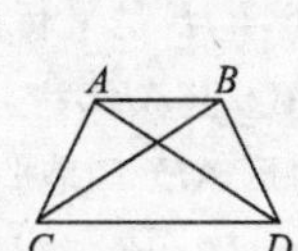

$AB=AC=DB=DC=BC$　$AB=AC=BD$　$AD=BC=CD$

说明　本例考查了学生的创新能力和探索精神，有利于培养学生的发散思维.

例 26　（黄冈市，2001）已知：如图 4－14，$\triangle ABC$ 中，$AB=AC=10$，$BC=12$，F 为 BC 的中点，D 是 FC 上的一点，过点 D 作 BC 的垂线交 AC 于点 G，交 BA 的延长线于点 E，如果设 $DC=x$，则

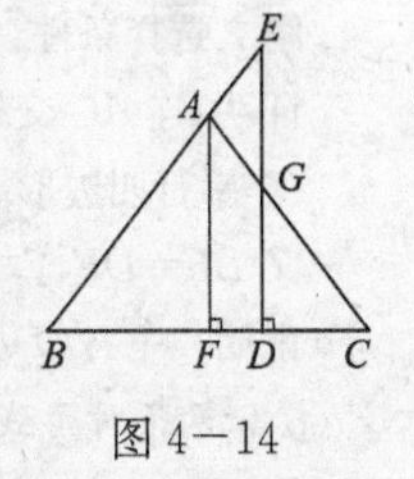

图 4－14

（1）图中哪些线段（如线段 BD 可记作 y_{BD}）可以看成是 x 的函数，如 $y_{BD}=12-x(0<x<6)$，$y_{FD}=6-x(x<x<6)$. 请再写出其中的四个函数关系式：①________；②________；③________；④________.

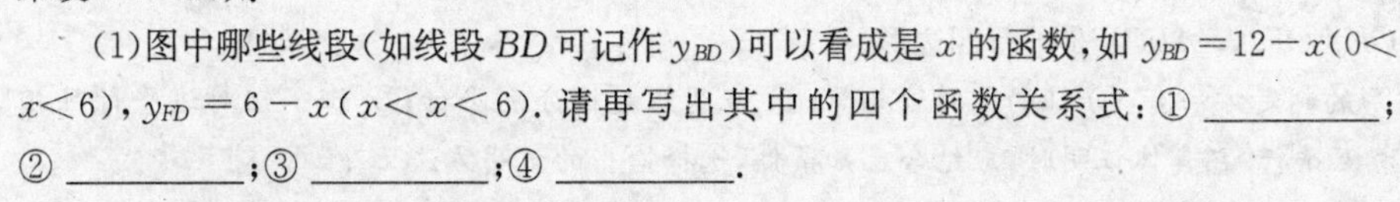

（2）图中哪些图形的面积（如$\triangle CDG$ 的面积可记作 $S_{\triangle CDG}$）可以看成是 x 的函数，如 $S_{\triangle CDG}=\frac{2}{3}x^2$ $(0<x<6)$. 请再写出其中的两个函数关系式：①________；②________.

分析　由 $DG/\!/AF$，$AF/\!/ED$ 得$\triangle CDG\backsim\triangle CFA$，$\triangle BAF\backsim\triangle BED$，由比例线段求有关线段的长与 x 之间的函数关系，并可求出有关三角形、四边形的面积与 x 之间的函数关系式.

解　（1）① $y_{DG}=\frac{4}{3}x$；② $y_{GC}=\frac{5}{3}x$；③ $y_{AG}=-\frac{5}{3}x+10$；④ $y_{AE}=\frac{5}{3}(6-x)=-\frac{5}{3}x+10$；⑤ $y_{DE}=\frac{4}{3}(12-x)=-\frac{4}{3}x+16$；⑥ $y_{EG}-\frac{8}{3}(6-x)=-\frac{8}{3}x+16$；⑦ $y_{BE}=\frac{5}{3}(12-x)=-\frac{5}{3}x+20$ 等，

其中 $0<x<6$.

（2）① $S_{\triangle AEG}=\frac{4}{3}(6-x)^2=\frac{4}{3}x^2-16x+48$；② $S_{\triangle RDE}=\frac{2}{3}(12-x)^2=\frac{2}{3}x^2-16x+96$；

③ $S_{四边形AGDF}=\frac{2}{3}(36-x^2)=-\frac{2}{3}x^2+24$；④ $S_{四边形ABDG}=-\frac{2}{3}x^2+48$；

⑤ $S_{四边形AFDE}=\frac{2}{3}(12-x)^2-24=\frac{2}{3}x^2-16x+72$；

⑥ $S_{四四边形BEGC}=\frac{4}{3}(72-12x+x^2)=\frac{4}{3}x^2+16x+96$ 等，其中，$0<x<6$.

说明　本例利用相似比例转化结论是关键.

例 27　(湖南省岳阳市课改区，2006)如图 4－15，△ADF 和△BCE 中，$\angle A=\angle B$，点 D,E,F,C 在同一直线上，有如下三个关系式：① $AD=BC$；② $DE=CF$；③ $BE/\!/AF$.

(1) 请用其中两个关系式作为条件，另一个作为结论，写出所有你认为正确的命题.(用序号写出命题书写形式，如：如果⊗、⊗，那么⊗)

(2) 选择(1)中你写出的一个命题，说明它正确的理由.

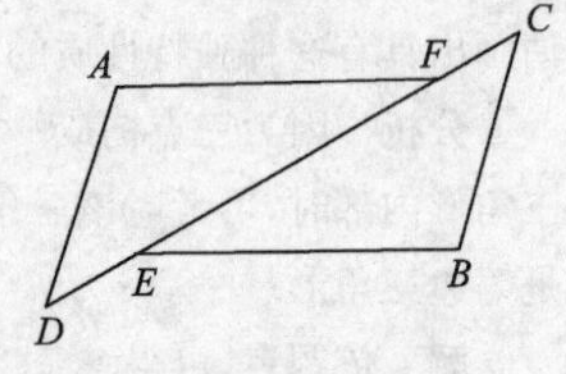

图 4－15

分析　按 3 个条件中两个作为条件，另一个作为结论，有三种可能，即由①、②⇒③；①、③⇒②；②、③⇒①.

解　(1) 如果①、③，那么②. 如果②、③，那么①.

(2) 对于"如果①、③，那么②"证明如下：∵ $BE/\!/AF$，∴ $\angle AFD=\angle BEC$. ∵ $AD=BC$，$\angle A=\angle B$，∴ △ADF≌△BCE. ∴ $DF=CE$. ∴ $DF-EF=CE-EF$. 即 $DE=CF$. 对于"如果②、③，那么①"证明如下：∵ $BE/\!/AF$，∴ $\angle AFD=\angle BEC$. ∵ $DE=CF$，∴ $DE+EF=CF+EF$. 即 $DF=CE$. ∵ $\angle A=\angle B$，∴ △ADF≌△BCE. ∴ $AD=BC$.

说明　由①，②作为条件，③作为结论的命题不是真命题，此时两三角形△ADF 和△BCE 只有 $AD=BC$，$DF=CE$ 成立，不具备△ADF≌△BCE 的条件.

例 28　(邵阳市，2006)如图 4－16，E,F 是平行四边形 $ABCD$ 对角线 BD 上的两点，给出下列三个条件：① $BE=DF$；② $\angle AEB=\angle DFC$；③ $AF/\!/EC$. 请你从中选择一个适当的条件__________，使四边形 $AECF$ 是平行四边形，并证明你的结论.

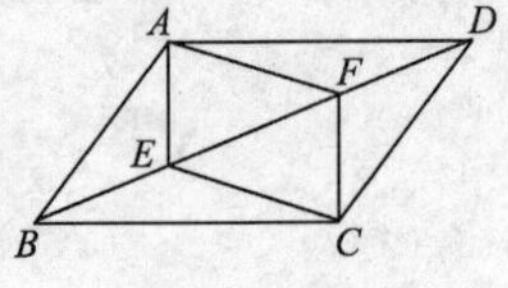

图 4－16

分析　由▱$ABCD$ 易知 AB ∥= CD，AD ∥= BC，欲证四边形 $AECF$ 是平行四边形，只需证 AE ∥= CF 或 AF ∥= CE，即只需证△ABE≌△CDF 或△AFD≌△CEB(也可以连结 AC，证 AC 和 EF 相互平分)，故上述三个条件，任意补充一个都可.

解　选择条件：$BE=DF$.

证明：连 AC 交 BD 于 O 点.

∵ 平行四边形 $ABCD$ 中，AC，BD 为对角线，∴ $OA=OC$，$OB=OD$.

又 $BE=DF$，∴ $OE=OF$. ∴ $AECF$ 是平行四边形.

说明　平行四边形的判定方法有：① 证两组对边相等；② 证两组对边分别平行；③ 证一组对边平行且相等；④ 证两条对角线相互平行. 在具体证明时，应结合已知条件，选择恰当的证明方法.

例 29　(仙桃市、潜江市、江汉油田，2006)如图 4－17，在△ABC 中，D 为 BC 边的中点，过 D 点分别作 $DE/\!/AB$ 交 AC 于点 E，$DF/\!/AC$ 交 AB 于点 F.

(1) 证明：△BDF≌△DCE；

(2) 如果给△ABC 添加一个条件，使四边形 $AFDE$ 成为菱形，则该条件是________；如果给△ABC 添加一个条件，使四边形 $AFDE$ 成为矩形，则该条件是________.

(均不再增添辅助线)请选择一个结论进行证明.

分析　(1) 由 $DE/\!/AB$ 得 $\angle EDC=\angle B$，$DF/\!/AC$ 得 $\angle BDF=\angle C$，又 $BD=DC$，故△BDF≌△DCE 可证；(2) 若△ABC 为等腰形，则有 $DF=BF$，而 $DE=BF$，则有 $DF=DE$，则四边形 $AFDE$ 为菱形；若 $\angle A=90°$，则有四边形 $AFDE$ 为矩形.

解　(1) 证明：∵ $DE/\!/AB$，

∴ $\angle EDC=\angle FBD$.

∵ $DF/\!/AC$，∴ $\angle FDB=\angle ECD$.

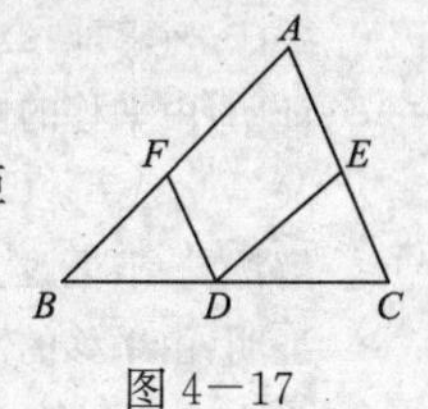

图 4－17

又∵ $BD=DC$

∴ $\triangle BDF\cong\triangle DCE$.

(2) ① 当 $AB=AC$ 时，四边形 $AFDE$ 为菱形；② 当 $\angle A=90°$ 时，四边形 $AFDE$ 为矩形.

证明①如下：

∵ $AB=AC$，∴ $\angle B=\angle C$. ∵ $DF\parallel AC$，∴ $\angle BDF=\angle C$.

∴ $\angle B=\angle BDF$. ∴ $BF=FD$. 由(1)知 $BF-DE$. ∴ $DF=DE$.

又∵ $DF\parallel AE$，$DE\parallel AF$，∴ 四边形 $AFDE$ 是平行四边形. ∴ $\square AFDE$ 为菱形.

说明　菱形的判定方法有：① 证四条边都相等；② 证一组邻边相等的平行四边形；③ 证对角线垂直的平行四边形. 矩形的判定方法有：① 证三个内角都是 90°；② 证一个内角是 90°的平行四边形；③ 证对角线相等的平行四边形.

例 30　(贵港市，2006)如图 4－18 所示，四边形 $ABCD$ 是平行四边形，E，F 分别在 AD，CB 的延长线上，且 $DE=BF$，连接 FE 分别交 AB，CD 于点 H，G.

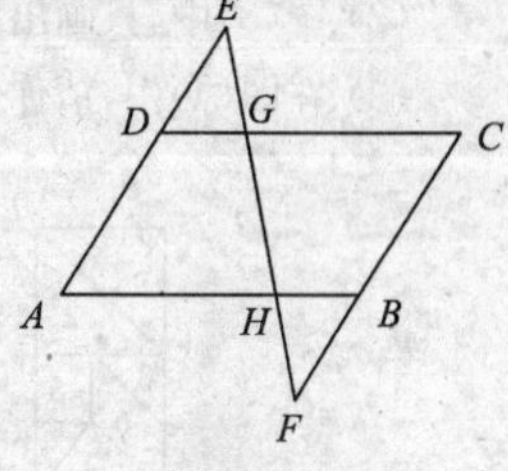

图 4－18

(1) 观察图中有几对全等三角形，并把它们写出来；

(2) 请你选择(1)中的其中一对全等三角形给予证明.

[加油站]

聪明的你如果还有时间，请在上图中连接 AF，CE，你将发现图中出现了更多的全等三角形. 请在下面的横线上再写出两对与(1)不同的全等三角形(不用证明). 你将可以获得奖励.

1. ____________________，2. ____________________.

分析　(1) 易观察得到 $\triangle EDG\cong\triangle FBH$，$\triangle EAH\cong\triangle FCG$. (2) 由 $DE=BF$，四边形 $ABCD$ 是平行四边形易证(1).

解　(1) 2 对. $\triangle EDG\cong\triangle FBH$；$\triangle EAH\cong\triangle FCG$.

(2) 选证 $\triangle EDG\cong\triangle FBH$.

∵ 四边形 $ABCD$ 是平行四边形，∴ $AE\parallel CF$，$DC\parallel AB$，∴ $\angle E=\angle F$，$\angle EGD=\angle AHG$.

∵ $\angle AHG=\angle FHB$，∴ $\angle EGD=\angle FHB$.

∵ $DE=BF$. ∴ $\triangle EDG\cong\triangle FBH$.

加油站：(1) $\triangle EDC\cong\triangle FBA$，(2) $\triangle EAF\cong\triangle FCE$($\triangle EGC\cong\triangle FHA$).

说明　连结 AF，EC 后，易证四边形 $AECF$ 为平行四边形，得 $AF \underline{\parallel} CE$，故 $\triangle EDC\cong\triangle FBA$，$\triangle EAF\cong\triangle FCE$，$\triangle EGC\cong\triangle FHA$ 易证.

例 31　(南宁市，2006)将如图(1)中的矩形 $ABCD$ 沿对角线 AC 剪开，再把 $\triangle ABC$ 沿着 AD 方向平移，得到如图(2)中的 $\triangle A'BC'$，除 $\triangle ADC$ 与 $\triangle C'BA'$ 全等外，你还可以指出哪几对全等的三角形(不能添加辅助线和字母)？请选择其中一对加以证明.

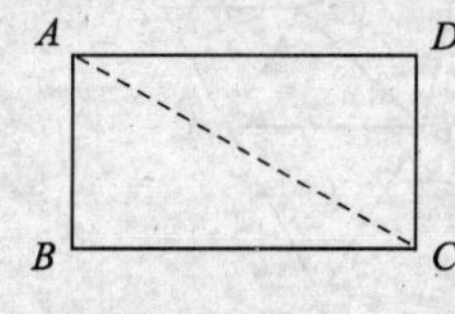

图 4－19 (1)

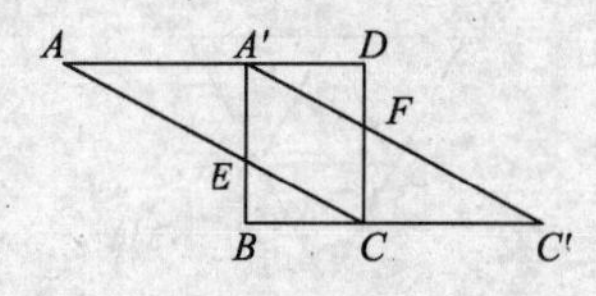

图 4－19 (2)

分析　由图易知 $\triangle AA'E\cong\triangle C'CF$，$\triangle A'DF\cong\triangle CBE$. 由平移的性质易知 $A'E\parallel CF$，$A'F\parallel CE$，$AA'=CC'$.

解　有两对全等三角形，分别为：

$\triangle AA'E\cong\triangle C'CF$，$\triangle A'DF\cong\triangle CBE$.

解法一:求证:$\triangle AA'E\cong\triangle C'CF$.

证明:由平移的性质可知:$AA'=CC'$,

又∵ $\angle A=\angle C'$,$\angle AA'E=\angle C'CF=90°$. ∴ $\triangle AA'E\cong\triangle C'CF$.

解法二:求证:$\triangle A'DF\cong\triangle CBE$

证明:由平移的性质可知:$A'E/\!/CF$,$A'F/\!/CE$.

∴ 四边形 $A'ECF$ 是平行四边形. ∴ $A'F=CE$,$A'E=CF$.

∵ $A'B=CD$,∴ $DF=BE$. 又∵ $\angle B=\angle D=90°$,∴ $\triangle A'DF\cong\triangle CBE$.

例 32 (烟台市,2002)校教具制造车间有等腰直角三角形、正方形、平行四边形三种塑料板若干,数学兴趣小组的同学利用其中 7 块,恰好拼成了一个矩形;如图 4—20(1)]. 后来,又用它们分别拼出了 X,Y,Z 等字母模型;如图(2),(3),(4)],如果每块塑料板保持图 1 的标号不变,请你参与:

(1) 将图(2)中每块塑料板对应的标号填上去;

(2) 图(3)中,只画出了标号 7 的塑料板位置,请你适当画线,找出其他 6 块塑料板,并填上标号;

(3) 在图(4)中,请你适当画线,找出 7 块塑料板,并填上标号.

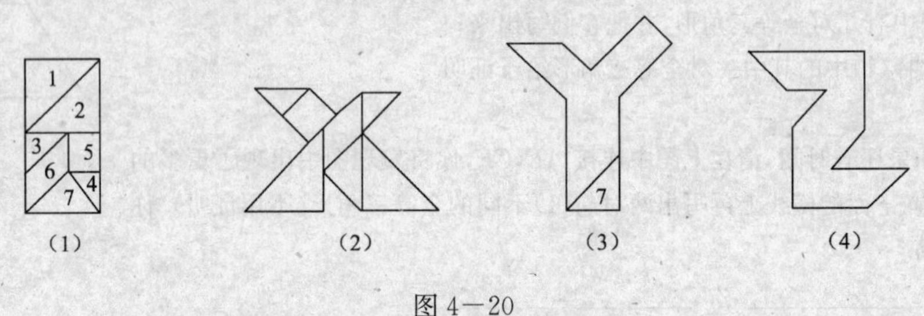

图 4—20

分析 仔细观察每块塑料板的形状,对图形进行合理分割即可.

解

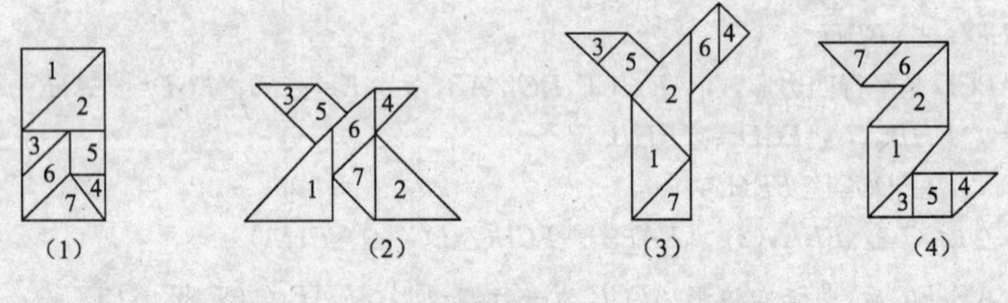

图 4—21

例 33 (北京市海淀区,2005)已知$\triangle ABC$,分别以 AB,BC,CA 为边向形外作等边三角形 ABD,等边三角形 BCE,等边三角形 ACF.

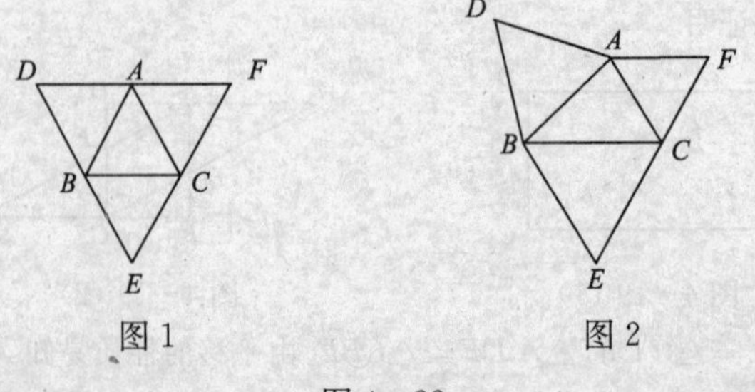

图 4—22

(1) 如图 1,当$\triangle ABC$ 是等边三角形时,请你写出满足图中条件四个成立的结论;

(2) 如图 2,当$\triangle ABC$ 中只有$\angle ACB=60°$时,请你证明 $S_{\triangle ABC}$ 与 $S_{\triangle ABD}$ 的和等于 $S_{\triangle BCE}$ 与 $S_{\triangle ACF}$ 的和.

解　(1) 略.

(2) 过 A 作 $AM // FC$ 交 BC 于 M，连结 DM、EM.

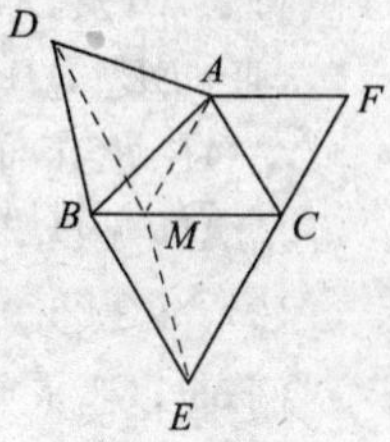

$\because \angle ACB=60^\circ, \angle CAF=60^\circ$，所以 $\angle ACB=\angle CAF$.

$\therefore AF // MC$.

$\therefore$ 四边形 $AMCF$ 是平行四边形.

又 $\because FA=FC$，

$\therefore \square AMCF$ 是菱形.

$\therefore AC=CM=AM$，且 $\angle MAC=60^\circ$.

图 4－23

在 $\triangle BAC$ 与 $\triangle EMC$ 中，$CA=CM, \angle ACB=\angle MCE, CB=CE$，

$\therefore \triangle BAC \cong \triangle EMC$. $\therefore DM=BC$.

则 $DM=EB, DB=EM$.

$\therefore$ 四边形 $DBEM$ 是平行四边形.

$\therefore S_{\triangle BDM}+S_{\triangle DAM}+S_{\triangle MAC}=S_{\triangle BEM}+S_{\triangle EMC}+S_{\triangle ACF}$. 即 $S_{\triangle ABC}+S_{\triangle ABD}=S_{\triangle BCE}+S_{\triangle ACF}$.

说明　本例通过过 A 作平行线将图形的面积进行了巧妙的分割，化整体为局部，化不规则图形为规则图形，这种解题方法值得借鉴.

例 34　(邵阳市，2006) 如图 4－24，在 $\triangle ABC$ 中，D，E 分别是 AC，AB 上的点，BD 与 CE 交于点 O，给出下列四个条件：① $\angle EBO=\angle DCO$；② $\angle BEO=\angle CDO$；③ $BE=CD$；④ $OB=OC$.

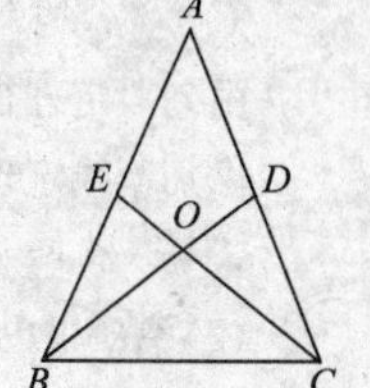

图 4－24

(1) 上述四个条件中，哪两个条件可判定 $\triangle ABC$ 是等腰三角形：______，______.

(2) 根据你所选的条件，证明 $\triangle ABC$ 是等腰三角形.

分析　(1) 只要能使 $\triangle BEO \cong \triangle CDO$，则有 $\triangle ABC$ 为等腰三角形. (2) 略.

解　(1) 在上述四个条件中，选两个的方法有：

① $\angle EBO=\angle DCO, OB=OC$；　② $\angle EBO=\angle DCO, BE=CD$；

③ $\angle BEO=\angle CDO, OB=OC$；　④ $\angle BEO=\angle CDO, BE=CD$.

(2) 选①，证明如下：$\because OB=OC$，$\therefore \angle OBC=\angle OCB$

又 $\angle EBO=\angle DCO$，　$\therefore \angle OBC+\angle EBO=\angle OCB+\angle DCO$

即 $\angle ABC=\angle ACB$　$\therefore AB=AC$

说明　在选两个条件时，若选①②或③④都不能保证 $\triangle BEO \cong \triangle CDO$.

例 35　(绵阳市，2003) 已知：如图 4－25，AB 为 $\odot O$ 的直径，C，D 是半圆弧上的两点，E 是 AB 上除 O 外的一点，AC 与 DE 相交于 F. ① $\overset{\frown}{AD}=\overset{\frown}{CD}$，② $DE \perp AB$，③ $AF=DF$.

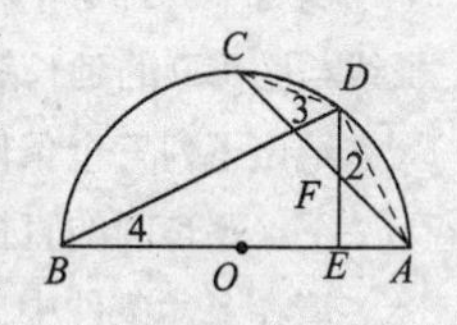

图 4－25

(1) 写出"以①②③中的任意两个为条件，推出第三个(结论)"的一个正确命题，并加以证明；

(2) "以①②③中的任意两个为条件，推出第三个(结论)"可以组成多少个正确的命题？(不必说明理由)

证明　(1) (Ⅰ) $\overset{\frown}{AD}=\overset{\frown}{CD}$ 且 $DE \perp AB \Rightarrow AF=DF$. 连结 AD，BD，CD

$\because \overset{\frown}{AD}=\overset{\frown}{CD}, \overset{\frown}{AD}=\overset{\frown}{AD}$，$\therefore \angle 2=\angle 3, \angle 3=\angle 4$，$\therefore \angle 2=\angle 4$.

$\because AB$ 是 $\odot O$ 的直径，$\therefore \angle ADB=90^\circ$，又 $\because DE \perp AB$，$\therefore \angle 1=\angle 4$，$\therefore \angle 1=\angle 2$. 故 $AF=DF$.

说明　连结 OD，OF 亦可简捷证得(下面Ⅱ，Ⅲ同).

(Ⅱ) $\overset{\frown}{AD}=\overset{\frown}{CD}$，且 $AF=DF \Rightarrow DE \perp AB$.

连结 AD，BD，CD.

$\because \overset{\frown}{AD}=\overset{\frown}{CD}, \overset{\frown}{AD}=\overset{\frown}{AD}$　$\therefore \angle 2=\angle 3, \angle 3=\angle 4$，$\therefore \angle 2=\angle 4$.

$\because AF=DF$，$\therefore \angle 1=\angle 2$，$\therefore \angle 1=\angle 4$. 又 $\because \angle BAD=\angle DAE$，$\therefore \angle DEA=\angle BDA$.

由于 AB 是⊙O 的直径，所以 $\angle BDA=90°$. ∴ $\angle DEA=90°$，即 $DE\perp AB$.

(Ⅲ) $DE\perp AB$ 且 $AF=DF\Rightarrow \overset{\frown}{AD}=\overset{\frown}{CD}$. 连结 AD,BD,CD(如图).

∵ AB 是⊙O 的直径，∴ $\angle ADB=90°$. ∴ $DE\perp AB$，∴ $\angle 1=\angle 4$.

∵ $\overset{\frown}{AD}=\overset{\frown}{CD}$，∴ $\angle 4=\angle 3$. 又∵ $AF=DF$，∴ $\angle 1=\angle 2$. 从而 $\angle 2=\angle 3$，即 $\overset{\frown}{AD}=\overset{\frown}{CD}$.

(2) "以①②③中的任意两个为条件，推出第三个(结论)"可以组成 3 个正确的命题.

例 36 (北京市东城区，2000)已知：如图 4－26，AB,AC,ED 分别切⊙O 于点 B,C,D，且 $AC\perp DE$ 于 E，BE 的延长线交直线 DE 于点 F. 若 $BC=24$，$\sin\angle F=\frac{3}{5}$.

(1) 求 EF 的长；

(2) 试判断直线 AB 与 CD 是否平行？若平行，给出证明；若不平行，说明理由.

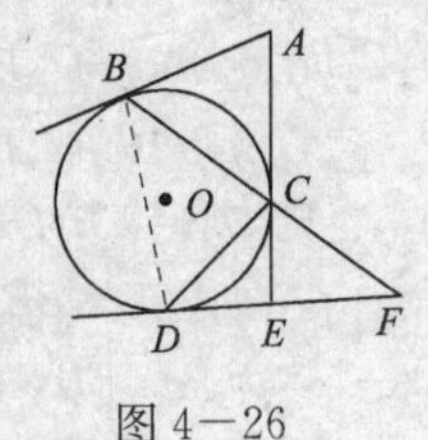

图 4－26

分析 (1) 由 $\sin\angle F=\frac{3}{5}$ 可设 $CE=3x$，$CF=5x$，则 $CF=4x$，又 $DE=EC=3x$，由 $DF^2=CF\cdot FB$ 可求 x 的值；(2) 欲判断 AB 与 CD 的位置关系，可判断 $\angle ABC$ 与 $\angle BCD$ 的大小关系，即 $\angle BDC$ 与 $\angle BCD$ 的大小关系. 由已知分别求出 BD,BC 的长，判断 BD 与 BC 的大小关系即可.

解 (1) 在 Rt△CEF 中，$\angle CEF=90°$，由 $\sin\angle F=\frac{3}{5}$，设 $CE=3x$，$CF=5x$.

由勾股定理得 $EF=4x$. ∵ ED,EC 分别切⊙O 于点 D,C，∴ $ED=EC=3x$.

由切割线定理得 $FD^2=FC\cdot FB$. 即 $(7x^2)=5x\cdot(5x+24)$.

∴ $x^2-5x=0$，∴ $x_1=5$，$x_2=0$(不合题意，舍去). ∴ $EF=4x=20$.

(2) AB 与 OD 不平行，连结 BD. ∵ BD 切⊙O 于点 O，∴ $\angle CBD=\angle CDF$.

又∵ $\angle F=\angle F$，∴ △BDF∽△DCF. ∴ $\frac{BD}{DC}=\frac{DF}{CF}$. ∴ $CF=5x=25$，$DF=7x=35$，

在等腰直角△CDE 中，可求得 $DC=15\sqrt{2}$，解得 $BD=21\sqrt{2}$.

∵ $BC=24$，∴ $BD\neq BC$. ∴ $\angle BDC\neq\angle BCD$.

又∵ AB 切⊙O 于点 B，∴ $\angle ABC=\angle BDC$. ∴ $\angle ABC\neq\angle BCD$. ∴ AB 与 CD 不平行.

说明 本例(2)的问法具有一定的开放性，在分析问题时，应善于将两直线的位置关系转化为两线段的大小关系来解决.

例 37 (宁夏回族自治区课改区，2006)如图 4－27，点 A,B,D,E 在圆上，弦 AE 的延长线与弦 BD 的延长线相交于点 C.

给出下列三个条件：

① AB 是圆的直径；② D 是 BC 的中点；③ $AB=AC$.

请在上述条件中选取两个作为已知条件，第三个作为结论，写出一个你认为正确的命题，并加以证明.

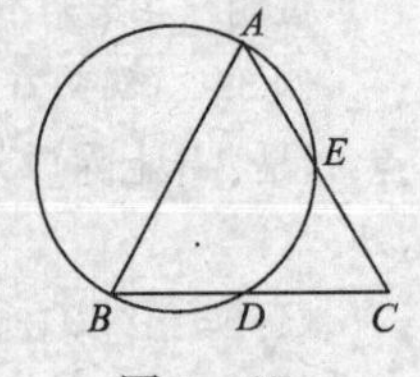

图 4－27

条件：____________________.

结论：____________________.

证明：

分析 任意两个条件作为题设，另一个作为结论，命题都成立.

解 命题一：条件：AB 是圆的直径，D 是 BC 的中点. 结论：$AB=AC$.

证明：连结 AD.

∵ AB 是圆的直径，∴ $\angle ADB=90°$. 即 $AD\perp BC$. ∵ D 是 BC 的中点，∴ $BD=DC$，∴ $AB=AC$.

命题二：条件：AB 是圆的直径，$AB=AC$. 结论：D 是 BC 的中点.

命题三：条件：$AB=AC$，D 是 BC 的中点.

结论：AB 是圆的直径.

例 38　(甘肃省，2005)如图 4－28，AO 是$\triangle ABC$ 的中线，$\odot O$ 与 AB 边相切于点 D.

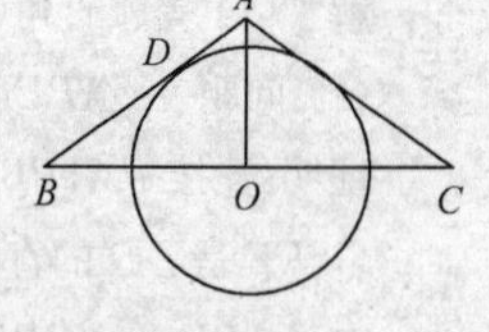

图 4－28

(1) 要使$\odot O$ 与 AC 边也相切，应增加条件________.(任写一个)

(2) 增加条件后，请你证明$\odot O$ 与 AC 边相切.

分析　(1) 欲使$\odot O$ 与 AC 相切，则须满足 O 到 AC 的距离等于 OD，则须使$\triangle ABC$ 为等腰三角形，故增加的条件就很方便了.(2) 略.

解　(1) 答案不唯一.可以是$\angle B=\angle C$、$AB=AC$、$\angle BAO=\angle CAO$、$AO\perp BC$ 等.

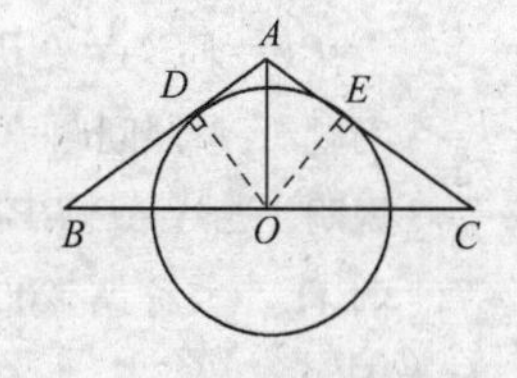

图 4－29

(2) 增加条件$\angle B=\angle C$ 后，$\odot O$ 与 AC 边相切.

证明：连接 OD，作 $OE\perp AC$，垂足为 E.

$\because$ $\odot O$ 与 AB 边相切于点 D，$\therefore$ $\angle BDO=\angle CEO=90^\circ$

$\because$ AO 是$\triangle ABC$ 的中线，$\therefore$ $OB=OC$.

又$\because$ $\angle B=\angle C$，$\therefore$ $\triangle BDO\cong\triangle CEO$. $\therefore$ $OE=OD$.

$\because$ OD 是$\odot O$ 的半径，$\therefore$ OE 是$\odot O$ 的半径. $\therefore$ $\odot O$ 与 AC 边相切.

说明　这种开放性的问题较之传统的几何证明问题在形式上新颖，在解题上入口宽，学生便于探索，是近几年中考命题的热点.

例 39　(哈尔滨市课改区，2006)如图 4－30，在钝角$\triangle ABC$ 中，$AB=AC$，以 BC 为直径为$\odot O$，$\odot O$ 与 BA，CA 的延长线分别交于 E，D 两点，连结 AO，DB，EC，试写出图中所有的全等三角形，并对其中一对全等三角形进行证明.

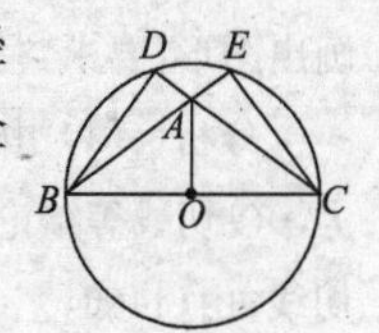

图 4－30

分析　由图形易猜想有$\triangle ADB\cong\triangle AEC$，$\triangle ABO\cong\triangle ACO$，$\triangle DBC\cong\triangle ECB$.

解　$\triangle ADB\cong\triangle ACE$，$\triangle ABO\cong\triangle ACO$，$\triangle DBC\cong\triangle ECB$.

证明$\triangle ABO\cong\triangle ACO$.

证明：$AB=AC$，$OA=OA$，$BO=CO$，$\therefore$ $\triangle ABO\cong\triangle ACO$.

例 40　(盐城市，2006)已知：AB 为$\odot O$ 的直径，P 为 AB 弧的中点.

(1) 若$\odot O'$与$\odot O$ 外切于点 P(见图甲)，AP，BP 的延长线分别交$\odot O'$于点 C、D，连接 CD，则$\triangle ACD$ 是________三角形；

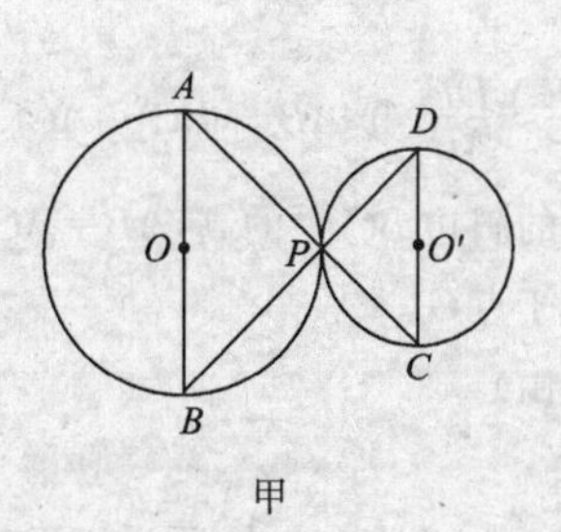

甲

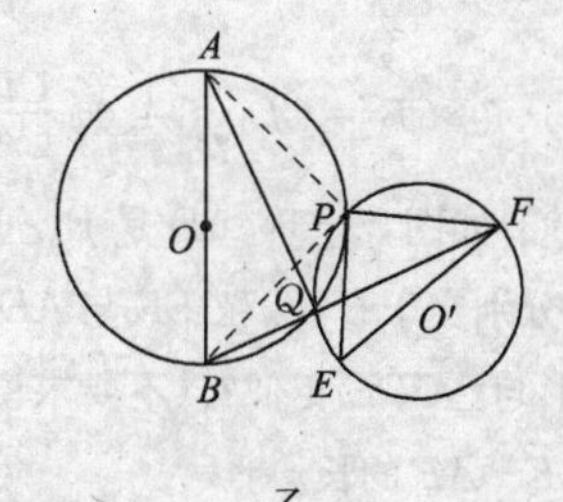

乙

图 4－31

(2) 若$\odot O'$与$\odot O$ 相交于点 P，Q(见图乙)，连接 AQ、BQ 并延长分别交$\odot O'$于点 E，F，请选择下列两个问题中的一个作答：

问题一：判断$\triangle PEF$ 的形状，并证明你的结论；

问题二：判断线段 AE 与 BF 的关系，并证明你的结论.

我选择问题________，结论：____.

证明：

分析　(1) 易知$\angle APB=\angle DPC=90^\circ$，$\angle A=\angle B=45^\circ$，过点$P$作两圆公切线$l$，易证$AB /\!/ CD$，故$\angle C=\angle A=45^\circ$，故$\triangle PCD$是等腰直角三角形.(2) 两者选其一予以证明即可.

解　(1) 等腰直角(只填"等腰"或"直角"的应扣分)；

(2) 问题一：$\triangle PEF$是等腰直角三角形.

证明：连接PA，PB，$\because$ AB是直径，$\therefore$ $\angle AQB=\angle EQF=90^\circ$.

$\therefore$ EF是$\odot O'$的直径，$\therefore$ $\angle EPF=90^\circ$.

在$\triangle APE$和$\triangle BPF$中：$\because$ $PA=PB$，$\angle PBF=\angle PAE$，

$\angle APE=\angle BPF=90^\circ+\angle EPB$，$\therefore$ $\triangle APE\cong\triangle BPF$.

$\therefore$ $PE=PF$，$\therefore$ $\triangle PEF$是等腰直角三角形.

问题二：参照问题一的过程.

说明　连结AP，PB，由$\triangle APE\cong\triangle BPF$得$PE=PF$这种证明思路应从$P$点为$\overset{\frown}{AB}$的中点上得到启发.

例 41　(辽宁省，2000)如图 4－32，AB是$\odot O$的直径，$\odot O$过AC的中点D，$DE\perp BC$，垂足为E.

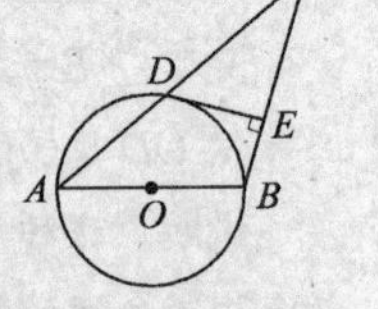

图 4－32

(1) 由这些条件，你能推出哪些正确结论？(要求：不再标注其他字母，找结论的过程中所连辅助线不能出现在结论中，不写推理过程，写出 4 个结论即可)

(2) 若$\angle ABC$为直角，其他条件不变，除上述结论外，你还能推出哪些新的正确结论？并画出图形(要求：写出 6 个结论即可，其他要求同上).

分析　(1) 由D为AC中点，AB为$\odot O$直径，$DE\perp BC$在连结OD，BD的情况下，不难推出$AB=BC$，DE为$\odot O$切线等结论，再从边、角、比例式等角度写出 4 个结论就很容易了；(2) 当$\angle ABC=90^\circ$时，易知BC为$\odot O$切线，由(1)知，$\angle C=\angle A=45^\circ$，$DE /\!/ AB$等结论就容易得到了.

解　(下列结论可供选择)

(1) ① DE是$\odot O$的切线. ② $AB=BC$. ③ $\angle A=\angle C$. ④ $DE^2=BC\cdot CE$. ⑤ $CD^2=CE\cdot CB$.

⑥ $\angle C+\angle CDE=90^\circ$. ⑦ $CE^2+DE^2=CD^2$.

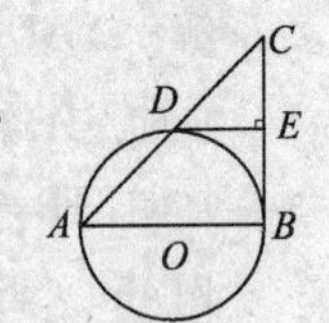

图 4－33

(2) 如图 4－33，① $CE=BE$. ② $DE=BE$. ③ $DE=CE$. ④ $DE /\!/ AB$. ⑤ CB是$\odot O$的切线. ⑥ $DE=\frac{1}{2}AB$. ⑦ $\angle A=\angle CDE=45^\circ$.

⑧$\angle C=\angle CDE=45^\circ$. ⑨ $CB^2=CD\cdot CA$. ⑩ $\frac{CD}{CA}=\frac{CE}{CB}=\frac{DE}{AB}$. ⑪ $AB^2+BC^2=AC^2$. ⑫ $\frac{CD}{DA}=\frac{CE}{EB}$.

例 42　(广东省，1995)如图 4－34，AD是$Rt\triangle ABC$的斜边BC上的高，$AB=AC$，过A，D的圆与AB，AC分别交于E，F，弦EF与AD相交于点G.

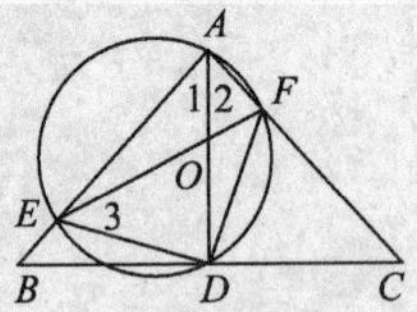

图 4－34

(1) 图中哪些三角形与$\triangle CDE$相似？(不要求说明理由)

(2) 求$BC=2$时，$AE+AF$的长.

分析　(1) 易知$\angle 1=\angle 2=\angle 3=\angle EFD$，$\angle AEF=\angle ADF$；(2) 易证$\triangle BED\cong\triangle AFD$，得$BE=AF$，$AE+AF=AB$，再由$AB=BC\cdot\cos B=2\times\cos 45^\circ$，求$AE+AF$的值.

解　(1) 经观察、思考和推证，不难发现，图中$\triangle GFA\backsim\triangle GDE$，$\triangle EDA\backsim\triangle GDE$，$\triangle FDC\backsim\triangle GDE$，$\triangle AEG\backsim\triangle FDG$.

(2) 在$\triangle BED$和$\triangle AFD$中，

$\because$ $\angle B=\angle 2$，$\angle BED=\angle AFD$，$BD=DA$.

$\therefore$ $\triangle BED\cong\triangle AFD$. $\therefore$ $BE=AE$. $\therefore$ $AE+AF=AB$.

而 $AB=BC\cdot\cos B=2\times\cos45^\circ=\sqrt{2}$. 故 $AE+AF=AB=\sqrt{2}$.

说明　由 $AB=AE+EB$ 可联想将 EB 转化为 AF，故 $AE+AF=AB=BC\cdot\cos B$，这种将两条不在同一直线上的两条线段转化为同一条线段求解的方法，一般称为"补长法".

例 43　(宜昌市，2000)已知：如图 4－35，P 为⊙O 外一点，PA，PB 为⊙O 的切线，A 和 B 是切点，OP 与⊙O 交于点 D，BC 是直径，四边形 $ACOD$ 的面积是△BAD 的面积的 2 倍. 请回答：四边形 $BPAC$ 和⊙O 的面积哪一个大？说明你的理由.

证法一　BC 是⊙O 的直径，∴ $AC\perp AB$.

又∵ PA，PB 与⊙O 相切于点 A，B，

∴ $PA=PB$，$\angle APO=\angle BPO$. ∴ $OP\perp AB$. ∴ $AC/\!/OP$.

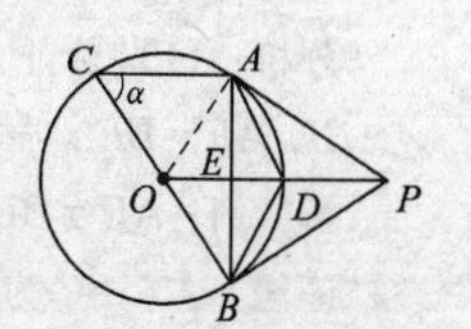

图 4－35

又 $S_{四边形ACOD}=\frac{1}{2}AE\cdot(OD+AC)$，$S_{\triangle ABD}=\frac{1}{2}AB\cdot ED=AE\cdot DE$.

又∵ $S_{四边形ACOD}=2S_{\triangle ABD}$，

∴ $\frac{1}{2}AE\cdot(OD+AC)=2\cdot AE\cdot DE$，即有 $OD+AC=4DE$.

设⊙O 的半径为 r，在 Rt△ABC 中，$AC=BC\cdot\cos\alpha=2r\cos\alpha$，

$DE=DO-EO=r-\frac{1}{2}\times2r\cos\alpha=r-r\cos\alpha$，

$r+2r\cos\alpha=4(r-r\cos\alpha)$，解得 $\cos\alpha=\frac{1}{2}$. ∴ $\alpha=60^\circ$.

$AC=r$，$\angle ABP=60^\circ$，△ABP 为正三角形，$AB=\sqrt{3}r$，

$S_{四边形BPAC}=S_{\triangle ABC}+S_{\triangle ABP}=\frac{1}{2}\cdot r\cdot\sqrt{3}r+\frac{\sqrt{3}}{4}\times(\sqrt{3}r)^2=\frac{5\sqrt{3}}{4}r^2$.

$S_{\odot O}=\pi r^2$. 证得 $\frac{5}{4}\sqrt{3}<\pi$. ∴ $S_{四边形BPAC}<S_{\odot O}$. 故⊙O 的面积大.

证法二　同证法一可证得 $AC/\!/OP$，

又∵ $OC=OB$，∴ $S_{\triangle ABC}=4S_{\triangle DBE}$，∴ $S_{四边形ACOE}=3S_{\triangle DBE}$.

又∵ $S_{四边形ACOD}=2S_{\triangle ABD}=4S_{\triangle AED}$，∴ $S_{四边形ACOD}=3S_{\triangle AED}=3S_{\triangle BED}$. ∴ $S_{\triangle OBE}=S_{\triangle BED}$.

即 $\frac{1}{2}OF\times BE=\frac{1}{2}ED\times BE$.

∴ $OE=DE$.

连结 OA，又∵ $AE\perp OD$，∴ $OA=AD=OD$. 即△AOD 为正三角形. ∴ $\angle C=60^\circ$. 设⊙O 的半径为 r，

又∵ △ABC≌△APO，∴ $OP=2r$，$AP=EP=\sqrt{3}r$.

$S_{四边形ACBP}=2S_{\triangle DAP}+S_{\triangle ADC}=2\times\frac{1}{2}\times r\times\sqrt{3}r+\frac{\sqrt{3}}{4}r^2=\frac{5}{4}\sqrt{3}r^2$.

$S_{\odot O}=\pi r^2$. 比较大小同证法一.

例 44　(辽宁省十一市，2006)已知 BC 为⊙O 直径，D 是直径 BC 上一动点(不与点 B，O，C 重合)，过点 D 作直线 $AH\perp BC$ 交⊙O 于 A，H 两点，F 是⊙O 上一点(不与点 B，C 重合)，且 $\overset{\frown}{AB}=\overset{\frown}{AF}$，直线 BF 交直线 AH 于点 E.

(1) 如图(a)，当点 D 在线段 BO 上时，试判断 AE 与 BE 的大小关系，并证明你的结论；

(2) 当点 D 在线段 OC 上，且 $OD>DC$ 时，其他条件不变.

① 请你在图(b)中画出符合要求的图形，并参照图(a)标记字母；

② 判断(1)中的结论是否还成立，请说明理由.

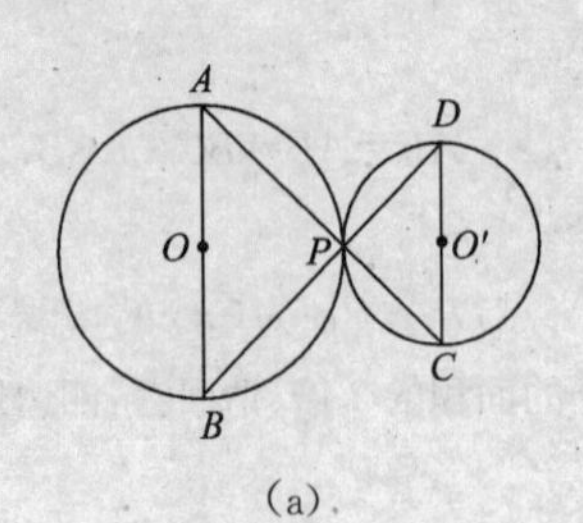

(a)

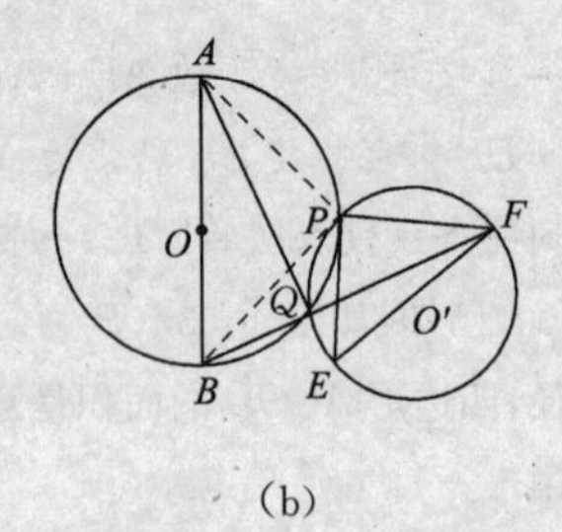

(b)

图 4－36

分析　(1) 易证 $\overset{\frown}{AB}=\overset{\frown}{BH}=\overset{\frown}{AF}$，则$\angle A=\angle ABE$，故 $AE=BE$；(2) 同(1) 易证 $\overset{\frown}{AF}=\overset{\frown}{BH}$，$\angle BAE=\angle ABE$，$AE=BE$.

解　(1) $AE=BE$；

证法一：∵ BC 为⊙O 直径，$AH\perp BC$ 于点 D，

∴ $\overset{\frown}{AB}=\overset{\frown}{BH}$，

又∵ $\overset{\frown}{AB}=\overset{\frown}{AF}$，∴ $\overset{\frown}{BH}=\overset{\frown}{AF}$.

∴ $\angle 1=\angle 2$，∴ $AE=BE$.

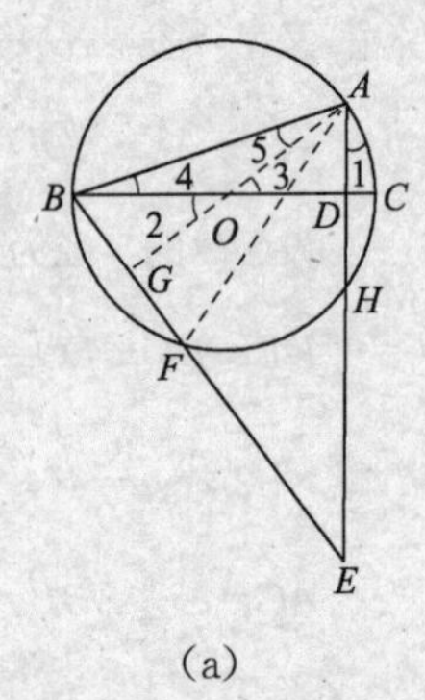

(a)

证法二：连 AF，AC

∵ BC 是⊙O 直径，$AH\perp BC$ 于点 D，∴ $\angle BAC=\angle ADB=90°$.

∴ $\angle 2+\angle ABD=90°$，$\angle ABD+\angle C=90°$，∴ $\angle 2=\angle C$，

∵ $\angle F=\angle C$，∴ $\angle 2=\angle F$，

又∵ $\overset{\frown}{AB}=\overset{\frown}{AF}$，∴ $\angle 1=\angle F$. ∴ $\angle 1=\angle 2$，∴ $AE=BE$.

证法三：连结 OA，交 BF 于点 G，

∵ $\overset{\frown}{AB}=\overset{\frown}{AF}$，∴ $OA\perp BF$.

又∵ $AD\perp BC$，∴ $\angle ADO=\angle BGO$. 又∵ $\angle AOB=\angle AOB$，

∴ $\triangle AOD\backsim\triangle BOG$.

∴ $\angle OBE=\angle OAD$，而 $OA=OB$，∴ $\angle OAB=\angle OBA$，

∴ $\angle 1=\angle 2$，∴ $AE=BE$.

(2) ①所画图形如右图所示.

$AE=BE$ 成立.

证法一：∵ BC 是⊙O 直径，$AH\perp BC$ 于点 D.

∴ $\overset{\frown}{AB}=\overset{\frown}{BH}$.

又∵ $\overset{\frown}{AB}=\overset{\frown}{AF}$，∴ $\overset{\frown}{BH}=\overset{\frown}{AF}$.

∴ $\angle BAE=\angle ABE$. ∴ $AE=BE$.

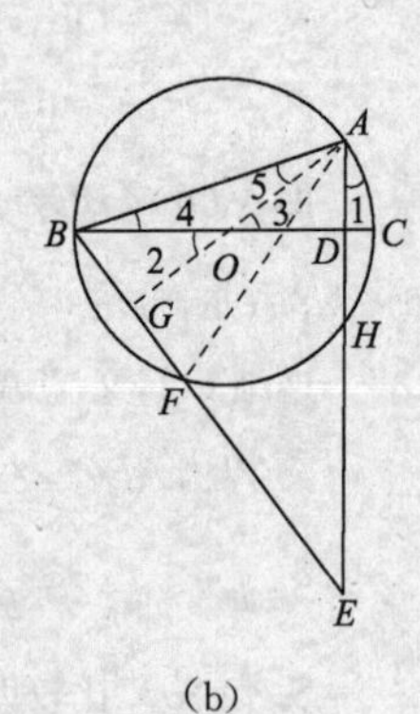

(b)

证法二：连结 AC，AF，

∵ BC 是⊙O 直径，$BC\perp AD$ 于点 D，

∴ $\angle BAC=\angle ADC=90°$，且 $\overset{\frown}{AB}=\overset{\frown}{BH}$. ∴ $\angle BAD=\angle C$.

又∵ $\overset{\frown}{AB}=\overset{\frown}{AF}$，∴ $\angle ABF=\angle AFB$. 又∵ $\angle C=\angle AFB$，∴ $\angle ABF=\angle BAE$.

∴ $BE=AE$.

证法三：连结 AO 并延长 AO 交 BF 于点 G. ∵ $\overset{\frown}{AB}=\overset{\frown}{AF}$，$AG$ 过圆心，∴ $AG\perp BF$.

又∵ $AH\perp BC$ 于点 D，∴ $\angle ADO=\angle OGB=90°$. 又∵ BC 为⊙O 直径，$\angle 2=\angle 3$，

∴ $\angle GBO=\angle DAO$. 又∵ $OA=OB$，∴ $\angle 4=\angle 5$，∴ $\angle ABG=\angle BAD$. ∴ $BE=AE$.

说明　一题多解体现了转化的不同思路，有利于比较解题方法的优劣，便于培养思维能力.

例 45　(山东省，2000)如图 4－37 已知$\triangle ABC$ 中，$\angle ACB=90°$，$AC=b$，$BC=a$，且 $a>b$. P，Q 分别是边

AB,BC上的动点,且点P不与点A,B重合,点Q不与点B,C重合.

(1) 当P是AB的中点时,若以点C,P,Q为顶点的三角形与$\triangle ABC$相似,这时的Q点能有几个?分别求出相应的CQ的长.

(2) 当CQ的长取不同的值时,除PQ垂直于BC的三角形外,$\triangle CPQ$是否可能为直角三角形?若可能,请说明所有情况;若不可能,请说明理由.

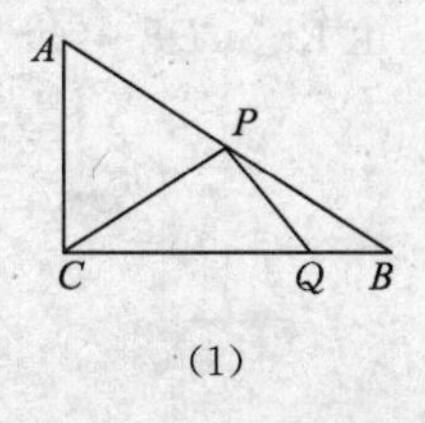

(1)

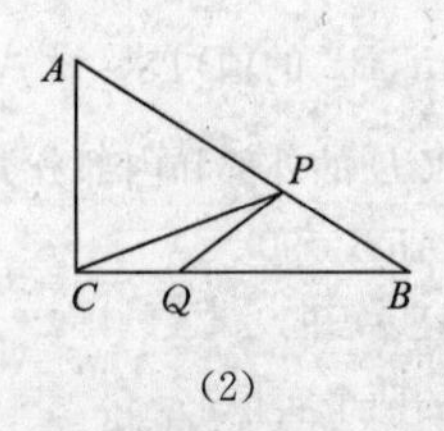

(2)

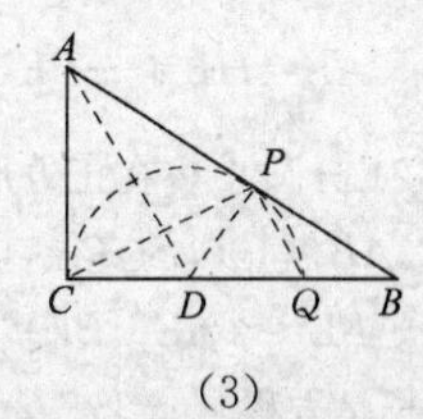

(3)

图 4—37

分析　(1) 分$\angle CQP=90^\circ$和$\angle CPQ=90^\circ$两种情况分类讨论;(2) 易知$\angle CPQ=90^\circ$,首先讨论以CQ为直径的圆与AB相切时CQ的值,然后讨论以CQ为直径的圆与AB相交于P时CQ的值.

解　(1) 当P为AB中点时,以点C,P,Q为顶点的三角形中与$\triangle ABC$相似的共有2个.

① 当Q为BC中点时,$PQ\perp BC$.

又$\because$ P为AB中点,$\therefore$ $CP=PB$. $\therefore$ $\angle PCQ=\angle B$.

$\therefore$ $\mathrm{Rt}\triangle CPQ\backsim\mathrm{Rt}\triangle BAC$. 此时$CQ=\frac{1}{2}a$.

② $\because$ $a>b$,即$BC>AC$,$\therefore$ $\angle APC<\angle BPC$.

过P作$PQ\perp CP$,交BC于Q. $\angle PCQ=\angle B$,$\therefore$ $\triangle CPQ\backsim\triangle BCA$.

$\therefore$ $\frac{CP}{BC}=\frac{CQ}{AB}$. $\therefore$ $\frac{CQ}{\sqrt{a^2+b^2}}=\frac{\frac{1}{2}\sqrt{a^2+b^2}}{a}$. $\therefore$ $CQ=\frac{a^2+b^2}{2a}$.

(2) 过A作$\angle A$的角平分线AD,交CB于D,以D为圆心,CD为半径作圆D,交BC于Q,则圆D切AB于P,$DP\perp AB$.

$\because$ CQ是圆D的直径,$\therefore$ $\triangle CQP$为直角三角形.

设$CD=x$,则$CQ=2x$,$QB=a-2x$,$DP=x$.

$\because$ $\triangle ACB\backsim\triangle DPB$. $\therefore$ $\frac{BD}{AB}=\frac{DP}{AC}$. $\therefore$ $\frac{a-x}{\sqrt{a^2+b^2}}=\frac{x}{b}$. 解之得$x=\frac{b}{a}(\sqrt{a^2+b^2}-b)$.

当$CQ=\frac{2b}{a}(\sqrt{a^2+b^2}-b)$时,以$CQ$为直径的圆与$AB$相切,切点为$P$,$\triangle CQP$为直角三角形.

当$0<CQ<\frac{2b(\sqrt{a^2+b^2}-b)}{a}$时,以$CQ$为直径的圆与$AB$相离,无论$P$为$AB$上哪一点,$\angle CPQ$都小于$90^\circ$,所以除$PQ\perp BC$的三角形$CPQ$外,$\triangle CPQ$不可能为直角三角形. 当$\frac{2b(\sqrt{a^2+b^2}-b)}{a}<CQ<a$时,以$CQ$为直径的圆与$AB$相交于两点$P_1$和$P_2$,$\triangle CQP_1$和$\triangle CQP_2$都是直角三角形.(当$P$在$P_1$与$P_2$之间时,$\angle CPQ>90^\circ$,当$P$在$P_1$与$P_2$外侧时,$\angle CPQ<90^\circ$)

这时$\triangle CPQ$中,除$PQ\perp BC$的三角形外,有两个直角三角形,即$\triangle CP_1Q$和$\triangle CP_2Q$.

说明　将$\triangle CPQ$为直角三角形转化为以CQ为直径的圆与直线AB有交点是解答的关键,体现了知识之间的关联关系.

例 46　(宁波市,1999)正方形$ABCD$的边AB是$\odot O$的弦,CF切$\odot O$于点E,交AD于点F,且切点E在正方形的内部,AE,BE的长是方程$x^2-3x+m=0$的两个实根.

(1) 当AB是$\odot O$的直径时(如图4—38).

① 用含 m 的代数式表示 AB 的长；

② 求 m 的值和 AF 的长；

(2) 当 AB 不是⊙O 的直径时，$\triangle ABE$ 能否与以 B,C,E 为顶点的三角形相似？请说明理由. 若相似，求 $AE+AB$ 的长.

分析　(1) 由 $AB^2=AE^2+BE^2=(AE+BE)^2-2\cdot AE\cdot BE=3^2-2m$ 得 AB 的长；连 OC 交 BE 于 H，证 $\triangle AEB\cong\triangle BHC$，得 $AE=HB=\frac{1}{2}BE$，则 AE,BE 的值可求，设 $AF=x$，由 Rt$\triangle CDF$ 中 $CF^2=CD^2+DF^2$ 得方程可求 x 的值；(2) 分圆心 O 在正方形 $ABCD$ 的外部和内部分类讨论.

解　(1) ① ∵ AB 是⊙O 的直径，∴ $\angle AEB=90°$.

∴ $AB^2=AE^2+BE^2=(AE+BE)^2-2AE\cdot BE$.

∵ AE、BE 的长是方程 $x^2-3x+m=0$ 的两个实根，

∴ $AE+BE=3$，$AE\cdot BE=m$. ∴ $AB^2=9-2m$.

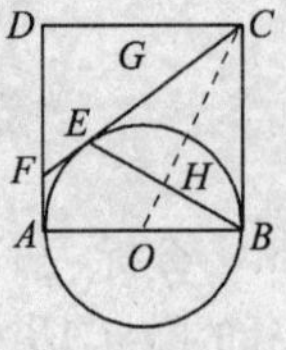

又∵ $\Delta=9-4m\geqslant0$，且 $m>0$，∴ $0<m\leqslant\frac{9}{4}$. ∴ $9-2m>0$.

图 4－38

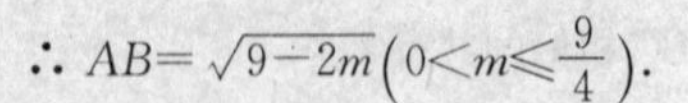

∴ $AB=\sqrt{9-2m}\left(0<m\leqslant\frac{9}{4}\right)$.

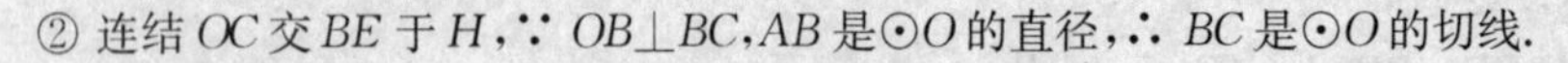

② 连结 OC 交 BE 于 H，∵ $OB\perp BC$，AB 是⊙O 的直径，∴ BC 是⊙O 的切线.

∵ CF 切⊙O 于 E，∴ $CE=CB$，OC 平分 $\angle ECB$. ∴ $EH=HB=\frac{1}{2}EB$，$OC\perp EB$.

∵ $\angle AEB=\angle BHC=$Rt$\angle$，$\angle CBH=\angle BAE$，$AB=BC$，

∴ $\triangle AEB\cong\triangle BHC$. ∴ $AE=BH=\frac{1}{2}BE$.

∵ $AE+BE=3$，∴ $AE=1$，$BE=2$. ∴ $m=AE\cdot BE=2$，$AB=\sqrt{9-4}=\sqrt{5}$.

设 $AF=x$ 则 $(\sqrt{5}-x)^2+(\sqrt{5})^2=(\sqrt{5}+x)^2$. ∴ $AF=\frac{\sqrt{5}}{4}$.

(2) ① 当圆心 O 在正方形 $ABCD$ 外时，$\angle AEB>90°$，$\triangle AEB$ 是钝角三角形. 而 $\triangle ECB$ 是锐角三角形，

∴ $\triangle AEB$ 不可能与 $\triangle CEB$ 相似；

② 当圆心 O 在正方形 $ABCD$ 内时，$\angle AEB<90°$.

∵ CF 切⊙O 于 E，∴ $\angle CEB=\angle EAB$.

(ⅰ) 欲使 $\triangle ECB\backsim\triangle ABE$，只需 $\angle EBC=\angle AEB$.

就有 $AE/\!/BC$，这是不可能的，∴ 此时 $\triangle ECB$ 与 $\triangle ABE$ 不相似.

(ⅱ) 欲使 $\triangle EBC\backsim\triangle ABE$，只需 $\angle EBC=\angle ABE$，

此时 E 在对角线 BD 上. ∴ $\triangle EBC\backsim\triangle ABE$，∴ $\frac{BE}{BA}=\frac{BC}{BE}$.

∴ $BE^2=BA\cdot BC=AB^2$. ∴ $AB=BE(AB>0,BE>0)$，∴ $AE+AB=AE+BE=3$.

※**例 47**　(太原市,2004)已知：如图 4－39，在 $\triangle ABC$ 中，$\angle B=90°$. O 是 BA 是一点. 以 O 为圆心、OB 为半径的圆与 AB 交于点 E，与 AC 切于点 D，$AD=2$，$AE=1$. 设 P 是线段 BA 上的动点(P 与 A,B 不重合)，$BP=x$.

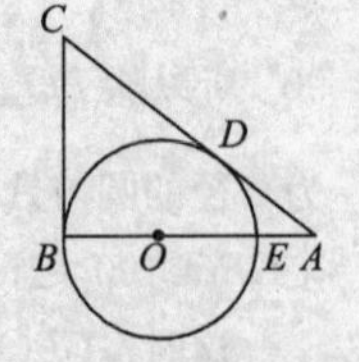

图 4－39

(1) 求 BE 的长；

(2) 求 x 为何值时，以 P,A,D 为顶点的三角形是等腰三角形；

(3) 在点 P 运动的过程中，PD 与 $\triangle PBC$ 的外接圆能否相切？若能，请证明；若不能，请说明理由；

(4) 请再提出一个与动点 P 有关的数学问题，并直接写出答案.

分析　(1) $AD^2=AE\cdot AB$ 得 $AB=4$，所以 $BE=AB-AE=3$；(2) 分 AD 为底边和 AD 为腰分类讨论；(3) 若 PD 与 $\triangle PBC$ 的外接圆相切，则有 $PD\perp PC$，得 $BC^2+BP^2=CD^2-PD^2$，而 $BC=CD$，得 $PB^2=-PD^2$，

则假设不成立；(4) 略.

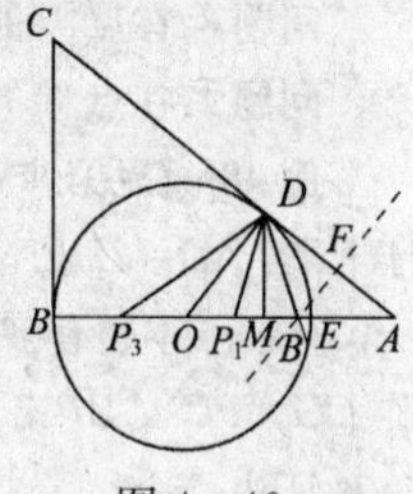

图 4—40

解　(1) ∵ AD 与⊙O 相切于点 D，∴ $AD^2=AE\cdot AB$.

由 $AD=2$，$AE=1$，得 $AB=4$. ∴ $BE=AB-AE=3$.

(2) ① 以 A 为顶点时，$AP_1=AD=2$，$x=BP_1=BA-P_1A=2$.

② 以 P 为顶角顶点时，作 AD 的垂直平分线 P_2F 交 AB 于 P_2.

连结 OD，则 $OD\perp AD$，且 $OD /\!/ P_2F$，

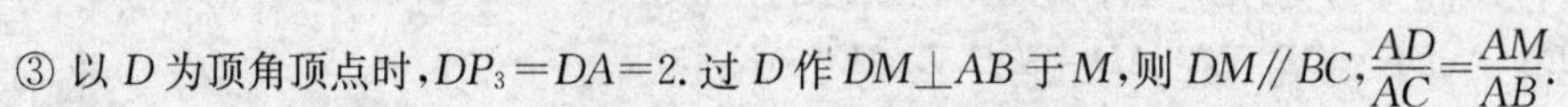

∴ $P_2A=\frac{1}{2}OA=\left(1+\frac{3}{2}\right)\times\frac{1}{2}=\frac{5}{4}x=BA-P_2A=\frac{11}{4}$.

③ 以 D 为顶角顶点时，$DP_3=DA=2$. 过 D 作 $DM\perp AB$ 于 M，则 $DM /\!/ BC$，$\frac{AD}{AC}=\frac{AM}{AB}$.

由 $BC^2+AB^2=(AD+DC)^2$，得 $BC=DC=3$，$AM=\frac{8}{5}$，$AP_3=2AM=\frac{16}{5}$.

∴ $x=BA-P_3A=4-\frac{16}{5}=\frac{4}{5}$.

综上所述，当 x 等于 $2,\frac{11}{4},\frac{4}{5}$ 时，$\triangle APD$ 是等腰三角形.

(3) PD 与 $\triangle PBC$ 的外接圆不能相切.

说理一：若 PD 与 $\triangle PBC$ 的外接圆相切，则 $PD\perp PC$，且 $BC^2+BP^2=CD^2-PD^2$.

∵ $BC=CD$，∴ $BP^2=-PD^2$，则 P、B、D 三点重合.

∴ PD 与 $\triangle PBC$ 的外接圆不能相切.

说理二：由 $\triangle ADM\backsim\triangle ACB$，得 $DM=\frac{6}{5}$，$BM=\frac{12}{5}$. ∵ $BP=x$，∴ $PM=\frac{12}{5}-x$.

若 PD 与 $\triangle PBC$ 的外接圆相切，那么 $PD\perp PC$，$\triangle PBC\backsim\triangle DMP$，

∴ $\frac{PB}{DM}=\frac{BC}{PM}$，$x\left(\frac{12}{5}-x\right)=\frac{18}{5}$. ∴ $5x^2-12x+18=0$. ∵ $\Delta=144-360<0$.

∴ 方程无实数解，PD 与 $\triangle PBC$ 的外接圆不能相切.

(4) 下列问题供参考.

A类问题：

问题1：x 为何值时，以 P,D,A 为顶点的三角形与 $\triangle ABC$ 相似.

当 x 等于 $\frac{3}{2}$ 或 $\frac{12}{5}$ 时，以 P,D,A 为顶点的三角形与 $\triangle ABC$ 相似.

问题2：x 为何值时，$PD+PC$ 的和最小.

当 $x=\frac{12}{7}$ 时，$PD+PC$ 的和最小.

问题3：x 为何值时，$\triangle PAD$ 的面积等于 $\triangle ABC$ 面积的 $\frac{1}{2}$、$\frac{1}{3}$、…、$\frac{1}{a}$.

当 $\frac{1}{a}>\frac{2}{5}$ 时，无解；当 $\frac{1}{a}<\frac{2}{5}$ 时，有解，解是 $x=4-\frac{10}{a}$.

问题4：在点 P 的运动过程中，四边形 $PBCD$ 的面积与 x 有何关系？$S_{\text{四边形}PBCD}=\frac{3}{5}x+\frac{18}{5}$.

问题5：在点 P 的运动过程中，PD 与 x 有何关系？$PD=\sqrt{x^2-\frac{24}{5}x+\frac{36}{5}}$.

问题6：在点 P 的运动过程中，PC 与 $\triangle PDA$ 的外接圆能否相切？不能.

B类问题：

问题1：x 为何值时，$BP=OB$（或 $BP=BE$）.

问题2：x 为何值时，点 P 在⊙O 内（点 P 在⊙O 外，点 P 在⊙O 上）.

问题3:在点 P 的运动过程中,AP 与 BP 有什么关系?

问题4:在点 P 的运动过程中,PD 与 PC 能否互相垂直?

例48 (龙岩市、宁德市,2001)如图4-41,$\triangle ABC$ 中,D 为 BC 边的中点,延长 AD 至 E,延长 AB 交 CE 于 P.若 $AD=2DE$.求证:$AP=3AB$.

(提示:本题有多种证明方法,现提供几种辅助线的作法供选用:① 过 B 作 $BK\parallel PC$,交 AE 于 K;② 过 D 作 $DG\parallel PC$ 交 BP 于 G;③ 作 CP 的中点 M,连结 DM;④ 延长 DE 至 F,使 $EF=DE$,连接 CF.注意:只需写出一种证法.)

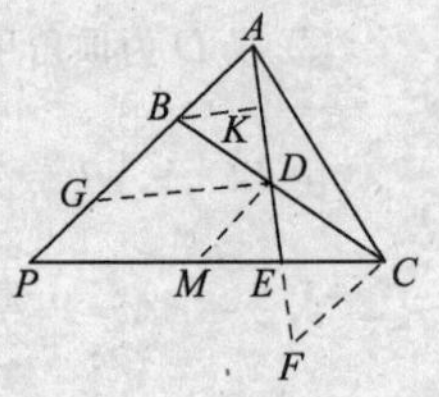

证法一 过 B 作 $BK\parallel PC$,交 AE 于 K,$\therefore AE:AK=AP:AB$.

由已知 $BD=DC$,$\therefore DK=DE$.又 $\because AD=2DE$,$\therefore AE:AK=3$.

即得 $AP:AB=3$,即 $AP=3AB$.

证法二 过 D 作 $DG\parallel PC$ 交 AP 于 G.

在 $\triangle DPC$ 中,$\because BD=DC$,$\therefore BG=GP$.

在 $\triangle APE$ 中,$\because AD=2DE$,$\therefore AG=2GP$.

$\therefore AG=2BG$.$\therefore AB=BG=GP$.$\therefore AP=3AB$.

图4-41

证法三 作 CP 的中点 M,连结 DM.

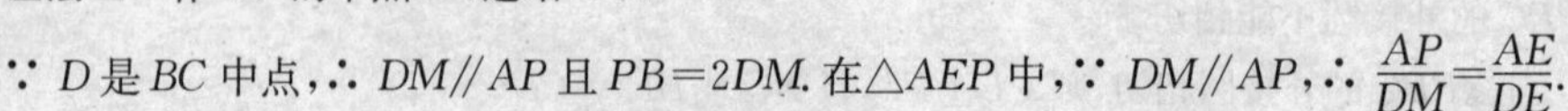

$\because D$ 是 BC 中点,$\therefore DM\parallel AP$ 且 $PB=2DM$.在 $\triangle AEP$ 中,$\because DM\parallel AP$,$\therefore \dfrac{AP}{DM}=\dfrac{AE}{DE}$.

又 $\because AD=2DE$,$\therefore \dfrac{AE}{DE}=3$.即 $AP=3DM$.$\because AB=AP-PB=DM$,$\therefore AP=3AB$.

证法四 延长 DE 至 F,使 $EF=DE$,连结 CF,则 $DF=2DE=AD$.

又 $BD=CD$,$\angle ADB=\angle EDC$,$\therefore \triangle ADB\cong\triangle FDC$.

$\therefore AB=FC$,$\angle BAD=\angle F$,从而 $AP\parallel FC$.

$\therefore \triangle AEP\backsim\triangle FEC$.$\therefore \dfrac{AP}{FC}=\dfrac{AE}{EF}=3$.即得 $AP=3FC$.$\therefore AP=3AB$.

说明 此类问题一般是过分点作平行线,构造相似比例求解.

例49 (上海市,1997)已知直角坐标系内有一条直线和曲线,这条直线和 x 轴,y 轴分别交于点 A 和点 B,且 $OA=OB=1$,这条曲线是函数 $y=\dfrac{1}{2x}$ 的图象在第一象限内的一个分支,点 P 是这条曲线上任意一点,它的坐标是 (a,b),由点 P 向 x 轴,y 轴所作的垂线 PM,PN(点 M,N 为垂足)分别与直线 AB 相交于点 E 和点 F.

(1) 设交点 E 和 F 都在线段 AB 上(如图),分别求点 E,点 F 的坐标(用 a 的代数式表示点 E 的坐标,用 b 的代数式表示点 F 的坐标,只须写出答案,不要求写出计算过程);

(2) 求 $\triangle OEF$ 的面积(结果用 a,b 的代数式表示);

(3) $\triangle AOF$ 与 $\triangle BOE$ 是否一定相似,如果一定相似,请予以证明;如果不一定相似或者一定不相似,请简要说明理由;

(4) 当 P 在曲线上移动时,$\triangle OEF$ 随之变动,指出在 $\triangle OEF$ 的三个内角中,大小始终保持不变的那个角和它的大小,并证明你的结论.

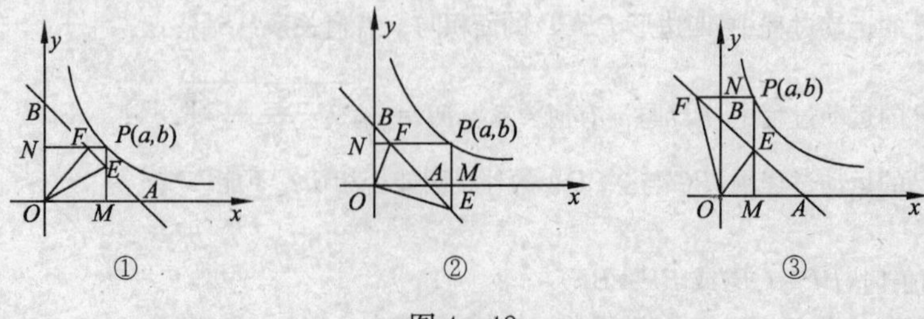

图4-42

分析　(1) 略；(2) 分 AB 与 PM,PN 相交的不同位置讨论；(3) 易知 $BE=\sqrt{2}a$，$AF=\sqrt{2}b$，$\angle OAF=\angle EBO$，由 $P(a,b)$ 在双曲线 $y=\frac{1}{2x}$ 上知 $2ab=1$，即 $\sqrt{2}a\cdot\sqrt{2}b=1\times1$，即 $\frac{AF}{OB}=\frac{OA}{BE}$，故 $\triangle AOF\backsim\triangle BEO$；(4) $\angle EOF=45°$.

解　(1) 点 E 的坐标是 $(a,1-a)$，点 F 的坐标是 $(1-b,b)$.

(2) 当 PM,PN 与线段 AB 相交时，

$S_{\triangle EOF}=S_{\triangle AOB}-S_{\triangle AOE}-S_{\triangle BOF}=\frac{1}{2}\times1\times1-\frac{1}{2}\times1\times(1-a)-\frac{1}{2}\times1\times(1-b)=\frac{a+b-1}{2}$.

当 PM,PN 中，一条与线段 AB 相交，另一条与线段 AB 的延长线相交时，如图②.

$S_{\triangle EOF}=S_{\triangle FOA}+S_{\triangle AOE}=\frac{1}{2}\times1\times b+\frac{1}{2}\times1\times(a-1)=\frac{a+b-1}{2}$.

如图③，$S_{\triangle EOF}=S_{\triangle FOB}+S_{\triangle BOE}=\frac{1}{2}\times1\times(b-1)+\frac{1}{2}\times1\times a=\frac{a+b-1}{2}$.

(3) $\triangle AOF$ 和 $\triangle BOE$ 一定相似. $\because OA=OB=1$，

$\therefore \angle OAF=\angle EBO$. $\therefore BE=\sqrt{(0-a)^2+(1-1+a)^2}=\sqrt{2}a$.

$AF=\sqrt{(1-1+b)^2+(0-b)^2}=\sqrt{2}b$.

$\because$ 点 P 是函数 $y=\frac{1}{2x}$ 图象上任意一点，$\therefore b=\frac{1}{2a}$，即 $2ab=1$.

$\therefore \sqrt{2}a\cdot\sqrt{2}b=1\times1$. $\therefore \frac{AF}{OB}=\frac{OA}{BE}$，$\therefore \triangle AOF\backsim\triangle BEO$.

(4) 当点 P 在曲线上移动时，$\triangle OEF$ 中，$\angle EOF$ 一定等于 $45°$.

由第(3)题得 $\triangle AOF$ 一定和 $\triangle BEO$ 相似.

$\therefore \angle AFO=\angle BOE$. $\angle AFO=\angle B+\angle BOF$，

而 $\angle BOE=\angle BOF+\angle EOF$，$\therefore \angle EOF=\angle B=45°$.

例 50　(宜昌市，2001)已知：如图 4－43，点 I 在 x 轴上，以 I 为圆心，r 为半径的半圆 I 与 x 轴相交于点 A,B，与 y 轴相交于点 D，顺次连接 I,D,B 三点可组成等边三角形. 过 A,B 两点的抛物线 $y=ax^2+bx+c$ 的顶点 P 也在半圆 I 上.

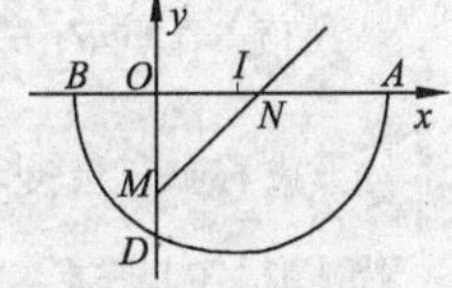

图 4－43

(1) 证明：无论半径 r 取何值时，点 P 都在某一个正比例函数的图象上；

(2) 已知两点 $M(0,-1)$，$N(1,0)$，且射线 MN 与抛物线 $y=ax^2+bx+c$ 有两个不同的交点，请确定 r 的取值范围；

(3) 请简要描述符合本题所有条件的抛物线的特征.

分析　(1) 易知 $P\left(\frac{r}{2},-r\right)$，则 P 在 $y=-2x$ 的图象上；(2) 易知 $A\left(\frac{3}{2}r,0\right)$，$B\left(-\frac{r}{2},0\right)$，$y=\frac{1}{r}x^2-x-\frac{3}{4}r$，又直线 MN 为 $y=x-1$，由 MN 与抛物线联立方程组，确定 r 的取值范围；(3) 略.

解　(1) $\because \triangle IDB$ 是等边三角形、$OD\perp BI$，$\therefore BO=IO=\frac{1}{2}BI=\frac{r}{2}$.

$\therefore$ 点 P 的坐标为 $\left(\frac{r}{2},-r\right)$.

设点 P 在正比例函数 $y=kx(k\neq0)$ 的图象上，就应有 $(-r)=k\cdot\left(\frac{r}{2}\right)$.

$\because r>0$，得 $k=-2$. 即无论 r 取何值时，点 P 都在正比例函数 $y=-2x$ 的图象上.（只要说理清楚，不限解法能说明点 P 在 $y=-2x$ 上即可）.

(2) 由题设可知：$A\left(\frac{3}{2}r,0\right)$，$B\left(-\frac{r}{2},0\right)$.

$$故\begin{cases}\frac{3}{2}r+\left(-\frac{r}{2}\right)=-\frac{b}{a},\\ \frac{3}{2}r\cdot\left(-\frac{r}{2}\right)=\frac{c}{a},\\ a\left(\frac{r}{2}\right)^2+b\left(\frac{r}{2}\right)+c=-r\end{cases}\Rightarrow\begin{cases}a=\frac{1}{r},\\ b=-1,\Rightarrow y=\frac{1}{r}x^2-x-\frac{3}{4}r.\\ c=-\frac{3}{4}r.\end{cases}$$

已知 $M(0,1)$，$N(1,0)$，故射线 MN 的解析式为 $y=x-1(x\geqslant 0)$.

又∵ 射线 MN 与抛物线 $y=ax^2+bx+c$ 有两个不同的交点.

又∵ $\begin{cases}y=x-1,\\ y=\frac{1}{r}x^2-x-\frac{3}{4}r\end{cases}$ 有两个不同的实数解，即 $\frac{1}{r}x^2-2x-\frac{3}{4}r+1=0$. ①

有两个不相等的实根.

∴ $\Delta=(-2)^2-4\left(\frac{1}{r}\right)\cdot\left(-\frac{3}{4}r+1\right)>0$. ∴ $r>\frac{4}{7}$.

又∵ $x\geqslant 0$，∴ 抛物线与 y 轴的交点 $\left(0,-\frac{3}{4}r\right)$ 必须满足在 M 点及其上方，即 $-\frac{3}{4}r\geqslant -1$.

∴ $r\leqslant\frac{4}{3}$. (或者由①的较小根大于等于 0，得 $r\leqslant\frac{4}{3}$) 由上述可知，r 的取值范围为 $\frac{4}{7}<r\leqslant\frac{4}{3}$.

(3) ∵ $AB=2r$，$\frac{4}{7}<r\leqslant\frac{4}{3}$；∴ $\frac{8}{7}<AB\leqslant\frac{8}{3}$. 当 $\frac{4}{7}<x\leqslant\frac{4}{3}$ 时，点 P 在直线 $y=-2x$ 上变化范围是 $\frac{2}{7}<x\leqslant\frac{2}{3}$，因而除开口方向总是向上外，符合本题所有条件的抛物线有如下特征：

① 当 r 在 $\frac{4}{7}<r\leqslant\frac{4}{3}$ 范围内逐渐增大，抛物线开口越大，且抛物线与 x 轴的两交点 A、B 间的最大距离为 $\frac{8}{3}$，最小距离大于 $\frac{8}{7}$；

② 顶点在点 $R\left(\frac{2}{7},-\frac{4}{7}\right)$ 和点 $Q\left(\frac{2}{3},-\frac{4}{3}\right)$ 所连成的线段上运动，其中不包括 P 点；

③ 对称轴在直线 $x=\frac{2}{7}$ 与直线 $x=\frac{2}{3}$ 之间平行移动，其中不包括直线 $x=\frac{2}{7}$；

例 51 (上海市，1999) 如图 4－44，已知△ABC 中，$AC=BC$，$\angle CAB=\alpha$(定值). 圆 O 的圆心 O 在 AB 上，并分别与 AC，BC 相切于点 P，Q.

(1) 求 $\angle POQ$ 的大小(用 α 表示)；

(2) 设 D 是 CA 延长线上的一个动点. DE 与圆 O 相切于点 M，点 E 在 CB 的延长线上，试判断 $\angle DOE$ 的大小是否保持不变，并说明理由；

(3) 在(2)的条件下，如果 $AB=m$(m 为已知数). $\cos\alpha=\frac{3}{5}$，设 $AD=x$，$DE=y$，求 y 关于 x 的函数解析式(要指出函数的定义域).

分析 (1) 由 $\angle POQ=180°-\angle AOP-\angle BOQ$ 可得 $\angle POQ$ 与 α 的关系；(2) 由 $\angle DOE=\angle DOM+\angle EOM=\frac{1}{2}(\angle POM+\angle QOM)$ 转化；(3) 易知 $OA=\frac{1}{2}m$，$AP=AO\cdot\cos\alpha=\frac{3}{10}m$，$DM=\frac{3}{10}m+x$，由△$ADO$∽△$BOE$ 得 $BE=\frac{m^2}{4x}$，故 $ME=QE=QB+BE$ 可求，$DE=DM+ME$ 也就能用 x 的式子表示了.

解 (1) ∵ $AC=BC$，∴ $\angle OAP=\angle OBQ=\alpha$.

∵ 圆 O 分别和 AC，BC 相切于点 P，Q，∴ $\angle OPA=\angle OQB=90°$.

∴ $\angle AOP=\angle BOQ=90°-\alpha$.

∴ $\angle POQ=180°-2(90°-\alpha)=2\alpha$.

(2) $\angle DOE$ 的大小保持不变. 说明理由如下：

连结 OM. 由切线长定理, $EM=EQ$.

又∵ $OM=OQ$, $OE=OE$, ∴ $\triangle OEM\cong\triangle OEQ$.

∴ $\angle MOE=\angle QOE$.

同理, $\angle MOD=\angle POD$.

∴ $\angle DOE=\frac{1}{2}(\angle POM+\angle QOM)=\frac{1}{2}(360^\circ-\angle POQ)=180^\circ-\alpha$.

∵ α 为定值, ∴ $\angle DOE$ 的大小保持不变.

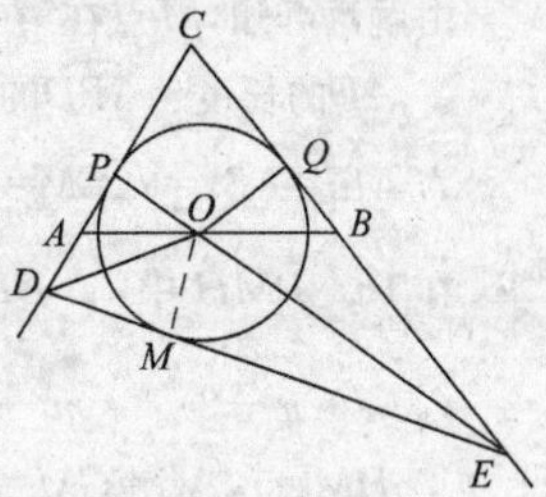

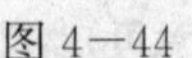

图 4—44

(3) 由 $OP=OQ$, 并根据等腰三角形的性质, 得 O 是 AB 的中点, 即 $OA=OB=\frac{1}{2}AB=\frac{m}{2}$.

$AP=BQ=AO\cdot\cos\alpha=\frac{3}{10}m$, $DM=DP=\frac{3}{10}m+x$. (以下接解法一或解法二)

解法一：在 $\triangle ADO$ 和 $\triangle BOE$ 中, $\angle DAO=\angle OBE=180^\circ-\alpha$.

∵ $\angle ADO+\angle AOD=\angle OAP=\alpha$,

又∵ $\angle BOE+\angle AOD=180^\circ-\angle DOE=\alpha$, ∴ $\angle ADO=\angle BOE$, 于是 $\triangle ADO\backsim\triangle BOE$.

∴ $\frac{BE}{AO}=\frac{BO}{AD}$, 得 $BE=\frac{AO\cdot BO}{AD}=\frac{m^2}{4x}$. ∴ $ME=QE=QB+BE=\frac{3}{10}m+\frac{m^2}{4x}$.

∴ $DE=DM+ME=\frac{3}{10}m+x+\frac{3}{10}m+\frac{m^2}{4x}=x+\frac{m^2}{4x}+\frac{3}{5}m$.

因此所求的函数解析式为 $y=x+\frac{m^2}{4x}+\frac{3}{5}m(x>0)$.

解法二：仿解法一, 推得 $\triangle ADO\backsim\triangle ODE$. 推得 $DO^2=AD\cdot DE$.

在 $\mathrm{Rt}\triangle OPD$ 中, 推得 $DO^2=DP^2+OP^2=x^2+\frac{3}{5}mx+\frac{m^2}{4}$.

于是推得 $DE=\frac{DO^2}{AD}=x+\frac{m^2}{4x}+\frac{3}{5}m$. 因此所求的函数解析式为 $y=x+\frac{m^2}{4x}+\frac{3}{5}m(x>0)$.

例 52　(济南市, 2002) 已知在 x 轴的正半轴上有 A 点, 在 y 轴的正半轴上有 B、C 两点, 且 B 点在 C 点的下方, $BC=2$, 把过 A, B, C 三点的圆记作 $\odot M$, $\angle BAC$ 记作 $\angle\alpha$.

(1) 试判断 x 轴与 $\odot M$ 的位置关系；若在 x 轴的正半轴上有 P 点, 且 P 与 A 不重合, 再判断 $\angle\alpha$ 与 $\angle BPC$ 的大小关系(不必证明)；

(2) 若 B 点的坐标为 $(0,1)$, 指出当 x 轴与 $\odot M$ 为何关系时, $\angle\alpha$ 最大? 当 $\angle\alpha$ 最大时, 求出 A 点的坐标；

(3) 如图 4—45, 若 $\odot M$ 与 x 轴交于 A, D 两点, 弦 AD 分 $\odot M$ 所成的劣弧和优弧的长度比为 $1:3$, 且 M 点在直线 $y=x-2$ 上, 求过 M, A, D 三点的抛物线的解析式；

(4) 在(3)中的抛物线上是否存在点 E, 使 $S_{\triangle EAD}:S_{\triangle AMC}=15:4$? 若存在, 求出 E 点的坐标；若不存在, 请说明理由.

分析　(1) 易知 x 轴与 $\odot M$ 相切或相交, $\angle\alpha$ 与 $\angle BPC$ 的大小关系按 P 与 $\odot M$ 的位置关系讨论；(2) 当 $\odot M$ 与 x 轴相切时, $\angle\alpha$ 最大；(3) 易求 $\angle AMD=90^\circ$, 由 $M(m,n)$ 建立勾股定理求解；(4) 由(3)中抛物线及 E 点纵坐标为 ±15 求解.

解　(1) x 轴与 $\odot M$ 相切或相交.

当 P 点在 $\odot M$ 外时, $\angle\alpha>\angle BPC$；当 P 点在 $\odot M$ 内时, $\angle\alpha<\angle BPC$；当 P 点在 $\odot M$ 上时(这时, $\odot M$ 与 x 轴相交于 A、P 两点), $\angle\alpha=\angle BPC$.

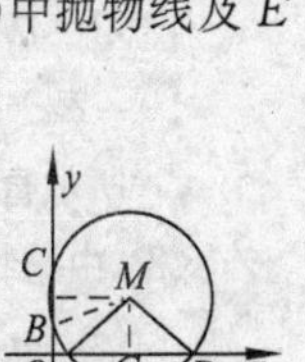

图 4—45

(2) 当 $\odot M$ 与 x 轴相切于点 A 时, $\angle\alpha$ 最大.

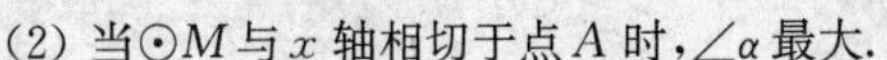

∵ $OA=\sqrt{OB\cdot OC}=\sqrt{1\times(1+2)}=\sqrt{3}$, ∴ A 点的坐标为 $(\sqrt{3},0)$.

(3) 作 $MH\perp BC$ 于 H, $MG\perp AD$ 于 G, 连结 MB. 设 $M(m,n)$, 则 $n=m-2$.

由题意可知,M点在第一象限,∴ $HM=m,GM=m-2$.

∵ $\overset{\frown}{AD}$的长度∶$\overset{\frown}{ABD}$的长度$=1:3$,∴ $\angle AMD=90°,\angle MAG=45°$,

∴ $MB=MA=\sqrt{2}GM=\sqrt{2}(m-2)$.

在Rt△BMH中,∵ $BH=\frac{1}{2}BC=1,MB^2=HM^2+BH^2$,

∴ $[\sqrt{2}(m-2)]^2=m^2+1$.解得$m_1=7,m_2=1$(舍去).∴ M点的坐标为(7,5).

∵ $HM=7,AG=GM=5$,∴ A点的坐标为(2,0).

由题意可知,M是抛物线的顶点,可设所求的解析式为$y=a(x-7)^2+5$,

当$x=2,y=0$时,得$a=-\frac{1}{5}$.

所求抛物线的解析式是$y=-\frac{1}{5}(x-7)^2+5$,即$y=-\frac{1}{5}x^2+\frac{14}{5}x-\frac{24}{5}$.

(4) 设E点的坐标为(x_0,y_0),则$S_{\triangle EAD}=\frac{1}{2}AD\cdot|y_0|=5|y_0|$.

∵ $S_{\triangle AMC}=S_{梯形OGMC}-S_{\triangle OAC}-S_{\triangle AGM}$

$$=\frac{1}{2}[5+(5+1)]\times7-\frac{1}{2}\times2\times(5+1)-\frac{1}{2}\times5\times5=20.$$

∴ 要使$S_{\triangle EAD}:S_{\triangle AMC}=15:4$,只要$y_0=\pm15$.

当$y_0=15$时,$15=-\frac{1}{5}(x_0-7)^2+5$,无解.

当$y_0=-15$时,$-15=-\frac{1}{5}(x_0-7)^2+5$,解得$x_0=17$或$x_0=-3$,

∴ 存在符合题意的E点,且有两个,是(17,−15)或(−3,−15).

例53 (荆州市,1998)如图4−46,在直角坐标系中,O为坐标原点,矩形$ABCD$的边AD与x轴的正半轴重合,另三边都在第四象限内,已知$AB=2,AD=3$.点$A(1,0)$,点E为OD的中点,以AD为直径作⊙M.已知经过A,D两点的抛物线$y=ax^2+bx+c$的顶点是P点.

(1) 求经过C,E两点的直线的解析式;

(2) 如果点P同时在⊙M和矩形$ABCD$内部,求a的取值范围;

(3) 过点B作⊙M的切线交CD于点F,当$PF/\!/AD$时,判断直线CE与y轴的交点是否在抛物线上,并说明理由.

分析 (1) 易知$C(4,-2),E(2,0)$;(2) 由$A(1,0),D(4,0)$知过A,D两点的抛物线为$y=ax^2-5ax+4a$,得顶点$P\left(\frac{5}{2},-\frac{9}{4}a\right)$,易知$-\frac{3}{2}<-\frac{9}{4}a<0$;(3) 设$DF=FG=n$,由Rt△$BCF$中$BC^2+CF^2=BF^2$建立关于$n$的方程求$n$的值,故$F$点坐标可求,则$a$的值可求.

解 (1) 依题意,知:$C(4,-2),D(4,0),E(2,0)$.

设过C、E两点的直线解析式为$y=kx+m$,则

$\begin{cases}-2=4k+m,\\0=2k+m.\end{cases}$ 解得$\begin{cases}k=-1,\\m=2.\end{cases}$

∴ 所求直线的解析式为$y=-x+2$.

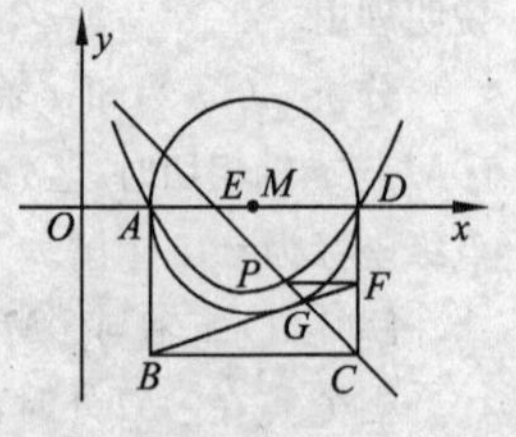

图4−46

(2) 由抛物线$y=ax^2+bx+c$经过A,D两点,

∴ $\begin{cases}0=a+b+c,\\0=16a+4b+c.\end{cases}$ ∴ $\begin{cases}b=-5a,\\c=4a.\end{cases}$

∴ 抛物线的解析式为$y=ax^2-5ax+4a$,其顶点$P\left(\frac{5}{2},-\frac{9}{4}a\right)$.

依题意，得$-\frac{3}{2}<-\frac{9}{4}a<0$. $\therefore 0<a<\frac{2}{3}$.

(3) 如图，设切线 BF 与$\odot M$的切点为G，易知 AB、DC 都是$\odot M$的切线，$\therefore BG=AB=2$.

设 $DF=FG=n$，则 $BF=2+n$, $CF=2-n$.

在 $\mathrm{Rt}\triangle BCF$ 中，$(2+n)^2=(2-n)^2+3^2$. $\therefore n=\frac{9}{8}$，故 F 点坐标为 $F\left(4,-\frac{9}{8}\right)$.

当 $PF/\!/AD$ 时，P 点的纵坐标是$-\frac{9}{8}$，即$-\frac{9}{4}a=-\frac{9}{8}$，$\therefore a=\frac{1}{2}$.

$\therefore$ 抛物线为 $y=\frac{1}{2}x^2-\frac{5}{2}x+2$.

$\because$ 直线 CD: $y=-x+2$ 与 y 轴交点坐标为$(0,2)$，

抛物线 $y=\frac{1}{2}x^2-\frac{5}{2}x+2$ 与 y 轴的交点坐标也是$(0,2)$.

$\therefore$ 直线 CE 与 y 轴的交点在抛物线上.

【热点考题精练】

1. 填空题.

(1)（南京市课改区，2006）写出一个有理数和无理数，使它们都是大于-2的负数：________.

(2)（北京市丰台区，2005）若无理数 a 满足不等式 $1<a<4$，请写出两个符合条件的无理数________、________.

(3)（烟台市，2005）写出两个和为 1 的无理数________.

(4)（威海市，2006）将多项式 x^2+4 加上一个整式，使它成为完全平方式. 试写出满足上述条件的三个整式：________，________，________.

(5)（新疆生产建设兵团课改区，2005）给多项式 $9x^2+1$ 加上一个单项式后，使它成为一个整式的完全平方. 那么，所加的单项式可以是（填上一个正确答案即可）________.

(6)（十堰市，2005）代数式 $m^2-n^2(m>n>0)$ 的三个实际意义是________________.

(7)（济宁市，2005）结合生活中的实例，$(1-15\%)x$ 可以解释为________________.

(8)（玉溪市，2005）多项式 $4x^2+M+9y^2$ 是一个完全平方式，则 M 等于（填一个即可）________.

(9)（杭州市课改区，2006）在整式运算中，任意两个一次二项式相乘后，将同类项合并得到的项数可以是________.

(10)（福州市课改区，2006）请在下面“□、○”中分别填入适当的代数式，使等式成立：

$$\square+\bigcirc=\frac{1}{x}$$

(11)（常德市新课标版，2005）同学们玩过“24 点”游戏吗？现给你一个无理数$\sqrt{2}$，你再找 3 个有理数，使它们经过 3 次运算后得到的结果为 24. 请你写出一个符合要求的等式________________.

(12)（荆门市，2005）多项式 $x^2+px+12$ 可分解为两个一次因式的积，整数 p 的值是________（写出一个即可）.

(13)（锦州市课改区，2006）若多项式 $4a^2+M$ 能用平方差公式分解因式，则单项式 $M=$________（写出一个即可）.

(14)（烟台市 2006）写出一个解为$\begin{cases}x=1\\y=2\end{cases}$的二元一次方程组________.

(15)（盐城市,2005)若一个二元一次方程的一个解为$\begin{cases}x=2\\y=-1\end{cases}$,则这个方程可以是:________(只要求写出一个).

(16)（广州市实验区,2005)二元一次方程$x+y=-2$的一个整数解可以是________.

(17)（临沂市,2005)请写出一个一元二次方程,要求二次项系数不为1,且其两根互为倒数________.

(18)（四川省眉山市,2005)请你编拟一道符合实际生活的应用题,使编拟的应用题所列出的方程为一元一次方程:________.

(19)（韶关市,2006)当$c=$________时,关于x的方程$2x^2+8x+c=0$有实数根.(填一个符合要求的数即可)

(20)（四川省实验区,2005)按下面的要求,分别举出一个生活中的例子:

① 随机事件:________;

② 不可能事件:________;

③ 必然事件:________.

(21)（常德市课改区,2006)已知一元二次方程有一个根是2,那么这个方程可以是________.(填上你认为正确的一个方程即可)

(22)（绍兴市,2005)平移抛物线$y=x^2+2x-8$,使它经过原点,写出平移后抛物线的一个解析式________.

(23)（温州市,2005)若二次函数$y=x^2-4x+c$的图象与x轴没有交点,其中c为整数,则$c=$________.(只要求写出一个)

(24)（金华市,2005)请写出一个图象经过点(1,4)的函数解析式:________.

(25)（武汉市,2005)已知二次函数的图象开口向上,且对称轴在y轴的右侧.请你写出一个满足条件的二次函数的解析式:________.

(26)（滨州市,2006)已知二次函数不经过第一象限,且与x轴相交于不同的两点,请写出一个满足上述条件的二次函数解析式________.

(27)（锦州市课改区,2006)已知二次函数的图象开口向上,且顶点在y轴的负半轴上,请你写出一个满足条件的二次函数的表达式________.

(28)（兰州市课改区,2006)请选择一组你喜欢的a,b,c的值,使二次函数$y=ax^2+bx+c(a\neq0)$的图象同时满足下列条件:① 开口向下,② 当$x<2$时,y随x的增大而增大;当$x>2$时,y随x的增大而减小.这样的二次函数的解析式可以是________.

(29)（乐山市课改区,2006)若二次函数$y=ax^2+bx+c$的图象满足下列条件:

① 当$x<2$时,y随x的增大而增大;

② 当$x\geqslant2$时,y随x的增大而减小.

则这样的二次函数解析式可以是________.

(30)（湘西自治州新课标,2005)如图是小华与小明在一次追击游戏中的过程示意图,请你用自己的语言叙述这个过程.(图中s是距离,t是时间)________.

(31)（眉山市课改实验区,2006)要在一只不透明的袋中放入若干个只有颜色不同的乒乓球,搅匀后,使得从袋中任意摸出一个乒乓球是黄色的概率是$\frac{2}{5}$,可以怎样放球________(只写一种).

第1(30)题

(32)（杭州市,2002)对于反比例函数$y=-\frac{2}{x}$与二次函数$y=-x^2+3$,请说出它们的两个相同点①________,②________;再说出它们的两个不同点①________;②________.

(33)（济南市，2002）用计算器探索：已知按一定规律排列的一组数：$1,\frac{1}{\sqrt{2}},\frac{1}{\sqrt{3}},\cdots,\frac{1}{\sqrt{19}},\frac{1}{\sqrt{20}}$. 如果从中选出若干个数，使它们的和大于 3，那么至少要选________个数.

(34)（常州市，2002）一个三位数，它的十位上的数字是百位上数字的 3 倍，个位上数字是百位上数字的 2 倍，设这个三位数个位上的数字是 x，十位上的数字为 y，百位上的数字为 z.

(1) 用含 x,y,z 的代数式表示这个三位数：________________________

(2) 用含 z 的代数式表示这个三位数：________________________

(3) 写出所有满足题目条件的三位数：________________________

(35)（鄂州市，2003）由一个二元一次方程和一个二元二次方程组成的二元二次方程组的解是 $\begin{cases}x=1,\\y=2\end{cases}$ 和 $\begin{cases}x=-1,\\y=-2.\end{cases}$ 试写出一个符合要求的方程组________.

(36)（宁波市，2004）已知二次函数 $y=ax^2+bx+c$ 的图象交轴于 A，B 两点，交 y 轴于 C 点，且△ABC 是直角三角形，请写出符合要求的一个二次函数的解析式：________.

(37)（北京市，2004）我们学习过反比例函数. 例如，当矩形面积 S 一定时，长 a 是宽 b 的反比列函数，其函数关系式可以写为 $a=\frac{S}{b}$（S 为常数，$S\neq0$）. 请你仿照上例另举一个在日常生活、生产或学习中具有反比例函数关系的量的实例，并写出它的函数关系式. 实例：________________；函数关系式：________________.

(38)（金华市，2004）图①表示某地区 2003 年 12 个月中每个月的平均气温，图②表示该地区某家庭这年 12 个月中每月的用电量. 根据统计图，请你说出该家庭用电量与气温之间的关系（只要求写出一条信息即可）：________.

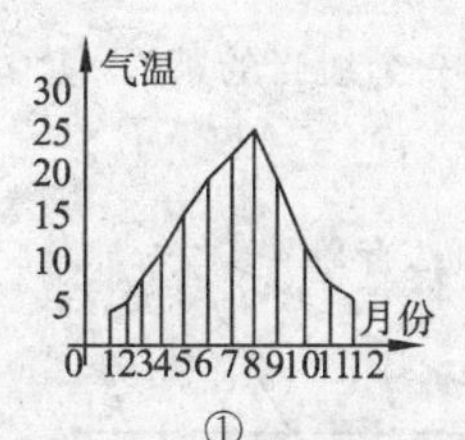

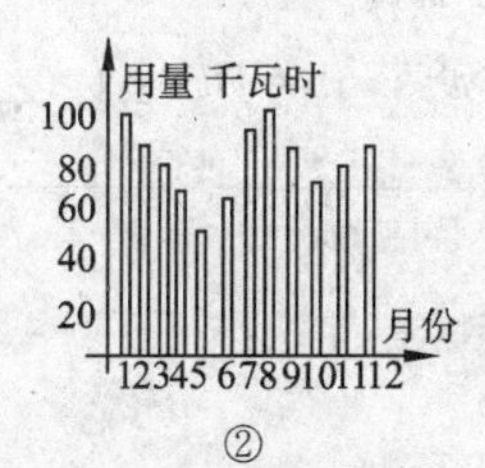

第 1(38)题

(39)（盐城市，2006）写出一个你熟悉的中心对称的几何图形名称，它是________.

(40)（攀枝花市，2006）如图，$AD=BC$，要使四边形 $ABCD$ 是平行四边形，还需补充的一个条件是：________________.

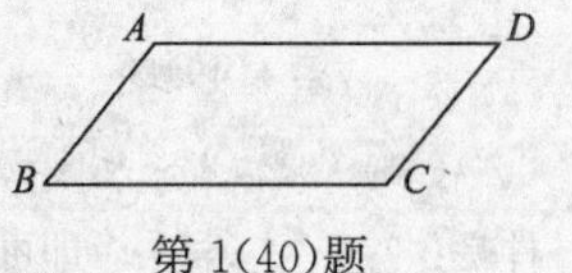

第 1(40)题

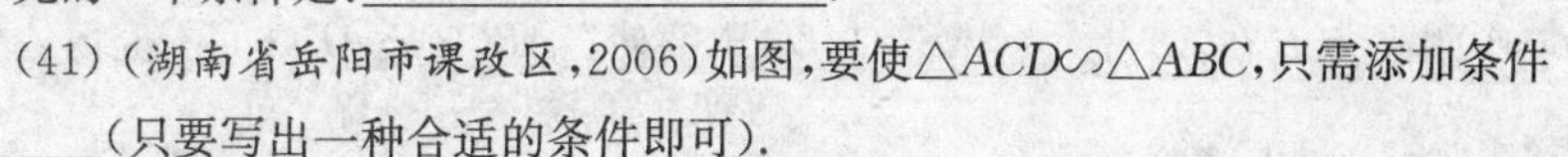

(41)（湖南省岳阳市课改区，2006）如图，要使△ACD∽△ABC，只需添加条件________（只要写出一种合适的条件即可）.

(42)（娄底市，2006）图案设计，请你用○、△、▭材料拼成一幅你认为最漂亮的图形________.

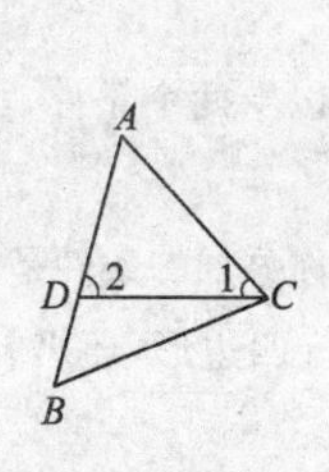

第 1(41)题

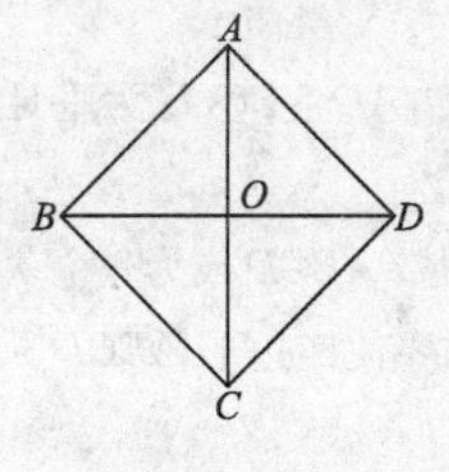

第 1(43)题

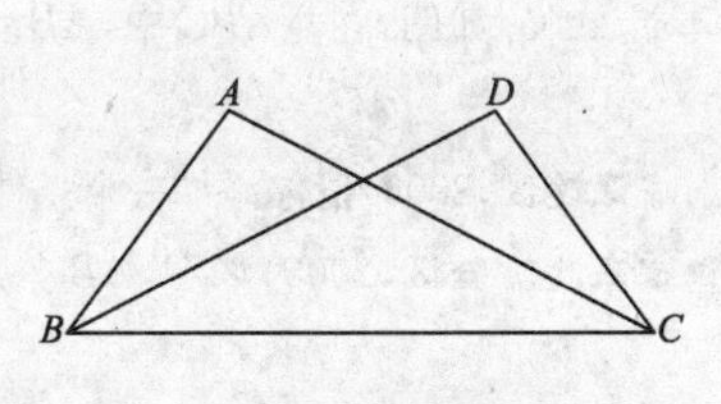

第 1(44)题

(43)(深圳市课改区,2006)如图所示,在四边形 $ABCD$ 中,$AB=BC=CD=DA$,对角线 AC 与 BD 相交于点 O. 若不增加任何字母与辅助线,要使得四边形 $ABCD$ 是正方形,则还需增加的一个条件是________.

(44)(湘西自治州,2006)如图,在 $\triangle ABC$ 和 $\triangle DCB$ 中,$AB=DC$,若不添加任何字母与辅助线,要使 $\triangle ABC\cong\triangle DCB$,则还需增加的一个条件是________.

(45)(河南省课改实验区,2005)已知:如图,$AC\perp BC$,$BD\perp BC$,$AC>BC>BD$,请你添加一个条件使 $\triangle ABC\backsim\triangle CDB$,你添加的条件是________________.

(46)(贵州黔南州,2006)如图,D,E 分别是 $\triangle ABC$ 的边 AB,AC 上的点,请你添加一个条件,使 $\triangle ABC$ 与 $\triangle AED$ 相似,你添加的条件是________.

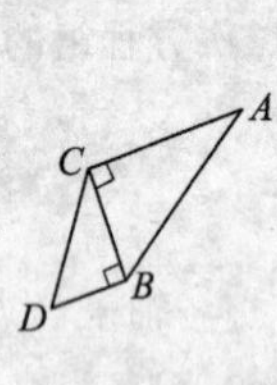

第1(45)题

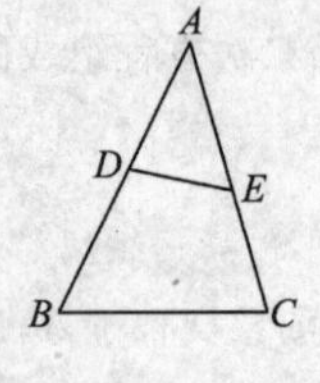

第1(46)题

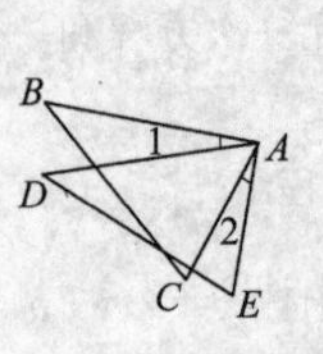

第1(47)题

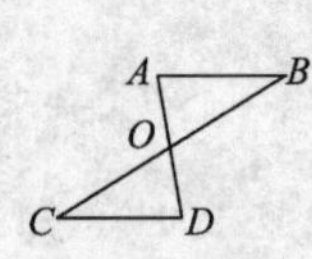

第1(48)题

(47)(襄樊市,2006)如图所示,$AB=AD$,$\angle 1=\angle 2$,添加一个适当的条件,使 $\triangle ABC\cong\triangle ADE$,则需要添加的条件是________________.

(48)(宜昌市课改区,2006)如图,$AB=CD$,AD,BC 相交于点 O,要使 $\triangle ABO\cong\triangle DCO$,应添加的条件为________.(添加一个条件即可)

(49)(中原油田,2005)如图,平行四边形 $ABCD$ 中,AF,CE 分别是 $\angle BAD$ 和 $\angle BCD$ 的对角线,根据现有的图形,请添加一个条件,使四边形 $AECF$ 为菱形,则添加的一个条件可以是________(只需写出一个即可,图中不能再添加别的"点"和"线").

(50)(河池市,2005)如图,$AB=DB$,$\angle 1=\angle 2$,请你添加一个适当的条件,使 $\triangle ABC\cong\triangle DBE$,则这个条件是(只需添加一个即可)________________.

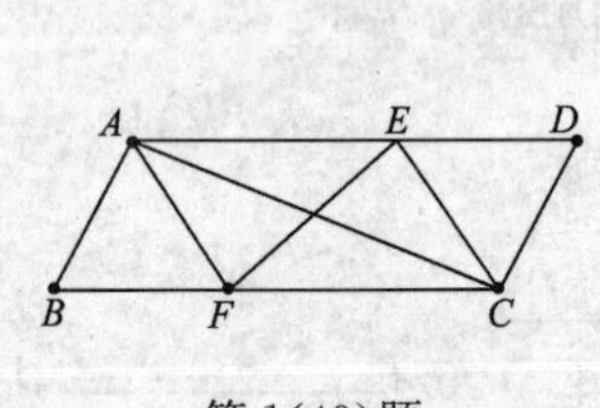

第1(49)题

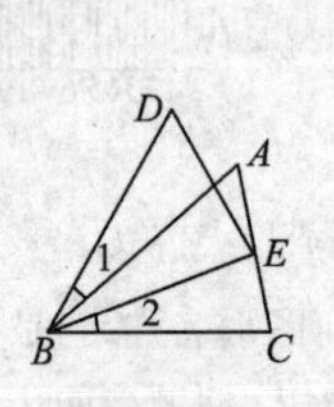

第1(50)题

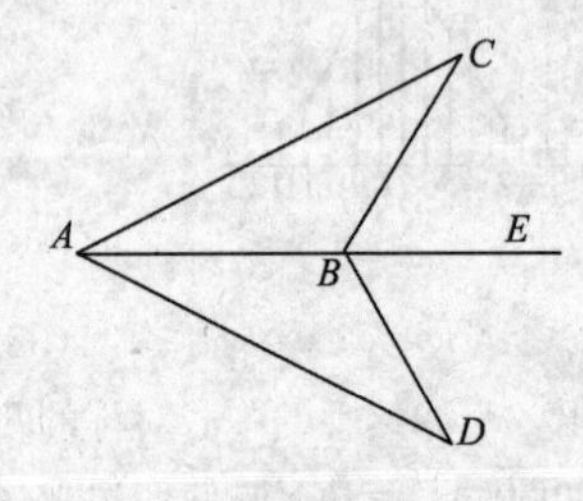

第1(51)题

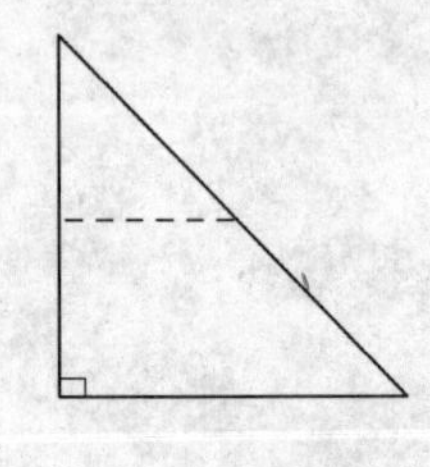
第1(52)题

(51)(浙江省课改区,2006)如图,点 B 在 AE 上,$\angle CAB=\angle DAB$,要使 $\triangle ABC\cong\triangle ABD$,可补充的一个条件是:________(写一个即可).

(52)(鄂尔多斯市,2006)如图,将一张等腰直角三角形纸片沿中位线剪开,可以拼出不同形状的四边形,请写出其中两个不同的四边形的名称:________.

(53)(湘潭市,2005)如图,在 $\triangle ABC$ 中,$AB=AC$,$AD\perp BC$,D 为垂足. 由以上两个条件,可得________.(写出一个结论)

(54)(云南省课改区,2005)请你添加一个条件,使▱$ABCD$ 成为一个菱形,你添加的条件是________.

(55)(海口市课改实验区,2005)如图,$AB/\!/DC$,要使四边形 $ABCD$ 是平行四边形,还需补充一个条件:________.

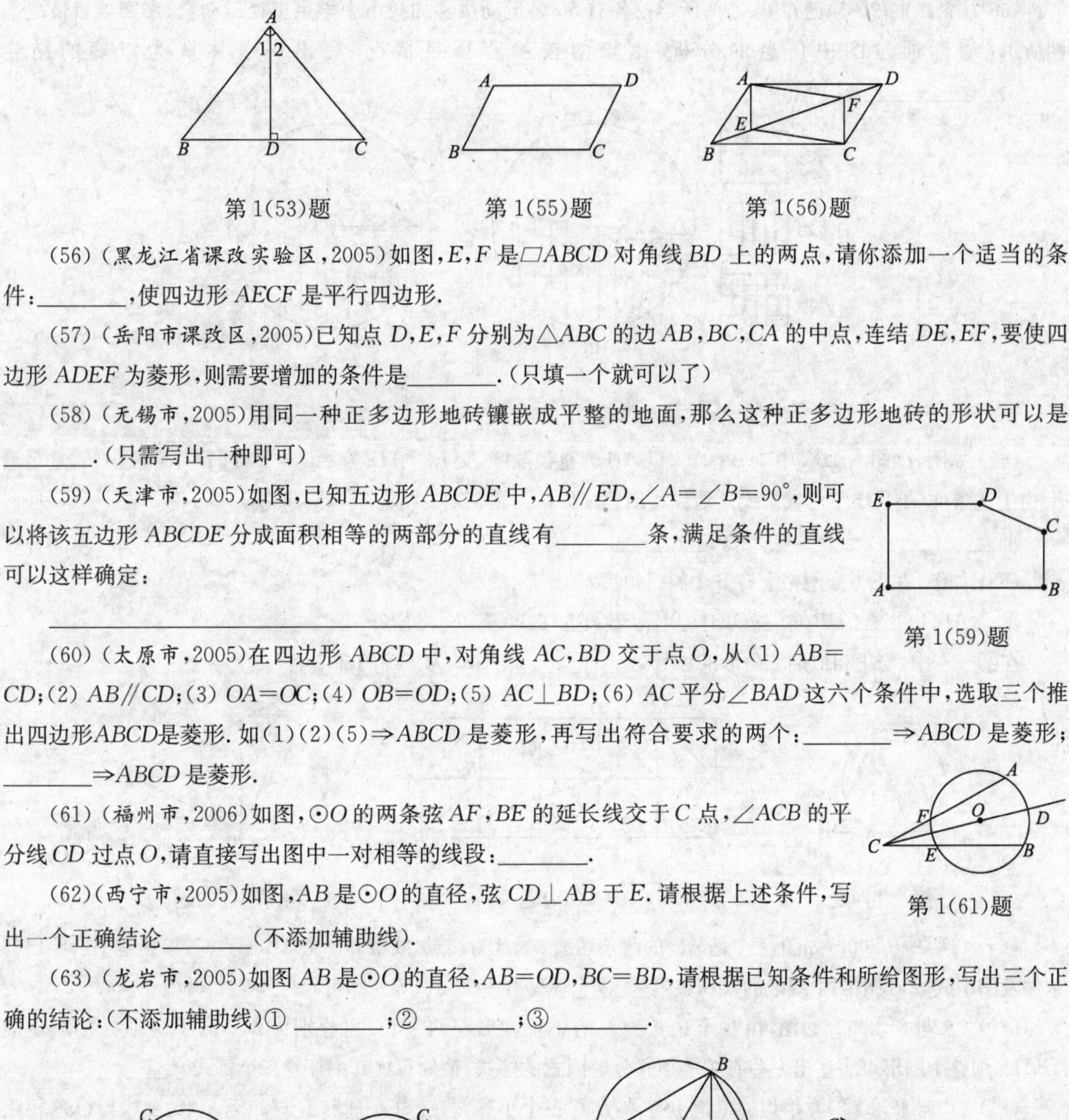

第 1(53)题　　第 1(55)题　　第 1(56)题

(56)（黑龙江省课改实验区，2005）如图，E,F 是▱$ABCD$ 对角线 BD 上的两点，请你添加一个适当的条件：________，使四边形 $AECF$ 是平行四边形.

(57)（岳阳市课改区，2005）已知点 D,E,F 分别为△ABC 的边 AB,BC,CA 的中点，连结 DE,EF，要使四边形 $ADEF$ 为菱形，则需要增加的条件是________.（只填一个就可以了）

(58)（无锡市，2005）用同一种正多边形地砖镶嵌成平整的地面，那么这种正多边形地砖的形状可以是________.（只需写出一种即可）

(59)（天津市，2005）如图，已知五边形 $ABCDE$ 中，$AB/\!/ED$，$\angle A=\angle B=90°$，则可以将该五边形 $ABCDE$ 分成面积相等的两部分的直线有________条，满足条件的直线可以这样确定：

____

第 1(59)题

(60)（太原市，2005）在四边形 $ABCD$ 中，对角线 AC,BD 交于点 O，从(1) $AB=CD$；(2) $AB/\!/CD$；(3) $OA=OC$；(4) $OB=OD$；(5) $AC\perp BD$；(6) AC 平分$\angle BAD$ 这六个条件中，选取三个推出四边形$ABCD$是菱形. 如(1)(2)(5)⇒$ABCD$ 是菱形，再写出符合要求的两个：________⇒$ABCD$ 是菱形；________⇒$ABCD$ 是菱形.

(61)（福州市，2006）如图，⊙O 的两条弦 AF,BE 的延长线交于 C 点，$\angle ACB$ 的平分线 CD 过点 O，请直接写出图中一对相等的线段：________.

第 1(61)题

(62)（西宁市，2005）如图，AB 是⊙O 的直径，弦 $CD\perp AB$ 于 E. 请根据上述条件，写出一个正确结论________（不添加辅助线）.

(63)（龙岩市，2005）如图 AB 是⊙O 的直径，$AB=OD$，$BC=BD$，请根据已知条件和所给图形，写出三个正确的结论：（不添加辅助线）① ________；② ________；③ ________.

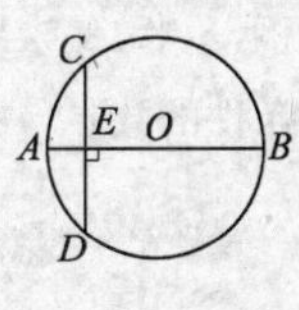

第 1(62)题

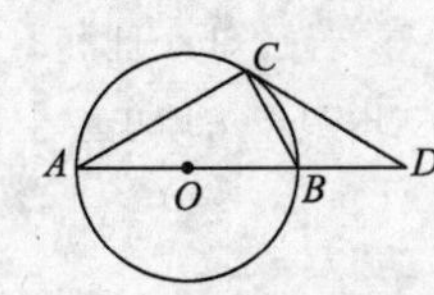

第 1(63)题

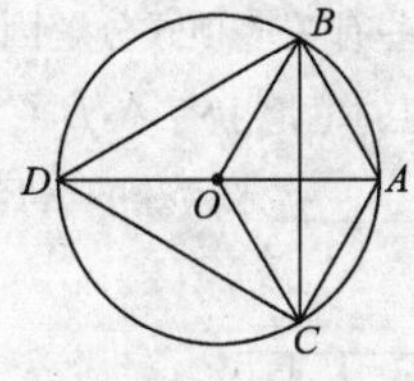

第 1(64)题

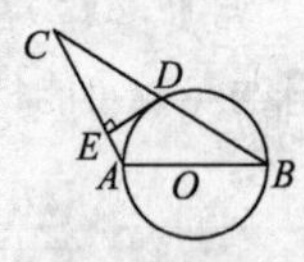

第 1(65)题

(64)（四川省实验区，2005）如图，AD 是⊙O 的直径，$AB=AC$，$\angle BAC=120°$，根据以上条件写出三个正确的结论（$OA=OB=OC=OD$ 除外）：

① ____；

② ____；

③ ____.

(65)（武汉市，2005）已知：如图，AB 是⊙O 的直径，BC 交⊙O 于点 D，$DE\perp AC$ 于点 E. 要使 DE 是⊙O 的切线，那么图中的角应满足的条件为________.（只需填一个条件）

(66)(宜宾市,2005)已知甲、乙两所学校各有50名运动员参加我市中学生田径运动会,参赛项目情况如图所示,请你通过图中信息的分析,比较两校参赛项目情况,写出一条你认为正确的结论________.

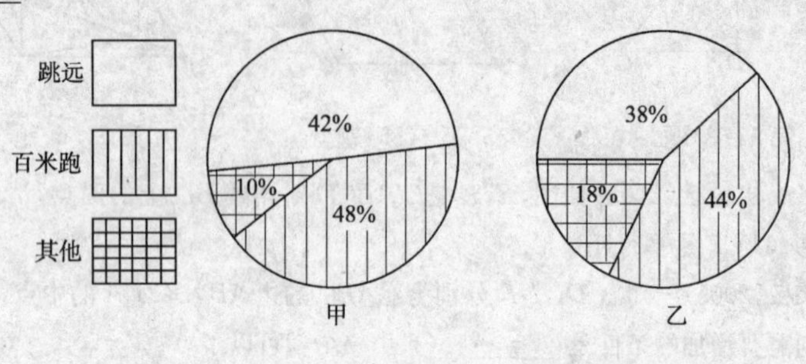

第1(66)题

(67)如图,已知△ABC中,$AB=AC$,以AB为直径画圆,交BC于D,交AC于E,过D作$DF\perp CE$,垂足为F.由上述条件(不另增字母或添线),请你写出三个你认为是正确的结论(不要求证明).

① ________ ② ________ ③ ________

(68)如图,在正方形网格上有6个斜三角形:

① △ABC,② △CDB,③ △DEB,④ △FBG,⑤ △HCF,⑥ △EKF.

在②~⑥中,与①相似的三角形的序号是________.(把你认为正确的都填上)

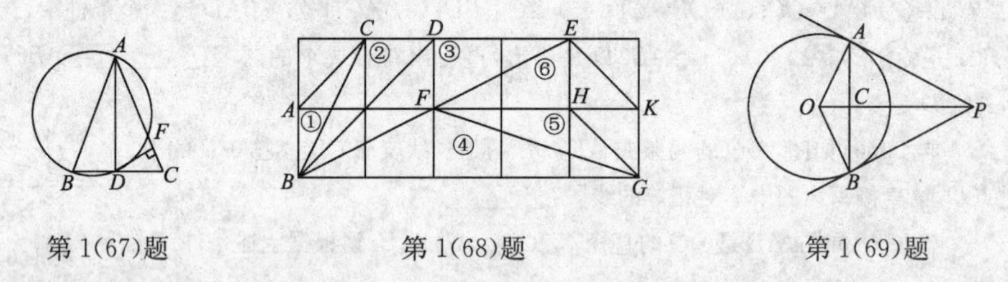

第1(67)题　　第1(68)题　　第1(69)题

(69)(淮安市,2002)如图,PA是⊙O的两条切线,A,B为切点,线段OP交AB于点C,根据题中所给出的条件及图中线段,找出图中线段的乘积关系________(写出一个乘积等式即可).

(70)(泉州市,2002)如图,由一个边长为a的小正方形与两个长、宽分别为a,b的小矩形拼接成矩形$ABCD$,则整个图形可表达出一些有关多项式分解因式的等式,请你写出其中任意三个等式:________.

(71)(广州市,2002)在平坦的草地上有A,B,C三个小球,若已知A球和B球相距3米,A球与C球相距1米,则B球与C球可能相距________米.(球的半径忽略不计,只要求填出一个符合条件的数).

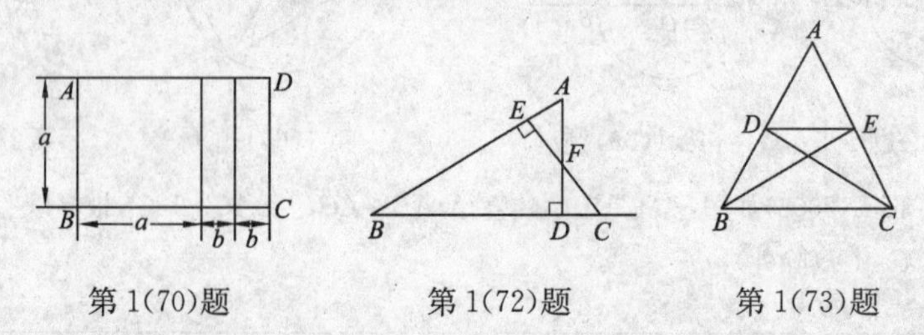

第1(70)题　　第1(72)题　　第1(73)题

(72)(常德市,2002)如图,已知$AD\perp BD$于D,$CE\perp AB$于E,AD与CE相交于F,则图中相似三角形的对数有________对.

(73)(安顺市,2002)如图,在△ABC中,$AB=AC$,$DE /\!/ BC$,DC交于点D.请写出一对相似的三角形________,两对全等的三角形________.

(74)（山东省，2000）四边形$ABCD$中，如果________，那么对角线AC和BD互相垂直（只需填出使结果成立的一种情况即可）.

(75)（珠海市，2000）如图，在四边形$ABCD$中，M,N,P,Q分别是四边形各边AB,BC,CD,DA的中点，当四边形$ABCD$满足条件________时，四边形$MNPQ$是矩形.（注：填上你认为正确的一种条件即可，不必考虑所有可能的情形）.

第1(75)题

(76)（天门市，2000）已知⊙O，给出以下四个论断：① 直线$AB\perp$直线OC，② AB是⊙O的切线，③ 点C在⊙O上，④ AB经过点C. 请以其中三个论断作为条件，余下一个论断作为结论，写出一个真命题（用序号⊗⊗⊗➡⊗的形式写出）是________.

(77)（金华市，2002）试比较右边两个几何图形的异同，请分别写出它们的两个相同点和两个不同点. 例如：相同点：正方形的对角线相等，正五边形的对角线也相等. 不同点：正方形是中心对称图形，正五边形不是中心对称图形.

相同点：(1) ________；(2) ________.

不同点：(1) ________；(2) ________.

正方形　　正五边形

第1(77)题

(78)（新疆生产建设兵团，2003）右图是由16个边长为1的小正方形拼成的，任意连结这些小正方形的若干个顶点，可得到一些线段，试分别画出一条长度是有理数的线段和一条长度是无理数的线段.

第1(78)题

2. 选择题.

(1)（海南省，2000）已知4个矿泉水空瓶可以换矿泉水一瓶，现有15个矿泉水空瓶，若不交钱，最多可以喝矿泉水（　　）.

A. 3瓶　　B. 4瓶　　C. 5瓶　　D. 6瓶

(2)（烟台市，2000）如图，在$\triangle ABC$中，$AB=AC$，$EF\parallel BC$，BF,CE相交于点O，则图中全等三角形有（　　）.

A. 5对　　B. 4对　　C. 3对　　D. 2对

(3)（荆门市，2000）如图，$AB\parallel EF\parallel DC$，$EG\parallel BD$，则图中与$\angle 1$相等的角（$\angle 1$除外）共有（　　）.

A. 6个　　B. 5个　　C. 4个　　D. 2个

第2(2)题　　第2(3)题　　第2(5)题　　第2(6)题

(4)（广州市，2000）两个圆的半径相等，当这两个圆的位置关系变化时，它们的公切线的条数最小的是（　　）.

A. 0　　B. 1　　C. 2　　D. 3

(5)（广州市，2000）如图，在梯形$ABCD$中，$AD\parallel BC$，AC与BD相交于点O，则图中面积相等的三角形共有（　　）.

A. 1对　　B. 2对　　C. 3对　　D. 4对

(6)（天门市，2000）已知：如图，$OA=OB$，$OC=OD$，AD,BC相交于E，则图中全等三角形共有（　　）.

A. 2对　　B. 3对　　C. 4对　　D. 5对

(7)（四川省，1996）以7和3为两边长及另一条边组成的边长都是整数的三角形一共有（　　）.

A. 2个　B. 3个　C. 4个　D. 5个

(8)(江西省,1995)同一平面内有四个点,过每两点画一条直线,则直线的条数是(　　).

A. 1条　B. 4条　C. 6条　D. 1条或4条或6条

(9)(西宁市,1996)如图,$AB=AC$,$BD=CE$,$AF\perp BC$,则图中全等的三角形共有(　　).

A. 1对　B. 2对　C. 3对　D. 4对

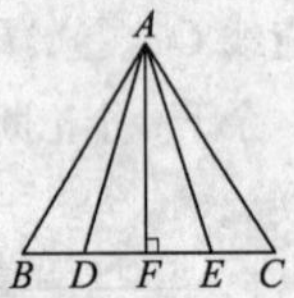

第2(9)题 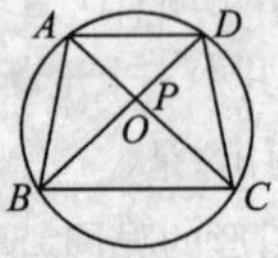　第2(10)题 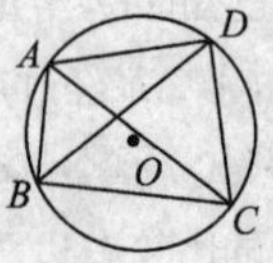　第2(11)题

(10)(新疆,1996)如图,四边形$ABCD$内接于⊙O,且AC,BD交于点P,则此图形中一定相似的三角形有(　　).

A. 四对　B. 三对　C. 二对　D. 一对

(11)(武汉市,1996)如图,点A,B,C,D在同一个圆上,四边形$ABCD$的两条对角线把4个内角分成的8个角中,相等的角共有(　　).

A. 8对　B. 6对　C. 4对　D. 2对

(12)(北京市,1997)如图,若▱$ABCD$的对角线AC,BD相交于点O,那么图中全等的三角形共有(　　).

A. 1对　B. 2对　C. 3对　D. 4对

(13)(山东省,1997)在$\triangle ABC$中,$\angle A\neq 90^\circ$,作既是轴对称又是中心对称的四边形$ADEF$,使D,E,F分别在边AB,BC,CA上,这样的四边形(　　).

A. 只能作一个　B. 能作三个　C. 能作无数个　D. 不存在

(14)(山西省,1997)如图,▱$ABCD$中,两条对角线AC,BD交于点O,$AF\perp BD$于F,$CE\perp BD$于E,则图中全等三角形共有(　　).

A. 5对　B. 6对　C. 7对　D. 8对

(15)(陕西省,1997)要把一张面值为10元的人民币换成零钱,现有足够的面值为2元,1元的人民币,那么共有换法(　　).

A. 5种　B. 6种　C. 8种　D. 10种

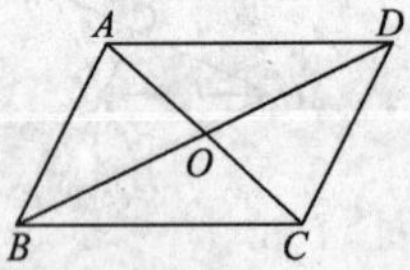

第2(12)题 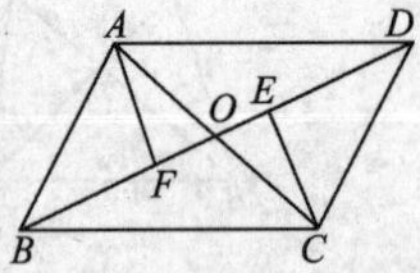　第2(14)题 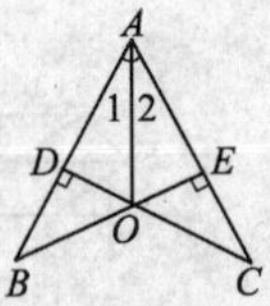　第2(16)题 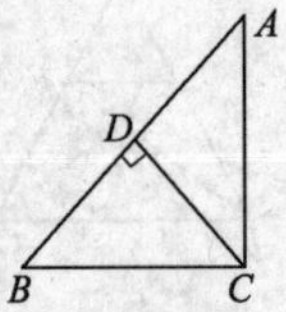　第2(17)题

(16)(湖北荆门市,1996)如图,$\angle 1=\angle 2$,$CD\perp AB$,$BE\perp AC$,则图中全等三角形的对数共有(　　).

A. 1对　B. 2对　C. 3对　D. 4对

(17)(黄石市,1996)如图,在$\mathrm{Rt}\triangle ABC$中,$\angle C=90^\circ$,$CD\perp AB$于D,则图中共有相似三角形的对数为(　　).

A. 4对　B. 3对　C. 2对　D. 1对

(18)(盐城市,1996)在直线$y=\frac{1}{2}x+\frac{1}{2}$上,到$x$轴或$y$轴距离为1的点有(　　).

A. 1个　B. 2个　C. 3个　D. 4个

(19)(陕西省,2001)▱$ABCD$中,G是BC延长线上一点,AG与BD交于点E,与DC交于点F,则图中相

似三角形共有(　　).

A. 6对　　B. 4对　　C. 5对　　D. 3对

(20)(天津市,2001)如图,已知$\triangle ABC$为等腰直角三角形,D为斜边BC的中点,经过点A、D的$\odot O$与边AB,AC,BC分别相交于点E,F,M. 对于如下五个结论:① $\angle FMC=45°$;② $AE+AF=AB$;③ $\frac{ED}{EF}=\frac{BA}{BC}$;④ $2BM^2=BE\cdot BA$;⑤ 四边形$AEMF$为矩形,其中正确结论的个数是(　　).

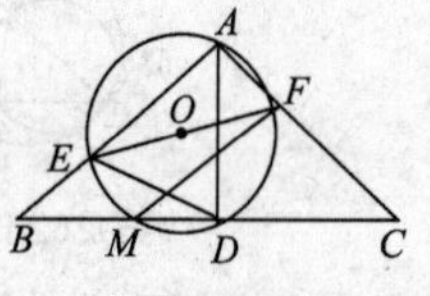

第2(20)题

A. 2个　　B. 3个　　C. 4个　　D. 5个

(21)(南昌市,2001)如图,两个全等的直角三角形中都有一个锐角为30°,且较长的直角边在同一直线上,则图中的等腰三角形有(　　).

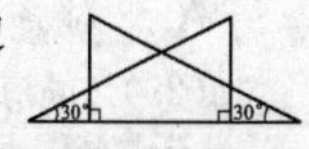

第2(21)题

A. 4个　　B. 3个　　C. 2个　　D. 1个

(22)(威海市,2001)如图,在正方形网格上有6个斜三角形:① $\triangle ABC$,② $\triangle BCD$,③ $\triangle BDE$,④ $\triangle BFG$,⑤ $\triangle FGH$,⑥ $\triangle EFK$,其中②~⑥中,与三角形①相似的是(　　).

A. ②③④　　B. ③④⑤　　C. ④⑤⑥　　D. ②③⑥

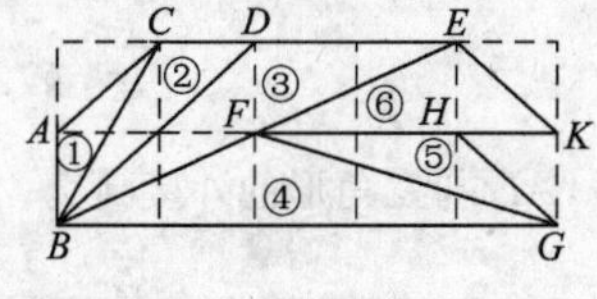

第2(22)题

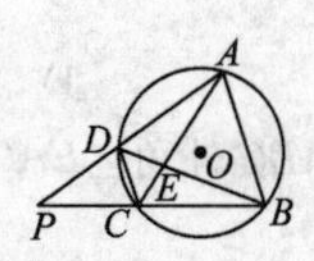

第2(23)题

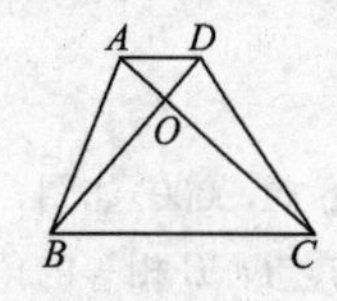

第2(24)题

(23)(海南省,2001)如图,$\odot O$的内接四边形$ABCD$的一组对边AD和BC延长后相交于点P,对角线AC和BD相交于点E,则图中共有相似三角形(　　).

A. 1对　　B. 2对　　C. 3对　　D. 4对

(24)(荆州市,1997)如图,梯形$ABCD$中,$AD /\!/ BC$,对角线AC,BD相交于点O,那么图中面积相等的三角形有(　　).

A. 一对　　B. 二对　　C. 三对　　D. 四对

(25)(湖北荆门市,1997)下面A,B,C,D四个图形,只用其中三个可以拼成左面的形状,其中未用上的图形是(　　).

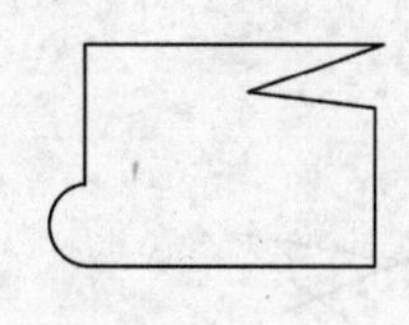
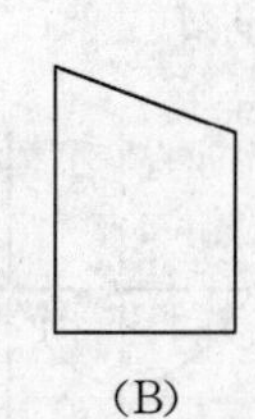
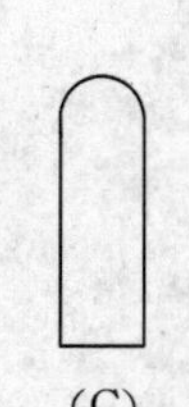
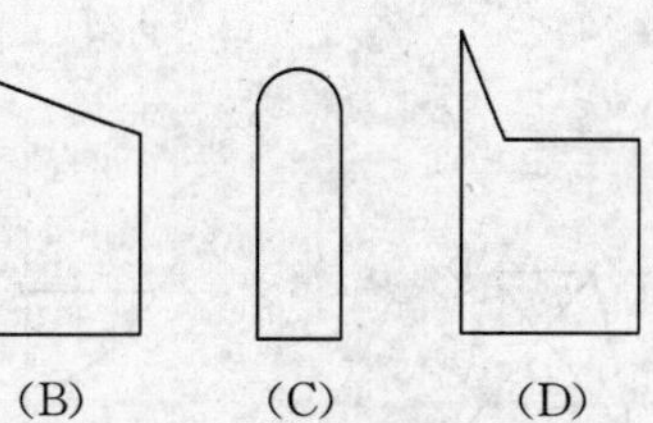

(A)　(B)　(C)　(D)

A. 1个　　B. 2个　　C. 3个　　D. 4个

(26)(广西,1995)如图,两圆内切于点P,MN是外公切线,大圆的弦AB切小圆于C. 延长PC交大圆于D,PB交小圆于E,则图中与$\angle MPD$相等的角共有(　　).

A. 1个　　B. 2个　　C. 3个　　D. 4个

(27)(宜昌市,1997)在$\triangle ABC$中,$A_1,A_2,A_3,\cdots$,为AC边上不同的k个点,首先连结BA_1,图中出现了3个不同的三角形;再连结BA_2,图中有了6个不同的三角形;接着连接BA_3,图中便有10个不同的三角形;…;如此继续下去,当连接BA_k时(k为正整数),图中不同的三角形共有的个数为(　　).

A. $2(k-1)-1$　　B. $2(k+1)$　　C. $\frac{1}{2}(k+2)(k+1)$　　D. $2(k+2)$

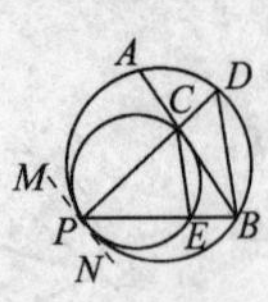

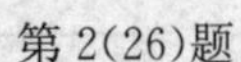
第2(26)题

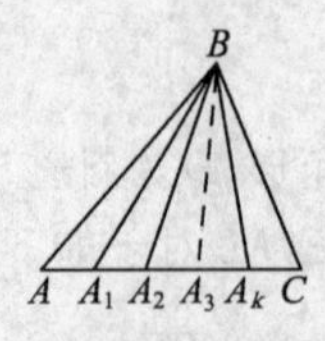

第2(27)题

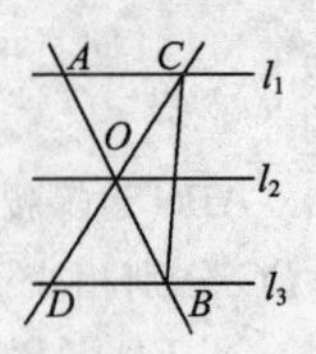

第2(28)题

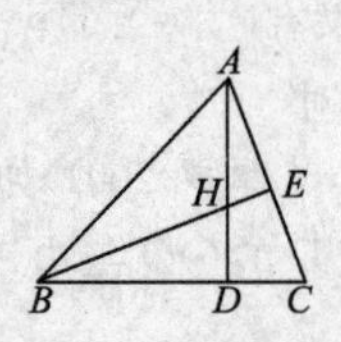

第2(29)题

(28)(聊城市,2000)如图,l_1,l_2,l_3 是三条互相平行的直线,且 l_1 与 l_2 的距离等于 l_2 与 l_3 的距离,直线 AB,CD 分别交 l_1,l_2,l_3 于 A,O,B 和 C,O,D,连结 BC,则图中面积相等的三角形共有(　　).

A. 3对　　B. 4对　　C. 5对　　D. 6对

(29)(威海市,2000)如图,$\triangle ABC$ 的两条高 AD,BE 交于 H,图中与 $\triangle AHE$ 相似的三角形(不包括 $\triangle AHE$)有(　　).

A. 1个　　B. 2个　　C. 3个　　D. 4个

(30)(盐城市,2000)如图所示,AD 是 Rt$\triangle ABC$ 的斜边 BC 上的高,$AB=AC$,过 A,D 两点的圆与 AB,AC 分别相交于点 E,F,弦 EF 与 AD 相交于点 G,则图中与 $\triangle GDE$ 相似的三角形的个数为(　　).

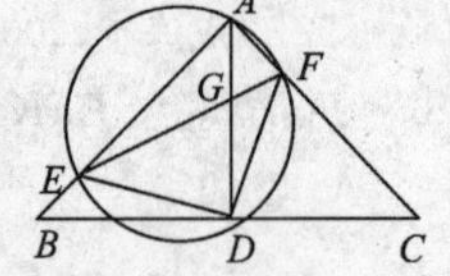

第2(30)题

A. 5　　B. 4

C. 3　　D. 2

(31)(宜昌市,2000)如图,AD 是 $\triangle ABC$ 外角 $\angle EAC$ 的平分线,AD 与三角形的外接圆交于点 D.图中与 $\angle DCB$ 相等的角有(　　).

A. 1个　　B. 2个

C. 3个　　D. 4个

第2(31)题

(32)(常州市,2002)以长为3cm,5cm,7cm和10cm的四条线段中的三条线段为边,可以构成三角形的个数是(　　).

A. 1个　　B. 2个　　C. 3个　　D. 4个

(33)(菏泽市,2002)如图,在锐角三角形 ABC 中,高 BD,CE 相交于点 F,则图中所有和 $\triangle BEF$ 相似(除 $\triangle BEF$ 自身外)的三角形的个数是(　　).

A. 1个　　B. 2个　　C. 3个　　D. 4个

(34)(滨州市,2002)如图,等腰梯形 $ABCD$ 的对角线 AC,BD 相交于 O,则图中共有全等三角形(　　).

A. 1对　　B. 2对　　C. 3对　　D. 4对

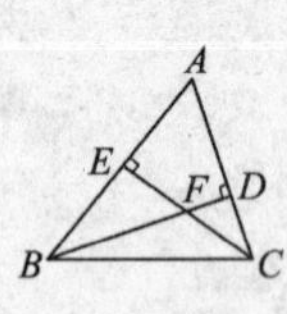

第2(33)题

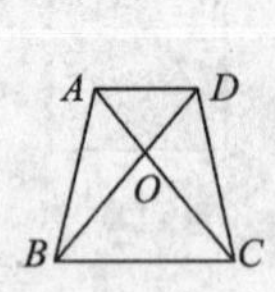

第2(34)题

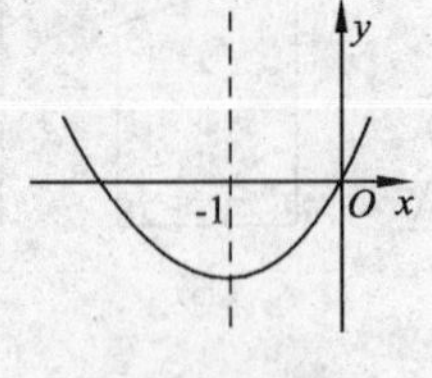

第2(35)题

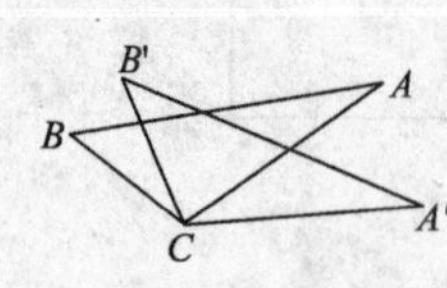

第2(36)题

(35)(自贡市,2002)如图,二次函数 $y=ax^2+bx+c$ 的图象的对称轴是直线 $x=-1$.有下列结论:① $a>0,b>0$;② $2a-b=0$,③ $a-b+c<0$;④ $4a-2b+c=0$.其中正确结论的个数是(　　).

A. 4　　B. 3　　C. 2　　D. 1

(36)(北京市宣武区,2002)如图,从下列四个条件:① $BC=B'C'$,② $AC=A'C$,③ $\angle A'CA=\angle B'CB$,④ $AB=A'B'$中,任取三个为题设,余下的一个为结论,则最多可以构成正确命题的个数是(　　).

A. 1个　　B. 2个　　C. 3个　　D. 4个

(37)(汕头市,2002)如图,矩形 $ABCD$ 中,$AE=BF$,EF 与 BD 相交于点 G,则图中相似三角形共有(　　).

A. 2对　　B. 4对　　C. 6对　　D. 8对

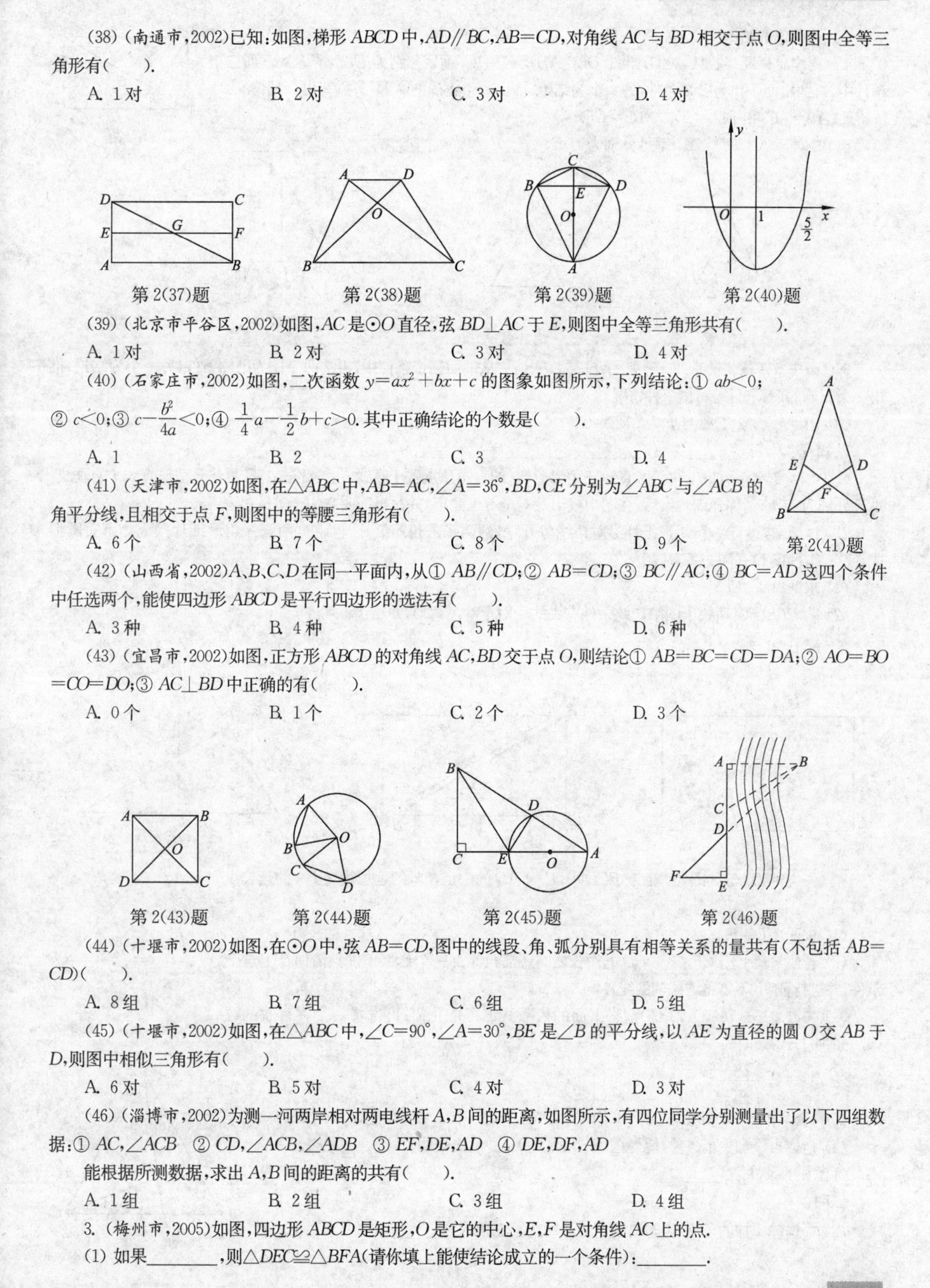

(38)（南通市，2002）已知：如图，梯形 $ABCD$ 中，$AD/\!/BC$，$AB=CD$，对角线 AC 与 BD 相交于点 O，则图中全等三角形有（　　）.

A. 1对　　B. 2对　　C. 3对　　D. 4对

第2(37)题　　第2(38)题　　第2(39)题　　第2(40)题

(39)（北京市平谷区，2002）如图，AC 是⊙O 直径，弦 $BD\perp AC$ 于 E，则图中全等三角形共有（　　）.

A. 1对　　B. 2对　　C. 3对　　D. 4对

(40)（石家庄市，2002）如图，二次函数 $y=ax^2+bx+c$ 的图象如图所示，下列结论：① $ab<0$；② $c<0$；③ $c-\frac{b^2}{4a}<0$；④ $\frac{1}{4}a-\frac{1}{2}b+c>0$. 其中正确结论的个数是（　　）.

A. 1　　B. 2　　C. 3　　D. 4

(41)（天津市，2002）如图，在△ABC 中，$AB=AC$，$\angle A=36°$，BD，CE 分别为 $\angle ABC$ 与 $\angle ACB$ 的角平分线，且相交于点 F，则图中的等腰三角形有（　　）.

A. 6个　　B. 7个　　C. 8个　　D. 9个

第2(41)题

(42)（山西省，2002）A、B、C、D 在同一平面内，从① $AB/\!/CD$；② $AB=CD$；③ $BC/\!/AC$；④ $BC=AD$ 这四个条件中任选两个，能使四边形 $ABCD$ 是平行四边形的选法有（　　）.

A. 3种　　B. 4种　　C. 5种　　D. 6种

(43)（宜昌市，2002）如图，正方形 $ABCD$ 的对角线 AC，BD 交于点 O，则结论① $AB=BC=CD=DA$；② $AO=BO=CO=DO$；③ $AC\perp BD$ 中正确的有（　　）.

A. 0个　　B. 1个　　C. 2个　　D. 3个

第2(43)题　　第2(44)题　　第2(45)题　　第2(46)题

(44)（十堰市，2002）如图，在⊙O 中，弦 $AB=CD$，图中的线段、角、弧分别具有相等关系的量共有（不包括 $AB=CD$）（　　）.

A. 8组　　B. 7组　　C. 6组　　D. 5组

(45)（十堰市，2002）如图，在△ABC 中，$\angle C=90°$，$\angle A=30°$，BE 是 $\angle B$ 的平分线，以 AE 为直径的圆 O 交 AB 于 D，则图中相似三角形有（　　）.

A. 6对　　B. 5对　　C. 4对　　D. 3对

(46)（淄博市，2002）为测一河两岸相对两电线杆 A，B 间的距离，如图所示，有四位同学分别测量出了以下四组数据：① AC，$\angle ACB$　② CD，$\angle ACB$，$\angle ADB$　③ EF，DE，AD　④ DE，DF，AD

能根据所测数据，求出 A，B 间的距离的共有（　　）.

A. 1组　　B. 2组　　C. 3组　　D. 4组

3.（梅州市，2005）如图，四边形 $ABCD$ 是矩形，O 是它的中心，E，F 是对角线 AC 上的点.

(1) 如果________，则△DEC≌△BFA（请你填上能使结论成立的一个条件）：________.

(2) 证明你的结论.

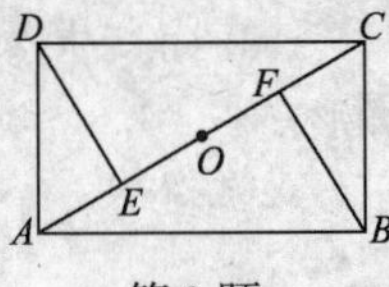

第3题

4. (南宁市课改实验区,2005)如图,$DE\perp AB$,$DF\perp AC$,垂足分别为E,F,请你从下面三个条件中,再选出两个作为已知条件,另一个为结论,推出一个正确的命题(只需写出一种情况).

① $AB=AC$;② $BD=CD$;③ $BE=CF$.

已知:$DE\perp AB$,$DF\perp AC$,垂足分别为E、F,______=______,______=______.

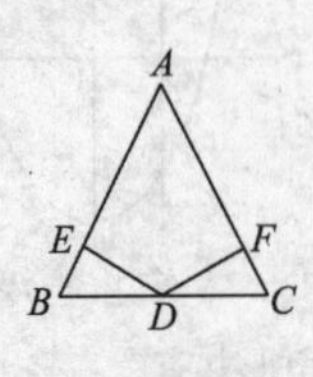

第4题

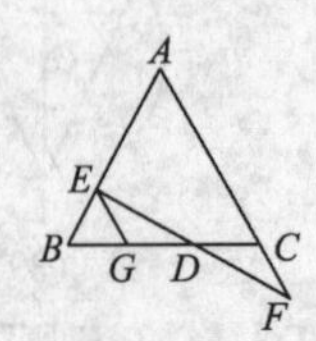

第5题

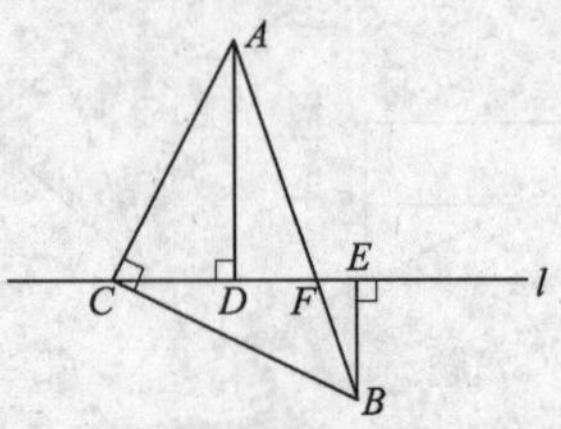

第6题

5. (南宁市课改实验区,2005)如图,$EG/\!/AF$,请你从下面三个条件中,再选两个作为已知条件,另一个为结论,推出一个正确的命题(只需写出一种情况).

① $AB=AC$　② $DE=DF$　③$BE=CF$

已知:$EG/\!/AF$,______=______,______=______.

6. (内江市,2005)如图,将等腰直角三角形ABC的直角顶点置于直线l上,且过A,B两点分别作直线l的垂线,垂足分别为D,E,请你仔细观察后,在图中找出一对全等三角形,并写出证明它们全等的过程.

7. (江西省,2005)一张矩形纸片沿对角线剪开,得到两张三角形纸片,再将这两张三角形纸片摆成如下右图形式,使点B,F,C,D在同一条直线上.

(1) 求证$AB\perp ED$;

(2) 若$PB=BC$,请找出图中与此条件有关的一对全等三角形,并给予证明.

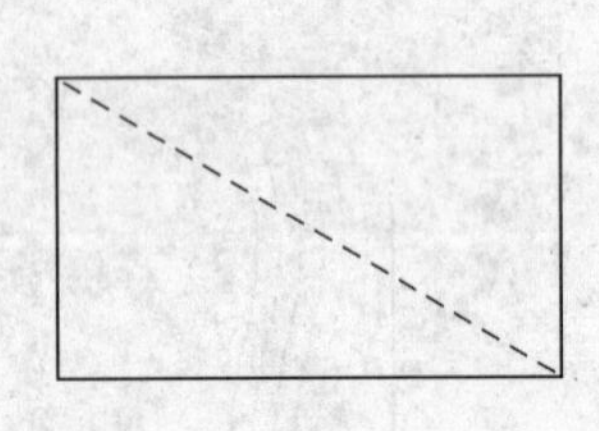

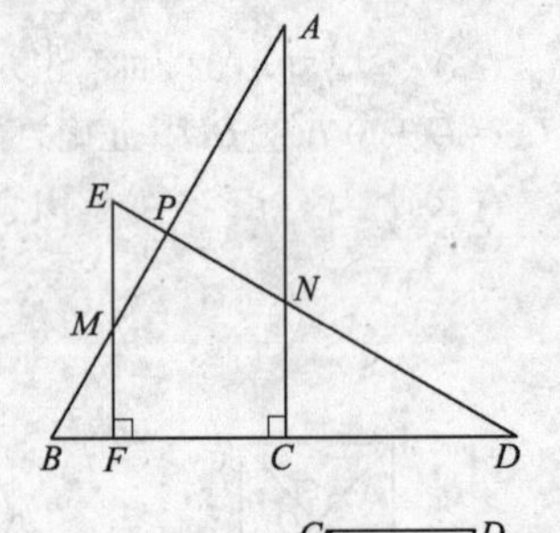

第7题

8. (济南市,2005)如图,已知▱$ABCD$中,E为AD的中点,CE的延长线交BA的延长线于点F.

(1) 求证:$CD=FA$;

(2) 若使$\angle F=\angle BCF$,▱$ABCD$的边长之间还需再添加一个什么条件?请你补上这个条件,并进行证明(不要再增添辅助线).

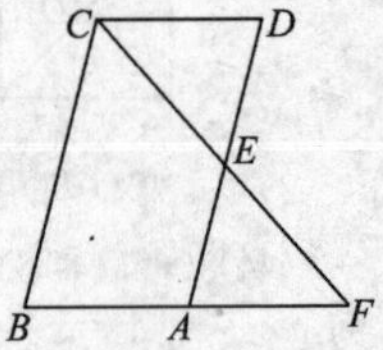

第8题

9. (安徽省课改实验区,2005)请将下面的代数式尽可能化简,再选择一个你喜欢的数(要合适哦!)代入求值:

$2a-(a+1)+\dfrac{a^2-1}{a-1}$.

10. (金华市,2005)如图,在$\triangle ABC$中,点D在AB上,点E在BC上,$BD=BE$.

(1) 请你再添加一个条件,使得$\triangle BEA\cong\triangle BDC$,并给出证明.

你添加的条件是:______

证明:

(2) 根据你添加的条件,再写出图中的一对全等三角形:______(只要求写出一对

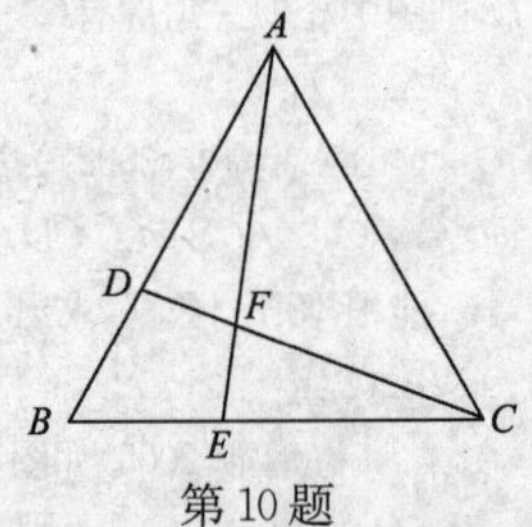

第10题

全等三角形,不再添加其他线段,不再标注或使用其他字母,不必写出证明过程)

11. (海安县,2005)如图,在矩形 $ABCD$ 中,F 是 BC 边上的一点,AF 的延长线交 DC 的延长线于 G,$DE \perp AG$ 于 E,且 $DE=DC$,根据上述条件,请你在图中找出一对全等三角形,并证明你的结论.

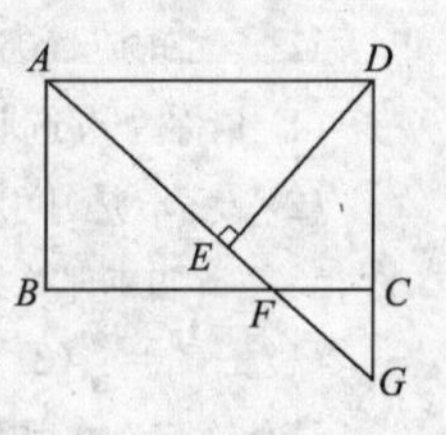

第 11 题

12. 如图是一条河,点 A 为对岸一棵大树,点 B 是该岸一根标杆,且 AB 与河岸大致垂直,现有如下器材:一个卷尺,若干根标杆,根据所学的数学知识,设计出一个测量 A,B 两点间距离的方案,在图上画出图形,写出测量方法.

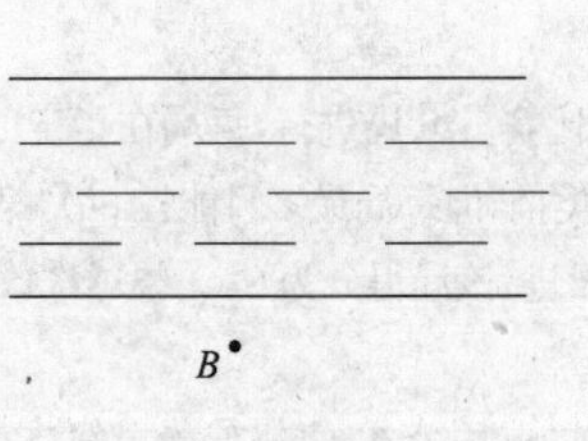

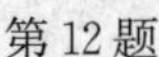

第 12 题

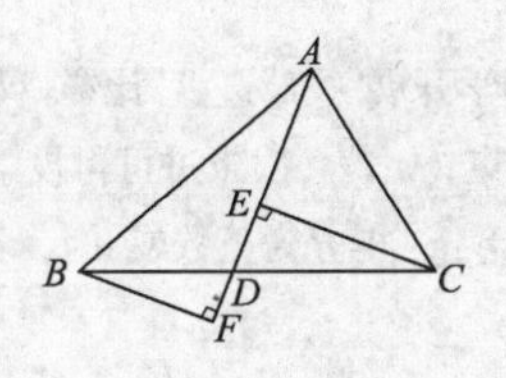

第 13 题

13. (漳州市实验区,2005)如图,已知:$CE \perp AD$ 于 E,$BF \perp AD$ 于 F,你能说明△BDF 和△CDE 全等吗?若能,请你说明理由;若不能,在不用增加辅助线的情况下,请添加其中一个适当的条件,这个条件是____________,来说明这两个三角形全等,并写出证明过程.

14. (南京市,2005)在平面内,如果一个图形绕一个定点旋转一定的角度后能与自身重合,那么就称这个图形是旋转对称图形,转动的这个角称为这个图形的一个旋转角. 例如:正方形绕着它的对角线的交点旋转 90°后能与自身重合(如图),所以正方形是旋转对称图形,它有一个旋转角为 90°.

第 14 题

(1) 判断下列命题的真假(在相应的括号内填上"真"或"假").

① 等腰梯形是旋转对称图形,它有一个旋转角为 180°.(　　)

② 矩形是旋转对称图形,它有一个旋转角为 180°.(　　)

(2) 填空:下列图形中,是旋转对称图形,且有一个旋转角为 120°的是______(写出所有正确结论的序号):① 正三角形;② 正方形;③ 正六边形;④ 正八边形.

(3) 写出两个多边形,它们都是旋转对称图形,都有一个旋转角为 72°,并且分别满足下列条件

① 是轴对称图形,但不是中心对称图形:____________;

② 既是轴对称图形,又是中心对称图形:____________.

15. (盐城市,2005)已知:如图,现有 $a \times a$, $b \times b$ 的正方形纸片和 $a \times b$ 的矩形纸片各若干块,试选用这些纸片(每种纸片至少用一次)在下面的虚线方框中拼成一个矩形(每两个纸片之间既不重叠,也无空隙,拼出的图中必须保留拼图的痕迹),使拼出的矩形面积为 $2a^2+5ab+2b^2$,并标出此矩形的长和宽.

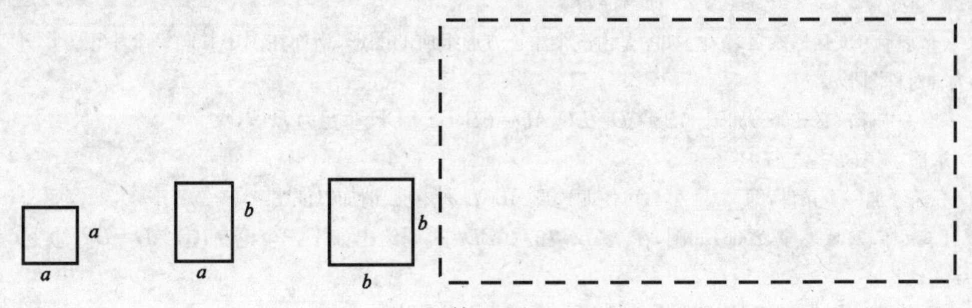

第 15 题

16. (淮安市金湖实验区,2005)已知不等式:(1) $1-x<0$;(2) $\frac{x-2}{2}<1$;(3) $2x+3>1$;(4) $0.2x-3<-2$. 你喜欢

其中哪两个不等式，请把它们选出来组成一个不等式组，求出它的解集，并在数轴上把解集表示出来.

17.（沈阳市，2006）已知关于x的一元二次方程$x^2+4x+m-1=0$.

(1) 请你为m选取一个合适的整数，使得到的方程有两个不相等的实数根；

(2) 设α,β是(1)中你所得到的方程的两个实数根，求$\alpha^2+\beta^2+\alpha\beta$的值.

18.（贵阳市课改区，2006）已知二元一次方程：

(1) $x+y=4$；(2) $2x-y=2$；(3) $x-2y=1$；

请从这三个方程中选择你喜欢的两个方程，组成一个方程组，并求出这方程组的解.

19.（济南市，2006）请你从下列各式中，任选两式作差，并将得到的式子进行因式分解.

$4a^2$，$(x+y)^2$，1，$9b^2$.

20.（资阳市，2005）甲、乙两同学开展“投球进筐”比赛，双方约定：① 比赛分6局进行，每局在指定区域内将球投向筐中，只要投进一次后该局便结束；② 若一次未进可再投第二次，以此类推，但每局最多只能投8次，若8次投球都未进，该局也结束；③ 计分规则如下：a. 得分为正数或0；b. 若8次都未投进，该局得分为0；c. 投球次数越多，得分越低；d. 6局比赛的总得分高者获胜.

(1) 设某局比赛第$n(n=1,2,3,4,5,6,7,8)$次将球投进，请你按上述约定，用公式、表格或语言叙述等方式，为甲、乙两位同学制定一个把n换算为得分M的计分方案；

(2) 若两人6局比赛的投球情况如下(其中的数字表示该局比赛进球时的投球次数，“×”表示该局比赛8次投球都未进)：

	第一局	第二局	第三局	第四局	第五局	第六局
甲	5	×	4	8	1	3
乙	8	2	4	2	6	×

根据上述计分规则和你制定的计分方案，确定两人谁在这次比赛中获胜.

21.（南昌市，2006）请在由边长为1的小正三角形组成的虚线网格中，画出1个所有顶点均在格点上，且至少有一条边为无理数的等腰三角形.

22.（辽宁省十一市，2006）图中阴影部分是一个正方体的表面展开平面图形的一部分，请你在方格纸中补全这个正方体的表面展开平面图.(只填一种情形即可)

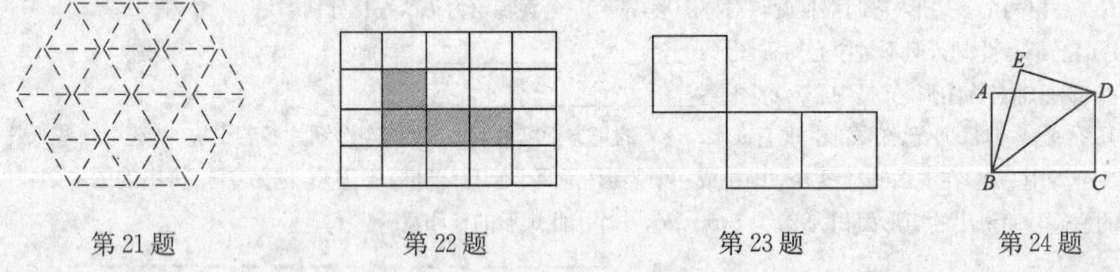

第21题　　第22题　　第23题　　第24题

23.（北京市海淀区课改区，2006）如图是由三个小正方形组成的图形，请你在图中补画一个小正方形，使补画后的图形为轴对称图形.

24.（淮安市课改区，2006）如图，$AB=CD=ED$，$AD=EB$，$BE\perp DE$，垂足为E.

(1) 求证：$\triangle ABD\cong\triangle EDB$.

(2) 只需添加一个条件，即________，可使四边形$ABCD$为矩形. 请加以证明.

25.（玉林市、防城港市，2006）如图，在$\triangle ABC$和$\triangle ABD$中，现给出如下三个论断：① $AD=BC$；② $\angle C=\angle D$；③ $\angle 1=\angle 2$.

请选择其中两个论断为条件，另一个论断为结论，构造一个命题.

(1) 写出所有的真命题(写成“$\left.\begin{matrix}\_\_\_\_\\\_\_\_\_\end{matrix}\right\}\Rightarrow$ ____”形成，用序号表示)：__________.

(2) 请选择一个真命题加以证明.

你选择的真命题是：$\left.\begin{array}{l}______\\ ______\end{array}\right\}\Rightarrow$______.

证明：

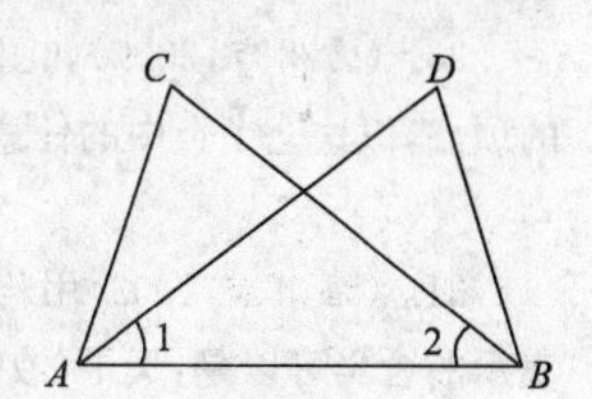

第 25 题

26. (柳州市、北海市，2006)如图，PA，PB 是圆 O 的两条切线，A，B 是切点，连结 AB，直线 PO 交 AB 于点 M. 请你根据圆的对称性，写出△PAB 的三个正确的结论.

结论(1)：

结论(2)：

结论(3)：

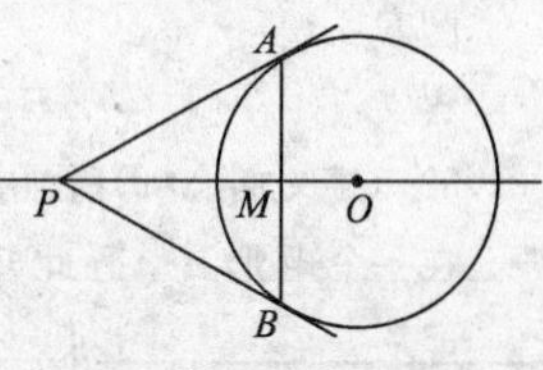

第 26 题

27. (资阳市课改区，2006)(1) 填空：如图 1，在正方形 $PQRS$ 中，已知点 M，N 分别在边 QR，RS 上，且 $QM=RN$，连结 PN，SM 相交于点 O，则∠POM=____度.

(2) 如图 2，在等腰梯形 $ABCD$ 中，已知 $AB\parallel CD$，$BC=CD$，∠$ABC=60°$. 以此为部分条件，构造一个与上述命题类似的正确命题并加以证明.

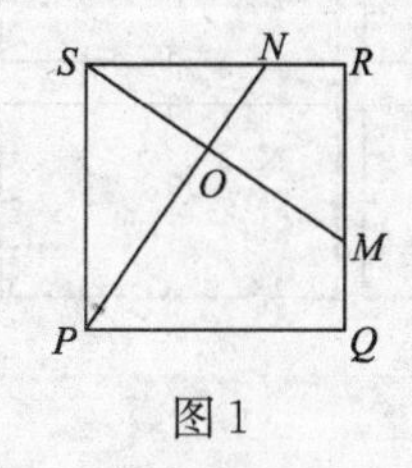

图 1

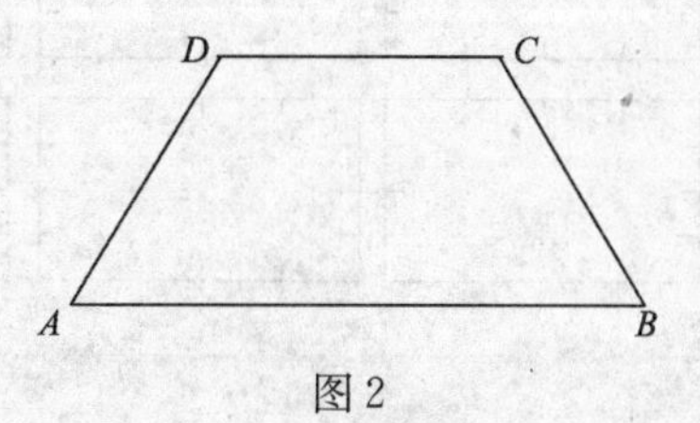

图 2

第 27 题

28. (扬州市，2005)如图，在△ABC 和△DEF 中，D，E，C，F 在同一直线上，下面有四个条件，请你在其中选 3 个作为题设，余下的 1 个作为结论，写一个真命题，并加以证明.

① $AB=DE$，② $AC=DF$，③ ∠ABC=∠DEF，④ $BE=CF$.

已知：

求证：

证明：

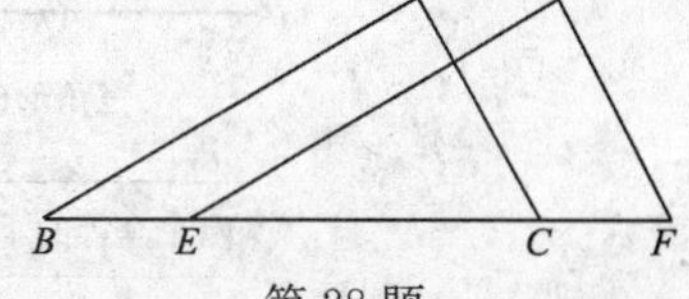

第 28 题

29. (丽水市，2005)如图，AB 是⊙O 的直径，CB，CE 分别切⊙O 于点 B，D，CE 与 BA 的延长线交于点 E，连结 OC，OD.

(1) 求证：△OBC≌△ODC；

(2) 已知 $DE=a$，$AE=b$，$BC=c$，请你思考后，选用以上适当的数，设计出计算⊙O 半径 r 的一种方案：

① 你选用的已知数是______；

② 写出求解过程.(结果用字母表示)

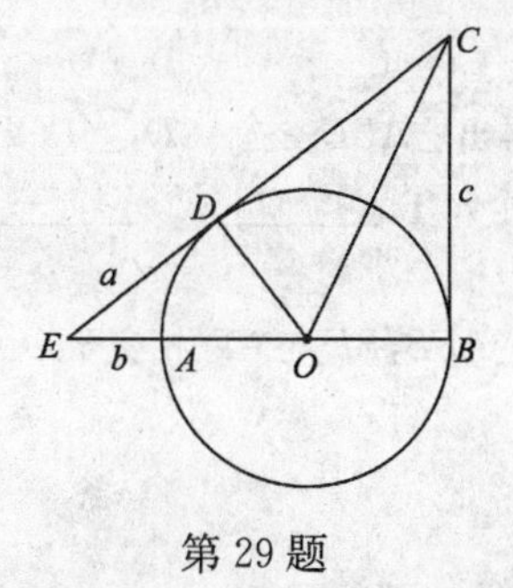

第 29 题

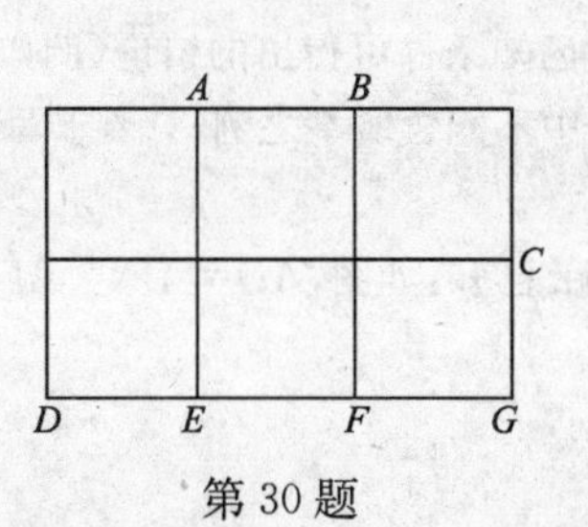

第 30 题

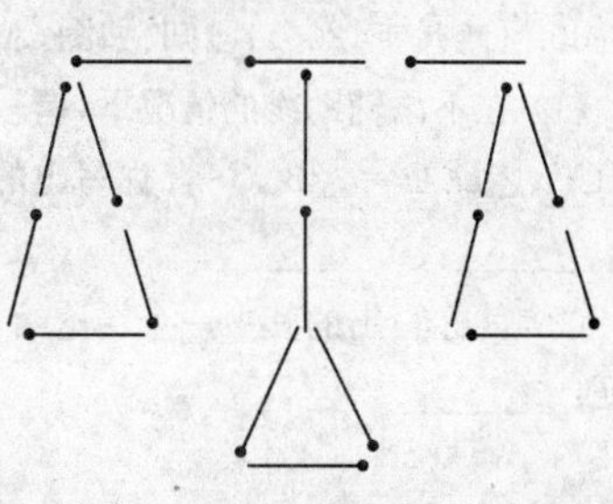
第 31 题

30.(常州市,2002)如图,它是由6个面积为1的小正方形组成的矩形,点A,B,C,D,E,F,G是小正方形的顶点,以这七个点中的任意三个点为顶点,可组成多少个面积为1的三角形?请你写出所有这样的三角形:

31.(福州市,2003)用若干根火柴棒可以摆出一些优美的图案,如图是用火柴棒摆出的一个图案,此图案表示的含义可以是:天平(或公正).

请你用5根或5根以上火柴棒摆成一个轴对称图案,并说明你画出的图案的含义.

图案:

含义:

32.(遵义市,2000)请画出把下列矩形的面积两等分的直线,并填空.(一个矩形只画一条直线,不写画法)

在一个矩形中,把此矩形面积两等分的直线共有________条,这些直线都必须经过该矩形的________________点.

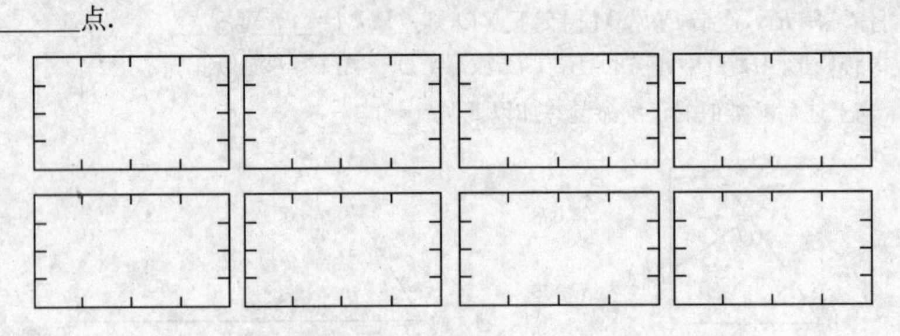

第32题

33.(威海市,2000)通常我们把不能完全重合的两个图形叫做不同的图形,如果用两个全等的锐角三角形按不同的方法拼成四边形,可以拼成几个不同的四边形?可以拼成几个不同的平行四边形?将得到的结论填在下表中:

三角形的类型	可以拼成不同的四边形的个数	可以拼成不同的平行四边形的个数
两个全等的不等边三角形		
两个全等的等腰三角形(底边与腰不相等)		
两个全等的等边三角形		

34.(荆州市,2000)一副三角板由一个等腰直角三角形和一个含30°角的直角三角形组成,利用这副三角板构成一个含15°角的方法很多,请你画出其中两种不同构成的示意图,并在图上作出必要的标注,不写作法.

35.(徐州市,2001)正方形$ABCD$在平面直角坐标系中的位置如图所示,在平面内找点P,使$\triangle A'AB$,$\triangle PBC$,$\triangle PCD$,$\triangle PDA$同时为等腰三角形,这样的点P有几个?作出这些点(保留作图痕迹,不写作法),并写出它们的坐标(不必写出解答过程).

36.(随州市,2001)已知:如图,$AD=AE$,$\angle ADC=\angle AEB$,BE与CD相交于O点.

(1) 在不添辅助线的情况下,请写出由已知条件可得出的结论(例如,可得出$\triangle ABE\cong\triangle ACD$,$\angle DOB=\angle EOC$,$\angle DOE=\angle BOC$等.你写出的结论中不能含所举之例,只要求写出4个).① ________;② ________;③ ________;④ ________.

(2) 就你写出的其中一个结论给出证明.已知:如图,$AD=AE$,$\angle ADC=\angle AEB$,BE与CD相交于O点.求证:________.

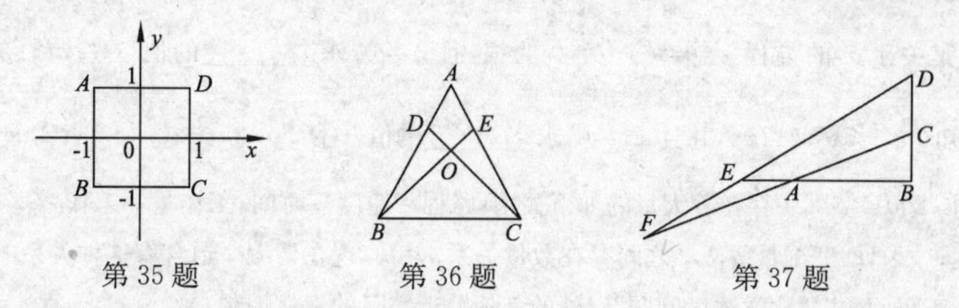

第35题　　第36题　　第37题

37. (镇江市,2001)(1) a 克糖水中有 b 克糖($a>b>0$),则糖的质量与糖水质量的比为________;若再添加 c 克糖($c>0$),则糖的质量与糖水质量的比为________. 生活常识告诉我们:添加的糖完全溶解后,糖水会更甜. 请根据所列式子及这个生活常识提炼出一个不等式:________.

(2) 如图,在直角三角形 ABC 中,$\angle B=90°$,$AB=a$,$BC=b(a>b)$,延长 BA,BC,使 $AE=CD=c$,直线 CA,DE 交于点 F.

又锐角三角形函数有如下性质:锐角的正弦、正切值随锐角的增大而增大;锐角的余弦值随锐角的增大而减小. 请运用该性质,并根据以上所提供的几何模型证明你所提炼出的不等式.

38. (北京市海淀区,2001)如果有两边长分别为 1 ,a(其中 $a>1$)的一块矩形绸布,要将它剪裁成三面矩形彩旗(面料没有剩余),使每面彩旗的长和宽之比与原绸布的长和宽之比相同,画出两种不同裁剪方法的示意图,并写出相应 a 的值(不写计算过程).

39. (北京市,2004)已知,如图,$DC/\!/AB$,且 $DC=\frac{1}{2}AB$,E 为 AB 的中点.

(1) 求证:$\triangle AED\cong\triangle EBC$;

(2) 观察图形,在不添加辅助线的情况下,除 $\triangle EBC$ 外,请再写出两个与 $\triangle AED$ 的面积相等的三角形(直接写出结果,不要求证明):________________.

40. (江西省,2004)如图,$\triangle ABC$,$\triangle DCE$,$\triangle FEG$ 是三个全等的等腰三角形,底边 BC,CE,EG 在同一直线上,且 $AB=\sqrt{3}$,$BC=1$,连结 BF,分别交 AC,DC,DE 于点 P,Q,R,(1) 求证:$\triangle BFG\backsim\triangle FEG$,并求出 BF 的长;(2) 观察图形,请你提出一个与点 P 相关的问题,并解答.

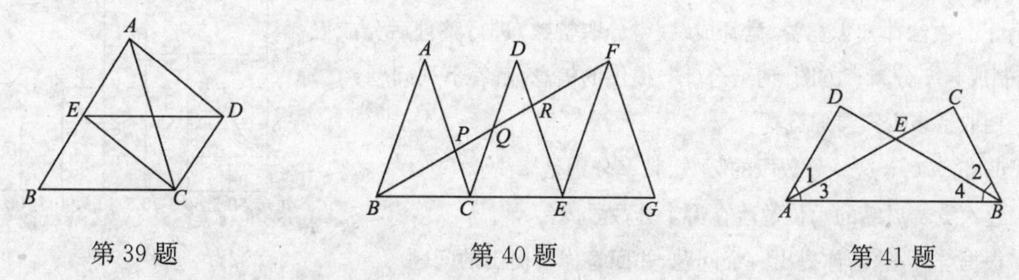

第39题　　第40题　　第41题

41. (淮安市,2004)如图,给出下列论断:① $DE=CE$,② $\angle 1=\angle 2$,③ $\angle 3=\angle 4$. 请你将其中的两个作为条件,另一个作为结论,构成一个真命题,并加以证明.

42. (温州市,2000)如图,在$\triangle ABC$ 和$\triangle DEF$ 中,已知$\angle A=\angle D=70°$,$\angle B=50°$,$\angle E=30°$. 画直线 l,m,使直线 l 将$\triangle ABC$ 分为两个小三角形,直线 m 将$\triangle DEF$ 分为两个小三角形,并使$\triangle ABC$ 分成的两个小三角形分别与$\triangle DEF$ 所成的两个小三角形相似,并标出每个小三角形各个内角的度数.(画图工具不限,不要求写画法,只要画出一种分法.)

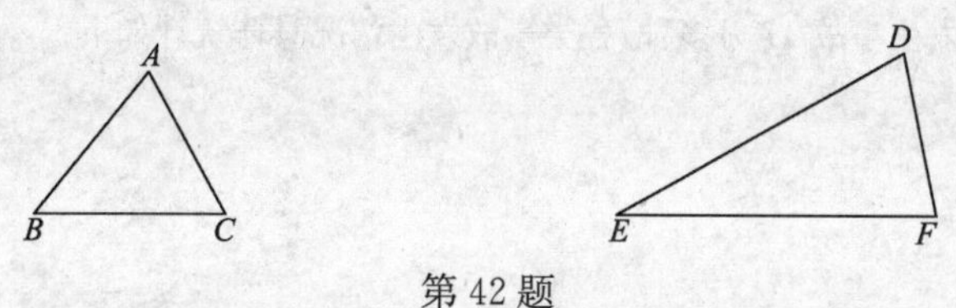

第42题

43. (宁夏,2002)先从括号内①②③④备选项中选出合适的一项,填在横线上,将题目补充完整后再解答.

(1) 如果 a 是关于 x 的方程 $x^2+bc+a=0$ 的根，且 $a\neq 0$，求________的值.（① ab；② $\frac{b}{a}$；③ $a+b$；④ $a-b$）(2) 已知 $7x^2+5y^2=12xy$，并且 $xy\neq 0$，求________的值.（① xy；② $\frac{x}{y}$；③ $x+y$；④ $x-y$）

44.（三明市，2001）实际中存在着大量的如下关系：路程＝速度×时间；工作量＝工作效率×工作时间；溶质＝溶液×浓度；……，即三个量 a,b,c 之间存在数量关系 $a=bc$. 现在请编一道含有这种关系的应用题，要求：用“行程问题”、“工程问题”、“化学浓度问题”以外的其他贴近实际的素材编制.

45.（茂名市，2001）实验室有如下四种原料：① 水 200 克，② 纯酒精 200 克，③ 质量分数为 20% 的酒精溶液 50 克，④ 质量分数为 40% 的酒精溶液 30 克. 请你设计两种方案，选取以上原料配制成质量分数为 30% 的酒精溶液 100 克. 问：你选取哪些原料？各取多少？（参考公式：溶液质量×质量分数＝溶质质量）

46.（宜宾市，2003）宜宾到成都的公路里程约为 300 千米，一辆大巴车从宜宾开往成都，另一辆小轿车比大巴车晚 1 小时从成都出发开往宜宾，两车相遇时，大巴车已行使 140 千米，________________.

设　大巴车出发 x 小时后两车相遇.

要求　(1) 请在横线上添上一个适当的条件；

(2) 根据已知条件和你所添设的条件，并不再设未知数，请你列出一个正确的分式方程.

列出的方程如下：

47.（常州市，2002）阅读函数图象，并根据你所获得的信息回答问题：

(1) 折线 OAB 表示某个实际问题的函数图象，请你编写一道符合该图象意义的应用题；

(2) 根据你给出的应用题分别指出 x 轴，y 轴所表示的意义，并写出 A,B 两点的坐标；

(3) 求出图象 AB 的函数解析式，并注明自变量 x 的取值范围.

第 47 题

48.（青海省，2003）某地区为了增强市民的法制观念，抽调了一部分市民进行了一次法律知识竞赛，竞赛成绩（得分取整数）进行整理后分成五组，并绘制成频率分布直方图. 请结合（图）提供的信息，解答下列问题：

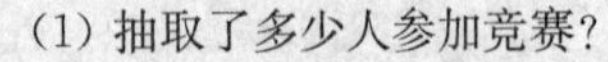

(1) 抽取了多少人参加竞赛？

(2) 60.5～70.5 这一分数段的频数、频率分别是多少？

(3) 这次竞赛成绩的中位数落在哪个分数段内？

(4) 根据统计图，请你提出一个问题，并回答你所提出的问题.

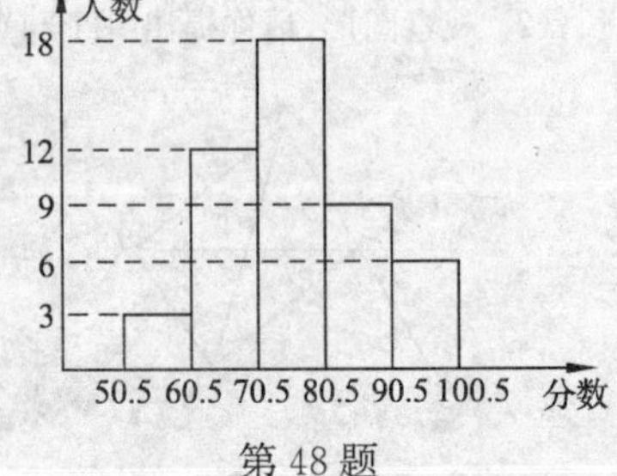

第 48 题

49.（潍坊市，2003）在平面内确定四个点，连结每两点，使任意三点构成等腰三角形（包括等三角形），且每两点之间的线段长只有两个数值. 举例如下：

图中相等的线段 $AB=BC=CD=DA$　　$AC=BD$

请你再画出满足题目条件的三个图形，并指出每个图形中相等的线段.

第 49 题

50.（济南市，2003）新华社 4 月 3 日发布了一则由国家安全生产监督管理局统计的信息：2003 年 1 月至 2 月全国共发生事故 17 万多种，各类事故发生情况具体统计如下：

事故类型	事故数量	死亡人数	死亡人数占各类事故总死亡人数的百分比
火灾事故(不含森林草原火灾)	54773	610	
铁路路外伤亡事故	1962	1409	
工矿企业伤亡事故	1417	1639	
道路交通事故	115815	17290	
合计	173967	20948	

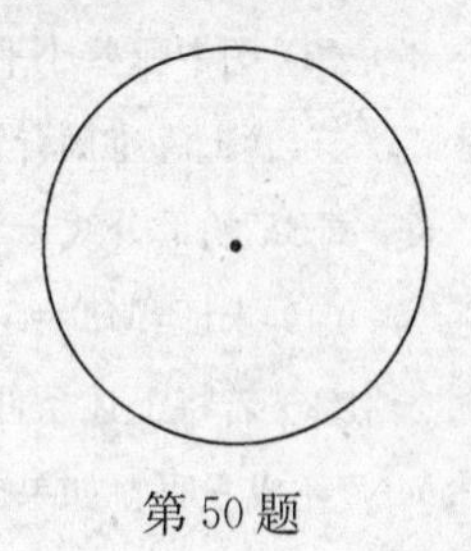
第 50 题

(1) 请你计算出各类事故死亡人数占总死亡人数的百分比,填入上表(精确到 0.01);

(2) 为了更清楚地表示出问题(1)中的百分比,请你完成下面的扇形统计图;

(3) 请根据你所学的统计知识提出问题(不需要作解答,也不要解释,但所提的问题应是利用表中所提供数据能求解的).

51. (广东省,2000)同学们知道:只有两边和一角对应相等的两个三角形不一定全等,你如何处理和安排这三个条件,使这两个三角形全等.请你依照方案(1),写出方案(2),(3),(4).

解　设有两边和一角对应相等的两个三角形.

方案(1):若这角的对边恰好是这两边中的大边,则这两个三角形全等.

52. (荆州市,1997)在等腰$\triangle ABC$中,底边BC上有任意一点P,则P点到两腰的距离之和等于定长(腰上的高).即$PD+PE=CF$.若P点在BC的延长线上,那么PD,PE和CF存在什么等式关系?写出你的猜想并加以证明.

53. (徐州市,2003)如图,在$\triangle ABC$中,点D,E分别在边AB,AC上,给出5个论断:
① $CD\perp AB$;② $BE\perp AC$;③ $AE=CE$;④ $\angle ABE=30°$;⑤ $CD=BE$.

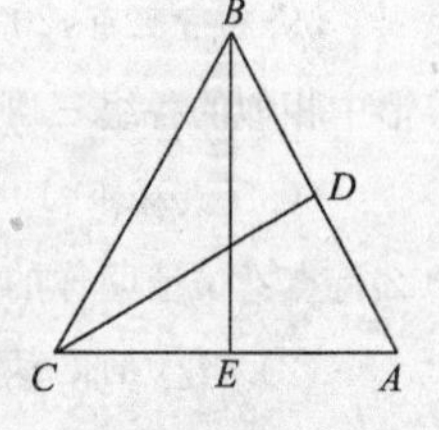

第 53 题

(1) 如果论断①,②,③,④都成立,那么论断⑤一定成立吗?答________.

(2) 从论断①,②,③,④中选取3个作为条件,将论断⑤作为结论,组成一个真命题,那么你选的3个论断是________(只需填论断的序号).

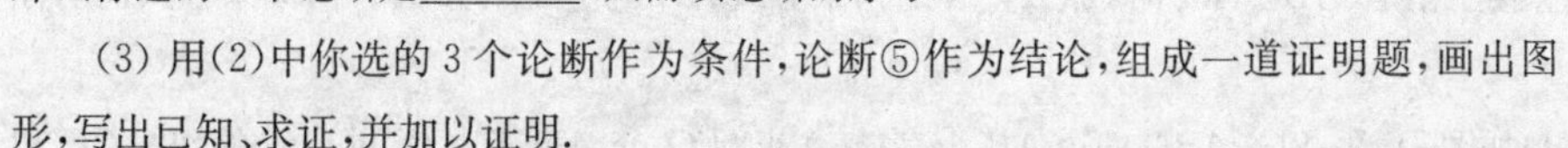

(3) 用(2)中你选的3个论断作为条件,论断⑤作为结论,组成一道证明题,画出图形,写出已知、求证,并加以证明.

54. (山东省,1996)如图,$\triangle ABC$中,$AC=BC$,F为底边AB上的一点,$\frac{BF}{AF}=\frac{m}{n}(m,n>0)$.取$CF$的中点$D$,连结$AD$并延长交$BC$于$E$.

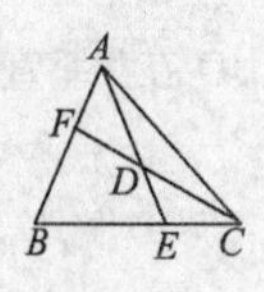

第 54 题

(1) 求$\frac{BE}{EC}$的值.

(2) 如果$BE=2EC$,那么CF所在的直线与边AB有怎样的位置关系?证明你的结论.

(3) E点能否为BC中点?如果能,求出相应的$\frac{m}{n}$的值;如果不能,证明你的结论.

55. (安徽省,1997)如图,在$\square ABCD$中,$EF\parallel BC$,$GH\parallel AB$,EF、GH的交点P在BD上(P不是BD的中点),EF和GH把原平行四边形分成四个互不重叠的小平行四边形.

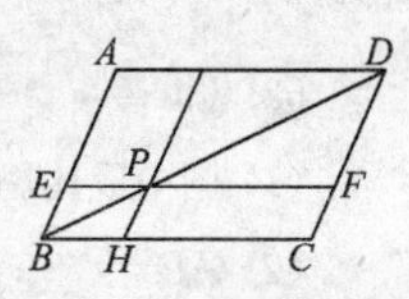

第 55 题

(1) 图中哪两个小平行四边形的面积相等?为什么?

(2) 图中哪些小平行四边形相似？为什么？

56. (上海市闵行区,1998)已知正方形$ABCD$中,M是AB的中点,E是AB延长线上一点,$MN\perp DM$且交$\angle CBE$的平分线于N.

(1) 求证:$MD=MN$;

(2) 若将上述条件中的"M是AB的中点"改为"M是AB上的任意一点",其余条件不变,则结论"$MD=MN$"还成立吗？如果成立,请证明;如果不成立,请说明理由.

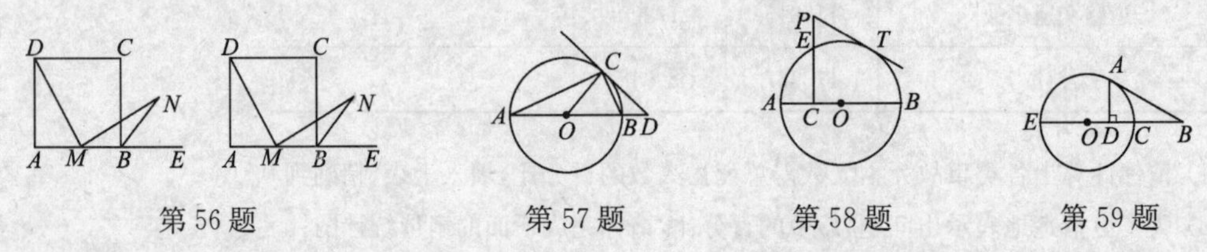

第56题　第57题　第58题　第59题

57. (云南省,2000)如图,Rt$\triangle ABC$是$\odot O$的内接三角形,$\angle ACB=90°$,$\angle A=30°$,过顶点C作$\odot O$的切线交AB的延长线于点D,连结CO.请根据题中所给的已知条件,写出你认为正确的结论(如角与角相等,边与边相等以及其他正确结论,每组写出二个即可).(注:不准添加任何辅助线和字母,不写推理过程)

58. (云南省,1998)已知:如图,AB是$\odot O$的直径,C在$\odot O$的半径AO上运动,$PC\perp AB$交$\odot O$于E,PT是$\odot O$的切线(T为切点),$PC=2.5$.

(1) 当CE正好是$\odot O$的半径时,$PT=2$,求$\odot O$的半径;

(2) 设$PT^2=y$,$AC=x$,写出y关于x的函数解析式;

(3) $\triangle PTC$是否可能成为以PC为斜边的等腰直角三角形？若能,请求出$\triangle PTC$的面积,若不能,请说明理由.

59. (宿迁市,2000)如图,B为$\odot O$直径EC延长线上一点,BA切$\odot O$于点A,$AD\perp EB$,D为垂足,写出图形中相似的各组三角形(不要求证明).

60. (武汉市,1986)(1) 已知$\triangle ABC$中,$\angle A$的外角平分线AD与它的外接圆交于D点,那么$\triangle DBC$有什么特点？试证明你的结论.

(2) 当$\triangle ABC$为等腰三角形($AB=AC$)时,那么$\angle A$的角平分线AD与它的外接圆有何关系？试证明你的结论.

61. (三明市,2001)如图①、②,以$\triangle ABD$的边AB为直径,作半圆O,交AD于点C,过点C的切线CE和BD互相垂直,垂足为E.用两种不同的方法证明$AB=BD$.

第61题

62. (山西省,1990)如图,BC是$\odot O$的直径,$AD\perp BC$,D为垂足,BH交AD于点G,根据已知填空:

(1) 图中成比例的线段的式子共有________个;

(2) $AD^2=$________;

(3) $BD\cdot BC=$________$=$________;

(4) $AC^2=$________(不写勾股定理的关系式);(5) $BG \cdot GH$ ________.

63. (厦门市课改实验区,2004)如图,在△ABC中,∠A的平分线AM与BC交于点M,且与△ABC的外接圆O交于点D.过D作⊙O的切线交AC的延长线于E,连结DC,求证:____________________.

要求:请根据题目所给的条件和图形,在题中的横线上写出一个正确的结论,并加以证明(在写结论和证明时都不能在图中添加其他字母和线段).

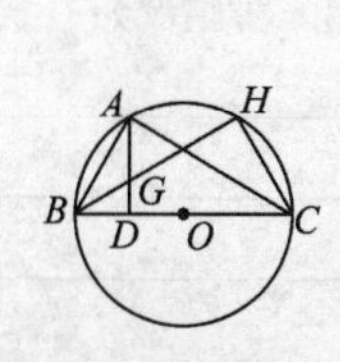

第62题

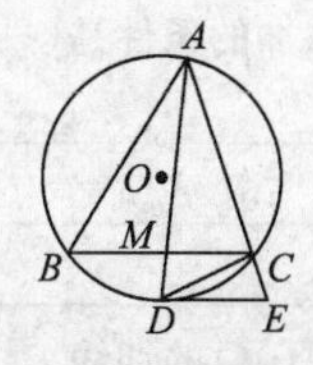

第63题

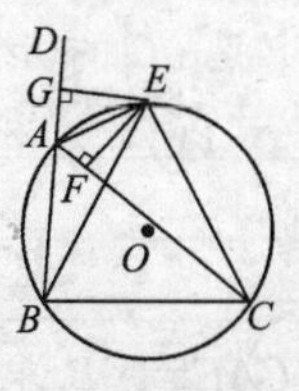

第64题

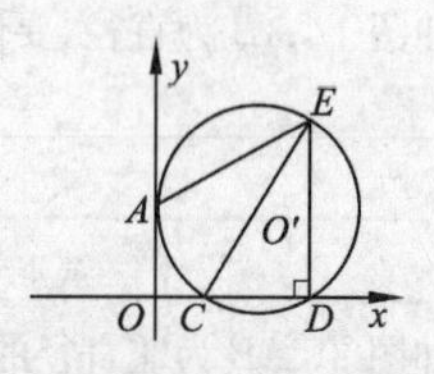

第65题

64. (海南省,2004)如图,已知△ABC是⊙O的内接三角形.且$AC>AB$,D是BA延长线上一点,AE平分∠CAD交⊙O于点E,连结EB,EC,过点E作$EF\perp AC$于F,$EG\perp AD$于G.

(1) 请你在不添加辅助线的情况下,找出一对你认为全等的三角形.并加以证明;

(2) 试判断圆心O到弦EB和弦EC的距离是否相等,并证明你的结论;

(3) 若$AB=3$,$AC=5$,求AF的长.

65. (包头市,2004)如图,⊙O'与x轴的正半轴交于C,D两点,E为圆上一点,给出5个论断:① ⊙O'与y轴相切于点A;② $ED\perp x$轴;③ EC平分∠AED;④ $ED=2AO$;⑤ $OD=3OC$.

(1) 如果论断①,②都成立,那么论断④一定成立吗?

答:________(填"成立"或"不成立");

(2) 从论断①,②,③,④中选取3个作为条件,将论断⑤作为结论,组成一个真命题,那么你选的3个论断是________(只需填论断的序号);

(3) 用(2)中你选的3个论断作为条件,论断⑤作为结论,组成一道证明题,利用已知图形,补全已知写出求证,并加以证明.

答:已知:⊙O'与x轴的正半轴交于C,D两点,E为圆上一点,________,________,________.

求证:________.

66. (宁夏,1996)如图,已知⊙O内切于四边形$ABCD$,$AB=AD$,连结AC、BD.根据上述条件,结合图形直接写出结论(图中除A,B,C,D,O五个字母外,不要标注或使用其他字母,不添中任何辅助线,不写推理过程).

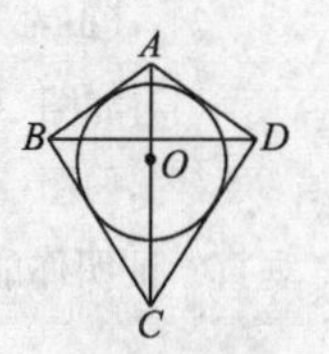

第66题

67. (常州市,1996)如图,如果AB是⊙O的直径,CD切⊙O于T,$AC\perp CD$于C,$BD\perp CD$于D.那么:(1) $CO=DO$;(2) $AB=AC+BD$.若CD向上平移与⊙O相交,或向下平移与⊙O相离,上述命题中的结论还成立吗?试证明你的猜想.

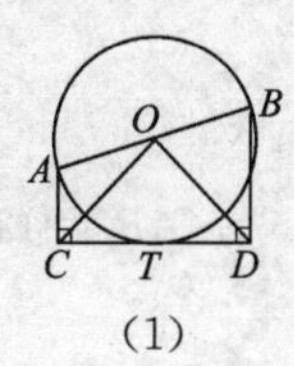

(1)

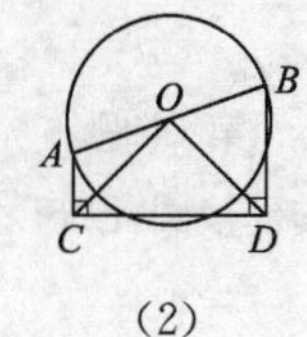

(2)

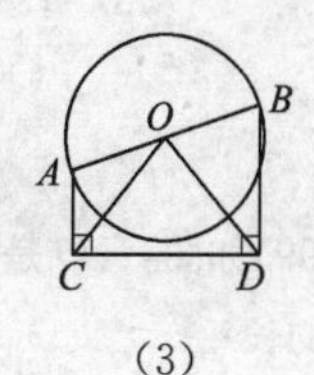

(3)

第67题

68. (浙江省台州市,1998)$ABCD$为正方形,E,F分别在BC,CD上,且△AEF为正三角形,四边形$A'B'C'D'$

为△AEF的内接正方形,△$A'E'F'$为正方形$A'B'C'D'$的内接正三角形.

(1) 试猜想$\frac{S_{正方形A'B'C'D'}}{S_{正方形ABCD}}$与$\frac{S_{\triangle A'E'F'}}{S_{\triangle AEF}}$的大小关系,并证明你的结论;

(2) 求$\frac{S_{正方形A'B'C'D'}}{S_{正方形ABCD}}$的值.

69. (福州市,2003)已知:三角形ABC内接于⊙O,过点A作直线EF.

(1) 如图①,AB为直径,要使得EF是⊙O的切线,还需添加的条件是(只须写出三种情况):

①________________________;

或②________________________;

或③________________________;

(2) 如图②,AB为非直径的弦,$\angle CAE=\angle B$.求证:EF是⊙O的切线.

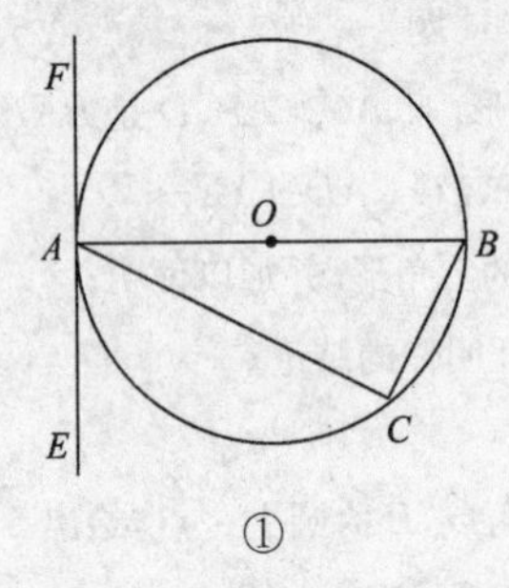

①

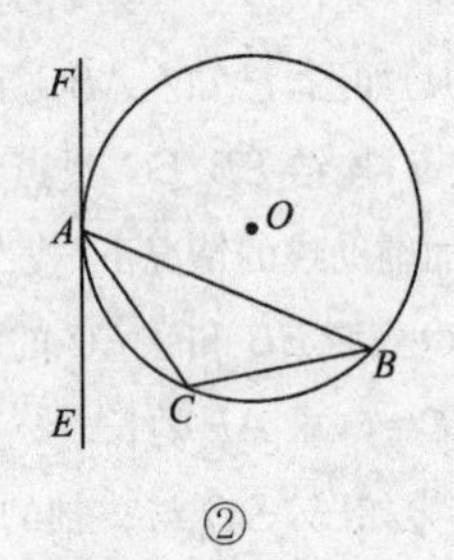

②

第69题

70. (湛江市,2002)已知:如图,AB是⊙O的直径,BC是⊙O的弦,⊙O的割线PDE垂直于AB于点F,交BC于点G,$\angle A=\angle BCP$.

(1) 求证:PC是⊙O的切线;

(2) 若点C在劣弧$\overset{\frown}{AD}$上运动,其他条件不变,问应再具备什么条件可使结论$BG^2=BF\cdot BO$成立;(要求画出示意图并说明理由)

(3) 在满足问题(2)的条件下,你还能推出哪些形如$BG^2=BF\cdot BO$的正确结论?(要求:不再标注其他字母,找结论的过程中所作的辅助线不能出现在结论中,不写推理过程,写出不包括$BG^2=BF\cdot BO$的7个结论)

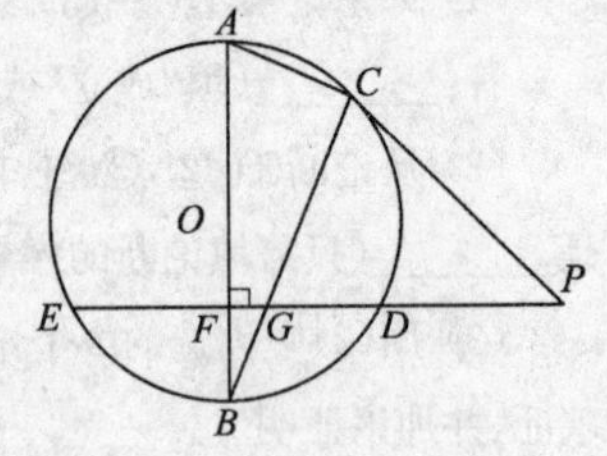

第70题

71. (山东省,1995)已知:⊙O_1与⊙O_2相交于A、B两点,且O_2点在⊙O_1上.

(1) 如图(1),AD是⊙O_2的直径,连结DB并延长交⊙O_1于C,求证:$CO_2\perp AD$;

(2) 如图(2),如果AD是⊙O_2的一条弦,连结DB并延长交⊙O_1于C,那么CO_2所在的直线是否与AD垂直?证明你的结论.

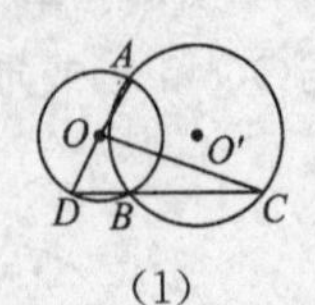

(1)

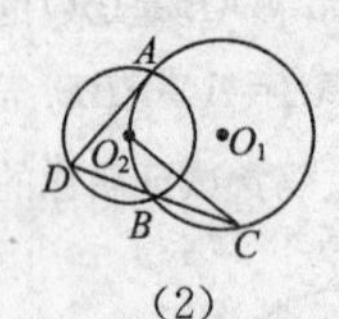

(2)

第71题

72. (黑龙江省,1999)如图,⊙O是△ABC的外接圆,已知$\angle ACB=45°$,$\angle ABC=120°$,⊙O的半径为1.

(1) 求弦AC,AB的长;

(2) 若P为CB延长线上一点,试确定P点的位置,使PA与⊙O相切,并证明你的结论.

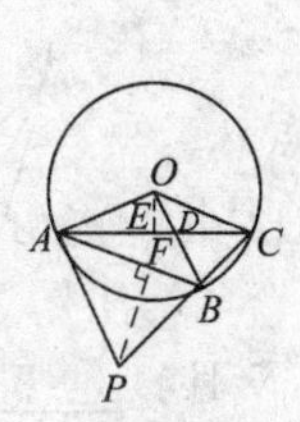

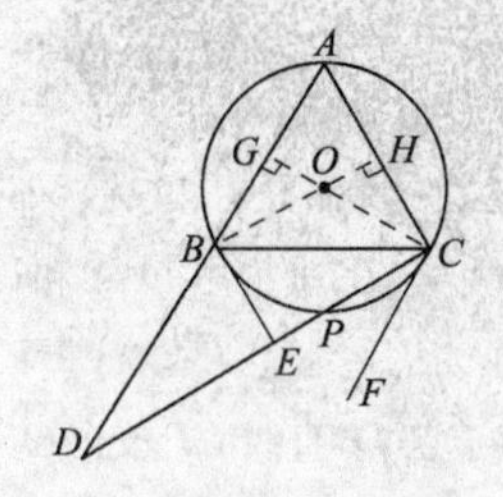

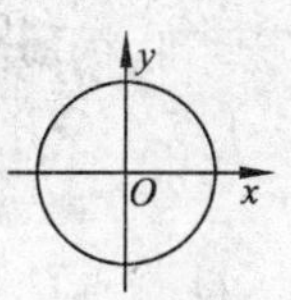

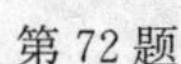

第72题　　第73题　　第74题

73. (广州市,1999)如图,等边$\triangle ABC$的面积为S,$\odot O$是它的外接圆,点P是$\overset{\frown}{BC}$的中点.

(1) 试判断过点C所作$\odot O$的切线与直线AB是否相交,并证明你的结论.

(2) 设直线CP与AB相交于点D,过点B作$BE\perp CD$,垂足为E,证明BE是$\odot O$的切线,并求$\triangle BDE$的面积.

74. (福州市,1999)已知:一次函数$y=-\sqrt{3}x+m$(m为实数)的图象为直线l,l分别交x,y轴于A,B两点,以坐标原点O为圆心的圆的半径为1.

(1) 求A,B两点的坐标(用含m的代数式表示);

(2) 设点O到直线l的距离为d,试用含m的代数式表示d,并求出当直线l与$\odot O$相切时m的值;

(3) 当$\odot O$被直线l所截得的弦长等于1时,求m的值及直线l与$\odot O$的交点坐标.

75. (盐城市,1998)已知:二次函数$y=x^2-2bx+c$中,$b<2$,函数最小值为3,它的图象过点$M(2,4)$.

(1) 求函数的解析式;

(2) 画出抛物线$y=x^2-2bx+c$的草图;

(3) 问经过原点O,且与抛物线$y=x^2-2bx+c$只有一个公共点的直线有几条?试分别求出这些直线.

76. (苏州市,1998)已知:a、b、c是$\triangle ABC$中$\angle A$,$\angle B$,$\angle C$的对边,抛物线$y=x^2-2ax+b^2$交x轴于两点M,N,交y轴于点P,其中点M的坐标是$(a+c,0)$.

(1) 求证:$\triangle ABC$是直角三角形;

(2) 若$\triangle MNP$的面积是$\triangle NOP$的面积的3倍. ① 求$\cos C$的值;② 试判断,$\triangle ABC$的三边长能否取一组适当的值,使以MN为直径的圆恰好过抛物线$y=x^2-2ax+b^2$的顶点?如能,求出这组值;如不能,说明理由.

77. (常州市,2001)在直角坐标系xOy中:

(1) 画出一次函数$y=\frac{\sqrt{3}}{2}x+\frac{\sqrt{3}}{2}$的图象,记作直线$l$,$l$与$x$轴的交点为$C$;

(2) 画$\triangle ABC$,使BC在x轴上,点A在直线l上(点A在第一象限),且$BC=2$,$\angle ABC=120°$;

(3) 写出点A,B,C的坐标;

(4) 将$\triangle ABC$绕点B在直角坐标系平面内旋转,使点A落在x轴上,求此时过点A,B,C的抛物线的解析式.

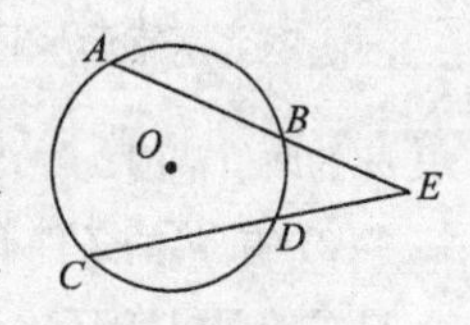

第78题

78. (广州市,2002)如图,$\odot O$的弦AB,CD的延长线相交于点E.请你根据上述条件,写出一个正确的结论(所写的结论不能自行再添加新的线段及标注其他字母),并给出证明.(证明时允许自行添加辅助线)

79. (荆门市,2003)如图,二次函数$y=x^2$的图象经过三点A,B,O,其中O为坐标原点.点A坐标为$(1,1)$,$\angle BAO=90°$,AB交y轴于点C.

(1) 求点C,点B的坐标;

(2) 若二次函数$y=ax^2+bx+c(a\neq0)$的图象经过A,B两点,且对称轴经过$\mathrm{Rt}\triangle BAO$的外接圆圆心,求该二次函数的解析式;

(3) 若二次函数 $y=ax^2+bx+c(a>0)$ 的图象经过 A,B 两点，且与 x 轴有两个不同的交点，试求出满足此条件的一个二次函数解析式.

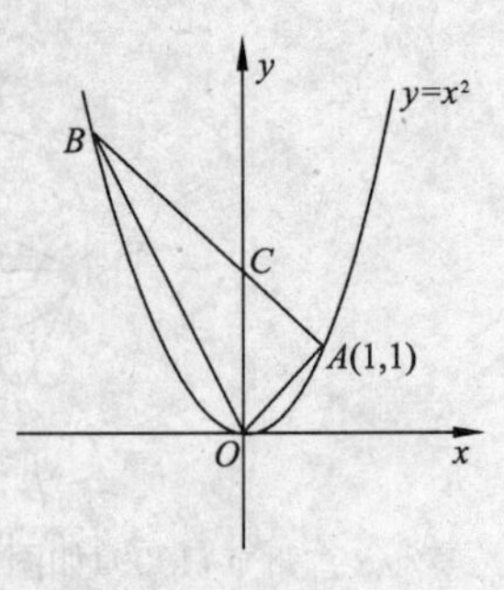

第 79 题

80. (广州市，1997)已知，半径分别为 r_1 和 r_2 的 $\odot O_1$ 和 $\odot O_2$ 外切于点 P.

(1) 若 OA 切 $\odot A_2$ 于点 A，O_2B 切 $\odot O_1$ 于点 B，试指出 O_1A 和 O_2B 的大小关系；

(2) 若直线 CD 切 $\odot O_1$ 于点 C，切 $\odot O_2$ 于点 D，直线 CP 交 $\odot O_2$ 于点 E，且直线 $EF /\!/ DC$，试判断直线 EF 与 $\odot O_2$ 的位置关系，并证明你的结论.

81. (上海市，1998)已知一个二次函数的图象经过 $A(-1,0)$，$B(0,3)$，$C(4,-5)$ 三点.

(1) 求这个二次函数解析式及其图象的顶点 D 的坐标；

(2) 这个函数的图象与 x 轴有两个交点，除点 A 外的另一个交点设为 E，点 O 为坐标原点，在 $\triangle AOB$，$\triangle BOE$，$\triangle ABE$ 和 $\triangle BDE$ 这四个三角形中，是否有相似三角形？如果有，指出哪几对三角形相似？并加以证明；如果没有，要说明理由.

82. (安徽省，1998)已知函数 $y=\dfrac{4}{x}$ 的图象和两条直线 $y=x$，$y=2x$ 在第一象限内分别相交于 P_1 和 P_2 两点，过 P_1 分别作 x 轴，y 轴的垂线 P_1Q_1，P_1R_1，垂足分别为 Q_1，R_1；过 P_2 分别作 x 轴，y 轴的垂线 P_2Q_2，P_2R_2，垂足分别为 Q_2，R_2，求矩形 OQP_1R_1 和 $OQ_2P_2R_2$ 的周长并比较它们的大小.

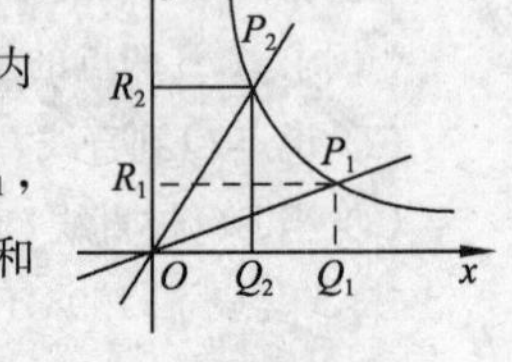

第 82 题

83. (安徽省，2004)新安商厦对销量较大的 A,B,C 三种品牌的洗衣粉进行了问卷调查，发放问卷 270 份(问卷由单选和多选题组成). 对收回的 238 份问卷进行了整理，部分数据如下：

一、最近一次购买各品牌洗衣粉用户的比例(如图).

二、用户对各品牌洗衣粉满意情况汇总表：

内容	质量			广告			价格		
品牌	A	B	C	A	B	C	A	B	C
满意户数	194	121	117	163	172	107	98	96	100

第 83 题

根据上述信息回答下列问题：

(1) A 品牌洗衣粉的主要竞争优势是什么？你是怎样看出来的？

(2) 广告对用户选择品牌有影响吗？请简要说明理由.

(3) 你对厂家有何建议？

84. (北京市西城区，2003)(1) 已知关于 x,y 的方程组 $\begin{cases} y=(m+1)x-2, ① \\ y=-(m+1)x^2+(m-5)x+6. ② \end{cases}$ 有两个实数根，求 m 的取值范围；

(2) 有(1)的条件下，若抛物线 $y=-(m+1)x^2+(m-5)x+6$ 与 x 轴交于 A,B 两点，与 y 轴交于点 C，且 $\triangle ABC$ 的面积等于 12，确定此抛物线及直线 $y=(m+1)x-2$ 的解析式；

(3) 你能将(2)中所得的抛物线平移，使其顶点在(2)中所得的直线上吗？请写出一种平移方法.

答案与提示

第一章　代数中的分类讨论问题

1. (1) 12 或 -12　(2) 6 或 $-\frac{2}{5}$　(3) -4 或 2

(4) 6　(5) 6　(6) $\frac{3}{4}$ 或 $-\frac{3}{4}$　(7) $y=-\frac{3}{4}x+3$ 或 $y=-\frac{3}{4}x-3$　(8) $(1,1)$ 或 $(-1,-1)$

(9) $-\frac{1}{2}$ 或 -1　(10) $-\frac{1}{4}$　(11) $-3,-\frac{1}{2}$ 或 0

(12) 略　(13) 12cm　(14) -1

(15) 1,2,11,12 或 3,4,9,10 或 5,6,7,8

2. (1) A　(2) D　(3) A　(4) D　(5) C　(6) C　(7) C　(8) D　(9) C　(10) A　(11) D　(12) D　(13) A　(14) C　(15) D　(16) D　(17) D　(18) D　(19) D　(20) B　(21) D　(22) D　(23) B

3. $a-2\neq0,\Delta\geqslant0\Rightarrow a\geqslant-\frac{1}{4}$ 且 $a\neq2$ 时，原方程有两个实数根；$a=2$ 时，原方程变为 $-3x+2=0$，它是一元一次方程，显然有一个实数根. 综上，当 $a\geqslant-\frac{1}{4}$ 时，原方程有实数根.

4. 分 $k=\frac{1}{2}$ 和 $k\neq\frac{1}{2}$ 两种情况证明.

5. 解：(1) 树状图如下：

甲品牌　A　　　B　　　C

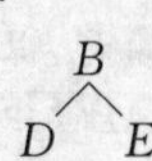
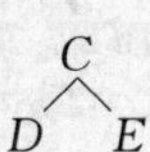

乙品牌　D　E　　D　E　　D　E

列表如下：

乙＼甲	A	B	C
D	(D,A)	(D,B)	(D,C)
E	(E,A)	(E,B)	(E,C)

有 6 种可能结果：

$(A,D),(A,E),(B,D),(B,E),(C,D),(C,E)$.

(2) 因为选中 A 型号电脑有 2 种方案，即 $(A,D)(A,E)$，所以 A 型号电脑被选中的概率是 $\frac{2}{6}=\frac{1}{3}$.

(3) 由(2)可知，当选用方案 (A,D) 时，设购买 A 型号，D 型号电脑分别为 x,y 台，根据题意，得

$$\begin{cases}x+y=36,\\6000x+5000y=100000.\end{cases}$$

解得 $\begin{cases}x=-80,\\y=116.\end{cases}$ 经检验不符合题意，舍去；

当选用方案 (A,E) 时，设购买 A 型号，E 型号电脑分别为 x,y 台，根据题意，

得 $\begin{cases}x+y=36,\\6000x+2000y=100000.\end{cases}$ 解得 $\begin{cases}x=7,\\y=29.\end{cases}$

所以希望中学购买了 7 台 A 型号电脑.

6. (1) 过点 A 作 $AD\perp x$ 轴于点 D.

在 Rt$\triangle ODA$ 中.

$\because \tan\angle AOC=\frac{|AD|}{|DO|}=\frac{1}{2}$. $\therefore 2|AD|=|DO|$.

由勾股定理，得

$|AO|^2=(\sqrt{5})^2=|AD|^2+|DO|^2=5|AD|^2$.

$\because |AD|>0$，$\therefore |AD|=1,|DO|=2$.

$\therefore$ 点 $A(-2,1)$.

$\because$ 点 A 在反比例函数 $y=\frac{k}{x}$ 的图象上，

$\therefore 1=\frac{k}{-2}$，解得 $k=-2$.

$\therefore$ 反比例函数的解析式为 $y=-\frac{2}{x}$.

将 $B\left(\frac{1}{2},m\right)$ 代入 $y=-\frac{2}{x}$ 中，得 $m=-4$.

$\therefore B\left(\frac{1}{2},-4\right)$.

把 $A(-2,1)$，$B\left(\frac{1}{2},-4\right)$ 分别代入 $y=ax+b$ 中，得

$\begin{cases}1=-2a+b,\\-4=\frac{1}{2}a+b.\end{cases}$ 解得　$a=-2,b=-3$.

∴ 一次函数的解析式为　$y=-2x-3$.

(2) 由图象可知,当$-2<x<0$或$x>\frac{1}{2}$时一次函数的值小于反比例函数的值.

7. 设计五种优惠方案的方法及注意点:

方法(2)不可以采用;部分或全部学生使用方法(1),其余学生和所有老师使用方法(3).

最佳方法为:8名学生使用方法(1),6名老师使用方法(3).

8. 解:设直线l交v与t的函数图象于D点.

(1) 由图象知,点A的坐标为(10,30),故直线OA的解析式为$v=3t$.

当$t=4$时,D点坐标为(4,12),

∴ $S=\frac{1}{2}OT\cdot TD=\frac{1}{2}\times4\times12=24$(km).

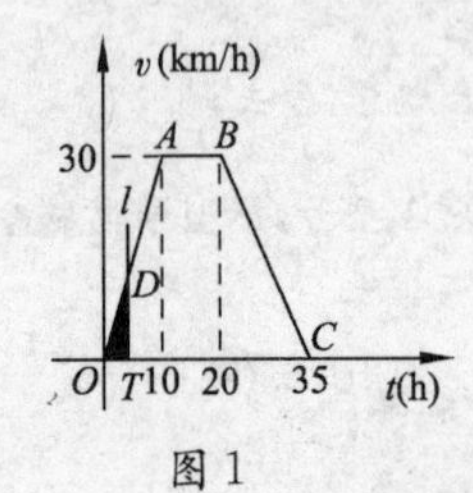

图 1

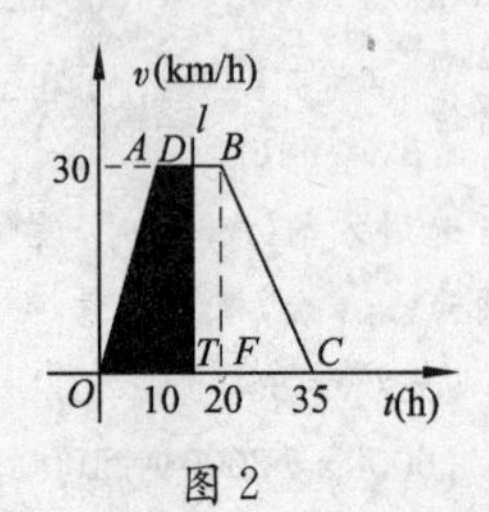

图 2

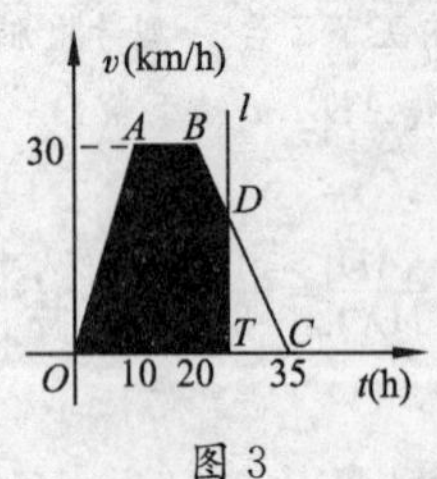

图 3

(第8题)

(2) 当$0\leqslant t\leqslant10$时,此时$OT=t,TD=3t$(如图1),

∴ $S=\frac{1}{2}\cdot t\cdot3t=\frac{3}{2}t^2$;

当$10<t\leqslant20$时,此时$OT=t,AD=ET=t-10,TD=30$(如图2),

∴ $S=\frac{1}{2}\times30(t+t-10)=30t-150$;

当$20<t\leqslant35$时,

∵ B,C的坐标分别为(20,30),(35,0),

∴ 直线BC的解析式为$v=-2t+70$.

∴ D点坐标为$(t,-2t+70)$,

∴ $TC=35-t,TD=-2t+70$(如图3),

∴ $S=S_{梯形OABC}-S_{\triangle DCT}=\frac{1}{2}(10+35)\times30-\frac{1}{2}(35-t)(-2t+70)=-(35-t)^2+675$.

(3) 当$t=20$时,$S=30\times20-150=450$(km);当$t=35$时,$S=-(35-35)^2+675=675$(km),而$450<650<675$,所以N城会受到侵袭,且侵袭时间t应在20h至35h之间.

由$-(35-t)^2+675=650$,解得$t=30$或$t=40$(不合题意,舍去).

所以在沙尘暴发生后30h它将侵袭到N城.

9. 当$k=5$时,公共根为3;$k=6$时,公共根为2.

10. (1) 由题意,得$\begin{cases}m+n=-2-\sqrt{3},\\m^2+mn=4+2\sqrt{3}.\end{cases}$

解得$m=-2,n=-\sqrt{3}$.

∴ $t=\frac{1}{2}mn=\sqrt{3}$.

(2) 由(1)得$Q(-1,-\sqrt{3}),A(0,\sqrt{3})$.

设直线l_1的解析式为$y=ux+v$,

则$\begin{cases}-2u+v=-\sqrt{3},\\v=\sqrt{3}.\end{cases}$　∴ $u=\sqrt{3},v=\sqrt{3}$.

∴ 直线l_1的解析式为$y=\sqrt{3}x+\sqrt{3}$.

∴ $B(-1,0)$

∴ $AB=\sqrt{1^2+(\sqrt{3})^2}=2$,且$\angle ABO=60°$.

∵ $\triangle ABC$是等腰三角形,$\angle CBA=120°$,

∴ $BC=AB=2$,∴ $C(-3,0)$.

设直线l_2的解析式为$y=px+q$,

由l_2过A,C两点,得$\begin{cases}q=\sqrt{3},\\-3p+q=0.\end{cases}$

解得$p=\frac{\sqrt{3}}{3},q=\sqrt{3}$.

∴ 直线l_2的解析式为$y=\frac{\sqrt{3}}{3}x+\sqrt{3}$.

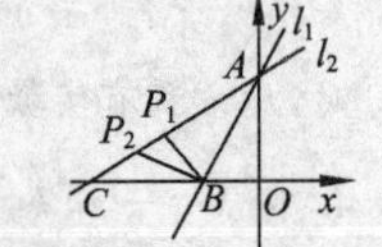

(第10题)

(3) 过点B作$BP_1\perp AC$于点P_1,

∵ $\triangle ABC$是等腰三角形,且$\angle BCA=\angle BAC=30°$,Rt$\triangle ABO$中,$\angle ABO=60°$,$\angle BAO=30°$,

∴ Rt$\triangle ABO\backsim$Rt$\triangle ABP_1$,

由等腰三角形性质知P_1为AC的中点,

∴ P_1的横坐标为$-\frac{3}{2}$,∴ $P_1\left(-\frac{3}{2},\frac{\sqrt{3}}{3}\right)$.

过点B作$BP_2\perp AB$交AC于点P_2,则Rt$\triangle ABO\backsim$Rt$\triangle AP_2B$,

∴ $\angle P_2BC=30°$,∴ $\triangle CBP_2$是等腰三角形.

∴ 点P_2的横坐标为-2.∴ $P_2\left(-2,\frac{\sqrt{3}}{2}\right)$.

$\therefore$ 所求 P 点的坐标为 $\left(-\frac{3}{2},\frac{\sqrt{3}}{2}\right)$ 或 $\left(-2,\frac{\sqrt{3}}{2}\right)$.

11. 当两球异向滚动时，甲滚一圈需要45.25分钟，乙滚一周需185分钟；当两球同向滚动时，甲滚一周需27.75分钟，乙滚一周需111分钟.

12. 甲、乙的速度分别为每小时4公里和每小时5公里；或甲、乙的速度分别为每小时 $5\frac{1}{3}$ 公里和每小时 $5\frac{2}{3}$ 公里.

13. (1) 2小时或 $\frac{8}{3}$ 小时；(2) 6小时或8小时.

14. 解：(1) 由题意得 $5000-92\times40=5000-3680=1320$(元)

即两校联合起来购买服装比各自购买服装共可以节省1320元.

(2) 设甲、乙两所学校各有 x 名，y 名学生准备参加演出，由题意得

$\begin{cases}x+y=92\\50x+60y=5000\end{cases}$ 解得 $\begin{cases}x=52\\y=40\end{cases}$

$\therefore$ 甲、乙两所学校各有52名，40名学生准备参加演出.

(3) $\because$ 甲校有10人不能参加演出，

$\therefore$ 甲校有 $52-10=42$(人)参加演出.

若两校联合购买服装，则需要 $50\times(42+40)=4100$(元)

此时比各自购买服装可以节约 $(42+40)\times60-4100=820$(元)

但如果两校联合购买91套服装，只需 $40\times91=3640$(元)

此时又比联合购买每套50元可节约 $4100-3640=460$(元)

因此，最省钱的购买服装方案是两校联合购买91套服装(即比实际人数多购买9套).

15. 解：(1) $\because$ 方程有两个不相等的实数根，

$\therefore b^2-4ac=16-4k>0$，$\therefore k<4$.

(2) 当 k 取最大整数时，即 $k=3$，

这时方程为 $x^2-4x+3=0$，$\therefore x_1=1,x_2=3$.

当相同根为 $x=1$ 时，有 $1+m-1=0,m=0$，

当相同根为 $x=3$ 时，有 $9+3m-1=0,m=-\frac{8}{3}$，

$\therefore m$ 的值是0或 $-\frac{8}{3}$.

16. (1) 解法一：$\because$ 关于 x 的方程 $(a+2)x^2-2ax+a=0$ 有两个不相等的实数根

$\therefore \begin{cases}a+2\neq0\\\Delta=(-2a)^2-4a(a+2)>0\end{cases}$

解得：$a<0$，且 $a\neq-2$　　(1)

设抛物线 $y=x^2-(2a+1)x+2a-5$ 与 x 轴的两个交点的坐标分别为 $(\alpha,0),(\beta,0)$，且 $\alpha<\beta$

$\therefore \alpha,\beta$ 是关于 x 的方程 $x^2-(2a+1)x+2a-5=0$ 的两个不相等的实数根

$\because \Delta'=[-(2a+1)]^2-4\times1\times(2a-5)=(2a-1)^2+20>0$

$\therefore a$ 为任意实数　　(2)

由根与系数关系得：$\alpha+\beta=2a+1,\alpha\beta=2a-5$

$\because$ 抛物线 $y=x^2-(2a+1)x+2a-5$ 与 x 轴的两个交点分别位于点 $(2,0)$ 的两旁.

$\therefore \alpha<2,\beta>2$　$\therefore (\alpha-2)(\beta-2)<0$

$\therefore \alpha\beta-2(\alpha+\beta)+4<0$

$\therefore 2a-5-2(2a+1)+4<0$

解得：$a>-\frac{3}{2}$　　(3)

由(1)、(2)、(3)得 a 的取值范围是 $-\frac{3}{2}<a<0$.

解法二：同解法一，得：$a<0$，且 $a\neq-2$　　(1)

$\because$ 抛物线 $y=x^2-(2a+1)x+2a-5$ 与 x 轴的两个交点分别位于点 $(2,0)$ 两旁，且抛物线的开口向上

$\therefore$ 当 $x=2$ 时，$y<0$

$\therefore 4-2(2a+1)+2a-5<0$

解得：$a>-\frac{3}{2}$　　(2)

由(1)，(2)得 a 的取值范围是 $-\frac{3}{2}<a<0$.

(2) 解：$\because x_1$ 和 x_2 是关于 x 的方程 $(a+2)x^2-2ax+a=0$ 的两个不相等的实数根

$\therefore x_1+x_2=\frac{2a}{a+2},x_1x_2=\frac{a}{a+2}$

$\because -\frac{3}{2}<a<0$　$\therefore a+2>0$

$\therefore x_1x_2=\frac{a}{a+2}<0$. 不妨设 $x_1>0,x_2<0$.

$|x_1|+|x_2|=x_1-x_2=2\sqrt{2}$.

$\therefore x_1^2-2x_1x_2+x_2^2=8$，即 $(x_1+x_2)^2-4x_1x_2=8$

$\therefore \left(\frac{2a}{a+2}\right)^2-\frac{4a}{a+2}=8$

解这个方程，得：$a_1=-4,a_2=-1$.

经检验，$a_1=-4,a_2=-1$ 都是方程 $\left(\frac{2a}{a+2}\right)^2-\frac{4a}{a+2}$

$=8$ 的根

$\because a=-4<-\frac{3}{2}$,舍去;$\therefore a=-1$ 为所求.

17. (1) 由题意,去 A 超市购买 n 副球拍和 kn 个乒乓球的费用为 $0.9(20n+kn)$ 元,去 B 超市购买 n 副球拍和 kn 个乒乓球的费用为 $[20n+n(k-3)]$ 元,

由 $0.9(20n+kn)<20n+n(k-3)$,解得 $k>10$;

由 $0.9(20n+kn)=20n+n(k-3)$,解得 $k=10$;

由 $0.9(20n+kn)>20n+n(k-3)$,解得 $k<10$.

$\therefore$ 当 $k>10$ 时,去 A 超市购买更合算;当 $k=10$ 时,去 A、B 两家超市购买都一样;当 $3\leqslant k<10$ 时,去 B 超市购买更合算.

(上步结论中未写明 $k\geqslant 3$,也可)

(2) 当 $k=12$ 时,购买 n 副球拍应配 $12n$ 个乒乓球.

若只在 A 超市购买,则费用为 $0.9(20n+12n)=28.8n$(元);

若只在 B 超市购买,则费用为 $20n+(12n-3n)=29n$(元);

若在 B 超市购买 n 副球拍,然后再在 A 超市购买不足的乒乓球,

则费用为 $20n+0.9\times(12-3)n=28.1n$(元).

显然,$28.1n<28.8n<29n$.

$\therefore$ 最省钱的购买方案为:在 B 超市购买 n 副球拍同时获得送的 $3n$ 个乒乓球,然后在 A 超市按九折购买 $9n$ 个乒乓球.

18. 解:(1) 甲商场的促销办法列表为:

购买本数(本)	1~8	9~16	17~25	超过 25
每本价格(元)	7.20	6.80	6.40	6.00

(2) 若 A 班在甲商场购买至少需 57.6 元,而在乙商场购买也至少需要 57.6 元,所以 A 班在甲商场购买、乙商场购买花钱一样多.

若 B 班在甲商场购买至少需 102 元,而在乙商场购买至少需要 96 元,所以 B 班在乙商场购买花钱较少.

(3) 由题意知,从最省钱的角度出发,可得 y 与 x 的函数关系式为:$y=\begin{cases}6.8x(9\leqslant x\leqslant 10)\\6.4x(11\leqslant x\leqslant 20)\\6x(21\leqslant x\leqslant 40).\end{cases}$

(若分别写成三种情况列出也可)

19. (1) $y=2x^2-8x+6$.

(2) 顶点 $C(2,-2)$,易知 $OA=1$,$AD=1$,$CD=2$,设 $N(0,y)(y>0)$,则 $ON=y$. 当 $\triangle AON\backsim\triangle ADC$ 时,得 $N(0,2)$;当 $\triangle AON\backsim\triangle CDA$ 时(N,A,C 不共线),得 $N\left(0,\frac{1}{2}\right)$.

20. $A(-4,0)$,$B(4,0)$,$C(0,3)$.

(1) 当 C_2 的对称轴在 B 点右侧时,① $\triangle POB\cong\triangle BDQ\Rightarrow m=7,n=-2$ 或 $m=7,n=4$;② $\triangle POB\cong\triangle QDB\Rightarrow m=8,n=-3$ 或 $m=8,n=3$.

(2) 当 C_2 的对称轴在 B 点左侧时,① $\triangle POB\cong\triangle QDB\Rightarrow m=3,n=3$ 或 $m=3,n=-3$;② $\triangle POB\cong\triangle BDQ\Rightarrow m=1,n=4$ 或 $m=1,n=-4$.

21. (1) 抛物线的顶点为 $B(-1,m)$,因此,对称轴是直线 $x=-1$. 即 $-\frac{b}{2a}=-1$. 即有 $2a=b$. ① 又抛物线过点 $A(-3,0)$,$B(-1,m)$,得 $9a-3b+c=0$,② $a-b+c=m$. ③ 解由①,②,③所组成的方程组,得 $a=-\frac{m}{4}$,$b=-\frac{m}{2}$,$c=\frac{3}{4}m$.

故,所求解析式为 $y=-\frac{m}{4}x^2-\frac{m}{2}x+\frac{3}{4}m$.

(2) 分两种情况讨论:① PA 是等腰直角三角形 AOP 的斜边. 此时 $OA=OP$,又 $a>0$,

$\therefore$ 点 P 的坐标为 $(0,-3)$.

将 $x=0$,$y=-3$ 代入 $y=-\frac{m}{4}x^2-\frac{m}{2}x+\frac{3}{4}m$ 中,得 $m=-4$. ② OA 是等腰直角三角形 AOP 的斜边. 此时,$PA=PO$,则可求得点 P 的坐标为 $\left(-\frac{3}{2},-\frac{3}{2}\right)$.

将 $x=-\frac{3}{2}$,$y=-\frac{3}{2}$ 代入 $y=-\frac{m}{4}x^2-\frac{m}{2}x+\frac{3}{4}m$ 中,得 $m=-\frac{8}{5}$.

$\therefore m$ 的值为 -4 或 $-\frac{8}{5}$.

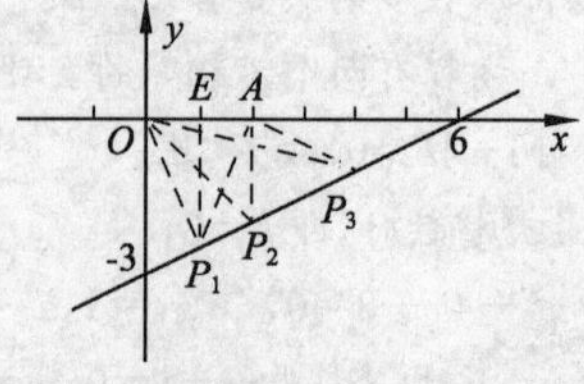

(第 21 题)

22. (1) $-4<k<1$　(2) $\because k$ 为非负整数,

$\therefore k=0$. $\therefore$ 直线 $x-2y=-k+6$ 为 $y=\frac{x}{2}-3$.

设 $P(x,y)$ 为直线 $y=\frac{x}{2}-3$ 上一点,作 $PE\perp x$ 轴,

垂足为 E. 若使 $PO=PA$,则应有 $OE=AE$,即 $E(1,0)$. ∵ $x=1$,∴ $y=-\frac{5}{2}$. ∴ $P_1\left(1,-\frac{5}{2}\right)$.

若使 $OP=OA=2$,则 $x^2+y^2=4$,$x^2+\left(\frac{x}{2}-3\right)^2=4$,$\frac{5}{4}x^2-3x+5=0$.

$\Delta=9-25<0$,此方程无解.

若使 $PA=OA=2$,则 $(2-x)^2+y^2=4$,$(2-x)^2+\left(\frac{x}{2}-3\right)^2=2$,$\frac{5}{4}x^2-7x+9=0$. $x_1=2$,$x_2=\frac{18}{5}$.

当 $x_1=2$ 时,$y_1=-2$,当 $x_2=\frac{18}{5}$ 时,$y_2=-\frac{6}{5}$.

∴ $P_2(2,-2)$ 或 $P_3\left(\frac{18}{5},-\frac{6}{5}\right)$.

∴ 点 P 的坐标为 $\left(1,-\frac{5}{2}\right)$,$(2,-2)$,$\left(\frac{18}{5},-\frac{6}{5}\right)$.

23. $C_1(-4,0)$,$C_2(-4,3)$,$C_3(4,3)$,$C_4(0,-3)$,$C_5(4,-3)$,$C_6(4,3)$,$C_7(4,3)$,$C_8\left(\frac{28}{25},-\frac{21}{25}\right)$,$C_9\left(\frac{72}{25},\frac{96}{25}\right)$.

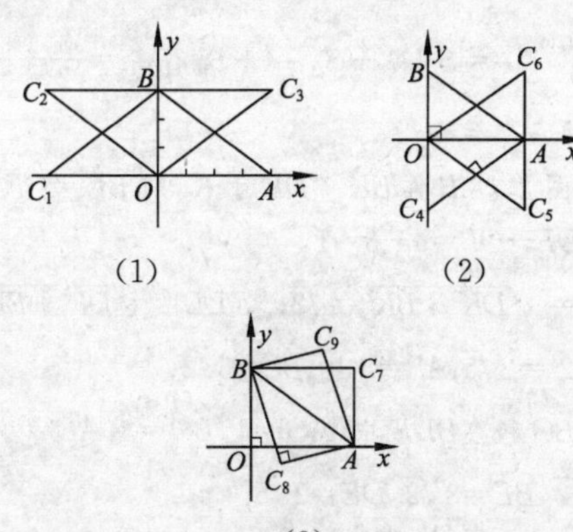

(第 23 题)

24. 所求的点 C 的坐标为 $C_1(6,0)$,$C_2(0,-2\sqrt{3})$,$C_3\left(0,\frac{2}{3}\sqrt{3}\right)$,$C_4(-4,2\sqrt{3})$,$C_5\left(2,\frac{4}{3}\sqrt{3}\right)$,$C_6(2,4\sqrt{3})$.

25. (1) 由 $\begin{cases}\frac{1}{3}\times(-3)^2+b\times(-3)+c=0,\\ c=-1.\end{cases}$

得∴ $\begin{cases}b=\frac{2}{3},\\ c=-1.\end{cases}$,∴ $y=\frac{1}{3}x^2+\frac{2}{3}x-1$

(2) $-\frac{4}{3}\leqslant n\leqslant 4$.

(3) ∵ 点 B 是抛物线 $y=\frac{1}{3}x^2+\frac{2}{3}x-1$ 与 x 轴的另一个交点.

∴ $B(1,0)$.

∵ $\triangle BON\backsim\triangle AOE$,

∴ (ⅰ) 当 $\frac{ON}{OE}=\frac{OB}{OA}$ 时,有 $\frac{ON}{1}=\frac{1}{3}$,∴ $ON=\frac{1}{3}$,

∴ 点 N 的坐标为 $\left(0,\frac{1}{3}\right)$ 或 $\left(0,-\frac{1}{3}\right)$.

设直线 BN 的解析式为 $y=kx+b$,当点 N 的坐标为 $\left(0,\frac{1}{3}\right)$,有 $\begin{cases}0=k+b,\\ \frac{1}{3}=b.\end{cases}$

∴ $y=-\frac{1}{3}x+\frac{1}{3}$. ∴ $\begin{cases}y=-\frac{1}{3}+\frac{1}{3},\\ y=\frac{1}{3}x^2+\frac{2}{3}x-1.\end{cases}$

解得 $\begin{cases}x=-4,\\ y=\frac{5}{3};\end{cases}$ $\begin{cases}x=1,\\ y=0.\end{cases}$

(不合题意,舍去).

当点 N 的坐标为 $\left(0,-\frac{1}{3}\right)$ 时,同理可得点 P 的坐标为 $(-2,-1)$.

(ⅱ) 当 $\frac{ON}{OA}=\frac{OB}{OE}$ 时,∵ $\frac{ON}{3}=\frac{1}{1}$,

∴ $ON=3$,∴ 点 N 在点 E 的上方,∴ 点 N 的坐标为 $(0,3)$ 或 $(0,-3)$

∵ 点 $N(0,3)$,此时过点 B,N 的直线的解析式为 $y=-3x+3$,

∴ $\begin{cases}y=-3x+3,\\ y=\frac{1}{3}x^2+\frac{2}{3}x-1.\end{cases}$ 解得 $\begin{cases}x=-12,\\ y=39.\end{cases}$

或 $\begin{cases}x=1,\\ y=0.\end{cases}$ (不合题意舍去).

∴ 点 P 的坐标为 $\left(-4,\frac{5}{3}\right)$,$(-2,-1)$,$(-12,39)$.

26. (1) 易知 $\angle AMB=120°$,$MC\perp AB$ 且 MC 平分 AB.

∴ $\angle AMC=60°$,$AO=BO$.

∵ $OM=MA\cdot\cos60°=2\times\frac{1}{2}=1$.

∴ 点 M 的坐标为 $(0,1)$.

(2) 设所求的二次函数的解析式为 $y=ax^2+bx+c$.

由(1)得 $AO=BO=\sqrt{3}OC=1$.

∵ 点 $A(-\sqrt{3},0)$,点 $B(\sqrt{3},0)$,点 $C(0,-1)$.

由已知函数图象过$(-\sqrt{3},0)$，$(\sqrt{3},0)$，$(0,-1)$三点.

$\therefore \begin{cases}3a-\sqrt{3}b+c=0,\\3a+\sqrt{3}b+c=0,\\c=-1.\end{cases}$ 解之得 $\begin{cases}a=\dfrac{1}{3},\\b=0,\\c=-1.\end{cases}$ 故此函数的解析式为 $y=\dfrac{1}{3}x^2-1$

(3) 当动点D在y轴上时，$\triangle ABD$的AB边上高最大，即$OD=OM+MD=1+2=3$时，$\triangle ABD$的面积最大，

$\therefore$ 四边形$ACBD$的最大面积为：$S_{ABCD}=S_{\triangle ACB}+S_{\triangle ABD}=\dfrac{1}{2}\times2\sqrt{3}\times1+\dfrac{1}{2}\times2\sqrt{3}\times3=4\sqrt{3}$.

(4) 点P存在，在$\triangle ABC$中：$\angle ABC=\angle BAC=\dfrac{1}{2}\angle AMC=\dfrac{1}{2}\times60°=30°$.

$\therefore \triangle ABC$为等腰三角形，$\angle ACB=120°$.

① 若以AB为底边$\triangle ABP\backsim\triangle ABC$，则点$P$在抛物线的对称轴上，不合题意舍去.

② 若以AB为腰$\triangle ABP\backsim\triangle ACB$，过点$B$作$\angle ABP=120°$且$BP=AB$，连结$AP$，过点$P$作$PE\perp BE$交$x$轴于点$E$，

$\because AB=2\sqrt{3}$，$\therefore BP=2\sqrt{3}$.

$\therefore \angle PBE=60°$，$BE=BP\cdot\cos60°=2\sqrt{3}\times\dfrac{1}{2}=\sqrt{3}$，

$OE=OB+BE=\sqrt{3}+\sqrt{3}=2\sqrt{3}$. $PE=BP\cdot\sin60°=2\sqrt{3}\times\dfrac{\sqrt{3}}{2}=3$，

$\therefore$ 点P的坐标为$(2\sqrt{3},3)$，

又$\because$ 点$P(2\sqrt{3},3)$代入$y=\dfrac{1}{3}x^2-1$成立，

$\therefore$ 点P是符合条件的点，同理可得：点$(-2\sqrt{3},3)$也是符合条件的点，故符合条件的点P为：$(2\sqrt{3},3)$，$(-2\sqrt{3},3)$.

27. (1) 设c_1的解析式为$y=ax^2+bx+c$，由图象可知，c_1经过$A(-1,0)$，$B(0,3)$，$C(2,3)$三点，

$\therefore \begin{cases}0=a-b+c,\\3=c,\\3=4a+2b+c,\end{cases}$ 解得 $\begin{cases}a=-1,\\b=2,\\c=3,\end{cases}$

$\therefore$ 抛物线c_1的解析式为$y=-x^2+2x+3$.

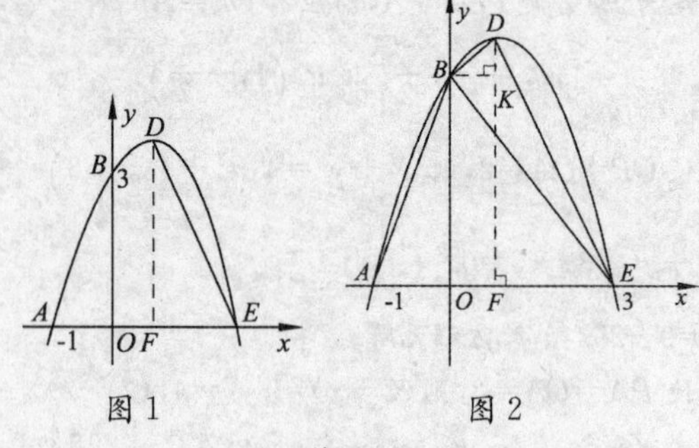

图1　　图2

(第27题)

(2) $\because y=-x^2+2x+3=(x-1)^2+4$，抛物线$c_1$的顶点$D$的坐标为$(1,4)$. 过点$D$作$DF\perp x$轴，交$x$轴于点$F$，由图象可知，如图1，$OA=1$，$OB=3$，$OF=1$，$DF=4$，令$y=0$，则$-x^2+2x+3=0$，

$\therefore x_1=-1$，$x_2=3$. $\therefore OE=3$. 则$FE=2$.

$S_{\triangle ABO}=\dfrac{1}{2}AO\cdot BO=\dfrac{1}{2}\times1\times3=\dfrac{3}{2}$；$S_{\triangle DEF}=\dfrac{1}{2}DF\cdot FE=\dfrac{1}{2}\times4\times2=4$；$S_{梯形BOFD}=\dfrac{(BO+DF)}{2}OF=\dfrac{(3+4)}{2}\times1=\dfrac{7}{2}$，

$\therefore S_{四边形ABDE}=S_{\triangle ABO}+S_{\triangle DFE}+S_{梯形BOFD}=\dfrac{3}{2}+\dfrac{7}{2}+4=9$(平方单位)；

(3) 如图2，过B作$BK\perp DF$于K，则$BK=OF=1$，$DK=DF-OB=4-3=1$，

$\therefore BD=\sqrt{DK^2+BK^2}=\sqrt{2}$；又$DE=\sqrt{DF^2+FE^2}=\sqrt{4^2+2^2}=2\sqrt{5}$；$AB=\sqrt{10}$，$BE=3\sqrt{2}$；

在$\triangle ABO$和$\triangle BDE$中，$AO=1$，$BO=3$，$AB=\sqrt{10}$；$BD=\sqrt{2}$，$BE=3\sqrt{2}$，$DE=2\sqrt{5}$.

$\because \dfrac{AO}{BD}=\dfrac{BO}{BE}=\dfrac{AB}{DE}=\dfrac{1}{\sqrt{2}}$，$\therefore \triangle AOB\backsim\triangle DBE$；

(4) $\begin{cases}a_1=5\\b_1=4;\end{cases}$ $\begin{cases}a_2=5\\b_2=-4;\end{cases}$ $\begin{cases}a_3=7\\b_3=2;\end{cases}$ $\begin{cases}a_4=7\\b_4=-2;\end{cases}$ $\begin{cases}a_5=1\\b_5=-4;\end{cases}$ $\begin{cases}a_6=-1\\b_6=-2;\end{cases}$ $\begin{cases}a_7=-1\\b_7=2.\end{cases}$

28. 如图，(1) 设与正方形的边AD，CD相交于M，N，易证Rt$\triangle DMN$是等腰三角形，只有当$MD=\sqrt{2}$时，$\triangle DMN$的面积是1，求得$t=4-\sqrt{2}$. 容易验证，此时的$S=3$.

$\therefore$ 当$t=4-\sqrt{2}$时，$S=3$.

(2) 当$0\leqslant t\leqslant2$时，$S=\dfrac{1}{2}t^2$；当$2\leqslant t<4$时，$S=$

$-\frac{1}{2}(t-4)^2+4$；当 $t>4$ 时，$S=4$. 根据以上解析式，作图如下(图 2)：

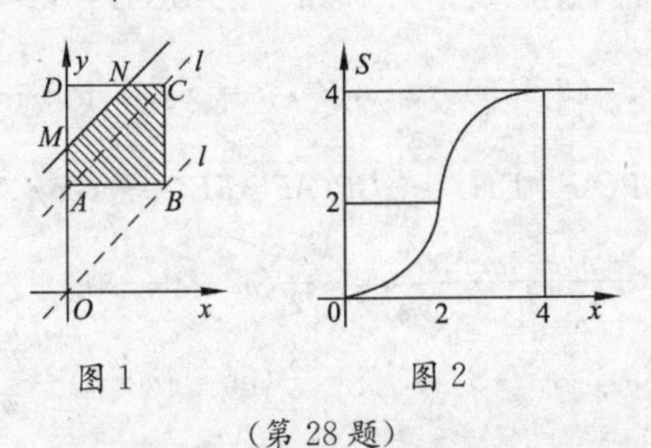

图 1　　图 2

(第 28 题)

29. (1) 由已知，得 $\frac{\frac{S}{2}}{V_1}+\frac{\frac{S}{2}}{V_2}=t_1 \cdot \frac{t_2}{2}\cdot V_1+\frac{t_2}{2}V_2=S$，解得：$t_1=\frac{S(V_1+V_2)}{2V_1V_2}$，$t_2=\frac{2S}{V_1+V_2}$.

(2) 解法一：∵ $t_1-t_1=\frac{S(V_1+V_2)}{2V_1V_2}-\frac{2S}{V_1+V_2}=\frac{S(V_1+V_2)^2-4SV_1V_2}{2V_1V_2(V_1+V_2)}=\frac{S(V_1-V_2)^2}{2V_1V_2(V_1+V_2)}$. 而 S、V_1、V_2 都大于零，

① 当 $V_1=V_2$ 时，$t_1-t_2=0$，即 $t_1=t_2$，

② 当 $V_1\neq V_2$ 时，$t_1-t_2>0$，即 $t_1>t_2$.

综上：当 $V_1=V_2$ 时，甲、乙两班同学同时到达军训基地；当 $V_1\neq V_2$ 时，乙班同学先到达军训基地.

解法二：$\frac{t_1}{t_2}=\frac{\frac{S(V_1+V_2)}{2V_1V_2}}{\frac{2S}{V_1+V_2}}=\frac{S(V_1+V_2)}{2V_1V_2}$.

$\frac{V_1+V_2}{2S}=\frac{(V_1+V_2)^2}{4V_1V_2}=\frac{(V_1-V_2)^2}{4V_1V_2}+1$.

① 当 $V_1=V_2$ 时，$\frac{t_1}{t_2}=1$，即 $t_1=t_2$，

② 当 $V_1\neq V_2$ 时，$\frac{t_1}{t_2}>1$，而 $t_2>0$，$t_1>t_2$.

综上：当 $V_1=V_2$ 时，甲、乙两班同学同时到达军训基地；当 $V_1\neq V_2$ 时，乙班同学先到达军训基地.

30. (1) 当点 P 运动 2 秒时，$AP=2\text{cm}$，由 $\angle A=60°$，知 $AE=1$，$PE=\sqrt{3}$. ∴ $S_{\triangle APE}=\frac{\sqrt{3}}{2}$.

(2) ① 当 $0\leqslant t\leqslant 6$ 时，点 P 与点 Q 都在 AB 上运动，设 PM 与 AD 交于点 G，QN 与 AD 交于点 F，则 $AQ=t$，$AF=\frac{t}{2}$，$QF=\frac{\sqrt{3}}{2}t$，$AP=t+2$，$AG=1+\frac{t}{2}$，$PG=\sqrt{3}+\frac{\sqrt{3}}{2}t$.

∴ 此时两平行线截平行四边形 $ABCD$ 的面积为 $S=\frac{\sqrt{3}}{2}t+\frac{\sqrt{3}}{2}$. 当 $6\leqslant t\leqslant 8$ 时，点 P 在 BC 上运动. 点 Q 仍在 AB 上运动. 设 PM 与 DC 交于点 G，QN 与 AD 交于点 F，则 $AQ=t$，$AF=\frac{t}{2}$，$DF=4-\frac{t}{2}$，$QF=\frac{\sqrt{3}}{2}t$，$BP=t-6$，$CP=10-t$，$PG=(10-t)\sqrt{3}$，而 $BD=4\sqrt{3}$，故此时两平行线截平行四边形 $ABCD$ 的面积为 $S=-\frac{5\sqrt{3}}{8}t^2+10\sqrt{3}t-34\sqrt{3}$. 当 $8\leqslant t\leqslant 10$ 时，点 P 和点 Q 都在 BC 上运动. 设 PM 与 DC 交于点 G，QN 与 DC 交于点 F，则 $CQ=20-2t$，$QF=(20-2t)$，$CP=10-t$，$PG=(10-t)\sqrt{3}$.

∴ 此时两平行线截平行四边形 $ABCD$ 的面积为 $S=\frac{3\sqrt{3}}{2}t^2-30\sqrt{3}t+150\sqrt{3}$. 故 S 关于 t 的函数关系式为：

$$S=\begin{cases}\frac{\sqrt{3}}{2}t+\frac{\sqrt{3}}{2}, & (0\leqslant t\leqslant 6)\\ -\frac{5\sqrt{3}}{8}t^2+10\sqrt{3}t-34\sqrt{3}, & (6\leqslant t\leqslant 8)\\ \frac{3\sqrt{3}}{2}t^2-30\sqrt{3}t+150\sqrt{3}. & (8\leqslant t\leqslant 10)\end{cases}$$

② 当 $0\leqslant t\leqslant 6$ 时，S 的最大值为 $\frac{7\sqrt{3}}{2}$；当 $6\leqslant t\leqslant 8$ 时，S 的最大值为 $6\sqrt{3}$；当 $8\leqslant t\leqslant 10$ 时，S 的最大值为 $6\sqrt{3}$；所以当 $t=8$ 时，S 有最大值为 $6\sqrt{3}$.

31. (1) 当 $x=0$ 时，$y=4$. 当 $y=0$ 时，$-\frac{4}{3}x+4=0$.

∴ $x=3$. ∴ $M(3,0)$，$N(0,4)$.

(2) ① 当 P_1 点在 y 轴上，并且在 N 点的下方时，设 $\odot P_1$ 与直线 $y=-\frac{4}{3}x+4$ 相切于点 A，连结 P_1A，则 $P_1A\perp MN$.

∴ $\angle P_1AN=\angle MON=90°$.

∵ $\angle P_1NA=\angle MNO$，∴ $\triangle P_1AN\backsim\triangle MON$.

∴ $\frac{P_1A}{NO}=\frac{P_1N}{MN}$.

在 $\text{Rt}\triangle OMN$ 中，$OM=3$，$ON=4$，

∴ $MN=5$，又∵ $P_1A=\frac{12}{5}$，∴ $P_1N=4$.

∴ P_1 点坐标是(0,0).

② 当 P_2 点在 x 轴上，并且在 M 的左侧时，同理可得 P_2 点坐标是(0,0).

③ 当 P_3 点在 x 轴上，并且在 M 点右侧时，设⊙P_3 与直线 $y=-\frac{4}{3}x+4$ 相切于点 B，连结 P_3B，则 $P_3B\perp MN$.

∴ $OA /\!/ P_3B$.

∵ $OA=P_3B$，∴ $P_3M=OM=3$，∴ $OP_3=6$.

∴ P_3 点坐标是(6,0).

④ 当 P_4 点在 y 轴上，并且在点 N 上面方时，同理可得 $P_4N=ON=4$.

∴ $OP_4=8$. ∴ P_4 点坐标是(0,8).

综上，P 点坐标是(0,0)，(6,0)，(0,8).

32. (1) ∵ 以 AB 为直径的圆过 C 点，

∴ $\angle ACB=90°$，又 $CO\perp AB$，

∴ $OC^2=OA\cdot OB$. 又 $OB=4OA$，$OC=2$，

∴ $OA=1$，$OB=3$.

∴ $x_1=-1$，$x_2=4$，即 $A(-1,0)$，$B(4,0)$.

设此抛物线的解析式为 $y=a(x+1)(x-4)$，将 $C(0,-2)$ 点的坐标代入，可得 $a=\frac{1}{2}$，故所求抛物线的解析式为 $y=\frac{1}{2}x^2-\frac{3}{2}x-2$.

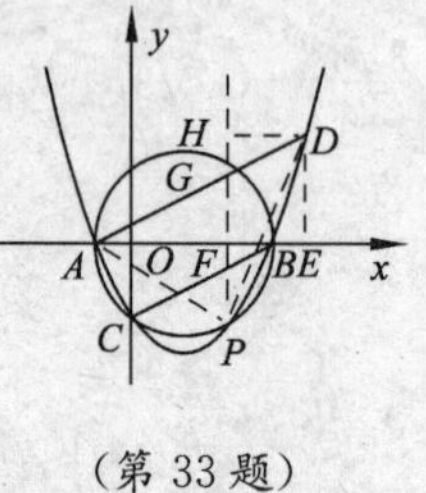

(第 33 题)

(2) 解：① 设 D 点坐标为(p,q)，过点 D 作 $DE\perp x$ 轴于 E.

∵ $AD /\!/ BC$，∴ $\angle DAE=\angle CBO$，

又 $\angle AED=\angle BOC=90°$，

∴ $\mathrm{Rt}\triangle ADE\backsim\mathrm{Rt}\triangle BCO$，

∴ $\frac{DE}{OC}=\frac{AE}{OB}$，即 $\frac{q}{2}=\frac{p+1}{4}$，

又 $D(p,q)$ 在抛物线上，

∴ $q=\frac{1}{2}p^2-\frac{3}{2}p-2$.

可得 $\begin{cases}p=5,\\q=3\end{cases}$ 或 $\begin{cases}p=-1,\\q=0.\end{cases}$(舍去)故所求的 D 点坐标为(5,3).

② 设在 x 轴下方的抛物线上存在点 $P(m,n)$，使得 $\triangle APD$ 的面积与四边形 $ABCD$ 的面积相等，连结 PA，PD，过点 P 作 $PF\perp x$ 轴于 F，交 AD 于 G 点，过点 D 作 $DH\perp PF$ 于 H.

∵ $\triangle AGF\backsim\triangle ADE$，∴ $\frac{GF}{DE}=\frac{AF}{AE}$，得 $GE=\frac{m+1}{2}$.

又 $P(m,n)$ 在抛物线上，∴ $n=\frac{1}{2}m^2-\frac{3}{2}m-2$.

∴ $GP=GF+FP=\frac{m+1}{2}+(-n)=\frac{-m^2+4m+5}{2}$.

又 $S_{四边形ABCD}=S_{\triangle ABD}+S_{\triangle ACB}=\frac{1}{2}AB(CO+DE)=\frac{1}{2}\times5\times(2+3)=\frac{25}{2}$，$S_{\triangle APD}=S_{\triangle APG}+S_{\triangle DPG}=\frac{1}{2}GP(AF+DH)=\frac{1}{2}GP(AF+EF)=\frac{1}{2}GP\cdot AE=\frac{1}{2}\times\frac{-m^2+4m+5}{2}\times6=-\frac{3}{2}(m^2-4m-5)$.

由 $S_{四边形ABCD}=S_{\triangle APD}$，得 $-\frac{3}{2}(m^2-4m-5)=\frac{25}{2}$，即 $3m^2-12m+10=0$，解得 $m=\frac{6\pm\sqrt{6}}{3}$.

∴ $n=\frac{1}{2}m^2-\frac{3}{2}m-2=\frac{1}{2}(m^2-3m-4)=\frac{1}{2}\left(4m-\frac{10}{3}-3m-4\right)=\frac{1}{2}\left(m-\frac{22}{3}\right)=\frac{1}{2}\left(\frac{6\pm\sqrt{6}}{3}-\frac{22}{3}\right)=\frac{-16\pm\sqrt{6}}{6}<0$.

故在 x 轴下方的抛物线上存在点 P，使得 $\triangle APD$ 的面积与四边形 $ACBD$ 的面积相等，此时 P 点坐标为 $\left(\frac{6+\sqrt{6}}{3},\frac{-16+\sqrt{6}}{6}\right)$ 或 $\left(\frac{6-\sqrt{6}}{3},\frac{-16-\sqrt{6}}{6}\right)$.

33. 解：(1) 在抛物线 $y=-\frac{1}{2}x^2+\frac{5}{2}x-2$ 上，

令 $y=0$ 时，即 $-\frac{1}{2}x^2+\frac{5}{2}x-2=0$，得 $x_1=1$，$x_2=4$.

令 $x=0$ 时，$y=-2$.

∴ $A(1,0)$，$B(4,0)$，$C(0,-2)$.

∴ $OA=1$，$OB=4$，$OC=2$.

∴ $\frac{OA}{OC}=\frac{1}{2}$，$\frac{OC}{OB}=\frac{2}{4}=\frac{1}{2}$. ∴ $\frac{OA}{OC}=\frac{OC}{OB}$.

又∵ $\angle AOC=\angle BOC$，∴ $\triangle AOC\backsim\triangle COB$.

(2) 设经过 t 秒后，$PQ=AC$. 由题意得：$AP=DQ=t$，

∵ $A(1,0)$、$B(4,0)$，∴ $AB=3$.

∴ $BP=3-t$.

∵ $CD /\!/ x$ 轴，点 $C(0,-2)$，

∴ 点 D 的纵坐标为 -2.

∵ 点 D 在抛物线 $y=-\frac{1}{2}x^2+\frac{5}{2}x-2$ 上.

∴ $D(5,-2)$. ∴ $CD=5$. ∵ $CQ=5-t$.

① 当 $AP=CQ$，即四边形 $APQC$ 是平行四边形时，$PQ=AC$.

$t=5-t$. $t=2.5$.

② 连结 BD，当 $DQ=BP$，即四边形 $PBDQ$ 是平行四

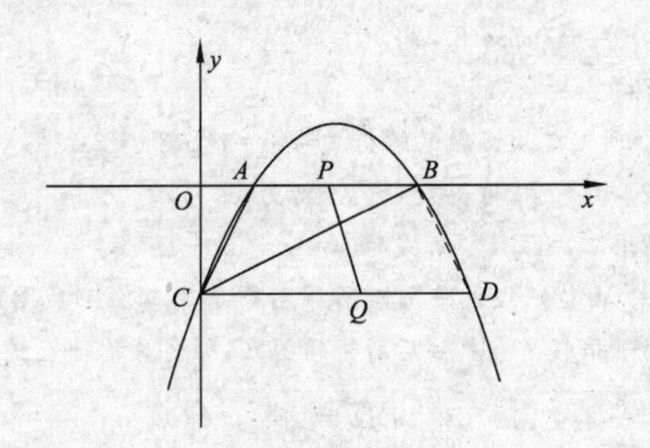

（第 33 题）

边形时，$PQ=BD=AC$.

$t=3-t$. $t=1.5$.

所以，经过 2.5 秒或 1.5 秒时，$PQ=AC$.

34. 解：(1) ∵ 抛物线 $y=x^2+bx+c$ 与 x 轴的两个交点分别为 $A(-1,0)$，$B(3,0)$

∴ $\begin{cases}(-1)^2-b+c=0,\\ 3^2+3b+c=0.\end{cases}$ 解之，得 $b=-2$，$c=-3$.

∴ 所求抛物线的解析式为：$y=x^2-2x-3$.

(2) 设点 P 的坐标为 (x,y)，由题意，得 $S_{\triangle PAB}=\frac{1}{2}\times 4\times|y|=8$.

∴ $|y|=4$，∴ $y=\pm4$. 当 $y=4$ 时，$x^2-2x-3=4$.

∴ $x_1=2\sqrt{2}+1$，$x_2=-2\sqrt{2}+1$.

当 $y=-4$ 时，$x^2-2x-3=-4$. ∴ $x=1$.

∵ 满足条件的点 P 有 3 个，即 $(2\sqrt{2}+1,4)$，$(-2\sqrt{2}+1,4)$，$(1,-4)$.

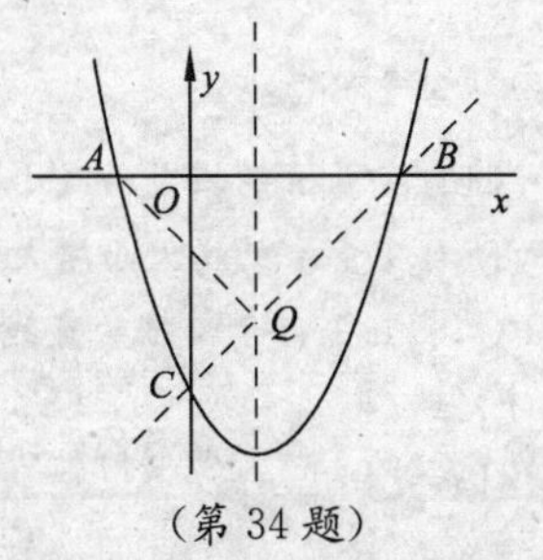

（第 34 题）

(3) 在抛物线对称轴上存在点 Q，使得 $\triangle QAC$ 的周长最小.

∵ AC 长为定值，

∴ 要使 $\triangle QAC$ 的周长最小，只需 $QA+DC$ 最小.

∵ 点 A 关于对称轴 $x=1$ 的对称点是 $B(3,0)$，

∴ 由几何知识可知，Q 是直线 BC 与对称轴 $x=1$ 的交点. 设过点 B、C 的直线的解析式 $y=kx-3$，因为直线过点 $B(3,0)$.

∴ $3k-3=0$.

∵ $k=1$，∴ 直线 BC 的解析式为 $y=x-3$.

把 $x=1$ 代入上式，得 $y=-2$.

∴ 点 Q 坐标为 $(1,-2)$.

35. 解：(1) ∵ $FG=4$，设 E 到 CD 上的时间为 t_1，

∴ $t_1=\frac{4}{1}=4$(秒).

设 E 到 AB 上的时间为 t_2，

∴ $t_2=\frac{BC+FG}{1}=9$(秒).

(2) ① 当 $0<x\leqslant4$ 时，设 EF 交 CD 于 K，

∵ $\triangle FCK\backsim\triangle FGE$，∴ $\frac{x}{4}=\frac{GK}{3}$，

∴ $CK=\frac{3}{4}x$. ∴ $y=\frac{1}{2}\cdot x\cdot\frac{3}{4}x=\frac{3}{8}x^2$.

② 当 $4<x\leqslant5$ 时，$y=S_{\triangle PGE}=\frac{1}{2}\times4\times3=6$.

③ 当 $5<x\leqslant9$ 时，$y=6-\frac{3}{8}(x-5)^2$.

$$\therefore y=\begin{cases}\frac{3}{8}x^2, & 0\leqslant x\leqslant4\\ 6, & 4<x\leqslant5\\ 6-\frac{3}{8}(x-5)^2, & 5<x\leqslant9\\ 0. & x>19\end{cases}$$

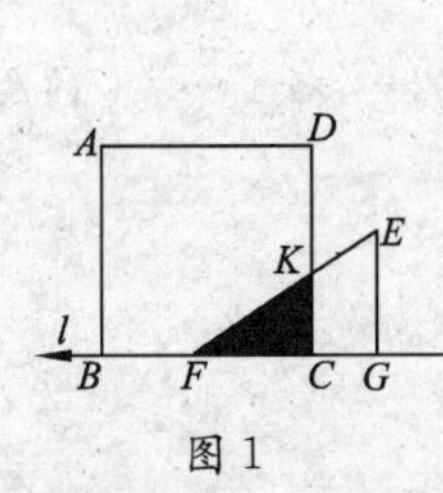

图 1

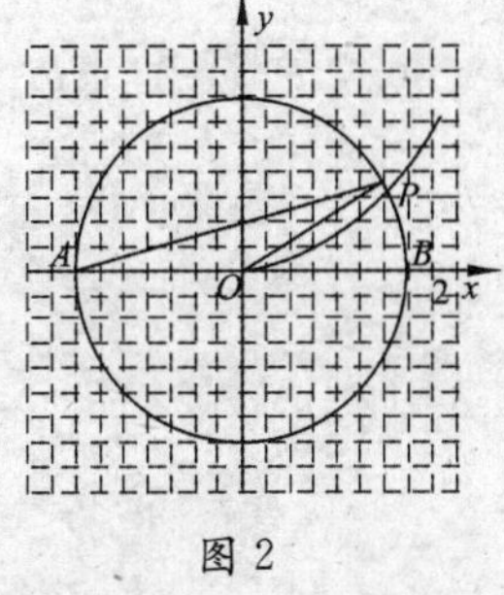

图 2

（第 35 题）

(3) 列表并画图.

x	0	1	2
y	0	$\frac{3}{8}$	$\frac{3}{2}$

（正确画出大致图象就可.）

∵ 点 $P\left(x,\frac{8}{9}\right)$ 在函数图象上，

∴ $\frac{3}{8}x^2=\frac{8}{9}$.

解得 $x_1=\frac{8\sqrt{3}}{9}$，$x_2=-\frac{8\sqrt{3}}{9}$（舍去）.

∴ $P\left(\frac{8\sqrt{3}}{9},\frac{8}{9}\right)$.

$\therefore \tan\angle POB=\dfrac{\frac{8}{9}}{\frac{8\sqrt{3}}{9}}=\dfrac{\sqrt{3}}{3}$.

$\therefore \angle POB=30^\circ$, $\therefore \angle PAB=15^\circ$.

36. 解:(1) 由题意,$a+b+c=2$,

$\because a=1$, $\therefore b+c=1$.

抛物线顶点为 $A\left(-\dfrac{b}{2}, c-\dfrac{b^2}{4}\right)$.

设 $B(x_1,0)$, $C(x_2,0)$,

$\because x_1+x_2=-b$, $x_1x_2=c$, $\Delta=b^2-4c>0$.

$\therefore |BC|=|x_1-x_2|=\sqrt{|x_1-x_2|^2}=\sqrt{(x_1+x_2)^2-4x_1x_2}=\sqrt{b^2-4c}$.

$\because \triangle ABC$ 为等边三角形,

$\therefore \dfrac{b^2}{4}-c=\dfrac{\sqrt{3}}{2}\sqrt{b^2-4c}$.

即 $b^2-4c=2\sqrt{3}\cdot\sqrt{b^2-4c}$,

$\because b^2-4c>0$, $\therefore \sqrt{b^2-4c}=2\sqrt{3}$.

$\because c=1-b$, $\therefore b^2+4b-16=0$, $b=-2\pm2\sqrt{5}$.

所求 b 值为 $-2\pm2\sqrt{5}$.

(2) $\because a\geqslant b\geqslant c$,若 $a<0$,则 $b<0$, $c<0$, $a+b+c<0$,与 $a+b+c=2$ 矛盾.

$\therefore a>0$. $\because b+c=2-a$, $bc=\dfrac{4}{a}$,

$\therefore b,c$ 是一元二次方程 $x^2-(2-a)x+\dfrac{4}{a}=0$ 的两实根.

$\therefore \Delta=(2-a)^2-4\times\dfrac{4}{a}\geqslant0$,

$\therefore a^3-4a^2+4a-16\geqslant0$,即 $(a^2+4)(a-4)\geqslant0$,故 $a\geqslant4$.

$\because abc\geqslant0$, $\therefore a,b,c$ 为全大于 0 或一正二负.

① 若 a,b,c 均大于 0, $\because a\geqslant4$,与 $a+b+c=2$ 矛盾;

② 若 a,b,c 为一正二负,则 $a>0$, $b<0$, $c<0$,

则 $|a|+|b|+|c|=a-b-c=a-(2-a)=2a-2$,

$\because a\geqslant4$,故 $2a-2\geqslant6$

当 $a=4$, $b=c=-1$ 时,满足题设条件且使不等式等号成立.

故 $|a|+|b|+|c|$ 的最小值为 6.

37. 解:(1) 由题意,点 B 的坐标为 $(0,2)$.

$\therefore OB=2$, $\because$ tg$\angle OAB=2$,即 $\dfrac{OB}{OA}=2$.

$\therefore OA=1$. $\therefore$ 点 A 的坐标为 $(1,0)$.

又 $\because$ 二次函数 $y=x^2+mx+2$ 的图象过点 A,

$\therefore 0=1^2+m+2$.

解得 $m=-3$,

$\therefore$ 所求二次函数的解析式为 $y=x^2-3x+2$.

(2) 由题意,可得点 C 的坐标为 $(3,1)$,

所求二次函数解析式为 $y=x^2-3x+1$.

(3) 由(2),经过平移后所得图象是原二次函数图象向下平移 1 个单位后所得的图象,那么对称轴直线 $y=\dfrac{3}{2}$ 不变,且 $BB_1=DD_1=1$.

$\because$ 点 P 在平移后所得二次函数图象上,设点 P 的坐标为 (x, x^2-3x+1).

在 $\triangle PBB_1$ 和 $\triangle PDD_1$ 中, $\because S_{\triangle PBB_1}=2S_{\triangle PDD_1}$,

$\therefore$ 边 BB_1 上的高是边 DD_1 上的高的 2 倍.

① 当点 P 在对称轴的右侧时, $x=2\left(x-\dfrac{3}{2}\right)$,得 $x=3$,

$\therefore$ 点 P 的坐标为 $(3,1)$.

② 当点 P 在对称轴的左侧,同时在 y 轴的右侧时, $x=2\left(\dfrac{3}{2}-x\right)$,得 $x=1$,

$\therefore$ 点 P 的坐标为 $(1,-1)$.

③ 当点 P 在 y 轴的左侧时, $x<0$,又 $-x=2\left(\dfrac{3}{2}-x\right)$,得 $x=3>0$(舍去),

$\therefore$ 所求点 P 的坐标为 $(3,1)$ 或 $(1,-1)$.

38. (1) $y=\dfrac{1}{2}x^2$, $B(4,8)$

(2) 对二次函数 $y=\dfrac{1}{2}x^2$:

当 $x<0$ 时, y 随自变量 x 的增大而减小;

当 $x>0$ 时, y 随自变量 x 的增大而增大;

(3) 因过点 $P(t,0)$ 且平行于 y 轴的直线为 $x=t$,

由 $\begin{cases}x=t\\y=x+4\end{cases}$ 得 $\begin{cases}x=t\\y=t+4\end{cases}$,所以点 S 的坐标 $(t,t+4)$.

由 $\begin{cases}x=t\\y=\dfrac{1}{2}x^2\end{cases}$ 得 $\begin{cases}x=t\\y=\dfrac{1}{2}t^2\end{cases}$,

所以点 R 的坐标 $\left(t,\dfrac{1}{2}t^2\right)$.

所以 $SR=t+4-\dfrac{1}{2}t^2$, $RP=\dfrac{1}{2}t^2$.

由 $SR=2RP$ 得 $t+4-\dfrac{1}{2}t^2=2\times\dfrac{1}{2}t^2$,

解得 $t=-\dfrac{4}{3}$ 或 $t=2$.

因点 $P(t,0)$ 为线段 CD 上的动点，所以 $-2\leqslant t\leqslant 4$，所以 $t=-\frac{4}{3}$ 或 $t=2$.

(4) 因 $BQ=8-(t+3)=5-t$，点 R 到直线 BD 的距离为 $4-t$，

所以 $S_{\triangle BPQ}=\frac{1}{2}(5-t)(4-t)=15$. 解得 $t=-1$ 或 $t=10$.

因为 $-2\leqslant t\leqslant 4$，所以 $t=-1$.

39. (1) 依题意，可建立的函数关系式为：

$$y=\begin{cases}20+2(x-1) & (1\leqslant x\leqslant 6);\\ 30 & (6\leqslant x\leqslant 11);\\ 30-2(x-11) & (12\leqslant x\leqslant 16).\end{cases}$$

$$即\ y=\begin{cases}2x+18 & (1\leqslant x\leqslant 6);\\ 30 & (6\leqslant x\leqslant 11);\\ -2x+52 & (12\leqslant x\leqslant 16).\end{cases}$$

(2) 设销售利润为 W，则 $W=$售价$-$进价，

$$故\ W=\begin{cases}20+2x+\frac{1}{8}(x-8)^2-14 & (1\leqslant x\leqslant 6);\\ 30+\frac{1}{8}(x-8)^2-12 & (6\leqslant x\leqslant 11);\\ \frac{1}{8}(x-8)^2-2x+40 & (12\leqslant x\leqslant 16).\end{cases}$$

$$化简得\ W=\begin{cases}\frac{1}{8}x^2+14 & (1\leqslant x\leqslant 6);\\ \frac{1}{8}x^2-x+26 & (6\leqslant x\leqslant 11);\\ \frac{1}{8}x^2-4x+48 & (12\leqslant x\leqslant 16).\end{cases}$$

① 当 $W=\frac{1}{8}x^2+14$ 时，

$\because$ $x\geqslant 0$ 时，函数 y 随 x 增大而增大，$\because$ $1\leqslant x\leqslant 6$

$\therefore$ 当 $x=6$ 时，W 有最大值，$W_{最大}=18.5$.

② 当 $W=\frac{1}{8}x^2-2x+26$ 时，$\because$ $W=\frac{1}{8}(x-8)^2+18$，当 $x\geqslant 8$ 时，函数 y 随 x 增大而增大，

$\therefore$ 在 $x=11$ 时，函数有最大值为 $W_{最大}=19\frac{1}{8}$.

③ 当 $W=\frac{1}{8}x^2-4x+48$ 时，

$\because$ $W=\frac{1}{8}(x-16)^2+16$，

$\because$ $12\leqslant x\leqslant 16$，当 $x\leqslant 16$ 时，函数 y 随 x 增大而减小，

$\therefore$ 在 $x=12$ 时，函数有最大值为 $W_{最大}=18$.

综上所述，当 $x=11$ 时，销售利润最大. 最大值为 $19\frac{1}{8}$.

40. 解：(1) 证明：令 $y=0$，则 $x^2-mx+m-2=0$.

因为 $\Delta=m^2-4m+8=(m-2)^2+4>0$，

所以此抛物线与 x 轴有两个不同的交点.

(2) 因为关于 x 的方程 $x^2-mx+m-2=0$ 的根为 $x=\frac{m\pm\sqrt{(m-2)^2+4}}{2}$，

由 m 为整数，当 $(m-2)^2+4$ 为完全平方数时，此抛物线与 x 轴才有可能交于整数点.

设 $(m-2)^2+4=n^2$（其中 n 为整数），

所以 $[n+(m-2)][n-(m-2)]=4$.

因为 $n+(m-2)$ 与 $n-(m-2)$ 的奇偶性相同，

所以 $\begin{cases}n+m-2=2,\\ n-m+2=2;\end{cases}$ 或 $\begin{cases}n+m-2=-2,\\ n-m+2=-2.\end{cases}$

解得 $m=2$.

经检验，当 $m=2$ 时，关于 x 的方程 $x^2-mx+m-2=0$ 有整数根.

所以 $m=2$.

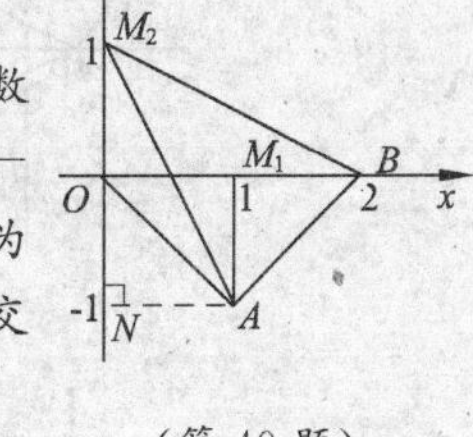

（第 40 题）

(3) 当 $m=2$ 时，此二次函数解析式为 $y=x^2-2x=(x-1)^2-1$，则顶点 A 的坐标为 $(1,-1)$. 抛物线与 x 轴的交点为 $O(0,0)$，$B(2,0)$.

设抛物线的对称轴与 x 轴交于 M_1，则 $M_1(1,0)$.

在直角三角形 AM_1O 中，由勾股定理，得 $AO=\sqrt{2}$，由抛物线的对称性可得，$AB=AO=\sqrt{2}$.

又 $(\sqrt{2})^2+(\sqrt{2})^2=2^2$，即 $OA^2+AB^2=OB^2$.

所以 $\triangle ABO$ 为等腰直角三角形.

则 $M_1A=M_1B$. 所以 $M_1(1,0)$ 为所求的点.

若满足条件的点 M_2 在 y 轴上时，设 M_2 坐标为 $(0,y)$.

过 A 作 $AN\perp y$ 轴于 N，连结 AM_2、BM_2，则 $M_2A=M_2B$.

由勾股定理，有 $M_2A^2=M_2N^2+AN^2$；$M_2B^2=M_2O^2+OB^2$.

即 $(y+1)^2+1^2=y^2+2^2$. 解得 $y=1$.

所以 $M_2(0,1)$ 为所求的点.

综上所述满足条件的 M 点的坐标为 $(1,0)$ 或 $(0,1)$.

41. 设二次函数的图象的对称轴与 x 轴相交于点 E，

(1) 如图 1，当 $\angle CAD=60°$ 时，因为 $ABCD$ 菱形，一边长为 2，

所以 $DE=1$，$BE=\sqrt{3}$，

所以点 B 的坐标为 $(1+\sqrt{3},0)$，点 C 的坐标为 $(1,-1)$，

解得 $k=-1,a=\frac{1}{3}$，所以 $y=\frac{1}{3}(x-1)^2-1$

(2) 如图 2，当 $\angle ACB=60°$ 时，由菱形性质知点 A 的坐标为 $(0,0)$，点 C 的坐标为 $(1,\sqrt{3})$，解得 $k=-\sqrt{3}$，$a=\sqrt{3}$，所以 $y=\sqrt{3}(x-1)^2-\sqrt{3}$

同理可得：

$y=-\frac{1}{3}(x-1)^2+1, y=-\sqrt{3}(x-1)^2+\sqrt{3}$

所以符合条件的二次函数的表达式有：

$y=\frac{1}{3}(x-1)^2-1, y=\sqrt{3}(x-1)^2-\sqrt{3}$，

$y=-\frac{1}{3}(x-1)^2+1, y=-\sqrt{3}(x-1)^2+\sqrt{3}$，

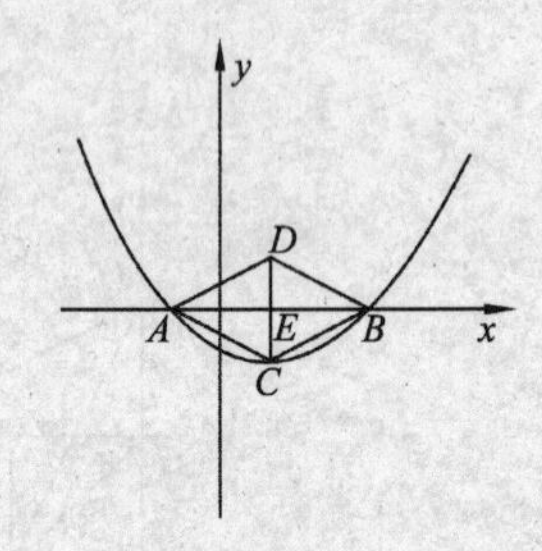

图 1

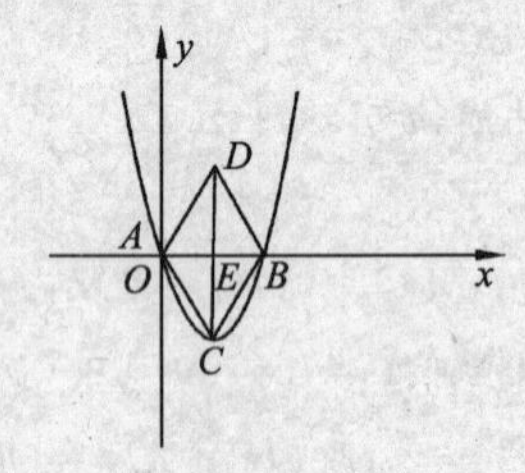

图 2

(第 41 题)

42. (1) $y=-x^2-2mx+n$.

(2) 当 $m=1$ 时，$\triangle ABC$ 为等腰直角三角形.

理由如下：如图：∵ 点 A 与点 B 关于 y 轴对称，点 C 又在 y 轴上，

∴ $AC=BC$. 过点 A 作抛物线 C_1 的对称轴交 x 轴于 D，过点 C 作 $CE\perp AD$ 于 E.

∴ 当 $m=1$ 时，顶点 A 的坐标为 $A(1,1+n)$，

∴ $CE=1$. 又∵ 点 C 的坐标为 $(0,n)$，

∴ $AE=1+n-n=1$.

∴ $AE=CE$. 从而 $\angle ECA=45°$，∴ $\angle ACy=45°$.

由对称性知 $\angle BCy=\angle ACy=45°$，

∴ $\angle ACB=90°$.

∴ $\triangle ABC$ 为等腰直角三角形.

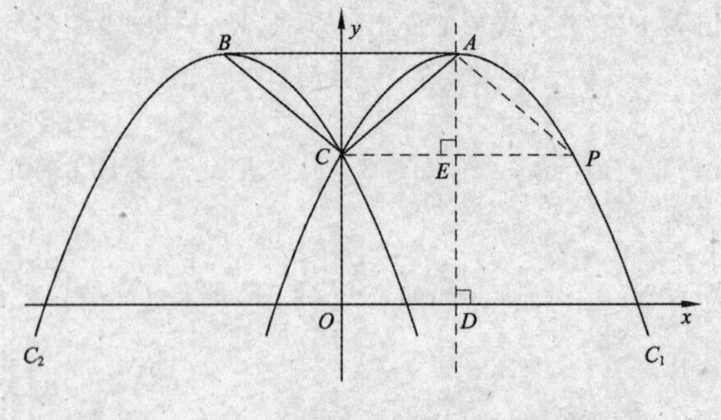

(第 42 题)

(3) 假设抛物线 C_1 上存在点 P，使得四边形 $ABCP$ 为菱形，则 $PC=AB=BC$.

由(2)知，$AC=BC$，∴ $AB=BC=AC$，从而 $\triangle ABC$ 为等边三角形. ∴ $\angle ACy=\angle BCy=30°$，

∵ 四边形 $ABCP$ 为菱形，且点 P 在 C_1 上，

∴ 点 P 与点 C 关于 AD 对称.

∴ PC 与 AD 的交点也为点 E，因为 $\angle ACE=90°-30°=60°$.

∵ 点 A,C 的坐标分别为 $A(m,m^2+n)$，$C(0,n)$，

∴ $AE=m^2+n-n=m^2$，$CE=|m|$.

在 Rt$\triangle ACE$ 中，$\tan60°=\frac{AE}{CE}=\frac{m^2}{|m|}=\sqrt{3}$.

∴ $|m|=\sqrt{3}$，∴ $m=\pm\sqrt{3}$. 故抛物线 C_1 上存在点 P，使得四边形 $ABCP$ 为菱形，此时 $m=\pm\sqrt{3}$.

第二章　几何中的分类讨论问题

2.1　直线型中的分类讨论问题

1. (1) 36 °或 45°　(2) $\frac{1}{2}a$ 或 $\frac{\sqrt{3}}{2}a$　(3) $\sqrt{3}$(或 $\sqrt{5}$)

(4) 6 或 $2\sqrt{3}$　(5) 15°或 75°　(6) $\frac{b^2}{a}$ 或 $\frac{b\sqrt{a^2-b^2}}{a}$

(7) $\frac{\sqrt{5}}{5}$ 或 $\frac{2}{5}\sqrt{5}$　(8) 25°或 65°

(9) $0<x\leqslant2$ 或 $x\geqslant8$　(10) 16 或 17　(11) 84 或 24

(12) 15°或 70°　(13) 5 或 $\sqrt{7}$　(14) 2 或 10

(15) 60°或 120°　(16) 15°,105°,135°,150°,165°

(17) 七边形　(18) 平行四边形，矩形，等腰梯形

(19) 4　(20) (4,0)或(3,2)　(21) 6 或 $\frac{5}{3}$

(22) 6 或 8;9 或 5　(23) 45°或 135°　(24) 10 或 $\frac{32}{5}$

(25) $\frac{5}{2}$,3 或 $\frac{8}{5}$,$\frac{12}{5}$ 或 $\frac{4}{3}$,$\frac{5}{3}$　(26) $15\sqrt{3}$ 或 $25\sqrt{3}$

(27) 3　(28) 3 或 4　(29) 20cm 或 22cm

(30) 4　(31) 2

2. (1) D　(2) C　(3) B　(4) B　(5) A　(6) B
(7) C　(8) D　(9) C　(10)C　(11) B　(12) C
(13) B　(14) B　(15) D　(16) D　(17) C　(18) D
(19) C　(20) B　(21) C　(22) C　(23) B

3. 在△ABC中,设∠$BAC=\alpha$,∠ABC=∠$ACB=\beta$,

(1) 如图1,若过顶点A的直线与BC交于点D,且$AD=BD=DC$,则可求得$\alpha=90°$,$\beta=45°$,即∠$BAC=90°$,∠B=∠$C=45°$.

(2) 如图2,若过顶点A的直线与BC交于点D,且$AB=BD$,$AD=DC$,则有$\begin{cases}\alpha+2\beta=180°,\\ \alpha=3\beta.\end{cases}$

解得$\begin{cases}\alpha=108°,\\ \beta=36°.\end{cases}$ 即∠$BAC=108°$,∠B=∠$C=36°$;

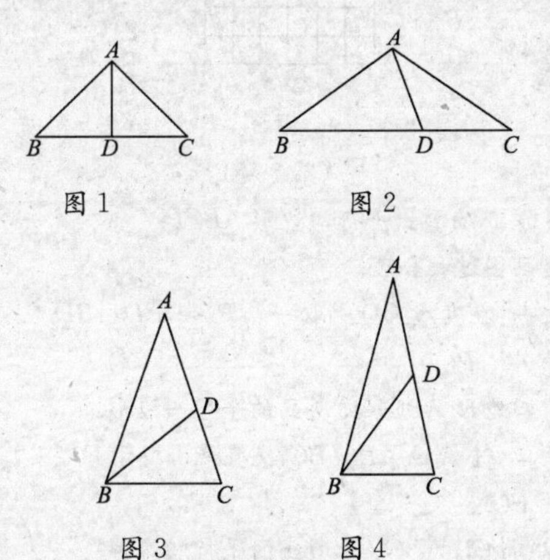

(第3题)

(3) 如图3,若过顶点B的直线与AC交于点D,且$AD=BD=BC$,则有$\begin{cases}\alpha+2\beta=180°,\\ \beta=2\alpha.\end{cases}$

解得$\begin{cases}\alpha=36°,\\ \beta=72°.\end{cases}$. 即∠$A=36°$,∠$ABC$=∠$C=72°$.

(4) 如图4,若过顶点B的直线与AC交于点D,且$AD=BD$,$CD=BC$,则$\begin{cases}\alpha+2\beta=180°,\\ \beta=2\alpha.\end{cases}$

解得$\begin{cases}\alpha=\left(25\dfrac{5}{7}\right)°,\\ \beta=\left(77\dfrac{1}{7}\right)°.\end{cases}$ 即∠$A=\left(25\dfrac{5}{7}\right)°$,

∠ABC=∠$C=\left(77\dfrac{1}{7}\right)°$.

4. (1) 符合条件的等边三角形有三个,如图:

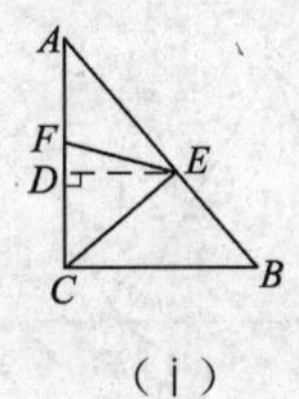

(ⅰ)

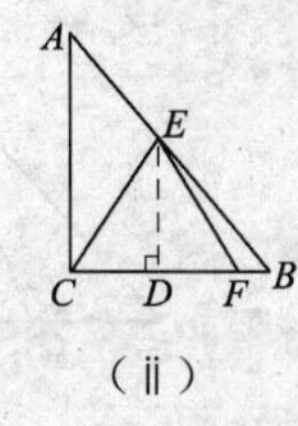

(ⅱ)

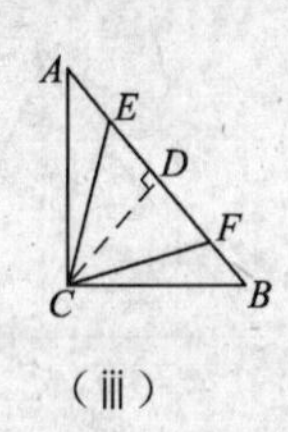

(ⅲ)

(第4题)

(2) 如图(i),过E作$ED\perp AC$于D,则$CD=DE\cdot\tan30°=\dfrac{\sqrt{3}}{3}x$,其中令$DE=x$,则$AD=4-\dfrac{\sqrt{3}}{3}x$. 由△$ADE$∽△$ACB$得$\dfrac{x}{3}=\dfrac{\left(4-\dfrac{\sqrt{3}}{3}x\right)}{4}\Rightarrow x\approx2.09$(cm);如图(ii),过$E$作$ED\perp BC$于$D$,设$DE=x$,由△$EBD$∽△$BAC\Rightarrow\dfrac{DE}{AC}=\dfrac{BD}{BC}\Rightarrow x\approx2.35$(cm);如图(iii),过$C$作$CD\perp AB$于$D$,由$CD\cdot AB=AC\cdot BC\Rightarrow CD=2.4$(cm),显然第三种情形时正三角形的面积最大,最大面积约为3.33(cm²).

5. (1) 由题意得$2\times1^2+b\times1-2=0$∴ $b=0$.

(2) 由(1)知$y=2x^2-2$∴ 抛物线的顶点P的坐标为$(0,-2)$∵ $B(a,0)(a\neq1)$为抛物线上的点,

∴ $2a^2-2=0$. 解得$a_1=-1$,$a_3=1$(舍去)

∴ $B(-1,0)$符合题意的Q点在坐标平面内的位置有下述三种:如图,① 当Q在y轴上时,

∵ 四边形$QBPA$为平行四边形,可得$QO=OP=2$,

∴ $PQ=4$.

② 当点Q在第四象限时,

∵ 四边形$BPQA$为平行四边形,

∴ $PQ=AB=2$. ③ 当点Q在第三象限时,同理可得$PQ=2$.

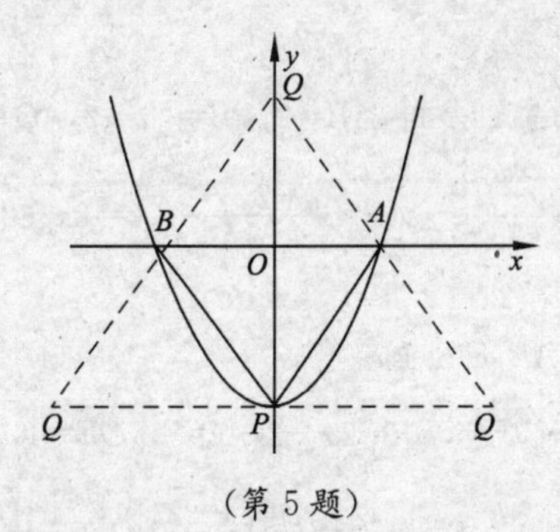

(第5题)

6. (1) 过A作$AD\perp BC$,垂足为D. 在Rt△ABD中,$AD=c\sin B$. 在Rt△ACD中,$AD=b\sin C$,

∵ $c\sin B=b\sin C$　故$\dfrac{b}{\sin B}=\dfrac{c}{\sin C}$.

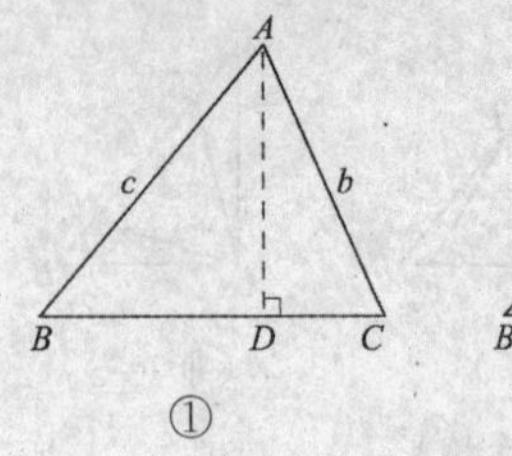

②

(第 6 题)

(2) 满足条件的$\triangle ABC$有两个(如图). 若$\angle ACB$为锐角,由(1)的结论有$\frac{\sqrt{2}}{\sin 45^\circ}=\frac{\sqrt{3}}{\sin C}$.

$\therefore \sin C=\frac{\sqrt{3}}{2}$ $\therefore \angle ACB=60^\circ$. 若$\angle AC'B$为钝角.

$\because AC=AC'$. $\therefore \angle AC'C=\angle ACC'=60^\circ$.

$\therefore \angle AC'B=120^\circ$.

7. (1) 证明:在$\triangle AEB$与$\triangle ADC$中,$AB=AC$,$\angle A=\angle A$,$AE=AD$,$\therefore \triangle AEB\cong\triangle ADC$,

$\therefore \angle B=\angle C$.

(2) 解:先将$\triangle ADC$绕点A逆时针旋转50°,再将$\triangle ADC$沿直线AE对折,即可得$\triangle ADC$与$\triangle AEB$重合.

或先将$\triangle ADC$绕点A顺时针旋转50°,再将$\triangle ADC$沿直线AB对折,即可得$\triangle ADC$与$\triangle AEB$重合.

8. 解:(1) 当$0\leqslant x\leqslant 1$时,$AP=2x$,$AQ=x$,$y=\frac{1}{2}AQ\cdot AP=x^2$,即$y=x^2$.

(2) 当$S_{四边形ABPQ}=\frac{1}{2}S_{正方形ABCD}$时,橡皮筋刚好触及钉子,

$BP=2x-2$,$AQ=x$,$\frac{1}{2}(2x-2+x)\times 2=\frac{1}{2}\times 2^2$,

$\therefore x=\frac{4}{3}$.

(3) 当$1\leqslant x\leqslant\frac{4}{3}$时,$AB=2$,$PB=2x-2$,$AQ=x$,

$\therefore y=\frac{AQ+BP}{2}\cdot AB=\frac{x+2x-2}{2}\times 2=3x-2$,

即$y=3x-2$.

作$OE\perp AB$,E为垂足.

当$\frac{4}{3}\leqslant x\leqslant 2$时,$BP=2x-2$,$AQ=x$,$OE=1$,

$y=S_{梯形BEOP}+S_{梯形OEAQ}=\frac{1+2x-2}{2}\times 1+\frac{1+x}{2}\times 1=\frac{3}{2}x$,即$y=\frac{3}{2}x$.

$90^\circ\leqslant\angle POQ\leqslant 180^\circ$或$180^\circ\leqslant\angle POQ\leqslant 270^\circ$(答对一个即可).

(4) 如图 3 所示:

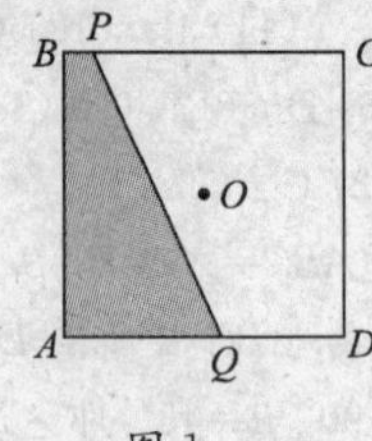

图 1

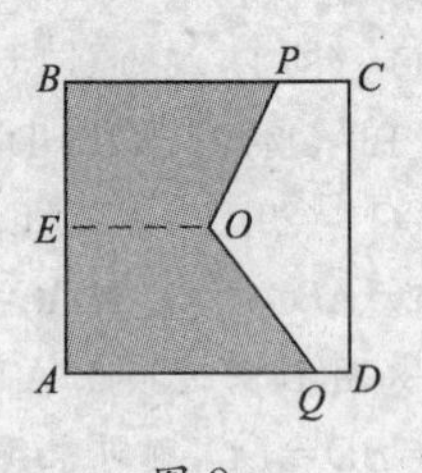

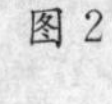

图 2

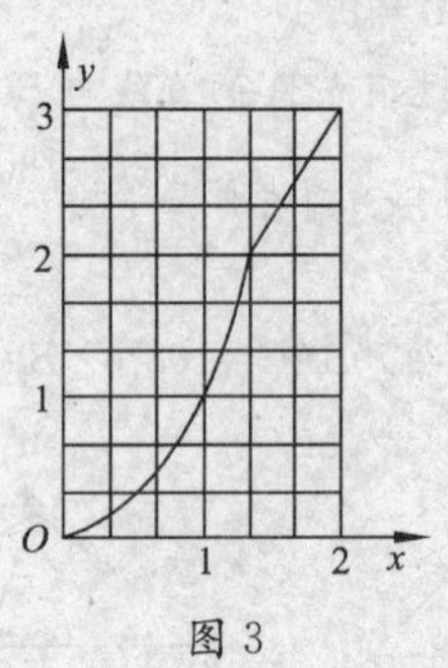

图 3

(第 8 题)

9. (1) 正确画出平行四边形$ABCP$.

叙述画图过程合理.

方法一:在直线BD上取一点P,使$PD=BD$.

连结AP,PC.

所以四边形$ABCP$是所画的平行四边形.

方法二:过A画$AP\parallel BC$,交直线BD于P.

连结PC.

所以四边形$ABCP$是所画的平行四边形.

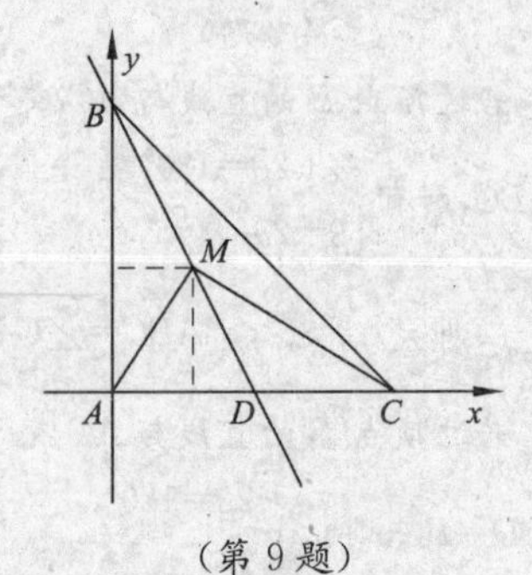

(第 9 题)

(2) $\because AB=AC=4$,BD是AC边上的中线.

$\therefore AD=DC=2$. $\therefore B(0,4)$,$D(2,0)$.

设直线BD的函数关系式:$y=kx+b$,

得$\begin{cases}b=4\\2k+b=0\end{cases}$ 解得$\begin{cases}b=4\\k=-2\end{cases}$.

$\therefore$ 直线BD的函数关系式:$y=-2x+4$.

(3) 设$M(a,-2a+4)$.

分三种情况：

① $AM=AC$

∵ $AM^2=a^2+(-2a+4)^2$，$AC^2=16$.

∴ $a^2+(-2a+4)^2=16$　解得 $a_1=0$，$a_2=\frac{16}{5}$.

∴ $M_1(0,4)$　$M_2\left(\frac{16}{5},-\frac{12}{5}\right)$.

② $MC=AC$.

∵ $MC^2=(4-a)^2+(-2a+4)^2$，$AC^2=16$.

∴ $(4-a)^2+(-2a+4)^2=16$.

解得 $a_2=4$，$a_4=\frac{4}{5}$.

∴ $M_3(4,-4)$　$M_4\left(\frac{4}{5},\frac{12}{5}\right)$.

③ $AM=MC$.

∵ $AM^2=a^2+(-2a+4)^2$，$MC^2=(4-a)^2+(-2a+4)^2$，

∴ $a^2+(-2a+4)^2=(4-a)^2+(-2a+4)^2$

解得 $a_5=2$.

∴ $M_5(2,0)$，这时 M_5 点在 AC 上，构不成三角形，舍去.

综上所述，在直线 BD 上存在四点，即 $M_1(0,4)$，$M_2\left(\frac{16}{5},-\frac{12}{5}\right)$，$M_3(4,-4)$，$M_4\left(\frac{4}{5},\frac{12}{5}\right)$，符合题意.

10. 图不唯一，略.

11. 解：(1) 设直线 AB 的解析式为 $y=kx+b$. 由题意，得 $\begin{cases}b=6,\\8k+b=0.\end{cases}$　解得 $k=-\frac{3}{4}$，$b=6$.

所以，直线 AB 的解析式为 $y=-\frac{3}{4}x+6$.

(2) 由 $AO=6$，$BD=8$ 得 $AB=10$，所以 $AP=t$，$AQ=10-2t$. 当 $\angle APQ=\angle AOB$ 时，$\triangle APQ\backsim\triangle AOB$.

所以 $\frac{t}{6}=\frac{10-2t}{10}$. 解得 $t=\frac{30}{11}$（秒）. 当 $\angle AQP=\angle AOB$ 时，$\triangle AQP\backsim\triangle AOB$. 所以 $\frac{t}{10}=\frac{10-2t}{2}$.

解得 $t=\frac{50}{13}$（秒）.

(3) 过点 Q 作 QE 垂直 AO 于点 E. 在 $\mathrm{Rt}\triangle AOB$ 中，$\sin\angle BAO=\frac{BO}{AB}=\frac{4}{5}$. 在 $\mathrm{Rt}\triangle AEQ$ 中，$EQ=AQ\cdot\sin\angle BAO=(10-2t)\cdot\frac{4}{5}=8-\frac{8}{5}t$，所以，$S_{\triangle APQ}=\frac{1}{2}AP\cdot QE=\frac{1}{2}t.\left(8-\frac{8}{5}t\right)=-\frac{4}{5}t^2+4t=\frac{24}{5}$. 解得 $t=2$（秒）或 $t=3$（秒）.（注：过点 P 作 PE 垂直 AB 于点 E 也可）

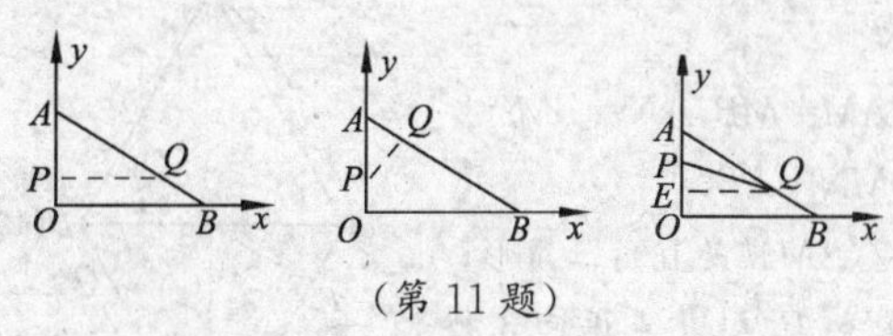

（第 11 题）

12. (1) $a+c=b+d$.

证明：连结 AC、BD，且 AC、BD 相交于点 O，OO_1 为点 O 到 l 的距离，

∴ OO_1 为直角梯形 BB_1D_1D 的中位线，

∴ $2OO_1=DD_1+BB_1=b+d$；

同理：$2OO_1=AA_1+CC_1=a+c$.

∴ $a+c=b+d$.

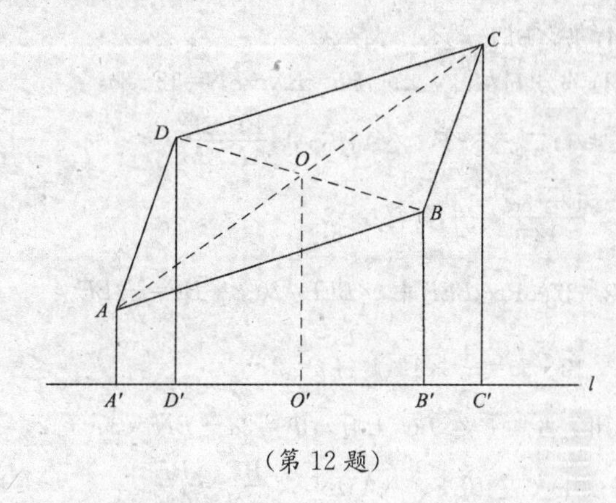

（第 12 题）

(2) 不一定成立.

分别有以下情况：

直线 l 过 A 点时，$c=b+d$；

直线 l 过 A 点与 B 点之间时，$c-a=b+d$；

直线 l 过 B 点时，$c-a=d$；

直线 l 过 B 点与 D 点之间时，$a-c=b-d$；…

直线 l 过 D 点时，$a-c=b$；

直线 l 过 C 点与 D 点之间时，$a-c=b+d$；

直线 l 过 C 点时，$a=b+d$；

直线 l 过 C 点上方时，$a+c=b+d$.

13. (1) 菱形 $ABCD$ 中，$AB=AD$，$\angle A=60°$，

∴ $\triangle ABD$ 是等边三角形. ∴ $BD=24$ 厘米；

(2) $\triangle AMN$ 是直角三角形，确定理由如下：12 秒后，点 P 运动到点 M 走过的路程为 $4\times12=48$（厘米），

∵ $AB+BD=48$ 厘米.

∴ 点 M 与点 D 重合，点 Q 运动到点 N 走过的路程为 $5\times12=60$（厘米），

∵ $DC+BD+\frac{1}{2}AB=60$ 厘米，

∴ 点 N 是 AB 的中点，连结 MN，

∵ $AM=MB, AN=BM$.

∴ $MN\perp AB$，

∴ $\triangle AMN$ 是直角三角形；

(3) 点 P 从 M 点返回 3 秒走过的路程为 $4\times3=12$(厘米)，

∵ $\frac{1}{2}BD=12$ 厘米.

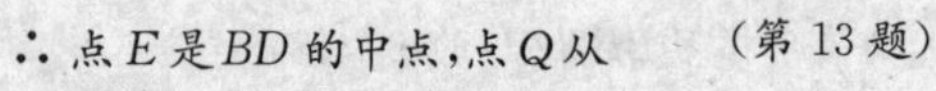

(第 13 题)

∴ 点 E 是 BD 的中点，点 Q 从 N 点返回 3 秒走过的路程为 $3a$ 厘米，

∵ $\triangle BEF$ 与题(2)中的 $\text{Rt}\triangle ANM$ 相似，又 $\angle EBF=\angle A=60°$，

① 若 $\angle BFE=\angle ANM=90°$.

(Ⅰ) 当点 F 在 BN 上时，$BF=BN-FN=12-3a$，

(法 1) ∵ $\triangle BEF\backsim\triangle AMN$，∴ $\frac{BF}{AN}\frac{BE}{AM}$，

∴ $\frac{12-3a}{12}=\frac{12}{24}$，解得 $a=2$；

(法 2) 在 $\text{Rt}\triangle BEF$ 中，$\angle BEF=30°$，∴ $BF=\frac{1}{2}BE$.

∴ $12-3a=\frac{1}{2}\times12$，解得 $a=2$；

(Ⅱ) 当点 F 在 BC 上时，$BF=3a-BN=3a-12$，

(法 1) ∵ $\triangle BEF\backsim\triangle AMN$，∴ $\frac{BF}{AN}=\frac{BE}{AM}$，

∴ $\frac{3a-12}{12}=\frac{12}{24}$，解得 $a=6$；

(法 2) 在 $\text{Rt}\triangle BEF$ 中，$\angle BEF=30°$，∴ $BF=\frac{1}{2}BE$，

∴ $3a-12=\frac{1}{2}\times12$，解得 $a=6$；

② 若 $\angle BEF=\angle ANM=90°$，即点 F 与点 C 重合. 此时 $3a=BN+BC=36$，

∴ $3a=36$，∴ $a=12$. 综上所述，$a=2$ 或 6 或 12.

14. (1) A,B 两点的坐标分别为 $(t+1,t^2)$，$(1,0)$.

(2) 当 $x=t+1$ 时　$y=x^2-2x+1=(x-1)^2=(t+1-1)^2=t^2$，

∴ A 点在抛物线 $y=x^2-2x+1$ 上.

(3) 如果抛物线 $y=a(x-t-1)^2+t^2$ 经过 $B(1,0)$，则 $a(1-t-1)^2+t^2=0$，即 $t^2(a+1)=0$

∵ $t\neq0$，∴ $t^2\neq0$，∴ $a+1=0, a=-1$

∴ $y=-(x-t-1)^2+t^2$.

令 $y=0$，则 $t^2-(x-t-1)^2=0$

∴ $(x-1)(2t+1-x)=0$

∴ B,C 两点的坐标为 $(1,0)$，$(2t+1,0)$.

如果 A,B,C 三点能构成直角三角形，由抛物线的对称性可知：$\angle A=90°$，$|AB|=|AC|$.

作 $AD\perp BC$，D 为垂足，则有 $|AD|=|BD|$.

∵ $|AD|=t^2$，$|BD|=|t+1-1|=|t|$.

∴ $t^2=|t|$，∴ $t(t\pm1)=0$ ∵ $t\neq0$，∴ $t=\pm1$.

① 当 $t=1$ 时，C 点在 B 点的右侧；

② 当 $t=-1$ 时，C 点在 B 点的左侧.

∴ 当 $t=\pm1$ 时，A,B,C 三点能构成直角三角形.

15. 解：(1) 设经过 x 秒后，$\triangle AMN$ 的面积等于矩形 $ABCD$ 面积的 $\frac{1}{9}$，

则有：$\frac{1}{2}(6-2x)x=\frac{1}{9}\times3\times6$，即 $x^2-3x+2=0$，

解方程，得 $x_1=1, x_2=2$.

经检验，可知 $x_1=1, x_2=2$ 符合题意，所以经过 1 秒或 2 秒后，$\triangle AMN$ 的面积等于矩形 $ABCD$ 面积的 $\frac{1}{9}$.

(2) 假设经过 t 秒时，以 A,M,N 为顶点的三角形与 $\triangle ACD$ 相似，

由矩形 $ABCD$，可得 $\angle CDA=\angle MAN=90°$，

因此有 $\frac{AM}{AN}=\frac{DC}{DA}$ 或 $\frac{AM}{AN}=\frac{DA}{DC}$.

即 $\frac{t}{6-2t}=\frac{3}{6}$　①，或 $\frac{t}{6-2t}=\frac{6}{3}$　②.

解①，得 $t=\frac{3}{2}$；解②，得 $t=\frac{12}{5}$.

经检验，$t=\frac{3}{2}$ 或 $t=\frac{12}{5}$ 都符合题意，所以动点 M,N 同时出发后，经过 $\frac{3}{2}$ 秒或 $\frac{12}{5}$ 秒时，以 A,M,N 为顶点的三角形与 $\triangle ACD$ 相似.

16. 解：(1) $\left(2+\frac{3}{5}x, 4-\frac{4}{5}x\right)$.

(2) 由题意，得 $P(5-x,0)$，$0\leqslant x\leqslant5$.

由勾股定理，求得 $PQ^2=\left(\frac{8}{5}x-3\right)^2+\left(4-\frac{4}{5}x\right)^2$，

$AP^2=(3-x)^2+4^2$

若 $AQ=AP$，则 $x^2=(3-x)^2+4^2$，解得 $x=\frac{25}{6}$

若 $PQ=AP$，则 $\left(\frac{8}{5}x-3\right)^2+\left(4-\frac{4}{5}x\right)^2=(3-x)^2+4^2$，

即 $\frac{11}{5}x^2-10x=0$，解得 $x_1=0$(舍去)，$x_2=\frac{50}{11}$

经检验，当 $x=\frac{25}{6}$ 或 $x=\frac{50}{11}$ 时，$\triangle APQ$ 是一个以 AP 为腰的等腰三角形.

(3) 解：设 AB，BO 的中点分别为点 M，N，则点 G 随点 P，Q 运动所形成的图形是线段 MN.

证法一：由 $M\left(\frac{7}{2},2\right)$，$N\left(\frac{5}{2},0\right)$，可求得线段 MN 的函数关系式为 $y=2x-5\left(\frac{5}{2}\leqslant x\leqslant\frac{7}{2}\right)$，由 $P(5-x,0)$，$Q\left(2+\frac{3}{5}x,4-\frac{4}{5}x\right)$，则 $G\left(\frac{35-2x}{10},2-\frac{2}{5}x\right)$ 满足 $y=2x-5$

$\therefore$ 点 G 在线段 MN 上.

证法二：设 MN，PQ 相交于点 G，过点 P 作 $PK\parallel AO$ 交 AB 于点 K.

$\therefore PK\parallel AO\parallel MN$.

$\therefore \triangle AOB\backsim\triangle KPB\backsim\triangle MNB$.

$\because AB=OB$，$\therefore BK=BP=AQ$，$BM=BN$

$\therefore BK-BM=AQ-BM$. 即 $KM=QM$.

$\therefore PG'=QG'$

$\therefore G'$ 是 PQ 的中点，即点 G' 与点 G 重合.

（第 16 题）

17. 解：(1) 作 $PM\perp y$ 轴，$PN\perp x$ 轴，$\because OA=3$，$OB=4$，$\therefore AB=5$.

$\because PM\parallel x$ 轴，$\therefore \frac{PM}{OB}=\frac{AP}{AB}$. $\therefore \frac{PM}{4}=\frac{3t}{5}$.

$\therefore PM=\frac{12}{5}t$.

$\because PN\parallel y$ 轴，$\therefore \frac{PN}{OA}=\frac{PB}{AB}$.

$\therefore \frac{PN}{3}=\frac{5-3t}{5}$.

$\therefore PN=3-\frac{9}{5}t$.

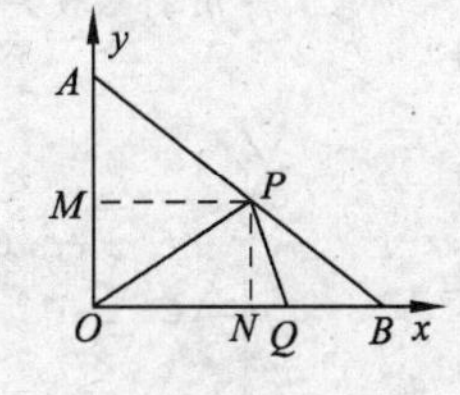

（第 17 题）

$\therefore$ 点 P 的坐标为 $\left(\frac{12}{5}t,3-\frac{9}{5}t\right)$.

(2) ① 当 $\angle POQ=90^\circ$ 时，$t=0$，$\triangle OPQ$ 就是 $\triangle OAB$，为直角三角形.

② 当 $\angle OPQ=90^\circ$ 时，$\triangle OPN\backsim\triangle PQN$，

$\therefore PN^2=ON\cdot NQ$. $\left(3-\frac{9}{5}t\right)^2=\frac{12}{5}t\left(4-t-\frac{12}{5}t\right)$.

化简，得 $19t^2-34t+15=0$. 解得 $t=1$ 或 $t=\frac{15}{19}$.

③ 当 $\angle OQP=90^\circ$ 时，N、Q 重合.

$\therefore 4-t=\frac{12}{5}t$，$\therefore t=\frac{20}{17}$.

综上所述，当 $t=0$，$t=1$，$t=\frac{15}{19}$，$t=\frac{20}{17}$ 时，$\triangle OPQ$ 为直角三角形.

(3) 当 $t=1$ 或 $t=\frac{15}{19}$ 时，即 $\angle OPQ=90^\circ$ 时，以 $\mathrm{Rt}\triangle OPQ$ 的三个顶点可以确定一条对称轴平行于 y 轴的抛物线.

当 $t=1$ 时，点 P、Q、O 三点的坐标分别为 $P\left(\frac{12}{5},\frac{6}{5}\right)$，$Q(3,0)$，$O(0,0)$.

设抛物线的解析式为 $y=a(x-3)(x-0)$，即 $y=a(x^2-3x)$. 将 $P\left(\frac{12}{5},\frac{6}{5}\right)$ 代入上式，得 $a=-\frac{5}{6}$.

$\therefore y=-\frac{5}{6}(x^2-3x)$.

即 $y=-\frac{5}{6}x^2+\frac{5}{2}x$.

18. 解：(1) $PM=PN$.

$\because AP$ 是等腰 $\mathrm{Rt}\triangle ABC$ 斜边上的中线，

$\therefore \angle PAB=\angle C=45^\circ$ 且 $PC=PA$，$\angle APC=90^\circ$.

$\therefore \angle CPN=\angle APM=90^\circ-\angle NPA$.

$\therefore \triangle CPN\cong\triangle APM$.

$\therefore PN=PM$.

(2) $\because \triangle CPN\cong\triangle APM$.

$\therefore S_{\triangle CPN}=S_{\triangle APM}$ 且 $CN=AM=x$，

$\therefore S_{四边形AMPN}=S_{\triangle APM}+S_{\triangle NAP}=S_{\triangle CPN}+S_{\triangle NAP}=\frac{1}{2}S_{\triangle ABC}=\frac{1}{2}\times\frac{1}{2}\times2\times2=1$.

$\because AN=AC-CN=2-x$，

$\therefore S_{\triangle AMN}=\frac{1}{2}AM\cdot AN=\frac{1}{2}x(2-x)=x-\frac{1}{2}x^2$.

$\therefore S_{\triangle PMN}=S_{四边形AMPN}-S_{\triangle AMN}$

$=1-\left(x-\frac{1}{2}x^2\right)=\frac{1}{2}x^2-x+1$.

即 $y=\frac{1}{2}x^2-x+1$.

(3) $\because PN=PM$，$\angle EPF=90^\circ$，

$\therefore \angle PMN=45^\circ$

$\because \angle APM=\angle CPN$，$\angle PMN=\angle C=45^\circ$.

$\therefore \triangle PMD\backsim\triangle PCN$，$\therefore \frac{DM}{CN}=\frac{PM}{PC}$.

$\because \frac{DM}{AM}=\frac{DM}{CN}=\frac{4}{5}$，$\therefore \frac{PM}{PC}=\frac{4}{5}$.

$\therefore \frac{PN}{PC}=\frac{4}{5}$.

$\because PC=\frac{1}{2}BC=\frac{1}{2}\times\sqrt{2}AC=\frac{1}{2}\times\sqrt{2}\times2=\sqrt{2}$.

$\therefore PN=\frac{4}{5}\sqrt{2}$.

如图,过点 P 作 $PH\perp CN$,垂足为 H,则$\triangle CHP$ 为等腰直角三角形.

$\therefore HP=CH=\frac{CP}{\sqrt{2}}=\frac{1}{\sqrt{2}}\times\sqrt{2}=1$.

$HN=\sqrt{PN^2-PH^2}=\sqrt{\left(\frac{4}{5}\sqrt{2}\right)^2-1^2}=\frac{\sqrt{7}}{5}$.

当点 H 在点 N 上方时,

$AM=CN=CH+HN=1+\frac{\sqrt{7}}{5}$.

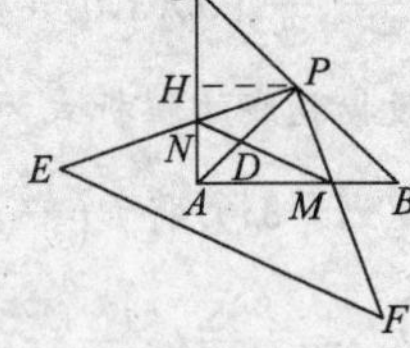

(第 18 题)

当点 H 在点 N 下方时,$AM=CN=CH-NH=1-\frac{\sqrt{7}}{5}$.

答:当$\frac{DM}{AM}=\frac{4}{5}$时,$AM$ 的长为 $1+\frac{\sqrt{7}}{5}$或 $1-\frac{\sqrt{7}}{5}$.

19. 解:(1) $\because$ 直线 $y=\frac{2\sqrt{3}}{3}kx+m\left(-\frac{1}{2}\leqslant k\leqslant\frac{1}{2}\right)$经过点 $A(2\sqrt{3},4)$,

$\therefore \frac{2\sqrt{3}}{3}\times2\sqrt{3}k+m=4$,$\therefore k=1-\frac{1}{4}m$.

$\because -\frac{1}{2}\leqslant k\leqslant\frac{1}{2}$,$\therefore -\frac{1}{2}\leqslant1-\frac{1}{4}m\leqslant\frac{1}{2}$.

解得 $2\leqslant m\leqslant6$.

(2) $\because$ A 点的坐标是$(2\sqrt{3},4)$.

$\therefore OA=2\sqrt{7}$.

又$\because OB=OA+7-2\sqrt{7}$,$\therefore OB=7$.

$\therefore$ B 点的坐标为$(0,7)$,或$(0,-7)$.

直线 $y=\frac{2\sqrt{3}}{3}kx+m$ 与 y 轴的交点为 $C(0,m)$.

① 当点 B 的坐标是$(0,7)$时,由于 $C(0,m)$,$2\leqslant m\leqslant6$,故 $BC=7-m$.

$\therefore S=\frac{1}{2}\cdot2\sqrt{3}\cdot BC=\sqrt{3}(7-m)$.

② 当点 B 的坐标是$(0,-7)$时,由于 $C(0,m)$,$2\leqslant m\leqslant6$,故 $BC=7+m$.

$\therefore S=\frac{1}{2}\cdot2\sqrt{3}\cdot BC=\sqrt{3}(7+m)$.

(3) 当 $m=2$ 时,一次函数 $S=-\sqrt{3}m+7\sqrt{3}$取得最大值 $5\sqrt{3}$,这时 $C(0,2)$.

如图,分别过点 A、B'作 y 轴的垂线 AD、$B'E$,垂足为 D、E.

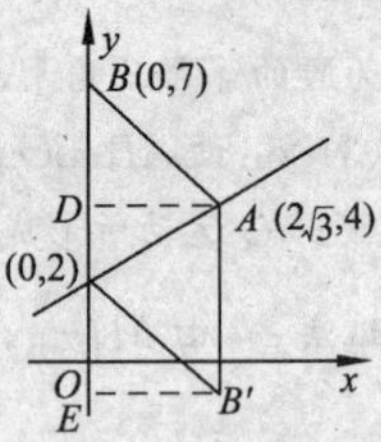

则 $AD=2\sqrt{3}$,$CD=4-2=2$.

在 $\mathrm{Rt}\triangle ACD$ 中,$\tan\angle ACD=\frac{AD}{CD}=\sqrt{3}$,

$\therefore \angle ACD=60°$.

由题意,得$\angle ACB'=\angle ACD=60°$,$CB'=BC=7-2=5$,

$\therefore \angle B'CE=180°-\angle B'CB=60°$.

在 $\mathrm{Rt}\triangle B'CE$ 中,$\angle B'CE=60°$,$CB'=5$,

$\therefore CE=\frac{5}{2}$,$B'E=\frac{5\sqrt{3}}{2}$.

故 $OE=CE-OC=\frac{1}{2}$.

$\therefore$ 点 B'的坐标为$\left(\frac{5\sqrt{3}}{2},-\frac{1}{2}\right)$.

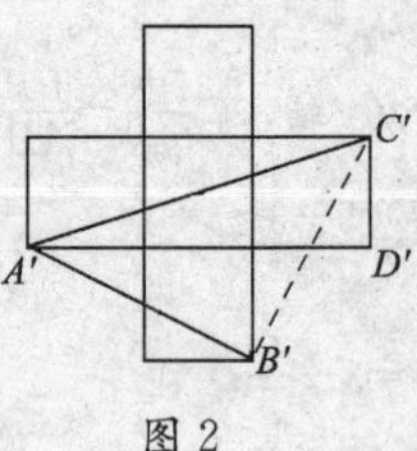

(第 19 题)

20. 解:(1) $\because$ 点 $A(4,0)$在直线 $y=kx+8$ 上,

$\therefore 0=k\times4+8$,解得 $k=-2$

(2) ① 如图 1,由(1)求得直线 AB 的解析式为 $y=-2x+8$,

由 $x=0$,解得 $y=8$,$\therefore B(0,8)$

$\therefore 0\leqslant m<8$.

设 $C(x,y)$,由 $y=m=-2x+8$,解得 $x=\frac{8-m}{2}>0$

$\therefore PC=l=\frac{8-m}{2}=4-\frac{m}{2}$

即所求 l 与 m 的函数关系式为 $l=4-\frac{m}{2}(0\leqslant m<8)$

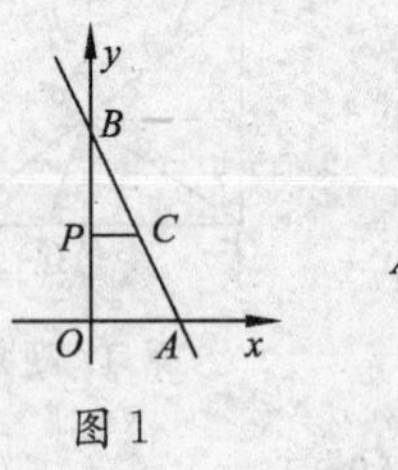

图 1

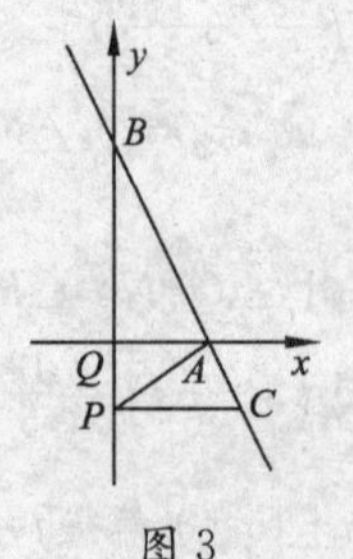

图 3

图 2

(第 20 题)

② 如图 2,当 $0<m<8$ 时,$S=\frac{1}{2}PC\cdot PO=\frac{1}{2}\left(4-\frac{m}{2}\right)\cdot m=-\frac{1}{4}m^2+2m$

由 $-\frac{1}{4}m^2+2m=4$.解得 $m_1=m_2=4$;

如图 3,当 $m<0$ 时,同①可求得 $PC=4-\frac{m}{2}$,

又 $PO=-m$,

∴ $S=\frac{1}{2}PC\cdot PO=\frac{1}{2}\left(4-\frac{m}{2}\right)\cdot(-m)=\frac{1}{4}m^2-2m$

由 $\frac{1}{4}m^2-2m=4$,解得 $m_1=4+4\sqrt{2}>0$(舍去)

$m_2=4-4\sqrt{2}$

综上,当 $m=4$ 或 $m=4-4\sqrt{2}$ 时,$S=4$.

21. 解:(1) 设 t 秒后,△PBQ 的面积是△ABC 的面积的一半,则 $CQ=2t$,$AP=4t$,

根据题意,列出方程

$2\times\frac{1}{2}(16-2t)(24-4t)\cdot\sin60°=\frac{1}{2}\times16\times24\times\sin60°$,

化简,得 $t^2-14t+24=0$.

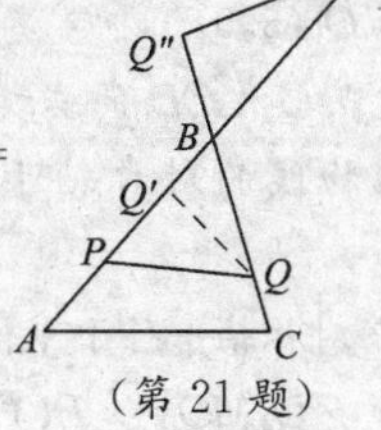

(第 21 题)

解得 $t_1=2$,$t_2=12$.所以 2 秒和 12 秒均符合题意;

(2) 当 $t=2$ 时,$BQ=12$,$BP=16$,

在△PBQ 中,作 $QQ'\perp BP$ 于 O',

在 Rt△$QQ'B$ 和 Rt△$QQ'P$ 中,$QQ'=6\sqrt{3}$,$BQ'=6$,

所以 $PQ'=10$,$PQ=4\sqrt{13}$;

当 $t=12$ 时,$BQ_1=8$,$BP=24$,

同理可求得 $P_1Q_1=8\sqrt{7}$.

22. 解:(1) 过点 B 作 $BQ\perp OA$ 于点 Q,(如图 1).

∵ 点 A 坐标是$(-10,0)$,

∴ 点 A_1 坐标为$(-10+m,-3)$,$OA=10$.

又∵ 点 B 坐标是$(-8,6)$,

∴ $BQ=6$,$OQ=8$.

在 Rt△OQB 中,$OB=\sqrt{OQ^2+BQ^2}=\sqrt{8^2+6^2}=10$.

∴ $OA=OB=10$,$\tan\alpha=\frac{BQ}{QO}=\frac{6}{8}=\frac{3}{4}$.

由翻折的性质可知,$PA=OA=10$,$PB=OB=10$,

∴ 四边形 $OAPB$ 是菱形,

∴ $PB/\!/AO$,∴ P 点坐标为$(-18,6)$,

∴ P_1 点坐标为$(-18+m,3)$.

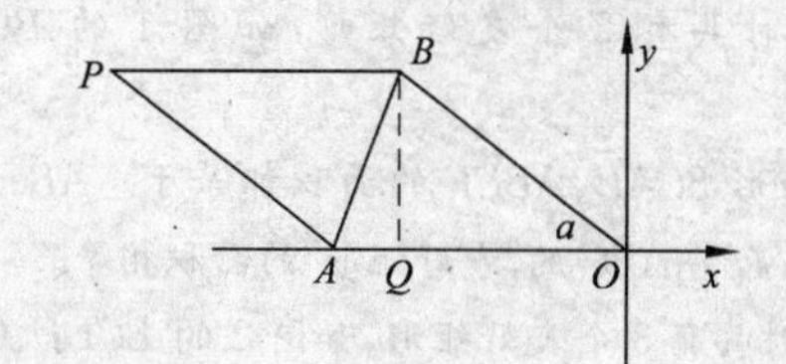

图 1

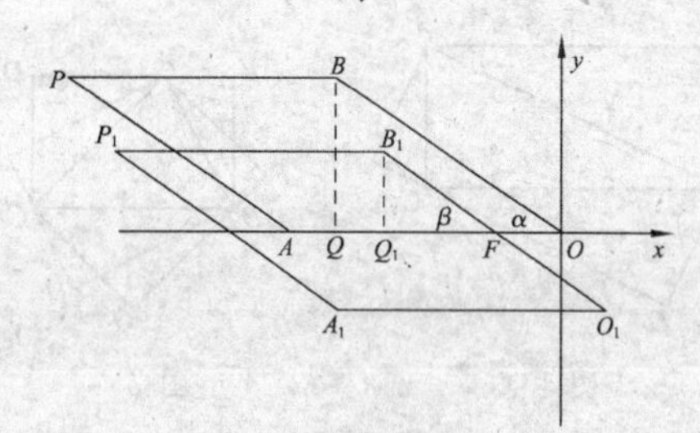

图 2

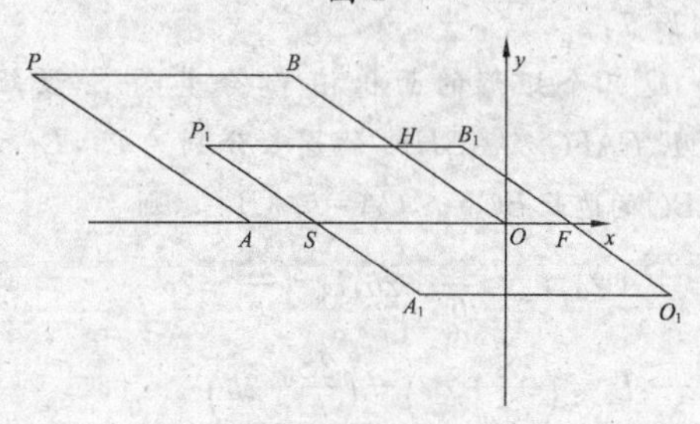

图 3

(第 22 题)

(2) ① 当 $0<m\leqslant4$ 时,(如图 2),过点 B_1 作 $B_1Q_1\perp x$ 轴于点 Q_1,则 $B_1Q_1=6-3=3$,设 O_1B_1 交 x 轴于点 F,∵ $O_1B_1/\!/BO$,∴ $\angle\alpha=\angle\beta$,

在 Rt△FQ_1B_1 中,$\tan\beta=\frac{B_1Q_1}{Q_1F}$,

∴ $\frac{3}{4}=\frac{3}{Q_1F}$,∴ $Q_1F=4$,

∴ $B_1F=\sqrt{3^2+4^2}=5$,

∵ $AQ=OA-OQ=10-8=2$,

∴ $AF=AQ+QQ_1+Q_1F=2+m+4=6+m$,

∴ 周长 $l=2(B_1F+AF)=2(5+6+m)=2m+22$;

② 当 $4<m<14$ 时,(如图 3)设 P_1A_1 交 x 轴于点 S,P_1B_1 交 OB 于点 H,由平移性质,得 $OH=B_1F=5$,此时 $AS=m-4$,

∴ $OS=OA-AS=10-(m-4)=14-m$,

∴ 周长 $l=2(OH+OS)=2(5+14-m)=-2m+38$.

23. (1) 如果一个三角形和一个平行四边形满足条件:三角形的一边与平行四边形的一边重合,三角形这边所对的顶点在平行四边形这边的对边上,则称这样的平行四边形为三角形的"友好平行四边形".

(2) 此时共有 2 个友好矩形，如图 1 的 $BCAD$、$ABEF$.

易知，矩形 $BCAD$、$ABEF$ 的面积都等于$\triangle ABC$ 面积的 2 倍，∴ $\triangle ABC$ 的“友好矩形”的面积相等.

(3) 此时共有 3 个友好矩形，如图 2 的 $BCDE$、$CAFG$ 及 $ABHK$，其中的矩形 $ABHK$ 的周长最小.

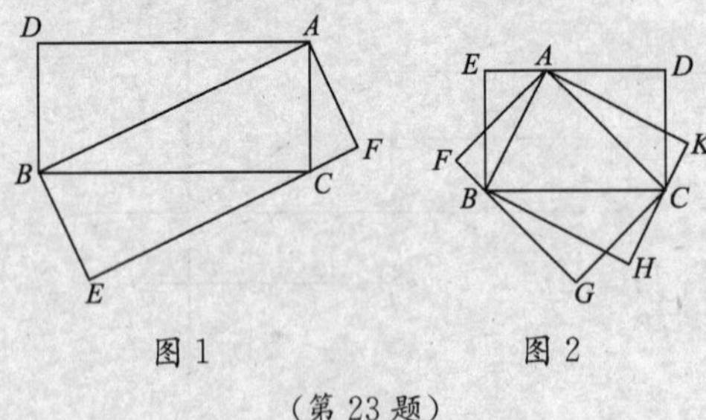

(第 23 题)

证明如下：

易知，这三个矩形的面积相等，令其为 S. 设矩形 $BCDE$、$CAFG$ 及 $ABHK$ 的周长分别为 L_1, L_2, L_3，$\triangle ABC$ 的边长 $BC=a, CA=b, AB=c$，则

$L_1=\frac{2S}{a}+2a, L_2=\frac{2S}{b}+2b, L_3=\frac{2S}{c}+2c$.

$$\therefore L_1-L_2=\left(\frac{2S}{a}+2a\right)-\left(\frac{2S}{b}+2b\right)$$

$$=2(a-b)\frac{ab-S}{ab},$$

而 $ab>S, a>b$，

∴ $L_1-L_2>0$，即 $L_1>L_2$.

同理可得，$L_2>L_3$.

∴ L_3 最小，即矩形 $ABHK$ 的周长最小.

24. (1) 由题知，直线 $y=\frac{3}{4}x$ 与 BC 交于点 $D(x,3)$.

把 $y=3$ 代入 $y=\frac{3}{4}x$ 中得，$x=4$

∴ $D(4,3)$.

(2) ∵ 抛物线 $y=ax^2+bx$ 经过 $D(4,3)$，$A(6,0)$ 两点.

把 $x=4, y=3$；$x=6, y=0$. 分别代入 $y=ax^2+bx$ 中得，

$$\begin{cases}16a+4b=3,\\36a+6b=0.\end{cases}$$

解之得 $\begin{cases}a=-\frac{3}{8}\\b=\frac{9}{4}\end{cases}$.

∴ 抛物线的解析式为：$y=-\frac{3}{8}x^2+\frac{9}{4}x$.

(3) 因$\triangle POA$ 底边 $OA=6$，

∴ 当 $S_{\triangle POA}$ 有最大值时，点 P 须位于抛物线的最高点，

∵ $a=-\frac{3}{8}<0$，∴ 抛物线顶点恰为最高点.

$$\because \frac{4ac-b^2}{4a}=\frac{4\times\left(-\frac{3}{8}\right)\cdot 0-\left(\frac{9}{4}\right)^2}{4\times\left(-\frac{3}{8}\right)}=\frac{27}{8},$$

∴ $S_{\triangle POA}$ 的最大值$=\frac{1}{2}\times 6\times\frac{27}{8}=\frac{81}{8}$.

(4) 抛物线的对称轴与 x 轴的交点 Q_1，符合条件，

∵ $CB\parallel OA$，

$\angle Q_1OM=\angle CDO$，

∴ $\text{Rt}\triangle Q_1OM\backsim\text{Rt}\triangle CDO$.

$x=-\frac{b}{2a}=3$，该点坐标为 $Q_1(3,0)$.

过点 O 作 OD 的垂线交抛物线的对称轴于点 Q_2，

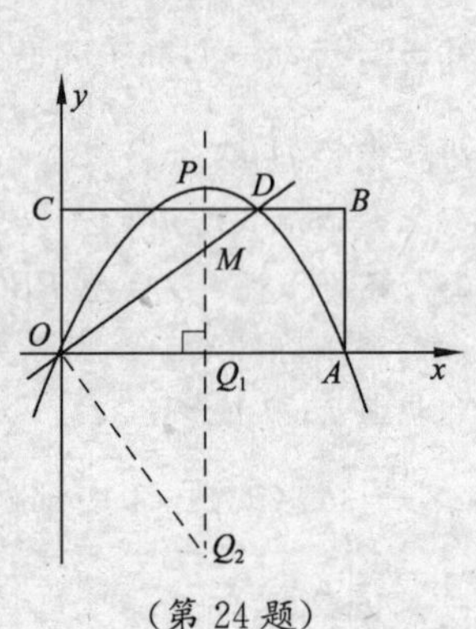

(第 24 题)

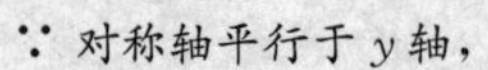

∵ 对称轴平行于 y 轴，

∴ $\angle Q_2MO=\angle DOC$，

∴ $\text{Rt}\triangle Q_2MO\backsim\text{Rt}\triangle DOC$.

在 $\text{Rt}\triangle Q_2Q_1O$ 和 $\text{Rt}\triangle DCO$ 中，

$Q_1O-CO=3$，$\angle Q_2=\angle ODC$，

∴ $\text{Rt}\triangle Q_2Q_1O\cong\text{Rt}\triangle DCO$，

∴ $CD=Q_1Q_2=4$，

∵ 点 Q_2 位于第四象限，

∴ $Q_2(3,-4)$.

因此，符合条件的点有两个，分别是 $Q_1(3,0)$，$Q_2(3,-4)$.

25. 解：(1) ∵ 直线 $y=-x+3$ 与 x 轴相交于点 B，

∴ 当 $y=0$ 时，$x=3$，

∴ 点 B 的坐标为 $(3,0)$.

又∵ 抛物线过 x 轴上的 A，B 两点，且对称轴为 $x=2$，

根据抛物线的对称性，

∴ 点 A 的坐标为 $(1,0)$.

(2) ∵ $y=-x+3$ 过点 C，易知 $C(0,3)$，∴ $c=3$.

又∵ 抛物线 $y=ax^2+bx+c$ 过点 $A(1,0)$，$B(3,0)$，

$$\therefore \begin{cases}a+b+3=0,\\9a+3b+3=0.\end{cases}$$

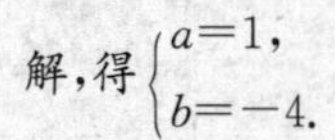

解，得$\begin{cases}a=1,\\b=-4.\end{cases}$

$\therefore\ y=x^2-4x+3$.

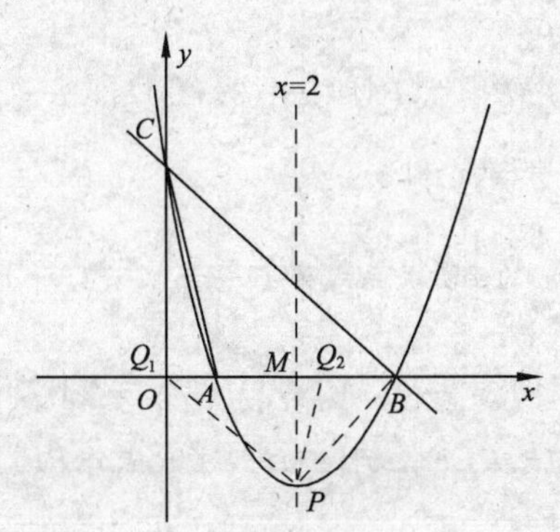

（第 25 题）

(3) 连结 PB，由 $y=x^2-4x+3=(x-2)^2-1$，得 $P(2,-1)$，

设抛物线的对称轴交 x 轴于点 M，在 $\mathrm{Rt}\triangle PBM$ 中，$PM=MB=1$，

$\therefore\ \angle PBM=45^\circ$，$PB=\sqrt{2}$.

由点 $B(3,0)$，$C(0,3)$ 易得 $OB=OC=3$，在等腰直角三角形 OBC 中，$\angle ACB=45^\circ$，

由勾股定理，得 $BC=3\sqrt{2}$.

假设在 x 轴上存在点 Q，使得以点 P,B,Q 为顶点的三角形与 $\triangle ABC$ 相似.

① 当 $\dfrac{BQ}{BC}=\dfrac{PB}{AB}$，$\angle PBQ=\angle ABC=45^\circ$ 时，

$\triangle PBQ\backsim\triangle ABC$. 即 $\dfrac{BQ}{3\sqrt{2}}=\dfrac{\sqrt{2}}{2}$，$\therefore\ BQ=3$，

又 $\because\ BO=3$，$\therefore$ 点 Q 与点 O 重合，

$\therefore\ Q_1$ 的坐标是 $(0,0)$.

② 当 $\dfrac{QB}{AB}=\dfrac{PB}{BC}$，$\angle QBP=\angle ABC=45^\circ$ 时，

$\triangle QBP\backsim\triangle ABC$. 即 $\dfrac{QB}{2}=\dfrac{\sqrt{2}}{3\sqrt{2}}$，$\therefore\ QB=\dfrac{2}{3}$.

$\because\ OB=3$，$\therefore\ OQ=OB-QB=3-\dfrac{2}{3}=\dfrac{7}{3}$，

$\therefore\ Q_2$ 的坐标是 $\left(\dfrac{7}{3},0\right)$.

$\because\ \angle PBx=180^\circ-45^\circ=135^\circ$，$\angle BAC<135^\circ$，

$\therefore\ \angle PBx\neq\angle BAC$.

$\therefore$ 点 Q 不可能在 B 点右侧的 x 轴上.

综上所述，在 x 轴上存在两点 $Q_1(0,0)$，$Q_2\left(\dfrac{7}{3},0\right)$，能使得以点 P,B,Q 为顶点的三角形与 $\triangle ABC$ 相似.

26. 解：(1) 据题意知：$A(0,-2)$，$B(2,-2)$.

$\because\ A$ 点在抛物线上，$\therefore\ C=-2$.

$\because\ 12a+5c=0$，$\therefore\ a=\dfrac{5}{6}$.

由 $AB=2$ 知抛物线的对称轴为：$x=1$.

即：$-\dfrac{b}{2a}=1\Rightarrow b=-\dfrac{5}{3}$.

$\therefore$ 抛物线的解析式为：$y=\dfrac{5}{6}x^2-\dfrac{5}{3}x-2$.

(2) ① 由图象知：$PB=2-2t$，$BQ=t$.

$\therefore\ S=PQ^2=PB^2+BQ^2=(2-2t)^2+t^2$.

即 $S=5t^2-8t+4(0\leqslant t\leqslant 1)$.

② 假设存在点 R，可构成以 P、B、R、Q 为顶点的平行四边形.

$\because\ S=5t^2-8t+4(0\leqslant t\leqslant 1)$，

$\therefore\ S=5\left(t-\dfrac{4}{5}\right)^2+\dfrac{4}{5}(0\leqslant t\leqslant 1)$.

$\therefore$ 当 $t=\dfrac{4}{5}$ 时，S 取得最小值 $\dfrac{4}{5}$.

这时 $PB=2-\dfrac{8}{5}=0.4$，$BQ=0.8$，$P(1.6,-2)$，$Q(2,-1.2)$.

分情况讨论：

A】假设 R 在 BQ 的右边，这时 $QR\underline{\parallel}PB$，则：

R 的横坐标为 2.4，R 的纵坐标为 -1.2，

即 $(2.4,-1.2)$.

代入 $y=\dfrac{5}{6}x^2-\dfrac{5}{3}x-2$，左右两边相等.

$\therefore$ 这时存在 $R(2.4,-1.2)$ 满足题意.

B】假设 R 在 BQ 的左边，这时 $PR\underline{\parallel}QB$，则：

R 的横坐标为 1.6，纵坐标为 -1.2，即 $(1.6,-1.2)$.

代入 $y=\dfrac{5}{6}x^2-\dfrac{5}{3}x-2$，左右两边不相等，$R$ 不在抛物线上.

C】假设 R 在 PB 的下方，这时 $PR\underline{\parallel}QB$，则：

$R(1.6,-2.4)$ 代入 $y=\dfrac{5}{6}x^2-\dfrac{5}{3}x-2$，左右不相等，$R$ 不在抛物线上.

综上所述，存在一点 $R(2.4,-1.2)$ 满足题意.

27. 解：(1) 当 F 点与 C 点重合时，如图 1 所示：

$\because\ \triangle DEF$ 为等边三角形，$\therefore\ \angle DFE=60^\circ$.

$\because\ \angle B=30^\circ$，$\therefore\ \angle BDF=90^\circ$，

$\therefore\ FD=\dfrac{1}{2}BC=3$.

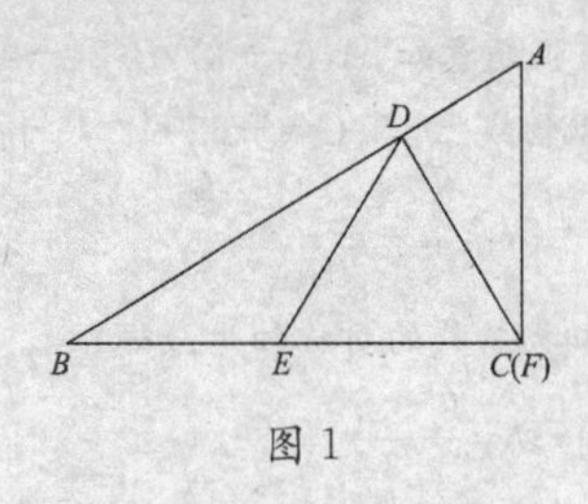

图 1

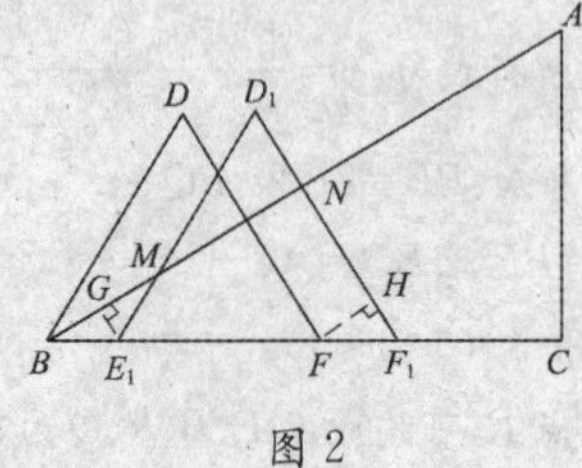

图 2

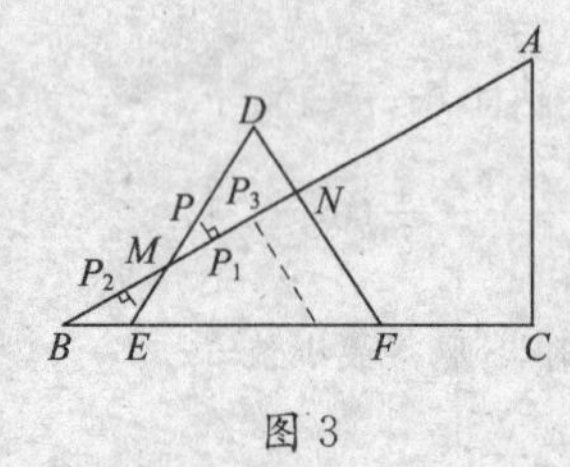

图 3

(第 27 题)

(2) 过 E 点作 $EG\perp AB$，∵ $\angle DEF=60^\circ$，$\angle B=30^\circ$，∴ $\angle BME=30^\circ$，∴ $EB=EM$.

在 $\mathrm{Rt}\triangle EBG$ 中，$BG=x\times\cos30^\circ=\dfrac{\sqrt{3}}{2}x$.

∴ $BM=2BG=\sqrt{3}x$.

∴ M 点在 BA 上的移动速度为$\dfrac{\sqrt{3}x}{x}=\sqrt{3}$.

过 F 点作 $FH\perp F_1D_1$，在 $\mathrm{Rt}\triangle FF_1H$ 中，

$FH=x\times\cos30^\circ=\dfrac{\sqrt{3}}{2}x$.

∴ N 点在 BA 上的移动速度为$\dfrac{\sqrt{3}x/2}{x}=\dfrac{\sqrt{3}}{2}$.

(3) 在 $\mathrm{Rt}\triangle DMN$ 中，$DM=3-x$，

$MN=(3-x)\times\cos30^\circ=\dfrac{\sqrt{3}}{2}(3-x)$.

当 P 点运动到 M 点时，有 $2x+x=3$. ∴ $x=1$.

① 当 P 点在 DM 之间运动时，过 P 点作 $PP_1\perp AB$，垂足为 P_1.

在 $\mathrm{Rt}\triangle PMP_1$ 中，$PM=3-x-2x=3-3x$.

∴ $PP_1=\dfrac{1}{2}(3-3x)=\dfrac{3}{2}(1-x)$.

∴ y 与 x 的函数关系式为：$y=\dfrac{1}{2}\times\dfrac{\sqrt{3}}{2}(3-x)\times\dfrac{3}{2}(1-x)=\dfrac{\sqrt{3}}{8}(x^2-4x+3)(0\leqslant x\leqslant1)$.

② 当 P 点在 ME 之间运动时，过 P 点作 $PP_2\perp AB$，垂足为 P_2.

在 $\mathrm{Rt}\triangle PMP_2$ 中，$PM=x-(3-2x)=3(x-1)$

∴ $PP_1=\dfrac{3}{2}(x-1)$

∴ y 与 x 的函数关系式为：$y=\dfrac{1}{2}\times\dfrac{\sqrt{3}}{2}(3-x)\times\dfrac{3}{2}(x-1)=-\dfrac{\sqrt{3}}{8}(x^2-4x+3)(1<x\leqslant\dfrac{3}{2})$.

③ 当 P 点在 EF 之间运动时，过 P 点作 $PP_3\perp AB$，垂足为 P_3

在 $\mathrm{Rt}\triangle PMP_3$ 中，$PB=x+(2x-3)=3(x-1)$

∴ $PP_3=\dfrac{3}{2}(x-1)$

∴ y 与 x 的函数关系式为：$y=\dfrac{1}{2}\times\dfrac{\sqrt{3}}{2}(3-x)\times\dfrac{3}{2}(x-1)=-\dfrac{\sqrt{3}}{8}(x^2-4x+3)(\dfrac{3}{2}\leqslant x\leqslant3)$.

∴ $y=-\dfrac{\sqrt{3}}{8}(x-2)^2+\dfrac{\sqrt{3}}{8}$

∴ 当 $x=2$ 时，$y_{最大}=\dfrac{\sqrt{3}}{8}$.

而当 P 点在 D 点时，$y=\dfrac{1}{2}\times3\times3\times\dfrac{\sqrt{3}}{2}=\dfrac{9}{4}\sqrt{3}$

∵ $\dfrac{9}{4}\sqrt{3}>\dfrac{\sqrt{3}}{8}$

∴ 当 P 点在 D 点时，$\triangle PMN$ 的面积最大.

28. (1)作 $BF\perp y$ 轴于 F.

∵ $A(0,10)$，$B(8,4)$，∴ $FB=8$，$FA=6$.

∴ $AB=10$.

(2) 由图②可知，点 P 从点 A 运动到点 B 用了 10 秒.

又∵ $AB=10$，$10\div10=1$.

∴ P，Q 两点的运动速度均为每秒 1 个单位.

(3) 方法一：作 $PG\perp y$ 轴于 G，则 $PG/\!/BF$.

∴ $\dfrac{GA}{FA}=\dfrac{AP}{AB}$，即$\dfrac{GA}{6}=\dfrac{t}{10}$.

∴ $GA=\dfrac{3}{5}t$. ∴ $OG=10-\dfrac{3}{5}t$.

∵ $OQ=4+t$，

∴ $S=\dfrac{1}{2}\times OQ\times OG=\dfrac{1}{2}(t+4)\left(10-\dfrac{3}{5}t\right)$.

即 $S=-\dfrac{3}{10}t^2+\dfrac{19}{5}t+20$.

$\because -\frac{b}{2a}=-\frac{\frac{19}{5}}{2\times\left(-\frac{3}{10}\right)}=\frac{19}{3}$，且 $0\leqslant\frac{19}{3}\leqslant 10$，

∴ 当 $t=\frac{19}{3}$ 时，S 有最大值.

此时 $GP=\frac{4}{5}t=\frac{76}{15}$，$OG=10-\frac{3}{5}t=\frac{31}{5}$，

∴ 点 P 的坐标为 $\left(\frac{76}{15},\frac{31}{5}\right)$.

方法二：当 $t=5$ 时，$OG=7$，$OQ=9$，

$S=\frac{1}{2}OG\cdot OQ=\frac{63}{2}$.

设所求函数关系式为 $S=at^2+bt+20$.

∵ 抛物线过点 $(10,28)$，$\left(5,\frac{63}{2}\right)$，

$\therefore\begin{cases}100a+10b+20=28,\\25a+5b+20=\frac{63}{2}.\end{cases}$

$\therefore\begin{cases}a=-\frac{3}{10},\\b=\frac{19}{5}.\end{cases}$

$\therefore S=-\frac{3}{10}t^2+\frac{19}{5}t+20$.

$\because -\frac{b}{2a}=-\frac{\frac{19}{5}}{2\times\left(-\frac{3}{10}\right)}=\frac{19}{3}$，且 $0\leqslant\frac{19}{3}\leqslant 10$，

∴ 当 $t=\frac{19}{3}$ 时，S 有最大值.

此时 $GP=\frac{76}{15}$，$OG=\frac{31}{5}$，

∴ 点 P 的坐标为 $\left(\frac{76}{15},\frac{31}{5}\right)$.

(4) 2.

29. 解：(1) 由 $y=-\frac{4}{3}x+8$，

令 $x=0$，得 $y=8$；令 $y=0$，得 $x=6$.

∴ A，B 的坐标分别是 $(6,0)$，$(0,8)$.

(2) 由 $BO=8$，$AO=6$，得 $AB=10$.

当移动的时间为 t 时，$AP=t$，$AQ=10-2t$.

$\because \angle QAP=\angle BAO$，∴ 当 $\frac{PA}{OA}=\frac{QA}{BA}$ 时.

$\triangle APQ\backsim AOB$.

$\therefore \frac{t}{6}=\frac{10-2t}{10}$，$\therefore t=\frac{30}{11}$（秒）.

$\because \angle QAP=\angle BAO$，∴ 当 $\frac{PA}{AB}=\frac{AQ}{AO}$ 时，

$\triangle AQP\backsim\triangle AOB$.

$\therefore \frac{t}{10}=\frac{10-2t}{6}$. $\therefore t=\frac{50}{13}$（秒）.

∴ $t=\frac{30}{11}$ 秒或 $\frac{50}{13}$ 秒，经检验，它们都符合题意，此时 $\triangle AQP$ 与 $\triangle AOB$ 相似.

(3) 当 $t=\frac{30}{11}$ 秒时，$PQ/\!/OB$，$PQ\perp OA$，

$PA=\frac{30}{11}$，$\therefore OP=\frac{36}{11}$，$\therefore P\left(\frac{36}{11},0\right)$.

∴ 线段 PQ 所在直线的函数表达式为 $x=\frac{36}{11}$.

当 $t=\frac{50}{13}$ 时，$PA=\frac{50}{13}$，$BQ=\frac{100}{13}$，$OP=\frac{28}{13}$，

$\therefore P\left(\frac{28}{13},0\right)$.

设 Q 点的坐标为 (x,y)，则有 $\frac{x}{OA}=\frac{BQ}{BA}$，

$\therefore \frac{x}{6}=\frac{\frac{100}{13}}{10}$ $\therefore x=\frac{60}{13}$.

当 $x=\frac{60}{13}$ 时，$y=-\frac{4}{3}\times\frac{60}{13}+8=\frac{24}{13}$，

∴ Q 的坐标为 $\left(\frac{60}{13},\frac{24}{13}\right)$.

设 PQ 的表达式为 $y=kx+b$.

则 $\begin{cases}\frac{28}{13}k+b=0\\\frac{60}{13}k+b=\frac{24}{13}\end{cases}$，$\therefore\begin{cases}k=\frac{3}{4}\\b=-\frac{21}{13}\end{cases}$，

∴ PQ 的表达式为 $y=\frac{3}{4}x-\frac{21}{13}$.

30. (1) $y=\sqrt{3}x+2$　$y=\sqrt{3}x-m$

(2) 不变的量有：

① 四边形四个内角度数不变，理由略；

② 梯形 $EFGH$ 中位线长度不变（或 $EF+GH$ 不变），理由略.

(3) $S=\frac{4\sqrt{3}}{3}m$　$0<m\leqslant 1$　$0<s\leqslant\frac{4\sqrt{3}}{3}$

(4) 沿 $y=\sqrt{3}x$ 平移时，面积不变；沿 $y=x$ 平移时，面积改变，设其面积为 S'，则 $0<S'\leqslant\frac{5\sqrt{3}}{3}$.

31. 解：(1) 在平面展开图中可画出最长的线段长为 $\sqrt{10}$.

如（图 1）中的 $A'C'$，在 $\mathrm{Rt}\triangle A'C'D'$ 中

$\because C'D'=1$，$A'D'=3$，由勾股定理得：

$\therefore A'C'=\sqrt{C'D'^2+A'D'^2}=\sqrt{1+9}=\sqrt{10}$.

答:这样的线段可画4条(另三条用虚线标出).

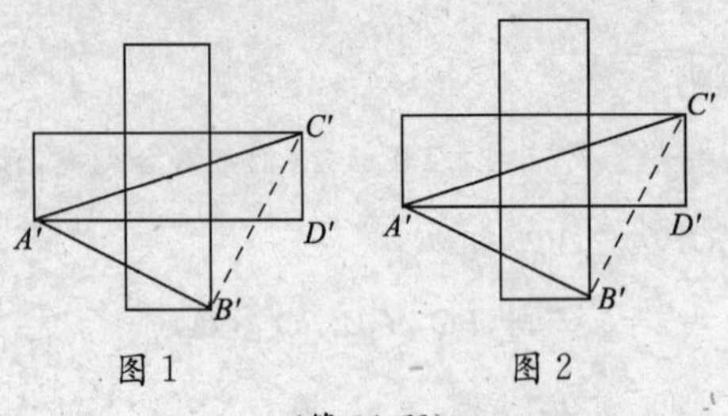

图1　　图2

(第31题)

(2) ∵ 立体图中$\angle BAC$为平面等腰直角三角形的一锐角,

∴ $\angle BAC=45°$.

在平面展开图中,连结线段$B'C'$,由勾股定理可得:

$A'B'=\sqrt{5}$,$B'C'=\sqrt{5}$.

又∵ $A'B'^2+B'C'^2=A'C'^2$,

由勾股定理的逆定理可得$\triangle A'B'C'$为直角三角形.

又∵ $A'B'=B'C'$,

∴ $\triangle A'B'C'$为等腰直角三角形.

∴ $\angle B'A'C'=45°$.

所以$\angle BAC$与$\angle B'A'C'$相等.

32. (1) $C(1,2)$

(2) 过C作$CE\perp x$轴于E则$CE=2$

当动点N运动1秒时,$NB=t$.

∴ 点Q的横坐标为$3-t$

设Q点的纵坐标为y_Q.

由$PQ/\!/CE$得$\frac{y_Q}{2}=\frac{1+t}{3}$,∴ $yQ=\frac{2+2t}{3}$

∴ 点$Q(3-t\cdot\frac{2+2t}{3})$

(3) ∵ 点M以每秒2个单位运动.

∴ $OM=2t\quad AM=4-2t$

$S_{\triangle AMQ}=\frac{1}{2}AM\cdot PQ=\frac{1}{2}\cdot(4-2t)\cdot\frac{2+2t}{3}$

$=\frac{2}{3}(2-t)(t+1)$

$=-\frac{2}{3}(t^2-1-2)$

当$t=2$时,M运动到A点$\triangle AMQ$不存在. ∴ $t\neq2$

∴ t的取值范围是$0\leqslant t\leqslant2$

(4) 由$S_{\triangle AMQ}=-\frac{2}{3}(t^2-t-2)=-\frac{2}{3}\left(t-\frac{1}{2}\right)^2+\frac{3}{2}$. ∴ 当$t=\frac{1}{2}$时,$S_{\max}=\frac{3}{2}$

(5) ① 若$QM=QA$.

∵ $QP\perp OA$∴ $MP=AP$

而$MP=4-(1+t+2t)=3-3t$

即$1+t=3-3t$,$t=\frac{1}{2}$

∴ 当$t=\frac{1}{2}$时,$\triangle QMA$为等腰三角形.

② 若$AQ=AM$

$AQ^2=AP^2+PQ^2$

$=(1+t)^2+\left(\frac{2+2t}{3}\right)^2$

$=\frac{13}{9}(1+t)^2$

$AQ=\frac{\sqrt{13}}{3}(1+t)$,$AM=4-2t$

$\frac{\sqrt{13}}{3}(1+t)=4-2t$

$t=\frac{85-18\sqrt{13}}{23}$而$0<\frac{85-18\sqrt{13}}{23}<2$

∴ 当$t=\frac{85-18\sqrt{13}}{23}$时,$\triangle QMA$为等腰三角形

③ 若$MQ=MA$

$MQ^2=MP^2+PQ^2$

$=(3-3t)^2+\left(\frac{2+2t}{3}\right)^2=\frac{85}{9}t^2-\frac{154}{9}t+\frac{85}{9}$

∴ $\frac{85}{9}t^2-\frac{154}{9}t+\frac{85}{9}=(4-2t)^2$,$\frac{49}{9}t^2-\frac{10}{9}t-\frac{59}{9}=0$

解得$t=\frac{59}{49}$或$t=-1$(舍去)

∵ $0<\frac{59}{49}<2$,∴ 当$t=\frac{59}{49}$时,$\triangle AMQ$为等腰三角形.

综上所述:当$t=\frac{1}{2}$、$t=\frac{85-18\sqrt{13}}{23}$或$t=\frac{59}{49}$时. $\triangle AMQ$都为等腰三角形.

33. (1) 2;2

(2)在Rt$\triangle ADG$中,$\angle A=45°$,

∴ $DG=AD=x$,同理$EF=AE=x+2$,

∴ $S_{梯形DEFG}=\frac{1}{2}(x+x+2)\times2=2x+2$.

∴ $S=2x+2$.

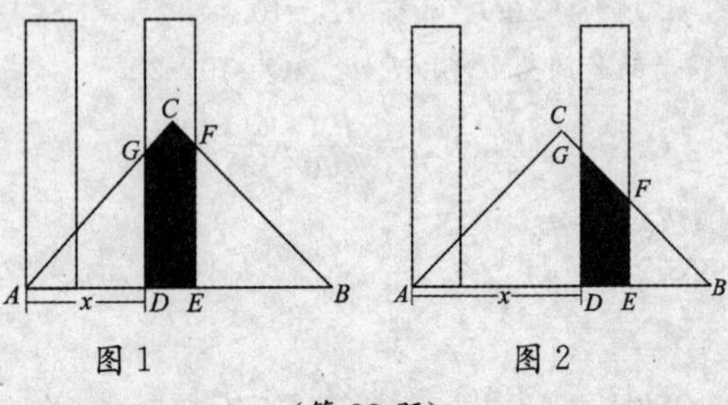

图1　　图2

(第33题)

(3) ① 当 $4<x<6$ 时(如图 1),

$GD=AD=x, EF=EB=12-(x+2)=10-x$,

则 $S_{\triangle ADG}=\frac{1}{2}x^2, S_{\triangle BEF}=\frac{1}{2}(10-x)^2$,

而 $S_{\triangle ABC}=\frac{1}{2}\times12\times6=36$,

$\therefore S=36-\frac{1}{2}x^2-\frac{1}{2}(10-x)^2=-x^2+10x-14$.

$S=-x^2+10x-14=-(x-5)^2+11$,

$\therefore$ 当 $x=5(4<5<6)$ 时,$S_{最大值}=11$.

② 当 $6\leqslant x<10$ 时(如图 2),

$BD=DG=12-x, BE=EF=10-x$,

$S=\frac{1}{2}(12-x+10-x)\times2=22-2x$.

S 随 x 的增大而减小,所以 $S\leqslant10$.

由①、②可得,当 $4<x<10$ 时,$S_{最大值}=11$.

34. (1) $AD=8$, B 点在 $y=\frac{3}{4}x$ 上,则 $y=6$, B 点坐标为$(8,6)$, $AB=6$,矩形的周长为 28.

(2) 由(1)可知 $AB+BC=14$, P 点走过 AB、BC 的时间为 14 秒,因此点 P 的速度为每秒 1 个单位.

$\because$ 矩形沿 DB 方向以每秒 1 个单位长运动,出发 5 秒后,$OD=5$,

此时 D 点坐标为$(4,3)$,

同时点 P 沿 AB 方向运动了 5 个单位,则点 P 坐标为$(12,8)$.

(3) 点 P 运动前的位置为$(8,0)$,5 秒后运动到$(12,8)$,已知它运动路线是一条线段,

设线段所在直线为 $y=kx+b$,

$\therefore \begin{cases}8k+b=0,\\12k+b=8.\end{cases}$ 解得 $\begin{cases}k=2,\\b=-16.\end{cases}$

函数关系式为 $y=2x-16$.

(4) 方法一:

① 当点 P 在 AB 边运动时,即 $0\leqslant t\leqslant6$.

点 D 的坐标为 $\left(\frac{4}{5}t,\frac{3}{5}t\right)$,

$\therefore$ 点 P 的坐标为 $\left(8+\frac{4}{5}t,\frac{8}{5}t\right)$.

若 $\frac{PE}{OE}=\frac{BA}{DA}$,则 $\frac{\frac{8}{5}t}{8+\frac{4}{5}t}=\frac{6}{8}$,解得 $t=6$.

当 $t=6$ 时,点 P 与点 B 重合,此时矩形 $PEOF$ 与矩形 $BADC$ 是位似形.

若 $\frac{PE}{OE}=\frac{DA}{BA}$,则 $\frac{\frac{8}{5}t}{8+\frac{4}{5}t}=\frac{8}{6}$,解得 $t=20$.

因为 $20>6$,所以此时点 P 不在 AB 边上,舍去.

② 当点 P 在 BC 边运动时,即 $6\leqslant t\leqslant14$.

点 D 的坐标为 $\left(\frac{4}{5}t,\frac{3}{5}t\right)$, $\therefore$ 点 P 的坐标为 $\left(14-\frac{1}{5}t,\frac{3}{5}t+6\right)$.

若 $\frac{PE}{OE}=\frac{BA}{DA}$,则 $\frac{\frac{3}{5}t+6}{14-\frac{1}{5}t}=\frac{6}{8}$,解得 $t=6$. 此情况①已讨论.

若 $\frac{PE}{OE}=\frac{DA}{BA}$,则 $\frac{\frac{3}{5}t+6}{14-\frac{1}{5}t}=\frac{8}{6}$,解得 $t=\frac{190}{13}$.

因为 $\frac{190}{13}>14$,此时点 P 不在 BC 边上,舍去.

综上,当 $t=6$ 时,点 P 到达点 B,矩形 $PEOF$ 与矩形 $BADC$ 是位似形.

方法二:

当点 P 在 AB 上没有到达点 B 时,$\frac{PE}{OE}<\frac{BE}{OE}=\frac{3}{4}$,

$\frac{PE}{OE}$ 更不能等于 $\frac{4}{3}$,则点 P 在 AB 上有没到达点 B 时,两个矩形不能构成相似形.

当点 P 到达点 B 时,矩形 $PEOF$ 与矩形 $BADC$ 是位似形,此时 $t=6$.

当点 P 越过点 B 在 BC 上时,$\frac{PE}{OE}>\frac{3}{4}$.

若 $\frac{PE}{OE}=\frac{4}{3}$ 时,由点 P 在 BC 上时,坐标为 $\left(14-\frac{1}{5}t,\frac{3}{5}t+6\right)$, $(6\leqslant t\leqslant14)$.

$\frac{\frac{3}{5}t+6}{14-\frac{1}{5}t}=\frac{4}{3}$,解得 $t=\frac{190}{13}$,但 $\frac{190}{13}>14$.

因此当 P 在 BC 上(不包括 B 点)时,矩形 $PEOF$ 与矩形 $BCDA$ 不相似.

综上,当 $t=6$ 时,点 P 到达点 B,矩形 $PEOF$ 与矩形 $BADC$ 是位似形.

35. 解:(1) 由直线 $y=kx+3$ 与 y 轴相交于点 C,得 $C(0,3)$

$\because \tan\angle OBC=1$, $\therefore \angle OBC=45°$

∴ $OB=OC=3$　∴ 点 $B(3,0)$.

∵ 点 $B(3,0)$在二次函数 $y=ax^2+2x+3$ 的图象上

∴ $9a+6+3=0$. ∴ $a=-1$.

∴ $y=-x^2+2x+3=-(x-1)^2+4$

∴ 顶点 $D(1,4)$.

又∵ $D(1,4)$在直线 $y=kx+3$ 上

∴ $4=k+3$　∴ $k=1$

即 $a=-1,k=1$.

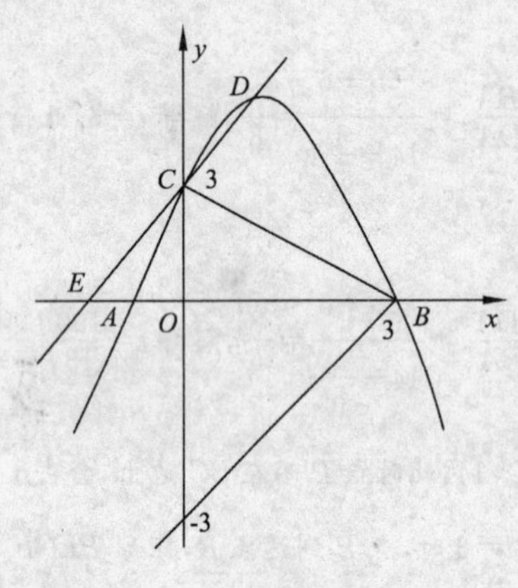

(第 35 题)

(2) 在二次函数 $y=-x^2+2x+3$ 的图象上存在点 P,使得△PBC 是以 BC 为一条直角边的直角三角形.

由(1)可知,直线 $y=x+3$ 与 x 轴的交点为 $E(-3,0)$

∴ $OE=OC=3$　∴ $\angle CEO=45°$,∵ $\angle OBC=45°$

∴ $\angle ECB=90°$. ∴ $\angle DCB=90°$

∴ △DCB 是以 BC 为一条直角边的直角三角形,且点 $D(1,4)$在二次函数的图象上,则点 D 是所求的 P 点.

方法一:设$\angle CBP=90°$,点 P 在二次函数 $y=-x^2+2x+3$ 的图象上,则△PBC 是以 BC 为一条直角边的直角三角形,

∵ $\angle CBO=45°$ ∴ $\angle OBP=45°$,设直线 BP 与 y 轴交于点 F,则 $F(0,-3)$

∴ 直线 BP 的表达式为 $y=x-3$.

解方程组$\begin{cases}y=x-3\\y=-x^2+2x+3\end{cases}$得$\begin{cases}x=3\\y=0\end{cases}$或$\begin{cases}x=-2\\y=-5\end{cases}$

由题意得,点 $P(-2,-5)$为所求.

综合①②,得二次函数 $y=-x^2+2x+3$ 的图象上存在点 $P(1,4)$或 $P(-2,-5)$,使得△PBC 是以 BC 为一条直角边的直角三角形.

方法二:在 y 轴上取一点 $F(0,-3)$,则 $OF=OC=3$,由对称性可知,$\angle OBF=\angle OBC=45°$

∴ $\angle CBF=90°$,设直线 BF 与二次函数 $y=-x^2+2x+3$ 的图象交于点 P,由(1)知 $B(3,0)$,∴ 直线 BF 的函数关系式为 $y=x-3$(以下与方法一同)

2.2　圆中的分类讨论问题

1. (1) C　(2) 3cm 或 6cm　(3) $\frac{R}{2}$或$\frac{3}{2}R$　(4) 35°或 145°　(5) 15　(6) 60°或 120°　(7) 42 或 60　(8) 1 或$\sqrt{5}$　(9) $2\sqrt{3}+2$ 或 $2\sqrt{3}-2$　(10) 75°或 15°　(11) 7.5　(12) $1<r<8$ 或 $18<r<25$　(13) 7　(14) 相交或相切　(15) 1 或 3　(16) 1 或 5　(17) 15°或 75°　(18) 55°或 125°　(19) 1cm 或 7cm　(20) 36°或 144°　(21) 42°或 138°　(22) 9 或 3　(23) 30°或 150°　(24) $\frac{a}{4}$或$\frac{\sqrt{2}-1}{2}a$　(25) 204 或 36　(26) 1 或 5

2. (1) C　(2) C　(3) B　(4) D　(5) C　(6) D　(7) D　(8) D　(9) A　(10) D　(11) C　(12) C　(13) A　(14) D　(15) D　(16) A　(17) A　(18) D　(19) C　(20) D

3. (1) 如图 1,延长 AO 交⊙O 于 G,连结 KG,则 AG 为直径.

∴ $\angle AKG=90°$∵ $\angle 2=2\angle G$,又$\angle 2=2\angle 1$,

∴ $\angle G=\angle 1$. ∵ $\angle G+\angle 3=90°$,

∴ $\angle MAO=\angle 1+\angle 3=90°$.

∵ 点 A 在⊙O 上,∴ MN 是⊙O 的切线.

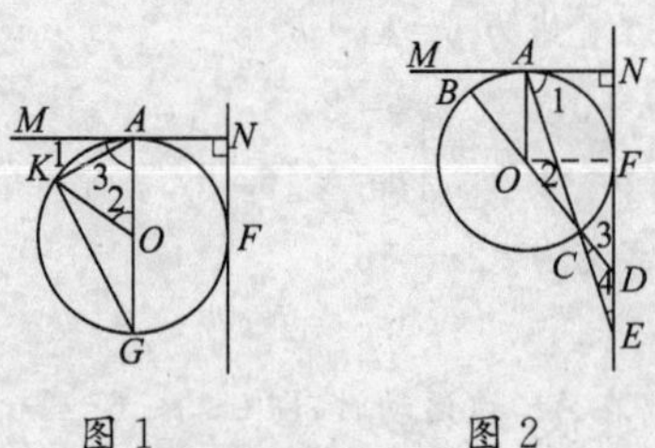

图 1　　图 2

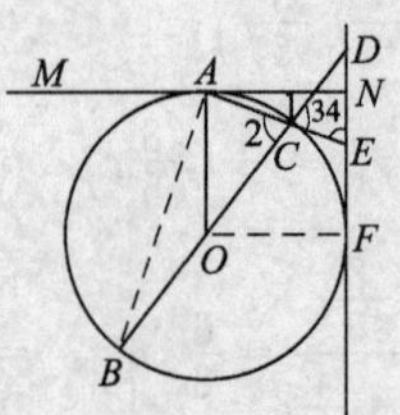

图 3

(第 3 题)

(2) 依题意,分两种情况:情况一:如图 2,连结 AB, OF.

∵ BC 为⊙O 的直径,∴ $\angle BAC=90°$.

∵ $FN\perp MA$ 于 N,∴ $\angle ANE=90°$.

∵ MN 是⊙O 的切线,∴ $\angle 1=\angle B$.

∴ $\angle 4=\angle 2$.

又∵ $\angle 2=\angle 3$,∴ $\angle 4=\angle 3$.

∴ $DC=DE$.

∵ NF 切⊙O 于 F,∴ $\angle OFN=90°$.

又∵ $\angle NAO=90°$,∴ 四边形 $AOFN$ 是矩形.

∵ $OA=OF$,∴ 矩形 $AOFN$ 是正方形.

∴ $AN=NF=OF$.

∵ NF 切⊙O 于 F,∴ $FD^2=DC\cdot DB$.

设⊙O 的半径为 r,$ED=x$.

∵ $FD=2ED$,∴ $(2x)^2=x(x+2r)$.

解得 $x=\frac{2}{3}r$.

在△AEN 中,$\angle ANE=90°$,$\cot\angle AEN=\frac{NE}{AN}=\frac{NF+FE}{AN}=\frac{3r}{r}=3$.

情况二:如图 3,设⊙O 的半径为 r,$ED=x$.

类似地,有 $x=\frac{2}{3}r$.

在△AEN 中,$\angle ANE=90°$,$\cot\angle AEN=\frac{NE}{AN}=\frac{NF-FE}{AN}=\frac{\frac{1}{3}r}{r}=\frac{1}{3}$.

∴ $\angle AEN$ 的余切值为 3 或 $\frac{1}{3}$.

4. (1) $\angle CEB=\angle FDC$. (2) 画图如下图(注:3 个图中只需画 2 个图).

证明:如图(2).

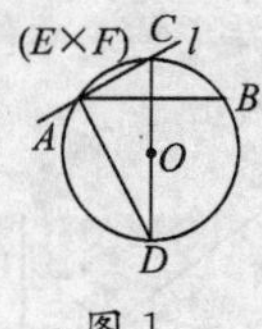

图 1

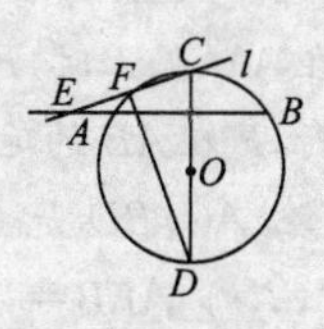

图 2

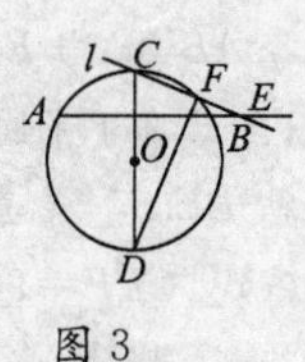

图 3

(第 4 题)

∵ CD 是⊙O 的直径,点 C 是 $\widehat{AB}$ 的中点,

∴ $CD\perp AB$,∴ $\angle CEB+\angle ECD=90°$.

∵ CD 是⊙O 的直径,∴ $\angle CFD=90°$,

∴ $\angle FDC+\angle ECD=90°$,∴ $\angle CEB=\angle FDC$.

5. 解:(1) 解法一:依题意得:

$BC=\sqrt{AB^2-AC^2}=3$.

连结 BP,$S_{\triangle ABC}=\frac{1}{2}AC\times BC=6$.

$S_{\triangle ABC}=S_{\triangle PBC}+S_{\triangle APB}$.

得:$6=\frac{1}{2}\times 3x+\frac{1}{2}\times 5y$,

所以 $y=-\frac{3}{5}x+\frac{12}{5}$. $(0<x<4)$.

解法二:

过 P 作 $PQ\perp AB$ 于 Q,则 $PQ=y$.

∵ $\angle A=\angle A$,$\angle ACB=\angle AQP=90°$

∴ Rt△AQP∽Rt△ACB.

∴ $\frac{PQ}{BC}=\frac{AP}{AB}$.

依已知可得:$BC=3$,$AP=4-x$,得

$\frac{y}{3}=\frac{4-x}{5}$. 得

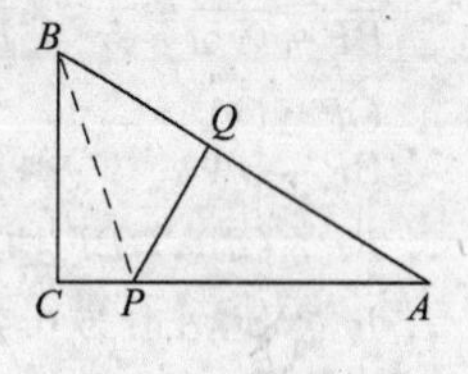

(第 5 题)

$y=-\frac{3}{5}x+\frac{12}{5}$. $(0<x<4)$.

(2) 令 $x\leqslant y$,得:$x\leqslant -\frac{3}{5}x+\frac{12}{5}$. 解得 $x\leqslant\frac{3}{2}$.

∴ 当 $0<x<\frac{3}{2}$ 时,圆 P 与 AB 所在直线相离;

当 $x=\frac{3}{2}$ 时,圆 P 与 AB 所在直线相切;

当 $\frac{3}{2}<x<4$ 时,圆 P 与 AB 所在直线相交.

6. (1) 在 $y=\frac{3}{4}x-3$ 中令 $x=0$,得 $y=-3$;令 $y=0$,得 $x=4$,故得 A、B 两点的坐标分别为 $A(4,0)$,$B(0,-3)$

(2) 若动圆的圆心在 C 处时与直线 l 相切,设切点为 D,如图所示.

连结 CD,则 $CD\perp AD$

由 $\angle CAD=\angle BAO$. $\angle CDA=\angle BOA=$ Rt∠,可知 Rt△ACD∽Rt△ABO

∴ $\frac{CD}{BO}=\frac{AC}{AB}$,即 $\frac{1}{3}=\frac{AC}{5}$,则 $AC=\frac{5}{3}$

此时 $OC=4-\frac{5}{3}=\frac{7}{3}$,$t=\frac{s}{v}=\frac{7}{3}\div 0.4=\frac{35}{6}$(秒)

根据对称性,圆 C 还可能在直线 l 的右侧,与直线 l 相切,此时 $OC=4+\frac{5}{3}=\frac{17}{3}$.

$t=\frac{s}{vr}=\frac{17}{3}\div 0.4=\frac{85}{6}$(秒)答:略

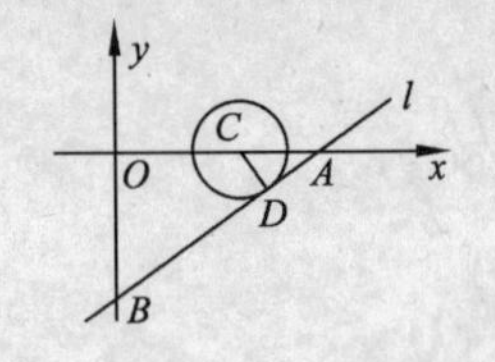

图 1　　图 2

(第 6 题)

(3) 设在 t 秒时刻,动圆的圆心在 F 点处,动点在 P 点处,此时 $OF=0.4t$,$BP=0.5t$,F 点的坐标为 $(0.4t,0)$,连结 PF.

$\because \dfrac{OF}{BP}=\dfrac{0.4t}{0.5t}=\dfrac{4}{5}$,又$\dfrac{OA}{BA}=\dfrac{4}{5}$,

$\therefore \dfrac{OF}{BP}=\dfrac{OA}{BA}$,

$\therefore FP /\!/ OB$,$\therefore PF\perp OA$

$\therefore$ P 点的横坐标为 $0.4t$,又$\because$ P 点在直线 AB 上,

$\therefore$ P 点的纵坐标为 $0.3t-3$,可见:当 $PF=1$ 时,P 点在动圆上,当 $0\leqslant PF<1$ 时,P 点在动圆内.

当 $PF=1$ 时,由对称性知,有两种情况:

① 当 P 点在 x 轴下方时,$PF=-(0.3t-3)=1$,解之得:$t=\dfrac{20}{3}$

② 当 P 点在 x 轴上方时,$PF=0.3t-3=1$,解之得:$t=\dfrac{40}{3}$

$\therefore$ 当$\dfrac{20}{3}\leqslant t\leqslant\dfrac{40}{3}$时,$0\leqslant PF\leqslant 1$,此时点 P 在动圆的圆面上,所经过的时间为$\dfrac{40}{3}-\dfrac{20}{3}=\dfrac{20}{3}$

答:动点在动圆的圆面上共经过了$\dfrac{20}{3}$秒.

7. (1) 由垂径定理得:$AD=BD$,

又$\because$ $AB=BD$,

$\therefore \overset{\frown}{AB}=\overset{\frown}{BD}=\overset{\frown}{AD}$.$\angle BPA=60^\circ$或$\angle BPA=120^\circ$.

(2) 设存在点 P,使$\triangle APB$ 与以 A,G,P 为顶点的三角形相似.

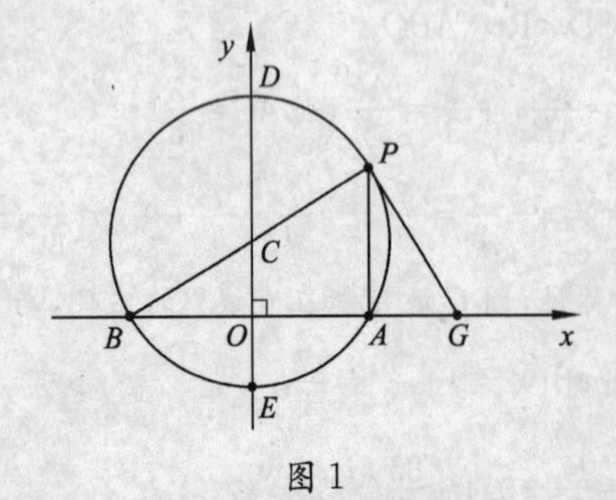

图 1

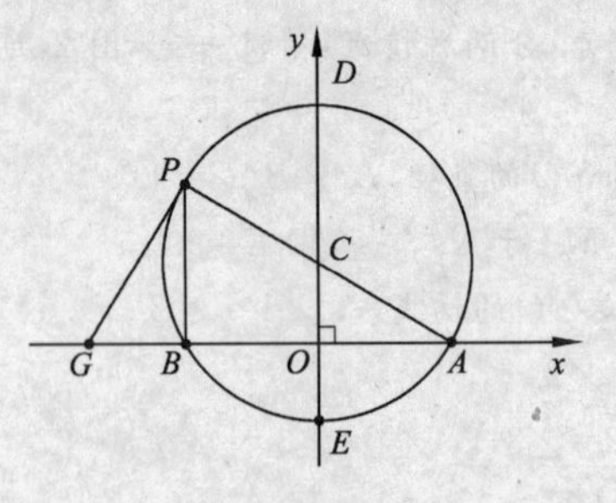

图 2

(第 7 题)

i. 当 P 在 EAD 上时,(图 1)$\because$ GP 切$\odot C$ 于点 P,

$\therefore \angle GPA=\angle PBA$.

又$\because$ $\angle GAP$ 是$\triangle ABP$ 的外角,$\therefore \angle GAP>\angle BPA$

$\therefore \angle GAP=\angle PAB=90^\circ$

$\therefore$ BP 为$\odot C$ 的直径.

在 $\mathrm{Rt}\triangle PAB$ 中,$\angle BPA=60^\circ$,$PB=8$,$\therefore PA=4$,$AB=4\sqrt{3}$ $\therefore OA=2\sqrt{3}$,$\therefore P(2\sqrt{3},4)$.

ii. 当 P 在$\overset{\frown}{EBD}$上时(图 2),$\because$ GP 切$\odot C$ 于点 P,

$\therefore \angle GPB=\angle PAG$.

又$\because$ $\angle PBA$ 是$\triangle GBP$ 的外角,$\therefore \angle PBA>\angle PGB$

$\therefore \angle APB=\angle PGB$ 由三角形内角和定理知:$\angle ABP=\angle GBP$ $\therefore \angle ABP=\angle GBP=90^\circ$

在 $\mathrm{Rt}\triangle PAB$,$\angle BPA=60^\circ$,$PA=8$,$\therefore PB=4$,$AB=4\sqrt{3}$.

$\therefore OB=2\sqrt{3}$. $\therefore P(-2\sqrt{3},4)$.

$\therefore$ 存在点 $P_1(2\sqrt{3},4)$,$P_2(-2\sqrt{3},4)$使$\triangle APB$ 与以 A,G,P 为顶点的三角形相似.

8. 如图,(1) BD 是切线,DA 是割线 $BD=6$,$AD=10$,由切割线定理得 $DB^2=DE\cdot DA$,

$\therefore DE=\dfrac{DB^2}{DA}=\dfrac{36}{10}=3.6$.

(2) 设 M 是上半圆的中点,当 E 在 BM 弧上时,F 在直径 AB 上;当 E 在 AM 弧上时,F 在 BA 的延长线上;当 E 在下半圆时,F 在 AB 的延长线上.

连结 BE. $\because$ 是直径,AC、BD 是切线,$\angle CEF=90^\circ$,$\therefore \angle AEB=90^\circ$,$\angle CAE=\angle FBE$,$\angle DBE=\angle BAE$,又有$\angle CEA=\angle FEB$,

$\therefore \mathrm{Rt}\triangle DBE\backsim\mathrm{Rt}\triangle BAE$,

$\triangle CAE\backsim\triangle FBE$.

$\therefore \dfrac{DB}{BA}=\dfrac{BE}{AE}$,$\dfrac{BF}{AC}=\dfrac{BE}{AE}$.

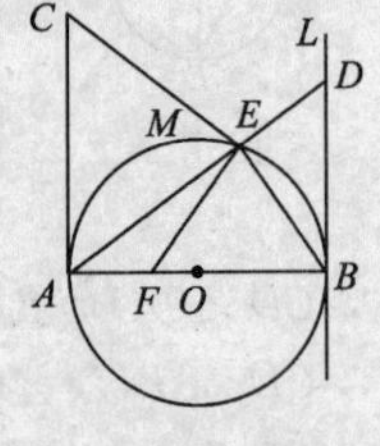

(第 8 题)

根据 $AC=AB$，得 $BD=BF$.

9. (1) ① ∵ BC 为 $\odot O_2$ 的切线，∴ $\angle D=\angle FCE$.

又 $\angle F=\angle F$，∴ $\triangle FDC\backsim\triangle FCE$.

② 在 $\odot O_1$ 中，$\angle B=\angle D$，又 $\angle D=\angle FCE$，

∴ $\angle FCE=\angle B$. ∴ $AB/\!/EC$.

(2) 仍有 $AB/\!/EC$. 证明如下：∵ $ABCD$ 是 $\odot O_1$ 的内接四边形，∴ $\angle FBA=\angle FDC$.

∵ BC 为 $\odot O_2$ 的切线，∴ $\angle FCE=\angle FDC$.

∴ $\angle FCE=\angle FBA$. ∴ $AB/\!/EC$.

10. 解：(1) ∵ 当 Q 在 AB 上时，显然 PQ 不垂直于 AC. 由题意得：$BP=x$，$CQ=2x$，$PC=4-x$，

∴ $AB=BC=CA=4$，$\angle C=60°$，

若 $PQ\perp AC$，则有 $\angle QPC=30°$，∴ $PC=2CQ$

∴ $4-x=2\times 2x$，∴ $x=\frac{4}{5}$，

∴ 当 $x=\frac{4}{5}$（Q 在 AC 上）时，$PQ\perp AC$；

(2) 当 $0<x<2$ 时，P 在 BD 上，Q 在 AC 上，过点 Q 作 $QH\perp BC$ 于 H，

∵ $\angle C=60°$，$QC=2x$，∴ $QH=QC\times\sin 60°=\sqrt{3}x$.

∵ $AB=AC$，$AD\perp BC$，∴ $BD=CD=\frac{1}{2}BC=2$.

∴ $DP=2-x$，∴ $y=\frac{1}{2}PD\cdot QH=\frac{1}{2}(2-x)\cdot\sqrt{3}x$

$=-\frac{\sqrt{3}}{2}x^2+\sqrt{3}x$

(3) 当 $0<x<2$ 时，在 $\mathrm{Rt}\triangle QHC$ 中，$QC=2x$，$\angle C=60°$，

∴ $HC=x$，∴ $BP=HC$

∵ $BD=CD$，∴ $DP=DH$，

∵ $AD\perp BC$，$QH\perp BC$，∴ $AD/\!/QH$，

∴ $OP=OQ$ ∴ $S_{\triangle PDO}=S_{\triangle DQO}$，

∴ AD 平分 $\triangle PQD$ 的面积；

(4) 显然，不存在 x 的值，使得以 PQ 为直径的圆与 AC 相离.

当 $x=\frac{4}{5}$ 或 $\frac{16}{5}$ 时，以 PQ 为直径的圆与 AC 相切.

当 $0\leqslant x<\frac{4}{5}$ 或 $\frac{4}{5}<x<\frac{16}{5}$ 或 $\frac{16}{5}<x\leqslant 4$ 时，以 PQ 为直径的圆与 AC 相交.

11. (1) 过点 D 作 $DE\perp BC$ 于 E.

∵ $\angle ABC=90°$，∴ $DE=AB=2$.

又 ∵ $DC=2\sqrt{2}$. ∴ $EC=\sqrt{DC^2-DE^2}=2$.

∴ $BC=BE+EC=AD+EC=2+1=3$.

∴ $S_{四边形ABPD}=\frac{(AD+BP)\cdot AB}{2}$

$=\frac{(1+3-x)\times 2}{2}=4-x$，

即 $y=-x+4(0<x<3)$.

(2) 当 P 与 E 重合时，$\odot P$ 与 $\odot D$ 相交，不合题意；当点 P 与点 E 不重合时，在 $\mathrm{Rt}\triangle DEP$ 中，

$DP^2=DE^2+EP^2=2^2+|2-x|^2=x^2-4x+8$.

∵ $\odot P$ 的半径为 x，$\odot D$ 的半径为 $\frac{1}{2}$.

∴ ① 当 $\odot P$ 与 $\odot D$ 外切时，

$\left(x+\frac{1}{2}\right)^2=x^2-4x+8$，解得 $x=\frac{31}{20}$.

此时四边形 $ABPD$ 的面积 $y=4-\frac{31}{20}=\frac{49}{20}$.

② 当 $\odot P$ 与 $\odot D$ 内切时，

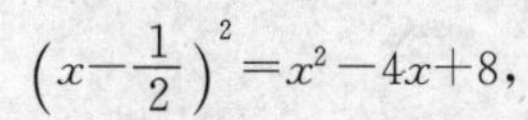

$\left(x-\frac{1}{2}\right)^2=x^2-4x+8$，

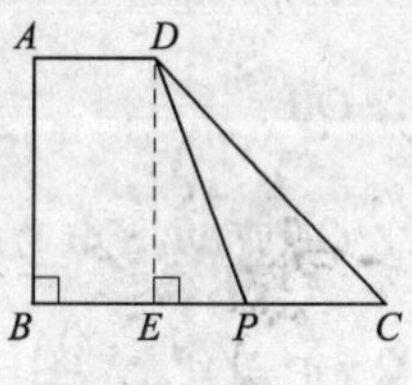

（第 11 题）

解得 $x=\frac{31}{12}$，

此时四边形 $ABPD$ 的面积 $y=4-\frac{31}{12}=\frac{17}{12}$.

∴ $\odot P$ 与 $\odot D$ 相切时；四边形 $ABPD$ 的面积为 $\frac{49}{20}$ 或 $\frac{17}{12}$.

12. (1) 当点 P 为 CD 中点时，$\triangle APB\backsim\triangle BCP$.

(2) 当 $a>2b$ 时：

① 以 AB 为直径的圆与直线 CD 相交.

理由是：∵ $a>2b$，∴ $b<\frac{1}{2}a$.

∴ AB 的中点（圆心）到 CD 的距离 b 小于半径 $\frac{1}{2}a$.

∴ CD 与圆相交.

② 当点 P 为 CD 与圆的交点时，$\triangle ABP\backsim\triangle PAD$，即存在点 P（两个），使以 A、B、P 为顶点的三角形与以 A、D、P 为顶点的三角形相似.

当 $a<2b$ 时：

① 以 AB 为直径的圆与直线 CD 相离.

理由是：∵ $a<2b$，∴ $b>\frac{1}{2}a$.

∴ AB 的中点（圆心）到 CD 的距离 b 大于半径 $\frac{1}{2}a$.

∴ CD 与圆相离.

② 由①可知，点 P 始终在圆外，$\triangle ABP$ 始终为锐角

三角形.∴不存在点 P,使得以 A、B、P 为顶点的三角形与以 A、D、P 为顶点的三角形相似.

13. (1) 证明　∵ $AP=2PB=PB+BO=PO$,

∴ $AO=2PO$. ∴ $\frac{AO}{PO}=\frac{PO}{BO}=2$.

∵ $PO=CO$, ∴ $\frac{AO}{CO}=\frac{CO}{BO}$.

∵ $\angle COA=\angle BOC$, ∴ $\triangle CAO\backsim\triangle BCO$.

(2) 解　设 $OP=x$,则 $OB=x-1$, $OA=x+m$,

∵ OP 是 OA, OB 的比例中项,

∴ $x^2=(x-1)(x+m)$,

得 $x=\frac{m}{m-1}$,即 $OP=\frac{m}{m-1}$.

∴ $OB=\frac{1}{m-1}$.

∵ OP 是 OA, OB 的比例中项,即 $\frac{OA}{OP}=\frac{OP}{OB}$,

∵ $OP=OC$, ∴ $\frac{OA}{OC}=\frac{OC}{OB}$.

设圆 O 与线段 AB 的延长线相交于点 Q,当点 C 与点 P,点 Q 不重合时,

∵ $\angle AOC=\angle COB$, ∴ $\triangle CAO\backsim\triangle BCO$.

∴ $\frac{AC}{BC}=\frac{OC}{OB}$.

∴ $\frac{AC}{BC}=\frac{OC}{OB}=\frac{OP}{OB}=m$;当点 C 与点 P 或点 Q 重合时,可得 $\frac{AC}{BC}=m$,

∴当点 C 在圆 O 上运动时, $AC:BC=m$;

(3) 解:由(2)得, $AC>BC$,且 $AC-BC=(m-1)BC$ $(m>1)$,

$AC+BC=(m+1)BC$,圆 B 和圆 C 的圆心距 $d=BC$,

显然 $BC<(m+1)BC$, ∴圆 B 和圆 C 的位置关系只可能相交、内切或内含.

当圆 B 与圆 C 相交时, $(m-1)BC<BC<(m+1)BC$,得 $0<m<2$,

∵ $m>1$, ∴ $1<m<2$;

当圆 B 与圆 C 内切时, $(m-1)BC=BC$,得 $m=2$;

当圆 B 与圆 C 内含时, $BC<(m-1)BC$,得 $m>2$.

14. 解　(1) ∵点 $A(-1,0)$ 与点 B 关于直线 $x=\frac{3}{2}$ 对称, ∴点 B 坐标为 $(4,0)$,

在 Rt$\triangle OAC$ 中, $\tan\angle BAC=\frac{OC}{OA}=2$, ∵ $AO=1$,

∴ $OC=2$, ∴ $C(0,-2)$.

∴ $\begin{cases}a-b+c=0\\16a+4b+c=0\\c=-2\end{cases}$,解得 $\begin{cases}a=\frac{1}{2}\\b=-\frac{3}{2}\\c=-2\end{cases}$,

∴抛物线的解析式为: $y=\frac{1}{2}x^2-\frac{3}{2}x-2$.

(2) ∵ $A(-1,0)$, $B(4,0)$, $C(0,-2)$, ∴ $OA=1$, $OB=4$, $OC=2$, ∴ $\frac{OC}{OA}=\frac{OB}{OC}$,

又∵ $\angle AOC=\angle COB=90°$, ∴ $\triangle AOC\backsim\triangle COB$,

∴ $\angle BAC=\angle BCO$, ∴ $\angle ACB=90°$.

∴ AB 为 $\odot O'$ 的直径, O' 点坐标为 $\left(\frac{3}{2},0\right)$,

∴ $\angle ADB=90°$,

又∵ CD 平分 $\angle BCE$, ∴ $\angle BCD=\angle ECD=45°$,

∴ $\angle DAB=45°$, $\triangle ADB$ 为等腰直角三角形.

连结 $O'D$,则 $DO'=\frac{1}{2}AB$, $DO'\perp AB$, ∴ $DO'=\frac{5}{2}$,

D 点坐标为 $\left(\frac{3}{2},-\frac{5}{2}\right)$.

设 AD 与 y 轴交于点 F, ∵ $\angle DAB=45°$, ∴ $OF=OA=1$, ∴ $CF=1$,

作 $DH\perp y$ 轴于点 H, ∵ $D\left(\frac{3}{2},-\frac{5}{2}\right)$, ∴ $DH=\frac{3}{2}$, $OH=\frac{5}{2}$. ∴ $S_{\triangle ACD}=S_{\triangle ACF}+S_{\triangle DCF}=\frac{1}{2}\times1\times1+\frac{1}{2}\times1\times\frac{3}{2}=\frac{5}{4}$.

(3) 抛物线上存在点 P,使得 $\angle PDB=\angle CAD$.

分两种情况讨论:

① 过点 D 作直线 $MN\parallel BC$,交 y 轴于 M.

∵ $MN\parallel BC$, ∴ $\angle BDN=\angle CBD$, $\angle OCB=\angle HMD$,

∵ $\angle CBD=\angle CAD$, ∴ $\angle BDN=\angle CAD$,直线 MN 与抛物线在 D 点右侧的交点即为点 P.

又∵ $\angle OCB=\angle HMD$, $\angle COB=\angle MHD=90°$,

∴ $\triangle HDM\backsim\triangle OCB$,

∴ $\frac{MH}{DH}=\frac{OC}{OB}=\frac{2}{4}$, ∵ $DH=\frac{3}{2}$,

∴ $MH=\frac{3}{4}$, ∴ $M(0,-\frac{13}{4})$. 设直线 MD 的解析式为 $y=mx+n$,

则有 $\begin{cases}\frac{3}{2}m+n=-\frac{5}{2}\\n=-\frac{13}{4}\end{cases}$,解得 $\begin{cases}m=\frac{1}{2}\\n=-\frac{13}{4}\end{cases}$,直线 MD 的解

析式为 $y=\frac{1}{2}x-\frac{13}{4}$.

$\therefore \begin{cases} y=\frac{1}{2}x^2-\frac{3}{2}x-2 \\ y=\frac{1}{2}x-\frac{13}{4} \end{cases}$,解得 $\begin{cases} x_1=\frac{4+\sqrt{6}}{2} \\ y_1=\frac{\sqrt{6}-9}{4} \end{cases}$,

$\begin{cases} x_2=\frac{4-\sqrt{6}}{2} \\ y_2=-\frac{\sqrt{6}+9}{4} \end{cases}$ (舍),$\therefore P_1\left(\frac{4+\sqrt{6}}{2},\frac{\sqrt{6}-9}{4}\right)$.

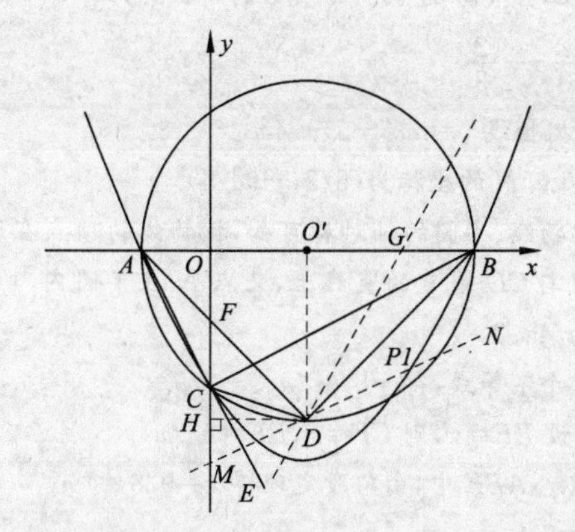

(第 14 题)

② 过点 D 作 $\angle O'DG=\angle O'BC$,交 x 轴于 G 点.

$\because \angle O'DB=\angle O'BD=45°$,$\therefore \angle GDB=\angle CBD=\angle CAD$.

即直线 DG 与抛物线在 D 点右侧的交点即为 P 点.

又$\because \angle DO'G=\angle COB$,$\therefore \triangle DO'G \backsim \triangle BOC$.

$\therefore \frac{O'G}{O'D}=\frac{CO}{OB}$,$\therefore O'G=\frac{5}{4}$,$\therefore G\left(\frac{11}{4},0\right)$.

设直线 DG 的解析式为 $y=px+q$,

则有 $\begin{cases} \frac{11}{4}p+q=0 \\ \frac{3}{2}p+q=-\frac{5}{2} \end{cases}$,

解得 $\begin{cases} p=2 \\ q=-\frac{11}{2} \end{cases}$,

$\therefore$ 直线 DG 的解析式为 $y=2x-\frac{11}{2}$.

$\therefore \begin{cases} y=\frac{1}{2}x^2-\frac{3}{2}x-2 \\ y=2x-\frac{11}{2} \end{cases}$,

解得 $\begin{cases} x_3=\frac{7+\sqrt{21}}{2} \\ y_3=\frac{3+2\sqrt{21}}{2} \end{cases}$,

$\begin{cases} x_4=\frac{7-\sqrt{21}}{2} \\ y_4=\frac{3-2\sqrt{21}}{2} \end{cases}$(舍),$\therefore P_2\left(\frac{7+\sqrt{21}}{2},\frac{3+2\sqrt{21}}{2}\right)$.

$\therefore$ 符合条件的 P 点有两个:$P_1\left(\frac{4+\sqrt{6}}{2},\frac{\sqrt{6}-9}{4}\right)$,$P_2\left(\frac{7+\sqrt{21}}{2},\frac{3+2\sqrt{21}}{2}\right)$.

15. (1) CD 与 $\odot O$ 相切.

因为 A、D、O 在一直线上,$\angle ADC=90°$,

所以 $\angle COD=90°$,所以 CD 是 $\odot O$ 的切线.

CD 与 $\odot O$ 相切时,有两种情况:① 切点在第二象限时(如图 1),

设正方形 $ABCD$ 的边长为 a,则 $a^2+(a+1)^2=13$,

解得 $a=2$,或 $a=-3$(舍去).

过点 D 作 $DE\perp OB$ 于 E,则 $\mathrm{Rt}\triangle ODE \cong \mathrm{Rt}\triangle OBA$,

所以 $\frac{OD}{OB}=\frac{DE}{BA}=\frac{OE}{OA}$,

所以 $DE=\frac{2\sqrt{13}}{13}$,$OE=\frac{3\sqrt{13}}{13}$,

所以点 D_1 的坐标是 $\left(-\frac{3\sqrt{13}}{13},\frac{2\sqrt{13}}{13}\right)$.

所以 OD 所在直线对应的函数表达式为 $y=-\frac{2}{3}x$.

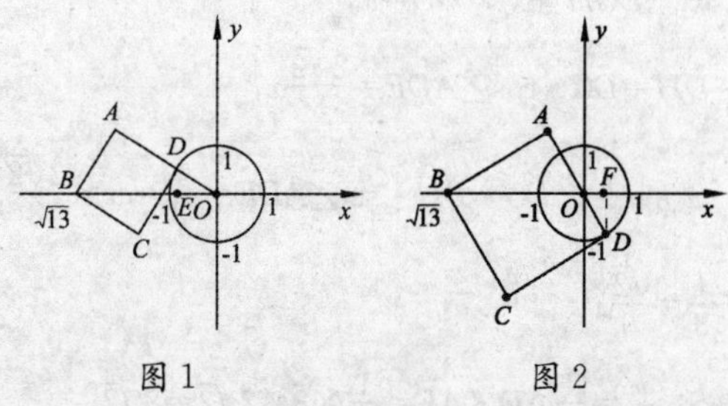

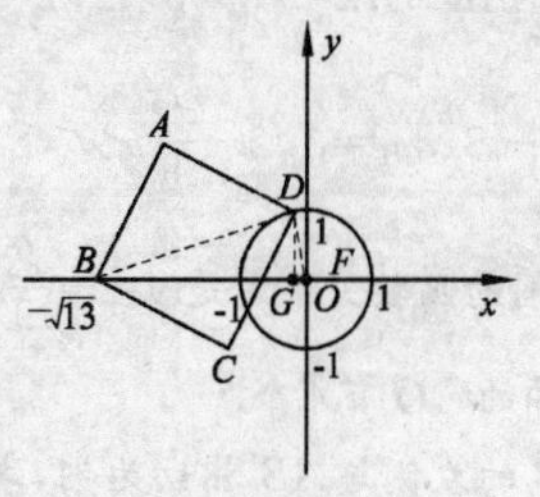

图 3

(第 15 题)

② 切点在第四象限时(如图 2),

设正方形 $ABCD$ 的边长为 b,则 $b^2+(b-1)^2=13$,

解得 $b=-2$(舍去),或 $b=3$.

过点 D 作 $DF\perp OB$ 于 F,则 $\mathrm{Rt}\triangle ODF \backsim \mathrm{Rt}\triangle OBA$,

所以$\dfrac{OD}{OB}=\dfrac{OF}{OA}=\dfrac{DF}{BA}$,所以$OF=\dfrac{2\sqrt{13}}{13}$,$DF=\dfrac{3\sqrt{13}}{13}$,

所以点D_2的坐标是$\left(\dfrac{2\sqrt{13}}{13},-\dfrac{3\sqrt{13}}{13}\right)$.

所以OD所在直线对应的函数表达式为$y=-\dfrac{3}{2}x$.

(2) 如图3,过点D作$DG\perp OB$于G,连接BD、OD,则$BD^2=BG^2+DG^2=(BO-OG)^2+OD^2-OG^2=(-\sqrt{13}-x)^2+1-x^2=14+2\sqrt{13}x$.

所以$S=AB^2=\dfrac{1}{2}BD^2=7+\sqrt{13}x$.

因为$-1\leqslant x\leqslant 1$,所以S的最大值为$7+\sqrt{13}$,

S的最小值为$7-\sqrt{13}$.

16. 解:(1) ∵ 矩形$ABCD$中,$\angle A=90°$,$AD=8$,$AE=2\sqrt{2}$,

∴ $\tan\angle ADE=\dfrac{AE}{AD}=\dfrac{2\sqrt{2}}{8}=\dfrac{\sqrt{2}}{4}$.

(2) ∵ $DE=\sqrt{AD^2+AE^2}=\sqrt{8^2+(2\sqrt{2})^2}=6\sqrt{2}$,

∴ $\sin\angle ADE=\dfrac{AE}{ED}=\dfrac{2\sqrt{2}}{6\sqrt{2}}=\dfrac{1}{3}$,$\cos\angle ADE=\dfrac{AD}{ED}=\dfrac{8}{6\sqrt{2}}=\dfrac{2\sqrt{2}}{3}$.

在$\mathrm{Rt}\triangle DGH$中,∵ $GD=x$,

∴ $DH=DG\cdot\cos\angle ADE=\dfrac{2\sqrt{2}}{3}x$,

∴ $S_{\triangle DGH}=\dfrac{1}{2}DG\cdot DH\cdot\sin\angle ADE=\dfrac{1}{2}\cdot x\cdot\dfrac{2\sqrt{2}}{3}x\cdot\dfrac{1}{3}=\dfrac{\sqrt{2}}{9}x^2$.

∵ $S_{\triangle AED}=\dfrac{1}{2}AD\cdot AE=\dfrac{1}{2}\times 8\times 2\sqrt{2}=8\sqrt{2}$,

∴ $y=S_{\triangle AED}-S_{\triangle DGH}=8\sqrt{2}-\dfrac{\sqrt{2}}{9}x^2$,

即y与x之间的函数关系式是$y=-\dfrac{\sqrt{2}}{9}x^2+8\sqrt{2}$.

(3) 满足条件的⊙O有4个.

以⊙O在AB的左侧与AB相切为例,求⊙O半径如下:

∵ $AD\parallel MN$,∴ $\triangle AED\backsim\triangle BEF$,∴ $\angle PFN=\angle EDA$.

∴ $\sin\angle PFN=\sin\angle EDA=\dfrac{1}{3}$.

∵ $AE=2BE$,∴ $\triangle AED$与$\triangle BEF$的相似比为$2:1$,

∴ $\dfrac{AD}{FB}=\dfrac{2}{1}$,$FB=4$,

过点O作$OI\perp PQ$,垂足为I,设⊙O的半径为r,那么$FO=4-r$.

∵ $\sin\angle PFN=\dfrac{OI}{FO}=\dfrac{r}{4-r}=\dfrac{1}{3}$,∴ $r=1$.

(满足条件的⊙O还有:⊙O在AB的右侧与AB相切,这时$r=2$;⊙O在CD的左侧与CD相切,这时$r=3$;⊙O在CD的右侧与CD相切,这时$r=6$)

17. 证明:(1) 过点A,c直线的解析式为

$y=\dfrac{2}{3}x-\dfrac{2}{3}$

(2) 抛物线$y=ax^2-5x+4a$.

∴ 顶点N的坐标为$(5/2,-9a/4)$.

由抛物线、半圆的轴对称可知,抛物线的顶点在过点M且与CD垂直的直线上,又点N在半圆内,$1/2<-9a/4<2$,

解这个不等式,得$-8/9<a<-2/9$.

(3) 设$EF=x$,则$CF=x$,$BF=2-x$

在$\mathrm{Rt}\triangle ABF$中,由勾股定理得$x=9/8$

$BF=7/8$

① 由$\triangle ABF\backsim\triangle CMN$得,$\dfrac{AB}{CM}=\dfrac{BF}{MN}$,即$MN=\dfrac{BF\cdot CM}{AB}=\dfrac{7}{16}$.

当点N在CD的下方时,由$-\dfrac{9}{4}a=2-\dfrac{7}{16}=\dfrac{25}{16}$,求得$N_1\left(\dfrac{5}{2},\dfrac{25}{16}\right)$.

当点N在CD的上方时,$-\dfrac{9}{4}a=2+\dfrac{7}{16}=\dfrac{39}{16}$,求得$N_2\left(\dfrac{5}{2},\dfrac{39}{16}\right)$.

② 由$\triangle ABF\backsim\triangle NMC$得,$\dfrac{AB}{NM}=\dfrac{BF}{MC}$即$MN=\dfrac{AB\cdot CM}{BF}=\dfrac{36}{7}$.

当点N在CD的下方时,由$-\dfrac{9}{4}a=2-\dfrac{36}{7}=-\dfrac{22}{7}$,求得$N_3\left(\dfrac{5}{2},-\dfrac{22}{7}\right)$.

当点N在CD的上方时,$-\dfrac{9}{4}a=2+\dfrac{36}{7}=\dfrac{50}{7}$,求得$N_4\left(\dfrac{5}{2},\dfrac{50}{7}\right)$.

18. (1) 设直线AC的解析式为$y=kx+b$由题可知$A(-1,0)$,$C(0,-1)$

将两组对应值代入解析式得$\begin{cases}-k+b=0\\b=-1\end{cases}$

解得$k=-1,b=-1$

故直线AC的解析式为$y=-x-1$

(2) ∵ 抛物线过$C(0,-1)$点

即$-1=0^2+b\times0+c$

∴ $c=-1$

由方程组$\begin{cases}y=-x-1\\y=x^2+bx-1\end{cases}$　得:$x^2+(b+1)x=0$

∵ 直线AC与抛物线只有一个公共点C,

∴ 方程$x^2+(b+1)x=0$有两个相等实数根,

即$\Delta=(b+1)^2-4\times1\times0=0$

∴ $b_1=b_2=-1$.

∴ 抛物线解析式为$y=x^2-x-1$

(3) 假设存在符合条件的点P

设P点坐标为(a,a^2-a-1),则$Q(a,0)$

∴ $QB=|a-1|$　$PQ=|a^2-a-1|$

∵ $\triangle ADB$为等腰Rt△,$\triangle PQB\backsim\triangle ADB$

则$\triangle PQB$为等腰Rt△.　又$PQ\perp QB$

∴ $PQ=QB$　即　$|a^2-a-1|=|a-1|$

于是方程可变为$a^2-a-1=a-1$①

$a^2-a-1=-(a-1)$②

由①得　$a^2-2a=0$　$a_1=0$　$a_2=2$

由②得　$a^2-2=0$　$a_3=\sqrt{2}$　$a_4=-\sqrt{2}$

把a_1、a_2、a_3、a_4依次代入a^2-a-1可求得相应纵坐标.

∴ 存在符合条件的点P,共有四个,分别为$P_1(0,-1)$、$P_2(2,1)$、$P_3(\sqrt{2},1-\sqrt{2})$、$P_4(-\sqrt{2},1+\sqrt{2})$.

19. 解:(1) ∵ ⊙C经过原点O,

∴ AB为⊙C的直径,∴ C为AB的中点.

过点C作CH垂直x轴于点H,则有$CH=\frac{1}{2}OB=\sqrt{3}$,$OH=\frac{1}{2}OA=1$.

∴ 圆心C的坐标为$(1,\sqrt{3})$.

(2) ∵ 抛物线过O、A两点,∴ 抛物线的对称轴为直线$x=1$.

∵ 抛物线的顶点在直线$y=-\frac{\sqrt{3}}{3}x$上.

∴ 顶点坐标为$\left(1,-\frac{\sqrt{3}}{3}\right)$.

把这三点的坐标代入抛物线$y=ax^2+bx+c$,得

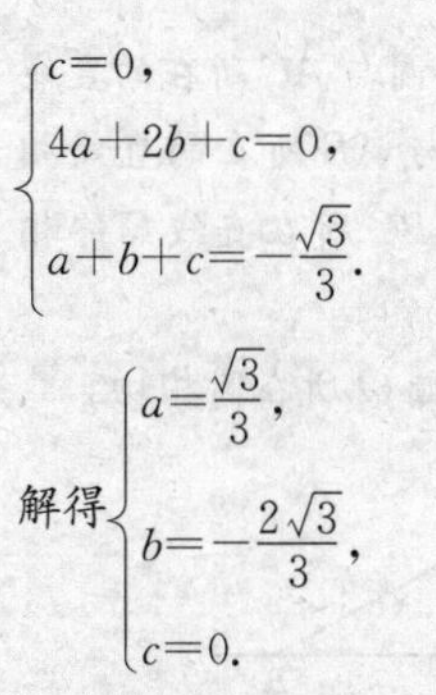

$\begin{cases}c=0,\\4a+2b+c=0,\\a+b+c=-\frac{\sqrt{3}}{3}.\end{cases}$

解得$\begin{cases}a=\frac{\sqrt{3}}{3},\\b=-\frac{2\sqrt{3}}{3},\\c=0.\end{cases}$

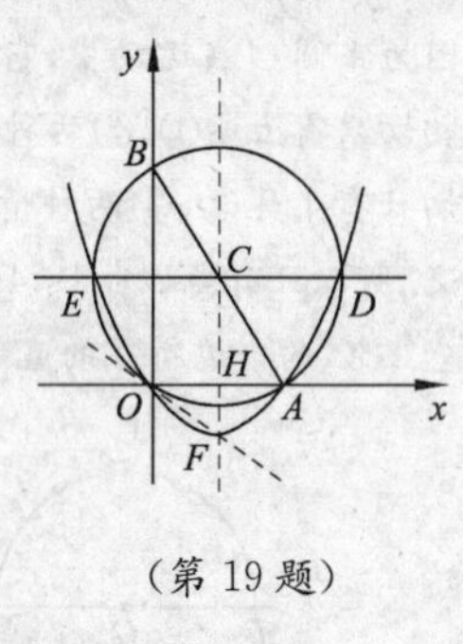

(第19题)

∴ 抛物线的解析式为$y=\frac{\sqrt{3}}{3}x^2-\frac{2\sqrt{3}}{3}x$.

(3) ∵ $OA=2,OB=2\sqrt{3}$.

∴ $AB=\sqrt{2^2+(2\sqrt{3})^2}=4$.

即⊙C的半径$r=2$,∴ $D(3,\sqrt{3})$,$E(-1,\sqrt{3})$.

代入$y=\frac{\sqrt{3}}{3}x^2-\frac{2\sqrt{3}}{3}x$检验,知点$D$、$E$均在抛物线上.

(4) ∵ AB为直径,∴ 当抛物线上的点P在⊙C内部时,满足$\angle APB$为钝角.

∴ $-1<x_0<0$,或$2<x_0<3$.

20. 解:(1) ① 如图1,当点E与点C重合时,$AC\perp OE$,$OC=OE=6$cm,所以AC与半圆O所在的圆相切.此时点O运动了2cm,所求运动时间为:

$t=\frac{2}{2}=1(\text{s})$.

② 如图2,当点O运动到点C时,过点O作$OF\perp AB$,垂足为F.

在Rt$\triangle FOB$中,$\angle FBO=30^\circ$,$OB=12$cm,则$OF=6$cm,即OF等于半圆O的半径,所以AB与半圆O所在的圆相切.此时点O运动了8cm,所求运动时间为:$t=\frac{8}{2}=4(\text{s})$.

③ 如图3,当点O运动到BC的中点时,$AC\perp OD$,$OC=OD=6$cm,所以AC与半圆O所在的圆相切.此时点O运动了14cm,所求运动时间为:$t=\frac{14}{2}=7(\text{s})$.

④ 如图4,当点O运动到B点的右侧,且$OB=12$cm时,过点O作$OQ\perp$直线AB,垂足为Q.

在Rt$\triangle QOB$中,$\angle OBQ=30^\circ$,

则$OQ=6$cm,即OQ等于半圆O所在的圆的半径.

所以直线AB与半圆O所在的圆相切.此时点O运动了32cm,所求运动时间为:$t=\frac{32}{2}=16(\text{s})$.

因为半圆 O 在运动中，它所在的圆与 AC 所在的直线相切只有上述①、③两种情形；与 AB 所在的直线相切只有上述②、④两种情形；与 BC 所在直线始终相交. 所以只有当 t 为 1s, 4s, 7s, 16s 时，

$\triangle ABC$ 的一边所在的直线写半圆 O 所在圆相切.

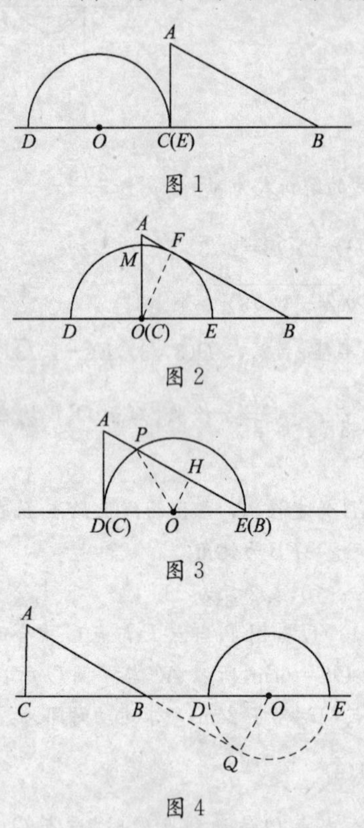

图 1　图 2　图 3　图 4

(第 20 题)

(2) 当 $\triangle ABC$ 的一边所在的直线与半圆 O 所在的圆相切时，半圆 O 与直径 DE 围成的区域与 $\triangle ABC$ 三边围成的区域有重叠部分的只有如图 2 与图 3 所示的两种情形.

① 如图 2，设 OA 与半圆 O 的交点为 M，易知重叠部分是圆心角为 90°，半径为 6cm 的扇形，所求重叠部分面积为：

$S_{扇形EOM}=\frac{1}{4}\pi\times6^2=9\pi(\text{cm}^2)$.

② 如图 3，设 AB 与半圆 O 的交点为 P，连接 OP，过点 O 作 $OH\perp AB$，垂足为 H. 则 $PH=BH$. 在 Rt$\triangle OBH$中，

$\angle OBH=30^\circ$, $OB=6$cm，则 $OH=3$cm，

$BH=3\sqrt{3}$cm, $BP=6\sqrt{3}$cm

$S_{\triangle POB}=\frac{1}{2}\times6\sqrt{3}\times3=9\sqrt{3}(\text{cm}^2)$.

又因为 $\angle DOP=2\angle DBP=60^\circ$，

所以 $S_{扇形DOP}=\frac{1}{6}\pi\times6^2=6\pi(\text{cm}^2)$.

所求重叠部分面积为：

$S_{\triangle POB}+S_{扇形DOP}=(9\sqrt{3}+6\pi)(\text{cm}^2)$

21. (1) 点 P 的横坐标为 t，P 点的坐标为 $(t,0)$.

由 $-\frac{1}{2}x+4=0$，得 $x=8$，所以点 Q 的横坐标为 $8-2t$，点 Q 的坐标为 $(8-2t,0)$.

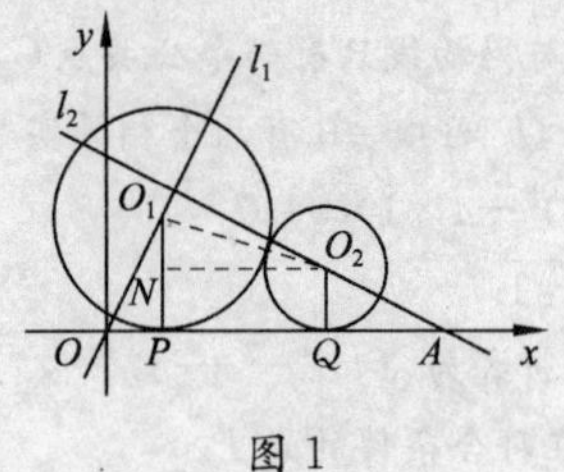

图 1

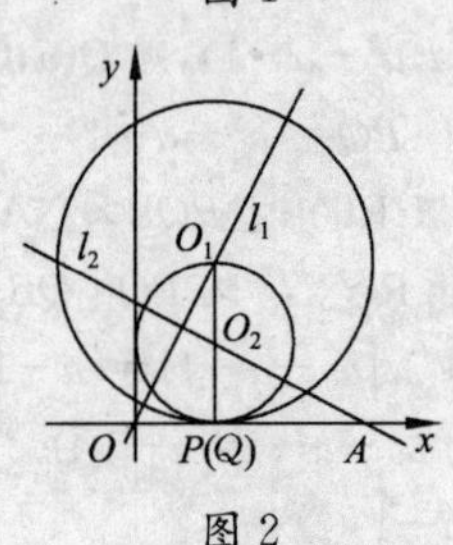

图 2

(第 21 题)

(2) ① 由(1)可知点 O_1 的横坐标为 t，点 O_2 的横坐标为 $8-2t$.

将 $x=t$ 代入 $y=2x$，得 $y=2t$，所以点 O_1 的坐标为 $(t,2t)$.

将 $x=8-2t$ 代入 $y=-\frac{1}{2}x+4$，得 $y=t$，所以点 O_2 的坐标为 $(8-2t,t)$.

若这两圆外切(如图 1)，连结 O_1O_2，过点 O_2 作 $O_2N\perp O_1P$，垂足为 N.

则 $O_1O_2=2t+t=3t$, $O_2N=8-2t-t=8-3t$, $O_1N=2t-t=t$，所以 $t^2+(8-3t)^2=(3t)^2$，即 $t^2-48t+64=0$，解得 $t_1=24+16\sqrt{2}$, $t_2=24-16\sqrt{2}$.

若这两圆内切，又因为两圆都与 x 轴相切，所以点 P、Q 重合(如图 2).

则 $8-2t=t$, $t=\frac{8}{3}$.

$\Big($或：设 l_2 与 y 轴相交于点 M，则 $\frac{AP}{AO}=\frac{O_2P}{MO}$，

即 $\frac{8-t}{8}=\frac{t}{4}$，$\therefore t=\frac{8}{3}$.$\Big)$

所以两圆能相切，这时 t 的值分别为 $24+16\sqrt{2}$，$24-16\sqrt{2}$ 和 $\frac{8}{3}$.

② 两个正方形有无数个公共点时，$t_1=\frac{8}{3}$，$t_2=\frac{8}{5}$，$t_3=8$.

22. (1) 连结 MM'，NN'，∵ DE 和 BC 是⊙O_1 的切线，$DE/\!/BC$，∴ MM' 过点 O_1，同理 NN' 过点 O_2.

∵ $MM'\perp BC$，$MM'\perp DE$，$NN'\perp BC$，∴ 四边形 $MM'NN'$ 是矩形.

∴ $MM'=NN'$. ∴ ⊙O_1 和⊙O_2 是等圆.

(2) 连结 O_1B、O_1O_2、O_2C、O_1M'、O_2N'. 易证四边形 O_1BCO_2 是等腰梯形，四边形 $O_1M'N'O_2$ 是矩形. 在 Rt$\triangle O_1BM'$ 中，$\angle O_1BM'=30°$，$O_1M'=x$，则 $BM'=\sqrt{3}x$. ∵ $y=O_1O_1=M'N'$，$BM'=N'C=\sqrt{3}x$，$BC=BM'+M'N'+N'C$. ∴ $y+2\sqrt{3}=a$，

∴ $y=a-2\sqrt{3}x$. 求得 $0<x\leqslant\frac{\sqrt{3}}{6}a$.

(3) 当⊙O_1 和⊙O_2 外切时，$O_1O_2=2x$，$2x=a-2\sqrt{3}x$，∴ $x=\frac{\sqrt{3}-1}{4}a$.

(4) 当 DE 是$\triangle ABC$ 的中位线时，求得 $x=\frac{\sqrt{3}}{2}a\times\frac{1}{4}=\frac{\sqrt{3}}{8}a$，此时 $BM'=\sqrt{3}x=\frac{3}{8}a$. ⊙$O_1$ 的圆心 O_1 所经过的路线是与$\triangle ABC$ 相似且各边与$\triangle ABC$ 各边距离为 $\frac{\sqrt{3}}{8}a$ 的正三角形. 其边长为 $a-\frac{3}{8}a\times2=\frac{1}{4}a$，

∴ 所求的圆心 O_1 走过的长度为：$\frac{1}{4}a\times3=\frac{3}{4}a$.

23. (1) 解法一：∵ 一次函数 $y=kx-4k$ 的图象与 x 轴交于点 A，

∴ 点 A 的坐标为 $(4,0)$.

∵ 抛物线 $y=ax^2+bx+c$ 经过 O、A 两点，

∴ $c=0$，$16a+4b=0$.

∴ $b=-4a$.

解法二：∵ 一次函数 $y=kx-4k$ 的图象与 x 轴交于点 A，

∴ 点 A 的坐标为 $(4,0)$.

∵ 抛物线 $y=ax^2+bx+c$ 经过 O、A 两点，

∴ 抛物线的对称轴为直线 $x=2$.

∴ $x=-\frac{b}{2a}=2$. ∴ $b=-4a$.

(2) 解：由抛物线的对称性可知，$DO=DA$

∴ 点 O 在⊙D 上，且$\angle DOA=\angle DAO$

又由(1)知抛物线的解析式为 $y=ax^2-4ax$

∴ 点 D 的坐标为 $(2,-4a)$

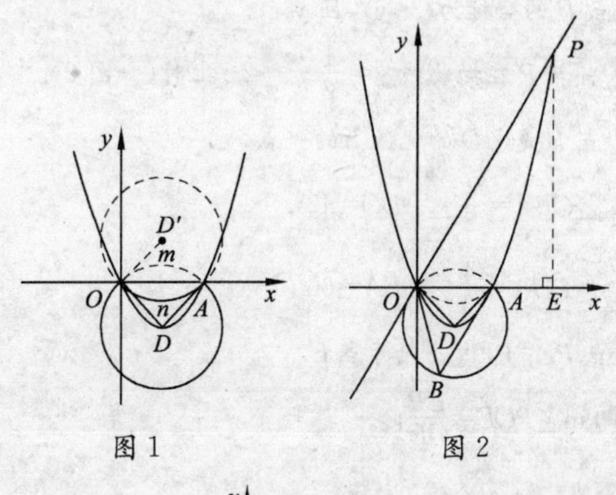

图 1　　图 2

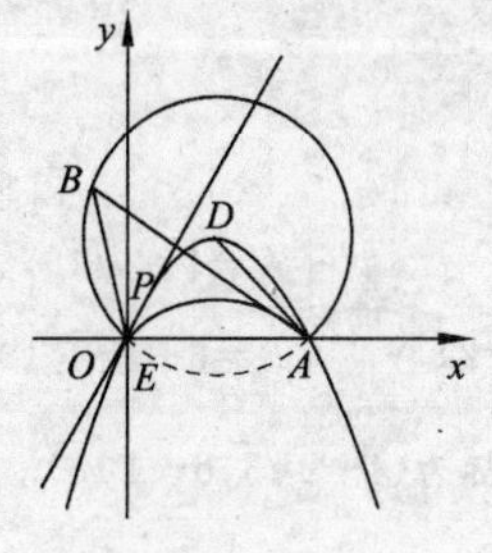

图 3

(第 23 题)

① 当 $a>0$ 时，

如图 1，设⊙D 被 x 轴分得的劣弧为 $\overset{\frown}{OmA}$，它沿 x 轴翻折后所得劣弧为 $\overset{\frown}{OnA}$，显然 $\overset{\frown}{OnA}$ 所在的圆与⊙D 关于 x 轴对称，设它的圆心为 D'.

∴ 点 D' 与点 D 也关于 x 轴对称.

∵ 点 O 在⊙D' 上，且⊙D 与⊙D' 相切.

∴ 点 O 为切点. ∴ $D'O\perp OD$.

∴ $\angle DOA=\angle D'OA=45°$.

∴ $\triangle ADO$ 为等腰直角三角形.

∴ $OD=2\sqrt{2}$. ∴ 点 D 的纵坐标为 -2.

∴ $-4a=-2$ ∴ $a=\frac{1}{2}$，$b=-4a=-2$

∴ 抛物线的解析式为 $y=\frac{1}{2}x^2-2x$.

② 当 $a<0$ 时，

同理可得：$OD=2\sqrt{2}$，抛物线的解析式为 $y=-\frac{1}{2}x^2+2x$.

综上，⊙D 半径的长为 $2\sqrt{2}$，抛物线的解析式为 $y=\frac{1}{2}x^2-2x$ 或 $y=-\frac{1}{2}x^2+2x$.

(3) 解答：抛物线在 x 轴上方的部分上存在点 P，使得 $\angle POA=\frac{4}{3}\angle OBA$.

设点 P 的坐标为 (x,y)，且 $y>0$.

① 当点 P 在抛物线 $y=\frac{1}{2}x^2-2x$ 上时(如图 2).

∵ 点 B 是 $\odot D$ 的优弧上的一点，

∴ $\angle OBA=\frac{1}{2}\angle ADO=45^\circ$.

∴ $\angle POA=\frac{4}{3}\angle OBA=60^\circ$.

过点 P 作 $PE\perp x$ 轴于点 E.

∴ $\tan\angle POE=\frac{EP}{OE}$，

∴ $\frac{y}{x}=\tan60^\circ$.

∴ $y=\sqrt{3}x$.

由 $\begin{cases}y=\sqrt{3}x\\y=\frac{1}{2}x^2-2x\end{cases}$ 解得：$\begin{cases}x_1=4+2\sqrt{3}\\y_1=6+4\sqrt{3}\end{cases}$，$\begin{cases}x_2=0\\y_2=0\end{cases}$(舍去)

∴ 点 P 的坐标为 $(4+2\sqrt{3},6+4\sqrt{3})$.

② 当点 P 在抛物线 $y=-\frac{1}{2}x^2+2x$ 上时(如图 3)

同理可得，$y=\sqrt{3}x$

由 $\begin{cases}y=\sqrt{3}x\\y=-\frac{1}{2}x^2+2x\end{cases}$ 解得：$\begin{cases}x_1=4-2\sqrt{3}\\y_1=-6+4\sqrt{3}\end{cases}$，

$\begin{cases}x_2=0\\y_2=0\end{cases}$(舍去)

∴ 点 P 的坐标为 $(4-2\sqrt{3},-6+4\sqrt{3})$.

综上，存在满足条件的点 P，点 P 的坐标为 $(4+2\sqrt{3},6+4\sqrt{3})$ 或 $(4-2\sqrt{3},-6+4\sqrt{3})$.

第三章　存在性问题

1. 原方程组可化为 $k^2x^2+2(k-1)x+1=0$.

(1) 由题意可知：$\Delta=[2(k-1)]^2-4k^2=-8k+4>0$ 且 $k\neq0$，∴ $k<\frac{1}{2}$ 且 $k\neq0$.

(2) ∵ $x_1+x_2=\frac{2(k-1)}{k^2}$，$x_1x_2=\frac{1}{k^2}$.

∴ $x_1+x_1x_2+x_2=-\frac{2(k-1)}{k^2}+\frac{1}{k^2}=1$.

解得 $k_1=1>\frac{1}{2}$(舍去)，$k_2=-3$

∴ 满足条件的 k 值存在.

2. (Ⅰ) 填表如下：

x	-3	-2	-1	0	1	2	3
$y_1=2x$	-6	-4	-2	0	2	4	6
$y_2=x^2+1$	10	5	2	1	2	5	10

(Ⅱ) ∵ $y_1-y_2=2x-(x^2+1)=-x^2+2x-1=-(x-1)\leqslant0$，∴ 当自变量 x 取任意实数时，$y_1\leqslant y_2$ 均成立.

(Ⅲ) 由已知，二次函数 $y_3=ax^2+bx+c$ 的图象经过点 $(-5,2)$，得 $25a-5b+c=2$.　①

∵ 当 $x=1$ 时，$y_1=y_2=2$，$y_3=a+b+c$，若对于自变量 x 取任意实数时，$y_1\leqslant y_3\leqslant y_2$ 成立，则有 $2\leqslant a+b+c\leqslant2$，∴ $a+b+c=2$.　②

由①②，得 $b=4a$，$c=2-5a$，∴ $y_3=ax^2+4ax+(2-5a)$. 当 $y_1\leqslant y_3$ 时，有 $2x\leqslant ax^2+4ax+(2-5a)$，即 $ax^2+(4a-2)x+(2-5a)\geqslant0$，若二次函数 $y=ax^2+(4a-2)x+(2-5a)$ 对于一切实数 x，函数值大于或等于零，必须 $\begin{cases}a>0,\\(4a-2)^2-4a(2-5a)\leqslant0.\end{cases}$

即 $\begin{cases}a>0,\\(3a-1)^2\leqslant0.\end{cases}$

∴ $a=\frac{1}{3}$. 当 $y_3\leqslant y_2$ 时，有 $ax^2+4ax+(2-5a)\leqslant x^2+1$，即 $(1-a)x^2-4ax+(5a-1)\geqslant0$，若二次函数 $y=(1-a)x^2-4ax+(5a-1)$ 对于一切实数 x，函数值大于或等于零，必须 $\begin{cases}1-a>0,\\(-4a)^2-4(1-a)(5a-1)\leqslant0.\end{cases}$

即 $\begin{cases}a<1,\\(3a-1)^2\leqslant0.\end{cases}$ ∴ $a=\frac{1}{3}$. 综上，$a=\frac{1}{3}$，$b=4a=\frac{4}{3}$，$c=2-5a=\frac{1}{3}$. ∴ 存在二次函数 $y_3=\frac{1}{3}x^2+\frac{4}{3}x+\frac{1}{3}$，在实数范围内，对于 x 的同一个值，$y_1\leqslant y_3\leqslant y_2$ 均成立.

3. m 不存在.

4. (1) ∵ 抛物线过点 $A(-2,0)$，$B(1,0)$，∴ 可设抛物线的解析式为 $y=a(x+2)(x-1)$. 把点 $C(0,2)$ 的坐标代入上式，得 $2=a\times2\times(-1)$.

∴ $a=-1$，∴ 抛物线的解析式为 $y=-(x+2)(x-1)$，即 $y=-x^2-x+2$.

(2) 存在，设 P 点坐标为 (m,n)，∵ $\angle AOP=45^\circ$，$A(-2,0)$，∴ $m<0$，且 $n=m$ 或 $n=-m$. 当 $n=m$ 时，得 $m=-m^2-m+2$. 解得 $m_1=-1+\sqrt{3}$(舍去)，$m_2=$

$-1-\sqrt{3}$；当 $n=-m$ 时，得 $-m=-m^2-m+2$，解得 $m_1=\sqrt{2}$（舍去），$m_2=-\sqrt{2}$，∴ 存在符合题意的点 P，其坐标为 $P(-1-\sqrt{3},-1-\sqrt{3})$ 或 $P(-\sqrt{2},\sqrt{2})$.

5. 略

6. (1) 由题意知方程组 $\begin{cases}y=-x+2,\\ y=\frac{k}{x},\end{cases}$ 有两不同的实数解 $\begin{cases}x=x_1,\\ y=y_1,\end{cases}\begin{cases}x=x_2,\\ y=y_2,\end{cases}$ 即方程 $-x+2=\frac{k}{x}$ 有两不同实数根 x_1,x_2，即方程 $x^2-2x+k=0$ 有两不同实数根 x_1，x_2，∴ $\Delta=4-4k>0$，∴ $k<1$ 且 $k\neq0$；

(2) ∵ x_1,x_2 是方程 $x^2-2x+k=0$ 的两不同实根，

∴ $\begin{cases}x_1+x_2=2,\\ x_1x_2=k.\end{cases}$ 设 k 存在这样的值，使 $(x_2-2)(x_2-2)=\frac{x_2}{x_1}+\frac{x_1}{x_2}$. 即 $x_1x_2-2(x_1+x_2)+4=\frac{x_1^2+x_2^2}{x_1x_2}$，$x_1x_2-2(x_1+x_2)+4=\frac{(x_1+x_2)^2-2x_1x_2}{x_1x_2}$ ①，∵ $x_1+x_2=2$，$x_1x_2=k$，∴ ①式变为 $k-4+4=\frac{4-2k}{k}$，即 $k^2+2k-4=0$，解得 $k=-1\pm\sqrt{5}$，又∵ $k<1$ 且 $k\neq0$，∴ $k=-1-\sqrt{5}$，∴ 存在 $k=-1-\sqrt{5}$ 使 $(x_1-2)(x_2-2)=\frac{x_2}{x_1}+\frac{x_1}{x_2}$ 成立.

7. (1) 由题意得 $-4a=4$，∴ $a=-1$.

∴ 二次函数的解析式为 $y=-x^2+4$.

(2) 设点 $A(x,y)$. ∵ 点 A 在抛物线 $y=-x^2+4$ 上，

∴ $y=-x^2+4$，则 $AD=2x$，$AB=-x^2+4$.

∴ $L=2(AD+AB)=2(2x-x^2+4)=-2x^2+4x+8$ $(0<x<2)$.

(3) 当 $L=10$ 时，$-2x^2+4x+8=10x^2-2x+1=0$，$x_1=x_2=1$，

∴ 当 $x=1$ 时，$y=-1^2+4=3$

∴ 存在周长为 10 的矩形 $ABCD$，且点 A 的坐标为 $(1,3)$.

8. (1) 由方程组 $\begin{cases}ax^2+bx+c=0\\ ax+b=0\end{cases}$ 得 $ax^2+bx+c=ax+b$ ∴ $ax^2+(b-a)x+c-b=0$，∴ $\Delta=(b-a)^2-4a(c-b)=(b+a)^2-4ac$ ∵ $y=ax^2+bx+c$ 图象经过点 $(1,0)$

∴ $a+b+c=0$，又∵ $a>b>c$ ∴ $a>0,c<0$，

∴ $\Delta=(a+b)^2-4ac>0$，即：两个图象一定有两个交点. (2) 设 $A(x_1,y_1)$、$B(x_2,y_2)$，则有：$A_1(x_1,0)$、$B_1(x_2,0)$

∴ $A_1B_1=|x_1-x_2|=\sqrt{(x_1+x_2)^2-4x_1x_2}$ 由(1)可知 x_1,x_2 是方程 $ax^2+(b-a)x+c-b=0$ 的两个根，

∴ $x_1+x_2=\frac{b-a}{a}$，$x_1x_2=\frac{c-b}{a}$，∴ $A_1B_1=$

$\sqrt{\left(-\frac{b-a}{a}\right)^2-4\times\frac{c-b}{a}}=\sqrt{\frac{(a+b)^2-4ac}{a^2}}=$

$\sqrt{\frac{c^2-4ac}{a^2}}=\sqrt{\left(\frac{c}{a}-2\right)^2-4}$

∵ $k=\frac{c}{a}$

根据题意 $\sqrt{\left(\frac{c}{a}-2\right)^2-4}=\sqrt{(k-2)^2-4}=4\sqrt{2}$，

解得 $k=-4$，$k=8$，∵ $a+b+c=0$，而 $a>b>c$

∴ $a>-a-c>c$

∴ $-2<k<-\frac{1}{2}$

∴ 不存在 k 的值，使线段 A_1B_1 的长为 $4\sqrt{2}$.

9. 解：(1) 方程②变形为 $(x-y-1)^2=0$.

∴ $x-y-1=0$，即 $y=x-1$， ③

把③代入①，得 $x^2-x+k+1=0$， ④

由已知，方程④有两个不相等的实数根，

∴ $\Delta=(-1)^2-4(k+1)=-4k-3>0$.

∴ $k<-\frac{3}{4}$，此即为 k 的取值范围.

(2) 由已知，x_1、x_2 是方程④的两个不相等的实数根，则有

$x_1+x_2=1$，$x_1\cdot x_2=k+1$.

∴ $\frac{x_1}{x_2}+\frac{x_2}{x_1}=\frac{x_1^2+x_2^2}{x_1x_2}=\frac{(x_1+x_2)^2-2x_1x_2}{x_1x_2}$

$=\frac{1-2(k+1)}{k+1}=-\frac{2k+1}{k+1}$.

$y_1y_2=(x_1-1)(x_2-1)=x_1x_2-(x_1+x_2)+1$

$=k+1$.

若存在实数 k，使得 $y_1y_2-\frac{x_1}{x_2}-\frac{x_2}{x_1}$ 的值等于 2，则

$k+1+\frac{2k+1}{k+1}=\frac{(k+1)^2+2k+1}{k+1}=\frac{k^2+4k+2}{k+1}=2$.

∴ $k^2+2k=0$，即 $k(k+2)=0$.

∴ $k_1=0$，$k_2=-2$.

由(1)，知 $k<-\frac{3}{4}$，∴ $k_1=0$ 应舍去，取 $k=-2$.

故存在实数 $k=-2$，使得 $y_1y_2-\frac{x_1}{x_2}-\frac{x_2}{x_1}$ 的值为 2.

10. (1) ∵ 菱形 $ABCD$

∴ $AB/\!/CD$

∴ $\triangle DGM\backsim\triangle AEM$

∴ $\frac{DM}{AM}=\frac{GD}{AE}$

∵ $DM=2,AD=6$,

∴ $\frac{2}{4}=\frac{GD}{x}$

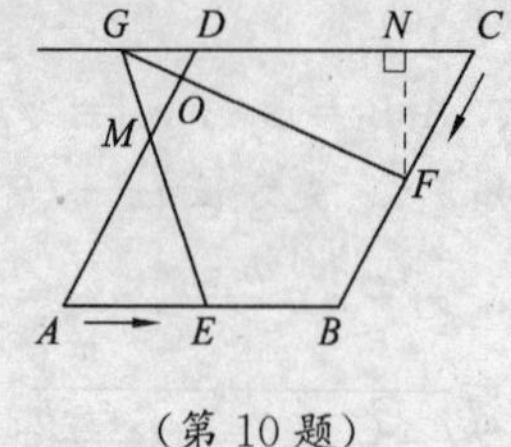

(第 10 题)

∴ $GD=\frac{x}{2}$　∴ $CG=\frac{x}{2}+6$

作 $FN\perp CD$,∵ $\angle C=\angle A=60°,CF=x$

∴ $FN=CF\cdot\sin60°=\frac{\sqrt{3}}{2}x$

∴ $y=\frac{1}{2}\times\left(\frac{x}{2}+6\right)\times\frac{\sqrt{3}}{2}x=\frac{\sqrt{3}}{8}x^2+\frac{3\sqrt{3}}{2}x$

(2) 要使 $GF\perp AD$

∵ $AD/\!/BC$　∴ 只要使 $GF\perp BC$

又∵ $\angle GDA=\angle A=60°$　∴ $\angle OGD=30°$

∴ 在 $Rt\triangle GFC$ 中,只要使 $CF=\frac{1}{2}CG$

即:$x=\frac{1}{2}\left(\frac{x}{2}+6\right)$,∴ $2x=\frac{x}{2}+6$,∴ $x=4$

即:当 $x=4$ 时,$GF\perp AD$

(3) 假设存在某一时刻 x,使得线段 GF 分菱形上、下两部分的面积之比为 $3:7$

则 $S_{四边形OFCD}=\frac{3}{10}S_{菱形ABCD}$

$S_{四边形OPCD}=\frac{1}{2}(OD+x)\cdot3\sqrt{3}$

∴ $\frac{1}{2}(OD+x)\cdot3\sqrt{3}=\frac{3}{10}\times18\sqrt{3}$

∴ $OD+x=\frac{18}{5}$　$OD=\frac{18}{5}-x$

∵ $OD/\!/CF$,∴ $\frac{OD}{CF}=\frac{GD}{GC}$　$\frac{\frac{18}{5}-x}{x}=\frac{\frac{1}{2}x}{6+\frac{1}{2}x}$

$\frac{1}{2}x^2=\left(\frac{18}{5}-x\right)\left(6+\frac{1}{2}x\right)$

$5x^2+21x-108=0$

解得 $x_1=3,x_2=-\frac{36}{5}$(不合题意舍去)

∴ 当 $x=3$ 时,GF 分菱形上、下两部分的面积之比为 $3:7$.

11. (1) 由已知条件得:梯形周长为 12,高 4,面积为 28.过点 F 作 $FG\perp BC$ 于 G.过点 A 作 $AK\perp BC$ 于 K.则可得:$FG=\frac{12-x}{5}\times4$.

∴ $S_{\triangle BEF}=\frac{1}{2}BE\cdot FG=-\frac{2}{5}x^2+\frac{24}{5}x(7\leqslant x\leqslant10)$.

(2) 存在.由(1)得:$-\frac{2}{5}x^2+\frac{24}{5}x=14$.得 $x_1=7,x_2=5$(不合舍去).

∴ 存在线段 EF 将等腰梯形 $ABCD$ 的周长与面积同时平分,此时 $BE=7$.

(3) 不存在.假设存在,显然是:$S_{\triangle BEF}:S_{AFECD}=1:2,(BE+BF):(AF+AD+DC)=1:2$.

则有 $-\frac{2}{5}x^2+\frac{16}{5}x=\frac{28}{3}$.整理得:$3x^2-24x+70=0$.

$\Delta=576-840<0$.∴ 不存在这样的实数 x.

即不存在线段 EF 将等腰梯形 $ABCD$ 的周长和面积.同时分成 $1:2$ 的两部分.

12. 解:(1) 由表中信息可知点(2,2),(3,0)在直线 a 上,描点连线得直线 a 的图象,如图.

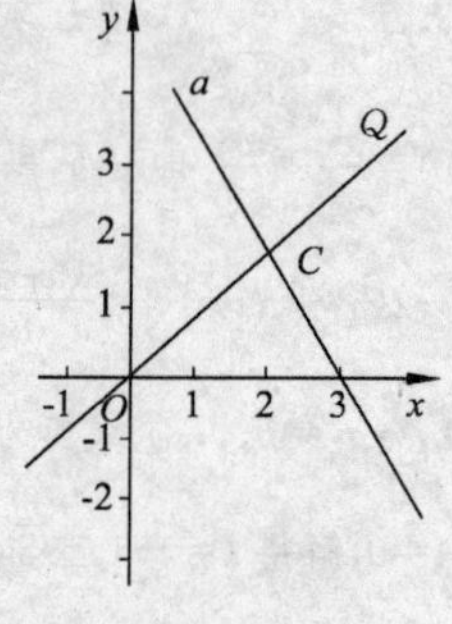

(第 12 题)

由待定系数法可求得直线 a 的解析式为 $y=-2x+6$.

点(10,−10)的坐标不满足 $y=-2x+6$.所以点(10,−10)不在直线 a 图象上.

(2) 解方程组 $\begin{cases}y=x\\y=-2x+6\end{cases}$.得 $x=y=2$.

故点 C 的坐标为(2,2).

(3) 当 $0<m\leqslant2$ 时,$S=\frac{1}{2}m^2$.当 $2<m<3$ 时,

$S=\frac{1}{2}\times3\times2-\frac{1}{2}(3-m)(-2m+6)=-m^2+6m-6$.

(4) 若有这样的 P 点,使直线 l 平分$\triangle OBC$ 的面积,很显然 $0<m<2$.

由于$\triangle OBC$ 面积等于 3,故当 l 平分$\triangle OBC$ 面积时,$S=\frac{3}{2}$.

∴ $\frac{1}{2}m^2=\frac{3}{2}$.解得 $m=\sqrt{3}$.故存在这样的 P 点,使 l 平分$\triangle OBC$ 的面积.

点 P 的坐标为$(\sqrt{3},0)$.

13. x_1,x_2 能同号,由 $\Delta=16(m-1)^2-16m^2=-32m+16\geqslant0$

$\therefore m\leqslant\frac{1}{2}$. $\because x_1\neq0, x_2\neq0$.

$\therefore x_1\cdot x_2=\frac{m^2}{4}\neq0$.

$\therefore m\neq0$. 故 $x_1\cdot x_2=\frac{m^2}{4}>0$,

$\therefore x_1, x_2$ 必同号. 从而 m 的取值范围是 $m\leqslant\frac{1}{2}$, 且 $m\neq0$.

14. (1) 由题意,方程的判别式 $\Delta=4p^2+4q<0$,得 $q<-p^2$. $\therefore p+q<-p^2+p=-\left(p-\frac{1}{2}\right)^2+\frac{1}{4}\leqslant\frac{1}{4}$, $\therefore$ 则有 $p+q<\frac{1}{4}$ 成立.

(2) 该命题的逆命题为:如果 $p+q<\frac{1}{4}$,则方程 $x^2+2px-q=0$(p,q 是实数)没有实数根.

(3) (2)中的逆命题不正确,如当 $p=1, q=-1$ 时,$p+q<\frac{1}{4}$,但原方程 $x^2+2px-q=0$ 有实数根 $x=-1$.

15. (1) $\because$ 方程 $x^2+(p-1)x+\frac{1}{4}p^2=0$ 有两个不相等的实数解,$\therefore \Delta=(p-1)^2-4\times1\times\frac{1}{4}p^2=-2p+1>0$.

$\therefore p<\frac{1}{2}$. 又 $\because p\neq0$, $\therefore p$ 的取值范围为:$p<\frac{1}{2}$ 且 $p\neq0$.

(2) 由方程 $x^2+(p-1)x+\frac{1}{4}p^2=0$,可得:$x_1+x_2=-(p-1)$, $x_1\cdot x_2=\frac{1}{4}p^2$.

$\because p\neq0$, $\therefore x_1\cdot x_2\neq0$,即 x_1, x_2 均不为 0.

$\therefore m=\frac{1}{x_1}+\frac{1}{x_2}=\frac{x_1+x_2}{x_1\cdot x_2}=\frac{-(p-1)}{\frac{1}{4}p^2}=\frac{4-4p}{p^2}$.

(3) 假设存在这样的 p 值,则:$m=\frac{4-4p}{p^2}=3$.

$\therefore 3p^2+4p-4=0$. 解得:$p_1=\frac{2}{3}$, $p_2=-2$.

$\because p<\frac{1}{2}$ 且 $p\neq0$, $\therefore$ 存在这样的 p 值,使 m 的值等于3,此时 p 的值等于-2.

16. (1) $\because AB$ 是直径,$\therefore \angle ACB=90°$.

又 $\because \angle A=28°$, $\therefore \angle B=62°$.

又 MN 是切线,C 为切点,$\therefore \angle ACM=62°$.

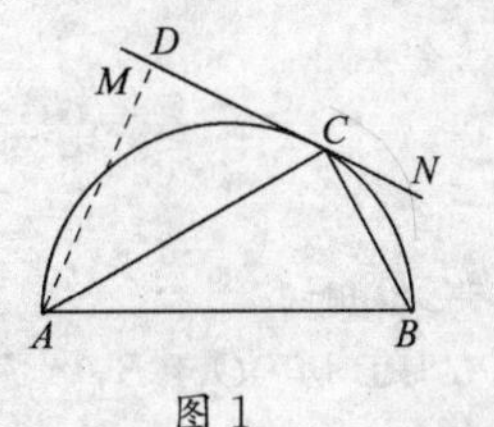

图 1

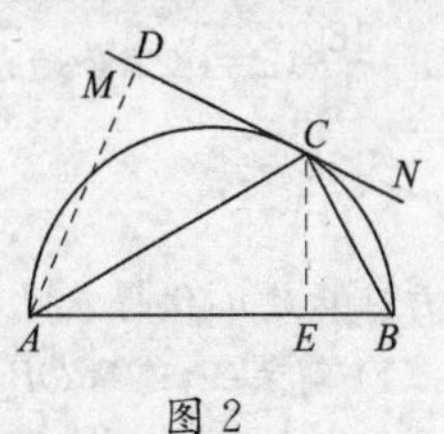

图 2

(第 16 题)

(2) 过 MN 上存在符合条件的点 D,证明如下:过点 A 作 $AD\perp MN$,垂足为 D. 在 $\mathrm{Rt}\triangle ABC$ 和 $\mathrm{Rt}\triangle ACD$ 中,$\because MN$ 切半圆 ACB 于点 C, $\therefore \angle B=\angle ACD$.

$\therefore \triangle ABC\backsim\triangle ACD$.

$\therefore \frac{AB}{AC}=\frac{BC}{CD}$.

$\therefore AB\cdot CD=AC\cdot BC$. 另证:过点 C 作 $CE\perp AB$ 垂足为 E. 在 MN 上截取 $CD=CE$.

$\because S_{\mathrm{Rt}\triangle ABC}=\frac{1}{2}AC\cdot BC=\frac{1}{2}AB\cdot CE$.

$\therefore AB\cdot CE=AC\cdot BC$.

$\therefore AB\cdot CD=AC\cdot BC$.

17. ① 过 A 作两圆的公切线 AM,则 $\angle MAD=\angle AFD$, $\angle MAE=\angle ABE$, $\therefore \angle AFD=\angle ABE$,

$\therefore DF\parallel BE$.

② 由①知 $DF\parallel BE$, $\therefore \angle BDF=\angle FBD$.

又 $\because \angle BDF=\angle DAF$, $\angle EAB=\angle ECB$,

$\therefore \angle EBC=\angle ECB$, $\therefore BE=CE$.

③ 当点 D 与点 O 重合时,$\triangle ACD$ 与 $\triangle BED$ 的面积相等,这时 $AE\perp BC$,且 $AE=BC=4$,

$\therefore S_{四边形ABEC}=\frac{1}{2}AE\cdot BC=8$(平方单位).

18. 结论 $AE\cdot AB=AF\cdot AC$ 成立. 设 BC 与 AD 的交点为 G,连结 DE, DF. 由 $\triangle ABG\backsim\triangle ADE$,得 $\frac{AB}{AD}=\frac{AG}{AE}$. $\therefore AE\cdot AB=AD\cdot AG$. 同理 $AF\cdot AC=AD\cdot AG$. $\therefore AE\cdot AB=AF\cdot AC$.

19. (1) 由 $CB^2=CD\cdot CE=CD(CD+DE)$,得 $CD=1$;

(2) 连结 BO,并延长交 EN 于点 G,可得 $EN=2EG=2CB=6=AB$;

(3) 当 AM 与$\odot O$ 相切于点 P 时,有 $MP=AM-AP=AM-AB=AM-6$, $AM=\sqrt{a^2+3^2}$,又 $MD=MC-CD=a-1$, $ME=MC-CE=a-9$, $MP^2=MD\cdot ME$, $\therefore (\sqrt{a^2+3^2}-6)^2=(a-1)(a-9)$.

∴ $a=\frac{180}{11}$，$a=0$(不合题意，舍去).

∵ $a<\frac{180}{11}<17$，

∴ 存在正数 a，使得 AM 与⊙O 相切.

20. (1) 解法一：连结 OB. ∵ PB 切⊙O 于 B，

∴ $\angle OBP=90°$，∴ $PO^2=PB^2+OB^2$.

∵ $PO^2=PB^2+OB^2$. ∵ $PO=2+m$，$PB=n$，$OB=2$，

∴ $(2+m)^2=n^2+2^2$，$m^2+4m=n^2$. 当 $n=4$ 时，解得 $m_1=-2\sqrt{5}-2$(舍去)，$m_2=2\sqrt{5}-2$，

∴ m 的值为 $2\sqrt{5}-2$.

解法二：延长 PO 交⊙O 于 Q，PAQ 为⊙O 割线.

又∵ PB 切⊙O 于 B，∴ $PB^2=PA\cdot PQ$.

∵ $PB=n$，$PA=m$，$PO=m+4$，∴ $n^2=m^2+4m$. 当 $n=4$ 时，解得 $m_1=-2\sqrt{5}-2$(舍去)，$m_2=2\sqrt{5}-2$.

∴ m 的值为 $2\sqrt{5}-2$.

(2) 存在点 C，使△PBC 为等边三角形. 当 $\angle OPB=30°$时，过点 P 作⊙O 的另一条切线 PC，C 为切点.

∴ $PB=PC$，$\angle OPB=\angle OPC$. ∴ $\angle BPC=60°$，

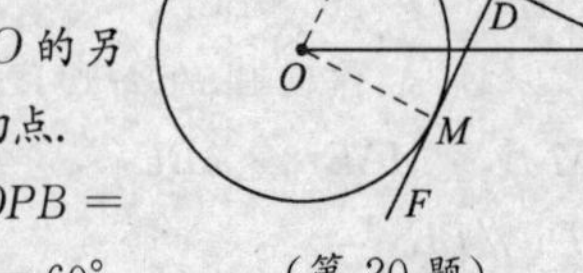

(第 20 题)

∴ △PBC为等边三角形. 连结 OB，$\angle OBP=90°$，$OB=2$，得 $OP=4$. ∴ $m=PA=OP-OA=2$.

(3) 如图，设 EF 为线段 PA 的垂直平分线，垂足为 D，当 EF 与⊙O 相切于点 M 时，M 符合要求. 连结 OB、OM，易得四边形 $OMDB$ 为正方形.

∴ $BD=DP=OM=2$. ∴ $n=PB=4$. 由(1)得 $n=4$ 时，$m=2\sqrt{5}-2$.

∴ 当 $m=2\sqrt{5}-2$ 时，⊙O 上存在唯一点 M 和 PB 构成以 PB 为底的等腰三角形. 此时⊙O 上共有 3 个点能与 PB 构成等腰三角形.(这 3 点分别是 M，M_1，M_2. 其中 M 是 PB 中垂线与⊙O 的切点，M_1 是延长 BO 与⊙O 的交点，M_2 是点 B 关于 OP 的对称点)

21. (1) 连结 PA，PB. ∵ AC 切⊙P 于 A，PA 是⊙P 的半径，∴ $AC\perp PA$

即：$\angle PAC=90°$又∵ 四边形 $PACB$ 内接于⊙O

∴ $\angle PBC+\angle PAC=180°$，∴ $\angle PBC=90°$，即 $PB\perp CB$，又∵ PB 是⊙P 的半径，∴ BC 是⊙P 的切线.

(2) 由切割线定理，得：$BC^2=CD\cdot CE$

∴ $CE=\frac{BC^2}{CD}=\frac{(2\sqrt{2})^2}{2}=4$，$DE=CE-CD=4-2=2$

∴ $PB=1$

在 Rt△EFC 和 Rt△BPC 中，$\angle ECF=\angle BCP$，

∴ Rt△EFC∽Rt△BPC

∴ $\frac{EF}{BP}=\frac{CE}{CB}$，$EF=\frac{BP\cdot CE}{CB}=\frac{1\times4}{2\sqrt{2}}=\sqrt{2}$.

(3) 存在实数 k，使△PBD 为等边三角形.

$$\left.\begin{array}{r}\triangle PBD\text{为等边三角形}\Rightarrow\angle CPB=60°\\ CB\text{是}\odot P\text{的切线}\Rightarrow CB\perp BP\end{array}\right\}$$

$$\left.\begin{array}{r}\Rightarrow\left\{\begin{array}{l}\angle BCP=30°\\ \triangle PBC\text{为Rt}\triangle\end{array}\right\}\Rightarrow PB=\frac{1}{2}PC\\ PB=PE\end{array}\right\}$$

$$\left.\begin{array}{r}\Rightarrow PC=2PE\\ CE=PC+PE\end{array}\right\}\Rightarrow CE=3PE\Rightarrow PE:CE=\frac{1}{3}$$

即：$k=\frac{1}{3}$时，△PBD 为等边三角形.

22. 可以，例如，四边形 AP_1CP_7 就是平行四边形. 证明：∵ 四边形 $ABCD$ 是平行四边形，

∴ $AB\underline{\parallel}DC$.

∴ $\angle ABP_1=\angle CDP_7$.

∵ $PB_1=DP_7$.

∵ $PB_1=DP_7=\frac{1}{8}BD$，

∴ △ABP_1≌△CDP_7，

(第 22 题)

∴ $AP_1=CP_7$. 同理可证 $AP_7=CP_1$. ∴ 四边形 AP_1CP_7 是平行四边形.

23. (1) 连结 AP，并延长至点 D，则 $\angle BPD>\angle BAD$；同理$\angle CPD>\angle CAD$；

(2) 在△ABC 外，又和点 A 在直线 l 的同侧存在点 Q，使$\angle BQC>\angle BAC$.

24. x 的值不变. $PH\parallel AB\Rightarrow\frac{PE}{AB}=\frac{PC}{BC}$. $PF\parallel CD\Rightarrow\frac{PF}{CD}=\frac{BP}{BC}$.

∵ $AB=CD$，∴ $\frac{PE+PF}{AB}=\frac{PC+BP}{BC}=\frac{BC}{BC}=1$.

∴ $PE+PF=AB$. ∴ $x=m+n=3$.

25. (1) ∵ 四边形 $DEFG$ 是矩形，∴ $DG\parallel BC$.

∴ △ADG∽△ABC.

∴ $\frac{AM}{AP}=\frac{DG}{BC}$. ∴ $AM=\frac{h}{a}x$.

∴ $DE=AP-AM=h-\frac{h}{a}x$.

由此得 $y=hx-\frac{h}{a}x^2(0<x<a)$.

(2) 由 $AP=6,BC=8,y=9$,代入函数式得 $9=6x-\frac{6}{8}x^2$.解得 $x_1=2,x_2=6$.

∴ 符合条件的 DG 长为 2 或 6.

(3) 假设有两个符合条件的矩形,它们的面积分别是 y_1 和 y_2,对应的 DG 为 x_1 和 x_2,依题意,得 $\frac{1}{2}ah=hx_1-\frac{h}{a}x_1^2+hx_2-\frac{h}{a}x_2^2$. 经配方可得 $-\frac{h}{a}\left[\left(x_1-\frac{a}{2}\right)^2+\left(x_2-\frac{a}{2}\right)^2\right]=0$. 即 $\left(x_1-\frac{a}{2}\right)^2+\left(x_2-\frac{a}{2}\right)^2=0$. ∴ $x_1=x_2=\frac{a}{2}$. 因此,不存在两个不同的矩形,它们的面积之和等于$\triangle ABC$ 的面积.

26. (1) 略;(2) 有可能,$DP=\frac{\sqrt{7}}{4}DC$;(3) 27∶40.

27. 解法一:存在,过点 E 作 AB 的平行线,交 AF 于一点,即为 G 点. 此时$\triangle EGA\cong\triangle ADE$. 证明如下:

∵ DE 是$\triangle ABC$ 的中位线,∴ $DE/\!/BC$.

又∵ $AF/\!/BC$,∴ $DE/\!/AF$. ∴ $\angle EAG=\angle AED$.

∵ $EG/\!/AB$,∴ $\angle AEG=\angle EAD$.

又∵ $AE=AE$,∴ $\triangle EGA\cong\triangle ADE$.

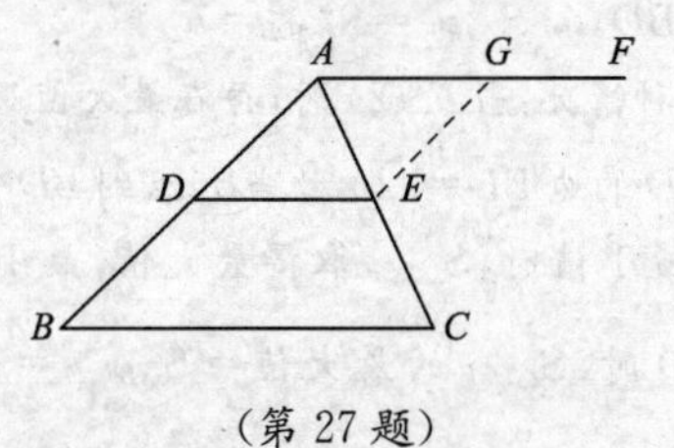

(第 27 题)

解法二:存在. 在 AF 上截取 $AG=DE$,连结 EG,则$\triangle EGA\cong\triangle ADE$. 证明如下:∵ DE 是$\triangle ABC$ 的中位线,∴ $DE/\!/BC$.

又∵ $AF/\!/BC$,∴ $DE/\!/AF$.

∴ $\angle EAG=\angle AED$. 又∵ $AE=AE,AG=DE$,

∴ $\triangle EGA\cong\triangle ADE$.

28. (1) ∵ $DH:CD=5:13$,∴ 设 $DH=5k(k>0)$,则 $CD=13k$.

∵ $CH\perp BD$ 于点 H,在 Rt$\triangle CHD$ 中,根据勾股定理,$CH^2+DH^2=CD^2$,∴ $CH=\sqrt{CD^2-DH^2}=\sqrt{(13k)^2-(5k)^2}=12k$.

∵ $CH=\frac{60}{13}$,∴ $12k=\frac{60}{13}$.

∴ $k=\frac{5}{13}$.

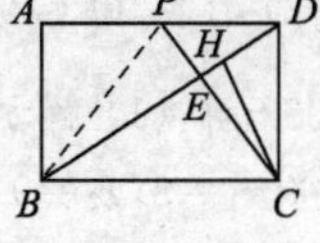

(第 28 题)

∴ $DC=5,DH=\frac{25}{13}$.

∵ 四边形 $ABCD$ 是矩形.

∴ $\angle BCD=90°$.

∴ $DC^2=DH\cdot BD$.

∴ $BD=\frac{DC^2}{DH}=13$.

(2) 在 Rt$\triangle BCD$ 中,根据勾股定理,$BC=\sqrt{BD^2-DC^2}=12$. ∴ $AD=12$,

∵ $AP=x$,∴ $PD=12-x$,过 E 点作 $EF\perp AD$ 于点 F,延长 EF 交 BC 于点 M,则 $EM\perp BC$.

∵ $AD/\!/BC$,∴ $\triangle EDP\backsim\triangle EBC$.

∴ $\frac{EF}{EM}=\frac{PD}{CB}$.

∵ $EF+EM=5$,∴ $EM=5-EF$.

∴ $\frac{EF}{5-EF}=\frac{12-x}{12}$. ∴ $EF=\frac{5(12-x)}{24-x}$.

∴ $S_{\triangle PED}=\frac{1}{2}(12-x)\cdot\frac{5(12-x)}{24-x}=\frac{5(12-x)^2}{2(24-x)}$.

∵ $S_{\triangle ABD}=\frac{1}{2}AB\cdot AD=\frac{5\times12}{2}=30$,

又∵ $S_{四边形ABEP}=S_{\triangle ABD}-S_{\triangle PED}$,∴ $y=30-\frac{5(12-x)^2}{2(24-x)}$,其中 $0<x<12$.

(3) ∵ $S_{四边形ABEP}=5S_{\triangle PED}$,∴ $S_{四边形ABEP}=\frac{5}{6}S_{\triangle ABD}=25$.

∴ $30-\frac{5(12-x)^2}{2(24-x)}=25$. 整理,得 $x^2-22x+96=0$.

解得 $x_1=6,x_2=16$. 经检验,$x_1=6,x_2=16$ 是原方程的根,但 $x_2=16$ 不合题意,舍去. ∴ $x=6$.

∴ $AP=6$. 当 $AP=6$ 时,P 为 AD 中点. 连结 PB. 则$\triangle PAB\cong\triangle PDC$(如图).

∴ $\triangle PAB$ 与$\triangle PDC$ 相似,相似比为 1.

29. 存在过点 E 作 AC 的垂线,与 AF 交于一点,即为 M 点(或作$\angle MCA=\angle AED$).

30. (1)如图 1,∵ OF 是角平分线,∴ $\angle1=\angle2$.

∵ MN 平行于 x 轴,∴ $\angle3=\angle2$,∴ $\angle1=\angle3$,

∴ $BO=BF$. 同理可证 $BO=BE$,∴ $BE=BF$.

(2) 当$\frac{OB}{OA}=\frac{1}{2}$时,四边形 $AEOF$ 是矩形.

∵ $\frac{OB}{OA}=\frac{1}{2}$,∴ $OB=AB$.

又∵ $BE=BF$,∴ 四边形 $AEOF$ 是平行四边形.

∵ OE、OF 是角平分线,∴ $\angle EOF=90°$,

∴ 四边形 $AEOF$ 是矩形.

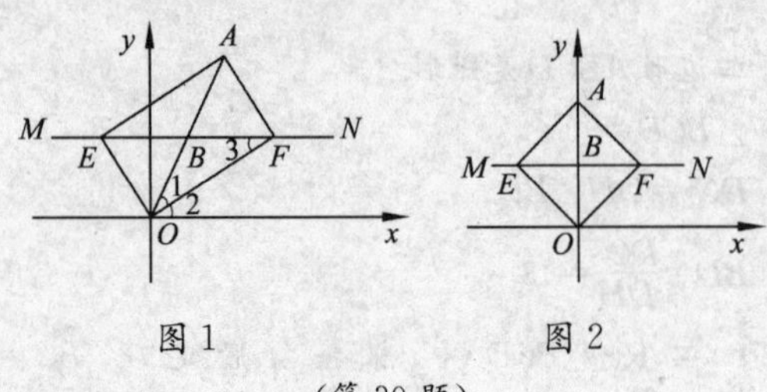

图 1　　　图 2

(第 30 题)

(3) 如图 2,∵ MN 平行于 x 轴,∴ 当 A 点在 y 轴时,即 A 点坐标为 $(0,4)$ 时,有 $OA\perp EF$. 此时,取 OA 的中点 $B(0,2)$,由(2)知四边形 $AEOF$ 是矩形,∴ 四边形 $AEOF$ 是正方形,∴ 存在 $A(0,4)$,B,$(0,2)$,使四边形 $AEOF$ 为正方形.

31. ① 结论:能.

设 $AP=x\text{cm}$,则 $PD=(10-x)\text{cm}$. 因为 $\angle A=\angle D=90^\circ$,$\angle BPC=90^\circ$.

所以 $\angle DPC=\angle ABP$. 所以 $\triangle ABP\backsim\triangle DPC$.

则 $\dfrac{AB}{PD}=\dfrac{AP}{DC}$,即 $AB\cdot DC=PD\cdot AP$.

所以 $4\times4=x(10-x)$,即 $x^2-10x+16=0$.

解得 $x_1=2$,$x_2=8$. 所以 $AP=2\text{cm}$ 或 8cm.

② 结论:能.

设 $AP=x\text{cm}$,$CQ=y\text{cm}$. 由于 $ABCD$ 是矩形,$\angle HPF=90^\circ$,所以 $\triangle BAP\backsim\triangle ECQ$,$\triangle BAP\backsim\triangle PDQ$. 所以 $AP\cdot CE=AB\cdot CQ$,$AP\cdot PD=AB\cdot DQ$. 所以 $2x=4y$,即 $y=\dfrac{x}{2}$,① $x(10-x)=4(4+y)$. ② 消去 y,得 $x^2-8x+16=0$,解得 $x_1=x_2=4$,即 $AP=4\text{cm}$.

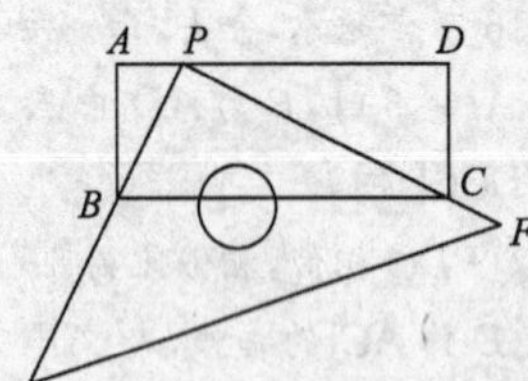

图 1

图 2

(第 31 题)

32. (1) 由 $\angle APC$ 为 $\triangle ABP$ 的外角得,$\angle APC=\angle B+\angle BAP$,又∵ $\angle B=\angle APE$,∴ $\angle EPC=\angle BAP$. 又 $\angle B=\angle C$. ∴ $\triangle ABP\backsim\triangle PCE$.

(2) 过 A 作 $AF\perp BC$ 于 F. 由已知易求得 $BF=\dfrac{7-3}{2}=2\text{cm}$. 在 $\text{Rt}\triangle ABF$ 中,$\angle B=60^\circ$. $BF=2$,

∴ $AB=4\text{cm}$.

(3) 过 A 作 $AF\perp BC$ 于 G,过 D 作 $DH\perp BC$ 于 H,易得 $BG=CH=2$,∴ $DC=4$.

∵ $DE:EC=5:3$,∴ $EC=\dfrac{3}{2}$.

设 $BP=x$,则 $PC=7-x$,由 $\triangle ABP\backsim\triangle PCE$ 得 $\dfrac{AB}{PC}=\dfrac{BP}{EC}$,即 $\dfrac{4}{7-x}=\dfrac{x}{\frac{3}{2}}$,∴ $x^2-7x+6=0$. $x_1=1$,$x_2=6$. ∴ $BP=1$ 或 6.

33. (1) $S_{\triangle DBF}=\dfrac{1}{2}DF\cdot AB=\dfrac{1}{2}(b-\sqrt{2}a)\times b=\dfrac{b^2-\sqrt{2}ab}{2}$.

(2) 如图. 连结 AF,∵ $\angle FAG=45^\circ=\angle DBA$,

∴ $AF/\!/BD$,∴ $S_{\triangle DBF}=S_{\triangle ADB}=b^2$

(3) 第一种情况:当 $b>2a$ 时,存在最大值及最小值;

∵ $\triangle BFD$ 的边 $BD=\sqrt{2}b$,故当 F 点到 BD 的距离取得最大,最小值时,$S_{\triangle DBF}$ 取得最大值,最小值,如图 $CF_2\perp BD$ 时,$S_{\triangle DBF}$ 的最大值 $=S_{\triangle BF_2D}=\dfrac{1}{2}\sqrt{2}b\cdot\left(\dfrac{1}{2}\sqrt{2}b+\sqrt{2}a\right)=\dfrac{b^2+2ab}{2}$. $S_{\triangle DBF}$ 的最小值 $=S_{\triangle BF_1D}=\dfrac{1}{2}\sqrt{2}b\cdot\left(\dfrac{1}{2}\sqrt{2}b\cdot\sqrt{2}a\right)=\dfrac{b^2-2ab}{2}$. 第二种情况:当 $b=2a$ 时,存在最大值,不存在最小值;$S_{\triangle DBF}$ 的最大值 $=\dfrac{b^2+2ab}{2}$.

34. 解:(1) ∵ 点 $A(3,m)$ 在直线 $y=x-2$ 上,

∴ $m=3-2=1$.

∴ 点 A 的坐标是 $(3,1)$. ∵ 点 $A(3,1)$ 在双曲线 $y=\dfrac{k}{x}$ 上,∴ $1=\dfrac{k}{3}$ ∴ $k=3$.

(2) 存在. $Q_1(\sqrt{10},0)$,$Q_2(6,0)$,$Q_3\left(\dfrac{5}{3},0\right)$.

35. 解:(1) 解方程 $x^2-12x+27=0$,

得 $x_1=3$,$x_2=9$.

∵ $PO<PC$,∴ $PO=3$. ∴ $P(0,-3)$.

(2) ∵ $PO=3$,$PC=9$,∴ $OC=12$

$\because \angle ABC=\angle ACO$，$\therefore \tan\angle ACO=\dfrac{OA}{OC}=\dfrac{3}{4}$

$\therefore OA=9$

$\therefore A(-9,0)$

$\therefore AP=\sqrt{OA^2+OP^2}=3\sqrt{10}$.

(3) 存在，直线 PQ 解析式为

$y=-\dfrac{4}{3}x-3$ 或 $y=-\dfrac{1}{12}x-3$.

36. (1) $2\sqrt{3}$；

(2) $y=-\dfrac{\sqrt{3}}{3}x^2+\dfrac{8\sqrt{3}}{3}x-4\sqrt{3}$；

(3) 4 个点：$(6-2\sqrt{3},0)$，$(6+2\sqrt{3},0)$，$(0,0)$，$(4,0)$

37. 解：(1) $y=-\dfrac{\sqrt{3}}{3}x^2-\dfrac{2\sqrt{3}}{3}x+\sqrt{3}$，令 $x=0$，

得 $y=\sqrt{3}$ 令 $y=0$，即 $-\dfrac{\sqrt{3}}{3}x^2-\dfrac{2\sqrt{3}}{3}x+\sqrt{3}=0$，$x^2+2x-3=0$，$\therefore x_1=1$，$x_2=-3$.

$\therefore$ A、B、C 三点的坐标分别为 $A(-3,0)$，$B(1,0)$，$C(0,\sqrt{3})$.

(2) ① $E(-2,-\sqrt{3})$ ② 四边形 $AEBC$ 是矩形. 理由：四边形 $AEBC$ 是平行四边形，且 $\angle ACB=90°$.

(3) 存在. $D\left(-1,\dfrac{4\sqrt{3}}{4}\right)$ 作出点 A 关于 BC 的对称点 A'，连结 $A'D$ 与直线 BC 交于点 P，则点 P 是使 $\triangle PAD$ 周长最小的点. 求得 $A'(3,2\sqrt{3})$ 过 A'、D 的直线 $y=\dfrac{\sqrt{3}}{6}x+\dfrac{3\sqrt{3}}{2}$. 过 B，C 的直线 $y=-\sqrt{3}x+\sqrt{3}$. 两直线的交点 $P\left(-\dfrac{3}{7},\dfrac{10\sqrt{3}}{7}\right)$.

38. 解：(1) $G(2,4)$

(2) 点 O、C 的坐标分别是 $(0,0)$、$(4,0)$

设所求抛物线解析式为 $y=ax(x-4)$

把 G 点坐标代入得 $a=-1$

所求抛物线解析式为 $y=-x(x-4)=-x^2+4x$

(3) 抛物线上存在点 P，使得 P 在 EF 上，且 $PE=PF$. 过点 P 分别作 PN、EQ 垂直于 x 轴，垂足为 N、Q，则 $EQ=4$，PN 是 $\triangle EFQ$ 的中位线，

$\therefore PN=2$

即点 P 的纵坐标为 2

把 $y=2$ 代入抛物线解析式，得 $2=-x^2+4x$

解之，得 $x_1=2+\sqrt{2}$ $x_2=2-\sqrt{2}$

$\therefore$ 点 P 的坐标为 $(2+\sqrt{2},2)$ 或 $(2-\sqrt{2},2)$

39. 解：(1) 将 M、N 两点的坐标代入抛物线解析式，得

$$\begin{cases} a-b+c=2, & ① \\ a+b+c=-2. & ② \end{cases}$$

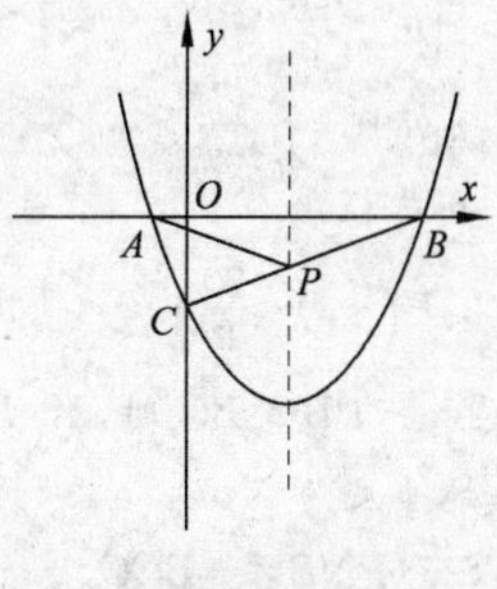

②－①，得 $2b=-4$，

$\therefore b=-2$.

(2) 由 (1) $b=-2$，

$a+c=0$，

所以抛物线解析式可写为

$y=ax^2-2x-a$.

(第 39 题)

则 $C(0,-a)$.

设 $A(x_1,0)$，$B(x_2,0)$，

则 x_1，x_2 是方程 $ax^2-2x-a=0$ 的两根，

从而 $x_1x_2=-1$.

由所给图形可知 $OC=a$，$OA=-x_1$，$OB=x_2$.

$\because OC^2=OA\cdot OB$，$\therefore a^2=-x_1x_2$.

$\therefore a^2=1$，$\therefore a=1$ $(a>0)$.

$\therefore$ 抛物线解析式为 $y=x^2-2x-1$.

(3) 在抛物线对称轴上存在点 P，使 $\triangle PAC$ 的周长最小.

$\because AC$ 长为定值，

$\therefore$ 要使 $\triangle PAC$ 的周长最小，只需 $PA+PC$ 最小.

$\because$ 点 A 关于对称轴 $x=1$ 的对称点是 B，由几何知识知，$PA+PC=PB+PC$.

BC 与对称轴的交点为所求点 P.

由(2)知 $B(\sqrt{2}+1,0)$，$C(0,-1)$，

经过点 $B(\sqrt{2}+1,0)$，$C(0,-1)$ 的直线为

$y=(\sqrt{2}-1)x-1$.

当 $x=1$ 时，$y=\sqrt{2}-2$. 即 $P(1,\sqrt{2}-2)$.

40. 解：(1) $y=kx^2+2kx-3k=k(x^2+2x-3)=k(x+1)^2-4k$

$\because y$ 有最大值 4，$\therefore -4k=4$，$\therefore k=-1$

$\therefore$ 抛物线的解析式为 $y=-x^2-2x+3$

(2) 由 $y=-x^2-2x+3$ 可得 $A(-3,0)$，$B(1,0)$，$C(0,3)$. 设点 $P(a,b)$

① 当 $PC\perp BC$ 时，作 $PM\perp y$ 轴，垂足为 M 点，

$\because \triangle PMC\backsim\triangle COB$，$\therefore \dfrac{PM}{CO}=\dfrac{MC}{OB}$，即 $\dfrac{-a}{3}=\dfrac{3-b}{1}$，

$\therefore a=3b-9$，$\because P(a,b)$ 在 $y=-x^2-2x+3$ 上，

$\therefore b=-a^2-2a+3$，解方程组 $\begin{cases} a=3b-9, \\ b=-a^2-2a+3, \end{cases}$

得$\begin{cases}a_1=-\dfrac{7}{3},\\ b_1=\dfrac{20}{9}.\end{cases}$

$\begin{cases}a_2=0,\\ b_2=3.\end{cases}$(舍去)

$\therefore P\left(-\dfrac{7}{3},\dfrac{20}{9}\right)$.

(第 40 题)

② 当 $PB\perp BC$ 时,作 $PN\perp x$ 轴,垂足为 N 点,

$\because \triangle PNB\backsim\triangle BOC$,

$\therefore \dfrac{PN}{BO}=\dfrac{NB}{OC}$,即$\dfrac{-b}{1}=\dfrac{-a+1}{3}$,

$\therefore a=3b+1$

$\because P(a,b)$在 $y=-x^2-2x+3$ 上,$\therefore b=-a^2-2a+3$,解方程组$\begin{cases}a=3b+1,\\ b=-a^2-2a+3.\end{cases}$

得$\begin{cases}a_1=-\dfrac{10}{3},\\ b_1=-\dfrac{13}{9}.\end{cases}$ $\begin{cases}a_2=1,\\ b_2=0.\end{cases}$(舍去)

$\therefore P\left(-\dfrac{10}{3},-\dfrac{13}{9}\right)$,综上所述,抛物线上存在点 P,使得$\triangle PBC$为直角三角形,此时 $P\left(-\dfrac{7}{3},\dfrac{20}{9}\right)$或 $P\left(-\dfrac{10}{3},-\dfrac{13}{9}\right)$.

41. 解:(1) 由题意知,$OA+OB=2m+6$,

$OA\cdot OB=2m^2$,

又 $AB=2OC=6\sqrt{5}$,$AB^2=OA^2+OB^2=(OA+OB)^2-2OA\cdot OB$.

可求 $m=6$,$OA=6$,$OB=12$.

(2) 作 $CE\perp x$ 轴于点 E,$DF\perp x$ 轴于点 F.

$OE=\dfrac{1}{2}OA=3$,$CE=\dfrac{1}{2}OB=6$.

又 $DF/\!/CE$. $\dfrac{OD}{OC}=\dfrac{2}{3}$,于是可求得 $OF=2$,$DF=4$.

$\therefore$ 点 D 的坐标为$(2,4)$.

设直线 AD 的解析式为 $y=kx+b$.

把 $A(6,0)$,$D(2,4)$代入得$\begin{cases}6k+b=0\\ 2k+b=4\end{cases}$解得$\begin{cases}k=-1,\\ b=6.\end{cases}$

$\therefore$ 直线 AD 的解析式为 $y=-x+6$.

(3) 存在.

$Q_1(-3\sqrt{2},3\sqrt{2})$　$Q_2(3\sqrt{2},-3\sqrt{2})$　$Q_3(3,-3)$

$Q_4(6,6)$

42. (1) 由题意可知 A,B 两点的纵坐标为 n,代入抛物线解析式找出 m、n 的关系.

(1) 证明:$\because m^2-4\times1\times(-2m)^2=m^2+8m^2=9m^2>0$,$\therefore$ 抛物线与 x 轴有两个不同的交点.

(2) 解:存在.

由题意知:A,B 两点的纵坐标为 n,代入抛物线的解析式得

$x^2+mx-2m^2=n$,即 $x^2+mx-2m^2-n=0$.

设 $A(x_1,n)$,$B(x_2,n)$,则$|x_1|=2|x_2|$,即 $x_1=\pm2x_2$.

① $\begin{cases}x_1=2x_2,\\ x_1+x_2=-m,\\ x_1\cdot x_2=-2m^2-n.\end{cases}$

消去 x_1、x_1 得$\dfrac{2}{9}m^2=-2m^2-n$

$\therefore n=-\dfrac{20}{9}m^2(m\neq0)$.

② $\begin{cases}x_1=-2x_2,\\ x_1+x_2=-m,\\ x_1\cdot x_2=-2m^2-n.\end{cases}$

消去 $x_1\cdot x_2$,得$-2m^2=-2m_2-n$.

解得 $n=0$,$m\neq0$ 的实数.

所以 m、n 满足的条件为 $n=-\dfrac{20}{9}m^2(m\neq0)$或 $n=0$,$m\neq0$ 的实数.

43. 解:(1) $\because x_1+x_2=0$,$\therefore -\dfrac{6-\sqrt{m^2}}{-\dfrac{1}{3}}=0$,

解得 $m=\pm6$,$\because$ 抛物线与 y 轴交于正半轴上,

$\therefore m-3>0$,$\therefore m=6$.

$\therefore$ 抛物线解析式 $y=-\dfrac{1}{3}x^2+3$,

$\therefore$ 抛物线顶点坐标 $C(0,3)$,抛物线对称轴方程 $x=0$.

(2) 由$-\dfrac{1}{3}x^2+3=0$,解得 $x=\pm3$,

$\therefore B$ 点坐标为$(3,0)$.假设存在一点 P 使$\triangle PBC\cong\triangle OBC$.因为$\triangle OBC$是等腰直角三角形,$BC$ 是公共边,故 P 点与 O 点必关于 BC 所在直线对称.

$\therefore$ 点 P 坐标是$(3,3)$.

当 $x=3$ 时,$y=-\dfrac{1}{3}\times3^2+3\neq3$,即点 P 不在抛物线上,所以不存在这样的点 P,使$\triangle PBC\cong\triangle OBC$.

44. 解:(1) $\because \triangle ABC$是等边三角形,

$\therefore \angle B=60°$.

在 Rt△AOB 中，

$\therefore OA=AB\cdot \sin B=2\times\frac{\sqrt{3}}{2}=\sqrt{3}$.

$\therefore A(0,\sqrt{3})$.

(2) $\because OA\perp BC$，$\therefore OB=OC=\frac{1}{2}BC=1$.

$\therefore B(-1,0)$，$C(1,0)$.

设 $y=ax^2+bx+c$，依题意得$\begin{cases}a-b+c=0\\a+b+c=0,\\c=\sqrt{3}\end{cases}$

解得 $a=-\sqrt{3}$，$b=0$，$c=\sqrt{3}$.

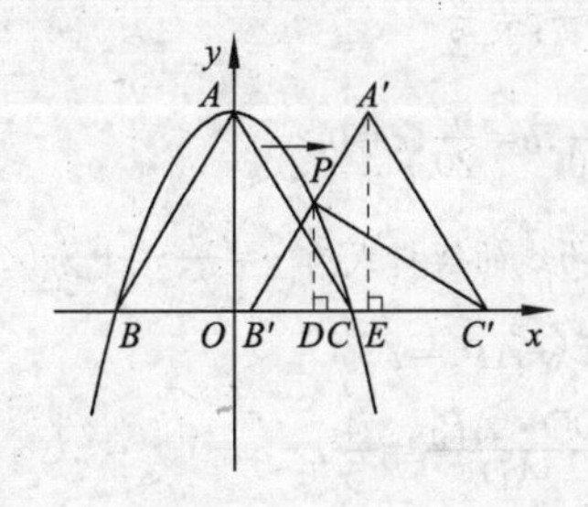

（第 44 题）

$\therefore y=-\sqrt{3}x^2+\sqrt{3}$.

(3) 过 P 作 $PD\perp B'C'$ 于 D，过 A' 作 $A'E\perp BC'$ 于 E，则 $PD/\!/A'E$.

$\because \triangle A'B'C'$ 是等边三角形，$\triangle P'B'C'$ 是直角三角形.

$\therefore$ 点 P 是 $A'B'$ 的中点.

$\therefore DE=\frac{1}{2}B'E=\frac{1}{2}$，$PD=\frac{1}{2}AE'=\frac{\sqrt{3}}{2}$.

$\because$ 当 $y=\frac{\sqrt{3}}{2}$ 时，$x=\pm\frac{\sqrt{2}}{2}$，

点 P 在第一象限，$\therefore P\left(\frac{\sqrt{2}}{2},\frac{\sqrt{3}}{2}\right)$. 则 $OD=\frac{\sqrt{2}}{2}$.

$\because OE=OD+DE=\frac{\sqrt{2}}{2}+\frac{1}{2}=\frac{\sqrt{2}+1}{2}$.

$\therefore \triangle ABC$ 沿 x 轴向右平移 $\frac{\sqrt{2}+1}{2}$ 个单位后能使 $\triangle PB'C'$ 是直角三角形.

45. 解：(1) $a=-\frac{4}{3}$　$b=\frac{16}{3}$　$H(2,1)$

(2) 答：存在这样的点 Q，使得点 Q、M、Q、H 为顶点的四边形为平行四边形. 由题意得可知，$\triangle MDC$ 是直角三角形，$CD=3$，$OC=4$

$\because \tan\angle OMD=\frac{1}{3}$

$\therefore \frac{CD}{CM}=\frac{1}{3}$

$\therefore CM=9$

$\therefore OM=9-4=5$.

① 要使 $OMQH$ 是平行四边形，由题意知 $OM/\!/HQ$，只须 $OM=HQ$

$\because$ 点 H 的纵坐标是 1

$\therefore$ 点 $Q_1(2,-4)$

（第 45 题）

② 要使 $OMHQ$ 是平行四边形，由题意知 $OM/\!/HQ$，只须 $OM=HQ$.

$\because$ 点 H 的纵坐标是 1，

$\therefore$ 点 $Q_2(2,6)$.

46. (1) 由已知可得$\angle AOE=60°$，$A'E=AE$. 由 $A'E/\!/x$ 轴，得$\triangle OA'E$ 是直角三角形，设 A' 的坐标为$(0,b)$.

$AE=A'E=\sqrt{3}b$，$OE=2b$. $\sqrt{3}b+2b=2+\sqrt{3}$.

所以 $b=1$，A'，E 的坐标分别是$(0,1)$与$(\sqrt{3},1)$.

(2) 因为 A'，E 在抛物线上，所以

$\begin{cases}1=c\\1=-\frac{1}{6}(\sqrt{3})^2+\sqrt{3}b+c\end{cases}$ 所示$\begin{cases}c=1\\b=\frac{\sqrt{3}}{6}\end{cases}$，函数关系式为

$y=-\frac{1}{6}x^2+\frac{\sqrt{3}}{6}x+1$.

由$-\frac{1}{6}x^2+\frac{\sqrt{3}}{6}x+1=0$ 得 $x_1=-\sqrt{3}$，$x_2=2\sqrt{3}$.

与 x 轴的两个交点坐标分别是$(-\sqrt{3},0)$与$(2\sqrt{3},0)$.

(3) 不可能使$\triangle A'EF$ 成为直角三角形.

$\because \angle FA'E=\angle FAE=60°$，若$\triangle A'EF$ 成为直角三角形，只能是$\angle A'EF=90°$或$\angle A'FE=90°$.

若$\angle A'EF=90°$，利用对称性，则$\angle AEF=90°$，A'，E，A 三点共线，O 与 A 重合，与已知矛盾；

同理若$\angle A'FE=90°$也不可能. 所以不能使$\triangle A'EF$ 成为直角三角形.

47. (1) $y=x^2-4x$；(2) $B\left(\frac{2}{3},0\right)$；

(3) $S=\begin{cases}-3x^2+x & \left(0<x<\frac{1}{3}\right)\\3x^2-x & \left(\frac{1}{3}<x<2\right)\end{cases}$

(4) 存在动点 P，使 $S=2$，此时 P 点坐标为$(1,-3)$.

48. 解：(1) $\because$ Rt$\triangle EFG\backsim\triangle$Rt$\triangle ABC$，$\therefore \frac{EG}{AC}=\frac{FG}{BC}$，$\frac{4}{8}=\frac{FG}{6}$.

$\therefore FG=\frac{4\times6}{8}=3$cm.

$\because$ 当 P 为 FG 的中点时，$OP /\!/ EG$，$EG /\!/ AC$，

$\therefore OP /\!/ AC$.

$\therefore x=\frac{\frac{1}{2}FG}{1}=\frac{1}{2}\times3=1.5$(s).

$\therefore$ 当 x 为 1.5s 时，$OP /\!/ AC$.

(2) 在 Rt$\triangle EFG$ 中，由勾股定理得：$EF=5$cm.

$\because EG /\!/ AH$，$\therefore \triangle EFG \backsim \triangle AFH$.

$\therefore \frac{EG}{AH}=\frac{EF}{AF}=\frac{FG}{FH}$.

$\therefore \frac{4}{AH}=\frac{5}{x+5}=\frac{3}{FH}$.

$\therefore AH=\frac{4}{5}(x+5)$，$FH=\frac{3}{5}(x+5)$.

过点 O 作 $OD\perp FP$，垂足为 D.

$\because$ 点 O 为 EF 中心，

$\therefore OD=\frac{1}{2}EG=2$cm.

$\because FP=3-x$，

$\therefore S_{四边形OAHP}=S_{\triangle AFH}-S_{\triangle OFP}=\frac{1}{2}\cdot AH\cdot FH-\frac{1}{2}\cdot OD\cdot FP=\frac{1}{2}\cdot\frac{4}{5}(x+5)\cdot\frac{3}{5}(x+5)-\frac{1}{2}\times2\times(3-x)=\frac{6}{25}x^2+\frac{17}{5}x+3(0<x<3)$.

(3) 假设存在某一时刻 x，使得四边形 $OAHP$ 面积与 $\triangle ABC$ 面积的比为 13∶24.

则 $S_{四边形OAHP}=\frac{13}{24}\times S_{\triangle ABC}$，

$\therefore \frac{6}{25}x^2+\frac{17}{5}x+3=\frac{13}{24}\times\frac{1}{2}\times6\times8$.

$\therefore 6x^2+85x-250=0$ 解得 $x_1=\frac{5}{2}$，$x_2=-\frac{50}{3}$(舍去).

$\because 0<x<3$，

$\therefore$ 当 $x=\frac{5}{2}$(s)时，四边形 $OAHP$ 面积与 $\triangle ABC$ 面积的比为 13∶24.

49. 解：(1) $\because$ 正方形 $ABCO$ 的边长为 3

$\therefore A$ 点的坐标为(0,3)

设直线 AD 的解析式为 $y=kx+b$

则 $\begin{cases}0=4k+b\\3=b\end{cases}$ 解得 $k=-\frac{3}{4}$，$b=3$.

$\therefore$ 所求直线的解析式为 $y=-\frac{3}{4}x+3$.

(2) $|AP|=\frac{5}{2}$

在 Rt$\triangle AOD$ 中，$AD=\sqrt{OD^2+OA^2}=5$

$\therefore P$ 为 AD 的中点

故 P 点的坐标为 $\left(2,\frac{5}{2}\right)$

设过 $B(-3,3)$，$0(0,0)$，$P\left(2,\frac{5}{2}\right)$ 三点的抛物线的解析式为：

$y=ax^2+bx+c$

则 $\begin{cases}9a-3b+c=3\\c=0\\4a+2b+c=\frac{5}{2}\end{cases}$

解得，$a=\frac{9}{20}$，$b=\frac{7}{20}$，$c=0$.

$\therefore$ 所求抛物线的解析式为 $y=\frac{9}{20}x^2+\frac{7}{20}x$.

(3) 由题意知 $AP_1=t$

$\therefore P_1F=\frac{OD\cdot AP_1}{AD}=\frac{4}{5}t$

$P_2E=\frac{AO\cdot P_1D}{AD}=\frac{3(5-t)}{5}$

$\because P_1E\perp x$ 轴，$BC\perp x$ 轴

$\therefore$ 四边形 $BCEP_1$ 是梯形

$\therefore S_{DCEP_1}=\frac{1}{2}(P_1E+BC)\cdot CE$

$=\frac{1}{2}\left[\frac{3}{5}(5-t)+3\right]\cdot\left(3+\frac{4}{5}t\right)$

$=-\frac{6}{25}t^2+\frac{3}{2}t+9=-\frac{6}{25}\left(t-\frac{25}{8}\right)^2+\frac{363}{32}$

$\therefore$ 当 $t=\frac{25}{8}$ 时，$S_{最大}=\frac{363}{32}$

50. (1) 解方程 $x^2-5x+4=0$ 得，$x_1=1$，$x_2=4$

又 $CD<OB$. $\therefore CD=1$，$OB=4$

$\because CD /\!/ OB$，$\therefore S_{\triangle OCD}:S_{\triangle ODB}=CD:OB=1:4$.

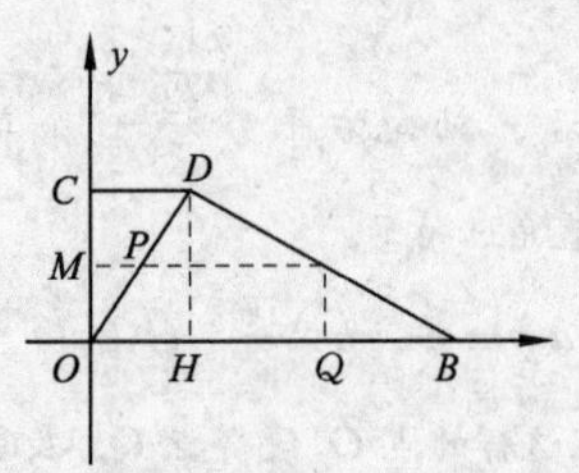

(第 50 题)

(2) 过 D 作 $DH\perp OB$ 于 H.

$\because OD^2=CD\cdot OB$，$\therefore OD=\sqrt{1\times4}=2$.

$\therefore DH=\sqrt{2^2-1^2}=\sqrt{3}$，$\therefore D$ 点的坐标为 $(1,\sqrt{3})$.

设直线 DB 的解析式为 $y=kx+b$，将 $D(1,\sqrt{3})$，$B(4,0)$ 的坐标分别代入 $y=kx+b$ 得，

$\begin{cases}\sqrt{3}=k+b,\\0=4k+b,\end{cases}$ 解得之：$\begin{cases}k=-\dfrac{\sqrt{3}}{3},\\b=\dfrac{4\sqrt{3}}{3}.\end{cases}$

$\therefore y=-\dfrac{\sqrt{3}x}{3}+\dfrac{4}{3}\sqrt{3}$；(3) 略

51. (1) $\because$ 当 P 到 C 时，$t=\dfrac{4+6}{2}=5$(秒)；当 Q 到 D 时，$t=8$(秒). $\therefore$ 点 P 先到达终点，此时 t 为 5 秒.

(2) 作 $BE\perp DA$ 于点 E，则 $BE=2\sqrt{3}$，$\angle A=60^\circ$，$\angle ABE=30^\circ$. 取 AP 的中点 F，连 FQ. 则 $\triangle AFQ$ 为等边三角形.

$\therefore FP=FA=FQ$，$\therefore \angle AQP=90^\circ$.

$\therefore$ 以 PQ 为直径的圆与 AD 相切.

另解：作 $BE\perp DA$ 于点 E，则 $AE=2$，$\therefore \dfrac{AE}{AB}=\dfrac{1}{2}$.

当 $0<t<2$ 时，$\dfrac{AQ}{AP}=\dfrac{t}{2t}=\dfrac{1}{2}$.

$\therefore \dfrac{AE}{AP}=\dfrac{AQ}{AP}$.

$\therefore PQ\perp BE$.

$\therefore \angle PQA=\angle BEA=90^\circ$，$\therefore$ 以 PQ 为直径的圆与 AD 相切.

(3) $0<t<2$ 时，以 PQ 为直径的圆与 CD 不可能相切，当 $2\leqslant t\leqslant 5$ 时，设以 PQ 为直径的 $\odot O$ 与 CD 相切于点 K，则有 $PC=10-2t$，$DQ=8-t$，$OK\perp DC$.

$\therefore OK$ 是梯形 $PCDQ$ 的中位线，$\therefore PQ=2OK=PC+DQ=18-3t$. 在直角梯形 $PCDQ$ 中，$PQ^2=CD^2+(DQ-PC)^2$，即 $(18-3t)^2=(2\sqrt{3})^2+(t-2)^2$，$2t^2-26t+77=0$.

解之得 $t=\dfrac{13\pm\sqrt{15}}{2}$.

$\because \dfrac{13+\sqrt{15}}{2}>5$，$2<\dfrac{13-\sqrt{15}}{2}\approx 4.56<5$，$\therefore t=\dfrac{13-\sqrt{15}}{2}$ 时，以 PQ 为直径的圆与 CD 相切.

另解：设以 PQ 为直径的圆与 CD 相切于点 K.

$\odot O$ 交 AD 于点 Q、H，则 $DK=\sqrt{3}$，$DH=CP+10-2t$，$DQ=8-t$. 由切割线定理，得 $DK^2=DH\times DQ$. $(\sqrt{3})^2=(10-2t)(8-t)$.（以下与上面解法相同）

52. (1) 由已知得 $-\dfrac{b}{2\cdot\frac{1}{2}}=-\dfrac{3}{2}$，$b=\dfrac{3}{2}$，

$\therefore y=\dfrac{1}{2}x^2+\dfrac{3}{2}x-2$.

令 $y=0$ 得 $\dfrac{1}{2}x^2+\dfrac{3}{2}x-2=0$，解得 $x_1=1$，$x_2=-4$.

$\therefore A$，B 两点的坐标分别为 $A(1,0)$，$B(-4,0)$.

(2) 点 C 的坐标为 $(0,-2)$，$\therefore OC=2$，又 $OA=1$，$OB=4$.

$\therefore \dfrac{OA}{OA}=\dfrac{OC}{OB}$

$\therefore \text{Rt}\triangle ACO\backsim\text{Rt}\triangle CBO$.

(3) 设存在这样的点 P，P 点坐标为 (x,y).

$\because AB=5\quad OC=2$

$\therefore S_{\triangle ABC}=5$. 则 $S_{\triangle APB}=\dfrac{1}{2}\cdot 5\cdot|y|=5$.

$y=2$ 或 -2.

当 $y=2$ 时，$\dfrac{1}{2}x^2+\dfrac{3}{2}x-2=2$.

解得 $x=\dfrac{-3\pm\sqrt{41}}{2}$. 当 $y=-2$ 时，$\dfrac{1}{2}x^2+\dfrac{3}{2}x-2=-2$，解得 $x=-3$（$x=0$ 舍去）.

所以存在这样的点 P，点 P 的坐标为 $\left(\dfrac{-3+\sqrt{41}}{2},2\right)$ 或 $\left(\dfrac{-3-\sqrt{41}}{2},2\right)$ 或 $(-3,-2)$.

53. (1) $\because P$ 是第三象限角平分线上的点，$\therefore$ 设点 P 坐标为 $P(a,a)$，且 $a<0$.

又 $\because OP=\sqrt{2}$，$\therefore a^2+a^2=(\sqrt{2})^2$.

解得 $a=\pm1$.

$\because a<0$，$\therefore a=-1$.

$\therefore$ 点 P 坐标为 $P(-1,-1)$.

$\because$ 二次函数 $y=(k^2-1)x^2-2(k-2)x+1$ 的图象过点 P，$\therefore k^2+2k-3=0$.

解得 $k_1=-3$，$k_2=1$.

$\because k^2-1\neq 0$，即 $k\neq\pm1$，$\therefore k=-3$.

$\therefore$ 二次函数的解析式为：$y=8x^2+10x+1$.

(2) 假定存在与抛物线只交于一点 P 的直线：$y=mx+b$. 则 $-m+b=-1$.

$\therefore b=m+1$.

又 $\because y=mx+b$ 与 $y=8x^2+10x+1$ 只交于一点 P.

$\therefore \begin{cases}y=mx+b,\\y=8x^2+10x+1.\end{cases}$ 只有一组实数解.

即：$8x^2+(10-m)^2-4\times 8(1-b)=0$.

$\therefore m^2+12m+36=0$.

解得 $m_1=m_2=-6$.

$\therefore b=-7$.

$\therefore y=-6x-7$. 另外,过 P 点且与 y 轴平行的直线 $x=-1$ 也满足条件.

$\therefore$ 与抛物线只交于一点 P 的直线存在,分别为 $y=-6x-7$, $x=-1$.

54. (1) $\because$ 抛物线 $y=2x^2-4x+m$ 与 x 轴交于不同的两个点,$\therefore$ 关于 x 的方程 $2x^2-4x+m=0$ 有两个不相等的实数根.

$\therefore \Delta=(-4)^2-4\cdot 2m>0$, $\therefore m<2$.

(2) 由 $y=2x^2-4x+m=2(x-1)^2+m-2$,得顶点 C 的坐标是 $(1,m-2)$. 由 $2x^2-4x+m=0$,解得 $x_1=1+\frac{1}{2}\sqrt{4-2m}$ 或 $x_2=1-\frac{1}{2}\sqrt{4-2m}$.

$\therefore AB=\left(1+\frac{1}{2}\sqrt{4-2m}\right)-\left(1-\frac{1}{2}\sqrt{4-2m}\right)=\sqrt{4-2m}$.

(3) 可能. 由 $y=\sqrt{2}x+1$ 分别交 x 轴、y 轴于点 E、F,得 $E\left(-\frac{\sqrt{2}}{2},0\right)$, $F(0,1)$.

$\therefore OE=\frac{\sqrt{2}}{2}$, $OF=1$.

而 $BD=\frac{1}{2}\sqrt{4-2m}$, $DC=2-m$.

当 $OE=BD$,得 $\frac{\sqrt{2}}{2}=\frac{1}{2}\sqrt{4-2m}$,解得 $m=1$.

此时 $OF=DC=1$.

又$\because \angle EOF=\angle CDB=90°$,

$\therefore \triangle BDC\cong\triangle EOF$.

$\therefore \triangle BDC$ 与 $\triangle EOF$ 有可能全等.

55. (1) 设二次函数为 $y=a(x+1)(x-3)$,由题意,直线与 y 轴的交点 $C(0,-4)$ 在抛物线上,

$\therefore -4=-3a$.

$\therefore a=\frac{4}{3}$.

$\therefore$ 二次函数的解析式为:

$y=\frac{4}{3}(x+1)(x-3)$.

即:$y=\frac{4}{3}x^2-\frac{8}{3}x-4$.

(2) 由(1)可得顶点坐标 $D\left(1,-\frac{16}{3}\right)$,过 C, D 的直线

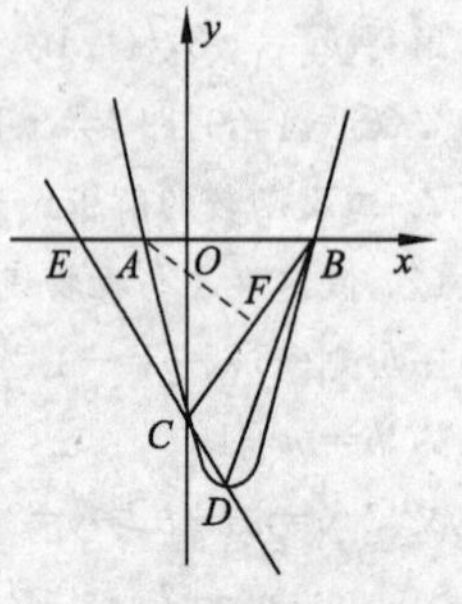

(第 55 题)

$y=-\frac{4}{3}x-4$ 与 x 轴交点 $E(-3,0)$, $S_{\triangle AEC}=\frac{1}{2}\times 2\times 4=4$, $S_{\triangle BCD}=S_{\triangle ECB}=\frac{1}{2}\times 6\times\left(\frac{16}{3}-4\right)=4$.

$\therefore S_{\triangle AEC}=S_{\triangle BCD}$.

(3) 过 A 点作 $AF\perp BC$ 于 F,则 $AF\cdot BC=AB\cdot OC$,

$\therefore AF=\frac{AB\cdot OC}{BC}=\frac{4\times 4}{5}=\frac{16}{5}$.

$\therefore \sin\angle ACB=\frac{AF}{AC}=\frac{5}{\sqrt{17}}=\frac{16\sqrt{17}}{85}$.

56. (1) 抛物线 $y=\frac{1}{2}x^2-x+2=\frac{1}{2}(x-1)^2+\frac{3}{2}$,

所以抛物线的对称轴是 $x=1$,顶点坐标是 $\left(1,\frac{3}{2}\right)$;

(2) 由 $\begin{cases} y=\frac{1}{2}x^2-x+2, \\ y=kx \end{cases}$

得 $x^2-2(k+1)x+4=0$,设 $A(x_1,y_1)$, $B(x_2,y_2)$,则 $x_1+x_2=2(k+1)$, $x_1x_2=4$.

由 $\begin{cases} y=kx, \\ y=-x+4. \end{cases}$

得 $x=\frac{4}{k+1}(k>0)$.

即 P 点横坐标 $x_p=\frac{4}{k+1}$,作 $AA'\perp x$ 轴于 A', $PP'\perp x$ 轴于 P', $BB'\perp x$ 轴于 B'. 于是 $\frac{OP}{OA}+\frac{OP}{OB}=\frac{OP'}{OA'}+\frac{OP'}{OB'}=\frac{x_p}{x_1}+\frac{x_p}{x_2}=\frac{x_p(x_1+x_2)}{x_1x_2}=\frac{4}{k+1}\cdot\frac{2(k+1)}{4}=2$;

(3) 不存在,因为 $A(x_1,y_1)$, $B(x_2,y_2)$ 在直线 $y=kx$ 上,由题意得 $y_1+y_2=kx_1+kx_2=k(x_1+x_2)=k\cdot 2(k+1)=4$,所以 $k^2+k-2=0$,解得 $k=1$, $k=-2$ (与 $k>0$ 矛盾,舍去). 当 $k=1$ 时,方程 $x^2-2(k+1)x+4=0$ 化为 $x^2-4x+4=0$ 有两个相等的实数根,不合题,舍去,故适合条件的 k 值不存在.

57. (1) 分别令 $y=0$ 和 $x=0$,得一次函数 $y=-\frac{\sqrt{3}}{3}x+1$ 的图象与 x 轴、y 轴的交点坐标分别为 $A(\sqrt{3},0)$, $B(0,1)$,即 $OA=\sqrt{3}$, $OB=1$,故 $AB=\sqrt{OA^2+OB^2}=2$,

$\because \triangle ABC$ 为等边三角形,

$\therefore S_{\triangle ABC}=\sqrt{3}$.

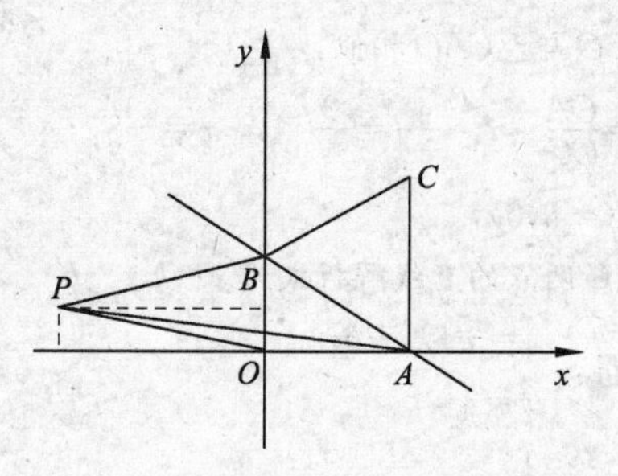

图 1

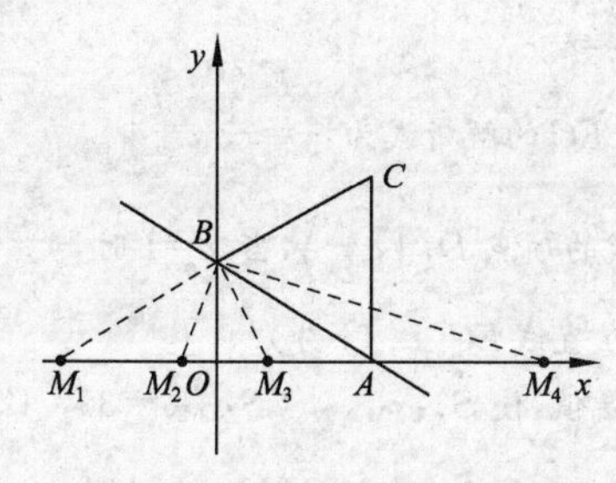

图 2

（第 57 题）

(2) 如图 1,易知:$S_{\triangle AOB}=\frac{\sqrt{3}}{2}$,$S_{\triangle BOP}=\frac{\sqrt{3}}{4}$,$S_{\triangle BOP}=\frac{1}{2}|a|\cdot OB=-\frac{a}{2}$,∴ $S_{四边形ABPO}=S_{\triangle AOB}+S_{\triangle BOP}=\frac{\sqrt{3}-a}{2}$,而当 $S_{\triangle ABP}=S_{四边形ABPO}-S_{\triangle AOP}$,∴ 当 $S_{\triangle ABP}=S_{\triangle ABC}$时,$\frac{\sqrt{3}-a}{2}-\frac{\sqrt{3}}{4}=\sqrt{3}$,解得:$a=-\frac{3}{2}\sqrt{3}$.

(3) 如图 2,满足条件的点 M 有 4 个:$M_1(-\sqrt{3},0)$,$M_2(\sqrt{3}-2,0)$,$M_3\left(\frac{\sqrt{3}}{3},0\right)$,$M_4(\sqrt{3}+2,0)$.

58. (1) 设抛物线解析式为 $y=ax^2+bx+c$,由题意,

得$\begin{cases}-\frac{b}{2a}=1,\\ \frac{4ac-b^2}{4a}=9,\\ 4a-2b+c=0.\end{cases}$ 解得$\begin{cases}a=-1,\\ b=2,\\ c=8.\end{cases}$

∴ 抛物线的解析式为 $y=-x^2+2x+8$.

[注] 若设抛物线解析式为 $y=a(x-1)^2+9$. 求解正确,也算正确答案

(2) 在 Rt$\triangle AOD$ 中,∵ $OH\perp AD$,∴ $\angle A=\angle HOD$.

在$\odot O'$中,$\angle A=\angle 1$,又$\angle HOD=\angle 2$,∴ $\angle 1=\angle 2$,∴ $GC=GO$.

同理 $GB=GO$,∴ $GC=GB$,即 G 为 BC 的中点,由抛物线 $y=-x^2+2x+8$ 可求得 B,C 两点坐标分别为 $(4,0)$,$(0,8)$. 设 G 点坐标为(x_0,y_0),

∵ $x_0=\frac{1}{2}\times 4=2$,$y_0=\frac{1}{2}\times 8=4$. ∴ G 点坐标为$(2,4)$.

(3) ∵ 抛物线 $y=-x^2+2x+8$ 的对称轴为 $x=1$,又圆心 O'在 AB 的中垂线 $x=1$ 上.

∴ 抛物线和$\odot O'$都是关于直线 $x=1$ 的轴对称图形,

∴ 点 P 和 C 关于直线 $x=1$ 对称.

∵ C 点坐标为$(0,8)$,由对称性得 P 点坐标为$(2,8)$,

∵ 点 P,G 的横坐标都是 2,∴ $PG\parallel y$ 轴,又 $EF\parallel y$ 轴,∴ $EF\parallel PG$.

∵ G 点坐标为$(2,4)$,∴ 直线 OG 的解析式为 $y=2x$.

∵ 直线 $x=m$ 交抛物线 $y=-x^2+2x+8$ 于 E,交直线 $y=2x$ 于 F,∴ E,F 两点的坐标分别为$(m,-m^2+2m+8)$,$(m,2m)$,假设存在实数 m,使 G,P,E,F 为平行四边形的四个顶点.

∵ $PG=|8-4|=4$.

∴ $|-m^2+2m+8-2m|=4$.

即 $m^2-8=\pm 4$,解得 $m=\pm 2$,$m=\pm\sqrt{3}$. 当 $m=2$ 时,直线 EF 与 PG 重合不能构成平行四边形,舍去. 当 $m=-2$,$m=\pm 2\sqrt{3}$时,均能构成平行四边形.

∴ 存在实数 $m=-2$.

59. (1) 过 O 作 $OC\perp AB$ 于 C,过 C 作 $CG\perp OA$ 于 G,则 C 就是$\odot O$与直线 AB 的切点. 易得 $OA=2\sqrt{3}$,$\angle BAO=30°$.

∵ $OC=OA\sin 30°=\sqrt{3}$,$CG=OC\sin 60°=\frac{3}{2}$,$OG=OC\cos 60°=\frac{\sqrt{3}}{2}$,.

∴ $C\left(-\frac{\sqrt{3}}{2},\frac{3}{2}\right)$.

(2) 满足条件的 P 点有 4 个:$P_1(2\sqrt{3},0)$,$P_2\left(-\frac{2}{3}\sqrt{3},0\right)$,$P_3(4-2\sqrt{3},0)$,$P_4(-4-2\sqrt{3},0)$.

60. (1) 设直线 AC 的解析式为 $y=mx+n$,由题意得

$\begin{cases}4m+n=8,\\ n=5\end{cases}$ 解得$\begin{cases}m=\frac{3}{4},\\ n=5.\end{cases}$

∴ 直线 AC 的解析式为 $y=\frac{3}{4}x+5$.

(2) 假设能,则$\angle CDE=90°$. 设 $OD=x$.

∵ $DE\parallel AC$,∴ $k=\frac{3}{4}$.

$\therefore DB=4-x, BE=\frac{3}{4}(4-x)$.

$\because \angle CDE=\angle COD=\angle DBE=90°, \angle CDO=\angle DEB$.

$\therefore \triangle COD \backsim \triangle DBE$.

$\therefore \frac{x}{\frac{3}{4}(4-x)}=\frac{5}{4-x}$,解得 $x_1=4, x_2=\frac{15}{4}$,经检验 $x=\frac{15}{4}$是方程的根,且 $x<4$.

$\therefore$ D 点在 OB 上,$\therefore$ 存在符合条件的点 $D\left(\frac{15}{4},0\right)$.

把 $D\left(\frac{15}{4},0\right)$代入 $y=\frac{3}{4}x+b$,得 $b=-\frac{45}{16}$.

另解:过 C 作 $CG\perp AB$ 于 G,证$\triangle CGA\backsim\triangle COD$,求得 $OD=\frac{15}{4}, b=-\frac{45}{16}, k=\frac{3}{4}$.

(3) 假设能. ① 直线 $A'C'$ 在直线 DE 的下方,这时 A' 落在 EB 上,$\therefore EF'<A'E\leqslant BE<DE$. 这时不存在正方形 $C'DEF'$. ② 直线 $A'C'$ 在直线 DE 的上方. 这时必有 $C'D=DE, \angle C'DE=90°$. 得 $Rt\triangle C'OD\cong Rt\triangle DBE$.

$\therefore OD=BE$. 设 $OD=x$,则 $BE=x, BD=4-x$. 由(2)可知$\frac{BD}{BE}=\frac{4}{3}$,$\therefore \frac{4-x}{x}=\frac{4}{3}$.

$\therefore \frac{4-x}{x}=\frac{4}{3}$.

解之得 $x=\frac{12}{7}$.

经检验 $x=\frac{12}{7}$是方程的根. 且符合题意.

$\therefore$ 存在符合条件的点 D,此时 $BE=\frac{12}{7}, BD=\frac{16}{7}$.

$\therefore$ 正方形 $C'DEF'$的面积

$S=DE^2=BD^2+BE^2=\left(\frac{16}{7}\right)^2+\left(\frac{12}{7}\right)^2=\frac{400}{49}$.

61. (1) $\because x_1<0, x_2>0$,$\therefore OA=-x_1, OB=x_2$,

$\because x_1, x_2$ 是方程$-\frac{1}{2}x^2-(m+3)x+m^2-12=0$ 的两个实数根,

由根与系数关系得:$x_1+x_2=-2(m+3)$ ①

$x_1\cdot x_2=-2(m^2-12)$ ② 又 $x_2=-2x_1$ ③

联立,整理,得:$m^2+8m+16=0$,

解得:$m_1=m_2=-4$,

$\therefore$ 抛物线的解析式为 $y=-\frac{1}{2}x^2+x+4$.

(2) 设点 $E(x,0)$,则 $OE=-x$,

$\because \triangle ECO$ 与$\triangle CAO$ 相似,

$\therefore \frac{OC}{OE}=\frac{OA}{OC}$ $\therefore \frac{4}{-x}=\frac{2}{4}$ $\therefore x=-8$

$\therefore$ 点 $E(-8,0)$,

设过 E、C 两点的直线解析式为 $y=k'x+b'$

由题意得:$\begin{cases}0=-8k'+b'\\ b'=4\end{cases}$

解得:$\begin{cases}k'=\frac{1}{2}\\ b'=4\end{cases}$

所以直线 EC 的解析式为:$y=\frac{1}{2}x+4$

$\because$ 抛物线的顶点 $D\left(1,\frac{9}{2}\right)$,当 $x=1$ 时,$y=\frac{9}{2}$,

$\therefore$ 点 D 在直线 EC 上. (1 分)

(3) 存在 t 值,使 $S_{梯形MM'N'N}:S_{\triangle QMN}=35:12$.

$\because E(-8,0)$,$\therefore 0=\frac{1}{4}\times(-8)+b$,$\therefore b=2$,

$\therefore y=\frac{1}{4}x+2$,$\therefore x=4(y-2)$,

$\therefore y=-\frac{1}{2}\times[4(y-2)]^2+4(y-2)+4$,整理得:$8y^2-35y+6=0$,设 $M(x_m,y_m)$、$N(x_n,y_n)$,

$\therefore MM'=y_m, NN'=y_n$,$\therefore y_m$、$y_n$ 是方程 $8y^2-35y+36=0$ 的两个实数根,

$\therefore y_m+y_n=\frac{35}{8}$,

$\therefore S_{梯形MM'N'N}=\frac{1}{2}(y_m+y_n)(x_n-x_m)$,

$\because$ 点 P 在直线 $y=\frac{1}{4}x+2$ 上,点 Q 在(1)中抛物线上

$\therefore$ 点 $P\left(t,\frac{1}{4}t+2\right)$、点 $Q\left(t,-\frac{1}{2}t^2+t+4\right)$,

$\therefore PQ=-\frac{1}{2}t^2+t+4-\frac{1}{4}t-2=-\frac{1}{2}t^2+\frac{3}{4}t+2$,

分别过 M、N 作直线 PQ 的垂线,垂足为 G、H,则 $GM=t-x_m, NH=x_n-t$,

$\therefore S_{\triangle QMN}=S_{\triangle QMP}+S_{\triangle QNP}=\frac{1}{2}PQ(x_n-x_m)$,

$\because S_{梯形MM'N'N}:S_{\triangle QMN}=35:12$

$\therefore \frac{\frac{1}{2}(y_m+y_n)(x_n-x_m)}{\frac{1}{2}\left(-\frac{1}{2}t^2+\frac{3}{4}t+2\right)(x_n-x_m)}=\frac{35}{12}$

$\therefore \frac{35}{8}=\frac{35}{12}\left(-\frac{1}{2}t^2+\frac{3}{4}t+2\right)$,

整理,得:$2t^2-3t-2=0$,解得:$t_1=-\frac{1}{2}, t_2=2$,

∴ 当 $t=-\frac{1}{2}$ 或 $t=2$ 时，

$S_{梯形MM'N'N}:S_{\triangle QMN}=35:12$.

[注] 有不同于本评分标准的正确答案，可按相应的解题步骤给分.

62. (1) 解　依题意 $-3a<0$

∴ $a>0$　$x_1x_2=\frac{-3a}{a}=-3<0$

∴ $x_2>0$　$x_1<0$　∴ $x_2=-3x_1$

∵ $P(4,10)$ 在图象上　∴ $16a-4(b+1)-3a=10$

∴ $13a-4b=14$ ①　$x_1+x_2=x_1+(-3x_1)=-2x_1=\frac{b+1}{a}$　$x_1\cdot x_2=-3x_1{}^2=-3$　∴ $x_1{}^2=1$

又 $x_1<0$　∴ $x_1=-1$　∴ $x_2=3$　∴ $b+1=2a$②

由①②得 $\begin{cases}a=2\\b=3\end{cases}$　∴ $y=2x^2=4x-6$

(2) 存在点 M，使 $\angle MCO>\angle ACO$　A 点关于 y 轴对称点 $A'(1,0)$ 设直线 $A'C$ 为 $y=kx+b$ 过 $(1,0)(0,-6)$

∴ $\begin{cases}b=-6\\k+b=0\end{cases}$　∴ $k=6$　∴ $y=6k-6$ 联立①②得

$\begin{cases}y=6x-6\\y=2x^2-4x-6\end{cases}$

∴ $\begin{cases}x_1=0\\y_1=-6\end{cases}$ $\begin{cases}x_2=5\\y_2=24\end{cases}$

即直线 $A'C$ 与抛物线交点为 $(0,-6)(5,24)$

∴ 符合题意 x 的范围为 $-1<x<0$ 或 $0<x<5$.

63. (1) ∵ $-\frac{1}{2}x^2+(m+3)x-(m-1)=-\frac{1}{2}[x-(m-3)]^2+\frac{1}{2}(m+3)^2-(m-1)=-\frac{1}{2}[x-(m+3)]^2+\frac{1}{2}(m^2+4m+11)$.

∴ 抛物线的顶点坐标为 $\left(m+3,\frac{m^2+4m+11}{2}\right)$.

(2) 在 $\triangle ABC$ 中，∵ $\angle ABC=\angle BAC$，∴ $BC=AC$.

∴ 点 C 在线段 AB 的中垂线上.

∴ y 轴为抛物线的对称轴.

∴ $m+3=0,m=-3$.

(3) 在(2)的条件下，$m=-3$ 抛物线为 $y=-\frac{1}{2}x^2+4$. 若点 P 存在. 设 $P(a,b)$，过 Q 作 $QN\perp y$ 轴于 N，过 P 作 $PM\perp y$ 轴于 M，∵ $QC\perp PC$，

∴ $\angle PCM+\angle QCN=90°$，∴ $\angle MPC=\angle QCN$.

∴ $\text{Rt}\triangle CPM\backsim\text{Rt}\triangle QCN$，∴ $\frac{CM}{PM}=\frac{QN}{CN}$ (*).

将 $x=0$ 代入 $y=-\frac{1}{2}x^2+4$ 得 $y=4$，即 $C(0,4)$；将 $x=1$ 代入 $y=-\frac{1}{2}x^2+4$ 得 $y=\frac{7}{2}$，

即 $Q\left(1,\frac{7}{2}\right)$；将 $CM=OC-OM=4+|b|$，$PM=|a|$，$QN=1$，$ON=OC-ON=4-\frac{7}{2}=\frac{1}{2}$.

代入(*)式 $\frac{4+|b|}{|a|}=\frac{1}{\frac{1}{2}}$，$|b|=2|a|-4$.

∵ $a<0,b<0$，∴ $-b=-2a-4$，∴ $b=2a+4$.

∴ $P(a,2a+4)$. 代入 $y=-\frac{1}{2}x^2+4$ 并整理得 $a^2+4a=0$.

∵ $a\neq0$，∴ $a=-4$，$b=2(-4)+4=-4$.

∴ 点 $P(-4,-4)$ 为所求.

64. (1) 将 M 点的坐标代入抛物线解析式中，即可证得；(2) 设点 $N(n,0)$，∴ $n+a+c=2a$.

∴ $n=a-c$. 又 $S_{\triangle NMP}=3S_{\triangle NOP}$，∴ $a+c=4(a-c)$.

∴ $c=\frac{3}{5}a$. ∴ $b=\sqrt{a^2-c^2}=\frac{4}{5}a$. 即 $\frac{b}{a}=\frac{4}{5}$.

(3) 假设存在正实数 a,b,c 使得 $\angle OPN=\angle NPM=30°$，则 $\angle OMP=90°-60°=30°$.

∴ $\triangle OPN\backsim\triangle OMP$，∴ $OP^2=ON\cdot OM$.

∵ P,N,M 三点的坐标分别为 $(0,b^2)$，$(a+c,0)$，$(a-c,0)$. ∴ $(b^2)^2=(a-c)(a+c)$，$b^4=a^2-c^2=b^2$.

∴ $b=1$.

∵ $\angle NPM=\angle NMP=30°$，∴ $MN=PN$.

又 $MN=(a+c)-(a-c)=2c$，∴ $2c=PN=\frac{OP}{\cos30°}=\frac{2}{\sqrt{3}}$，∴ $c=\frac{\sqrt{3}}{3}$.

∴ $a=\sqrt{b^2+c^2}=\frac{2\sqrt{3}}{3}$. 即存在这样的实数 $a=\frac{2\sqrt{3}}{3}$，$b=1$，$c=\frac{\sqrt{3}}{3}$，使得 $\angle OPN=\angle NPM=30°$.

65. (1) ∵ 抛物线的顶点为 $C(4,-\sqrt{3})$，在 x 轴上截得的线段 $AB=6$.

∴ 由抛物线的对称性可知 $A(1,0)$，$B(7,0)$.

设所求二次函数的解析式为 $y=a(x-4)^2-\sqrt{3}$ 将 $A(1,0)$ 代入上式，得 $a=\frac{\sqrt{3}}{9}$.

∴ 所求二次函数的解析式为 $y=\frac{\sqrt{3}}{9}(x-4)^2-\sqrt{3}$.

(2) 设点 A 关于 y 轴的对称点为 A',则 A'点的坐标为$(-1,0)$,连结 $A'C$ 交 y 轴于点 P,则 P 点即为所求作的点.设经过 A',C 两点的直线为 $y=kx+b$,将 $A'(-1,0)$,$C(4,-\sqrt{3})$ 代入直线解析式,得

$\begin{cases}4k+b=-\sqrt{3},\\-k+b=0.\end{cases}$ 解得 $\begin{cases}k=-\frac{\sqrt{3}}{5},\\b=-\frac{\sqrt{3}}{5}.\end{cases}$

∴ $y=-\frac{\sqrt{3}}{5}x-\frac{\sqrt{3}}{5}$.当 $x=0$ 时,$y=-\frac{\sqrt{3}}{5}$.

∴ P 点坐标为$\left(0,-\frac{\sqrt{3}}{5}\right)$.

(3) 由点 $A(1,0)$,$C(4,-\sqrt{3})$,$B(7,0)$可求得$\angle BAC=\angle ABC=30°$,$\angle ACB=120°$,$\triangle ABC$ 为等腰三角形.① 若以 AB 为底,AQ,BQ 为腰,则 Q 点在抛物线的对称轴上.不合题意,舍去.② 若以 AB 为腰,$\angle BAQ$ 为顶角,要使$\triangle ABQ\backsim\triangle CBA$ 则 $\angle BAQ=120°$,$AQ=AB=6$ 过 Q 点作 $QN\perp x$ 轴,垂足为 N.在 $Rt\triangle AQN$ 中.

∵ $\angle QAN=60°$,$AQ=6$.∴ $AN=3$,$QN=3\sqrt{3}$.∴ Q 点坐标为$(-2,3\sqrt{3})$,将 $Q(-2,3\sqrt{3})$代入抛物线解析式为 $y=\frac{\sqrt{3}}{9}(x-4)^2-\sqrt{3}$,适合.③ 若以 BA 为腰,$\angle ABQ'$为顶角,则由抛物线的对称性可求出符合题意的另一点 Q'的坐标为$(10,3\sqrt{3})$综上所述,在 x 轴上方的抛物线上,存在点 $Q(-2,3\sqrt{3})$及$(10,3\sqrt{3})$,使得以 Q,A,B 三点为顶点的三角形与$\triangle ABC$ 相似.

66. (1) 由 $y=kx+b$ 的图象过点$(6,4)$和$(0,t)$,得 $b=t$,$k=\frac{4-t}{6}$.

由方程组 $\begin{cases}y=kx+b,\\y=4x\end{cases}$ 得 $y=\frac{4b}{4-k}$.

∴ 点 Q 的纵坐标 $y=\frac{4t}{4-\frac{4-t}{6}}=\frac{24t}{t+20}$.

$y=kx+b$ 的图象与 x 轴交点 P 的横坐标 $x=\frac{6t}{t-4}$.

由于 $y=kx+b$ 的图象在第一、二、四象限内,故由题意,知$\frac{24t}{t+20}>0$,$\frac{6t}{t-4}>0$.

∴ $S_{\triangle POQ}=\frac{1}{2}\times\frac{24t}{t+20}\times\frac{6t}{t-4}=\frac{72t^2}{(t+20)(t-4)}$.

(2)(ⅰ)由$\frac{72t^2}{(t+20)(t-4)}=40$,解得 $t=10$.此时 $k=-1$,$b=10$,$y=kx+b$ 的解析式为 $y=-x+10$,P,Q 的坐标分别为$(10,0)$,$(2,8)$.设过 P,O,Q 三点的抛物线 $y=x^2+bx+c$,则得 $\begin{cases}100a+10b+c=0,\\c=0,\\4a+2b+c=8.\end{cases}$

解得 $a=-\frac{1}{2}$,$b=5$,$c=0$.

∴ 抛物线为 $y=-\frac{1}{2}x^2+5x$.

(ⅱ)画图(如图)

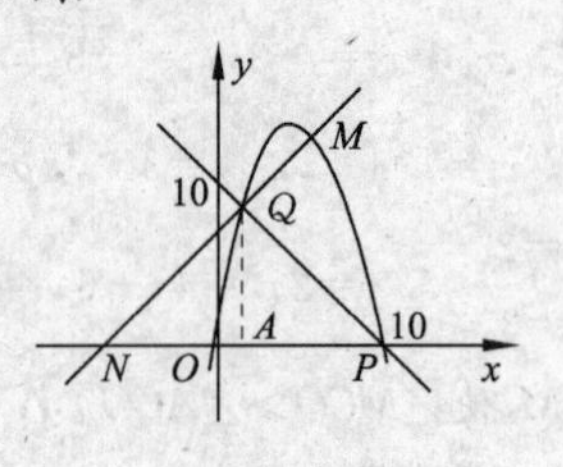

(第 66 题)

(ⅲ)假设符合条件的点 M 存在,则 M 必过点 Q 且垂直于 PQ 的直线与抛物线的交点.设这条直线与 x 轴交于点 N.

∵ $\angle QPN=45°$,∴ $\angle QNP=45°$,即$\triangle QNP$ 是等腰直角三角形.

过点 Q 作 $QA\perp x$ 轴,A 为垂足,则得 $AN=AP=AQ=8$,$ON=8-2=6$,点 N 的坐标为$(-6,0)$,直线为 $y=x+6$.解方程组 $\begin{cases}y=x+6\\y=-\frac{1}{2}x^2+5x,\end{cases}$

得点 M 的坐标为$(6,12)$,∴ 满足条件的 M 存在.

67. (1) 设经过 A,B,C 三点的抛物线的解析式为 $y=ax^2+bx+c$.

令 $BO=m$,则 $OC=3m$.

在 $Rt\triangle OCE$ 中,$\tan\angle OCE=\frac{OE}{OC}=3$,∴ $OE=3\cdot OC=9m$.在 $Rt\triangle ABO$ 中,$\sin\angle ABO=\frac{AO}{AB}=\frac{2\sqrt{5}}{5}$,

∴ $AB=\frac{2\sqrt{5}}{5}AO$.

∵ $OA^2=AB^2-BO^2$,∴ $OA=2m$.∴ $AE=OE-OA=7m$.

∵ $AE=7$,∴ $m=1$.

∴ $BO=1$,$OC=3$,$OA=2$.

∴ $B(-1,0)$,$A(0,2)$,$C(3,0)$.

$\therefore \begin{cases} c=2, a-b+c=0, \\ 9a+3b+c=0. \end{cases}$ $\therefore a=-\frac{2}{3}, b=\frac{4}{3}, c=2.$

∴ 所求解析式为 $y=-\frac{2}{3}x^2+\frac{4}{3}x+2$.

(2) 设点 $D(x_0, y_0)$，图象经过 B, D 两点的一次函数的解析式为 $y=kx+b$. 由题意知在梯形 $ABCD$ 中，$AD /\!/ BC$.

∴ $y_0=2$. ∵ 点 D 在抛物线上，∴ $2=-\frac{2}{3}x_0^2+\frac{4}{3}x_0+2$. ∴ $x_0=2$ 或 $x_0=0$(不合题意，舍去).

∴ $D(2,2)$. ∴ $\begin{cases} 2k+b=2, \\ -k+b=0. \end{cases}$ 解得 $k=\frac{2}{3}, b=\frac{2}{3}$.

∴ 图象经过 B, D 两点的一次函数的解析式为 $y=\frac{2}{3}x+\frac{2}{3}$.

(3) 在抛物线上存在符合条件的点 P. 假设在抛物线上存在符合条件的点 P，直线 PQ 与 y 轴交于点 M，过点 Q 作 $QH \perp OE$，垂足为 H.

∵ 点 Q 在 CE 上，$OF /\!/ OE$，∴ $\frac{QF}{EO}=\frac{CF}{CO}=\frac{1}{3}$.

∴ $Q(2,3)$. 可证得梯形 $ABCD$ 为等腰梯形.

∵ 在 $\mathrm{Rt}\triangle HQM$ 中，$HM=HQ \cdot \cos\angle HMQ$，

∴ 当 $\angle HMQ=\angle ABO$ 时，$HM=1$ ① 若点 M 在线段 OH 上，则点 $M(0,2)$. 设点 $P(x_1, y_1)$，直线 PQ 的解析式为 $y=k_1x+b_1$. 可求得，直线 PQ 的解析式为 $y=\frac{1}{2}x+2$.

∵ 点 P 既在直线 PQ 上，又在抛物线上，

$\therefore \begin{cases} y_1=\frac{1}{2}x_1+2, \\ y_1=-\frac{2}{3}x_1^2+\frac{4}{3}x_1+2. \end{cases}$

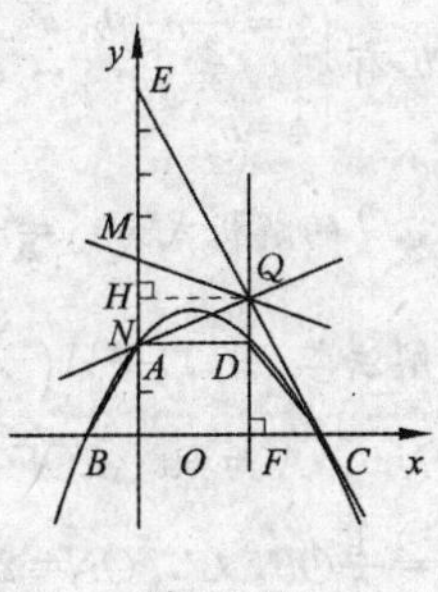

$\therefore \begin{cases} x_1=0, \\ y_1=2. \end{cases}$ 或 $\begin{cases} x_1=\frac{5}{4}, \\ y_1=\frac{21}{8}. \end{cases}$

(第 67 题)

∴ 点 P 的坐标为 $(0,2)$ 或 $\left(\frac{5}{4}, \frac{21}{8}\right)$. ② 若点 M 在线段 HE 上，则 $M(0,4)$. 设 $P(x_2, y_2)$，直线 PQ 的解析式为 $y=k_2x+b_2$. 可求得，直线 PQ 的解析式为 $y=-\frac{1}{2}x+4$.

∵ 点 P 既在直线 PQ 上，又在抛物线上，

$\therefore \begin{cases} y_2=-\frac{1}{2}x_2+4, \\ y_2=-\frac{2}{3}x_2^2+\frac{4}{3}x_2+2. \end{cases}$

∴ $4x_2^2-11x_2+12=0$.

∵ $\Delta=(-11)^2-4\times4\times12=-71<0$，故点 P 不存在.

∴ 在抛物线上存在符合条件的点 P，坐标为 $(0,2)$ 或 $\left(\frac{5}{4}, \frac{21}{8}\right)$.

68. (1) 因为抛物线经过原点，所以 $m^2-1=0$，$m=\pm1$. 而对称轴在 y 轴右边，所以 $x=-\frac{b}{2a}=\frac{4m}{4}=m>0$，所以 $m=1$.

(2) 抛物线的解析式为 $y=2x^2-4x$，直线的解析式为 $y=-x+3$.

(3) 存在，由(2)知抛物线的对称轴为 $x=1$. A, B, C 三点的坐标分别为 $(3,0)$，$(1,0)$，$(1,2)$，设 P 点坐标为 $(1,y)$. 则 $|AB|=2$，$|BC|=2$，$\mathrm{Rt}\triangle ABC$ 为等腰 $\mathrm{Rt}\triangle$，$\angle ACB=45°$. $S_{\triangle ABC}=\frac{1}{2}|AB|\times|BC|=\frac{1}{2}\times2\times2=2$. 当 P 点在 x 轴上方时，$y>0$. $S_{\triangle PAD}=S_{\triangle abc}-S_{\triangle PCD}-S_{\triangle ABP}=2-\frac{1}{2}|PD|\times|CD|-\frac{1}{2}\times2\times y=2-y-\frac{1}{4}PC^2=2-y-\frac{1}{4}(2-y)^2$，所以 $2-y-\frac{1}{4}(2-y)^2=\frac{1}{4}\times2$. 整理得 $y^2-2=0$. 解得 $y_1=\sqrt{2}$. $y_2=-\sqrt{2}$(负值舍去). 当 P 点在 x 轴下方时，$y<0$，同理可得方程 $y^2-2=0$，即 $y_1=\sqrt{2}$(正值舍去)，$y_2=-\sqrt{2}$. 所以当 P 点在 x 轴上方时，坐标为 $(1,\sqrt{2})$，当 P 点在 x 轴下方时，坐标为 $(1,-\sqrt{2})$.

69. (1) ∵ 判别式 $\Delta=a^2-4(a-2)=(a-2)^2+4>0$，∴ 抛物线与 x 轴总有两个不同交点，又 ∵ 抛物线开口向上，∴ 抛物线的顶点在 x 轴下方.

(或由二次函数解析式得：$y=\left(x+\frac{a}{2}\right)^2-\frac{1}{4}a^2+a-2$，∵ 抛物线顶点的纵坐标：$-\frac{1}{4}a^2+a-2=-\left[\frac{1}{4}(a-2)^2+1\right]<0$，当 a 取任何实数时总成立，

∴ 不论 a 取何值，抛物线的顶点总在 x 轴下方).

(2) 由条件得：抛物线顶点 $Q\left(-\frac{a}{2}, -\frac{1}{4}a^2+a-2\right)$，点 $C(0, a-2)$，当 $a\neq0$ 时，过点 C 存在平行于 x 轴的

直线与抛物线交于另一个点 D,此时 $CD=|-a|$,点 Q 到 CD 的距离为:$\left|(a-2)-\left(-\frac{1}{4}a^2+a-2\right)\right|=\frac{1}{4}a^2$,自 Q 作 $QP\perp CD$,垂足为 P,要使 $\triangle QCD$ 为等边三边形,则需 $QP=\frac{\sqrt{3}}{2}CD$. 即 $\frac{1}{4}a^2=\frac{\sqrt{3}}{2}|-a|$,∵ $a\neq0$,解得 $a=\pm2\sqrt{3}$,(或由 $CD=CQ$,或由 $CP=\frac{1}{2}\cdot CQ$ 等求得 a 的值),

∴ $\triangle QCD$ 可以是等边三角形,此时相应的二次函数解析式为:$y=x^2+2\sqrt{3}x+2\sqrt{3}-2$ 或 $y=x^2-2\sqrt{3}x-2\sqrt{3}-2$.

(3) ∵ $CD=|-a|$,点 A 到 CD 的距离为 $|a-2|$,由 $S_{\triangle ACD}=\frac{1}{2}|a(a-2)|=\frac{1}{4}$,解得 $a=1\pm\frac{\sqrt{6}}{2}$ 或 $a=1\pm\frac{\sqrt{2}}{2}$,故满足条件的抛物线有四条.

70. (1) 由 $y=-\frac{3}{4}x+3$,得 $B(4,0)$,$C(0,3)$.

∴ $y=\frac{3}{8}x^2-\frac{9}{4}x+3$.

(2) ∵ $S_{\triangle POA}=\frac{1}{2}OA\cdot y$,即 $S=y$.

又∵ 点 P 在直线 $y=-\frac{3}{4}x+3$ 上,∴ $S=-\frac{3}{4}x+3$ $(0\leqslant x<4)$.

(3) 设 O 到 BC 的距离为 d,则 $BC^2=3^2+4^2=5^2$,

∴ $BC=5$,$d\cdot BC=3\times4$,$d=\frac{12}{5}$,而 $OA=2$,即 PO 的最小值大于 AO.

∴ 不存在这样的点 P,使 $PO=AO$.

71. (1) ∵ 抛物线与 x 轴交于 A,B 两点,顶点为 $C(2,-1)$,∴ A,B 关于 $x=2$ 对称. 又 $\triangle ABC$ 为直角三角形,∴ $\triangle ABC$ 为等腰直角三角形.

∴ $AB=2$. 又 A 在 B 左侧,∴ $A(1,0)$,$B(3,0)$.

∴ 抛物线的解析式为 $y=x^2-4x+3$.

∴ $D(0,3)$. 又直线 $y=kx+h$ 过 B、D 两点,∴ 直线的解析式为 $y=-x+3$.

(2) 设 P 点坐标为 (x,y). ∵ $S_{四边形ACBD}=S_{\triangle ABD}+S_{\triangle ABC}=\frac{1}{2}\times2\times3+\frac{1}{2}\times2\times1=4$,$S_{\triangle POD}=\frac{1}{2}\times3|x|-\frac{3}{2}|x|$,∴ $\frac{3}{2}|x|=3\times4$. $x=\pm8$. 当 $x=8$ 时,$y=35$;当 $x=-8$ 时,$y=99$.

∴ P 点坐标为 $(8,35)$ 或 $(-8,99)$.

(3) 假设直线 $y=-x+3$ 上存在符合条件的点 Q,设 $Q(x,-x+3)$. 分三种情况讨论:ⅰ) 当 AB 为底时,则点 Q 在 AB 的中垂线上.

∴ Q 点横坐标为 2.

∴ $Q(2,1)$. ⅱ) 当 BQ 为底时,则 $AQ=AB$.

易知 $\angle DBO=45°$,∴ $QA\perp AB$.

∴ $Q(1,2)$. ⅲ) 当 AQ 为底时,则 $BQ=BA=2$.

过 Q 作 $QE\perp x$ 轴于 E,则 $QE=|-x+3|$,$BE=|x-3|$.

∴ $(-x+3)^2+(x-3)^2=2^2$. ∴ $x=3\pm\sqrt{2}$.

∴ $Q(3+\sqrt{2},-\sqrt{2})$ 或 $Q(3-\sqrt{2},\sqrt{2})$. 综上,符合条件的 Q 点坐标为 $(2,1)$ 或 $(1,2)$ 或 $(3+\sqrt{2},-\sqrt{2})$ 或 $(3-\sqrt{2},\sqrt{2})$,6. 解:① ∵ 点 $A(-2,3)$ 在 $y=\frac{k}{x}$ 的图象上. ∴ $3=\frac{k}{-2}$,∴ $k=-6$. ∴ 反比例函数的解析式为 $y=-\frac{6}{x}$. ② 有. ∵ 正、反比例函数的图象均关于原点对称,且点 A 在它们的图象上.

∴ $A(-2,3)$ 关于原点的对称点 $B(2,-3)$ 也在它们的图象上,∴ 它们相交的另一个交点坐标为 $(2,-3)$.

72. (1) 依题意,得:$2=\frac{3}{m}$,∴ $m=\frac{3}{2}$.

(2) 解法一:由(1)得,$A\left(\frac{3}{2},2\right)$,作 $AM\perp x$ 轴于 M.

∵ A 为 $\mathrm{Rt}\triangle EOF$ 的外心. ∴ $EA=FA$.

∵ $AM/\!/y$ 轴,∴ $OM=ME$. ∴ $OF=2AM$.

又∵ $AM=2$,∴ $OF=4$,即得 $F(0,4)$ 设 l:$y=ax+b$,有 $\begin{cases}2=\frac{3}{2}a+b,\\4=b.\end{cases}$ ∴ $\begin{cases}a=-\frac{4}{3},\\b=4.\end{cases}$

∴ l 的解析式为:$y=-\frac{4}{3}x+4$.

解法二:由(1)得 $A\left(\frac{3}{2},2\right)$,连结 OA,作 $AN\perp OF$ 于 N. ∵ A 为 $\mathrm{Rt}\triangle EOF$ 的外心,∴ $OA=AF$,故得 $ON=\frac{1}{2}OF$,又∵ $ON=2$,∴ $OF=4$,

∴ $F(0,4)$.(以下解答同解法一)

(3) ∵ $OC=\frac{1}{4}OF$ 且 $OF=4$,∴ $OC=1$,又∵ 点 C 在 y 轴的正半轴上,∴ 点 C 的坐标为 $(0,1)$. 设点 B 坐标为 (x_1,y_1),则 $y_1=\frac{3}{x_1}$,∴ $x_1y_1=3$.

∴ $S_{\triangle BOK}=\frac{1}{2}|x_1||y_1|=\frac{3}{2}$,设 x 轴上有一点 $P(0,$

y)满足 $S_{\triangle PCA}=S_{\triangle BOK}$. ① 当点 P 在点 C 的上方时,$y>1$,有 $S_{\triangle PCA}=\frac{1}{2}(y-1)\times\frac{3}{2}$,∴ $\frac{3}{4}(y-1)=\frac{3}{2}$解得 $y=3$. ② 当点 P 在点 C 的下方时,$y<1$,有 $S_{\triangle PCA}=\frac{1}{2}(1-y)\times\frac{3}{2}$.

∴ $\frac{3}{4}(1-y)=\frac{3}{2}$解得 $y=-1$.

综上①②所述,在 y 轴上存在点 $P(0,3)$与$(0,-1)$两个点,使得 $S_{\triangle PCA}=S_{\triangle BOK}$.

73. (1) 由题意,C 点坐标为$(\sqrt{3}m,0)$,E 点的坐标为$(0,m)$,$\tan\angle CEO=\sqrt{3}$,∴ $\angle CEO=60°$,$\angle OCE=30°$.
∵ $\triangle CDE$ 是等边三角形,∴ 点 D 可能有两个.
当点 D 在直线 CE 的左下方时,则∵ $\angle CED=60°$,$\angle CEO=60°$,∴ 此时点 D 必在 y 轴上,但抛物线还经过点 E,这时 y 轴与抛物线有两个交点,这不可能的.
故点 D 只可能在直线 CE 的右上方.
∵ $\angle DCE=60°$,$\angle OCE=30°$,∴ $\angle OCD=90°$,
∴ 直线 CD 是抛物线的对称轴.
∵ $CD=CE=2m$,
∴ 点 D 的坐标为$(\sqrt{3}m,2m)$.

∴ $\begin{cases}c=m,\\-\frac{b}{2a}=\sqrt{2}m,\\\frac{4ac-b^2}{4a}=2m.\end{cases}$ ∴ $b=\frac{2\sqrt{3}}{3}$.

(2) 方法一:若$\angle AEC=90°$,由题意知,A 必在原点的左侧.
∵ $EO\perp AC$,∴ $\triangle AOE\backsim\triangle COE$,
∴ $AO:OE=OE:OC$,∴ $m^2=-x_1\cdot\sqrt{3}m$,
∴ $x_1=-\frac{\sqrt{3}}{3}m$.
∵ A 在抛物线上,
∴ $a\cdot\left(-\frac{\sqrt{3}}{3}m\right)^2+\frac{2\sqrt{3}}{3}\cdot\left(-\frac{\sqrt{3}}{3}m\right)+m=0$,即$(am+1)m=0$. 但由(1)知 $am=-\frac{1}{3}$.
又 $m>0$,∴ $(am+1)m\neq0$,∴ 不存在这样的实数 m,使$\angle AEC=90°$.
方法二:若$\angle AEC=90°$,∴ $\angle ACE=30°$,$CE=2m$,
∴ $\cos\angle ACE=\frac{CE}{AC}$,∴ $AC=\frac{4\sqrt{3}}{3}m$.
又∵ $AC=\frac{1}{2}AB=\frac{1}{2}|x_1-x_2|$,∴ $4\times\left(\frac{4\sqrt{3}}{3}m\right)^2=(x_1+x_2)^2-4x_1x_2$. 由 $b=\frac{2\sqrt{3}}{3}$,$c=m$ 可得 $16(am)^2+3am-1=0$.
∵ $am=-\frac{1}{3}$,∴ $16(am)^2+3am-1=0$ 不能成立,
即不存在这样的实数 m,使$\angle AEC=90°$.

74. (1) 由$\frac{1}{6}(x-2t-3)=0$,得 $x_1=2$,$x_2=2t+3$,
故点 A 的坐标为$(2,0)$、点 B 的坐标为$(2t+3,0)$.
在 $y=\frac{1}{6}(x-2)(x-2t-3)$中,令 $x=0$,得 $y=\frac{1}{3}(2t+3)$,故点 C 的坐标为$\left(0,\frac{2}{3}t+1\right)$.
(2) $AB=|(2t+3)-2|=2t+1$.
由 $S_{\triangle ABC}=\frac{1}{2}(2t+1)\cdot\frac{1}{3}(2t+3)$,得$\frac{1}{6}(2t+1)(2t+3)=\frac{21}{2}$,解得 $t=3$ 或 $t=-5$(不合题意,舍去).
∴ 所求抛物线的解析式为 $y=\frac{1}{6}x^2-\frac{11}{6}x+3$. 在直角坐标系中画出抛物线.
(3) 当 $t=3$ 时,点 B、C 的坐标分别为$(9,0)$、$(0,3)$.
设直线 l 与 y 轴的交点为 F,由$\triangle OAD\backsim\triangle OEB$,得$\angle ODA=\angle OBE$. 而$\angle ODA=\angle OCA$,∴ $\angle OCA=\angle OBE$. 又$\angle AOC=\angle FOB=90°$,
∴ $\triangle OAC\backsim\triangle OFB$,∴ $\frac{OA}{OC}=\frac{OF}{OB}$,
$OF=\frac{OA\cdot OB}{OC}=6$,即点 F 的坐标为$(0,6)$.
设 $l:y=kx+b$,由$\begin{cases}9k+b=0,\\k\cdot0+b=6,\end{cases}$
得 $k=-\frac{2}{3}$,$b=6$,所求直线 l 的解析式为 $y=-\frac{2}{3}x+6$.
又解方程组$\begin{cases}y=\frac{1}{6}x^2-\frac{11}{6}x+3,\\y=-\frac{2}{3}x+6,\end{cases}$得 l 与抛物线另一交点的坐标为$\left(-2,\frac{22}{3}\right)$.
当过点 O 的直线与 l 的交点 E 在第二或第四象限时,满足条件的 l 存在,其解析式仍为 $y=-\frac{2}{3}x+6$.

75. (1) 本题有两种情况:(1) 画图略;(2) $A(0,2)$;$B(2\sqrt{3},4)$;$F(0,8)$或(1) 画图略;(2) $A(0,14)$;$B(2\sqrt{3},12)$;(3) $F(0,8)$

76. (1) 设 $A(x_1,0)$、$B(x_2,0)$ 由题设可求得 C 点的坐标为 $(0,c)$，

且 $x_1<0,x_2>0$，

∵ $a<0$，∴ $c>0$，由 $S_{\triangle AOC}-S_{\triangle BOC}=OA\times OB$ 得：$-\frac{1}{2}x_1c-\frac{1}{2}x_2c=-x_1x_2$ 得：$\frac{1}{2}c\left(-\frac{b}{a}\right)=\frac{c}{a}$，得：$b=-2$.

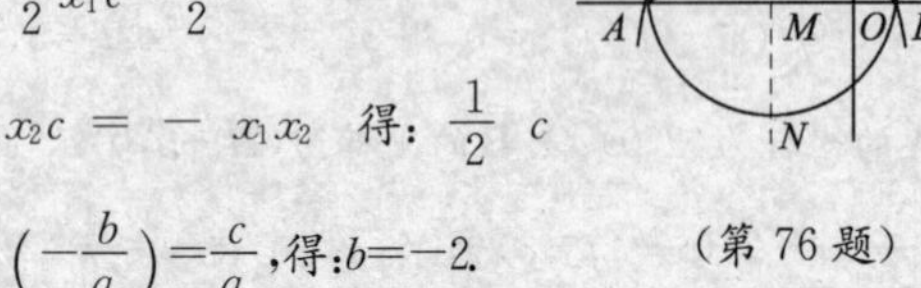

(第 76 题)

(2) 设抛物线的对称轴与 x 轴交于点 M，与 $\triangle PAB$ 的外接圆交于点 N，∵ $\tan\angle CAB=\frac{1}{2}$，

∴ $OA=2\cdot OC=2c$，∴ A 点的坐标为 $(-2c,0)$.

∵ A 点在抛物线上，∴ 把 $x=-2c,y=0$ 代入 $y=ax^2-2x+c$，得 $a=-\frac{5}{4c}$，

又∵ x_1、x_2 为方程 $ax^2-2x+c=0$ 的两根，

∴ $x_1+x_2=-\frac{b}{a}=\frac{2}{a}$，即：$-2c+x^2=\frac{2}{a}=-\frac{8}{5}c$，

∴ $x_2=\frac{2}{5}c$，∴ B 点的坐标为 $\left(\frac{2}{5}c,0\right)$，

∴ 顶点 P 的坐标为 $\left(-\frac{4}{5},\frac{9c}{5}\right)$，由相交弦定理得：

$AM\cdot BM=PM\cdot MN$，又∵ $AB=\frac{12}{5}c$，

∴ $AM=BM=\frac{6}{5}c,PM=\frac{9}{5}c$，

∴ $\left(\frac{6}{5}c\right)^2=\frac{9}{5}c\left(\frac{13}{2}-\frac{9}{5}c\right)$，∴ $c=\frac{5}{2},a=-\frac{1}{2}$.

∴ 所求抛物线的函数解析式是：$y=-\frac{1}{2}x^2-2x+\frac{5}{2}$.

77. (1) 连结 AD，作 $DE\perp OA$ 于 E，∵ 点 A 的坐标是 $(1,0)$，且 $OC=2OA$，∴ $AC=3$.

∵ CD 与⊙O 相切于点 D，

∴ $\angle CDA=90°$.

∵ $\sin\angle ACD=\frac{AD}{AC}=\frac{1}{3}$，∴ $\sin\angle ADE=\frac{AE}{AD}=\frac{1}{3}$，

∴ $AE=\frac{1}{3},OE=1-\frac{1}{3}=\frac{2}{3}$.

∴ $DE=\sqrt{AD^2-AE^2}=\frac{2}{3}\sqrt{2}$.

∴ $D\left(\frac{2}{3},\frac{2}{3}\sqrt{2}\right)$.

(2) 设抛物线 $y=ax^2+bx+c$ 经过 $O(0,0)$，$B\left(\frac{1}{3},\frac{5}{12}\sqrt{2}\right)$，$D\left(\frac{2}{3},\frac{2\sqrt{2}}{3}\right)$，则 $c=0$，

且 $\begin{cases}\frac{5}{12}\sqrt{2}=\frac{1}{9}a+\frac{1}{3}b,\\ \frac{2\sqrt{2}}{3}=\frac{4}{9}a+\frac{2}{3}b.\end{cases}$ 解得：$\begin{cases}a=-\frac{3\sqrt{2}}{4},\\ b=\frac{3\sqrt{2}}{2}.\end{cases}$

∴ 所求抛物线的解析式为 $y=-\frac{3\sqrt{2}}{4}x^2+\frac{3\sqrt{2}}{2}x$.

(3) 设⊙A 与 x 轴的另一交点为 $F(2,0)$，连结 DF，

∵ 负值不合题意，∴ $x_1=1,y_1=3$.

∴ 点 C 的坐标为 $(1,3)$.

∵ 点 C 在双曲线 $y=\frac{m}{x}$ 上，∴ $3=\frac{m}{1}$，即 $m=3$.

所以，双曲线的解析式为 $y=\frac{3}{x}$. 过点 P 作 $DH\perp x$ 轴，垂足为 H. 则 $DH=y_2,OH=x_2$，在 Rt$\triangle ODH$ 中 $\tan\alpha=\frac{DH}{OH}=\frac{y_2}{x_2}=\frac{1}{3}$，即 $x_2=3y_2$. 又 $y_2=\frac{3}{x_2}$，则 $3{y_2}^2=3$，解之，得 $y_2=\pm1$.

∵ 负值不合题意，∴ $y_2=1,x_2=3$，

∴ 点 D 的坐标为 $(3,1)$. 设直线 CD 有解析式为 $y=kx+b$. 则有 $\begin{cases}3=k+b,\\ 1=3k+b,\end{cases}$ 解得 $\begin{cases}k=-1,\\ b=4\end{cases}$

∴ 直线 CD 的解析式为 $y=-x+4$.

(3) 双曲线 $y=\frac{3}{x}$ 上存在点 P，使得 $S_{\triangle POC}=S_{\triangle POD}$，这个点 P 就是 $\angle COD$ 的平分线与双曲线 $y=\frac{3}{x}$ 的交点. 证明如下：∵ 点 P 在 $\angle COD$ 的平分线上，∴ 点 P 到 OC，OD 的距离相等.

又 $OD=\sqrt{OH^2+DH^2}=\sqrt{{x_2}^2+{y_2}^2}=\sqrt{10}=OC$.

∴ $S_{\triangle POD}=S_{\triangle POC}$.

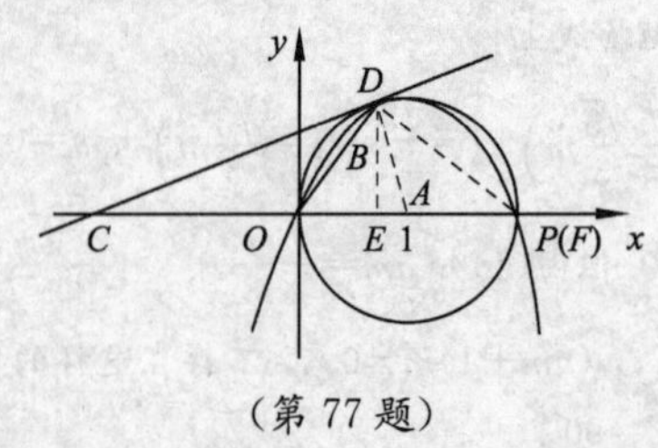

(第 77 题)

78. (1) $\sin\angle ACB=\frac{\sqrt{5}}{5}$；(2) $MD=MC$ 设 $MC=x$，则 $DM=x$，$AM=AC-MC=2\sqrt{5}-x$，在 Rt$\triangle ADM$ 中. 由勾股定理得 $x=\frac{3\sqrt{5}}{4}$ ∴ $CM=\frac{3\sqrt{5}}{4}$

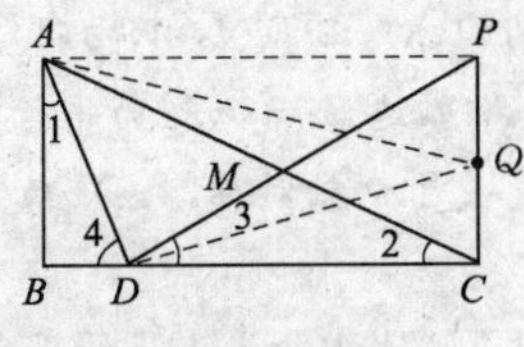

(第 78 题)

(3) 连结 AP、AQ、DQ，$t=\frac{4}{7}$s

∴ 当点 Q 从点 C 向点 P 运动 $\frac{4s}{7}$ 时，存在四边形 $ADQP$ 的面积等于四边形 $ABCQ$ 的面积.

79. 解：设 l_2 的解析式为 $y=a(x-h)^2+k$.

∵ l_2 与 x 轴的交点 $A(-2,0)$，$C(2,0)$，顶点坐标是 $(0,-4)$，l_1 与 l 关于 x 轴对称，

∴ l_2 过 $A(-2,0)$，$C(2,0)$，顶点坐标是 $(0,4)$.

∴ $y=ax^2+4$.

∴ $0=4a+4$. 得 $a=-1$.

∴ l_2 的解析式为 $y=-x^2+4$.

(2) 设 $B(x_1,y_1)$. ∵ 点 B 在 l_1 上.

∴ $B(x_1,x_1{}^2-4)$.

∵ 四边形 $ABCD$ 是平行四边形，A、C 关于 O 对称.

∴ B、D 关于 O 对称.

∴ $D(-x_1,-x_1{}^2+4)$. 将 $D(-x_1,-x_1{}^2+4)$ 的坐标代入 $l_2=-x^2+4$.

∴ 左边=右边. ∴ 点 D 在 l_2 上.

(3) 设平行四边形 $ABCD$ 的面积为 S，则 $S=2\times S_{\triangle ABC}=AC\times|y_1|=4|y_1|$.

a. 当点 B 在 x 轴上方时，$y_1>0$.

∴ $S=4y_1$，它是关于 y_1 的正比例函数且 S 随 y_1 的增大而增大，

∴ S 既无最大值也无最小值.

b. 当点 B 在 x 轴下方时，$-4\leqslant y_1<0$.

∴ $S=-4y_1$，它是关于 y_1 的正比例函数且 S 随 y_1 的增大而减小，∴ 当 $y_1=-4$ 时，S 有最大值 16，但它没有最小值. 此时 $B(0,-4)$ 在 y 轴上，它的对称点 D 也在 y 轴上.

∴ $AC\perp BD$.

∴ 平行四边形 $ABCD$ 是菱形. 此时 $S_{最大}=16$.

80. 解：(1) 根据题意，得

$$\begin{cases}-3=a+b+c,\\-3=9a+3b+c,\\5=a-b+c.\end{cases}\quad 解，得\begin{cases}a=1\\b=-4,\\c=0.\end{cases}$$

∴ 抛物线的解析式为 $y=x^2-4x$.

(2) 抛物线上存在一点 P，使 $\angle POM=90°$.

$x=-\frac{b}{2a}=-\frac{-4}{2}=2$，$y=\frac{4ac-b^2}{4a}=\frac{-16}{4}=-4$.

∴ 顶点 M 的坐标为 $(2,-4)$.

设抛物线上存在一点 P，满足 $OP\perp OM$，其坐标为 (a,a^2-4a).

过点 P 作 $PE\perp y$ 轴，垂足为 E；过 M 作点 $MF\perp y$ 轴，垂足为 F.

则 $\angle POE+\angle MOF=90°$，$\angle POE+\angle EPO=90°$.

∴ $\angle EPO=\angle FOM$.

∵ $\angle OEP=\angle MFO=90°$，

∴ $Rt\triangle OEP\backsim Rt\triangle MFO$.

∴ $OE:MF=EP:OF$.

即 $(a^2-4a):2=a:4$.

解，得 $a_1=0$(舍去)，

$a_2=\frac{9}{2}$.

∴ P 点的坐标为 $\left(\frac{9}{2},\frac{9}{4}\right)$.

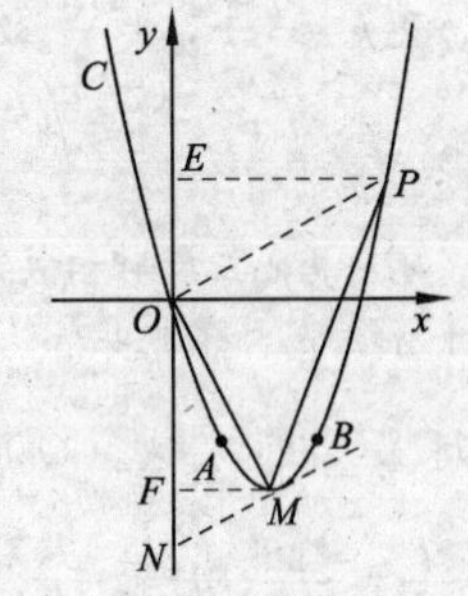

(第 80 题)

(3) 过顶点 M 作 $MN\perp OM$，交 y 轴于点 N，则 $\angle FMN+\angle OMF=90°$.

∵ $\angle MOF+\angle OMF=90°$，

∴ $\angle MOF=\angle FMN$.

又∵ $\angle OFM=\angle MFN=90°$，

∴ $\triangle OFM\backsim\triangle MFN$.

∴ $OF:MF=MF:FN$. 即 $4:2=2:FN$.

∴ $FN=1$.

∴ 点 N 的坐标为 $(0,-5)$.

设过点 M，N 的直线的解析式为 $y=kx+b$.

$$\begin{cases}-4=2k+b,\\-5=b.\end{cases}\quad 解，得\begin{cases}k=\frac{1}{2},\\b=-5.\end{cases}$$

直线的解析式为 $y=\frac{1}{2}x-5$.

$$\therefore\begin{cases}y=\frac{1}{2}x-5, & ①\\y=x^2-4x. & ②\end{cases}$$

把①代入②，得 $x^2-\frac{9}{2}x+5=0$.

$\Delta=\left(-\frac{9}{2}\right)^2-4\times5=\frac{81}{4}-20=\frac{1}{4}>0$.

∴ 直线 MN 与抛物线有两个交点(其中一点为顶点 M).

∴ 抛物线上必存在一点 K，使 $\angle OMK=90°$.

81. 解:(1) 易知$\triangle CDO\backsim\triangle BED$,

所以$\frac{CD}{BE}=\frac{CO}{BD}$,即$\frac{\frac{1}{3}}{BE}=\frac{1}{1-\frac{1}{3}}$,得$BE=\frac{2}{9}$,则点$E$的坐标为$E\left(1,\frac{7}{9}\right)$.

设直线DE的一次函数表达式为$y=kx+b$,

直线经过两点$D\left(\frac{1}{3},1\right)$和$E\left(1,\frac{7}{9}\right)$,代入$y=kx+b$得$k=-\frac{1}{3}$,$b=\frac{10}{9}$,故所求直线$DE$的函数表达式为$y=-\frac{1}{3}x+\frac{10}{9}$.

(可用其他三角形相似的方法求函数表达式.)

(2) 存在S的最大值.

求最大值:易知$\triangle COD\backsim\triangle BDE$,所以$\frac{CD}{BE}=\frac{CO}{DB}$,即$\frac{t}{BE}=\frac{1}{1-t}$,$BE=t-t^2$,

$S=\frac{1}{2}\times1\times(1+t-t^2)=-\frac{1}{2}\left(t-\frac{1}{2}\right)^2+\frac{5}{8}$.

故当$t=\frac{1}{2}$时,S有最大值$\frac{5}{8}$.

(3) 在$Rt\triangle OED$中,$OD^2+DE^2=OE^2$,OD^2+DE^2的算术平方根取最小值,也就是斜边OE取最小值.

当斜边OE取最小值且一直角边OA为定值时,另一直角边AE达到最小值,

于是$\triangle OEA$的面积达到最小值.

此时,梯形$COEB$的面积达到最大值.

由(2)知,当$t=\frac{1}{2}$时,梯形$COEB$的面积达到最大值,故所求点E的坐标是$\left(1,\frac{3}{4}\right)$.

82. (1) 解:当$y=0$时,$x^2+4x+3=0$,

解得$x_1=-3$,$x_2=-1$,

∴ A、B点坐标分别为$(-3,0)$、$(-1,0)$

当$x=0$时,$y=3$,∴ M点坐标为$(0,3)$,A、B、M三点关于y轴得对称点分别是D、C、M,

∴ D、C坐标为$(3,0)$、$(1,0)$

设F的解析式为$y=ax^2+bx+3$ $\begin{cases}0=9a+3b+3\\0=a+b+3\end{cases}$

∴ $a=1$,$b=-4$,∴ F的解析式为$y=x^2-4x+3$

(2) 存在.假设$MN\parallel AC$,∴ N点的纵坐标为3.若在抛物线F上,当$y=3$时,$3=x^2-4x+3$,则$x_1=0$,$x_2=4$.

∴ N点坐标为$(4,3)$,∴ $MN=4$,由(1)可求$AC=4$,∴ $MN=AC$,∴ 四边形$ACNM$为平行四边形.根据抛物线F和E关于y轴对称,故N点坐标为$(4,3)$或$(-4,3)$

(3) 存在.假设$MN\parallel AC$,∴ N点的纵坐标为c.设$y=0$,∴ $ax^2+bx+c=0$

∴ $x=\frac{-b\pm\sqrt{b^2-4ac}}{2a}$,

∴ A点坐标为$\left(\frac{-b-\sqrt{b^2-4ac}}{2a},0\right)$,$B$点坐标为$\left(\frac{-b+\sqrt{b^2-4ac}}{2a},0\right)$

∴ C点坐标为$\left(\frac{b-\sqrt{b^2-4ac}}{2a},0\right)$,∴ $AC=\frac{b}{a}$在抛物线E上,当$y=c$时,$c=ax^2+bx+c$,$x_1=0$,$x_2=-\frac{b}{a}$. ∴ N点坐标为$\left(-\frac{b}{a},0\right)$,$NM=0-\left(-\frac{b}{a}\right)=\frac{b}{a}$,∴ $NM=AC$,∴ 四边形$ACMN$为平行四边形.根据抛物线F和E关于y轴对称,故N点坐标为$\left(-\frac{b}{a},c\right)$或$\left(\frac{b}{a},c\right)$.

83. 解:(1) ∵ 点$A(3,4)$在直线$y=x+m$上,

∴ $4=3+m$. ∴ $m=1$.设所求二次函数的关系式为$y=a(x-1)^2$.

∵ 点$A(3,4)$在二次函数$y=a(x-1)^2$的图象上,

∴ $4=a(3-1)^2$,∴ $a=1$.

∴ 所求二次函数的关系式为$y=(x-1)^2$.

即$y=x^2-2x+1$.

(2) 设P、E两点的纵坐标分别为y_p和y_E.

∴ $PE=h=y_p-y_E=(x+1)-(x^2-2x+1)=-x^2+3x$.即$h=-x^2+3x(0<x<3)$.

(3) 存在.解法1:要使四边形$DCEP$是平行四边形,必须有$PE=DC$.

∵ 点D在直线$y=x+1$上,∴ 点D的坐标为$(1,2)$,∴ $-x^2+3x=2$.即$x^2-3x+2=0$.解之,得$x_1=2$,$x_2=1$(不合题意,舍去)

∴ 当P点的坐标为$(2,3)$时,四边形$DCEP$是平行四边形.

解法2:要使四边形$DCEP$是平行四边形,必须有$BP\parallel CE$.设直线CE的函数关系式为$y=x+b$.

∵ 直线CE经过点$C(1,0)$,

∴ $0=1+b$,∴ $b=-1$.

∴ 直线 CE 的函数关系式为 $y=x-1$.

∴ $\begin{cases} y=x-1 \\ y=x^2-2x+1 \end{cases}$ 得 $x^2-3x+2=0$.

解之,得 $x_1=2, x_2=1$(不合题意,舍去).

∴ 当 P 点的坐标为$(2,3)$时,四边形 $DCEP$ 是平行四边形.

84. 解:(1) 根据题意,得 $OC=|k|, OA=-x_1, OB=x_2$.

∵ $OC^2=3OA\cdot OB$,

∴ $k^2=3\cdot(-x_1)\cdot x_2, k^2=-3x_1x_2$.

∵ x_1, x_2 是 $x^2+2\sqrt{k+4x}+k=0$ 的两个根,

∴ $x_1\cdot x_2=k$,

∴ $k^2+3k=0$, ∴ $k_1=-3, k_2=0$(舍去), ∴ 二次函数的解析式为 $y=x^2+2x-3$.

(2) 设 $M(m,n)$,由抛物线 $y=x^2+2x-3$ 得 $A(-3,0), B(1,0), C(0,-3)$,如图,连接 OM,作 $ME\perp x$ 轴于 E, $MF\perp y$ 轴于 F.

(第 84 题)

∵ $S_{\triangle OBC}=\frac{1}{2}\cdot OB\cdot OC=\frac{1}{2}\times1\times3=\frac{3}{2}$.

$S_{\triangle AMO}=\frac{1}{2}\cdot AO\cdot ME=\frac{1}{2}\times3\times(-n)=-\frac{3}{2}n$,

$S_{\triangle CMO}=\frac{1}{2}\cdot CO\cdot MF=\frac{1}{2}\times3\times(-m)=-\frac{3}{2}m$,

∴ $S_{四边形AMCB}=S_{\triangle OBC}+S_{\triangle AMO}+S_{\triangle CMO}$

$=\frac{3}{2}-\frac{3}{2}n-\frac{3}{2}m$

$=\frac{3}{2}(1-n-m)$.

∵ M 在抛物线上, ∴ $n=m^2+2m-3$,

∴ $S_{四边形AMCB}=\frac{3}{2}(1-m^2-2m+3-m)$

$=-\frac{3}{2}\left(m+\frac{3}{2}\right)^2+\frac{75}{8}$.

当 $m=-\frac{3}{2}$ 时, $S_{四边形AMCB}$ 有最大值,为 $\frac{75}{8}$.

由 $m=-\frac{3}{2}$ 得 $n=-\frac{15}{4}$,

∴ 抛物线上存在点 $M\left(-\frac{3}{2},-\frac{15}{4}\right)$,使得四边形 $AMCB$ 的面积最大,最大值为 $\frac{75}{8}$.

85. (1) 解:依题意得 $\begin{cases} y=-\frac{1}{4}x^2+6 \\ y=-\frac{1}{2}x \end{cases}$

解之得 $\begin{cases} x_1=6 \\ y_1=-3 \end{cases} \begin{cases} x_2=-4 \\ y_2=2 \end{cases}$.

∴ $A(6,-3), B(-4,2)$.

(2) 作 AB 的垂直平分线交 x 轴, y 轴于 C, D 两点,交 AB 于 M(如图 1)

由(1)可知: $OA=3\sqrt{5}$ $OB=2\sqrt{5}$.

∴ $AB=5\sqrt{5}$.

∴ $OM=\frac{1}{2}AB-OB=\frac{\sqrt{5}}{2}$.

过 B 作 $BE\perp x$ 轴, E 为垂足.

由 $\triangle BEO\backsim\triangle OCM$,得: $\frac{OC}{OB}=\frac{OM}{OE}$, ∴ $OC=\frac{5}{4}$,

同理: $OD=\frac{5}{2}$, ∴ $C\left(\frac{5}{4},0\right), D\left(0,-\frac{5}{2}\right)$.

设 CD 的解析式为 $y=kx+b(k\neq0)$.

∴ $\begin{cases} 0=\frac{5}{4}k+b \\ -\frac{5}{2}=b \end{cases}$ ∴ $\begin{cases} k=2 \\ b=-\frac{5}{2} \end{cases}$.

∴ AB 的垂直平分线的解析式为: $y=2x-\frac{5}{2}$.

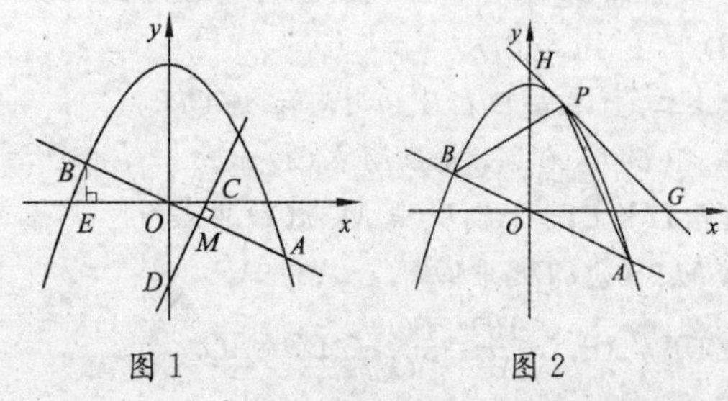

图 1　　图 2

(第 85 题)

(3) 若存在点 P 使 $\triangle APB$ 的面积最大,则点 P 在与直线 AB 平行且和抛物线只有一个交点的直线 $y=-\frac{1}{2}x+m$ 上,并设该直线与 x 轴, y 轴交于 G, H 两点(如图 2).

∴ $\begin{cases} y=-\frac{1}{2}x+m \\ y=-\frac{1}{4}x^2+6 \end{cases}$.

∴ $\frac{1}{4}x^2-\frac{1}{2}x+m-6=0$.

∵ 抛物线与直线只有一个交点,

$\therefore \left(-\frac{1}{2}\right)^2-4\times\frac{1}{4}(m-6)=0$. $\therefore m=\frac{25}{4}$

$\therefore P\left(1,\frac{23}{4}\right)$. 在直线 GH: $y=-\frac{1}{2}x+\frac{25}{4}$ 中，

$\therefore G\left(\frac{25}{2},0\right)$, $H\left(0,\frac{25}{4}\right)$.

$\therefore GH=\frac{25}{4}\sqrt{5}$.

设 O 到 GH 的距离为 d,

$\therefore \frac{1}{2}GH\times d=\frac{1}{2}OG\times OH$

$\therefore \frac{1}{2}\times\frac{25\sqrt{5}}{4}d=\frac{1}{2}\times\frac{25}{2}\times\frac{25}{4}$

$\therefore d=\frac{5}{2}\sqrt{5}$

$\because AB/\!/GH$,

$\therefore P$ 到 AB 的距离等于 O 到 GH 的距离 d.

$\therefore S_{最大面积}=\frac{1}{2}AB\times d=\frac{1}{2}\times5\sqrt{5}\times\frac{5\sqrt{5}}{2}=\frac{125}{4}$.

86. (1) $C(2a,0)$, $D(0,2a+8)$.

(2) 方法一：由题意得：$A(-4,0)$, $B(0,4)$. $-4<a<0$，且 $a\neq2$,

① 当 $2a+8<4$，即 $-4<a<-2$ 时，$AC=-4-2a$, $BD=4-(2a+8)=-4-2a$.

$\therefore AC=BD$.

② 当 $2a+8>4$，即 $-2<a<0$ 时. 同理可证：$AC=BD$. 综上：$AC=BD$.

方法二：① 当点 D 在 B、O 之间时，连 CD,

$\because \angle COD=90°$, $\therefore$ 圆心 M 在 CD 上，

过点 D 作 $DF/\!/AB$, $\because$ 点 M 为 CD 中点，

$\therefore MA$ 为 $\triangle CDF$ 中位线，$\therefore AC=AF$,

又 $DF/\!/AB$, $\therefore \frac{BD}{AF}=\frac{BO}{AO}$，而 $BO=AO$.

$\therefore AF=BD$. $\therefore AC=BD$.

② 点 D 在点 B 上方时，同理可证：$AC=BD$.

综上：$AC=BD$.

(3) 方法一：① $A(-4,0)$, $B(0,4)$, $D(0,2a+8)$, $M(a,a+4)$, $\triangle BDE$、$\triangle ABO$ 均为等腰直角三角形，E 的纵坐标为 $a+6$, $\therefore ME=\sqrt{2}(y_E-y_M)=\sqrt{2}[a+6-(a+4)]=2\sqrt{2}$. $AB=4\sqrt{2}$.

$\therefore AB=2ME$.

② $AM=\sqrt{2}(y_M-y_A)=\sqrt{2}(a+4)$, $BE=\sqrt{2}|y_E-y_B|=\sqrt{2}|a+2|$, $\because AM=BE$，又 $-4<a<0$，且 $a\neq2$，当 $-4<a<-2$ 时，$\sqrt{2}(a+4)=-\sqrt{2}(a+2)$, $\therefore a=-3$. $M(-3,1)$.

当 $-2<a<0$ 时，$\sqrt{2}(a+4)=\sqrt{2}(a+2)$.

$\therefore a$ 不存在.

方法二：①当点 D 在 B、O 之间时，作 $MP\perp x$ 轴于点 P、$MQ\perp y$ 轴于点 Q，取 AB 中点 N，在 $\mathrm{Rt}\triangle MNO$ 与 $\mathrm{Rt}\triangle DEM$ 中，$MO=MD$. $\angle MON=45°-\angle MOP$. $\angle EMD=45°-\angle DMQ=45°-\angle OMQ=45°-\angle MOP$.

$\therefore \angle MON=\angle EMD$.

$\therefore \mathrm{Rt}\triangle MNO\cong\mathrm{Rt}\triangle DEM$.

$\therefore MN=ED=EB$.

$\therefore AB=2NB=2(NE+EB)=2(NE+MN)=2ME$.

当点 D 在点 B 上方时，同理可证. ② 当点 D 在 B、O 之间时，由①得 $MN=EB$, $\therefore AM=NE$. 若 $AM=BE$，则 $AM=MN=NE=EB=\frac{1}{4}AB=\sqrt{2}$.

$\therefore M(-3,1)$. 点 D 在 B 上方时，不存在.

87. 解：(1) $\because OA=\sqrt{3}$, $AB=AC=2\sqrt{3}$.

$\therefore B(-3\sqrt{3},0)$, $C(3\sqrt{3},0)$. 又在 $\mathrm{Rt}\triangle AOD$ 中，$AD=2\sqrt{3}$, $OA=\sqrt{3}$.

$\therefore OD=\sqrt{AD^2-OA^2}=3$.

$\therefore D$ 的坐标为 $(0,-3)$. 又 D, C 两点在抛物线上，

$$\therefore \begin{cases}c=-3\\ \frac{1}{3}(3\sqrt{3})^2+3\sqrt{3}b+c=0\end{cases}$$

解得 $\begin{cases}b=-\frac{2}{3}\sqrt{3}\\ c=-3\end{cases}$.

$\therefore$ 抛物线的解析式为：$y=\frac{1}{3}x^2-\frac{2\sqrt{3}}{3}x-3$.

当 $x=-\sqrt{3}$ 时，$y=0$. $\therefore$ 点 $B(-\sqrt{3},0)$ 在抛物线上.

(2) $\because y=\frac{1}{3}x^2-\frac{2\sqrt{3}}{3}x-3=\frac{1}{3}(x-\sqrt{3})^2-4$.

$\therefore$ 抛物线 $y=\frac{1}{3}x^2-\frac{2\sqrt{3}}{3}x-3$ 的对称轴方程为 $x=\sqrt{3}$. 在抛物线的对称轴上存在点 P，使 $\triangle PBD$ 的周长最小.

$\because BD$ 的长为定值，$\therefore$ 要使 $\triangle PBD$ 周长最小只需 $PB+PD$ 最小.

连结 DC，则 DC 与对称轴的交点即为使 $\triangle PBD$ 周长最小的点.

设直线 DC 的解析式为 $y=mx+n$.

由$\begin{cases}n=-3\\3\sqrt{3}m+n=0\end{cases}$得$\begin{cases}m=\dfrac{\sqrt{3}}{3}\\n=-3\end{cases}$.

∴ 直线 DC 的解析式为 $y=\dfrac{\sqrt{3}}{3}x-3$ 由

$\begin{cases}y=\dfrac{\sqrt{3}}{3}x-3\\x=\sqrt{3}\end{cases}$得$\begin{cases}x=\sqrt{3}\\y=-2\end{cases}$.

故点 P 的坐标为$(\sqrt{3},-2)$.

(3) 存在,设 $Q(\sqrt{3},t)$为抛物线对称轴 $x=\sqrt{3}$上一点,M在抛物线上要使四边形 $BCQM$ 为平行四边形,则 $BC/\!/QM$ 且 $BC=QM$,点 M 在对称轴的左侧.于是,过点 Q 作直线 $L/\!/BC$ 与抛物线交于点 $M(x_m,t)$.由 $BC=QM$ 得 $QM=4\sqrt{3}$从而 $x_m=-3\sqrt{3}$,故在抛物线上存在点 $M(-\sqrt{3},12)$,使得四边形 $BCQM$ 为平行四边形.

88. 解法一:(1) 依题意,$OE=OA=5$,

在 $\mathrm{Rt}\triangle OCE$ 中,

$CE^2=OE^2-OC^2=5^2-3^2=4^2$,∴ $CE=4$

∵ $\angle OED=\angle OAD=90°$,

∴ $\angle CEO+\angle BED=90°$

而$\angle CEO+\angle COE=90°$,∴ $\angle COE=\angle BED$,

∴ $\mathrm{Rt}\triangle CEO\backsim \mathrm{Rt}\triangle BDE$.

∴ $\dfrac{BD}{BE}=\dfrac{CE}{CO}$,∴ $\dfrac{BD}{5-4}=\dfrac{4}{3}$,∴ $BD=\dfrac{4}{3}$,

∴ $AD=AB-BD=3-\dfrac{4}{3}=\dfrac{5}{3}$,∴ 点 D,E 的坐标分别为$\left(5,\dfrac{5}{3}\right)$,$(4,3)$.

解法二:(上同解法一)∴ $CE=4$.设点 D 的坐标为$(5,y)$,则

$AD=DE=y,BD=3-y,BE=5-4=1$.

在 $\mathrm{Rt}\triangle BED$ 中,

$ED^2=EB^2+BD^2$,∴ $y^2=1^2+(3-y)^2$,解得 $y=\dfrac{5}{3}$,∴ 点 D,E 的坐标分别为$\left(5,\dfrac{5}{3}\right)$,$(4,3)$.

(2) 设抛物线的解析式为 $y=ax^3+bx+c$,

∵ 抛物线过点 $D\left(5,\dfrac{5}{3}\right)$,$E(4,3)$,$F(-5,0)$,

∴ $\begin{cases}25a+5b+c=\dfrac{5}{3}\\16a+4b+c=3\\25a-5b+c=0\end{cases}$ 解得$\begin{cases}a=-\dfrac{1}{6}\\b=\dfrac{1}{6}\\c=5\end{cases}$

∴ 抛物线的解析式为 $y=-\dfrac{1}{6}x^2+\dfrac{1}{6}x+5$.

对称轴的方程为 $x=-\dfrac{b}{2a}=-\dfrac{\frac{1}{6}}{2\times\left(-\frac{1}{6}\right)}=\dfrac{1}{2}$.或

用配方法:

$y=-\dfrac{1}{6}x^2+\dfrac{1}{6}x+5=-\dfrac{1}{6}(x^2-x-30)=-\dfrac{1}{6}\left(x-\dfrac{1}{2}\right)^2+\dfrac{121}{24}$.

∴ 对称轴的方程为 $x=\dfrac{1}{2}$.

(3) 存在这样的 P 点,使$\triangle PFH$ 的内心在坐标轴上.

解法一:① 若$\triangle PFH$ 的内心在 y 轴上,设直线 PH 与 x 轴相交于点 M,

∵ $\angle FHO=\angle MHO,HO\perp FM$,∴ $FO=MO$,

∴ 点 M 的坐标为$(5,0)$.

∴ 直线 PH 的解析式为 $y=-x+5$.

解方程组$\begin{cases}y=-x+5\\y=-\dfrac{1}{6}x^2+\dfrac{1}{6}x+5\end{cases}$

得$\begin{cases}x_1=0\\y_1=5\end{cases}$,$\begin{cases}x_2=7\\y_2=-2\end{cases}$.

∴ 点 P 的坐标为$(7,-2)$.

② 若$\triangle PFH$ 的内心在 x 轴上,设直线 PF 与 y 轴相交于点 N,

∵ $\angle HFO=\angle NFO,FO\perp HN$,∴ $HO=NO$,

∴ 点 N 的坐标为$(0,-5)$,

∴ 直线 FN 的解析式为 $y=-x-5$.

解方程组$\begin{cases}y=-x-5\\y=-\dfrac{1}{6}x^2+\dfrac{1}{6}x+5\end{cases}$

得$\begin{cases}x_1=-5\\y_1=0\end{cases}$,$\begin{cases}x_2=12\\y_2=-17\end{cases}$.

∴ 点 P 的坐标为$(12,-17)$.

综合①②可知点 P 的坐标为$(7,-2)$或$(12,-17)$.

解法二:① 当$\triangle PFH$ 的内心在 y 轴上时,设 P 的坐标为$\left(x,-\dfrac{1}{6}x^2+\dfrac{1}{6}x+5\right)$,

∵ $\angle FHO=\angle PHO=45°$,过 P 作 $PM\perp y$ 轴于 M,

∴ $HM=PM$.

∴ $5-\left(-\dfrac{1}{6}x^2+\dfrac{1}{6}x+5\right)=x$,

∴ $x_1=0,x_2=7$.

∴ 点 P 的坐标为$(7,-2)$.

② 当$\triangle PFH$ 的内心在 x 轴上时，设 P 的坐标为 $\left(x,-\frac{1}{6}x^2+\frac{1}{6}x+5\right)$，

∵ $\angle HFO=\angle PFO=45°$，

过 P 作 $PN\perp x$ 轴于 N，∴ $FN=PN$.

∴ $x+5=\frac{1}{6}x^2-\frac{1}{6}x-5$，∴ $x^2-7x-60=0$.

$x_1=12,x_2-5$.

∴ 点 P 的坐标为$(12,-17)$. 综合①②可知，点 P 的坐标为$(7,-2)$或$(12,-17)$.

(4)（附加题）点 Q 的坐标为 $\left(\frac{3}{2},\frac{1}{2}\right)$；直线 HQ 的解析式为 $y=-3x+5$.

89. 解：(1) 设 l_2 的解析式为 $y=ax^2+bx+c(a\neq0)$，

∵ l_1 与 x 轴的交点为 $A(-2,0)$，$C(2,0)$，顶点坐标是$(0,-4)$，l_2 与 l_1 关于 x 轴对称，

∴ l_2 过 $A(-2,0)$，$C(2,0)$，顶点坐标是$(0,4)$，

∴ $\begin{cases}4a-2b+c=0,\\4a+2b+c=0,\\c=4.\end{cases}$

∴ $a=-1,b=0,c=4$，

即 l_2 的解析式为 $y=-x^2+4$.

（还可利用顶点式、对称性关系等方法解答）

(2) 设点 $B(m,n)$为 l_1：$y=x^2-4$ 上任意一点，则 $n=m^2-4(*)$.

∵ 四边形 $ABCD$ 是平行四边形，点 A、C 关于原点 O 对称，

∴ B、D 关于原点 O 对称，

∴ 点 D 的坐标为 $D(-m,-n)$.

由$(*)$式可知，$-n=-(m^2-4)=-(-m)^2+4$，

即点 D 的坐标满足 $y=-x^2+4$，

∴ 点 D 在 l_2 上.

(3) $\square ABCD$ 能为矩形.

过点 B 作 $BH\perp x$ 轴于 H，由点 B 在 l_1：$y=x^2-4$ 上，可设点 B 的坐标为$(x_0,x_0{}^2-4)$，

则 $OH=|x_0|$，$BH=|x_0{}^2-4|$.

易知，当且仅当 $BO=AO=2$ 时，$\square ABCD$ 为矩形.

在 Rt$\triangle OBH$ 中，由勾股定理得，$|x_0|^2+|x_0{}^2-4|^2=2^2$，$(x_0{}^2-4)(x_0{}^2-3)=0$，

∴ $x_0=\pm2$（舍去）、$x_0=\pm\sqrt{3}$.

所以，当点 B 坐标为 $B(\sqrt{3},-1)$或 $B'(-\sqrt{3},-1)$时，$\square ABCD$ 为矩形，此时，点 D 的坐标分别是 $D(-\sqrt{3},1)$、$D'(\sqrt{3},1)$.

因此，符合条件的矩形有且只有 2 个，即矩形 $ABCD$ 和矩形 $AB'CD'$.

设直线 AB 与 y 轴交于 E，显然，

$\triangle AOE\backsim\triangle AHB$，

∴ $\frac{EO}{AO}=\frac{BH}{AH}$，

∴ $\frac{EO}{2}=\frac{1}{2+\sqrt{3}}$.

∴ $EO=4-2\sqrt{3}$.

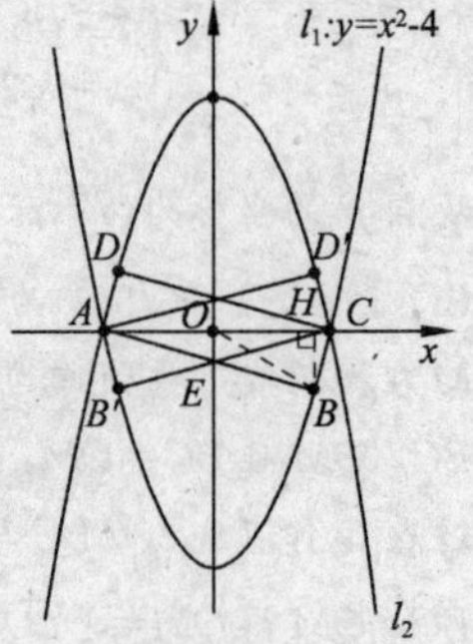

（第 89 题）

由该图形的对称性知矩形 $ABCD$ 与矩形 $AB'CD'$ 重合部分是菱形，其面积为

$S=2S_{\triangle ACE}=2\times\frac{1}{2}\times AC\times EO=2\times\frac{1}{2}\times4\times(4-2\sqrt{3})=16-8\sqrt{3}$.

（还可求出直线 AB 与 y 轴交点 E 的坐标解答）

90. (1) 解方程 $x^2-x-6=0$，得 $x_1=-2,x_2=3$.

∴ $A(-2,0)$，$B(3,0)$.

由抛物线与 y 轴的正半轴交于点 C，

∴ $C(0,c)$且 $c>0$.

∵ $S_{\triangle ABC}=\frac{1}{2}\cdot|AB|\cdot|c|=\frac{15}{2}$，$|AB|=5$，

即$\frac{1}{2}\cdot5\cdot c=\frac{15}{2}$.

∴ $c=3$，$C(0,3)$.

将 A、B、C 三点的坐标代入抛物线 $y=ax^2+bx+c$ 中，得

$\begin{cases}a\cdot(-2)^2+b\cdot(-2)+c=0,\\a\cdot3^2+b\cdot3+c=0,\\c=3.\end{cases}$

解得 $\begin{cases}a=-\frac{1}{2},\\b=\frac{1}{2},\\c=3.\end{cases}$

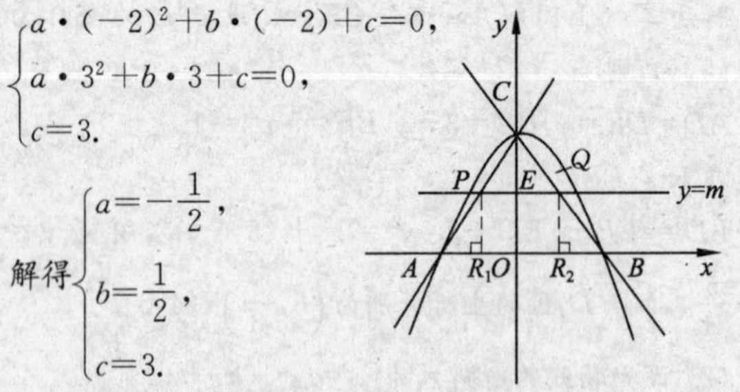

（第 90 题）

∴ 抛物线的解析式是 $y=-\frac{1}{2}x^2+\frac{1}{2}x+3$.

(2) 设直线 AC 的方程为　$y=k_1x+b_1(k_1\neq0)$.

∵ 点 $A(-2,0)$，$C(0,3)$在直线 AC 上，

$\therefore \begin{cases} -2k_1+b_1=0, \\ b_1=3. \end{cases}$ 解得 $\begin{cases} k_1=\frac{3}{2}, \\ b_1=3. \end{cases}$

$\therefore$ 直线 AC 的方程为 $y=\frac{3}{2}x+3$.

设直线 BC 的方程为 $y=k_2x+b_2(k_2\neq 0)$.

$\because$ 点 $B(3,0)$, $C(0,3)$ 在直线 BC 上,

$\therefore \begin{cases} 3k_2+b_2=0, \\ b_2=3. \end{cases}$ 解得 $\begin{cases} k_2=-1, \\ b_2=3. \end{cases}$

$\therefore$ 直线 BC 的方程为 $y=-x+3$.

(3) 假设存在满足条件的点 R,并设直线 $y=m$ 与 y 轴的交点为 $E(0,m)$.

由(1),知 $|AB|=5$, $|OC|=3$.

$\because$ 点 P 不与点 A、C 重合.

$\therefore$ 点 $E(0,m)$ 不与点 O、C 重合.

$\therefore 0<m<3$.

由于 PQ 为等腰直角三角形 PQR 的一腰,过点 P 作 $PR_1\perp x$ 轴于点 R_1,

则 $\angle R_1PQ=90°$, $|PQ|=|PR_1|=|OE|=m$.

$\because PQ/\!/AB$, $\therefore \triangle CPQ\backsim\triangle CAB$.

$\therefore \frac{|PQ|}{|AB|}=\frac{|EC|}{|OC|}$,即 $\frac{m}{5}=\frac{3-m}{3}$.

解得 $m=\frac{15}{8}$.

$\therefore P\left(x_P,\frac{15}{8}\right)$, $Q\left(x_Q,\frac{15}{8}\right)$.

$\because$ 点 P 在直线 AC 上,

$\therefore \frac{3}{2}x_P+3=\frac{15}{8}$.

解得 $x_P=-\frac{3}{4}$, $P\left(-\frac{3}{4},\frac{15}{8}\right)$.

$\therefore$ 点 $R_1\left(-\frac{3}{4},0\right)$.

过点 Q 作 $QR_2\perp x$ 轴于 R_2,则 $\angle R_2QP=90°$

同理可求得 $x_Q=\frac{9}{8}$, $Q\left(\frac{9}{8},\frac{15}{8}\right)$.

$\therefore$ 点 $R_2\left(\frac{9}{8},0\right)$.

验证:$\because |PQ|=\frac{9}{8}-\left(-\frac{3}{4}\right)=\frac{15}{8}$, $|PR_1|=\left|0-\frac{15}{8}\right|=\frac{15}{8}$,

$\therefore |PQ|=|PR_1|$, $\angle R_1PQ=90°$;

又 $|QR_2|=\left|0-\frac{15}{8}\right|=\frac{15}{8}$,

$\therefore |PQ|=|QR_2|$, $\angle R_2QP=90°$.

$\therefore R_1\left(-\frac{3}{4},0\right)$、$R_2\left(\frac{9}{8},0\right)$ 是满足条件的点.

所以,存在满足条件的点 R,它们分别是 $R_1\left(-\frac{3}{4},0\right)$、$R_2\left(\frac{9}{8},0\right)$.

91. 解:(1) 把点 A 的坐标代入解析式,得

$-6=-\frac{1}{2}\times 3^2-3+k$,

$\therefore k=\frac{3}{2}$.

(2) 由(1)知,$y=-\frac{1}{2}x^2-x+\frac{3}{2}=-\frac{1}{2}(x+1)^2+2$.

$\therefore$ 所得抛物线的顶点 M 的坐标为 $(-1,2)$.

令 $y=0$ 得 $-\frac{1}{2}x^2-x+\frac{3}{2}=0$,

解得 $x_1=-3$, $x_2=1$.

$\therefore$ 抛物线与 x 轴的交点坐标为 $B(-3,0)$, $C(1,0)$.

如图 1 所示,作 $AE\perp x$ 轴于 E, $MF\perp x$ 轴于 F. 则 $AE=6$, $BE=OB+OE=3+3=6$.

$\therefore AE=BE=6$.

$\therefore \triangle ABE$ 是等腰直角三角形,

$\therefore \angle ABC=45°$.

在 $\mathrm{Rt}\triangle MFB$ 中,$\because MF=2$, $BF=OB-OF=3-1=2$, $\therefore MF=BF$.

$\therefore \triangle BFM$ 为等腰直角三角形.

$\therefore \angle MBF=45°$.

$\therefore \angle ABC=\angle MBF$.

又 $\because \angle DMB=\angle BAC$.

$\therefore \triangle BMD\backsim\triangle BAC$.

$\therefore \frac{BD}{BC}=\frac{MF}{AE}$,设点 D 的坐标为 $(a,0)$,显然 $a<0$,

$\therefore BD=3+a$.

$\therefore \frac{3+a}{4}=\frac{2}{6}$.

$\therefore a=-\frac{5}{3}$.

$\therefore$ 点 D 的坐标为 $\left(-\frac{5}{3},0\right)$.

设直线 AD 的解析式为 $y=k'x+b$,则

$\begin{cases} 3k'+b=-6, \\ -\frac{5}{3}k'+b=0. \end{cases}$

解得 $k'=-\frac{9}{7}$, $b=-\frac{15}{7}$.

$\therefore$ 直线 AD 的解析式为 $y=-\frac{9}{7}x-\frac{15}{7}$.

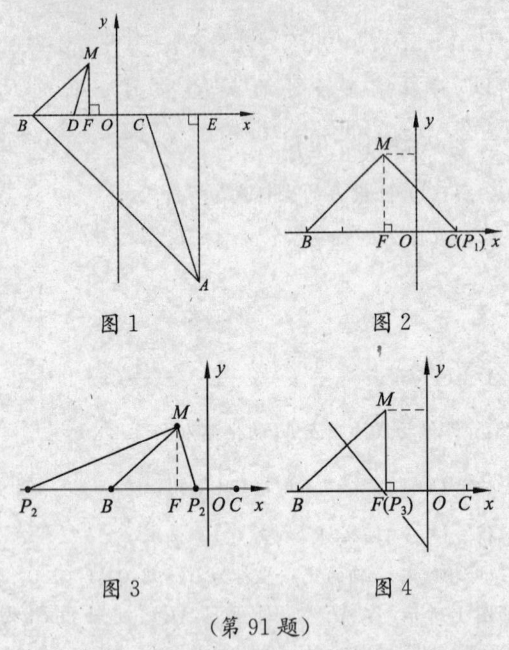

(第 91 题)

(3) 假设满足条件的点 P 存在,则应分如下三种情况讨论:

① 当 $\triangle P_1MB$ 是以 $\angle P_1MB$ 为顶角的等腰三角形时,有 $P_1M=BM$. 设 $P_1(x_1,0)$,又 $BM^2=8$. $P_1M^2=4+|x_1+1|^2$,∴ $|x_1+1|^2+4=8$.

解得 $x_1=-3$ 或 1. 点 P 不与点 B 重合,可以与点 C 重合.

∴ $x_1=1$. ∴ 点 P_1 坐标为(1,0)

② 当 $\triangle P_2BM$ 是以 $\angle P_2BM$ 为顶角的等腰三角形时,有 $P_2B=MB$.

设 P_2 的坐标为 $(x_2,0)$. 又 $BM^2=8$,$P_2B^2=|x_2+3|^2$,

∴ $|x_2+3|^2=8$.

∴ $|x_2+3|=2\sqrt{2}$.

∴ $x_2+3=2\sqrt{2}$ 或 $-2\sqrt{2}$.

∴ $x_2=3-2\sqrt{2}$ 或 $x_2=-3-2\sqrt{2}$ 均满足条件,故点 P_2 的坐标为 $(3-2\sqrt{2},0)$ 和 $(-3-2\sqrt{2},0)$.

③ 当 $\triangle P_3BM$ 是以 $\angle BP_3M$ 为顶角的等腰三角形时,有 $P_3B=P_3M$. 这时点 P_3 也在线段 BM 的垂直平分线上.

又 $\triangle BFM$ 为等腰直角三角形.

∴ x 轴上的点 F 在线段 BM 的垂直平分线上.

∴ 点 P_3 必与点 F 重合.

∴ 点 P_3 的坐标为(−1,0).

以上三种情况如图 2,3,4 所示:

综合①,②,③知:满足条件的点 P 有四个,依次分别为 $(-3-2\sqrt{2},0)$,(−1,0),$(3-2\sqrt{2},0)$ 或(1,0).

92. (1) $A(-1,0)$,$B(3,0)$;

(2) 所求抛物线解析式为 $y=-x^2+2x+3$;

(3) 顶点 $M(1,4)$,$S_{\triangle ABD}=\frac{1}{2}|AB|\cdot|OD|=6$,设在线段 OD 上一点 P 的坐标为 $(0,y_0)$ $(y_0>0)$,使 $S_{\triangle MPB}=\frac{2}{3}S_{\triangle ABD}$,过点 M 作 $MN\perp y$ 轴,N 为垂足,则 $S_{\triangle MPD}=S_{梯形OBMN}-S_{\triangle MNP}-S_{\triangle POB}=6-y_0$,从而 $y_0=2$,即在 OD 上存在点 $P(0,2)$.

93. (1) ∵ PO,PA 与⊙C 相切,

∴ $PA=PO$,$\angle APC=\angle OPC$,

∴ $PC\perp OA$.

(2) 解法一:设直线 AB 的解析式为 $y=kx+b$ 作 BE 垂直于 x 轴,垂足为 E,由 $OC=1$,$OP=2$,可得 $PC=\sqrt{5}$,$CD=\frac{\sqrt{5}}{5}$,又 $OB\perp OA$,$PC\perp OA$,

∴ $OB/\!/PC$,又 $AC=CB$,

∴ $OB=2CD=\frac{2\sqrt{5}}{5}$,由 $\triangle BOE\backsim\triangle CPO$,得 $\frac{BE}{CO}=\frac{OE}{PO}=\frac{BO}{CP}$ 即 $\frac{BE}{1}=\frac{OE}{2}=\frac{\frac{2}{5}\sqrt{5}}{\sqrt{5}}$

∴ $BE=\frac{2}{5}$,$OE=\frac{4}{5}$.

∴ B 点坐标为 $\left(\frac{4}{5},\frac{2}{5}\right)$,又 $C(0,1,)$

∵ $\begin{cases}1=b,\\ \frac{2}{5}=\frac{4}{5}k+b.\end{cases}$ 解得 $k=-\frac{3}{4}$,$b=1$,

∴ $y=-\frac{3}{4}x+1$.

解法二:求出 A 点坐标为 $\left(-\frac{4}{5},\frac{8}{5}\right)$ 把 A,C 两点坐标代入 $y=kx+b$,求得解析式为 $y=-\frac{3}{4}x+1$.

(3) $S_{四边形POCA}=2S_{\triangle POC}=2\times\frac{1}{2}\cdot(-x)\cdot 1=-x$ 即 $S=-x(x<0)$.

(4) 存在这样一点 P,其坐标为(−1,0)若 $S_{四边形POCA}=S_{\triangle AOB}$

∵ $S_{\triangle AOB}=2S_{\triangle AOC}$,

∴ $S_{四边形POCA}=2S_{\triangle AOC}$.

∴ $S_{\triangle AOP}=S_{\triangle AOC}$

又 $OA\perp PC$,

$\therefore PD=CD$. $\therefore PO=OC=1$.

$\therefore P(-1,0)$其图形如图.

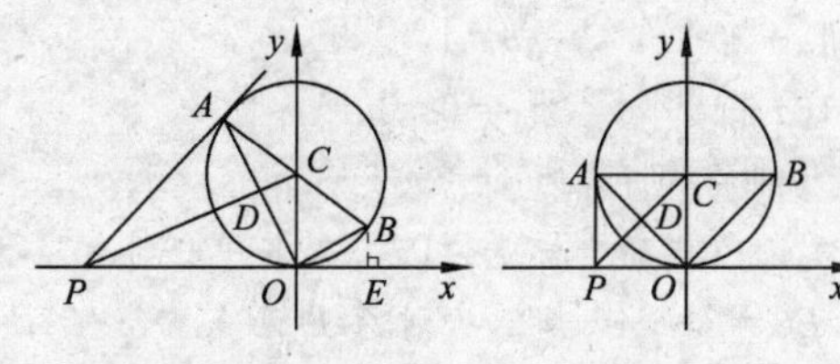

（第 93 题）

94. (1) $\because \angle OCB$、$\angle FAB$对同弧BE,

$\therefore \angle OCB=\angle FAB$.

$\because$ 正方形$ABCD$,

$\therefore \angle OBC=\angle FBA=90°$, $BC=BA$,

$\therefore \triangle OBC\cong\triangle FBA$.

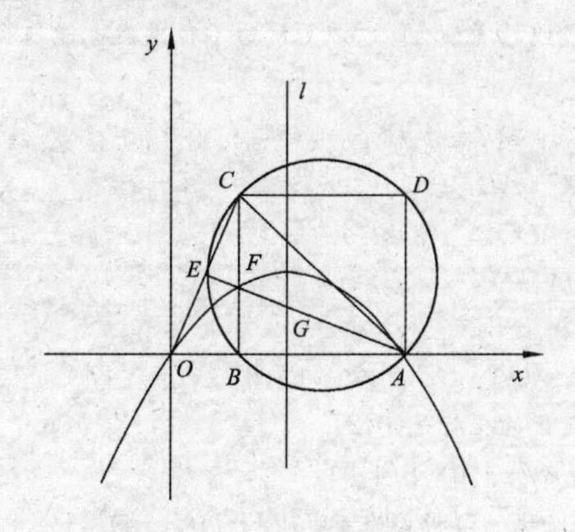

（第 94 题）

(2) 设经过O,F,A三点的抛物线解析式为$y=ax(x-3)$，由(1)$\triangle OBC\cong\triangle FBA$,

$\therefore BF=BO=t$, $\therefore F(t,t)$, $\therefore t=at(t-3)$,

$\therefore a=\dfrac{1}{t-3}$,

$\therefore$ 经过O,F,A三点的抛物线解析式为$y=\dfrac{1}{t-3}x(x-3)$.

(3) 方法1：$\because$ 是OA的中垂线，若G为$\triangle AOC$的外心，则G在OC的中垂线上，又$\because \angle AEO$是正方形$ABCD$的外接圆的一个外角，

$\therefore \angle AEO=\angle D=90°$，即$AE\perp OC$，即$EG\perp OC$,

$\therefore AE$是OC的中垂线,

$\therefore AC=AO$, $\therefore OA=\sqrt{2}AB$,

则$3=\sqrt{2}(3-t)$，解得，$t=3-\dfrac{3}{2}\sqrt{2}$,

$\therefore$ 抛物线的解析式为$y=-\dfrac{\sqrt{2}}{3}x(x-3)$.

方法2：设$G(m,n)$，$\because l$是OA的中垂线,

$\therefore m=\dfrac{3}{2}$,

$\because A(3,0)$，$F(t,t)$，可求得直线AF的解析式为$y=\dfrac{t}{t-3}(x-3)$,

$\therefore n=\dfrac{t}{t-3}\left(\dfrac{3}{2}-3\right)$，即$3t+2(t-3)n=0$,　①

若G为$\triangle AOC$的外心，则G在AC的中垂线上，即G在BD上,

$\because B(t,0)$，$D(3,3-t)$,

$\therefore$ 直线BD的直线解析式为$y=x-t$,

$\therefore n=\dfrac{3}{2}-t$,　②

将②代入①得，$2t^2-12t+9=0$.

$\therefore t=3\pm\dfrac{3}{2}\sqrt{2}$,

$\because 0<t<\dfrac{3}{2}$,

$\therefore t=3-\dfrac{3}{2}\sqrt{2}$,

$\therefore$ 抛物线的解析式为$y=-\dfrac{\sqrt{2}}{3}x(x-3)$.

(4) 由(3)知，AE是$\angle OAC$的平分线，若在抛物线上存在点P，其关于直线AF的对称点在x轴上，则点P应在直线AC上,

$\therefore$ 点P是直线AC与抛物线的交点.

$\because A(3,0)$，$C\left(3-\dfrac{3}{2}\sqrt{2},\dfrac{3}{2}\sqrt{2}\right)$,

$\therefore$ 直线AC的解析式为$y=3-x$,

$\therefore \begin{cases} y=3-x, \\ y=-\dfrac{\sqrt{2}}{3}x(x-3), \end{cases}$

解得，$\begin{cases} x_1=3, \\ y_1=0, \end{cases}$ $\begin{cases} x_2=\dfrac{3}{2}\sqrt{2}, \\ y_2=3-\dfrac{3}{2}\sqrt{2}, \end{cases}$

$\therefore$ 在抛物线上存在点$P(3,0)$或$P\left(\dfrac{3}{2}\sqrt{2},3-\dfrac{3}{2}\sqrt{2}\right)$，其关于直线$AF$的对称点在$x$轴上.

95. (1) 在$\text{Rt}\triangle OAB$中，$\because \angle AOB=30°$,

$\therefore OB=\sqrt{3}$,

过点B作BD垂直于x轴，垂足为D，则$OD=\dfrac{3}{2}$，$BD=\dfrac{\sqrt{3}}{2}$,

∴ 点 B 的坐标为 $\left(\frac{3}{2},\frac{\sqrt{3}}{2}\right)$.

(2) 将 $A(2,0)$、$B\left(\frac{3}{2},\frac{\sqrt{3}}{2}\right)$、$O(0,0)$ 三点的坐标代入 $y=ax^2+bx+c$，得

$$\begin{cases}4a+2b+c=0,\\ \frac{9}{4}a+\frac{3}{2}b+c=\frac{\sqrt{3}}{2},\\ c=0.\end{cases}$$

解方程组，有 $a=-\frac{2\sqrt{3}}{3}$，$b=\frac{4\sqrt{3}}{3}$，$c=0$.

∴ 所求二次函数解析式是 $y=-\frac{2\sqrt{3}}{3}x^2+\frac{4\sqrt{3}}{3}x$.

(3) 设存在点 $C\left(x,-\frac{2\sqrt{3}}{3}x^2+\frac{4\sqrt{3}}{3}x\right)$（其中 $0<x<\frac{3}{2}$），使四边形 $ABCO$ 面积最大.

∵ $\triangle OAB$ 面积为定值，

∴ 只要 $\triangle OBC$ 面积最大，四边形 $ABCO$ 面积就最大.

过点 C 作 x 轴的垂线 CE，垂足为 E，交 OB 于点 F，则

$S_{\triangle OBC}=S_{\triangle OCF}+S_{\triangle BCF}=\frac{1}{2}|CF|\cdot|OE|+\frac{1}{2}|CF|\cdot|ED|=\frac{1}{2}|CF|\cdot|OD|=\frac{3}{4}|CF|$，

而 $|CF|=y_C-y_F$

$$=-\frac{2\sqrt{3}}{3}x^2+\frac{4\sqrt{3}}{3}x-\frac{\sqrt{3}}{3}x$$

$$=-\frac{2\sqrt{3}}{3}x^2+\sqrt{3}x,$$

∴ $S_{\triangle OBC}=-\frac{\sqrt{3}}{2}x^2+\frac{3\sqrt{3}}{4}x$.

∴ 当 $x=\frac{3}{4}$ 时，$\triangle OBC$ 面积最大，最大面积为 $\frac{9\sqrt{3}}{32}$.

此时，点 C 坐标为 $\left(\frac{3}{4},\frac{5\sqrt{3}}{8}\right)$，四边形 $ABCO$ 的面积为 $\frac{25\sqrt{3}}{32}$.

96. 解：(1) 点 P 坐标为 $(2,4)$，点 M 坐标为 $(4,0)$，抛物线的顶点 P 的坐标为 $(2,4)$，依题意，设抛物线的解析式为 $y=a(x-2)^2+4$，因为抛物线经过点 $M(4,0)$，所以 $0=a(4-2)^2+4$，$a=-1$，抛物线的解析式是 $y=-(x-2)^2+4=-x^2+4x$.

另解：设抛物线的解析式为 $y=ax^2+bx+c$，因为抛物线经过点 $O(0,0)$、$P(2,4)$、$M(4,0)$ 三点，所以

$$\begin{cases}c=0,\\ 4=4a+2b+c,\\ 0=16a+4b+c.\end{cases}\quad ∴\begin{cases}a=-1,\\ b=4,\\ c=0.\end{cases}$$

∴ 抛物线的解析式为 $y=-x^2+4x$，

∴ (2) 设 A 点的坐标是 $A(x,y)$，其中 $0<x<4$，则 $AD=BC=2x-4$（$x\neq2$，否则 A，D 两点重合），$AB=CD=y$，矩形的周长为 $l=2(AB+AD)=2(y+2x-4)=2(-x^2+4x+2x-4)=-2x^2+12x-8=-2(x-3)^2+10$.

∵ $0<3<4$，

∴ 当 $x=3$ 时，矩形的周长 l 的最大值是 10.

(3) 存在. 理由：作 OP 的中垂线一定能与抛物线相交，或以 O 点为圆心，以 OP 为半径画弧也能与抛物线相交.

97. (1) 解：连结 BC.

∵ $OC\perp AB$，$\angle ACB=90°$，

∴ $\triangle AOC\backsim\triangle COB$.

∴ $\frac{OA}{OC}=\frac{OC}{OB}$，

$OC=\sqrt{OA\cdot OB}=\sqrt{1\times4}=2$.

∴ 点 C 的坐标是 $(0,2)$.

根据 $A(-1,0)$、$B(4,0)$，

设抛物线的解析式为 $y=a(x+1)(x-4)$.

把点 $C(0,2)$ 代入，得 $a=-\frac{1}{2}$.

∴ 抛物线的解析式为 $y=-\frac{1}{2}(x+1)(x-4)$，即 $y=\frac{1}{2}x^2+\frac{3}{2}x+2$.

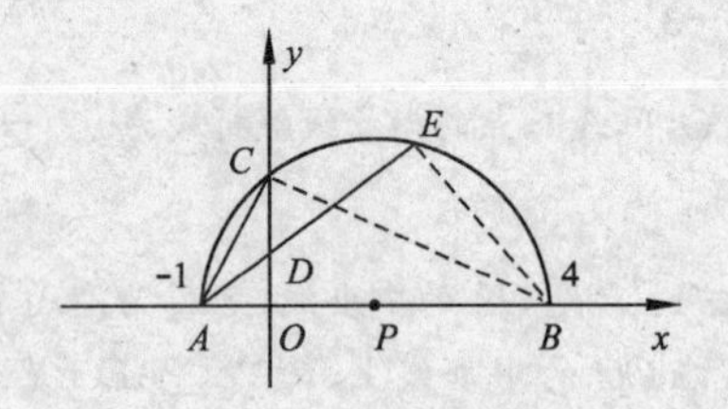

(第 97 题)

(2) $\overset{\frown}{AC}=\overset{\frown}{CE}$. 理由是：∵ $\triangle AOC\backsim\triangle COB$，

∴ $\angle ACO=\angle CBO$.

∵ AC 的垂直平分线交 OC 于 D，

∴ $AD=CD$.

∴ $\angle ACO=\angle CAE$.

∴ $\angle CBO=\angle CAE$.

$\therefore \overset{\frown}{AC}=\overset{\frown}{CE}$

(3) 不存在符合要求的直线. 理由是：连结 BE. 设 $AD=x$，则 $OD=OC-CD=2-x$. 在 Rt$\triangle AOD$ 中，$AD^2=OA^2+OD^2$，

$\therefore x^2=1+(2-x)^2$，解得 $x=\frac{5}{4}$，$\therefore AD=\frac{5}{4}$.

$\because \triangle AOD\backsim\triangle AEB$，

$\therefore \frac{OA}{AE}=\frac{AD}{AB}=\frac{1}{4}$，

$\therefore AE=4OA=4$，$OM=\frac{1}{2}AE=2$.

$\therefore$ 点 M 的坐标为$(-2,0)$. 设过点 M 的直线对应函数的解析式为 $y=kx+b$. 把点 $M(-2,0)$ 代入，得 $b=2k$，

$\therefore y=kx+2k$. ①

把①代入 $y=-\frac{1}{2}x^2+\frac{3}{2}x+2$，得

$\frac{1}{2}x^2+\left(k-\frac{3}{2}\right)x+2k-2=0$. ②

由题意知，方程②的两个根互为相反数，

$\therefore k=\frac{3}{2}$. 这时方程②无实数根，

$\therefore$ 不存在符合要求的直线.

98. 解：(1) 如图(1)，连结 MA，MB，

则 $\angle AMB=120^\circ$，

$\therefore \angle CMB=60^\circ$，$\angle OBM=30^\circ$，

$\therefore OM=\frac{1}{2}MB=1$，

$\therefore M(0,1)$.

(2) 由 A,B,C 三点的特殊性与对称性. 知经过 A,B,C 三点的抛物线的解析式为 $y=ax^2+c$.

$\because OC=MC-MO=1$，$OB=\sqrt{MB^2-OM^2}=\sqrt{3}$.

$\therefore C(0,-1)$，$B(\sqrt{3},0)$.

$\therefore c=-1$，$a=\frac{1}{3}$. $\therefore y=\frac{1}{3}x^2-1$.

说明：只要求出 $c=-1$，$a=\frac{1}{3}$，即可.

(3) $\because S_{四边形ACBD}=S_{\triangle ABC}+S_{\triangle ABD}$，又 $S_{\triangle ABC}$ 与 AB 均为定值，

$\therefore$ 当$\triangle ABD$ 边 AB 上的高最大时，$S_{\triangle ABD}$ 最大，此时点 D 为. M 与 y 轴的交点，如图(1).

$\therefore S_{四边形ACBD}=S_{\triangle ABC}+S_{\triangle ABD}=\frac{1}{2}AB\cdot OC+\frac{1}{2}AB\cdot OD=\frac{1}{2}AB\cdot CD=4\sqrt{3}\text{cm}^2$.

(4) 方法 1：如图(2)，$\because \triangle ABC$ 为等腰三角形，$\angle ABC=30^\circ$，$\frac{AB}{BC}=\sqrt{3}$.

$\therefore \triangle ABC\backsim\triangle PAB$ $\angle PAB=30^\circ$，$PB=AB=2\sqrt{3}$，$PA=\sqrt{3}PB=6$.

设 $P(x,y)$ 且 $x>0$，则 $x=PA\cdot\cos30^\circ-AO=3\sqrt{3}-\sqrt{3}=2\sqrt{3}$.

$y=PA\cdot\sin30^\circ=3$，又$\because P(2\sqrt{3},3)$ 的坐标满足 $y=\frac{1}{3}x^2-1$，

$\therefore$ 在抛物线 $y=\frac{1}{3}x^2-1$ 上，存在点 $P(2\sqrt{3},3)$ 使$\triangle ABC\backsim\triangle PAB$.

由抛物线的对称性，知点$(-2\sqrt{3},3)$也符合题意. 存在点 P，它的坐标为$(2\sqrt{3},3)$或$(-2\sqrt{3},3)$.

说明：只要求出$(2\sqrt{3},3)$，$(-2\sqrt{3},3)$，无最后一步即可. 下面的方法相同.

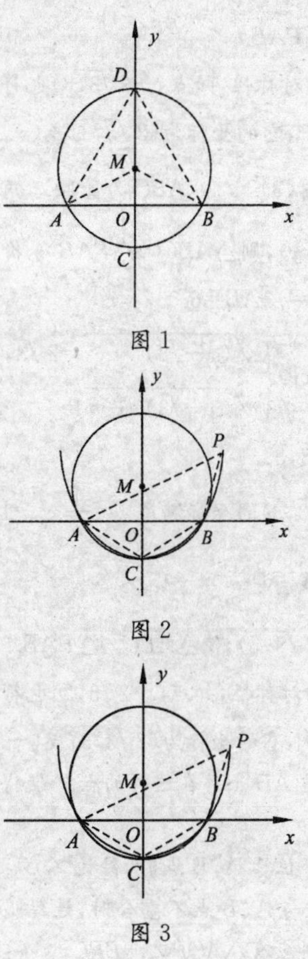

图 1

图 2

图 3

(第 98 题)

方法 2：如图(3)，当$\triangle ABC\backsim\triangle PAB$ 时，$\angle PAB=$

$\angle BAC=30°$，又由(1)知$\angle MAB=30°$，

∴ 点 P 在直线 AM 上.

设直线 AM 的解析式为 $y=kx+b$，

将 $A(-\sqrt{3},0)$，$M(0,1)$代入，解得$\begin{cases}k=\dfrac{\sqrt{3}}{3},\\ b=1.\end{cases}$

∴ 直线 AM 的解析式为 $y=\dfrac{\sqrt{3}}{3}x+1$.

解方程组$\begin{cases}y=\dfrac{\sqrt{3}}{3}x+1,\\ y=\dfrac{1}{3}x^2-1\end{cases}$ 得 $P(2\sqrt{3},3)$.

又∵ $\tan\angle PBx=\dfrac{3}{2\sqrt{3}-\sqrt{3}}=\sqrt{3}$，

∴ $\angle PBx=60°$.

∴ $\angle P=30°$，

∴ $\triangle ABC\backsim\triangle PAB$.

∴ 在抛物线 $y=\dfrac{1}{3}x^2-1$ 上，存在点 $P(2\sqrt{3},3)$，使$\triangle ABC\backsim\triangle PAB$.

由抛物线的对称性，知点$(-2\sqrt{3},3)$也符合题意.

∴ 存在点 P，它的坐标为$(2\sqrt{3},3)$或$(-2\sqrt{3},3)$.

方法 3：如图(3)，∵ $\triangle ABC$ 为等腰三角形，且$\dfrac{AB}{BC}=\sqrt{3}$，设 $P(x,y)$，则$\triangle ABC\backsim\triangle PAB$ 等价于 $PA=AB=2\sqrt{3}$，$PA=\sqrt{3}AB=6$.

当 $x>0$ 时，得$\begin{cases}\sqrt{(x-\sqrt{3})^2+y^2}=2\sqrt{3},\\ \sqrt{(x+\sqrt{3})^2+y^2}=6.\end{cases}$.

解得 $P(2\sqrt{3},3)$.

又∵ $P(2\sqrt{3},3)$的坐标满足 $y=\dfrac{1}{3}x^2-1$.

∴ 在抛物线 $y=\dfrac{1}{3}x^2-1$ 上，

存在点 $P(2\sqrt{3},3)$，使$\triangle ABC\backsim\triangle PAB$.

由抛物线的对称性，知点$(-2\sqrt{3},3)$也符合题意.

∴ 存在点 P，它的坐标为$(2\sqrt{3},3)$或$(-2\sqrt{3},3)$.

99. 解：在边 AB 上存在这样的点 P 使得 $OP\perp PC$ 成立.

显然当点 P 位于 A，B 点时，结论不成立. 当 P 点在边 AB 上且与 A、B 点不重合时，连结 OP、PC，若有 $OP\perp PC$，则应有$\triangle AOP\backsim\triangle BPC$，

∴ $\dfrac{PA}{OA}=\dfrac{CB}{PB}$，$\dfrac{PA}{2}=\dfrac{2}{6-PA}$

∴ $PA^2-6PA+4=0$，∴ $PA=3\pm\sqrt{5}$.

∵ $0<3+\sqrt{5}<6$，$0<3-\sqrt{5}<6$，

∴ 当 P 点分别位于 $P_1(3-\sqrt{5},2)$和 $P_2(3+\sqrt{5},2)$时，$OP\perp PC$ 成立

以 OC 的中点 M 为圆心，半径长为 3 画圆与 AB 交于 P_1、P_2 点，则点 P_1、P_2 即为所要画的点

已知抛物线的图象经过坐标原点和点 $C(6,0)$.

∵ 抛物线是轴对称图形.

∴ 抛物线的对称轴是 $x=3$.

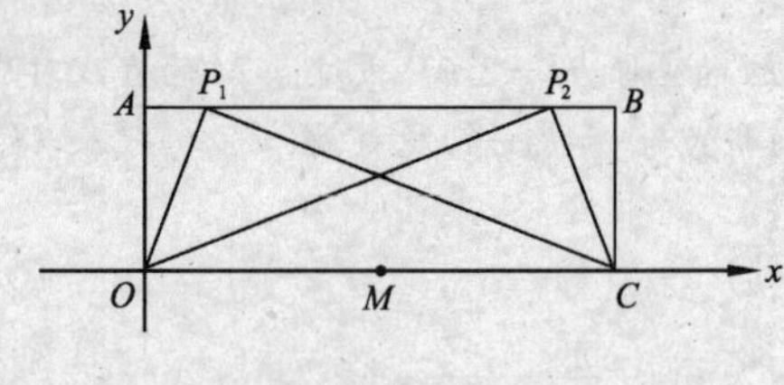

(第 99 题)

100. 解　(1) 当 $m=1$ 时，抛物线的解析式为 $y=-x^2+2x$.

正确的结论有① 抛物线的解析式为 $y=-x^2+2x$；

② 开口向下；

③ 顶点坐标为$(1,1)$；

④ 抛物线经过原点；

⑤ 与 x 轴另一个交点的坐标是$(2,0)$；

⑥ 对称轴为直线 $x=1$；等

说明：每正确写出一个得一分，最多不超过 3 分.

(2) 存在. 当 $y=0$ 时，$-(x-m)^2+1=0$，即有$(x-m)^2=1$.

∴ $x_1=m-1$，$x_2=m+1$，

∴ $A(m-1,0)$，$B(m+1,0)$

∵ 点 B 在原点右边，

∴ $OB=m+1$.

∵ 当 $x=0$ 时，$y=-m^2+1$，

点 C 在原点下方，

∴ $OC=m^2-1$.

(第 100 题)

∴ 当 $m^2-1=m+1$ 时，$m^2-m-2=0$，

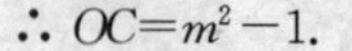

∴ $m=2$ 或 $m=-1$(不合要求，舍去).

∴ 存在$\triangle BOC$ 为等腰三角形的情形，此时 $m=2$.

(3) 如① 对任意的 m，抛物线 $y=-(x-m)^2+1$ 的顶点都在直线 $y=1$ 上；

② 对任意的 m，抛物线 $y=-(x-m)^2+1$ 与 x 轴的两个交点间的距离是一个定值；

③ 对任意的m,抛物线$y=-(x-m)^2+1$与x轴两个交点的横坐标之差的绝对值为2.

101. 解:(1) 连结AB,则AB为直径.

∵ $\angle BMO=120°$,∴ $\angle BAO=60°$.

在$Rt\triangle ABO$中,$OB=4\sqrt{3}$,$\angle A=60°$.

∴ $OA=4$,∴ A点坐标为$(0,4)$.

设直线AB解析式为$y=kx+b$

$\begin{cases}4\sqrt{3}k+b=0,\\ b=4\end{cases}$ ∴ $k=-\frac{\sqrt{3}}{3}$,$b=4$.

∴ 直线AB解析式为$y=-\frac{\sqrt{3}}{3}x+4$.

(2) 点P有两种情况,第一种情况:

方法一:作$CH\perp OB$,垂足为N,交$\overset{\frown}{OMB}$于P_1,则$OH=BH$.

过P_1点作$\odot C$的切线P_1N_1,连结P_1B.

∵ $\angle BP_1N_1=30°$,

∴ $\triangle P_1CB$为正角三角形.

∵ 直径$AB=8$,

∴ $P_1H=\frac{1}{2}P_1C=2$.

∴ 点P_1坐标为$(2\sqrt{3},-2)$.

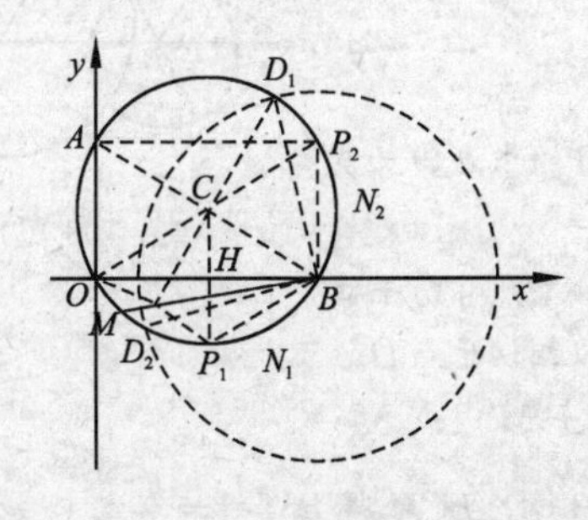

(第101题)

方法二:取劣弧$\overset{\frown}{OB}$的中点P_1,连结P_1O,P_1B,

∵ $\angle OP_1B=\angle OMB=120°$,过$P_1$作$\odot C$的切线$P_1N_1$,

∴ $\angle BP_1N_1=30°$,连结CP_1与OB交于H,则$OH=2\sqrt{3}$,$HP_1=OH\cdot\tan30°=2$.

∴ $P_1(2\sqrt{3},-2)$.

第二种情况:方法一:作直径OP_2,过点P_2作$\odot C$的切线P_2N_2,连结P_2B,则$P_2B\perp OB$.

∵ $\angle BP_2N_2=30°$,∴ $\triangle P_2CB$为正三角形.

∴ 点P_2的坐标为$(4\sqrt{3},4)$,

∴ 点P的坐标为$(2\sqrt{3},-2)$或$(4\sqrt{3},4)$.

方法二:过A作OB的平行线与$\odot C$交于点P_2,过P_2作$\odot C$的切线P_2N_2,连结AB,P_2B,则$\angle N_2P_2B=\angle BAP_2=30°$,

∵ AB为$\odot C$的直径,

∴ $\angle AP_2B=90°$,∴ 四边形$AOBP_2$为矩形,

∴ $P_2(4\sqrt{3},4)$.

(3) ① 这样的圆有8个,它们与$\odot C$的位置关系是相交,内切.

② 不存在.

过点C作$\odot C$直径D_1D_2,使$D_1D_2\perp AB$,以点B为圆心,BD_1为半径作圆,则$\odot B$上的劣弧$\overset{\frown}{D_1D_2}$的度数为$90°$.

连结BD_1、BD_2,则$\triangle BD_1D_2$是等腰直角三角形.

∴ $BD_1=BD_2=\frac{\sqrt{2}}{2}D_1D_2=4\sqrt{2}$.

∵ $4\sqrt{2}$不是正整数.

∴ 不存在.

所以$S_{\triangle POC}=S_{\triangle POD}$.

102. 解:(1) 由抛物线可知,点C的坐标为$(0,m)$,且$m<0$.

设$A(x_1,0)$,$B(x_2,0)$.则有$x_1\cdot x_2=3m$.

又OC是$Rt\triangle ABC$的斜边上的高,

∴ $\triangle AOC\backsim\triangle COB$ ∴ $\frac{OA}{OC}=\frac{OC}{OB}$.

∴ $\frac{-x_1}{-m}=\frac{-m}{x_2}$,即$x_1\cdot x_2=-m^2$.

∴ $-m^2=3m$,解得$m=0$或$m=-3$.

而$m<0$,故只能取$m=-3$,这时,$y=\frac{1}{3}x^2-\frac{2\sqrt{3}}{3}x-3=\frac{1}{3}(x-\sqrt{3})^2-4$.

故抛物线的顶点坐标为$(\sqrt{3},-4)$.

(2) 解法一:由已知可得:$M(\sqrt{3},0)$,$A(-\sqrt{3},0)$,$B(3\sqrt{3},0)$.$C(0,-3)$,$D(0,3)$.

∵ 抛物线的对称轴是$x=\sqrt{3}$,也是$\odot M$的对称轴,连结CE.

∵ DE是$\odot M$的直径,

∴ $\angle DCE=90°$,∴ 直线$x=\sqrt{3}$,垂直平分CE,

∴ E点的坐标为$(2\sqrt{3},-3)$.

∵ $\frac{OA}{OC}=\frac{OM}{OD}=\frac{\sqrt{3}}{3}$,$\angle AOC=\angle DOM=90°$,

∴ $\angle ACO=\angle MDO=30°$,∴ $AC/\!/DE$.

$\because AC\perp CB$，

$\therefore CB\perp DE$ 又 $FG\perp DE$，$\therefore FG/\!/CB$.

由 $B(3\sqrt{3},0)$、$C(0,-3)$ 两点的坐标易求直线 CB 的解析式为：

$y=\dfrac{\sqrt{3}}{3}x-3$. 可设直线 FG 的解析式为 $y=\dfrac{\sqrt{3}}{3}x+n$，

把 $(2\sqrt{3},-3)$ 代入求得 $n=-5$

故直线 FG 的解析式为 $y=\dfrac{\sqrt{3}}{3}x-5$.

解法二：令 $y=0$，解 $\dfrac{1}{3}x^2-\dfrac{2\sqrt{3}}{3}x-3=0$ 得 $x_1=-\sqrt{3}$，$x_2=3\sqrt{3}$ 即 $A(-\sqrt{3},0)$，$B(3\sqrt{3},0)$

根据圆的对称性，易知：$\odot M$ 半径为 $2\sqrt{3}$，$M(\sqrt{3},0)$. 在 $Rt\triangle BOC$ 中，$\angle BOC=90°$，$OB=3\sqrt{3}$，$OC=3$，

$\therefore \angle CBO=30°$，同理，$\angle ODM=30°$. 而 $\angle BME=\angle DMO$，$\angle DOM=90°$，$\therefore DE\perp BC$.

$\because DE\perp FG$，$\therefore BC/\!/FG$.

$\therefore \angle EFM=\angle CBO=30°$.

在 $Rt\triangle EFM$ 中，$\angle MEF=90°$，$ME=2\sqrt{3}$，$\angle FEM=30°$，

$\therefore MF=4\sqrt{3}$，$\therefore OF=OM+MF=5\sqrt{3}$，

$\therefore F$ 点的坐标为 $(5\sqrt{3},0)$.

在 $Rt\triangle OFG$ 中，$OG=OF\cdot\tan30°=5\sqrt{3}\times\dfrac{\sqrt{3}}{3}=5$.

$\therefore G$ 点的坐标为 $(0,-5)$.

$\therefore$ 直线 FG 的解析式为 $y=\dfrac{\sqrt{3}}{3}x-5$.

(3) 解法一：存在常数 $k=12$，满足 $AH\cdot AP=12$. 连结 CP

由垂径定理可知 $\overset{\frown}{AD}=\overset{\frown}{AC}$，

$\therefore \angle P=\angle ACH$(或利用 $\angle P=\angle ABC=\angle ACO$).

又 $\because \angle CAH=\angle PAC$，$\therefore \triangle ACH\backsim\triangle APC$，

$\therefore \dfrac{AC}{AH}=\dfrac{AP}{AC}$ 即 $AC^2=AH\cdot AP$.

在 $Rt\triangle AOC$ 中，$AC^2=AO^2+OC^2=(\sqrt{3})^2+3^2=12$

(或利用 $AC^2=AO\cdot AB=\sqrt{3}\times4\sqrt{3}=12$.

$\therefore AH\cdot AP=12$.

解法二：存在常数 $k=12$，满足 $AH\cdot AP=12$.

设 $AH=x$，$AP=y$. 由相交弦定理得 $HD\cdot HC=AH\cdot HP$.

即 $(3-\sqrt{x^2-3})(3+\sqrt{x-3})=x(y-x)$.

化简得：$xy=12$. 即 $AH\cdot AP=12$.

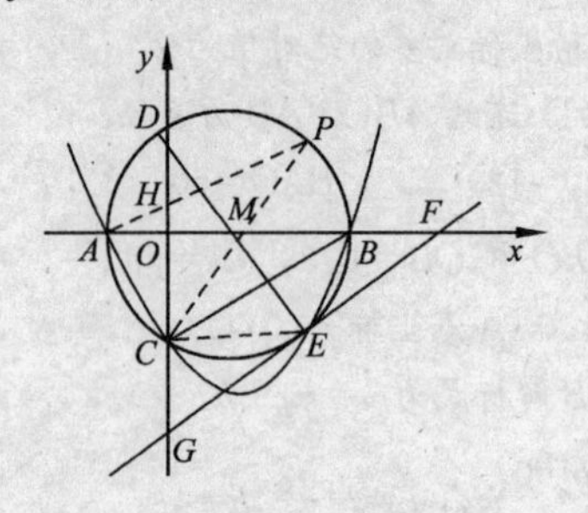

(第 102 题)

103. (1) $\because AC=3$ $BC=4$ $\angle C=90°$

由勾股定理，$AB=\sqrt{AC^2+BC^2}=5$

$\because \angle BMP=90°$，又 $\angle BCA=90°$，$\angle B=\angle B$

$\therefore \triangle BPM\backsim\triangle BAC$

(2) 由(1)得 $BP:AB=PM:AC$

即 $\dfrac{4-x}{5}=\dfrac{y}{3}$ 得 $y=-\dfrac{3}{5}x+\dfrac{12}{5}(0\leqslant x<4)$

要使 $\odot P$ 与 AC 所在的直线相离，则有

$x>-\dfrac{3}{5}x+\dfrac{12}{5}$

$\therefore x>\dfrac{3}{2}$

$\therefore \dfrac{3}{2}<x<4$

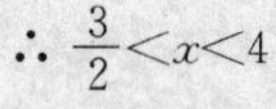

(3) 以 AB 的中点 O 为圆心作 $\odot O$

(第 103 题)

设 $\odot P'$ 与 AB 相切于点 M'，与 $\odot O$ 相切于点 D.

连结 OP'、$P'M'$

则 $\triangle BM'P'\backsim\triangle BCA$，得 $BM'=\dfrac{4}{3}y$

$\therefore OM'=OB-M'B=\dfrac{5}{2}-\dfrac{4y}{3}$

又 $OP'=OB-P'M'=\dfrac{5}{2}-y$，在 $Rt\triangle OM'P'$ 中，有

$\left(\dfrac{5}{2}-y\right)^2=y^2+\left(\dfrac{5}{2}-\dfrac{4y}{3}\right)^2$

$\therefore y_1=\dfrac{15}{16}$，$y_2=0$(不合题意，舍去)

把 $y=\dfrac{15}{16}$ 代入 $y=-\dfrac{3}{5}x+\dfrac{12}{5}$ 得 $x=\dfrac{39}{16}$

故存在这样的 $\odot P$ 与 $\odot O$ 相内切，这时 $y=\dfrac{15}{16}$，$x=\dfrac{39}{16}$.

104. 解：(1) 设直线 AB 的解析式为 $y=kx+b$

根据题意,得$\begin{cases}6k+b=0\\b=-8\end{cases}$

解之,得 $k=\frac{4}{3}$,$b=-8$

∴ 直线 AB 的解析式为 $y=\frac{4}{3}x-8$.

(2) 设抛物线对称轴交 x 轴于 F

∵ $\angle AOB=90°$

∴ AB 为⊙M 的直径,即 $AM=BM$

∴ 抛物线的对称轴经过点 M,且与 y 轴平行,$OA=6$

∴ 对称轴方程为 $x=3$

作对称轴交⊙M 于 C

∴ MF 是△AOB 的中位线

∴ $MF=\frac{1}{2}BO=4$. ∴ $CF=CM-MF=1$

∵ 点 $C(3,1)$,由题意可知 $C(3,1)$就是所求抛物线的顶点.

方法一:设抛物线解析式为 $y=a(x-3)^2+1$

∵ 抛物线过点 $B(0,-8)$

∴ $-8=a(0-3)^2+1$ 解得 $a=-1$

∴ 抛物线的解析式为 $y=-(x-3)^2+1$ 或 $y=-x^2+6x-8$

方法二:∵ 抛物线过点 $B(0,-8)$,

∴ 可设抛物线的解析式为 $y=ax^2+bx-8$

由题意可得$\begin{cases}-\frac{b}{2b}=3\\\frac{4a\cdot(-8)-b^2}{4a}=1.\end{cases}$

∴ $a=-1$,$b=6$

∴ 抛物线的解析式为 $y=-x^2+6x-8$

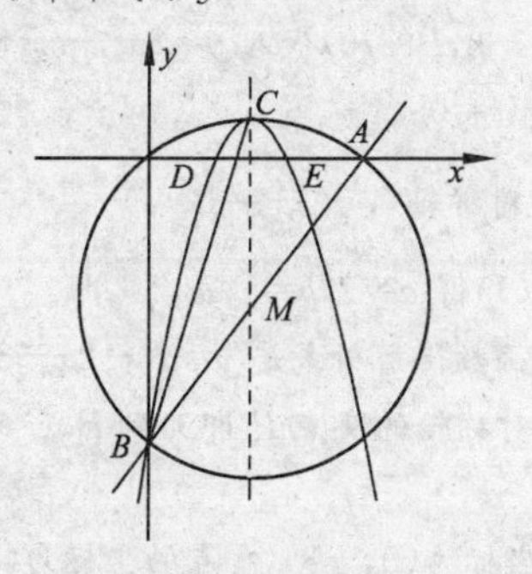

(第 104 题)

(3) 令 $-x^2+6x-8=0$,得 $x_1=2$,$x_2=4$

∴ $D(2,0)$,$E(4,0)$

设 $P(x,y)$,

∴ $S_{\triangle PDE}=\frac{1}{2}\cdot DE\cdot|y|=\frac{1}{2}\times 2|y|=|y|$

$S_{\triangle ABC}=S_{\triangle BCM}+S_{\triangle ACM}=\frac{1}{2}\cdot CM\cdot(3+3)=\frac{1}{2}\times 5\times 6=15$

若存在这样的点 P,则有 $|y|=\frac{1}{5}\times 15=3$,从而 $y=\pm 3$

当 $y=3$ 时,$-x^2+6x-8=3$,

整理得 $x^2-6x+11=0$

∵ $\Delta=(-6)^2-4\times 11<0$

∴ 此方程无实数根

当 $y=-3$ 时,$-x^2+6x-8=-3$,整理得 $x^2-6x+5=0$,解得 $x_1=1$,$x_2=5$

∴ 这样的 P 点存在,且有两个这样的点:$P_1(1,-3)$,$P_2(5,-3)$

105. (1) 依题意得有$\begin{cases}a-b-1=0\\m^2a+mb-1=0\end{cases}$,

解得$\begin{cases}a=\frac{1}{m}\\b=\frac{1-m}{m}\end{cases}$.

∴ 抛物线的解析式为:$y=\frac{1}{m}x^2+\frac{1-m}{m}x-1$

(2) ∵ $x=0$ 时,$y=-1$,∴ $C(0,-1)$

∵ $OA=OC$,∴ $\angle OAC=45°$,

∴ $\angle BMC=2\angle OAC=90°$

又∵ $BC=\sqrt{m^2+1}$,∴ $S=\frac{1}{4}\pi\cdot MC^2=\frac{1}{4}\pi\cdot\frac{BC^2}{2}=\frac{(m^2+1)\pi}{8}$.

(3) 如图,由抛物线的对称性可知,若抛物线上存在点 P,使得以 A,B,P 为顶点的三角形与△ABC 相似,则 P 关于对称轴的对称点 P' 也符合题意,即 P、P'对应的 m 值相同. 下面以点 P 在对称轴右侧时进行分析:

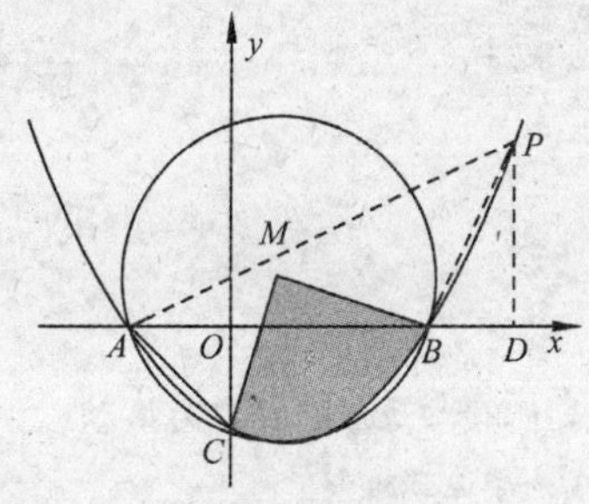

(第 105 题)

情形一:如图,$\triangle ABC\backsim\triangle APB$

则$\angle PAB=\angle BAC=45°$,$\dfrac{AB}{AP}=\dfrac{AC}{AB}$

过点 P 作 $PD\perp x$ 轴垂足为 D,连 PA、PB.

在 Rt$\triangle PDA$ 中,∵ $\angle PAB=\angle BAC=45°$,

∴ $PD=AD$,∴ 可令 $P(x,x+1)$

若点 P 在抛物线上,

则有 $x+1=\dfrac{1}{m}x^2+\dfrac{1-m}{m}x-1$.

即 $x^2+(1-2m)x-2m=0$,

解得 $x_1=-1$,$x_2=2m$.

∴ $P_1(2m,2m+1)$,$P_2(-1,0)$.显然 P_2 不合题意舍去.

此时 $AP=\sqrt{2}PD=(2m+1)\sqrt{2}$　　①

又由$\dfrac{AB}{AP}=\dfrac{AC}{AB}$,得 $AP=\dfrac{AB^2}{AP}=\dfrac{(m+1)^2}{\sqrt{2}}$　　②

由①、②有$(2m+1)\sqrt{2}=\dfrac{(m+1)^2}{\sqrt{2}}$

整理得:$m^2-2m-1=0$,解得:$m=1\pm\sqrt{2}$

106. 解:(1)如图:∵ 点 A、B、C、O 在⊙O 上.

且$\angle ACO=\angle ACB=60°$

∴ $\angle BOA=\angle ABO=60°$

∴ $\triangle ABO$ 是等边三角形

∵ $OA=2$ ∴ $B(1,\sqrt{3})$

∴ 点 B 关于 x 轴对称的点 D 的坐标为$(1,-\sqrt{3})$

(2) ∵ $OA=2$

∴ $A(2,0)$

设经过点 $A(2,0)$,$B(1,\sqrt{3})$,$O(0,0)$的二次函数的解析式为

$y=ax^2+bx+c(a\neq0)$

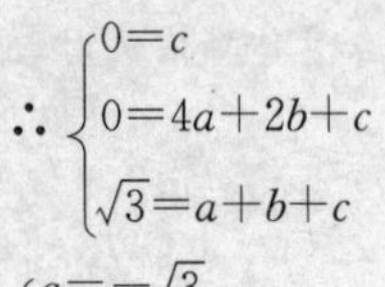

∴ $\begin{cases}0=c\\0=4a+2b+c\\\sqrt{3}=a+b+c\end{cases}$

$\begin{cases}a=-\sqrt{3}\\b=2\sqrt{3}\\c=0\end{cases}$

(第 106 题)

∴ $y=-\sqrt{3}x^2+2\sqrt{3}x$

(3) 存在点 P,使四边形 $PABO$ 为梯形

∵ $\triangle BOA$ 是等边三角形

点 D 是点 B 关于 x 轴的对称点

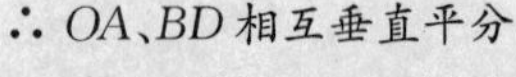

∴ OA、BD 相互垂直平分

∴ 四边形 $DABO$ 是菱形

∴ $AD/\!/BO$

∴ 所求点 P 必在直线 AD 上

设直线 AD 的解析式为 $y=kx+b(k\neq0)$

∴ $\begin{cases}0=2k+b\\-\sqrt{3}=k+b\end{cases}\Rightarrow\begin{cases}k=\sqrt{3}\\b=-2\sqrt{3}\end{cases}$

∴ $y=\sqrt{3}x-2\sqrt{3}$

联立$\begin{cases}y=\sqrt{3}x-2\sqrt{3}\\y=-\sqrt{3}x^2+2\sqrt{3}x\end{cases}$解得$\begin{cases}x_1=2\\y_1=0\end{cases}\begin{cases}x_2=-1\\y_2=-3\sqrt{3}\end{cases}$

当$\begin{cases}x_1=2\\y_1=0\end{cases}$时,就是点 $A(2,0)$;当$\begin{cases}x_2=-1\\y_2=-3\sqrt{3}\end{cases}$时,

即为所求点 $P(-1,-3\sqrt{3})$

过点 P 作 $PG\perp x$ 轴于 G,则 $|PG|=3\sqrt{3}$

∴ $PA=6$ 而 $BO=2$

在四边形 $PABO$ 中,$BO/\!/AP$,且 $BO\neq AP$

∴ 四边形 $PABO$ 不是平行四边形

∴ OP 与 AB 不平行 ∴ 四边形 $PABO$ 为梯形

同理,在抛物线上可求得另一点 $P(3,-3\sqrt{3})$,也能使四边形 $PABO$ 为梯形.

107. (1) $y=\dfrac{\sqrt{3}}{3}x+\dfrac{2\sqrt{3}}{3}$,$P(1,\sqrt{3})$;60°.

(2) $a=3\sqrt{2}-1$ 或 $a=3-3\sqrt{2}$

(3) 当 $a=3$ 或 $a=3-3\sqrt{2}$时,存在 S 的最大值,其最大面积为$\dfrac{3\sqrt{3}}{2}$.

108. (1) 将 $C(0,-3)$代入 $y=ax^2+bx+c$,得 $c=-3$.将 $c=-3$,$B(3,0)$代入 $y=ax^2+bx+c$,

得 $9a+3b+c=0$.　　(1)

∵ $x=1$ 是对称轴∴ $-\dfrac{b}{2a}=1$.　　(2)

将(2)代入(1)得 $a=1$,$b=-2$.

所以,二次函数得解析式是 $y=x^2-2x-3$.

(2) AC 与对称轴的交点 P 即为到 B、C 的距离之差最大的点.

∵ C 点的坐标为$(0,-3)$,A 点的坐标为$(-1,0)$,

∴ 直线 AC 的解析式是 $y=-3x-3$,又对称轴为 $x=1$,∴ 点 P 的坐标$(1,-6)$.

(3) 设 $M(x_1,y)$、$N(x_2,y)$,所求圆的半径为 r,

则 $x_2-x_1=2r$,　　(1)

∵ 对称轴为 $x=1$∴ $x_2+x_1=2$.　　(2)

由(1)、(2)得：$x_2=r+1$. (3)

将 $N(r+1,y)$ 代入解析式 $y=x^2-2x-3$,

得　$y=(r+1)^2-2(r+1)-3$, (4)

整理得：$y=r^2-4$.

由于 $r=\pm y$，当 $y>0$ 时，$r^2-r-4=0$，解得，$r_1=\frac{1+\sqrt{17}}{2}$，$r_2=\frac{1-\sqrt{17}}{2}$

(舍去)，当 $y<0$ 时，$r^2+r-4=0$，

解得，$r_1=\frac{-1+\sqrt{17}}{2}$，$r_2=\frac{-1-\sqrt{17}}{2}$(舍去).

所以圆的半径是 $\frac{1+\sqrt{17}}{2}$ 或 $\frac{-1+\sqrt{17}}{2}$.

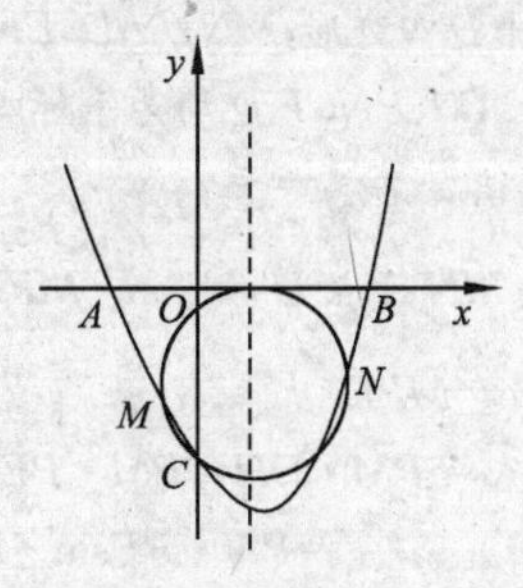

(第 108 题)

109. 解：(1) $C(5,-4)$；

(2) 能；连结 AE，∵ BE 是⊙O 的直径，

∴ $BAE\angle 90°$.

在△ABE 与△PBA 中，$AB^2=BP\cdot BE$，即 $\frac{AB}{BP}=\frac{BE}{AB}$，又∠$ABE$=∠$PBA$，∴ △$ABE$∽△$PBA$.

∴ ∠BPA=∠BAE=90°，即 $AP\perp BE$.

(3) ① 当点 Q_1 与 C 重合时，$AQ_1=Q_1B=Q_1E$，显然有 $AQ_1{}^2=BQ_1\cdot EQ_1$，

∴ $Q_1(5,-4)$ 符合题意；

② 当 Q_2 点在线段 EB 上，∵ △ABE 中，∠BAE=90°.

∴ 点 Q_2 为 AQ_2 在 BE 上的垂足，

∴ $AQ_2=\frac{AB\cdot AE}{BE}=\frac{48}{10}=4.8$(或 $\frac{24}{5}$).

∴ Q_2 点的横坐标是 $2+AQ_2\cdot\cos\angle BAQ_2=2+3.84=5.84$,

又由 $AQ_2\cdot\sin\angle BAQ_2=2.88$,

∴ 点 $Q_2(5.84,-2.88)$，或 $\left(\frac{146}{25},-\frac{72}{25}\right)$.

③ 方法一：若符合题意的点 Q_3 在线段 EB 外，则可得点 Q_3 为过点 A 的⊙C 的切线与直线 BE 在第一象限的交点.

由 Rt△Q_3BR∽Rt△EBA，△EBA 的三边长分别为 6、8、10,

故不妨设 $BR=3t$，$RQ_3=4t$，$BQ_3=5t$,

由 Rt△ARQ_3∽Rt△EAB 得 $\frac{AR}{EA}=\frac{RQ_3}{AB}$,

即 $\frac{6+3t}{8}=\frac{4t}{6}$ 得 $t=\frac{18}{7}$.

【注：此处也可由 $\tan\angle Q_3AR=\tan\angle AEB=\frac{3}{4}$ 列得方程 $\frac{4t}{3t+6}=\frac{3}{4}$；或由 $AQ_3{}^2=Q_3B\cdot Q_3E=Q_3R^2+AR^2$ 列得方程 $5t(10+5t)=(4t)^2+(3t+6)^2$】

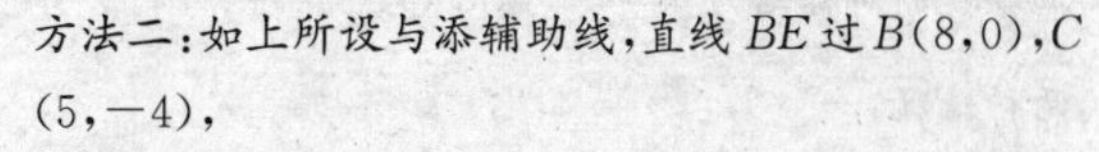

(第 109 题)

∴ Q_3 点的横坐标为 $8+3t=\frac{110}{7}$，Q_3 点的纵坐标为 $\frac{72}{7}$，即 $Q_3\left(\frac{110}{7},\frac{72}{7}\right)$.

方法二：如上所设与添辅助线，直线 BE 过 $B(8,0)$，$C(5,-4)$,

∴ 直线 BE 的解析式是 $y=\frac{4}{3}x-\frac{32}{3}$.

设 $Q_3\left(t,\frac{4t}{3}-\frac{32}{3}\right)$，过点 Q_3 作 $Q_3R\perp x$ 轴于点 R,

∵ 易证∠Q_3AR=∠AEB 得 Rt△AQ_3R∽Rt△EAB,

∴ $\frac{RQ_3}{AR}=\frac{AB}{EA}$，即 $\frac{\frac{4}{3}t-\frac{32}{3}}{t-2}=\frac{6}{8}$,

∴ $t=\frac{110}{7}$，进而点 Q_3 的纵坐标为 $\frac{72}{7}$,

∴ $Q_3\left(\frac{110}{7},\frac{72}{7}\right)$.

方法三：若符合题意的点 Q_3 在线段 EB 外，连结 Q_3A 并延长交 y 轴于 F,

∴ ∠Q_3AB=∠Q_3EA，$\tan\angle OAF=\tan\angle Q_3AB=\tan\angle AEB=\frac{3}{4}$，在 Rt△$OAF$ 中有 $OF=2\times\frac{3}{4}=\frac{3}{2}$,

点 F 的坐标为 $\left(0,-\frac{3}{2}\right)$，∴ 可得直线 AF 的解析式为 $y=\frac{3}{4}x-\frac{3}{2}$，又直线 BE 的解析式是 $y=\frac{4}{3}x-\frac{32}{3}$，∴ 可得交点 $Q_3\left(\frac{110}{7},\frac{72}{7}\right)$.

110. 解：(1) 由已知，得 $OA=1$，$OB=4$,

∴ $OD^2=OA\times OB=1\times 4=4$，$OD=2$.

∴ D 点的坐标为 $(0,-2)$.

(2) 设过 A、B、D 三点的抛物线的解析式为 $y=ax^2+bx+c$. 把 $A(-1,0)$、$B(4,0)$、$D(0,-2)$ 的坐标代入解析式,得

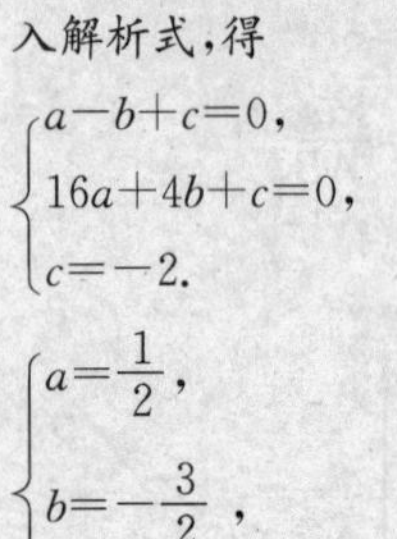

$$\begin{cases}a-b+c=0,\\16a+4b+c=0,\\c=-2.\end{cases}$$

$$\begin{cases}a=\frac{1}{2},\\b=-\frac{3}{2},\\c=-2.\end{cases}$$

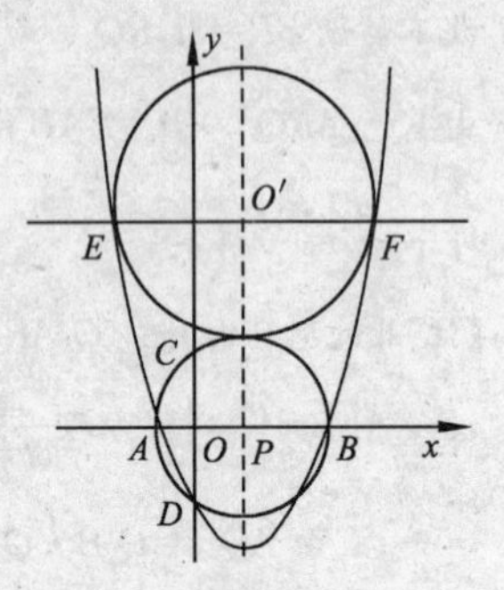

(第 110 题)

∴ 过 A、B、D 三点的抛物线的解析式为 $y=\frac{1}{2}x^2-\frac{3}{2}x-2$.

(3) 存在. 配方 $y=\frac{1}{2}x^2-\frac{3}{2}x-2=\frac{1}{2}\left(x-\frac{3}{2}\right)^2-\frac{25}{8}$,

抛物线的对称轴为 $x=\frac{3}{2}$, 圆心 O' 应在对称轴上. 分两种情况:

① 当以线段 EF 为直径的圆 O' 在 x 轴上方时: $F\left(\frac{3}{2}+r,\frac{5}{2}+r\right)$ 在抛物线 $y=\frac{1}{2}x^2-\frac{3}{2}x-2$ 上,

∴ $\frac{5}{2}+r=\frac{1}{2}\left(\frac{3}{2}+r\right)^2-\frac{3}{2}\left(\frac{3}{2}+r\right)-2$, 整理,得

$4r^2-8r-45=0$, 解得 $r=\frac{9}{2}$ 或 $r=-\frac{5}{2}$(舍去).

∴ 半径 $r=\frac{9}{2}$. 圆心 $O'\left(\frac{3}{2},7\right)$.

② 当以线段 EF 为直径的圆 O' 在 x 轴下方时: $F\left(\frac{3}{2}+r,-\frac{5}{2}-r\right)$ 在抛物线 $y=\frac{1}{2}x^2-\frac{3}{2}x-2$ 上,

∴ $-\frac{5}{2}-r=\frac{1}{2}\left(\frac{3}{2}+r\right)^2-\frac{3}{2}\left(\frac{3}{2}+r\right)-2$, 整理,得 $4r^2+8r-5=0$, 解得 $r=\frac{1}{2}$

或 $r=-\frac{5}{2}$(舍去).

∴ 半径 $r=\frac{1}{2}$. 圆心 $O'\left(\frac{3}{2},-3\right)$.

111. 解:(1) ∵ $ABCD$ 是矩形, $MN/\!/AD$, $EF/\!/CD$.

∴ 四边形 $PEAM$、$PNCF$ 也均为矩形.

∴ $a=PM\cdot PE=S_{矩形PEAM}$, $b=PN\cdot PF=S_{矩形PNCF}$.

又∵ BD 是对角线, ∴ $\triangle PMB\cong\triangle BFP$, $\triangle PDE\cong\triangle DPN$, $\triangle DBA\cong\triangle DBC$.

∵ $S_{矩形PEAM}=S_{\triangle BDA}-S_{\triangle PMB}-S_{\triangle PDE}$, $S_{矩形PNCF}=S_{\triangle DBC}-S_{\triangle BFP}-S_{\triangle DPN}$

∴ $S_{矩形PEAM}=S_{矩形PNCF}$. ∴ $a=b$.

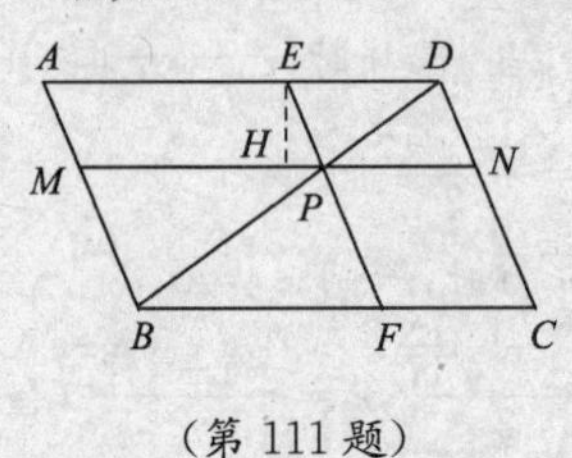

(第 111 题)

(2) 成立,理由如下:

∵ $ABCD$ 是平行四边形, $MN/\!/AD$, $EF/\!/CD$,

∴ 四边形 $PEAM$、$PNCF$ 也均为平行四边形.

仿(1)可证 $S_{平行四边形PEAM}=S_{平行四边形PNCF}$.

过 E 作 $EH\perp MN$ 于点 H, 则 $\sin\angle MPE=\frac{EH}{PE}$.

$EH=PE\cdot\sin\angle MPE$.

∴ $S_{平行四边形PEAM}=PM\cdot EH=PM\cdot PE\sin\angle MPE$.

同理可得 $S_{平行四边形PNCF}=PN\cdot PF\sin\angle FPN$.

又∵ $\angle MPE=\angle FPN=\angle A$.

∴ $\sin\angle MPE=\sin\angle FPN$

∴ $PM\cdot PE=PN\cdot PF$, 即 $a=b$.

(3) 方法 1:存在,理由如下:

由(2)可知 $S_{平行四边形PEAM}=AE\cdot AM\sin A$, $S_{平行四边形ABCD}=AD\cdot AB\sin A$,

∴ $\frac{S_{平行四边形PEAM}}{S_{\triangle ABD}}=\frac{2S_{平行四边形PEAM}}{2S_{\triangle ABD}}=\frac{2S_{平行四边形PEAM}}{S_{平行四边形ABCD}}$

$=\frac{2AE\cdot AM\sin A}{AD\cdot AB\sin A}=2\cdot\frac{AE}{AD}\cdot\frac{AM}{AB}$. 又∵ $\frac{BP}{PD}=k$, 即 $\frac{BP}{BD}=\frac{k}{k+1}$, $\frac{PD}{BD}=\frac{1}{k+1}$.

而 $\frac{AE}{AD}=\frac{BP}{BD}=\frac{k}{k+1}$, $\frac{AM}{AB}=\frac{PD}{BD}=\frac{1}{k+1}$.

∴ $2\times\frac{k}{k+1}\times\frac{1}{k+1}=\frac{4}{9}$. 即 $2k^2-5k+2=0$.

∴ $k_1=2$, $k_2=\frac{1}{2}$. 故存在实数 $k=2$ 或 $\frac{1}{2}$, 使得 $\frac{S_{平行四边形PEAM}}{S_{\triangle ABD}}=\frac{4}{9}$.

方法 2:存在,理由如下:连结 AP, 设 $\triangle PMB$、$\triangle PMA$、$\triangle PEA$、$\triangle PED$ 的面积分别为 S_1、S_2、S_3、S_4,

即 $\frac{S_1}{S_2}=\frac{BM}{AM}=\frac{BP}{PD}$, $\frac{S_3}{S_4}=\frac{AE}{DE}=\frac{BP}{PD}$. 即 $\begin{cases}S_1=kS_2\\S_3=kS_4\\S_2=S_3\end{cases}$

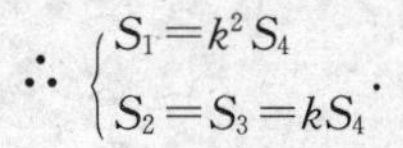

$\therefore \begin{cases} S_1=k^2S_4 \\ S_2=S_3=kS_4 \end{cases}$.

$\therefore \dfrac{S_{平行四边形PEAM}}{S_{\triangle ABD}}=\dfrac{S_2+S_3}{S_1+S_2+S_3+S_4}=\dfrac{4}{9}$.

即$\dfrac{2kS_4}{(k^2+2k+1)S_4}=\dfrac{4}{9}$.

$\therefore 2k^2-5k+2=0$.

$\therefore k_1=2, k_2=\dfrac{1}{2}$. 故存在实数 $k=2$ 或 $\dfrac{1}{2}$，使得 $\dfrac{S_{平行四边形PEAM}}{S_{\triangle ABD}}=\dfrac{4}{9}$.

112. (1) 由题意知：$\angle CAO=30°$，$\therefore \angle OCE=\angle ECD=\dfrac{1}{2}\angle OCA=30°$.

$\therefore$ 在 Rt$\triangle COE$ 中，$OE=OC\cdot\tan\angle OCE=\sqrt{3}\times\dfrac{\sqrt{3}}{3}=1$.

$\therefore$ 点 E 的坐标是(1,0).

设直线 CE 的解析式为：$y=kx+b$

把点 $C(0,\sqrt{3})$，$E(1,0)$代入得$\begin{cases} b=\sqrt{3} \\ k+b=0 \end{cases}$

$\therefore \begin{cases} b=\sqrt{3} \\ k=-\sqrt{3} \end{cases}$

$\therefore$ 直线 CE 的解析式为 $y=-\sqrt{3}x+\sqrt{3}$

(2) 在 Rt$\triangle AOC$ 中，$AC=\dfrac{OC}{\sin\angle CAO}=2\sqrt{3}$，$AO=\dfrac{OC}{\tan\angle CAO}=3$

$\because CD=OC=\sqrt{3}$，$\therefore AD=AC-CD=2\sqrt{3}-\sqrt{3}=\sqrt{3}$.

过点 D 作 $DF\perp OA$ 于点 F.

在 Rt$\triangle AFD$ 中，$DF=AD\cdot\sin\angle CAD=\dfrac{\sqrt{3}}{2}$，$AF=AD\cdot\cos\angle CAO=\dfrac{3}{2}$ $\therefore OF=AO-AF=\dfrac{3}{2}$.

$\therefore$ 点 D 的坐标是$\left(\dfrac{3}{2},\dfrac{\sqrt{3}}{2}\right)$.

(3) 存在两个符合条件的 M 点.

第一种情况：此点在第四象限内，设为 M_1.

延长 DF 交直线 CE 于 M_1，连结 M_1O，则有 $DM_1/\!/y$ 轴.

$\because OF=\dfrac{3}{2}$，$\therefore$ 设点 M_1 的坐标为$\left(\dfrac{3}{2},y_1\right)$.

又$\because$ 点 M_1 在直线 CE 上，$\therefore$ 将点 M_1 的坐标代入 $y=-\sqrt{3}x+\sqrt{3}$中，

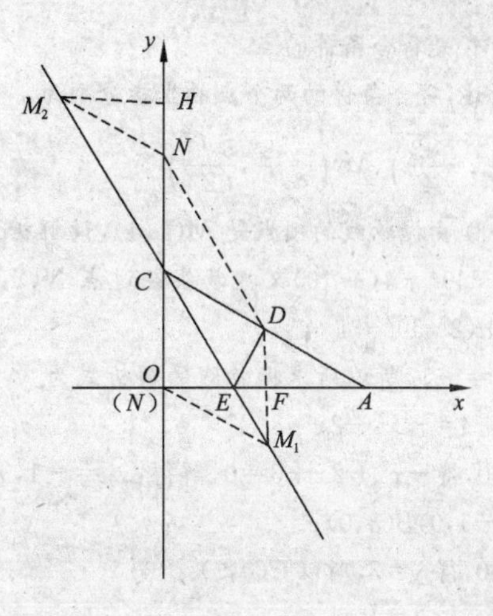

(第 112 题)

得 $y_1=-\sqrt{3}\times\dfrac{3}{2}+\sqrt{3}=-\dfrac{\sqrt{3}}{2}$，即 $FM_1=\dfrac{\sqrt{3}}{2}$.

$\therefore$ 点 M_1 的坐标是$\left(\dfrac{3}{2},-\dfrac{\sqrt{3}}{2}\right)$.

又$\because DM_1=DF+FM_1=\dfrac{\sqrt{3}}{2}+\dfrac{\sqrt{3}}{2}=\sqrt{3}$，$OC=\sqrt{3}$，

$\therefore DM_1=OC$，又$\because DM_1/\!/OC$，

$\therefore$ 四边形 CDM_1O 为平行四边形.

又$\because$ 点 O 在 y 轴上，$\therefore$ 点 M_1 是符合条件的点.

第二种情况：此点在第二象限内，设为 M_2.

过点 D 作 $DN/\!/CE$ 交 y 轴于点 N，过 N 点作 $NM_2/\!/CD$ 交直线 CE 于点 M_2.

则四边形 M_2NDC 为平行四边形，

$\therefore M_2N=CD=\sqrt{3}$.

$\because M_2N/\!/CD$，$DN/\!/CE$，

$\therefore \angle NM_2C=\angle ACE=\angle OCE=\angle M_2CN$.

$\therefore CN=M_2N$.

$\because M_2N=CD=\sqrt{3}$，$\therefore CN=\sqrt{3}$.

作 $M_2H\perp y$ 轴于点 H。

$\because M_2N/\!/CD$，$\therefore \angle M_2NC=\angle NCD$，

$\therefore \angle M_2NH=\angle OCA=60°$.

在 Rt$\triangle M_2NH$ 中，

$M_2H=M_2N\cdot\sin60°=\sqrt{3}\times\dfrac{\sqrt{3}}{2}=\dfrac{3}{2}$，

$NH=M_2N\cdot\cos60°=\sqrt{3}\times\dfrac{1}{2}=\dfrac{\sqrt{3}}{2}$.

$\therefore HO=HN+CN+OC=\dfrac{5\sqrt{3}}{2}$.

$\therefore M_2\left(-\dfrac{3}{2},\dfrac{5\sqrt{3}}{2}\right)$

∴ 点 M_2 是符合条件的点.

综上所述,符合条件的两个点的坐标分别为:

$M_1\left(\frac{3}{2},-\frac{\sqrt{3}}{2}\right)$、$M_2\left(-\frac{3}{2},\frac{5\sqrt{3}}{2}\right)$

113. (1) 由抛物线的顶点是 $M(1,4)$,设解析式为 $y=a(x-1)^2+4(a<0)$又抛物线经过点 $N(2,3)$,所以 $3=a(2-1)^2+4$

解得 $a=-1$.所以所求抛物线的解析式为 $y=-(x-1)^2+4=-x^2+2x+3$.

令 $y=0$,得 $-x^2+2x+3=0$,解得:$x_1=-1,x_2=3$.得 $A(-1,0)B(3,0)$;

令 $x=0$,得 $y=3$,所以 $C(0,3)$.

(2) 直线 $y=kx+t$ 经过 C、M 两点,所以 $\begin{cases}t=3\\k+t=4\end{cases}$ 即 $k=1,t=3$.直线解析式为 $y=x+3$.

令 $y=0$,得 $x=-3$,故 $D(-3,0)CD=3\sqrt{2}$连结 AN,过 N 做 x 轴的垂线,垂足为 F.

设过 A、N 两点的直线的解析式为 $y=mx+n$,

则 $\begin{cases}-m+n=0\\2m+n=3\end{cases}$ 解得 $m=1,n=1$.所以过 A、N 两点的直线的解析式为 $y=x+1$

所以 $DC/\!/AN$.在 $Rt\triangle ANF$ 中,$AN=3,NF=3$,所以 $AN=3\sqrt{2}$.所以 $DC=AN$.

因此四边形 $CDAN$ 是平行四边形.

(3) 假设在 x 轴上方存在这样的 P 点,使以 P 为圆心的圆经过 A、B 两点,并且与直线 CD 相切,设 $P(1,u)$其中 $u>0$,则 PA 是圆的半径且 $PA^2=u^2+2^2$ 过 P 做直线 CD 的垂线,垂足为 Q,则 $PQ=PA$ 时以 P 为圆心的圆与直线 CD 相切.由第(2)小题易得:$\triangle MDE$ 为等腰直角三角形,故 $\triangle PQM$ 也是等腰直角三角形,由 $P(1,u)$得 $PE=u,PM=|4-u|$,$PQ=\frac{PM}{\sqrt{2}}=\frac{|4-u|}{\sqrt{2}}$ 由 $PQ^2=PA^2$ 得方程:$\frac{(4-u)^2}{2}=u^2+2^2$,

解得 $u=-4\pm2\sqrt{6}$,舍去负值 $u=-4-2\sqrt{6}$,符合题意的 $u=-4+2\sqrt{6}$,

所以,满足题意的点 P 存在,其坐标为$(1,-4+2\sqrt{6})$.

114. (1) 依题意,设二次函数的解析式为 $y=a(x-2)^2$

由于直线 $y=x+2$ 与 y 轴交于$(0,2)$,

∴ $x=0,y=2$ 满足 $y=a(x-2)^2$,

于是求得 $a=\frac{1}{2}$.

∴ 二次函数的解析式为 $y=\frac{1}{2}(x-2)^2$

(2) 依题意,得 $PQ=l=(x+2)-\frac{1}{2}(x-2)^2=-\frac{1}{2}x^2+3x$.

由 $\begin{cases}y=x+2,\\y=\frac{1}{2}(x-2)^2;\end{cases}$

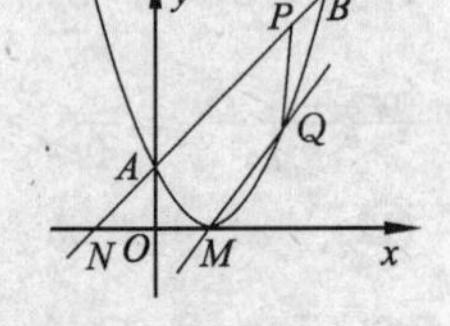

(第 114 题)

求得点 B 的坐标为$(6,8)$,

∴ $0<x<6$.

(3) 由(2)知 P 的横坐标为 $0<x<6$ 时,必有对应的点 Q 在抛物线上;反之,Q 的横坐标为 $0<x<6$ 时,在线段 AB 上必有一点 P 与之对应.

假设存在符合条件的点 P,由题意知 AM 与 PQ 不会平行,因此梯形的两底只能是 AP 与 MQ.

∵ 过点 $M(2,0)$且平行 AB 的直线方程为 $y=x-2$,

由 $\begin{cases}y=x-2,\\y=\frac{1}{2}(x-2)^2;\end{cases}$ 解得 $x=2$ 或 $x=4$,

∴ 过 M 点的直线与抛物线的另一交点为$(4,2)$.

∵ 此交点横坐标 4,落在 $0<x<6$ 范围内,

∴ Q 的坐标为$(4,2)$时,点 Q 有对应点 $P(4,6)$符合条件,即存在符合条件的点 P,其坐标为$(4,6)$.

设直线 AB 与 x 轴交于 N,由条件可知,$\triangle ANM$ 是等腰 $Rt\triangle$,即 $AM=AN=2\sqrt{2}$.

$AP=PN-AN=6\sqrt{2}-2\sqrt{2}=4\sqrt{2}$,

$MQ=2\sqrt{2}$,AM 为梯形 $PQMA$ 的高

∴ $S_{梯形PQMA}=\frac{1}{2}(2\sqrt{2}+4\sqrt{2})\cdot2\sqrt{2}=12$.

115. 解:存在.方法一:当 $x=t$ 时,$y=x=t$.当 $x=t$ 时,$y=-\frac{1}{2}x+2=-\frac{1}{2}t+2$.

∴ E 点的坐标为$\left(t,-\frac{1}{2}t+2\right)$,$D$ 点坐标为(t,t).

∵ E 在 D 的上方,

∴ $DE=-\frac{1}{2}t+2-t=-\frac{3}{2}t+2$,且 $t<\frac{4}{3}$.

∵ $\triangle PDE$ 为等腰直角三角形,

∴ $PE=DE$ 或 $PD=DE$ 或 $PE=PD$.

若 $t>0$,$PE=DE$ 时,$-\frac{3}{2}t+2=t$.

$\therefore t=\frac{4}{5},-\frac{1}{2}t+2=\frac{8}{5}$，$\therefore$ P 点坐标为 $\left(0,\frac{8}{5}\right)$.

若 $t>0$，$PD=DE$ 时，$-\frac{3}{2}t+2=t$，$\therefore$ $t=\frac{4}{5}$.

$\therefore$ P 点坐标为 $\left(0,\frac{4}{5}\right)$.

若 $t>0$，$PE=PD$ 时，即 DE 为斜边，

$\therefore$ $-\frac{3}{2}t+2=2t$. $\therefore$ $t=\frac{4}{7}$，$\therefore$ DE 的中点的坐标为 $\left(t,\frac{1}{4}t+1\right)$，$\therefore$ P 点坐标为 $\left(0,\frac{8}{7}\right)$.

若 $t<0$，$PE=PD$ 时，由已知得 $DE=-t$，$-\frac{3}{2}t+2=-t$，$t=4>0$（不符合题意，舍去），此时直线 $x=t$ 不存在.

若 $t<0$，$PE=PD$ 时，即 DE 为斜边时，由已知得 $DE=-2t$，$-\frac{3}{2}t+2=-2t$，

$\therefore$ $t=-4$，$\frac{1}{4}t+1=0$.

$\therefore$ P 点坐标为 $(0,0)$.

综上所述：当 $t=\frac{4}{5}$ 时，$\triangle PDE$ 为等腰直角三角形，此时 P 点坐标为 $\left(0,\frac{8}{5}\right)$ 或 $\left(0,\frac{4}{5}\right)$；当 $t=\frac{4}{7}$ 时，$\triangle PDE$ 为等腰直角三角形，此时 P 点坐标为 $\left(0,\frac{8}{7}\right)$；当 $t=-4$ 时，$\triangle PDE$ 为等腰直角三角形，此时 P 点坐标为 $(0,0)$.

方法二：设直线 $y=-\frac{1}{2}x+2$ 交 y 轴于点 A，交直线 $y=x$ 于点 B，过 B 做 BM 垂直于 y 轴，垂足为 M，交 DE 于点 N.

$\because$ $x=t$ 平行于 y 轴，$\therefore$ $MN=|t|$.

$\because \begin{cases} y=x \\ y=-\frac{1}{2}x+2 \end{cases}$ 解得 $\begin{cases} x=\frac{4}{3} \\ y=\frac{4}{3} \end{cases}$

$\therefore$ B 点坐标为 $\left(\frac{4}{3},\frac{4}{3}\right)$，$\therefore$ $BM=\frac{4}{3}$.

当 $x=0$ 时，$y=-\frac{1}{2}x+2=2$，

$\therefore$ A 点坐标为 $(0,2)$，$\therefore$ $OA=2$.

$\because$ $\triangle PDE$ 为等腰直角三角形，

$\therefore$ $PE=DE$ 或 $PD=DE$ 或 $PE=PD$.

如图 1，若 $t>0$，$PE=DE$ 和 $PD=DE$ 时，

$\therefore$ $PE=t$，$PD=t$，$\because$ $DE/\!/OA$，

$\therefore$ $\triangle BDE\backsim\triangle BOA$，$\therefore$ $\frac{DE}{OA}=\frac{BN}{BM}$.

$\therefore$ $\frac{t}{2}=\frac{\frac{4}{3}-t}{\frac{4}{3}}$ $\therefore$ $t=\frac{4}{5}$.

当 $t=\frac{4}{5}$ 时，$y=-\frac{1}{2}x+2=\frac{8}{5}$，$y=x=\frac{4}{5}$.

$\therefore$ P 点坐标为 $\left(0,\frac{8}{5}\right)$ 或 $\left(0,\frac{4}{5}\right)$.

若 $t>0$，$PD=PE$ 时，即 DE 为斜边，

$\therefore$ $DE=2MN=2t$. $\because$ $DE/\!/OA$，

$\therefore$ $\triangle BDE\backsim\triangle BOA$. $\therefore$ $\frac{DE}{OA}=\frac{BN}{BM}$.

$\therefore$ $\frac{2MN}{2}=\frac{\frac{4}{3}-MN}{\frac{4}{3}}$，$\therefore$ $MN=t=\frac{4}{7}$，

DE 的中点的纵坐标为 $\frac{1}{4}t+1=\frac{8}{7}$.

$\therefore$ P 点的坐标为 $\left(0,\frac{8}{7}\right)$.

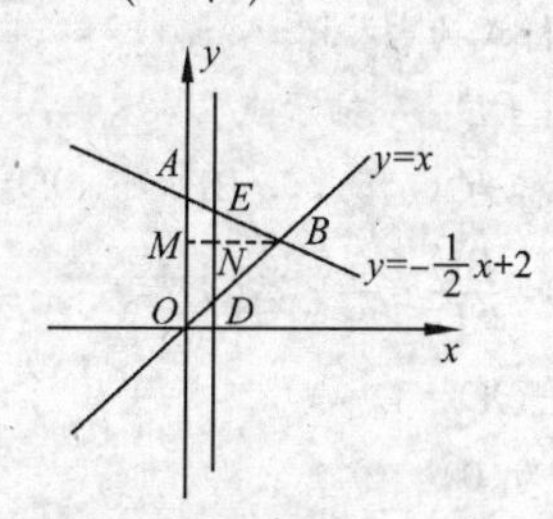

图 1

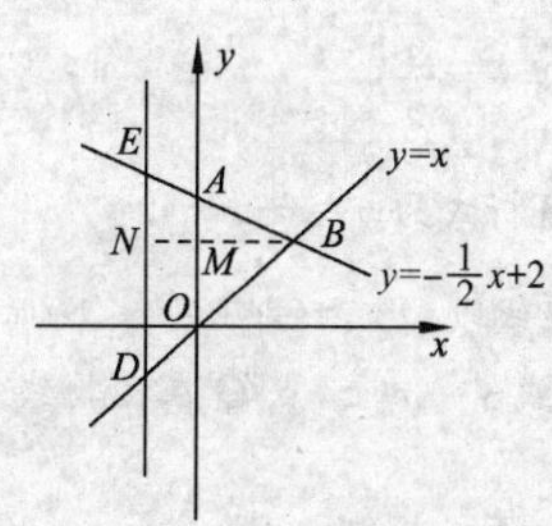

图 2

（第 115 题）

如图 2，若 $t<0$，$PE=DE$ 或 $PD=DE$ 时

$\because$ $DE/\!/OA$，$\therefore$ $\triangle BDE\backsim\triangle BOA$. $\therefore$ $\frac{DE}{OA}=\frac{BN}{BM}$.

$DE=-4$（不符合题意，舍去），此时直线 $x=t$ 不存在.

若 $t<0$，$PE=PD$ 时，即 DE 为斜边，

$\therefore$ $DE=2MN=-2t$.

$\because$ $DE/\!/OA$，$\therefore$ $\triangle BDE\backsim\triangle BOA$. $\therefore$ $\frac{DE}{OA}=\frac{BN}{BM}$.

$\therefore \frac{2MN}{2}=\frac{\frac{4}{3}+MN}{\frac{4}{3}}$，$\therefore MN=4$，

$\therefore t=-4$，$\frac{1}{4}t+1=0$.

$\therefore P$ 点坐标为 $(0,0)$.

综上所述：当 $t=\frac{4}{5}$ 时，$\triangle PDE$ 为等腰直角三角形，此时 P 点坐标为 $\left(0,\frac{8}{5}\right)$ 或 $\left(0,\frac{4}{5}\right)$；

当 $t=\frac{4}{7}$ 时，$\triangle PDE$ 为等腰直角三角形，此时 P 点坐标为 $\left(0,\frac{8}{7}\right)$；

当 $t=-4$ 时，$\triangle PDE$ 为等腰直角三角形，此时 P 点坐标为 $(0,0)$.

116. 解：(1) $\because$ 抛物线 $y=ax^2+bx+c$ 经过点 $(0,0)$，$(4,0)$，可设抛物线解析式为 $y=ax(x-4)$，把 $B(5,5)$ 代入，解得 $a=1$，

$\therefore$ 抛物线解析式为 $y=x^2-4x$.

(2) 过点 B 作 $BD\perp y$ 轴于点 D.

$\because$ 点 B 的坐标为 $(5,5)$，$\therefore BD=5$，$OD=5$.

$\because \tan\angle OCB=\frac{BD}{CD}=\frac{5}{9}$，$\therefore CD=9$，

$\therefore OC=CD-OD=4$.

$\therefore$ 点 C 坐标为 $(0,-4)$.

设直线 l 的解析式为 $y=kx-4$，把 $B(5,5)$ 代入，得 $5=5k-4$，解得 $k=\frac{9}{5}$.

$\therefore$ 直线 l 的解析式为 $y=\frac{9}{5}x-4$.

(3) 当点 P 在线段 OB 上(即 $0\leqslant x\leqslant 5$)时，

$\because$ 点 P 在直线 $y=x$ 上，点 Q 在抛物线 $y=x^2-4x$ 上.

$\therefore$ 可设 $P(x,x)$，$Q(x,x^2-4x)$.

$\because PQ/\!/y$ 轴，$\therefore \angle BPQ=\angle BOC=135°$.

当 $\frac{PB}{OB}=\frac{PQ}{OC}$ 时，$\triangle PBQ\backsim\triangle OBC$.

这时，抛物线 $y=x^2-4x$ 与直线 l 的交点就是满足题意的点 Q，那么

$x^2-4x=\frac{9}{5}x-4$，解得 $x_1=5$(因 $x=5$ 时，点 P,Q,B 重合，故舍去)，$x_2=\frac{4}{5}$，$\therefore P_1\left(\frac{4}{5},\frac{4}{5}\right)$；

当 $\frac{PB}{OC}=\frac{PQ}{OB}$ 时，$\triangle PQB\backsim\triangle OBC$.

又 $PB=\sqrt{2}(5-x)$，$PQ=x-(x^2-4x)=5x-x^2$，$OC=4$，$OB=5\sqrt{2}$，$\therefore \frac{\sqrt{2}(5-x)}{4}=\frac{5x-x^2}{5\sqrt{2}}$，

整理得 $2x^2-15x+25=0$，

解得 $x_1=5$(因 $x=5$ 时，点 P,Q,B 重合，故舍去)，$x_2=\frac{5}{2}$，$\therefore P_2\left(\frac{5}{2},\frac{5}{2}\right)$.

当点 P 在点 O 左侧(即 $x<0$)时，$\because PQ/\!/y$ 轴，

$\therefore \angle BPQ=45°$，$\triangle BPQ$ 中不可能出现 $135°$ 的角，这时以 P,Q,B 为顶点的三角形不可能与 $\triangle OBC$ 相似.

当点 P 在点 B 右侧(即 $x>5$)时，$\because \angle BPQ=135°$，

$\therefore$ 符合条件的点 Q 必须即在抛物线上，同时又在直线 l 上；或者即在抛物线上，同时又在 Q_2，B 所在直线上(Q_2 为上面求得的 P_2 所对应).

$\because$ 直线与抛物线交点不可能多于两个，

$\therefore$ 直线 l(或直线 Q_2B)在点 B 右侧与抛物线不可能相交.

$\therefore$ 这时以 P,Q,B 为顶点的三角形也不可能与 $\triangle OBC$ 相似.

综上所述，符合条件的点 P 的坐标只有两个：$P_1\left(\frac{4}{5},\frac{4}{5}\right)$，$P_2\left(\frac{5}{2},\frac{5}{2}\right)$.

117. 解：(1) 过点 E 作 $EE_1\perp CD$ 交 BC 于 F 点、交 x 轴于 E_1 点，则 E_1 点为 E 点的对称点. 连结 DE_1、CE_1，则 $\triangle CE_1D$ 为所画的三角形.

$\because \triangle CED\backsim\triangle OEA$，$\frac{CD}{OA}=\frac{1}{2}$.

$\therefore \frac{EC}{EO}=\frac{CD}{OA}=\frac{ED}{EA}$.

$\because EF$、EE_1 分别是 $\triangle CED$、$\triangle OEA$ 的对应高.

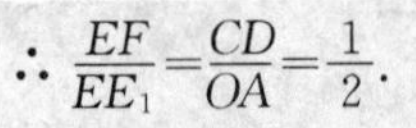

$\therefore \frac{EF}{EE_1}=\frac{CD}{OA}=\frac{1}{2}$.

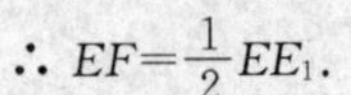

$\therefore EF=\frac{1}{2}EE_1$.

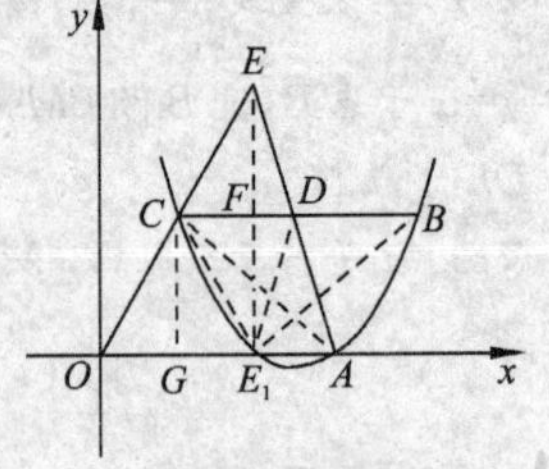

(第 117 题)

$\therefore F$ 是 EE_1 的中点.

$\therefore E$ 点关于 CD 的对称点是 E_1 点. $\triangle CE_1D$ 为 $\triangle CED$ 关于 CD 的对称图形.

在 $Rt\triangle EOE_1$ 中，$OE_1=\cos60°\times EO=\frac{1}{2}\times 8=4$.

$\therefore E_1$ 点的坐标为 $(4,0)$.

(2) $\because$ 平行四边形 $OABC$ 的高为 $h=\sin60°\times 4=2\sqrt{3}$.

过 C 作 $CG\perp OA$ 于 G，则 $OG=2$.

$\therefore$ C、B点的坐标分别为$(2,2\sqrt{3})$、$(8,2\sqrt{3})$.

$\because$ 抛物线过C、B两点，且$CB//x$轴，C、B两点关于抛物线的对称轴对称.

$\therefore$ 抛物线的对称轴方程为$x=5$，

又$\because$ 抛物线过$E_1(4,0)$.

则抛物线与x轴的另一个交点为$A(6,0)$.

$\therefore$ 可设抛物线为 $y=a(x-4)(x-6)$.

$\because$ 点$C(2,2\sqrt{3})$在抛物线上，

$\therefore$ $2\sqrt{3}=a(2-4)(2-6)$.解得$a=\frac{\sqrt{3}}{4}$.

$\therefore$ $y=\frac{\sqrt{3}}{4}(x-4)(x-6)=\frac{\sqrt{3}}{4}x^2-\frac{5\sqrt{3}}{2}x+6\sqrt{3}$.

(3) 根据两个三角形相似的条件，由于在$\triangle ECD$中$\angle ECD=60°$，若$\triangle BCP$与$\triangle ECD$相似，则$\triangle BCP$中必有一个角为$60°$.下面进行分类讨论：

① 当P点在直线CB的上方时，由于$\triangle PCB$中，$\angle CBP>90°$或$\angle BCP>90°$，

$\therefore$ $\triangle PCB$为钝角三角形.

又$\because$ $\triangle ECD$为锐角三角形，

$\therefore$ $\triangle ECD$与$\triangle CPB$不相似.

从而知在直线CB上方的抛物线上不存在点P使$\triangle CPB$与$\triangle ECD$相似.

② 当P点在直线CB上时，点P与C点或B点重合，不能构成三角形，

$\therefore$ 在直线CB上不存在满足条件的P点.

③ 当P点在直线CB的下方时，

若$\angle BCP=60°$，则P点与E_1点重合.

此时，$\angle ECD=\angle BCE_1$，而$\frac{CE}{CB}=\frac{4}{6}$，$\frac{CD}{CE_1}=\frac{3}{4}$，

$\therefore$ $\frac{CE}{CB}\neq\frac{CD}{CE_1}$，且$\frac{CE}{CE_1}\neq\frac{CD}{CB}$.

$\therefore$ $\triangle BCE_1$与$\triangle ECD$不相似.

第四章　开放性问题

1. (1) 如-1，$-\sqrt{2}$等　(2) 如$\sqrt{2}$，$\sqrt{5}$等　(3) 如$\sqrt{2}$和$1-\sqrt{2}$等　(4) $4x$，$-4x$或$\frac{1}{16}x^4$　(5) $6x$，$-6x$，$-9x^2$，-1，$\frac{81}{4}x^4$　(6) ① 两个正方形的边长分别是m，n，两个正方形的面积差；② 一个矩形的长是$(m+n)$米，宽是$(m-n)$米，则该矩形的面积是多少；③ 摩托车每辆m元，自行车每辆n元，m辆摩托车比n辆自行车贵多少钱等　(7) 如一件商品的原单价为x元，降价15%后的单价是$(1-15\%)x$元

(8) $\pm12xy$　(9) 2，3，4　(10) $\frac{1}{x}$，0或$\frac{2}{x}$，$-\frac{1}{x}$等　(11) 如$\sqrt{2}\times0+1+23=24$或$(\sqrt{2})^0+26-3=24$　(12) ±7，±8，±13　(13) 如$-b^2$　(14) 如$\begin{cases}3x-y=1,\\x+y=3.\end{cases}$　(15) 如$x+y=1$　(16) 如$x=-1$，$y=-1$　(17) 需满足$a\neq1$，$a=c\neq0$，$\Delta\geqslant0$　(18) 略　(19) $C\leqslant8$即可　(20)略　(21)如$x^2-2x=0$，$x^2-3x+2=0$等　(22) 如$y=x^2+2x$　(23) 如$C=5$等　(24) 如：$y=4x$；$y=\frac{4}{x}$；$y=x+3$；$y=x^2+x+2$等(对于$y=kx+b$型，只需满足$k+b=4$；对于$y=ax^2+bx+c$型，只需满足$a+b+c=4$)　(25) 如$y=x^2-x$　(26) 如$y=-x^2-x$　(27) 如$y=x^2-2$　(28) 只需满足对称轴是$x=2$，$a<0$　(29)如$y=-x^2+4x+3$　(30) 如下要点：小华比小明迟一个小时出发；小华用三个小时追上小明；小明在四个小时时被小华追上；在第10公里时，小华追上小明；小明与小华的速度分别为$\frac{10}{4}$、$\frac{10}{3}$……　(31) 在袋子中放2个黄球，3个白球.　(32)相同点：都是曲线；都经过点$(-1,2)$或都经过点$(2,-1)$；在第二象限，函数值都随着自变量的增大而增大；等.不同点：图象的形状不同；自变量的取值范围不同；一个有最大值，一个没有最大值；等.　(33) 5　(34) (1) $100x+10y+z$　(2) $132z$　(3) 132，264，396　(35) 如$\begin{cases}x=2y,\\xy=2.\end{cases}$　(36)只需满足$ac=-1$　(37) 略　(38) 答案举例：8月份气温最高用电量也最多；气温较高或较低的月份用电量较多；1—6月份用电量随气温的上升而减少；月平均气温在17℃左右时的月份用电量最少……　(39) 如：平行四边形　(40) 填写① $AD//BC$ ② $AB=CD$ ③ $\angle A+\angle B=180°$ ④ $\angle C+\angle D=180°$等正确答案均可　(41) $\angle1=\angle ABC$或$\angle2=\angle ACB$或$AC^2=AD\cdot AB$　(42) 略　(43) $AC=BD$　(44) $\angle ABC=\angle DCB$；$AC=DB$　(45) $\angle CAB=\angle BCD$或$\angle CBA=\angle BDC$或$BC^2=AC\cdot BD$等；(46) $\angle AED=\angle B$或$\angle ADE=\angle C$或$\frac{AD}{AC}=\frac{AE}{AB}$　(47) $AC=AE$，$\angle B=\angle D$，$\angle C=\angle E$三个中任一个均可　(48) $\angle A=\angle D$或$\angle B=\angle C$或$AB//CD$或AD与BC互相平分等　(49) $AE=AF$(答案不唯

一) (50) $BC=BE$ 或 $\angle A=\angle D$ 或 $\angle C=\angle DEB$ (51) 答案不唯一如：$\angle CBA=\angle DBA$；$\angle C=\angle D$；$AC=AD$；$\angle CBE=\angle DBE$ (52) 等腰梯形、矩形(长方形)、平行四边形中任选两个即可(填对一个即可) (53) $\angle 1=\angle 2$ 或 $BD=DC$ 或 $\triangle ABD\cong\triangle ACD$ 等 (54) $AB=AD$ 或 $AC\perp BD$ 或对角线平分一个内角(如 AC 平分 $\angle BAD$ 等) (55) 答案不唯一(如：$AD\parallel BC$，$AB=DC$，$\angle A+\angle B=180^\circ$ 等)

(56) $BE=DF$ 等(只要符合条件即可)

(57) $AB=AC$ 或 $\angle B=\angle C$(答案不唯一)

(58) 正三角形或正方形或正六边形

(59) 无数.例如，过点 C 作与 AB 平行的直线将该五边形分割为一个矩形和一个梯形，经过梯形中位线的中点及矩形对角线的交点的直线可将该五边形的面积均分；设该直线与边 DE、AB 的交点分别为 P、Q，线段 PQ 的中点为 O，则经过点 O 且与边 DE、AB 相交的任意一条直线均可将该五边形的面积均分.

(60) (1)(2)(6)；(3)(4)(5)[或(3)(4)(6)]

(61) $AF=BE$ 或 $AC=BC$ 或 $CF=CE$

(62) $\overset{\frown}{AC}=\overset{\frown}{AD}$ 或 $\overset{\frown}{BC}=\overset{\frown}{BD}$，$\overset{\frown}{CE}=\overset{\frown}{DE}$

(63) $\angle A=\angle D$、CD 是⊙O 的切线、$\angle ACB=90^\circ$. $AC=CD$、$\angle A=30^\circ$、$\angle D=30^\circ$ 等(只需填写 3 个)

(64) ① $\angle BDC=60^\circ$ 或 $\angle BOC=120^\circ$，② 四边形 $ABOC$ 是菱形，③ $Rt\triangle ABD\cong Rt\triangle ACD$

(65) $\angle B=\angle C$ (66) 答案不唯一，只要正确即可.如：甲校跳远运动员比乙校多等

(67) 略 (68) ③④⑤ (69) $OA^2=OC\cdot CP$ 等

(70) $a^2+2ab=a(a+2b)$；$a(a+b)=a^2+ab$；$(a+b)a+ab=a(a+2b)$；$a(a+2b)-a(a+b)=ab$ 等. (71) 2 或 4 (72) 6 (73) $\triangle ADE\backsim\triangle ABC$；$\triangle DBE\cong\triangle ECD$，$\triangle DOB\cong\triangle EOC$ (74) ① $AB=AD$，$BC=CD$；② $ABCD$ 是正方形；③ $ABCD$ 是菱形

(75) $AC\perp BD$ 或是菱形或是正方形 (76) ②③④⇒①或①③④⇒②或①②④⇒③

(77) 举例如下：相同点——都有外接图和内切圆，都是轴对称图形等；不同点——对角线条数不同，对称轴条数不同等. (78) 略.

2. (1) C (2) B (3) B (4) C (5) C (6) C (7) D (8) D (9) D (10) C (11) C (12) D (13) A (14) C (15) B (16) D (17) B (18) C (19) A (20) C (21) B (22) B (23) D (24) C (25) A (26) D (27) C (28) C (29) C (30) C (31) C (32) B (33) C (34) C (35) A (36) B (37) C (38) C (39) C (40) C (41) C (42) B (43) D (44) A (45) A (46) D

3. (1) $AE=CF$($OE=OF$；$DE\perp AC$，$BF\perp AC$；$DE\parallel BF$ 等等)

(2) ∵ 四边形 $ABCD$ 是矩形，

∴ $AB=CD$ 且 $AB\parallel CD$，

∴ $\angle DCE=\angle BAF$.

∵ $AE=CF$，

∴ $AC-AE=AC-CF$，

即 $AF=CE$.

∴ $\triangle DEC\cong\triangle BAF$.

4. 已知：…，$AB=AC$，$BD=CD$

求证：$BE=CF$

证明：∵ $AB=AC$，

∴ $\angle B=\angle C$

∵ $DE\perp AB$，$DF\perp AC$

∴ $\angle BED=\angle CFD=90^\circ$

在 $\triangle BDE$ 和 $\triangle CDF$ 中

$$\begin{cases}\angle B=\angle C\\ \angle BED=\angle CFD\\ BD=CD\end{cases}$$

∴ $\triangle BDE\cong\triangle CDF$.

∴ $BE=CF$

5. 已知：…，$AB=AC$，$DE=DF$

求证：$BE=CF$

证明：∵ $EG\parallel AF$，

∴ $\angle GED=\angle F$，$\angle BGE=\angle BCA$

∵ $AB=AC$

∴ $\angle B=\angle BCA$

∴ $\angle B=\angle BGE$

∴ $BE=EG$

在 $\triangle DEG$ 和 $\triangle DFC$ 中

$$\begin{cases}\angle GED=\angle F\\ DE=DF\\ \angle EDG=\angle FDC\end{cases}$$

∴ $\triangle DEG\cong\triangle DFC$

∴ $EG=CF$

∴ $BE=CF$

6. $\triangle ACD\cong\triangle CBE$

证：由题意知 $\angle CAD+\angle ACD=90^\circ$，$\angle ACD+\angle BCE=90^\circ$

∴ ∠CAD=∠BCE

又∠ADC=∠CEB=90°，AC=CB

∴ △ACD≌△CBE

7. (1) 证明：由题意得∠A+∠B=90°∠A=∠D，

∴ ∠D+∠B=90°

∴ AB⊥DE.

(2) 若 PB=BC，则有 Rt△ABC≌Rt△DBP.

∵ ∠B=∠B，∠A=∠D，

BP=BC.

∴ Rt△ABC≌Rt△DBP.

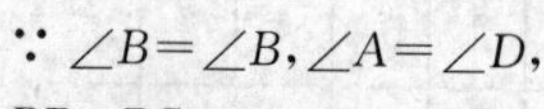

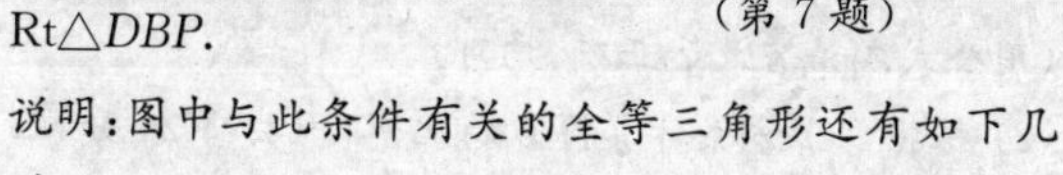

（第 7 题）

说明：图中与此条件有关的全等三角形还有如下几对；

Rt△APN≌Rt△DCN、Rt△DEF≌Rt△DBP、Rt△EPM≌Rt△BFM.

从中任选一对给出证明，只要正确的都得满分.

8. (1) ∵ 四边形 $ABCD$ 是平行四边形，

∴ CD∥BF.

∴ ∠F=∠DCE，∠FAE=∠D.

∵ ED=EA，

∴ △DCE≌△AFE.

∴ CD=FA.

(2) 在平行四边形 $ABCD$ 中，只要 BC=2AB，就能使∠F=∠BCF.

证明：∵ AB=CD=FA，BC=2AB，

∴ BC=AB+AF=BF

∴ ∠F=∠BCF.

9. 解：原式 $=2a-a-1+\dfrac{(a+1)(a-1)}{a-1}$

$=a-1+a+1$

$=2a$.

当 $a=2$ 时，原式 $=2a=2\times2=4$.

10. 添加条件举例：BA=BC；∠AEB=∠CDB；∠BAC=∠BCA；∠BCD=∠BAE 等.

证明举例（以添加条件∠AEB=∠CDB 为例）：

∵ ∠AEB=∠CDB，BE=BD，∠B=∠B，

∴ △BEA≌△BDC.

另一对全等三角形是：△ADF≌△CEF 或△AEC≌△CDA.

11. △ABF≌△DEA，证明略.

12. 测量 A、B 两点间距离的方法有多种，答案不唯一，一般采用全等、相似的知识来解决，只要答案合理、正确均给分.

13. ① 不能

② 添加的条件是 BD=DC 或 DF=DE 或 BF=CE（填写一个即可）

③ 证明：（选择其中一个如 BD=DC）

∵ BF⊥AD

CE⊥AD

∴ ∠BFD=∠CED=90°

又∵ ∠1=∠2

BD=DC

∴ △BDF≌△CDE(AAS)

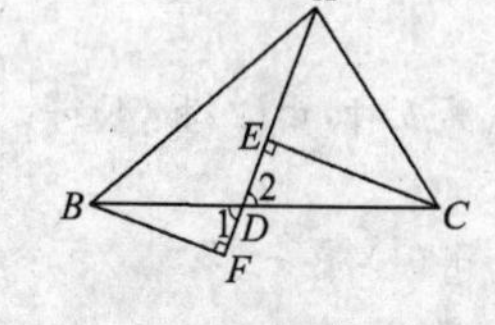

（第 13 题）

14. 解：(1) ① 假；② 真　(2) ①、③.

(3) ① 答案不唯一，例如正五边形、正五十五边形等；② 答案不唯一，例如正十边形、正二十边形等.

15. 说明：答案不唯一，画图正确，不论画在什么位置，只要符合题意即可.

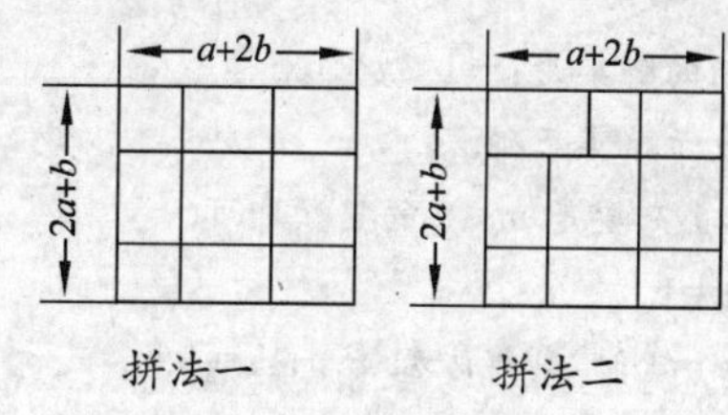

拼法一　　拼法二

（第 15 题）

16. 第一种：由(1)和(2)得：$\begin{cases}1-x<0 & (1)\\ \dfrac{x-2}{2}<1 & (2)\end{cases}$

解(1)得：$x>1$.

解(2)得：$x<4$.

不等式组的解集为：$1<x<4$.

数轴上表示解集正确.

第二种：由(1)和(3)得：$\begin{cases}1-x<0 & (1)\\ 2x+3>1 & (2)\end{cases}$

解(1)得：$x>1$.

解(2)得：$x>-1$.

不等式组的解集为：$x>1$.

数轴上表示解集正确.

第三种：由(1)和(4)得：$\begin{cases}1-x<0 & (1)\\ 0.2x-3<-2 & (2)\end{cases}$

解(1)得：$x>1$.

解(2) 得：$x<5$.

不等式组的解集为：$1<x<5$.

数轴上表示解集正确.

第四种:由(2)和(3)得:$\begin{cases}2x+3>1 & (1)\\ \dfrac{x-2}{2}<1 & (2)\end{cases}$

解(1)得:$x>-1$.

解(2)得:$x<4$.

不等式组的解集为:$-1<x<4$.

数轴上表示解集正确.

第五种:由(2)和(4)得:$\begin{cases}0.2x-3<-2 & (1)\\ \dfrac{x-2}{2}<1 & (2)\end{cases}$

解(1)得:$x<5$.

解(2)得:$x<4$.

不等式组的解集为:$x<4$.

数轴上表示解集正确.

第六种:由(3)和(4)得:$\begin{cases}2x+3>1 & (1)\\ 0.2x-3<-2 & (2)\end{cases}$

解(1)得:$x>-1$.

解(2)得:$x<5$.

不等式组的解集为:$-1<x<5$.

数轴上表示解集正确.

17. 解(1) 只要是 $m<5$ 的整数即可.

如:令 $m=1$.

(2) 当 $m=1$ 时,则得方程 $x^2+4x=0$.

∵ α,β 是方程 $x^2+4x=0$ 的两个实数根,

∴ $\alpha+\beta=-4,\alpha\beta=0$.

∴ $\alpha^2+\beta^2+\alpha\beta=(\alpha+\beta)^2-\alpha\beta=(-4)^2-0=16$.

18. 选择(1)和(2)组成方程组.

$\begin{cases}x+y=4 & (1)\\ 2x-y=2 & (2)\end{cases}$

(1)+(2)得:$3x=6$.

$x=2$.

把 $x=2$ 代入(1)得:$y=2$.

∴ 原方程组的解是 $\begin{cases}x=2\\ y=2\end{cases}$.

注:(1)和(3)组成的方程组的解是 $\begin{cases}x=3\\ y=1\end{cases}$,

(2)和(3)组成的方程组的解是 $\begin{cases}x=1\\ y=0\end{cases}$

19. 本题存在 12 种不同的作差结果,不同选择的评分标准分述如下:

$4a^2-1$;$9b^2-1$;$4a^2-9b^2$;$1-4a^2$;$1-9b^2$;$9b^2-4a^2$

这 6 种选择的评分范例如下:

例 1:$4a^2-9b^2=(2a+3b)(2a-3b)$.

$(x+y)^2-1$;$(x+y)^2-4a^2$;$(x+y)^2-9b^2$;$1-(x+y)^2$;$4a^2-(x+y)^2$;$9b^2-(x+y)^2$

这 6 种选择的评分范例如下:

例 2:$1-(x+y)^2=[1+(x+y)][1-(x+y)]=(1+x+y)(1-x-y)$.

提示:因式分解结果正确但没有中间步骤的也可.

20. (1) 计分方案如下表:

n(次)	1	2	3	4	5	6	7	8
M(分)	8	7	6	5	4	3	2	1

(用公式或语言表述正确,均可)

(2) 根据以上方案计算得 6 局比赛,甲共得 24 分,乙共得分 23 分,所以甲在这次比赛中获胜.

21.

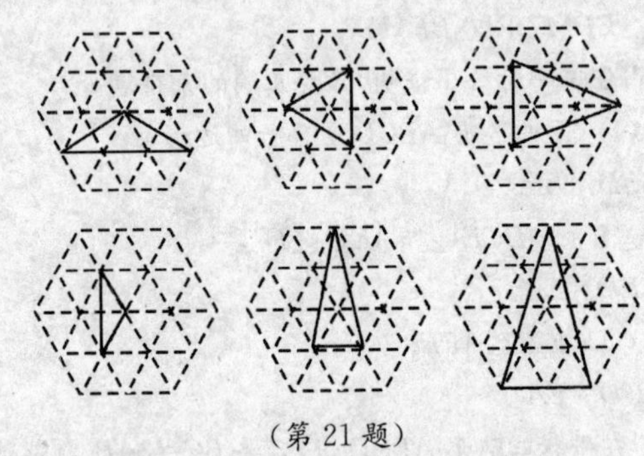

(第 21 题)

22. (提供以下几种情形,其他正确均可)

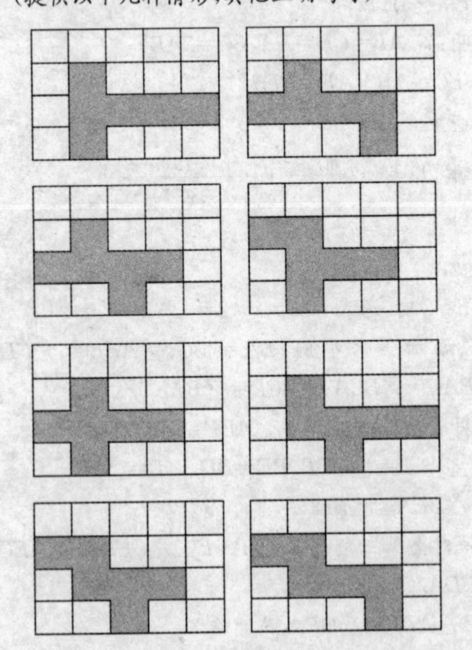

(第 22 题)

23. 参考答案如下图

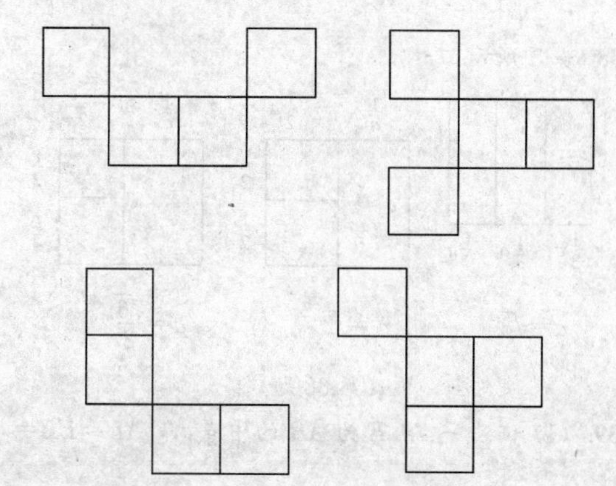

24. (1) 证明略

(2) 添加 $AB/\!/CD$,或添加 $AD=BC$ 或 $BE=BC$ 或 $\angle A=\angle ADC$ 或 $\angle ADC=90°$ 或 $\angle A=\angle C$ 或 $\angle C=90°$ 或 $\angle ABD=\angle BDC$ 或 $\angle A=\angle ABC$ 或 $\angle ADB=\angle DBC$ 或 $\angle ABC=90°$ 等. 证明略.

25. 解:(1) 真命题是: $\left.\begin{matrix}①\\③\end{matrix}\right\}\Rightarrow②$, $\left.\begin{matrix}②\\③\end{matrix}\right\}\Rightarrow①$

(2) 选择命题一: $\left.\begin{matrix}①\\③\end{matrix}\right\}\Rightarrow②$

证明:在$\triangle ABC$和$\triangle BAD$中,

$\because AD=BC,\angle 1=\angle 2,AB=BA$,

$\therefore \triangle ABC\cong\triangle BAD$.

$\therefore \angle C=\angle D$.

选择命题二: $\left.\begin{matrix}②\\③\end{matrix}\right\}\Rightarrow①$

证明:在$\triangle ABC$和$\triangle BAD$中, $\because \angle C=\angle D,\angle 2=\angle 1,AB=BA$,

$\therefore \triangle ABC\cong\triangle BAD$. $\therefore AD=BC$.

26. $PA=PB,AM=BM,\angle PAB=\angle PBA$ 等.

27. (1) 90.(结论填为 90°也可)

(2) 构造的命题为:已知等腰梯形 $ABCD$ 中, $AB/\!/CD$,且 $BC=CD,\angle ABC=60°$,若点 E、F 分别在 BC、CD 上,且 $BE=CF$,连结 AF、DE 相交于 G,则$\angle AGE=120°$.

证明:由已知,在等腰梯形 $ABCD$ 中,$AB/\!/CD$,且 $BC=DA,\angle ABC=60°$,

$\therefore \angle ADC=\angle C=120°$.

$\because BC=CD,BE=CF,\therefore CE=DF$.

在$\triangle DCE$和$\triangle ADF$中,$\begin{cases}DC=AD,\\\angle C=\angle ADF=120°,\\CE=DF,\end{cases}$

$\therefore \triangle DCE\cong\triangle ADF$(SAA),

$\therefore \angle CDE=\angle DAF$.

又$\angle DAF+\angle AFD=180°-\angle ADC=60°$,

$\therefore \angle CDE+\angle AFD=60°$,

$\therefore \angle AGE=\angle DGF=180°-(\angle CDE+\angle AFD)=180°-60°=120°$.

28. (方法 1)已知:如图,在$\triangle ABC$和$\triangle DEF$中,B,E,C,F 在同一直线上,并且 $AB=DE,AC=DF,BE=FC$,求证:$\angle ABC=\angle DEF$

证明:$\because BE=FC\therefore BE+EC=FC+EC$

即:$BC=EF$

又$\because$ 在$\triangle ABC$和$\triangle DEF$中$\begin{cases}AB=DE\\BC=EF\\AC=DF\end{cases}$

$\therefore \triangle ABC\cong\triangle DEF$

$\therefore \angle ABC=\angle DEF$

(方法 2)已知:如图,在$\triangle ABC$和$\triangle DEF$中,B,E,C,F 在同一直线上,并且 $AB=DE,\angle ABC=\angle DEF,BE=FC$,求证:$AC=DF$.

证明:$\because BE=FC\therefore BE+EC=FC+EC$ 即:$BC=EF$

又$\because$ 在$\triangle ABC$和$\triangle DEF$中

$\begin{cases}AB=DE\\\angle ABC=\angle DEF\\BC=EF\end{cases}$ $\therefore \triangle ABC\cong\triangle DEF\therefore AC=DF$.

29. (1) 证明:$\because CD,CB$ 是$\odot O$的切线,

$\therefore \angle ODC=\angle OBC=90°,OD=OB,OC=OC$,

$\therefore \triangle OBC\cong\triangle ODC$(HL);

(2) ① 选择 a,b,c,或其中 2 个均可;

② 若选择 a,b:由切割线定理:$a^2=b(b+2r)$,得 $r=\frac{a^2-b^2}{2b}$.

若选择 a,b,c;

方法一:在 Rt$\triangle EBC$ 中,由勾股定理:$(b+2r)^2+c^2=(a+c)^2$,得 $r=\frac{\sqrt{a^2+2ac}-b}{2}$.

方法二:Rt$\triangle ODE\backsim$Rt$\triangle CBE$,$\frac{a}{r}=\frac{b+2r}{c}$,得 $r=\frac{-b+\sqrt{b^2+8ac}}{4}$.

方法三:连结 AD,可证:$AD/\!/OC$,$\frac{a}{c}=\frac{b}{r}$,得 $r=\frac{bc}{a}$.

若选择 a,c：需综合运用以上的多种方法，得 $r=\dfrac{c\sqrt{a^2+2ac}}{a+2c}$.

若选择 b,c，则有关系式 $2r^3+br^2-bc^2=0$.

30. 略

31. 略

32.

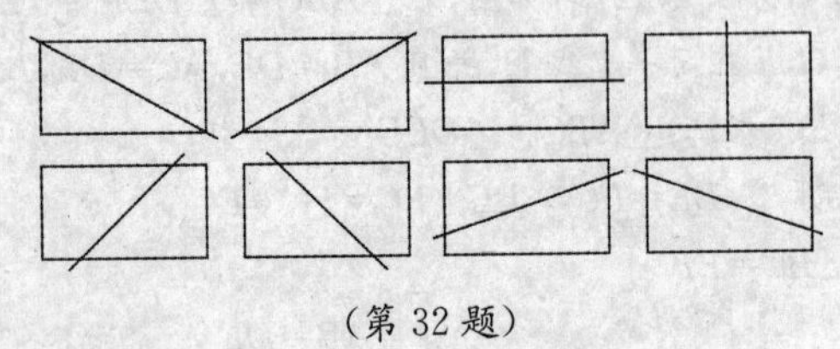

(第 32 题)

33.

6	3
3	2
1	1

34.

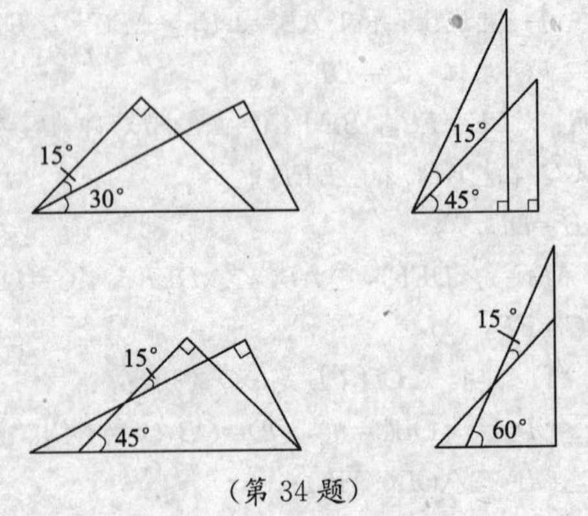

(第 34 题)

35. 这样的 P 点共有 9 个，其坐标分别为 $(0,0)$，$(0,\sqrt{3}-1)$，$(0,-\sqrt{3}-1)$，$(0,-\sqrt{3}+1)$，$(0,1+\sqrt{3})$，$(0,-1-\sqrt{3})$，$(\sqrt{3}-1,0)$，$(-\sqrt{3}+1,0)$，$(1+\sqrt{3},0)$，$(-1-\sqrt{3},0)$.

36. (1) 可填：$AB=AC$，$DB=EC$，$OB=OC$，$\angle ABE=\angle ACD$，$\angle ABC=\angle ACB$，$\triangle ODB\cong\triangle OEC$ 等. (2) 证明略.

37. (1) $\dfrac{b}{a}$，$\dfrac{b+c}{a+c}$，$\dfrac{b}{a}<\dfrac{b+c}{a+c}$. (2) ∵ $\triangle ABC$，$\triangle EBD$ 均为 Rt△，∴ $\tan\angle CAB=\dfrac{BC}{AB}=\dfrac{b}{a}$，

$\tan\angle DEB=\dfrac{BD}{EB}=\dfrac{b+c}{a+c}$，又 $\angle CAB=\angle EAF<\angle DEB$，$\angle CAB$，$\angle DEB$ 均为锐角，

∴ $\tan\angle CAB<\tan\angle DEB$.

∴ $\dfrac{b}{a}<\dfrac{b+c}{a+c}$.

38. 如图所示：

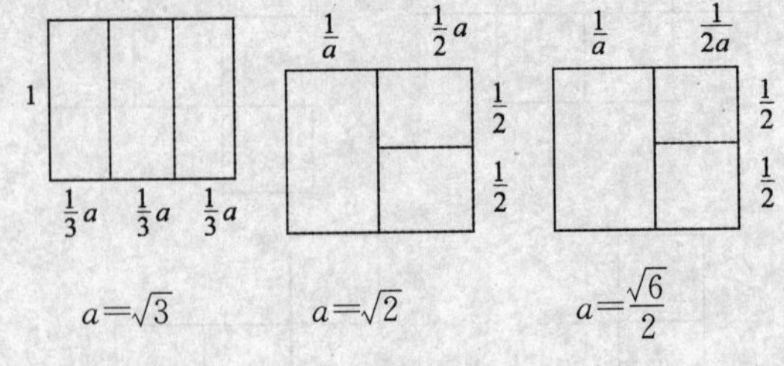

(第 38 题)

39. (1) 证法一：∵ E 为 AB 的中点，∴ $AE=EB=\dfrac{1}{2}AB$.

∵ $DC=\dfrac{1}{2}AB$，$DC\parallel AB$，

∴ $AE\underline{\parallel}DC$，$EB\underline{\parallel}DC$. ∴ 四边形 $AECD$ 和四边形 $EBCD$ 都是平行四边形.

∴ $AD=EC$，$ED=BC$.

在 $\triangle AED$ 和 $\triangle EBC$ 中，$\begin{cases}AD=EC,\\AE=EB,\\ED=BC,\end{cases}$ ∴ $\triangle AED\cong\triangle EBC$.

证法二：同证法一，得 $EB\underline{\parallel}DC$.

∴ 四边形 $EBCD$ 是平行四边形.

∴ $ED\underline{\parallel}BC$，∴ $\angle AED=\angle B$.

在 $\triangle AED$ 和 $\triangle EBC$ 中，$\begin{cases}AE=EB,\\\angle AED=\angle B,\\ED=BC,\end{cases}$

∴ $\triangle AED\cong\triangle EBC$. ……

(2) 观察图形，在不添加辅助线的情况下，除 $\triangle EBC$ 外，请再写出两个与 $\triangle AED$ 的面积相等的三角形(直接写出结果，不要求证明)：$\underline{\triangle ACD,\triangle ACE,\triangle CDE.}$(写出其中两个三角形即可).

40. (1) ∵ $\triangle ABC\cong\triangle DCE\cong\triangle FEG$

∴ $BC=CE=EG=\dfrac{1}{3}BG=1$，即 $BG=3$.

∴ $FG=AB=\sqrt{3}$，

∴ $\dfrac{FG}{EG}=\dfrac{BG}{FG}=\dfrac{3}{\sqrt{3}}=\sqrt{3}$.

又 $\angle BGF=\angle FGE$，

∴ $\triangle BFG\backsim\triangle FEG$.

∵ $\triangle FEG$ 是等腰三角形，

∴ $\triangle BFG$ 是等腰三角形，

$\therefore BF=BG=3$.

(2) A 层问题(较浅显的,仅用到了一个知识点). 例如:① 求证:$\angle PCB=\angle REC$.(或问 $\angle PCB$ 与 $\angle REC$ 是否相等?)等;② 求证:$PC /\!/ RE$.(或问线段 PC 与 RE 是否平行?)等. B 层问题(有一定思考的,用到了 2~3 个知识点). 例如:① 求证:$\angle BPC=\angle BFG$ 等,求证:$BP=PR$ 等;② 求证:$\triangle ABP\backsim\triangle CQP$ 等,求证:$\triangle BPC\backsim\triangle BRE$ 等;

③ 求证:$\triangle ABP\backsim\triangle DQR$ 等;④ 求 $BP:PF$ 的值等.

C 层问题:有深刻思考的,用到了 4 个或 4 个以上知识点,或用到了(1)中结论. 例如:① 求证:$\triangle ABP\cong\triangle ERF$;② 求证:$PQ=RQ$ 等;③ 求证:$\triangle BPC$ 是等腰三角形;④ 求证:$\triangle PCQ\cong\triangle RDQ$ 等;⑤ 求 $AP:PC$ 的值等;⑥ 求 BP 的长;⑦ 求证:$PC=\frac{\sqrt{3}}{3}$(或求 PC 的长)等.

A 层解答举例:求证:$PC /\!/ RE$. 证明:$\because \triangle ABC\cong\triangle DCE$,$\therefore \angle PCB=\angle REB$.

$\therefore CP /\!/ RE$.

B 层解答举例:求证:$BP=PR$. 证明:$\because \angle ACB=\angle REC$,$\therefore AC /\!/ DE$.

又$\because BC=CE$,

$\therefore BP=PR$.

C 层解答举例:求 $AP:PC$ 的值. 解:$AC /\!/ FG$,

$\therefore \frac{PC}{FG}=\frac{BC}{BG}=\frac{1}{3}$,

$\therefore PC=\frac{\sqrt{3}}{3}$,而 $AC=\sqrt{3}$,

$\therefore AP=\sqrt{3}-\frac{\sqrt{3}}{3}=\frac{2\sqrt{3}}{3}$,

$\therefore AP:PC=2$.

41. ②③⇒① 证明:$\because \angle 3=\angle 4$,$\therefore EA=EB$.

在$\triangle ADE$和$\triangle BCE$中,$\begin{cases}\angle 1=\angle 2,\\ EA=EB,\\ \angle AED=\angle BEC.\end{cases}$

因此$\triangle ADE\cong\triangle BCE$.

$\therefore \angle AED=\angle BEC. DE=EC$.

①③⇒② 证明:$\because \angle 3=\angle 4$,$\therefore EA=EB$.

在$\triangle ADE$和$\triangle BCE$中,

$\begin{cases}AE=EB,\\ \angle AED=\angle BCE,\\ DE=CE.\end{cases}$ 因此$\triangle ADE\cong\triangle BCE$.

$\therefore \angle 1=\angle 2$.

①③⇒② 证明:在$\triangle ADE$和$\triangle BCE$中,

$\begin{cases}\angle 1=\angle 2,\\ DE=CE,\\ \angle AED=\angle BEC.\end{cases}$ 因此$\triangle ADE\cong\triangle BCE$

$\therefore AE=BE. \angle 3=\angle 4$.

42. 参考画法如下图所示:

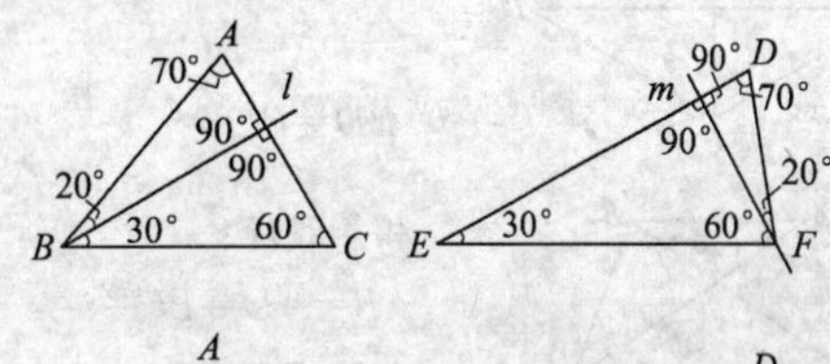

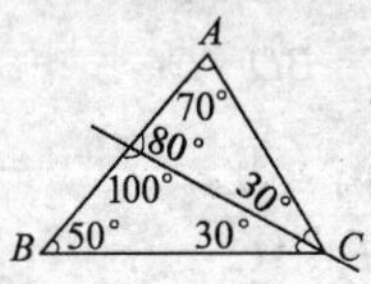

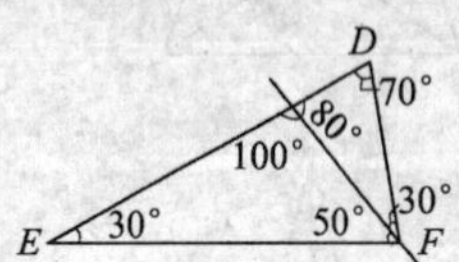

43. (1) 选③,$a+b=-1$;

(2) 选②,$\frac{x}{y}=\frac{5}{7}$或 1.

44. 略

45. 解决问题的方案很多,如方案一:用纯酒精 30 克,水 70 克;方案二:用质量分数为 20% 的酒精 50 克,纯酒精 20 克,水 30 克;方案三:用质量分数为 40% 的酒精 30 克,纯酒精 18 克,水 52 克.

46. 略

47. (1) 张老师从家里出发,乘汽车去学校,汽车的速度为每小时 25 千米,经过 2 小时到达学校,到校后由于家中有事,立即骑自行车返回,再经过 5 小时到家.

(2) x 轴表示运动时间,单位是小时,y 轴表示运动的路程,单位是千米. $A(2,50)$,$B(7,0)$;

(3) 设 AB 的解析式为 $y=kx+b$,则

$\begin{cases}2k+b=50,\\ 7k+b=0\end{cases}$

解之,得$\begin{cases}k=-10,\\ b=70.\end{cases}$

$\therefore y=-10x+20(2\leqslant x\leqslant 7)$.

48. ① 3+6+9+12+18=48. 即抽取了 48 人参加竞赛.

② 60.5~70.5 这一分数段的频数为 12:频率为 12÷48=0.25.

③ 中位数落在 70.5~80.5 之内.

④ 略.

49.

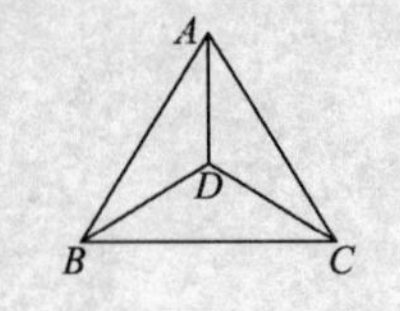

相等线段：

$AB=BC=CA$

$AD=BD=CD$

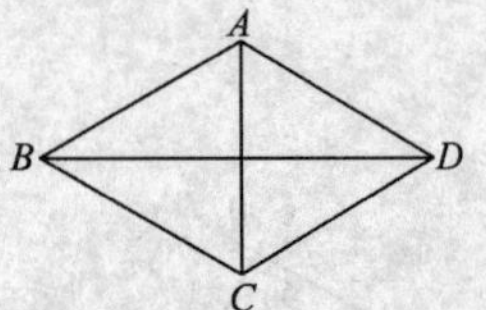

相等线段：

$AB=BC=CD$

$=DA=AC$

$BD=BD$

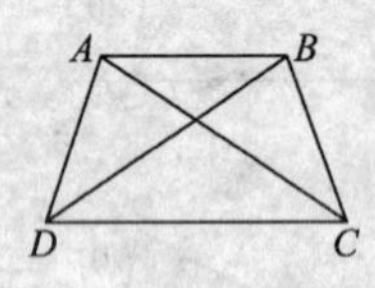

相等线段：

$AB=AD=BC$

$AC=BD=DC$

相等线段：

$AB=AC$

$AD=BD=CD=BC$

50. (1) 自上至下依次填写：3%，7%，8%，83%.

(2) 图形正确(能大致反映出比例情况即可).

(3) 请你计算出道路交通事故占事故总量的百分比等.

51. 设有两边和一角对应相等的两个三角形.

方案(2)：若这个角是这两边的夹角，则这两个三角形全等. 方案(3)：若这个角是直角，则这两个三角形全等. 方案(4)：若这两边相等，则这两个三角形全等. 此外还有：方案(5)：若这个角是钝角，则这两个三角形全等. 方案(6)：若这两个三角形都是锐角三角形，则这两个三角形全等. 方案(7)：若这两个三角形都是钝角三角形，则这两个三角形全等.

52. 如图，过 P 分别作两腰的垂线段 PD，PE，连结 AP，则 $S_{\triangle ABP}-S_{\triangle ACP}=S_{\triangle ABC}$，即$\frac{1}{2}AB\cdot PD-\frac{1}{2}AC\cdot PE=\frac{1}{2}AB\cdot CF$，即 $AB\cdot PD-AC\cdot PE=AB\cdot CF$.

$\because AC=AC$，$\therefore PD-PE=CF$.

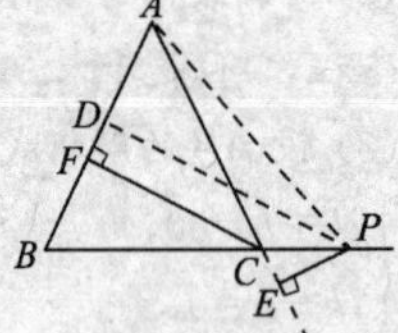

(第 52 题)

53. (1) 一定　(2) ①，②，③，④.

(3) 已知：如图，在$\triangle ABC$ 中，点 D，E 分别在 AB，AC 上，$CD\perp AB$，$AE=CE$. $\angle ABE=30°$.

求证：$CD=BE$.

证明：作 $EF/\!/CD$ 交 AB 于 F.

$\because AE=CE$，

$\therefore AF=FD$. $\therefore CD=2EF$.

$\because CD\perp AB$，$\therefore EF\perp AB$. 在 Rt$\triangle EFB$ 中，$\angle EFB=90°$，$\angle EBF=30°$，$\therefore BE=2EF$. $CD=BE$. 图正确.

(第 53 题)

54. (1) 作 $CG/\!/AB$ 交 AE 的延长线于 G，则$\frac{BE}{EC}=\frac{AB}{GC}=\frac{BF+AF}{AF}=\frac{m}{n}+1$；

(2) CF 所在直线垂直平分边 AB；(3) 不能.

55. (1) $S_{\triangle DBC}=S_{\triangle BDA}$，$S_{\triangle PBH}=S_{\triangle BPE}$，$S_{\triangle DPF}=S_{\triangle PDG}$，$S_{\square CFPH}=S_{\square AEPG}$；

(2) 由$\triangle PBH\backsim\triangle DPF$，$\triangle BPE\backsim\triangle PDG$，得到两个平行四边形 $BHPE$ 和 $PFDG$ 的对应边成比例，对应角相等，从而$\square BHPE\backsim\square PFDG$.

56. 略.

57. ① 角相等；$\angle A=\angle CDB=\angle DCB=\angle ACO=30°$；$\angle COB=\angle CBO=\angle BCO=60°$；$\angle DCB=\angle A=\frac{1}{2}\angle COB$ 等.

58. (1) 半径 $OT=1.5$；(2) $y=x^2-3x+6.25(0\leqslant x\leqslant 1.5)$；(3) 不存在题设中的等腰直角三角形.

59. $\triangle ADO\backsim\triangle BDA$，$\triangle ADO\backsim\triangle BAO$，$\triangle BDA\backsim\triangle BAO$，$\triangle ADC\backsim\triangle EAC$，$\triangle ADC\backsim\triangle EDA$，$\triangle EDA\backsim\triangle EAC$，$\triangle BCA\backsim\triangle BAE$.

60. (1) $\triangle DEC$ 是等腰三角形；(2) $\angle A$ 的外角平分线 AD 是$\triangle ABC$ 的外接圆的切线.

61. 证法一：连结 OC，$\because CE$ 是$\odot O$ 的切线，

$\therefore OC\perp CE$，又$\because BD\perp CE$，

$\therefore OC/\!/BD$，$\therefore \angle ACO=\angle ADB$，

又$\because OA=OC$，$\angle ACO=\angle OAC$，

即$\angle ADB=\angle BAD$，$\therefore AB=BD$.

证法二：由证法一知 $OC/\!/BD$，

$\because$ 点 O 是 AB 的中点，

$\therefore$ 点 C 是 AD 的中点，

$\therefore OC=\frac{1}{2}BD$，

又$\because OC=\frac{1}{2}AB$，

$\therefore AB=BD$.

证法三：连结 BC，$\because CE$ 是$\odot O$ 的切线，$\therefore \angle BCE=\angle BAC$，

$\because BC\perp AC$，$\therefore \angle BCA=\angle BCD=90°$，

在Rt△BCD中，∵ $CE\perp BD$，

∴ $\angle BCE=\angle BDC$，即$\angle BDA=\angle BAD$，

∴ $AB=BD$.

证法四：由证法三知$\angle BCA=\angle BCD=90^\circ$，

∵ $CE\perp BD$，在Rt△BCA和Rt△BEC中$\angle BAC=\angle BCE$，

∴ $\angle 1=\angle 2$，BC为公共边，

∴ $\triangle BCA\cong\triangle BCD$，

∴ $AB=BD$.

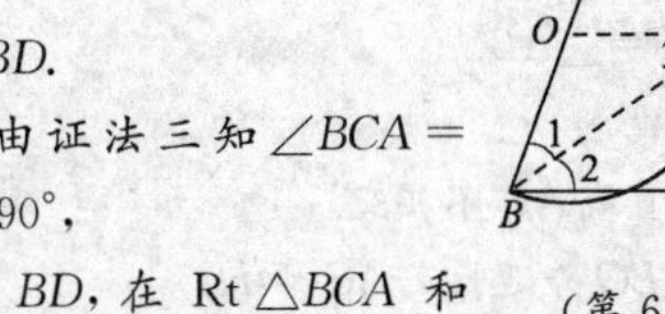

（第61题）

证法五：连结OC，BC，则$BC\perp AC$由证法一知$OC\parallel BD$，∴ $\angle 2=\angle 3$，∵ $OC=OB$，∴ $\angle 1=\angle 3$，

∴ $\angle 1=\angle 2$，以下同证法四.

62. (1) 8；(2) $BD\cdot DC$；(3) AB^2，$BG\cdot BH$；(4) $DC\cdot BC$；(5) $BC\cdot GD$.

63. (1) 写出以下结论之一并给予证明的应扣分：$\angle DAB=\angle DAE$；$\angle DAE=\angle DCB$；$\angle DAE=\angle CDE$；$\angle DAB=\angle DCE$；$\overset{\frown}{BD}=\overset{\frown}{DC}$；$ED^2=EC\cdot EA$；$CM\cdot BM=DM\cdot AM$等等.

(2) 写出以下结论之一并给予证明的给满分：$\angle DAB=\angle CDE$；$\angle CDE=\angle DCB$；$CB\parallel DE$；$\dfrac{AC}{AE}=\dfrac{AM}{AD}$；$\dfrac{AM}{AD}=\dfrac{MC}{DE}$；$AC\cdot AD=AE\cdot AM$；$DE\cdot MC=AC\cdot EC$等等.

以证明"$\angle CDE=\angle DCB$"为例：证明：∵ DE是⊙O的切线，∴ $\angle DAE=\angle CDE$.

∵ AM是$\angle A$的平分线，∴ $\angle DAB=\angle DAE$. 而$\angle DAB=\angle DCB$，∴ $\angle CDE=\angle DCB$.

注：若用了圆、切线、角平分线的有关知识所得的正确结论可归为第2类的结论，其他一律归为第1类的结论.

64. (1) $\triangle EGA\cong\triangle EFA$或$\triangle EGB\cong\triangle EFC$

证明：方法一：∵ AE是$\angle CAD$的平分线，

∴ $\angle EAG=\angle EAF$，∴ $EG\perp AD$，$EF\perp AC$，

∴ $\angle EGA=\angle BFA=90^\circ$.

又$AE=AE$，∴ $\triangle EGA\cong\triangle EFA$.

方法二：∵ AE是$\angle CAD$的平分线，并且$EF\perp AC$于F，$EG\perp AD$于G.

∴ $EG=EF$.

又∵ $\angle EBC=\angle ECF$，$\angle EGB=\angle EFC=90^\circ$.

∴ $\triangle EGB\cong\triangle EFC$

(2) 圆心O到弦EB和弦EC的距离相等.

证明：由(1)方法二结论$\triangle EGB\cong\triangle EFC$，得：$EB=EC$，∴ 圆心$O$到弦$EB$和弦$EC$的距离相等.

(3) 由(1)方法一结论得Rt$\triangle EGA\cong$Rt$\triangle EFA$，

∴ $AG=AF$. 而由(1)结论$\triangle EGB\cong\triangle EFC$，得：$BC=CF$. 即$AB+AG=AG-AF$，移项得$AG+AF=AC-AB$，$2AF=AC-AB$. 把$AC=5$，$AB=$代入，得$AF=1$.

65. (1) 成立

(2) ①②③或①③④或②③④.（只要写出其中一组即可）

(3) 已知：⊙O'与x轴的正半轴交于C、D两点，E为圆上一点，⊙O'与y轴相切于点A，$ED\perp x$轴，EC平分$\angle AED$. 求证：$OD=3OC$. 证明：（以①②③为条件）

连接AO'并延长交ED于F点，

∵ ⊙O'与y轴相切于点A，$ED\perp x$轴，∴ $AODF$为矩形，∴ $O'F\perp ED$，根据垂径定理，得$EF=FD=AO=\dfrac{1}{2}ED$，连结AC，又∵ OA切⊙O'于A点，

∴ $\angle OAC=\angle AEC$，∵ EC平分$\angle AED$.

∴ $\angle AEC=\angle CED$，∴ $\angle OAC=\angle CED$，

又∵ $\angle AOC=\angle CDE=90^\circ$，

∴ Rt$\triangle AOC\backsim$Rt$\triangle EDC$，∴ $\dfrac{OC}{DC}=\dfrac{AD}{ED}=\dfrac{1}{2}$，

∴ $DC=2OC$，

∴ $OD=3OC$.

66. 以下正确结论供参考：① $BC=DC$；② $AC\perp BD$；③ $\angle BAC=\angle CAD$；④ $\angle BCA=\angle ACD$；⑤ $AB+CD=AD+CB$；⑥ $S_{四边形ABCD}=\dfrac{1}{2}AC\cdot BD$；⑦ $\triangle ABC\cong\triangle ACD$；⑧ $AB^2+CD^2=BC^2+DA^2$.

67. (1) $CO=DO$成立；(2) $AB=AC+BD$不成立.

68. (1) 由Rt$\triangle ABE\cong$Rt$\triangle ADF$，得$\angle BAE=\angle DAF$. 求出$\angle BAE=15^\circ$，$\angle B'A'E'=15^\circ$，∴ $\triangle A'B'E'\backsim\triangle ABE$，∴ $\dfrac{A'B'}{AB}=\dfrac{A'E'}{AE}$.

∴ $S_{正方形A'B'C'D'}/S_{正方形ABCD}=A'B'^2/AB^2=(A'E'/AE)^2=S_{正\triangle A'E'F'}/S_{正\triangle AEF}$.

∴ $\dfrac{S_{正方形A'B'C'D'}}{S_{正方形ABCD}}=2\sqrt{6}-3\sqrt{2}$.

69. (1)① $\angle CAE=\angle B$，② $AB\perp FE$，③ $\angle BAC+\angle CAE=90^\circ$（或$\angle BAC$与$\angle CAE$互余），④ $\angle C=\angle FAB$，⑤ $\angle EAB=\angle FAB$.

(2) 连结AO并延长AO交⊙O于H，连结HC.

∴ $\angle H=\angle B$.

∵ AH 是直径，∴ $\angle ACH=90°$.

∵ $\angle B=\angle CAE$∴ $\angle CAE+\angle HAC=90°$.

∴ $HA\perp EF$. ∵ OA 是⊙O 的半径，∴ EF 是⊙O 的切线.

70. (1) 证明略；(2) 还应具备的条件：G 为 BC 的中点或 $OG\perp BC$，$OG/\!/AC$ 等；(3) 以下供选择：$CG^2=BF\cdot BO$，$PC^2=PD\cdot PE$，$PG^2=PD\cdot PE$，$DF^2=AF\cdot FB$，$EF^2=AF\cdot FB$，$BG^2=DG\cdot GE$，$CG^2=DG\cdot GE$，$FG^2=OF\cdot FB$，$OG^2=OF\cdot FB$.

71. (1) 连结 AB；(2) CO_2 所在的直线与 AD 垂直. 连结 AO_2 并延长交⊙O_2 于 D'，连结 $D'B'$ 延长交⊙O 于 C' 连结 $C'O_2$，延长 CO_2 交 AD 于 E，则 $\angle AED=90°$.

72. (1) 过点 O 作 $OE\perp AC$ 于 E，∵ $\angle ABC=120°$，∴ $\angle AOC=120°$，又∵ $OA=OC$，∴ $\angle OAC=\angle OCA=30°$.

在 Rt△AEO 中，∵ $OA=1$，$\angle OAE=30°$，∴ $OE=\dfrac{1}{2}$，$AE=\dfrac{\sqrt{3}}{2}$.

∵ $OE\perp AC$，∴ $AC=2AE=\sqrt{3}$.

∵ $\angle AOB=2\angle ACB$(圆周角定理)，$\angle ACB=45°$，

∴ $\angle AOB=90°$. ∴ $AB=\sqrt{AO^2+BO^2}=\sqrt{2}$.

(2) 解法一：若 PA 是⊙O 的切线，则 $PA\perp AO$.

又∵ $BO\perp AO$，∴ $PA/\!/BD$. ∴ $\dfrac{PB}{BC}=\dfrac{AD}{DC}$.

∵ $\angle AOD=90°$，$\angle OAC=30°$，$\angle AOC=120°$，

∴ $AD=2OD$，又∵ $\angle OCD=\angle DOC=30°$，

∴ $OD=DC$. ∴ $AD=2DC$. ∴ $\dfrac{PB}{BC}=2$. 即 $PB=2BC$.

所以当 $PB=2BC$ 时，PA 是⊙O 的切线.

证明：∵ $PB=2BC$，$AD=2DC$(已证)，∴ $OB/\!/PA$. 又∵ $OB\perp AO$，$PA\perp AO$，∴ PA 是⊙O 的切线.

解法二：若 PA 与⊙O 相切时，$\angle PAB=\angle ACB=45°$. 且 $\angle ABP=180°-\angle ABC=180°-120°=60°$. 过 P 点作 $PF\perp AB$ 于 F，则 $AF=PF$，

设 $FB=x$，在 Rt△FBP 中，$\tan 60°=\dfrac{PF}{FB}$，∴ $PF=\sqrt{3}x$，∴ $AF=\sqrt{3}x$，∴ $\sqrt{3}x+x=\sqrt{2}$.

∴ $x=\dfrac{\sqrt{6}-\sqrt{2}}{2}$，即 $BF=\dfrac{\sqrt{6}-\sqrt{2}}{2}$.

∴ 在 Rt△FPB 中，$\cos 60°=\dfrac{BF}{BP}=\dfrac{1}{2}$.

∴ $PB=2BF=\sqrt{6}-\sqrt{2}$.

73. (1) CF 是⊙O 的切线(如图). CF 与直线 AB 不相交. ∵ CF 是⊙O 的切线，∴ $\angle BCF=\angle A$.

∵ △ABC 是等边三角形，∴ $\angle ABC=\angle A$.

∴ $\angle BCF=\angle ABC$.

∴ $CF/\!/AB$.

∴ CF 与直线 AB 不相交.

(2) 连结 BO 并延长交 AC 于 H.

∵ ⊙O 是等边△ABC 的外接圆，∴ $\angle BHC=90°$.

∴ 点 P 是 $\overset{\frown}{BC}$ 的中点，∴ $\angle BCE=30°$.

又∵ $\angle ACB=60°$，∴ $\angle HCE=90°$.

∵ $\angle BEC=90°$，$\angle HBE=90°$.

∴ BE 是⊙O 的切线. 在△ACD 中，∵ $\angle ACD=90°$，$\angle A=60°$. ∴ $\angle D=30°$.

∴ $BD=BC$，∴ $DE=CE$.

∴ $S_{\triangle BDE}=S_{\triangle BCE}$.

在矩形 $BHCE$ 中，∴ $S_{\triangle BCE}=S_{\triangle BCH}=\dfrac{1}{2}S$.

∴ $S_{\triangle BCE}=\dfrac{1}{2}S$. ∴ $S_{\triangle BDE}=\dfrac{1}{2}S$.

74. (1) 当 $x=0$ 时，$y=m$. 当 $y=0$ 时，$x=\dfrac{\sqrt{3}}{3}m$.

∴ A 点坐标为 $\left(\dfrac{\sqrt{3}}{3}m,0\right)$，$B$ 点的坐标为 $(0,m)$.

(2) 结合图像可知：$OA=\dfrac{\sqrt{3}}{3}|m|$，$OB=|m|$. 在 Rt△$OAB$ 中，无论 $m(m\neq 0)$ 取何值，都有 $\tan\angle BAO=\dfrac{OB}{OA}=\sqrt{3}$，∴ $\angle BAO=60°$. 当 $m=0$ 时，也可推得直线 l 与 x 轴成 $60°$ 角，又 d 是 Rt△OAB 斜边上的高，∴ $d=\dfrac{1}{2}|m|$. ∵ ⊙O 的半径等于 1，∴ $\dfrac{1}{2}|m|=1$，∴ $m=\pm 2$.

(3) 由(2)推出 $\angle BAO=60°$. 又 l 被⊙O 所截得的弦长等于半径 1，结合圆的性质可知 l 过⊙O 与 x 轴的交点 $(1,0)$ 或 $(-1,0)$. 把 $(1,0)$ 或 $(-1,0)$ 代入 $y=-\sqrt{3}x+m$ 中，可求得 $m=\pm\sqrt{3}$. 从而得 l 与⊙O 的另一交点坐标为 $\left(\dfrac{1}{2},\dfrac{\sqrt{3}}{2}\right)$ 或 $\left(-\dfrac{1}{2},-\dfrac{\sqrt{3}}{2}\right)$.

(第 74 题)

75. (1) 二次函数的解析式为 $y=x^2-2x+4$；

(2) 图象略；(3) 由图象知，y 轴(即直线 $x=0$)与抛

物线 $y=x^2-2x+4$ 只有一个公共点;设过原点 O 的直线 $y=kx$ 与抛物线只有一个公共点. 由 $\begin{cases}y=kx,\\ y=x^2-2x+4\end{cases}$ 得 $x^2-(k+2)x+4=0$, $\Delta=0$ 得 $k=2$ 或 $k=-6$. ∴ 满足条件的直线有三条: $y=0$, $y=2x$, $y=-6x$.

76. (1) 因点 $M(a+c,0)$ 在抛物线 $y=x^2-2ax+b^2$ 上, ∴ $(a+c)^2-2a(a+c)+b^2=0$, ∴ $a^2=b^2+c^2$, ∴ $\triangle ABC$ 是直角三角形; (2) ① 设 $N(n,0)$, 则 n, $a+c$ 是方程 $x^2-2ax+b^2=0$ 的两个根, ∴ $n+(a+c)=2a$, ∴ $n=a-c$. 由面积关系得 $MN=3ON$, 又 $MN|(a+c)-(a-c)|=2$, $ON=|a-c|=a-c$, ∴ $2c=3(a-c)$, ∴ $a=\frac{5}{3}c$, $b=\frac{4}{3}c$, $\cos C=\frac{4}{5}$; ② ∵ $\Delta=(-2a)^2-4b^2=4c^2>0$, ∴ 无论 a,b,c 三边为何值, 抛物线总与 x 轴有两个不同的交点 M,N, 即以 MN 为直径的圆总能作出. ∵ $MN=2c$, ∴ 所求圆的半径为 c, 又抛物线顶点为 $Q(a,-c^2)$, 以 MN 为直径的圆的圆心为 $(a,0)$, 要使所作圆过抛物线的顶点 Q, 即要使 $C=|-c^2|$, 即 $c=c^2$, ∴ $c=1$ 或 $c=0$(舍去). 由①知 $a=\frac{5}{3}$, $b=\frac{4}{3}$.

77. (1) 直线 l 如图; (2) $\triangle ABC$ 如图;

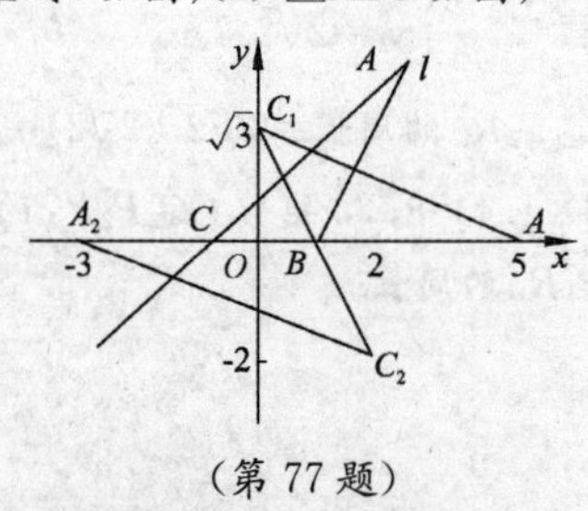

(第 77 题)

(3) $A(3,2\sqrt{3})$, $B(1,0)$, $C(-1,0)$. (4) ① 若 $\triangle ABC$ 旋转到 A_1BC_1 位置, 则 $A_1(5,0)$, $B(1,0)$, $C_1(0,\sqrt{3})$, 可求过 A_1,B,C_1 三点的抛物线解析式为: $y=\frac{\sqrt{3}}{5}(x^2-6x+5)=\frac{\sqrt{3}}{5}x^2-\frac{6\sqrt{3}}{5}x+\sqrt{3}$. ② 若 $\triangle ABC$ 旋转到 A_2BC_2 位置, 则 $A_2(-3,0)$, $B(1,0)$, $C(2,-\sqrt{3})$ 可求过 A_2,B,C_2 三点的抛物线解析式为 $y=-\frac{\sqrt{3}}{5}(x^2+2x-3)=-\frac{\sqrt{3}}{5}x^2-\frac{2\sqrt{3}}{5}x+\frac{3\sqrt{3}}{5}$.

78. 可以得出的结论及证明如下:

(1) $EA\cdot EB=EC\cdot ED$.

证法一: 连结 AD, BC.

∵ $\angle A=\angle C$, $\angle E=\angle E$.

∴ $\triangle AED\backsim\triangle CEB$.

∴ $\frac{AE}{CE}=\frac{ED}{EB}$. 即 $AE\cdot EB=CE\cdot ED$.

证法二: 过点 F 作⊙O 的切线, 切点为 F, 则由切割线定理即知:

$EF^2=EA\cdot EB$, $EF^2=EC\cdot ED$,

∴ $EA\cdot EB=EC\cdot ED$.

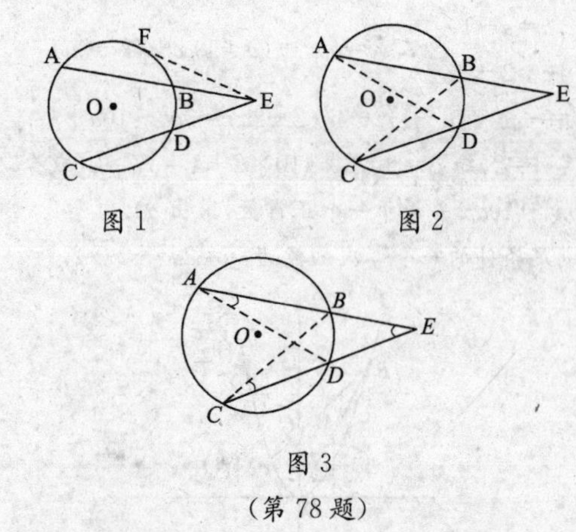

(第 78 题)

(2) $AE>DE$.

证法一: 连结 AD, BD, BC.

∵ $\angle 1$ 是 $\triangle BCD$ 的外角, $\angle C$ 是 $\triangle BCD$ 的内角,

∴ $\angle 1>\angle C$. 而 $\angle ADE>\angle 1$, $\angle C=\angle A$.

∴ 在 $\triangle ADE$ 中, $\angle ADE>\angle A$. ∴ $AE>DE$.

证法二: ∵ $EA\cdot EB<EA^2$, $ED\cdot EC>ED^2$, 而 $EA\cdot EB=ED\cdot EC$, ∴ $EA^2>ED^2$.

(3) $\overset{\frown}{AC}>\overset{\frown}{BD}$. 连结 AD.

∵ $\angle 2$ 是 $\triangle ADE$ 的外角, $\angle A$ 是 $\triangle ADE$ 的内角.

∴ $\angle 2>\angle A$.

∵ $\angle 2$ 所对的弧是 $\overset{\frown}{AC}$, $\angle A$ 所对的弧是 $\overset{\frown}{BD}$,

∴ $\overset{\frown}{AC}>\overset{\frown}{BD}$.

79. (1) 过点作 $AD\perp y$ 轴, 垂足为 D, 则 $AD=DO=1$, $\angle AOD=\angle ACO=45°$, 在 Rt$\triangle CAO$ 中, 知 $OC=2$, ∴ 点 C 坐标是 $(0,2)$. 设直线 AC 的解析式为 $y=kx+2$ 将点 $A(1,1)$ 代入, 得 $k=-1$. 由 $\begin{cases}y=-x+2,\\ y=x^2.\end{cases}$ 求得点 $B(-2,4)$. 或设点 $B(m,m^2)$, 构造 Rt$\triangle$, 利用勾股定理, 先求出点 B 坐标, 再求点 C. (2) 取 OB 中点 M, 在 Rt$\triangle BAO$ 中, $MA=MO=MB$, ∴ 点 M 是 Rt$\triangle BAO$ 外接圆圆心. 过点 B, M 向 x 轴作垂线, 知点 M 横坐标为 -1. 又二次函数 $y=ax^2+bx$

$+c(a\neq0)$图象过点$A(1,1)$，$B(-2,4)$

则$\begin{cases}a+b+c=1,\\4a-2b+c=4,\\-\dfrac{b}{2a}=-1.\end{cases}$ ∴ $\begin{cases}a=-1,\\b=-2,\\c=4.\end{cases}$

故二次函数解析式为：$y=-x^2-2x+4$.

(3) 二次函数$y=ax^2+bx+c(a>0)$图象过点$A(1,1)$，$B(-2,4)$则$\begin{cases}a+b+c=1,\\4a-2b+c=4.\end{cases}$

∴ $\begin{cases}b=a-1,\\c=2-2a.\end{cases}$ ∴ $y=ax^2+(a-1)x+(2-2a)$.

解法一：$\Delta=(a-1)^2-4a(2-2a)=9a^2-10a+1$

取定$a=2$，知$\Delta=9\times2^2-10\times2+1=17>0$(或令$\Delta=9a^2-10a+1$等于一个正常数，求出$a$).

故满足条件的一个二次函数为：$y=2x^2+x-2$.

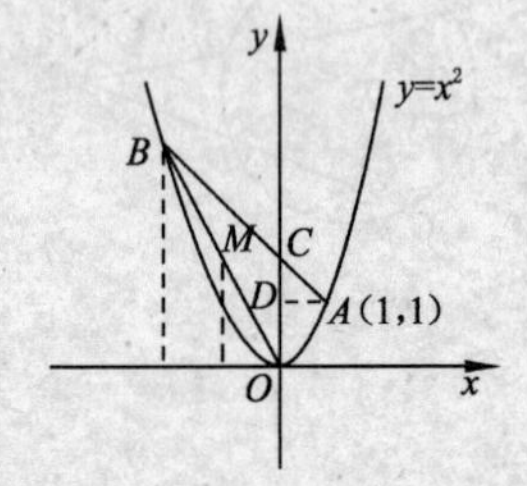

(第79题)

解法二：作出$\Delta=9a^2-10a+1$图象，观察使$\Delta>0$时a的范围.

如图知$a>1$或$0<a<\dfrac{1}{9}$.

取定$a=2$，故满足条件的一个二次函数为$y=2x^2+x-2$.

解法三：在x轴下方取一定点$E(-1,-1)$，假定点E在所求二次函数图象上，则有$-1=a-(a-1)+(2-2a)$

∴ $a=2$.

此时，解析式为：$y=2x^2+x-2$

经验证：$\Delta=1+16>0$.

故满足条件的二次函数的一个解析式为：

$y=2x^2+x-2$.

80. (1) 连结O_1O_2，O_1A，O_2B，则$\triangle O_1O_2A$和$\triangle O_1O_2B$都是直角三角形，则$(r_1+r_2)^2-r_1^2=O_1A^2$，$(r_1+r_2)^2-r_1^2=O_2B^2$. 当$r_1>r_2$时，$O_1A<O_2B$；当$r_1=r_2$时，$O_1A=O_2B$；当$r_1<r_2$时，$O_1A>O_2B$；(2) 直线EF与$\odot O_2$相切.

81. (1) 二次函数的解析式为$y=-x^2+2x+3$，顶点坐标为(1,4)；

(2) $\triangle AOB\backsim\triangle DBE$. ∵ $OA=1$，$OB=3$，$AB=\sqrt{10}$；$BD=\sqrt{2}$，$BE=3\sqrt{2}$，$DE=\sqrt{20}$，∴ $\dfrac{BD}{OA}=\dfrac{BE}{OB}=\dfrac{DE}{AB}=\sqrt{2}$，∴ $\triangle AOB\backsim\triangle DBE$.

82. 设$P_1(x_1,y_1)$，$P_2(x_2,y_2)$，由$\begin{cases}y=x,\\y=\dfrac{4}{x}.\end{cases}$

得$x_1=2$，$y_1=2$，

∴ 矩形$OQ_1P_1R_1$的周长=8cm.

同理由$\begin{cases}y=2x,\\y=\dfrac{4}{x}\end{cases}$得$\begin{cases}x_2=\sqrt{2},\\y_2=2\sqrt{2}.\end{cases}$

∴ 矩形$OQ_2P_2R_2$的周长$=2(\sqrt{2}+2\sqrt{2})=6\sqrt{2}$cm.

∵ $6\sqrt{2}>6\times1.4>8$，∴ 矩形$OQ_2P_2R_2$的周长大于矩形$OQ_1P_1R_1$的周长.

83. 略

84. 略

图书在版编目(CIP)数据

新黄冈数学题库·开放题(上)/南秀全主编. —青岛:青岛出版社,2003.6

ISBN 978-7-5436-3080-2

Ⅰ.新… Ⅱ.南… Ⅲ.数学课—初中—教学参考资料

Ⅳ.G634

中国版本图书馆 CIP 数据核字(2003)第 028074 号

书　　名　新黄冈数学题库·开放题(上)
主　　编　南秀全
本册主编　汪　彬
出版发行　青岛出版社
社　　址　青岛市徐州路 77 号(266071)
本社网站　http://www.qdpub.com
邮购电话　13335059110　(0532)85814750(兼传真)　80998664
责任编辑　郭东明　程兆军
封面设计　乔　峰
照　　排　青岛海讯科技有限公司
印　　刷　青岛双星华信印刷有限公司
出版日期　2008 年 6 月第 3 版　2008 年 6 月第 4 次印刷
开　　本　16 开(787mm × 1092mm)
印　　张　20.25
字　　数　300千
书　　号　ISBN 978-7-5436-3080-2
定　　价　26.80 元
编校质量、盗版监督电话　(0532)80998671
青岛版图书售出后如发现印装质量问题,请寄回青岛出版社印刷物资处调换。
电话:(0532) 80998826